Adolf Schlatter

Der Glaube im Neuen Testament

Adolf Schlatter

Der Glaube im Neuen Testament

Studienausgabe 1982
Mit einer Einführung von
Peter Stuhlmacher

Calwer Verlag Stuttgart

CIP-Kurztitelaufnahme der Deutschen Bibliothek

Schlatter, Adolf:
Der Glaube im Neuen Testament / Adolf Schlatter.
– 6. Aufl., Studienausg. / Mit e. Einf. von Peter Stuhlmacher. –
Stuttgart : Calwer Verlag, 1982.
ISBN 3-7668-0710-2

Text und Seitenzählung entsprechen der 4. Auflage 1927

ISBN 3-7668-0710-2

6. Auflage 1982

Umschlag: M. Muraro
Druck und Bindung: Präzis-Druck, Karlsruhe

Zum Neudruck von Adolf Schlatters „Der Glaube im Neuen Testament"

I

Im Frühsommer des Jahres 1882 erhielt Adolf Schlatter (16.08.1852 – 19.05.1938), damals junger Privatdozent für Neues Testament in Bern, die Mitteilung, die „Haager Gesellschaft zur Vertheidigung der christlichen Religion" habe eine Preisarbeit über das Thema „Glaube und Glauben im Neuen Testament" ausgeschrieben und bis zum 15. Dezember um entsprechende Einsendungen gebeten. Schlatter las die Nachricht „mit dem Gedanken, auf die hier gestellte Frage dürfe nicht der Schein fallen, daß sie unbeantwortbar sei; eine Theologie und Christenheit, die nicht mehr wisse, was das Neue Testament Glaube nenne, wäre tot" (Rückblick auf meine Lebensarbeit, Stuttgart, 2. Aufl. 1977, S. 100). Erst nach Ablauf des Sommersemesters konnte er sich an die Arbeit machen; er sandte seine Studie trotzdem noch termingerecht ein und erhielt im September 1883 den Bescheid, „daß die Haager meine Abhandlung angenommen hatten, ... Ich wurde damit zugleich ermächtigt, die Abhandlung nach dem jetzigen Stand meines Wissens fortzubilden, so daß der 1885 zur Ausgabe gelangende Druck mit dem Titel ‚Der Glaube im Neuen Testament' beträchtlich umfangreicher geworden ist als das Manuskript, das in den Herbstferien 1882 entstanden war" (a.a.O., S. 101). Die in Leiden bei E.J. Brill erschienene Monographie trug den Untertitel „Eine Untersuchung zur neutestamentlichen Theologie".

Das Buch hat Schlatter in der wissenschaftlichen Welt bekanntgemacht, hat ihn aber auch um seiner Methode und seiner Hauptthesen willen der Kritik ausgesetzt. Gleichwohl hat es sich durchgesetzt und ist noch dreimal von Schlatter neu bearbeitet worden. 1896 erschien in Stuttgart im Calwer Verlag die zweite Auflage, 1905 die dritte und 1927 schließlich die abschließende vierte Bearbeitung. Diese vierte Auflage lag dem Neudruck zugrunde, der 1963 gemeinsam vom Calwer Verlag und der Wissenschaftlichen Buchgesellschaft in Darmstadt veranstaltet worden ist (= 5. Auflage). Fast einhundert Jahre nach dem Erstlingsdruck wird nunmehr eine Studienausgabe des bekannten Werkes vorgelegt; ihr liegt ebenfalls der Text von 1927 zugrunde. Um dem Leser Schlatters lebenslange Arbeit am Thema und die Methode, die er verfolgt hat, möglichst klar vor Augen zu führen, wird der Studienausgabe die Einleitung zur Erstausgabe von 1885 ungekürzt beigegeben. Schlatter hat sie in etwas gekürzter und umformulierter Form bis zur dritten Auflage mit abdrucken lassen. Erst 1927 hat er sie gestrichen und durch das Vorwort auf S. 3 – 7 ersetzt.

Hält man die Einleitung von 1885 neben das Vorwort von 1927 und nimmt die methodischen Erörterungen im Buche selbst (S. 131f., 237f., 286f., 318 – 323, 348 Anm. 1 und 401 Anm. 1) hinzu, wird sichtbar, daß Schlatter auch in der endgültigen Bearbeitung seinem ursprünglichen Ansatz treugeblieben ist. Von seinem eigenen christlichen Glaubensstand her zur biblischen Exegese motiviert, sieht er sein Hauptziel darin, die uns in den neutestamentlichen Texten vorgegebenen Glaubensaussagen so genau nachzuzeichnen wie nur irgend möglich. Wenn es gilt, diese Aussagen im Kontext ihrer Zeit philologisch getreu zu erhellen, scheut Schlatter keine Mühe, aber in der Kritik der Texte ist er im Laufe der Jahre immer zurückhaltender geworden. Die in der Erstausgabe noch getrennt von den großen Paulusbriefen verhandelten Pastoralbriefe werden von der dritten Auflage an mit in das Pauluskapitel aufgenommen, und die Johannesoffenbarung erachtet Schlatter trotz ihrer vom Evangelium und dem 1. Johannesbrief unterschiedenen Sprache und Denkart schließlich auch als Werk des Apostels. Die historische Differenzierung liegt ihm stets am Herzen, Forschungshypothesen aber, die s.M.n. der Aussagenabsicht der Texte entgegenstehen, weist er zurück. So ist er z.B. bereit, zwischen der Jesusdarstellung des Matthäus- und des Johannesevangeliums sehr genau zu unterscheiden und auch den Einfluß des Glaubens beider Evangelisten auf die Auswahl, Anordnung und Akzentuierung ihrer Stoffe herauszuarbeiten, aber die schon zu seiner Zeit in der Forschung weitverbreitete kritische Annahme, die Geschichtsdarstellung der Evangelisten sei insgesamt sekundär und ein Großteil der Jesuslogien in beiden Evangelien gehe erst auf die Gemeinde zurück, lehnt er schroff ab. Theologisch hängt für Schlatter alles daran, daß Jesus nicht erst nachträglich kraft des Osterglaubens der Gemeinde zum

Messias erhoben worden ist, sondern schon in seiner irdischen Erscheinung als Sohn Gottes und Messias gewirkt hat! In den Osterereignissen sieht er wirkliche ,,Handlungen des Christus" und nicht nur Nachwirkungen der Erinnerung an Jesus oder gar nur visionäre Projektionen ohne echten Erfahrungsgehalt. Auf die Unterschiedlichkeit des paulinischen Glaubenszeugnisses und der Glaubensaussagen des Jakobusbriefes macht Schlatter ausdrücklich aufmerksam, und er geht den geschichtlichen Gründen für diese Differenz sehr genau nach. Aber er verwendet gleichzeitig einen kaum anders als gewaltsam zu nennenden Scharfsinn darauf, die Rechtfertigungsanschauung des Jakobus als mit der des Paulus vereinbar zu erweisen (vgl. 438f., 449f.). Analyse, Rekonstruktion und Interpretation liegen in der Exegese Schlatters sehr eng beieinander!

So entschlossen Schlatter selbst urteilt und so scharf er die Theologie seiner Zeit immer wieder angreift (vgl. nur S. 256 Anm. 2; 286 Anm. 1; 326; 371 Anm. 1 u.ö.), so wenig läßt er sich auf eine direkte Diskussion mit den Anschauungen anderer Fachkollegen ein. In der Vorrede zur dritten Auflage von 1905 nennt er dafür folgende zwei Gründe. Erstens meint er, könnte eine solche Diskussion nur zu leicht ausufern, ,,da nicht nur vereinzelte Beobachtungen und Urteile, sondern schlechthin sämtliche uns hier beschäftigende Vorgänge umstritten sind" (a.a.O., S. 11), und zweitens befürchtet er, die zumeist nur angestammten Fragen gewidmete Fachdiskussion könnte den Blick auf die eigentlich wichtigen historischen Phänomene verdunkeln: ,,Einverständnis und sich gegenseitig fördernde Arbeit, also theologische Wissenschaft an Stelle von individuellen Phantasien und scholastischem Geschwätz, gewinnen wir doch einzig am Objekt, nur durch Klarstellung des vor uns stehenden Tatbestandes" (a.a.O., S. 12). Für seine objektbezogene Methode hat sich Schlatter gern auf das Vorbild der Naturwissenschaft und Geschichtsschreibung berufen, wo auch ,,zwischen der Bearbeitung des Gegenstands und der Beurteilung der von ihm handelnden Literatur unterschieden wird" (Rückblick, S. 119), und er hat gehofft, daß spätere Generationen sein Vorgehen besser zu würdigen wüßten als die Zunftgenossen seiner eigenen Tage. Als 1933 der erste Band des ,,Theologischen Wörterbuches zum Neuen Testament" erschien, war er Adolf Schlatter, dem Achtzigjährigen, gewidmet, und im Vorwort hob der Herausgeber, Gerhard Kittel, ausdrücklich hervor, für ihn und die Autoren des Bandes sei Schlatters Untersuchung über den Glauben im Neuen Testament „ein Vorbild für die Untersuchung biblisch-theologischer Begriffe" überhaupt (a.a.O., VII). Schlatters Hoffnung ist also nicht enttäuscht worden.

II

In der Sachdarstellung ist Schlatter im Verlaufe der Neubearbeitungen seiner Monographie immer weiter über den Horizont einer bloß sprachgeschichtlichen Begriffsuntersuchung hinausgegangen. Was ihn interessierte, waren nicht nur die Belegstellen für „Glaube" und „glauben" im Neuen Testament, sondern das Gesamtphänomen Glaube im Neuen Testament und seine Geschichte. In ihrer systematischen Geschlossenheit und historischen Präzision ist Schlatters Untersuchung bis heute unübertroffen. Nur Rudolf Bultmanns Darstellung des neutestamentlichen Glaubensbegriffes im sechsten Band des Theologischen Wörterbuches (S. 197 – 230) und in den Paragraphen 35 – 37 und 49 – 50 seiner „Theologie des Neuen Testaments" kann sich im Niveau der Argumentation und der Treffsicherheit der Formulierung mit Schlatters Darstellung messen. Bultmanns bewußter und wiederholter Verweis auf Schlatters Werk zeigt, daß seine Darstellung die Schlatters voraussetzt. Wer heute über den Glauben im Neuen Testament arbeiten will, muß sich also beiden Darlegungen stellen und kann keine von ihnen ungeprüft übernehmen.

Schlatters Untersuchung basiert auf folgenden „Wahrnehmungen": (1) Die Rede vom Glauben im Neuen Testament wächst sprachgeschichtlich aus der alttestamentlichen und frühjüdischen Glaubenstradition heraus, ist von dieser aber durch ihr christologisches Zentrum und ihre Ganzheitlichkeit wesenhaft unterschieden. (2) Die ganzheitliche und christologisch fundierte Rede vom Glauben im Neuen Testament ist geschichtlich als Werk und Stiftung Jesu zu begreifen, der schon irdisch als Gottessohn und Messias gewirkt hat. (3) Bei Jesus selbst und im Zeugnis seiner Apostel, Paulus eingeschlossen, gehören Buße und Glaube, dankbare Offenheit für Gottes Gnade und gehorsame Hinkehr zu Gottes Willen, Glaube und Liebe, untrennbar zusammen. (4) Das differenzierte Glaubenszeugnis der Apostel ist geschichtlich angemessen nur auf der Grundlage des Wirkens Jesu vor und nach Ostern zu begreifen. (5) Seine umfassendste und reichste Entfaltung findet dieses Glaubenszeugnis in den Paulusbriefen. (6) Das Glaubenszeugnis des Petrus, des Jakobus, des Johannes und des Hebräerbriefes tritt dem des Paulus zur Seite und ist wie dieses von Jesus her zu verstehen; der wahre Reichtum des Glaubens im Neuen Testament wird erst sichtbar, wenn man das Zeugnis aller Apostel zusammensieht.

Hält man Bultmanns Verständnis der neutestamentlichen Glaubenstradition neben Schlatters Werk, sieht man sogleich, daß die kritische Forschung mit Schlatters eben genannter zweiter und dritter These die größte Mühe gehabt hat. Seine kritische Sicht der synoptischen und johanneischen Tradition erlaubt es Bultmann nicht mehr, vom Glauben als dem Offenbarungswerk des irdischen Jesus zusprechen. Der Glaube im Neuen Testament ist nach Bultmann seinem Wesen nach Osterglaube, der bei Paulus und Johannes am tiefsten verstanden wird. Die Verhältnisbestimmung von Glaube und Werk ist sehr anders als in unserem Buch, und in Bultmanns Darstellung wird ungleich pointierter als bei Schlatter hervorgehoben, daß der Glaube im Neuen Testament als Glaube an die Heilsbotschaft des Evangeliums verstanden werde, „als die Annahme des christlichen Kerygma und damit als der Heilsglaube, der sich Gottes in Christus gewirktes Heilswerk anerkennend zu eigen macht" (ThW VI, 209, 5f.).

Die weitere Forschung hat sich diesen Hinweis Bultmanns zu eigen gemacht, ist sonst aber bei seiner Analyse nicht stehengeblieben, sondern hat sich von Schlatter über Bultmann hinausführen lassen. In allen Auflagen seines Buches hat Schlatter auf die überragende Bedeutung der Rede Jesu vom bergeversetzenden Glauben (Mt 17,20 par) aufmerksam gemacht (vgl. S. 105–121). Gerhard Ebeling hat diese Beobachtung Schlatters zum Anlaß genommen, beim Verständnis des Glaubens im Neuen Testament historisch und systematisch wieder von Jesus selbst auszugehen (vgl. Ebelings Abhandlung „Jesus und Glaube" in der Zeitschrift für Theologie und Kirche 55, 1958, 64–110, neu abgedruckt in: Wort und Glaube, Ges. Aufs. I, 1960, 203–254). Neuere Darstellungen des Glaubens im Neuen Testament sind Ebeling darin gefolgt (vgl. z.B. H.-J. Hermisson – E. Lohse, Glauben, 1978, 92ff., und D. Lührmann, Glaube im frühen

Christentum, 1976, 17ff.). Schlatters Verhältnisbestimmung von Glaube und Werk wird gegenwärtig von Ulrich Luz für das Matthäusevangelium (vgl. R. Smend – U. Luz, Gesetz, 1981, 79ff., 137ff.) und von Ulrich Wilckens für Paulus neu zur Diskussion gestellt (vgl. U. Wilckens, Der Brief an die Römer I, 1978, 142ff.). Auch für die z.Z. wieder in Gang kommende Erforschung des Judenchristentums kann Schlatters eingehende Analyse der Glaubensposition des Jakobusbriefes (S. 418 – 466) m.E. von großem Nutzen sein. Die alte Darstellung Schlatters ist also keineswegs veraltet, sie ist vielmehr noch immer aktuell und wegweisend. Der Neudruck der Monographie über den Glauben ist darum nicht nur theologiegeschichtlich, sondern auch exegetisch berechtigt.

III

Wer Schlatters vorliegendes Werk heute neu zu lesen beginnt, sollte sich vor Augen führen, daß das Buch zu einer Zeit konzipiert worden ist, in der die uns heute zur Verfügung stehenden exegetischen Nachschlagewerke und Hilfsmittel, das Theologische Wörterbuch zum Neuen Testament, der vierbändige „Kommentar zum Neuen Testament aus Talmud und Midrasch" von (Hermann L. Strack und) Paul Billerbeck, Wilhelm Boussets „Religion des Judentums im späthellenistischen Zeitalter" usw., alle noch nicht zur Verfügung standen. 1882 gab es auch noch keine Konkordanz zu Josephus, die Werke Philos waren nur erst in der alten Ausgabe von Mangey (London 1742!) greifbar, und selbst die Sammlung der Apokryphen und Pseudepigraphen des Alten Testaments von Ernst Kautzsch war noch nicht erschienen. Die von Schlatter in den „Erläuterungen" auf S. 551 – 617 zitierten jüdischen und griechischen Belege sind sämtlich von ihm eigenständig erarbeitet und zusammengestellt worden! Schlatter arbeitet zwar noch nicht mit den uns vertrauten differenzierten überlieferungsgeschichtlichen Methoden, aber seine Kenntnis der frühjüdischen Quellen übertrifft die der üblichen gegenwärtigen Exegese bei weitem, und das von ihm im Erläuterungsteil zusammengestellte Textmaterial ist noch längst nicht erschöpfend ausgewertet.

Schlatters Stil und Sprache sind von Anfang seiner Veröffentlichungen an als schwer zugänglich empfunden worden. In der Tat leistet er sich auch noch im vorliegenden Band monströse Sätze (z.B. S. 221), geschraubte Argumentationen (z.B. S. 440) und gewollte Ausdrücke wie „Wortspendung" (S. 321) oder „zurückerstrecken" (S. 472), die sich dem Leser nur mühsam erschließen. Das aber ist nur die eine Seite von Schlatters Ausdrucksweise. Die andere ist die, daß gerade auch unser Buch voller Formulierungen ist, die an Prägnanz und Dichte kaum zu übertreffen sind! Schlatters besondere Sprache ist die eines seiner Sache ganz hingegebenen Einzelgängers und dazu das Organ eines Theologen, der zeit seines Lebens Exeget und Dogmatiker zugleich gewesen ist. An einige Spracheigentümlichkeiten: „Schule" statt „Synagoge", der „falsche Esra" für „4. Esra", „Sapienz" für „Weisheit Salomos", „trotzdem" für „obwohl", „wie fern" statt „inwiefern", muß man sich gewöhnen. Daß Schlatter immer wieder „das Glauben" statt einfach „glauben" oder „Glaube" sagt, hat allerdings tieferen Grund: Es geht s.M.n. im Neuen Testament stets um den aktiven Glaubensvollzug und Glaubensgehorsam und nirgends um ein von seinem Grund und Gegenüber ablösbares Abstraktum „Glaube". Insgesamt aber ist an Schlatters eigene Erklärung seines komplizierten Redestils auf S. 5 des Vorworts zu erinnern: „Was man meine Dunkelheit oder Unverständlichkeit nennt, entsteht nach meiner Meinung daraus, daß ich mich und meine Leser einzig und vollständig zu meinem Gegenstand hinwende. Das bedeutet den Verzicht auf jede Bemühung, den Leser durch sprachliche Kunst zu beeinflussen. Das Ziel meiner Darstellung kann nur das eine sein, daß der Leser die Vorgänge, von denen wir reden, selber sieht."

Wie schon oben bemerkt, ist Schlatter im Verlaufe seiner langen exegetischen Arbeit immer zurückhaltender gegenüber kritischen Forschungshypothesen geworden. Es ist deshalb nicht einfach konservative Naivität, sondern exegetisch reflektierter Entschluß, wenn Schlatter in seinem Buch von der apostolischen Verfasserschaft des Matthäus- und Johannesevangeliums, aller Paulusbriefe, des ersten Johannesbriefes, der Johannesoffenbarung und des ersten Petrusbriefes ausgeht! Schlatter bedient sich ebenfalls ganz bewußt einer Evangelientheorie, die im Matthäusevangelium das ursprüngliche und älteste neutestamentliche Hauptevangelium sieht, Lukas im Anschluß an Matthäus geschrieben denkt und das Markusevangelium als eine Kurzfassung der beiden großen Evangelien zu erklären versucht. Diese Evangelientheorie wird gegenwärtig in England und Amerika neu diskutiert und findet auch in der deutschen Forschung wieder ihre Anhänger. Schlatter hat sie der auch zu seiner Zeit schon allgemein anerkannten sog. Zweiquellentheorie für überlegen erachtet, allerdings auch zugestanden, daß ihm das Markusevangelium unter seinen Voraussetzungen stets ein gewisses Rätsel geblieben sei.

Die Geschlossenheit der Schlatterschen Darstellung vom Glauben im Neuen Testament ist durch seine behutsame Sicht der sog. Einleitungsfragen und der Geschichte des von Jesus ausgehenden Urchristentums mitbedingt. Ihm selbst war diese Bedingtheit sehr wohl bewußt. Trotz aller ihm entgegenschlagenden Kritik hat er aber an seiner Perspektive festgehalten, weil er sie nicht nur als Rahmenbedingung, sondern auch und vor allem als Resultat der im Neuen Testament vorliegenden Glaubensanschauung angesehen hat. Für Schlatter ist der ganze „Verlauf der urchristlichen Geschichte durch die Art des sie verursachenden Glaubens bestimmt" (Rückblick, S. 113). Im Klartext: Wer einmal erkannt hat, daß der Glaube im Neuen Testament eine Stiftung des Messias Jesus Christus ist, und wer den neutestamentlichen Texten entnimmt, daß die Apostel zu Sendboten dieses Messias berufen und damit zugleich verpflichtet sind, ihren Gemeinden das Evangelium und die Geschichte dieses Christus wahrhaft und unverfälscht zu bezeugen, für den gewinnt die Geschichte des neutestamentlichen Glaubenszeugnisses einheitliche Kontur, und er ist nicht länger darauf angewiesen, sich den Traditionsverlauf hypothetisch zurechtzumachen. Man kann diese Gesamtsicht Schlatters bejahen, man kann in ihr aber auch eine die Freiheit der historischen Kritik einschränkende Einheitskonstruktion sehen; beides ist nicht ohne weiteres von der Hand zu weisen. Für die Zirkelstruktur aller historisch-theologischen Arbeit am Neuen Testament bleibt Schlatter in jedem Fall ein Musterbeispiel.

Im Rückblick auf seine Lebensarbeit schreibt er: „Auf die Bewegung der theologischen Arbeit übte ... meine Darstellung keinen wahrnehmbaren Einfluß aus" (S. 113f.). Genau hundert Jahre nach Schlatters erstem Entwurf für das vorliegende Buch ergibt sich ein recht anderer Eindruck. Wer das nunmehr in sechster Auflage hinausgehende reife Werk sorgsam liest, wird wie vergangene Theologengenerationen vor ihm von Schlatters Darstellung nicht unbeeindruckt bleiben.

Peter Stuhlmacher

EINLEITENDES.

Unfruchtbarkeit der Reflexionslitteratur über den Glauben — die geschichtliche Aufgabe — der Rückblick auf die vorchristliche Zeit — die Darstellung der Gemeinde neben derjenigen der Apostel — das Verhältniss der geschichtlichen Untersuchung zum Glauben.

Der Macht, mit der Wort und Begriff: Glaube in den Geschichtslauf eingegriffen haben, entspricht eine ausgebreitete Litteratur, die sich mit demselben in philosophisch-dogmatischer Reflexion beschäftigt, die jedoch ihrem Erkenntnisswerth und ihrer praktischen Fruchtbarkeit enge Grenzen gezogen fand. Die innern Vorgänge, welche durch das Wort Glaube vom übrigen seelischen Geschehen abgegrenzt und fixirt werden, enthalten allerdings, ob sie im menschlichen Zusammenleben oder in Richtung auf Gott zu Stande kommen, ein sehr bedeutsames Problem in sich. Die Frage nach den Bedingungen und dem Verlauf jener Willenssynthesen, durch welche das Ich sich selbst einem Du gegenüber öffnet oder verschliesst, Gemeinschaft stiftend oder verhindernd, und nach dem Verhältniss der Abhängigkeit und Unabhängigkeit, in welchem dieselben zur Wahrnehmung stehen, berührt ein Grundphänomen des geistigen Lebens; aber unsere psychologische Analyse, zumal wenn es sich um Vorgänge handelt, die der Sphäre des Wollens angehören, steht bekanntlich rasch an ihrem Ende. Noch hinderlicher freilich war jenen Erörterungen über Glaube und Wissen u. dgl. eine Selbsttäuschung über den Grund, der jenen Synthesen Macht und Wirkung giebt. Dieselben operiren in der Regel an einem abstrakten Glaubensbegriff, in welchem vom vertrauenden Verhalten der Beziehungspunkt desselben abgelöst ist, der ihm seine konkrete Bestimmtheit giebt, und nun wird übersehen, dass die Untersuchung dadurch zugleich von dem abgezogen ist, was dem Glauben Kraft und Wirkung giebt. Diese haftet am Wesen und Wirken dessen, dem das Ich sich vertrauend öffnet, und nicht am formalen Verlauf des psychischen Processes. Sie kann darum im Glaubensbegriff niemals entdeckt werden, wenn er zu einem leeren Formbegriff geworden ist, der nur den gesetzmässigen Verlauf der Relation, in die wir durch Glauben treten, zu bestimmen sucht, von der Realität aber, auf die das glaubende Verhalten bezogen ist, abstrahirt. Die Frage nach Grund und Recht, Werth und Kraft irgend eines Glaubensakts ist von der Frage nach Wesen, Kraft und Wirkung seines Objekts abhängig und nicht durch Erörterungen über den formalen Verlauf des Glaubensakts beantwortbar.

Weit fruchtbarer zur Klärung der Fragen, die sich für unsre Zeit an den Glauben knüpfen, ist die geschichtliche Untersuchung, wie und wodurch das Wort Glaube zu seiner machtvollen Stellung im geistigen Leben der Menschheit kam. Es geschah diess durch die Ereignisse, welche die neutestamentliche Gemeindebildung bewirkten. Wenden wir die Untersuchung auf das, was uns das neue Testament als Glaube vorhält, so verzehrt sie sich nicht an einem leeren, abstrakten Formbegriff, sondern sie tritt an konkrete, aktuelle Glaubensbethätigung heran, durch welche der Glaube in seiner Vollständigkeit mit seinem Grund und Objekt und darum auch mit seiner Wirkung und seinem Werth zur Wahrnehmung gelangen kann. Und zwar liegt er uns hier in göttlich begründetem, normativem Vollbestande vor. Wenigstens ist auch für denjenigen, der den Offenbarungszweck der neutestamentlichen Ereignisse und Lehrbildung und den in ihm begründeten normativen Charakter der neutestamentlichen Schrift vorerst in Frage stellen will, dies unverkennbar: der Glaubensbegriff des neuen Testaments ist geschichtlich die Ursache, dass Glaube für immer zum Grundwort der Frömmigkeit wurde und die Wahl zwischen Religiosität und Irreligiosität sich zur Entscheidung zwischen Glaube und Unglaube gestaltet hat; so wird hier die Stelle gefunden sein, wo sich der Einblick in Werth und Wesen des Glaubens öffnen muss.

Der Zweck der folgenden Untersuchung ist somit Darlegung dessen, was das neue Testament Glaube nennt. Das Datum, welches sich der Beobachtung zunächst darbietet, ist das Wort und unsre nächste Aufgabe somit sprachgeschichtlicher Art; wir haben der Bewegung, in welche das Wort Glaube in der neutestamentlichen Periode versetzt worden ist, nachzugehn. Diese ist aber von der Gedanken- und Lehrbildung abhängig; denn diese ist der Motor, welcher das Wort in Bewegung versetzt und ihm eine Geschichte giebt. Die sprachgeschichtlichen Vorgänge werden nur durchsichtig durch die Geschichte des Begriffs, und die Aufgabe bestimmt sich somit dahin, einen Abschnitt aus der neutestamentlichen Lehrbildung zu verstehn. Diese weist wiederum auf das göttliche Handeln zurück, aus dem die neutestamentliche Gemeinde mit ihrer Lehre und Schrift entsteht, und der Schlusspunkt der Untersuchung wäre somit diess, dass der neutestamentliche Glaube in seinem göttlichen Grund und Recht erkennbar wird. Die Kategorien: Empirie, welche den Thatbestand wahrnimmt, und Spekulation, welche denselben begreifend durchblickt, drücken, wenn sie auch unterschiedne Funktionen des Erkennens benennen, doch wie alle Eintheilungen des geistigen Geschehens in einzelne Vermögen oder Funktionen, nur einen relativen Gegensatz aus; im reellen Erkennen sind sie nicht durch eine Scheidewand getrennt, sondern bedingen sich gegenseitig und kommen nur in und mit einander zur Vollendung. Einer Geschichte der neutestamentlichen Begriffe, welche dieselben nur statistisch benennt und chronologisch ordnet, fehlt der Kopf; verstanden ist der neutestamentliche Glaubensbegriff erst dann, wenn er in seinem Grund erfasst ist und dieser findet sich in Gott. Eine Voraussetzung, welche die Freiheit und Unbefangenheit der Untersuchung bände, ist damit in keiner Weise aufgestellt: ihr Resultat darf lediglich aus ihr selbst erwachsen. Gerade dann, wenn die neutestamentliche Begriffsbildung nur als Produkt zeitlich menschlicher Faktoren dargestellt, also die göttliche Kausalität an ihr negirt wird, — und die Ignorirung Gottes hat seine Negation in sich – wird die Untersuchung von vorn herein in eine dogmatische Prämisse geknechtet, da negative Dogmatik doch wohl auch Dogmatik ist, es frägt sich nur ob richtige.

Glaube ist ein inneres Geschehn und wir betreten mit seiner Darstellung das Gebiet der Geschichte. Dieser Begriff findet um so mehr hier volle Anwendung, weil der neutestamentliche Glaube, auch nachdem er durch Jesus begründet war, in der Gemeinde nicht in starrer Unbeweglichkeit existirt, sondern in eine lebensvolle Entfaltung eingeht, in jeder einzelnen apostolischen Gestalt individuell bestimmt. Diese Mannigfaltigkeit entspringt unmittelbar aus dem Werth, den die menschliche Persönlichkeit in der Individualität ihres Lebens vor Gott hat. Wir haben an dieselbe keine Postulate zu stellen, weder im Sinne einer mechanischen Einheit, als müsste sich derselbe Glaubensbegriff überall im neuen Testament wiederfinden, noch haben wir den Gegensatz zu postuliren, wie es jene Metaphysik that, die ohne den Gegensatz kein Princip der Bewegung besass; wir haben überhaupt nicht zu postuliren sondern wahrzunehmen, was geschehen ist. Wenn die Geister nach Gottes Ordnung ein individuelles Leben führen, so werden wir auch in ihrem Glauben Mannigfaltigkeit finden, doch wird ihr die Einheit nicht fehlen, wofern ihr eigenartiges Leben in Gott begründet ist. Die Formel: Einheit in der Verschiedenheit hat realen Grund, sie beruht darin, dass der eine Gott einer Vielzahl von Persönlichkeiten, von denen jede ihr eignes Leben hat und haben soll, innewirkt.

Es wäre für unsre Untersuchung eine wesentliche Erleichterung, wenn die Ansichten über die litterarhistorischen Verhältnisse des neuen Testaments weniger zerspalten und verworren wären; denn das Urtheil über den Gang der Lehrbildung ist wesentlich durch dasjenige über die Geschichte der neutestamentlichen Schriften bedingt. Können wir auch viele Einleitungsfragen offen lassen, ganz lässt es sich doch nicht vermeiden, dass sich die Darstellung in Positionen stellen muss, die kontrovers sind, ohne in die Erörterung derselben eintreten zu können [1]). Nun ist aber die Litterargeschichte des neuen Testaments von der Geschichte der Lehre nicht weniger abhängig als diese von jener, denn die Geschichte der Lehre hat das neutestamentliche Schriftthum erzeugt und gestaltet, wie denn schliesslich für das Urtheil über Verfasser und Zeit einer Schrift das Verständniss ihres Inhalts das wichtigste Moment ergiebt. Die Einleitung ist ihrerseits auf die neutestamentlich theologische Arbeit angewiesen und wird durch sie die Reinigung von einer beträchtlichen Zahl unrichtiger Prämissen erhalten, die nach und nach traditionell zu werden drohn.

Für die geschichtliche Betrachtung ist es nicht unwichtig, zunächst festzustellen, wie sich Wort und Begriff Glaube vor der christlichen Gemeinde gestaltet haben und zwar in den beiden Gebieten, in welche die Gemeinde hineinwuchs, in der Synagoge und im Griechenthum. Dieser Rückblick beeinträchtigt den neu anhebenden, original schaffenden und gebenden Charakter der Thätigkeit Jesu nicht. So wenig sich Jesus aus der

---

1) Zu den Fragen, die ich offen lasse, gehört das Verhältniss der Pastoralbriefe zu Paulus und die Frage nach der Identität des Apokalyptikers mit dem vierten Evangelisten. Keiner ernsten Kontroverse fähig scheint mir die Einordung des vierten Ev. und ersten Johannisbriefs in die Palästinensische Gruppe, da ja die Sprache beider Schriften ein ununterbrochner Aramaismus ist. Schwieriger ist die Frage hinsichtlich des ersten Petrusbriefs; seine Unechtheit scheint mir nicht wahrscheinlich gemacht.

vorangehenden Gestaltung der Geschichte deduciren lässt, so wenig verhält er sich zu derselben nur verneinend und abweisend mit Abbruch jedes Zusammenhangs. Der vorhandne geistige Besitz wird einer gründlichen Reinigung aber nicht der Beseitigung und Zerstörung unterworfen, vielmehr senkt er seine Wirkung hinein in das naturhaft Gegebne und geschichtlich Gewordne, er zieht darum die Wahrheitselemente in demselben an sich und giebt sich in ihnen sein Organ. Es baut sich das ganze Lehrwort Jesu und darum auch der Begriffskreis der Gemeinde aus den Materialien auf, die in Israel herausgebildet waren, so dass kein einziger neutestamentlicher Begriff ohne Vorbildung in der Theologie der Synagoge ist. Dieses geistige Medium, in dem sich die Thätigkeit Jesu und das Leben der Gemeinde vollzogen hat, wird dann wahrnehmbar, wenn über den vorhandnen sprachlichen und begrifflichen Besitz ein Inventar aufgenommen wird; damit stellt sich zugleich die principielle, Neues gebende Bedeutung der Thätigkeit Jesu deutlich ins Licht.

Dazu bedürfte es freilich der philologischen Vorarbeiten und diese sind sogar auf griechischem Gebiet nur mangelhaft vorhanden. Der sprachgeschichtliche Standpunkt unsrer Kommentare charakterisirt sich dadurch, dass für auffallende Worte und Wendungen aus den Tragikern, aus Plato etc. Belege beigebracht werden; d. h. man arbeitet mit dem Material des 17ten Jahrhunderts, welches unter dem Gesichtspunkt gesammelt wurde, die Klassicität des neutestamentlichen Griechisch fest zu stellen, und der Uebergang von diesem ästhetischen Gesichtspunkt zur geschichtlichen Betrachtung der neutestamentlichen Gräcität, welche dieselbe nicht mit einzelnen Mustern ästhetisch vollendeter Rede, sondern mit der lebenden Sprache ihrer Zeit und Umgebung in Beziehung setzt, vollzieht sich nur langsam. Der Synagoge wandte sich die Arbeit vollends erst neuerdings wieder zu. Wird ein geschichtlicher Rückblick angestellt, so pflegt man auf das alte Testament zurückzusehn und etwa noch auf die Septuaginta und die Apocryphen, als gäbe es keine Rabbinen, Pharisäer und Synagogen, als wäre das Israel Jesu und der Apostel nicht längst schon die Heimath einer theologischen Arbeit geworden, die den Schriftinhalt nicht nur als Satzung für das Handeln sondern auch als Begriff und System für den Gedanken auszugestalten strebte. Diese Arbeit ging irre, aber sie war wie mit grosser Kraftanstrengung so auch mit eminentem Erfolg durchgeführt, denn sie umspannte Denken und Leben des gesammten Volks sogar bis in die Diaspora hinaus. Auch der Sprachwechsel, der sich auf Palästinensischem Boden vollzogen hat, wird gewöhnlich ignorirt und neben das alttestamentlich hebräische Wort unmittelbar das griechische des neuen Testaments gestellt; nun wirkte zweifellos das Schriftwort in seinem eignen originalen Bestand fort und fort auf den Gedanken der Synagoge ein, aber ohne Bedeutung und Folge war es darum keineswegs, dass das Israel Palästina's sein Gedankenleben nicht mehr im alten Schriftwort sondern in aramäischer Rede lebt. Ich weiss sehr wohl, wie ungenügend der im folgenden gegebne Versuch ist, sowohl das griechische πίστις als das הֵימָין der Synagoge zur Darstellung zu bringen, er dürfte aber wenigstens den Werth eines Wunsches haben, der auf eine wenig gepflegte aber nicht unwichtige Seite der neutestamentlichen Arbeit zielt.

Innerhalb des neuen Testaments sondern sich sehr bestimmt Jesu Lehrthätigkeit und diejenige des Apostolats, und doch hat der ummittelbare Uebergang von Jesus zu den einzelnen Apostelgestalten oft eine schädliche Verzeichnung des historischen Bildes mit sich geführt. Die Lehrthätigkeit der Apostel vollzieht sich inmitten einer Gemeinde, die mit ihnen und unter sich in einer gemeinsamen Ueberzeugung geeinigt ist. Allerdings entsteht dieselbe erst durch die apostolische Predigt; aber auch diese ist durch jene bedingt. Keine Schrift des neuen Testaments wendet sich an nicht christliche Leser, alle sind für die Gemeinde geschrieben und darum auch aus dem ihr gemeinsamen Gedankenkreis heraus. Auf dieses Gemeingut der Gesammtgemeinde muss die Aufmerksamkeit nicht weniger gerichtet sein, als auf die individuelle Besonderheit der einzelnen apostolischen Männer; ist dasselbe auch nicht überall mit zweifelloser Sicherheit zu fixiren, so ist es doch nicht unmöglich, die durchgehende Stellung der apostolischen Christenheit wahrzunehmen und darzustellen; die Briefe geben in ihren überall wiederkehrenden Grundgedanken hierüber lehrreichen und deutlichen Aufschluss. Werden die Apostelgestalten von der Gemeinde, in der sie leben und für die sie denken und reden, isolirt, so erhalten die einzelnen Lehrbildungen nothwendig ein abstrakt theoretisches Gepräge, sie sinken ihres Grundes und Zweckes beraubt zu blossen Gedankengebilden herab. Nur so konnte man die Berührungen zwischen ihnen in lauter litterarische Benützungen umsetzen und die Briefschreiber mit einer Bibliothek ausstatten, aus der sie allerlei Citate entnehmen, weil man ignorirt, dass sie in einer Gemeinde lebten, die von denselben Gedanken durchdrungen ist und eine einige Sprache führt. Darum verwandelte sich, was mit und neben einander in derselben Gemeinde lebt und zusammen ihren Reichthum und ihre Kraft ausmacht, in einander ablösende Perioden, als müsste Paulus zuerst begraben und vergessen sein, ehe ein Petrinischer Brief oder der Hebräerbrief möglich wäre u. s. f. Mit dergleichen Fiktionen projicirt man nur die eigne Situation des Exegeten in die Geschichte zurück; dieser liest allerdings den Petrusbrief nach dem Römerbrief und den Hebräerbrief nach dem Petrusbrief und vermittelt sich ihre Gemeinsamkeit durch Vergleichung der schriftlichen Dokumente, aber in Wirklichkeit sind diese Briefe von einem bewegten und kräftigen Gemeindeleben umgeben, das, weil es die Persönlichkeit nicht unterdrückte sondern erneuerte und stärkte, einer reichen Mannigfaltigkeit von Gedankengängen neben einander Raum gab, und doch alle aneinander band in einer festen Gemeinsamkeit.

So sehr das Ziel der folgenden Untersuchung Geschichte ist in der vollen Objektivität, die allein einer Darlegung den Charakter der Geschichte giebt, so wenig es sich mir um Darstellung *meines* Glaubens handelt, sondern um Wahrnehmung und Wiedergabe dessen, was durch die Männer des neuen Testaments als Glaube erlebt, gedacht und beschrieben ist, so will ich es doch nicht unausgesprochen lassen, dass mir das, was ich an Einblick in die neutestamentliche Glaubensstellung besitzen mag, nur im engsten Zusammenhang mit dem, was ich selbst durch die Gnade Gottes und Christi an Glauben empfangen habe, zugänglich geworden scheint, wesshalb es mir kaum denkbar ist, dass ohne eignes glaubendes Verhalten nur durch Vermittlung der Phantasie, die auch fremde seelische Zustände nachzubilden und nachzuempfinden strebt, der neutestamentliche Glaubensbegriff durchsichtig werden könnte. Derselbe ist so eigenartig bestimmt und die Aussagen über denselben wachsen so unvermittelt aus dem eignen glaubenden Verhalten der Gemeinde heraus, dass sie wohl mit Nothwendigkeit einen wunderlichen, unverständigen, unwahrscheinlichen Charakter behalten, wenn das Innenleben des Beobachters sich in gegensätzlicher Richtung bewegt, wie denn das neue Testament selbst das Bewusstsein um seine Unverständlichkeit für anders gerichtete Geister energisch in sich trägt 1 Joh. 3, 1. 1 Kor. 2, 15. Es wäre ein grund- und rechtloses Urtheil, wenn diese dienende Mitwirkung der eignen Glaubensstellung an sich schon unter die Anklage gestellt würde, Alteration des historischen Charakters der Untersuchung zu sein, als wäre es Förderung und nicht vielmehr Verhinderung der historischen Einsicht, wenn die aufzufassenden Ereignisse der eignen Erfahrung schlechthin entzogen sind. Im eignen Erleben des Glaubens an Jesus liegt vielmehr die Möglichkeit, der Antrieb und die Ausrüstung zu wahrhaft geschichtstreuem Verständniss des neuen Testaments, wie denn alle unsre Gedankenbildung und Urtheilsfällung an eine empirische Basis gebunden ist und sich von ihr nicht lösen kann. Damit ist zugleich gesagt, dass alle solche Untersuchungen weit hinter ihrem Ziele zurückbleiben und den Glaubensbegriff der Schrift niemals zu erschöpfender Darstellung bringen; derselbe geht in der Fülle, Klarheit und Geschlossenheit, mit der er das Verhalten zu Gott in seinem Grunde, Verlauf und Erfolg auffasst, zweifellos noch weit über das hinaus, was die folgende Darstellung hervorheben kann.

CORRIGENDA

Seite 140 Zeile 20 v.o.:	Antrieb (statt Autrieb)
Seite 159 Zeile 6 v.u.:	Erwartete (statt Erwartende)
Seite 166 Zeile 13 v.u.:	Furcht (statt Frucht)
Seite 173 Zeile 17 v.u.:	sich (statt ihm)
Seite 186 Zeile 15 v.u.:	3,2 (statt 2,23)
Seite 196 Zeile 1 v.u.:	pragmatōn (statt pragpaton)
Seite 203 Zeile 13 v.o.:	44; (statt 44,)
Seite 215 Zeile 12 v.u.:	14,27 (statt 14,1.27)
Seite 242 Zeile 15 v.o.:	1 Kor (statt Kor)
Seite 252 Zeile 16 v.o.:	Glaubensmahnung (statt Glaubensmachung)
Seite 267 Zeile 19 v.u.:	griechisch (statt grichisch)
Seite 282 Zeile 2 v.o.:	betätige (statt bestätige)
Seite 297 Zeile 12 v.u.:	Phil. (statt Pil.)
Seite 309 Überschrift der Seite:	Glauben und Schauen (statt Glaube und Gesetz)
Seite 311 Zeile 6 v.o.:	dessen Urteil (statt sein Urteil)
Seite 313 Zeile 6 v.u.:	„tus“ ist zu eliminieren
Seite 326 Zeile 16 v.o.:	fortgesetzt (statt forgesetzt)
Seite 338 Zeile 1 v.u.:	akoē pisteōs (statt akoē pistōs)
Seite 345 Zeile 19 v.u.:	der… entsteht (statt die… entsteht)
Seite 360 Zeile 8 v.o.:	inwiefern (statt wie fern)
Seite 360 Zeile 19 v.u.:	„schuldig“ (statt schuldig)
Seite 379 Zeile 20 v.o.:	doulōthēnai (statt doulōthēyai)
Seite 394 Zeile 15 v.u.:	Persönlichkeiten (statt Persönlickkeiten)
Seite 404 Zeile 14 v.u.:	Hasser (statt Hässer)
Seite 411 Zeile 15 v.u.:	das (statt daß)
Seite 422 Zeile 8 v.u.:	daß der (statt daß er)
Seite 426 Zeile 12 v.o.:	zusammen (statt susammen)
Seite 428 Zeile 4 v.o.:	sich (statt sich sich)
Seite 434 Zeile 13 v.o.:	so ein (statt ein so ein)
Seite 443 Zeile 17 v.o.:	entspricht (statt entsprechen)
Seite 467 Zeile 4 v.u.:	5,8 (statt 5,9)
Seite 471 Zeile 18 v.o.:	Denkarbeit (statt Denkbarkeit)
Seite 471 Zeile 4 v.u.:	wer Jesus war (statt was Jesus sei)
Seite 511 Zeile 6 v.u.:	einheitliche (statt einheiliche)
Seite 529 Zeile 16 v.u.:	Appell (statt Apell)
Seite 530 Zeile 3 v.u.:	Benennung (statt Benenung)
Seite 559 Zeile 17 v.u.:	aus hemin (statt aus hemiw)
Seite 561 Zeile 6 v.o.:	pseudoprophētēs (statt pseudsprophētēs)
Seite 587 Zeile 3 v.u.:	11,21 (statt 11,23)
Seite 598 Zeile 3 v.o.:	beschem (statt beschum)
Seite 616 Zeile 6 v.u.:	in hoc (statt n hoc)

DER GLAUBE IM NEUEN TESTAMENT

Vierte Bearbeitung

Von

D. ADOLF SCHLATTER

Professor in Tübingen

1927

Calwer Vereinsbuchhandlung Stuttgart

Druck der Stuttgarter Vereinsbuchdruckerei A.-G.

Vorwort

Der 15. Dezember 1882 war das Datum, für das die Haager Gesellschaft zur Verteidigung der christlichen Religion die Antwort auf ihre Frage, was nach dem Neuen Testament „der Glaube“ sei, verlangte. Für dieses Datum bekam meine Darstellung des neutestamentlichen Glaubens ihre erste Fassung. Das ist schon lange her und die Erwägung darum nicht abweisbar, ob es Sinn habe, nochmals nach so langer Zeit eine neue, die vierte Veröffentlichung meiner Abhandlung zu veranlassen.

Gewichtige Gründe sprechen dagegen. Als ihre ersten Leser hatte die Abhandlung die holländischen Kollegen im Auge, die über sie ihr Urteil abzugeben hatten, und dies bestimmte von Grund aus das Ziel und die Methode der Arbeit. Sie spricht zu den Mitarbeitern, zum Historiker der neutestamentlichen Zeit. Und doch ist der Kreis, der sich an der wissenschaftlichen Arbeit beteiligt, eng umgrenzt, groß dagegen die Schar, die schwer geschädigt ist, weil sie mit falschen oder verschwommenen und schwankenden Vorstellungen die Berufung zum Glauben vernimmt, die das Neue Testament an uns richtet. Die Frage, was „Glaube“, was „Heilsgewißheit“ sei, findet in unserer Christenheit keineswegs eine eindeutige, gesicherte Antwort, und die Beseitigung der seit langem befestigten Vermengung von Lehre und Glauben geht über das Vermögen vieler Glieder der Kirche hinaus. Wozu ein Buch nochmals drucken, das vielleicht einigen Wenigen aus der kleinen Schar der wissenschaftlichen Arbeiter dient, aber am dringenden Bedürfnis, das aus der gesamten religiösen Lage unseres Volkes entsteht, vorübergeht? Eine Umformung der Darstellung, die ihren Leserkreis erweitert hätte, war ausgeschlossen; sie schüfe ein völlig anderes Buch. Zwei Erwägungen führten mich dennoch zum Entschluß, es in dieser Gestalt zu erneuern.

Einmal, wir sind auf die Teilung der Arbeit angewiesen, die nicht übersprungen werden kann. Die Leitung der Kirche steht nicht bei denen, die die von den Fakultäten zu leistende Arbeit tun; auch sie können das Amt der Kirche nicht entbehren, dem dasjenige Wort übertragen ist, das zu allen spricht, zu jedem Glied der Kirche, zum ganzen Volk. Ich denke mir als Leser gerne Geistliche, da ihre Arbeit fortwährend in der Begründung des Glaubens ihr Ziel hat, weshalb für sie das Wort „Glaube“ einen klaren, eindeutigen Sinn besitzen muß, nicht nur so, daß sie für sich selber wissen, was sie ihr eigenes Glauben heißen, sondern vor allem so, daß sie wissen, was bei Jesus, dem Schöpfer des Glaubens, und bei seinen Boten, den Schöpfern der im Glauben geeinten Gemeinde, der Glaube war und schuf. Ist diese Erwartung nicht träumerisch? Gibt es noch Geistliche, die neben ihrer Amtspflicht mit beharrlicher Aufmerksamkeit einen solchen Gang durch die neutestamentlichen Dokumente vollenden können? Dazu kann ich nur sagen, das Thema, mit dem wir uns hier beschäftigen, ist so zentral und für jede fruchtbare Amtsführung so unentbehrlich, daß ich auf die Hoffnung nicht verzichte, es werde wie früher, so auch künftig Leser finden ähnlich jenem, der es in seiner ersten Gestalt unter dem Ewevolk in Afrika mit Spannung las, weil es ihn veranlaßte, die Vorgänge in seiner jungen Christenheit mit dem zu vergleichen, was uns das Neue Testament an der apostolischen Kirche zeigt.

Noch eine zweite Erwägung hat zu meiner Entschließung mitgewirkt. Ich denke an ein unheilbar gelähmtes Mädchen, dem vor vierzig Jahren die erste Gestalt meines Buches in die Hand kam und das mir einen Dank zugehen ließ, weil es an meiner Darstellung gelernt habe, was Glaube sei. Sicherlich besteht eine unaufhebbare Grenze zwischen der wissenschaftlichen Erkenntnis und dem, was der Christenstand bedarf. Es hat beispielsweise für unsere Wissenschaft Bedeutung, wie die sprachliche Hülle entstand, durch die das Denken und Wollen uns wahrnehmbar wird, und ich würde nicht zustimmen, wenn jemand die sprachlichen Statistiken, die von Anfang an an meinem Buch hingen, nur als gelehrte Spielerei wertete. Das bleibt aber ein Gebiet, in dem nur der wissenschaftlich Arbeitende heimisch werden kann. So begründet aber die Grenze zwischen dem wissenschaftlichen und dem zu allen redenden Schrifttum ist, die Grenze ist elastisch und macht aus unserer theologischen Arbeit nicht eine Geheimwissenschaft. Sollte es nicht in unseren deutschen Kirchen Männer und Frauen geben, die an die Frage, was bei Jesus und den Seinen der Glaube gewesen sei, eine Reihe von Stunden ernster Arbeit zu wenden Willens sind?

Hier tritt mir aber eine zweite Einrede wuchtig entgegen. Wie oft ist in den vierzig Jahren, während deren das Buch vorhanden war, über meine Sprache geklagt worden! Durch das Zeugnis mancher Kollegen wurde mir immer wieder bestätigt, daß ich schwer verständlich sei. „Zweimal mußte ich Ihre Sätze lesen," sagte mir einst ein in der Kirche an hervorragender Stelle stehender Mann. Als ich das Buch für den Neudruck wieder durchdachte, habe ich mich zwar bemüht, die Sätze, die mir nicht auf den ersten Blick durchsichtig schienen, zu glätten, muß aber gestehen, daß ich in dieser Hinsicht meinen Lesern nur geringe Hilfen zu bieten vermag. Was man meine Dunkelheit oder Unverständlichkeit nennt, entsteht nach meiner Meinung daraus, daß ich mich und meine Leser einzig und vollständig zu meinem Gegenstand hinwende. Das bedeutet den Verzicht auf jede Bemühung, den Leser durch sprachliche Kunst zu beeinflussen. Das Ziel meiner Darstellung kann nur das eine sein, daß der Leser die Vorgänge, von denen wir reden, selber sieht. Die Regel, die ich mit dieser Formel aussprach, wurzelt so tief in meinen letzten Überzeugungen über das, was Denken, Erkennen, Gewißheit und Glaube sei, daß ich zu keiner wesentlichen Wandlung in meiner Sprache fähig bin. Ihr Zweck kann nur darin bestehen, daß sich der Leser gar nicht mit mir, dem Redenden, beschäftige, sondern seinen Blick einzig an unseren Gegenstand hefte.

Noch eine dritte Einrede bedarf der Klärung, die die Richtigkeit der gestellten Frage erwägt. Ich ließ sie mir von den holländischen Theologen geben; war sie richtig? Das ist eine Frage nur dann, wenn eine Beantwortung möglich ist. Aus dem großen Kreis der neutestamentlichen Worte zog sie ein einziges heraus, einzig das Glauben, und sonderte diesen Vorgang von der lebendigen Einheit des Lebens und Geschehens ab. Gelangen wir auf diesem Weg zur Erkenntnis? Hat nicht die Erfassung jedes einzelnen Vorgangs in der Erkenntnis des Ganzen seine Bedingung? Die Aussagen des Neuen Testaments über das Glauben sind ein Teil der neutestamentlichen Theologie. Können wir sie verstehen, ohne daß das ganze Neue Testament, sowohl sein Evangelium als seine Lehre, uns sichtbar sind? Diese Einrede berührt nicht nur die Form der Darstellung, die beständig die mit dem Glauben verwachsenen Vorgänge mehr oder weniger gewaltsam aus der Betrachtung ausscheiden muß, sondern trifft die Richtigkeit des ganzen Unternehmens und macht es fraglich, ob sein Ziel erreichbar sei. Das neutestamentliche Glauben ist im Gottesbewußtsein begründet; was heißt das, „Gottesbewußtsein“? Die Jünger gaben ihren Glauben Jesus, weil er der Christus sei; was bedeutet das, „der Christus sein“? Ihr Glauben bestand nicht ohne ihr Hoffen; worauf haben die ersten Christen gehofft und wie steht es mit dieser Hoffnung? Sind nicht die Beobachtungen, die zu diesen Fragen die Antwort geben, für das Verständnis und die Beurteilung des neutestamentlichen Glaubens unentbehrlich? Und doch werden sie beharrlich jetzt aus dem Sehfeld hinausgestellt.

Ich kann diese Einrede nicht schon damit abweisen, daß ich auf meine neutestamentliche Theologie in ihren zwei Bänden, Geschichte des Christus und Lehre der Apostel, verweise, obwohl der Versuch, das ganze neutestamentliche Wort zu erfassen, manches ans Licht stellt, was die Beobachtung des neutestamentlichen Glaubens erleichtert und ergänzt. Dort hat aber die Notwendigkeit, die Darstellung in ein lesbares Maß zusammenzudrängen, das Sehfeld verengt. Eine neutestamentliche Theologie, die den ganzen Inhalt des Neuen Testaments nach demselben Maßstab durcharbeitete, wie es hier mit dem Glauben geschieht, gibt es nicht. Mein Buch ist somit ein Fragment.

Allein was ich hier als Schwierigkeit beschreibe, ist eine unaufhebbare Folge aus dem Grundgesetz, das unser ganzes inwendiges Leben formt. Es gibt freilich keine Erfassung des

Einzelnen, wenn wir es nicht an seinem Ort im Ganzen sehen. Wenn unser Blick nicht das Ganze sucht und sieht, zerfällt der ganze Erfolg unserer Arbeit. Aber ebensowenig gibt es einen Blick ins Ganze, wenn wir nicht unser Auge mit ungeteilter Aufmerksamkeit und ganzer Liebe an den konkreten, einzelnen Vorgang binden. Weil unser ganzes Denken und Erkennen unter diesem Gesetz steht, ist es töricht, darüber zu klagen, und Unvernunft, sich dagegen aufzulehnen. Freilich sind alle unsere Erkenntnisse nur Bruchstücke; wenn es uns aber gelingt, unser Auge an irgendeiner Stelle an die Wirklichkeit heranzubringen, dann erweitert und klärt sich auch unser auf das Ganze gerichteter Blick.

Grundsätzliche Erwägungen und Erfahrung bestätigen mir vereint, daß zur Mehrung unseres geistigen Besitzes nichts fruchtbarer ist als die möglichst enge, wahrheitsernste Berührung mit irgendeinem konkreten Vorgang, und ich bin der Meinung, daß die Beschäftigung mit dem Glauben des Neuen Testaments in besonderem Maß geeignet ist, uns sein ganzes Wort aufzuschließen. Ich kann mir nicht denken, daß es einen Leser geben könnte, dem das Studium des neutestamentlichen Glaubens nicht ein neues Neues Testament gäbe, das mit neuer Deutlichkeit zu ihm spricht und neue Wahrheit für ihn hat.

Erstes Kapitel

Der Glaube in der palästinischen Synagoge

Die Gemeinde, in deren Mitte sich die neutestamentliche Geschichte zugetragen hat, gründete ihre ganze Frömmigkeit bewußt und entschlossen auf die Bibel. Das besagt: die durch die alttestamentliche Geschichte geschaffene Begründung des glaubenden Verhaltens gegen Gott ist in ihr wirksam geblieben.

Für den Israeliten erhielt daher das Wort »glauben« seinen Inhalt nicht bloß durch diejenigen Beziehungen, in die wir zu den Menschen um uns her gesetzt sind. Weil unsere Lebensläufe ineinander gefügt sind, so daß der eine auf die Hilfe und Gabe des anderen angewiesen ist, stehen wir zueinander fortwährend in einem mannigfach abgestuften Glaubensverband. Denn unser Verhalten beruht unaufhörlich auf einem Urteil, das das künftige Handeln und die bleibende Gesinnung der anderen mißt. Falls wir in ihnen Wahrheit und Güte voraussetzen, glauben wir ihnen, indem wir uns mit ihrem Gedanken und Willen einigen.

Der Jude wußte aber aus seiner Bibel, daß sein Lebenslauf nicht nur von dem abhänge, was die Menschen für ihn sind, sondern zuerst durch Gottes Handeln hergestellt werde. Israels Gott steht mit seinem Volke in einem persönlichen Verkehr. Er ist des Volkes eigener Gott, der es regiert, so daß seine Geschichte durch eine fortlaufende Reihe von Handlungen Gottes gestaltet wird, die aus einer allmächtigen Güte hervorgehen. Gott war als der Geber alles Guten für sein Volk offenbar. Deshalb hatte der jüdische Gottesgedanke stetig die Erweckung des Glaubens bei sich; jede Erinnerung an Gott wirkt als Glaubensmotiv.

Die Verwendung des Worts im religiösen Sprachgebrauch war in der alten Zeit spärlich. Gerade diejenigen Funktionen, die sich als das unmittelbar gewiesene Verhalten darstellen, werden nur dann besonders betont, wenn sie durch Schwierigkeiten gefährdet sind, zumal in einer Gedanken- und Sprachgestalt, die von der Reflexion noch wenig berührt ist, sondern den sichtbaren, tatsächlichen Ergebnissen des menschlichen Lebens zugewandt ist. Im Alten Testament ist selten von dem auf Gott bezogenen »Glauben« [1]) die Rede. Vertrauen und Hoffnung zu Gott haben sich zwar im alttestamentlichen Israel manches Wort dienstbar gemacht. Die Prophetie und die Psalmdichtung erstrebten, wie sie selbst in starker Zuversicht zu Gott wurzeln, ausdrücklich ihre Erweckung und Erhaltung in der Gemeinde und bedurften darum reichlichen sprachlichen Ausdruck für sie. Verglichen mit seinen Synonymen wird aber selten vom »Glauben« gesprochen, jedoch dann, wenn es geschieht, immer mit Prägnanz. Das Glauben hat seinen Ort innerhalb der schon bestehenden Gemeinschaft Gottes mit den Menschen, nachdem Gott geredet und gehandelt hat [2]), und wird dann hervorgehoben, wenn das Verhältnis zu Gott vom Menschen nur mit Anstrengung durch Überwindung von Schwierigkeiten festgehalten werden kann. Nachdem Abraham Gottes Verheißung empfangen hat, wird betont, daß er ihr ohne Zweifel und Einrede traut, trotzdem sie ihm scheinbar Unmögliches zusagt, Gen. 15, 6. Hat Gott die erlösende Hilfe dem Volke versprochen und auch teilweise geleistet, so soll es sich nun auch bei den Schwierigkeiten der Wanderung durch die Wüste auf ihn verlassen, Ex. 4, 31. 14, 31. 19, 9. Num. 14, 11. 20, 12. Weil Jesaja dem Könige Gottes Leitung angeboten hat, die ihn sicher durch die gefahrvolle Zeit durchführen wird, fordert er das »Glauben«, 7, 9. Wie die gegenseitige Verbundenheit dann als Treue ins Bewußtsein tritt, wenn sie sich durch Arbeit und Kampf hindurch behauptet, so tritt auch das Glauben als besonderer Vorgang dann hervor, wenn Gott Schwieriges verheißt oder fordert. Man wird sich seiner an dem Stoß bewußt, den es

[1]) Über Sinn und Gebrauch von האמין vgl. Erläuterung 1.

[2]) Für das Verlangen nach Gottes Hilfe und die Bitte um seine Gaben, für jenes Vertrauen, das sich erst hoffend und suchend an ihn wendet, ist jene Wortreihe ausgeprägt, die so oft und so kraftvoll in der Prophetie und im Psalter wiederkehrt: חָסָה, חִכָּה, קִוָּה, יִחֵל und הוֹחִיל. Die Ruhe, die im Blick auf Gott von Furcht und Sorge frei und sicher ist, nennt בָּטַח.

aushält und abwehrt; es hat als vertrauende Entscheidung für Gott die niedergehaltene Versuchung in sich.

Da durch die Propheten Worte von Gott her zum Volke kommen, so wird auch bereits in der Schrift diejenige Wendung von האמין, die es auf das Wort der anderen bezieht, auf das Verhältnis Israels zu Gott angewandt: es soll dem prophetischen Wort glauben, Jes. 53, 1. Dabei erweitert sich sein Begriff über den einzelnen prophetischen Spruch hinaus und nimmt die stetige Überzeugung, die Gottes gewiß ist, in sich auf. Darum ist der Zweck der Weissagung, die Israel im Unterschied von den Heiden gegeben ist, der, daß »ihr mir glaubt«, Jes. 43, 10, womit die Erkenntnis verbunden ist, daß er sei, jene prägnante Formel, die den Herrn allein als Gott, ihn aber wirklich als Gott bezeugt. Ähnlich wird von den Niniviten, die die Drohung Gottes als wahr und gültig aufnehmen, gesagt: sie glaubten Gott, הֶאֱמִינוּ בֵּאלֹהִים Jona 3, 5.

Schon im Bereich der Prophetie wird somit deutlich, daß das Glauben an Gott eine zwiefache Existenzweise hat; es füllt als eine bestimmte Bewegung der Seele entsprechend den konkreten Verhältnissen einzelne besondere Momente und es bildet den stets vorhandenen, immer wirksamen Besitz des Menschen, der ihm für immer seine inwendige Gestalt verleiht. Zwischen beiden Formen des Glaubens besteht keine Spannung. Der beharrende Glaube könnte nicht bestehen, wenn er nicht in den konkreten Beziehungen ans Licht träte und das Verhalten des Glaubenden leitete, und der konkrete Glaubensakt wirkt auf die Person zurück und führt sie in einen befestigten Glaubensstand.

Eine bewußte Abscheidung des im Innenleben sich vollziehenden Vorgangs von der Tat war in der alttestamentlichen Verwendung des Glaubensbegriffs nicht gegeben. Jesajas Glaubensmahnung 7, 9; 28, 16 setzt zwar das Vertrauen auf Gott in bewußten Gegensatz zu den eigenwilligen Unternehmungen der menschlichen Klugheit, erhebt aber eben dadurch den Anspruch, das gesamte Verhalten des Königs und Volks zu bestimmen. Sie schließt den Verzicht auf die Anrufung Assurs und Ägyptens, auf Lüge und Eidbruch, auf die geheimen, vor Gott zu verbergenden Pläne in sich und geht dadurch über zur Forderung des Gehorsams, der tut, was Gottes Leitung verlangt. Im Rückblick auf die Wanderung durch die Wüste heben Deut. 1, 32. 9, 23 und 2 Kön. 17, 14 die Verweigerung des Glaubens als die Sünde der Väter hervor nach Num. 14, 11, und erläutern sie durch »nicht gehorchen, widerspenstig sein, Härte des Nackens und Verwerfung des göttlichen Gebots«. Der Grund der Errettung Daniels wird damit ausgesprochen: er glaubte an seinen Gott, 6, 24. Hier ist das Vertrauen auf die errettende Macht Gottes von der unerschütterlichen Festigkeit, die vom Gebet nicht läßt und zum Martyrium bereit ist, nicht geschieden. Daher stellt sich auch das göttliche Gebot als Beziehungspunkt des Glaubens dar, da es in seiner Geltung und Heilsamkeit mit einer festen Bejahung ergriffen sein will: deinen Geboten erweise ich Glauben הֶאֱמַנְתִּי בְמִצְוֹתֶיךָ, Ps. 119, 66. Damit ist die in der Synagoge besonders hervortretende Betätigung des Glaubens genannt.

Denn die innere Gestalt des Glaubens hängt von dem ab, was sich uns als göttliche Tat und Gabe in der Geschichte darbietet. Die göttlichen Gaben, in deren Besitz sich die Judenschaft in der neutestamentlichen Zeit wußte, waren die Bibel und der Tempel. Daraus ergeben sich die Unterschiede zwischen dem glaubenden Verhalten des mit dem Neuen Testament zeitgenössischen und demjenigen des vorexilischen Judentums.

Das erste und entscheidende Glaubensmotiv, das die Männer der biblischen Zeit sich und ihrem Volke vorhielten, war, daß Israel allein der Güte Gottes sein Dasein verdankt [1]), teils dadurch, daß Gott die Väter berufen, sich ihnen kund gemacht, ihnen die Söhne gegeben, das Land zugesagt und gegen die mit ihnen nächst verwandten Stämme abgegrenzt hat, und noch mehr dadurch, daß er sich durch die Ausführung aus Ägypten als den allmächtigen Schöpfer, Beschirmer und Regierer seines Volkes erwiesen hat, der ihm alles,

[1]) Auch das in der natürlichen Ausstattung des Menschen liegende Glaubensmotiv ist in der Schöpfungsgeschichte kräftig hervorgehoben, da der Mensch als von Gott gemacht und gesegnet, göttlicher Art gewürdigt und zur Gemeinschaft mit Gott berufen, seinen Lebenslauf beginnt.

was es bedurfte, gab: Existenz, Freiheit, Brot, Wasser, Fleisch, Führung, Sieg, das Gesetz, das Heiligtum, das Priestertum und die Einführung in das Land. Darum stand der fromme Israelit in der Gemeinschaft seines Volkes mit der Gewißheit: unser Gott hat uns gemacht.

Die im Ursprung Israels liegende Berufung zum Glauben hat sich auch die synagogale Gemeinde mit einer Kraft angeeignet, die, wenn auf das ganze Volk gesehen wird, weit über das hinausgeht, was die vorexilische Zeit aufweist. Der welthistorische Beweis dafür ist die Existenz der Diaspora. Wo immer der Jude leben mochte, bei aller Beweglichkeit, mit der er sich seiner Umgebung in Sprache und Sitte völlig gleichstellte, er schätzte die Abstammung von Abraham, die Zugehörigkeit zur Gemeinde Israels und das Zeichen, das diese verbürgte, die Beschneidung, für Güter, die er nicht preisgab. Dadurch ist Gott sein Gott. In der Energie, mit der der Gegensatz zwischen »Israel« und den »Völkern der Welt«, zwischen dem »Heiligen Land« und der übrigen Erde für die Gegenwart, wie für die Endzeit festgehalten wird, erscheint die Kraft des Glaubens, mit dem die Gemeinde ihre Erwählung durch Gott bejaht.

Nur der Vergangenheit angehörende Glaubensmotive reichen aber nicht aus, um ein glaubendes Verhalten zu begründen, auch dann nicht, wenn aus ihnen eine Verheißung entsteht, die für die Zukunft neue Gaben Gottes verkündigt. Eine Gegenwart, die Gottes Tat und Hilfe ganz entbehrte, würde das Glauben verhindern. Die in der Vergangenheit begründete Gemeinschaft Gottes mit dem Menschen wird dadurch glaubhaft, daß sie sich in einer bleibenden Betätigung der göttlichen Hilfe und Güte fortsetzt. Darum haben die Männer der biblischen Zeit das Volk angeleitet, im Auftreten der Männer, die immer wieder im entscheidenden Moment dem Volk Hilfe und Recht brachten, die fortgehende Erscheinung der göttlichen Güte zu sehen. Gott regiert Israel dadurch, daß die von ihm begabten und beauftragten Männer nicht ausbleiben, deren Werk die Wohlfahrt Israels ist, weshalb auch David als der von Gott dem Volk gegebene König für die Begründung des Glaubens in der vorexilischen Zeit eine große Bedeutung hat. Mit der Königszeit tritt eine deutliche Veränderung in der religiösen Betrachtung der Geschichte ein. Während in der älteren Geschichte die Kriegsleute und Regenten als Gottes Gabe beschrieben sind, an der das Volk erfährt, daß Gott es als sein Volk behandelt und nach seiner Güte mit ihm verfährt, übernimmt seit der Begründung des Königtums überwiegend der Prophet diese Funktion. Der Bote Gottes, der dem Volk Gottes Wort bringt, wird in erster Linie Gottes Zeuge, und auch an ihm wird eine allmächtige Gnade offenbar. Denn obgleich er zunächst Gottes Unwillen über das Verhalten des Volkes auszusprechen hat und ihm als Strafe den Untergang ansagt, stellt er über die Verkündigung des Gerichts die Zusage der Erhaltung, Wiederherstellung und Verherrlichung des Volks, worin sich Gottes Treue in ihrer Vollkommenheit offenbart. Und als sich nun diese prophetischen Worte erfüllt hatten, das Volk untergegangen war und doch wieder einen neuen Anfang fand und nochmals ein Geschichtslauf auf dem alten Grund und mit demselben herrlichen Ziel begann, da war ein starker Glaube in der Gemeinde begründet, nicht nur als Bejahung Gottes überhaupt, sondern in der Bestimmtheit, daß Gott als ewige Gnade erkannt und bejaht worden ist. Mit diesem reichen Glaubensbesitz ging Israel in die griechische Zeit hinein.

Die innere Gestalt seines Glaubens war dadurch bedingt, daß es jetzt weder Könige noch Propheten, wohl aber das Wort derjenigen besaß, die ihm Gott früher gegeben hatte. Die von ihnen stammende Schrift bildet jetzt seinen göttlichen Besitz, das von ihm zu bewahrende Heiligtum. Der Jude nimmt dadurch Göttliches in sein Leben auf, daß er das prophetische Wort bei sich trägt. Der welthistorische Beweis für die Energie des Glaubens, mit der die synagogale Gemeinde das ihr gegebene Wort an sich zog, ist die Kanonisierung Moses und der Propheten, ihre Absonderung und Erhöhung über jedes andere Wort und Buch, und, was damit in engem Zusammenhang steht, die Bildung der Schule und des Rabbinats. Um der Bibel willen ist die Schule errichtet worden zu dem Zweck, jedes Glied der Gemeinde in ihr zu unterweisen. Ihre Kenntnis wird als der für jedermann unentbehrliche Besitz geschätzt. Wo sich darum Juden befanden, ob in Jerusalem oder in Babylonien oder in Rom, wir finden sie im Besitz der Bibel und der Schule, und der Sabbat ist der Tag des Bibelstudiums.

Die Gefahr, die diesen Stand der Dinge begleitete, ist von Paulus dadurch scharf beleuchtet worden, daß er das »Geschriebene« und den »Geist« zueinander in einen Gegensatz gebracht hat. Der jüdische Lehrstand hat zwar versucht, der Gemeinde einzuprägen, daß sie durch die Schrift zum Geist in Beziehung gesetzt sei. Dazu hat er den Inspirationsbegriff gebildet, der die Schrift als Erzeugnis des Geistes beschreibt. Es ist aber dem Rabbinat schon deshalb, weil es ihm unmöglich war, den Geist als den gegenwärtigen Besitz der Gemeinde zu bejahen, nicht gelungen, den Geistbegriff lebendig zu erhalten. Indem der Geist nicht anders wirksam gedacht wird als so, daß er die Schrift inspiriert, deren Inhalt um so mehr als göttlich und geistlich gilt, je mehr er über das bewußte eigene Leben des Propheten hinaufgerückt wird, wird nichts Ganzes, nicht die Einheit und Totalität einer lebendigen Gestaltung von ihm erwartet. Seine Gabe ist etwas Vereinzeltes und bleibt über der Person und ihr fremd. Der Geistbegriff und der Glaubensbegriff stehen aber in enger Beziehung zueinander, da jener die Weise bestimmt, wie das Göttliche sich dem menschlichen Wollen und Wissen zu eigen gibt.

Die Schrift gab der Gemeinde Verheißungen und Gesetze. Mit gutem Grund beschäftigten die Gesetze ihre Aufmerksamkeit zuerst; denn sie bestimmten unmittelbar die Gegenwart und das eigene Handeln des Volks.

Seit der Rückkehr aus dem Exil gilt es als seine wichtigste Aufgabe, als die Grundbedingung seines Bestehens und Gedeihens, daß das Gesetz zur Ausführung gebracht werde. Die Treue gegen Gott erhält ihre konkrete Fassung in der Treue gegen das Gesetz. נֶאֱמָן zu sein, wird darum ein wesentliches Merkmal des Frommen. Da in der auf dem naturhaften Grund sich erbauenden Gemeinde immer solche vorhanden sind, die an den Geboten des Gesetzes leichtfertig handeln, und da der ungehemmte Verkehr mit der griechischen Welt dem »Freisinn« große Stärke gab, der die Befriedigung der natürlichen Begehrung durch Genuß, Macht und Besitz dem religiösen Ziel überordnete, sonderte sich der Kreis derer, die die Treue gegen das Gesetz bewahrten und darum für die nach seiner Erfüllung Strebenden Zuverlässigkeit besaßen, von der großen Menge ab. Mit festem Sprachgebrauch heißt die Mischna die in der Beobachtung der Satzung Korrekten die נֶאֱמָנִים. »Wer ist hier נאמן?« fragt der Pharisäer, wenn er an einen Ort kommt, und jedermann weiß, was er meint, m. dem. 4, 8.

Das Neue Testament enthält für den Ernst, mit dem die jüdische Gemeinde das göttliche Gebot behandelt hat, keineswegs Tadel, als läge in der unbedingten Unterwerfung des gesamten Handelns unter das Gesetz an sich schon eine Verletzung oder auch nur Erschwerung des Glaubens. Der Vorwurf Jesu und der Apostel gegen die Vertreter der Gesetzestreue lautet nicht: eure Treue, euer Fleiß, euer Gehorsam sind zu groß, sondern umgekehrt: ihr seid dem Gesetz untreu und ungehorsam. Die vorbehaltlose Bejahung des Gesetzes nötigte vielmehr direkt zur kräftigen Ausbildung des Glaubens. Kein Jude, der Gott nicht traute, konnte dem Gesetz treu sein. Sowohl, wenn man auf das Ziel, als wenn man auf den Ursprung des Gesetzes sah, konnte der Gehorsam gegen dasselbe nur durch Glauben entstehen.

Das Gesetz bot sich der Gemeinde als Weg zum Glück für das Volk wie für den einzelnen an. Diese Folge lag aber nicht schon in der Gesetzestreue an sich selbst, sondern begleitete sie als ihr Lohn durch Gottes vergeltende Tat. Wer sein Heil im Gehorsam gegen das Gesetz suchte, vollzog einen Vertrauensakt zur lohnenden Gerechtigkeit Gottes, der die von dieser zu erwartenden Güter über alles andere setzte und um ihretwillen auf jedes andere Glück verzichtete, das sich nur in der Abwendung vom Gesetz erreichen ließ.

Schon der Siracide hebt in diesem Zusammenhang den Glaubensgedanken kräftig hervor: Wer Gott dienen will, muß ihm Glauben erweisen, weil die Versuchung an ihn herantritt, und weil Gottes Hilfe zeitweilig ausbleibt und dennoch bejaht sein will, Kap. 2. Nach demselben Gesichtspunkt gilt es auch von der Weisheit, daß sie nur durch Glauben Besitz des Menschen wird, weil sie nur durch die überwundene Versuchung erlangt wird, 4, 16—19. Gegenüber dem Glück des Sünders neben der eigenen mühsamen und arbeitsvollen Existenz wird gesagt: staune die Werke des Sünders nicht an; glaube dem Herrn und bleibe bei deiner Arbeit; denn es ist in den Augen des Herrn etwas leichtes, schnell den Armen plötzlich reich zu machen, 11, 21. Den Gegensatz zu »dem, der am Gesetz heuchelt«, bildet der, der dem Gesetz Glauben erweist, dem das Gesetz auch seinerseits Treue hält, 35, 24. 36, 1—3[1]). Die Unentbehrlichkeit des Glaubens sowohl zur Erfüllung des göttlichen Willens, als zur Erlangung der göttlichen Gabe, liegt dem Siraciden somit darin, daß der Wert des Gottesdiensts und der Gesetzestreue nicht unmittelbar in die Erfahrung tritt. Die relative Unabhängigkeit des natürlichen Lebens mit seinen Gütern und Übeln vom Verhalten gegen Gott und das Gesetz ergibt einen der Gesetzestreue entgegenstehenden Schein, der nur durch Trauen überwunden wird.

Vollends als die Verlockung zum gräzisierenden Lebensgenuß ein mächtiges Renegatentum schuf und schließlich blutige Verfolgung die Gesetzestreue auf die Probe stellte, waren nur die die »Treuen«, die zugleich die Trauenden waren und in der Überzeugung, daß Gott in der Allmacht des Wunders sie retten könne und sie wegen ihrer Treue gegen das Gesetz auch aus dem Tod zur messianischen Herrlichkeit erwecken werde, ihr Leben nicht hochschätzten. Im Blick auf jene Zeit sagte man in der Synagoge: »Unter dem Regiment der Griechen flohen alle vor ihm, aber Mattathia der Priester und seine Söhne blieben aufrecht im Glauben an Gott!«[2]) So drückt auch der hebräische Mann, den wir im ersten Makkabäerbuch kennen lernen, das Motiv der Be-

[1]) Die Verwendung von ἐμπιστεύειν durch den Enkel Ben Siras ist, soweit der erhaltene hebräische Text ein Urteil erlaubt, nicht nur durch האמין veranlaßt. 36 [33], 3 steht יבין דבר; 11, 21 dagegen wahrscheinlich האמן ליי.

[2]) r. Exod. 15, 7: במלכות יון הכל ברחו ממנה ומתתיה הכהן ובניו עמדו באמונתו שלהקב״ה:.

wegung dadurch aus, daß er den sterbenden Mattathia an seine Söhne die Glaubensmahnung richten läßt. Daß die Treue am Gesetz von Gott belohnt wird, wird durch die ganze alttestamentliche Geschichte verbürgt[1]). Das erste dieser Vorbilder ist Abrahams Glaube: »er wurde in der Versuchung treu erfunden und es wurde ihm gerechnet zur Gerechtigkeit,« 2, 52. Das Lob seines Glaubens Gen. 15, 6 ist mit der Opferung Isaaks zusammengefaßt, auf die die »Versuchung« deutlich hinweist, vgl. Gen. 22, 1, weil sich im jüdischen Gedankengang der Blick nicht nur auf die Bejahung der göttlichen Verheißung, sondern noch mehr auf die Tat richtet, die Gott alles geben will und alles für ihn leiden kann[2]). Das Glauben, das ihr vorschwebt, ist mit Aktivität erfüllt und wird zur ganzen Unterwerfung unter Gott. Demgemäß wird die Geschichte der drei im feurigen Ofen erretteten Männer in das Wort gefaßt: sie glaubten und wurden errettet, 1 Makk. 2, 59. Das ist mit dem Sprachgebrauch Daniels eins, der von dem in die Löwengrube Geworfenen sagt: er glaubte Gott. In derselben Weise gehört die Glaubensmahnung auch der Predigt der griechischen Synagoge an: Abraham, der den Sohn opfert, Daniel in der Löwengrube, die drei Männer im feurigen Ofen stehen im 4. Makk.-Buch als die Beispiele des Glaubens beisammen, und das Martyrium der Makkabäerzeit wird als ihm gleichartig daran angereiht: *καὶ ὑμεῖς οὖν τὴν αὐτὴν πίστιν πρὸς τὸν θεὸν ἔχοντες*, 16, 22. Durch ihren Glauben bezwang die makkabäische Mutter ihre Qualen, 15, 24, und zeigte in ihrem Tode die Echtheit ihres Glaubens, 17, 2.

Der Gegensatz zur Völligkeit der Hingabe, die in solchem Glauben liegt, wird durch neue Bezeichnungen beleuchtet. Wer nicht glaubt, dessen »Herz ist geteilt«[3]). Damit ist

---

[1]) Die paränetische Verwendung der alttestamentlichen Geschichten zur Glaubensmahnung darf als ständiges homiletisches Besitztum der Synagoge gelten. Auch der Siracide ermuntert zum Glauben durch die Erwägung: „seht auf die alten Geschlechter: wer glaubte dem Herrn und wurde zu schanden?“ 2, 10.

[2]) Kein Moment im Leben Abrahams wird in der Synagoge so hervorgehoben wie die Opferung Isaaks, vgl. schon den Siraciden, 44, 20.

[3]) Das „nicht glauben“ Gen. 45, 26 erläutert Jer. I durch לביה פליג, Jer. II אפלג לביה. Nicht Teilung, פלגו, war im Herzen Abrahams, als Gott Isaak von ihm forderte, Gen. 22, 14. Jer. II. Im Midrasch über den

verwandt, daß der Begriff »Heuchler« schon beim Siraciden stark betont ist, ebenso im Psalter Salomons. Da das Gesetz als die öffentliche Angelegenheit des ganzen Volks behandelt wird, wird das gottesdienstliche Verhalten für alle Glieder des Volkes ein gleichmäßiges, zumal da mit dem wachsenden Eifer für das Gesetz eine furchtbare Justiz den Gehorsam gegen dasselbe erzwang. Dabei konnte jedoch niemand übersehen, daß derselbe oft genug nur äußerlich war. Der Heuchelei gegenüber tritt die Bedeutung der innerlichen und aufrichtigen Gebundenheit an Gott um so mehr ins Licht und diese ungeteilte Einheit im Verhalten zu Gott hebt sich als das Wesen des Glaubens hervor[1]).

Hatte die Gemeinde durch die von außen an sie herangebrachte Verlockung erlebt, daß sie nur dadurch glauben kann, daß sie die Welt überwindet, so machte sie gleichzeitig die weitere Erfahrung, daß im eignen Inneren des Menschen ein Gegensatz gegen das Glauben aufsteht, so daß er, um glauben zu können, nicht bloß die Welt, sondern auch sich selbst überwinden muß.

Auch der Ursprung des Gesetzes aus Gott begründet ein glaubendes Verhalten, das sich deswegen als ein wichtiges Glied der Frömmigkeit darstellt, weil nur mit dem göttlichen Ursprung auch das heilige Recht des Gesetzes anerkannt wird. Darum bildet der Glaube in seiner Beziehung auf das Gesetz den Unterschied Israels von den Heiden: Israel kennt Gott, sagt der falsche Esra, und glaubt seinen Verordnungen, 3, 32, während die Heiden den Bündnissen Gottes widersprechen und seinen Verordnungen nicht glauben, 5, 29. Israels Sündenweg wird 7, 24 in vier Parallelsätzen beschrieben, von denen je zwei so zusammengeordnet sind, daß der negative Ausdruck dem positiven antithetisch entspricht. „Sie

Tod Harans: geteilt war das Herz Harans, indem er sprach: wenn Nimrod Sieger ist, bin ich von seiner Partei, und wenn Abraham Sieger ist, bin ich von seiner Partei; darum kam er im Feuer um, Jer. Gen. 11, 28. Jakob fürchtet, daß unter seinen Söhnen einer sei, dessen Herz geteilt sei, daß er fremden Göttern diene, Jer. Gen. 49, 1. Die hebräisch Schreibenden sagen dafür היה לבו חלוק.

[1]) חָנֵף, חֲנֻפָּה und הֶחֱנִיף werden die Äquivalente zu *ὑποκριτής*, *ὑπόκρισις* und *ὑποκρίνεσθαι*.

machten sich Gedanken der Eitelkeit und zogen den Betrug der Sünden vor; sie sprachen dazu, der Höchste sei nicht und erkannten seine Wege nicht; sie verachteten sein Gesetz und verleugneten seine Bündnisse; an seine Satzungen glaubten sie nicht und seine Werke vollbrachten sie nicht.“ Die Gedanken der Eitelkeit sind hier durch die Leugnung Gottes erläutert und die Verachtung des Gesetzes dadurch, daß ihnen der Glaube an dasselbe fehlte. Mit der Ablehnung der göttlichen Art des Gesetzes ist auch seine Heilsbedeutung verneint. Wenn Israel dasselbe als Gesetz des Lebens erfaßte, so würde es dasselbe erfüllen; der dem Gesetz Ungehorsame glaubt Mose nicht, der ihm erklärt, daß das Gesetz sein Leben sei, 7, 130.

Der Wille, Gott mit der Tat zu gehorchen und dem Gesetz untertan zu sein, der der Gemeinde ihr Gepräge gibt, und das Glauben, das die Berufung zu Gott vernimmt und die Mitgliedschaft in der Gemeinde Gottes als höchstes Gut ergreift, verbanden und stützten sich deshalb wechselseitig. Aus starkem Glauben ergab sich eifriger Gehorsam, aus der emsigen Erfüllung des Gesetzes erneute Zuversicht zu Gott.

Daß sich dabei das Gebot der Schrift und ihre Lehre voneinander nicht scheiden ließen, da jenes das Zeugnis von Gott beständig voraussetzt und bestimmt, wurde für die Richtung des Glaubens bedeutungsvoll; denn die Lehre erfüllt das Bewußtsein derer, die sie aufgenommen haben, bleibend. Das Glauben stellte sich dadurch als etwas Zuständliches, Beharrliches dar, als die Form des Bewußtseins, die sich aus dem Eingang der Schriftlehre in dasselbe ergibt. Damit wurde aber auch eine neue, verinnerlichte, permanent gewordene Form des Unglaubens erlebt. Denn auch wenn die Schriftlehre übernommen wurde, konnte sich zwischen der „Theorie“ und „Praxis“, zwischen dem prinzipiellen Satz und der konkreten Maxime, mit einem Wort: zwischen dem Gedankenlauf und dem Willenslauf, eine Trennung festsetzen, so daß der Bejahung dort die Verneinung hier zur Seite stand und jene entwertete[1]).

[1]) Unter den Worten Gottes, die Glauben erfordern, heben sich die prophetischen besonders hervor, weil sie sich noch nicht an der Gegen-

Der Inhalt des Gottesgedankens bewirkt, daß alles, was zu ihm in Beziehung tritt, absolute Geltung und Unbedingtheit erhält. Man hat sich in Israel nicht verborgen, daß dies auch vom Glauben gilt, und das Vertrauen zu Gott als ein unbedingtes in allen Verhältnissen des Lebens zu betätigen gesucht. Izates von Adiabene fürchtete sich vor der Beschneidung im Blick auf die Unruhen, die in seinem Volke daraus erwachsen werden; ein Jude hält ihm dies Zögern als sündlich vor; er beschneidet sich sofort, und Gott zeigt, indem er ihn rettet, daß »denen, die auf ihn blicken und auf ihn allein vertrauen, die Frucht der Frömmigkeit nicht verloren geht,« *ὅτι τοῖς εἰς αὐτὸν ἀποβλέπουσιν καὶ μόνῳ πεπιστευκόσιν ὁ καρπὸς οὐκ ἀπόλλυται ὁ τῆς εὐσεβείας*, Jos. A. 20, 2, 4. 48. Allein Gott soll man glauben; so sprach man in Palästina. Der um einige Jahrzehnte jüngere Eleasar der Modiith hat im Blick auf die Spendung des Mannas je für einen Tag gesagt: »jeder, der hat, was er heute essen kann, und sagt: was werde ich morgen essen? sieh! dem gebricht es am Glauben«.[1]) Daß solche Sätze älter als das N. T. sind, zeigt die Sapienz: die wunderbare Ernährung des Volks in der Wüste ist geschehen, »damit deine Söhne, die du geliebt hast, Herr, lernen, daß nicht die Bildung der Früchte den Menschen ernährt, sondern dein Wort die dir Glaubenden bewahrt,« *τὸ ῥῆμά σου τοὺς σοὶ πιστεύοντας διατηρεῖ*, 16, 26. Das göttliche Wort wird als der voll zureichende Grund für die Erhaltung des Menschen bejaht und es bewährt seine helfende Macht an denen, die Gott glauben.[2])

---

wart der Gemeinde bewähren. Es ist lehrreich, daß sich das Targum den absoluten Gebrauch des Worts bei Jesaja nicht mehr anzueignen vermag, sondern dem Glauben das Objekt in den Worten des Propheten gibt. Das Glauben, das Jesaja von Ahas fordert, wird beschrieben als: glauben an die Worte der Propheten, Targ. Jes. 7, 9; der Glaubende Jes. 28, 16 ist „der Gerechte, der an dieses glaubt". Ebenso wird Ex. 14, 31 das Glauben an Mose erläutert als Glauben an seine Prophetie, vgl. Ex. 19, 9. Jer. II. Eine Parallele gibt der Luthertext gegenüber dem absoluten *πιστεύειν* bei Paulus: Röm. 1, 16. 3, 3. 10, 4. 13, 11. 1 Kor. 1, 21. 15, 2 vgl. Joh. 20, 8. 25.

[1]) כל מי שיש לו מה יאכל היום ואומר מה אוכל למחר הרי זה מחוסר אמנה. Mechiltha zu Exod. 16, 19. 49b.

[2]) In der hellenischen Atmosphäre nimmt die Präzision, mit der die psychologischen Begriffe gefaßt sind, beträchtlich zu. Die Aufmerk-

Das klar durchbrechende Bewußtsein um die Unbedingtheit des Glaubens macht sich im ganzen Bereich desselben geltend. Die Absonderung des Kanons vom übrigen menschlichen Wort gilt nicht nur als relativ, sondern als absolut. Die Autorität desselben haftet an jedem Buchstaben und der Inspirationsgedanke will verdeutlichen, daß und weshalb durch jedes Schriftwort der Leser Gottes eigenes Wort unmittelbar vernehme. In die Arbeit, das Schriftwort zu verstehen und anzuwenden, legt sich ein starker Eifer; es setzt sich in der Gemeinde die Überzeugung durch, daß diese Arbeit für den, der sie beginne, zum Lebensberuf werde, neben dem kein zweites Anliegen in gleicher Geltung stehen darf. Eine theologische Bewegung beginnt, die nicht nur durch die Menge und den Eifer der an ihr beteiligten Männer, sondern auch durch ihre Ergebnisse ehrwürdig ist, da sie weithin in der Gemeinde jenen Stand der Bibelkenntnis schuf, den das N. T. voraussetzt und sichtbar macht.

Die Absonderung der geheiligten Gemeinde von der übrigen Menschheit und des von Gott gestifteten Tempels von allen anderen Heiligtümern gilt schlechthin und hat ewigen Bestand. Abraham und Mose erhalten eine Verehrung, die sie über alle anderen Glieder der Gemeinde erhebt, und in den Gehorsam gegen das mosaische Gebot legt sich eine Freudigkeit, die die Ausführung seiner Vorschriften zum eigentlichen Zweck des Lebens macht. Auch der Naturlauf wird der göttlichen Regierung schlechthin unterstellt als in jedem Moment von Gottes Walten durchdrungen und bestimmt.

Hierbei entstanden aber Schwierigkeiten, die dem Glauben als Hemmung widerstehen und es erschüttern. Weil sich das, was natürlich ist, und das, was göttlich ist, voneinander scheiden, das Glauben aber den Willen ausschließlich auf Gott hinlenkt, entstand aus ihm eine Mißachtung der natürlichen Lebensbedingungen, die gefährlich ward. Josef bittet

---

samkeit auf die inwendigen Vorgänge wächst. Es ist in dieser Hinsicht nicht ohne Bedeutung, daß der griechische und der palästinische Lehrer darin zusammentreffen, daß beide an der Spendung des Mannas einen Maßstab für das Glauben gewinnen, das wir Gott zu erweisen haben.

den gefangenen Mundschenk des Pharao, seiner zu gedenken; der Rabbine schilt ihn deshalb: »es ließ Joseph die Gnade fahren, und verließ sich auf den Obersten der Schenken; gegen das Schriftwort: verflucht ist der Mann, der sich auf Fleisch verläßt«, Jer. Gen. 40, 23. Joseph klärt Potiphar nicht über den Hergang der Dinge auf; das war, sagt Josefus, der dadurch auch die verwandten Exegesen datiert, recht; absichtlich schwieg er, weil er es Gott anheimstellte, a 2, 5, 1. 60. Hagar füllt an der Quelle, die ihr Gott schuf, ihren Schlauch mit Wasser; also, sagt der Midrasch, fehlte ihr der Glaube! r. Genes. 53, 19.

Das blieb nicht nur Kanzeldeklamation zur erbaulichen Darstellung der biblischen Geschichte, sondern griff ernst genug in die Geschichte der Einzelnen und des Volkes ein. Die Frage, ob sich der Gebrauch des Arztes mit dem Glauben vereinige, bildet für die jüdischen Frommen schon zur Zeit des Siraciden ein ernstes Anliegen, weshalb er 38, 1 ff. mahnt, den Arzt nicht zu verachten. Indem er die ärztliche Hilfe ausdrücklich mit Gottes Wirken in Zusammenhang stellt und auch die Schrift zum Zeugnis für sie anruft, macht er deutlich, daß er religiöse Bedenken gegen die Benützung des Arztes vor Augen hat. Philo gibt alles nötige zu seiner Auslegung, da er von einer Benützung des Arztes spricht, die er als glaubenslos beurteilt. »Wenn den Zweiflern etwas gegen ihren Willen zustößt, so fliehen sie, weil sie schon vorher nicht fest dem helfenden Gott glaubten, zu den Hilfsmitteln, die das Gewordene bietet, zu den Ärzten, Kräutern, Arzneien, genauer Diät, zu allem, was bei dem sterblichen Geschlecht an Hilfsmitteln sich findet, und wenn ihnen jemand sagt: flieht doch, ihr Elenden, zum alleinigen Arzt der Krankheiten der Seele und laßt die fälschlich so benannte Hilfe von der dem Leiden unterworfenen Kreatur her fahren, so lachen sie und spotten und sagen: morgen dann! und sind, wenn irgend etwas zur Abwehr der vorhandenen Übel geschehen kann, nicht willens, Gott anzuflehen. Freilich, wenn nichts, was Menschen tun, genügt, sondern alles, auch das hochgefeierte, sich als schädlich erweist, dann verzichten sie in ihrer Ratlosigkeit auf die Hilfe von anderen und fliehen gezwungen, die Feigen, spät und mit Mühe zu Gott, dem alleinigen Helfer,« Opfer Abels. Mang. 1, 176, 23 ff.[1])

Der Arztfrage ist die Kriegsfrage verwandt. Josefus hat in seiner Rede an die Verteidiger Jerusalems den Satz verfochten: der Gebrauch der Waffen sei an sich schon für Israel Sünde; es habe seine Rettung nur von Gott zu erbeten, in derselben Weise, wie Abraham die Rückgabe der Sarah nur durch sein Gebet oder Hiskija die Vernichtung Sanheribs nur durch den Engel des Herrn erlangt haben, b. 5, 9, 4, 378–390. Das in diesen Sätzen enthaltene „sola fide" war keineswegs von Josefus für diesen besonderen Anlaß erfunden, sondern stammt aus der den ganzen Pharisäismus regierenden Überzeugung. In Tiberias wurde in den aufgeregten Wochen, die dem Einmarsch des römischen Heers vorangingen, die Gemeinde an einem Fasttag ohne Waffen in die Synagoge berufen, damit sie kundtue, daß »sie für den, der Gottes Hilfe erlangt, jede Waffe für unnütz halte,« Jos. Vita 56. 290. Dieselben Erscheinungen traten schon in der Notzeit unter Epiphanes hervor. Die zur unbedingten Treue gegen das Gesetz Entschlossenen waren keineswegs ohne weiteres auch zum Krieg bereit. Es bedurfte der ausdrücklichen Mahnung des um Juda sich sammelnden Kreises, bis an die Stelle der passiven Willigkeit zum Martyrium der aktive Widerstand gegen die syrischen Verfolger trat, vgl. 1 Mk. 2, 40. Schon Esra hat sich geschämt, den militärischen Schutz für seine Karawane auf dem Zug durch die Wüste vom König zu erbitten, weil er ihm erklärt hatte, er verlasse sich auf Gottes Hilfe, Esr. 8, 22.

So bekommt das Denken und Handeln der Synagoge jene

---

[1]) Philo bleibt bekanntlich bei seinen Gedanken niemals fest. Daher steht auch 1, 122 eine etwas anders gefärbte Äußerung: die primären Güter gibt Gott durch sich selbst, die Befreiung von Übeln durch *λόγοι καὶ ἄγγελοι. διὰ τοῦτ' οἶμαι καὶ ὑγείαν μὲν τὴν ἁπλῆν ἧς οὐ προηγεῖται νόσος ἐν τοῖς σώμασιν, ὁ θεὸς χαρίζεται δι' ἑαυτοῦ μόνου, τὴν δὲ γινομένην κατὰ νόσου φυγὴν καὶ διὰ τεχνῆς καὶ διὰ ἰατρικῆς, ἐπιγράφων καὶ ἐπιστήμῃ καὶ τεχνίτῃ τὸ δοκεῖν ἰᾶσθαι, πρὸς ἀλήθειαν αὐτὸς καὶ διὰ τούτων καὶ ἄνευ τούτων ἰώμενος.* Sein Schwanken erhöht die geschichtliche Bedeutung der oben zitierten Stelle; denn es zeigt, daß solche Gedankenreihen ihm aus seiner Umgebung, vermutlich aus der Literatur zukommen und eine Autorität besitzen, die ihn zeitweilig beherrscht.

ausschließliche Richtung auf das Wunderbare, die ihm ein phantastisches Gepräge gibt. »Unsere Väter haben das Manna in der Wüste gegessen, wie geschrieben ist: Brot aus dem Himmel gab er ihnen zu essen« Joh. 6, 31; das erfüllt die Gedanken des Volkes und ergibt den Maßstab, an dem es die göttliche Güte und Hilfe bemißt. Das Glauben sollte dadurch seine Unbedingtheit erhalten, die Gott in seiner Majestät über alles Natürliche erhöht, und doch wurde es gerade dadurch begrenzt und geknickt. Die Unterordnung des Naturlaufs unter Gottes Regierung gelingt nicht mehr. Da das Göttliche erst da beginnt, wo das Natürliche endet, und das glaubende Verhalten sich nur in der Abwendung von der natürlichen Tätigkeit des Menschen vollzieht, entsteht, da diese doch nicht vernichtet werden kann, notwendig ein Riß in der Seele. Es kommt zu einem widerspruchsvollen Schwanken zwischen dem, was man als Glauben preist und doch nicht festhalten kann, und dem, was man als ungläubig verwirft und doch nicht unterlassen kann. Die Geschichte des ersten Jahrhunderts zeigt diese Schwankungen in großem Maß. Gegen Caligulas Angriff auf den Tempel ist kein einziges Schwert gezogen worden; das Volk hat nur mit Bitten gegen Petronius gekämpft und betätigte eine unbedingte Willigkeit zum massenhaften Martyrium. Gegen Nero ist wegen geringerer Veranlassung leidenschaftlich gekämpft worden; gewagt wurde aber der Kampf nur deshalb, weil phantastische Erwartungen alle natürlichen Bedingungen des Sieges übersprangen und der Blick stets auf Gottes plötzliche Wundertat gerichtet war.

Sicherer als gegenüber dem Handeln befestigte sich der Glaube gegenüber dem Leiden, obwohl notwendig aus dem Schmerz eine Erschütterung des Glaubens entsteht, weil dieser immer die Gegenstrebung gegen das, was ihn verursacht, erweckt. Es war aber im Aufblick der Gemeinde zu Gott die Bejahung seiner Gerechtigkeit und seines richterlichen Waltens so kräftig entwickelt, daß sich im Leiden die Beugung unter das göttliche Gericht deutlich als die einzig richtige Stellung des Frommen ergab. Dieser »rechtfertigt das Urteil«[1]) und

[1]) Er vollzieht den צדוק הדין.

sinkt damit nicht in die stumme Resignation herab, sondern bewahrt sich einen Glaubensstand, weil er dies in der Gewißheit tun darf und tut, daß er eben dadurch seine Verbundenheit mit Gott bewahre und sich seine Hilfe und Gnade verschaffe.

Dagegen brach eine ähnliche Schwierigkeit wie im Verhältnis der natürlichen Vorgänge zu Gottes Wirken auch zwischen dem menschlichen Freiheitsbewußtsein und der Bejahung des göttlichen Regiments hervor. Am Gesetz ist sich die Synagoge der Wirksamkeit des menschlichen Willens bewußt geworden; denn dasselbe fordert die eigene Entschließung des Menschen für Gott, legt ihm die Wahl vor, durch die er sich für oder gegen Gott entscheidet, und gibt sowohl seinem guten als seinem bösen Willen den Wert einer Kausalität, die auch von Gott in ihrer Gültigkeit bestätigt wird, da er sein eigenes Handeln mit dem des Menschen nach dem festen Gesetz der gerechten Vergeltung in Übereinstimmung bringt. Es ist aber den jüdischen Frommen schwer geworden, ihr Gottesbewußtsein mit ihrem kräftigen Freiheitsbewußtsein zu einigen.

Was der Wille und das Handeln des Menschen schaffen, gilt im Guten und Bösen als sein Eigentum und man verwendet deshalb zur Deutung der kausalen Macht, die ihm beiwohnt, den Gerechtigkeits- und Verdienstbegriff. Der Mensch begründet durch seine Tat Gottes Tat, entweder durch seine Schuld Gottes Strafen oder durch seine Güte Gottes Geben. Dieser Erfolg tritt notwendig und sicher ein wegen Gottes Gerechtigkeit. Dieser Gedankengang breitet sich durch alle Aussagen über Gott und durch die ganze gottesdienstliche Arbeit der Gemeinde aus. Sie erkennt im Gehorsam ihre Pflicht; durch diesen erwirbt sie, weil er vor Gott ein Verdienst ist, die göttliche Gegengabe. An der Macht, mit der dieser Gedankengang die Gemeinde faßte, war die Energie ihres Glaubens mitbeteiligt; sie zweifelt an der Willigkeit Gottes zu lohnen nicht und es steht ihr völlig fest, daß der redliche Dienst Gottes in sein Wohlgefallen führt.

Als Hemmnis stellte sich diese Erkenntnis dem Glauben deshalb entgegen, weil sie den Blick des Glaubenden spaltete und nicht mehr allein und ganz auf Gott richtete, sondern ihn zurück auf den Menschen beugte. Es entstand so zwischen dem Menschen und Gott eine Koordination, in der seine Leistung die Gottes eben dadurch, daß sie diese begründete, auch begrenzte. Gottes Güte endet mit des Menschen Verdienst und dieses wird zur Macht, die über sein Geschick bestimmt. Das Gottvertrauen und das Selbstvertrauen geraten daher miteinander in einen Kampf, bei dem die Steigerung des einen die Schwächung des anderen erzeugt.

In der Bildung der Parteien trat diese Schwankung in der Glaubensfrage öffentlich hervor. Im Bericht über die drei jüdischen Parteien, den Josefus in die Makkabäergeschichte eingelegt hat, a 13, 5, 9. 171—173, unterscheidet er sie einzig nach der Weise, wie sie Gottes Regierung mit der Freiheit des Menschen ausgleichen. Der Essener erwartet alles von Gott, der Pharisäer einiges von Gott und einiges vom Handeln des Menschen, der Sadducäer alles vom menschlichen Verhalten. Wenn auch in der Form der Bericht durch seine griechische Färbung gelitten hat, so ist er doch in seinem Kern als sachkundig anzuerkennen. Die Unterschiede zwischen den Parteien waren auch Glaubensunterschiede im strengen Sinn des Wortes; sie unterschieden sich voneinander im Maße dessen, was Gott zuzutrauen sei.

Da die von Josefus wiederholte Beschreibung der Essener einen panegyrischen Ton hat, hat die von ihr vertretene Richtung geurteilt: die vollendete Abhängigkeit, zu der das im Essenismus wirksame paganische Element diesen bewogen hat, sei der Gipfel der Frömmigkeit. Ein solches Urteil ist, solange das Selbstvertrauen und das Gottvertrauen widereinander in Spannung stehen, wohl verständlich, da es dann der Überlegenheit Gottes über den Menschen zu entsprechen scheint, daß dieser der Gottheit gegenüber auf ein eigenes Leben verzichte. Da freilich, wo wie im Pharisäismus ein kräftiger Anschluß an die Bibel vorhanden war, konnte sich nie die Entselbstigung des Menschen als die Vollendung des Glaubens darstellen. Dann wurde es aber zum schweren Problem, wie die dem Menschen gegebene Willensmacht mit der Bejahung Gottes in Einheit zu setzen sei.

Es kam innerhalb der vom Pharisäismus beeinflußten Gemeinde nochmals zu einer Spaltung von der Glaubensfrage aus, da sich die letzte Partei, die Eiferer, von den Pharisäern deshalb schied, weil sie das menschliche und göttliche Handeln anders als jene zueinander in Beziehung brachte. Der Pharisäer erneuerte zwar die Erwartung des Himmelreichs von Geschlecht zu Geschlecht, betete auch, wie die Liturgie zeigt, täglich um dasselbe, tat aber nicht mehr; denn die Aufrichtung des Reiches ist Gottes Sache. Er gab es Gott anheim, dasselbe zu schaffen durch eine alles verändernde Wundertat, und fügte sich inzwischen mit Ergebung unter den Druck der heidnischen Welt. Der Eiferer verwarf dagegen das tatlose Glauben als einen sich selbst zerstörenden Widerspruch, verweigerte jedem Herrn außer Gott die Huldigung und erwartete Gottes Hilfe für den, der mit der Tat beweise, daß er keinen Herrn ehre als Gott und kein Gut höher schätze als sein Reich. Hier war nicht wie bei den Sadduzäern ein stumpfes, vom Naturalismus entwertetes Gottesbewußtsein, sondern religiöse Energie der Grund, der zu einer verstärkten Betonung der menschlichen Pflicht und Aktionsmacht trieb.

Da nachher die neutestamentliche Gemeinde ihre Einheit an einer bestimmten Gestaltung des Glaubens hat, ist es nicht ohne Bedeutung, daß schon hier verschiedene Gestaltungen des Glaubens zur Begründung der religiösen Gemeinschaften mitgewirkt haben. Innerhalb der jüdischen Gemeinde entstand jedoch so nur die Härese, weil die Gesamtgemeinde nach ihrer natürlichen Seite auf die Geburt, nach ihrer religiösen auf das Gesetz begründet war.

Aus dem Ernst und Eifer, mit dem Gott der Gehorsam geleistet und das Verdienst hergestellt wird, entstand in der Gemeinde jenes hochgespannte Selbstgefühl, das uns Jesus im Gebet jenes Frommen: »ich danke dir, daß ich nicht bin, wie jene« dargestellt hat, und das uns die palästinische Literatur in großem Maßstab sichtbar macht. Was sich als Abweichung vom Gesetz im Leben der Frommen fand, erschien nicht als wichtig genug, um dieses zu beschränken, da sie den Ernst der Hingabe an das Gebot nicht entwertete.

Ebensowenig war das Glauben imstande es zu regeln und zu beugen. Es wird vielmehr zum Bereich des inwendigen Lebens beziehungslos gemacht, weil dort ein göttliches Geben neben der Produktionsmacht des Menschen keinen Raum mehr hat. Das Glauben verkümmert deshalb zum Providenzglauben, der auf Gottes Führung und Gabe für den äußeren Verlauf des Lebens hofft, dagegen für die wesentlichen Anliegen des Menschen, dafür, daß sein Denken wahr, sein Wille gut, sein Verhältnis zu Gott Friede und Gemeinschaft sei, Gottes nicht bedarf. So bestimmt man, wenn man arm war, glaubte, Gott könne Reichtum geben, oder, wenn man krank war, Gott könne Gesundheit schaffen, so bestimmt scheidet man das, was den inneren Wesensbestand des Menschen ausmacht, von Gottes Geben, darum aber auch vom Glauben ab. Dafür sorgt der freie Wille des Menschen allein. Derselbe Modiith, der seinen Lebensunterhalt Tag für Tag mit vollem Glauben aus Gottes Händen nahm, stellte seinen inwendigen Lebensstand vollständig unter den Verdienstbegriff und hielt seine Kenntnis und Liebe Gottes samt den aus ihr entspringenden Werken im strengen Sinn für die ihm eigene Gerechtigkeit [1]).

Die unvermeidliche Folge war, daß der Verdienstgedanke auch auf das Glauben übergriff. Weil es vom Gesetz befohlen und zu seiner Erfüllung notwendig ist, wird es ebenfalls als eine Leistung des Menschen gefaßt, die die Wohltat Gottes nach der Vergeltungsregel erwirbt. Man hat dabei mit fester Erwartung darauf gerechnet, daß Gott das Glauben schätze, und betrachtet es deshalb als eine Macht, die bei ihm gilt. In der Deutung der biblischen Geschichte machte man gerne auf dasselbe aufmerksam als auf den Faktor, der den göttlichen Segen erworben habe, wie man auch auf den Unglauben hinwies als auf die Macht, die die Strafe herbeigeführt habe. Nicht das Blut des Pascha oder die eherne

[1]) Für diese Wendung der Theologie Jerusalems ist ihr Zusammenhang mit der griechischen Theologie zu beachten, da dieser bei der Herrschaft des Tugendbegriffs der Providenzbegriff dem Glauben den Inhalt gab. Das „Verdienst" hat nicht ohne die Hilfe der „Tugend" seine Herrscherstellung erlangt. Es gab ihr zwar eine religiöse Färbung, überwand sie aber nicht innerlich.

Schlange oder Moses erhobene Hände, als Israel den Sieg über Amalek bedurfte, haben in sich selbst die Kraft gehabt, Hilfe zu gewähren, sondern das Glauben war die Kraft, die diese vermittelte. »Haben die Hände Moses Israel stark gemacht oder seine Hände Amalek zerbrochen, vielmehr während er seine Hand nach oben hob, sah Israel auf ihn und glaubte an den, der Mose befohlen hatte, so zu tun, und Gott schuf ihnen Zeichen und Kräfte. Hat die Schlange (Num. 21) getötet und lebendig gemacht? vielmehr während er so tat, sah Israel hin und glaubte an den, der Mose befohlen hatte, sie zu machen, und Gott schuf ihnen Heilungen. Was für Nutzen brachte das Blut (des Pascha) dem Engel oder was für Nutzen brachte es Israel? Vielmehr während Israel so tat, und vom Blut an ihre Türen strich, verschonte sie Gott,« Mechiltha zu Exod. 17, 11. 54a. Weil Abraham glaubte, war er gerecht; damit war für die Theologen — wir haben Aussprüche darüber schon aus dem ersten Jahrhundert a. Chr.[1]) — nicht nur erklärt, warum er selbst in der Freundschaft Gottes stand, sondern auch, warum Israel aus Ägypten erlöst und das Rote Meer gespalten wurde. Das geschah »wegen der Gerechtigkeit des Glaubens, das Abraham an Gott geglaubt hatte«.

Ein Glauben, wie Abraham es hatte, erscheint dem Theologen als etwas Bewunderungswürdiges und Großes. Darum stellt es ihn nicht nur für seine Person in Gottes Wohlgefallen, sondern dient der Gemeinschaft Gottes mit Israel für immer zum Grund. Es wird stellvertretend auch für die späteren Geschlechter wirksam und deckt ihren Glaubensmangel. Wiederum wurde Abraham deshalb gesagt, daß sein Geschlecht in fremdem Lande dienstbar sein müsse, weil er nicht glaubte, Jer. Genes. 15, 13. Wie der Segen, der von Abraham ausgeht, der Lohn für sein Glauben war, so ist auch das Leiden seines Geschlechts in Ägypten Gottes Strafe für seinen Unglauben gewesen. Jakob sah die himmlischen Fürsten der Weltmächte, der Babylonier, Meder, Griechen, Römer, auf der Leiter herauf- und heruntersteigen. Gott sagte auch ihm: steige herauf! »Er glaubte nicht«, und da-

[1]) S. Erläuterung 9.

rum ist Israel der Herrschaft der Weltmächte unterworfen in dieser Zeit, r. Levit. 29, 2. Denn der Unglaube ist eine Macht, weil mit ihm verscherzt wird, was Gott gibt.

Man meinte, so gläubig zu denken, sah aber nicht, daß das Glauben durch diesen Gedankengang in Gefahr war, zu verlieren, was es zum Glauben macht. Auch als Glaubender stand der Mensch nicht mehr empfangend vor Gott, nicht mehr auf seine Güte gewandt, sondern er verhielt sich auch im Glauben gebend und leistend für Gott. Dem Menschen fällt die Aktivität zu, Gott die Passivität auch in dem durch das Glauben entstehenden Verband mit Gott. Man vertraut auf die Macht des Glaubens, glaubt an sein Glauben, so daß dieses das Selbstbewußtsein steigerte, nicht regelte, und es gegen Gott verschloß und versteifte, nicht es ihm unterwarf.

Zum Selbstvertrauen gesellt sich immer als Begleiter die Verzagtheit, weil es dem Menschen nie wirklich gelingt, an sich selbst zu glauben. Dies deutet sich auch in diesem Gedankengang dadurch an, daß man dem Glauben der Väter stellvertretende Macht zuschrieb und auf ihr Glauben sein Vertrauen setzte. Man hatte doch nicht den Mut, selbst dieses verdienstvolle Glauben zu haben, sondern fühlte sich glaubenslos und tröstete sich nun mit dem Glauben, den einst Abraham Gott erwiesen hat.

Es wurde aber nie undeutlich, daß das Gesetz nicht bloß Glauben, sondern den durch die Tat vollzogenen Gehorsam fordere. Daher bildet man die Formel »Werke und Glaube«, damit durch sie die gesamte Leistung des Menschen für Gott beschrieben sei. Da das Gesetz erst in der tatsächlichen Vollführung der von ihm konkret umgrenzten Pflichten geschieht, kommt es durch »gute Werke« zur Erfüllung, so daß sich Gottes Verhältnis zum Menschen nach seinen Werken bemißt. Sie bilden vor Gott seinen Schatz, Ps. Esr. 7, 77; sie sind die Kammer, in der sich Israel vor Gottes Zorn schützt, so daß die Mahnung Jes. 26, 20 bedeutet: gehe hin, mein Volk, mache dir gute Werke, daß sie dich in der Zeit der Not decken, Targ. Jes. 26, 20. Der Glaube ist von den Werken dadurch unterschieden, daß er dem Innenleben angehört, ist aber auch von Gott gewollt, ein unbedingt gefordertes, und deshalb verdienstliches. Ja, weil in der Anerkennung Gottes und in der Bejahung des Gebots als des Wegs zum Leben der innere Grund alles gesetzmäßigen Handelns liegt, so kann der Glaube auch allein als das Attribut des Gerechten genannt werden. So stellt der falsche Esra den Sündern die gegenüber, die durch Glauben sich einen Schatz sammeln [1]). Soll aber vollständig benannt werden, was die Gerechtigkeit des Menschen vor Gott ausmacht, so muß beides verbunden werden: man wird gerettet und entflieht dem Gericht Gottes durch seine Werke und durch den Glauben, Ps. Esr. 9, 7. In der Versuchung der letzten Zeit werden die bewahrt, die Werke und Glauben an den Allmächtigen haben, 13, 23.

Mit der Vermengung von Glauben und Selbstbejahung, die aus der Zurückbeugung des Glaubens auf die Würdigkeit des Menschen floß, war der Schutz, der es vom Fanatismus schied, zerstört. Wir stoßen darum in der Synagoge auf zahlreiche Worte und Vorgänge, die ein fanatisches Gepräge haben. Die eigene Meinung und Gottes Wille, das eigene Recht und Gottes Recht fließen ungeschieden ineinander und jene werden mit dem rücksichtslosen Eifer verteidigt, der nicht in der Selbstbejahung, sondern nur im echten Dienst Gottes richtig ist. Dieselben Faktoren machten auch die Grenze zwischen dem Glauben und dem Aberglauben unsicher, da es diesem wesentlich ist, daß er die Postulate seines Denkens und Wollens mit der Wirklichkeit vermengt.

Mit dieser Gestaltung des Glaubens stand in kausaler Wechselbeziehung, daß der Inhalt des Gottesbewußtseins verarmte. Weil das Gesetz als Mittler zwischen Gott und dem Menschen steht, wird es für jede Erinnerung an Gott zu einem Hauptgedanken, daß Gott der Richter sei, der auch durch das Glauben nicht ergänzt und überschritten wird, weil auch dieses den Vergeltungsgedanken über sich hat. Damit ging aber dem Leben des Frommen die Einheit verloren, weil das im Recht begründete Urteil und Verhalten Gottes auf die vielen einzelnen Handlungen des Menschen

[1]) 6, 5: antequam consignati essent, qui fide thesaurizaverunt. James und Gunkel lesen: qui fidem thesaurizaverunt.

bezogen wird. Der Begriff Gerechtigkeit löst sich in einen Plural auf, da die einzelnen Erweisungen des Glaubens oder Unglaubens und die einzelnen Erfüllungen oder Übertretungen der Gebote jede für sich zur Anrechnung und Vergeltung kommen. Ein Ergebnis entsteht erst durch die göttliche Schlußrechnung, die die einzelnen Glaubens- und Werkverdienste addiert und mit den Übertretungen vergleicht und das Schlußurteil aus dieser Vergleichung zieht. Das Verhältnis zu Gott bleibt dadurch für das ganze irdische Leben unfertig und schwankend, womit sich das Glauben auflöst und nur ein Hoffen übrig bleibt.

Das ergab Hilflosigkeit gegenüber dem Schuldbewußtein, dem gefährlichsten Gegner des Glaubens. Sowie dieses aufbrach, löste Verzweiflung die kecke Zuversicht ab. Das Schuldbewußtsein und der Bußgedanke gehen aber seit dem Exil stark durch die Gemeinde und werden sowohl durch ihre Beschäftigung mit der Schrift, als auch durch den düsteren Verlauf ihrer Geschichte immer neu erzeugt. Die Erzählung über den Tod des Jochanan, Sohn des Zakkai, der unter denjenigen Schriftgelehrten, die den Brand des Tempels überlebt haben, für den größten galt, ist in dieser Hinsicht typisch: »Als er krank war, besuchten ihn seine Jünger und als er sie sah, fing er an zu weinen. Seine Jünger sagten zu ihm: Leuchte Israels, Säule zur rechten Seite, starker Hammer, weswegen weinst du? er sagte ihnen: wenn sie mich vor einen König, der Fleisch und Blut ist, brächten, der jetzt da und morgen im Grabe ist, dessen Zorn, wenn er mir zürnt, kein ewiger Zorn ist, und den ich mit Worten beschwichtigen oder mit Geld bestechen kann, so würde ich trotzdem weinen, und jetzt, da man mich vor Gott bringt, der ewig lebt und bleibt, dessen Zorn, wenn er mir zürnt, ein ewiger Zorn ist, und dessen Bande, wenn er mich bindet, ewige Bande sind, und dessen Tötung, wenn er mich tötet, ewige Tötung ist, und den ich nicht mit Worten beschwichtigen und nicht mit Geld bestechen kann, da vielmehr zwei Wege vor mir sind, der eine ins Paradies, der andere in die Gehenna, ohne daß ich weiß, auf welchen man mich führen wird, soll ich nicht weinen?« B. Berak. 28a.

Es finden sich von anderen Rabbinen auch entgegengesetzte Aussprüche, die stolze Ruhe über ihr ewiges Geschick ausdrücken. Aber gerade dieses Schwanken macht die Schwierigkeiten deutlich, mit denen der Glaube unter dem Gesetze gerungen hat. Die Synagoge vermag es nicht auszuschließen, daß ein Leben, das als vollendetes Beispiel der Gesetzestreue gelten darf, doch in der Unsicherheit verläuft, ob ewiges Leben oder ewiger Tod sein Ende sei. Da Gottes Urteil noch verborgen ist, bleibt jeder auf seine eigene Schätzung angewiesen, die je nach der Schärfe seines Gewissens und dem äußeren Verlaufe seines Lebens und der Gesamtrichtung seines Empfindens verschieden sein kann. Es wird daher schon im Kreis der jüdischen Frommen auf die Sterbestunde ein besonderes Gewicht gelegt, da an der Haltung des Sterbenden offenbar werde, wie Gott über ihn urteile und was sein Los drüben sei. Die Tradition bewahrt nicht nur von Jochanan, sondern auch von anderen Lehrern die letzten Worte. Bis zum Tode bleibt das Verhältnis des Menschen zu Gott unentschieden und unerkennbar; mit dem Tode fixiert es sich, weshalb es nahe lag, in der Art, wie jemand stirbt, ein Zeichen zu sehen, das über sein Schicksal im Jenseits Aufschluß gibt.

Die Apokalypsen zeigen dasselbe Schwanken wie die Rabbinen. Der falsche Esra hat die Verwandlung des trauernden Zions in die herrliche Freudengestalt des himmlischen Jerusalems als in Bälde eintretend verkündigt; dennoch ist der Gedankengang des Buches trostlos. Das schwere Geschick Israels, sein neues Exil, ist unmittelbar Enthüllung seiner Schuld und dokumentiert sie in ihrer Größe, weshalb von Erfüllung des Gesetzes keine Rede sein kann. So regt sich in dem Buch etwas von Höllenangst. Es zieht sich bitter die Klage durch dasselbe: o Adam, was hast du getan! Es steht unter dem Schrecken des Wortes, daß viele geschaffen, aber wenige auserwählt sind, daß im Kampf, den das Leben jedem notwendig auferlegt, der Sieg nur wenigen zufällt und niemand weiß, ob er den Sieg gewinne. Esra zieht sich allerdings vom mangelnden Werk auf den Glauben Israels zurück. Wenn es auch das Gesetz nicht erfüllt hat, so bleibt ihm doch vor den Heiden der Ruhm, daß es Gott kennt und an seine Bünde glaubt, 3, 32. Aber Beruhigung findet der Gedankengang in dieser Betonung des Glaubens nicht, weil er selbst bloß als verdienstliche Leistung in Betracht kommt und sich darum sofort mit dem Bewußtsein verbindet, daß diese Leistung ungenügend sei und die Erfüllung des Gesetzes im Werk nicht ersetzen könne. So wird alle diese Klage und Angst schließlich lediglich auf die Freiheit des Menschen verwiesen, kraft deren er mit eigenem Willen Gott verleugnet und das Gesetz übertritt, so daß er sich über Gottes Gericht nicht beklagen kann, und auf den Raum zur Buße, der dem Menschen bis zum Tode geöffnet ist.

Dieses Absterben des Glaubens hängt eng damit zusammen, daß sich im Gottesbild die Erhabenheit, Überweltlichkeit und Unfaßbarkeit Gottes als sein hauptsächliches Attribut darstellt, was wiederum enge Beziehungen zur Fassung des ganzen göttlichen Handelns in den Begriff des Richters hat. Im freisprechenden und erhöhenden Spruch des Richters wird allerdings Güte angeschaut, aber eine durch die Superiorität des Gebenden über den Empfangenden begrenzte Güte, die keinen persönlichen Verband zwischen beiden stiftet. Das Lob des Richters gilt der Leistung des Beurteilten; sie ist nicht Liebe zu ihm selbst. Indem Israel Gott von der Gemeinschaft mit den Menschen fern hält, will es die Reinheit des Gottesgedankens im Gegensatz zu den Heiden schützen, die Gott zur Welt und zum Menschen herab erniedrigen, aber es versagte damit auch sich selbst die lebensvolle Beziehung zu Gott. Es äußert sich dies nicht nur in der Verhüllung des Gottesnamens und im starken Anteil der Geisterwelt am religiösen Leben der Gemeinde, sondern namentlich auch darin, daß der auf das Verhältnis zu Gott gerichtete Gedanke fortwährend bei dem stehen bleibt, was in der Sphäre des menschlichen Erlebens und Wissens vorhanden ist, und nicht zu Gott selbst vorzuschreiten wagt. Die Weise, wie die Targume den Bibeltext behandeln, ist in dieser Hinsicht oft sehr bedeutsam. Der Prophet sagt: Gott suchen, der Übersetzer: Lehre von Gott her suchen; der Prophet: zu Gott umkehren, der Übersetzer: zum Gesetz oder zur Verehrung Gottes umkehren; der Prophet: den Herrn kennen, der Übersetzer: die Furcht des Herrn kennen; der Prophet: von Gott weichen, der Übersetzer: von seiner Furcht sich entfernen. Die Stelle, die im Gedanken der Schrift Gott inne hat, erhält nun die Religiosität. Statt eines Gottes hatte Israel noch eine »Religion«. Nicht Gott, sondern die Frömmigkeit galt ihm als das Heilsame, Wertvolle, Errettende. Auch der Glaubensgedanke bleibt an den Manifestationen Gottes innerhalb der Welt haften: man glaubt an das Gesetz, an die Prophetie, an den Namen Gottes; wie man »vor Gott betet«, »vor Gott dient«, so glaubt man auch »vor Gott«, הֵימִינוּ קֳדָמַי Targ. Jes. 43, 10. Gott steht als der Verborgene in der Ferne, den das Verhalten des Menschen nicht erreicht. Auch das Glauben vollzieht sich vor ihm als dem erhabenen Beschauer, der es wahrnimmt, beurteilt und zur Vergeltung aufbewahrt; aber ein Verband, der die Geschiedenheit von ihm überwände, entspringt ihm nicht. In demselben Maß, wie Israels Selbstbewußtsein an seinem gesetzlichen Eifer sich hebt und steift, hebt sich auch sein Gott in die Höhe und verharrt in unerreichbarer Geschiedenheit vom Menschen in der Erhabenheit und sein Glauben wird beständig vom Bewußtsein, Gott bleibe dem Menschen fern, durchkreuzt.

Die vorausgesetzte Abwesenheit Gottes vom menschlichen Leben gibt wiederum der zuversichtlichen Betätigung des eigenen Willens freien Raum. Sowohl in der intellektuellen als in der praktischen Sphäre sind die Ergebnisse schädlich gewesen. Obwohl das Denken der Synagoge die unbedingte Beugung unter die Schrift zur Voraussetzung hat, wird es dennoch zuchtlos, ist der Verleitung durch den hellenischen Rationalismus offen und streift die Gebundenheit an die Wirklichkeit und damit die Grundbedingung aller fruchtbaren Denkarbeit von sich ab. Das Ergebnis dieser Theologie war darum bei aller formalen Schriftgläubigkeit dennoch eine willkürliche Umgestaltung des Schriftworts, bei der der Interpret des Gesetzes selbst zum Gesetzgeber geworden ist und die aus der eigenen Phantasie geschöpfte Legende die heilige Geschichte verdeckt hat. In der Sphäre des Handelns konnte sich das Selbstvertrauen nur dadurch erhalten, daß die großen

Ziele des Gesetzes beiseite gestellt wurden und dafür ein angestrengter Eifer für die Darstellung der Frömmigkeit in einzelnen sichtbaren Leistungen gepflegt wurde. Beides, der Stolz und die Angst des Juden, sind einträchtig an der sich maßlos steigernden Präzisionsbewegung beteiligt, die alle nach außen hervortretenden meßbaren Ergebnisse der Gesetzestreue aufs genaueste fixierte und übertrieb. Aus dem Umfang und der Intensität dieser Arbeit soll die Zuversicht gewonnen werden, die die göttlichen Güter als erreichbar zu bejahen und das Schuldbewußtsein zu stillen vermag. Aber diese ganze Arbeit zerstörte sich selbst, nicht nur deswegen, weil sie sich keineswegs auf den gesamten Inhalt des Gesetzes gleichmäßig bezog, sondern sogar auf ihrem eigenen Gebiet deswegen, weil sie genötigt war, ihre Sätze fortwährend wieder abzuschwächen und einzuschränken, damit sie die natürlichen Existenzbedingungen nicht zerstörten und die menschliche Leistungsfähigkeit nicht aufhoben. Und auch in dieser verkümmerten Gestalt blieb die am Gesetz zu gewinnende Zuversicht nur einem kleinen Kreise zugänglich. Aus der Masse der Gemeinde, dem עַם הָאָרֶץ, sonderten sich die ab, die »es über sich genommen haben, zuverlässig zu sein«; [1]) aber auch diese Treuen stehen noch nicht auf dem Gipfel der Gesetzeserfüllung; über sie wird erst noch der חָבֵר emporgehoben, so daß es schließlich nur der mit dem Studium des Gesetzes beschäftigte Stand der Schriftgelehrten ist, der sich den Ruhm beilegen kann, das Gesetz zu halten, und dieser wird nur dadurch erreicht, daß sich die Erfüllung des Gesetzes auf den Formalismus einer äußerlichen Disziplinierung des Lebens beschränkt.

Das Schriftwort und die Geschichte der Gemeinde ließen niemals zu, daß die Gnade in ihrem Gottesbild unterging. In dieser Hinsicht hat sich auch der zweite Glaubensgrund, der der Gemeinde neben der Schrift und ihrem Gesetz im Bestand des Tempels und Opferdienstes gegeben war, wirksam erwiesen. Auch dieser bildete ähnlich wie die Schrift eine deutliche Klammer zwischen der alten heiligen Geschichte und der gegenwärtigen Gemeinde und hielt ihr im Bewußt-

[1]) Mi. dem. 2, 2 המקבל עליו להיות נאמן.

sein, daß sie durch die großen Taten Gottes in der Vorzeit begründet sei. Es verband sich aber auch ein gegenwärtiges, immer neues Gut mit demselben, weil das Gesetz mit dem Vollzug des Kultus die Zusage der Vergebung der Sünden, der Erhörung des Gebets und der göttlichen Segnung verbunden hat. So diente der Tempel und der ganze Komplex der gottesdienstlichen Handlungen, der mit ihm zusammenhing, kräftig zur Bezeugung der göttlichen Güte und bildete daher ein wirksames Motiv der Freude und Zuversicht zu Gott.

Wird das Glauben zur Anrufung der göttlichen Gnade, so entsteht, weil zugleich die Bejahung des göttlichen Gerichts mit großer Deutlichkeit im Bewußtsein steht, die Frage, welches Verhältnis zwischen der Gnade Gottes und seinem Gericht bestehe, und hier fand man in Jerusalem die Einheit nicht, im Zusammenhang damit, daß auch zwischen dem göttlichen und menschlichen Wirken das lebendige Band nicht gefunden ist. Gott hat nach den Lehrern Jerusalems ein doppeltes »Maß«, nach dem er handelt, das Maß des Rechts und das Maß der Güte, מִדַּת הַדִּין und מִדַּת חֶסֶד [1]). Beide stehen unabhängig nebeneinander, wirken selbständig und begrenzen sich dadurch gegenseitig. Handelt Gott nach dem Recht mit dem Menschen, so waltet nicht seine Gnade; wenn er ihm Gnade erweist, so bricht das Recht. Was aber der göttlichen Gnade zur Begrenzung dient, setzt auch dem Glauben eine Schranke und bringt in dieses die Schwankung hinein. Im Blick auf die Weise, wie die Schrift Gott bezeugt, wird freilich gesagt, das Maß der Gnade sei weit größer als das des Rechts, und damit eine gewisse Wahrscheinlichkeit erreicht, daß man Gott glauben dürfe; Gewißheit blieb dagegen unerreichbar, so lange der Mensch nicht dem in sich einigen Gott, sondern der Doppelheit seiner beiden voneinander geschiedenen Willen gegenüber stand.

Dieser Fassung des Gottesbilds entsprach diejenige Gestaltung des Selbstbewußtseins, nach der die Gemeinde aus zwei Gruppen bestand, aus denen, die nicht gesündigt haben, und aus denen, die zwar in die Sünde gefallen sind, sich aber

[1]) Die erste Formel steht auch bei Josefus, *τῷ μέτρῳ τῆς δίκης*, α 13, 294.

von ihr bekehrt haben, Targ. Jes. 10, 21, aus Gerechten, die das Gesetz von Anfang an bewahrten, und aus Schuldigen, die zum Gesetz umkehrten, Targ. Jes. 33, 13, aus Bekehrten, בעלי תשובה, und aus vollkommen Gerechten, צדיקים גמורין b. Sanh. 99 [1]). Beide haben an Gottes Güte und Reich teil, doch stehen die »Bekehrten« tiefer als die Gerechten. Und nur diese tiefer stehende Gruppe bedarf und empfängt im strengen Sinn göttliche Gnade, weil der Gerechte den Empfang der göttlichen Gabe bei Gottes Rechtlichkeit sucht, die sein Handeln nach dem ihm anhaftenden Werte anerkennt. Wären in den fünf Städten des Jordantals 50 Gerechte, 10 in jeder Stadt, so wäre die Vergebung, die ihnen zu teil wird, nicht mehr nur Barmherzigkeit, sondern wenigstens einigermaßen in ihrem eigenen Verhalten begründet. Verzichtet Gott auf die Forderung, daß sich Gerechte finden müssen, dann vergibt er wegen seines Erbarmens, Jer. Gen. 18, 21 f. Wenn du dich unsrer erbarmst, sagt der falsche Esra, während wir nicht Werke der Gerechtigkeit haben, dann wirst du Erbarmer heißen; denn die Gerechten, denen viele Werke aufbewahrt sind bei dir, o Herr, empfangen aus den eigenen Werken Lohn; darin aber wird deine Gerechtigkeit und Güte verkündigt, wenn du dich derer erbarmst, die nicht auf guten Werken stehen können, 8, 32 f.

Ist es die eigentliche Bestimmung des Menschen, daß er der Gnade nicht bedarf, sondern sein Verhältnis zu Gott durch sein eigenes Handeln ordnet, so bildet auch das Glauben nicht mehr seine zentrale Funktion, sondern wird zum Notbehelf für die, die gefallen sind.

Die absolute Art, die allen Aussagen über Gott eignet, erfaßt zwar auch die Aussagen über das göttliche Vergeben, so daß dieses als eine reiche, mächtig durchgreifende Güte gepriesen wird. Immer treten aber auch wieder die Begrenzungen hervor, die keine ganze, geschlossene Bejahung desselben zulassen. Typisch ist in dieser Hinsicht das Gleichnis vom Kaiser, der der Stadt diejenigen Steuern erläßt, die

[1]) Das Alter dieser Unterscheidung ist durch die beiden Söhne in den Gleichnissen Jesu, den umkehrenden und den gehorsamen, sicher gestellt.

sie ihm schuldig blieb: »Das Alte ist weg; von nun an neue Rechnung.« Das göttliche Vergeben tilgt die Schuld, die sich in der abgelaufenen Lebensgeschichte sammelte, ist aber nichts Ganzes, so daß es die Einheit der Person und die Gesamtheit ihrer Geschichte umfaßte und mit Gott einigte. So wird ein Glaubensstand möglich, wie ihn derjenige hatte, der jeden Tag ein Schuldopfer darbrachte. Sein Glauben reichte aus, um vom Opfer die Tilgung der Schuld dieses Tags zu erwarten; für den neuen Tag hält er dagegen wieder ein neues Opfer für erforderlich. »Die Weisen« hatten dagegen nichts einzuwenden; nur als er sogar am Versöhnungstag sein Schuldopfer bringen wollte, wiesen sie ihn zurück.

Dabei wirkte auch die Reduktion des Glaubens auf die Providenz störend ein, weil sie auch dem göttlichen Vergeben die Richtung nach außen, auf die Tilgung der Folgen des Bösen im Geschick des Menschen gab, während seine innerliche Überwindung, die Entwurzelung des Bösen im Menschen selbst, nicht in den Zweck des göttlichen Vergebens fällt, sondern die Aufgabe unseres freien Willens bleibt. Damit stand das Glauben vor der Gefahr, ein Vergeben zu begehren, das die Sünde duldete, nicht überwand, und diese war deshalb besonders ernst, weil man die Vergebung am Altar holte und der Glaubende diesen mit der Gewißheit verließ, daß ihm seine Sünden vergeben sind. Warum war, fragt der Rabbine, Jerusalem »die Freude des ganzen Landes?« Wenn ein Mensch voll von Schulden dorthin ging und das Opfer darbrachte und Versöhnung für ihn geschah, so war keine Freude größer als die, da er nun gerecht weg ging, r. Exod. 36, 2. Das Alter dieser Form des Glaubens ist durch das Gleichnis Jesu vom Zöllner und Pharisäer gesichert, das ebenfalls voraussetzt, daß der Fromme als ein »Gerechter« vom Altar weggehe[1]). Da aber am Altar die Vergebung durch eine dingliche Leistung vermittelt wurde, die der Opfernde für die Gestalt seines Willens unwirksam machen konnte, war hier der Raum für eine schlimme Entartung

---

[1]) Jesus sprach mit seinen Zuhörern davon, was für ein Mann *δεδικαιωμένος* aus dem Tempel gehe. Daß der richtige Besucher des Tempels als צַדִּיק weggeht, steht seinen Hörern fest.

des Glaubens gegeben, wenn der Wille zu vergeben nicht zugleich als Wille das Böse zu überwinden gefaßt und daher die Gewißheit der Vergebung mit dem fest gehaltenen bösen Willen verbunden wurde. Schon der Siracide hat sie deutlich im Auge bei seiner Warnung vor der Furchtlosigkeit, die sich auf die geschehene Sühnung der Sünden stützt, und deshalb weiter sündigt, 5, 4—6; 7, 9; 40, 12, und die Abwehr dieses boshaften Glaubens, das die Berufung auf das göttliche Vergeben mit der Lust am Bösen vereint, setzt sich auch in der späteren synagogalen Predigt fort. Als Schutzwehr gegen dasselbe bot sich ihr aber nur die Einschärfung des Gebotes dar.

Der die Gemeinde gestaltende Besitz hat sie somit zum Glauben zwar kräftig angeleitet, dagegen nicht vermocht, dieses gegen schwere Erschütterungen zu schützen. Ungelöste Widersprüche durchkreuzten nicht bloß ihr Denken, sondern auch ihr Wollen, so daß sie, obwohl sie das Glauben als ein Glied ihrer religiösen Pflicht empfindet und betont, fortwährend bald vom Schuldbewußtsein und der Furcht, bald vom Freiheitsbewußtsein und der Hoffart, die die eigene Leistung bewundert, getrieben, an dem Halt zu gewinnen sucht, was der Mensch in sich selber hat.

Es mag für den Fortgang der Untersuchung nützlich sein, noch einmal zu formulieren, woher sich diese Schwierigkeiten ergaben. Die Gemeinde hat erkannt, daß Gott ein volles Vertrauen gebührt, das sie einheitlich in ihrer ganzen Lebensführung zu bestimmen hat. Erschüttert wird dieses:

durch das Verhalten der Welt, das den Glaubenden von Gott weglockt,

durch die den Menschen von innen her bewegenden Begehrungen, die von Gott wegstreben,

durch die Selbständigkeit der Natur, die neben Gottes Walten ihren eigenen Gang hat,

durch die Schmerzhaftigkeit des Leidens, die uns zwingt, uns gegen unsere Lage zu sträuben,

durch die Selbständigkeit unseres Willens, die uns selbst für unser Handeln und Geschick verantwortlich macht,

durch die Geltung der Rechtsregel, nach der Gottes gute

Gabe auf unsere Werke und unser Glauben scheinbar notwendig folgen muß,
durch die Verborgenheit Gottes, die sein Verhalten zu uns unsicher macht,
durch die Schuld, die uns darüber gewiß macht, daß wir Gott gegen uns haben,
durch den Konflikt der Güte mit der Rechtsregel, der es ungewiß macht, welches von beiden uns gelte,
durch die begrenzte Wirkung der göttlichen Gnade, die uns zwar verzeiht, aber uns vom Bösen nicht befreit.

Daher finden wir in der Gemeinde neben dem Glauben nicht nur Unglauben, der Gottes Regierung verneint, und Verzagtheit, die Gottes Gnade verneint, sondern auch gebrochene Glaubensformen:

Heuchelei, die die Bejahung und die Verneinung Gottes gleichzeitig in sich hat,
Resignation, die nur Gottes Obmacht, nicht seine Güte bejaht,
Wunderglauben, der die Natur von Gottes Walten ausnimmt,
Vorsehungsglauben, der das, was in unserer Persönlichkeit geschieht, von Gottes Gnade ausnimmt,
hoffärtiges Glauben, das sich Macht über Gott beimißt,
fanatisches Glauben, das das, was des Menschen, und das, was Gottes ist, vermengt,
Aberglauben, der eigenmächtig religiöse Werte schafft,
böswilliges Glauben, das bei Gottes Güte für den bösen Willen Schutz und Förderung sucht.

Das Bild, das der Glaubensstand der palästinischen Gemeinde bietet, ist somit sehr gemischt und reich an Formationen, die sich gegenseitig bestritten.

Zweites Kapitel.

Akibas Glaube.

Die auf das Ganze der Gemeinde gerichteten Beobachtungen und Urteile können konkretere Bestimmtheit erhalten, wenn uns einer der palästinischen Zeitgenossen der Apostel nach seinem Glaubensstand sichtbar wird. Akiba eignet sich hierzu, teils weil die biographischen Stoffe für ihn reichlicher als sonst vorhanden sind, teils weil von den Männern, die aus dem palästinischen Lehrhaus des ersten Jahrhunderts hervorgegangen sind, nur Paulus den ganzen späteren Geschichtslauf noch mächtiger beeinflußt hat.

Einen Glaubensstand besaß Akiba nicht nur in dem Sinn, daß ein festes Gefüge von Überzeugungen sein Handeln leitet, sondern in dem konkreteren, dem neutestamentlichen Wort entsprechenden Sinn, daß er sein Leben mit Gott verbunden weiß und von ihm dessen Gestaltung und Leitung erwartet. Er ist mit seinem Denken und Wollen nach oben gewandt, der göttlichen Regierung zu, von der er empfängt, was er hat. Schon an der Schöpfung gewinnt er ein Glaubensmotiv, noch mehr an Israels Erwählung, wie sie in der Verleihung des Gesetzes erscheint: »Es ist große Liebe Gottes, daß Adam im Bilde Gottes geschaffen wurde, große Liebe, daß Gott Israel seine Söhne nannte, große Liebe, daß er ihnen sein Gesetz gab,« Aboth 3, 12. Da ihm nicht nur die natürliche Ausstattung des Menschen, sondern noch mehr die Stiftung der geheiligten Gemeinde und ihre Unterstellung unter Gottes Gesetz auf dessen große Liebe zurückgeht, erkennt er in seiner Zugehörigkeit zu Israel seine Berufung zu Gott und hat an dieser sein höchstes Gut, dem er jedes andere Ziel freudig nachgesetzt hat. Aus dieser Gewißheit, daß das Gesetz die Gabe der göttlichen Liebe sei, entstand ihm eine unbedingte Zuversicht zu Gott [1]).

Er trat darum, obwohl er zuerst bettelarm war, dennoch unter die Jünger der Weisen, und nahm freudig jede Entbehrung auf sich, damit er in der Kenntnis und Erfüllung

---

[1]) Beachte die Gemeinsamkeit und den Unterschied Paulus gegenüber. Akiba und Paulus unterscheiden die Gotteskindschaft von der dem Menschen als Geschöpf verliehenen Beziehung zu Gott, da ihnen die Gotteskindschaft nicht nur durch die Machtwirkung Gottes entsteht, sondern die persönliche Verbundenheit mit ihm gewährt. Darum ist die Gottessohnschaft das Merkmal Israels. Weil Israel Gottes Söhne sind, sagt Akiba, gab er ihnen sein Gesetz; dem Sohne setzte Gott, sagt Paulus, den Pädagogen, und weil er Sohn ist, wurde ihm der Vormund bestellt. Was aber für Akiba der Erweis der höchsten Liebe Gottes war, war für Paulus durch eine andere Erweisung seiner Liebe überboten, von der aus der Stand unter dem Gesetz sich noch nicht als Stand in der Gnade darstellte.

des Gesetzes vollkommen werde. Es war in diesem Opfermut auch ein bewußtes Glauben eingeschlossen, das für seine Versorgung auf Gott zählt. Sein Genosse Tryphon gab ihm einmal eine Geldsumme, damit er einen Acker kaufe, dessen Ertrag beiden das sorgenfreie Studium ermöglichen soll. Akiba gab sie armen Studierenden, da Gottes Vergeltung für die Wohltat ihnen weit reicheren Gewinn bringe, als es der Acker vermöchte. Hatte er bisher ohne Habe in gläubiger Armut gelebt, so tat er es auch weiter mit Freuden. Mit dem, was sein Genosse, der Modiith, über das Glauben sagte (vgl. S. 21), ist er eins und führt es in die Praxis ein.

Dieser Akt läßt zwar vermuten, daß sein Glauben Gewaltsamkeiten, die die natürlichen Lebensbedingungen wegstießen, nicht ausschloß. Doch blieb ihm eine prinzipielle Verneinung derselben völlig fremd. Er hält sich zwar für berechtigt, aus der Freiheit heraus, die der Liebe eignet, Gott ein solches Opfer zu bringen, mit der Zuversicht, daß er es reichlich lohne, hat aber aus dem Glauben an Gottes Fürsorge keine Verpflichtung zur Armut abgeleitet. Er ist vielmehr im Verlauf seiner Wirksamkeit selbst reich geworden, ohne daß er dies als eine Veränderung in seinem Verhältnis zu Gott empfand. Er besaß somit ein großes Maß innerer Freiheit, die sowohl arm als reich zu sein vermag [1]).

Über seine Stellung zur Arztfrage erhalten wir einige Auskunft durch den Spruch: »Wer die Wunde bespricht, weil gesagt ist: alle Krankheit, die ich auf Ägypten gelegt habe, will ich nicht auf dich legen, und auf sie spuckt, hat keinen Anteil an der künftigen Welt« Tos. Sanh. 12, 10. Da ausdrücklich die von der Thora gegebene Verheißung als das genannt ist, was bei solchen Krankenheilungen als Stützpunkt diente, haben wir es mit einer jüdischen Glaubensübung zu tun, die aus der zitierten Verheißung die Berechtigung herleitete, die Krankheit zu besprechen. Akiba hat dies als Überhebung und Profanation des göttlichen Namens empfunden, die er mit totaler Verurteilung belegt. Dagegen fielen für ihn die Funktionen des Arztes und Heilungen, wie sie von Chanina, dem Sohne Dosas, erzählt werden, die durch

[1]) Auch Paulus konnte sowohl arm als reich sein, Phil. 4, 12.

das Gebet vermittelt wurden, nicht unter diese Verurteilung[1]).

Mit dem in seinem Kreise zur Deutung des Leidens verwendeten Begriff »Züchtigung« hat er nicht bloß die willige Hinnahme des Leidens begründet und damit Ergebung gewonnen, auch nicht nur ein Hoffen erreicht, das später vielleicht eine heilsame Frucht aus ihm entstehen sieht, sondern dieser Gedanke stellt ihn deutlich in ein gläubiges Verhalten gegen Gott, weil die vergeltende Gerechtigkeit Gottes, aus der die Züchtigung stammt, eine positive Absicht hat und den, der sie willig leidet, von der Schuld befreit. Auch in der Züchtigung waltet die göttliche Güte, an die sich der Leidende halten darf.

Akiba besucht mit Tryphon, Josua und Eleasar, dem Sohn Asarjas, den kranken Elieser. Die Genossen trösteten diesen dadurch, daß sie ihm sein unvergleichliches Verdienst vorhalten, das er sich als Lehrer erworben hat. Akiba widerspricht nicht; die Größe des Lehrers, der den Jüngern ins ewige Leben hilft, steht auch ihm fest. Er hält aber diesen Gedanken jetzt nicht für ausreichend, sondern sagt: »kostbar sind die Züchtigungen,« und er stellt dies an Manasse dar, der von Hiskia reichlich über die Thora belehrt worden sei, aber nicht durch seine Gelehrsamkeit, sondern durch Gottes Züchtigungen zu ihm bekehrt worden ist, Sifre Deut. 32.

»Wenn das Gute über die Heiden kommt, ehren sie ihre Götter, und wenn die Strafe über sie kommt, fluchen sie ihnen. Ihr aber, läßt Akiba Gott sagen, wenn ich das Gute über euch bringe, gebt Lob, und wenn ich Züchtigungen über euch bringe, gebt Lob.« Er zitiert Ps. 116, 13 und Hiob 2, 9. 10. »Dazu kommt erst noch, daß ein Mensch sich mehr an den Züchtigungen freuen kann, als am Glück; denn obgleich er im Glück alle seine Tage steht, erhält er für die Übertretungen, die er hat, nicht Verzeihung. Und wer

[1]) Es kommt z. B. ein Arzt Theodoros in Akibas Nähe vor. Die Traditionen aus dem ersten Jahrhundert sind uns durch die Schulen Akibas vermittelt. Sie hätten die Erinnerung an den Beter Chanina nicht festgehalten, wenn Akiba die religiöse Haltung Chaninas verworfen hätte.

tilgt ihm die Übertretungen? Siehe, er spricht: die Züchtigungen«, Mechiltha zu Exod. 20, 23. 72 b. Er verwarf somit die selbstsüchtige Haltung der Frömmigkeit, die in Gott das Mittel zur Erfüllung ihrer Begehrungen sieht, als sündlich. Das machte ihn zum Gegner des Sadduzäismus, der griechischen Theologie und des ganzen jüdischen Freisinns.

Eine Parallele zu Hebr. 12, 5—9, ebenso zum Paulinischen: »wir rühmen uns der Not«, liegt in diesem Wort deutlich vor. Auch im Leiden fand Akiba den Anlaß zur Freude aus einem doppelten Motiv; einmal erhebt sich die echte Liebe zu Gott über das selbstische Begehren und ehrt ihn auch dann mit Freuden, wenn er die Züchtigung verhängt; sodann liegt in ihr eine Gabe, weil die Gerechtigkeit, die Gott am Frommen erweist, ihren Zweck aus der Gnade empfängt und ihn mit der Absicht straft, damit ihm verziehen sei.

Jedes Murren gegen Gottes Walten galt ihm als strafbare Schuld. Mose klagt vor Gott: »Und du hast dein Volk nicht gerettet!« Exod. 5, 23. Akiba umschreibt das so: »Ich weiß, daß du sie erretten wirst; aber was hinderte dich bei denen, die unter den Bau gelegt wurden?« Zur Ausschmückung der Geschichte von Israels Not in Ägypten gehörte auch der Satz, ihre Kinder seien in die Mauern hineingebaut worden. »In jener Stunde suchte das Maß des Rechts Mose anzugreifen. Und weil Gott sah, daß er Israels wegen sprach, griff ihn das Maß des Rechts nicht an. »Und es sprach der Herr zu Mose: jetzt wirst du sehen, was ich Pharao tun werde.« Den Kampf mit Pharao siehst du, aber den Kampf mit den 31 Königen (Kanaans) siehst du nicht, an denen Josua, dein Jünger, Rache nehmen wird. Daraus lernst du, daß Mose jetzt das Urteil erhielt, daß er nicht in das Land hineingehen werde,« r. Exod. 5, 27.

Der Ernst, mit dem Akiba jeden Zweifel an Gottes die Errettung verbürgenden Zusage als Versündigung beurteilt hat, gehört neben die S. 30 zitierten Worte über die Macht des Unglaubens, uns der göttlichen Hilfe zu berauben. So wird es ihm zu einem ernsten Problem, warum denn die großen Männer der Schrift nicht als die beharrlich und vollkommen Glaubenden beschrieben seien, und er gibt der Neigung

Raum, ihren Unglauben wegzudeuten. Der Glaube ist ja Gerechtigkeit und Verdienst, somit den hohen Vorbildern der Gerechtigkeit beständig eigen. Darum hebt er ausdrücklich hervor, daß Mose nicht die Errettung Israels aus Ägypten bezweifelt habe, sondern, daß sich die Frage nur auf das schwere Los bezogen habe, das Israel bisher zu erdulden hatte. Aber auch in dieser begrenzten Gestalt reicht der Vorwurf, den Mose gegen Gott erhebt, hin, um über ihn das göttliche Urteil zu bringen, das ihn vom verheißenen Land ausschließt, und er wurde nur deshalb nicht aus der Gnade Gottes verstoßen, weil er sein Wort fürbittend für Israel sprach.

Die Überzeugung, die er hier als Prinzip für die Exegese verwendet hat, hat er sehr bestimmt auch auf die Beurteilung der täglichen Erlebnisse angewandt. Er hat einst seinen Lehrer Nahum wegen seiner schweren Leiden beklagt: wehe mir, daß ich dich so sehe! Dessen Antwort lautet: wehe dir, daß ich dich nicht so sehe! und diese findet ihre Erläuterung durch den Satz: warum verachtest du die Züchtigungen? J. Pea 21 b. In diesem Fall war nach Akibas Urteil das Verhalten Nahums, nicht sein eigenes, das richtige.

Er hat deshalb den Anspruch abgelehnt, daß sich im Lebenslauf der Gottlosen und Frommen die Gerechtigkeit Gottes so zeigen müsse, daß jene nur Unglück, diese lauter Glück erleben, und verneint, daß Glück die Rechtfertigung, Unglück die Verurteilung der Menschen sei. »Gott ist mit dem Gerechten und Gottlosen genau. Er sucht an jenen ihre wenigen bösen Werke heim, die sie in dieser Welt taten, um ihnen in der kommenden Welt Wohlsein zu bereiten und guten Lohn zu geben. Er bereitet den Gottlosen Wohlsein und gibt ihnen Lohn für die wenigen Gebote, die sie taten, in dieser Welt, um an ihnen Vergeltung zu üben in der künftigen Welt,« r. Genes. 33, 1.

Dadurch ist der Fromme vom äußeren Verlauf seines Lebens unabhängig gemacht. Wenn ihn dasselbe erniedrigt und zerbricht, so ist dies freilich Strafe; aber die Strafe, die der Fromme leidet, trennt ihn von der Liebe und Verheißung Gottes nicht. Wer ist nun aber der Fromme? Für

Akiba heftete sich an diese Frage keine Unsicherheit; das Gesetz beantwortet sie mit voller Deutlichkeit. Wer tut, was Gott gebot, wer das Gesetz hält, wessen gute Werke zahlreicher sind als seine bösen, der ist »gerecht«. Der Stützpunkt, auf den er den Frommen im Leiden stellt, ist sein gutes Gewissen, das Bewußtsein um die Redlichkeit und Tüchtigkeit seines Gehorsams. Mit diesem vermag er nicht nur die Strafe zu leiden, sondern sich auch ihrer zu freuen, weil er durch sie seine Sünden büßt und die Verheißung erlangt.

Nach demselben Kanon wird auch das schwere Unglück, das über die Judenschaft kam, beurteilt. Es darf diese nicht brechen und ihre Zuversicht nicht erschüttern. Es hat vielmehr seinen Trost bei sich, weil es ihr neue Gelegenheit zur Bewährung der Liebe Gottes gibt. Nun »liebt Israel Gott bis zum Tod«, Mechilta zu Exod. 15, 2. 37 a. Von seinem eigenen Martyrium wird erzählt, daß es ihm zum Grund der Freude geworden sei, weil er jetzt erst lerne, was es heiße, Gott mit der ganzen Seele zu lieben. Im Vermögen zum dankbaren, freudigen Martyrium erscheint ein kräftiger Glaubensstand.

Als er mit seinen Genossen in Puteoli auf der Fahrt nach Rom landete, weinten diese unter dem Eindruck der Größe Roms, und als sie aus der Tempelruine einen Fuchs springen sahen, weinten sie wiederum im Schmerz über den Verlust des Tempels. Akiba hat an jenem und diesem einen Grund der Freude; gibt Gott seinen Feinden soviel, wieviel mehr seinen Söhnen; erfüllt er seine Drohung so buchstäblich, so tut er dasselbe mit seiner Verheißung, Sifre Deut. 43.

Darin lag keine Abstumpfung gegenüber dem Schmerz, den der Geschichtslauf auf das Volk legte. Er hat das Rätsel in demselben scharf aussprechen können. Einem Heiden, der ihn fragte, warum es Erdbeben gebe, sagte er: »Wenn Gott auf die Götzentempel sieht, wie sie sich in Ruhe und Wohlstand in der Welt befinden, und sein Haus verwüstet und in die Hände der Feinde gegeben sieht, dann ereifert er sich und brüllt und sofort schwanken Himmel und Erde; denn es ist gesagt: der Herr brüllt wegen Zions und wegen

Jerusalems erhebt er seine Stimme,« r. Exod. 29, 8. Auch dieses Wort zeigt aber, daß ihm an der Zerstörung des Tempels die Zuversicht nicht brach; sie wird vielmehr, weil die Heiligkeit des Tempels vor Gott gültig bleibt, zu einem Motiv der Hoffnung, weil sie Gottes Hilfe heranziehen wird.

Wie das Unglück des Einzelnen, so behält auch das der Gemeinde, zumal, wenn es auch ihre Heiligtümer vernichtet, den Charakter der Strafe; es ist aber von Gott über sie verhängte Strafe und kann deshalb das Volk von Gott nicht trennen, sowie es sie aus Gottes Händen annimmt und ihn auch in seinem Strafen als gerecht verehrt. Die Verbundenheit mit Gott, in die die Gemeinde gestellt ist, wird durch ihr Geschick nicht zerbrochen, sondern hat an der Unwandelbarkeit Gottes teil.

Indem im ganzen Schicksal, sei es Strafe oder Segen, die gebende Hand Gottes erkannt wird, war die Unbedingtheit des Glaubens gegenüber dem Schicksal deutlich empfunden und mit Ernst zur Tat gemacht.

Der Grund dieser Zuversicht war die Schrift. Gott hat Israel in der Schrift seine Söhne genannt; das ist der Erweis seiner reichen Liebe [1]). Daher kam auch Akibas Freiheit gegenüber dem Tempel und Altar, mit der er ihren Verlust ertrug, ohne daß er tiefer in sein Verhältnis zu Gott eingriff. Gottes Verheißung wankt nicht und der Sinn des Gesetzes ist, Gehorsam zu schaffen. In welcher Weise dieser geübt werden kann, wird durch die Lage bestimmt, in die Gott das Volk versetzt. Hat es den Altar, so opfert es; wird er ihm genommen, so übt es seinen Gehorsam an dem, was ihm möglich ist.

Akiba hätte den Verlust der am Altar vermittelten Reinheit und Vergebung nicht ohne Erschütterung seines Glaubens ertragen können, wenn er unmittelbar durch jene sakramentalen Heilsgarantien begründet gewesen wäre. Allein sie gewannen für ihn immer nur in abgeleiteter Weise vom

---

[1]) In der gläubigen Schätzung des göttlichen Worts steht Johannes dicht neben Akiba; Gott hat uns seine große Liebe dadurch erzeigt, daß wir Kinder Gottes genannt wurden, I 3, 1. Vgl. auch die Geburt aus Gott durch das Wort Jak. 1, 18.

Prinzip des Gehorsams aus, weil sie in der Schrift befohlen sind, zum Glauben Beziehungen. Der Verzicht auf sie wird freilich dadurch beschränkt, daß ihre Wiederherstellung in Bälde erwartet wird, Mi. Pes. 10, 5. Allein auch damit ist ihnen nicht ein innerer Wert zugemessen. Ihre Erneuerung erfolgt, weil Gott sie befohlen, die Schrift sie verordnet hat. Für die Lösung der Christenheit von den alttestamentlichen Sakramenten hat die Formation des Glaubens, die uns hier entgegentritt, Wichtigkeit. Das Urteil des Paulus, 2. Kor. 3, der Kernpunkt in der Verschiedenheit zwischen dem alten und dem neuen Glauben werde durch die Formel getroffen »Schrift oder Geist«, bestimmt sein Verhältnis zu Akiba völlig korrekt. Blickt Akiba einwärts, so nimmt er dort nur das wahr, was er selbst in der Produktionsmacht seiner Freiheit und Liebe hervorgebracht hat. Was verbindet ihn mit Gott? die Schrift. Sie ist das Göttliche, das er besitzt, und sein Glaube ist darum Glaube an die Schrift.

Diesem hat Akiba keine Schranken gesetzt. »Gott sagt: das Wort ist für euch nicht leer, Deut. 32, 47, und wenn es für euch leer ist, warum ist es so? Weil ihr nicht versteht, es zu erforschen, da ihr euch mit ihm nicht anstrengt. Denn es ist euer Leben. Wann ist es euer Leben? Wenn ihr euch mit ihm anstrengt,« r. Genes. 1, 19. »Ihr erforscht die Sprüche der Schrift, weil ihr meint, in ihnen das ewige Leben zu haben,« Joh. 5, 39; damit ist Akibas Meinung genau formuliert. Daß die Schrift unser Leben sei, gilt nicht etwa nur von einzelnen Kernworten derselben, sondern buchstäblich von jedem Wort. Nichts ist in der Bibel bedeutungslos, nichts ohne Beziehung zur Weisheit und zum Werke Gottes. Nur dem trägen Auge erscheint sie leer.

Wie er sich den Inspirationsvorgang dachte, sehen wir z. B. an seiner Auslegung von Exod. 15, 1, Mechilta zu Exod. 15, 1. 35 a. Nicht nur die Niederschrift des Lieds im Bibeltext, sondern schon, daß Israel es zu singen vermochte, geschah durch die Inspiration. »Der heilige Geist weilte auf ihnen und sie sagten das Lied wie die, die das Hallel sagen.« Das ist dieselbe Vorstellung vom Wirken Gottes, wie sie in den Bildern von der Harfe oder Feder, die ohne eigenen Anteil bewegt wird, ausgeprägt ist. Der heilige Geist reicht dem, auf dem er wohnt, die Verse ähnlich dar, wie bei einem gekannten Text das Gedächtnis sie uns gegenwärtig macht. Damit ist der heilige Text von der Person und Geschichte der Propheten abgeschieden und steht über ihnen als eine völlig selbständige Größe, die ihre Gestalt ausschließlich durch Gottes verborgene Weisheit erhält. Akiba meinte sich durch diese Theorie die Gewißheit zu sichern, daß er es im Verkehr mit der Schrift wirklich mit Gott zu tun habe, hat aber gerade durch diesen, die Geschichte ausstoßenden Dualismus, durch den er Gottes Offenbarung nicht ins wirkliche Leben des Menschen hineinkommen ließ, seiner phantastischen Eigenmächtigkeit freien Raum verschafft.

Diese Deutung des Vorganges steht mit der Haltung seines Glaubens in genauer Korrespondenz. Wie er selbst bei sich nur die eigene Leistung sieht, dagegen die Schrift mit ihrem Gebot und ihrer Verheißung als die von Gott ihm gegebene Gabe über sich hat, so hat der Prophet im Offenbarungsmoment das ihm eingegebene göttliche Wort außer und über sich, während er mit seinem eigenen persönlichen Lebensstand von ihm geschieden bleibt.

Dieser Gegensatz zwischen dem göttlichen Wort und dem geistigen Leben des Menschen hat ihn bewogen, als Ausleger mit einer Art Lust die Rationalität zu zertreten und beim Denken die Spannung zwischen dem natürlichen Vorgang und dem Glauben als dessen Größe und Vollkommenheit zu schätzen. Gott redete auf der Lade; das bedeutet: der alles erfüllende Weltschöpfer war wirklich zwischen ihren Stangen drin, Sifra Eingang. Nicht von Fröschen, sondern von einem Frosch redet der Text bei der Plage Ägyptens; ein einziger Frosch war es; so sagt es der Text und so muß es bleiben; dieser eine erzeugte dann ihre ganze Menge, r. Exod. 10, 5. Sagt Ps. 129, 3: »auf meinem Rücken haben die Pflüger geackert,« so darf hier kein bildliches Element im Text anerkannt werden. Wie sollte der heilige Geist Bilder formen? Buchstäblich ist der Pflug über den Rücken Israels geführt worden und nun wird für die Notzeit in Ägypten eine Geschichte konstruiert, natürlich mittelst des

Wunders, aus der die buchstäbliche Richtigkeit des Schriftworts folgt, r. Exod. 1, 16. Dergleichen Auslegungen existierten von ihm in großer Zahl.

Akiba hat nicht bemerkt, daß sich sein Glauben dadurch verkrümmte. Während er die Inspiration der Schrift als das Fundament der Gemeinde beurteilte und jedem den Anteil am künftigen Leben absprach, der leugne, daß die Thora so, wie sie ist, aus dem Himmel stamme, hat er gleichzeitig furchtlos die Rolle ihres Ergänzers und Verbesserers übernommen. Es fehlte in seiner Umgebung nicht ganz an Auflehnung gegen diese Exegese. Der Bibeltext nannte den Sabbatschänder, den Mose steinigen ließ, nicht. Akiba erschien es als ein Makel an der Bibel, wenn sie nicht die Mittel gewähren sollte, herauszubringen, wer dies gewesen sei. Durch Kombination mit Nummer 27, 3 ermittelt er: er war Zelophchad. Die Einrede blieb nicht aus, der wird vor Gott Rechenschaft geben, der sagt: der Sabbatschänder sei Zelophchad gewesen; wenn Gott seinen Namen verbarg, willst du ihn offenbaren? Sifre Num. 113.

Für Akiba ergab sich aus seinem Glauben an die Schrift nur ein erregender Antrieb, der ihn zum Denken, Schließen, Vermuten mit unbegrenzter Kühnheit führte, nicht aber auch ein beugender, zurückhaltender Impuls, der ihn bewogen hätte, den gegebenen Bestand des Schriftworts zu ehren und ihm nicht einen Inhalt zu geben, den erst er ihm verlieh. Gebeugt hat er vor der Autorität der Schrift nur denjenigen Gedankengang, den er für heidnisch oder natürlich hielt; die Rationalität stieß er aus im Gehorsam gegen die Schrift. Sowie er aber meinte, seine Schlüsse hätten ihre Prämisse im Schriftwort selbst, formte er sie mit einer Kühnheit, die am Glauben nur den Sporn, nicht den Zügel, nur das Motiv und kein Quietiv mehr besaß. Er baut darum seine Schlüsse mit der kühnsten Verwendung des Wunders auf. Dieses gilt ihm als das wesentliche Merkmal Gottes. Sein Gott spielt mit der Natur wie mit Wachs. Damit steht auch wieder in Zusammenhang, daß ihn die Frage nach der Denkbarkeit seiner Sätze nicht störte. Vor dem Wunder Gottes zerbricht alle menschliche Rationalität.

Der Bericht über sein Sterben zeigt, daß er das tägliche Bekenntnis zur Einzigkeit Gottes und zu seiner Herrschaft über Israel unwandelbar ausgeübt hat, was auch andere Angaben bestätigen und der völlig gesicherten Halacha entspricht. Darin, daß das Bekenntnis zu Gott als tägliche Pflicht der Gemeinde auferlegt wird, liegt eine Annäherung derselben an eine Verfassung, durch die die Einheit des Glaubens zu ihrem Merkmal wird. Die Zugehörigkeit zum Volkstum allein macht den echten Israeliten noch nicht aus. Er hat »Gottes Königtum auf sich zu nehmen«, dadurch, daß er sich zu Gott bekennt, und dieses Bekenntnis bildet seine unablässige Pflicht.

Mit dem Bekenntnis war die Rezitation des Gebots verbunden, das für Gott die volle Liebe verlangt. Mit dem Ernst, mit dem Akiba dasselbe sterbend meditierte, steht in guter Übereinstimmung, daß ihm, dem Juristen und Verfechter des Gesetzes, das Hohe Lied als das Allerheiligste im dritten Teil der Bibel galt, Mi. Jad. 3, 9. Es war gegen den Schluß des ersten Jahrhunderts noch zu einer Verhandlung über die Zugehörigkeit des Hohen Liedes zum Kanon gekommen; Akiba aber war es undenkbar, daß einer der Lehrer ernsthaft an der Heiligkeit des Hohen Liedes gezweifelt haben könnte. »Der ganze Weltlauf ist nicht so viel wert wie jener Tag, an dem das Hohe Lied Israel gegeben wurde; denn alle Schriften sind heilig und das Hohe Lied das Allerheiligste.«

Das erläutert, warum ihm am gebietenden Wort der Schrift ebensowenig eine Erschwerung des Glaubens entstand als an ihren lehrhaften Aussagen. Der Gesetzesdienst nimmt der Frömmigkeit nichts von ihrer Lieblichkeit und Süße, gibt sie ihr vielmehr, weil er Israel das Mittel verschafft, seine Liebe zu Gott zu bewähren. Wie sollte der Fromme Gott nicht lieben, nicht mit Lust die Gebote täglich erfüllen? Gottes Liebe ist ja für ihn unendlich segensreich; sie ist seine Gerechtigkeit und führt ihn ins ewige Leben. Weil der Verdienst- und der Liebesgedanke sich bei ihm gegenseitig durchdringen, hat die Verdienstlehre sein Glauben nicht zerstört und nicht in Gottlosigkeit geendet. Weil dem, was der Mensch in der Liebe für Gott tut, Gottes Liebe den Gerechtigkeitswert gewährt, war dem auf das Verdienst gerichteten Willen die Möglichkeit verschafft, sich über die egoistische Entartung hinaufzuheben.

Er hat nicht bestritten, daß neben der Liebe auch die Furcht vor Gott und vor der Sünde, die im pharisäischen Kreise sehr energisch hervortrat, ein Motiv zur Erfüllung des Gesetzes sei. Eine Einigung hat er an dieser Stelle nicht erreicht, sondern er ordnet die beiden Motive nach dem Gesichtspunkt des größeren und geringeren Werts. Die Furcht ist das geringere, die Liebe das höhere Motiv. Das Bindeglied, das die Furcht vor dem Bösen und die Liebe Gottes zu einem geeinigten Wollen verbunden hätte, wäre das Glauben gewesen; aber dieses stellt sich ihm nie als eine selbständige Funktion heraus, sondern bleibt in der Liebe eingeschlossen, als von ihr vorausgesetzt und durch sie mitbetätigt. Es existieren deshalb von ihm keine vom Bibeltext unabhängigen Worte über das »Glauben«; nur weil jener dem Glauben die Verheißung gibt, zieht es die Aufmerksamkeit der Lehrer auf sich. In der Praxis kommt es nur als ein Bestandteil der Liebe für die Gemeinschaft des Menschen mit Gott in Betracht. Denn diese vollzieht sich nicht nur im göttlichen Geben und menschlichen Empfangen, sondern in der Korrespondenz zwischen dem göttlichen und dem menschlichen Geben: Gott gibt das Gebot, der Mensch den Gehorsam; der Mensch gibt das Werk, Gott den Lohn.

Diesen Kanon hat Akiba in der Exegese beständig verwendet. Warum wurde der Tempel in Benjamins Anteil erbaut? Dieser hat sich beim Verkauf Josefs nicht versündigt, r. Genes. 99, 1. Warum wurde Israel aus Ägypten erlöst? Das war der Lohn für ihre gerechten Frauen, die für ihre Männer alles taten, was sie konten, r. Exod. 1, 16 usf. Auch die Buße ist verdienstlich und hat ihre Kraft, Vergebung zu vermitteln, am Gerechtigkeitswert, der der Reue und dem Geständnis innewohnt, Tos. Berak, 4, 26. Vor allem hat die Lehre auch abgesehen vom Werk verdienstlichen Wert und ist größer als dieses, weil es ohne die Lehre nicht zum Werke kommt, Sifre Num. 41. Dieses Bewußtsein begleitete ihn beim Studium beständig; er betreibt damit einen

Gott wohlgefälligen Dienst. Dies brachte in seinen ganzen Lebenslauf die hochgehobene Zuversicht hinein.

Er hat die Gefahr der Überhebung, die hier entstand, gesehen. »Was hat dir verschuldet, daß du an den Worten des Gesetzes zum Toren wurdest? Daß du dich selbst mit ihnen erhöhtest,« r. Genes. 8, 41. Als das Gebet Eleasars, des Sohnes Asarjas, um Regen unerhört blieb, das seinige dagegen erhört wurde, bestritt er vor der Gemeinde von Jabne, daß dies auf seinem größeren Verdienst beruhe. Die Gemeinde würde falsch urteilen, wenn sie deswegen ihn als größer vor Gott schätzte als Eleasar, J. Thaan. 66 d. Den kranken Elieser hat er nicht auf sein Verdienst verwiesen, sondern auf die sühnende Wirkung der Züchtigungen. Aber mit all dem bleibt die Verdiensttheologie durchaus in Geltung. Wenn Gottes schwere Hand den Leidenden trifft, reicht freilich die Erinnerung an seine Guttaten nicht aus; denn nicht diese, sondern seine Sünde begründete sein Leiden. Dann kann er sich nur daran halten, daß auch Gottes Strafen aus der Gnade stammt. Wenn er bestritt, daß das Glück ein Merkmal der Frömmigkeit, das Unglück ein Merkmal der Gottlosigkeit sei, so blieb er durchaus auf dem Boden der Verdiensttheologie. Er macht nur geltend, daß sich alle in einem gemischten Zustand befänden und böse und gute Werke nebeneinander hätten, nur daß dort jene, hier diese sich in der Überzahl fänden. Diese Berechnung kann aber nur Gott richtig anstellen. Eben darum hat ihn der Mensch im Leiden wie im Glück als den gerechten Vergelter zu verherrlichen.

Das stark entwickelte Selbstgefühl, dessen eine solche Stellung zu Gott zu ihrer Erhaltung bedarf, hat blendend und abstumpfend auf sein sittliches Urteil eingewirkt. Seine Behandlung der Scheidungsfrage war roh und gegen die Frauen hart, Sifre Deut. 249. Eine voll ausgebildete Mentalreservation, die den Eid leisten und gleichzeitig entwerten kann, wird ihm durch die Überlieferung zugeschrieben, Kalla 39 b. Zur Erwählungsgewißheit, die er im Blick auf Israel in sich trägt, gesellt sich als die ihr entsprechende Negation ein glühender Haß sowohl gegen Rom als gegen die Christen, ohne daß dies seine Zuversicht zu Gott erschüttert hat, im Gegenteil so, daß er dadurch diese zu begründen und zu betätigen meint. An dieser Stelle ist sein Unterschied von Paulus groß.

Wer mit dem Hassen nicht fertig wird, ist gegen den Fanatismus nicht geschützt. Das durchgreifende Urteil: »er hat keinen Anteil am künftigen Leben«, erscheint mehrfach in seinen Aussagen mit einer Sicherheit, die der Kühnheit, mit der er auslegt, parallel steht, die aber die richterliche Hoheit Gottes vergißt und bricht. Dabei war sein Eifer für die Orthodoxie ungleich größer als sein Eifer gegen das Böse. Wer die Auferstehung leugnet oder den Sirach im Gottesdienst der Gemeinde vorliest, der hat keinen Anteil am künftigen Leben; im ethischen Bereich behielt daneben viel Verwerfliches in der Gemeinde seinen Platz [1]).

Die Formel: »er hat keinen Anteil an der kommenden Welt«, macht deutlich, daß auch ihm Eschatologie und Gegenwart in eine kausale Verbindung getreten sind. Jetzt wird das kommende Leben verloren oder gewonnen. Dies gibt der auf das Gesetz gerichteten Arbeit ihren absoluten Wert. Darum gilt ihm auch die Auferstehungslehre nicht nur für seine eigene Frömmigkeit, sondern für die ganze Gemeinde als unentbehrlich, da nur sie allen den Anteil am kommenden Reiche sichert und dadurch auch das starke Motiv zur Erfüllung des Gesetzes herstellt.

Spekulationen über die Unsterblichkeit haben ihm nicht genügt und er hat auch, soweit meine Kenntnis der Überlieferung reicht, keine solchen angestellt. Er trug eine Hoffnung in sich, nicht eine physiologische Theorie über die Qualität und das Geschick der Seelensubstanz. Soll das Verlangen sich zur Zukunft wenden, so muß ihm dort ein kon-

---

[1]) Akibas Sätze sind zum Verständnis des Paulus in seiner jerusalemitischen Zeit hilfreich. Das Anathem über die, die den Sirach den kanonischen Büchern beiordnen, ist eine Parallele zum Anathem des Paulus über die, die sich zu Jesus bekannten. Auch er hat damals die Grenze zwischen dem Fanatismus und dem Glauben so wenig als Akiba erkannt. Sein an Jesus gewonnenes Glauben hat sie dagegen in voller Deutlichkeit gewahrt, weil es nun von aller Verherrlichung des eigenen Ichs frei geworden war.

kretes Gut sichtbar sein und dieses fand Akiba darin, daß er sein Endgeschick in feste Beziehung zu dem der Gemeinde brachte, die Gottes Verheißung hat. Nach dieser verlangte er und wird sie dadurch erlangen, daß er der Gemeinde durch die Auferstehung aufs neue einverleibt werden wird. Wer darum diese leugnet, nimmt der Gemeinde die Verheißung und Hoffnung und macht sich dadurch so schuldig, daß die Heilszeit für ihn verloren ist.

Es entsteht dadurch eine gewisse Parallele zum johanneischen Satz: wer nicht glaubt, ist gerichtet, weil auch bei Akiba derjenige, der die Verheißung Gottes verwirft, sich derselben beraubt. Er überschreitet aber mit seinem Gedankengang den Intellektualismus nicht, steigert ihn vielmehr, weil für ihn einzig der Lehrsatz und dessen Bejahung in Frage kommt. Darum ergibt sich für ihn nur der negative Satz: Der Verleugner ist verloren, da das Bekenntnis zur Auferstehung nicht selbst schon den Heilsgewinn verschafft, sondern eine der vielen Bedingungen ist, durch die dieser begründet wird.

Nur die leere Stelle im Glauben Akibas, daß er das, was ihn selbst in seinem persönlichen Leben bestimmte, vom Glauben abschied und es nur auf die äußere Gestaltung seiner Lage richtete, hat es möglich gemacht, daß er unter Hadrian »dem Sohn des Sterns«, Simeon, den messianischen Namen zugesprochen hat, r. Klgl. 2, 4. Zwar liegt viel Dunkelheit auf dem Verlauf der Ereignisse; dies aber ist deutlich, daß er den Krieger, der zum Besieger der Römer werden soll, vielleicht damals zum Teil schon geworden war, als den Christus geehrt hat. Er hat an diesen keine weiteren Ansprüche für Herz und Geist gestellt. Sein Christus verändert nur die Lage des Volkes und kehrt das Machtverhältnis zwischen Rom und Jerusalem um.

Mit dem Grundriß seiner Theologie stand diese Christologie in voller Übereinstimmung. Daß Gott den Christus sende, darüber schwankt er nicht; denn dies ist ihm durch sein Verhältnis zur Schrift zur Gewißheit gemacht. Wozu er ihn sende, das ergibt sich daraus, daß jeder einzelne für sein Verhältnis zu Gott auf sein eigenes Wollen und Wirken gestellt ist und sich durch seinen dem Gesetz geleisteten Gehorsam in Gottes Güte erhält. Nötig bleibt nur noch der, der die Weltherrschaft für Israel zu gewinnen weiß. Um fromm zu sein, um Gott glauben zu können, um aus der Gebundenheit an die Fleischesgestalt hinaus zum Gottesdienst zu kommen, dazu hat Akiba den Christus nicht nötig gehabt.

Die Proklamation des Christus war eine praktische Parallele zur Fabrikation eigener Gottesworte und eigener göttlicher Gesetze durch Haggada und Halacha. Sein Providenzglaube war nicht stark genug, der drängenden Hoffnung mit ihrem »bald in unseren Tagen« die Untergebung unter Gottes Regierung einzupflanzen. Aus dem Postulat wird Gewißheit, aus der Hoffnung, als die Lage günstig schien, das Experiment. Dadurch hat das falsch gestellte Glauben mit furchtbarer Macht die schwersten Ergebnisse gezeitigt, weil an der Katastrophe unter Hadrian eine große Summe nicht nur äußeren, sondern auch inneren Elends für die Judenschaft hing.

Religiös, auf Gott gewandt, war Akibas Hoffnung auch so. Die Endzeit bricht durch Gottes Tat an und erhält durch Gottes Gegenwart ihre Herrlichkeit. »Überall, wohin sie in die Gefangenschaft zogen, war Gottes Gegenwart (Schechina) bei ihnen, in Ägypten, in Babel, in Edom (Rom). Und wenn sie wiederkehren, kehrt sie mit ihnen zurück,« Sifre Num. 84. Gott selbst kehrt mit der heimkehrenden Gemeinde nach Jerusalem zurück. Das Weltgericht geschieht durch Theophanie und auf den Thronen Dan. 7, 9 dachte sich Akiba Gott und den Christus sitzen, B. Chagiga 14 a. Er hat diesen dadurch nahe an Gott herangestellt und damit die Einrede seiner Genossen erweckt, die den Christus in größere Entfernung von Gott stellen wollten. Sie brachten die Throne vielmehr mit den beiden Gotteskräften in Zusammenhang, mit dem Recht und der Gnade, die beide im Weltgericht wirksam seien. Akiba habe ihrer Auslegung beigestimmt.

Wie hier, so zeigt sich auch daran, daß ihm vorerst wenigstens der Kriegsmann als Christus genügt hat, daß auch sein eschatologischer Gedankengang, wie seine Inspirationslehre und seine Soteriologie, dualistisch blieb. Die Endzeit wird die Theophanie bringen und zugleich den menschlichen Vollstrecker des göttlichen Gerichts und Siegs. Gott bleibt in seiner Hoheit über dem Menschen; dieser steht von Gott getrennt als selbständiger Wirker neben ihm.

Die erhaltenen Stücke geben uns jedoch vielleicht nicht die ganze Beziehung, in die sich für sein Auge das Glauben zum Christus stellte, da wir bei den Späteren eine eigentümliche Aussage in dieser Richtung finden, die sehr wohl schon in die Tradition dieser Zeit zurückreichen kann. Es wird nach dem Erscheinen des Christus eine Zeit der Erprobung Israels erwartet, bei der der Glaube an den Christus eine entscheidende Bedeutung gewinnt.

Die Schrift bringt die Heilszeit mit der Wüste in Zusammenhang. Hosea 2 verheißt, daß Israel in die Wüste zurückgeführt werde und dort Gott mit ihm die Verlobung feiere. Wenn nun der Christus Israel in die Wüste führt, dann stellt er an dasselbe den Glaubensanspruch [1]. »Jeder, der an ihn glaubt,« folgt ihm nach und harrt bei ihm in den Entbehrungen der Wüstenzeit aus. Wer nicht an ihn glaubt, schließt sich den Heiden an, und kommt dort um, r. zu H. L. 2, 9 u. Prl.

Indem Gott die Treue verlangt und diese zur Bedingung für den Eintritt in die Heilszeit wird, erhält auch das Glauben die Bedeutung, Heilsbedingung zu sein. Nur der Glaubende bleibt treu. Aber auch hier ist der bei Akiba beobachtbare Glaubensstand nicht wesentlich überschritten. Man glaubt, daß der Erschienene der Christus sei; darauf fällt Gewicht, bis er die Herrschaft für sich erworben hat. Er steht aber einerseits als Mensch auf derselben Stufe wie die Gemeinde, andererseits in der Hoheit des Königs, Richters und Kriegers über ihr; beides schließt eine persönliche Verbundenheit des Einzelnen mit ihm, durch die sich sein Geben in den Lebensstand der Einzelnen hineinerstreckte, aus.

An Akiba wird deutlich sichtbar, daß dem Glaubensstand, den er vertrat, das Leiden, Entbehren und Sterben besser gelang als das Handeln. Mitten in der furchtbaren Katastrophe, die den Zusammenbruch des messianischen Traumes

[1] Die „Wüste“ tritt im ersten Jahrhundert deutlich als ein Stück der messianischen Erwartungen hervor, nicht nur Matth. 24, 26, sondern auch in den wiederholten Versuchen der Verteidiger des Tempels, aus dem Tempel und der Stadt hinaus in die „Wüste“ zu kommen.

begleitete, hat er noch vermocht, mit dem freudigen Gedanken zu sterben, daß es die Vollendung der Liebe sei, Gott die Seele geben zu dürfen. Da dagegen, wo ihm nicht, wie im Leiden, die äußere Lage die Entscheidung abnimmt, weil ihn Gottes Regierung, ohne ihn zu fragen, ins Leiden stellt, wo er vielmehr den Dienst Gottes dadurch auszurichten hat, daß er selber denkt und will, da fällt er aus der Leitung des Glaubens heraus. Wohl bildet hiebei die Schrift seinen Stab; aber die Schrift lernt und denkt er und ihr Gebot tut er.

Drittes Kapitel.

Der Glaube in der griechischen Synagoge.

Als sich seit Alexander die griechische Rede im Orient ausbreitete, fand sich für die Wortreihe אָמֵן, נֶאֱמַן, הֶאֱמִין, אֱמֶת und אֱמוּנָה in *πιστός*, *πιστώσασθαι* und *πιστωθῆναι*, *πιστεύειν* und *πίστις* eine sehr entsprechende Parallele vor. Aus dem gesamten Vorgang, durch den zwischen Mensch und Mensch Gemeinschaft entsteht und betätigt wird, war auf beiden Seiten das Vertrauen und Überzeugtsein ausgesondert und im Verbum besonders benannt worden, während die Substantive auf beiden Seiten für den ganzen Vorgang verwendbar geblieben sind[1]).

Die innere Verwandtschaft beider Wortfamilien stellte es außer Frage, wie sich der griechisch redende Jude הימין erhalten könne. Die griechische Bibel ist, so viele Hände an ihr gearbeitet haben, darin in ihrem Sprachgebrauch völlig einheitlich, daß הֶאֱמִין *πιστεύειν* ist[2]). Darüber hinaus sind unsere Nachrichten, wie sich die Benennung und Übung des Glaubens im weiten und durch große religiöse Unterschiede bewegten Gebiet der griechisch redenden Judenschaft gestaltet hat, dürftig genug.

Zunächst stellt die Tatsache, daß auch die griechischen

[1]) Über den griechischen Sprachgebrauch im allgemeinen vgl. Cremers und Kögels Sammlungen unter *πίστις* und *πιστεύειν*. In Erläuterung 2 findet der Leser, was Polybius gibt.

[2]) Über den Sprachgebrauch der griechischen Bibel vgl. Erläuterung 3.

Gemeinden schließlich die pharisäische Handhabung des Gesetzes auf sich genommen haben, fest, daß das, was für das palästinische Judentum am Neuen Testament und den Talmuden sichtbar wird, nach seinen wesentlichen Zügen auch für die griechischen Gemeinden gilt. Für die besondere Färbung, die ihr geistiges Leben durch die Aneignung griechischer Gedanken erhielt, ist Philo der wichtigste Zeuge, wobei aber nie vergessen werden darf, daß er uns nur eine einzelne Schule, die platonische, mystisch gestimmte, sichtbar macht[1]).

Was Philo von dem auf Gott gewandten Glauben sagt, steht alles in direkter Abhängigkeit von der Schrift. Das ergibt eine feste Gemeinsamkeit mit dem, was an Akiba sichtbar wird. Auch Philo ist nicht durch sein eigenes Erleben dazu veranlaßt, vom Glauben zu reden und auf ihn als ein wichtiges Glied der Frömmigkeit hinzuweisen, sondern spricht deshalb von ihm, weil das Gesetz Abrahams Gerechtigkeit in sein Glauben setzte und bei der Wanderung Israels durch die Wüste das Glauben als das hervorhob, was Gott von ihm erwartete. Dadurch ist für Philo festgestellt, daß der auf Gott gerichtete Glaube eine Tugend sei, ja unter den Tugenden die Königin, 2, 39, 19, die vollendetste derselben, 1, 485, 43. Sagen uns die Jerusalemiten, das Glauben sei ein Verdienst, so gibt uns hiezu Philo die griechische Parallelformel, daß es eine „Tugend“ sei. Auch hier biegt sich somit der Blick des Glaubenden auf sein glaubendes Verhalten zurück und macht dieses zu seinem Stützpunkt, auf dem der Anteil an Gott beruhen soll.

Ihrer Form nach ist zwar die Hingabe an die Welt derjenigen an Gott gleichartig; man glaubt auch dem Sichtbaren, *τοῖς φαινομένοις πιστεύειν*, 1, 10, 4, den Sinnen, 1, 151, 8, den natürlichen Gütern, 2, 38, 16; 1, 485, 51, den eigenen Gedanken und Schlüssen 1, 132, 40. Der jedoch, dessen Glauben Gott gilt, *ὁ θεῷ πεπιστευκώς*, der nur übt in richtiger Weise das Glauben. Dadurch, daß das Glauben als religiöser Vorgang bewußt und einzig auf Gott bezogen wird, bleibt Philos Sprachgebrauch mit dem der Palästiner parallel.

[1]) Die Liste zu Philos Sprachgebrauch bildet Erläuterung 4.

Wie diese, so hat auch er ein starkes Bewußtsein um die absolute Art desjenigen Glaubens, das wir Gott zu erweisen haben; es schließt ihm jedes andere Vertrauen aus. „Allein Gott glauben," lautet die bedeutsame Formel, „ohne Hinzunahme eines anderen," 1, 485, 47.

Die innere Geschlossenheit des Glaubens macht ihn zum Gegensatz gegen das Schwanken. Jenes ist ὀχυρωτάτη καὶ βεβαιοτάτη διάθεσις 1, 409, 39, nach seiner intellektuellen Seite ἀκλινὴς καὶ βεβαία ὑπόληψις 2, 442, 27, ein βεβαίως κατειληφέναι 1, 487, 12, nach seiner Willensseite völlige Gebundenheit an Gott als an unser einziges Gut, ein ὑπερείσασθαι καὶ στηρίσασθαι θεῷ 2, 413, 15, βεβαίως καὶ ἀκλινῶς ὁρμεῖν 1, 486, 12, ἀκλινῶς καὶ παγίως ἐρηρεῖσθαι 2, 39, 42. Das Glauben bringt das häufig von Philo zitierte Wort Deut. 5, 28 zur Erfüllung: das Stehen bei Gott, 1, 409, 36.

Den Gegensatz zum Glauben nennt er ἐνδοιάζειν, ἐνδοιασμός oder ἐπαμφοτερίζειν, ἐπαμφοτερισμός, ἐπαμφοτεριστής, nach der intellektuellen Seite auch ἀπορεῖν, ἐπέχειν. Der unschlüssigen Entzweiung steht auf der anderen Seite ἀπιστεῖν gegenüber als Name für die Verweigerung des Vertrauens und die festgewordene Abweisung, vgl. 2, 175, 25.

Das Glauben an Gott bildet einen Gegensatz zum Heidentum, weil dieses die Welt vergöttert und für die als Ursache wirkende Kraft, für das αἴτιον, und auch für die Spenderin der Güter und Übel erklärt. Solange Abraham im astrologischen Chaldäismus stand, glaubte er an den Himmel; daraus wurde er zum Glauben an den, der den Himmel regiert, gebracht, 1, 486 vgl. 2, 412. 442 [1]). Die Vergötterung der Sterne ist Glaube an das Erscheinende 1, 10, darum irrender Unglaube 1, 363. Alle Mantik ist ein Gegensatz zum Glauben an den einen Herrn der Welt, 2, 145, 10, und die Vergötterung des Kaisers Unglaube gegen den Wohltäter der ganzen Welt, 2, 562, 35.

Eifriger beschäftigt sich Philo mit dem ethischen Gegen-

[1]) Derselbe Gedanke findet sich auch in der palästinischen Synagoge, in die er aus der griechischen hinüberkam. Nach der Erhebung Abrahams ans Himmelgewölbe glaubte er sofort an Gott, im Gegensatz zur Astrologie, Tanch. Schofetim 11, Stettiner Ausgabe.

satz zum Glauben, der ihm im jüdischen Freisinn gegenüberstand. Geld, Ehre, Macht, Freunde, Gesundheit, Stärke bieten sich uns als Stützpunkte dar, auf die wir unser Leben gründen und an denen wir Zuversicht gewinnen. Wer aber jenen Dingen traut, traut Gott nicht, *ἀπιστεῖ τῷ θεῷ*, und wer Gott traut, traut jenen nicht, 2, 38, 15 ff. 1, 485, 49 ff. Wer sich in der Krankheit zuerst an den Arzt und erst dann an Gott hält, wenn sonst nichts hilft, »schwankt nach beiden Seiten«, 1, 176. Der dem Glauben immanente Unglaube stößt alles Gewordene ab, *ἡ πρὸς τὸ γεννητὸν ἀπιστία*, 1, 609, 9. Der Glaubende anerkennt, daß die Dinge und der Mensch ohne Gott nichts sind und alles Gottes Eigentum ist. Er setzt alle Güter, auch das eigene Selbst Gott nach. Sich selbst etwas zuzuschreiben und sich dadurch höher als Gott zu schätzen, *αὑτὸν προτιμᾶν θεῷ*, ist Gottlosigkeit, damit ist ihm das Vertrauen versagt, 1, 176. Darum schließt das Glauben die Selbstliebe, *φιλαυτία*, aus, ebenso die Einbildung, *οἴησις*, die von sich selber sagt: alles ist mein, *ὅλα μου*, 1, 154, 25. Darum ist das Glauben das fleckenlose, herrliche Opfer, das wir in wahrhafter Festfeier Gott darzubringen vermögen, indem wir alles bei ihm suchen und festhalten, daß alles Kreatürliche mit Einschluß unseres eigenen Wesens gänzlich von Gott abhängt.

Wir finden also, wie in der palästinischen Gemeinde, auch bei Philo, die Erkenntnis kräftig entwickelt, daß im Glauben das natürliche Begehren des Menschen, das dem Glaubenden nicht nur an den anderen sichtbar ist, sondern sich auch in ihm selber regt, abgestoßen und darniedergehalten wird [1].

Diesem ethischen Gegensatz steht in genauer Parallele eine Antithese zur Seite, die in den Verlauf unserer Gedankenbildung fällt. Zunächst traut der Mensch seinen eigenen geistigen Kräften, den Sinnen und der Vernunft, *ἀποσεμνύνειν τὸν ἴδιον νοῦν καὶ τὴν αἴσθησιν*, 1, 609; denn er erwartet von den Sinnen, sie würden ihm die Welt erschließen, und be-

[1]) Die Parallelen zu Paulus sind kräftig, da auch er das Glauben als das Gott dargebrachte Opfer beschreibt, Phil. 2, 17, als Glaubender den Leib mit seinen Begehrungen als gekreuzigt behandelt, Röm. 6, 6, und im Glauben die Gewißheit besaß, er sei nichts, 2 Kor. 12, 11.

ruhigt sich bei den Wahrscheinlichkeiten und Schlüssen der Vernunft, bei den εἰκότα καὶ πιθανά, den εὔλογα, den εἰκασίαι und ἴδιοι λογισμοί, vgl. 1, 132. 2, 106, 34. Das ist ein προπιστεύειν, mit dem uns die Wahrheit verloren geht. Wir haben uns vielmehr selbst der Torheit anzuklagen und Gott zu glauben, 1, 457.[1])

Der Grund des Glaubens liegt in der Beschaffenheit dessen, dem es glaubt. μόνῳ θεῷ πιστεύειν! Denn μόνος ὁ θεὸς πιστός, 1, 486, 3. 128, 1; alles Gewordene dagegen ist ἄπιστον, 1, 486, 1. 2, 412, 27. Der leitende Gesichtspunkt ist der Gegensatz zwischen der Veränderlichkeit, die im Vergehen endet, die allem Gewordenen anklebt, und dem unwandelbaren, wahrhaften Sein Gottes. Alle Kräfte und Güter des Menschen zergehen und seine erkennenden Funktionen führen bloß zu relativen Ergebnissen, zur οἴησις, δόκησις, κεναὶ δόξαι, und machen ihn zum δοκησίσοφος 1, 363, 13 u. a. Gott dagegen steht in unerschütterlicher Beharrung über dem Gewordenen als das Seiende und Ursächliche.

Durch diesen Gedankengang zog Philo die Erträge der griechischen Skepsis zur Begründung des Glaubens heran, jedoch noch so, daß er gleichwohl eine Spannung zwischen dem Glauben und dem Erkennen vermied. Denn er erhält nicht nur ein doppeltes Glauben, das falsche, das der Welt zugewandt ist, und das richtige, das auf Gott gestellt ist, sondern parallel damit auch ein doppeltes Erkennen, weil über der begreifenden Bearbeitung der sinnlichen Wahrnehmungen die Gewißheit Gottes als das reine νοητόν steht, womit er unklar den anderen Gegensatz vermengt zwischen einer syllogistischen Erkenntnis Gottes aus seinen Werken und einem darüber stehenden, höheren »Sehen« Gottes, das in einer direkten Berührung der Seele durch Gott begründet sei. Aus jener niederen zu dieser höheren Erkenntnis führt die Skepsis hinauf, da sie die Zuversicht zerstört, die sich an jene niederen Erkenntnisformen hängt, und dadurch der neuen, aus Gott stammenden Erkenntnisweise, damit aber auch dem echten Glauben die Bahn in der Seele frei macht.

[1]) Zu diesem Gedanken ist bei Paulus die Parallele, daß er im Glauben der Weisheit der Welt entsagt und zum Toren wird, 1 Kor. 3, 18.

Der Einfluß der Schrift und die religiöse Tradition in der Gemeinde ließen es jedoch nicht zu, daß einzig die metaphysische Aussage über die Art, wie Gott des Seins teilhaft sei, als Glaubensmotiv diene; neben dieser ist auch seine Güte das, was das Glauben in uns begründet und von uns verlangt. Er kann alles und will das Beste, 2, 39, 6. Der Glaubende vertraut dem Könige, der sich nicht durch die Größe seiner Herrschaft zum Schaden seiner Untergebenen überhebt, sondern in Menschenfreundlichkeit jedem den Mangel bessern will, 1, 343, 10. Wer nicht glaubt, daß jetzt und immer den Würdigen die Gnaden Gottes reichlich gegeben werden, ist ungläubig, 1, 119, 31. Auf Grund der Erfahrung der göttlichen Güte, *πεπειραμένος τῆς ἐν ἅπασιν τοῦ θεοῦ χρηστότητος*, hat Abraham geglaubt, 1, 455, 13. Man glaubt dem Gott, der allein Helfer ist, *μόνῳ σωτῆρι θεῷ* 1, 176.

Glaube und Treue bleiben für Philos Bewußtsein eng verbunden. Genes. 15, 6 und Num. 12, 61, Abrahams Glaube und Moses Treue werden einander als ein und dasselbe Verhalten Gott gegenüber gleichgesetzt, 1, 132, 42. Die Güter, von denen sich der Glaubende abwendet, werden ihm, da sie ihren relativen Wert behalten, zum Ort der Treue und gelten ihm als göttliches Depositum, als *παρακαταθήκη*. Statt daß wir die Seele, das Wort oder den Leib für uns selbst verwendeten und dadurch Gott entwendeten, *νοσφίζεσθαι*, leben wir nun mehr für Gott, als für uns selbst, *ζῆσαι θεῷ μᾶλλον ἢ ἑαυτῷ*, 1, 148, 32[1]), und bewahren dadurch dem, der uns alles, was wir haben, anvertraut hat — *πεπιστευκώς* von Gott 1, 491, 17 — eine heilige, unverletzliche *πίστις*, 1, 487, 44. Ebenso bilden die uns von Gott gegebene Weisheit und Erkenntnis eine *παρακαταθήκη βιωφελεστάτων δογμάτων* 1, 389, 40, so daß das Glauben, das sie festhält, zugleich Treue ist, die dieses anvertraute Gut bewahrt. Wer darum vollkommen glauben könnte, wäre auch vollkommen *πιστός*, wie Gott selbst es ist. Auch das Glauben ist für Philo das Abbild einer Tugend, die Gott selbst besitzt, 1, 606, 8 ff.

Damit ist auch der Wert des Glaubens deutlich gemacht. Dieses einigt mit Gott, »leimt«, wie nach dem Deuteronom

[1]) Vgl. Röm. 14, 7.

gesagt wird, den Menschen an Gott an und hebt ihn dadurch aus der Unruhe und Nichtigkeit des Gewordenen in Gottes Festigkeit und Ruhe hinauf, 1, 456, 35. 409, 35. vgl. 230. Nicht erst die Gabe, die auf das Glauben folgt, sondern dieses selbst ist darum das einzige nicht täuschende und feste Gut, 2, 39, 1, der Lohn und Kampfpreis, ἆθλον, den der zum Sieger Gewordene empfängt, 2, 412, 34. Kampfpreis ist es, weil wir zuerst uns selbst, nicht Gott vertrauen — vgl. das bezeichnende προπιστεύειν — und nur dadurch, daß wir die Nichtigkeit unsers eigenen Besitzes erleben, zum Glauben vordringen. Wir ziehen den Zustand — διάθεσις — des Glaubens nur dadurch an, daß wir die Entzweiung, den Zustand der unbefestigten Seele, ausziehen, 1, 409, 36. Diesen Zustand erlebt man als Frucht der Frömmigkeit, und das Glauben ist deshalb ein Ruhm. Die Schrift hat mit Gen. 15, 6 das Lob Abrahams bezeugt, nicht nur im zweiten, sondern gerade auch im ersten Glied des Verses, 2, 38, 11. Gott »bewunderte« Abrahams Glauben, 2, 39, 36. Darin, daß er ihm zur Gerechtigkeit gerechnet wurde, liegt nichts Paradoxes; denn nichts ist so gerecht, als die Übung eines allein auf Gott gewendeten Glaubens. Das entspricht der Natur und ist genau das, was die Gerechtigkeit tut, δικαιοσύνης αὐτὸ μόνον ἔργον, 1, 486, 6 ff. Philo verwundert sich nicht über die Schätzung des Glaubens durch Gott, sondern über das Glauben selbst, weil es uns unseres Unglaubens wegen wunderbar erscheint, daß jemand Gott allein vertraue. So oft er darum Gen. 15, 6 zitiert — und er hat diesen Spruch oft im Munde — immer ist es nur der erste Teil des Worts, der seine Aufmerksamkeit erregt, weil der zweite ihm als die mit dem ersten gegebene Folge gilt, die im Glauben selbst begründet ist. Darin bleibt seine Auffassung des Spruchs mit derjenigen, die das Gemeingut der palästinischen Tradition geworden ist, identisch. Seine Abweichung von dieser entsteht durch sein mystisches Verlangen, dadurch, daß ihm nicht schon das Schriftwort genügt, um die Verbundenheit mit Gott zu haben, sondern daß er ein inwendiges Erlebnis, eine in der Seele vor sich gehende Vereinigung mit Gott erstrebt, zu der die Schrift nur die Anleitung und Darstellung enthält.

Darum steht sein Glauben als ein individuelles Erlebnis der einzelnen Seele mit dem Bestehen der Gemeinde in keinem Zusammenhang. Diese war für Philo nahezu entwertet. Dem nationalen Egoismus der Palästiner tritt hier ein individueller Egoismus gegenüber, der sich von der Geschichte und Gemeinde als leeren, gleichgültigen Nichtigkeiten zurückzieht und Gott nur im inwendigen seelischen Prozeß verspüren will.

Aus der mystischen Art seiner Frömmigkeit ergab sich, daß sich ihm das Glauben nicht als Anfang, sondern als Ende, nicht als Begründung, sondern als Ziel der auf Gott gerichteten Lebensbewegung darstellte. Er hat allerdings Abrahams Glauben auch durch das Aristotelische Wort erklärt, daß der Lernende dem Lehrenden glauben müsse, weil sonst kein Unterricht möglich sei, weshalb gerade bei Abraham, der durch Lernen zur Vollendung komme, das Glauben als seine besondere Tugend genannt sei, 2, 416, 10. Dieser Gedankengang ist aber nicht weiter ausgebildet[1]).

Es schied sich deshalb für Philo das Glauben vom Hoffen durch einen deutlichen Unterschied. Dieses ist das erste Samenkorn, das Gott in die Seele des Menschen legt, als Erreger seines ganzen Strebens, auch seiner Frömmigkeit, 2, 410. Dagegen hat der Glaubende gefunden und sucht nicht mehr, 1, 487, 6. Auch dann, wenn er der künftigen Gabe Gottes vertraut, hat seine Zuversicht in der erfahrenen göttlichen Hilfe seinen Grund, 2, 175, 9. Darum ist das Glauben aufs engste mit dem Danken verbunden, wie umgekehrt die *ἀπιστία* auch *ἀχαριστία* ist, 1, 516, 47. 2, 562, 36 vgl. 1, 442, 43.

Nun ist freilich das Ziel, das als Glaube von der Schrift uns vorgehalten wird, für uns nicht völlig erreichbar. Nach seiner intellektuellen Seite bleibt es in uns notwendig unvollkommen, weil Gottes Natur unerkennbar ist, weshalb niemand, auch nicht ein Engel imstande ist *παγίως πιστεύειν περὶ θεοῦ*,

---

[1]) Die Sentenz: *δεῖ πιστεύειν τόν μανθάνοντα* hat Cremer richtig aut Aristoteles de soph. el II 165b 3 zurückgeführt. Philo die eigene Durcharbeitung der Aristotelischen Schriften zuzuschreiben, läßt die Enge seines Sehfelds nicht zu. Es wird hier ein aus dem älteren jüdischen Aristotelismus übernommenes Stück sichtbar. Auf dieselbe oder eine verwandte Quelle geht die Besprechung derselben aristotelischen Sentenz bei Klemens von Alexandria, Stromateis 2, 15—17, zurück.

1, 128[1]). Philo denkt dabei ausschließlich an die Anwendung der aus der Natur stammenden Kategorien Substanz, Qualität, Relation, Bewegung usf., die sich auf Gott nicht anwenden lassen. Er fühlt, dieser Apparat versage, wenn er das Gottesbewußtsein fassen soll. Weil aber Philo im Glauben nicht etwa einen Ersatz für das Erkennen suchte, sondern jenes als Frucht aus diesem gewann, überträgt sich die Unvollkommenheit unseres Erkennens notwendig auch auf das Glauben. An dieser Stelle erschwert ihm sein nach der griechischen Wissenschaft gestalteter Erkenntnisbegriff den Glaubensstand. Denn diese gefährdete seinen Gottesgedanken und schob ihm den Substanzbegriff, das reine unnennbare Sein, an dessen Stelle. Mit jeder Versachlichung des Gottesgedankens wird aber die Formel »Glaube« inhaltlos.

Zugleich ergab sich ihm aus seinem Dualismus eine Erschwerung des Glaubens, weil das, was für Gott selbst eine Schranke bildet, notwendig und unmittelbar auch eine solche für das Glauben wird. Nun sind aber in uns Göttliches und Sterbliches, Geist und Leib vereinigt, so daß uns kein vollkommenes Glauben mehr erreichbar ist. Der Leib nötigt uns immer wieder, die sinnlichen Gedanken und Güter zu schätzen, und läßt es nicht zu, daß wir uns stets und allein auf Gott stützten, 1, 605 f. Abraham hat zwar Gott geglaubt, jedoch als Mensch glaubte er, und deshalb zweifelte er wenigstens momentan. Das Glauben ist ja eine Teilnahme an einer göttlichen Vollkommenheit und wird daher nur in unvollkommener Weise des Menschen Besitz, weil die göttlichen Tugenden nur mit einem schwachen Abbild in den Menschen eintreten. Die Spannung zwischen dem das Glauben beseelenden Wollen und dem natürlichen Verlangen, die sich im palästinischen Bereich in einzelnen Konflikten und Erschütterungen des Glaubens äußerte, ist hier in ein theoretisch begründetes, konsequentes System der asketischen Naturbestreitung gebracht.

Von Gott her überträgt sich der Glaubensgedanke auch auf die Bibel, womit sich Philo seine Stellung innerhalb der Judenschaft erhielt und mit dem diese tragenden Glaubensstand verbunden blieb. Er stimmt mit Akiba darin überein,

[1]) Schwerlich ist hier *πιστεύειν* transitiv gedacht: Gewißheit geben.

daß die Bibel das einzig Göttliche sei, was uns der Geschichtslauf übermittelt. Während aber für Akiba in der Bibel von Israel die Rede ist, redet sie nach Philos Urteil von den seelischen Vorgängen, durch die sich der Asket die inwendige Berührung mit Gott verschafft. Als Quelle und Norm der Frömmigkeit kennen aber beide nur die Schrift; auf sie wird daher ein unbedingtes Glauben gestellt. Demgegenüber, was Gott erklärt, ziemt es dem Menschen, aufs festeste zu glauben, 2, 40, 7. Daß Gott Hirte ist, verbürgt der Psalmist als Prophet, ᾧ καλὸν πιστεύειν 1, 308, 16. Wer die wunderbare Spendung des Wassers in der Wüste nicht glaubt, τούτοις ἀπιστεῖν, kennt Gott nicht und hat ihn nie gesucht, 2, 114, 36, weil ein solches Wunder neben dem, was uns die Natur an göttlichen Werken darbietet, eine Kleinigkeit ist. Göttlichen Aussprüchen, χρησμοί, darf man den Glauben nicht versagen, auch wenn sie noch unerfüllt in die Zukunft weisen, 2, 388, 7. 118, 33. 175, 25. 386, 37.

Zur konkreten Veranschaulichung des Glaubens soll uns nach der Absicht der Schrift Abraham dienen. Wie Noah wegen Gen. 6, 9 mit ständigem Beinamen der Gerechte heißt, so führt Abraham den Namen ὁ πιστός, 1, 259, 23. 2, 412. In der doppelten Dreizahl von Typen, die die Genesis gibt: Enos, Henoch, Noah, und Abraham, Isaak und Jakob, stellt sie die verschiedenen Stufen der Frömmigkeit dar: Hoffnung, Buße, Gerechtigkeit, und Glaube, Freude, Schauung Gottes, worauf Mose folgt, der gleichzeitig Prophet, Priester, Gesetzgeber und König ist. Während sonst die Deutung der Figuren ihrem Namen entnommen wird, weil Philo in diesem die göttlich gültige Enthüllung ihrer Bedeutung sieht, tritt bei Abraham dafür der Glaube ein.

Den Glauben veranschaulicht Abraham zunächst wegen seiner Auswanderung aus dem Ort der Chaldäer. Er ist der erste, »der eine feste Überzeugung hatte, daß es eine einzige oberste Ursache gibt und daß sie für die Welt und das, was in ihr ist, sorgt«. In seiner Sehnsucht nach der Erkenntnis des Seienden erhob er den Blick über den Himmel und die Sterne und ließ nicht ab, bis er eine helle Vorstellung von Gottes Dasein und Vorsehung erlangt hatte, 2, 442. Über alles sinnlich Wahrnehmbare und Vernunftmäßige erhob er sich und stützte sich mit sicherem Urteil und festem Glauben auf Gott, 2,402. 1,486.

Sein Glaube erscheint weiter darin, daß ihm das Land, in das er wandern soll, noch nicht gezeigt wird. Weil seine Seele Gott nicht erst auf Grund der Erfüllung dankte, sondern aus der Erwartung des Künftigen heraus, an die Hoffnung gebunden und angehängt, ungeteilt dafür haltend, das, was nicht gegenwärtig sei, sei gegenwärtig wegen der festen Treue dessen, der das Versprechen gab, fand sie den Glauben als vollkommenes Gut, *ἀνενδοίαστα νομίσασα ἤδη παρεῖναι τὰ μὴ παρόντα διὰ τὴν τοῦ ὑποσχομένου βεβαιοτάτην πίστιν*, 1,442. Dieselbe Stellung macht die Schrift an Mose sichtbar, der das verheißene Land sehen, aber nicht hineinkommen soll.

Ferner zeigt sich der Glaube Abrahams darin, daß er mit Gott vertraulich reden kann: »was wirst du mir geben?« Gen. 15,2. So wie ein Freund zum Freund dürfen die zu Gott sprechen, ja schreien, die in der Sehnsucht nach Weisheit Gott geglaubt haben, *τοὺς ἔρωτι σοφίας θεῷ πεπιστευκότας*, 1,475. Parallel damit stehen Moses kühne Gebetsworte: »streiche mich aus dem Buch des Lebens«, »habe ich dieses Volk geboren?« *οὐ μόνον λέγειν καὶ βοᾶν, ἀλλ' ἤδη καὶ καταβοᾶν ἐξ ἀληθοῦς πίστεως καὶ ἀπὸ γνησίου τοῦ πάθους θαρρεῖ*, 1,475,39.

Dabei hat Philo einsichtsvoll die Einigung von Furcht und Zuversicht im Glauben dargestellt. »Herr, *δέσποτα*, was wirst du mir geben?« »Herr« nennt er ihn eben jetzt, um zu sagen: »ich verberge mir deine überschwengliche Macht nicht; ich kenne das Schreckende deiner Herrschaft; in Furcht und Zittern trete ich vor dich und doch wieder mutig; denn d u hast mir gesagt, mich nicht zu fürchten. Du hast mir die Zunge der Zucht gegeben, zu erkennen, wann ich reden soll. Du hast mir den zugenähten Mund geöffnet; du zeigtest mir, was ich sagen soll, jenes Gotteswort bestätigend: ich werde deinen Mund öffnen und dir zeigen, was du reden sollst. Bin ich nicht aus dem Vaterland und der Verwandtschaft vertrieben und dem väterlichen Hause fremd geworden? Aber du, Herr, bist mir das Vaterland, du die Verwandtschaft, du der väterliche Herd, du die Ehre, die freie Rede, der große, herrliche, nicht verlierbare Reichtum. Warum sollte ich nicht wagen, zu sagen, was ich denke? Und doch, ich bekenne, daß ich mich fürchte und niedergeschlagen bin, nicht als hätte ich einen zwiespältigen Streit in mir, Furcht und Zuversicht, sondern eine ineinander gemischte Einstimmigkeit. Unendlich labe ich mich an dieser Mischung, die mich gelehrt hat, nicht furchtlos freimütig zu sein und nicht ohne Freimut mich zu fürchten. Denn ich lernte es, mein Nichts zu messen und die überschwengliche Höhe deiner Wohltaten anzusehen; und wenn ich mich selbst als Erde und Asche erkenne, dann gerade wage ich es, vor dich bittend zu treten, klein geworden — *ταπεινὸς γεγονώς* — zur Erde geworfen, in die Elemente aufgelöst, so daß es mir scheinen will, ich bestehe nicht mehr,« 1, 477. Somit ist Abrahams Wort: ich bin Staub und Asche Gen. 18, 28 kein Gegensatz zum Glauben; vielmehr ist »das gerade der rechte Zeitpunkt, daß das Geschöpf bittend vor den Schöpfer trete, wenn es seine Nichtigkeit erkannt hat.«

Während Philo mit Abrahams Beugung vor Gott zurecht kommt, hat er den Zweifel desselben, soweit es möglich war, beseitigt. Die Frage Gen. 15, 8 ist kein Zweifel; vielmehr hielt Abraham auch damals fest, daß ihm das Erbe zuteil werde, und fragte nur nach der Weise, wie er dasselbe erlangen könne, 1, 487. Abrahams Lachen Gen. 17, 17 war freudige Hoffnung, 1, 602, ebenso das der Sarah. Sie sagt Gen. 18, 12: bisher ist mir noch nie mühelos von selbst ein Gut zuteil worden; der aber, der es verhieß, ist mein Herr und älter als die ganze Schöpfung, dem man glauben muß, 1, 603, 36. 130, 51. Abrahams Wort: wird dem Hundertjährigen ein Sohn werden? Gen. 17, 17 ist allerdings Zweifel; er sprach dies jedoch nur in seinem Herzen, *ἐν τῇ διανοίᾳ αὐτοῦ*, weil ihn der Zweifel nur als flüchtige Regung bewegt hat, da die Leiblichkeit dem Menschen die unbewegliche Festigkeit Gottes nicht gestattet, 1, 605 ff. Und auch hier wird die andere Möglichkeit offen gelassen, daß das Wort eine Bitte sei, Isaak möge gerade dem 99jährigen geboren werden, wegen der Vollkommenheit dieser Zahl. Die Bitte, daß Ismael vor Gott leben möge, Gen. 17, 18, ist nicht Unglaube, sondern auch ein Glaubensakt, weil das empfangende

Vermögen des Menschen weit hinter der Fülle des göttlichen Gebens zurückbleibt, so daß er mit dem, was er empfangen kann, zufrieden und dafür dankbar sein soll. Eine Bitte, wie die Abrahams: schenke mir das, was meinem Vermögen entspricht, auch wenn es klein ist, vertraut in ihrer Bescheidenheit dem Gott, der unparteiisch bei sich selbst das jedem Entsprechende abwägt und zumißt, 1, 612. Auch in der Schrift über Abraham, 2, 17, die nicht zunächst den Lehrgehalt der Genesis auslegen, sondern die Geschichte erzählen will, wird beim Gespräch der Engel mit Abraham sein Zweifel stark geschwächt, namentlich dadurch, daß er nur auf die als Menschen erscheinenden Engel und nicht auf Gott bezogen wird. Auf das Wort: ist bei Gott etwas unmöglich? habe sich Sarah geschämt und ihr Lachen abgeleugnet, weil sie die Lehre, daß Gott alles möglich sei, schon von den Windeln an gelernt hatte.

Das Bestreben, die Väter zu verherrlichen und keinen Gedanken an Versündigung bei ihnen entstehen zu lassen, ist nicht erst Philos Eigentum, sondern hat die ganze Synagoge beherrscht[1]). Philo kam schon wegen seines geschichtslosen Schriftbegriffs nicht aus dieser Bahn heraus. Er begehrte nur Lehre, Weisheit, Vorbild von der Schrift. Die Geschichte der Väter schiene ihm nutzlos, wenn sie nicht die Darstellung der göttlichen Gesetze wäre. Daher kann sie nicht auch ihre Sünde und Schwachheit darstellen. Das göttliche Wort muß überall einen Imperativ enthalten, überall etwas Vollkommenes, wenigstens etwas Gutes und Gott Wohlgefälliges aussagen, überall die Weisheit Gottes offenbaren als das einzige Objekt, das in ihm zur Darstellung gelangen kann. Solche muß sich auch in den anstößigen Berichten finden als das Mysterium, das geheimnisvoll in ihnen liegt. Dazu erschwerte es ihm auch sein Glaubensbegriff, ein Glauben anzuerkennen, das mit Zweifel und Unglauben ringt und doch nicht aufhört, Glauben zu sein, vielmehr je und je geschlossene Glaubensakte zustande bringt. Er denkt sich das Glauben nicht konkret, wie es die einzelnen Bewegungen der Persönlichkeit leitet, sondern er denkt an die abstrakte »Tugend« Glaube, die als bleibende Eigenschaft in

1) Vgl. hiezu das S. 46 von Akiba zitierte Beispiel.

der Seele sitzt. Er denkt es als Siegespreis; so zieht sich der Kampf nicht in das Glauben hinein. Er denkt es nicht als Wurzel, sondern als Frucht der Erkenntnis Gottes und darum so unverlierbar wie diese. Werden ihm im Blick auf die naturhafte Begrenzung des Menschen Schranken gesetzt, so wird diese Einschränkung möglichst gemindert, damit die Herrlichkeit des Glaubens, die am Bilde Abrahams uns sichtbar werden soll, ungetrübt sei.

Auch die Fürbitte Abrahams für Sodom gehört zu den Zügen, die ihn zum Typus des Glaubens machen; denn sie beruht auf der Zuversicht, daß wenn nur ein kleiner Rest von Tugend noch vorhanden ist, Gott sich desselben erbarmt, so daß er das Gefallene aufrichtet und das Erstorbene zum Leben anfacht, 1, 455, 13. 456, 41. Ähnlich wie Abrahams Fürbitte wird auch die Opferung Isaaks mit Gen. 15, 6 verbunden, 1, 273, 24. Indem Abraham den Sohn nicht für sich selbst geboren haben will, sondern ihn Gott hingibt, betätigt er jenes Glauben, das in allem Gottes Eigentum schaut, das die Nichtigkeit des Gewordenen und die Festigkeit des seienden Gottes bejaht. Der Friede, in dem Abraham steht, Gen. 15, 15, macht seinen Glauben kund, denn da er heimatlos durch Krieg und Hunger durchgeht, wäre sein Leben ein herber Streit gewesen, hätte er nicht den göttlichen Worten und Sprüchen geglaubt, 1, 514. Im Glauben hatte er an Gottes Ruhe teil.

Mose zeigt in ähnlicher Weise, was Glauben ist. Als er am Dornbusch Gottes Wahl ablehnte, war er nicht ungläubig; er tat es vielmehr, »obwohl er glaubte«, *πιστεύων δ᾽ὅμως παρῃτεῖτο τὴν χειροτονίαν*, 2, 93, 42. Vor Pharao steht er im Gegensatz zu der von der Ungerechtigkeit leidenschaftlich erschütterten Seele als das Bild des Glaubens, der bei Gott zum Stehen kam, 1, 409. Sendet er die Kundschafter aus, so erklärt er: unsere Waffen, Kriegsmittel und Kraft bestehen allein im Glauben, 2, 116, 49. Verlangt er, daß man das Manna nicht bis zum Morgen behalte, so sagt er: glauben müßt ihr Gott, da ihr seine Wohltaten erfahren habt in Dingen, die alles Hoffen übertrafen, 2, 175, 9. Wählt er, obgleich er Josua kennt, dennoch den Nachfolger nicht selbst, bittet er vielmehr Gott, den Hirten über sein Volk zu bezeichnen, so glaubt er nicht voreilig sich selbst, *οὐ προπιστεύων ἑαυτῷ*, sondern fleht den Aufseher über die unsichtbare Seele an, der allein den Menschen kennt, daß er den besten wähle, 2, 384, 45. Möchte er Gott sehen, so war dies freilich eine unmögliche Bitte, aber ihr Sinn ist das Verlangen nach festem Glauben, *ἵν᾽ ἤδη ποτὲ ἀψευδοῦς δόξης μεταλαβὼν ἀβεβαίου ἐνδοιασμοῦ βεβαιοτάτην πίστιν ἀλλάξηται*, 1, 288, 30. Diese selbe Gottesliebe ist die Wurzel jenes mächtigen Vertrauens — *αὐτῷ τούτῳ*, d. h. *τῷ θεοφιλεῖ μάλιστα πεπιστευκώς*, 1, 339, 7 — in welchem er Gott für das Erbe der Leviten, d. h. auf irdischen Besitz verzichtend Gott für das Gut der Weisen erklärt. Dergleichen Lehren gehören jedoch nicht »den nach beiden Seiten Schwankenden«, sondern nur den von festem Glauben Ergriffenen, 1, 340, 13.

Philos Ausführungen zeigen, daß, soweit sich die griechische Judenschaft an der Schrift ein lebendiges Bewußtsein Gottes erhalten hat, auch die Einsicht lebendig ist, daß Gott, sowie er von uns bejaht ist, zum Stützpunkt unseres Lebens wird. Darum ist die Empfindung wach, daß es etwas Großes um den Glaubensvorgang sei, daß das Ich nicht resultatlos über sich selbst emporblicke und emporstrebe, sondern durch seinen Griff nach oben in der Tat zur Verbundenheit mit Gott gelange. Philos Worte über das Glauben machen deutlich, daß die Boten Jesu nicht nur in Jerusalem, sondern auch in einer griechischen Synagoge unbesorgt ihre Weisung so formulieren konnten: Glaubt an Christus. Sie wurden verstanden; man wußte, was es heiße, an Gott gläubig sein.

Aber ebenso deutlich ist, daß das Glauben für Philo nicht den Hauptbegriff bildet, in dem er seine Beziehung zu Gott zusammenfaßt. Das war nicht mehr möglich, nachdem er ihn als das Ziel der Frömmigkeit an ihr Ende gesetzt hatte. Denn für jede Theologie ist es die Hauptfrage, wie sich unsere Frömmigkeit begründe, wie der Mensch zu Gott komme. Darum sind die Begriffe, die sagen, wie der Anschluß an Gott gewonnen wird, das Zentrum jedes theologischen Systems. Diese Stelle hat aber bei Philo nicht das Glauben, sondern einerseits das Wissen, die Weisheit, die Erkenntnis Gottes, andererseits die Abwendung der Begehrung vom natürlichen Gut, die Unterdrückung der Lust. Beides gilt ihm als untrennbar. Das Wissen, das er schätzt, ist vor allem Güterlehre. Er bestrebt sich, das wahrhaft Seiende deswegen zu erkennen, weil er in ihm das wahrhaft Gute finden wird. Darum fordert die Erkenntnis die Abkehr von der Sinnlichkeit; diese ist aber auch das Gebiet der Lust. So greifen seine Asketik und seine Logik ineinander und diese Asketik, die ihren positiven Inhalt in der zur Gewißheit Gottes emporsteigenden Weisheit hat, ist der Weg zu Gott und die Vorbereitung zu jenem mystischen Erlebnis, durch das die Offenbarung Gottes in uns geschieht und das Glauben entsteht.

Fast wie Paulus, sagte einst Schneckenburger[1]), hat Philo vom Glauben geredet; wirklich »fast«? Hat Schneckenburger Paulus aufmerksam gelesen? Der Gegensatz, der das religiöse Denken Philos regiert, ist überwiegend naturhaft bestimmt. Dort steht das Seiende, hier das Gewordene, dort das rein Geistige, hier das Sinnliche und Leibliche, und das Bedeutsame am Glauben besteht ihm darin, daß in ihm dieser Gegensatz überbrückt, der gewordene Mensch dem ungewordenen Schöpfer, der durch den Leib der Natur Zugeteilte dem über die Welt Erhabenen verbunden ist. Darum ist auch in seinem Glauben, wie in dem des Paulus, die negative, abwehrende Seite stark ausgebildet. Der Glaube ist Verzicht auf das Menschliche und nur als solcher Bejahung Gottes in seiner Vollkommenheit und Güte. Der Glaubende fällt und steht gleichzeitig; er fällt aus dem eigenen Wahn heraus, wirft den Weisheitsdünkel ab, und der Gott liebende Sinn wird aufgerichtet, der auf dem Unwandelbaren gegründet ist, 1, 605. Aber die Antithese zwischen Gott und dem Menschen berührt bei Philo dasjenige Gebiet noch nicht, wo sie bei Paulus ihren ersten Ort hat und mit aller Schärfe heimisch ist, den Verlauf unseres Wollens und Handelns.

Es hatte für seine ganze Frömmigkeit entscheidende Bedeutung, daß er zwar auf dem intellektuellen Gebiet das Glauben der Selbstzuversicht entgegensetzte und am logischen

[1]) Saepissime Philo sensu paene Paulino de πίστει loquitur, Schneckenb., Jakobusbr. 133.

Besitz des Menschen seine Kritik übte, dagegen den Willen nicht durch eine ähnliche Antithese hindurchführte und die Zuversicht zur sittlichen Kraft des Menschen nicht nur nicht zerbrach, sondern als die Voraussetzung der Frömmigkeit fortwährend bejahte. Er stellte zwar über den logischen Besitz des Menschen ein Erkennen, das Gabe Gottes ist, nicht aber über sein Wollen ein neues Wollen, das ebenfalls Gabe der Gnade wäre. Vielmehr ist die sittliche Reinigung die Tat des Menschen. Er beginnt als der aktive, zum Wirken Fähige seine Gemeinschaft mit Gott dadurch, daß er seinen Willen gut macht, und dann, wenn ihm diese Askese gelungen ist, dann ist er zum Glauben geschickt.

Nie gingen in der Synagoge der Bußgedanke und Schuldbegriff ganz unter. Auch Philo bezieht das Glauben nicht bloß auf die gebende Güte Gottes, sondern auch auf seine Willigkeit, zu vergeben. Der Sündopferritus hat z. B. den Zweck, festen Glauben zu erzeugen, daß Gott denen, die ihre Sünden bereuen, gnädig ist, 2, 248, 27. Das auf die Opfer begründete Vertrauen zu Gott ist berechtigt, wofern es nur von der abergläubischen Schätzung des materiellen Opferaktes gereinigt wird, 1, 345, 14. Aber die Weisung, die der schuldig Gewordene empfängt, lautet nicht: glaube! sondern in Reue, Besserung und Reinigung der Seele hat er sich zuerst aufzurichten und dann, »wenn er nichts Böses neu verübt und das alte Böse abgewaschen hat«, darf er ohne Furcht zu Gott hintreten, 1, 274, 10. Eines »Restes von Tugend« ist das göttliche Vergeben bedürftig, sonst ist es unmöglich. Das Vertrauen zu Gott hat im guten Gewissen, das dem Menschen die Lebendigkeit seiner Liebe zu Gott bezeugt, die Voraussetzung, 1, 474, 5. Die Heiligung steht für Philo vor dem Glauben, dessen große Wirkung darin besteht, daß er den sinnlichen, also nichtigen Menschen mit Gott einigt, nicht aber daß er den Sünder mit Gott verbände. Philos Glaube ist die Gerechtigkeit des Gerechten, der des Paulus die Gerechtigkeit des Gottlosen, Röm. 4, 5. Das ist ungeschwächt, unvermittelt der Unterschied zwischen Judentum und Christentum.

Daher hat Philo auch die Begrenzung des Glaubens auf

die Providenz nie mit einem klaren Gegensatz überschritten. Es mag zwar eine starke Anlehnung an die ältere Literatur und Tradition sein, wenn er am Schluß der Exegese des Schöpfungsberichts die ganze Frömmigkeit als die Bejahung der Providenz darstellt, weil damit sein Interesse am mystischen Ergriffensein durch Gott nicht zum Ausdruck kommt. Er bleibt aber zu einer solchen Anlehnung an die stoischen Formeln deshalb fähig, weil ihm das inwendige Verhalten immer zunächst als des Menschen eigene fromme Leistung, als das Resultat unserer eigenen sittlichen Arbeit erscheint, und was dabei nicht im Bereich unseres Wollens liegt, in Analogie mit naturhaften Prozessen bleibt und sich deshalb unter die Providenz im weiteren Sinne fassen läßt. Daß die persönliche Verbundenheit mit Gott nicht mit klarem Bewußtsein gewonnen ist, zeigt sich beständig an der Zersplitterung derjenigen Kategorien, die die Art und den Wert des personhaften Lebens fixieren. Er gewann an seiner Religion kein in Gott gefestigtes »Ich«.

Die »guten Werke« der Palästiner werden hier allerdings nicht verhandelt[1]). In der Aneignung der geistigen Güter, die das griechische Leben bot, und gleichzeitig im Kampf mit der griechischen »Vernunft«, die mit ihrem Wissen der Natur zugewandt war und dadurch atheistisch wurde, verinnerlichte sich ihm der Glaubensgedanke. Um in seinem Denken fromm zu bleiben, ist er zu einem Glaubensakt genötigt, mit dem er gegen sich selbst Gott bejaht. Er empfindet auch die ethische Seite dieses Gegensatzes. Die Selbstzuversicht, auf der jene gottlose Weisheit steht, ist falsch, ist τύφος, Überhebung, die der Welt und dem Menschen beimißt, was allein Gott ist und gibt. Allein die Selbstzuversicht

[1]) Ich halte es für einen unvorsichtigen Schluß, daß sie nicht vorhanden gewesen seien. Philo empfindet es durchaus als eine rühmliche Sache, daß die römischen Juden sich geweigert haben, das Bürgergeschenk am Sabbath zu holen, und Augustus bewogen, für sie eine besondere Austeilung am Sonntag einzurichten. Das läßt schließen, daß auch um Philo her und in seinem eigenen Leben die pharisäische Praxis in starker Ausbildung vorhanden war. Es wird sich ähnlich verhalten wie bei den jüdischen Aristotelikern des Mittelalters; die Geltung der Satzung wurde durch ihre Philosophie nicht berührt. Allerdings, das innerliche, religiöse Interesse war von ihr abgewandt.

bricht ihm nur, soweit die Erfahrung des Griechentums ihn dazu nötigt, nur auf intellektuellem Gebiet. In der Sphäre des Judentums bleibt sie ungebrochen. Das Gesetz hält er fest. Er gräzisiert es, macht es zu einer Philosophie; aber es bleibt auch so Gesetz. Unter der Leitung seiner asketischen Weisheitslehre steigt man zu Gott hinauf. So ist seine Stellung nicht wesentlich anders als diejenige des Pharisäers, der »an das Gesetz glaubt«, nur daß Philo seiner Thora einen eigenartigen Inhalt geben muß, weil er aus der Gemeinde herausgefallen ist, in seiner Religion Eremit wird und in der Geschichte nirgends mehr eine wirkliche Bezeugung Gottes wahrnimmt, sondern sich nur nach innen wendet, in der Meinung, dort allein gelinge ihm die Berührung mit Gott.

Darum hat sein Glaube an die Schrift ihn noch weniger als die Palästiner davor geschützt, daß er den Inhalt der Schrift durch seine Auslegung verdeckte und entstellte. Aus seiner absoluten Bejahung des Bibelworts hat er eine Exegese abgeleitet, durch die jene in die Verneinung desselben umgeschlagen ist. Er folgert aus der Göttlichkeit der Schrift, daß sie in jedem Wort die allwissende Weisheit verberge, so daß er ohne Sorge alles an jedes Wort anschließen kann, was ihm als göttliche Weisheit gilt. Er hat es darüber nicht mehr zum Hören gebracht. Der Exeget redet sofort selbst und breitet sein Dogma über die Bibel aus, unter dem sie verschwand[1]). So ist auch hier das Ergebnis mit dem verwandt, das in der palästinischen Synagoge erwachsen ist. Die Methode war verschieden; denn die Kunst der Allegorie hatte man von den Griechen gelernt und sie wurde von den Palästinern nur als Zugabe zur Auslegung, nicht als der eigent-

[1]) Auch nur die äußerliche Kenntnis der Bibel scheint ihm verloren gegangen zu sein; denn in seinem ungeheuren Kommentar zum Pentateuch ist so wenig aus der übrigen Bibel herangezogen, daß er nie mit ernster Aufmerksamkeit die Propheten oder den Psalter gelesen haben kann. Die doktrinäre, von der Geschichte abgewandte Haltung seines Religionsbegriffs wirkte hiebei mit, weil sich der Prophetenkanon schwer im Sinn einer geschichtslosen Asketik und Mystik deuten ließ und die Vielgestaltigkeit des Kanons auf seinem Standpunkt überhaupt nicht als ein Vorteil, sondern als Schwäche erscheinen mußte. Vorteilhafter war es, wenn es nur ein einziges inspiriertes Lehrbuch und nur einen einzigen Offenbarer Gottes, nämlich Mose, gab.

liche Schlüssel zur Schrift übernommen. Aber in beiden Hälften der Gemeinde sank die Schrift unter die Tradition hinab.

So war auch Philos Glauben durch unübersteigbare Schranken beengt. Er denkt es sich als absolute Zuversicht; aber diese winkt ihm erst am Ende des frommen Strebens, und wenn dieses Ende erreicht ist, dann erfolgt weiter nichts. Er beschreibt es als Bejahung Gottes, die uns mit ihm in Verbundenheit bringe, und gründet es dennoch auf die eigene Willensenergie. Er versteht es als Aufnahme des göttlichen Worts und tilgt die Funktion des Hörens in sich. Hier Einheit und Ordnung zu schaffen lag jenseits seiner Kraft.

Die Schwierigkeiten, mit denen sein Glauben ringt, sind teilweise dieselben, wie sie uns schon an den Jerusalemiten entgegengetreten sind. Zwar liegt im Zuge seiner Frömmigkeit nicht das Begehren nach Wundern, die im Bereich der Natur geschehen; aber die Spannung der Natur gegenüber kehrt in seinem prinzipiellen Dualismus noch verschärft wieder, und überträgt sich bei ihm auch auf den Bereich des seelischen Lebens, da sein Glauben auch die Sinnes- und Verstandesfunktionen von sich stößt und damit über alles bewußte Erleben hinaus nach einem unfaßlichen Geheimnis hascht. Die Richtung des Glaubens auf Gottes freundliche Fügung der äußeren Lage durchkreuzt seine Mystik; deshalb bleibt aber doch seine eigene Willensenergie das, wodurch er seinen Aufstieg zu Gott bewirken will. Die Rechtsregel hat für sein Gottesbild nicht die zentrale Bedeutung, wie für das der Jerusalemiten, da das seinige überwiegend durch unpersönliche, aus der Natur entlehnte Kategorien bestimmt ist; aber die Spannung der Rechtsregel gegen die Gnade ist bei ihm nicht überwunden, da diese sich dem Schuldigen erst dann gibt, wenn er sich zuerst gebessert hat. Vor dem Schuldbewußtsein stand er ebenso ratlos wie Jochanan.

Versteht es Akiba besser, mit Gott zu leiden, als mit Gott zu handeln, so ist auch Philo weiser, wenn er negativ über die Wertlosigkeit der sinnlichen Güter und die Verwerflichkeit des selbstsüchtigen Willens zu urteilen hat. Soll er uns dagegen sagen, was er an der Gemeinschaft mit Gott positiv gewinne, so wird seine Aussage dürftig. Im asketischen Kampf mit der Natur und Sinnlichkeit ist er tapfer; aber in diesem Kampf erschöpft sich seine Frömmigkeit. Fanatisch wie Akiba wird Philo nicht; dafür gestattet er sich für seine Frömmigkeit schwächlich eine Doppelgestalt; neben der populären Lehre steht die Geheimlehre, neben dem Wortsinn der Schrift ihr verborgener Tiefsinn, neben der Akkomodation an die geltende Sitte eine Umdeutung derselben, die sie entwurzelt. Erstrebt Akiba mit dem Fluch, der dem Widerstrebenden den Anteil an der kommenden Welt versagt, die Herrschaft über die Gemeinde, so fügt sich Philo ihrer Herrschaft und zieht sich auf seinen mystischen Besitz zurück. Das war nicht ein solches Glauben, das die Welt überwindet. Es ist darum nicht auffällig, daß er uns nicht durch seine eigene Gemeinde, sondern nur durch die Kirche erhalten ward.

Viertes Kapitel.

Der Glaube des Täufers.

Als Jesus in Jerusalem den führenden Priestern und Rabbinen die Frage vorlegte, ob die Taufe des Johannes aus dem Himmel gewesen sei, war es nach dem Bericht des Matthäus allen deutlich, daß die Bejahung dieser Frage sie zum »Glauben« verpflichte. Sie erwarten, wenn sie die Frage Jesu bejahen, die Antwort: »Warum habt ihr ihm nicht geglaubt?« und diese Antwort wäre eine ihre Verschuldung enthüllende Anklage; denn es ist Schuld, dem nicht zu glauben, der eine göttliche Gabe bringt. Mit derselben Formel beschreibt darauf Jesus das Verhalten der beiden Volksschichten gegenüber dem Täufer. Die eine, die Zöllner und Dirnen, »haben ihm geglaubt«, was dadurch sichtbar wurde, daß sie seine Taufe empfingen; die andere Schicht, die Gerechten, haben ihm dagegen »nicht geglaubt«, und dies dadurch ans Licht gestellt, daß sie seine Taufe ablehnten.

Dieser Bericht über die Lage in Jerusalem sagt, die Formel »Glaube« sei kein neues, etwa erst in der Christenheit entstandenes Gebilde gewesen, sondern habe zum befestigten Bestand der religiösen Sprache gehört, weiter, der als Glaube bezeichnete Vorgang bestehe nicht nur in der Aneignung von Gedanken, sondern sei eine Bewegung des Willens, weshalb das Glauben oder Nichtglauben für das Verhalten des Menschen die Entscheidung gebe, endlich, der Grund zum Glauben werde dem Menschen mit der Gewißheit Gottes gegeben; sowie Gottes Wille und Wirken in einem Vorgang sichtbar sei, sei dem Menschen die Berufung zum Glauben erteilt.

Was uns die jüdischen Quellen über den in der Judenschaft vorhandenen Glauben sagen, gibt diesem Bericht in jeder Richtung die völlige Erklärung und Bestätigung.

Dieselben Quellen machen es aber ebenso durchsichtig, warum das Schlußwort des Täufers, mit dem er seiner Verkündigung des nahenden Himmelreichs ihr praktisches Ziel gab, die Gemeinde nicht zum Glauben, sondern zur Buße, zur »Umkehr« berief. Für den Blick des Täufers war das königliche Wirken Gottes noch Zukunft. Er bestätigte mit seiner Botschaft die Hoffnung der Gemeinde, gab ihr, indem er sie mit der Gegenwart verband, die mächtige Verstärkung, zeigte ihr aber nicht schon in seiner eigenen Wirksamkeit die Erfüllung. Nicht um sich sammelte er die Gemeinde, sondern wandte sie zu dem hin, was kommen wird. Dieses setzt aber nach dem Urteil des Täufers das nicht fort, was in der Gemeinde vorhanden war, sondern bricht dieses ab und stellt das Neue durch einen neuen Anfang her. Daher stand der Täufer gegen die von der Gemeinde betätigte Frömmigkeit im Kampf und diesen führte er dadurch, daß er von der Gemeinde die Umkehr forderte. Damit verlangte er von ihr, daß sie dasjenige Verhalten, das bisher ihre Religion war, beende. Die Waschung des gesamten Volkes im Jordan verneinte seine Frömmigkeit als unvermögend, ihm die Zugehörigkeit zur vollendeten Gemeinde der Endzeit zu verschaffen, und der Sinn dieser Tat wurde dadurch gegen jedes Mißverständnis geschützt, daß der Täufer die Vorgänger Akibas, die Vertreter der gesteigerten Frömmigkeitsübung, die jedermann in der Gemeinde verehrte, als dem Zorn Gottes besonders nah, dem Himmelreich besonders fern, der Buße besonders bedürftig und doch besonders zu ihr unfähig behandelt hat. Somit beginnt die neutestamentliche Geschichte damit, daß der Streit zwischen Selbstvertrauen und Gottvertrauen dadurch beendet wird, daß jenes vernichtet wird. Die Stütze, die die Gemeinde in ihrem frommen Verhalten zu haben meinte, wird ihr zerbrochen und der feste Punkt, auf dem ihre ganze Stellung vor Gott beruhte, daß sie an der großen Zahl ihrer guten Werke die Gerechtigkeit habe, fällt um. Damit beginnt die für das neutestamentliche Glauben überall wesentliche Tatsache, daß es nicht mit dem auf das eigene Handeln begründeten Selbstvertrauen zusammenbesteht, sondern dieses ausstößt. Das tiefste Problem, zu dem es Beziehungen hat, stellt sich sofort in den Mittelpunkt der Aufmerksamkeit, daß der göttliche und der menschliche Wille widereinander stehen und nur durch eine Versöhnung einträchtig werden.

Der neue Vorgang entstand nicht aus der von Philo uns geschilderten Lage, sondern erwuchs aus den palästinischen Zuständen. Nicht die Skepsis, die die Zuverlässigkeit der Sinne und den Wert der vernünftigen Urteile anfocht, bekam durch den Bußruf des Täufers die Vollendung, sondern seine Voraussetzung war das Verdienst der Palästiner, der vor Gott gültige Wert ihrer religiösen Leistungen, und eine Vorbereitung für ihn war jenes Verzagen, das dem Rabbinat, wenn es den Zustand des Volks betrachtete oder seine eigenen Leistungen maß, nicht unbekannt geblieben war.

Daraus ergab sich sofort ein Ergebnis, das für den Aufbau der Gemeinde hochbedeutsam war. Die Unterschiede in der frommen Energie, die bisher als wichtig galten und trennend wirkten, wurden gleichgültig. Statt daß die Gemeinde, soweit sie an Gottes Güte Anteil hat, aus zwei Gruppen bestände, aus »Gerechten« und »Reuigen«, wie die vorhandene Theorie es wollte, stehen jetzt neben den Bußfertigen nicht mehr die Gerechten, sondern lediglich die Unbußfertigen, denen Johannes Gottes Zorn verkündigt hat. Ebenso waren damit die Unterschiede zwischen den verschiedenen Fassungen des Gesetzes und den verschiedenen Betätigungen des Glaubens entwertet, durch die sich die Parteien voneinander getrennt hatten[1]). Ob

[1]) Matthäus hatte ein deutliches Bewußtsein um die Wichtigkeit dieser Tatsache, siehe 3, 7.

sich das Volk an die Pharisäer oder an die Sadduzäer anschließe, diese Frage war erledigt. Der Bußruf führte alle aus ihrer alten Bahn heraus.

Der Grund, um deswillen der Täufer die frommen Werke der Gemeinde verworfen hat, wird an dem sichtbar, was er den Getauften als »die Frucht ihrer Umkehr« vorgehalten hat. Er hat dem Zöllner und Söldner erklärt, er solle Zöllner und Söldner bleiben, doch nun in Ehrlichkeit und Rechtlichkeit, hat der Taufversammlung dies als neue Pflicht auferlegt, daß sie nun zu geben imstande sei, nicht dem Tempel, sondern dem, der ohne Kleidung und Nahrung ist, Luk. 3, 10–14. Das Gebrechen der Gemeinde, um dessen willen sie sich waschen und wenden muß, entsteht nicht nur in ihrem gottesdienstlichen Verhalten, nicht nur in der Weise, wie sie betet, opfert, die Schrift versteht und sich das Gottesbewußtsein lehrhaft verdeutlicht, soviel hieran mangelhaft ist, sondern schon an jenen göttlichen Normen, durch die das menschliche Zusammenleben geregelt wird. Die Frömmigkeit der Gemeinde hat sie nicht vor Unrecht und Härte bewahrt. Diejenige Übung des Glaubens, die das Rabbinat in der Gemeinde pflanzte, war dadurch begründet, daß sie in jener für diese eine Deckung und Kompensation zu haben meinte. Wer z. B. mit der Ermächtigung durch den Rabbi seine Frau fortschickte, entzog zwar dieser die Liebe; doch das war ja nur die Frau, seine Liebe zu Gott blieb davon unberührt. Ihn liebte er dennoch »bis zum Tod«! Der Täufer leugnete, daß der Gottesdienst der Gemeinde ihre Härte und Bosheit entschuldige. Wer denjenigen Willen Gottes bricht, der Recht und Güte für den Nächsten fordert, hat eine Schuld auf sich, an der er verdirbt. Sein Gottesdienst ist wertlos und seine Hoffnung auf Gottes Reich Trug. Der sittliche Kanon, der das Böse ohne Vorbehalt verneint, besaß für den Täufer unerschütterliche Gültigkeit.

Daher war das Einzige, was der Gemeinde half, jene Umkehr, die sich von der Härte zur Güte, vom Geizen zum Lieben wendet. Durch diese kehrt sie zu Gott zurück. Dem, der sich vom Bösen weg zu Gott hinwendet, hat der Täufer die höchste Verheißung gegeben, da er auch dem redlich werdenden

Zöllner und der von ihrem Gewerbe sich lösenden Dirne im Namen Gottes den Anteil an seinem Reiche zusagte. Dadurch hat er in ihnen nicht nur ein Hoffen gepflanzt, wie es die Gemeinde noch nicht besaß, weil er die letzte, vollendende Tat Gottes unmittelbar an die Gegenwart heranstellte, sondern auch ein Glauben erweckt, das den gegebenen Glaubensstand überschritt. Die Gnade, die den Anteil an der ewig lebendigen und vollendeten Gemeinde gewährt, wurde dem Einzelnen zu persönlicher Aneignung dargeboten und die Bedingung für diesen, die Vergebung der auf ihm ruhenden Schuld, ihm zugesagt. Die Berufung richtete sich hier nicht nur an die Gesamtheit, sondern wurde zum persönlichen Erlebnis und das, was sie in sich schloß, war die vollkommene Gemeinschaft mit Gott. Der von Johannes Getaufte stand nicht mehr vor einem fernen Gott, von dem er nicht wußte, wie er sich gegen ihn verhalte, sondern erhielt eine klar umschriebene Stellung vor ihm, stand auch nicht mehr ratlos vor seiner Schuld, sondern wußte, was Gott mit ihr macht, nämlich, daß er sie vergeben hat.

Was damit geschah, das hat Jesus Glauben genannt, als er in jener Erörterung über den Täufer die Gemeinde in solche einteilte, »die ihm geglaubt«, und in solche, »die ihm nicht geglaubt haben«, Mt. 21, 31. 32. Er dachte dabei auch an die Sendung des Täufers, daran, daß der Glaubende die Vollmacht, die ihm von Gott als Propheten gegeben war, anerkenne und es erfasse, daß die Taufe »aus dem Himmel« sei und Gottes Willen kund tue. Allein mit einem abstrakten Formalismus, der sich bei der Annahme des Worts seinen Inhalt verhüllt und beim Gehorsam gegen die Leitung des Täufers das, was er verlangt hat, vergißt, entstellten wir das, was Jesus »den Glauben der Zöllner und Dirnen« genannt hat. Er dachte an den Inhalt des vom Täufer dem Volk gesagten Worts, daran, daß ihm durch den Täufer die göttliche Hilfe gebracht worden war. Er sprach ja mit den Häuptern Jerusalems über die Taufe, die nicht bloß Anklage, sondern auch Vergebung gewährt, nicht bloß Offenbarung der Schuld Israels, sondern auch Berufung zum Himmelreich ist. Die »Zöllner und Dirnen«, die dem Täufer glaubten, haben nicht nur bejaht, daß ihr Verhalten strafbar und Gott widerwärtig sei, sondern daß Gott auch sie in die Gemeinde der Endzeit aufnehme. Wiederum haben die Priester und Eiferer für das Gesetz, die ihm nicht glaubten, nicht nur die Aufforderung zur Buße als grundlos abgelehnt, sondern auch die Ladung zum Himmelreich gering geschätzt. Darum sagt Jesus von den Zöllnern und Dirnen, daß sie ihnen voran ins Reich eingehen, weil beiden Teilen nach ihrem Glauben geschieht.

Zufall ist es aber nicht, daß der Täufer in den von ihm erhaltenen Worten nicht die, die er wegwies, »die Ungläubigen« und die, die er taufte, »die Gläubigen« hieß. Er hielt dadurch fest, daß alles, was er tat, erst vorbereitende Bedeutung habe, weil die Entscheidung bei dem stehe, der kommen werde, und wandte dadurch den ganzen Ernst derer, die er taufte, zum neuen Handeln hin, auf das er ihren Anteil an der göttlichen Gnade gründete. Er hat dabei zwischen einer unechten und einer echten Buße unterschieden. Jene entstand dadurch, daß die von ihm bekämpfte Frömmigkeit mit reumütigen Stimmungen, Schuldbewußtsein und Klagen über die Sündhaftigkeit der Gemeinde reichlich verwoben war. Dergleichen war noch nicht diejenige Umkehr, die der Täufer meint; denn er will nicht bloß bewirken, daß die bußfertigen Stimmungen in einem sichtbaren Akt sich zusammenfassen, indem die Taufe übernommen wird, sondern weiter, daß die Reue »Frucht« bringe, zu ihrem Ziel gelange und einen neuen guten Willen schaffe, der es auch zum Handeln bringt. Auf diese Umkehr, die den Täter des göttlichen Willens schafft, bleibt für alle ihr Eingang in das Himmelreich, somit auch ihr Glauben, mit dem sie sich desselben freuen, gestellt.

Dadurch wurde der Täufer unvermeidlich in einen bewußten, harten Kampf mit der vorhandenen Glaubensübung hineingeführt. Er hatte nicht nur die Sünde, sondern auch das auf Gott gestellte Glauben der Gemeinde gegen sich und konnte sein Ziel nur dadurch erreichen, daß er dieses zerbrach. Denn der Berufung zur Umkehr stand als mächtiges Hemmnis im Wege, daß die Gemeinde in ihrem gegebenen Bestand durch die Offenbarung Gottes entstanden war und die Zeichen und Pfänder der sie erwählenden Gnade besaß. Die Frage kam unausweichlich, ob der Bußruf nicht daran dahinfalle, daß die Gemeinde an den Heiligtümern, die sie besaß, die Deckung gegen Gottes Zorn und den Anteil an Gottes Gnade habe.

Der Täufer hat die Zuversicht Israels, die sich auf die vorhandenen Bürgschaften des Heils gründete, verneint. Jenes Glauben, das sich im Wort: »Wir haben Abraham zum Vater« ausspricht, hat er falsch genannt. Mit diesem berief sich der Jude nicht auf den Wert seiner eigenen Leistung, sondern hob im Gegenteil damit hervor, was für ihn den Mangel der eigenen Gerechtigkeit ergänzt und der Gemeinde trotz ihrer Verschuldung den Anteil am Himmelreich verbürgt. Die Berufung auf die Kindschaft Abrahams war, weil sie Gottes Verheißung ergreift, Gottes Berufung und Bund bejaht als wirksame, mit Sicherheit ihr Ziel erreichende Mächte, ein Glaubenswort, Vertrauen zu Gottes Güte, ein Schluß aus der Israel gegebenen Kenntnis Gottes, wodurch sein Verhältnis zum Himmelreich nach dem göttlichen Wort bemessen werden soll. Indem der Täufer dieses Glauben zu zerbrechen sucht, wird gleich im Beginn der neutestamentlichen Geschichte offenbar, daß sie nicht nur irgendein, sondern ein inwendig voll bestimmtes Glauben hervorbringen will, weil keineswegs jedes Glauben die göttliche Gnade für sich hat. Die Erkenntnis ist schon im Täufer mit voller Klarheit entstanden, daß im Glauben selbst ein Gegensatz aufbricht: täuschendes und wahres, sündliches und reines, verderbliches und errettendes Glauben scheiden sich. Dieser Gegensatz entsteht nicht nur aus dem verschiedenen Objekt des Glaubens, so daß dem Vertrauen des Menschen zu sich selbst das Vertrauen zu Gott entgegenträte, wodurch sich der Gegensatz darauf beschränkte, daß dem Unglauben gegen Gott das Glauben an ihn gegenüberstände, sondern dieser Gegensatz trennt das auf Gott gerichtete Vertrauen in zwei innerlich geschiedene Vorgänge.

So kurz die vom Täufer überlieferten Worte sind, so unterrichten sie uns doch vollständig darüber, wie er diesen Gegensatz gefaßt hat. Die Aussage über Gottes Willen und Reich, die im Satz: wir haben Abraham zum Vater, enthalten ist, hat er vollständig bejaht. Er spricht noch bestimmter als seine Gegner aus, daß Gott den Kindern Abrahams sein Reich geben wird. Selbst wenn er Steine zu ihrer Erzeugung befähigen müßte, wird er seine Verheißung erfüllen. Der Kampf des Täufers gegen das jüdische Glauben beabsichtigte keine Schwächung der göttlichen Verheißung. Wenn er Israel mit der Axt droht, so stellt er damit nicht in Zweifel, daß es ein Werk Gottes, göttlicher Berufung teilhaft und zum Himmelreich geschaffen sei. Die ganze Zusage der göttlichen Gnade, wie sie die alttestamentliche Verheißung enthielt, findet durch ihn eine nicht minder unbedingte Bejahung wie durch den Schriftgelehrten, der aus derselben folgerte: ganz Israel hat am Himmelreich teil, und wenn Akiba frohlockend verkündigt: »seht, welche Liebe ist uns damit erzeigt, daß wir Söhne Gottes genannt sind,« so sagt das der Täufer auch.

Der Kampf gegen das Glauben Israels war Kampf gegen seine Religion. Die Scheidung zwischen dem reinen und unreinen Glauben besagt, daß nicht nur Gottlosigkeit und Frömmigkeit gegen einander stehen, sondern die Frömmigkeit selbst in wider einander stehende Arten zerfalle, so daß es nicht nur gute, sondern auch schlechte Religion gebe. Diese Kritik kehrte sich aber nicht gegen den objektiven Grund der Religion Israels, nicht gegen das, was ihm von Gott gegeben war, sondern nur gegen das, wozu es Gottes Gabe braucht. Seine Zuversicht zu Gott wird nicht deshalb bekämpft, weil sie keinen Grund hätte oder zu Großes von Gott erwartete, sondern deshalb, weil sie die Buße abstößt, wenigstens so, daß es nicht zur Frucht derselben kommt. Ob das Glauben richtig ist oder nicht, erlöst oder verdirbt, hängt vom Wert des Begehrens ab, das in ihm lebt; es fragt sich, was es bei Gott suche, ob es Duldung des Bösen von ihm erwarte, Erhaltung in der Sünde oder Befreiung von ihr von ihm begehre. Der Täufer warf Israel vor, daß es mit seiner Zuversicht zu Gott seinen bösen Willen stärke, weil sie sein sündliches Handeln rechtfertigen soll, als wäre um ihretwillen auch die Bosheit Gott angenehm. Nur dann hat sich das Glauben als rein erprobt, wenn die mit der Reue gewonnene Erkenntnis im Handeln festgehalten und die Verneinung des Bösen mit echter, aufrichtiger Umkehr vollzogen wird.

Statt jenes falschen Glaubens pflanzt der Täufer darum parallel mit der gewaltigen Hoffnung eine nicht weniger mächtige Furcht vor Gott. Die Sünde seines Gegners ist, daß er Gott seines Glaubens wegen nicht mehr fürchtet. Nach seiner Meinung hat ihn Gott samt seiner Bosheit nötig, weil er nur an ihm seine Verheißung erfüllen kann. »Er vermag aber auch aus diesen Steinen Kinder Abrahams zu erwecken.« Der Glaube des Gegners verstümmelt das Gottesbild, indem er Gott vom Juden abhängig macht, so daß er zum Diener der Menschen wird; der Täufer erhöht dagegen Gott über den Menschen und gibt ihm in der Wahl der Empfänger seiner Gnade vollkommene Freiheit. Die Gebundenheit, die der Gegner Gott auferlegt, bezieht sich auf sein Gericht; er faßt die göttliche Güte als Verzicht auf seine Gerechtigkeit und hält sich um der Verheißung willen für gesichert gegen diese. Der Täufer heiligt dagegen die Gerechtigkeit als Gottes unvergänglichen Besitz, macht die Rechtsregel, die den Baum ohne Frucht nicht duldet, auch für Israel gültig und stellt es unter den göttlichen Zorn. So bringt gleich der erste Anfang der neutestamentlichen Geschichte das Rechtfertigungsproblem scharf ans Licht. *Das falsche und das wahre Glauben scheiden sich dadurch, daß jenes die Gerechtigkeit Gottes verneint, dieses sie bejaht. Jenes beseitigt die Furcht vor Gott; dieses begründet sie.*

Nach dem Gottesbild gestaltet sich auch das Christusbild, da der Christus der Diener Gottes ist, der seinen Willen tut. Der Täufer beschreibt den Kommenden als den Überwinder des Bösen, entweder durch die heiligende Wirksamkeit des Geistes oder durch die vernichtende Kraft des Feuers, das der Bosheit das Ende bereitet. Israel entstellt seine Hoffnung, wenn es dem Christus eine andere Aufgabe gibt als die, das Böse aus der Welt zu entfernen, und Gottes Reich sich anders denkt als im totalen Gegensatz zu allem Sündigen. Wenn es mit seiner Hoffnung auf das Himmelreich die Lust am Sündigen vereinigt, wird sein Verhalten mit Notwendigkeit ungläubig; denn es widerspricht so dem von Gott dem Christus aufgetragenen Werk.

Auch am Erfolg seiner eigenen Arbeit hat der Täufer erlebt, daß gerade das fromme Israel sündigte, da dieses die neue Offenbarung Gottes abwies und jenen Glauben, der das göttliche Wort jetzt vernimmt und die ihm jetzt angebotene göttliche Gabe ergreift, nicht fand. Die gefallenen, nach jedermanns Urteil schuldig gewordenen Glieder der Gemeinde schlossen sich ihm an; ihre frommen Führer und Vorbilder dagegen hielten sich von ihm fern, Mt. 21, 25. 32. Lu. 7, 29, 30. Doch entstand seine Bußforderung nicht erst nachträglich aus dem Mißerfolg seiner Sendung gegenüber denen, die ihn ablehnten, sondern bildete von Anfang an deren Inhalt, weil sie sich aus dem von ihm vorgefundenen Stand der Frömmigkeit ergab. Darin, daß ihre besonders eifrige und absichtliche Übung mit Unglauben endete und Unfähigkeit erzeugte, jetzt der Leitung Gottes zu gehorchen und dem Propheten sich zu untergeben, bewährte sich aber endgültig, wie begründet die an sie gerichtete Bußforderung war, daß jene in der Tat ein Böses in sich hegte, das sie entwertete und den Sturz Israels herbeiführen mußte.

An seinem eigenen Glaubensstand machte es der Täufer sichtbar, daß die falsche Stellung, in die sich Israel zu Gott setzte, nicht nur die Wahrheit seines Gottes- und Christusbilds schädigte, sondern mit dieser auch das Vertrauen auf Gott zerstörte. Nicht der Jude, der Gott zum Knecht Israels erniedrigte und, soweit er selbst in Betracht kam, Gottes Gerechtigkeit leugnete und dadurch den Grund seiner Zuversicht von Gott weg auf das hinüberzog, was der Jude war, sondern der Täufer, der Israels Bosheit verdammte und Gottes Gerechtigkeit ohne Abzug ehrte und dennoch des Himmelreichs gewiß war und allen Reuigen, auch den Dirnen und Zöllnern, in der Taufe Gottes Vergebung brachte, durch die sie zum Himmelreich berufen sind, er ist der Glaubende gewesen und hat, selbst wenn er in seiner Predigt das Wort »Glaube« nie auf die Lippen nahm, die, die seiner Leitung folgten, zu einer Glaubensübung angeleitet, die alles überragte, was uns aus der Synagoge überliefert ist.

Die Wahrheiten, mit denen der Täufer gegen das Glauben Israels kämpfte, waren diesem keineswegs fremd. Die Verschuldung des Volkes, die Notwendigkeit, Böses zu lassen und »Buße zu tun«, der Ernst des göttlichen Zorns, die Wertlosigkeit einer Buße, die sich nicht durch die Tat vollendet, die Vergeltungsregel der göttlichen Gerechtigkeit, die dem unfruchtbaren Baum die Axt zuordnet, das Richteramt des Kommenden, das waren alles Erkenntnisse, die das feste Besitztum der Gemeinde bildeten und im Vordergrund ihrer Aufmerksamkeit standen. Sie werden aber von ihr verkrümmt, dürfen bloß für die übrige Menscheit gelten, werden dagegen für den Günstling Gottes, für Israel, außer Kraft gesetzt. Daran, daß Israel nicht mit einer neuen, sondern mit der von ihm selbst bejahten Wahrheit gestraft werden muß, wird sein Denken und Handeln als ungläubig erwiesen. Es läßt sich von der ihm bekannten Wahrheit nicht fassen und widerspricht dem ihm gegebenen göttlichen Wort. Der Täufer dagegen hielt das ganze Zeugnis Gottes von seiner Macht, Gerechtigkeit und Gnade fest.

In dem reinen und großen Glauben, durch das der Täufer die einträchtige Bejahung des Zorns und der Gnade, des Gerichts und der Erlösung vollzog, das ihn einerseits zum Beten und Fasten für Israel trieb und ihm die Angst vor seiner Sünde gab, so daß er vor seinen Heiligen wie vor einem Schlangennest erschrak, und ihn gleichzeitig zum Täufer aller Beschmutzten, zum Tröster der Verlorenen machte, so daß er ihnen das Himmelreich versprach, ist die neutestamentliche Glaubensstellung bereits voll vorgebildet und begonnen. Gleichwohl hat der Täufer die Bedeutung, die der Glaube für Jesu Werk erhielt, noch nicht überschaut. Wenn das Reich nun anbricht und der Christus gekommen ist, bedarf es wohl dann noch des Glaubens? Darüber, daß Gottes königliches Walten weltüberwindende Macht bei sich habe, schwankte der Täufer nicht. Sein eigenes Wort kann noch verachtet werden und vor ihm fällt der schlechte Baum noch nicht; aber er fällt vor dem, der als der Stärkere nach ihm kommen wird. Er selbst hat nur im Wasser das Mittel seines Wirkens, darum ist auch sein Werk nichts neben dem Wirken dessen, der Geist und Feuer zur Verfügung hat und in so völlig neuer Kraft sein Werk betreiben wird, daß der Täufer ihm dabei in keiner Weise dienen kann. Jener tritt unter die Gemeinde wie der Worfler auf die Tenne, ein Christus, der nicht Glauben erwartet, weil man ihn sieht und seine offenbare Königsmacht erlebt. Die Frage, die sich für den Täufer aus der Lage der Gemeinde ergab, war nicht, ob sie wohl den Christus aufnehmen werde; wenn sie sich dessen weigert, hat er ja die Axt und die Worfschaufel; dann fällt er den unnützen Baum und wirft die Spreu ins Feuer. Ihn hat die andere Frage bewegt, ob wohl der Christus die Gemeinde aufnehmen werde, und diese fände ihre Lösung dann, wenn sie ihr Böses von sich täte und dadurch fähig würde, von ihm Vergebung zu empfangen, wenn er kommt. Darum war die Taufe, die auf das Reich rüstete, nicht eine Glaubens-, sondern eine Bußtaufe.

Die Lage hat sich aber sofort verändert, als Jesus gekommen und dem Täufer als der Christus beglaubigt war; nun erhielt der dem Christus erwiesene Glaube alsbald die absolute Bedeutung. Johannes hat uns über dieses Zeugnis des Täufers Bericht gegeben, da er nicht seine Weissagung, durch die er Israel am Jordan sammelte, sondern ausschließlich sein Verhältnis zu Jesus dargestellt hat, wie er die Anfänge seines Wirkens mit dem Zeugnis begleitete, daß er der erwartete Sohn Gottes sei. Sowie Jesus vor der Gemeinde stand, übertrug sich das ganze Gewicht der Entscheidung, die an der messianischen Zeit haftet, auf das Glauben an ihn. Weil Israel Jesu Wort geringschätzt, erläutert der Täufer, was daran liege, ob Jesus Glauben finde oder nicht. Israels Verhältnis zu Gott steht auf dem Spiel. Weil Gott Jesus seinen Geist gegeben hat, reichen der Glaube und Unglaube, die ihm erwiesen werden, zu Gott empor. Der Glaubende gibt sein Siegel zu Gottes Wort, daß es wahrhaftig sei; wer sich ihm dagegen widersetzt, erhebt gegen Gott Widerspruch. Darum bedeutet der Glaube an Jesus den Empfang des ewigen Lebens, während die Widersetzlichkeit gegen ihn dem Zorne Gottes verfallen bleibt, Joh. 3, 32—36.

Das häufig als selbstverständlich gewertete Urteil, Johannes habe die Stellung des Täufers nicht wahrheitsgemäß dargestellt, ist nicht haltbar, solange sich die Tatsache nicht beseitigen läßt, daß Jesus nicht erst nach dem Verschwinden des Täufers seine Arbeit begann, sondern sie eine Zeitlang noch neben die des Täufers stellte. Dieser hatte damit begonnen, die messianische Gemeinde herzustellen, zunächst innerlich, indem er die Umkehr bewirkte, aber auch schon in sichtbarer Weise durch die Taufe. Alles blieb aber unter den Vorbehalt gestellt, daß die entscheidenden Urteile und Taten die Sache des kommenden Christus seien. Nun ist er da; wohin soll er die Gemeinde weisen als zu ihm? Oder soll sie in anderer Weise ihren Anschluß an ihn vollziehen, nicht dadurch, daß sie »glaubt«? Das hing von Jesu eigenem Verhalten ab. Die Glaubensmahnung des Täufers war unmittelbar dadurch gegeben, daß Jesus von den ersten Anfängen seiner Wirksamkeit an Glauben verlangt und auf dieses seine ganze Arbeit aufgebaut hat. Hätte Jesus in der ersten Zeit die Gemeinde davon entbunden, ihm Glauben zu erweisen, und ein anderes Mittel versucht, um sie in Gottes Reich zu führen, dann freilich wäre es unwahrscheinlich, daß der Täufer zum Glauben an Jesus ermahnt hätte als zu demjenigen Verhalten, durch das die Gemeinde in die Verbundenheit mit Gott und in das ewige Leben trete. Weil aber Jesus nicht mit der Herrlichkeit der Allmacht, sondern in den Grenzen der Menschheit, allerdings einer vom Geist erzeugten und erfüllten Menschheit, jedoch mit denselben Mitteln, die auch der Täufer verwendet hatte, nicht mit dem Vollzug des Gerichts, sondern mit dem gnädigen, zu ihm einladenden Wort vor Israel trat, rechnete er auf Glauben und dieses bekam für den, der in ihm den messianischen König sah, absolute Bedeutung. Der Glaube wurde zum Anteil am Himmelreich.[1])

Für den Glaubensstand und Glaubensbegriff der Christenheit behielt es bleibende Wichtigkeit, daß der Umfang der Glaubensforderung, die Jesus stellte, sogar den Täufer überrascht hat und ins Schwanken brachte. Nicht nur seine Aufforderung, Jesu zu glauben, und seine Klage über den Un-

[1]) Die Lage des Täufers ist derjenigen vergleichbar, welche der Rabbine für den Anfang der Wirksamkeit des Christus voraussetzt, wenn er die Gemeinde in die Wüste führt und von ihr weggenommen wird. Dann tritt sofort der Glaubensgedanke in Beziehung zu ihm; darum besteht die messianische Gemeinde nur aus „den an ihn Glaubenden“. S. Seite 59.

glauben Israels, sondern auch sein eigener Zweifel bildete ein bleibend festgehaltenes Stück der evangelischen Überlieferung. An ihm hat sich der Jüngerkreis Jesu verdeutlicht, welche Stellung im Werke Jesu dem Glauben zufalle, daß und weshalb er sein ganzes Werk auf dieses gründe. Die Hoffnung des Täufers war von derjenigen Israels wesentlich verschieden, weil er das Werk des Kommenden in die Begründung der vom Bösen erlösten und von innen her geheiligten Gemeinde setzte. Er hatte aber die Überwindung des Bösen durch die göttliche Macht und den Gerichtsvollzug geweissagt, während Jesus auf die Betätigung der Macht und die Vollstreckung des Gerichts auch dann verzichtete, als der Täufer im Kampf für Gottes Gebot sein Leben lassen mußte, und nicht einmal seinen Propheten vor dem Gericht des gottlosen Fürsten rettete. Der Täufer stand hier vor derjenigen Gnade, die sich des Kreuzes nicht weigerte, vielmehr dasselbe als das Mittel ergriff, durch das Gottes Regierung geschieht, und er empfand diese Art und Größe der Gnade als Glaubensschwierigkeit, sicher nicht nur seiner selbst wegen, weil sie ihm den Kerker und den Tod zumutete, sondern noch viel mehr Gottes wegen, weil darin ein Verzicht auf Gottes Recht und Sieg über die Bosheit der Menschen zu liegen schien. Jesu Antwort hält ihm vor, wozu ihm Gottes Macht nicht fehle, daß sie dem Erbarmen diene, und hebt zugleich die Notwendigkeit hervor, weshalb er ihm, auch wenn sein Werk seiner Erwartung nicht entspricht und sein Ziel ihm rätselhaft scheint, das Vertrauen nicht versagen dürfe: »Selig ist, wer nicht meinetwegen fällt,« Mt. 11, 6. Er weist ihn auf die im ungläubigen Verhalten liegende Versündigung hin. Ihn, der viele vor dem Bösen gewarnt hatte und das Gewicht der Sünde, wie sonst niemand in Israel, kannte, ihn, der für Gottes Recht eiferte und sich nach der Axt umsah, die den schlechten Baum niederhaue, ihn bat er, daß er nicht seinetwegen bösen Gedanken Raum gebe, nicht an ihm mit Gott in Streit komme. Jesus stärkt ihn dadurch, daß er jeden, dem er nicht Anlaß zur Versündigung wird, selig heißt. Er hat damit die Glaubensaufgabe auf ihre einfachste Gestalt zurückgeführt. Er verlangt nicht, daß er den Ausgang seines

Lebens fasse und sich an seinem Schweigen und Dulden freue; nur das eine sagt er, daß er sich nicht aus ihm einen Grund zur Sünde machen darf.

So hat der Täufer gleichzeitig den Glaubensstand der Synagoge zerbrochen und überschritten, und doch noch an sich selbst erlebt, daß das Glauben durch Jesu Werk in eine Bewegung kam, die ihm eine völlig neue Gestalt verleihen wird.

Fünftes Kapitel.

Die Worte Jesu über den Glauben in den älteren Evangelien.[1])

Matthäus hat auch die Verkündigung Jesu in den Täuferspruch gefaßt und damit Jesu Wirksamkeit als die Fortsetzung der Arbeit des Täufers dargestellt. Dieses Zeugnis über den Zweck der Predigt Jesu wird durch zahlreiche Worte bestätigt, die die Ziele der Taufpredigt festhalten.

Auch Jesus hat, wie der Täufer:
das auf die eigene Leistung gestellte Selbstvertrauen zerstört,
die auf Gott gestellte Zuversicht unlöslich mit dem Tun des göttlichen Willens verbunden,
das mit bösem Wollen vermengte Glauben gerichtet.

Die Bußforderung ist von Jesus schon dadurch als Gottes Weisung an Israel bestätigt worden, daß er selbst die Taufe übernahm. Jene als gültig zu heiligen und sein ganzes Werk ihr dienstbar zu machen, bildet die fortwährend festgehaltene Regel seiner ganzen Tätigkeit. Es gibt für ihn keinen Weg ins Himmelreich als durch die Buße hindurch. Darum spricht sein Unterricht an die Jünger sofort die absolute Verneinung des Bösen aus. Sie müssen sich vom »boshaften und ehebrecherischen Geschlecht« scheiden; denn er stellt den Zorn und den Mißbrauch des Weibs unter sein Gericht. Er verlangt für das Gesetz ganzen Gehorsam, bis zum letzten Jota, auch für die Gebote des Dekalogs, die sie als »die kleinsten« hintanstellen. Wenn sie hierin ihm gehorchen, so ist das für

[1]) Den Sprachgebrauch der drei ersten Evangelien bespricht Erläuterung 6.

sie Gerechtigkeit, die ihnen notwendig ist, wenn sie ins Himmelreich eingehen wollen; blieben sie bei dem, was bisher ihre Gerechtigkeit war, so blieben sie vom Reich getrennt, Mt. 5, 19. 20.

Durch diese Beurteilung des Bösen zerbricht er das Selbstvertrauen und die ganze zeitgenössische Verdiensttheologie; denn sein Urteil über das Böse ist so rein, daß es nicht nur besondere Verirrungen einzelner, sondern die naturhaft in uns begründeten Begehrungen aller verwirft, und damit den Stützpunkt zerbricht, den die Verdienstlehre für das Vertrauen zu Gott in der eigenen Leistung des Menschen entdeckt. Jesus hat es abgelehnt, das auf Gott gerichtete Glauben auf unser Selbstvertrauen aufzubauen, diesem zu lieblicher Ergänzung, sondern hat zwischen beiden einen Konflikt gestiftet, so daß das eine das andere überwinden muß, damit es selbst bestehen kann; denn er heißt das, was wir sind und wollen, schlecht. Er bringt durch die Bußpredigt im Menschen eine Verwundung hervor, die an sich selbst zwar Schmerz und Schwachheit erzeugt, und dennoch von ihm geschätzt wird, um deswillen, was durch sie möglich wird. Darum sind die inwendig Verwundeten, die Armen, Betrübten, Gebeugten, Hungrigen, die, die er selig pries.

Die Tiefe seines Gegensatzes gegen jenes Selbstbewußtsein, das das eigene Ich verehrt, hat daran einen Maßstab, daß er sich von den Gerechten noch mehr geschieden wußte als von den Sündern, obwohl er ihr Rechttun ihnen nicht bestritt, sondern sie als die beschrieb, die stets im Haus und Dienst des Vaters stehen. Daß dennoch ihre Gerechtigkeit, obwohl sie Gerechtigkeit ist und Gottes Wille durch sie geschieht, ihnen zum Grund des Falls wird, kommt daher, daß sie ihren Täter nochmals in eine Versuchung bringt, die Israel nicht bestanden hat, weil nämlich an ihr der Reiz zur Selbsterhöhung haftet, zur Überhebung gegen Gott, darum auch die Gefahr, den Streit mit Gottes Gnade zu beginnen und sich seiner Barmherzigkeit zu widersetzen. Die Gerechten verbieten ihm, an den Sündern zu tun, was der Arzt an den Kranken tut, Mt. 9. 13, und verhalten sich so gegen ihn wie der im Dienst des Vaters verharrende Sohn, der ihm wegen seiner Güte grollt und den Bruder schändet, Lu. 15. Der zufriedene Fromme verachtet den Zöllner. Hier entsteht überall aus der Gerechtigkeit Gott gegenüber Überhebung, dem Menschen gegenüber Lieblosigkeit. Dadurch ist sie selbst zum Anlaß und Grund der Sünde geworden und brachte ihrem Täter den Fall.

Deshalb hat Jesus, obgleich dies der zeitgenössischen Gemeinde völlig widersinnig erschien, seine Sendung auf die Sünder beschränkt, hat dem zufriedenen Frommen den in Schuld gesunkenen Mann mit dem bösen Gewissen vorangestellt, hat die Zöllner und Dirnen dem Himmelreich näher gerückt als die eifrigen Diener Gottes, hat mit den Gerechten auch die Weisen von seiner Berufung ausgeschlossen und es als eine herrliche Wohltat Gottes gepriesen, daß er ihnen seine Sendung verborgen und dafür sie Unmündigen geoffenbart habe. So tritt in voller Deutlichkeit ans Licht, daß die Erhaltung und Vollendung der Gemeinde nur durch einen neuen Anfang geschieht.

Ihre Verurteilung schloß in sich, daß ihr Glaubensstand nach Jesu Urteil wertlos war. Er hat ihr dies dadurch unmißverständlich gesagt, daß er ihr Heuchelei vorwarf. Der Heuchler glaubt nicht; denn der Widerspruch, mit dem er das, was er als heilig bejaht, durch sein eigenes Verhalten durchkreuzt, bildet den runden Gegensatz zu jener geschlossenen, vollständigen Zuwendung zu Gott, die Glaube ist. Soweit aber der Heuchler wirklich glaubt, auf Gottes Hilfe und Rechtfertigung zählt, hat er ein boshaftes Glauben.

Gegen dieses hat Jesus den vom Täufer begonnenen Kampf bis zum letzten Ende fortgeführt. Der Bruch, den er hervorrufen will, beseitigt nicht nur das Wohlgefallen an der eigenen Leistung, sondern auch die auf die göttlichen Gnadenzeichen und Erwählungsgarantien gestützte Zuversicht. Auch er stand, wie der Täufer, mit der Gewißheit vor dem Volk, daß das Vertrauen desselben zu seinen Heiligtümern eine Täuschung sei. In ihrer Wertschätzung bleibt er zwar mit ihm völlig eins. Auch er ist Sohn Abrahams und bleibt es auch dann, wenn er die Bußpredigt an die Gemeinde richtet und sie durch den Gang zum Kreuz bis zum Schluß vollführt. Die Bibel ist ihm in ihrem letzten Strich heilig, der Tempel das Haus seines Vaters und Israel die Gemeinde, an der Gott sein Königtum kund tut. Sie sind die Söhne des Reichs, die Söhne Gottes, die Weingärtner in Gottes Weinberg, die zur Hochzeitsfeier des Sohnes geladenen Gäste. Die Grenze zwischen Israel und den Heiden hält Jesus als von Gott gestiftet fest, indem er nur für Israel lebt. Dennoch ist die Zuversicht, die dieses aus der ihm verliehenen Gabe Gottes zieht, ein Selbstbetrug, weil der Mißbrauch der göttlichen Gabe das Gericht begründet. Die über den Weinberg Gesetzten verlieren ihn, weil sie ihn zu ihrem eigenen Besitz machen, und die Einladung zum Gastmahl bringt, so sehr sie aus der Gnade entspringt und Wohltat ist, den Geladenen doch den Untergang, weil sie die Gnade verachten. Der Tempel wird zerstört, weil ihnen Gott den Tempel nicht wie eine »Höhle für Räuber« zum Schutz in ihrer Bosheit gegeben hat.

Wie vom Täufer, so wurde auch von Jesus nicht erst die Verwerfung, die er selbst erleidet, als das hervorgehoben, was Israels Zuversicht zu Gott widerlegte und scheitern machte, sondern schon das bringt ihm das Verderben, was es aus der ihm gegebenen Religion macht und an den ihm anvertrauten Heiligtümern tut. Darin, daß sich dieses Gottvertrauen mit dem Ungehorsam gegen die klaren Weisungen Gottes zusammenfindet, ja den Ungehorsam erzeugt, wird es falsch. Die Zerstörung dieses Glaubens bildet zur Entwertung des gerechten Werks eine sich wechselseitig erläuternde Parallele; hier wie dort entsteht die Versündigung aus der Religion selbst, nicht bloß aus der Gottlosigkeit, aus der Aneignung der göttlichen Gaben, nicht aus ihrer Geringschätzung, weil auch dann, wenn der Anschluß an Gottes Verheißung und Gebot vorhanden ist, nochmals die Möglichkeit entsteht, daß der Mensch dadurch sich selbst erhöhe und sich samt seiner Bosheit gegen Gott behaupte. Das Ergebnis und die Offenbarung dieser Verirrung besteht hernach freilich darin, daß Israels Zuversicht es vom Christus fern hält und für seine Berufung unempfänglich macht, wodurch sie es endgültig dem Gericht entgegenführt.

Darum gibt es für diese Gerechten und Gläubigen nur einen Weg zu Gott: die Buße, und diese ist auch bei Jesus, wie beim Täufer, die Umkehr von der Härte zur Güte, vom Geld zu Gott, und verlangt deshalb die Tat. Er stand hoch über der geltenden Theologie und dem gebräuchlichen Kultus, aber nicht bloß ihretwegen hat er Israel gescholten, sondern genau wie der Täufer den Grundverhältnissen, die uns Menschen miteinander in Gemeinschaft setzen, die entscheidende Wichtigkeit beigelegt. Mögen sie Kümmel und Anis verzehnten, wenn es sie freut, er hat nichts dawider; aber daß sie das Gewichtige im Gesetz, Gericht und Erbarmen und Treue, deswegen hinansetzen, das stellt sie unter sein Wehe. Er hält dem Priester und Leviten nicht das vor, was sie im Tempel tun; daß sie aber an dem, der unter die Räuber fiel, vorbeigehen, das macht sie schuldig. Ebenso wirft er dem reichen Mann nicht vor, daß er Gott vergessen habe; daß er aber den Lazarus an seiner Türe liegen ließ, deswegen wird ihm auch nicht ein Tropfen Wassers gegönnt. Wenn sie, um Gott zu gefallen, die Gebetsriemen umlegen, er hat dafür, so kindisch es ist, keinen Spott, wenn sie dieselben nur nicht absichtlich breit machten, damit sie jedermann bewundere; das ist Versündigung. Den, der dem Bruder Unrecht tat und doch zum Altare kommt, schickt er von demselben weg. Darum ist ihm die Frage: was soll ich Gutes tun, um ewiges Leben zu erlangen? widerwärtig; denn sie enthält eine Heuchelei. Sie darf nicht anders beantwortet werden, als: tue die Gebote, jene einfachen Worte, von denen jeder fromme Jude sagt: das hielt ich von Jugend an!

Nach Jesu Meinung ist es Gottes ernster Wille, daß wir redlich und gütig aneinander handeln. Die Liebe, die dem anderen dient und hilft, erhält deshalb Jesu ganze, unbedingte Verheißung. Wer Barmherzigkeit übt, empfängt solche, Mt. 5, 7; wer nicht richtet, wird nicht gerichtet, Mt. 7, 1; wer vergibt, dem wird vergeben, Mt. 6, 14; wer das Lieben lernt, wird Gottes Sohn, und wer Frieden stiftet, Mt. 5, 45. 9; wer den Menschen speist, tröstet und aufnimmt, tut es ihm, und er dankt es ihm mit dem Himmelreich, Mt. 25, 32; wer ein Kind aufnimmt, nimmt ihn auf und hat mit ihm Gott und das Himmelreich bei sich, Mt. 18, 5; wer seinen Boten Liebe und Dienst erweist, den stellt er mit ihnen auch dann zusammen, wenn er den Lohn austeilt, Mt. 10, 40—42. Weil die Liebe das Gute, das von Gott Gewollte, die Summe des Gesetzes, das erste, große Gebot Gottes ist, das, was Jesus für sich selbst als Gottes Auftrag an ihn ergreift und mit ganzem Willen erfüllt, darum ist sie auch im Menschen das, worauf sein Wohlgefallen ruht, was dessen Verbundenheit mit ihm stiftet und ihm den Anteil an Gottes Reich gewährt.

Weil Jesus die Seinen mit dieser Dringlichkeit und mit diesem Reichtum der Verheißung zum Lieben berufen hat, war von vornherein und für immer gegeben, daß durch ihn niemals eine Reduktion der Frömmigkeit auf das bloße Glauben entstand, durch die alle übrigen, uns aufgegebenen Betätigungen abgestoßen oder doch zu einem gleichgültigen Vorgang herabgesetzt würden. Der Schöpfer der Formel »sola fide« ist Jesus; er sprach: »glaube nur«, Mrk. 5, 36; aber wir verstehen seine Berufung zum Glauben nicht richtig, wenn wir sie dahin deuten, er habe nichts vom Menschen gesucht und nichts in ihm bewirkt als bloß das Glauben. Der Satz, die Religion sei der Glaube, ist pseudoevangelisch und unchristlich.

Ein solcher Rückzug einzig in den Bereich der inwendigen und individuellen Vorgänge mit dem Verzicht auf Tat und Arbeit in der menschlichen Gemeinschaft trat schon deshalb nie an Jesu Denken heran, weil er nicht wie Philo nur ein halber Jude, sondern ein echter Sohn Israels war und darum in der Gemeinde stand als in demjenigen Werk, das Gottes Gnade geschaffen hatte. Sein Vater ist derjenige Gott, der Israel, die in seinem Namen verbundene und geheiligte Gemeinde, berufen hat. Damit ist gegeben, daß Jesu Gott den Menschen schätzt, nicht einen Gedanken oder eine Stimmung in ihm, sondern ihn selbst ohne Trennung und Spaltung, und ihn nicht als eine isolierte Gestalt, wie er nie existieren kann, sondern ihn als Glied der Gemeinde. Für sie ist Jesus gesandt, der Gemeinde zur Vollendung. Der messianische Name bestimmt seinen Beruf dahin, daß er diejenige Gemeinde herstelle, die wirklich Gottes ist. Neu geschaffen muß sie werden, weil sie wider Gott handelt, da sie das, was er ihr gab, verdirbt, und diesen ihren Gegensatz gegen Gott nahm Jesus ernst. Er entsteht wieder nicht nur durch eine Stimmung oder Gedankenform, sondern erfaßt den ganzen Menschen, denn er entsteht in seinem Wollen und erscheint deshalb in seinem Werk.

In der Kraft, mit der Jesus dem Lieben sein Wohlgefallen und seine Verheißung schenkt, war es begründet, daß er auf den Lohngedanken nicht nur nicht verzichtete, sondern ihm eine ernsthafte Bedeutung gab, parallel damit, daß ihm der Begriff Strafe ebensowenig entbehrlich war. Hier von Nachwirkungen der pharisäischen Verdienstlehre zu sprechen, denen sich Jesus nicht entzogen habe, ist deshalb falsch, weil sowohl die Verurteilung des Bösen, als die Bejahung der göttlichen Güte durch Jesus mit einer Klarheit erfolgt, die ihn von der Verdienstlehre nicht nur gradweise, sondern ganz durch einen wesentlichen Gegensatz trennt. Wenn er Petrus am Bild vom großen Schuldner zeigt, was göttliches Verzeihen sei und worauf sich der Anteil des Jüngers an Gottes Reich gründe, so kann dieser nie mehr in seiner eigenen Tat die Ursache suchen, die ihm Gottes Güte erwirbt. Dennoch bleibt für Jesus der Lohngedanke in voller Geltung, weil er das menschliche Handeln, Geben und Lieben nicht entwerten oder als überflüssig und nebensächlich schätzen kann, sondern mit einer ganzen Bejahung in unser Verhältnis zu Gott mit einschließt. Darum ist dasselbe nicht erfolglos, bringt vielmehr dem Täter des Guten die Gegengabe Gottes, den Lohn, den ihm Gott so wenig versagen wird, so wenig er von seiner eigenen Güte läßt.

Mit dem Reichsbegriff war der Vollkommenheitsgedanke gegeben, da durch Gottes königliches Walten die vollendete Gemeinde, die ewiges Leben hat, entsteht. Die Weise, wie ihn Jesus verwendete, ist ebenfalls aus seiner Verheißung an die Liebe zu verstehen. Dem unsicheren Streben nach dem ewigen Leben, das über seinen Erfolg ungewiß ist, hält er als ein höheres »das Vollkommensein« vor, Mt. 19, 21, ein geschlossenes, fertiges Verhältnis zu Gott, das nicht mehr in der Schwankung und Unsicherheit befangen bleibt. Zu diesem inneren Abschluß gehört der Zutritt zu ihm, dies aber so, daß sich in diesen eine starke, entschlossene Liebe zu Gott legt, die seinetwegen alles zu lassen vermag. Wenn es der Mensch zu einer Schätzung Gottes und seines Reiches bringt, die ihn über alles stellt, und diese mit der Tat bewährt, dann ist ein Anschluß an Gott gewonnen, den Jesus fest und fertig heißt. Ähnlich wird auch durch Mt. 5, 48 die Vollendetheit des Jüngers in die Völligkeit der Liebe gesetzt.

Daß sich gegen diese Verheißungen vom Glauben aus eine Einrede ergäbe, ist schon dadurch ausgeschlossen, daß der Glaube Jesu Verheißung nicht schilt, sondern an ihr das Ziel seines Verlangens und den Grund seines Handelns hat. Wir sind aber dabei keineswegs auf eine blinde Willigkeit reduziert, Jesu Wort gelten zu lassen, obgleich es uns unverständlich bleibt; vielmehr ist uns hier das Verständnis seiner Richtigkeit und Notwendigkeit leicht erreichbar, deshalb, weil ohne diese Verheißungen die Berufung zum Glauben völlig unmöglich und vergeblich würde. Soll das Strafwort über das Böse gelten, soll unser Sündigen verdammlich sein und als solches von uns selbst beurteilt und behandelt werden, so muß es auch in unserem Bereich ein Gutes geben, das das göttliche Wohlgefallen für sich hat und im Gericht des Christus als Guttat beurteilt wird. Der Gegensatz zwischen dem Guten und Bösen, Gerechten und Sündlichen verliert alle Bedeutung, wenn wir unser ganzes Handeln unter die Verurteilung stellen müßten; wahr könnte ein solches Urteil nur dann bleiben, wenn wir auf jedes Handeln verzichteten. Jesu Weg ist nicht der totale Quietismus, auch nicht die qualvolle Selbstverneinung, die das ganze menschliche Wollen und Handeln als schlecht verwirft und es doch nicht unterlassen kann. Er verkündigt im Ernst eine Umkehr und zeigt uns deshalb ein Wollen und Handeln, das vor seinen Augen gut ist und im Gericht Gottes besteht. Er will uns nicht nur ein böses, sondern auch ein gutes Gewissen verschaffen, und tut dies dadurch, daß er uns ein Handeln zeigt, dem er Gottes Wohlgefallen und seine Verheißung gibt. Damit ist uns der Zugang zu Gott geöffnet und das Glauben ermöglicht. Dieses bedarf der Gewißheit, daß wir Gott dienen können und zu einem Handeln fähig sind, das nicht der Verdammung unterliegt.

Darum dient auch die Vereinfachung des Gesetzes, die Jesus durchführt, unmittelbar der Begründung des Glaubens. In der kasuistischen Verwicklung der Pflichten wurde der Glaube für Israel schwer, weil das Gewissen sich befleckte und das Verhältnis zu Gott unsicher wurde. Deswegen ist die Last, die Jesus auflegt, leicht, damit sie die Ruhe ermögliche. Wenn er Gesetz und Propheten darauf zurückleitet, daß wir den anderen tun, was wir für uns begehren, und alles, was Gott will, an die beiden untrennbaren großen Gebote hängt, und am Samariter zeigt, wie man das Gesetz erfüllt, und im letzten Gerichtsbild die einfachsten Erweisungen der Liebe als das nennt, was unter den Segen seines Vaters stellt und darum von ihm mit der Berufung zum Reich vergolten wird, so hat er nicht nur die Absicht, unser Handeln von allen eigenwilligen Experimenten abzuhalten und auf diejenige Bahn zu lenken, die wirklich dem Willen Gottes dient, will auch nicht nur die Abhängigkeit von den menschlichen Auslegern des Gesetzes aufheben und uns die Zuversicht geben, daß unser Beruf erkennbar im Bereich unserer eigenen Augen liegt, sondern er will uns auch den Blick zu Gott freimachen, damit wir auch sein Gebot als Gnade und Wohltat verstehen.

Auch in diesen auf das Werk sehenden Verheißungen macht sich Jesu Gnade in ihrer Vollkommenheit sichtbar. Zu den aus »allen Völkern« um ihn gesammelten, die Gott nicht kannten und allzumal Sünder gewesen sind, redet er nur von der Wohltat, die sie ihm erwiesen haben und für die er ihnen mit dem Himmelreich dankt. Von ihrer Sünde wird nicht mit ihnen gesprochen; sie werden nicht erniedrigt, als der vollkommenen Gabe unwürdig, so daß etwa nur eine mühsam vom Zorne sich freimachende Gnade sie herbeiriefe. Absichtlich stellt Jesus die Gabe des Reichs unter den Gesichtspunkt der Vergeltung, die ihnen gehört, weil sie ihm wohltaten. Das heißt vergeben. In alle Verheißungen für die Liebe ist das göttliche Vergeben beständig mit eingeschlossen. Die Rachsucht wird ausdrücklich deswegen unter das Gericht gestellt, weil sie sich zum göttlichen Vergeben in einen absoluten Gegensatz stellt, und wenn der, der auf das Gericht verzichtet, selbst von demselben befreit wird, so spricht Jesus gleichzeitig ausdrücklich aus, daß in seinem eigenen Leben Grund genug vorhanden sei, daß auch er dem Gericht verfalle, Mt. 7, 1 ff. Weil die dem Werk gegebene Verheißung der Gnade Jesu ihre Größe gibt, ist sie für den Glauben keine Schwierigkeit[1]).

Die Neigung, diese Verheißungen Jesu zu beseitigen, stammt zum Teil aus der Besorgnis, daß sie ein Selbstvertrauen begründen könnten, das das Glauben von sich abstoße. Dieser Erfolg tritt jedoch nur dann ein, wenn sie vom Bußwort Jesu, mit dem er sie unlöslich verbunden hat, getrennt werden. Wer sein Verzeihen und Lieben so für verdienstlich hält, daß er sein Zürnen nicht mehr für verdammlich hält, hat sich von Jesus getrennt. Er hat dem Menschen weder nur ein böses, noch nur ein gutes Gewissen vermittelt, sondern beides in ihm erweckt, jenes dadurch, daß er ihm zu einem klaren Urteil über seine Sünde verhilft, dieses dadurch, daß er dem vom Bösen zum Guten sich wendenden Willen seine Zustimmung und Verheißung zur Seite stellt. Wer jenes von sich abstößt, hat sich auch um dieses gebracht. Gerade dazu hat Jesus uns unser Wohlgefallen an unserer Bosheit durch seine richtenden Worte zerstört, damit ihm die Bahn für die Güte frei werde, die sich an unserem Wohltun freut und ihm Gottes Lohn gewährt.

Ein Schwanken zwischen bösem und gutem Gewissen, zwischen der Selbstbeschuldigung und dem Bewußtsein, das Gute zu tun, entstände nur dann, wenn das Bußwort und die der Liebe gegebene Verheißung das einzige wären, was Jesus gab. Es tritt aber ebenso unbedingt und bestimmt diejenige Verheißung neben sie, die er dem Glauben gewährt hat, und mit ihm tritt dasjenige in unser Bewußtsein ein, was die Spannung in demselben hebt und eint. Die Berufung zum Glauben und die ihm gegebene Verheißung konnte dem Wort Jesu nicht fehlen, weil die Umkehr, zu der er berief, Umkehr zu Gott war und gerade dann, wenn sie den Reuigen zu einem neuen Verhalten gegen den Menschen bringt, auch sein Ver-

---

[1]) Schwierig sind diese Worte nur für den, der nicht lieben will, und der soll nach Jesu bestimmten Worten auch nicht glauben.

hältnis zu Gott nicht unsicher läßt. Wie der Umkehrende sich zu Gott stellt und Gott sich zu ihm verhält, darüber hat Jesus dadurch mit voller Deutlichkeit gesprochen, daß er dem Glauben seine Verheißung gab. Für den, in dem das Schuldbewußtsein ernsthaft einsetzt, gibt es nur noch einen einzigen Weg, auf dem ihm ein klares, gesichertes Verhältnis zu Gott gegeben werden kann, nämlich den, daß er zum Glauben angeleitet wird und für dieses die Verheißung der göttlichen Gnade empfängt. Es kann daher nie davon die Rede sein, daß die Gleichzeitigkeit der beiden Verheißungen aus einer Unklarheit und Schwankung Jesu herrühre, als hätte er das eine Mal die Reuigen und Barmherzigen, das andere Mal die Gläubigen mit sich verbunden; ein einheitlicher, über sich klarer Wille gab beide Verheißungen.

Wie Jesus sich dem Glauben gegenüber verhielt, wird uns im evangelischen Bericht zunächst durch die Erzählungen verdeutlicht, die ihn als den Helfer beschreiben, der mit Gottes Gnade an dem Bittenden handelte. Für den Bericht des Matthäus über die Werke Jesu, Kap. 8 und 9, ist der Glaubensvorgang, worin er bestehe und wie ihn Jesus beurteilt und behandelt habe, von Anfang an ein bewußt und nachdrücklich hervorgehobenes Hauptthema. An der Bitte des Aussätzigen, 8, 3, des Hauptmanns, 8, 8—13, am Verhalten der Jünger im Sturm, 8, 25. 26, an den Trägern des Gichtbrüchigen, 9, 2, am blutflüssigen Weibe, 9, 22, und den Blinden, 9, 28. 29, wird überall sowohl das Wesen des glaubenden Verhaltens, als die Schätzung, die ihm Jesus gewährt, erkennbar gemacht. Das setzt sich auch in den späteren Erzählungsstücken fort: Nazareth, 13, 58, die Speisung, 14, 16. 17, Petrus auf dem See, 14, 31, die Kananäerin, 15, 28, die um das Brot besorgten Jünger, 16, 8, der Mondsüchtige, 17, 17. 20. Ebenso deutlich ist bei Markus die Aufmerksamkeit auf den Glaubensvorgang und die ihm gegebene Verheißung gerichtet. Seine Erläuterungen zu Matthäus beziehen sich mehrfach deutlich auf die Glaubensfrage: 2, 3. 4 der Gichtbrüchige; 5, 22. 23. 35. 36 Jairus; 9, 22—24 der Mondsüchtige[1]).

[1]) Auch auf den Hauptunterschied des Markustexts von Matthäus, die starke Kürzung der Worte Jesu und die gleichzeitige Erweiterung

Außerdem spricht Jesus die dem Glauben gegebene Verheißung in einer prägnanten Gnome aus, die von allen drei Texten gegeben wird: Mt. 17, 20. 21, 20—22. Mr. 11, 20—24. Luk. 17, 5. Daß sie die einzige ihrer Art ist, bedeutet nicht, daß ihr nur geringe Wichtigkeit zukomme. Ein solcher Schluß würde erweisen, daß die Absicht und Methode der urchristlichen Unterweisung über Jesus verkannt wurde. Sie will uns nicht »Stimmungsbilder« aus Jesu Leben vorführen, die der Leser sich durch das Urteil entkräften dürfte, damals und einmal habe Jesus zwar so gedacht, sonst aber anders, sondern will der Gemeinde vorhalten, was der Wille und die Verheißung ihres Herrn für sie sei. Genau so, wie für diese Männer ein einziges Wort der Schrift genügt hat, um dem Willen Gottes eine sichere Bezeugung zu geben, ebenso meinen sie nicht, erst an einer langen Reihe gleichartiger Worte Jesu uns über seinen Willen gewiß machen zu müssen, sondern damit, daß sie ihn durch ein Wort zur deutlichen Bezeugung bringen, weiß die Gemeinde hinlänglich, wie sich ihr Herr zu ihr stellt und was sie von ihm zu erwarten hat, zumal nachdem das lehrhafte Wort über das Glauben bereits seine zahlreichen, inhaltsvollen Parallelen durch die Berichte über Jesu Wirken empfangen hat.

Auch die Stellung der Gnome ist hiebei von Wichtigkeit. An ihrer ersten Stelle bei Matthäus hat sie die Leidensweissagung und die Verklärung Jesu vor sich. Während dieser sind die Jünger allein und erscheinen sich als ohnmächtig. Der Grund ihrer Ohnmacht wird ihnen in ihrer Glaubenslosigkeit gezeigt und das Glauben als das erkennbar gemacht, was ihnen allein die Ausrichtung ihres Berufes in jener Größe und Herrlichkeit ermöglicht, die ihr eigenes Vermögen völlig überragt. Wenn nun darauf die Unterweisung über ihre Freiheit vom Gesetz und hernach die den Verband der Jünger leitende Liebesregel Mt. 18 folgt, so ist hier schwerlich abzulehnen, daß der Evangelist diese Stücke miteinander durch

des Berichts über seine Werke, wirkt die Vorherrschaft des Glaubensgedankens ein. Seine Werke erweisen das Recht des auf Jesus gestellten Glaubens und zeigen, wie er beschaffen sein soll. Mit der bloßen Lust an plastischem Erzählen ist die von Markus dem Evangelium gegebene Formation noch nicht erklärt.

einen inneren Zusammenhang verbunden sah: das Kreuz und die Verklärung Jesu bringen für sie diejenige Lage herbei, in der sie ihr Werk zu tun haben; dieses vollführen sie im Glauben, als die freien Söhne Gottes und als die, die miteinander durch die Liebe zu jedem Dienst verbunden sind. Dem Gekreuzigten und Erhöhten bleibt der Jünger nur durch Glauben verbunden; nachdem sein Verkehr mit Jesus durch dessen Sterben beendet ist, hebt sich das Glauben als dasjenige hervor, was ihm von seiner Gemeinschaft mit Jesus bleibt und worin sie nun besteht.

Es stehen darum in den synoptischen Gnomen die auf den vollen, ungehemmten Verkehr mit Jesus zielenden Worte: sein Jünger werden, ihm nachfolgen, hinter ihm hergehen, zu ihm kommen, zunächst im Vordergrund. Sie umfassen auch das Glauben, ohne das das Jüngerverhältnis weder entsteht, noch sich befestigt, aber sie schließen es in die vollständige Gemeinschaft ein, die er ihnen jetzt dadurch gewährt, daß er sie zu seinen Gefährten macht, und umfassen darum auch die Dienst- und Gehorsamspflicht. Wenn er dagegen von ihnen scheidet, tritt das, was sie ihm inwendig verbindet, als der alles bedingende Hauptfaktor ans Licht [1]).

Matthäus hat die Gnome unter den letzten Worten Jesu wiederholt. Als seine Macht die Jünger überraschte, benützte er diesen Anlaß, um ihnen im Glauben die Quelle ihrer Kraft zu zeigen und ihnen durch dieses das Gebetsvermögen zu geben. Nun, da er von ihnen scheidet, müssen sie selbst bitten, daher auch glauben können, und daß sie dies lernen, bildete das Ziel seiner letzten Unterweisung an sie.

Markus hat im Unterschied von Matthäus die Glaubensforderung gleich in die zusammenfassende Aussage über Jesu Verkündigung aufgenommen, 1, 15. Die Bußforderung allein

[1]) Jesu Worte über das Jüngerverhältnis, die Verheißung, die ihm gegeben ist, und die Unbedingtheit der Forderung, die sich in dasselbe legt, so daß nichts, auch nicht der Verlust des Lebens, von demselben entbindet, übertragen sich daher sämtlich auch auf das Glauben. Das ist bei der Sicherheit, mit welcher später das Evangelium als Berufung zum Glauben an Jesus verstanden und verkündigt wurde, im Auge zu behalten. In der neuen Lage war der Glaubende der „Jünger", und alles, was Jesus diesem verheißen und befohlen hat, hat für jenen Gültigkeit.

genügt ihm nicht, weil sie das positive Ziel noch nicht voll benennt, das Jesus im Menschen erreichen will. Dieses wird durch die Berufung zum Glauben ausgedrückt, die Markus mit Recht nicht erst in den Abschiedsworten, sondern in allem Handeln und Reden Jesu wahrgenommen hat.

Zu der Weise, wie man in der Synagoge über das Glauben sprach, treten diese Worte von vornherein dadurch in einen Gegensatz, daß hier der Glaube nicht einzig der Bibel wegen als ein von der Schrift an die Gemeinde gerichteter Anspruch auftritt, sondern mit dem, was Gott ihr jetzt durch Jesus tut und zum Inhalt der von ihr erlebten Geschichte macht, verbunden ist. Jesu Arbeit ist dadurch neben die frühere Offenbarung Gottes gestellt als ihr innerlich gleichwertig. Sie setzt sein Geschlecht in eine ähnliche Lage wie die, in der die Väter waren, indem sie den Glaubensanspruch an dieses stellt, wie er an jene gerichtet war. Israels Geschick hängt jetzt wieder davon ab, ob es sich glaubend zu Gott wende oder nicht.

Sowohl nach den erzählenden Stücken, als nach dem Spruch ergibt sich die Bedeutung des Glaubens daraus, daß es für Jesu Helfen und Geben die Bedingung bildet, und zwar die einzige, ohne die er dasselbe versagt, durch die dagegen jede Gabe von ihm erlangt wird.

Indem er sein Helfen über alle Bedingungen erhebt, macht er die Güte, aus der es stammt, ganz. Wie er eine völlige Liebe vom Jünger verlangt, so übt er sie auch seinerseits, aus demselben Grund, weil die Liebe des Vaters vollkommen ist. Er erhebt deshalb sein Helfen über die natürlichen Bedingungen und Mittel, weil ihn Gottes allmächtige Gnade dazu befähigt; er nimmt ebensowenig die Mitwirkung des Empfängers für dasselbe in Anspruch; dieser kann hier nur empfangen und auch seine moralische Würdigkeit wird nicht gemessen. Und doch bleibt eine Bedingung, die in das Verhalten des Empfängers fällt, für sein Geben unentbehrlich, weil sonst aus diesem eine bloße Machtentfaltung und sein Verhältnis zum Bittenden unpersönlich und leer würde. Sowohl aus dem negativen wie positiven Sinn des Bußwortes, aus seiner Beurteilung der Sünde wie der Liebe, war für

Jesus ein solches Wirken verboten und unmöglich. Durch beides ist sein Verhältnis zu den Menschen ein voll persönliches geworden. Was er zu geben hat, sind nicht Dinge, deren man sich auch ohne ihn, den Geber, zu bemächtigen vermöchte; auch gibt er nicht bloß in der Absicht, um irgendwelchen sachlichen Erfolg herzustellen. Weil der böse Wille das ist, was den Menschen von Gott scheidet und wovon ihm geholfen werden muß, liegt es ihm daran, daß er selbst in seinem persönlichen Lebensstand zu Gott hingewendet werde. Daher reichten bloß naturhafte Wirkungen, die den geistigen Bestand des Menschen unberührt lassen, zur Erreichung seines Zieles nicht hin. Er hielt die in der Forderung der Umkehr ausgedrückte Gewißheit über die Art, wie sich Gottes Gemeinschaft mit dem Menschen herstelle und vollende, dadurch auch in seinem Helfen fest, daß er dieses auf die persönliche Beziehung des Bittenden zu ihm gründete. Er wartete auf dessen Bitte und gab ihr die Bedeutung einer die Gabe vermittelnden Potenz. An der Bitte ist es wiederum das Glauben, was er als unerläßlich und wirksam hervorhob. Denn durch dieses erhält die Beziehung des Bittenden zu ihm die voll persönliche Art. Mit dem Glauben wird dieser für ihn offen und gewinnt die innerliche Verbundenheit mit ihm. Dadurch und nur dadurch erhält sein Geben die Art und Vollständigkeit echter Liebe, die nicht nur Gaben austeilt, sondern Menschen in Gemeinschaft mit ihm selbst versetzt. Da dies nur dann erreicht ist, wenn der Bittende sich mit Glauben an ihn wendet, erhält dieser den ganzen Ernst einer unerläßlichen Bedingung, an die sein Geben gebunden ist.

Schon damit ist die Einheit zwischen dem Urteil Jesu über das Glauben und dem über die Liebe erläutert und die Vermutung beseitigt, es finde hier ein Widerspruch oder eine Schwankung statt. Er kann nicht Liebe fordern, ohne sie zu haben, ebensowenig selbst sie üben, ohne sie uns zu gebieten. Gäbe er hier einem Widerspruch Raum, so wäre das Heuchelei, die ihm schlechthin unmöglich ist, weil er sich als den Boten der göttlichen Gnade weiß und den Beruf hat, Israel Gottes Liebe zu erweisen. Er könnte dieser nur dann ihre Vollendetheit nehmen, nur dann ihr andere Bedingungen und Begrenzungen geben als das Glauben, wenn er seine messianische Sendung verleugnete. Bejaht er Gottes Liebe als vollkommen, so ergibt sich daraus für sein Geben als Bedingung nur das Glauben, dieses aber in geschlossener Vollendetheit.

Die beiden Verheißungen Jesu entstehen aus der Doppelbewegung, in die uns die Liebe stets versetzt. Sie richtet den Liebenden auf zur vollen Entfaltung seiner Macht, und richtet gleichzeitig den auf, dem sie sich gibt, und verleiht seinem Verlangen den vollen Wert und Erfolg. In dem, was Jesus dem Glauben tut, offenbart er seine eigene Liebe; in dem, was er der Liebe des Jüngers verheißt und gibt, hebt er ihn ins fruchtbare Handeln hinauf. Dort gibt er, hier läßt er uns geben; dort dient er, hier stellt er uns in den Dienst. Würde er diese oder jene Verheißung brechen, so hätte er nicht mehr an Gottes Gnade das, was ihn bewegt.

Es entsprach der durch die ersten Kapitel beleuchteten Lage, daß das Bitten und Glauben, das an Jesus herantrat, überwiegend aus dem äußeren Schicksal der Bittenden seinen Inhalt zog. Das lag in der die Gemeinde bisher formierenden Frömmigkeit, daß sie zuerst desjenigen Glaubens fähig war, der erwartete, Gott helfe aus der Not und erweise dem Menschen in der Leitung seines Geschicks und in der Gestaltung seiner Lage seine Güte, so daß man in dieser Hinsicht ihm vertrauen dürfe. Jesus hat dieses Glauben bejaht und die Not, die es hervortrieb, auch seinerseits als Not empfunden und ihr Gottes Hilfe zugewandt.

Damit hat er das Wort »Glaube« mit voller Aktualität auf das Verhalten der Bittenden zu ihm in diesem bestimmten Moment bezogen. Nicht eine allgemeine, stetig in der Seele vorhandene Idee oder Willigkeit, sondern die aus der Lage der Bittenden entspringende Erwartung, die sich auf ihn richtet und ihn als den Geber der göttlichen Hilfe bejaht, hat Jesus Glauben genannt. Dasselbe ist ein voll personhaft bestimmter Akt.

Darum wird den Jüngern, als sie sich in seiner Abwesenheit ohnmächtig fühlten, gesagt: ihr hattet nicht wie ein Senfkörnlein Glauben Mt. 17, 20. Ihre allgemeine Überzeugung von Jesu Messianität und ihre Willigkeit, sich auf ihn zu verlassen, ist damit nicht bestritten. Das Glauben ist aber damit noch nicht vorhanden, wenn die Kenntnis Jesu bloß eine unbestimmte, irreale Willigkeit, sich auf ihn zu verlassen, erzeugt und nicht die konkreten Lebensmomente gestaltet. Seine Güte will auf den reellen Stand des Lebens mit dem Bedürfnis, das jetzt Hilfe nötig macht, bezogen sein.

So tritt die Gewalt des Bußworts Jesu auch in seine dem Glauben gegebene Verheißung hinein. Diese hat die Jünger nicht nur durch die Größe des Versprochenen, sondern nicht weniger durch die Beurteilung ihres inneren Standes überrascht, ähnlich wie etwa jenes Wort, das ihrer Größe den Eingang in das Reich verschloß und sie zum Kind hin umwandte, Mt. 18, 1 f. Aller Ruhm der Gläubigkeit zerrinnt vor Jesu Urteil und den Jüngern wird ihr Unvermögen, Gott zu vertrauen, erkennbar gemacht. Wie nachhaltig das auf sie gewirkt hat, zeigt Matthäus deutlich genug, indem er uns vom schwankenden Täufer, Mt. 11, zum zweifelnden Petrus, Mt. 15, und zu den des Glaubens entbehrenden Aposteln, Mt. 17, führt.

So war von Anfang an verhindert, daß die dem Glauben gegebene Verheißung dem Bußwort zur Abschwächung diene. Sicherlich tritt für den Glaubenden die ganze Herrlichkeit der göttlichen Gnade ein; ob er aber zu glauben vermag, auch nur im kleinsten Maß, das ist die ernste Frage, die auch durch die Zugehörigkeit zum auserwählten Jüngerkreise keineswegs schon entschieden ist. In dieser Fassung konnte die dem Glauben gegebene Verheißung nie als Widerruf des Bußworts wirken, nie ein stolzes Selbstbewußtsein in anderer Figur im Jünger wieder aufwecken und ihm im Blick auf seinen Glaubensstand das Gefühl einer Größe geben, die ihn über alle erhebe. In eine Stimmung, wie sie die Palästiner oder Philo im Blick auf Abrahams Glauben äußern oder wie sie die Klage des falschen Esra formuliert: wir haben ja den Glauben und dennoch behandelst du uns so! kam der Jünger mit dieser Verheißung Jesu nie.

Und doch äußert sich in der durchdringenden Klarheit des Bußworts gleichzeitig Jesu Gnade in ihrer ganzen Größe, weil er auf das jetzt zu ihm hin sich wendende Glauben die volle Verheißung legt. Wegen der gegenwärtigen Zuwendung des Menschen zu ihm läßt er seine ganze Vergangenheit mit allem, was sie Finsteres in sich schließen mag, aber auch die Zukunft vorerst zurücktreten. Er macht nicht gleich die Zukunft zur Bedingung der Gegenwart und stellt das Glauben nicht sofort auf die Probe der bleibenden Beharrlichkeit, sondern schafft durch die Schätzung des jetzt vorhandenen Glaubens eine Gegenwart, in die er seine Gabe legt, damit sie für die Zukunft ihre Folge habe, sei es zum Heil ihres Empfängers, wenn sie ihre Wirkung in ihm erreicht, sei es zu seinem Fall, wenn sie nicht festgehalten wird, da die Gnade stets ihren tiefen Ernst bei sich hat. So wird das Glauben ein Anfang, eine Wurzel, ein Geburtsmoment, der in den alten Lebenslauf einen neuen Inhalt bringt.

Aus einem solchen Erlebnis ergab sich für seinen Empfänger und für alle, die es mit ihm erlebten, eine Bestätigung ihres glaubenden Verhaltens, durch die es in ihnen befestigt wurde.[1]) Daher wird von den Evangelisten hervorgehoben, daß Jesus die Geheilten darauf hinzuweisen pflegte, daß ihr Glauben ihnen half[2]). Es war mit einer solchen Anrufung Jesu und ihrer Erhörung noch nicht notwendig ein bleibendes Verhältnis zu ihm gegeben; die geheilten Aussätzigen gingen ohne Dank davon. Wenn aber Jesus in dieser Weise die Hilfe, nachdem sie gegeben war, nach ihrer inneren Bedingung nochmals beleuchtet, will er sie für den Geheilten und für alle Jünger bleibend fruchtbar machen. Sie sollen nun für immer die Kraft des Glaubens kennen, woraus sich ihr bleibender Anschluß an Jesus ergibt.

Dadurch hat er seine Wohltat mit dem Glauben doppelt verknüpft: sie setzt es voraus und begründet es wieder neu, indem sie es zum festgehaltenen, bleibenden Anschluß an ihn vertieft. Darauf bezieht sich der Begriff ὀλιγόπιστος;

[1]) Dieselbe Beurteilung, die für das zur eigenen Heilung empfangene Wunder gilt, überträgt sich auch auf dasjenige Wunder, das die Jünger im Namen Jesu anderen tun; denn dieses ist auch für die, die es den anderen vermitteln, eine im Glauben begründete und es neu begründende göttliche Gabe, Luk. 10, 17 f.

[2]) Mt. 9, 22. Mr. 5, 34. Lu. 8, 48. Mr. 10, 52. Lu. 18, 42. 17, 19.

der »im Glauben Kurze«[1]) ist der, der das früher betätigte Glauben nicht festhält, sondern es in der neuen Lage wegen ihrer besonderen Schwierigkeit unterläßt. Darum erinnert Jesus die verzagten Jünger an seine früheren Taten, weil ihnen diese bleibend als Glaubensmotiv dienen sollen: »Wie kommt es, daß ihr keinen Glauben habt?« Mr. 4, 40. Wenn die erlebte Hilfe das Glauben nicht zum bleibenden Verhalten des Menschen macht, unterblieb auch das »Verstehen«; die nachdenkende Verwertung des Erlebten ist unterlassen worden: *οὔπω νοεῖτε*, Mt. 16, 9 vergl. Mr. 6, 52.

Der Übergang desjenigen Glaubens, das zunächst ein begrenztes, einzelnes Erlebnis und Verhalten des Menschen ist, in einen beharrenden Glaubensstand, der den ganzen Verkehr des Menschen mit Gott und der Welt bestimmt, erfolgte für den Jüngerkreis deshalb mit Sicherheit[2]), weil der intensiven Unbegrenztheit der göttlichen Güte, wie sie in jeder einzelnen Erweisung derselben erscheint, ihre extensive Fülle zur Seite steht, die durch die absoluten Begriffe benannt wird, die das besondere Berufsbewußtsein Jesu ausdrücken. Weil in ihm Gottes königliches Walten erscheint und ihm die Verwaltung des Gerichts zur Gewährung oder Versagung des ewigen Lebens übergeben ist, erhalten auch die besonderen Gaben, mit denen er der gegenwärtigen Not abhilft, eine unvergleichliche Bedeutsamkeit. Sie dienen, indem sie ihn als den Geber der göttlichen Gnade und Gabe erweisen, seinem universalen Beruf zur Offenbarung und setzen ihre Empfänger dadurch in Beziehungen, die von der Gegenwart bis ins letzte Ende hinüberreichen. Mit dem Glauben, das Jesus anruft und den Anschluß an ihn gewinnt, treten sie in Gottes Reich, weil sie durch dasselbe dem Christus verbunden sind, der die Gemeinde der Endzeit schafft. Das gibt dem Glauben eine

[1]) „Kleingläubig" lenkt den Begriff hinüber auf die Intensität des Glaubens, ob er groß oder klein sei, während er sich darauf bezieht, ob er stetig geübt oder wieder unterlassen wird, weil er sich gegen neue Schwierigkeiten nicht zu erhalten vermag.

[2]) Ich rede von Sicherheit natürlich nicht im Sinn eines mechanisch gebundenen Prozesses; es handelt sich um ethische, personhafte Relationen. Auch der Jünger kann glaubenslos sein; deshalb ist ihm doch eine gesicherte Begründung des Glaubens gegeben.

unvergängliche, den ganzen Lebenslauf umfassende Ausdehnung. Das Wort »Dein Glauben hat dich gerettet« erhält dadurch einen vertieften Sinn, durch den es nicht bloß die Gegenwart, sondern auch die Eschatologie, nicht nur die jetzt erforderliche Hilfe, sondern auch den Endzustand des ewigen Lebens umfaßt[1]).

In den Worten, die bei Matthäus durch den Glauben des heidnischen Hauptmanns veranlaßt sind, kommt dies anschaulich zum Ausdruck. Obwohl es sich zunächst nur um die Gesundheit seines Knechts handelt, erstrecken die angeschlossenen Worte die hier in Kraft tretenden Beziehungen bis in die Endgestalt des göttlichen Reichs hinaus und sagen Israel, es verscherze mit seinem Unglauben nicht nur die momentane Hilfe, sondern das Reich, und dem Heiden, er gewinne nicht nur die Gesundheit seines Knechts, sondern werde mit den Patriarchen Gast an Gottes Tisch. Im Gegenwärtigen begründet sich das Künftige, im Momentanen das Ewige. Ebenso wird mit der glaubenden Heidin keineswegs bloß davon gesprochen, ob ihre Tochter geheilt werden könne, sondern in diese Frage legt sich sofort die andere, ob und wie sie bleibend an Jesu Gnade und Reich beteiligt sei. Dieser scheinbar rasche Übergang verliert alles Befremdliche, sowie beachtet wird, daß diese Gaben nie bloß als etwas Sachliches gewertet werden, sondern durch das Glauben persönliche Beziehungen entstehen. Jesus gibt nicht nur ein Ding, das er besitzt, oder eine Kraft, die an ihm ist, sondern sein Erbarmen, seine Liebe, und dies nach Gottes Weisung; so sucht auch das Glauben nicht nur ein Ding, sondern Jesu Willigkeit zu helfen; es greift nach seiner Gnade. Weil die Beziehungen, die sich hier stiften, persönliche sind, steigen sie über die Zeitlichkeit und Vergänglichkeit sofort empor und werden ewig, weil sie den Reichtum, der der Person Jesu eigen ist, in sich aufnehmen.

Unter seinen Händen wurde alles zur »Religion«, die Hilfe, die er gewährt, zum Erweis der göttlichen Gnade, der Freundeskreis, der sich an ihn anschloß, zur Gemeinde der Vollendungszeit, das Vertrauen, das ihm erwiesen ward, zum

[1]) Vgl. Lu. 8, 12: ἵνα μὴ πιστεύσαντες σωθῶσιν.

Glauben, der ewige Gemeinschaft mit Gott ist. Dieser Vorgang ist für die Ursprünge des Christentums entscheidend; ohne sein Verständnis bleibt hier alles dunkel.

Von einer speziellen Seelsorge, die Jesus denen gewidmet hätte, in denen der Glaube an ihn entstanden war, hören wir nichts. Nachdem sie mit Glauben zu ihm hintraten und die Hilfe von ihm empfingen, treten sie in die Gemeinde zurück, ohne daß wir über ihren weiteren Lebenslauf irgend etwas hören. Ihre Verbundenheit mit ihm ist deshalb unzerstörbar, weil der Vater sie kennt und er sie mit der Offenbarung seines Reichs in die ewige Gemeinde holen wird. Und auch für ihren irdischen Lebenslauf ist ihnen damit, daß sie Glauben fanden und dessen Erhörung durch Jesus erlangten, ein Erlebnis widerfahren, das ihrem Willen für immer das Ziel und die Regel gibt und ihr Verhalten in allen ihren Verhältnissen ordnet.

Wegen dieser zum höchsten Ziel emporragenden Bedeutung des Glaubens hat ihm Jesus auch dann, wenn es besondere, einzelne Gaben sucht, eine unbedingte Verheißung gegeben. In den vom Glauben handelnden Worten wird die Freiheit der Verheißung von allen Begrenzungen dadurch mächtig ausgesprochen, daß sie absichtlich eine Wirkung an das Glauben fügen, die dem menschlichen Vermögen schlechterdings entzogen ist[1]). Von dem, was der Glaubende empfängt, wird jede Grenze weggenommen. Der Erfolg fehlt dem Glauben auch dann nicht, wenn er so vollständig über die eigene Kraft des Glaubenden hinaus liegt wie die Bewegung des Berges. Verleiht das Glauben diese königliche Macht, so ist der Glaubende von jedem Verderben erlöst; der Sieg über alles, was ihn gefährdet, ist ihm zugefallen; er ist in Gottes Reich versetzt. Dem konkreten, besonderen Verlangen kann die unbegrenzte Verheißung, der einzelnen Bitte die unbedingte Erfüllung deswegen gegeben werden,

[1]) Ihr werdet zu diesem Berge sagen: gehe von hier dorthin, und er wird hinübergehen; ihr werdet nicht nur das, was am Feigenbaum geschehen ist, tun, sondern auch, wenn ihr zu diesem Berge sagt: erhebe dich und falle ins Meer, wird es geschehen; ihr würdet zu dieser Sykamine sagen: reiße dich los und pflanze dich ins Meer, und sie würde euch gehorchen.

weil Gottes vollendete Gnade, die in sein Reich einführt, nicht nur für Jesus selbst eine Wirklichkeit ist, sondern auch dem Glaubenden von ihm gegeben wird. Weil mit dem Zutritt zu ihm das letzte Ziel erreicht und Gottes vollendete Gnade empfangen ist, liegt darin auch die Überwindung jeder einzelnen Schwierigkeit und die Hilfe für jede besondere Not.

Die Größe der Verheißung erweist vollends die Haltung der Jünger als glaubenslos. Indem sie ihre Gedanken weit übersteigt, zeigt sie ihnen, daß sie in der Tat Gottes Güte nicht erfaßt haben und das, was sie ihnen gewährt, nicht ergreifen. Gerade weil die Verheißung so groß und herrlich ist, versagt ihr Glaube, der sich ein solches Helfen und Geben Gottes nicht vorzustellen weiß. Zugleich wird ihnen damit auch die Schuld, die an ihrer Glaubenslosigkeit entsteht, verdeutlicht. Je größer die Güte ist, um so mehr fällt auf den Argwohn, der sie verdächtigt und bezweifelt, Verurteilung.

Ein Hinausstreben über den Glauben schneidet die Unbedingtheit der Verheißung gründlich ab. Die Jünger können weder mehr erwarten, noch mehr empfangen, als was ihnen mit dem Glauben gegeben ist. Dieser ist ein Letztes, Vollendetes, dasjenige Verhältnis zu Gott, in dem man seine ganze Gnade hat. Da der Spruch zum Bestandteil des Evangeliums geworden ist, war nicht das seine Meinung, daß die Jünger nur damals zum Glauben und daher zur Erreichung ihres Zieles unfähig gewesen seien. Sie werden auch später Ähnliches an sich erleben. Ihre Schwäche darf sie aber niemals zu dem Gedanken verleiten, sie rühre von der Machtlosigkeit Jesu oder der Ungnade Gottes her, denn nur ihr Glaubensmangel macht sie schwach; da, wo sie zu glauben vermögen, tun sie ihr Werk in Gottes Macht.

Die absichtlich gewählte Paradoxie, in die Jesus seine Verheißungen kleidete, richtet ihre Spitze nicht gegen die Natur, als würde dem Glauben immer und einzig wunderbare Hilfe zugesagt. Über die Art, wie im gegebenen Fall der Berg sich bewegt oder der Baum im Meere wächst, tritt Jesus in gar keine Erörterung ein. Davon hält er die Frage der Jünger vielmehr durch seine Paradoxien ausdrücklich zurück. Die Mittel, durch die dem Jünger die ihm nötige Macht gegeben wird, hat er nicht zu bestimmen, sondern diese ergeben sich aus Gottes Entscheidung. Ob dieser den Berg in der Form des natürlichen Geschehens entfernt oder in der Weise eines schöpferischen Akts mit momentaner Wirkung, darüber ist dem Glaubenden keine Aussage und noch weniger ein Anspruch und Postulat eingeräumt. Was ihm verheißen ist, ist nur das eine, daß »der Berg geht«.

Die Ausscheidung des natürlichen Geschehens aus dem Bereich des Glaubens wäre nur dann möglich, wenn Jesus die Natur nicht als Werkzeug Gottes, die durch sie gespendeten Güter nicht als Gabe Gottes beurteilt hätte. Dies ist ein durch die Aussagen Jesu verworfener Satz. Das Glauben, das der Sorge ein Ende macht und zum Leib und zur Seele hinzu auch Nahrung und Kleidung von Gott erwartet, hat Jesus nicht auf das Wunder allein verwiesen, vielmehr auf die Natur gegründet, durch die Gott auch die Vögel nährt und die Lilien kleidet. Die Sonne und der Regen, die die Ernte reif machen, stehen für ihn im Dienst des Vaters und sind durch seine vollkommene Güte regiert. Gerade dadurch, daß für Jesus weder die Natur allein, noch das Wunder allein das Werkzeug der göttlichen Gnade bildet, sondern sein Gott in der Natur und über ihr waltet, das Gegebene benützend und Neues schaffend, gewinnt seine Verheißung ihre Unbedingtheit und das Glauben seine innere Vollendetheit[1]).

Der Nachdruck, den diese Worte auf das Wunder legen, beruht darauf, daß sie auf den besonderen Beruf des Jüngers sehen, wie er sich aus seiner Gemeinschaft mit dem Christus ergibt. Er hat am Zeichen in derselben Weise wie Jesus selbst das wirksame Mittel, durch das er die Gegenwart des Himmelreichs bezeugt. Am Scheiden Jesu hängt die Frage, ob die Seinen die Werke auch zu tun vermögen, die er tat; sie wird bejaht, freilich nur dann, wenn sie glauben können. Es liegt im Wesen des Wunders, daß das Glauben dann, wenn es dieses von Gott sucht, seine Merkmale mit beson-

[1]) Die weitere Erörterung über den Supranaturalismus Jesu und seinen Gegensatz zur Unnatur fällt in die neutestamentliche Theologie.

derer Deutlichkeit gewinnt, weil dann alle menschlichen Leistungen auf die Seite treten und das göttliche Geben in seiner eigenen Macht und Gnade allein den Erfolg bedingt, an dem der Bittende nur dadurch beteiligt ist, daß er sich die Herrlichkeit Gottes in ihrer Überlegenheit über die Natur gegenwärtig hält. Ein solches Bitten erhält vollends die Art des Vertrauens, wenn es sich auf Jesus stützt oder an ihn sich wendet und von ihm eine nur durch eine allmächtige Gnade mögliche Gabe erwartet. Dadurch macht das Wunder sichtbar, wie umfassend und reich die Gewißheit des Glaubens ist, und wie Großes es empfängt, und bereitet darum zu jenem Anschluß an Jesus vor, der auch die vollkommenen und ewigen Gaben des Himmelreichs bei ihm sucht. Indem aber das Wunder an das Glauben gebunden bleibt, ist es aller Eigenmächtigkeit und Willkür des Menschen entzogen; denn Glaube läßt sich nicht willkürlich hervorrufen und nur, wo er vorhanden ist, ist die von Jesus geforderte Bedingung für jenes da.

Das Ziel und Ergebnis, das Jesus mit seinen überschwänglichen Verheißungen sucht und erreicht, ist, daß der Glaube von den am eigenen menschlichen Vermögen haftenden Schranken schlechthin frei werde. Die Frage, ob das Erbetene möglich sei, wird ihm völlig genommen und jede Abschätzung der eigenen Kraft hört auf. Im Glauben kehrt sich der Blick und Wille des Menschen völlig von sich ab, einzig hin zu Gott. Nicht der Mensch, sondern Gott gibt dem Glauben die Erhörung und den Erfolg. Die Kraft, »Berge zu versetzen«, ist Gottes Eigentum allein. Die Macht des Glaubens beruht darauf, daß Gott für den Glaubenden handelt. Deswegen, weil er Gott für sich hat, steht er über allem, was ihm widersteht. Die Unbegrenztheit der Verheißung ist der direkte Ausdruck für die Unbegrenztheit der göttlichen Güte.

Darum ist der zweite Spruch, Mt. 21, 20, mit der Gebetsmahnung vereinigt. Die dem Glauben gegebene Verheißung und die, die dem Gebet in derselben Unbedingtheit gegeben ist, erläutern sich gegenseitig[1]). Das Befehlswort an den Berg ist zunächst ein Bittwort an Gott und der Glaube stellt nur

[1]) Die ganze Lehre vom Gebet steht notwendig im strengsten Parallelismus zur Lehre vom Glauben, da das Bitten und Danken seine

dadurch das Vermögen zu einer nach außen gehenden Wirksamkeit her, daß er zuerst im Verhältnis zu Gott die Bitte erzeugt und sie so gestaltet, daß sie erhört wird.

Es hatte für das Glauben, das Jesus seinen Jüngern gab, und damit für den ganzen Bestand des Christentums fundamentale Bedeutung, daß aus ihm nach Jesu Sinn nicht bloß das Danken, sondern auch das Bitten entsteht, daß er durch dasselbe den Menschen zu eigenem Wollen aufrichtet und diesem wirksame Geltung vor Gott verleiht. Hätte er aus der Überlegenheit Gottes über das menschliche Denken und Wollen gefolgert, daß das Glauben das Bitten ausschließe und nur das Danken zulasse, so hätte sich für das Denken daraus ergeben, daß das Forschen und Fragen ungläubig sei und nur das empfangene Wort vom Glauben bewahrt werden dürfe, und für das Wollen, daß nur der Gehorsam gegen die gegebene Regel dem Glauben entspreche, dagegen jede neue Tat, die dem eigenen Vermögen entspringt und neue Ziele hat, das Glauben zerbreche. Jesus hat dieses aber kräftig vor der Entartung zur bloßen Ergebung geschützt. Mit dem Glauben, das er hervorbringt, entsteht keine Versetzung des Menschen in Passivität, sondern es gewährt ihm eigene Lebendigkeit. Berge zu versetzen verlangt keine Regel von ihm; dazu führt ihn der individuelle Beruf und das Verlangen, das an der ihm jetzt gegebenen besonderen Lage entsteht. Er hat aber zu solchem Wollen ein Recht; denn er darf bitten. Wie nicht einzig das Bitten oder einzig das Danken, sondern beide im Glauben wurzeln, so auch das Wissen und das Fragen, das Gehorchen und die freie Tat.

Dadurch, daß Jesus die Jünger zur Liebe verpflichtet und ihrem Glauben in seiner Liebe und Gabe den Grund und Inhalt gegeben hat, war die Verarmung des Glaubens zur Passivität abgewehrt. Nur in jener Zuversicht, die den Mut zum eigenen Wollen findet, hat die volle Liebe das von ihr gewollte Korrelat. Bewirkt sie bloß passive Ergebenheit so ist sie entweder durch einen egoistischen Zusatz verdorben

---

nächsten, unmittelbarsten Äußerungen sind. Wir hören z. B. im Unser Vater, was Jesus den Jüngern als das genannt hat, was sie glauben, mit fester Gewißheit von Gott erwarten sollen.

oder durch für sie unüberwindliche Hindernisse gelähmt. Beide Möglichkeiten fielen für Jesu Gedankengang weg. Die im Reiche Gottes sich offenbarende Gnade erreicht ihr Ziel und dieses ist derjenige Mensch, der selbst wollen, bitten, lieben, wirken kann.

Am Zusammenhang des Glaubens mit dem Bitten wird sichtbar, daß die psychischen Erklärungen für den Erfolg desjenigen Glaubens, das eine in den Naturbereich hinübergreifende Gabe von Jesus erbat, wie sie unter dem Druck des modernen Naturbegriffs beliebt geworden sind (Nervosität, Hysterie der Bittenden und dgl.) unhistorisch sind. Sie sind schon deshalb undurchführbar, weil das Glauben von dem, der Jesus bittet, gefordert wird, obwohl dies häufig nicht der Kranke selber war. Wenn der Vater nicht glaubt, wird der Sohn nicht gesund, Mr. 9, 23. Nicht der sterbenden Tochter, sondern dem sich in ihren Tod ergebenden Vater wird gesagt: nur das eine unterlaß nicht, zu glauben, Mr. 5, 36. Das Glauben des Hauptmanns bringt seinem Knecht, das der Kananäerin ihrer Tochter Heilung[1]). Die Notwendigkeit, die es zur unerläßlichen Bedingung der Hilfe macht, ist somit rein ethischer Art[2]). Sie entspringt aus dem, was Gott will und der Mensch wollen soll. Gott will als der Gute erkannt sein und der Mensch soll Gottes Güte ehren. Deshalb weiß sich Jesus durch seine Sendung ermächtigt, keine Erwartung zu widerlegen, die in ihm Gottes helfende Macht sucht und ehrt. Dadurch, daß Jesus das göttliche Geben mit dem menschlichen Bitten in Kongruenz bringt und den Tatbeweis führt, daß jede Güte, die der Mensch bei ihm sucht, für ihn vorhanden ist, bejaht und vollzieht er sein

[1]) Die Meinung des Textes wäre vermutlich überschritten, wenn von einem stellvertretenden Glauben gesprochen würde. Indem er die Fürbitte erzeugt, nimmt er freilich das Wohl des anderen in sein Verlangen und in seine Gewißheit auf, aber Jesus hat es auch bei der Erhörung der Fürbitten zunächst mit dem Bittenden selbst zu tun. Dieser macht die Not des anderen zu seinem eigenen Anliegen, weshalb auch die seinem Glauben gewährte Gabe eine ihm selbst erwiesene Wohltat ist.

[2]) Die physischen Theorien verlieren auch allen Zusammenhang mit der geschichtlich gegebenen Lage. In der Synagoge dachte niemand daran, den Effekt des Glaubens aus seinem beruhigenden Einfluß auf das Nervensystem abzuleiten, sondern die Aussagen über die Macht desselben beziehen sich ausschließlich auf seinen Gerechtigkeitswert, auf die זכות אמנה.

messianisches Amt, und zwar so, daß er ihm an der Offenbarung der göttlichen Gnade den Inhalt gibt. Indem er das Glauben erweckt und erhört, tritt seine Messianität aus der Eschatologie heraus; er wird sie nicht bloß einst haben, sondern hat und übt sie jetzt. Denn er erweist damit dem Menschen Gottes Gnade so, daß er sie in ihrer Vollkommenheit und Totalität an sich erlebt.

Daher hat Jesus schon dem kleinsten Glauben die höchste Gabe und Hilfe zugesagt. Sowie nur Gottes Güte bei ihm gesucht wird, wird sie als vollkommen erfahren. Indem nicht erst ein besonders geartetes oder großes, sondern jedes Glauben die ganze Gnade und Macht Gottes und des Christus für sich hat, wird der Spruch zu einem einfachen Ausdruck für die Unteilbarkeit der göttlichen Liebe. Sie ist eine Totalität und schenkt sich nicht nur in abgestuften Maßen. Ihr Geben stuft sich ab, aber die Liebe, die die Gaben gibt, ist der eigene Wille des Christus, der eigene Wille Gottes, so eins und ganz wie sie selbst. Dadurch gleicht der Glaube die Unterschiede zwischen den Menschen aus, weil er stets die Wirkung hat, daß das Höchste, das Ganze, Gottes eigene Liebe durch den Christus dem Glaubenden zuteil geworden ist.

Dadurch waren die Jünger von der traditionellen Vorstellung über die Macht des Glaubens abgelöst, die sie durch die Gültigkeit der Rechtsregel begründete. Eben jetzt, da Jesus jene mit dem höchsten Ausdruck bezeugt, schützt er zugleich die Jünger gegen dasjenige Mißverständnis derselben, das sie aus der Synagoge mitbrachten, und schneidet den Verdienstgedanken vom Glauben völlig ab. Würde auch er die Wirkung desselben durch diesen erläutern, so erhielten wir unvermeidlich eine Proportion zwischen der Stärke des Glaubens und der Größe seines Erfolges. Je größer das Verdienst wird, um so größer wäre auch der Lohn. Jesus hat aber ausdrücklich seine Gabe vom Maß unseres Glaubens unabhängig gemacht, weil der Erfolg desselben für ihn ausschließlich aus seinem eigenen Handeln in der Gemeinschaft mit dem Vater erfolgt. Indem er den Blick der Jünger völlig von sich selber, auch von der Größe oder Schwäche ihres Glaubens ablenkt, tilgt er ein bösartiges Glaubenshindernis. Jesus hatte in seiner Umgebung reichlich jenes Glauben vor sich, das sich auf sich selbst zurückbog und an sich selber glaubte. Davon reißt er die Jünger los, weil sie nie zum Glauben kommen, wenn sie die Bewährung desselben von der Stärke ihrer Gläubigkeit erwarten, wodurch sich ihr Blick von Gott zu ihrer eigenen Kraft wegdreht. Der Jünger soll wissen, daß Gott auch am Glauben seine frei gebende Gnade betätigt und darum dessen Kleinheit und Schwäche übersieht und schon in der zaghaften Bitte und im schwankenden Vertrauen das Vertrauen hört und begabt.

Lukas hat dies sehr lichtvoll dadurch zum Ausdruck gebracht, daß er das Wort über die Allmacht des Glaubens mit der Bitte der Jünger: »Gib uns mehr Glauben«, verbunden hat, Lu. 17, 5. Durch Jesu Antwort wird diese Bitte als das Gegenteil des glaubenden Verhaltens bezeichnet, weil sie die Stärke des Glaubens mißt und die Furcht ausdrückt, es sei nicht groß genug. Damit wird im Glauben das zerstört, was es zum Glauben macht, die vorbehaltlose Gewißheit, die dem Gebenden vertraut. Der Glaubende sucht die Wirksamkeit des Glaubens nicht in der Stärke desselben, sondern in Gottes Güte und behandelt das Glauben nicht als eine Leistung, die um so sicherer ihren Erfolg erzielt, je größer sie ist. Um jede solche Reflexion auf das Maß des Glaubens abzuschneiden, antwortet Jesus: das Glauben sei nicht vorhanden, wenn der Bittende nicht alles von Gott erwarte, und es empfange auch alles, sowie es da sei, sei es auch noch so klein. Mit dieser Antwort war die Selbstanklage, daß der Glaube ihnen mangle — eine Einsicht, die den Jüngern im Verkehr mit Jesus mit überwältigender Schärfe aufgehen mußte — bestätigt, ja zur vollen Wahrheit gebracht, weil die Illusion zerstört ward, als besäßen sie doch wenigstens einigen Glauben; und doch war gleichzeitig ihre Bitte im vollsten Maß erfüllt, da die Antwort Jesu das Glaubenshindernis in ihnen beseitigt und die Furcht tilgt, die sie ängstlich die Größe ihres Unglaubens oder Glaubens messen läßt, und ihr Auge statt dessen an die Macht der Gnade bindet, die dem Glaubenden nichts versagt [1]).

[1]) Es folgt das Wort vom Knecht, der aus seiner Arbeit keinen Anspruch auf sonderlichen Dank ableiten darf. Ich sehe darin den Beleg,

So bestimmt Jesus den Lohngedanken auf die Betätigungen unserer Liebe angewendet hat, vom Glauben hält er ihn fern. Denn der Glaubende wirkt nicht selbst, sondern ruft Gott an, daß er für ihn wirke, und bittet Jesus um seine Gabe. Deshalb hat sich der Jünger die dem Glauben gegebene Verheißung nicht an dem zu verdeutlichen, was er selber ist, sondern an Jesu Stellung vor Gott und der Welt. Was es sagen will: über die Berge und das Meer zu herrschen, wieso der Glaubende allen Widerständen überlegen und zu jeder Hilfe und Gabe befähigt sei, das sehen die Jünger an ihm. So frei, so mächtig wußte er sich selbst in seiner Sohnesstellung, durch die er alles empfängt. Allen verderbenden Gewalten, der Krankheit, dem Wahnsinn, dem Sturm, dem Tod, der Sünde, den teuflischen Mächten stellt er sein Wort so entgegen, daß sie gehorchen, und hat darum das Vermögen, kein Bitten und Glauben, so hoch es auch über die Grenzen der menschlichen Macht hinausfahren mag, zurückbeugen zu müssen, sondern beständig die Regel in Kraft setzen zu können: wie du geglaubt hast, geschehe dir. In dieser Macht Jesu haben die Jünger wie den Grund, so auch das Maß für ihr eigenes Glauben und erkennen an ihm, daß und wie sie an die Berge das Befehlswort zu richten vermögen. Denn an ihm sehen sie, was Gott ihnen gibt. Jesus behandelt sein Verhältnis zu Gott nicht als sein Sondereigentum, wovon er alle anderen fernhielte, sondern stellt seine Jünger, weil und soweit sie glaubten, mit sich über die Welt empor in die Verbundenheit mit Gott. Wie für ihn in der Erweckung und Erhörung des Glaubens das messianische Handeln Gegenwart wird, ebenso wird für die Jünger im Besitz des Glaubens und seiner Gaben der Messianismus zur Gegenwart; so erleben sie, daß sie im Himmelreich sind und Gottes könig-

daß Lukas den Tadel Jesu auf die den Glauben messende Selbstbeschauung bezogen hat. Im zweiten Wort wird die Reflexion auf die Größe und den Wert des getanen Werkes verwehrt, die seinetwegen Dank und Lohn fordert; damit wird die dienende Stellung verlassen. Im ersten Wort wird die Reflexion auf die Größe und den Wert des Glaubens abgelehnt, die seinetwegen Erhörung und Begabung fordert; damit ist die glaubende Haltung verletzt. Der Begriff „Verdienst“ wird abgewehrt an den beiden Stellen, an denen die Synagoge es fand, im Glauben und im Werk.

liches Herrschen für sie eintritt, und üben ihre Mitherrschaft mit Christus aus.

Daher ist auch in den dem Glauben gewidmeten Sentenzen nicht zunächst von dem die Rede, was die Jünger für sich selbst zu ihrer eigenen Errettung und Beseligung bedürfen, sondern von ihrem Werk, mit dem sie ihren Beruf vollziehen. Dies ist auch in der allgemeineren Fassung des Spruchs bei Lukas, bei dem er nicht auf eine spezielle, ihnen jetzt zugemutete Hilfeleistung bezogen ist, dadurch festgehalten, daß die folgenden Sprüche ausdrücklich von der Dienstpflicht der Jünger reden. Daran, daß sie nicht bloß Gaben Gottes zu empfangen, sondern ein Werk auszurichten haben, durch das sie diese auch anderen vermitteln, haben sie zunächst eine Glaubensschwierigkeit. Es mag ihnen leichter erscheinen, für sich um Gottes Hilfe zu bitten, als sie anderen zu bringen. Aber nur wenn sie ihren Glauben mit ihrem Werk verbinden, erhält er seine normale Gestalt. Es heftet sich damit an ihn kein Schmerz oder Druck. Das geschähe nur dann, wenn Jesus ihr Werk als freudlos und erzwungen, ihren Dienst als hart beurteilte. Das ist er für sie so wenig, als sein messianisches Werk für ihn eine schwere Last ist. Ihr Werk erwächst aus dem seinigen und wird im Dienst der Gnade getan. Deshalb hat nicht dieses, sondern die Ohnmacht, die zu ihm unfähig macht, Elend und Druck bei sich. Aus dieser erlöst sie der Glaube, wodurch er sich als eine unschätzbare Gabe erweist.

Derselbe Gedankengang wird in Mt. 6 auch für denjenigen Glauben durchgeführt, der die Lebensmittel von Gott erwartet. Denn auch hier haftet die Plage nicht am Glauben, sondern an seinem Gegenteil, am Sorgen, während jener sie vom Jammer, den die Glaubenslosigkeit bei sich hat, befreit, nicht erst mit dem Erfolg, nicht nur deshalb, weil er die Gabe empfängt, sondern schon durch sich selbst, weil er als Gewißheit der göttlichen Güte Freude und Ruhe in der Seele schafft.

Dabei wird aber nie undeutlich, daß über allen einzelnen Erfahrungen der göttlichen Hilfe diejenige Erweisung der Gnade steht, die ihnen den persönlichen Heilsstand gewährt. Daß ihre Seele ins Leben gerettet ist, ist mehr als das größte

Werk, das sie in der Welt ausrichten könnten, und daß ihre Namen im Buche Gottes stehen, gibt ihnen die größte Freude und damit auch ihrem Glauben den wesentlichen Gehalt, Mt. 16, 26, Lu. 10, 28.

Durch die Unbedingtheit der Verheißung, die der Glaube hat, wird er Gewißheit. Er hat in sich für keine Bedingungen und Spaltungen Raum, sondern wird etwas Ganzes, Absolutes, eine ungebrochene Bejahung der ungebrochenen Gnade des Christus. Jesus hat diese innere Geschlossenheit des Glaubens gefordert als die ihm wesentliche Eigenschaft: »wenn ihr glaubt und nicht zweifelt«, Mt. 21, 21. Mr. 11, 23. Der Anlaß des Spruches gibt dazu die durchsichtige Erläuterung, weil die Frage der Jünger: »wie ist der Feigenbaum sofort verdorrt?« unreflektiert und darum unverhüllt das ausspricht, was Jesus »zweifeln« nennt. Sie wollen Jesu Macht nicht bestreiten und sind dennoch erstaunt, daß sein Wort geschah. Sie setzten also doch voraus, der Baum werde trotz des Fluchs, den Jesus über ihn sprach, bleiben, wie er war. Das ist die innere Teilung, nicht Glaubensverweigerung, aber auch nicht Glaube, der die Haltung der Person bestimmt, sondern ein Zusammenbestehen entgegengesetzter Eindrücke und Erwartungen. Aus der Macht Jesu ziehen sie die Erwartung, daß sein Wort geschehe, aus der festen Geschlossenheit des Naturlaufs und der Gebundenheit des Menschen an denselben die andere Erwartung, daß es nicht geschehe. So fehlt dem »Herzen« die Einheit. Ähnliches sah Jesus auch im Gebet der Jünger. Hätten sie gar kein Vertrauen zu Gott, so würden sie nicht bitten; aber neben demselben steht der Gedanke, sie würden das Erbetene doch nicht empfangen. So wird ihr Bitten unfruchtbar, weil sie ihr Vertrauen selbst wieder verleugnen. Es steht dies in genauer Korrespondenz mit der Aktualität, in der Jesus den Glauben faßt. Er wollte den Menschen mit sich verbinden und dies war so lange nicht erreicht, als der Mensch einen Vorbehalt an seinen Glauben hängte. Darum anerkannte Jesus keinen Glauben, der nicht Gewißheit war. Der Bittende hat es angesichts der göttlichen Güte zu bejahen, daß Gott ihm sein Verlangen erfüllt, ja erfüllt hat, wie Markus die Vollendung der Zuversicht kräftig darstellt, indem er das Geben vor das Bitten und Glauben stellt, weil es nicht erst durch unser Rufen erwirkt wird, sondern aus Gottes eigener Güte kommt, die uns unser Glauben und Bitten gewährt und ebenso das, was ihm zur Erhörung dient.

Vom Obersten der Schule verlangt Jesus auch dann, als er das tote Kind ihm wiedergeben soll, nur das eine, daß er glaube. Mit dieser Stellung Jesu, die dem glaubenden Bitten um seiner selbst willen und nur ihm das göttliche Geben zusagte, war das sola fide gegeben: μόνον πίστευε. Nun verlangt er aber auch, daß die Totenklage unterbleibe, und tut nichts, bis die Pfeifer und Klageweiber entfernt sind. Er läßt nicht zu, daß beide herbeigeholt werden, die Klageweiber zur Bestattung der Toten, und er, der ihr das Leben geben soll. Wie er selbst in Gewißheit handelt und nicht einen Versuch unternimmt, der ins Ungewisse greift, so hat der Glaubende seine Hilfe ohne Schwanken zu bejahen. Auch deswegen hat Jesus schon dem Glauben, der nur wie ein Senfkorn ist, die höchste Verheißung gegeben, weil er die in ihm liegende Gewißheit sichtbar machen will. Wenn schon der kleinste Glaube nicht davor erschrickt, dem Berge zu gebieten, so hat schon der erste Anfang des Glaubens dem Christus gegenüber jeden Vorbehalt aufgegeben. Wo seiner Hilfe Ende und Grenzen gesetzt werden, da ist auch jenes »Senfkorn« noch nicht da. Der Glaube wird nicht erst auf höheren fortgeschrittenen Stufen Gewißheit; er ist es von Anfang an.

Geschlossenheit und Vollendetheit wird vom Glauben nach derselben ethischen Regel verlangt, die das ganze Verhalten Jesu ihm gegenüber bedingt. Auf einen Glauben, der Ungewißheit bliebe, kann er sich deshalb nicht einlassen, weil er sich vom Vater nicht trennen und sich nicht in einen Gegensatz gegen ihn bringen läßt. Wenn der Bittende zwar ihn anruft, aber gleichzeitig Gottes Güte und Macht verneint, so hat er damit das Grundgesetz seines Wesens und Willens bestritten und ihm dadurch die Betätigung seiner Güte unmöglich gemacht. Jesus arbeitet auf die Anerkennung der Herrlichkeit Gottes hin und muß darum alle Verneinung Gottes als einen totalen Widerspruch gegen seine Sendung beurteilen. Gottlose Bitten sind für ihn unerhörbar. Weil das bei ihm Gesuchte als göttliche Gabe von ihm erwartet werden soll, muß der Bittende die Unbegrenztheit der göttlichen Gnade und Macht festhalten; nur so wird bei Jesus Gottes Gabe gesucht.

Wie im ganzen Gedankengang Jesu, so sind auch an dieser Stelle seine Sohnschaft und sein Christusamt in volle Einheit gesetzt. Als der Sohn macht er an seinem Wollen und Wirken Gottes Art kund; diese ist aber die vollkommene Gnade. Als der Christus bringt er Gottes letzte, größte Gaben und schafft die Vollendung der Gemeinde; dem Sohn und Christus ist mit einem in Ungewißheit schwankenden Verhalten nicht Glaube erwiesen. Zum Bringer der vollendeten Gnade tritt man nur mit einem Glauben herzu, der Gewißheit ist.

Es wirken somit drei Faktoren zusammen, um das Glauben nach Jesu Sinn zu einer kategorischen Aussage zu machen: die Vollkommenheit Gottes, der ganz gut ist, der Vollendung bringende Beruf des Christus, der nicht eine zeitliche und begrenzte Gnade verleiht, sondern diese ganz, und die kategorische Art des sittlichen Anspruchs, der, sowie wir in Beziehung zu Gott und seinem Willen treten, den Einsatz des ganzen Ichs von uns verlangt.

Das bestimmt auch die Art der Gewißheit, die im Glauben lebt. Sie kann nicht mit derjenigen identisch sein, die ein die Sinne bewegendes Ereignis gewährt; denn sie bezieht sich nicht auf naturhaft gebundene Wirkungen, sondern ist eine Aussage über personhafte Beziehungen freier Art. Nicht ein Geheimnis, sondern eine offenbare, erlebte Wirklichkeit, Gottes gnädiges Handeln, gibt dem Glauben seinen Grund und Inhalt und die Freiheit der göttlichen Gnade hebt ihre Stetigkeit nicht auf. Eben daher entsteht aus ihrer Wahrnehmung eine Gewißheit, die sowohl die Gegenwart als die Zukunft umfaßt und sich über alle besonderen Anliegen und Wendungen des Lebens erstreckt. Die Bestimmung über das göttliche Geben geht aber nie in die Macht des Glaubenden über, sondern bleibt der freie Besitz dessen, der seine Gnade und sein Gericht selbst verwaltet. Dies ergibt im Glauben ein Nichtwissen, das nur durch Gottes eigene Tat, nicht aber durch den Menschen ausgeschlossen werden kann. Vielmehr wäre der Versuch, dasselbe auszuschließen, die Zerstörung des Glaubens, ein Fall in den Unglauben. Das Glauben besteht und erweist sich vielmehr darin, daß der Mensch dieses Nichtwissen mit entschlossener, freudiger Ruhe bewahrt als das Zeichen der Herrlichkeit Gottes, die keine Gleichstellung des Menschen mit ihm zuläßt.

Weil das Glauben auf Gott gerichtet ist und sich seine Gewißheit an der Unbegrenztheit der göttlichen Gnade begründet, kann nie daran ein Zweifel entstehen, daß es die Unterordnung unter den in sich schließt, der um seine Gabe angerufen wird. Bitte und Befehl bleiben bei Jesus durch eine klare Trennung voneinander geschieden und Jesus hat nicht zugelassen, daß jene sich in diesen verwandle. Am Aussätzigen (»wenn du willst!«), am Hauptmann, am blutflüssigen Weibe, an der Kananäerin, am Schuldner, der um Erlaß bittet, am Sohn, der die Wiedereinsetzung ins väterliche Haus begehrt, am Zöllner, der im Tempel bittet, überall wird zur Darstellung gebracht, daß das Glauben die Freiheit und Hoheit dessen, an den es sich wendet, nicht antastet, vielmehr anerkennt und nur dadurch Glauben bleibt, daß es sich unter seinen Willen stellt. Somit kann auch die Gewißheit, die das Glauben in sich hat, nicht zu eigenmächtigen Phantasien entarten; denn das Nichtwissen und das Nichtwollen, die dem Glauben wesentlich sind, begründen sich wechselseitig. Weil der Glaubende nicht seinen eigenen Willen dem Angerufenen als Gebot auflegen kann und will, darum bleibt auch für seine Gewißheit jener Vorbehalt in Kraft, der die Überlegenheit der göttlichen Güte über alle eigenen Gedanken anerkennt. Dadurch blieb das Glauben, das Jesus erweckte und erhörte, vom falschen Glauben abgeschieden und die Ergebung, so wenig es auf diese reduziert wird, blieb mit ihm vereint, nur daß sie jetzt eine freudige, inhaltsvolle und willensstarke Ergebung ist, die sich nicht an eine harte Notwendigkeit, sondern an die vollkommene Güte ergibt. Die aktuellen Beziehungen, in die die Glaubenden zu Jesus traten, halfen ihm dabei wesentlich, da er es in diesen zu voller Deutlichkeit bringen konnte, daß und wie das Glauben von selbstsüchtiger Überhebung und eigener Erhöhung ebensosehr unterschieden sei wie von passiver Resignation und als ein Höheres, Neues über beiden stehe.

Darum fährt das Glauben auch nicht über Jesus hinaus zum Erfolg hinüber, um erst an diesem seine Gewißheit und Begründung zu gewinnen. Obgleich jedes Erlebnis, das sich als dem Glauben gewährte Gabe darstellt, dieses stärkt, bleibt es doch in der Unterweisung Jesu völlig deutlich, daß das Glauben nicht der Gabe, sondern dem Geber gilt und in ihm seinen Grund in solcher Festigkeit hat, daß es vom Erfolge unabhängig ist. Es wird daher auch dann nicht hinfällig, wenn die Gabe in einer Weise erfolgt, die den eigenen Wunsch des Glaubenden durchkreuzt.

Dies wird vor allem dadurch dem Jünger zum Bewußtsein gebracht, daß sich aus seinem Jüngerverhältnis, somit aus seinem Glauben, die Notwendigkeit ergeben kann, das Leben fahren zu lassen. Zwischen der Berufung der Jünger zur Preisgabe der Seele und der dem Glauben gegebenen Macht, Berge zu versetzen, bestand in Jesu Bewußtsein zweifellos nicht die mindeste Spannung. Der Verlust des Lebens bedeutet ja seinen Gewinn, das Größte, was dem Glauben widerfahren kann.

Die Vermutung liegt nahe, Jesus habe das auf Gott und das auf ihn selbst gestellte Glauben nach der ihm immanenten Gewißheit unterschieden und gegeneinander abgestuft. Sie bewährt sich aber an den Texten nicht. Zunächst ist deutlich, daß er das auf ihn gerichtete Glauben in keiner Weise mit Unglauben gegen den Vater sich verbinden ließ, als könnte man sich von der Härte Gottes zur Güte Jesu, vom Gericht des Vaters zum Erbarmen des Sohnes, von der Abwesenheit Gottes zur Gegenwart des Christus flüchten. Der Gedanke, das ihm zugewandte Glauben könnte als ein Höheres über das auf Gott gestellte Glauben gesetzt werden, kann bei ihm nicht aufkommen. In dieser Hinsicht hat er mit einer Deutlichkeit zu reden gewußt, die keinerlei Mißverständnis entstehen ließ. Nicht gegen oder ohne den Vater, sondern durch den Vater vermag er das Glauben zu erwecken und zu erhören. Ebenso deutlich ist aber, daß er das auf ihn gerichtete Glauben nicht unter das auf den Vater gewendete gesetzt und es nicht als begrenzter und schwächer als dieses beschrieben hat. Die an ihn gerichtete, bedingte Bitte: »wenn du irgend kannst, hilf uns,« Mr. 9, 22—25, wird ausdrücklich abgelehnt. Sie machte nicht Gottes, sondern Jesu Vermögen zweifelhaft; auch bezog sich ihr Schwanken nicht auf Jesu Erbarmen, nur auf sein Können, und auch in dieser Hinsicht ist der Bittende nicht hoffnungslos. Der Bedingungssatz will schwerlich sagen: wenn du etwas kannst, vielleicht kannst du aber nichts; die Voraussetzung desselben wird vielmehr sein: du kannst ja vieles, hast anderen wunderbar geholfen, und wenn du es nur irgendwie vermagst, so hilf auch jetzt. Der Bittende ruft Jesu ganze Kraft zu diesem Werke an und drückt eben dadurch die Furcht aus, sie sei begrenzt und reiche hier vielleicht nicht aus, zumal da die Jünger die Heilung vergebens versucht hatten. Das ist nicht Glaube. Jesus antwortet: »jenes: wenn du kannst — alles ist dem Glaubenden möglich.« Er weist die Frage nach der Möglichkeit des Erbetenen ab; sie hat ihm gegenüber keine Stelle; im Blick auf ihn gilt nur das Positive: du kannst. Nur für den Bittenden besteht die Frage, ob das Erbetene für ihn möglich sei, ob er imstande sei, es zu empfangen, und auch für ihn schließt sie sich, so wie er glaubt; denn dem Glaubenden ist alles erreichbar, weil er alles empfängt. Die neue Bitte: »ich glaube, hilf meinem Unglauben,« beseitigt die Grenzen, in die die erste Jesu Vermögen faßte, und läßt nur die Bedingung übrig, die Jesus dem Bittenden selber zugewiesen hat. Im Blick auf diese wendet er sich an ein Erbarmen, das auch der Unfähigkeit zum Glauben die Hilfe nicht versagt. Er durfte sagen: ich glaube; denn es ist ein Glaubenserweis, daß er seinen Unglauben nicht als Verunmöglichung der Hilfe betrachtet. Der Glaube ringt noch mit seinem Gegensatz, erhebt sich aber wirklich über seine Furcht, weshalb ihm Jesus half.

Die Bitten, die uns als Beispiele erhörten Glaubens berichtet werden, machen sich von allen Verneinungen der Macht Jesu frei. Der Aussätzige weiß, daß Jesus helfen kann, sowie er will, und fügt zu seinem Wollen das Können in ungebrochener Einheit. Der Hauptmann verbindet mit seinem Wort den Erfolg in sicherer Synthese. Den Obersten der Schule leitet Jesus an, seine Hilfe sogar für sein totes Kind zu bejahen. Wegen der Gegenwart Jesu soll der Jünger auch auf die durch den See ihm bereitete Gefahr mit Ruhe sehen. Ebenso spricht der Spruch, der dem kleinsten Glauben die ganze Verheißung gibt, nicht von einem von Jesus unabhängigen Gottvertrauen, sondern von jenem Glauben, den sie als Jesu Jünger haben, um deswillen, daß er sie berufen hat. Seine Abwesenheit bewirkt, daß sie ratlos sind und sich als ohnmächtig erscheinen. Ihr Zweifel richtet sich nicht gegen Gottes Weltregierung, wohl aber dagegen, ob ihnen ihre Verbundenheit mit Jesus das Vermögen gewähre, das jetzt von ihnen erwartet wird. Weil er ihnen den Auftrag zu solchen Werken gegeben hat, lag die Erfüllung dieser Bitte in ihrem Beruf. Mit ihrer Verzagtheit setzen sie sich zu ihrer Jüngerstellung in Widerspruch und entwerten den von ihm ihnen gegebenen Beruf; ihr Glauben hält dagegen diesen fest[1]. Auch wenn der besondere Anlaß der Sentenz zurückgestellt und ihre die ganze Arbeit der Jünger umfassende Bedeutung in der Art, wie es die Lukanische Fassung tut, erwogen wird, bleibt unverkennbar, daß ihnen Jesu Verheißung um deswillen gegeben ist, was er für sie und sie für ihn sind. Es ist seine Verheißung, die sie zu solchem Glauben beruft, wie es sein Wille ist, der den Glauben derer, die ihn anriefen, erhört. Zu einer Meditation darüber, was an der Bewegung des Bergs der Anteil des Vaters und derjenige Jesu sei, leitet sie der Spruch freilich nicht an, zieht sie vielmehr von allen solchen Fragen ab. Was ihren Glauben erzeugt und hält, ist nicht eine theologische Theorie, wohl aber das, daß Jesus ihr Meister ist und sie zu solchem Vertrauen ermächtigt hat. Wenn Mrk. 11, 22 ausdrücklich voranstellt: habt Glauben an Gott! so ist damit lediglich festgestellt, daß wie Jesu Sohnschaft, ebenso das Werk des Jüngers vollständig zerfällt, wenn er nicht Gott als den für ihn Handelnden zu bejahen vermag.

Jesu Sohnesbewußtsein schloß es gänzlich aus, daß aus dem Jüngerverhältnis zu ihm ein zwiefaches Glauben entstände,

[1]) Der schwankende Täufer und die glaubenslosen Apostel bilden bei Matthäus deutlich eine Parallele; auch jener zweifelt nicht an der Providenz, sondern am Christus.

wovon das eine an Gott, das andere an ihn sich wenden könnte. Für sich selbst hat er deshalb Glauben begehrt, damit Gott Glauben finde, und deshalb unter dem Unglauben der Leute gelitten, weil so Gott der Glaube versagt blieb. Was Jesus hat, ist Gottes, so daß, wer seine Hilfe sucht, Gottes Gabe begehrt. Gottes Kraft steht ihm aber in unbegrenzter Fülle zur Seite, so daß auch zu ihm das Vertrauen nur als unbegrenztes richtig ist und auf die an ihn gestellte Bitte sich alle Anforderungen übertragen, die an das Gebet zu stellen sind.

An der geschichtlichen Richtigkeit des Berichts, daß Jesus in seinen Gefährten dieses ganze Vertrauen zu sich gepflanzt habe, ist kein ernster Zweifel möglich, da sich ein solcher nur dadurch befestigen kann, daß der evangelische Bericht überhaupt kassiert wird, somit Jesus völlig ins Dunkel versinkt. Dagegen ist es durchaus verständlich, daß der Glaubensanspruch Jesu da, wo man ihn ablehnt, negativ beurteilt wird: wir hätten daran denjenigen Vorgang vor uns, der Jesu Fall und Schuld bilde; er habe nicht die Klarheit und sittliche Gesundheit gehabt, um das Glauben seiner Gefährten von sich weg auf Gott zu weisen, und habe dadurch verschuldet, daß das Gottvertrauen zur Verehrung Jesu entartet sei. Ein solches Urteil [1]) gibt nicht mehr der Historiker, sondern der Dogmatiker ab. Für die geschichtliche Beobachtung steht das fest, daß diejenige Formation des Glaubens, die Jesus hervorgebracht hat, keine Schwächung oder Verdunkelung des auf Gott gerichteten Glaubens bewirkt hat, daß wir vielmehr gerade hier eine Gewißheit Gottes, seiner Gnade und Gerechtigkeit finden, wie sie die menschliche Geschichte sonst nirgends erreicht hat. Wird von Jesu Fall gesprochen, so ist doch eins gewiß, daß er aus der Bejahung Gottes nicht heraustrat, nicht von Gott abgefallen ist.

Bescheidener denkt derjenige Historiker, der überhaupt keine religiösen und ethischen Maßstäbe zur Verfügung hat, darum nicht in der Lage ist, von Verirrung und Schuld zu sprechen, sondern das Ziel der historischen Arbeit darin sieht,

---

[1]) Der größere Zusammenhang, in den es hineingestellt wird, kann wieder sehr verschieden sein.

das Geflecht der wirkenden Ursachen klar zu legen, aus dem sich das historische Phänomen, sei es auch noch so barock, ergeben hat. Er wird gegenüber dem Glaubensanspruch Jesu konstatieren, wie mächtig der Druck der eschatologischen Stimmung in der Judenschaft auf Jesus war, daß der Messianismus sein Bewußtsein völlig durchdrang, so daß er ernsthaft das Verhalten seiner Umgebung zu sich vom messianischen Gedanken aus ordnete.

Jesus hat in der Tat mit seiner Sohnschaft Gottes und seinem Christusnamen Ernst gemacht, als er den Glaubensanspruch an Israel stellte mit der unbedingten Verheißung, die nur die unbegrenzte Gnade und Macht Gottes realisieren kann.

Während er das Glauben erweckte, stieß er gleichzeitig die Bewunderung von sich weg, Luk. 11, 27. 28, und bleibt dadurch mit sich selbst in klarer Übereinstimmung.

Er hätte mit ihr ein störendes Surrogat für den Glauben zugelassen, das dessen Entstehen verhindern konnte. Zwar hat auch der Bewundernde einen Eindruck von Jesu Erhabenheit, bleibt aber in der Entfernung von ihm, und verzichtet auch mit der Bewunderung allein noch nicht auf die selbstische Deutung seiner Größe, die sie aus dem Streben nach eigener Herrlichkeit erklärt. Der Blick des Bewundernden haftet an ihm und geht nicht von ihm zu Gott empor. Hätte sich Jesus bewundern lassen, so wäre er daher nicht mehr der Christus, weil er dies nur als der Sohn und nur im Dienst der Gnade ist, nur dadurch, daß er sich zum Kleinen und Schuldigen herabbeugt und sie in die Gemeinschaft mit sich setzt, nicht aber sich selbst erhöht und von anderen sich erhöhen läßt. Während wir mit der Bewunderung uns selbst an der Größe dessen, dem wir sie darbringen, aufrichten, hatte Jesus das Bußwort auszurichten und wich von diesem nicht. Dieses beugt und den Gebeugten erhebt nur das Glauben, das in dem über uns Erhabenen den Helfer schaut[1]).

---

[1]) Weil und sowie Jesus den Glaubensanspruch erhob, war entschieden, daß keine Verehrung des religiösen Heros Jesus in seinem Kreise entstehen konnte. Bewunderung für den Heros und Glaube an den Sohn Gottes, der zum Herrn der Gemeinde gesetzt ist, sind innerlich geschiedene Vorgänge. Nicht jene, sondern dieses hat Jesus zur Religion seiner Jünger gemacht. Die Macht, mit der er seine Bewunderung unter-

Darum steht Jesu Glaubensanspruch, so unbedingt er ist, zu seiner Demut in keiner Spannung und die Frage war kindisch, wie der demütige Mann dennoch zur Forderung eines unbegrenzten Vertrauens gekommen sei. Er erhebt sie nicht trotz seiner Demut, sondern wegen derselben, deshalb, weil er sich völlig unter Gott stellt und ganz im Dienst seiner Gnade steht.

Dadurch daß Jesus Glauben sucht, erhält seine Arbeit ein individuelles Ziel und sondert sich von Massenwirkung gänzlich ab. Das Ergebnis der Bußforderung, die das Verhältnis des Einzelnen zu Gott von seiner eigenen Willensstellung abhängig macht, ist dadurch völlig bewahrt. Die neue Gemeinde wiederholt nicht mehr die Ordnung der alten, die ein naturhaftes Gebilde darstellt, in das der Einzelne ohne seinen eigenen Anteil hineingeboren wird. Zum Christus tritt man nur mit eigener Gewißheit und freiem Entschluß. Auf dem Glaubensprinzip, das ihn bestimmt, beruht es, daß er eben damals, als er die heilige Stadt und Gemeinde preisgab, sich freuen konnte, wenn er einen einzigen Verirrten wie Zakchäus oder den mit ihm Gekreuzigten für sich gewann.

Zugleich hat er, indem er den Glauben in allen in derselben Weise schätzt, die Gleichstellung aller durchgeführt. Wir haben damit die Ursache vor uns, die gleichzeitig mit der konsequenten Durchführung des persönlichen Religionsbegriffs den Universalismus, die Weltmission und die über alle Grenzen hinweg in die Völker hineingestellte Kirche erzeugt hat[1]).

Zwar wird das Glauben durch die Nähe oder Ferne, in der der Bittende von Jesus steht, erleichtert oder erschwert. Deshalb steht der Jude anders zum Glauben als der Heide, der Jünger anders als das Volk. Jesus hat sich über den Glauben des Heiden und über den Unglauben des Juden verwundert, Mt. 8, 10 vgl. Mr. 6, 6. Weil Jesus die Grenze, die der bisherige Verlauf der göttlichen Regierung zwischen Israel und dem Heiden gestiftet hat, nicht zerstörte, wird dem Heiden das

---

drückt hat, schuf ein bleibendes Resultat: die Evangelien sind keine Lobreden auf ihn, wohl aber im Glauben an ihn geschrieben.

[1]) Alle Erörterungen darüber, ob Jesus die Heidenmission gewollt habe oder nicht, ob der Universalismus von ihm komme oder vielleicht erst von Paulus usf., die Jesu Stellung zum Glauben unbeachtet lassen, sind wertlos.

Glauben schwer, dem Juden dasselbe leicht. Während dem Juden der Zugang zu ihm offen ist, kann sich der Heide nur dadurch glaubend an ihn halten, daß er zugleich die Entfernung, die ihn von ihm trennt, anerkennt, weil es das Gegenteil des Glaubens wäre, wenn er ihn zu sich herabzöge. Jesus läßt sich nicht mit Gottes Werk, durch das Israel von den Heiden abgesondert war, in Zwiespalt bringen. Er will als der Sohn des Gottes, der Israel erwählt hat, anerkannt sein. Dies wird sowohl am Hauptmann, als an der Kananäerin stark betont. Das Glauben des Hauptmanns schließt in sich, daß er Jesus nicht in sein Haus bringen will, weil er ihm nicht zumuten darf, den Unterschied zwischen Israel und den Heiden aufzuheben, und die Kananäerin wird so lange abgewiesen, bis sie ihre Bitte mit seiner Sendung an Israel in Einklang bringt. Daß sie dennoch Jesu Güte auch auf sich beziehen, ist bei beiden »großer Glaube«.

Da das Böse vom Heiligen trennt und im Schuldbewußtsein die Entfernung des Sündigenden von Gott empfunden wird, wirkt es auch seinerseits mit Notwendigkeit als Glaubenserschwerung. Der Schuldige, der dies leugnen würde, hätte eben dadurch das Schuldbewußtsein zerstört und seine Bosheit dadurch vollendet, daß er sie rechtfertigte. Der Zöllner hat im Tempel keinen anderen Platz als »in der Ferne«. Auch in den Gleichnissen, die das göttliche Vergeben darstellen, hat Jesus dies an den Bitten der Reuigen deutlich zum Ausdruck gebracht. Er läßt den heimkehrenden Sohn nicht bitten: mache mich wieder zu deinem Sohn, sondern »zu deinem Tagelöhner«. Der verlorene Knecht bittet nicht: erlaß mir die Schuld; das darf er nicht, weil er das Recht des Königs anerkennen muß, sondern: gib mir Frist, ich will dir alles bezahlen. Auch deswegen, weil die in der Vergebung enthaltene Güte über das hinausgeht, was das Schuldbewußtsein als Inhalt des Glaubens und Bittens möglich macht, ist die Verheißung für den Glauben absolut und schon dem »Senfkorn« desselben gegeben. Wir erhalten das, was wir bedürfen und darum erbitten sollten, auch wenn es das, was wir glauben können, übersteigt. In diesen Verschiedenheiten im Glauben und Bitten macht sich geltend, daß der gesamte Inhalt unsers Lebens eine Einheit bildet, die unser Glauben zu unserem Handeln und zu unserer Buße in die engsten Beziehungen setzt.

Der Abstufung analog, die zwischen der heiligen Gemeinde und den Heiden und innerhalb derselben zwischen den Verirrten und Gehorsamen besteht, ist die, durch die sich die Jüngerschaft vom Volk unterscheidet, die durch seine besondere Berufung mit ihm verbunden ist. Weil man sich Jesus nicht selbst als Jünger anbieten oder aufdrängen kann, andererseits seine Berufung frei angenommen sein will und nicht mit Zwang verbunden ist, beruht der Anschluß der Jünger an ihn auf ihrem Glauben, der in ihnen durch die ihnen besonders gegebene Verheißung auf eine besondere Höhe erhoben ist. Weil Petrus Jünger ist, hat er die Zuversicht, neben Jesus auf dem See zu stehen; er kann aber, was er unternimmt, nur dann vollenden, wenn er ein solches Glauben hat und bewahrt, das den Blick auf die drohende Gefahr und auf das eigene Unvermögen durch die Bejahung der Macht des Christus und der Gültigkeit seines Worts siegreich darniederhält.

Wer die Erzählung nicht als zureichendes Zeugnis dafür gelten läßt, daß Jesus einen starken, hochgreifenden Glaubensstand in seinen Gefährten begründet hat, kann an Luk. 9, 54 oder Mt. 20, 21 dieselbe Beobachtung machen. Daß auf Jesu Befehl das Wort der Jünger Gottes Strafe über die Schuldigen bringe, daß sein Wort die Throne im Reich mit ewig gültiger Macht verleihe, das waren Überzeugungen, die in den Jüngern so befestigt waren, daß sie ihr Denken und Wollen gestalteten. Nur ein festes, bewußtes Glauben hat bewirkt, daß ihn die von ihm Berufenen auf seinem Zug nach Jerusalem in den Tod begleitet haben, und das keusche, ernste Urteil, das über die Verleugnung des Petrus gefällt wird in einer Lage, die ein zeitweiliges Schwanken reichlich begründet und als unvermeidlich entschuldigen läßt, zeigt, wie klar das Bewußtsein vorlag, das jeden Bruch des Glaubens Jesu gegenüber als Versündigung empfand. Alle diese Erzählungen zeigen aber, wie mächtig gleichzeitig Motive, die Jesus fremd waren, die Jünger bewegten, so daß ihnen dasjenige Glauben, das wirklich auf Jesu Wort und Willen sieht, immer wieder entrann. Sie stellen sich darum zur Klage Jesu über ihre

Glaubenslosigkeit keineswegs in Widerspruch, sondern bestätigen sie.

Die Unterschiede, die zwischen Israel und den Heiden, den Gerechten und den Sündern, den Jüngern und den Juden bestehen, heben dennoch die Gleichstellung aller im Glauben nicht auf, weil die Sendung des Christus zur Gewährung der vollkommenen göttlichen Gaben sich an alle wendet und ihm die Vollmacht verleiht, allen gnädig zu sein. Darum wird auch der Heide, sowie er Jesus als den, den Israels Gott zu Israel gesendet hat, ehrt, unter die.Regel gestellt, daß Jesus kein Glauben beschämt. Ebenso darf auch der schuldig Gewordene sich an Jesus wenden, da er die Erhörung des Glaubens von allen moralischen Verhältnissen des Menschen unabhängig machte und keine Einteilung der Bittenden in Würdige und Unwürdige kannte, sondern in ihrer Bedürftigkeit ihre Würdigkeit sah, so wie aus jener das bittende Vertrauen zu ihm entstand. Auch dem am Kreuz seiner Schuld wegen Sterbenden bringt die glaubende Bitte den Eingang in Gottes Gnade. Wenn er in einem besonderen Fall hervorhebt, daß sein Heilen durch das Verzeihen begründet und ermöglicht werde, so macht er damit nur sichtbar, was seinem Verhalten dem Glauben gegenüber beständig als Basis dient. Die Unabhängigkeit seines Gebens von allen moralischen Erwägungen entsteht nicht daraus, daß er diese entwertete, sondern daraus, »daß er die Vollmacht hat, auf Erden Sünden zu vergeben«. Er hat deshalb mit einer Deutlichkeit, die nicht zu übersehen war, die Freiheit seiner Gnade über allen Normen des Gesetzes und Gerichts zur Offenbarung gebracht. Darum hat er einen Zöllner zu seinem Boten gemacht zum Zeichen, daß er über der Sünde stehe, und die Salbe der reuigen Sünderin als ihm erwiesene Liebe geschätzt und auf dem Kreuzesweg eben damals, als er über die heilige Stadt das Gerichtswort sprach, den Zöllner und den Gekreuzigten an sich gezogen. Durch diese Bedingungslosigkeit seines Gebens, die für dieses nichts bedarf als das Glauben allein, bringt er das Bußwort nicht nur nicht ins Schwanken, sondern zur Vollendung. Gerade deshalb, weil er es als schlechthin gültig heiligt, macht er das Glauben von allen sittlichen Bedingungen frei. So führt er den Reuigen an sein Ziel und macht aus der Bekehrung eine Bekehrung zu Gott. Nur so war die dem Glauben gegebene Verheißung eine Hilfe für den, der von seiner Bosheit weg zu Gott sich wenden muß.

Daß Jesu Geben stets eine die Sünde bedeckende, die Schuld aufhebende Totalität der Güte in sich trug, gab jeder Erhörung des Glaubens umfassenden Gehalt. Verdeutlichte sich der Glaubende, was er empfing, so nahm er wahr, daß er Gottes Gnade so erlebt hatte, daß ihm seine Sünde vergeben war. Zunächst freilich erwuchs aus dem in der Gemeinde vorhandenen Glaubensstand, der nur nach außen auf diejenige Hilfe Gottes sah, die unsere Lage bessert, ein solches Glauben, das seine Güte für die von außen drohende Not in Anspruch nahm. Sowie es aber Jesus gelang, die Gleichzeitigkeit der Buße und des Glaubens zu bewirken, trat dieser aus der Beschränkung auf die auswendigen Lebensbedingungen heraus und gewann die auch die inneren Bedürfnisse umspannende Vollendetheit. Sein Böses sah der Glaubende von Jesus gerichtet und verdammt und doch nicht vergolten; vielmehr empfing er von ihm, worum er bat. Darum erhob sich jeder Glaube, der sich dessen bewußt wurde, was er von Jesus erhalten hatte, zur Gewißheit der Vergebung, weil jede Gabe des Christus dieselbe in sich trug. Nur so wurde auch jene innere Geschlossenheit des Glaubens erreichbar, die Jesus verlangt hat, die sich ebensowenig als mit Reflexionen über den Grad der Glaubensstärke mit Erwägungen über die moralische Würdigkeit, die Intensität der Buße, die Größe des vollbrachten Werkes verträgt. War aber die Reue erwacht, dann war eine solche Lösung vom Schuldbewußtsein nur dadurch erreichbar, daß sich die Gewißheit der Vergebung über dasselbe stellt.

Die Berufung aller zum Glauben hatte weiter zur Voraussetzung, daß Jesus auch keine intellektuellen Ansprüche an dasselbe stellte. Die persönliche Art der Beziehung, die durch dasselbe entsteht, entband ihn von solchen. Ihm wendet sich der Glaubende zu, weil er vor Augen hat, was er tut. Dadurch wird das Glauben unabhängig von aller Theorie. Nicht die Einsicht in seinen Zweck und Weg, sondern der Wille, der seine Hilfe auf das eigene Bedürfnis bezieht, hat ihn veranlaßt, von großem Glauben zu sprechen. Dieses wird dem bittenden Heiden zugeschrieben, ohne daß sein Verständnis für Jesu Werk oder auch nur sein Gottesbewußtsein geprüft würde.

Es ist lehrreich, daß vom Glauben überwiegend erst dann, wenn er fehlt, gesprochen wird. Als ihm der Hauptmann Glauben erweist, hören wir Jesu Klage: »Nicht einmal in Israel fand ich solchen Glauben«, Mt. 8, 10. Daß er Glauben suchte und zwar solchen, der sein Wort als Macht bejaht, hat uns der Evangelist nicht gesagt; er sagt uns nur, daß Jesus über Israel klagte, weil er ihn nicht fand. Als die Jünger im Sturm Jesus weckten, heißt er das Kleinglaube, Mt. 8, 26, während keine positive Erklärung vorangegangen ist, die ihnen in ihrer Gemeinschaft mit ihm den Grund zur Ruhe und Freude in jeder Gefahr gezeigt hätte. Dem Weibe, das sich als ekelhaft vor ihm verbirgt, sagt er, daß ihr Glaube ihr geholfen hat, Mt. 9, 22, und dem Vater, der wegen des Todes seines Kindes von seiner Bitte abstehen will, hält er das Glauben vor als das, was ihm allein obliegt, Mr. 5, 36. Die lehrhaften Sprüche über den Glauben sind dadurch veranlaßt, daß die Jünger ihren Mangel an Glauben sichtbar machen, Mt. 17, 20. 21, 20. Luk. 17, 5. Die, die versichern, daß sie über den Beruf des Täufers im Unklaren blieben, werden beschuldigt: ihr habt ihm nicht geglaubt, Mt. 21, 32. Dem Jünger, dessen Glauben in Gefahr ist, sagt Jesus, daß er für dasselbe bat, Luk. 22, 32, und die, die glaubenslos neben seinem Kreuz und neben seinem leeren Grabe stehen, werden gescholten, Luk. 24, 25.

Dies hat zwar dazu Beziehungen, daß für Matthäus das Bußwort Jesu und sein Widerspruch gegen die Sünde das Hauptthema ist. Darum hören wir vor allem, was Jesus über die menschliche Glaubenslosigkeit gesagt hat. Doch kommt dadurch zugleich zur Darstellung, daß Jesus den Glauben nicht als etwas Schwieriges und Künstliches behandelt hat, was ausdrücklich befohlen und gelehrt werden müßte oder worauf man den Menschen erst noch besonders hinzuweisen und vorzubereiten hätte. Daß er eine so hohe und schwere Sache ist, daß auch dem Jünger sein kleinstes Maß oftmals fehlt, rührt nicht daher, daß er ihm durch eine willkürliche Satzung aufgenötigt würde und nicht im Tatbestand des Geschehens vollständig begründet wäre. Er ergibt sich vielmehr aus Jesu Gegenwart in gerader Folge als ihr einzig mögliches Resultat. Gott ist in Wirklichkeit der »eine Gute« und reicht dem Menschen jede gute Gabe dar, so daß, wer anders von ihm denkt, die Wahrheit entstellt und seine eigene Bosheit in ihn hineinversetzt, Mt. 7, 10, und Jesus hat seinen umfassenden Auftrag von der Liebe Gottes empfangen und stellt fortwährend das Glaubensmotiv dadurch her, daß er diesen durch die Tat bewährt, so daß, wer ihn verneint, mit der Wahrheit und mit Gott den Streit beginnt. Das macht den Unglauben zur Schuld, den Glauben zur unerläßlichen Notwendigkeit. Durch Jesu Gegenwart ist der Mensch vor die Wahl gestellt, ob er Gott als gut oder als hart und schlecht behandeln, den Boten seiner Gnade aufnehmen oder ablehnen will, und diese Wahl ist für das Geschick des Menschen entscheidend, da die Güte ihren Empfänger bindet. Wer sie verachtet, entweiht das Heiligste.

Es steht mit dieser Behandlung des Glaubens in Übereinstimmung, daß Jesus auch für die höchsten Glaubensaufgaben die einfachsten Glaubensmotive verwendet hat. Die Lösung von der Sorge ist für den, der ernsthaft fragen muß: was soll ich essen und anziehen? keine geringe Sache, da sie nicht ohne die Bejahung einer stetigen Güte Gottes möglich ist, die mit ihrem Geben uns täglich begleitet. Jesus widerlegt sie nicht erst dadurch, daß er Gottes Reich und Gerechtigkeit als dem Jünger erreichbare Gaben beschreibt, sondern schon dadurch, daß den Vögeln und Blumen die Existenzbedingungen gegeben sind. Er gründet die Glaubensübung der Jünger darauf, daß sie sich nicht unter die Tiere und das Gras erniedrigen können, weil es eine widersinnige Entstellung des Gottesbildes wäre, wenn sie Gott für die Vögel und das Gras, aber nicht für ihr eigenes Leben besorgt sein ließen. Für die Verheißung, die dem Gebet die unbegrenzte Erhörung gibt, entnimmt Jesus das Glaubensmotiv aus den Regungen der menschlichen Güte, die jeder Vater bei der Bitte seines Kindes erlebt. Der Jünger darf Gott nicht unter sein eigenes Herz erniedrigen, darf sich den, der von Bosheit frei ist, nicht härter vorstellen, als er selber trotz seiner Bosheit ist, Mt. 7, 9. Deshalb ziehen die beiden von Lukas erhaltenen Gleichnisse über das Gebet absichtlich nicht ein Verhältnis besonderer Treue und inniger Gemeinschaft zur Vergleichung heran, sondern einen ungerechten Richter und einen schlafenden Nachbar, der über die Störung unwillig ist. Die Bitte findet beidemal nur darum die Gewährung, weil sie die Angerufenen als zudringliche Macht stört. Dadurch stellt Jesus den absoluten Gegensatz dar, in den sich die glaubenslose Unterlassung der Bitte zu Gott stellt. Sie läßt ihm nicht einmal diejenige Schätzung der Bitte, die selbst der unwillige und ungerechte Mensch ihr erweist, Luk. 11, 5 f. 18, 1 f. Die Gnade, die sich vor der Bosheit nicht zurückzieht, sondern Versöhnung stiftet, macht uns Jesus dadurch deutlich, daß unsere Liebe zu unserem Besitz durch den Verlust desselben nicht getilgt, vielmehr gesteigert wird, und die Freude des Vaters am heimkehrenden Sohn dient ihm zum selben Zweck, Luk. 15, 1 ff. Schon den unermüdlichen Dienst, den Sonne und Wolken allen trotz unserer Bosheit tun, macht er uns zum Zeichen der vollkommenen göttlichen Liebe, die die Sünde vergibt, also zum allerhöchsten Glaubensmotiv. Er macht auch dadurch deutlich, daß die Ermöglichung des Glaubens und der Autrieb zu demselben mit der Gewißheit Gottes unmittelbar verbunden ist, weil uns jedes göttliche Handeln sofort zur allmächtigen Gnade in Beziehung setzt, zu der allein das Glauben, nicht aber Zweifel, Verdacht und Argwohn, die richtige Folge ist, und dieses Gottesbewußtsein erhält seine Klärung und Bestätigung dadurch, daß der Christus gesendet ist und dies so, wie es der Glaubende an Jesus schaut.

Er gründet darum das Verhalten der Jünger und des Volks zu ihm auf das, was sein Handeln bereits vor ihren Augen realisiert. Dem schwankenden Täufer soll berichtet werden, was jedermann von ihm sieht und hört; darin liegt der Glaubensgrund. Er will nicht für mehr gehalten werden, als was sein Handeln offenbart. Die eigene Verwertung dieser Wahrnehmungen wird auch dem Täufer trotz seiner drängenden Frage nicht durch eine von Jesus ihm auferlegte Formel erspart, Mt. 11, 4. Über das Verhältnis des Täufers zum Himmelreich hat er mit dem Volke offen geredet, weil sein Werk abgeschlossen war, und ihn als den geweissagten Elia bezeichnet,

Mt. 11, 7—14; es steht aber nicht eine analoge Erklärung über seine eigene Stellung im Himmelreich daneben. Zur Selbstbezeichnung verwendet er die Gemeinschaftsverhältnisse, in denen er mit Gott und mit den Menschen als der Sohn des Vaters und der Sohn des Menschen steht, und nicht den königlichen Namen des »Christus«, der in die Zukunft greift und das überragt, was jetzt schon an ihm sichtbar ist. Die Jünger hat er dann, als sie den Entschluß fassen mußten, mit ihm nach Jerusalem zur Kreuzigung zu gehen, gefragt, für was sie ihn halten. Er ließ das Bekenntnis zu seiner Messianität als Frucht dessen, was sie bei ihm sahen, frei heranwachsen. Auch vom Verkehr der Jünger mit ihm bleiben Formel und Gebot fern. Ihre Gemeinschaft mit ihm beruht auf der dankbaren Annahme dessen, was Jesus ihnen sagt und tut. Darin ist nach Jesu Meinung seine Sendung von oben so offenbar, daß der Glaube daran seinen festen Grund besitzt.

Dadurch, daß Jesus den Glauben vom Begriff, der Formel und Lehre unabhängig machte, wurden diese für den Glauben keineswegs gleichgültig, ebensowenig, als die freie Erhörung des Glaubens ihn zur Buße beziehungslos macht. Ist auch mit der Gegenwart Jesu das Glauben an ihn als Anschluß an seine Person allen erschlossen, so trieb doch die Wahrnehmung seines Verhaltens mächtig ins Denken. Seine Tat erzeugte die Frage nach ihrem Grund und damit auch nach dem Grund und Recht der auf ihn gestellten Erwartung. Wer an den Menschen Jesus ein Verlangen richtete, das doch nur durch Gottes Kraft Erfüllung finden konnte, stand vor der Erwägung: woher kommt ihm dies? Daher erregt der Glaube kräftig den Gedankenlauf und erweckt das Begehren nach der Erkenntnis, die Jesu Wesen und Beruf erfaßt. Es ist dies an den beiden Beispielen des heidnischen Glaubens bedeutsam dargestellt. Der Hauptmann löst sich den Konflikt, der zwischen seiner Hoffnung und seiner Trennung von Jesus besteht, dadurch, daß er sich die Macht des Worts vorhält, die dem nicht fehlen kann, der der Herr ist, und das heidnische Weib hat nach Anleitung des von Jesus ihr gegebenen Gleichnisses das Problem gelöst, wie Juden und Heiden an der göttlichen Gnade miteinander Anteil haben, dadurch, daß es Jesu Gabe so reich faßt, daß Israels Verheißung erfüllt und doch auch dem Heiden geholfen wird. So treibt das Glauben zur denkenden Erfassung dessen, was Jesu Wort und Tat in sich schließen, und empfängt von ihr sofort höchst wesentliche Dienste. Die Erkenntnis erleichtert und stärkt den Willen; denn sie dient ihm als Grund.

Aus der reichen Erkenntnis, die Israel sofort das Verständnis für Jesu Beruf gab, folgte, daß es zuerst zum Glauben berufen war. Wenn von diesem Menschen göttliche Gaben erbeten wurden, so konnte sich nur dann in diese Bitte eine bleibende Zuversicht legen, wenn ihm irgendwie ein Verhältnis des Einsseins mit Gott beigelegt wurde. Israel war aber durch seinen ganzen geistigen Besitz sofort dazu befähigt, die Macht und Gnade Gottes an Jesus wahrzunehmen, und besaß infolge der Weissagung bereits den messianischen Gedanken, der ihm Jesu Verhältnis zu Gott faßbar und benennbar machte. Wenn der Bittende ihn auf Jesus zu übertragen und diesen als Davidssohn anzurufen vermochte, Mt. 20, 30. 15, 22, so erhielt damit seine Zuversicht eine wirksame Stütze; er wußte nun, warum er von diesem Menschen auch das Höchste erwarten darf und nicht anders als mit gewisser Zuversicht erwarten kann.

An derselben Stelle saß aber auch die Schwierigkeit, die Israels Glauben verhinderte. Mit der vorhandenen messianischen Begriffsreihe war die Frage gegeben, ob Jesu Werk mit ihr übereinstimme. Hier brach aber ein scharfer Gegensatz hervor und vor der Frage, ob er wirklich der Christus sei, stand erst noch die andere, ob er überhaupt die Merkmale göttlicher Sendung aufweise, ja auch nur die menschlicher Frömmigkeit. Der Zwiespalt zwischen dem überlieferten Christusbild und Jesu Gang wurzelte in der Verschiedenheit des Gottesbildes. Nicht nur das, was man in der Synagoge zum Beruf des Christus rechnete, sondern auch das, was sie als göttlich, als von Gott gewollt und Gottes würdig betrachtete, lag von Jesu Art weit ab, so daß es nicht zum Glauben an ihn kommen konnte, ohne daß zuerst das bisherige Christusbild und das geltende Gerechtigkeits- und Frömmigkeitsideal aufgegeben waren. Wurden die geltenden frommen Bestrebungen und Vorstellungen gegen ihn festgehalten, so mußte sein Verhältnis zu Gott bestritten werden bis zur Annahme teuflischer Kräfte in ihm und alle Gemeinschaft mit ihm war ausgeschlossen.

Weder die Kraft seines Gottesbewußtseins, das ihn als Sohn mit dem Vater verkehren läßt, noch die Schärfe des theologischen Gegensatzes, der zwischen ihm und seinen Gegnern bestand, hat Jesus den Antrieb zum Gewinn einer reich entfalteten Lehre vermittelt. Er hat dem gegen ihn erhobenen Widerspruch nicht theologische Belehrung, weder Disputationen über den Sinn der biblischen Worte, noch spekulative Nachweisungen der Notwendigkeit, daß sich Gottes Regierung so und nicht anders offenbare, sondern einzig die Bußforderung entgegengesetzt. Er handelt in der Überzeugung, daß dann, wenn das Böse erkannt und gerichtet werde, im Menschen die Glaubensfähigkeit entstehe, weil dann, wenn der böse Wille bricht, auch die schlechten Gedanken brechen, und wo das Glauben entstanden ist, da hat es, weil es Gewißheit ist, die kritische Macht in sich, die die ihm widerstehenden Traditionen und Theorien abzuweisen und unwirksam zu machen vermag. Durch diese Gestaltung seines Worts gab Jesus dem Glauben die Selbständigkeit gegenüber der Lehre, zugleich aber auch die Verbundenheit mit der Buße und der in ihr begründeten guten Willensgestalt.

Indem er über die geltende Gerechtigkeit und Frömmigkeit seine scharf formulierte Verurteilung aussprach, machte er allen, die sich seiner Bußpredigt entzogen, auch das Glauben an ihn unmöglich. Sie verstanden Jesus nicht einmal, noch weniger begehrten sie, was sie durch seine Leitung empfangen sollten. Jesus hat dies bei einem bedeutsamen Anlaß scharf hervorgehoben. Als er nach dem königlichen Einzug in den Tempel um seine Vollmacht befragt wurde, hat er die Antwort davon abhängig gemacht, ob der göttliche Beruf des Täufers anerkannt oder geleugnet werde. Bis Israel zugesteht, daß es Johannes in Gottes Auftrag zur Buße und Taufe berief, kann Jesus mit ihm nicht über seinen Auftrag reden. Nur für den, dem das Bußwort als Gottes Wort gilt, ist Jesus gesandt.

Darin liegt Jesu Antwort auf die Frage, warum das Glauben,

obwohl es an Gottes offenbarer Tat seinen Grund hat und darum alle menschlichen Autoritäten und Lehren abzustoßen vermag, dennoch so schwer ist, daß es den von ihm berufenen auch nur im kleinsten Maß oft unerreichbar bleibt. Der Böse kann nicht glauben, leugnet vielmehr die Güte notwendig, weil er sie nicht hat, und wenn er sie nicht leugnen kann, weil sie ihn mit der Macht der Wahrheit zur Anerkennung nötigt, so macht ihn das Bewußtsein seiner Schuld unvermögend, sie für sich zu bejahen. Für den, der sich selbst zu beschuldigen hat, wird das Glauben schwer; er kann es nur zugleich mit der Abstoßung des bösen Willens finden und es behält bleibend im Gehorsam eine Bedingung seines Bestehens.

Doch hat die unlösliche Verbindung, die zwischen der Buße und dem Glauben besteht, die universale Berufung aller zum Glauben nicht durchkreuzt. Dieses Ergebnis wäre nur dann eingetreten, wenn zuerst die Buße zu ihrer Vollendung oder doch zu einer gewissen Stärke gebracht sein müßte, damit die Berechtigung zum Glauben erworben sei. Die Stellung Jesu ist deutlich davon das volle Gegenteil. Die hier waltende Verbindung setzt nicht eine einseitige Abhängigkeit, als stände die kausale Macht nur bei der Buße; das Glauben hat sie auch und besitzt das Vermögen, die Buße zu erzeugen, und darum, weil diese auf das Glauben folgen wird und folgen muß, steht Jesus in der Vollmacht, keine weiteren Ansprüche an das Glauben zu stellen, sondern es zu erhören, sowie es vorhanden ist.

Bei der Deutlichkeit, mit der Jesus das Bußwort aussprach, wurde jedes Erlebnis, das den Bittenden über das Recht und die Macht Jesu gewiß machte, sofort auch als kräftiger Impuls zur Buße wirksam, weil es auch das Recht seines Urteils über die Bosheit sicher stellte. Auch in dieser Beziehung ließ sich der Blick auf Jesus vom Gottesbewußtsein nicht isoliert halten. Suchte und empfing der Bittende bei ihm Gottes Hilfe, so war damit auch sein Zeugnis gegen die Bosheit als Gottes Urteil sicher gestellt. Es ist überhaupt keine Belebung des Gottesbewußtseins denkbar, wenigstens soweit die Schrift Einfluß hat, ohne daß die sittlichen Normen eine unverletzliche Sanktion empfangen. Darum hat Jesus dieselben Zeichen, an denen der Glaube entstehen soll, zugleich mit der Absicht getan, Buße zu begründen, und Israel deswegen verworfen, weil sie diese nicht hervorbrachten, Mt. 11, 20. Der Jünger zieht aus dem Zeichen Jesu den richtigen Schluß, wenn das Bewußtsein seiner Schuld daran erwacht, Lu. 5, 8. Jesus hat seine Gottessohnschaft, in der alles Glauben an ihn begründet ist, zugleich als das kräftigste Motiv zur Buße geltend gemacht: »Sie werden sich vor meinem Sohn scheuen«, Mt. 21, 37. Die Würde des Sohnes gibt seiner Bitte: gebt Gott, was Gottes ist, die dringliche Kraft.

Darum zeigt sich bei Jesus nirgends die Neigung der Berufung zur Buße oder derjenigen zum Glauben eine Abschwächung anzuheften, damit sie einander nicht stören, als würde das Glauben erleichtert, wenn die menschliche Bosheit zum Teil verhüllt bliebe, oder die Umkehr erleichtert, wenn er die die göttliche Güte nicht in ihrer Freiheit und Größe verkündigte. Nur in ihrer rücksichtslosen Vollendetheit dienen sich beide gegenseitig zum Grund. Typisch ist in dieser Hinsicht der Abschnitt über die Begegnung Jesu mit dem Reichen, Mt. 19, 16—26, dem der Eintritt in den Stand der Vollendetheit, also ein volles Glauben, angeboten wird, während gleichzeitig die am Reichtum haftende Versuchung und Versündigung bis dahin erkennbar gemacht wird, daß der Reiche zum Eingang in Gottes Reich als völlig unfähig erscheint. Wird das Böse bis dahin enthüllt, wo es uns zur natürlichen Notwendigkeit wird, so entsteht zunächst freilich totale Ratlosigkeit, dies jedoch nur so lange, als der Mensch auf sich selber schaut. Der Bußruf fordert von ihm nicht, daß er sich selbst in ein neues Wesen verwandle, sondern beruft ihn zur Umkehr zu Gott, der ihm den Christus sendet, der die ewig lebendige Gemeinde herstellt. Die Energie des Bußrufs würde das Glauben nur dann gefährden, wenn er in richtender Absicht erfolgte mit einem den Sünder verstoßenden Schluß; er ist aber in Jesu Mund ganz und gar die Aufforderung zur Umkehr zu Gott, hat also in der dem Glauben gegebenen Verheißung seinen Schluß. Und dies würde ihrerseits den Bußruf nur dann gefährden, wenn sie den Erfolg des Glaubens auf die Güte, Größe und Verdienstlickeit des Menschen gründete; sie ist aber bei Jesus ganz und gar Preis der göttlichen Güte allein: »Einer ist der Gute«, Mt. 19, 17. Darum vollzog sich der Anschluß an ihn um so fester, je ernster der Reuige sich selber richtete, wie auch die Reue um so ernster und erfolgreicher durchbrach, je fester der Glaubensstand begründet war.

Der Glaube an Jesus setzt Beugung vor ihm voraus. Diese schuf das Bußwort, das den, der es annahm, unter Jesu Urteil stellte, das ihn als schuldig richtete. Darum brachte das tägliche Zusammenleben und die Freundschaft, die Jesus seinen Gefährten gewährte, keine Gleichstellung zwischen ihm und ihnen hervor, abgestuft etwa durch größere oder geringere Begabung und geistige Macht, sondern ihr Verhältnis zu ihm blieb, weil sein Bußwort sie beugte, jenes Glauben, das sich ihm unterstellt und ganz ergibt.

Daß daraus keine Geschiedenheit von ihm wurde, dafür sorgte er durch die Sanftmut und Demut dessen, der im Dienst der göttlichen Gnade stand.

In derjenigen Gestalt, die Jesus dem Glauben gab, fügte es zur Buße nicht nur die Hoffnung hinzu, daß der Jünger dereinst mit heiligem Geist getauft und von allem Bösen befreit und gerettet werde, sondern trug unmittelbar für den gegenwärtigen Verlauf des inneren Lebens eine wirksame Hilfe in sich, die gutes Wollen schuf. Indem Jesus den Glaubenden als den, der den Bergen gebietet, beschreibt, setzt er ihn über die Welt empor und macht ihn von ihr frei; indem er ihn als bittend beschreibt, fügt er zur Erhabenheit die Beugung und dies so, daß diese die Wurzel von jener ist. Dadurch war Jesu Axiom: wer sich erniedrigt, wird erhöht, der inwendigen Lebensbewegung als die sie begründende Macht eingepflanzt. Indem der Glaubende sich unter Gott in die Tiefe stellt und darum in die Höhe gehoben wird, nicht durch sich selbst, sondern durch Gott, ist der Gegensatz zur doppelten Versündigung geschaffen, in die sich das verkehrte Trachten spaltet. Die Hoffart der angemaßten Gottgleichheit ist erloschen, da der Glaubende als der Empfangende vor Gott steht; nicht weniger ist aber auch die Verknechtung an die Welt gehoben, da der Glaubende als der Freie über ihr steht.

Die Unbedingtheit der Verheißung verleiht dem Jünger ein unerschütterliches Selbst- und Freiheitsbewußtsein. Sie stellt ihn in den Frieden. Der inwendige Bruch, der durch die Bußpredigt erzeugt wird, ist geheilt und bringt nicht mehr ein lastendes Ohnmachtsbewußtsein hervor. Da aber die Heilung im Glauben besteht, also dadurch gewonnen wird, daß Gottes Gnade bei Jesus gesucht und empfangen wird, stellt sich das im Glauben begründete Freiheits- und Selbstbewußtsein zum Gottesbewußtsein nicht mehr in Gegensatz, sondern wird von demselben umfaßt und aus ihm erzeugt. Der Mensch findet sich, nachdem er sich Gott untergeben hat, dadurch wieder, daß ihm Gott durch den Christus seine Gnade gibt.

Daher waren die zur Buße Gebrachten, die Jesus um sich sammelte, zugleich die freudigen Genossen des Bräutigams, die mit ihm die Hochzeit feierten, Mt. 9, 15. Lu. 15, 22. Nicht eine fastende, nach Gottes Gnade erst noch ringende Gemeinde entstand durch seinen Bußruf, vielmehr standen die, die ihn ablehnten, zornig und neidisch abseits von seiner Freude, während die, die ihm gehorchten, dadurch Gottes frohe Gäste geworden sind. Gleichzeitig bleibt aber die Freudigkeit von spielender Seligkeit und taumelnder Lust völlig fern und birgt in sich einen entschlossenen Ernst, eben weil Jesus die Buße und das Glauben zu einer festen Einheit verbunden hat. Es ist aber zur Abwehr des Bösen und zum Tun des Guten eine große Hilfe, wenn sich Ernst und Freudigkeit nicht gegeneinander scheiden, sondern sich wechselseitig durchdringen.

Am Glauben machen Jesu Worte sowohl dessen beruhigende als seine bewegende Einwirkung auf unsere sämtlichen Tätigkeiten sichtbar. Er bringt Ruhe in das Bitten, weil »euer Vater weiß, was ihr bedürft«, und tadelt deshalb an Israel das Übermaß des Betens, da dieses eine ungläubige Wurzel hat, die Grenzen des eigenen Wissens und Liebens auf Gott überträgt und ihn deshalb durch die gehäuften Gebetsworte zur Hilfe erst aufwecken will. Ebenso sehr denkt er sich jedoch den Glauben als den Erzeuger des Bittens und tadelt das Fehlen desselben in der konstanten Gebetsübung Israels, das sich wieder nur aus seiner Glaubenslosigkeit erklärt.

Der Schrift gegenüber bewirkt der Glaube Ruhe, weil er nicht in ihr allein die Bezeugung Gottes hat, sondern auf den Christus schaut. Daher fallen alle Künstlichkeiten und

Gewaltsamkeiten der zeitgenössischen Schriftforschung vom Jüngerkreis Jesu ab. Gleichzeitig erzeugt er aber eine verstärkte Gebundenheit an die Schrift, die dadurch, daß Gott den Christus sandte, die höchste göttliche Bestätigung erhielt und im Glauben zum inwendigen Besitz des Menschen wird und ihn von innen her bewegt.

In die Reue und Furcht legt der Glaube die Ruhe, weil er die Gewißheit der Vergebung bei sich hat, und gleichzeitig treibt er sie kräftig hervor, weil von jeder Vergegenwärtigung Gottes der Antrieb zur Abwehr des Bösen ausgeht und die sittliche Arbeit nun in der Gewißheit des höchsten Erfolgs geschieht. In die Arbeit der Liebe bringt der Glaube die Ruhe, weil er zum Wirken in einem deutlichen Gegensatz steht, da er sich auf Gottes Handeln stützt und um Jesu Tat bittet, somit nicht ein Werk des Menschen ist und nicht aus der Größe der menschlichen Güte und dem Erfolg des menschlichen Handelns seine Kraft zieht. Wiederum erzeugt er die Liebe, weil er den Jünger der Liebe Jesu untertan macht und seiner Liebe das Werk ermöglicht, durch das sie ihr Gelingen und die Fruchtbarkeit findet. Denn mit dem Glauben ist die Ohnmacht gehoben, in die uns der Unglaube versetzt. Dem Hoffen gibt er den mächtigen Anstoß, da er bereits die letzten, höchsten Gaben Gottes ergreift, und pflanzt ihm gleichzeitig wieder Ruhe ein, weil er mit voller Deutlichkeit den Blick auf Gott gerichtet hält und darum nie vergessen kann, daß er allein regiert.

Analog verhält sich der Glaube zum Erkennen. Weil er das Urteil und die Tat Gott anheimgibt, bringt er das menschliche Fragen zur Ruhe. Das eigene Nichtwissen stört den Glaubenden nicht, weil das helle Wissen Gottes seinen Mangel deckt. Allein gerade der Glaube bringt auch wieder das Erkennen in Spannung, weil er einen klaren Blick in den Willen und das Werk dessen bedarf, den er als den Geber der ewigen, vollkommenen Gnade bejaht. In derselben Richtung verläuft seine Einwirkung auf das Empfinden. Jesu Geschichte bot überreichen Grund zu einem mächtigen Pathos in Schmerz und Freude. Aus dem Bußruf und dem Kreuz ergibt sich die intensivste Klage, aus der Gegenwart des Reiches ein unendlicher Jubel, und der Glaube erweckt beide im Menschen, weil er ihn persönlich an jenen Ereignissen beteiligt. Er bringt aber in den Affekt zugleich die Ruhe, weil er den Blick vom eigenen Ich und seinem Fühlen abgewandt hält, hin zu dem, dessen Wort bewahrt und dessen Gebot getan sein will. Daher rührt die auffallende Ruhe im urchristlichen Evangelientypus, in dem der starke Affekt, der die Ereignisse und die Erzählungen begleitet, sich nirgends einen lauten Ausdruck gibt. Bei Johannes kann man dagegen von einem mächtigen Pathos reden. Zu einer zeitlichen Trennung beider Evangelientypen gibt jedoch dieser Unterschied keinen Anlaß, weil wir daran nur die Doppelbewegung vor uns haben, die dem Empfinden durch Jesus gegeben wird, indem er es gleichzeitig in kräftige Spannung bringt und doch wieder zurückdrängt, weil der Mensch nicht auf sich selbst zurückgebeugt, sondern mit seinem Geschick und Handeln auf den gestellt wird, an den er glaubt.

Auch das Verhältnis des Glaubens zur irdischen Arbeit haben wir uns analog zu denken, obgleich die uns erhaltenen Worte Jesu in dieser Hinsicht nur seine beruhigende Wirkung hervorheben. Das Übermaß der unruhigen, schmerzhaften, Begehrung stößt er aus, richtet diese auf das Notwendige, auf die Speise und das Kleid und den heutigen Tag, und ist der Fürsorge Gottes für dasselbe gewiß. Aber auch hier bleibt der stärkenden Wirkung, die der Glaube auf alle Tätigkeiten übt, der Raum frei, da ja Jesus ausdrücklich die Natur zur Veranschaulichung des göttlichen Gebens benützt hat. So liegt in der Erwartung desselben der Antrieb, diejenigen Ordnungen zu bewahren, durch die uns die Fürsorge Gottes vermittelt wird. Ein träges Harren auf das Wunder ist durch Jesu Glaubensmahnung niemals gedeckt. So schafft der Glaube für den ganzen Umfang des Lebens ein inniges Durchdrungensein von Arbeit und Ruhe und befreit es dadurch von allen maßlosen und zerrissenen Strebungen. Indem er mit dem Tragen des Joches Jesu die Ruhe der Seele vereint, somit eine inhaltsvolle Ruhe schafft, die den Gehorsam gegen seine Leitung und die Ausrichtung seines Dienstes in sich schließt, gewinnt er für den Bestand und

Erfolg unseres guten Willens eine unschätzbare Wichtigkeit.

All dies folgt unmittelbar daraus, daß der Glaube den Lebenslauf des Glaubenden auf das Wort Gottes und des Christus gründet, so daß das, was über den Ausgang seines Lebens entscheidet, nicht mehr sein eigenes Wollen und Wirken ist. Dadurch ist dem Glaubenden gleichzeitig die befestigte Ruhe verschafft und ein Leben gewährt, das Inhalt, Beruf und Kraft besitzt. Die Stöße und Risse, die den jüdischen Glaubensstand zwischen Fatalismus und überreizter Aktion schwanken machten, sind hier sämtlich abgewehrt.

Die Worte Jesu über das Glauben machen deutlich, in welch intensivem Sinne das Verhalten des Menschen mit Einschluß des frommen Israels und seiner eigenen Jünger ihm als ungläubig erscheinen mußte. Er lebt unter einem »ungläubigen und verdrehten Geschlecht«, das deshalb in vollendeter Ohnmacht steht, in intellektueller, moralischer und physischer Nichtigkeit. Diese Ohnmacht überträgt sich auch auf ihn, setzt seinem Wirken die unüberwindliche Schranke und macht aus dem Kreuz das notwendige Ergebnis seiner Wirksamkeit.

Daß er mit klarer, beharrlicher Überzeugung dem Glauben die Verheißung gibt, muß sich daran zeigen, daß er dem Unglauben seine Gabe ebenso beharrlich versagt. Daß er es tat, ist gegen jeden Zweifel geschützt. »Ihr habt dem Täufer nicht geglaubt«; deshalb schweigt er. Es ist gegen Gottes Recht und Willen, daß er denen seine Vollmacht erweise, die nicht glauben.

Er hatte daran, daß die Schranke, die ihm widerstand, Israels Unglaube war, einen stärkenden Halt, weil sich damit die Vergeblichkeit seiner Arbeit mit Gottes Recht und Willen vereint. Hätte die Wahrheit und Gerechtigkeit von ihm verlangt, es Israel einzuräumen, daß es an Gott gläubig sei, so wäre seine Verwerfung zum unerträglichen Ärgernis geworden, für das es keine Entwirrung gab. Allein Glauben, das zu Gott hingewendet ist, hat Israel nicht. Er wird nicht von getreuen Weingärtnern ausgestoßen, sondern von denen, die gegen ihren Herrn in der Empörung stehen. Deshalb erkennt

Jesus in seiner Erniedrigung und seinem Tode seinen geraden, notwendigen Weg.

Aus der Glaubenslosigkeit des Menschen ergab sich die große Aufgabe seines Lebens. Er zieht sich vor dem Unglauben des Volkes zurück mit der klaren Gewißheit, daß er ihm nicht das Zeichen, nicht die Macht Gottes entgegensetzen darf. Er weicht aus Judäa nach Galiläa, weicht aus Galiläa in die Einöde, verbirgt die Reichspredigt im Gleichnis, veranstaltet das feierliche Bekenntnis der Seinen zu seinem Königtum in größter Heimlichkeit, lehnt die Zeichenforderung beharrlich ab und geht mit dem absoluten Machtbewußtsein, wie es neben vielen anderen Worten die dem Glauben gegebene Verheißung ausdrückt, in den Tod, ohne jeden Versuch, durch eine Machtwirkung seine Feinde zu beugen. Er gibt die »Perlen keinem Schwein«. Wer die Gabe schätzt, soll sie haben. Niemand soll ihn vergeblich bitten, aber auch niemand empfangen, was er nicht begehrt.

Das Unvermögen, Mr. 6, 5, in dem sich Jesus dem Unglauben gegenüber befindet, physisch zu erklären, ist ebenso unmöglich, wie die physische Erklärung der Wirkung, die der Glaube hat. Nach derselben Regel, nach der Jesus dem Glauben alles gewährt, hat er auch dem Unglauben alles versagt. Es liegt darin eine einfache große Gerechtigkeit. Nach Jesu Regel findet der Mensch Gott so, wie er ihn sich denkt, gut, wenn er ihm Güte zuschreibt, hart, wenn er ihn hart schilt, zur Hilfe bereit, wenn er sie begehrt, untätig ohne Hilfe, wenn er auf sie verzichtet. Seinen Gott und seinen Christus findet der Mensch. Dadurch wird er als Person behandelt, die ihren eigenen Willen hat und haben soll.

Nach derselben Regel der Gerechtigkeit ist auch die Verheißung an die Liebe gestaltet. Dem zornigen Menschen verkündet Jesus den zornigen Gott, dem, der die anderen richtet, den, der ihn richtet, dem, der die anderen verdirbt, den, der ihn verdirbt; dem Vergebenden dagegen den vergebenden Gott, dem, der wohltut, den, der ihm wohltut. Gottes Handeln bestätigt den Willen des Menschen, wobei die Verheißung an die Liebe denjenigen Willen ins Auge faßt, der sich zu den anderen wendet, die Verheißung an den Glauben denjenigen, der sich auf Gott selbst und seinen Boten richtet. So blieb Jesus auch jetzt, als er die Judenschaft von sich stieß, in Gemeinschaft mit ihr, weil er den Hauptsatz ihrer Frömmigkeit, die unverbrüchliche Geltung der Vergeltungsregel, bewahrte. Sie hat sich nicht getäuscht, wenn sie auf Gottes Gerechtigkeit baute; auch diejenige Güte Gottes, die Jesus verkündigte und betätigte, war gerecht. Aber jede Spannung zwischen den beiden »Eigenschaften« Gottes, der Güte und der Gerechtigkeit, wird von ihm abgetan. Diese bedroht und schwächt jene nicht; die Güte ist wirklich reine, volle Güte, eine Schätzung des Menschen, die ihm mit ganzem Willen alles gibt, und deshalb das unbedingte Glauben begründet und erhört.

Gehen im Menschen Buße und Glauben in eine unlösliche Einheit zusammen, so treten auch im Gottesbild Recht und Gnade aus ihrer einander feindlich widerstrebenden Spannung heraus.

Den Willen Gottes, dem Glauben zu geben, was er glaubt, und darum dem Unglauben zu versagen, was er nicht oder nur in Hoffart begehrt, aus dem sich für Jesus die Notwendigkeit des Kreuzes ergab, hat er als Gerechtigkeit gepriesen. Jesus offenbart Gottes Gerechtigkeit in seinem Kreuzweg so, daß dieser dem Glaubenden seine ganze Gnade gibt, dem Ungläubigen sie versagt[1]).

Neben denjenigen Worten Jesu über das Glauben, die dieses zu besonderen Erlebnissen in Beziehung setzen, gibt es im synoptischen Bericht auch noch einige, die es auf sein umfassendes und eschatologisches Ziel hinwenden. Diese sind mit jenen deshalb innerlich verbunden, weil auch jene die persönliche Verbundenheit mit ihm begründen, die seine messianische Sendung mit umfaßt. Es bleibt doch für den synoptischen Bericht charakteristisch, daß diese zweite Gruppe von Worten über das Glauben nicht umfangreich ist.

Durch zahlreiche Worte werden den Jüngern Aufgaben gestellt, die nur durch die intensivste Betätigung des Glaubens möglich sind, ohne daß dasselbe als die notwendige Wurzel

[1]) Röm. 1, 17 und 18 ist eine völlig korrekte Aussage über Jesu Willen und Wort.

des Ganzen besonders genannt wäre. Wenn die Liebe, die er fordert, auf Rache und Vergeltung verzichtet und die hierin begründete Willigkeit zum Leiden unbegrenzt sein soll, so kann sie dies nur durch die Zuversicht werden, daß Gott das Recht schirmt und das Gericht verwaltet, weshalb durch unseren Verzicht auf dasselbe nichts Unrechtes entstehen kann [1]). Die Ablösung der Frömmigkeit von jeder Rücksicht auf die Menschen setzt kräftige Betätigung des Glaubens voraus, der den Lohn des verborgenen Gottes höher schätzt, als was sofort bei den Menschen zu gewinnen ist. Die Regel für die Verwaltung des Reichtums, daß er zum Gewinn eines Schatzes bei Gott gebraucht werden soll, verlangt vom Jünger, daß ihm Gottes Gnade über alles gelte. Die Mahnung zum Bitten kämpft ausdrücklich gegen verzagte und argwöhnische Gedanken, die Gottes Willigkeit zum Geben bezweifeln, jedoch ohne daß der Glaube besonders als das genannt wäre, was die Willigkeit und Fähigkeit zum Bitten erzeugt, Mt. 7, 7—11. Die Berufung der Jünger zum Dienst Jesu zählt das Martyrium zu ihrer Aufgabe und macht die Lösung von allen irdischen Verhältnissen zu ihrer stetigen Pflicht. Das ist die Tat des Glaubens und Jesus stellt auch die ihn begründenden Faktoren hervor: Gottes allmächtigen Schutz und den Wert der Gemeinschaft des Christus mit ihnen, die er auch vor seinem Vater betätigen wird, doch ohne daß die Glaubensmahnung als solche hervortritt. Die Freiheit, zu der Jesus die Jünger im Gebrauch der mosaischen Ordnungen anleitet, beruht auf dem Glauben. Nur in ihm wissen sie sich als die Söhne Gottes und darum von der Steuer frei und nehmen in ihm Gottes Gegenwart so deutlich wahr, daß der Tempel verschwindet und ihr Dienst die priesterliche Heiligkeit erhält, so daß das Sabbatgebot für sie so wenig als für die Priester gilt; aber die Beziehung der Freiheit zum Glauben wird nicht lehrhaft dargestellt.

[1]) Ebensosehr ist auch die entgegengesetzte Relation zu beachten, in der Mt. 5, 38—48 zum Glauben steht, daß nämlich jene Selbstlosigkeit des Liebens, die auf alles Hassen verzichtet hat, als Voraussetzung für dasselbe unentbehrlich ist. Jede Versteifung des Ichs, das im Kampf für sein Recht zum Hassen und Übeltun vorwärts geht, ergibt Unfähigkeit zum Glauben. Man kann nicht in der Verbundenheit mit der göttlichen Gnade und Christus stehen, während man gleichzeitig haßt.

Ebenso nachdrücklich wie das Glauben wird das Bekennen als das genannt, was den bleibenden Anschluß der Jünger an Jesus begründet, nicht nur in der Gnome Mt. 10, 32, sondern auch Mt. 16, 16. Wie in der ersten Gruppe von Worten Jesu, die das Glauben in die konkreten Situationen des Jüngers hineinsetzt, der Gedanke sofort zum Bitten und Wirken hinübergeht, so ist auch hier nicht nur der inwendige Zustand, sondern dessen Äußerung in einem bestimmten Akt als wesentlich betont. Darum wird jene Stunde als entscheidend hervorgehoben, in der Jesus das Bekenntnis zu seiner Messianität von seinen Jüngern verlangt und erhalten hat. Mit diesem gewinnt das Glauben diejenige Vollendung, die ihm die Gabe Jesu verschafft. Für den, der sich zu ihm bekennt, macht er seine Gemeinschaft mit ihm vor dem Vater geltend, und dem bekennenden Petrus verleiht er das Apostelamt mit seiner ganzen Herrlichkeit[1]). Damit sind alle Worte verwandt, die das, was die Jünger empfangen oder tun, aus dem Namen Jesu ableiten, da die Nennung des Namens zum Zweck des Bekenntnisses, der Verkündigung und Anrufung geschieht. Dabei hat Jesus aber jede formelhafte, veräußerlichte Verwendung des Bekenntnisses schlechthin zu verhindern gewußt.

Darauf, daß der Gebrauch der Formel »Glaube« dann, wenn das letzte, messianische Ziel Jesu in Frage kommt, im Bericht des Matthäus über Jesu Wort und Weg sparsam ist, wirkt an erster Stelle der selbständige, in sich begründete Anteil am Kampf Jesu gegen die Sünde ein. Dieser trifft auch Israels Glauben, so daß er Glauben gegen Glauben stellen und die Pflanzung des von ihm gewollten Glaubens nur durch die Entwurzelung eines anderen Glaubens bewirken kann, das seine Umgebung für rein und löblich hält. Das Bußwort erhält darum in der Arbeit Jesu die erste Stelle samt seinem positiven Ziel, der Anleitung zur Liebe, und die Unterweisung über das Glauben zieht sich aus der öffentlichen Predigt in den seelsorgerlichen Verkehr mit den Einzelnen zurück. Zugleich bringt sich dadurch die nüchterne, besonnene Haltung Jesu, die das Glauben als Gewißheit bei der geschauten, erlebten

[1]) Das Gegenstück hiezu ist der Nachdruck, der auf das Verleugnen fällt (Petrus).

Tat Gottes festhält, zur Geltung. Darum wird mit denen, die mit ihrer Not zu ihm kommen, vom Glauben gesprochen, weil an der begehrten und erlebten Hilfe ihr Glauben das hat, was es, um Gewißheit zu sein, bedarf, dies um so mehr, weil sie kein äußeres Band mit Jesus in Verbindung hält, da der Eintritt in den Jüngerkreis und die Begleitung Jesu ihnen nicht offen ist. Hier muß also von dem geredet werden, was sie inwendig mit ihm in Verbindung setzt. Handelt es sich dagegen um seine universale, in die Eschatologie hinüberreichende Aufgabe, was Gottes königliches Walten in sich schließe und in welcher Weise Jesu Messianität sich offenbare, so wird die Formel »Glaube« zurückgehalten, weil damit das jetzt noch verborgene Geheimnis berührt ist. Die Erwartung des Kommenden ist Hoffnung, die von der Gewißheit des Glaubens unterschieden wird.

Lehrreich ist in dieser Hinsicht Jesu Urteil über Israels Verhalten gegen den Täufer, das zwischen denen, die ihm glaubten, und denen, die ihm nicht glaubten, scheidet (vgl. S. 84). Von den jüdischen Führern verlangte Jesus, daß sie in der Taufe Gottes gnädigen Willen erkennen, woraus sich sofort mit unabweislicher Kraft ihre Verpflichtung zum Glauben ergibt. Jesu Werk ist aber nicht weniger aus dem Himmel als das des Täufers, und darum haftet an diesem die Berufung zum Glauben ebenso unmittelbar, so daß sich auch ihm gegenüber Israel in die beiden Gruppen teilt, in die, die ihm glaubten, und die, die ihm nicht glaubten, und auch an ihnen erfüllt sich ihr Glaube und bringt das Himmelreich denen, die es von Jesus erwarten. Allein ausgesprochen wird dies nicht. Es bleibt dem Hörer überlassen, sich deutlich zu machen, was der Glaube oder Unglaube, den er in seinem Verhalten zu Jesus betätigt, für ihn bedeuten wird.

Während vom Glauben der Apostel bei Matthäus nur dann die Rede ist, wenn es ihnen fehlt, erhalten die Kleinen, für die Jesus eintritt, ihr Merkmal darin, »daß sie an mich glauben«, Mt. 18, 6. Mr. 9, 42. In dieser doch wohl gewollten Antithese prägt sich aus, wie sorgfältig Matthäus das Glauben davor schützt, daß es sich in Überhebung umwandle. Nicht bei denen redet sein Christus vom Glauben, bei denen wir zuerst von diesem sprechen, sondern bei denen, an denen wir dasselbe übersehen.

Den »Großen«, die sich selbst erhöhen, scheinen die Kleinen verächtlich, weshalb sie sich auch nicht fürchten, an ihnen als Verführer zu handeln. Jesus erklärt das für einen Angriff auf ihn selbst; er macht sich mit den Kleinen solidarisch. Wer sie verdirbt, ist sein Feind und er rächt ihren Sturz; denn daß auf ihn ihr Glauben gerichtet ist, das gibt ihnen in seinen Augen Wert. Weil er ihre Hoffnung, ihr Trost, ihre Zuversicht ist, wird das Böse, das ihnen beigebracht wird, von Jesus gerächt und die Wohltat, die ihnen erwiesen wird, von ihm vergolten, da sie ihm selbst getan ist. Auch mit diesem Wort ist dem Glauben die absolute Verheißung gegeben, weil von ihm gesagt ist, daß er eine totale Verbundenheit Jesu mit dem Glaubenden begründe, kraft deren Jesus seine Gottes- und Heilandsmacht für ihn wirksam macht, und dies ohne Rücksicht auf seine eigene Leistungsfähigkeit, auch dann, wenn er nur zu den Kleinen gehört.

Ähnlich redet Jesus zu Petrus vom Glauben, Lu. 22, 31. 32. Was die Jünger in der Passion erfahren, gleicht dem Geschütteltwerden des Weizens im Sieb; denn nun wird offenbar, was Spreu ist oder echtes Korn. Diese ihre Erprobung wurde ihnen im Rat der Himmlischen auferlegt; der, der sie veranlaßte, war der Satan. Er hat die Echtheit ihrer Jüngerschaft in Frage gestellt, hat seine Anklage auf sie geworfen und statt Gottes Gnade seine Gerechtigkeit, die an allen unparteiisch das Recht vollzieht, wider sie angerufen, damit sie sich selbst überlassen seien und zu Fall kommen. Die Gefahr, in der Petrus steht, ist für ihn überwunden, wenn sein Glaube nicht aufhört. Auf die Erhaltung seines Glaubens richtet sich die fürbittende Sorge Jesu, auf seine Beseitigung der Wille des Satans.[1] So dreht sich der Kampf um den Glauben, weil er Petrus in der Gemeinschaft mit Jesus erhält. Die Nähe des Kreuzes legt hier auf das Trauen einen starken Nachdruck. Nur durch dieses wird es dem Jünger möglich, den Dahingegebenen und Gekreuzigten dennoch als den Christus zu bejahen. Dieses Trauen ist auch hier in einem ungeteilten Akt auf Gott und Jesus zu-

[1] Zum Bemühen des Satans, das Glauben zu verhindern, vgl. Lu. 8, 12.

gleich gewandt. Über dem sterbenden Christus steht der den Christus in den Tod gebende Gott. Wird das Vertrauen an Jesus irre, dann auch an dem Gott, der ihn sterben läßt; hält der Jünger dagegen am Gekreuzigten als am Christus fest, so kann er dies nur dadurch, daß sein Vertrauen zu Gott nicht bricht[1]).

Die Stelle faßt jedoch nicht bloß diejenige Erschwerung des Glaubens ins Auge, die in der Passion Jesu für alle Jünger gleichmäßig enthalten ist, sondern blickt auf die besondere Gefahr, in der Petrus durch seine Verleugnung steht. Sein Glaube hat nicht nur die Katastrophe, die über Jesus ergeht, sondern auch seinen eigenen Fall zu überwinden, muß nicht nur über Gottes Urteil, das Jesus in den Tod gibt, sondern auch über die Selbstverurteilung hinübergreifen, durch die er sich selbst von Jesus scheidet, weil er ihn verleugnet hat. So wird für ihn die Frage, ob er noch imstande sei, zu Jesus ein ungebrochenes Vertrauen zu haben, besonders ernst. Jesus bietet ihm hiezu eine kräftige Hilfe, indem er ihm mit dem klaren Blick auf seine Verleugnung eine Güte erweist, die ihm dieselbe schon jetzt vergeben hat und ihn trotz seines Falls in seiner Gemeinschaft erhält. Diese gewinnt ihre heilige Tiefe dadurch, daß sie sich ihren Grund ausdrücklich im Gebetsverkehr Jesu mit Gott gibt, so daß ihre Einheit mit Gottes Willen offenbar ist. An der Gnade des Christus, die ihn nicht fallen läßt, vielmehr ihm die Gnade des Vaters erwirbt, gewinnt Petrus jenes Glauben, das nicht erstirbt.

Die Kreuzigung bedeutet für die Jünger zunächst das Ende

---

[1]) Es ist nicht bedeutungslos, daß, während die Synoptiker sonst nicht vom Glauben des Volks an Jesus sprechen, unter dem Kreuz gesagt wird: steige herab, damit wir dir glauben, Mt. 27, 42. Mr. 15, 32. Die Passion zieht die Formel „Glaube" herbei. Denn damit, daß Jesus gerichtet und vernichtet wird, ist das Vertrauen zu ihm und damit jede Gemeinschaft und jeder Gehorsam ihm gegenüber zerstört, und es wird darum ausdrücklich darauf reflektiert, wie er es wohl wieder herstellen könnte. Auch der Gegensatz, in den der Spott zu dem, was Jesus tat gestellt ist, ist bedeutsam. Eine Tat, durch die er sich selbst rettete, und wäre es auch nur dies, wenn er sich jetzt aus seiner Lage befreien könnte, erschiene ihnen als ein überwältigender Glaubensgrund; seine Taten, die in Gottes Gnade wurzelten, galten ihnen dagegen nichts. So schreibt nur, wer den Zusammenhang zwischen der Buße und dem Glauben, zwischen der egoistischen Begehrung und dem Unglauben klar durchschaut.

ihres Glaubens. »Unverständig und langsam von Herzen, zu glauben um all dessen willen, was die Propheten geredet haben,« heißen sie Lu. 24, 25. Auch an diesem Ende desselben zeigt sich, wie nüchtern es auf den Tatbestand, den sie an Jesus sahen, gegründet und wie vollständig es als persönliche Verbundenheit mit Jesus auf ihn gerichtet war. Jesu eigenes Geschick ist für das Glauben das Entscheidende, eben weil es ihm erwiesen wird. Da man sich auf einen Toten nicht verlassen und nicht erwarten kann, daß er in Gemeinschaft mit uns stehe und Liebe und Gabe von ihm ausgehe, endet das Glauben mit Jesu Tod. Dazu kommt freilich auch die besondere Art, wie er als von Israel verworfen und von Gott verlassen stirbt, und die gewaltige Spannung, die zwischen der messianischen Sendung Jesu und seinem Kreuz besteht. Der Gedanke bleibt den Jüngern völlig fern, das Glauben könnte sich unabhängig von dem, was Jesus selber sei, von innen her kraft seiner eigenen seelischen Lebendigkeit erhalten. Weil es seinen Grund an dem hat, was Jesus ist, zerfällt es, sowie er ihnen als Toter gilt. Dieses Erlöschen des Glaubens beurteilt Jesus deshalb als Schuld, weil sie an ihm vor Augen hatten, daß er auch auf dem Kreuzesweg an seiner Sendung festhielt und jenen in diese als das Mittel, durch das ihn Gott zum Christus macht, einordnete. Darum verweist sie auch das Tadelwort über ihren Unglauben auf die ihnen in der Schrift gegebene Bezeugung des göttlichen Willens, weil diese es ihnen ermöglicht hätte, das Sterben Jesu nicht als das Ende, sondern als die Ausrichtung seines messianischen Amts zu verstehen. Darum beweist auch der Zerfall ihres Glaubens nicht, daß sie bisher keinen solchen gehabt hatten; ihr Verhalten fällt unter den Begriff »Kleingläubigkeit«.

Auch dann, wenn über die Passion hinaus auf jene Zeit gesehen wird, in der Jesus für die Jünger in die Unsichtbarkeit versetzt ist, tritt die Erinnerung an den Glauben naturgemäß hervor, weil ihre Verbundenheit mit ihm dann einzig im Glauben besteht[1]). In diesem Zusammenhang wird Lu. 18, 8

[1]) Auch für Mt. 17, 20 ist es von Belang, daß die Jünger in der Abwesenheit Jesu glaubenslos sind. Wenn er ferne ist und man ihn nicht mehr sieht, dann erhält die Glaubensfrage ihren Ernst. Auch Mt. 21, 21 ist Abschiedswort.

von ihm gesprochen. Jesus heißt die Jünger um sein Kommen zum Vollzug des richterlichen Werkes bitten und verspricht ihnen, daß der Wille zur richterlichen Tat, die den Seinen die volle Erlösung bringt, in Gott lebendig sei, weshalb ihre Bitte »rasch« die Erhörung finde. Aber der Bereitwilligkeit Gottes zur endgültigen Erlösung tritt der Blick auf die Gestaltung der Dinge auf Erden beschränkend entgegen: wird sich hier Glaube finden? jener Glaube, der die Voraussetzung zu jenem unermüdlichen und überzeugten Bitten ist? Im Himmel ist der gerechte Richter bereit, seine Hilfe mächtig zu offenbaren; aber wo sind auf Erden die, die sich an ihn wenden und zuversichtlich seine richtende Tat anrufen? Wird nun das »Kommen des Menschensohns« auf die Parusie bezogen, so sagt Jesus, er werde bei seinem neuen Kommen diesen Glauben, zu dem er mahnt, schwerlich vorfinden, also unerwartet und ungebeten kommen, und es entspräche diesem Gedanken, daß die gerichtliche Seite seines Kommens für die Rede im Vordergrunde steht, 17, 26 ff. Ist dagegen in dem Wort an das Ergebnis gedacht, das seine irdische Gegenwart haben wird, so ist gesagt, daß, falls ihm jetzt Glauben erwiesen würde, dieser den Trieb und die Befähigung zu einem Bitten bei sich hätte, das zuversichtlich die abschließende Tat Gottes anrufen würde, die sich ja durch Jesu neue Gegenwart vollziehen wird. Weil ihm aber, obwohl er gekommen ist, der Glaube versagt wird und noch mehr verweigert werden wird, nachdem seine sichtbare Gegenwart ihr Ende gefunden hat, fehlt es auch an jenem Bitten, zu dem Jesu Gleichnis mahnt. Die Stelle macht jedenfalls deutlich, wie der weissagende Inhalt des Wortes Jesu dem Glauben eine neue Verheißung und eine neue Aufgabe stellt. Die richtende und darum befreiende Offenbarung Gottes ist erst noch künftig, muß also erwartet werden und will erbeten sein, während doch das Erwartende hier die Größe einer die Welt umfassenden Machtwirkung hat und die Bitte auch nicht sofort ihre Erhörung findet, sondern dem Zögern Gottes gegenüber anhaltend bleiben muß, unter dem Druck und in der Angst der Welt, ohne daß der Christus sichtbar gegenwärtig ist. Nur ein kraftvoll über die Welt hinausgreifendes, an Gott und Christus hängendes

Vertrauen hält in dieser Lage die Erwartung aufrecht, so daß sie die Kraft und Festigkeit zum Bitten hat.

Die inwendige Unbedingtheit des Glaubens zeigt sich auch in diesem Zusammenhang dadurch, daß er hier mit derjenigen Begriffsreihe verbunden ist, die sonst von den intensivsten Erschütterungen begleitet ist und das Motiv zur Furcht bildet. Der Richter wird angerufen zum endgültigen Gericht mit seinen ewigen Ergebnissen. Der Glaube, der den Richter als Helfer und das Gericht als Erlösung anruft, ist von der Furcht frei und hat das Böse unter sich. In diesem Glauben lebt das klare Bewußtsein vollkommener Rechtfertigung.

Er kann aber weder auf diese Höhe gelangen, noch sich auf ihr erhalten ohne das unbegrenzte Hoffen, mit dem Jesus seine Gefährten ausgestattet hat. Nur der Vorblick auf das Vollkommene, das sich an die Gegenwart in sicherem Zusammenhang anschließt, gab dem auf Jesus gerichteten Glauben seine Geschlossenheit. Darum geht in der Einwirkung Jesu auf seine Gefährten die Erweckung der Hoffnung mit der des Glaubens parallel und die Energie, mit der er jene entzündet, kommt unmittelbar diesem zu gut.

Wir dürfen hier keine antithetische Spannung vermuten und die Lebhaftigkeit des Hoffens nicht aus einem Riß im Glauben ableiten, zu dessen Überwindung das Hoffen habe dienen müssen. Was unbefriedigt läßt und das Verlangen erweckt, lag für Jesus nicht im Glaubensgrund, nicht in Gott, auch nicht in der Wesenhaftigkeit und Vollendetheit seiner Gottessohnschaft; er weiß sich in ihr reich, als den Erben. Die Sehnsucht nach der großen Wandlung der Dinge entsteht im Blick auf den Weltlauf, der auch das Geschick der Jünger bestimmt. Über diesen setzt Jesus aber die Herrlichkeit des göttlichen Regierens als ihm schlechthin überlegen. Daher treten Glauben und Hoffen in einen sich wechselseitig begründenden Verband.

Von durchgreifender Wichtigkeit war dabei, daß Jesus auch das Hoffen der Jünger bewußt und ausschließlich auf sein eigenes Kommen gerichtet hat. Diese haben keine Weissagungen Jesu über die Verklärung Jerusalems oder über den Zustand der auferstandenen Gemeinde bewahrt. Nichts

Sachliches zog ihr Verlangen an sich und dadurch von ihm weg. Jesu Weissagen bleibt in einen einzigen Gedanken konzentriert: auf seine Gegenwart bei den Seinen, die dann in Gottes Macht und Herrlichkeit geschieht. Das mit diesem Hoffen verbundene Glauben konnte nichts anderes sein als »Glaube an ihn«. Die durchgreifende Vereinfachung, die Jesus der Eschatologie gegeben hat, steht mit der geschlossenen Beziehung des Glaubens auf ihn und einzig auf ihn in engstem Zusammenhang.

Auch für dieses Glauben bestand die Gefahr, daß es falsch werde und den Jüngern den Fall bereite, in ähnlicher Weise, wie sie für Israel bestand. Jesus hat niemals eine doppelte Moral zugelassen, so daß die Beurteilung Israels nach anderen Maßstäben erfolgte als die seines Jüngerkreises, und hat darum mit völliger Gerechtigkeit auch das ihm selbst erwiesene Glauben aus demselben Grund entwertet, aus dem er das jüdische Glauben verwarf. Dieses wird Israel nicht deshalb verderblich, weil die ihm verliehenen göttlichen Gaben nichtig wären, sondern nur deshalb, weil es aus der ihm verliehenen Gabe ein selbstsüchtiges und hoffärtiges Wollen zieht. Der Jünger kann auch auf Jesu Berufung ein Wohlgefallen an sich selbst begründen, durch das er sich selbst als groß erscheint. Jesus hat ihn darum mit besonderem Ernst davor behütet, daß sich nicht aus seiner Bevorzugung ein hohes Selbstbewußtsein bilde. Wen der Dünkel anficht, er sei erster, den bedroht er mit dem Urteil, er werde letzter, und der Frage, wer von ihnen der Größere im Himmelreich sei, antwortet er, daß sie den Eingang in dasselbe verscherze. Der Wille Jesu war ihnen in dieser Hinsicht für immer dadurch bezeichnet, daß er ihnen das Ziel der Bekehrung am Kind veranschaulicht hat, weil dieses nicht groß ist, sondern klein. Die dem Glauben gegebene Verheißung hat deshalb die neben sich, die dem sich gering Machenden gegeben ist, und ist nur dann gültig, wenn diese ungebrochen bleibt.

Der falsche Glaube wird schon dadurch als ernste Gefahr gekennzeichnet, daß Jesus ihn an sich selbst, als er versucht wurde, abgewehrt hat. Indem er neben den selbstischen Griff nach den Lebensmitteln, der Gottes Macht zur Selbsterhaltung ausnützt, und neben die Durchsetzung des Herrscheranspruchs an die Welt mit allen Mitteln, mit oder ohne Gott, gesetzt ist, bekommt er das Merkmal einer Hauptsünde, deren Abwehr die ganze Arbeit Jesu bedingt. Auf der Tempelmauer mit dem Blick in die Tiefe, in die ein Sturz ohne den wunderbaren Schutz Gottes todbringend war, erledigt Jesus die Frage, ob die Unbedingtheit des Glaubens die Rücksicht auf die Gefahr ausschließe oder nicht. Die Verheißung, die ihm die Schrift gibt, ist unbegrenzt und macht ihm die Engel dienstbar. Die Bejahung derselben ist Glaubenspflicht, gegen die sich Jesus um so weniger sträuben kann, da er dem Hunger gegenüber eine unbegrenzte Zuversicht zu Gott als die Weise, wie er seine Gottessohnschaft betätigt, festgehalten hat. Liegt nicht in der Konsequenz dieser Stellung, daß er die Gefahr des Sturzes ebensowenig beachte als die des Hungers? Wenn er das Wort: »der Mensch lebt durch Gottes Wort,« auf die gegenwärtige Lage überträgt, wozu ihn die Verheißung ausdrücklich auffordert und berechtigt, so scheint sich daraus zu ergeben, daß er es den anderen überläßt, vorsichtig vom Abgrund wegzutreten, sich dagegen dadurch als den Glaubenden erweist, daß er in den Abgrund springt.

Jesus hat das Problem mit durchdringender Klarheit gelöst: »Du sollst Gott nicht versuchen.« Die Unterordnung unter Gott ist aufgegeben, sowie dieser einer Erprobung unterworfen wird, was er könne und tue. Mit jener ist aber auch der Glaube zerstört. Die Unbedingtheit des Glaubens und die Gültigkeit der Verheißung wird durch Jesu Entscheidung in keiner Weise geschmälert. Er hat sie den Seinen später ebenso unbegrenzt wiederholt, wie der Versucher sie ihm vorhielt. Das Wort: »Ihr werdet den Bergen gebieten,« verheißt nicht Geringeres, als wenn der Versucher auf den Talboden hinunterzeigt: Du wirst dich an keinen Stein stoßen. Nicht weil er sich vor dem Sturze fürchtet, weicht er zurück; nicht weil er am Schriftwort zweifelt, handelt er nicht nach demselben; nicht weil er es Gott nicht zutraut, daß er ihn tragen könne, geht er wie jedermann auf dem gewöhnlichen Weg von der Höhe herunter. Sowie es Gottes Wille ist, daß er in die Gefahr hineinstehe, wird er hierzu bereit sein; der Gang zum

Kreuz war ebenso gefährlich als der Sprung in die Tiefe. Es gibt mit Gott im Bereich der Natur in der Tat für ihn keine Gefahr, sondern diese entsteht nur in seinem Verhältnis zu Gott, nur dann, wenn er Gottes Majestät antastete und aus der Unterordnung unter Gott heraustäte. Diese Gefahr wird durch die dem Glauben gegebene Verheißung freilich ausgeschlossen, aber so, daß mit dem Glauben der Widerspruch gegen Gott zuerst und gänzlich ausgeschlossen ist. Die Versuchung Gottes bedeutet dagegen die Preisgabe und Verneinung des Glaubens, weil sie Gottes Herrscherrecht bestreitet und den Gehorsam verläßt. Sie hat den Eigenwillen in sich, der Gott sich dienstbar machen will; dieser wird aber nie durch die dem Glauben gegebene Verheißung legitimiert.

Ein paralleles Wort, das an den Jüngern falschen Glauben richtet, hat Matthäus schon in der Bergpredigt gegeben und dadurch zur ersten Unterweisung Jesu gezählt, 7,21—23, vgl. 5,13. Jesus beschreibt den Jüngern solche, die seine Hilfe anrufen, aus seinem Namen Macht ziehen und durch ihn Wunder und Weissagung empfangen, und die er dennoch als ihm fremd aus dem Himmelreich ausstößt. Sie bitten ihn und er erhört sie nicht; sie haben auf ihn vertraut und er kennt sie nicht und richtet sie. Der scharfe Konflikt, mit dem dieses Wort zunächst die dem Glauben gegebene Verheißung zu zerstören scheint, wird dadurch aufgeklärt, daß der Grund, um deswillen Jesus dieses Glauben entwertet trotz der in ihm begründeten Arbeit für ihn, darin besteht, daß sie den Willen seines Vaters nicht taten. Sie verbanden mit ihrem Vertrauen zu seinem Namen und mit ihrer Wirksamkeit zur Verherrlichung desselben ein Handeln, das das göttliche Gesetz zerbrach. Jesus läßt sich aber nicht von seinem Vater trennen, kann nicht ein Glauben erhören, das zugleich Ungehorsam gegen Gott ist, und keinen Dienst und keine Verherrlichung annehmen, die Gott entehren. Vielmehr vertritt er das Recht und den Willen des Vaters auch gegen die, die an ihn glauben, und läßt an seiner vollkommenen Einheit mit dem Vater jedes Glauben scheitern, das Gemeinschaft mit ihm sucht, aber Gott nicht gehorcht.

Eine Erschwerung des Glaubens kann in diesem Urteil Jesu

nicht liegen, weil der Glaube auf der Einheit Jesu mit Gott beruht und darin seinen Grund hat, daß die Liebe und Macht des Vaters bei ihm ist. Wenn er eine Erwartung befriedigte, die ihn mit dem Vater in Zwiespalt bringt, so hätte er selbst die Basis des Glaubens zerstört. Er muß diese Zuversicht zerstören, um dem wahren Glauben geben zu können, was er ihm verspricht.

Dieser Gedankengang wird dadurch in den Grundriß des Evangeliums aufgenommen und mit großer Deutlichkeit versehen, daß die richterliche Funktion des Christus auch auf die Jünger bezogen wird. Die Glaubenden stehen nicht jenseits des Gerichts, als gälte der Rechts- und Strafvollzug nur der ungläubigen Welt, da ja das Glauben an sich schon den Heilsbesitz gewähre. Vielmehr weil es ein falsches, entwertetes Glauben gibt, scheidet das Gericht auch die Glaubenden nach ihrem Werk, Mt. 16, 27.

Den Gefährten Jesu stellte sein Gang ans Kreuz besonders deutlich den Unterschied zwischen dem falschen und dem echten Glauben ans Licht. Gerade weil sie eine hochgehobene Zuversicht besaßen und auf die Stunde warteten, in der sich Jesus offenbare, eine Stunde voll göttlicher Herrlichkeit, ent stand aus ihrem Glauben die Versuchung, den Kreuzesgedanken und die Worte Jesu, die ihnen denselben deuteten, abzuweisen, wie dies das Gespräch des Petrus mit Jesus Mt. 16, 22. 23 bedeutsam darstellt. Petrus gilt seine Zuversicht: »Das wird nicht geschehen«, als ein Erweis des Glaubens; denn Gottes Regiment und Gnade verbürgen Jesus die Unmöglichkeit eines solchen Endes.

Die Zurechtweisung, die er empfängt, steht mit der Abwehr des Versuchers auf der Tempelmauer in genauer Parallele. Indem Petrus Jesus führen will und ihm zur Versuchung wird, hat er die Glaubensstellung aufgegeben. Der Jünger hat nicht voranzugehen, sondern nachzufolgen, nicht zu leiten, sondern zu gehorchen. Der Grund, der die Schlüsse des Petrus unrichtig macht, liegt darin, daß er »auf das, was den Menschen, nicht aber auf das, was Gott gehört, bedacht ist.« Wenn er das Interesse der Menschen vertritt, so muß ihm allerdings Jesu Kreuz als ein Unglück erscheinen. Er hält aber seine Gedanken, weil sie das Ziel Jesu nach dem menschlichen Interesse bestimmen, fälschlich für gläubig: *φρονεῖν τὰ τῶν ἀνθρώπων* als Gegensatz zu *φρονεῖν τὰ τοῦ θεοῦ* ist nicht Glaube. Das Grundverhältnis zwischen Mensch und Gott ist wieder umgekehrt. Der auf die Erfüllung des eigenen Wunsches Bedachte stellt sich Gott als seinen Diener vor; nur der auf das, was Gottes ist, Bedachte bejaht Gott als Gott. Die Grenze, die das falsche vom richtigen Glauben trennt, ergibt sich auch hier daraus, daß dem Willen Gottes, der Jesus zum Kreuz führt, die unbedingte Geltung zugestanden wird.

Auch in den Abschiedsworten Jesu tritt die Abwehr der falschen Zuversicht ernst hervor. Er läßt die Jünger mit der Verheißung des Himmelreichs zurück, der höchsten Hoffnung teilhaft, ihm verbunden in der engsten Gemeinschaft, über die ganze übrige Menschheit erhöht. Er hat ihnen aber zugleich erläutert, wie auch sie seinem Gericht verfallen würden. Mit strenger Gerechtigkeit wird derselbe Grundsatz, nach dem Israel gerichtet wird, auch auf den Jüngerkreis übertragen. Die Heiligkeit, die ihnen die Gemeinschaft mit Jesus verleiht, wird sie ebensowenig vor dem Gericht des Christus schützen, als die Heiligkeit Israels es beschirmt.

Im Gleichnis von den Törinnen, die dem Bräutigam entgegenziehen, auf ihn warten, bis er kommt, auch dann noch gedenken, sich zu ihm zu gesellen, um Einlaß bitten und abgewiesen werden, hat Jesus ein Vertrauen zu ihm dargestellt, das zu schanden wird. Die Stelle, an der es sich verdirbt, ist durch das Bild scharf beleuchtet. Die Abgewiesenen blieben bei aller Lebendigkeit ihrer Erwartung töricht, und dies deshalb, weil sie sich nicht bereit halten, nicht rechtzeitig für das Nötige sorgen, zu spät erst bedenken, was die Teilnahme am Fest bedingt. Sie wollen die Frucht ohne die Wurzel, eine brennende Lampe ohne Öl, den Anteil am Himmelreich ohne das, was ihn bedingt, die Gemeinschaft mit Jesus ohne das, was er verlangt.

Das Bild beschreibt ein phantastisches Hoffen, das sich begehrlich und freudig nach den Herrlichkeiten der kommenden Welt ausstreckt, den Hoffenden aber nicht als Motiv bewegt und nicht zu dem führt, woran nach göttlicher Ordnung die erwartete Gabe gebunden ist. Durch dieses verfälschte Hoffen wird auch das mit ihm verbundene Glauben falsch.

Verwandt ist damit das Bild, mit dem das Gleichnis vom Gastmahl bel Matthäus schließt. Der Gast des Königs ohne festliches Kleid steht dicht neben den Hochzeitsgästen mit der verlöschten Lampe. Auch hier wird ein zuversichtlicher Griff nach der himmlischen Gabe beschrieben, der seine Folge im Handeln des Menschen nicht findet und ihn nicht bewegt, sich bereit zu machen. Die Konsequenz aus der Berufung wird nicht gezogen, sondern der unheilige, sündliche Wille als des Himmelreichs fähig dem göttlichen Wohlgefallen aufgedrängt[1]).

Nah verwandt ist ferner das Bild vom trägen Knecht, da auch dieser bis zum Schluß als Glied des Jüngerkreises dargestellt ist und das Bewußtsein seines guten Rechts nicht verliert. Denn er hat das Besitztum seines Herrn nicht entwendet; dieser hat das Seine. Der Gedanke ist mit dem Hochzeitsbild nah verwandt, nur daß hier die Dienstpflicht, nicht die Sorge für den eigenen Lebensgewinn hervorgehoben ist. Der Jünger vereitelt seinen Glauben, wenn er nur der Empfänger der Gabe Jesu ist, sich aber dem Dienst entzieht, der das von ihm Empfangene auch für andere fruchtbar macht, vgl. Mt. 5, 13. Eine träg machende Zuversicht, die mit dem Lebensgewinn für die eigene Person befriedigt ist, heißt Jesus falsch.

Da auch dem Jünger die Versuchung zum Bösen noch gefährlich werden kann und diese sich sogar an sein Glauben zu heften vermag, erweckt Jesus in den Seinen nicht nur die Zuversicht, sondern auch die Frucht vor ihm. Er behandelt diese nicht nur als eine Erstlingsgestalt der Frömmigkeit, die in ihrem Fortgang überwunden werden dürfte, sondern legt sie seinen Jüngern in ihre apostolische Arbeit mit starkem Nachdruck hinein. Der übermütige Knecht, den sein Herr überrascht und niederhaut, die Törinnen vor der verschlossenen Türe, der Gast und der Knecht, die gebunden und in das Gefängnis gelegt werden, gehen nicht die Gegner Jesu, sondern

[1]) Diese Bilder dürfen nicht auf Einzelheiten verengert werden, da sie ihre Kraft gerade darin haben, daß sie die für den ganzen Umfang des Christenlebens gültige Regel deutlich machen. Die Bereitschaft besteht nicht darin, daß wir dieses oder jenes, sondern darin, daß wir alles tun, wozu uns unsere Berufung führt.

die Jünger an. Auch fällt die Erweckung der Furcht nicht nur in den letzten Unterricht Jesu, sondern zieht sich durch die ganze evangelische Darstellung hindurch. Das Wort über das Ärgernis treibt die Jünger zur entschlossenen Verneinung des Bösen durch die Erwägung, daß sie sich durch die Nachgiebigkeit gegen die sündliche Begehrung ganz verderben, durch die Erhaltung des einen Glieds den ganzen Leib zerstören, Mt. 5, 29. Die Aussendungsrede gibt ihnen für ihren Beruf, bis zum Tode treu zu sein, die höchsten Glaubensmotive, daß Gott sie schirmt, Christus ihre Sache vertritt und der Geist in ihnen redet. Aber unmittelbar daneben steht auch der ausdrückliche Hinweis auf die Furchtbarkeit Gottes, dessen Töten den ganzen Menschen verdirbt, 10, 28. Die Worte, die den Entschluß der Jünger, Jesu Kreuzesweg mit ihm zu teilen, begründen sollen, verweisen auf das Gericht, das Jesus über sie halten wird, und stellen ihnen die Folgen dar, die den Verlust des Lebens begleiten, 16, 26. 27. Zum Vergeben leitet Jesus Petrus nicht nur dadurch an, daß er ihm das göttliche Vergeben nach seiner Größe beschreibt, sondern er läßt den Konflikt zwischen der göttlichen Barmherzigkeit und der menschlichen Rachsucht sein schreckliches Ende finden und macht dadurch die Furcht auch zum Motiv des Vergebens, Mt. 18, 23 f. Auch ihr hat Jesus seine Verheißung gegeben; denn die Bitte des verzweifelten Knechts wird erhört und ihm die ganze Schuld erlassen, weil er bat. Darin liegt zwar ein Griff nach dem Erbarmen Gottes, aber als Motiv desselben ist hier nicht das Vertrauen, sondern die Angst vorangestellt. Es gibt freilich wie ein falsches Glauben, so auch eine falsche Furcht. Sie ensteht nicht nur dadurch, daß die Menschen statt Gottes gefürchtet werden, Mt. 10, 28, sondern auch die Furcht vor Christus kann sich verderben, dann, wenn sie weder den Glauben, noch die Liebe bei sich hat. Jesus hat am trägen Knecht eine Furcht dargestellt, die vor der Härte des Christus und vor der Schwere seines Dienstes erschrickt. Diese ist glaubenslos und macht sich deshalb durch einen grellen Selbstwiderspruch unwahr. Wenn er dem Knechte wirklich als strenger Herr gälte, würde er sich des Dienstes nicht weigern. Furcht, die Verzicht auf den Gehorsam begründet, schlägt in dreiste Verwegenheit um und ist nur eine Erscheinung des selbstsüchtigen Triebs, der nicht säen mag, weil er es dem Herrn nicht gönnt, daß er ernte, weshalb er auch nicht glaubt, daß er ihn lohnen wird.

Dadurch, daß Jesus dennoch die Verheißung für den Glauben von jeder Bedingtheit frei gelassen hat, hat er zum Ausdruck gebracht, daß die Verwerflichkeit desjenigen Glaubens, der Böses mit in seine Zuversicht einschließt, ihm nicht als problematisch gilt. Weil Jesus kein Glauben kennt, das nicht auf Gott blickte, und keinen Blick auf Gott, der nicht seine Herrschaft anerkennte, seinen Willen heilig hielte, sein Gesetz bejahte und das Böse verneinte, deswegen bedarf die Macht und Freiheit des Glaubens keine äußere Einschränkung, als müßte sie erst nachträglich und äußerlich der Willkür entzogen und der Norm Gottes untertan gemacht werden; sie hat ihre Grenze und Bestimmtheit in sich selbst, weil sie in Gott begründet ist und damit nur in der Unterordnung des eigenen Begehrens unter Gott, in der Aufnahme des göttlichen Willens in unser Wollen besteht. Die Gewißheit des Glaubens ist nicht minder Gewißheit der Überlegenheit Gottes über uns und unserer Entfernung von ihm als der sie überwindenden Gnade. Daran ändert sich nichts, wenn der Glaube auf Jesus geht; denn die Identität des auf ihn und auf Gott gewandten Glaubens beruht auf der Gewißheit Jesu, nicht seinen eigenen, sondern Gottes Willen in Vollkommenheit zu tun und das Gesetz zu erfüllen, so daß er sich gerade dazu Israel und den Jüngern zum Zielpunkt des Glaubens anbietet, damit dieser mit Gottes Willen einstimmig und von seiner Vermischung mit der eigensüchtigen Begehrung befreit werde.

Dieselbe Betrachtung umfaßt auch die Unbedingtheit der Gebetsverheißung, die ja nichts andres als die dem Glauben gegebene Verheißung in konkreter Fassung ist. Wenn sie Jesus absolut faßt, so hat er keineswegs die Absicht, jede Bitte, die an ihn gerichtet wird, zu erfüllen; ebensowenig überträgt er damit dem Menschen eine Herrschaft über Gott, so daß jeder Wunsch des Menschen eine bestimmende Macht für Gott würde. Solche Gedankenreihen heben die Basis des Gebets und Glaubens, und damit auch der Gebets- und Glaubensverheißung auf.

Das Bitten geschieht von unten nach oben, vom blinden und bösen Menschen zum sehenden und guten Gott und hat nicht gegen Gott, sondern nur durch Gott Macht. Darum verfährt Jesus völlig souverän mit den Ansprüchen, die an ihn gestellt werden. Für die Törinnen gilt die Verheißung: »Klopfet an, so wird euch aufgetan« nicht. Das Begehren um ein Zeichen vom Himmel, die Bitte der Mutter und Brüder, als sie ihn riefen, der Martha, die bat, er möge Maria wegschicken, des Jüngers, der den Vater begraben möchte, vor allem der große Wunsch der Jünger: »Das wird nicht geschehen« im Blick auf Jesus Lebensende, sind unerfüllt geblieben, ohne daß sich daraus für Jesus eine Beschränkung der Gebetsverheißung ergab, weil er die Tilgung sündlicher Begehrungen und die Tötung des Eigenwillens nicht für eine Schmälerung der göttlichen Güte, sondern selbst für eine Wohltat hielt. In solchen Erlebnissen tritt lediglich der von Jesus gewollte Bruch zutage, der den gegebenen Stand des Lebens und damit auch des Willens zuerst abbricht und darauf erst das von Gott Gegebene setzt. Darum hat der Jünger zuerst durch vergebliches Bitten zu lernen, um was er zu bitten hat. Sein Gebet in Gethsemane hat Jesus sicher nicht als unerhört bezeichnet; vielmehr hatte es sofort seine Gabe bei sich, weil er durch dasselbe die Gewißheit empfing, daß der Abbruch seines irdischen Lebens der bestimmte Wille des Vaters sei. Begrenzt würde die Gebetsverheißung erst dann, wenn unser Bitten die Gnade, die ihm antwortet, überragte. Diese bewährt ihre Vollkommenheit auch dadurch, daß sie unserem unvollkommenen Wissen und unserer Sünde ihr vollkommenes Wissen und ihre Gerechtigkeit entgegensetzt.

Das Einheitsband zwischen dem Glauben und der Furcht, das keine unruhige Bewegung in Stößen und in jähem Wechsel zwischen ihnen entstehen läßt, sondern beide für einander zur Begründung setzt, liegt in ihrer einheitlichen Richtung auf Gott. Das Gleichnis, das durch die Furcht die Willigkeit zum Vergeben erzeugt, macht sichtbar, warum sie für Jesus keine Schmälerung des Glaubens war. Es erzeugt durch seinen ersten Teil ein unbegrenztes Glauben, weil die ganze Schuld um der Bitte willen erlassen wird, und endet — nicht trotzdem, sondern eben deswegen — in der die Furcht begründenden Drohung des absoluten Gerichts. Weil der Vollzug des Rechts mit seiner vernichtenden Schärfe gegen den, den es trifft, von Jesus als Gottes Wirkung bezeugt und darum zu seinem eigenen Amt gerechnet wird, hat jeder Blick auf Gott, darum auch jeder Glaubensakt das Motiv zur Furcht in sich; so gewiß aber nicht nur das richterliche Wirken, sondern auch die schaffende und erlösende Liebe Gottes Werk und das Amt des Christus bildet, ist der Grund zum Glauben ebenso fest als der zur Furcht, so daß die Furcht, weil sie den Blick auf Gott in sich hat, unmittelbar auch das Motiv zum Glauben mit sich führt. Wer sich wirklich vor Gott fürchtet, fürchtet sich vor dem gnädigen Gott.

Die Eintracht zwischen der Gnade und dem Gericht und damit auch die zwischen dem Glauben und der Furcht hat Jesus dadurch mächtig bezeugt, daß er seine Messianität nie nur in die eine oder andere, sondern stets in beide Tätigkeiten setzt, und sie nicht unverbunden läßt, sondern das Gericht aus der Gnade ableitet. Es schützt diese vor der Profanation und vernichtet die ihrem Ziel widersprechende Benützung derselben. Der, der durch die Vergebung, die er selbst empfängt, hart wird und sie benützt, um andere zu verderben, der, der die Gabe des Christus empfängt, um sie in sich zu verschließen und unnütz zu machen, der, der die Ladung zum Himmelreich erhalten hat und dadurch nicht zum Gehorsam gegen sie bewogen wird, der, der den Geist Gottes in seinem Wirken sieht und ihn zu lästern vermag, fällt unter das Gericht. Darum ist der Glaube, weil er die Annahme der Gnade ist, von der Furcht frei[1]), steht über ihr und wird von ihr nicht gehemmt, und vernichtet sie doch nicht, so wenig als die Gnade das Gericht vernichtet, sondern begründet sie, in derselben Weise wie die Gnade das Gericht begründet, weil der Jünger nur in der gläubigen Bejahung der Gnade der Furcht entnommen ist.

Die Einheit der Gnade und des Gerichtes Jesu tritt auch

[1]) Ich unterscheide „frei“ und „los“. Der Glaube ist nicht los von der Furcht, sondern stets von ihr begleitet und durch sie begründet, aber frei von ihr, nicht selbst durch die Furcht in seinem eigenen Inhalt bestimmt und mit ihr gemischt. Damit ist sowohl die Konfusion beider, als ihre Separation verneint.

darin zutage, daß dieses sich auf die Treue bezieht, mit der die empfangene Gabe bewahrt wird. Er richtet nach dem Satz: wer hat, dem wird gegeben. Er wendet ihn gleichmäßig auf Israel und auf die Jünger an, auf Israel, das die Kenntnis Gottes hat und doch nicht hat, die Hoffnung auf das Reich hat und doch nicht hat, und darum von den Geheimnissen des Himmelreichs nichts erfährt, Mt. 13, 12, und auf die Jünger, die Jesu Gabe empfangen haben und doch nicht haben, sondern ungenützt lassen und deshalb aus der Gemeinschaft mit ihm in seiner Verklärung ausgeschlossen werden, Mt. 25, 29. Israel fällt, weil »es Gott nicht gibt, was Gottes ist«, die Frucht des Weinbergs, den Gott gepflanzt hat, ihm nicht erstattet. Seine Aufgabe wäre lediglich, die Gabe Gottes zu ihm zurückzuleiten und seinem Willen dienstbar zu erhalten. Derselbe Gesichtspunkt bestimmt aber auch das Bild vom Salz, das nicht salzt, und von der brennenden Lampe, die unter dem Scheffel steht. Treue und Glauben stehen jedoch, wie überall, so auch im Wort Jesu miteinander in engem Zusammenhang und bleiben einander parallel. Wie Jesus in bezug auf Brot und Gewand vom Glauben spricht, so ist auch der »ungerechte Mamon« der Ort, wo jene Treue bewiesen werden muß, der Jesus die Aufnahme in die ewigen Hütten verheißt. Wie der Glaube mit höherem Inhalt im Verhältnis der Jünger zu ihm wiederkehrt, so liegt in diesem auch die Aufforderung zu besonderer Treue, Mt. 24, 45. 25, 23. Lu. 19, 17. 12, 42. Die Bejahung der Güte, die der Glaube wissend und wollend vollzieht, wird von der Treue auch handelnd vollzogen, weil sie die Gabe, deren Empfang der Glaube begehrt, auch braucht. Die Verletzung der Treue enthält darum stets auch eine solche des Glaubens, weshalb das Gericht über den Untreuen mit der Verheißung an den Glauben in vollkommener Einheit steht.

Dadurch verbinden sich wiederum die Buß- und die Glaubenspredigt zu einer festen Einheit. Die Untreue, die Jesus schilt, besteht im selbstischen Mißbrauch der empfangenen Gabe, die sich dem liebenden Dienst entzieht, während das auf Gottes Güte gerichtete Glauben, das auf erfahrener Güte beruht und Güte neu erfährt, seine Wirkung darin hat, daß es uns gütig macht. Daher leiten der Buß- und Glaubensruf das menschliche Wollen in dieselbe Bahn hinein und die Glaubensbegründung erweist sich auch hier wieder als ein wirksames Mittel zur Erfüllung der Bußforderung.

Nur dann, wenn der Glaube doch nicht wirklich die Liebe bejahte, die uns sucht, zu sich zieht und dadurch belebt, könnte er eine tatlose Ruhe hervorbringen. Damit wäre er aber in gefährlicher Annäherung an den verderbenden Glauben begriffen, weil er sich in seiner trägen Ruhe auch mit dem Bösen vertragen wird. Daß dies niemals nach Jesu Meinung ein solcher Glaube ist, wie er ihn bewirkt, zeigt sich auch daran, daß die Liebe zu Gott und zu Christus bei ihm neben dem Glauben steht, wodurch diesem seine bewegende, aktive Macht gesichert ist. »Du sollst Gott lieben von ganzem Herzen«, ist Jesu erstes Gebot, weil es das erste Gebot der Schrift ist und darum zuerst unter die Regel fällt: »Ich bin gekommen, das Gesetz zu erfüllen.« Somit gehört die Liebe Gottes auch zuerst zum Joch des Christus, ohne das es keine Gemeinschaft mit ihm gibt. Ebenso hat er das Verhältnis der Jünger als Liebe zu ihm beschrieben und sich dem verweigert, der ihn nicht über alles liebt, Mt. 10, 37 ff. Die Tränen und die Salbe des Weibes, das gesündigt hat, hat er als Liebe geschätzt und ihr um ihretwillen die Vergebung gewährt, Lu. 7, 47 [1]).

[1]) An der häufig wiederholten Warnung, daß man im Worte über das sündige Weib: „ihre vielen Sünden sind ihr erlassen, weil sie viel liebte", ja nicht eine Aussage über den Grund, weshalb ihr verziehen sei, sondern nur eine solche über das Kennzeichen, das die ihr gewährte Vergebung anzeige, finden dürfe, ist doktrinärer Formalismus mitbeteiligt. Im Blick auf die Weise, wie Jesus handelt, kann die Frage nach einem Kennzeichen der Vergebung nicht entstehen. ἄφεσις ist Tat, handelnde Erweisung des Erbarmens am sündigen Menschen; sie ist sichtbar darin, daß Jesus das Weib nicht fortschickt, ihr vielmehr die Vergebung ausdrücklich zusagt. Wohl aber besteht die Frage nach dem Recht und Grund solcher ἄφεσις. Wegen ihrer großen Liebe hat Jesus ihre Sünden nicht gegen sie geltend gemacht. Daß im Gleichnis von den beiden Schuldnern die Beziehung zwischen dem Vergeben und der Liebe nach der anderen Seite hin hervorgehoben wird, wonach die Liebe, die aus dem Vergeben erwachsende Folge ist, macht den Gedanken keineswegs kompliziert. Wie könnte Jesus dazu vergeben, um Liebe zu wecken, wenn er sie da erstickte, wo er sie findet? Als Frucht der Vergebung wird die Liebe dem Pharisäer genannt, um ihm begreiflich zu machen, wieso Jesus mit reinem Sinn vergibt und eben dadurch die Macht der

Daneben steht das andere Wort: »dein Glaube hat dich gerettet«, so daß hier Liebe und Glaube verbunden sind als das, was die Gemeinschaft mit Christus auch für den, der schuldig geworden ist, begründet. Wie soll auch ein Vertrauen, das Jesus in so umfassendem Sinn als den Gütigen erfaßt, daß von ihm für ein verdorbenes Leben Aufrichtung und Heilung erwartet wird, lieblos bleiben? Oder, wie soll eine Liebe, die ihm alles zu geben willig ist, nicht auch bereit sein, ihm zu lassen, was sein ist, seine Glaubwürdigkeit, die Zuverlässigkeit seiner Leitung, die Erhabenheit seiner Stellung über dem Bittenden? Die Beugung, in die der Glaubende vor ihm tritt, wird durch die Liebe nicht zerstört. Darum hat Jesus auch seine Jünger dazu angeleitet, nicht nur zu nehmen, was er ihnen gibt, sondern ihm auch zu geben, was er von ihnen verlangt, und er hat absichtlich hervorgehoben, daß seine Erhöhung, obwohl sie ihn unsichtbar macht, dennoch nicht verhindert, daß ihre Wohltat ihn erreicht. Er kann auch jetzt noch »aufgenommen« werden, wie in der Zeit seiner Bedürftigkeit, Mt. 10, 40. 18, 5, da das, was seines Namens wegen geschieht, ihm getan wird, und weil er sich nicht nur mit der Gemeinde, die seinen Namen vertritt, sondern mit allen Bedürftigen solidarisch macht, gibt er jeder Liebe eine Beziehung zu ihm, Mt. 25, 40.

So nah verwandt das Glauben mit jenem Lieben ist, das dem Christus erwiesen wird, so bleibt doch zwischen beiden Bewegungen des Willens ein deutlicher Unterschied. Beide haben in Jesu Gabe und Treue ihren Grund; aber das Glauben blickt auf den eigenen Mangel und fügt die Gabe zu unserer Bedürftigkeit hinzu; das Lieben blickt auf den Geber, auf die Hoheit, mit der seine Liebe ihn verklärt. Das Glauben ist Hinnahme der Güte, die uns hilft, das Lieben Hingabe dessen, was wir sind, an den Gütigen. Darum nennt die Liebe das Bleibende, wohin das Glauben führt, worin es nicht untergeht, sondern immer frisch sich bildet, solange das Böse und

Bosheit bricht, da ja aus dem großen Vergeben die große Liebe fließt, und zugleich um ihm zu erklären, woher seine Lieblosigkeit stammt. Dagegen heißt er die Liebe den Grund der Vergebung zur Rechtfertigung für das Weib in zartester Krönung der Güte, mit der Jesus sie behandelt. Eben diese Schätzung ihrer Liebe macht Jesu Vergeben echt.

der Tod uns in den tiefen Gegensatz zu Jesus stellen, der nur durch seine errettende Gnade überwunden ist.

Damit ist auch die Einheitlichkeit des Willens Jesu in den dem Lieben und dem Glauben gegebenen Verheißungen vollends erkannt. Soweit der ins Glauben versetzte Jüngerkreis in Frage kommt, ist sie dadurch gesichert, daß Jesus fortwährend Buße und Glauben, Liebe und Glauben, Werk und Glauben in feste Verbundenheit setzt, und da, wo diese Verbundenheit zerrissen wird, die dem Glauben gegebene Verheißung ausdrücklich annulliert. An den Seinen, die ihn kennen, kann er das Lieben lohnen, ohne Verkürzung des Glaubens, das Glauben erhören ohne Verleugnung der Liebe; denn sie haben beides: sie glauben und lieben, und indem er sie zu sich in sein Reich einführt, erlangen sie beides in dem einen und selben Erlebnis, ihres Glaubens Ziel und ihres Dienstes Frucht.

Ganz ist aber die Frage damit noch nicht beantwortet, weil Jesus die der Liebe gegebene Verheißung so weit erstreckt, daß sie über seinen Jüngerkreis hinausreicht. Er hat nicht nur denen, die ihn kennen und ihn im Nächsten lieben, zugesagt, daß er ihre Wohltat als ihm getan vergelte, sondern auch denen, die den Armen speisen, ohne dabei auf den Christus zu sehen und ohne zu wissen, daß sie ihm damit dienen und seinen Willen tun. Nicht nur denen, die in seinem Namen verzeihen, seines Kreuzes wegen, weil sie selbst sein Vergeben empfingen, hat er verheißen, daß deshalb auch ihnen vergeben sei, sondern allen, die verzeihen. Wir dürfen die Antwort Jesu an den Reichen nicht brechen: halte die Gebote, so erlangt man das ewige Leben. Das sind aber nicht besondere, nur für die Jüngerschaft bestimmte Gebote, sondern die schlichten Normen des Dekalogs mit dem, was sie für den Nächsten fordern. Von den beiden Kreisen, denen die Verheißung gegeben ist, ist somit der eine der größere, der andere der kleinere. Die Glaubenden sind freilich Liebende, aber nicht alle, denen z. B. das Gleichnis vom Samariter Jesu Wohlgefallen zusagt, sind auch an ihn Glaubende. Denn zur Barmherzigkeit wird der Antrieb durch den Verlauf jedes Lebens hergestellt; der Glaube an Christus ist dagegen an seine Kenntnis gebunden und ohne das von ihm stammende Wort nicht vorhanden.

Die Einheit für beide Sätze liegt darin, daß es der eine und selbe Christus ist, der diese und jene mit der einen und selben Gnade und Herrlichkeit in Gottes Reich einführt. Weder die Barmherzigen noch die Glaubenden empfangen es anders als durch ihn in Kraft dessen, was seine Sendung vom Vater ihn tun heißt. Die Barmherzigen bedürfen und empfangen sein Vergeben wie die Glaubenden, die Glaubenden wie die Barmherzigen. Nicht Verdienstvolle und Verdienstlose stehen nebeneinander, sondern hier wie dort wird Sünde durch die Gnade bedeckt und hier wie dort lohnt diese die Folgsamkeit gegen die göttliche Leitung und den Gehorsam gegen sein Gebot.

Die Notwendigkeit, daß der Kreis, den die Verheißung für die Liebe umspannt, größer sein muß als der der Glaubenden, entsteht daraus, daß innerhalb dieser Zeit die Gemeinde des Christus noch nicht alle erreicht und vereint, für die Gott sein Reich bereitet hat. Erst in der eschatologischen Offenbarung des Christus hebt sich dieser Unterschied auf, so daß dann neben den »Gesegneten« nur noch »Verfluchte« stehen [1]).

Für Jesu eigenes Handeln war diese Unterscheidung zwischen der Gemeinde der Endzeit und dem Jüngerkreise um so nötiger, weil er selbst keine geschlossene Sammlung und Verfassung der Gemeinde herbeigeführt hat. Er hat aber nie den Schein entstehen lassen, seine wenigen Gefährten seien die einzigen Empfänger des Reichs.

Teils der Verlauf seiner Geschichte, teils die dem Glauben im Menschen widerstehenden Schwierigkeiten gaben der Frage tiefen Ernst, ob »der Menschensohn Glauben finde«. Daß sich sein Weg zum Kreuze wandte, erschütterte auch die Seinen alle und machte den, dem er die Schlüssel des Himmelreichs gegeben hatte, zum Verleugnenden. Und auch wenn das Zeugnis Gottes, das den Glauben begründet, noch so deutlich in seinem Wirken erschien, das, was Jesus Glauben nennt,

[1]) Was im vorangehenden als Jesu Aussage über das Glauben unserer Beobachtung vorlag, macht es überflüssig, weiter darüber zu reden, daß die Geltung des Glaubens dadurch in keiner Weise ins Schwanken kommt, und nochmals den Nomismus zu widerlegen, der mit seinem Glaubensverdienst prunkt, und sich darum beklagt, wenn Christus seine Gemeinde groß macht. Echter Glaube freut sich daran.

ist so groß, daß die Frage entsteht, ob dem Menschen trotz seiner bösen Art und trotz des Bruchs, der deshalb sein Selbstbewußtsein spaltet, gleichwohl eine geeinigte, ungebrochene Vertrauensstellung möglich sei. Die Frage fand für Jesus im Aufblick zum Vater ihre Erledigung.

Gott hat Petrus offenbart, was er gläubig bekennt; er erleuchtet die Unmündigen, so daß sie Christus finden. Daß das Glauben des Petrus nicht endet, ist die für ihn von Jesus vom Vater erbetene Gabe. Wenn er den Reichen beruft, so stützt ihn dabei die Gewißheit, daß es ihm zwar unmöglich sei, zu glauben, daß aber Gott auch das möglich mache, was dem Menschen unmöglich bleibt. Jesus hat den Glauben nicht nur in seinem Gegenstand und Erfolg, sondern auch in seinem Ursprung auf Gottes Wirken bezogen. Weil der Glaube als Gabe Gottes im Menschen entsteht, deckt sich der Grund weiter ab, weshalb er für Jesus eine geheiligte Bedeutung hat, so daß er ihn nicht zerstören kann. Der Ursprung des Glaubens aus Gott begründet und erklärt dessen Macht. Doch bleiben in den älteren Evangelien die Worte Jesu hierüber bei Andeutungen stehen, obgleich wir aus der Klarheit, mit der Jesus das Sohnesbewußtsein in sich trug, und aus der Bedeutung, die dem Geist in seinem Wort als dem Merkmal der messianischen Gemeinde zukam, schließen dürfen, daß die Begrenzung des Worts in dieser Hinsicht zum Teil auf den Darsteller fällt. Darin wird freilich Matthäus uns Jesu Meinung völlig treu deuten, daß er nicht einmal unter diesem Gesichtspunkt die Reflexion des Glaubenden auf sich selbst zurückgebeugt hat und ihn nicht nach Zeichen der Wirksamkeit Gottes in seinem Inneren suchen hieß. Was in die Gemeinschaft mit dem Christus bringt, ist die Berufung durch sein Wort, und der Glaubende ist der, der »zu ihm kommt«.

Sechstes Kapitel.

Jesus und der Glaube nach Johannes.[1]

Die johanneische Darstellung Jesu hat nach ihrem Schlußwort ihr Ziel »im Glauben, daß Jesus der Christus, der Sohn

[1] Über den Sprachgebrauch des Evangeliums vgl. Erläuterung 7.

Gottes sei«, 20,31. Dieser Aussage entspricht sie mit jedem Wort, so daß an ihrer Aufrichtigkeit kein Zweifel zulässig ist. Schon die einleitenden Sätze 1,7.12 stellen fest, daß das Glauben diejenige Verbundenheit mit Jesus sei, die seiner Gabe teilhaft macht. Es folgen in langer Reihe die Verheißungen Jesu, »für jeden, der an ihn glaubt«, und auch im geschichtlichen Bericht wird beständig auf das Glauben als auf denjenigen Vorgang hingezeigt, durch den Jesu Arbeit ihren Erfolg gewinnt. Die Formel »Glaube« gehört zu den wenigen, aber befestigten, eigenartig ausgewählten und mit großer Klarheit und Tiefe gefüllten Begriffen, durch die uns Johannes Jesu Wort und Werk verständlich macht.

Was er als seine Absicht bei seiner Darstellung Jesu bezeichnet, steht ihm offenkundig mit Jesu eigener Absicht, die sein Wirken gestaltet hat, in völliger Übereinstimmung. Für eine Trennung seines Ziels vom Ziele Jesu ist in seinem Bewußtsein kein Raum, gerade weil Glaube das von ihm Erstrebte ist und dieser zerfällt, wenn zwar der Evangelist Glauben an Jesus begründen möchte, dieser selbst aber irgend ein anderes Ziel erstrebt hätte. Mit der Ausführung seiner Absicht meint er Jesu Willen zu entsprechen und sein Wort zu bewahren. Er schreibt in der Überzeugung, Jesu Wirksamkeit sei nur dann richtig verstanden, wenn erkannt sei, daß er das auf ihn sich verlassende Glauben bewirkt und verlangt habe. Warum und wie Jesus das tat, darüber soll uns sein Bericht Auskunft geben. Dieser Gesichtspunkt formt seine Darstellung sowohl in ihrem Grundriß als in jedem einzelnen Zug.

»Ihr habt im Glauben das ewige Leben«; die Aufmerksamkeit geht hier nicht auf das besondere Verhältnis, in dem die Jünger zu Jesus standen, so daß der Glaube deshalb in Betracht käme, weil er ihnen die Macht zu ihrem Apostelwerk darreichte. Er erscheint hier als das, was die ganze Gemeinde hat und haben muß, damit sie mit Jesus verbunden sei. Indem sofort und einzig das Glauben aus dem ganzen Jüngerverhältnis herausgehoben und auf die ganze Kirche übertragen wird, läßt das Evangelium darüber keinen Zweifel entstehen, daß es der griechischen Christenheit Christus so verkündigt, wie er für sie Bedeutung hat. Ihr Jüngerverhältnis zu Jesus kann nur im Glauben an ihn bestehen. Damit steht in Zusammenhang, daß es von Anfang an den Blick auf Jesu Tod gerichtet hält. Darum wird sofort auf diejenige Beziehung zu ihm hingewiesen, die über seinen Weggang hinaus fortbesteht[1]).

Das Glauben geschieht dadurch, daß Jesus nach seinem Wesen und Werk so erkannt wird, daß es zum Anschluß an ihn kommt. Sowie Nathanael Jesus Gottes Sohn und Israels König heißt, antwortet ihm Jesus: du glaubst, 1, 50. Als Jesus sich dem Blindgeborenen als Sohn Gottes nannte, erwidert dieser: ich glaube, 9, 38. Als ihn Thomas seinen Herrn und Gott heißt, bestätigt Jesus dieses Bekenntnis mit dem Wort: du hast nun Glauben, *πεπίστευκας*, 20, 29. Dagegen liegt darin, daß die Juden von Jesus fordern, er müsse es ihnen erst noch sagen, wenn er der Christus sei, der Beweis, daß sie »nicht glauben«, 10, 25. Daher wird im Unterschied von der Sprechweise der ersten Evangelien an denen, die mit Jesus verkehren, beständig auf ihr Glauben oder Nichtglauben hingezeigt: die Jünger, 2, 11. 20, 8, die Juden im Tempel, 8, 30, viele der Regierenden, 12, 42, ja, wenn man es nicht hinderte, das ganze Volk, 11, 48, glaubten an ihn. Wiederum glaubten die Juden, die Regierenden, die Brüder nicht, 12, 37. 7, 48. 5[2]). Jesu Wort und Werk richtet an seine Umgebung beständig die Aufforderung, in ihm das Ziel ihrer Erwartung zu sehen. Vermag er die Gewißheit seiner Sendung in ihnen zu erwecken, so ist die Gemeinschaft zwischen ihm und ihnen hergestellt. Bleibt dagegen der Glaube aus, so ist, einerlei was dabei zugrunde liegen mag, die Trennung von ihm da, weswegen mit dem Entstehen oder Ausbleiben des Glaubens über den Gang des Werkes Jesu und das Geschick des Menschen die Entscheidung fällt.

Die auf Jesu großes Werk blickende Gewißheit, nicht die

---

[1]) Das ergibt den starken formalen Unterschied von den älteren Evangelien und gleichzeitig wieder eine Gemeinsamkeit mit ihnen, weil beide vom Glauben an Jesus mit Beziehung auf seinen Weggang sprechen.

[2]) *οὐ πιστεύειν* sagt Johannes, nicht *ἀπιστεῖν*, zunächst freilich deshalb, weil in seiner heimischen semitischen Sprache dem „Glauben“ nichts anderes gegenübersteht, als das „Nicht glauben“; vielleicht aber doch mit der tiefer greifenden Erwägung, daß die Entscheidung schon damit falle, daß es nicht zum Glauben kommt.

Erwartung sofortiger Hilfe für eine augenblickliche Not, bildet für Johannes das Wesentliche am Glauben. Da Jesus auch momentane Hilfe gewährt, kann die Erwartung derselben ebenfalls zum Glauben gehören. Der Tadel an Martha: wenn du glaubtest! gilt ihrem Zweifel an Jesu sofortiger Hilfe, 11, 40, und der Königliche, der Jesu Verheißung für seinen Sohn als gewiß hinnahm, glaubte seinem Wort, 4, 50. Weil aber die wesentliche Eigenschaft des Glaubens die auf Jesu große Gabe gerichtete Erwartung ist, wird auch in den Heilungsgeschichten vom Glauben nicht am Anfang bei der Bitte, sondern am Ende gesprochen, wo die bleibende Überzeugung von Jesu Sendung durch das Wunder entstanden ist. Der Blindgeborene glaubt, nicht als er die Öffnung des Auges erwartete, sondern als er dazu gelangt, in Jesus den Sohn Gottes zu sehen. Am Königlichen von Kapernaum hat Johannes den Eifer der Galiläer dargestellt, mit dem sie Jesu hilfreiche Macht für sich ausnützten. Allein dies ist noch nicht »Glaube«. Die Bitte: »komm herab und hilf« offenbart nicht Glauben, sondern den Mangel desselben. Dagegen nach dem Zeichen glaubte der Königliche mit seinem ganzen Haus, 4, 48. 53.

Eine psychologische oder ethische Schwierigkeit entsteht für Johannes aus der Permanenz des Glaubens nicht, so daß er uns die Frage erläuterte, ob und wie wir beständig glauben könnten. Im Unterschied von Matthäus fällt der Begriff »zweifeln« bei ihm weg. Auch bei Thomas, der sich mit dem Gedanken trägt, die Jünger müßten mit Jesus sterben, und sich darüber beklagt, daß sie den Weg nicht kennen, den sie Jesus gehen heißt, und der sich von Jesu Auferstehung erst überzeugen läßt, als er ihn selber sah, ist nicht vom Zweifel die Rede, sondern vom »Nicht glauben« und vom »Ungläubig werden«, vor dem ihn Jesus warnt, als er ihm durch seinen Anblick zum Glauben half. Zur beharrenden Eigenschaft des Menschen wird das Glauben vor allem dadurch, daß Jesu Gemeinschaft mit ihm eine beharrliche ist und nicht schwankt, sodann auf Seite des Menschen dadurch, daß er die ihm von Jesus vermittelte Gabe, die Einsetzung in die Gemeinschaft mit Gott, nach ihrem alles überragenden Wert erkennt und erfaßt.

Wir hören darum auch bei Johannes nichts von einer speziellen Fürsorge für die Erhaltung des Glaubens in denen, die ihn erlangt haben. Die zum Glauben gekommenen Samariter oder den Königlichen überläßt Jesus sich selbst in derselben Weise, wie im älteren Bericht die, die mit Glauben zu ihm herzutraten, nachher wieder in die Gemeinde zurücktreten[1]).

Wird das Glauben zum konkreten Akt, so bewährt es seine Unbedingtheit dadurch, daß es das, was jetzt in der Seele als Begehrung entsteht, in den Aufblick zu Gott hineinnimmt und der Bejahung Gottes unterworfen hält. Wird es zur bleibenden Eigenschaft, so betätigt es seine Unbedingtheit dadurch, daß es das ganze Verhalten auf die Verbundenheit mit dem Christus gründet[2]).

Damit, daß das Glauben den weiten Ausblick in sich hat, der der Größe der messianischen Sendung Jesu entspricht, verliert es den bewegenden Einfluß auf den Willen keineswegs. Das messianische Werk läßt sich von Jesus nicht aussagen, ohne daß sich damit das gesamte und geeinte Wollen des Menschen an ihn wendet und die vollendenden Gaben Gottes, mit einem Wort das ewige Leben, von ihm begehrt[3]).

Diese Erwartung bleibt so wenig, als wenn sie eine besondere Hilfe begehrt, ein unsicheres Schwanken vor einer offenen Frage, sondern ist nur dann Glaube, wenn sie ihrer Erfüllung gewiß geworden ist. Die Verheißung Jesu an das Glauben ist auch hier wieder unbedingt: wer an mich glaubt, h a t ewiges Leben. Obgleich das Glauben nach dem Höchsten verlangt, was sich unserer Hoffnung darbietet, so ist es dennoch Gewißheit; denn es schaut sich nicht nach einer Gabe um, die ihm ferne wäre, sondern nimmt den wahr, der als die alles

[1]) Die Darstellung des Joh. ist hier in einem wichtigen Punkt mit Mt. kongruent.

[2]) Bei Mt. und bei Joh. ist Glauben sowohl ein den konkreten Moment füllendes Verhalten, als die uns permanent zu Christus hinwendende Bewußtseinsgestalt. Jenes Interesse überwiegt jedoch bei Mt., dieses bei Joh. Auf diesen Unterschied wirken bereits der theologische und christologische Grundgedanke der beiden Apostel ein, daß bei Joh. die Aufmerksamkeit auf das beharrende Sein, bei Mt. auf die Geschichte und Tat gerichtet ist.

[3]) Das Verhältnis von Joh. zu Mt. wäre falsch bestimmt, wenn gesagt würde, bei Mt. sei das Glauben ein Wollen, bei Joh. ein Denken. Es ist bei beiden beides, bei beiden ein Verhalten des Menschen ohne Zerteilung seines inwendigen Seins.

gebende Gabe in die Menschheit getreten ist, 4, 10. Jesus ist für sie alles, was ihr fehlt, sowohl das Licht, als das Leben. Der Glaubende bejaht, daß sie in Jesus erschienen sind, und hat sie darum, und was er hat, ist Gottes ganze Gabe, ist das ewige Leben[1]).

Eine andere Bedingung zum Empfang der Gabe Jesu als das Glauben gibt es nicht; denn der Empfang seiner Gabe hat keine andere Bedingung als den Anschluß an ihn, der dadurch entstanden ist, daß sein Ziel verstanden, seine Gabe begehrt wird. Unterbleibt dagegen der Anschluß an ihn, so bleibt der Mensch ein Glied der »Welt«, deren finsteres, gottloses Dasein dadurch sein Ende findet, daß das Todesurteil an ihr vollzogen wird, 3, 16. 8, 24[2]).

Weil der umfassende Inhalt des Glaubens dieses nicht vom Wollen trennt, kann er es auch nicht in eine Abstraktion verwandeln, die zum Geschehen und Erleben beziehungslos bliebe. Auch in dieser über alle Einzelheiten des Tageslaufs hinausgehobenen Gestalt tritt es vielmehr als ein aktuelles Erlebnis und konkretes Verhalten in einzelnen besonderen Momenten ans Licht. Denn es hat sein Objekt nicht in einer allgemeinen Wahrheit, nicht in einer zeit- und geschichtslosen Metaphysik, sondern an der Person des Christus, der dadurch, daß er handelt, mit dem Menschen in Gemeinschaft tritt, und aus der Weise, wie er handelt, erhält das Glauben seine konkrete Gestalt. Weil Nathanael Jesu durchdringenden Blick erlebt hat, bricht

---

1) Die Verheißung an das Glauben bei Mt.: den Bergen gebieten! steht in enger Beziehung zur Benennung des eschatologischen Ziels als „Herrschaft der Himmel". Der Glaubende herrscht. Bei Joh. tritt der Reichsbegriff hinter dem Lebensgedanken zurück, weshalb das Glauben als Empfang des Lebens beschrieben wird. Auf die Gestaltung des Glaubensstands wirkt dies insofern ein, weil mit dem Herrschaftsgedanken die Beziehung auf den Kampf uud Sieg verbunden ist, der den Jüngern aufgetragen ist, während im Besitz des ewigen Lebens die in die Ruhe getretene Gemeinschaft mit Gott obenan steht. Die verschieden bestimmte Beziehung zwischen dem Glauben und Wirken ist zwar nicht der einzige, jedoch ein mitwirkender Faktor beim Wechsel der beiden Formeln „Himmelsherrschaft" und „ewiges Leben".

2) Für Mt. wie für Joh. ist das Glauben gleichmäßig Gewißheit, und bei beiden ist diese in gleicher Weise unabhängig vom sichtbaren Erfolg. Die Unbedingtheit des Glaubens schließt auch bei Joh. nicht aus, daß der Glaubende sein Leben hinzugeben hat, 12, 25.

die Überzeugung von Jesu königlichem Amt in ihm hervor und ihr Aufleuchten heißt Johannes Glauben[1]). Die Samariterin kommt voll von ihrem Erlebnis zu ihren Leuten zurück, und die Macht, mit der ihr Bericht diese faßt, heißt Glauben, noch ehe sie Jesus sahen, 4, 39. Die Worte Jesu über seine Einigkeit mit dem Vater drängen sich seinen Hörern als Wahrheit auf und dies heißt Glauben, 8, 30.

Die von Johannes gegebenen Erzählungen, wie Jesus die Menschen ins Glauben erhob, Nikodemus, die Samariterin, der Königliche, der Blindgeborene, Maria und Martha, Thomas, heben alle die kausale Macht des Moments, die Wichtigkeit der Willensentscheidung, die jetzt zustande kommt, das Wunder des Geschehens, das durch die jetzt gegebenen Bedingungen entsteht, als ein neues hervorbricht und den weiteren Lebenslauf bestimmt, mit großer Plastik hervor. Ob Nikodemus zugreift oder nicht, als ihm Jesus die Größe dessen enthüllt, was Gott am Menschen tut, um ihn in sein Reich zu bringen, ob er die Ungerechtigkeit, mit der seine Genossen gegen Jesus verfahren, mitmacht oder nicht, ob die Samariterin standhält oder fortläuft, als Jesus auf ihren Lebenslauf Licht fallen läßt, ob sie mit ihm geht oder sich von ihm trennt, wenn er sie vom Garizim ablöst und zu neuer Anbetung Gottes anleitet, ob Martha Jesus fallen läßt, weil er den Bruder nicht vor dem Sterben schützte, ob sie zugreift, als er sich ihr als das Leben und die Auferstehung anbietet, daraus ergibt sich ihr Verhältnis zu Jesus und es entsteht Verbundenheit mit ihm oder Geschiedenheit von ihm.

Dieselbe ernsthafte Realität kommt dem Moment und dem, was ihn als Wille und Tat füllt, auch für das Werden des Unglaubens zu. Die Darstellung der Galiläer in Kapernaum, der Festversammlung in Jerusalem, Kap. 7. 8. 10, des Pilatus ist hierin mit den das Entstehen des Glaubens beleuchtenden Stücken kongruent. Ob die Galiläer es fassen, wenn Jesus nicht ein von seiner Person geschiedenes Brot, sondern sich

[1]) Ein Fragezeichen gehört nicht zu 1, 50, als läge Verwunderung oder gar Tadel in diesem Wort. Dadurch, daß Jesus ihm noch Größeres verspricht, wird der Glaube, den Nathanael ihm jetzt schon erweist, nicht als unmotiviert beschrieben. Er hat seine volle Begründung in der Weise, wie Jesus an ihm handelte.

selbst als das Brot des Lebens ihnen gibt oder ob sie eine solche Wertung seiner Person geringschätzig ablehnen, ob Pilatus die Wahrheit jetzt begehrt oder verachtet, als sie ihm in Jesus entgegentritt, das entscheidet über ihren Lebenslauf.

Johannes hat zwar in seinem Gottesbewußtsein die Erinnerung an die von allem Werden freie, ewige und vollendete Art Gottes mit großer Energie gepflegt. Er stellt uns an Gott nicht eine kämpfende Liebe dar, die um die Erhaltung ihres Eigentums ringt und sich um die Umkehr des Verlorenen müht: Gott hält sein Eigentum in fester Hand. So ist auch Christus nicht als der Kämpfende beschrieben, der um die Bewahrung seiner Sohnschaft und die Aufrichtung seiner Herrschaft ringt, sondern er ist der ewige Sohn und leuchtet als das Licht und nimmt die an, die ihm der Vater gibt. Ebenso erhält unser eigener Anteil an Gottes Gabe unbewegliche Festigkeit aus der Ewigkeit des göttlichen Liebens. Das gibt dem Glauben bei Johannes über alle aktiven Funktionen die Oberhand und bringt in dasselbe die unbewegliche Gewißheit hinein. Eben darin, daß er sich die Unerschütterlichkeit Gottes mit dieser Kraft vorhält, betätigt sein Glauben die ihm eignende absolute Geschlossenheit. Es ergab sich aber für ihn daraus keine Entleerung und Vernichtung des in der Zeit geschehenden Erlebnisses und Aktes, als würde deswegen aus der Geschichte ein Schein oder doch nur die Offenbarung dessen, was schon ewig sei. Da Johannes im Ewigen die Art und das Eigentum Gottes erkennt, hat das Ewige bei ihm am ersten, wesentlichen Merkmal Gottes Anteil, daran, daß Gott die wirkende Kraft ist. Daher bringt bei Johannes das Ewige die Zeit und die sie erfüllende Geschichte hervor und dies verschafft ihr kausale Macht, so daß sie, weil sie aus ewigem Grunde entspringt, auch ewige Resultate schafft.

Der Grundsatz der johanneischen Theologie, der das göttliche Wort als das, was im Anfang war, und deshalb als in der Geschichte gegenwärtig und wirksam bejaht, gestaltet auch das, was er über das Glauben sagt. Indem dieses den ewigen Gott erfaßt, ist sein Inhalt über alle Einzelheiten und konkreten Anliegen des zeitlichen Lebens hinaufgehoben, und doch bleibt es ein jetzt Erlebtes, jetzt Gewolltes, ein Glied der persönlichen, eigenen Geschichte, und wird immer wieder durch die besondere Weise erweckt und begründet, wie Jesus sich in ihrem Verlauf dem Menschen offenbart [1]).

Dabei hat Johannes mit ernster Warnung hervorgehoben, daß das Glauben auch vergeblich im Menschen entstehen kann. Er kann sich demselben widersetzen und es für sich unfruchtbar machen, so daß ihm nicht bleibende Verbundenheit mit Jesus, sondern verschärfte Feindschaft gegen ihn folgt. Darum behandelt Jesus die Juden, die zu ihm Glauben haben, noch nicht als wahrhafte Jünger, zeigt ihnen aber den Weg, wie sie dies werden: durch Bleiben in seinem Wort. Sie setzen aber mit hartem Selbstwiderspruch neben ihren Glauben sofort wieder zornige Auflehnung gegen Jesus, weil seine Verheißung, daß sie durch ihn die Wahrheit und in dieser die Freiheit finden, sie beleidigt; sie legen sich als Abrahams Söhne längst schon bei, was er ihnen erst geben will. Die Antwort Jesu auf diese Ablehnung seiner Gabe bildet die Erklärung, sie suchten ihn trotz ihres Glaubens zu töten. Darin hat ihr Protest gegen seine Verheißung die letzte Konsequenz und die Schärfe ihres Gegensatzes gegen ihn wird gerade dadurch offenbar, daß selbst ihr Glaube ihren Widerwillen gegen ihn nicht überwindet und sie nicht hindert, sich gegen ihn als die Freien zu behaupten mit dem Wunsch: weg mit ihm [2])!

Ähnlich wird nach dem ersten Auftreten Jesu in Jerusalem gesagt: viele glaubten an ihn, und doch vertraute sich ihnen Jesus nicht, 2, 24. Hätte er erwartet, ihr Glaube werde sie ganz und bleibend ihm verbinden, so hätte auch er ihnen Vertrauen

---

1) Der Unterschied von Mt. bleibt dennoch an dieser Stelle tief und lehrreich. Bei ihm gewinnt das Glauben seine den Moment füllende Bestimmtheit aus der Lage des Glaubenden, aus dem, was jetzt seine Not und Bitte ist. Bei Joh. wird das Glauben zum konkreten Akt durch die Weise, wie der Christus sich jetzt dem Menschen offenbart. Es ist aber der eine und selbe Christus, der in jedem dieser Momente mit derselben Gabe allen sich enthüllt. Bei Mt. erreicht der Glaubensakt dadurch sein Ziel, daß er die erbetene Gabe empfängt, womit er in die Ruhe tritt. Bei Joh. ist der Glaubensakt der Anfang des beharrenden Glaubensstands; er ist der Werdemoment für die bleibende Verbundenheit des Christus mit dem Glaubenden.

2) Da die Erwiderung der Juden sich direkt auf Jesu Verheißung bezieht und auch vom Evangelisten ausdrücklich als „Antwort" bezeichnet ist, scheint mir ein Wechsel des Subjekts in der Stelle nicht annehmbar.

erwiesen, wie er Nathanael, dem Israeliten ohne Falsch, sofort verheißt, er werde den Himmel offen sehen. Dennoch heißt jene Zustimmung der vielen zu seinem Auftreten Glaube, weil sie seiner Sendung durch Gott gewiß geworden sind. Einer dieser Glaubenden ist Nikodemus, dem aber Jesus dennoch sofort sagen muß: ihr glaubt nicht, 3, 12, weil er Jesu Erklärung, daß uns die Geburt aus dem Geiste nötig und erlangbar sei, beharrlich abweist. Sogar die Obersten, die nicht wagen, sich zu ihm zu bekennen und die Herrlichkeit der Menschen mehr lieben als die Gottes, heißen »Glaubende«, 12, 42, obwohl 5, 44 betont ist, daß der nicht glauben kann, der Ehre von den Menschen nimmt und die von Gott kommende nicht sucht. Es wird die innere Anerkennung hervorgehoben, die Jesus trotz ihrer falschen Willensstellung bei ihnen fand.

Auch das Glauben der Jünger endet, als Jesus stirbt. Den Schluß seiner Unterweisung bilden Worte, die konstatieren, daß Jesus die Jünger wirklich in das Glauben hineingeführt hat. Auf ihre Versicherung: »darum glauben wir, daß du von Gott ausgingst« antwortete er: »jetzt glaubt ihr«, 16, 31 [1]). Fanden sie in der Macht seines Wissens das Merkmal seines Ursprungs aus Gott, so ist dies Glaube und Jesus bestätigt ihre Versicherung. Ohne dieses Ergebnis wäre seine Arbeit auch an ihnen vergeblich gewesen; nun aber ist sie so vollendet, daß er in der Weise von Kap. 17 für sie beten kann. Allein obgleich sie jetzt glauben, ist doch die Stunde da, in der sie ihn verlassen. Sein Sterben treibt sie doch von ihm weg und stellt sich ihnen als die Zerstörung ihrer Verbundenheit mit ihm dar, so daß sein Kreuz für sie alle ein neues »Gläubig werden« nötig macht, wie es an Thomas besonders hervorgehoben wird, 20, 27.

Dadurch, daß uns Johannes Jesu Wort an die Jünger nur in der Form von Abschiedsworten gibt, während wir vor Kap. 13 nirgends eine an die Jünger besonders gerichtete Unterweisung lesen, hat er scharf beleuchtet, wo für ihn die schwerste, wichtigste Glaubensfrage entsteht, dadurch nämlich, daß die

---

[1]) Man darf in diesen Satz keinen Frageton legen, als bestritte Jesus das Glauben der Jünger; die Begrenzung seiner Aussage, die sie zum folgenden überführt, liegt in „jetzt".

Gemeinde von Jesus geschieden ist und an den ihr Unbekannten und Unsichtbaren zu glauben hat. Daß und warum dies möglich sei, warum Jesu Tod seine Gemeinschaft mit den Jüngern nicht aufhebe, sondern begründe, warum man an ihn glauben könne, obwohl er zum Vater gegangen ist, vielmehr weil er zum Vater gegangen ist, das behandelt Johannes unter allen aus Jesu Werk entspringenden Fragen als die wichtigste. Darum sind auch die letzten Worte an die Jünger durch zwei Handlungen Jesu, Kap. 13 und 17, eingefaßt, von denen die erste zeigt, wie er den Seinen dient, und die zweite, wie er für sie betet. Jene bezeugt, wie er seine Gemeinschaft mit den Jüngern, diese, wie er seine Gemeinschaft mit dem Vater für sie wirksam macht, und aus beiden ergibt sich als Resultat, daß der Jünger auf ihn sein Glauben stellen darf, trotzdem er von ihm geschieden ist. So wird sichtbar, warum das Glauben, obwohl es mit der Passion Jesu zunächst zu Ende war, dennoch wieder entstanden ist, so daß die Kirche im Glauben an den leben kann, den sie nicht sah[1]).

Verschiedenheit kommt auch dadurch in das Glauben, daß es nicht sofort die ganze Bedeutung Jesu faßt. Seine unvollständigen Formen, die noch nicht das ganze Werk des Christus wahrnehmen, heißen deswegen nicht Unglaube, sondern auch ihrerseits Glaube. Es ist »Glaube an seinen Namen«, daß Nikodemus in Jesus den von Gott gekommenen Lehrer erkennt, 2, 23. Verwandt ist das Urteil des Volkes: er ist ein oder der Prophet, 4, 19. 6, 14. 7, 40. Noch voller ist der Glaube bestimmt, wenn Jesus als der Christus, Israels König, erkannt ist, 1, 50. 4, 26. 7, 41 neben 40. 11, 27. So gewiß dies Glaube ist, so wird doch von den Jüngern, die von Anfang an den Christusnamen Jesus zueigneten, nach dem ersten Zeichen absichtsvoll gesagt: sie glauben an ihn, 2, 11, ebenso nach der Auferstehung von Johannes: er sah und glaubte, 20, 8. Mit dem Bekenntnis des Thomas vor dem Auferstandenen hat der Glaube seinen ganzen Inhalt erlangt[2]).

[1]) Daß das Aufhören und Wiederentstehen des Glaubens bei und nach der Passion von beiden Aposteln gleichartig aufgefaßt und beurteilt wird, ergibt zwischen Mt. und Joh. eine wichtige Kongruenz.

[2]) Wie bei Mt. die helfende Tat Jesu das Glauben vor sich und nach sich hat, es stärkt, befestigt und aus der Kleinheit in die Größe bringt,

Das Wachstum des Glaubens, durch das sich sein Inhalt ausbreitet, nimmt ihm aber seine Einheit nicht, weil er von Johannes ebenso streng als persönlicher Anschluß an Jesus gefaßt wird wie von den älteren Evangelien. Er hat darum nur ein einziges Ziel, nicht ein Vielerlei von Lehren, sondern den Einen, den der Glaube in seinem universalen Werk mit zunehmender Klarkeit erfaßt[1]).

Damit ist auch bei Johannes die Selbständigkeit des Glaubens gegenüber der Lehre und Theologie gegeben und diese wird mit klarem Bewußtsein durch die ganze Darlegung hindurch bewahrt.

Charakteristisch für Johannes ist die Formel: »glaubt, daß ich bin«, 13, 19, die das, was dieses »ich« in sich schließt, nicht benennt und gerade dadurch die Funktion des Glaubens im Unterschied von derjenigen der Erkenntnis scharf hervorhebt. Der Glaube ist Anschluß an sein »Ich«, faßt ihn als den vorhandenen, als »Wahrheit«, und ist willig, alles aufzunehmen, was sein Werk als Inhalt dieses »ich bin« offenbart. So wird auch der jüdische Unglaube dadurch auf seine prinzipielle Gestalt gebracht, daß gesagt wird: »ihr glaubt nicht, daß ich bin«, 8, 24. Der Unglaube läßt nicht gelten, was er tatsächlich vor ihren Augen ist; nicht diese oder jene einzelne Eigenschaft, ihn selbst verneint er und wird zum Streit gegen seine Person[2]).

Als das Wesentliche in allen Stufen des Glaubens hebt Johannes das hervor, daß Jesu Beziehung zu Gott erkannt und bejaht wird; nur dadurch wird das Urteil über ihn Glaube[3]). »Du bist von Gott als Lehrer gekommen«, sagt Nikodemus; darum drückt sein Wort Glauben aus. Die Namen »Prophet« und »Christus« bezeichnen ihn als von Gott gesandt. Die Erweckung des Lazarus beginnt Jesus mit einem lauten Gebet,

vgl. S. 111, so entfaltet sich bei Joh. mit der zunehmenden Offenbarung der Sohnschaft Jesu das Glauben schrittweise zu seinem vollen Bestand.

[1]) Auf der Einzigkeit des Inhalts und Ziels, die das johanneische Glauben hat, wird es beruhen, daß bei ihm die synoptische Unterscheidung zwischen kleinem und großem Glauben keine Parallele hat.

[2]) Die Formel hat alttestamentliche Vorbildungen: *πιστεύειν ὅτι ἐγώ εἰμι*, fordert der Prophet für Gott, Jes. 43, 10.

[3]) Das Glauben ist bei Joh. im selben strengen Sinne religiös, d. h. auf Gott bezogen, wie bei Mt.

»damit sie glauben, daß du mich gesandt hast«, 11, 42. Nur dann, wenn das Auge nicht nur am wahrnehmbaren Vorgang haftet, sondern an Jesus Gottes Sendung sieht, ist Glaube entstanden. In derselben Weise wird das Ziel benannt, zu dem die Jünger und die Welt gebracht werden sollen, 17, 8. 21. Das anerkennende Wort: »jetzt glaubt ihr«, wird den Jüngern zuteil, weil sie »glauben, daß er von Gott ausgegangen ist«, 16, 30 vgl. 27. Der Sendung durch Gott entspricht Jesu bleibende Einheit mit dem Vater, weshalb auch diese den wesentlichen Inhalt des Glaubens ergibt: der Glaubende bejaht, daß Jesus im Vater ist und der Vater in ihm, 14, 11. 10, 38[1]). Auch für Johannes ist der Glaube vollständig auf Gott bezogen. Eine Gewißheit der höchsten Güter, die nicht in Gott begründet wäre, hätte die Leugnung Gottes in sich; sie wäre ebenso sehr auch eine Verleugnung Jesu, der nur in der Einheit mit dem Vater als der Geber des ewigen Lebens bei uns ist. Da er nicht aus uud für sich selber lebt, sondern vom Vater sein Leben, Wort und Werk empfangen hat, richtet sich das Glauben nicht auf ihn, sondern in ihm auf den, in dem er alles hat, 12, 44 vgl. 5, 24. Andererseits weil die Gebundenheit Jesu an den Vater seine Erhöhung begründet, durch die der Vater sein Werk in der Welt ihm überträgt, erhält alles Glauben an Gott die Richtung auf den Sohn[2]).

Das wird dadurch nicht beschränkt, daß im Blick auf die Passion der auf Gott gewandte Glaube von dem, der sich an Jesus hält, unterschieden wird: »euer Herz werde nicht er-

---

[1]) Es ist lehrreich, daß die den Inhalt des Glaubens benennenden Sätze die Abhängigkeit Jesu vom Vater immer hervorheben: „Gesandt sein, im Vater sein, vom Vater ausgegangen sein, aus dem Himmel gekommen sein", nicht: „ich habe Gottheit, ich bin das Wort, ich bin Weltregent, ich bin ewig" oder ähnliches. Jene Sätze richten den Blick ausdrücklich durch Jesus hindurch zum Vater hinauf. Diese dürfte man schwerlich als für Joh. unmöglich bezeichnen; sie würden aber einen klar denkenden, hochstehenden Hörer erfordern, der sich deutlich zu machen wüßte, daß Gottheit nur durch die Geeintheit mit dem Vater Jesu Besitz sein kann. Bei Joh. von paganischen Einwirkungen zu reden, als hätte er einen zweiten Gott neben Gott, ist Blindheit.

[2]) Dies ergibt einen Unterschied in der Fassung des Glaubens zwischen Mt. und Joh. Der Satz, in alles Glauben sei die Bejahung des Christus miteingeschlossen und nur durch diese komme jenes zustande, ist bei Joh. schärfer durchgebildet und formuliert.

schüttert; glaubt an Gott und auch an mich glaubt«, 14, 1. Weil Jesus als der Sterbende unfähig scheint, der Zielpunkt des Glaubens zu sein, wird ausdrücklich auf den hingewiesen, der der Grund einer unerschütterlichen Zuversicht bleibt, und aus der auf Gott gestellten Zuversicht erwächst die Kraft zu demjenigen Glauben, das auch dem in den Tod Gegebenen alle Macht und Gnade zuerkennt.

Demgemäß besteht auch das Wesen des Unglaubens darin, daß er Jesus von Gott trennt. Solange dem Jünger der Vater noch verborgen und unerkennbar scheint, fragt ihn Jesus: glaubst du nicht? 14, 10. Entschlossener Unglaube liegt vor, wenn geurteilt wird: dieser Mensch ist nicht von Gott, 9, 16.

Weil das Glauben auf Jesus gerichtet ist, kann seine Begründung nur durch ihn selber hergestellt werden[1]), und dies kann nur dadurch erreicht werden, daß er gleichzeitig seine Einheit mit dem Vater und die Gemeinschaft, in die er mit dem Menschen tritt, offenbart. Weil diese nicht auf einzelne Höhepunkte seines Lebens beschränkt sind, sondern alles, was er ist und tut, bestimmen, geschieht ihre Offenbarung durch sein ganzes Verhalten, durch alles, womit er sich mit den Menschen in Verkehr bringt, ebensowohl durch sein Wort, wie durch sein Werk. Jesus behandelt darum die Frage: wer bist denn du? als grund- und rechtlos, weil sie das, was er beständig offen bezeugt, überhört, 8, 25. Er verbirgt sich vor der Welt nicht, macht sich vielmehr offenbar, und das, was er aus sich heraus gibt, kann nur eine einzige Konsequenz in denen finden, die ihn kennen: ganzes Vertrauen zu ihm, weil er das Wort des Vaters redet und das Werk des Vaters tut.

Je höher der Glaube geschätzt wird, um so mehr Gewicht fällt auf das Wort. Johannes hat das Wort als die alles in sich schließende Gabe beschrieben. Jesus ist selbst das »Wort«, das bei Gott war. Darum hat sein gesamtes Reden in Gott seinen Ursprung und tritt mit dem Merkzeichen der Göttlich-

[1]) Mt. und Joh. glauben um Jesu willen auf Grund dessen, was er ist und tut. Bei Johannes hat aber die ganze Darstellung das eine Ziel, zu zeigen, wie Jesus selbst durch sein Verhalten sowohl den Glauben als den Unglauben bewirkt.

keit an die Hörer heran. Sein Siegel ist »die Wahrheit«, während das Merkmal dessen, was nicht Gott, sondern der Teufel schafft, die Lüge ist. Weil Jesus »die Wahrheit sagt«, vermag sein Wort den Menschen inwendig zu fassen und zu verpflichten. Die Wahrheit ist die überzeugende und dadurch zum Glauben führende Kraft[1]).

Wie das Wort bei Gott war, so entsteht auch die Wahrheit nicht erst aus dem Erkennen und Reden der Menschen, die ihre Empfänger, nicht aber ihre Erzeuger sind. Sie besteht vor aller geistigen Arbeit des Menschen, wenn ihr auch innerhalb der Welt ein Werden zukommt, 1, 17; hier wird sie durch Jesus in derselben Weise, wie die Gnade durch ihn wird. Er gibt ihr in der finsteren Menschheit das Dasein, weil er sie bezeugt, 18, 37. 5, 33. Darum redet Johannes nicht besonders von einer »göttlichen Wahrheit« [2]), so wenig als er vom »Licht Gottes« oder vom »Leben Gottes« spricht. Er unterscheidet nicht ein doppeltes Licht, menschliches und göttliches, sondern Licht und Leben sind ein Einiges, Gott allein Eignendes, so daß, was in der Welt Licht und Leben besitzt, an göttlicher Wirkung und Gabe Anteil hat. Ebenso bleibt ihm der Wahrheitsbegriff eine ungeteilte Einheit; er zerlegt die Wahrheit nicht in eine menschliche und göttliche. Weil sie Gottes Art ist, so, wie sie sich der bewußten Geistigkeit des Menschen kundgibt, darum bilden »Wahrheit und Leben« in ihrer Vereinigung den Weg zum Vater; darum ist Jesus »die Wahrheit« in derselben Weise wie das Wort, 14, 6. Ebenso ist der Geist »der Geist der Wahrheit«, 14, 17. 15, 26. 16, 13, da sie wie sein Wesen, so auch die Gabe bildet, durch die er sich im Menschen offenbart.

---

[1]) Bei Mt. entsprechen sich Güte und Glaube, bei Joh. Wahrheit und Glaube. Gemeinsam ist beiden, daß die Wurzel des Glaubens ein einfacher, in jedem vorhandener Vorgang ist; denn auch die Empfindung für den Wert der Wahrheit ist eine elementare Funktion. Es liegt darum in den johanneischen Sätzen über die Beziehung zwischen Wahrheit und Glaube die Sachparallele zu jenen Urteilen Jesu bei Mt., die das Glauben nicht als etwas Künstliches und Entlegenes, sein Ausbleiben nicht als entschuldbar behandeln, vgl. S. 138. Darum gibt uns auch Joh. ähnlich wie Mt. von Anfang an Jesu Klage über den ihm entgegentretenden Unglauben, 3, 11. 32.

[2]) ἡ ἀλήθειά σου steht 17, 17 nur in den geringeren Texten.

Nicht nur Leben, sondern auch Licht, nicht nur Geist, sondern auch Wahrheit ist das, was wir von Jesus empfangen und bei ihm zu suchen haben. Damit ist gesagt, daß er uns nicht nur ein anderes »Wesen« oder neue »Kräfte« verleiht, sondern in unser Denken und Wollen hinein seine Gabe legt. Das Licht macht unser Bewußtsein hell; die Wahrheit bewegt uns in unserem persönlichen Verhalten. Eben deshalb kann unsere Beziehung zu Jesus nur Glaube sein und ist ohne Glauben nicht da. Weil Jesus das Licht und die Wahrheit ist, wird unsere Beziehung zu ihm ethisch und persönlich. Damit fallen alle Vorstellungen von einer Gemeinschaft mit ihm dahin, die nur durch Machtwirkung oder Wesensmischung entstände, und das Glauben bekommt schlechthinige Unerläßlichkeit. Denn dem Licht öffnen wir uns glaubend und durch Glauben wird die Wahrheit unser Eigentum.

Die Einheit Jesu mit der Wahrheit ergibt, daß er als der Wissende redet, als der, der »gesehen hat«. Sein Wort entspringt aus dem reellen Besitz dessen, was er sagt. Er stellt Gott nicht aus der Entfernung von ihm dar, sondern in der Gemeinschaft mit ihm. Dadurch erhält er die Eigenschaft eines »Zeugen«, und diesem gebührt von denen, die selber nie ein Sehen Gottes erlebt haben, Glaube. Es ist Anmaßung, wenn sie den einen Lügner heißen, der auf Grund eigenen Sehens von dem redet, was sie nie geschaut haben.

Dadurch vollzieht Jesus wieder jenen Verzicht auf Weisheit, Theorie und Theologie, den uns schon Matthäus an ihm sichtbar machte[1]). Weil sein Wort nur bezeugt, was er sah, so ist sein Wissen vollständig Selbstbewußtsein. Er trägt keine Lehren vor, die einen ihm selbst fremden Gegenstand darstellten, sondern macht sein Verhältnis zum Vater, d. h. seine Sohnschaft, und sein Verhältnis zur Menschheit, d. h. seine Messianität, kund. Indem sein Wort ausschließlich »Zeugnis« bleibt, wird das, was den Anschluß an ihn ergibt, nicht aus dem Glauben heraus in das Verstehen und Erkennen verlegt, sondern das Glauben bleibt als die Annahme dessen, was Jesus

[1]) Bei Mt. entsteht das Glauben aus der Wahrnehmung dessen, was Jesus tut; bei Joh. aus seinem Selbstzeugnis. Weder hier noch dort kämpft Jesus gegen die Theologie seiner Gegner mit Theologie.

von sich bezeugt, dem Erkennen gegenüber deutlich abgegrenzt und erhält vollständig die Richtung auf Jesu Person. Weil sein Wort das ausspricht, was er selber für den Vater und für die Menschen ist, ist es gleichzeitig beides, die Offenbarung des Vaters und unsere Berufung zu ihm. Er spricht als der Hirte, der die Schafe ruft. Wer seine Stimme so hört, daß sie ihn bewegt und zu ihm führt, ist mit ihm und dadurch mit dem Vater vereint.

Diese Vereinfachung des Evangeliums, daß uns nicht Worte Jesu über die vielerlei Anliegen des Menschen und Juden, sondern nur solche über seine Sohnschaft und die ihm damit gegebene Sendung an die Welt vorgelegt werden, geschieht direkt im Interesse des Glaubens, unter seinem Antrieb und zu seiner Begründung. Darum verbindet Johannes mit der Vereinfachung des Evangeliums zugleich auch eine Erweiterung und Vertiefung desselben, die sich daraus ergab, daß er uns den Glaubensgrund, Jesu Einheit mit dem Vater, reichlich und deutlich zur Wahrnehmung bringen will.

Daher erhalten wir die Bezeugung der Ewigkeit Jesu, seines Seins im Himmel, seines Anteils an der Schöpfung und Regierung der Menschheit, seiner inwendigen Beziehung zum Menschen, die sich in der Weise der Gottheit herstellt. Niemals tritt aber dadurch ein Dogma an die Stelle des Glaubens, so daß etwa einer die Präexistenz Jesu aussagenden Formel die erlösende Macht beigelegt wäre. Ein solcher Gedankengang war für Johannes schlechthin unmöglich, da derselbe nach seinem Urteil das Evangelium umgestürzt hätte. Dieses hat seinen Inhalt nicht daran, daß uns Gott diesen oder jenen Gedanken mitgeteilt habe, sondern daran, daß er seinen Sohn als den Lebendigen gesandt habe. Darum dienen alle jene Aussagen nur dazu, das Glauben zu begründen, indem sie uns sichtbar machen, wie vollständig Jesu Sohnschaft, wie vollständig darum auch seine Gemeinschaft mit uns ist[1]). Das

[1]) Wer die lehrhaften Aussagen des johanneischen Christus lediglich als Spiegelungen des „Glaubens" beurteilt, hat in diesem Urteil die Nötigung, alle diese Gedankenreihen in die Darstellung des Glaubens einzuschließen. Wer dagegen nicht in der Lage ist, diese Aussagen nur auf den subjektiven Faktor des Glaubens zu reduzieren, sondern hier

bewährt sich darin, daß sie den Blick nicht vom Menschen Jesus und seiner Geschichte hinüber ins Geheimnis des göttlichen Wesens ziehen, sondern dazu von Johannes gegeben sind, damit der Mensch Jesus uns nach seiner ganzen Bedeutung für uns erkennbar sei und wir wissen, was wir tun, wenn wir uns von ihm scheiden oder zu ihm hinzutreten.

So entsteht aus Jesu Wort jene Beugung vor ihm, ohne die es kein auf ihn gerichtetes Glauben gibt. Seine für alle geheimnisvolle Einheit mit dem Vater macht, daß er als der einzig Hohe über allen steht.

Dem klaren Selbstbewußtsein, durch das er seine Geeintheit mit dem Vater schaut, entspricht, daß er der Kenner des Menschen ist und ihn nach seiner inwendigen Gestalt durchschaut. Auch dadurch erweist er sich als das »Licht« und Johannes hat dies als einen besonders kräftigen Antrieb zum Glauben empfunden. Weil Nathanael sieht, er sei von Jesus gekannt, glaubt er; daß Jesus der Samariterin sagt, was sie tat, bewirkt, daß sie glaubt. Während des letzten Verkehrs der Jünger mit Jesus bildet dies den Grund, weshalb sie auch an den Sterbenden glauben: du weißt alle Dinge, 16, 30, und auf dieselbe Erwägung stützt sich Petrus vor dem Auferstandenen, 21, 17. Der Einblick Jesu in das Inwendige der Jünger hat für den Evangelisten nicht bloß deshalb Bedeutung, weil derselbe einen Erweis übernatürlicher Macht bei sich hat, sondern weil er Jesu Gemeinschaft mit ihnen vollendet. Obwohl er sie in ihrer Schwachheit und Sünde kennt mit allem, was sie bewegt und erschüttert, bewahrt er ihnen seine Liebe und zeigt ihnen damit, daß sie wirklich ihnen gilt, so, wie sie sind, womit ihnen das durchschlagende Glaubensmotiv gegeben ist [1]).

Aber auch in dieser Richtung wird sein Wissen schlechthin durch das eine Ziel, das Glauben zu begründen, formiert.

Wirklichkeit sich enthüllen und wirken sieht, für den bleiben die lehrhaften Aussagen über Jesu Gottheit vom Glauben unterschieden.

[1]) Da der Erhöhte das uns durchschauende Wissen vollends besitzt, spricht Joh. damit eine Gewißheit aus, die die Gemeinde in jeder Zeit und Lage festhalten soll. Wir finden daher denselben Gedanken in der Apokalypse wieder: „ich weiß deine Werke“. Sein den Menschen durchschauendes Wissen macht sein Vermögen zu vergeben zur Basis seines ganzen Verkehrs mit ihm, wie es bei Mt. die Voraussetzung für alles Heilen Jesu ist.

Aus Jesu Kenntnis des Menschen entsteht keine Anthropologie oder Psychologie, keine Theorie über das »Wesen« der Seele und des Leibes. Sein Wissen erzeugt die Gemeinschaft mit denen, die ihm der Vater gegeben hat, und macht diese wahr und ganz.

Das Wort, das der Vater ihm gibt, ist aber zugleich die schaffende Macht, die das Leben erzeugt. Darum fügt Jesus zum Wort auch das Werk als Glaubensgrund, weil auch seine Werke Gottes Gaben an ihn und Gottes Gaben für uns sind. Er geht mit seinem Wollen und Wirken in Gottes Handeln ein und »vollendet das Werk des Vaters«, 4, 34. 5, 36. 17, 4. Sein Beweis besteht darin, daß der Vater auch die größten Werke, die Spendung des ewigen Lebens an die Welt und die Vollstreckung des Gerichts, ihm übertragen hat, 5, 21—30.

Nicht ein Werk, das für ihn, aber nicht durch ihn herbeigeführt würde, nicht ein Zeichen, das zu seinen Gunsten geschähe, aber nicht seine eigene Tat wäre, kann dem Ziel Jesu dienen, sondern nur ein solches Werk, das er selber tut und das sich gleichzeitig als Wirkung Gottes offenbart. Indem er selbst so handelt, daß er die Werke Gottes vollbringt, ist das Glauben nicht an ihm vorbei oder über ihn empor, sondern auf ihn hingewandt.

Das Wort und das Werk stehen nach ihrer Beziehung zum Glauben zueinander in einer gegenseitigen Über- und Unterordnung. Jedes von ihnen hat seinen besonderen Wert, 14, 10. 10, 38. Auf das Wort verweist Jesus den Jünger, den er fragen muß: glaubst du nicht? zuerst, weil es das nächste, innerlichste Mittel seiner Offenbarung ist. Wer an seinem Wort die göttliche Selbstbezeugung wahrnimmt, »glaubt ihm«; denn er hat in diesem Moment noch nichts vor sich als Jesu Person. Das Vertrauen ist so auf die an ihm selbst erscheinenden Merkmale der Sendung Gottes bezogen. Neben der Fähigkeit, in seinem Wort schon seine Gemeinschaft mit dem Vater wahrzunehmen, ist die Forderung des Zeichens Glaubensschwäche. Darum wird die Bitte um das Wunder als Mangel an Glauben getadelt, 4, 48, und die Aufforderung der Brüder: laß deine Jünger deine Werke sehen, als Unglaube behandelt, 7, 3 ff. Die Galiläer fragen umsonst: was tust du für ein Zeichen?

6, 30 und die Forderung eines solchen durch die Priester wird rundum abgewiesen, 2, 18 ff. Solche Forderungen kommen nur dadurch zustande, daß das Wort, das an sich schon der voll zureichende Grund des Glaubens ist, nicht als solcher wirksam ward, so daß die erste Berufung zum Glauben erfolglos blieb. Nicht erst nach der Auferweckung des Lazarus, sondern vor derselben wird an Martha die Frage gerichtet: ich bin die Auferstehung; glaubst du das? weil nicht erst Jesu Tat, sondern schon seine Zusage Glauben verlangt und trägt. Wenn er zu seinem Entstehen des Sehens bedarf, so tritt Unwilligkeit und Unfähigkeit zum Anschluß an Christus zutage, die erst vor seiner sichtbar werdenden Herrlichkeit weicht. Darum wird, nachdem den Jüngern Jesu Wort übergeben und zur Gewißheit gemacht ist, die Verheißung denen gegeben, in denen der Glaube ohne die Kenntnis Jesu und ohne den Anblick seiner Werke zustande kommt, 20, 29. Die Verheißung Jesu erreicht damit ihre höchste Höhe. Die, die, ohne zu sehen, glauben, haben die wirksame Gnade des Christus in besonderer Stärke erlebt.

Allein ein Wort, das nur Wort bliebe und auf den reellen Bestand des Lebens keine Wirkung hätte, wäre kein Glaubensgrund mehr. Es wäre eine Verkürzung des Gottesbilds, nicht eine Offenbarung seiner Herrlichkeit, und ein Verzicht auf das messianische Amt, nicht dessen Ausrichtung. Darum entsteht das Glauben nicht aus dem Reden, sondern aus dem Handeln des Christus: »wenn ich es nicht tue, so glaubt mir nicht«, 10, 37. Das Wort erzeugt es nur deshalb, weil es die Gewähr in sich hat, daß das Werk ihm folgt, um deswillen weil es aus Gott stammt. Der Vater spricht nicht nur, sondern »tut seine Werke«, 14, 10, als der »in Jesus bleibende«, so daß Gottes Werk zugleich das Werk des Christus ist, weshalb der Glaube sich auf ihn richten muß. Da das Werk des Christus den Menschen vor die vollendete Gabe stellt und die Gotteskraft des Worts enthüllt, bringt es ihm eine verstärkte Berufung zum Glauben: »wenn ihr mir nicht glaubt, so glaubt um der Werke selber willen« [1]. Es widerlegt die Unwilligkeit

[1]) Die Fassung des Gedankens schließt unmittelbar an das natürliche Empfinden an. Vergleiche mit 14, 11 *διὰ τὰ ἔργα αὐτὰ πιστεύειν* Polyb.

zum Glauben und leitet, wenn es diesen Zweck erreicht, auch in das Verständnis des inwendigen Wesens Jesu hinein, so daß aus jenem Glauben, das dem Werk gewährt wird, ein neues Glauben folgt, das ihn in seiner bleibenden Gemeinschaft mit dem Vater faßt. Darum fällt trotz der bestimmten Ablehnung der Zeichenforderung dennoch auf Jesu Werke mit ihrem wunderbaren Charakter ein großer Nachdruck. Die Zeichen in Jerusalem, vor allem das an Lazarus, wirken in den Juden Glauben, das Zeichen von Kana in den Jüngern, 2,11. 23. 7,31. 11,45. 12,11. Der Blinde wird darauf verwiesen, daß er den Sohn Gottes in der heilenden Tat »gesehen«, nicht nur gehört hat, 9,37 vgl. 6,36. Die Zeichen hält Jesus den Juden wie den Jüngern als Grund zum Glauben vor, weil sie Gottes Zeugnis für ihn sind, 5,36. 10,25. 38. 14,11. Die Werke, die er tat, machen Israels Unglauben zur unentschuldbaren Sünde, 15,24. 12,37. Vor allem wird das große Hindernis des Glaubens, der Tod Jesu und seine Versetzung in die Unsichtbarkeit, nicht schon dadurch für die Jünger überwunden, daß Jesus ihnen seine bleibende Gemeinschaft mit ihnen bezeugt, sondern dadurch, daß er sich als auferstanden sichtbar macht. Um die Jünger mit dem Worte auszurüsten, das Glauben stiftet, darf Thomas die Hand des Auferstandenen anfassen.

Die Werke Jesu ziehen ihre Bedeutung nicht nur aus der Macht, die in ihnen erscheint, sondern aus dem Ziel, zu dem die Macht wirksam wird. Nicht nur ihr Quantum, sondern ihre Qualität, die durch sie vermittelte Gabe, macht sie zum Glaubensmotiv. Johannes hat stark die Beziehungen der Zeichen zum universalen Zweck Jesu hervorgehoben. Als die Auferstehung und das Leben macht er sich durch das kund, was er an Lazarus tut, und noch mehr durch das, was an seinem eigenen Leib geschieht, als das Licht durch die Tat am Blindgeborenen, als das Leben gebende Brot durch die Speisung der Tausende und noch mehr durch sein Kreuz. Auch das Zeichen von Kana heißt schwerlich bloß deshalb eine Versichtbarung seiner Herrlichkeit, weil es schöpferiche Macht war, sondern weil es die ge-

1, 35, 4 *δι᾽ αὐτῶν τῶν ἔργων λαβεῖν τὴν πίστιν* und 7, 13, 2 *δι᾽ αὐτῶν πραγπάτων.*

bende Gnade offenbart. Während das Vermögen des Menschen auch auf den Höhepunkten des Lebens, wenn er festlich feiern möchte, versagt, bereitet der Christus den Seinen das von keiner Störung getrübte Fest und gewährt ihnen die vollendete Freude.

Solche Zeichen machen jedoch das umfassende Ziel Jesu nur in zeitlicher Form und in den irdischen Verhältnissen sichtbar und sind deshalb nicht sein eigentliches Werk. Werden sie nur als symbolische Darstellung der im Worte Jesu enthaltenen Gedanken aufgefaßt, so wird dadurch der Gedanke Jesu verletzt. Johannes betont, daß sie ihre Bedeutung für ihn darin hatten, daß sie »Werke« waren, Realwirkungen, und zwar Werke Gottes, die die Worte Jesu als göttliche Zeugnisse bestätigten. Sie behalten deshalb eine besondere, vom Wort unterschiedene Wichtigkeit, weil sich in ihnen der Wille und die Kraft offenbaren, das ins Wort Gefaßte ins Wesen zu setzen. Allerdings weisen sie, weil sie der gegenwärtigen und irdischen Sphäre angehören, nur andeutend auf die reelle, kommende und ewige Gabe Gottes hin, während das Wort sie vollständig aufdeckt und darbietet, da es enger und vollständiger in die Gemeinschaft mit Jesus setzt, als es durch das Zeichen geschieht.

Wenn Jesus auf die Bitte des Königlichen antwortet: »wenn ihr nicht Zeichen und Wunder seht, so glaubt ihr nicht«, 4,48 so bezieht sich Jesu Tadel schwerlich bloß darauf, daß sich der Bittende keine andere Weise der Heilung vorstellen kann als die durch Jesu eigene Gegenwart vermittelte und ihn deshalb mit sich nach Kapernaum zu nehmen wünscht; vielmehr macht die Bitte selbst, der Kummer, aus dem sie geboren ist, und die Betrachtung des Todes, die sie erzeugt, die Abwesenheit des Glaubens im Bittenden offenbar. Wie gering ist die Gabe, die er mit seinem Begehren sucht, verglichen mit dem, was der Glaube hätte! Der Sohn kehrt ihm in dasjenige Leben zurück, das immer noch die Bedürftigkeit einer neuen, höheren Lebensgabe in sich hat und noch nicht gegen »das Sterben durch die Sünde« schützt. Darum ist die innere Wirkung der Tat Jesu für den Bittenden wertvoller als ihr äußerer Effekt, der nur die Bedeutung eines Zeichens hat; er erlangt das Größte dadurch, daß er Glauben empfängt, dem die Verheißung gegeben ist, daß in ihm auch der Gestorbene lebt, 11, 25. Dieses Glauben kann und soll auch ohne das Zeichen entstehen und sich auch dann, wenn der Sohn stirbt, erhalten. Jesus spricht aus, daß seine Umgebung zu solchem Glauben nicht fähig ist. Wenn der Knabe stürbe, so schiene dem Bittenden die Lebensgabe Gottes nicht vorhanden und Jesus macht- und hilflos zu sein. Darum gewährt ihm Jesus die kleine Hilfe, die er begehrt, da die Erhaltung des Sohns für ihn eine Gabe bildet, durch die er das große, ganze Glauben lernen wird. Er erfüllt aber seine Bitte so, daß er sich zunächst an seiner Verheißung genügen lassen muß. So erfährt er, daß im Wort Jesu die Lebensgabe enthalten ist, und wird dadurch zu einer Glaubensübung angeleitet, die auch das Wort, das dem Sterbenden Leben gibt, bejahen kann.

Neben das Wort an den Königlichen wird dasjenige an die Jünger: ich freue mich, daß ich nicht bei Lazarus war, damit ihr glaubt, 11, 15, zu stellen sein. Im Blick auf den sterbenden Lazarus wäre den Jüngern der Glaube erloschen. Jesus mißt ihnen ähnliche Gedanken zu, wie sie die Juden äußern: konnte der, der die Augen des Blinden öffnete, nicht machen, daß auch dieser nicht starb? 11, 37. Auch die Jünger sind nicht imstande, neben dem die Verheißung scheinbar aufhebenden Verlauf der Ereignisse die Zuversicht zu bewahren. Daraus entsteht die Notwendigkeit des Zeichens; zugleich wird dadurch der Mangel an Glauben offenbar, aus dem das Verlangen nach dem Zeichen stammt.

Der Verweigerung des Glaubens setzt Jesus auch bei Johannes nicht das Zeichen entgegen; denn diese widersetzt sich nicht nur seinem Wort, sondern ebenso sehr seinem Werk. Am Verhör, dem der Blindgeborene unterworfen wird, bringt es der Evangelist kräftig zur Darstellung, wie keine Offenbarung der Macht Jesu den Entschluß, ihm den Glauben zu versagen, zu überwinden vermag. Solche Kritik seines Wirkens verweist Jesus beharrlich auf sein Sterben. Die Priester bestreiten die Wahrheit seines Urteils über den Kultus Israels, wie er es in der Säuberung des Tempels zum Ausdruck bringt, und fordern, daß er sein Recht durch ein Zeichen bewähre. Sein Zeichen ist, daß er den echten Tempel neu bauen wird, doch erst, nachdem sie ihn abgebrochen haben. Die Galiläer fordern, daß er wie Mose ihnen mehr als bloß Brot gebe; er wird sie in der Tat in höherer Weise speisen; aber das, was er ihnen als Speise gibt, ist sein Fleisch und Blut. Die Brüder kritisieren sein Verhalten als ungenügend für den, der den messianischen Anspruch erhebt, weil er sich der Welt nicht offenbart; er wird es tun, doch erst, nachdem sich der Haß der Welt an ihm vollzogen hat. Er kann in seiner irdischen Gestalt nicht alles, was dem Unglauben zur Begründung dient, autheben. Das Volk kann seine Hoffnungen gegen ihn kehren und ihn neben diesen als arm und ohnmächtig geringschätzen. Aber all dem wird sein Sterben die Lösung bringen, freilich in einer Weise, die die Überhebung, die in der Zeichenforderung enthalten ist, nicht nährt und dem Unglauben bleibend die Gabe Gottes versagt. An den Gekreuzigten schließt man sich nur durch Trauen an[1]).

Da die Gemeinschaft Jesu mit dem Vater und sein in ihr begründeter Beruf für die Welt ihn über alle erhöht und alles Leben auf sein Geben begründet, vollzieht sich das Glauben nur so, daß ein Verhältnis totaler Unterordnung ihm gegenüber entsteht. Es tritt daher bei Johannes ebenso deutlich wie bei Matthäus zum Selbstvertrauen in einen scharfen Gegensatz. Das Hindernis, durch das der Glaube entweder ganz unmöglich oder nutz- und kraftlos wird, besteht fortwährend darin, daß ein reiches, sattes Selbstbewußtsein Jesus entgegengehalten wird, das ihn nicht braucht. Gleich zum Beginn seiner Arbeit wird seine Mutter scharf zurückgewiesen, weil sie ihn leiten will, 2, 3; so meinen auch seine Brüder zu wissen, was er seinem Berufe schuldig sei, und beweisen dadurch, daß sie nicht an ihn glauben, 7, 1 ff. Die Juden verteidigen gegen ihn ihren herrlichen Tempel und verstehen nicht, weshalb es ihm schaden soll, daß auch ein großes Handelsgeschäft an ihm hängt, 2, 18—20. Nikodemus steht als der Wissende vor Jesus und meint, den Geist und das aus ihm entstehende Leben nicht nötig zu haben, um Gottes Reich zu sehen. Die Jüngerschaft des Täufers ist von der Ehre und Größe ihres Meisters erfüllt, bei dem auch

[1]) In der Behandlung der Zeichenfrage sind Mt. und Joh. einander sehr parallel.

Jesus war und von dem er das Zeugnis erhielt, 3, 26. Die Samariterin kämpft für ihre Reliquien, den heiligen Brunnen Jakobs; will Jesus etwa größer als Jakob sein! 4, 12. Die Galiläer ergötzen sich an den großen Dingen, die die Väter erlebt haben, und alle Zeichen Jesu verschwinden ihnen neben der Herrlichkeit dessen, was Israel einst empfangen hat: »unsere Väter aßen das Manna!« 6, 31. Für die Juden Jerusalems wird das Glauben deshalb unmöglich, weil sie sich längst schon als die freien Söhne Gottes wissen und es Jesus nicht zugestehen, daß er größer als ihre Heiligen, als Abraham und die Propheten, sei, 8, 53. Israel hat schon seinen Mittler mit Gott; »denn wir sind Moses Jünger«, 9, 29. Nur durch den Verzicht auf diesen Besitz, der bis jetzt als Grund des Glaubens galt, kann Glaube an Jesus entstehen und, wenn er entstanden ist, seine heilsame Wirkung hervorbringen.

Dieser von Jesus verneinte Glaube ist durchaus nicht irreligiös in dem Sinn, daß er nur die Herrlichkeit und Größe des eigenen Ichs genösse und mit direkter Verneinung Gott entehrte. Vielmehr gibt sich dieses Vertrauen, das Jesus entgegengesetzt wird, in allen seinen Formen seinen Stützpunkt in dem, was Gottes ist. Abrahams Kinder besitzen die Freiheit als ihr sicheres Erbe, weil sie Gott zum Vater haben, 8, 33. 41. Mose ist der Herr der Gemeinde und ihr Mittler mit Gott, weil Gott mit ihm geredet hat, 9, 28. Darum enthüllt Jesus die Nichtigkeit dieser angeblichen Gemeinschaft mit Gott. Er ist ihnen fern; sie haben ihn weder gehört noch gesehen, 5, 37. Sein Wort befindet sich zwar durch die Schrift in ihrem Besitz; sie wird aber inwendig nicht von ihnen festgehalten, 5, 38. Der sie Gestaltende ist nicht Gott, sondern der Teufel, weil Lüge und Haß der Inhalt ihres Lebens sind; diese werden aber nicht von Gott, sondern vom Teufel empfangen, 8, 44. So gibt uns auch Johannes eine höchst bedeutsame Darstellung des Kampfs Jesu gegen den falschen Glauben. Eine Zuversicht, die Gott als Vater anruft, während gleichzeitig die innere Lebensgestalt das Bild des Teufels trägt, ist falsch. Die Beugung vor Jesus, aus der der Glaube wird, wird dadurch im intensivsten Sinn zur Buße, zur Erkenntnis der Geschiedenheit von Gott und der Gebundenheit an widergöttliche Regenten, aus der heraus Jesus den Menschen zu sich beruft.

Die Gottlosigkeit der Welt enthüllt Jesus dadurch, daß er seine Verbundenheit mit dem Vater offenbart. Da er trotz derselben verworfen wird, ist die Unwahrheit jenes angeblichen Glaubens, der sich gegen ihn setzt, vollends ans Licht gebracht. Ein Glaube, der Gottes Wort und Werk an Jesus verneint und bestreitet, ist kein wahrer Glaube, keine Bejahung Gottes, kein Gott zustrebendes Verlangen. Weil der Jude gleichzeitig seine Hoffnung auf Mose setzt und Jesus den Glauben versagt, ist seine Erwartung eine Täuschung, die ihn zu schanden macht, 5, 45—47. Es ist bezeichnend, daß die auf Mose gesetzte Erwartung nicht in den Glaubensbegriff gefaßt ist, obwohl die Schrift die Formel »an Mose glauben« gab. Dennoch sagt Johannes nur ἠλπικέναι εἰς Μωϋσῆν, offenbar als Parallele zu πεπιστευκέναι εἰς Χριστόν, jedoch mit deutlichem Unterschied, wie denn die auf Jesus gesetzte Erwartung im Evangelium nie »hoffen« heißt. Für eine eigenmächtige, des göttlichen Grundes entbehrende Erwartung braucht Johannes »glauben« nicht. Jene auf Mose gerichtete Zuversicht verhindert nicht, daß Mose vor Gott als ihr Ankläger steht, weil sie zwar auf ihn hofften, aber ihm nicht glaubten. Daß sie sich um des Gesetzes willen alle Heilsgüter beilegen, ist noch nicht Glaube. Glaube wäre die Anerkennung Moses in seinem von Gott ihm gegebenen Beruf; darin wäre aber unmittelbar auch der Glaube an Jesus gesetzt, weil Mose »über ihn schrieb«. Schwerlich ist dabei nur an einzelne weissagende Worte gedacht, sondern wie der Täufer das täglich auf den Altar gebrachte Lamm zum Bild Jesu macht, 1, 29, und Jesus im Tempel sein Bild und Zeichen sieht, 2, 19, so wird er hier das ganze Gesetz auf sich beziehen, weil Israel um seinetwillen gegründet ist, als sein »Eigentum«, und in ihm der Hirte, Herr und Gott erschien, von dem Mose als vom Herrn und Gott Israels zeugt, zu dessen Gemeinde er das Volk bereiten will. Die Aneignung dessen, was die Schrift über Gottes Regierung und Willen sagt, wäre die Befähigung zum Glauben an ihn, wie auch die Ablehnung des Schriftzeugnisses von Gott den Streit mit Jesus zur Folge hat. Dabei hat Mose dem Volk »Geschriebenes«, γράμματα, gegeben, Jesus nur Worte, ῥήματα; der Gegensatz wird sich auf die gesetzliche Kraft des Worts beziehen, die sich in seiner schriftlichen Fixierung Ausdruck gibt. Jesus tritt nicht wie Mose als Gesetzgeber vor sie, ihren Glauben mit zwingendem Befehl für sich fordernd, sondern sucht allen Erfolg in der inneren Kraft und Wirkung seines Worts. Hat sie die gebietende Schrift nicht zum Glauben gebracht, so wird dies sein leicht vergessenes Wort noch weniger erreichen. Er verzichtet aber nicht bloß auf die gesetzgebende, sondern auch auf die richterliche Funktion und stellt sich nicht als Israels Ankläger vor Gott. Deswegen bleibt jedoch ihr Unglaube nicht ungestraft. Mose ist der Verkläger derer, die ihm und darum auch Jesus nicht glauben. Wegen seiner Sohnschaft weiß Jesus alle Boten Gottes auf seiner Seite. Abraham freute sich seines Tages, Jesaja sah seine Herrlichkeit, und Mose ruft Gottes Gericht gegen das Jesus verwerfende Israel an. Dieses scheidet sich, indem es Jesus ausstößt, von allen seinen Heiligen und sein Ruhm, den es auf diese gründet, zerfällt durch seinen Unglauben gegen Jesus in nichts. Auch die Zuversicht, mit der Israel die Schrift als die Verbürgung seines Anteils an Gott verehrt, nennt Johannes nicht Glauben, sondern ein Meinen. »Ihr durchforscht die Sprüche der Schrift, weil ihr meint, in ihnen ewiges Leben zu haben«, 5, 39. Denn ihre Zuversicht zur Schrift hebt sich selber auf, weil sie dennoch nicht zu Jesus kommen wollen, während doch die göttlichen Worte, in denen sie die Verbürgung des ewigen Lebens sehen, von ihm Zeugnis geben. Ihre Frömmigkeit zerfällt daher in einen grellen Selbstwiderspruch: sie preisen die von Jesus zeugenden Worte und verachten ihn selbst, freuen sich dieser Worte als der Verheißung des ewigen Lebens und wollen dasselbe nicht von dem empfangen, der es ihnen gibt.

Der Aufforderung Jesu, die zu ewigem Leben bleibende Speise zu erarbeiten, stößt bei den Galiläern auf volle Bereitwilligkeit, da sie zu jeder Leistung für Gott entschlossen sind: »was sollen wir tun, damit wir die Werke Gottes wirken«? 6, 28. Aber dieser Eifer erweist sich sofort als unwahr, da Jesus das Glauben an ihn als das eine Werk bezeichnet, das ihnen Gott gegenüber obliegt, weil sie nicht selbsttätig den Grund ihres ewigen Lebens wirken sollen, wohl aber den, der von Gott ihnen durch seine eigene Tat gesandt ist und ihnen die belebende Speise als seine eigene Gabe gibt, aufzunehmen haben. Da sie die Zumutung, auf ihn ihr Vertrauen zu stellen, ablehnen, da er zu einem solchen Verlangen noch nicht berechtigt sei, erweist sich ihr ganzer Eifer für den Dienst Gottes als leer[1]).

Es fehlt ihnen der Gehorsam gegen die einfachsten ethischen Antriebe des Gottesbewußtseins; sonst wäre ihnen kein Streit gegen Jesus möglich, weil es an ihm offenbar ist, daß er von der selbstischen Verderbnis des Willens frei ist. Nur deswegen, weil sie selbst nicht wissen, was Liebe und Ehre Gottes ist, wird ihnen die reine Unterordnung Jesu unter Gott, die nicht den eigenen Willen tut und nicht die eigene Ehre sucht, nicht zum Glaubensmotiv, 5, 41—44, 3, 19—21. Darum schlägt auch ihr Unvermögen, zu Jesus Vertrauen zu gewinnen, gegenüber den antichristlichen Unternehmungen in ihr Gegenteil um, 5, 43[2]).

Eben deshalb hat Johannes dem Glauben immer wieder und ausschließlich die Beziehung auf Jesus gegeben. Nur dann, wenn es fest und ganz an ihn angeschlossen ist, ist nicht nur der Unglaube, sondern auch das falsche Glauben überwunden und derjenige Glaubensstand erreicht, der wirklich Gott als Gott faßt und deshalb in das ewige Leben versetzt.

Daß die Welt in ihrer Entfremdung von Gott erkannt und ihr Lügen und Hassen gerichtet wird, ergibt die johanneische Parallele zur Bußpredigt Jesu bei Matthäus. Der Anschluß an Jesus ist zugleich Abschluß gegenüber der Welt; weg von dieser, abstoßend, was sie hat, wendet sich der Glaubende zu Jesus hin. Die Kraft jenes Anschlusses und die Energie dieser Ab-

---

[1]) Vgl. Mt. 21, 28 f.: ihr habt dem Täufer nicht geglaubt und dadurch euren scheinbaren Gehorsam zur Lüge gemacht. Übrigens fehlt es dem Glaubensanspruch Jesu, so wie ihn hier Joh. darstellt, keineswegs an Beziehungen zum gegebenen jüdischen Gedankengang. Nicht nur die Auszeichnung der Spendung des Mannas als eines sonderlichen Erweises der göttlichen Gnade hat jüdischen Lokalton, sondern auch die Verbindung desselben mit dem Glauben. Man las auch in der Synagoge in Exod. 16, daß das Himmelsbrot nur für die gekommen sei, die glaubten, vgl. S. 21. Ähnliches gilt von 3, 14; auch die synagogale Tradition hat die Geschichte von der Schlange dazu benützt, um die Bedeutung des Glaubens zu verdeutlichen, s. S. 30.

[2]) Das Glauben ist bei Joh. nicht leichter als bei Mt. Der Blick in die Schwierigkeiten, die ihm widerstehen — nicht wie ein Senfkorn Glaube! — hat hier und dort dieselbe Klarheit.

stoßung stehen einander parallel und ergeben ein einheitliches Erlebnis. So hat Jesus auch nach dem Bericht des Johannes Glauben und Buße unlöslich miteinander geeint.

Es ist zwar tief im Glaubensstand des Johannes begründet, daß er nicht von der »Umkehr«, μετάνοια, gesprochen hat. Es bleibt dabei doch unzweifelhaft die Abkehr von allem Bösen und der Verschluß gegen das, was den Menschen ohne Jesus bewegt und füllt, ein wesentliches Merkmal dessen, was er Glauben heißt. Weshalb hatte ihm Jesu Bußpredigt, ähnlich wie die Reichspredigt, nur eine vorbereitende Bedeutung? Weil es ihm am positiven Ziel liegt, zu dem uns Gott führt, nicht am Schmerz der Reue, mit der wir uns richten, oder an der Willensenergie, mit der wir uns gegen unsere verkehrten Neigungen sträuben, sondern daran, daß uns ein neuer Lebensstand mit dem Glauben an Jesus gegeben ist. Damit, daß uns wirklich ein Neuwerden von Gott bereitet werde, beginnt bei Johannes Jesus seine Lehrarbeit, 3, 3. Doch ist bei Johannes nicht so von einem beharrenden Lebensstand die Rede, daß der Akt deshalb überflüssig würde; man »kommt zu Jesus«, »kommt ans Licht«, »schreitet aus dem Tod ins Leben hinüber«, und dieses Kommen zu Jesus ist derjenige Akt, der zugleich die Gemeinschaft mit allem Bösen löst.

Darin, daß die Verneinung dessen, was der Mensch ist, nach Inhalt und Umfang absolute Geltung erhält, alle, nicht bloß Israel, weder bloß seine Zöllner, noch bloß seine Pharisäer, sondern die »Welt«, die durch einen einheitlichen Lebensstand verbundene Menschheit, trifft, und an ihr alles, nicht nur ihre Gottlosigkeit, sondern auch ihre Religion und Gottesdienstlichkeit, ihren Unglauben und ihren Glauben verurteilt, macht sich die geschlossene Vollendetheit des Glaubens an Jesus wirksam. Was an Jesus sichtbar wird, die Gemeinschaft mit Gott, die er hat, erhält eine ungeteilte Bejahung als allein real, allein normal, allein die Wahrheit und das Leben seiend. Aus diesem Ja bricht ein Nein hervor, das sich nicht nur gegen die Feinde Jesu, nicht nur gegen die Juden, nicht nur gegen einige oder viele Menschen, sondern gegen die Welt wendet, jedoch ohne daß es einen unruhigen Kampf und auf Zerstörung gerichtete Aktion erzeugte, weil ja diese Verneinung im Glauben ihren Grund hat und aus der Erkenntnis erwächst, daß der Sohn Gottes mit dem Licht und dem Leben in die Welt gekommen ist und alle Glaubenden mit sich verbunden hat[1]).

Für dieses Glauben hat Jesu Kreuz entscheidende Wichtigkeit, weil an ihm der Gegensatz zwischen Gott und der Welt offenbar wird. Darum hat Johannes nicht trotzdem, sondern weil sein Evangelium Glauben begründen will, am Kampf Jesu mit der Judenschaft ein Hauptthema, für das er uns mit besonderer Sorgfalt Verständnis verschafft. Denn am Kreuzesweg Jesu gewinnt das Urteil über die Welt die Klarheit und damit der Glaube die Vollendung, weil er hier wahrnimmt, daß und warum er sich von allem, was menschlich ist, abwenden muß und den Zugang zu Gott einzig bei Jesus finden kann.

Sowohl die Begründung des Glaubens als die Entgründung und Verurteilung des Unglaubens erhält dadurch den Abschluß daß der Glaube auch in seinem Entstehen als Gottes Werk erkannt wird, nicht nur so, daß Jesus ihn durch sein Zeugnis bewirkt, sondern so, daß Gottes Wirken im Menschen ihn entstehen läßt.

Mit der absoluten Mittlerstellung Jesu, die zur Folge hat, daß nur in ihm Gemeinschaft mit Gott und Anteil am Leben gewonnen wird, ist für Johannes ebensowenig als für die anderen Apostel eine Vorstellung von Gott verbunden, die ihn passiv dächte und sein Wirken von der Welt ausschlöße. Es besteht auch nicht bloß darin, daß Jesu Amt auf Gottes Sendung und seine Kraft auf Gottes Geben beruht, sondern die Wirkung, die von Jesus auf die Welt ausgeht, ist fortwährend durch das göttliche Wirken auf diese bedingt. Jesus hält das ganze Abhängigkeitsbewußtsein dem Vater gegenüber mit voller Klarkeit auch im Hauptpunkt seines Wirkens fest, auch dann, wenn er die Menschen zur Verbundenheit mit ihm beruft. Er kann sie nicht durch irgendwelche eigenwillige Machtwirkung fassen; Gott allein führt ihm die Menschen zu. Nur der kommt zu ihm, den der Vater zieht, 6, 44, nicht nur zum Sohn, sondern zu sich und darum auch zum Sohne. Wo das Bewußtsein Gottes nicht erweckt ist, fehlt die

[1]) Das Gemeinsame mit Mt. besteht darin, daß auch bei Mt. die Umkehr im Glauben an Jesus ihr positives Ziel und Ergebnis hat.

Möglichkeit zur Erkenntnis des Christus. Jenes ist aber überall, wo es lebendig ist, Gottes eigene Gabe, da der Mensch Gott nur durch Gott selber kennt. Darum ist der Glaube an Jesus selbst schon die Erfüllung der Verheißung, die allen das Gelehrtsein durch Gott verspricht, weil das Verständnis Jesu auf einem göttlichen Lehren beruht, 6, 45. Es kann nicht seine Sache sein, daß er sich selbst Zeugnis gebe; zu derjenigen Gewißheit, die zum Glauben erforderlich ist, würde sein eigenes Zeugnis nicht hinreichen. Er ist auf den Vater angewiesen, daß dieser für ihn zeuge und sein Recht erweise, und nur dadurch, daß uns Gottes eigenes Zeugnis vernehmlich wird, ist dem Glauben derjenige Grund gegeben, dessen er bedarf, 5, 31 ff. So ist der auf Jesus gerichtete Glaube wirklich Glaube an Gott[1]).

Da somit zwei Vorgänge den Glauben begründen, das von außen zu uns gelangende Wort und die in uns geschehende Wirkung Gottes, kann hier mit starker Spannung eine klaffende Antithese aufbrechen. Bei Johannes ist aber von einer solchen nichts zu spüren wegen der Kräftigkeit seines Glaubens, das sowohl im äußeren Zeugnis als inneren Erleben Gott wirksam sieht und darum hier nie an einen Zwiespalt, sondern nur an Einheit und zusammenstimmendes Wirken denken kann. Der Gedanke bleibt ihm fremd, das inwendige Wirken Gottes könnte das Wort oder dieses jenes verdrängen und entbehrlich machen.

Damit, daß der Glaube aus Gottes Wirken im Menschen entsteht, ist ausgesprochen, was ihm in Jesu Augen seinen Wert verleiht, so daß er den Menschen um des Glaubens willen in das ewige Leben setzt. Wo immer ihm Glauben entgegenkommt, hat er das Wirken seines Vaters vor sich, dem er nicht entgegenhandeln kann und will. Die Glaubenden sind die Gabe, die Gott ihm bietet und die er deshalb nicht wegstößt; ihr Anschluß an ihn beruht darauf, daß sie Gottes Eigentum sind, »dein sind sie und du hast sie mir gegeben«, 17, 9. Darum ist die Gemeinschaft Jesu mit den Glaubenden so unzerbrechlich wie seine Gemeinschaft mit dem Vater; jene

[1]) Die Abstoßung der Bewunderung durch Jesus ist bei Joh. ebenso deutlich wie bei den Synoptikern. Vgl. 7, 15. 16.

könnte nur brechen, wenn diese sich löste. Ebenso unaufhebbar ist aber auch die Abweisung derer, in denen sich kein Glaube findet. Die Ohnmacht Jesu vor dem Unglauben beruht darauf, daß hier das Wirken des Vaters fehlt. Wo er kein Werk des Vaters findet, das er vollenden könnte, ist ihm die unaufhebbare Grenze gesetzt.

Je deutlicher das Glauben als Werk Gottes am Menschen erkannt ist, um so mehr verbindet sich mit demselben eine dankbare Seligkeit, die nie fehlen kann, wenn uns ein Erlebnis widerfährt, das sich als Erweis der göttlichen Gnade kennzeichnet. Nun stellt sich der Glaubensstand nicht nur seiner Resultate wegen, sondern seiner selbst wegen als das große Gut dar, das uns Gott gewährt [1]).

So wird das Glauben das vermittelnde Glied im einträchtigen Verband der Wirksamkeit Gottes und des Christus; der Vater bringt uns zum Sohne, der Sohn uns zum Vater. Eine anhebende, fundamentale Verbindung Gottes mit den Menschen führt diesen zur Erkenntnis Jesu und begründet in ihm das Glauben an ihn und Jesus setzt den, der in seine Gemeinschaft trat, in die Gemeinschaft mit dem Vater, dadurch daß er dem Glauben die Erfüllung gibt.

Das Ziehen Gottes, das das Glauben erzeugt, ist nicht als physischer, sondern als geistiger Vorgang gedacht, weshalb es die bewußten, freien Bewegungen des Willens nicht unterdrückt, sondern erzeugt. Es geschieht dadurch, daß der Mensch von Gott her »hört« und »lernt«, 6,45. Zur Deutung dieser ersten Beziehung zu Gott dient Johannes wieder der Wahrheitsbegriff. Durch sie wird die Wahrheit dem Menschen so gegenwärtig, daß er »aus ihr ist«, und damit »ist er aus Gott«, 18, 37 vgl. 8, 47 ff. Zur Wurzel seines Wesens und Lebens wird die Wahrheit aber nicht nur dadurch, daß er sie erkennt, sondern dadurch, daß er sie auch »tut«, 3, 21. Ohne daß er sie tut, wird sie auch nicht in sein Erkennen treten, vgl. 7, 17.

[1]) Der Unterschied von Mt. läßt sich so beschreiben: bei Mt. dient das Glauben der Gabe, die durch jenes erlangt wird; man glaubt um der Gabe Jesu willen. Bei Joh. dient Jesu Gabe dem Glauben; man empfängt sie um des Glaubens willen und hat an diesem das Höchste, was uns im Bereich des irdischen Lebens gegeben werden kann.

Darum hat der, der wirklich die Wahrheit hat, zugleich die Liebe zu Gott in sich, 5, 42.

Mit großer Durchsichtigkeit gibt gleich die Rede an Nikodemus diesen ganzen Gedankengang. Sie ist trinitarisch gebaut, weil auf das Geborenwerden aus dem Geiste, 3—9, das Glauben an den Sohn, 10—18, und auf das Glauben an den Sohn das in Gott getane Werk, 19—21, folgt. Jede neue Wendung deutet die vorangehende. Die zweite erklärt, wie es in denen, die Fleisch sind und deren Aktivität und Produktivität nichts anderes als Fleisch erzeugt, zum Dasein und Wirken des Geistes kommen wird. Dieses wird aus der Erhöhung des Sohnes folgen, der als der Geber des Lebens für die an ihn Glaubenden in die Welt gesandt ist. Ebenso deutet die dritte Wendung der Rede die zweite. Wie Glaube an Jesus entsteht, wird durch das in Gott getane Werk erklärt. Der Mensch ist in seinem Lieben durch die Art seines Handelns bestimmt. Ob ihm das Licht als Segen oder Unsegen, als Gewinn oder Verlust erscheint, hängt von dem ab, was er tut. Das Böse bedarf der Dunkelheit, der es bedeckenden Lüge und der es schirmenden Entfernung von Gott. Weil durch Christus das Licht an den Menschen herantritt, hat er die Fähigkeit, sich seiner zu freuen und sich ihm zu verbinden, nur dann, wenn er in einer Gemeinschaft mit Gott steht, die auch sein Handeln regiert und es zum Tun der Wahrheit macht.

Weil hier wirkliche Einheiten bestehen, darum wirken die Beziehungen in beiden Richtungen gleichmäßig, sowohl so, daß die Bewegung vom Geist zum Sohn, vom Sohn zu Gott geht, als so, daß sie von Gott zum Sohn, vom Sohn zum Geist führt. Aus dem Leben im Geist entsteht das Glauben an den Sohn und aus dem Glauben an den Sohn das Wirken in Gott, und umgekehrt aus dem Wirken in Gott das Glauben an den Sohn und das Leben durch den Geist. Doch hat die Rede zunächst deutlich eine absteigende Richtung; sie beginnt beim letzten Ziel: beim Reiche Gottes und beim künftigen Abschluß des Werkes Jesu auf Erden, beim Geborenwerden aus dem Geist, was für die Situtation der Rede noch in der Zukunft lag, da der Geist erst nach der Verklärung Jesu kommt, 7, 39. Sie geht darum mit dem zweiten Teil zu dem herab, was die Gegenwart schon hat, zur Sendung Jesu in die Welt und zu seinem Sterben, und stellt mit dem letzten Teil Nikodemus an den Punkt, der sofort, auch wenn er Jesu Werk noch nicht versteht, praktische Bedeutung für ihn hat, wo er sofort seinen Gehorsam betätigen kann. Ob er die Wahrheit tut oder nicht, davon wird abhängen, ob er zu Jesus kommt.

Durch den ursprünglichen Verband Gottes mit dem Menschen reicht auch Jesu Beziehung zu den Seinigen über seine irdische Arbeit und ihre eigene, persönliche Bekanntschaft mit ihm hinaus, da das ganze Werk Gottes durch den Sohn geschieht. Darum sind die Schafe schon des Hirten, ehe er in die Hürde tritt; weil sie sein sind, darum kennen sie seine Stimme und folgen ihm, 10, 3 ff. Weder Mt. noch Joh. haben die Gemeinde der Endzeit einzig auf die beschränkt, die durch Jesu irdische Arbeit oder durch den Dienst der Jünger gewonnen werden. Bei Mt. entsteht die über die Glaubenden hinaus sich erstrekkende Gemeinde durch die Ausdehnung der Verheißung auf alle, die lieben, der die eschatologische Offenbarung des Christus die Erfüllung bringen wird; bei Joh. entsteht sie durch die unsichtbare, übergeschichtliche Gemeinschaft des Christus mit allen, die aus der Wahrheit sind.

Dieser steht als voller Gegensatz die inwendige Abhängigkeit des Menschen vom Teufel gegenüber. Wenn er dessen Kind ist, so wird dies sichtbar an seinen aus dem teuflischen Willen stammenden Begehrungen, an der Lust am Töten und Lügen, 8, 44, und in diesen Begierden ist die Unfähigkeit zum Glauben gesetzt. Wie der Unglaube darin begründet ist, daß der Mensch die Werke des Teufels tut, 8, 39 f., so ist der Glaube das Ergebnis davon, daß der Mensch seine Werke in Gott tut, 3, 21.

Darum ist mit dem Werk des Christus, so vollständig es auf Gottes Liebe beruht, das Gericht untrennbar verbunden: der nicht Glaubende ist schon gerichtet, 3, 18. Weil der Glaube selbst schon eine göttliche Gabe ist, da er auf einem göttlichen Wirken beruht und wiederum die vollkommene Gabe des ewigen Lebens nach sich zieht, ist die Versagung des Glaubens bereits Vollzug des Gerichts; denn sie stellt den von ihr Betroffenen aus dem Bereich des göttlichen Gebens hinaus und dies dadurch, daß sie das gerechte, folgerichtige Ergebnis aus dem bösen Handeln des Menschen zieht. Dadurch, daß er durch seine Bosheit die Fähigkeit zum Glauben in sich erstickt, leidet er, was seine Bosheit verdient. Er ist gestraft und zwar nicht nur mit einer beschränkten, zeitweiligen Strafe; vielmehr hat er bereits die Strafe erlitten, die seiner Bosheit die volle Vergeltung bringt, weil er durch seine Glaubenslosigkeit vom Eigentum Gottes und des Christus abgesondert und in der Finsternis festgehalten ist. Der Glaubende erfährt dagegen in der Begründung seines Glaubens die vollkommene Gnade, die ihn dem Gericht entnommen hat. Die Norm, nach der diese Scheidung der Menschen sich vollzieht, ist dieselbe, wie die, nach der das letzte Gericht vor sich geht; es werden gesondert die, die das Schlechte taten, und die, die das Gute taten, 3, 19 f. vgl. mit 5, 29.

Damit ist Jesu Gewißheit ausgesprochen, daß er durch die Erhörung des Glaubens und die Abweisung des Unglaubens die Gerechtigkeit Gottes zur Offenbarung bringe (vgl. S. 151). Indem das Gericht nur da waltet, wo der Glaube fehlt, hemmen sich die Gnade und das Gericht nicht gegenseitig, sondern führen einträchtig Gottes Willen aus.

Die Form, in der hier diese Gewißheit ausgesprochen ist, wiederholt die dem Glauben gegebene Verheißung nach ihrer ganzen Größe. Wenn Matthäus nachdrücklich Jesu Gericht über die Glaubenden bezeugt, das ihnen nach ihren Werken vergelten wird, so beruht dies darauf, daß er mit verdorbenem Christentum und boshafter Gläubigkeit ernsthaft rechnet, während Johannes im Glauben an Jesus, sofern er nur Jesus zugewendet ist, die Überwindung des falschen Glaubens, die Erlösung vom Bösen und die Einsetzung in den Lebensverband mit Christus erkennt. Das Gericht des Christus bezeugt auch Johannes; der Glaubende wird aber nur so das Objekt desselben, daß er vom Kreis der Gerichteten abgesondert und vom Gericht befreit wird.

Der Anteil, den sich Jesus am Vollzug des Gerichts zuschreibt, besteht nicht nur darin, daß er es beschreibt oder für die Zukunft ankündigt oder das Urteil proklamiert; er hat handelnd den Rechtsvollzug in Kraft gesetzt, da er durch seine Gegenwart und sein Zeugnis den Unglauben ebenso bewirkt, wie er das Glauben bewirkt. Wenn er sich vor denen, die ihn verachten, über alle, auch über Abraham, erhebt und sich mit Gott zum ewigen Sein zusammenschließt: »ehe denn Abraham ward bin ich!« macht er dadurch nicht nur den vorhandenen Unglauben offenbar, sondern begründet ihn neu und bringt ihn zur Entschlossenheit. Deswegen ist seine Sendung auch für die, die nicht an ihn glauben, nicht bedeutungslos und unwirksam; denn sie bringt ihre Sünde zu ihrem Ende.

Obwohl Israel Gott nicht kennt, so wäre doch alles, was es in diesem Zustand der Entfremdung von Gott getan hat, ihm nicht Sünde; es würde keine Verurteilung, kein Lebensverlust daraus folgen, wenn nicht Jesus mit seinem Wort zu ihm gekommen wäre, 15, 22. In seiner Abweisung vollendet sich die Geschiedenheit von Gott zu jenem klaren, totalen Gegensatz, der »die Sünde« ist. Deshalb wird es auch zum Beruf des Geistes, der Jesus verklärt, gerechnet, der Welt zu zeigen, worin »die Sünde« besteht, darin, »daß sie nicht glauben an mich«, 16, 9.

Es verdient aufmerksame Erwägung, daß bei Johannes neben dem Nachweis des Grundes, aus dem das Glauben entsteht, der Grund, aus dem der Unglaube wird, und neben der Verheißung für das Glauben die Verurteilung des Unglaubens als hell beleuchtete Parallele steht. Es wäre auch eine andere Fassung des Glaubens denkbar, die es am strahlenden Licht und dem mächtigen Leben entstehen ließe, ohne weiter auf den Unglauben zu reflektieren, höchstens, daß mit Bedauern seiner gedacht würde, weil ihm diese kostbaren Güter entgehen. Indem Johannes das Glauben mit voller Klarheit seinem Gegensatz gegenüberstellt, gibt er ihm die ethische Bestimmtheit und verstärkt zugleich das Glaubensmotiv [1]). Von dem, was in seiner Wurzel satanisch ist und mit seinem Ergebnis Tod hervorbringt, wendet sich jeder, der aus der Wahrheit ist, entschlossen ab.

Wer die Ableitung des Glaubens aus Gottes Wirken und die

---

[1]) Er bleibt damit neben Mt., für den sich die Frage ebenfalls so stellt: glauben oder nicht glauben, und der die Dringlichkeit der Berufung zum Glauben ebenfalls dadurch erkennbar macht, daß Israel an seinem Unglauben fällt.

analoge Erklärung des Unglaubens aus der Satanskindschaft »Dualismus« nennt, verdirbt den Gedanken des Evangelisten, weil er den Schein erweckt, als unterscheide er an der natürlichen Beschaffenheit des Menschen zwei entgegengesetzte Qualitäten. Johannes redet nirgends von einer besonderen Struktur des Geistes in den Glaubenden, die den Nichtglaubenden fehle. Diese das Geistige der Natur gleichsetzenden Vorstellungen streiten gegen die Johannes immer bestimmende Überzeugung, daß die Person das sei, was das Leben in sich hat. Sein Gott ist vollständig Person, sein Christus ist es ebenso sehr; aber auch der Mensch kommt ihm einzig nach dem in Betracht, woran wir unsere persönliche Art haben, nach denjenigen inwendigen Vorgängen, die das Ich bilden. In diesen hat freilich ein Dualismus seinen Sitz; dieser beruht aber nicht auf einer physischen Verschiedenheit, sondern ist nichts anderes als der ethische Gegensatz zwischen dem Lieben und Hassen, dem Leben Geben und Leben Nehmen, und der mit ihm eng verbundene zwischen der Wahrheit und dem Lügen. Dieser Gegensatz wird aber nicht nur aus der Freiheit und Produktionsmacht des Menschen abgeleitet, sondern aus den Beziehungen, in denen »diese Welt« zum Jenseits steht. Er entsteht dadurch, daß die Menschheit die Wirkung Gottes und die des Teufels erfährt. Diese doppelte Abhängigkeit bringt in das bewußte, personhafte Leben der Menschen einen absoluten Gegensatz hinein, der die nicht zu vermittelnde Schärfe der ethischen Antithese an sich hat. Wahrheit und Liebe werden im Evangelium nicht von Gott geschieden, sondern erhalten ihren Realgrund in Gottes väterlichem Verhalten zum Menschen; analog werden auch Haß und Lüge mit ihrer jenseitigen Quelle zusammengedacht und haben auch einen Vater, der sie im Menschen zeugt. Für diese prinzipielle Betrachtung des sittlichen Verhaltens löst sich der gemischte Charakter des menschlichen Handelns, wie ihn die Erfahrung zeigt, in den reinen Gegensatz auf. Die Mischungszustände sind nicht nur auf die Dauer unmöglich, sondern verbergen auch schon, während sie bestehen, den einheitlichen Willen der Person, der entweder göttlich, oder, wenn nicht göttlich, dann teuflisch bestimmt ist.

Ursprünglich ist dieser Gegensatz nicht. Weil alles durch

das Wort geworden ist, hat auch der Lügner vor seiner Beziehung zum Satan eine solche zu Christus. Das gibt der Abhängigkeit von jenem das Merkmal der Schuld. Weil die Welt durch Christus geworden ist, ist es für sie eine Schuld, daß sie ihn nicht erkennt; denn es geschieht damit, daß sie ihn nicht annimmt, ein Treubruch. »Die ihm Gehörenden« verstießen ihn. Darum ist auch die Trennung, die Christus zwischen sich und der Welt aufrichtet, für diese nicht nur ein Unglück, sondern »Gericht«.

Weil der Gegensatz, der innerhalb der Menschheit vorhanden ist, nicht von dieser allein hervorgebracht wird, sondern im Vorhandensein oder Fehlen wirksamer Beziehungen zu Gott begründet ist, hätte das Urteil, diese Aussagen über die Begründetheit des Glaubens in Gott entständen aus dem Prädestinationsgedanken, mehr Wahrheit als eine Darstellung derselben, die sie Dualismus heißt. Es würde aber auch dadurch eine Theorie Johannes zugeschrieben, die seine eigenen Worte übersteigt. Was ihn beschäftigt hat, war nicht die Frage, wie sich der aller Zeit vorangehende Wille Gottes zu der in der Zeit sich vollziehenden Geschichte des Menschen verhalte, sondern sein Auge bleibt ohne Schwankung auf den Bestand des menschlichen Lebens gerichtet, wie es jetzt ist, ohne auf das hinüberzusehen, was vorher Gottes Rat gewesen sei. Im gegenwärtigen Bestand der Welt sieht er nicht nur göttliches Walten und auch nicht nur teuflisches Walten. Göttliche Gabe gestaltet den Menschen; denn Wahrheit bewegt ihn; aber auch satanisches Wirken geschieht in ihm; denn er lügt. Unerschütterlich ist seine Überzeugung, daß alles Licht und Leben des Menschen an dem hänge, was Gott für ihn ist. Weil er Gottes Eigentum ist, kommt er zu ihm. Als Wahn und Einbildung fällt jede selbstgemachte Religion und jedes eigene Emporsteigen des Menschen zu Gott dahin; denn er braucht hierzu den Übertritt aus der Finsternis ins Licht, aus dem Tode ins Leben und das ist kein Vorgang, den er sich selbst verschaffen könnte. Hierbei ist er rein und ganz der Empfangende. Nie wird aber dabei der persönliche, im Willensbereich sich vollziehende Charakter des Vorgangs vergessen oder verdunkelt, den Johannes vielmehr mit der hellsten Deutlichkeit beschrieben hat. Dagegen läßt er die Frage, wie die göttliche Regierung die eigene Willensmacht des Menschen erzeuge, beachte und umfasse, ohne Erörterung; jene wie diese sind ihm gewiß [1]).

Weil der Glaube an Jesus die Person mit der Person verbunden hält, hat er notwendig das Kennen in energischer Ausbildung neben sich; denn persönliche Verbundenheit bringt Kenntnis hervor.

Der Jünger hat, wie geglaubt, so auch erkannt, 6,69; wer nicht erkannt hat, dem gilt die Frage: glaubst du nicht? 14,10. Daß Jesus ist, 8,28, daß ihn der Vater gesandt hat, 17,25, daß er im Vater und der Vater in ihm ist, 14,20, das wird nicht nur geglaubt, sondern auch erkannt. Der Wahrnehmung Jesu, dem *θεωρεῖν αὐτόν*, wird dieselbe Verheißung wie dem Glauben gegeben, 6,40. 12,45.

Dennoch fehlt es nicht an Merkzeichen, daß beide Begriffe sich für Johannes deutlich sondern und wir ihn mißdeuten würden, wenn wir für das Glauben nur an den letzten abschließenden Akt des Erkennens dächten, an jene Überzeugtheit, mit der im Erkennenden die Zuversicht entsteht, sein Gedanke sei wahr.

Einmal wird deutlich Glaube ausschließlich für die Beziehung zu Jesus verwendet [2]), während Gott nachdrücklich als Inhalt unserer Erkenntnis genannt wird. Die innere Entfernung der Welt von Gott, die ihren Streit gegen Jesus und seine Jünger erzeugt, heißt nicht Unglaube gegen Gott, sondern Mangel an Erkenntnis Gottes, 7,28. 8,55. 15,21. 16,3. 17,25. Gott kennen ist ewiges Leben, 17,3; denn durch die Kenntnis Jesu wächst uns Kenntnis Gottes zu, 8,19. 14,7.

Was wir von Christus glauben, wird vorwiegend dann als Gegenstand unseres Erkennens bezeichnet, wenn auf die Erhöhung des Christus und die Vollendung seines Werkes hingewiesen wird. Während für die Gegenwart gesagt wird: glaubt,

---

[1]) Diese doppelte Gewißheit stellt sich zur Zweiheit von Recht und Güte im Gottesbild der Jerusalemiten in eine gewisse Analogie. Der Unterschied bleibt aber für den Glaubensstand wesentlich. Die alte Zweiheit nahm ihm die Gewißheit und reduzierte ihn auf die Berechnung einer größeren oder geringeren Wahrscheinlichkeit. Bei Johannes entsteht aus der den Christus bezeugenden Wirksamkeit Gottes ein Glauben, das Gewißheit ist.

[2]) Die Ausnahme, 14,1 bestätigt die Regel.

daß ich bin, wird gesagt: dann, wenn ihr den Sohn des Menschen erhöhen werdet, werdet ihr erkennen, daß ich bin, 8,28. Wenn die Jünger den wieder zu ihnen Gekommenen schauen, dann, wenn er lebt und auch sie leben, werden sie erkennen, daß er im Vater ist und der Vater in ihm, 14,20 vgl. 10.

Endlich ist auch dies für das innere Verhältnis beider Begriffe lehrreich, daß zwar nachdrücklich vom Erkennen und Sehen Gottes durch Jesus gesprochen wird, 7,29. 8,55. 10,15. 17,25, jedoch nie vom Glauben Jesu an Gott, obwohl Jesus sein Verhältnis zum Vater den Jüngern als das vollkommene Urbild vorhält, nach dem ihr eigenes Verhältnis zu ihm gestaltet ist. Wie er im Vater ist und der Vater in ihm, so sind die Jünger in ihm und er in ihnen. Wie er den Vater kennt, so kennen die Seinigen ihn. Wie er in der Liebe des Vaters bleibt, so die Jünger in seiner Liebe. Wie er die Gebote des Vaters hält, so die Jünger seine Gebote. Wie er die Seinigen liebt, so lieben die Jünger einander. Eine analoge Vergleichung für das Glauben fehlt; wir hören nicht: wie ich an den Vater glaube, so glaubt an mich. Wie bei Mt., so wird auch bei Joh. für das Verhalten Jesu gegen Gott nie die Formel »Glaube« gebraucht.

Es haben somit beide Begriffe ihre besondere Sphäre der Verwendung. Ihr Unterschied ergibt sich aus der den ganzen Lebensstand erfassenden Art des Glaubens, durch die er den Willen kräftig bestimmt. Der Begriff »Trauen« ist im Wort auch hier nicht erloschen und klingt nicht nur in einzelnen Stellen an, wo das Glauben der Erschütterung und dem Verzagen gegenübersteht, 14,1. 27. 11,40, sondern leitet den ganzen Sprachgebrauch. Damit verbindet sich die Erinnerung an die Begrenztheit unseres Sehens, das die Herrlichkeit Jesu nicht erfaßt. Weil am Gottesgedanken für Johannes kein Zweifel haftet, stellt sich in bezug auf Gott die Frage so, ob wir ihn erkennen in seinen uns sichtbaren Erweisungen, ob uns das Göttliche als solches wahrnehmbar sei oder nicht. Dagegen an den der zwar als der Gebende in die Welt kommt, jedoch begrenzt durch die Fleischesgestalt, schließt man sich durch einen Vertrauensakt an, der wegen unserer Unkenntnis Gottes eine Menge innerer Hemmnisse und Einwürfe zu überwinden hat. Der erste, bei dem vom Glauben gesprochen wird, ist nicht umsonst

Nathanael, der urteilt, aus Nazareth komme nichts Gutes, und aus demselben Grunde wird am Schluß der Glaube an Thomas hervorgehoben, dessen Zuversicht zu Jesus so tief erschüttert war, daß nur sein eigenes Sehen sie wieder aufrichtete. Der Sieg, der diese Hemmnisse überwindet und den Fleischgewordenen als das ewige Wort und den zum Vater Erhöhten als den uns Gegenwärtigen bejaht, ist ein Vertrauensakt; um seinetwillen hat das Glauben neben dem Erkennen seine besondere Stellung und Wichtigkeit. Darum tritt es auch dann zurück, wenn sich Jesus als der Lebende mit den Seinigen neu vereinigen wird.

Zwischen dem Erkennen und Glauben sind die Beziehungen doppelseitig, weil das Glauben ein Erkennen vor und nach sich hat. Da die Selbstbezeugung Jesu ihm seinen Grund und Inhalt gibt, hat es in der Erkenntnis Jesu seine Voraussetzung. Die beiden Gaben Jesu, das Wort und das Werk, geben unserem Erkennen die doppelte Form des Hörens und des Sehens. Dem Übergewicht, das dabei dem Wort zufällt, entspricht es, daß das Hören seine besondere Bedeutung hat. Jesus gibt den Jüngern sein Wort, sie nehmen es, erkennen wahrhaftig, daß er von Gott ausging, und glauben, daß Gott ihn sandte, 17,8; so folgen sich die inneren Vorgänge in einer deutlich genetischen Ordnung. Das Glauben hat aber auch Erkenntnis nach sich; denn es leitet ein neues Erkennen ein, das ohne das Glauben unerreichbar ist: »wenn du glaubst, wirst du die Herrlichkeit Gottes sehen«, 11,40. Die Erkenntnis Gottes und des Christus bildet einen wesentlichen Teil der Gabe, die der Glaubende empfängt, da sie sich von der Gemeinschaft Jesu mit ihm und der Gegenwart Gottes bei ihm nicht scheiden läßt. Johannes denkt sich das »Leben« nicht ohne Erkennen, aber ebensowenig das Erkennen ohne das Leben. Es gibt darum, sowie Jesus erkannt ist, für das unbefriedigte Verlangen: zeige uns den Vater! nicht mehr Raum, 14,9. 10. Denn im Glauben an ihn ist die Gewißheit eingeschlossen, daß Gott sich uns an Jesus sichtbar mache. Je unmittelbarer und enger das Zusammensein mit Jesus sich entfalten wird, um so reicher wird auch die Erkenntnis Gottes werden, die dem Glaubenden nicht bloß als Hoffnung, sondern als Gabe zu eigen wird.

Wer Jesu Jünger geworden ist, der glaubt nicht nur an ihn, sondern liebt ihn auch[1]), ohne daß die Liebe zu Jesus erst noch einer besonderen Begründung bedürfte, da das ganze Verhältnis Jesu zu den Seinigen auf vollkommene Liebe begründet ist. Die Liebe des Vaters zur Welt hat Jesus den Auftrag gegeben, dem er durch eine bis zum Ende ausharrende Liebe entspricht; 3,15f. 13,1f. Demgemäß wird auch die Endgestalt des Unglaubens, das Positive in diesem negativen Verhalten, als Haß Jesu und Gottes benannt, 15,23. Die auf Jesus gerichtete Liebe gewinnt im Verhältnis der Jünger zu ihm deshalb unersetzliche Bedeutung, weil auch sie in seinem Dienst ein Werk auszurichten haben, da er durch sie sein Heilandsamt in der Welt ausübt. Sie sind die Schosse, durch die der Weinstock die Frucht erzeugt. Deshalb steht Jesus nicht nur als der Gebende, sondern auch als der Gebietende vor ihnen und sein Gebot bezeichnet ihnen die Stelle, an der ihre Hingabe an ihn sich zu betätigen hat. Daß für die Jünger nichts als Jesu Gebot in Betracht kommt, dieses aber ohne Einschränkung die Heiligkeit des göttlichen Gebots besitzt, macht noch einmal die Wahrhaftigkeit und Vollendetheit ihres auf ihn gerichteten Glaubens offenbar.

Jesus einigt die Liebe der Jünger nach beiden Seiten unlöslich mit seinen Geboten: nur der, der ihn liebt, wird sein Gebot bewahren, und nur der liebt ihn, der sein Gebot bewahrt, 14, 15. 21. Auch hier bleibt der Ausdruck in der größten Einfachheit; der alte Grundbegriff des Gesetzes: »die mich lieben und meine Gebote bewahren«, der Israels Verhältnis zu Gott geregelt hat, zeigt auch den Jüngern ihren Weg. Als »Gebote« Jesu werden nicht diejenigen Weisungen bezeichnet, die sich auf die Gemeinschaft mit Gott beziehen, da diese ihre bewegende Kraft unmittelbar im eigenen Bedürfnis des Jüngers haben; er muß glauben, wenn er leben will. Das bildet darum nicht den »Auftrag«, den Jesus ihm erteilt. Dieser hat seinen Inhalt in dem, was er für ihn an den Menschen zu tun hat; das Gebot bestimmt seine Arbeit in der Welt. Darum besteht es in dem einen Wort: daß wir einander lieben. Alle Kraft der Liebe, die der Jünger ihm darbringt, hat Jesus für ihre Gemeinschaft miteinander fruchtbar gemacht.

[1]) Die Einheit zwischen Mt. und Joh. an dieser Stelle ist deutlich.

Daran, daß die Bewahrung der Gebote nicht dem Glauben, sondern der Liebe zu Jesus aufgetragen ist, zeigt sich nochmals, daß das Glauben als rezeptives Verhalten gedacht ist und seinen Beziehungspunkt nicht im eigenen, sondern in Jesu Wirken und Geben hat, während die Liebe ein gebendes Verhalten ist und darum eines Gegenstandes bedarf, an dem sie sich handelnd offenbart. Jesus hat für sie einen solchen bereit, den Kreis derer, die in ihm vereinigt sind. Die Liebe, die ihnen erwiesen wird, ist ihm getan.

Er gibt der Liebe seine reichste Verheißung. Durch die Bewahrung seiner Gebote bleiben sie in seiner Liebe, 15, 10, und nicht nur seine, sondern auch des Vaters Liebe kommt ihrer Liebe antwortend entgegen, 14, 21. So bestimmt die gesamte Menschheit als Gegenstand der göttlichen Liebe genannt ist, 3, 16, so bestimmt wird wiederum Gottes Liebe im Gegensatz zur Welt dem zugeeignet, der Jesus liebt, 14, 23. Erweist sich Gottes Liebe an der Welt darin, daß er ihr seinen Sohn gibt, so betätigt sie sich an dem, der den Sohn liebt, dadurch, daß der verklärte Christus zu ihm kommt und der Vater mit ihm. Die Liebe Gottes zum Menschen vollzieht sich somit in einer emporsteigenden Wechselwirkung; die Liebe Gottes, die sich der gesamten Welt in der Gabe des Sohnes zugewendet hat, hebt an und geht durch die Liebe des Glaubenden zum Sohne hindurch zur neuen Liebe Gottes fort, der nun selbst mit dem Sohne bleibend bei dem Menschen wohnt: *μονὴν παρ' αὐτῷ ποιεῖ*, 14, 23.

Johannes ist völlig von der Angst frei, als ob die der Liebe gegebene Verheißung den Glauben schädigen könnte. Dieser bekommt vielmehr dadurch seine Erhabenheit, daß die von ihm begründete Gemeinschaft mit Christus in der Frucht bringenden Liebe zu Gott ihre Vollendung hat.

Daher entstehen aus der im Glauben begründeten Verbundenheit der Jünger mit Jesus Werke, sogar größere, als er selbst tat, da durch ihren Dienst sein Werk erst zur Entfaltung kommt, 14, 12. Ihre Tüchtigkeit zum Werk beruht auf ihrem Vermögen zu bitten, das wie bei Matthäus die unbedingte Verheißung erhält, 14, 13. So sind ihre Werke Gaben, bei denen er selbst der Wirkende bleibt: »ich werde es tun«, 14, 14. Indem das Bitten im Namen Jesu seinen Grund und auch den Grund seiner Erhörung hat, wird es ausdrücklich mit demjenigen Glauben, der Jesu Sendung bejaht, erfüllt.

Auch die Gemeinschaft des Erhöhten mit den Seinigen ist nicht als ein physisches Verhältnis unpersönlich und willenlos gedacht. So kräftig sie das scheidende Auseinander beseitigt, so daß er in ihnen ist und sie in ihm, und ein wahrhaftes Ineinanderleben Jesu und der Glaubenden ergibt, so folgt doch aus dieser Gemeinschaft, weil sie als geistig und personhaft gedacht ist, wieder ein Imperativ: bleibt in mir. Es fehlt darum bei Johannes die Parallele zu jenen Abschiedsworten Jesu bei Matthäus, durch die er die Furcht in den Jüngern begründet hat, nicht: das Schoß, das nicht Frucht trägt, wird vom Weinstock weggenommen und verbrannt, 15, 2. 6. Hier erscheint nochmals das vergebliche Glauben auch im Kreise der Jünger, ein Glauben, das zwar mit Jesus verbunden macht und dennoch scheitert, weil es den Dienst nicht erzeugt, durch den Jesu Gebot geschieht. Der Jünger erhält sich in Jesus nur dadurch, daß er die ihm gegebene Gabe zu ihrem Ziel gelangen läßt.

Die Mahnung, in ihm zu bleiben, wird dadurch begründet, daß die Jünger getrennt von Jesus nichts zu tun vermögen. Dadurch, daß Jesus auch ihre Gemeinschaft mit ihm in seiner Erhöhung auf das Bewußtsein ihrer eigenen Ohnmacht gründet, stellt er fest, daß das glaubende Verhalten nicht nur eine Anfangsstufe bildet, die durch ihre Erhebung zum vollen Anteil an seiner Gabe überschritten würde. Nur, wenn sich seine Gabe unabhängig von ihm, ihrem Geber, in ihrem eigenen Leben forterhielte, könnte der Glaube in ein Selbstvertrauen übergehen, das nur noch dankte und nicht mehr bitten müßte. Da sie sich aber nur durch seinen persönlichen Verband mit ihnen, den in sich selbst Ohnmächtigen, erhält, bleibt dieser stetig ein Vertrauensverhältnis, bei dem sie von sich selbst absehen und nicht in sich, sondern in ihm ihren Stützpunkt finden.

Der Unsichtbarkeit, die nach Jesu Weggang zum Vater seine Gemeinschaft mit ihnen begrenzt und dadurch die beständige Schwierigkeit für den Glauben schafft, stellt Jesus als reichen Ersatz die Gegenwart des Geistes entgegen, durch den ihr bewußtes, personhaftes Leben göttlichen Inhalt empfängt. Damit erhalten alle Aussagen über den Inhalt und die Kraft des

Glaubens an Jesus ihr abschließendes Licht. Nun ist vollends durchsichtig, warum er Besitz des ewigen Lebens, Quellpunkt der Erkenntnis Gottes und Begründung einer Gemeinschaft mit Gott und Christus ist, die ein Wohnen Gottes und des Christus im Menschen ergibt. Der Glaube leistet dies alles deshalb, weil er der empfangende Akt für ein Leben ist, das nicht aus dem Fleisch, sondern, weil aus Gott, aus dem Geist entsteht, vgl. 1, 12. Damit ist zugleich der Beruf des Glaubenden im Verkehr mit seiner Umgebung auf den höchsten Ausdruck gebracht: er steht nun selbst als der Geber lebendigen Wassers vor ihr, das als zeugende Kraft beschrieben ist, 7, 38.

Auch die Gegenwart des Geistes begründet Zuversicht, da seine Gabe in der Wahrheit besteht und jeder vermehrte Anteil an der Wahrheit den Grund des Glaubens reicher macht. Indem er weiter als der Fürsprecher der Jünger ihr Recht gegen die Welt vertritt, verleiht er ihnen für ihre Berufsarbeit Zuversicht, befreit sie vom Zagen, ob sie auch die Wahrheit und das Recht des Christus der Welt gegenüber erweisen können, und gibt ihnen die Gewißheit des Siegs. Diese Zuversicht ist auf nichts anderes gestützt als auf die Gegenwart des Geistes und zwar desjenigen Geistes, der Wahrheit gibt. Ein anderes Mittel zu ihrer Arbeit empfangen die Jünger nicht; dies ist der einzige Beweis, durch den Jesus verherrlicht sein will. Der auf ihn gerichtete Glaube bekommt für immer in der Gebundenheit an die Wahrheit seinen Grund.

Der Geist verschafft den Jüngern für ihr Werk das, was Jesus für seine eigene Arbeit am Zeugnis des Vaters besaß. Es steht auch bei den Jüngern neben ihrem menschlichen Zeugnis ein göttliches, dessen Wahrheitsmacht vom Hörer ihrer Predigt inwendig vernommen wird, so daß dieser es nie bloß mit dem menschlichen Boten Jesu zu tun hat. Daher kann durch ihr Wort echter Glaube entstehen, ein solcher, der den Menschen nach seinem ganzen inneren Bestand bestimmt, weil er auf dem »Gelehrtsein durch Gott« beruht.

Damit, daß der Geist gegenwärtig und wirksam ist, ist der auf Jesus gerichtete Glaube nicht überschritten und nicht eine andere Zuversicht, die von Jesus unabhängig wäre, begründet. Denn der Geist kommt durch die Sendung Jesu zu ihnen und ist in dem, was er ihnen zeigt und wie er sie leitet, mit Christus einträchtig. Die aus dem Geist entspringende Zuversicht ist in derselben Weise mit der auf Christus gerichteten untrennbar eins, wie der Glaube an den Vater und an den Sohn nur einen einzigen, unteilbaren Glaubensstand ergibt.

Siebentes Kapitel.

Die Einheit der beiden evangelischen Berichte.

Was Matthäus und Johannes als Worte Jesu über den Glauben geben, bildet eine feste Einheit, an der durchsichtig wird, wie beide Männer als Apostel desselben Herrn in derselben Gemeinde in Einheit des Glaubens nebeneinander stehen konnten. Man kann mit Grund in mehrfacher Beziehung von dem einen Evangelium sagen, daß es das andere überrage. Wenn uns aber Matthäus sagt, der Glaube gebiete den Bergen, und Johannes, er habe die Welt überwunden, so wüßte ich nicht, nach welchen Maßstäben hier der eine Glaubensstand als höher, der andere als tiefer gewertet werden sollte. Das beide tragende Gottesbewußtsein ist dadurch einheitlich bestimmt, daß für beide mit dem Zutritt zu Christus alles, was von Gott scheidet, überwunden und das, was uns Gottes Gnade gibt, ganz und vollständig empfangen ist.

Neben dem, was bei Matthäus Glaube heißt, neben jener Zuversicht, die Jesus als den von Gott gesandten König faßt und nun auf jedes »wenn du kannst« verzichtet hat, weil sie von ihm die unbegrenzte Hilfe und Gabe Gottes erwartet, ohne daß aus der eigenen Schwäche und Sünde Zweifel und Furcht als Begrenzung der Gewißheit folgen dürften, da sie die göttliche Gabe nicht als ein erst zu suchendes, an Bedingungen geknüpftes Gut vor sich hat, sondern ihrer als eines vorhandenen, dem Bittenden jederzeit zugänglichen Eigentums gewiß ist, so daß der Glaubende Menschen und Teufeln mit dem Bewußtsein gegenübersteht, daß nichts ihm schaden oder ihn hindern kann, vielmehr alles in Gottes Kraft ihm dienstbar ist, neben diesem Glauben geben die johanneischen Sätze über den Glauben nichts Fremdes oder Neues. Wem das als Glauben galt, der sprach:

jeder, der an ihn glaubt, geht nicht verloren, sondern hat das ewige Leben.

Beide Zeugen sagen übereinstimmend[1]):

1. Jesus hat den Glauben als das für ihn zureichende Motiv zur Gewährung der göttlichen Gabe und Hilfe behandelt und um des Glaubens willen alles, was die Schuld des Menschen ausmacht, vergeben.

2. Diese Bedeutung hat der Glaube für ihn nicht deshalb, weil damit der Mensch ein verdienstliches Verhalten betätigt, durch das er in Gott die Güte erweckt. Vielmehr betätigt Jesus in der Begründung und Erhörung des Glaubens seine eigene Messianität und der Glaube erkennt und bejaht diejenige Güte, die in Gott als sein eigener Wille lebt und in Jesu Sendung sich erweist.

3. Diese Schätzung des Glaubens hat er über alle Unterschiede hinweg gleichmäßig den Jüngern, den Juden, den Heiden gewährt, so daß er durch die Erhörung des Glaubens die alle umfassende Weite der göttlichen Gnade offenbart.

4. Dem Glauben hat er ein unbegrenztes Geben Gottes zugesagt, so daß dem Glaubenden die ganze göttliche Gnade und Liebe widerfährt.

5. Darum ist der Glaube ein Letztes, Höchstes, Unüberbietbares, weil er die vollendete Verbundenheit mit Gott gewährt.

6. Er hat ihn deshalb nicht auf der Stufe einer bedingten Erwartung gelassen, sondern ihn zur Gewißheit gemacht, die Gottes Gabe dem Glaubenden gegeben weiß.

7. Er hat diese unbedingte Zuversicht auf sich selbst gerichtet und den auf ihn und den auf Gott sehenden Glauben als ein

[1]) Die Frage nach der bei beiden Zeugen identischen Aussage würde mißverstanden und verkrümmt, wenn sie dahin gedeutet würde, nur das Gemeinsame habe historischen Wert und das Sondergut des einzelnen Evangelisten sei von vornherein nur Zusatz und Weiterbildung, die für das historische Urteil wertlos sei, weil sie mit Jesus nichts zu tun habe. Die Aussage des Evangelisten, er gebe uns das von Jesus Empfangene, umfaßt auch das, was ihm den individuellen Charakter gibt. Das gilt weder nur für Mt., noch nur für Joh., sondern für beide gleichmäßig. Gerade die individuelle Entwicklung, die von Jesus aus im Jünger sich vollzieht, ist für die Arbeit Jesu höchst lehrreich. Ihr Verständnis ist aber davon abhängig, daß uns die gemeinsame Linie, von der jene Bewegung ausgeht und die sie nicht zerbricht, deutlich sei. Das Besondere kommt nicht in äußerlicher Addition zum Gemeinsamen hinzu, sondern wird von diesem erzeugt.

unteilbares, unlöslich geeinigtes Verhalten behandelt. Er hat daher nicht zugelassen, daß sich mit dem Glauben an ihn Unglaube gegen Gott verbinde, und mit der Fähigkeit, das Göttliche wahrzunehmen und aufzunehmen, den Anschluß an ihn verknüpft.

8. Ihre Begründung hat diese Zuversicht am offenbaren Tatbestand seines Lebens, so daß sie sich aus seiner Selbstbezeugung als die ihr entsprechende Folge ergeben soll. An derselben galten ihm namentlich die in der Weise der Allmacht vollzogenen Taten als geeignet, Glaubensmotiv zu werden, weil in ihnen seine helfende Macht in ihrer Unbegrenztheit sichtbar wird; er hat jedoch gleichzeitig jede Forderung abgewiesen, die das Wunder zur Bedingung des Glaubens machen wollte. Dadurch hat er die Notwendigkeit, ihm Vertrauen zu erweisen, als unaufhebbar dargestellt, so daß der Mensch durch keine sichtbare Machtwirkung über sie hinweggehoben werden kann und darf.

9. Im Zustand des Menschen sah er mächtige Motive zum Unglauben wirksam, so daß sich der Glaube als eine entlegene Höhe über sein Vermögen hinaushebt. Er entsteht dennoch im Menschen, weil Gottes gnädiges Wirken im Menschen ihm den Glauben gewährt.

10. Daher ist nicht nur die auf den Glauben folgende Hilfe, durch die er Erhörung erlangt, sondern auch er selbst schon die Gabe der göttlichen Gnade, weil uns Gott durch ihn in die Verbundenheit mit Christus setzt.

11. Mit dem Glauben ist dem Jünger die Ausrüstung zu einem Werk gegeben, das der Welt überlegen ist, weil es mit Gott vollbracht wird. Daher ist mit der Erweckung des Glaubens Jesu Ziel erreicht und die Gemeinde derer, die Gottes Willen tun, geschaffen.

12. Er hat als den guten Willen, der das gute Werk tut, die Liebe geschätzt und dieser die Verheißung des Lebens nicht anders als dem Glauben gegeben. Die eine Verheißung stört die andere nicht, weil Jesus mit dem Glauben auch die Liebe schuf.

13. Er hat den Glauben, sowohl wenn er sich auf die früheren Werke Gottes stützte, als wenn er auf ihn selbst gerichtet war,

nur dann, dann aber auch schlechthin entwertet, wenn der Glaubende dennoch den eigenen bösen Willen tut.

14. Er hat durch die befriedigte Sicherheit des Glaubens den Unterschied zwischen der Gegenwart und der Zukunft nicht ausgelöscht, sondern mit jener eine scharfe Anthithese zwischen beiden verbunden, weshalb er neben das Glauben in derselben Kräftigkeit das Hoffen stellt.

So deutlich uns hier ein einheitliches Zeugnis vorliegt, gegen dessen geschichtliche Richtigkeit mit historischen Mitteln keine Einrede begründet werden kann, ebenso sicher entstehen die zwischen den beiden Evangelientypen bestehenden Unterschiede in der Fassung des Glaubens nicht einzig durch die Darstellungsweise oder durch die verschiedene Ausbildung der theologischen Lehre, sondern sie sind unbeschadet der Einheit des Glaubens Unterschiede im Glauben selbst[1]). Beide Apostel sehen mit einer verschieden bestimmten Erwartung auf Jesus, und die Gabe, die sie bei ihm suchten und fanden, ist nicht ganz dieselbe. Ihr Anschluß an ihn und ihr Verkehr mit ihm vollzieht sich, wenn wir vom einen zum anderen hinübersehen, anders und neu. Durch ihre Aussagen wird uns daher nicht nur Jesu Verhalten zu den Glaubenden, sondern zugleich ihr eigener Glaubensstand sichtbar gemacht[2]).

Als Jesu Eigentum erweisen sich ihre Aussagen über das Glauben teils durch ihren engen, treuen Anschluß an den gegebenen Stand der Frömmigkeit[3]), teils und besonders durch ihre einheitliche Verbundenheit mit dem, was wir als die zentralen Überzeugungen Jesu kennen.

Wenn Jesus dem Glauben innere Geschlossenheit als sein wesentliches Merkmal beilegt, so kann das nicht als etwas Neues bezeichnet werden, was uns nur bei ihm begegne. Der Bericht über das jüdische Glauben hat gezeigt, daß das Bewußtsein, jeder Bruch des Vertrauens Gott gegenüber sei Sünde, in der Gemeinde kräftig entwickelt war. Am Zweifel an Gottes Wahrheit, Macht und Güte haftete für sie ein deut-

[1]) Einheit ist nicht Einerleiheit.

[2]) Ich führe die Frage daher unter dem Titel: „Matthäus“ und „Johannes“ weiter.

[3]) Die Probleme, mit denen das vor Jesus vorhandene Glauben rang, waren S. 41 aufgezählt.

liches Schuldbewußtsein. Man weiß, daß der Anschluß an Gott unser ganzes Denken und Wollen einheitlich umfassen und auf ihn hinlenken muß. Durch seine Anleitung zum Glauben hat Jesus seine Jünger mit konsequentem Ernst in diejenige Stellung gebracht, die sie mit der übrigen Gemeinde als die richtige empfanden.

Indem Jesus zum Glauben die ganze Gnade fügt, klärt und vollendet er auch damit eine Erkenntnis, die der Gemeinde nicht fremd gewesen ist. Nie hat sich an den Glauben das Bewußtsein gehängt, er sei nutz- und erfolglos und gelte bei Gott nichts, wodurch er in innere Schwankung und in Zweifel verwandelt wäre. Man wußte, Gott verlange, schätze und begabe ihn. Indem Jesus in seinen Gefährten eine weit über ihren früheren Besitz hinausliegende Vorstellung von der göttlichen Gnade erweckt, bestätigt er ihre Überzeugung von der Macht des Glaubens, macht sie aber zugleich von der den Gläubigen verherrlichenden und dadurch den Glauben zerstörenden Überhebung los.

Die Gemeinde verlangte nach dem Wunder; Jesus gibt es ihr, doch so, daß die Verunreinigung des Glaubens durch Feindseligkeit gegen die Natur und durch gesetzlose Willkür, die mit Gottes Macht spielen will, völlig ausgeschlossen bleibt. Weil er den Glauben auf das von ihm getane Wunder gründet, macht er aus dem Glauben die aufrichtige Bejahung Gottes und seiner ganzen Gnade, die Irdisches und Himmlisches, Leibliches und Geistiges, Gegenwärtiges und Zukünftiges umspannt.

Die Gemeinde sah in Gott vor allem den Lenker ihres Geschicks und erwartete von ihm, daß er ihre Lage mit freundlicher Güte gestalte. Auch Jesus hat die Gewährung der äußeren Lebensbedingungen zum Werk der göttlichen Güte gezählt, läßt es aber gleichzeitig dem Glauben nicht zu, daß er sich nur nach außen wende, sondern erweckt ihn so, daß er zuerst den Menschen in seiner inwendigen Lebendigkeit mit Gott in Gemeinschaft bringt.

Die Gemeinde war von der Heiligkeit ihrer Verpflichtung durchdrungen und verlangte nach einem guten Gewissen vor Gott. Ihr Verlangen wird von Jesus ohne Minderung bestätigt,

Die Schuld wird bejaht, ebenso der Wert des guten Werks vor Gott, gleichzeitig aber der Glaube von aller Vermengung mit dem Selbstvertrauen abgeschieden, weil Jesus den Glaubenden über des Menschen böser oder guter Tat Gottes Gnade in ihrer selbständigen Vollendetheit erfassen läßt.

Die Gemeinde war überzeugt, daß der Sinn der Schrift ihre Berufung zur Erfüllung des göttlichen Gesetzes sei, so daß jede Spannung zwischen Glauben und Werk vor ihrem Gewissen sich als Notstand darstellt, der den Glauben gefährden muß. Jesus gibt ihr Recht und isoliert den Glauben nicht von der Verpflichtung des Jüngers, Gottes Willen zu tun, sondern macht ihn dieser dadurch dienstbar, daß er im Glauben die Kraft zur Erfüllung seines Berufs sucht und empfängt.

Die Gemeinde war von der Unzerbrechlichkeit des göttlichen Rechts überzeugt; Jesus ist es auch, reinigt aber den Glauben von jener Überhebung, die mittelst des Rechts Gott zwingen und beherrschen zu können meint, indem er ihm über dem Rechtssatz als dessen Schöpfer und Verwalter das freie göttliche Lieben zeigt.

Die Gemeinde klagte über die Verborgenheit Gottes und ist der Schuld des Menschen gegenüber ratlos. Jesus bestätigt ihre Klage, wenn ihr bisheriger Lebensstand erwogen wird: »niemand kennt den Vater«. Er hat aber als der Sohn die Vollmacht, ihn zu offenbaren, wodurch aus dem Glauben Gewißheit und zwar Gewißheit des göttlichen Vergebens wird.

Die Gemeinde schwankt, ob Gottes Recht oder Gottes Gnade sie treffe. Jesus heiligt beide, macht aber dadurch, daß er den Jünger zum Glauben beruft, diesem gewiß, daß ihn die göttliche Gnade sucht, und macht ihm dadurch deutlich, wann er dem Gericht verfällt, dann nämlich, wenn er die Gnade Gottes verschmäht.

Bisher kam die Berufung zu Gott durch die Gemeinde an den Einzelnen heran und die Frage blieb offen, wiefern er selbst dadurch ein ihm persönlich gehörendes Eigentum gewonnen habe. Im Ringen nach einem solchen wurde der Zusammenhang mit der Gemeinde zerrissen (Philo); oder bei der Betonung desselben die Verbundenheit mit Gott zur Verbundenheit mit der Gemeinde, die Frömmigkeit zur Kirchlichkeit herabgesetzt. Jesus schuf den Glauben so, daß er jeden Glaubenden mit Bewußtsein und Willen zu Gott führt, doch so, daß es nie undeutlich werden kann, daß er eben dadurch in der großen Gemeinde steht, an der sich Gottes Gnade offenbart.

Die Gemeinde sah die Gefahr, die die unbegrenzte Zuversicht zu Gott deshalb begleitet, weil sie Freiheit zum Bösen zu gewähren scheint. Jesus hat diese Furcht mit heiligem Ernst bestätigt, aber den Glauben deshalb nicht geknickt, weil er ihm die Totalität der göttlichen Gabe vorzuhalten hat, die vergibt und erlöst und Gottes vollendete Gemeinde schafft.

So bleiben die Worte Jesu über den Glauben in beständigem, festem Anschluß an den gegebenen Glaubensstand. Das Neue, das sie schaffen, entsteht nicht erst im Verhalten der Glaubenden, begründet sich vielmehr im neuen Objekt, auf das jetzt ihr Glaube gerichtet ist, darin, daß er jetzt auf den Christus gewendet ist. Aber auch damit führte er in gerader Linie den gegebenen Bestand des Glaubens fort, weil dieser nie als ein abstrakter Gedanke auf eine allgemeine Wahrheit bezogen war, sondern es immer mit den konkreten Erweisungen der göttlichen Regierung zu tun hatte, auf den sich offenbarenden Gott schaute und an seinem Handeln, das den Lebensstand der Gemeinde bestimmt, seinen Gegenstand hatte. Für Jesus fand sich Gottes ihn offenbarendes und uns begabendes Handeln nicht bloß in der Vergangenheit, sondern wird an ihm erlebt. So führt er den Glauben aus einer unerreichbaren, entlegenen Höhe, von der man nur durch den Bericht der Bibel Kunde besaß, in das Erlebnis der Jünger herab. Sie verkehren mit ihm, vertrauen ihm, sind ihm verbunden und besitzen daran ihren Glauben an Gott. Die Wertung der Freundschaft mit ihm als Freundschaft mit Gott, der Verbundenheit mit ihm als Gemeinschaft mit Gott, des Vertrauens zu ihm als Vertrauen zu Gott ist im Messianismus Jesu begründet. Dieser gab dem Glauben einen Inhalt, der ihn nicht nur graduell, sondern qualitativ von dem unterschied, was er bisher gewesen war. Nun schloß sich die Gegenwart und das Ende, die empfangene Gabe und die volle Erlösung in eine Einheit zusammen und die Totalität der göttlichen Gnade war bejaht.

So steht zwischen dem älteren Glaubensstand und demjenigen, der neu entstanden war, das Wunder der Geburt Jesu, und doch behält die Bewegung der Geschichte auch an dieser Stelle die volle Majestät historischer Kontinuität.

Die eben formulierte Beobachtung stellt fest, daß der Glaubensgedanke Jesu mit dem ihm persönlich angehörenden Besitz in wesentlichen Beziehungen steht. So deutlich sich auch hier seine Zugehörigkeit zur jüdischen Gemeinde bewährt: bloß eine Entlehnung aus dem gegebenen Gedankenvorrat, nur ein Stück der Tradition ohne innere Verbindung mit seinem eigenen Beruf und Lebensstand war sein Glaubensbegriff nicht. Nur er konnte diesen Glauben erwecken um deswillen, was er selbst in seinem Verhältnis zu Gott war.

Der Anlaß, uns nach den Beziehungen umzusehen, die von Jesu Glaubensbegriff nicht nur zur Tradition, sondern auch in seinen eigenen Verkehr mit Gott hinüberleiten, ist uns nicht nur durch die Erwägung gegeben, daß die Einheitlichkeit der Person ihre Ziele nicht isoliert nebeneinander bestehen läßt, sondern sie wechselseitig miteinander verflicht und einen Grundwillen aus ihnen schafft; es kommt hier zugleich die konkrete Bestimmtheit des Willens Jesu in Betracht, auf dem die Stiftung der Jüngerschaft beruht. Diese war als echte, ganze Gemeinschaft der Seinen mit ihm gedacht, ohne daß für sie ein dingliches Gut verwendet und die Ausstattung der Jünger mit irgend einem unpersönlichen Besitz erstrebt wurde. Ihr Beiihm-sein und Mit-ihm-leben ist das, was er ihnen gewährt und sie bei ihm suchen. Damit war gegeben, daß sie nicht nur sein Geschick, sondern auch seinen Sinn und Willen mit ihm teilen und an seinem Verkehr mit Gott Anteil erhalten. Der Jünger darf, ohne daß seine Unterordnung unter ihn je fraglich werden könnte, werden, was er ist. Da nun das Glauben der wesentliche Vorgang ist, der das Jüngerverhältnis begründet, muß es dem eigenen inneren Lebensstand Jesu entsprechen und auf der Stufe der Jünger das wiederholen, was er selbst durch seine Sohnschaft dem Vater gegenüber ist.

Häufig wird die hier waltende Beziehung so ausgedrückt, Jesus habe selbst am Glauben denjenigen Begriff gehabt, der seinen Verkehr mit dem Vater beschrieb; er werde in den Evangelien selbst als Glaubender dargestellt, so daß seine Verheißung an den Glaubenden das sichtbar mache, was seine eigene Sohnschaft bildete. Die Formel entspricht aber dem wirklichen Hergang nicht; denn sie verletzt die Aussage der Zeugen.

Soll es Zufall sein, daß sie nicht ein einziges Wort enthalten, das vom Glauben Jesu spräche und etwa ein die Gemeinsamkeit hervorhebendes: laßt uns Glauben haben! zum Imperativ: habt Glauben an Gott! hinzufügte? Die Darstellung des Matthäus und des Johannes ist in dieser Hinsicht gleichartig. Die Erwägung reicht nicht aus, Jesus trage darin die Art seiner Zeitgenossen, die nicht gewohnt gewesen seien, das Glauben als den zentralen Vorgang der Frömmigkeit hervorzuheben; auch von Akiba hätten wir deshalb kein Wort über sein Glauben. Wir haben von Akiba auch keine Ermahnung der Gemeinde zum Glauben und keine Verheißung für dasselbe. Jesus hat durch sein Wort und Werk bewirkt, daß das Glauben zu demjenigen Erlebnis wurde, das die ganze Beziehung zu Gott trägt. Auch haben die Zeugen seiner Arbeit die Analogie, die sein inneres Leben mit unserem Glauben hat, deutlich hervorgehoben, z. B. im Versuchungsmoment, als er Gott als den Spender des Lebens über sein Hungern hinweg bejaht und sich seinem Willen vorbehaltlos unterwirft, ebenso durch seinen Gebetsverkehr mit dem Vater. Sie kommt schon dadurch zur Wahrnehmung, daß Jesus das Ausbleiben des Glaubens tadelt und ihn mit unbedingter Forderung verlangt. Damit ist aber wohl vereinbar, daß er ein klares Bewußtsein um die Verschiedenheit in sich trug, die den Glaubensstand der Jünger von seiner eigenen Verbundenheit mit dem Vater unterschied, so daß ihm ein die Jünger mit sich zusammenfassender Gebrauch der Formel »Glaube« unmöglich war.

Bei Johannes ist es besonders auffallend, daß er nie vom Glauben Jesu gesprochen hat, obwohl auch er die Analogie im inneren Leben Jesu mit unserem Glauben erkennbar macht. Denn durch seine Stellung in der Welt ist ihm eine Schranke gesetzt, so daß er gegen die Welt sich auf den Vater zu stützen hat. Dieser Gegensatz erzeugt auch in seiner Seele die Erschütterung und die Bitte: »rette mich«, 12, 27; aber die Formel »Glaube« wird nie auf ihn angewendet, weil sein Verhältnis zu

Gott nicht durch ein Suchen und Finden des Vaters entsteht.

Daß Jesus nicht von seinem eigenen Glauben sprach, hat darin seine Parallele, daß er den kommunikativen Gebrauch des Vaternennens für sich und die Jünger unterlassen hat. Er beschrieb seine und ihre Sohnschaft nicht als gleichartig. Die zweite hier eingreifende Tatsache besteht darin, daß wir auch für die Reue kein kommunikatives Wort von ihm besitzen. »Ihr, die ihr arg seid«, hat Jesus gesagt; nicht: »wir«. Reue und Glaube stehen aber zueinander in engster Verbindung; wo jene fehlt, weil das Selbstbewußtsein kein Schuldbewußtsein umfaßt, ist auch dieser nicht mehr der die Verbundenheit mit Gott herstellende Vorgang. Indem Jesus von denen, die die Taufe des Johannes annahmen, wie er selbst es getan hat, sagte: »sie haben dem Täufer geglaubt«, hat er sein eigenes Verhalten deutlich mit dem, was er »Glauben« heißt, in eine Parallele gebracht, so daß die Einrede ihn nicht treffen kann: auch du hast ihm nicht geglaubt! Es tritt aber dabei gleichzeitig ans Licht, was ihm den kommunikativen Gebrauch des Glaubensbegriffs verbot. Was er von den Zöllnern und Dirnen sagte, sie seien deshalb auf dem Weg zu Gottes Reich, weil sie glaubten, hat er nicht von sich selbst gesagt.

Glauben nannte Jesus das Verhalten dessen, der über alle Hemmungen hinweg aus der Geschiedenheit von Gott heraus, wie sie durch die irdische und sündliche Art des Menschen gegeben ist, in die Gewißheit der göttlichen Gnade tritt und sich von dieser bestimmen und bewegen läßt. Darum ist es das Erlebnis und Verhalten dessen, der erst »Sohn wird«, nicht dessen, durch den er es wird.

Darum setzt der Glaube stets eine geschichtlich vermittelte, von außen an den Menschen herantretende Bezeugung Gottes voraus, die uns durch ein verkündigtes Wort und eine vollbrachte Tat die Berufung zu ihm gewährt. Indem dieses von außen an uns ergehende Zeugnis von uns erfaßt und angeeignet wird, so daß es in unserem inneren Leben die es formierende Macht erhält, werden wir Glaubende. Jesu Sohnesbewußtsein beruht nicht auf der Annahme eines äußeren Zeugnisses, sondern auf seinem inwendigen Lebensstand.

Im messianischen Gedanken war die Überordnung Jesu über seine Gemeinde unaufhebbar gesetzt; nur sie begründet, daß für sie im Anteil an dem, was Jesus hat, die vollkommene Gabe Gottes besteht. Ihre Gleichgestaltung mit ihm bringt daher wohl Analogie, nicht aber Identität hervor.

Dadurch, daß Jesus für sich selbst über dem Glauben stand, war gegeben, daß sich an dieses in der Christenheit immer das Bewußtsein heftete, es sei noch nicht die letzte und ewige Form unserer Gemeinschaft mit Gott. Darum hatte das Glauben immer das Hoffen nach einer Verbundenheit mit Gott neben sich, die ein Schauen sei.

Nur so steht somit das Glauben zu denjenigen Kategorien, die Jesu eigenes Selbstbewußtsein gestalten, in Beziehung, daß es das, was er selber durch seine Sohnschaft hat, in das Maß des Menschen übersetzt und reduziert [1]). In dieser Hinsicht sind aber die hier waltenden Relationen deutlich und reich.

Mit dem Sohnesgedanken ist Jesu Verhältnis zu Gott in sein eigenes Innenleben hineingesetzt und erhält alle Merkmale der Geistigkeit. Nicht nur an ihm und durch ihn wirkt Gott; er ist bei ihm und in ihm, von ihm gewußt, gewollt und geliebt. Demgemäß kann auch der Jünger nicht in einer Beziehung zu Gott bleiben, die seinen persönlichen Lebensstand ignorierte, nur an ihm haftete, seine Natur berührte und nicht ihn, und von ihm erlitten würde, nicht aber gewußt und gewollt wäre. Die bewußte, wollende Zuwendung zu Gott, die die Verbundenheit mit ihm in das Ich selbst hineinpflanzt, ist Glaube.

Weil Jesus weder Gnostiker noch Mystiker gewesen ist, weder die Gegenwart einer göttlichen Kraft oder Substanz in ihm lehrte, noch die Verschmelzung seines Bewußtseins mit dem Bewußtsein Gottes betrieb, sondern als Ich vor dem Du, als Person vor der Person des Vaters wie ein Sohn vor dem Vater stand, darum ist auch die Gemeinde weder auf Gnosis, noch auf Mystik, sondern auf Glauben gebaut.

Mit dem Sohnesgedanken bejahte Jesus die Priorität und

[1]) Eine Bestätigung liegt dafür darin, daß der Sohnesgedanke auch in seiner Anwendung auf die Christenheit überall über den Glaubensgedanken hinausragt. Auch bei Joh., so bestimmt er das Glauben als das von Jesus gewollte und bewirkte Ziel darstellt, besteht die aus Gott stammende Lebendigkeit nicht nur im Glauben.

Superiorität Gottes. Durch das göttliche Lieben und Geben entsteht er selbst mit allem, was er hat. Darum wird auch der Jünger so zu Gott gestellt, daß am göttlichen Lieben und Geben sein ganzer Besitz entsteht, im Empfangen sein Vermögen sich begründet und jede Koordination des Menschen mit Gott ausgeschlossen bleibt. Die Gründung des gesamten Lebens auf Gottes Güte und Gabe ist das Glauben.

Bei Jesu Sohnschaft handelte es sich nicht um einen mit Gott anzustellenden Versuch, nicht um ein mutiges Wagen, das sich in die Nähe Gottes schwingt, sondern sie entsteht durch Gottes Lieben, Beleben und Geben, und ist darum gleichzeitig mit Gewißheit und mit demütiger Beugung vor Gott erfüllt. Ebenso hat das Glauben mit Wagnissen und Experimenten nichts zu tun, sondern hat die Unterwerfung unter Gott und deshalb Gewißheit in sich.

Der Sohnesgedanke Jesu schloß eine totale Bejahung der göttlichen Liebe ein, nicht eine bedingte und begrenzte Teilnahme an Gottes Geben, vielmehr eine Vollendetheit der Gemeinschaft, der das Wort zum Ausdruck dient: alles ist mir vom Vater übergeben. Die Parallele hierzu in der Stellung des Jüngers ist, daß er im Glauben alles empfängt.

Durch die Sohnschaft hat Jesus einen eigenen inneren Lebensschatz mit einem königlichen Willen. Er offenbart den Vater, »wem er will«, und gibt das Leben, »wem er will«. So begründet er auch im Jünger nicht Resignation und Willenlosigkeit, sondern dasjenige Glauben, das das Recht zum Bitten und das Vermögen zum Lieben und die Befähigung zur Tat besitzt.

Die Sohnschaft und das Christusamt durchdringen sich in Jesu Wort vollständig. Was der Vater für ihn selber ist, begründet seinen Beruf und bestimmt ihm das Werk. Sein Verhältnis zum Vater endet nicht in seiner Person, sondern umfaßt und bestimmt auch sein Verhalten zur Welt, wie wiederum dieses sich in dem vollständig begründet, was der Vater für ihn ist. Er empfängt, um zu geben, ist geliebt, um zu lieben, ist erhöht, um zu herrschen. Die Sohnschaft ist ihm gegeben als Wurzel der Aktion. So hat auch der Jünger seinen Anteil an Gottes Gnade nicht losgelöst von seinem Beruf und Werk, sondern empfängt jenen für dieses und bewahrt ihn nur durch die

Ausrichtung seines Dienstes. Daher tritt das Glauben in die unlösliche Beziehung zum Werk.

Aus seiner Sohnschaft zog Jesus nicht den Antrieb, reiche Gedanken über Gott und sein Werk zu gewinnen, sondern erweist sich als Sohn dadurch, daß er will, was Gott will, und tut, was Gott tut. So besteht auch für den Jünger das Glauben nicht in einem Wissen, sondern schafft Willensgemeinschaft mit Gott.

Durch die Gewißheit, mit der Jesus vor dem Vater stand, war er nicht über das Fragen hinausgehoben, das nach Gottes Willen forscht (vgl. Gethsemane). Seine Gewißheit erhält sich durch die immer neue Vergewisserung über das, was Gott für ihn will und durch ihn tut. Ebenso wenig ist dem Jünger mit dem Glauben eine ruhende, fertige Gewißheit gegeben, sondern er hat auf Gottes Werk zu achten und nach seinem Willen zu fragen und wird der göttlichen Gnade immer wieder gewiß.

Indem das Berufsbewußtsein aus der Sohnschaft entsteht, ist es auf die Abhängigkeit von Gott begründet und sein Herrschenwollen ist zuerst Gehorchenwollen. Er bleibt mit seiner eigenen Aktion der Leitung des Vaters völlig unterstellt. Darum ist auch dem Jünger die Verbundenheit mit Gott durch ein solches Glauben gegeben, das entschlossene, völlige Ergebung in Gottes Walten ist. Wie aber im Christus der Gehorsam seine Macht begründet, so empfängt der Jünger durch sein Glauben die Macht, durch die er in die Freiheit tritt und die Welt unter sich hat.

Die Gebundenheit an Gottes Führung stellt Jesus, indem es ihm jede eigenmächtige Aktion verbot, in die Leidenswilligkeit. Es ist in seiner Sohnschaft wesentlich begründet, daß er auf die Stunde des Vaters wartet. Demgemäß versetzt auch das Glauben den Jünger in das Hoffen, mit dem er den Fortgang der göttlichen Regierung abwartet. Sein Glauben ist mit dem Gedanken nicht verträglich, der gegenwärtige Lebensstand lasse sich zu einer voll befriedigten Seligkeit verklären, sondern erzeugt auch in ihm die Leidenswilligkeit, die aushält, bis Gottes Stunde kommt.

Durch ihre personhafte und geistige Art wird die Sohnschaft Jesu ein ethischer Vorgang. Der Vater zählt auf den Willen des Sohnes und dieser gibt ihm denselben. Sein Gehorchen und Lieben ist nicht nur eine Konsequenz und Zugabe zu seiner Sohnes- und Christuswürde, sondern durch sein Lieben und Gehorchen ist er Sohn und Christus. Darum gibt es auch für den Jünger kein Glauben, durch das er nicht seinen Willen Gott zur Verfügung stellte. Deshalb eint sich das Glauben mit der Buße, die das Böse abstößt, und wird nichtig, wenn es sich nicht vom Bösen löst.

Wie im Grunde der Sohnschaft Jesu das göttliche Lieben steht und wie sein dem Vater erwiesener Gehorsam Liebe ist und wie er darum auch in seinem Herrschen nichts anderes als die Vollführung der Liebe sucht im Gericht an allem Bösen und in der Verklärung der Gemeinde, so hat auch der Glaubende in der Liebe das, womit er sein Werk vollbringt.

Das Glauben, das in den Jüngern Jesu entstand, konnte sich ihnen deshalb nicht so darstellen, als sei es nur auf einzelne Ermahnungen oder Verheißungen Jesu gestellt. Weder von Matthäus noch von Johannes wird es in diese Beleuchtung gerückt. Es war vielmehr auf den gesamten Tatbestand begründet, an dem ihnen Jesu Sohnschaft und Christusamt erkennbar war. Daß sie weder Moralisten und Gesetzeslehrer, noch Mystiker, noch Gnostiker wurden, sondern Glaubende, daß ihr Ziel ihnen nicht darin lag, in Gottes Wesen aufzugehen, noch darin, eine von ihm vorgeschriebene Leistung zu vollziehen, noch darin, eine Lehre zu bewahren, die er geoffenbart habe, noch darin, ein Sakrament zu haben, das er an ihnen vollzogen habe, sondern daß sie darin, daß sie ihm vertrauen, ihre Religion hatten, daß sie weder über Jesus emporwuchsen als seine Nachfolger, die größeres vermöchten als er, noch neben ihm verschwanden als in Ohnmacht und Sünde gebunden, sondern ihm als die verbunden sind, die in ihm Gottes ganze Gnade haben, weil sie ihm glauben, das war nicht nur durch diesen oder jenen Spruch Jesu bewirkt, sondern die Frucht seines Lebensstandes und seiner gesamten Arbeit und Geschichte. Diese feste Beziehung der von den Evangelisten gegebenen Aussagen über den Glauben zum Hauptfaktum der Geschichte Jesu gibt ihnen die geschichtliche Sicherheit.

Achtes Kapitel.

Die Gemeinde der Glaubenden.

Die wichtigsten Dokumente für das, was der Glaube der Gemeinde von Anfang an gewesen ist, lagen bereits vor uns, die Evangelien, deren Stoff nicht erst durch die Geschichte der Gemeinde entstanden ist, sondern diese geschaffen hat. Die Worte und Taten Jesu, die sie uns überliefern, sind von ihr nicht nur als geschichtliche Erinnerungen, sondern als Zeugnisse für den Willen und das Gebot ihres Herrn, der in Gottes Auftrag zu ihr redete, wiederholt worden[1]). Dadurch steht fest, daß sich die Gemeinde von Anfang an zu einer Zuversicht ermächtigt wußte, deren Kraft und Fülle sich nach den Worten Jesu über das Glauben bemaß[2]).

Sie hat es nicht nur als ihre Pflicht betrachtet, sondern besaß es als ihr inneres Eigentum, als die Stellung, in der sie sich tatsächlich zu Gott und Christus befand. Der Schluß der Evangelien spricht aus, was die Gemeinde für immer zu einer Gemeinde der Glaubenden gemacht hat: weil du mich gesehen hast, glaubst du, Joh. 20, 29. Angesichts des Auferstandenen war der Glaube im Jüngerkreis nicht mehr nur Gebot und Begriff, sondern lebendige Wirklichkeit und Kraft.

Vor dem Ende Jesu war das Glauben der Jünger, mit dem sie sich an ihn seiner Sendung wegen angeschlossen hatten, durch sein Wort getragen, wozu das, was sie von den Werken des Christus gesehen hatten, als Bestätigung hinzugetreten war.

---

[1]) Es ist lehrreich, daß die Verheißung für den Glaubenden, daß er Berge versetze, dem Paulus und, wie sicher hinzuzufügen ist, der korinthischen Gemeinde bekannt ist; er benützt den Spruch zur Beschreibung dessen, der den „ganzen Glauben“ hat, 1. Kor. 13, 2. Die Einrede, eine Beziehung des Worts auf Mt. 17, 20 u. Prl. sei deshalb nicht gesichert, weil der Ausdruck „Berge versetzen“ sprichwörtlich sei, verhüllt, daß die Bewegung der Berge nicht die göttliche Stärke, sondern hier und dort den Erfolg des Glaubens beschreibt. Die Vermutung, diese Verheißung für den Glauben sei in der palästinischen Judenschaft als Sprichwort verbreitet gewesen, wäre phantastisch.

[2]) Der Einrede, ich taxiere die Einheit des Glaubens in der ersten Gemeinde zu groß, würde ich beistimmen, wenn der Stoff der Evangelien erst am Ende des Jahrhunderts entstanden wäre. Bildet er den ursprünglichen Besitz der Christenheit, so ist damit das sichere Maß gegeben, das den Inhalt und die Höhe ihres Glaubens bestimmt.

Nachdem sie ihn aber als den ewig Lebenden und Verklärten gesehen hatten, sprach das Bekenntnis: Jesus der Christus! von ihnen selbst Erlebtes aus, und von diesem Erlebnis her empfingen alle Überzeugungen und Hoffnungen, die in ihrem früheren Verkehr mit ihm entstanden waren, sowohl ihre Befestigung als ihre Reinigung.

Zur Begründung, nicht zum Ersatz des Glaubens durch eine über ihn hinausliegende Frömmigkeitsform haben die Erlebnisse der Ostertage deshalb geführt, weil das, was durch sie sichtbar wurde, nur Jesu verherrlichter Lebensstand war. Keine Umwandlung der äußeren Lage, auch nicht eine Erhöhung des eigenen Lebensstandes der Jünger, nur Jesu eigene Verklärung bildete den Schlußakt seiner Geschichte. Diese hatten sie nun aber mit einer Gewißheit vor Augen, die ihnen unausrottbar eingepflanzt war. Mit dem Erweis seines Lebens in Gott und seiner bleibenden Verbundenheit mit ihnen waren ihnen die Voraussetzungen zum Glauben gegeben, in dem nun auch wirklich der Ertrag dieser Ereignisse für sie bestand.

Ein konstruierendes Schlußverfahren könnte mit Leichtigkeit ein anderes Ergebnis erreichen und es als »notwendig« erweisen, daß das Glauben damals durch andersartige Vorgänge, die in den Bereich des Gefühls fallen, überboten und verdrängt worden sei. Wenn auch nicht die äußere, so müsse doch die innere Lage der Jünger, ihr Empfinden, durch die Osterereignisse stark und bleibend verändert worden sein, da sich diese nicht denken ließen, ohne ein mächtiges Aufwogen beseligter Stimmungen, die das im Verkehr mit dem Auferstandenen genossene Glück über alle anderen Werte erhob, und ohne eine Abrundung und Ausfüllung des Selbstbewußtseins, die sie, da sie den Auferstandenen geschaut, berührt, mit ihm verkehrt und damit erlebt hatten, was noch nie jemand widerfahren war, zu in sich abgeschlossenen und von sich vollen Persönlichkeiten gemacht habe. So begänne mit diesen Ereignissen eine neue Epoche der »Religion«, die nicht mehr Glaube wäre, sondern ihr Merkmal an der Erregung starker Gefühlsschwingungen hätte, durch die das Ich in sich selbst befriedigt ruht. Wir müßten aber solche Schlüsse auf die eigene Autorität hin bilden, da sie durch die Quellen nicht getragen sind. Die Osterberichte sind sämtlich durch eine auffallende Ruhe ausgezeichnet und nichts weniger als die Schilderung erregter Gefühlszustände. Daß ein starkes Empfinden jene Erlebnisse begleitete und wirksam machte, wissen sie auch: »unsere Herzen brannten«, Lu. 24, 32. Dieses wird aber nie zur wichtigen Hauptsache, die als die herrschende Potenz sich den Gedanken- und Willenslauf zu unterwerfen vermöchte. Es wird nie zum Willensziel, darum auch in der Ostergeschichte nie der Jünger zur Hauptperson. Bestätigt werden die Berichte in dieser Hinsicht durch die große Tatsache, daß das Evangelium der Jünger an erster Stelle Passionsbericht geblieben ist und das Kreuz Jesu durch die Osterereignisse in keiner Weise beschattet wird, sondern mit seinem tiefen Ernst, der zur Buße und zum Glauben beruft, das wichtigste religiöse Motiv für die Christenheit geblieben ist. Wer bei den Ostererlebnissen von psychischen Vorgängen redet, muß im festen Zusammenhang, der zwischen der apostolischen Frömmigkeit und der Verkündigung Jesu besteht, die mächtige Nachwirkung der Erinnerung an ihn sehen; wer dagegen bei ihnen von Handlungen des Christus redet, hat in ihrem Ergebnis seine bewahrende und lenkende Hand zu erkennen, die nicht zuließ, daß der Blick der Jünger sich in sich selbst verfing, sondern sie mit kräftigem Griff zu ihm hinwandte und ihnen durch seinen Verkehr mit ihnen Glauben vermitteln wollte und vermittelt hat.

Für dieses Ergebnis war es eine unentbehrliche Bedingung, daß ihr Verkehr mit dem Auferstandenen ihnen als ein objektiver Vorgang erschien, nicht als von ihrem subjektiven Zustand und eigener Veranstaltung abhängig, sondern als ihnen gewährt wie jeder andere Anblick auch, der nicht gemacht, sondern nur empfangen werden kann. Wären jene Wahrnehmungen Jesu als Ekstase und Vision erlebt worden, dann wäre aus ihnen eine andere Frömmigkeit als Glaube entstanden und eine Methodik und Technik, durch die der Anblick Jesu erzeugt werden könne, gesucht worden. Nun wußten sich aber die Jünger in der Erinnerung an die Ostererlebnisse lediglich als empfangend und ihr Blick wurde durch diese nicht auf sich selbst zurückgebeugt, so daß sie bei sich selbst in ihrem eigenen Verhalten die kausale Macht für jene gesucht hätten;

darum war ihr Verkehr mit dem Christus von nun an Glaube allein[1]).

Ebensowenig als eine Verwandlung des Glaubens in eine Stimmungsreligion, die sich selig fühlt, oder in eine in der Vision sich abschließende Mystik entstand durch die Ostergeschichte eine Umsetzung des Glaubens in Lehre oder Theologie. Zwar bildeten Worte des Auferstandenen ein Hauptstück der Ostergeschichte und es hat sicher nie eine solche gegeben, ohne daß überliefert wurde, was der Auferstandene den Seinen gesagt habe. Denn ihre Wichtigkeit bestand darin, daß er die früher von ihm begründete Gemeinschaft mit den Jüngern ihnen auch jetzt bestätigte und erneuerte. Das tat eine stumm bleibende Erscheinung nie. Das Wort des Auferstandenen besteht aber nach dem Osterbericht nur in seinem Selbstzeugnis, nur darin, daß der Verklärte sich ihnen nennt, und weiter in der Erneuerung ihres Botenamtes. Eine neue Lehre und höhere Offenbarung über Gott und sein Reich gab der Auferstandene nicht, sondern bestätigte lediglich dasjenige Wort und Werk, das den Inhalt seiner irdischen Arbeit ausmachte. So wurde durch die Ostergeschichte Jesu irdische Gestalt samt seinem Kreuz nicht verdrängt, sondern gerade durch sie zum bleibenden Inhalt des Evangeliums, womit auch die frühere Berufung der Jünger zum Glauben in voller Geltung blieb.

Die Erlebnisse, die die Gegenwart des Geistes bei ihnen sichtbar und wirksam machten, traten zum Anblick des Auferstandenen unterstützend hinzu, weil auch sie die Gewißheit begründeten, er setze seine Gemeinschaft mit ihnen auch in seiner Erhöhung zu Gott fort. Diese bewegte sie als durch den Geist vermittelt nicht mehr nur von außen, sondern auch von innen her und erhob dadurch ihren Glaubensstand über den der Synagoge wesentlich. Diese vernahm Gott nur von außen her

[1]) Wer die Erlebnisse Visionen nennt, hat sich mit doppelter Sorgfalt zu verdeutlichen, daß ihre Umwandlung in objektive Vorgänge den ganzen Fortgang der religiösen Geschichte bestimmt. Man legt bei der Frage nach dem Ursprung des apostolischen Glaubens oft nur auf den Inhalt des Osterberichts den Nachdruck, daß ihnen Jesus als der Lebendige galt; aber auch die Form, wie diese Gewißheit erreicht wurde, hatte für den Glaubensstand der Jünger große Wichtigkeit.

im Buch; nun trat zum äußeren Zeugnis die von innen her sich ihnen vermittelnde Leitung des Geistes. War aber der Christus vom Himmel her mit ihnen verbunden und in ihnen durch den Geist wirksam, so war die umfassende Hilfe und Gabe Gottes für sie eine vollbrachte Tat und vorhandene Realität. Der Christus und das Reich sind nicht trennbar und die mit dem Geist begabte Gemeinde ist die ewig lebendige. Wenn auch Jesu Erhöhung und der Anbruch des Reiches auseinander traten und dieser noch der Zukunft vorbehalten bleibt, so war doch diese Zukunft für die Gemeinde des Christus keine Ungewißheit mehr. Das Reich mit seiner ewigen Lebensgabe ist vielmehr ein ihr gesicherter Besitz, 1 Petr. 1, 3. Jak. 2, 5ff. Die, die den auferstandenen Christus kennen und mit ihm verbunden sind, haben zu Gott eine vollendete Zuversicht und die Gemeinde der Glaubenden war ins Dasein gesetzt.

Dafür, daß der auf Jesus gestellte Glaubensstand nicht erst im Verlauf der späteren Geschichte entstand, sondern der Besitz und das Merkmal der Gemeinde seit den Oster- und Pfingsttagen war, ist die Zeugenreihe groß genug: alle Evangelien, für die die Erscheinungen des Auferstandenen der Abschluß der Arbeit Jesu sind, Paulus, der nach der Auferstehung des Christus kein Ereignis mehr kennt, das den Glaubensstand der Gemeinde wesentlich verändert hätte, 1 Kor. 15, Lukas und seine Gewährsmänner mit ihrem Bericht über die Gründung der Gemeinde Jerusalems durch die Predigt von Christus. Wäre damit die »Religion Jesu« preisgegeben, ein ihr ursprünglich fremder Gedanke in sie eingeschoben und das Gottvertrauen Jesu zum Glauben an den Christus entstellt worden, so hätte diese das Werk Jesu auflösende Wendung wenige Wochen nach seinem Tode stattgefunden und die Unterweisung des Meisters weggespült. Oder wenn die Gemeinde derer, die an den Christus glaubten, damals noch nicht entstand, sondern der von Jesus beeinflußte Kreis damals noch einen anderen religiösen Typus hatte, etwa auf eine Reinigung des Gottesdienstes und der Moral von ihrer Überladung mit Satzungen und Zeremonien hinarbeitete und ein verinnerlichtes Judentum suchte — wann entsteht dann die am Christus hängende Gläubigkeit? Das nächste, durch die Bekehrungsgeschichte des Paulus gesicherte

Ereignis ist die Verfolgung der Jünger durch die Judenschaft und die Teilnahme des Paulus an derselben. Daß dabei nicht um einen Satz der Bergpredigt oder um den Reichsbegriff im allgemeinen oder um den Wert der pharisäischen Halacha gestritten worden ist, sondern lediglich um die Messianität des Gekreuzigten, steht historisch fest. Die Gemeinde, die für den Namen Jesu sich von den Autoritäten Jerusalems ächten und töten ließ, hat an diesen Namen geglaubt.

Hier folgen die Tatsachen einander in fester Verkettung und lassen für andersartige Konstruktionen keinen freien Raum. Die Berufung der Jünger durch Jesus zum Glauben an seine messianische Herrschaft, sein Gang in den Tod mit dem Bekenntnis derselben, die Bestätigung ihres Glaubens durch ihre Begegnungen mit dem Auferstandenen und die Begründung der Gemeinde Jerusalems auf den Glauben an Jesus als den Christus sind die zusammenhängenden Glieder einer einheitlichen Geschichte, an deren Wirklichkeit sich nicht zweifeln läßt.

Obgleich die Werdezeit des Glaubens durch die mit den Pfingsttagen verbundenen Ereignisse beendet ist, so haftet doch auch am weiteren Verlauf seiner Geschichte ein hohes Interesse. Nach sonstiger historischer Analogie war die Wahrscheinlichkeit, daß sich dieses Glauben zu erhalten vermöge, äußerst gering. Der Jüngerkreis war sich dessen selbst mit voller Klarheit bewußt und hat keineswegs erwartet, daß nun jedermann Jesu Herrschaft anerkennen werde. Der Glaube ist »nicht jedermanns Sache«. Nach ihrem Urteil konnte nur Gottes Walten das wunderbare Ergebnis schaffen, daß Jesus »in der Welt Glauben fand«, 1 Tim. 3, 16.

Aus dem Kreise der Gefährten Jesu war nun eine Kirche geworden; was sie besaß, war einzig ihr Glaube an ihn, allerdings so, daß dieser für sie die volle Bedeutung der »Religion« besaß. Es stand ihr aber das fest organisierte jüdische Volkstum gegenüber, auch zusammengehalten durch eine starke religiöse Kraft. Daß jener nur im Glauben geeinte Kreis diese festgefügte Körperschaft ins Schwanken bringen, sie überwinden oder auch nur sich gegen sie erhalten könne, dafür sprach keine Wahrscheinlichkeit. Die Aussicht auf den Erfolg war um so geringer, weil ihr eigener Besitz notwendig mit dem Fortgang der Zeit seine Kraft verlieren zu müssen schien. Die Erinnerungen an ihren einstigen Verkehr mit Jesus waren nur in abgeschwächter Weise auf einen weiteren Kreis zu übertragen und mußten auch für die Gefährten Jesu mit der Zeit zurücktreten. Mußte sich die Verbundenheit mit dem, der einst gelebt hatte, nun aber abgeschieden war, nicht zur bloßen Erinnerung verdünnen, die die Gegenwart nicht mehr umfaßte? Konnte ihr Aufblick zu Jesus Glaube bleiben in dem absoluten Sinn, in dem ihn Jesus gepflanzt hatte? Bekanntlich hat sich ihr Glauben erhalten; warum?

Wir stoßen zunächst überall auf die Tatsache, daß sich die Gemeinde dessen bewußt war, ihr Glauben sei der für sie wesentliche Besitz, das, was ihre Kraft und ihr Gut bilde, woran sie den Grund ihrer Existenz und ihres Rechtes habe. Dafür ist schon die Weise, wie sie sich selber benannt hat, ein lehrreiches Dokument. Weil ihre Selbstbenennung als freie Neubildung entstand und nicht einer schon traditionell befestigten Namengebung entnommen werden konnte, auch nicht von irgend welcher Absichtlichkeit geleitet wurde, sondern sich naturwüchsig aus dem vorhandenen Gedanken- und Sprachschatz der Gemeinde hervorbildete, ermöglicht sie einen zuverlässigen Blick in ihr Inneres und deckt auf, welche Gedanken und Motive sie regierten, was sie als ihren wertvollsten Besitz und ihre wichtigste Aufgabe empfand.

Für den Verkehr der Gemeindeglieder untereinander war von Jesu Zeit her der Jüngername gegeben, und die Apostelgeschichte zeigt, daß er weiter lebte. Nicht nur jener Kreis, der sich schon um Jesus selbst gesammelt hatte, sondern wer immer zur Gemeinde hinzutrat, nannte sich »Jünger« Jesu. In den Briefen erscheint dieser Name merkwürdigerweise nicht ein einziges Mal. Damit, daß der Meister nicht mehr gegenwärtig war, war die Form der Gemeinschaft, für die er zunächst geprägt war, vergangen und ihre Beziehung zu ihm hatte nicht mehr am »Lernen« ihr wesentliches Merkmal. Wie der Rabbiname für Jesus verschwand und sie ihn jetzt nicht mehr wie einst ihren »Lehrer«, sondern den Christus, ihren Herrn, nannten, so trat auch der ihm entsprechende Jüngername in der Gemeinde zurück. Statt desselben hob der Sprachgebrauch der Gemeinde das, was den innerlichen, unvergänglichen Kern am Jüngerverhältnis bildete, das auf Jesus gestellte Glauben, als das für ihren Verband Entscheidende hervor.

Neben dem Jüngernamen wurde auch der Brudername lebendig als eine Bezeichnung des Gemeindeglieds auch in der griechischen Christenheit. Aber dieser Name gab wohl der festen Verbindung der Gemeindeglieder untereinander Ausdruck, ließ aber das Hauptinteresse der Gemeinde, ihr Verhältnis zu Gott und zu Christus, unbenannt. Dieses kam zur Sprache, wenn sie sich die Knechte Gottes oder des Christus nannten und diese Selbstbezeichnung dehnt sich in der Sprache des ersten Jahrhunderts weit aus. Sie hätte dem Namen entsprochen, mit dem die Gemeinde Jesus beständig nannte: er ist der Herr, Röm. 10, 9. Kor. 12, 3. Der Begriff behielt aber eine vorwiegende Beziehung auf bestimmte, vom Herrn erteilte Aufträge und wurde weniger Benennung des Christenstandes überhaupt, als Berufsname für die Boten Jesu, wenn auch im weiteren Sinn als der Apostelname.

Zwei Begriffe erhielten völlig den Wert feststehender Benennungen, in denen die Gemeinde ihre innere Stellung zu Gott zum Ausdruck brachte; sie nannte sich die Heiligen und die Glaubenden. Auch der erstere[1]) belegt die Kraft des Glaubens in der Gemeinde, weil er die Sicherheit deutlich macht, mit der sie sich Gott verbunden weiß. Da der Name die Tat Gottes ins Auge faßt, durch die er die Gemeinde für sich ausgesondert und zu seinem Eigentum gemacht hat, ließ er einem anderen Namen neben sich Raum, der den alten Benennungen: die Gott Fürchtenden, Frommen, Gerechten parallel stand, indem er das Wesen ihrer neuen Frömmigkeit bezeichnete. Zudem hatte der Name »die Hei-

---

1) ἅγιοι braucht Paulus mit fester Prägung nicht nur von der Christenheit Judäas Röm. 15, 25. 26. 31. 1 Kor. 16, 1. 2 Kor. 8, 4. 9, 1. 12, sondern auch in der Anrede an die griechischen Gemeinden Röm. 1, 7. 1 Kor. 1, 2. 2 Kor. 1, 1, und zur allgemeinen Bezeichnung der Christen Röm. 12, 13. 1 Kor. 6, 1. 2. 14, 33. 2 Kor. 13, 12. Phil. 4, 21. 22. 1 Thess. 3, 13 cf. Röm. 8, 27, auch 1 Tim. 5, 10. Häufig ist der Name in der Apok. und Acta, dazu Hebr. 3, 1: heilige Brüder als Anrede, und Jud. 3.

ligen« keinen Gegensatz neben sich; denn die Gemeine nannte die, die nicht zu ihr gehörten, nicht βέβηλοι oder κοινοί. Sie benennt sich nach der ihr gewordenen Gabe Gottes, nimmt aber zur Bezeichnung derer, die zu ihr in Gegensatz stehen, nicht das göttliche Urteil richtend vorweg, sondern beschreibt sie nach ihrem eigenen Verhalten [1]). In dieser Hinsicht hob sich das Glauben als das hervor, was den Unterschied zwischen denen macht, die in, und denen, die außer der Gemeinde sind. Nicht als die Genossenschaft der Hoffenden oder Liebenden oder Wissenden, sondern als die der Glaubenden trat sie auf.

Die Apostelgeschichte heißt die Gemeindeglieder wechselnd: Jünger, Brüder, Glaubende; letzteres ist ebenso sehr fester Name wie ersteres, 2,44. 4,32. 15,5. 18,27. 19,18. 21,20. Schon die ersten Briefe des Paulus zeigen diesen Sprachgebrauch in voller Ausbildung. Um die Christen Achajas und Makedoniens zu benennen, wird gesagt: alle in Makedonien und Achaja Glaubenden, 1 Thess. 1,7. Die Bevölkerung Korinths wird unterschieden in Glaubende und Ungläubige, 1 Kor. 14,22.23. 6,6. Tritt nur einer der beiden Gatten in die Gemeinde, so hat er eine ungläubige Frau oder einen ungläubigen Mann, 1 Kor. 7,12.13.14. Sie werden von »einem der Ungläubigen« eingeladen, wenn sie bei jemand zu Gast sind, der nicht zur Gemeinde gehört, 1 Kor. 10,27. Der Name ist in solchem Gebrauch nicht schon verblaßt. Von den Glaubenden Achajas spricht Paulus deshalb, weil er in der Tat an ihr glaubendes Verhalten denkt; denn durch dieses sind sie berufen, sich an den Thessalonichern ein Beispiel zu nehmen. Ungläubig nennt nicht nur den Mangel äußerer Beziehung zur Gemeinde, sondern die Glaubensverweigerung gegenüber dem Evangelium. Darum genügt ἄπιστος für Paulus 1 Kor. 14,23.24 zur Bezeichnung des Nichtchristen nicht, sondern er fügt noch den »Unkundigen«, ἰδιώτης, hinzu. Er unterscheidet zwischen dem, der mit dem Evangelium noch

[1]) ἅγιος erhält 1 Kor. 6,1 seinen Gegensatz in ἄδικος durch ein im Zusammenhang gegebenes Motiv, da es sich um die Befähigung der Griechen zur Rechtsverwaltung handelt. Auch damit sind sie nach ihrem eigenen Verhalten beschrieben, nicht als die von Gott Verworfenen, sondern als die gegen Gottes Recht Handelnden.

unbekannt ist, und dem, der bereits im Streit mit ihm steht[1]). Ein Jude oder Grieche, der mit einem Christen als Gatte oder Freund verbunden ist, hat das Evangelium kennen gelernt und ist, wenn er dennoch der Gemeinde fernbleibt, ungläubig, 1 Kor. 7, 12 f. 10, 27. Auch in 1 Kor. 6, 6 tritt der Ungläubige dem Bruder schwerlich nur mit dem negativen Sinn gegenüber, daß er von Christus nichts weiß, sondern mit dem positiven Gedanken, daß er von ihm nichts wissen will. Wer mit dem Bruder vor den Griechen streitet, übersieht hier das Einigende, dort das Trennende. Wie das Evangelium ihm den Glaubenden zum Bruder macht, so trennt es ihn vom Griechen deshalb, weil er dem Wort Jesu den Glauben versagt. Gerade weil das Wort in solchem Gebrauch seinen innerlichen Begriff noch besitzt, zeigt er anschaulich, wie die Gemeinde bis in ihre alltägliche Rede das Kennzeichen, nach dem sie sich selbst von ihrer Umgebung unterschied, im Glauben fand. Man hatte bei diesem Sprachgebrauch gleichzeitig und einheitlich den Einzelnen in seinem Verhältnis zu Gott und die Kirche als verbundene Genossenschaft im Auge. Für das persönliche Verhältnis eines jeden zu Gott war das Glauben das, was dieses bestimmt, und für die Kirche war das Glauben das, was sie ins Dasein setzt, die Gemeinschaft in ihr erzeugt und ihr den Zusammenschluß verschafft.

Die Kraft dieses Sprachgebrauchs zeigt sich darin, daß er πιστός umgebildet und von seinem griechischen Gebrauch abgelenkt hat; denn es wird im Sinn von »gläubig« der Gegensatz zu ἄπιστος. In der Apostelgeschichte und den Pastoralbriefen ist dieser Übergang eine feststehende Tat-

[1]) Die Annahme, der Idiot sei eine Art Katechumene, sah richtig, daß der Idiot der Gemeinde näher gerückt wird als der ἄπιστος. Allein ἰδιώτης ist ein bloß negativer Begriff und sagt nichts über den beginnenden Anschluß an die Gemeinde, sondern nur, daß der, dem er gilt, nicht zu ihr gehört. Eine Tautologie ergeben beide Namen nur dann, wenn man ἄπιστος leer macht. Paulus will die Gemeinde daran erinnern, daß die Griechen und Juden, die sie besuchen, zu ihr in einem verschiedenen Verhältnis stehen; teils stehen sie der Sache einfach noch fern, teils sind sie ihr schon feindselig und widerwillig. Sogar die unbefangene Unwissenheit wird durch die Unverständlichkeit der Zungenrede abgestoßen und sogar der widerwillige Unglaube durch die Macht der Prophetie gebeugt.

sache. Die Mutter des Timotheus wird dadurch als Christin bezeichnet, daß sie *γυνὴ Ἰουδαία πιστή* heißt, Akt. 16,1 cf. 10,45. Der Sklave, der einen Christen zum Herrn hat, hat einen *δεσπότης πιστός*, 1 Tim. 6, 2. Niemand soll zum Bischof gewählt werden, dessen Kinder der Gemeinde fern geblieben sind; er soll *τέκνα πιστά* haben, Tit. 1, 6. Den Unterhalt der Witwen übernimmt die Gemeinde dann, wenn sie ohne Angehörige sind oder auf heidnische Verwandte angewiesen wären; dagegen *εἴ τις πιστὴ χήρας ἔχει*, soll sie für diese sorgen, 1 Tim. 5, 16. Auch in diesem Gebrauch ist die innerliche Bedeutung des Wortes nicht erloschen. Die Pflicht der Verwandten, die Verwitwete bei sich aufzunehmen, wird nicht nur durch die äußere Zugehörigkeit zur Gemeinde begründet; vielmehr hat der, der für die Seinigen nicht sorgt, »den Glauben verleugnet«, 1 Tim. 5, 8. Der Sklave hat ein anderes Verhältnis zum christlichen als zum heidnischen Herrn, weil dieser im Glauben Christus, dem gemeinsamen Herrn, gehört. Ebenso denkt der Erzähler, wenn er die Mutter des Timotheus gläubig heißt, an »den in ihr wohnenden Glauben«, 2 Tim. 1,5. Aber der Begriff »gläubig« ist hier vollends fest zum Namen für die Glieder der Gemeinde ausgeprägt.

Die Namengebung steht mit der Weise, wie sonst in den Briefen vom Glauben gesprochen wird, in bester Übereinstimmung. Verbreitet sich die Nachricht vom Christentum einer Gemeinde, so wird ihr Glaube verkündigt, Röm. 1, 8. 1 Thess. 1, 8. 3, 6. cf. Kol. 1, 4. Eph. 1, 15. Philem. 5. Der Wert der christlichen Lehrtätigkeit wird dadurch bezeichnet: ihr seid durch sie gläubig geworden, 1 Kor. 3, 5. Der Verfolger der Gemeinde zerstört das Glauben, Gal. 1, 23. Die Gehilfen des Apostels kommen dazu in die Gemeinden, um durch ihre Mahnung das Glauben derselben zu fördern, 1 Thess. 3, 2. Kommen Christen zusammen, so stärken sie ihren Willen durch ihr gemeinsames Glauben, Röm. 1, 12. Denkt man an den Anfang seines Christentums, so sagt man: damals, als wir zum Glauben kamen, Röm. 13, 11. Wer die christliche Haltung einer Gemeinde kennen gelernt hat, kennt ihr Glauben, 1 Thess. 3, 5, und ihr innerer Fortschritt besteht darin, daß »ihr Glaube wächst«, 2 Kor. 10, 15. 2 Thess. 1, 3.

Die Mahnung zur Selbstprüfung lautet: prüft, ob ihr im Glauben seid, 2 Kor. 13, 5. Der Zweifel am Wert ihres Christentums nimmt die Form an: ihr müßtet ohne Grund geglaubt haben, 1 Kor. 15, 2, und das Lob für sie lautet: durch das Glauben steht ihr, 2 Kor. 1, 24. So wird beständig an das Glauben gedacht und vom Glauben geredet, wenn sich der Blick auf die Frömmigkeit der Gemeinde richtet. Darum ist an solchen Stellen die unrichtige Bemerkung in den Kommentaren häufig, Glaube bedeute hier die christliche Frömmigkeit überhaupt; sie ist deshalb falsch, weil die anderen Betätigungen der Frömmigkeit, die Erkenntnis, die Furcht, die Reue, die Liebe, der Gehorsam und der tätige Dienst Gottes, im Neuen Testament niemals um des Glaubens willen versäumt und verachtet oder mit ihm verwechselt und vermischt werden. Dies dagegen ist an jenem Eindruck richtig, daß ein solcher Gebrauch von »Glaube« nicht möglich wäre, wenn die Gemeinde nicht ihr gesamtes Verhalten und Verhältnis zu Gott durch das Glauben bedingt wüßte und dieses deshalb für das Wesentlichste und Wichtigste an ihrem religiösen Besitz hielte.

Diese Betonung des Glaubens findet sich nicht nur im Verkehr des Paulus mit den von ihm geleiteten Gemeinden, sondern im ganzen Briefkreis, so verschiedenartig er ist. Die Apostelgeschichte spricht da, wo die apostolische Predigt aufgenommen wird, beständig vom Glauben [1]. Petrus scheidet die Gemeinde von ihrer Umgebung als die, die glauben, von den Ungläubigen, ἀπιστοῦντες, 1 Petr. 2, 7. Für Jakobus bildet es ein Hauptanliegen, daß seine Leser das Glauben in der richtigen Weise haben, Kap. 2. Judas und nach ihm der zweite Petrusbrief kennzeichnen die Leser als die, die Glauben empfangen haben, Jud. 3. 2 Petr. 1, 1. Für den Hebräerbrief und für Johannes ist das Glauben offenkundig die zentrale Funktion der Gemeinde. Was ihre Selbstbenennung sichtbar macht, wird durch den lehrhaften Inhalt der Briefe überall bestätigt: sie war mit klarem Bewußtsein in allen ihren Teilen eine Gemeinde der Glaubenden.

[1] Lukas geht in dieser Hinsicht im Evangelium mit den älteren Texten, in der Apostelgeschichte mit Johannes parallel.

Wie weit die Namengebung dem inneren Stand der Gemeinde entsprach und das vor uns enthüllt, was als lebendige Kraft die Gemeinde schuf und bewegte, wird dann sichtbar, wenn Fragen erörtert werden, die in der Gemeinde verschieden beurteilt wurden und darum eine gegenseitige Verständigung nötig machten. In Antiochia stand wegen der Frage, ob es ratsam sei, daß die jüdischen Christen auf die gesetzliche Speiseordnung verzichten, Paulus gegen Petrus und Barnabas; wo suchte man die Verständigung? Paulus ging in seiner Antwort an Petrus und die jüdischen Christen vom Grund und dem Ziel des Glaubens aus und zeigte, daß ihr Verhalten nicht im Glauben begründet sei. »Wir haben unsere Zuversicht auf Christus gesetzt«, Gal. 2, 16; das nennt den allen gemeinsamen Willen, das Erlebnis, in dem für alle ihr ganzes Verhalten wurzelt. Was das Glauben zerstört, hat nach aller Überzeugung in der Gemeinde nicht Raum. Ihr Urteil spaltet sich nur dann, wenn das Verhältnis zwischen der Beobachtung der Speiseordnung und dem Glauben von ihnen verschieden beurteilt wird. Gelingt es Paulus, ihnen zu zeigen, daß ihr Handeln dem Glauben widerstreite, so betrachtet er die Einigung als gewonnen; denn das Glauben an Christus gibt in der Gemeinde keiner preis. Nicht nur in irgend welchem unbestimmtem Maß, sondern als absolute Wertschätzung des Christus, die ihm alles unterordnet, wird das Glauben durch die Verhandlung in Antiochia als das Gemeingut des ganzen apostolischen Kreises sicher gestellt. Denn wenn Paulus seinen Schluß: »weil ich an Christus glaube, gibt es keine für mich verbindliche Speiseordnung«, für beweisend hält, so setzt er damit voraus, daß die anderen diese geschlossene Einigung mit Christus, die in ihm die vollkommene Gerechtigkeit hat, mit ihm teilen, jedenfalls verstehen. Die Beantwortung der Frage, ob die jüdischen Christen den jüdischen Satzungen noch verpflichtet seien, entschied über die tausend kleinen Dinge, die den täglichen Verkehr füllen, und bestimmte zugleich mit welthistorischer Wirkung die gesamte Lage der Kirche, sowohl ihren inneren Gang als ihr Verhältnis zur Judenschaft. In beiden Richtungen besaß die Christenheit in allen ihren Gruppen nur einen, für alle gültigen

Maßstab, der alles ordnete, ihr Glauben. Ihr Verhalten war als richtig erwiesen, wenn es im Glauben begründet war.

Der Durchführung der Liebesregel, die alle Unterschiede in der Gemeinde ausglich, widersetzte sich der Unterschied, der sich aus dem verschiedenen Maß des Besitzes ergab. An den Reichtum heftete sich der Anspruch an besondere Ehrung im Blick auf die Macht, die der große Besitz verleiht. Wie weit diesem Anspruch entsprochen werden dürfe, wann seine Erfüllung zur Sünde werde, das wird von Jakobus durch die Erwägung entschieden, ob und wann sie mit dem Glauben an Christus vereinbar sei, Jak. 2, 1. Wieder erscheint der Glaube als die wirksame Macht, die das ganze Verhalten bis in seine kleinsten Verzweigungen hinein regiert.

Der in der Kirche befestigte Rechtssatz, daß der Genuß dessen, was einem fremden Gott geweiht worden sei, Sünde sei, führte in der Praxis zu großen Unterschieden in der Gestaltung der Sitte. Neben der Freiheit, die im Bereich des Natürlichen nirgends Sünde sah, stand der gänzliche Verzicht auf Fleisch und Wein, weil immer damit gerechnet werden mußte, daß mit ihnen ein kultischer Akt vorgenommen worden sei. Vorausgesetzt wird dabei für alle, einerlei wie sie ihre Sitte ordnen, daß sie im Glauben handeln, Rö. 14, 1. Das Recht jeder Praxis beruht darauf, daß sie im Glauben begründet sei.

Eine Frage wie die, wie weit die Pflicht der Kinder gegenüber den Eltern reiche, ob sie die verwitwete Mutter an die Gemeinde verweisen dürfen, wird dadurch entschieden, daß der, der sich der Pflicht gegen die Eltern entziehe, »den Glauben verleugnet habe«, 1. Tim. 5, 8.

Als in Korinth über die Predigt des Paulus gestritten wurde, ob sie die göttliche Weisheit der Gemeinde vollständig mitgeteilt habe, hat sie Paulus dadurch gerechtfertigt, daß sie Glauben durch den für dasselbe allein zureichenden Grund, durch Gottes Kraft, hervorgebracht habe, 1 Kor. 2, 1—5. Auch hier berührt die in der Gemeinde vorhandene Verschiedenheit die Wertschätzung des Glaubens nicht; es bleibt die feste Voraussetzung aller, daß Glaube das rechte Verhalten des Christen sei, und der Streit bezieht sich auf die Frage, wie er begründet werden kann und worin das von ihm begehrte Ziel bestehe.

Der römischen Gemeinde hat Paulus den Inhalt und die Kraft des Glaubens sichtlich unter dem Eindruck dargestellt, daß sich Bedenken gegen seinen Glaubensstand geltend machen. Die apologetische Richtung, die der Brief deswegen erhält, bewirkt jedoch nicht, daß das Glauben der Gemeinde als etwas Neues vorgehalten würde, was ihr erst jetzt als Heilsweg bezeichnet werden müßte; vielmehr weiß die Gemeinde sehr wohl, daß ihr Anteil an Christus auf ihrem Glauben beruht, und Paulus beabsichtigt nur dies, ihr den Wert des Glaubens, den sie mit ihm teilt, vollständig sichtbar zu machen. Es muß mit der Gemeinde nicht darüber gesprochen werden, ob das christliche Verhalten Glaube sei, sondern ob Glaube allein, Glaube ohne Gesetz die ihr von Gott bereitete Stellung sei. Der Römerbrief zeigt dadurch lehrreich, daß auch in denjenigen Teilen der Kirche, denen die paulinische Predigt erst verständlich gemacht werden mußte, der Glaube als die Wurzel des Christenstands galt.

Selbst da, wo sich ein unversöhnlicher Gegensatz gebildet hat, wo Paulus ein Verhalten vor sich hat, auf das er mit dem Anathem antwortet, weil es die Basis der Gemeinde zerstört und ihren Anschluß an Christus aufhebt, wie in Galatien, bleibt die Unentbehrlichkeit und Heilsamkeit des Glaubens außer Frage. Auch im Galaterbrief wird nicht davon gesprochen, ob die Gemeinde Glauben zu betätigen habe oder nicht, nicht einmal davon, ob das Glauben mit Christus und dem Reich verbinde, sondern davon, ob das Glauben auch die Kindschaft Abrahams gebe, ob nicht im Gesetz und in der Verheißung an Israel ein Gut liege, das im Glauben noch nicht enthalten sei, sondern durch etwas anderes als durch Glauben, z. B. durch Beschneidung, gesucht werden müsse. Auch hier geht der Kampf ausschließlich um die Allgenugsamkeit des Glaubens. Das Glauben gilt auch den Gegnern des Apostels als Voraussetzung für alle Mitgliedschaft in der messianischen Gemeinde, wird aber von ihnen als etwas Ungenügendes und Unfertiges behandelt neben derjenigen Stellung, die der glaubende Jude durch Gesetz und Abrahamskindschaft vor Gott besitzt. Die Galater fragten sich nicht: taten wir daran recht, daß wir glaubten? ein Gedanke, mit dem sich der Brief nirgends beschäftigt, sondern: sollen wir Gottes und des Christus und des Reiches wegen nicht noch mehr tun als nur glauben? würde nicht unser Eintritt in die Judenschaft unseren Anteil am Reich mehren, sichern und vollenden? Durch dieses Hinausstreben über das Glauben wurde es allerdings verneint und aufgegeben, jedoch nicht nominell, nicht im Bewußtsein der zum Gesetz Hinstrebenden. Sie wollten gläubig sein und bleiben; eben deshalb erläutert ihnen Paulus, daß ihr Verhalten das Glauben zerstört.

Einzig der Hebräerbrief denkt sich in der Seele der Leser die Frage, ob sie auch recht daran taten, zu glauben. Er enthält eine Ermahnung zu demselben und eine Beweisführung für seine Unerläßlichkeit, die voraussetzt, daß die Leser des Glaubens müde werden könnten. Darum hält er ihnen aber auch die Gefahr des unheilbaren Falls und der Verleugnung des Christus vor und bezeugt dadurch in seiner Weise nicht minder als die übrigen Briefe, daß die Gemeinde im Glauben die Wurzel ihres ganzen Daseins sah.

Was als Einheitspunkt die kirchliche Gemeinschaft erzeugt, bestimmt zugleich die Stelle, an der sie ihr Ende finden muß und verweigert wird. Es folgte aus der Begründung der Gemeinde auf das Glauben, daß für sie die Häresie da begann, wo das Glauben verloren war und bekämpft wurde. Sowohl gegen die judaistischen als gegen die hellenistischen Mischgebilde, die Ererbtes mit dem Evangelium vermengten und Zwitterformen schufen, erfolgt im Neuen Testament der Protest dann und deshalb, wann und weil das Glauben an Christus durch sie zerschnitten wird. Nicht der Pharisäismus an sich hat von der Kirche ausgeschlossen; wenn der Eifer in der Gesetzlichkeit aus dem Glauben heraus als seine Folge und Betätigung entstand, blieb er in der Kirche geehrt. Dann blieb es aber deutlich, daß keine Unterordnung Jesu unter das Gesetz, keine Begrenzung und Verkürzung seiner Gnade durch die pharisäischen Leistungen behauptet wurde, sondern er in seinem königlichen Recht als der alleinige Geber der Gnade und Wirker des Gerichts bejaht blieb. Darum hat Paulus jede auch an sich kleine Gesetzlichkeit, z. B. die Neigung der Galater, den religiösen Kalender der Judenschaft bei sich einzuführen, oder die Verehrung Moses in Korinth aus der Gemeinde ausgestoßen, sowie ihm und allen deutlich war, daß damit Abwendung von Christus geschehe, sein Heilandswerk als ungenügend und verbesserungsbedürftig beurteilt und dadurch das Glauben zerstört werde.

Ebenso wurde, als sofort nach der ersten Gründungszeit der griechischen Gemeinden allerlei Traditionen aus dem hellenischen Religionsbetrieb in sie herüberfluteten, von Paulus die Grenze, die die Häresie abschied, sehr bestimmt so gezogen, daß in der Gemeinde unerträglich sei, was das auf Christus gerichtete Glauben verneine. Nicht ein Verzeichnis von Gedanken wird aufgestellt, die nicht in einer christlichen Versammlung gehegt oder von einem christlichen Herzen bewegt werden dürfen, sondern darauf wird gedrungen, daß die Gemeinde sich auf keine Gedankenreihen oder religiösen Experimente einlasse, die es verdunkeln, daß ihr Anteil an Gott auf dem Christus beruhe, darauf, daß sie mit ihm durch Glauben verbunden sei.

Die zentrale Bedeutung, die für die Gemeinde dem Glauben zukam, macht sich auch in ihrem Schriftgebrauch sichtbar, darin, daß die wenigen Worte der Schrift über das Glauben, הֶאֱמִין, vollständig und häufig verwendet sind. Wie sie die messianische Weissagung mit Jesus zusammenhielt und sie von ihm aus deutete, so verglich sie auch ihr Glauben mit der Schrift und hob alles mit Nachdruck hervor, was das Alte Testament an Aussagen über das Glauben bot, so daß sich auch ein Schriftbeweis für die Heilsbedeutung des Glaubens ausbildete. Gen. 15, 6 gilt nicht nur Paulus als der maßgebende Ausspruch Gottes über das, was er dem Glauben gibt, sondern begründet auch in der jüdischen Christenheit die in die falsche Richtung umbiegende Verherrlichung des Glaubens und bezeichnet für Jakobus ebenfalls das Höchste, was sich von ihm sagen läßt, 2, 23. Ebenso stellt der Hebräerbrief unter denen, die durch Glauben die Verheißung ererben, Abraham voran, 6, 13 ff. Dem Wort Hab. 2, 4, das in der griechischen Bibel entstellt war, gab Paulus seine ursprüngliche Gestalt zurück und widerlegt damit nicht nur im Galaterbrief den Anspruch, daß aus dem Gesetz Gerechtigkeit zu ziehen sei, sondern faßt in dasselbe Wort auch wieder den Grundgedanken des Römerbriefs, 1, 17. Aber auch der Hebräerbrief bessert in anderer Weise den entstellten griechischen Text und leitet mit ihm seinen Schriftbeweis für das Glauben ein, da auch er darin den zutreffenden Ausdruck für die Stellung und Aufgabe der Gemeinde sieht. Im Gesetz war der Glaube außer in der Geschichte Abrahams noch in derjenigen von der Wanderung durch die Wüste betont, die sich der Gemeinde leicht als Bild ihrer Stellung zwischen der ersten Gegenwart des Christus und seiner neuen Erscheinung darbot. Paulus hat diese Parallele zur Warnung vor dem falschen Vertrauen benützt, das zur Versuchung des Christus durch die Freigabe des Verwerflichen führt, 1 Kor. 10, 1 ff., der Hebräerbrief ausführlich die in ihr enthaltene Glaubensmachung dargestellt, 3, 12 ff., und der Judasbrief diese im selben Sinn verwandt, 5. Rahab wird zum Beweis für die dem Glauben gegebene Errettung nicht nur vom Hebräerbrief, 11, 31, sondern auch von Jakobus, 2, 25, angeführt. Jes. 28,16, eine Stelle, die der Gemeinde als messianisches Wort besonders wichtig sein mußte, weil dort das Glauben zu dem von Gott gelegten Eckstein in Beziehung tritt, wird nicht nur von Paulus im Römerbrief zweimal, 9,33. 10, 11, sondern auch von Petrus zitiert, 1 Petr. 2, 6. Im Blick auf den Unglauben Israels führen Paulus, Röm. 10, 16, und Johannes, 12, 38, sehr gleichartig Jes. 53, 1 an. Die Psalmstelle, die das Glauben in einer dem apostolischen Gebrauch verwandten Weise hat, fehlt unter den paulinischen Schriftzitaten nicht: Ps. 116, 10 = 2 Kor. 4, 13. Die Schrift ist in der Gemeinde absichtlich und gleichartig nach ihren Aussagen über das Glauben durchforscht worden, und es zeigt sich auch hierin, daß sie an ihrem Glauben ihre Religion hatte, für die ihr die Gewißheit nötig war, daß sie mit dem göttlichen Wort des alten Bundes übereinstimme[1]).

Die inneren Vorgänge, an die man denkt, wenn man vom Glauben spricht, sind überall gleichartig aufgefaßt. Ganz wie

[1]) Auch von den Palästinern sind die von der Macht des Glaubens handelnden Stellen gesammelt worden; siehe Erläuterung 9.

in den Evangelien tritt bald die Überzeugung, die der Wahrheit, bald die Erwartung, die der Hilfe Gottes und Jesu gewiß geworden ist, mehr hervor, ohne daß die Einigung von Denken und Wollen im Glaubensakt je verdunkelt würde. Die überwiegende Beachtung des Wissens oder des Wollens im Glauben hängt lediglich von der Richtung des besonderen Gedankengangs ab. Paulus sagt, Röm. 10, 9, bündig: glauben, daß Gott Jesus auferweckt hat. Das Glauben ist hier die Bejahung dessen, was Gott an Jesus tat. Stellt er dagegen das Wesen des Glaubens an Abraham dar, 4, 18 ff., so hebt er kräftig die ungebrochene Erwartung hervor, die von Gottes Güte und Macht die verheißene Gabe empfangen will. Das Verhältnis zwischen Jak. 2, 19 und 1, 6, ist nicht anders als das zwischen Röm. 10, 9 und 4, 18 ff. Glauben, daß Gott der Eine ist, da ist das Glauben das Überzeugtsein durch die Wahrheit. Wenn es aber als Eigenschaft der Bitte erscheint nnd das Schwanken von ihr fern hält, so ist es Zuversicht zur vergebenden und gebenden Güte. Der Hebräerbrief beschreibt sein Wesen in zwei Worten, von denen sich das eine auf den Wahrheits-, das andere auf den Hoffnungsgehalt des Glaubens bezieht. Es ist Bestehen bei Gehofftem, also Zuversicht, Überführung von nicht Sichtbarem, also Zustimmung, 11, 1. Ebensowenig läßt sich diejenige Fassung des Glaubens, die in ihm die bleibende Formation des inwendigen Lebens sieht, und diejenige, nach der es das in einer besonderen Lage betätigte Verhalten ist, auf die verschiedenen Männer oder Gruppen in der Gemeinde verteilen. Beide liegen abwechselnd überall vor.

Als Ausgangspunkt aller inneren Bewegungen, die das glaubende Verhalten bilden, tritt stets die Bejahung der gegebenen göttlichen Wahrheit voran. Um die einfachste Gestalt des Glaubens zu nennen, sagt der Hebräerbrief: glauben, daß Gott ist und daß er für die, die ihn suchen, ein Vergelter ist, 11, 6. Ebenso will Paulus Röm. 10, 9 dem Glauben einen möglichst einfachen Ausdruck geben, damit er als das erkennbar sei, was nicht erst aus dem Himmel oder Hades herbeigeholt werden muß, sondern dem Menschen nah ist, in seinem Herzen und in seinem Mund. Darum wird er in die Bejahung der

Auferstehung Jesu gesetzt, nicht als wäre damit bloß eine unvollkommene Anfangsgestalt desselben genannt, da vielmehr solcher Glaube Gerechtigkeit ist und Errettung bringt, 10, 9. 10. Auch die Formel Jak. 2, 19 beabsichtigt nicht ein verstümmeltes, ungenügendes Glauben zu beschreiben; im Gegenteil, wer dies wirklich glaubt, ist gläubig. Auf die psychologischen Verknüpfungen, die mit der Gewißheit Gottes das auf Gott gerichtete Verlangen untrennbar einigen, wird nicht reflektiert. Hier ergab sich für die apostolischen Männer nicht die mindeste Schwierigkeit, weil der Einheitlichkeit des seelischen Vorgangs die Beschaffenheit des göttlichen Verhaltens vollkommen entspricht. Gottes Wahrheit und Gnade sind nicht trennbar, als wäre die Güte ein nachträglicher Zusatz zur Realität Gottes, ebensowenig Jesus und sein Heilandsamt. Der in seiner Wahrheit erkannte Gott ist in seiner Hilfsmacht erfaßt, und wenn Gottes Sendung an Jesus erkannt ist, ist in ihm der Erretter gefunden. Es gibt für die apostolischen Männer kein Gottesbewußtsein, das nicht unmittelbar den Impuls zum Glauben in sich hätte. Wo es zum ungläubigen Widerspruch gegen Gott kommt, liegt nach ihrem Urteil als Antrieb und Konsequenz desselben immer Gottesleugnung vor; ebenso liegt in jeder Abwendung von Jesus die Leugnung, daß er der Christus sei.

Das zeigt sich, da Wahrheit und Glaube in fester Relation zu einander stehen, auch am Wahrheitsbegriff der Briefe; denn auch dieser beruht auf der unteilbaren Einheit des persönlichen Lebens. Was das Bewußtsein der Christenheit erfüllt, bildet auch den Inhalt ihres Willens und hat unmittelbar den Imperativ in sich, der ihr Wollen und Wirken leitet. Darum wird die Wahrheit einerseits kräftig als das die Erkenntnis Bildende gedacht: ἐπίγνωσις τῆς ἀληθείας, Heb. 10, 26, Röm. 2, 20. Tit. 1, 1. 1 Tim. 4, 3. 2 Petr. 1, 2, andererseits ebensosehr auf den Willen bezogen: ὑπακοὴ ἀληθείας, 1 Petr. 1, 22, πείθεσθαι τῇ ἀληθείᾳ, Gal. 5, 7. Röm. 2, 8. Darum liegt im Verhältnis zu ihr die Stelle, an der die Bosheit des Menschen entsteht und er die Schuld auf sich lädt. Das Widerstreben gegen die Wahrheit ist das Unentschuldbare am menschlichen Tun, was unter dem göttlichen Zorn stehen muß, Röm. 1, 18. 2, 8. Der unzerbrochenen Bezogenheit der Wahrheit auf den ganzen

Menschen entspricht die ungeteilte Zusammenfassung aller seelischen Vermögen im Glaubensvorgang, und beides hat seinen letzten Grund in der unzerteilten Einheit des Gottesbewußtseins, das Macht und Recht und Gnade als stetig eins im göttlichen Willen und Wirken setzt.

Daher setzte die Gemeinde mit vollem Bewußtsein den Kampf Jesu gegen alle religiöse Schauspielerei fort und hat es nicht geduldet, daß jemand sich eine fromme Figur umlege, ohne daß seine innere Überzeugung sie begründete. Es ist lehrreich, daß eine so feine Form der Anpassung an die Umgebung und der Berücksichtigung ihres Urteils, wie der Verzicht des Petrus und Barnabas auf die Übertretung des mosaischen Reinheitsgesetzes in Antiochia nach der Ankunft der jerusalemitischen Christen, vor dem Gewissen der Christenheit als Heuchelei galt, so daß es Paulus auch für seine Galater ohne jede weitere Erläuterung mit diesem Namen belegen kann, Gal. 2, 13. Es war in Korinth, 1 Kor. 8, wie in Rom, Röm. 14, ein völlig befestigter Grundsatz, auf dem der ganze Verkehr der Gemeinde beruht, daß jeder nach seinem Gewissen und eigener Überzeugung handle und sündigen würde, wenn er anderen zu Gefallen eine Haltung annähme, die seiner eigenen Einsicht widerspricht. Das hat seine Voraussetzung darin, daß man von einem »Glauben«, neben dem das übrige Leben sich selbständig entfalten könnte, nichts wußte, sondern nur ein solches Glauben kannte, das den Menschen ganz und einheitlich erfaßt und sein Verhalten immer bestimmt.

Die dem Glauben nächstehende Handlung, die seine Art am deutlichsten und unmittelbarsten offenbart, das Gebet, ergibt dieselbe Beobachtung; denn es nimmt den ganzen Inhalt des Lebens in sich auf und bleibt der Unterweisung Jesu treu. Die Gemeinde hat Bitten und Danken gekonnt; sie hat betend gedacht, indem sie sich Gottes Werk im Gebet verdeutlicht, und betend gehandelt, indem sie im Gebet ihr Wollen gefunden, gereinigt und befestigt hat. Es zeigt sich auch hier die ganze Persönlichkeit ohne Spaltungen von ihrem Glauben beherrscht.

Daher entstehen die Unterschiede, die sich in seiner Fassung zwischen den verschiedenen Männern und Gruppen der Gemeinde zeigen, nicht daraus, daß es innerhalb des seelischen Lebens anders begrenzt und der Anteil des Intellekts und Willens am Glauben verschieden bestimmt wäre [1]). Würde der Blick auf Gott irgendwo nicht als Motiv für den Willen empfunden oder der auf Gott gerichtete Wille gegen die Wahrheit selbständig gemacht, so wäre die Glaubensstellung aufgegeben. Die Übereinstimmung in der Fassung der Vorgänge, die den Glaubensstand ergeben, besagt lediglich, daß die neutestamentlichen Männer sämtlich nicht bloß über das Glauben redeten, sondern es hatten und als ihr eigenes persönliches Erlebnis unmittelbar kannten. Wir stoßen bei ihnen nicht auf Reflexionen über ein nur vorgestelltes Glauben, sondern auf Aussagen, die aus diesem selbst erwachsen sind. Daraus entsteht auch die mit der Übereinstimmung sich verbindende Eigenart ihrer Aussagen, da diese, indem sie ihr eigenes Glauben aussprechen, auch die verschiedene Lebensgestalt der Persönlichkeiten vor uns enthüllen. Diese Unterschiede entstehen nicht erst an der Form, sondern am Inhalt ihres Glaubens; sie sind nicht psychologischer, sondern theo- und christologischer Art [2]). Was das Glauben individualisiert, das ist die Weise, wie jeder von Jesus und durch ihn von Gott bewegt wird. Weil jeder sein besonderes Verhältnis zu Jesus hat, in dem alle Faktoren, die die Individualität bedingen, mitwirksam sind, so daß Jesus für jeden einen besonderen Wert hat und darum auch die Gottesanschauung für jeden ihren eigenartigen Inhalt besitzt, darum bestimmt sich auch der Inhalt der Formel »Glaube« individuell, wie und weil ihr glaubendes Verhalten selbst ein personhaftes und darum individuelles war. Aber für alle ist das Glauben das sie

[1]) Auch gegenüber der Synagoge liegt das Unterscheidende nicht in dieser Richtung; nach der psychologischen Seite hin ist vielmehr der neutestamentliche Sprachgebrauch von dem der Synagoge nicht zu unterscheiden.

[2]) Damit ist nicht bestritten, daß auch die natürliche Basis des geistigen Lebens (sog. Charakter, Temperament u. dgl.) individualisierend auf das Glauben einwirke. Denn wir sind auch in unseren höchsten Betätigungen durch den uns tragenden Naturvorgang bestimmt. Nur gibt es über diese Beziehungen keine Wissenschaft, nicht einmal soweit unsere Selbstbeobachtung reicht, noch weniger in Hinsicht auf die Apostel. Von „Jesu Charakter“ oder vom „Temperament des Paulus“ zu reden ergibt nur Geschwätz.

persönlich bestimmende Erlebnis, das, was in ihrem »Herzen« geschieht, Röm. 10, 9. 10, und hat darum alles, was an geistigen Kräften in ihnen ist, in sich. Deswegen wird die im Glaubensvorgang geeinte Vielheit seelischer Vorgänge nirgends zerrissen, sondern, wie sie als Einheit erlebt wird, auch als Einheit gedacht. Ihr Nachdenken richtet sich überhaupt nicht auf die seelische Beschaffenheit des Glaubens, sondern auf seinen Grund und auf seinen Erfolg.

Daher wird auch nirgends das Werden des Glaubens nach seinem psychologischen Hergang beschrieben oder für diesen ein Normalbild aufgestellt. Nur das eine wurde angestrebt, daß der, dem geglaubt wird, allen bekannt werde und, warum ihm geglaubt wird, jedermann deutlich sei. Wie dagegen aus der Verkündigung des Christus im seelischen Prozeß das Glauben entstehe, das zog die Aufmerksamkeit der Apostel nicht auf sich, weil sie vom Glauben gläubig dachten. Wer dasselbe hat, weiß was es ist; wer es nicht hat, erhält es niemals durch eine psychologische Analyse des Glaubensakts. Zugleich wirkt die Empfindung mit, daß die unseren eigenen Lebensstand formierenden Vorgänge unserer Betrachtung entzogen seien, da wir uns selbst nicht durchschauen, am wenigsten in denjenigen Vorgängen, durch die wir werden. Das Entstehen des Glaubens hat aber die volle Bedeutung einer Geburtsstunde, die unserem inwendigen Leben die Gestaltung gibt. Bei der Verkündigung des Evangeliums begnügte man sich deshalb mit der Gewißheit, daß Gott im Christus und im Geiste bei den Hörern seines Wortes gegenwärtig und ihr Herz für ihn offen und zugänglich sei. Man wartete ruhig den Erfolg des Wortes ab; er wird in derjenigen Weise eintreten, wie »Gott den Hörern die Türe zum Glauben öffnen wird« [1]).

Daher werden nirgends, weder im Rückblick auf Jesu Arbeit, noch im brieflichen Verkehr der Apostel mit den Gemeinden, noch in der zusammenfassenden Darstellung ihres Werks, Be-

[1]) Lukas hat sowohl an der Wirksamkeit der Jerusalemiten, wie an der des Paulus die in die Ruhe versetzende Wirkung des Glaubens plastisch zur Darstellung gebracht. So groß hier und dort die Ziele sind, die der Arbeit vorschweben, sie bleibt von jeder Hast und Gewaltsamkeit frei. Alles liegt an der Gelegenheit, die abgewartet, wenn sie aber kommt, dann auch mutig ausgenützt wird.

kehrungsgeschichten der Inhalt der christlichen Botschaft. Soweit wir solche erhalten (Matthäus, Zakchäus, Nikodemus, der Äthiope, Lydia usf.), wird immer nur dargestellt, wie das Wort an sie herangebracht und von ihnen ergriffen oder abgestoßen wird, nie aber eine Schilderung der inneren Vorgänge gegeben, die uns erkennbar machen soll, wie und warum die Wandlung in ihrem Herzen vor sich ging.

Zu den Konjekturen, die diese angebliche Lücke in den neutestamentlichen Aussagen über das Glauben auszufüllen unternahmen, gehört die Annahme, der für den Ursprung des Glaubens damals entscheidende Faktor sei ein starker Gefühlseindruck beseligender Art gewesen, der als ein Empfinden der göttlichen Gnade gedeutet worden sei und deshalb »die Heilsgewißheit« erzeugt habe. Diese Theorie kommt schon dadurch ins Schwanken, daß sie unerklärt lassen muß, warum nirgends eine Beschreibung dieses Ereignisses erscheint, das doch nach derselben für die apostolische Predigt die größte Wichtigkeit besaß, warum auch jede Andeutung fehlt, wie man diese angebliche Bedingung ihres Erfolgs am besten herstelle. Sie scheitert vollends daran, daß sie die Reflexion auf das Glauben selbst zurückbeugt und diesem am eigenen Empfinden des Glaubenden seinen Stützpunkt gibt, wodurch sie mit allen neutestamentlichen Aussagen über das Glauben in Streit gerät. Im neutestamentlichen Glauben war keine Angabe über eigene Gefühlsregungen oder sonstige »Erfahrungen« eingeschlossen, sondern es enthielt nur und ausschließlich eine Aussage über den Christus, sein Amt und Werk. Dem Glauben der Apostel war diese vom Ich, seinem Meinen, Fühlen und Wirken abgewandte Zuwendung zu dem, der verkündigt und geglaubt wird, wesentlich. Dies, nicht bloß ein Zufall oder Unfähigkeit zu klarer Beobachtung, hat bewirkt, daß die neutestamentliche Lehrarbeit nichts aufweist, was man eine Psychologie des Glaubensakts heißen kann [1]).

[1]) Daß Lukas den Erfolg der Predigt Apgsch. 10,46. 19,6 dadurch belegt, daß Glossolalie eintrat, beweist nicht, daß er in einem besonderen seelischen Erregungszustand die Bedingung des Gläubigwerdens sah. Nach seiner Meinung wurden jene nicht deshalb gläubig, weil sie mit Zungen zu reden vermochten, sondern weil und nachdem sie gläubig waren, wurde ihnen der Geist gegeben, und dessen sichtbare Bezeugung

Aus der regierenden Macht, mit der das Glauben die Persönlichkeit bewegt, hat sich ergeben, daß die Gemeinde es nie einzig als den ihr verliehenen Besitz, sondern immer auch als ihre Pflicht betrachtet hat, auf deren Erfüllung sie eine ernste Sorge zu richten hat. Sie wußte sich mit ihrem Wollen an ihrem Glauben beteiligt, weshalb es ihr notwendig auch unter die Pflichtformel fiel.

Es wäre zerfallen, hätte es die Gemeinde nicht als lebendige Strebung bei sich gepflegt, an die sich das Bewußtsein der Verpflichtung heftete. Sie wußte sich durch das Glauben in Gottes Gnade versetzt; sie hatte mit ihm alles. Was soll ihr zur Aufgabe werden, wenn ihr nicht eben das Glauben selbst zu dieser wird? Wenn ihr dieses nur als der vorhandene, sicher gewonnene Besitz galt, so hatte sie kein Ziel mehr und versank in Erstarrung, oder da sich das Streben im Menschen nicht ersticken läßt, dann drängten sich andere Ziele neben und über dem Glauben in den Vordergrund, und dieses hörte auf, die die Gemeinde bestimmende Macht zu sein [1]).

Weil die Einheit und Gemeinschaft der Kirche im Glauben ihren Grund hatte, war die Gefahr groß, daß der Glaube aufhöre, das mit aller Kraft von ihr erstrebte Ziel zu sein, denn der Besitz der Gesamtheit erscheint dem Einzelnen leicht als sein völlig gesichertes Eigentum. Wir haben es aber am Neuen Testament anschaulich vor Augen, wie ernst die auf die Begründung und Erhaltung des Glaubens gerichtete Strebung bleibt. Typisch sind in dieser Hinsicht die Worte, bei denen Paulus auf die hinter ihm liegende Lebensarbeit zurückblickt, Phil. 3, 7—11, wo er den Philippern sein durch nichts zersplittertes Verlangen nach der im Glauben bestehenden Gerechtigkeit als das entscheidende Merkmal seiner Frömmigkeit darstellt, und genau parallel damit 2 Tim. 4, 7, wo er sagt, daß er das Glauben bewahrt habe und bis zu seinem Ende der Glaubende geblieben sei, da dies das Ziel sei, an dem ihm alles liege und das er jetzt als

in der Zungenrede hat für den Erzähler deshalb Bedeutung, weil dadurch die Richtigkeit des apostolischen Verfahrens eine göttliche Bestätigung erhält.

[1]) Diese Verschiebung in den Zielen der Kirche hat Paulus während seiner letzten Jahre tief bekümmert und zu ernster Gegenwehr getrieben, Phil. 3. 1. und 2 Tim. und Titus.

erreicht bezeichnen dürfe. Nicht nur im Blick auf das Verhalten der Welt, sondern auch auf ihr eigenes Vermögen und Verhalten blieb den Aposteln die Frage stets groß und ernst, ob der Menschensohn auf Erden Glauben finde. Ein großer Teil der brieflichen Arbeit des Paulus ist Kampf um die Erhaltung des Glaubens. Ebenso schrieb Johannes seine Darstellung Jesu mit dem bewußten Ziel, das Glauben seiner Gemeinde zu begründen, und Jakobus hat daran ein wichtiges Anliegen, jedermann zu zeigen, wie er das Glauben richtig habe.

Auf die Frage, was Gegenstand, Grund und Ziel des glaubenden Erkennens und Verlangens sei, lautet die Antwort: Gott, nur er und nichts neben ihm. Darauf, daß das Glauben seine religiöse Art behalte, d.h. im Gottesbewußtsein seinen Grund habe, war die Verkündigung immer mit großem Ernst bedacht. Sowenig als in Jesu Verhalten und Lehren mengt sich in das der Apostel irgendwelcher Unglaube gegen Gott ein, als könnte es sich dem Christus gegenüber um ein Glauben handeln, das nicht auf Gott bezogen wäre. In dieser Hinsicht hat Jesu Arbeit mit durchschlagendem Erfolg die ganze Haltung der Gemeinde bestimmt.

Aus durchsichtigen Gründen wird mehrmals den heidnischen Glaubenden Gott als der genannt, dem jetzt ihr Glauben im Gegensatz zu ihrer früheren Frömmigkeit gehöre. Dabei ist nie bloß an den Besitz eines monotheistischen Gottesgedankens gedacht. Petrus sagt den Kleinasiaten: sie verdanken Christus dies, daß ihr Glaube nun auf Gott gerichtet sei, 1 Petr. 1, 21. Daß es jetzt auch von den Heiden gilt, daß sie »gläubig an Gott« seien, ist die Folge der Auferweckung des Christus und hat die auf Gott gerichtete Hoffnung neben sich. Das Glauben der Thessalonicher heißt Paulus im Unterschied von ihrer früheren Weise Glauben zu Gott, 1 Thess. 1, 8. Dasselbe schließt nicht nur den Dienst des lebendigen Gottes, sondern auch die Erwartung Jesu, des Retters vom kommenden Zorne, ein. Was der Gefängniswärter in Philippi durch die Predigt des Paulus empfängt, wird darin zusammengefaßt: er glaubte Gott, πεπιστευκὼς τῷ θεῷ, 16, 34. Das ist im Sinne des Texts nichts anderes als jener »Glaube an den Herrn Jesus Christus«, V. 31, der in der Errettung sein Ergebnis und seinen Inhalt hat.

Im jüdischen Kreise wird ebenso kräftig die Beziehung des Glaubens auf Gott hervorgestellt. Die Gemeinde hat keineswegs das Bewußtsein, als käme durch ihr Glauben an Jesus ein »neuer Glaube« in die Welt. Vielmehr glaubt sie durch dieses an den Gott, an den die Väter glaubten. Dem Hebräerbrief ist es ein wichtiger Gedanke, daß das Glauben der Gemeinde dasjenige Verhalten fortsetze, auf das der Mensch von der Schöpfung her gewiesen ist und das alle Väter betätigten, Hebr. 11, und Paulus legt nicht minder darauf Gewicht, daß das Glauben Abrahams jetzt der Besitz der Juden und Heiden geworden sei, Röm. 4. Die ungeteilte Einheit, mit der das Glauben auf Gott und Christus bezogen wird, hatte zur Folge, daß auch die jüdischen Männer ihr Glauben an Gott auf ihren Anschluß an Christus zurückführen. Der Anfang ihres Christentums stellt sich ihnen nicht als ein Fortschritt von Glauben zu Glauben, sondern als eine Bekehrung vom Unglauben gegen Gott zum Glauben an ihn dar[1]). Nicht nur Paulus hat sein früheres Verhalten trotz der von jedem Zweifel freien Energie, mit der er das Gottesbewußtsein festhielt, »Unglaube« genannt, 1 Tim. 1, 13, sondern auch der Hebräerbrief stellt »das Glauben zu Gott hin« neben »die Umkehr von den toten Werken« unter die Fundamente der Christenstellung, 6, 1. Es ist damit der früheren Frömmigkeit die objektive Wahrheit nicht verneint, als wäre das in ihr vorhandene Gottesbewußtsein falsch gewesen; die Wendung, von der gesprochen wird, bezieht sich auf das Verhalten des Subjekts, das die »toten Werke« mit der Frömmigkeit zusammengefügt hat. In seiner Verbindung mit der Umkehr ist aber auch das Glauben an Gott als etwas Neues gedacht, was erst durch »das Wort von dem in Christus gegebenen Anfang« der Gemeinde gegeben worden ist. Nur dadurch, daß der, den Gott gesandt hat, Glauben gefunden hat, kommt es zur Anerkennung Gottes, zur Bejahung seines Willens, seiner Gnade, seiner Ehre, zur Zuversicht, die Gott für sich weiß.

Die Gemeinde hat die pseudochristischen Tendenzen, die am Christus die Beziehung auf Gott tilgen und ihn nur als Diener des Menschen fassen, der die menschliche Begierde erfüllt, so

---

[1]) Die Bezeichnung der Gemeinde als die „Glaubenden" ist auch hierfür bedeutsam. Israel mit seinem Eifer für Gott ist dennoch „ungläubig."

daß er als Surrogat Gottes Gott beschattet, völlig unter sich. Was das hohepriesterliche Gebet als den inneren Besitz der Jünger bezeichnet: sie glaubten, daß du mich sandtest, bildet in der Tat das Eigentum der gesamten Gemeinde. Ihr ganzes Denken und Handeln ist durch den Satz regiert: der Christus ist Gottes. Sie faßt ihn als den Weg zu Gott und seine Gabe als die Gemeinschaft mit Gott. Ihre Betrachtung Jesu ist durchaus religiös. Wie immer die Zugehörigkeit Jesu zu Gott begrifflich bestimmt wird: es ist die gemeinsame Stellung aller, daß Jesu Erscheinung und Werk Gottes Tat ist und darum den Menschen mit Gott in Verbindung bringt. Das gibt ihrem Glauben die innere Einheit. Paulus beschreibt das rechtfertigende Glauben als Jesus erwiesen, *πίστις Ἰησοῦ*, und dadurch ist es auf den gerichtet, »der Jesus auferweckt hat«, Röm. 4, 24. Jenes Glauben bei Jakobus, durch das die Armen reich sind 2, 5, und dasjenige, um deswillen alle Versuchung zur Freude wird 1, 2, sind voneinander nicht zu trennen. Jenes ist 2, 1 als Glauben an Christus beschrieben; dieses hängt unabtrennbar mit der auf den gebenden Gott gestellten Zuversicht zusammen, 1, 6. Beide sind nicht gegeneinander isoliert. Das Glauben, das Jesus erwiesen wird, 1 Petr. 1, 8, ist nicht etwas anderes als das durch ihn entstandene Glauben an den, der ihn auferweckt hat, 1, 21. Gott wird in Christus verworfen oder erkannt. Mit demselben Akt traut die Gemeinde Gott, weil sie sich auf den Christus verläßt, verläßt sie sich auf den Christus, weil sie Gott vertraut.

Damit haben wir die erste und wichtigste Bedingung vor uns, die dem Glauben der Jüngerschaft Bestand verlieh: er war ein wirksames Gottesbewußtsein und damit ein Besitz von unendlichem Wert[1]).

Die Klarheit, mit der dieses Glauben auf Gott gerichtet war, bewährt sich darin, daß es immer vom Bewußtsein begleitet ist, es habe seinen Ursprung in Gott. Die Überzeugung tritt überall hervor, daß das Glauben nicht durch den Menschen gemacht werde, vielmehr ihm als ein Erlebnis widerfahre, das sein eigenes persönliches Wollen, aber nicht seine eigene Schöpfung, sondern

[1]) Beachte, wie präzis das Glauben auch dann, wenn es auf den Geist bezogen wird, seine religiöse Art behält. Demjenigen Geist glaubt man, der es deutlich zu machen vermag, er sei aus Gott, 1 Joh. 4, 1.

eine Wirkung von oben sei, eine Gabe, die Gott in die Seele legt. Paulus heißt den Glaubenden »den aus Glauben«, ὁ ἐκ πίστεως, weil nicht die Person ihr Glauben produziert und gestaltet, sondern das Glauben die Person formt, bewegt und regiert; denn es ist »geschenkt«, Phil. 1, 29. Nun erst hat jenes: »auch wir haben geglaubt«, καὶ ἡμεῖς ἐπιστεύσαμεν, Gal. 2, 16, seine Stelle, das aus dem Glauben Entschluß und Bestimmtheit des Willens macht, weshalb es auch ein Ziel erstrebt: »wir glaubten, damit wir gerechtfertigt würden«. Der Hebräerbrief nennt das Glauben Bestehen, wonach sich der Mensch dabei tätig verhält; denn er steht fest hin. Er nennt es aber weiter Überführung und diese erlebt der Mensch an sich und verhält sich also im Glauben empfangend, worauf der Brief es als eine Kraft beschreibt, die uns in die mannigfachste Tätigkeit zu versetzen vermag. Wie unabhängig vom menschlichen Willen sich Jakobus das Glauben denkt, zeigt der Hinweis auf das Glauben der Dämonen, in denen es zur höllischen Angst wird, 2, 19. Es ist somit eine Macht, die sich den Menschen unterworfen hält, die er auch bei teuflischem Willen tragen muß, weil er die Wahrheit und seine Gebundenheit an sie nicht aufheben kann.

Es lag darum nahe, am Glauben das Motiv, das ihn erzeugt, und die ihm antwortende, ihn bejahende Aktion des Menschen zu unterscheiden. Lukas hat es dadurch getan, daß er das Entstehen des Glaubens als »dem Glauben gewährten Gehorsam« beschreibt, ὑπήκουον τῇ πίστει, 6, 7. Die Verkündigung des Christus wirkt ihn als inwendige Regung, die das Wollen als Impuls bewegt. Widersetzt es sich diesem, so ist der Glaube abgewiesen; gibt es sich jenem Antrieb hin, so gehorcht der Mensch dem Glauben und ist nun πεπιστευκώς[1]). Deshalb ist es Gott, der dem Menschen die »Türe des Glaubens« öffnet, 14, 27.

---

[1]) Der im N. T. verbreitetere Sprachgebrauch denkt an das von außen her uns zu Gott berufende Zeugnis, das dann seinen Erfolg erreicht, wenn es durch Glauben aufgenommen wird. Mit dem äußeren Zeugnis stellt Lukas die inwendig im Menschen durch Gott begründete Gewißheit in Analogie, weil sich auch an diese der Antrieb und die Forderung heftet, daß wir uns das Empfangene aneignen und es bewahren. Zu vergleichen sind die Aussagen über die Wahrheit, Röm. 1, 18: die Wahrheit hat den Menschen, ehe er sie hat; sie hat ihn und darum hat er

Hier liegt der Grund, weshalb das Glauben, trotzdem es als Ziel und Pflicht immer wieder über das Gewonnene hinaufgehoben wird, dennoch unerschüttert und von Schwankung frei bleibt; es wird darum zum Beruf der Gemeinde, weil es zuerst und vor allem Gottes Gabe für sie ist. Indem es an der offenbar gewordenen Gnade entsteht, wird es auch die Bedingung, an die ihr Besitz gebunden ist. Wenn sie es nicht erweckt und dies in immer neuer, durch den ganzen Lebenslauf sich hinziehender Beharrlichkeit, so hat der Mensch die Gnade unwirksam gemacht und sie verscherzt. Damit war zwar die Schätzung des Glaubens als einer Tugend oder eines Verdienstes für die ganze Gemeinde abgetan, nicht dagegen das auf seinen Gewinn und seine Bewahrung gerichtete Wollen; denn man verstand das göttliche Geben ernstlich als die Offenbarung der Liebe Gottes, die ihren Empfänger als Person mit eigenem Wollen zu ihm hinwendet[1]. Darum war zwar das Merkmal der Pflicht mit dem Glauben verbunden, nie aber das des Zwangs, da das, was Gott wirkt, nie als Zwang empfunden werden kann[2]. Ein Glauben, das dem Menschen als abgenötigt erschiene, ist vom neutestamentlichen Gedankengang aus nicht denkbar und wäre nicht als solches anerkannt worden, da er sich, solange er sich einem Zwang unterworfen scheint, gegen das Glauben sträubt und in einem inneren Gegensatz gegen dasselbe verharrt, somit »zerspalten« ist.

Aus diesem Bewußtsein entsteht die Aussage, daß der Unglaube das Werk des richtenden Gottes im Menschen sei[3]. Paulus und Johannes sehen gleichmäßig im Unglauben der Judenschaft gegen Jesus nicht nur menschlichen Eigenwillen,

sie; und 2 Thess. 2, 10: nicht nur die Wahrheit, sondern die Liebe zu ihr ist ihnen angeboten; sie wirkt den Trieb zu ihr hin. Aber in diese Liebe senken sie ihren Willen nicht hinein.

[1]) Die nähere Erörterung dieses Satzes fällt in die Verhandlung über das apostolische Gottesbewußtsein. Hier genügt die Beobachtung, daß am Glauben die beiden Merkmale hafteten, daß es von Gott bewirkt und vom Menschen gewollt wird.

[2]) Das Glauben der Teufel, die seinetwegen beben, bildet hiegegen keine Gegeninstanz. Hier dient die Bewirkung des Glaubens dem Rechtsvollzug.

[3]) Darum wird auch der Satan als der genannt, der den Unglauben im Menschen bewirke, in antithetischer Parallele zur Bewirkung des Glaubens durch Gott, 2 Kor. 4, 4. 1 Tim. 4, 1. Lu. 8, 12. 22, 31. 32.

sondern Gottes Walten, das durch Verhärtung, πώρωσις, das Unvermögen zur Wahrnehmung und Aufnahme der göttlichen Gabe herstellt, Röm. 11, 7. Joh. 12, 39. vgl. 1 Petr. 2, 8. Wenn von denen, die sich in den griechischen Gemeinden Gottes rühmten, weil sie die Erkenntnis Gottes erlangt haben, gesagt wird, sie haben am Glauben »Schiffbruch gelitten« oder ihn »verfehlt«, περὶ τὴν πίστιν ναυαγεῖν, ἀστοχεῖν, so ist auch hier die Voraussetzung die, daß das Glauben nicht vom Wollen des Menschen abhänge. Man erleidet seinen Verlust freilich als Folge verkehrten Wollens und Handelns, aber gegen die eigene Absicht, als das nicht gewollte Ergebnis der Versündigung an Gott. Glauben erlangt der Mensch nur unter bestimmten Voraussetzungen, die über seinem Willen stehen; da, wo die Gnade sich reichlich erweist, ist der Glaube da, 1 Tim. 1, 14.

Das auf Gott gerichtete Glauben erhält seinen Inhalt dadurch, daß die Verbundenheit mit Gott am Christus entsteht. Daher ist das Glauben auf ihn gerichtet. Das Verhältnis des Christus zum Glauben ist dabei kein anderes als dasjenige Gottes zu ihm: auch er ist sowohl sein Grund als sein Ziel.

Durch Christus glaubt ihr an Gott, 1 Petr. 1, 21; denn damit, daß er geoffenbart wurde, 20, ist der Gemeinde das gegeben, was ihre Zuversicht zu Gott ausmacht. Dieselbe Gedankenverbindung gibt Apgsch. 3, 16 in bezug auf den bestimmten Glaubensakt, mit dem Petrus die Heilung des Lahmen von Gott erwartet hat; dieser ist »Glaube durch ihn«, ἡ πίστις ἡ δι' αὐτοῦ, weil Petrus in diese Stellung, die solches von Gott erwarten darf und darum auch empfängt, durch Christus versetzt ist[2]). Wenn in der Gemeinde sich die Wendung ausprägt: »Jesus gehörender Glaube«, πίστις Ἰησοῦ, so wird in dieser Zueignung des Glaubens an Jesus der Gedanke kräftig eingeschlossen sein, daß er in ihm den Grund und Ursprung hat, wie dies Paulus

[2]) Der Satz hat den Zweck, die Heilung vollständig auf Christus zurückzuführen. „Auf Grund des Glaubens an seinen Namen hat Jesu Name ihn geheilt"; die objektive Kraft der Heilung ist sein; sie war eine Gabe des Christus an den, der an seinen Namen glaubte. Aber auch das innerliche Moment, das Petrus zur Heilung befähigte, ist durch Jesus hervorgebracht. Der Glaube, der solches von Gott erbittet und empfängt, ist durch ihn geworden: „und der Glaube, der durch ihn entsteht, gab ihm diese Gesundheit". Die Stelle erträgt keine Scheidung zwischen dem Glauben an Christus und demjenigen an Gott.

dadurch ausdrückt, daß er sagt: der Glaube kam und ward geoffenbart, indem Christus kam und geoffenbart wurde, Gal. 3, 23.

Die Evangelien sind der anschauliche Beweis, wie ausschließlich Jesus das Glaubensmotiv für die Gemeinde geblieben ist. Er ist in denselben nicht zum Gesetzgeber geworden, so daß eine Reihe von »Sprüchen Jesu« rezitiert würde, die die Gemeinde befolgen muß, auch nicht zum Theologen, dessen Lehren über Gottes Reich man »glaubt«, auch nicht zum Moralisten, nach dessen Beispiel und Normen man die eigene Lebensführung einrichtet, sondern was er gesagt und getan hat, wird der Gemeinde dazu erzählt, damit sie den kenne, auf den sie sich verlassen darf und soll mit jener Zuversicht, die sich ewiges Leben gegeben weiß, Joh. 20, 31. Lu. 1, 4[1]). Das Glaubensmotiv, das Paulus verwendete, war kein anderes; er zeichnete Jesus seinen Hörern vor die Augen, und dies nicht in seiner verklärten, sondern in seiner irdischen Gestalt »als Gekreuzigten«, und ist gewiß, daß hierin ein Glaubensstand begründet sei, der jede gesetzliche Verführung ausschließe, wofern nicht »Unfähigkeit zur Wahrnehmung« die empfangene Gabe nutzlos macht, Gal. 3, 1. Weil das Glauben auf Jesu Person geht, galt immer seine Auferstehung, mit der seinen Jüngern nicht nur sein ewiges Leben, sondern auch die Wahrheit seiner Sendung und Messianität vor Augen stand, als das wichtigste Glaubensmotiv. »So predigen wir und so habt ihr geglaubt«, *οὕτως ἐπιστεύσατε* 1 Kor. 15, 11, nämlich so, daß Christus am dritten Tage nach den Worten der Schrift auferstanden ist. Um der Auferstehung Jesu willen, die ihnen verkündigt worden ist, auf sie sich stützend, faßten sie Glauben[2]). Darum verlöre, wenn die Auferstehung Jesu nicht geschehen wäre, ihr Glauben seinen Grund und Gegenstand; es würde *εἰκῇ* und *κενόν*, 1 Kor. 15, 2. 14. Durch die Auferweckung Jesu sagt die Rede vor dem Areopag, Apgsch. 17,

---

[1]) Wie die evangelischen Stoffe der Begründung des Glaubens dienen, trat teilweise schon im Kap. 5—7 heraus und wird noch weiter sichtbar werden, wenn der Glaubensstand des Matthäus und Johannes erläutert wird.

[2]) Wollte Paulus sagen: das habt ihr geglaubt, so hätte er auch geschrieben: *τοῦτο ἐπιστεύσατε*. Weil er *οὕτως* sagt, ist *πιστεῦσαι* nicht anders gedacht als 1 Kor. 3, 5. 15, 2: in solcher Weise, unter dieser Voraussetzung, auf diesen Grund hin wurdet ihr gläubig.

31, hat Gott allen Glauben dargereicht. Er richtet durch das Evangelium an alle eine doppelte Weisung: er befiehlt allen die Umkehr und fordert alle zum Glauben auf, dies jedoch nicht bloß durch einen Befehl, sondern so, daß Gott selbst den Grund und Antrieb zu demselben durch Jesu Auferweckung uns gegeben hat, vgl. 1 Thess. 1, 8 ff[1]). So bezeichnet es auch Petrus als Frucht der Auferweckung und Verklärung Jesu durch Gott, daß sich jetzt das Glauben und Hoffen der Gemeinde zu Gott wenden. Jakobus, der Jesu Auferstehung nicht erwähnt, nennt den, dem der Glaube der Christen gehört, »den Christus der Herrlichkeit«[2]); als der mit »der Herrlichkeit« Verbundene wurde er durch die Auferstehung offenbar.

Ebensosehr ist Christus für die Gemeinde das Ziel ihres Glaubens. Wir stehen vor der Tatsache, daß sich der ursprüngliche Bestand des Glaubens, wie er den Gefährten Jesu eigen war, durch das ganze Neue Testament erhalten hat. Während ihres Verkehrs mit Jesus war ihr Glauben eine auf ihn gerichtete Erwartung und es ist nie etwas anderes aus ihm geworden. Ein von Christus abgelöstes, gegen ihn selbständig gewordenes »Christentum« gibt es im Neuen Testament nicht[3]). Alle Gaben und Wirkungen, die die Gemeinde erwartet und erlebt, gelten ihr als von Christus ihr gegeben, und werden

[1]) Mitten unter den Kernbegriffen der apostolischen Predigt: Umkehr, Vergebung Gottes, Richteramt des Christus wird παρέχειν πίστιν nicht als Gräzismus aufzufassen sein, mit seiner grichisch allerdings festgeprägten Bedeutung „Garantie bieten", wodurch die Auferweckung Jesu als die göttliche Verbürgung des Richteramts des Christus beschrieben wäre. Wir werden πίστις seinen vollen christlichen Sinn zu geben haben.

[2]) Daß eine Verschiebung des Genitivs vorliege, ist eine harte Annahme. Am nächsten liegt der personifizierte Gebrauch von ἡ δόξα als Gottesname, vgl. ἡ μεγαλωσύνη und ἡ δύναμις. Natürlich sind solche Gottesnamen nie bloß ein bedeutungsloses Zeichen, sondern haben ihren vollen Begriff bei sich: Christus ist des Gottes, der die Herrlichkeit ist und gibt. Damit wird motiviert, warum das Glauben der Leser auf ihn gestellt ist, aber auch, warum es nicht in eine es beschmutzende Verbindung mit ungerechter Gunst gebracht werden darf.

[3]) Die Stiftung desselben kommt dann rasch; der Unterschied zwischen derjenigen Religion, die im Glauben an Christus besteht, und derjenigen, die darin besteht, daß die Güter und Wirkungen des Christentums angeeignet werden, wird oft nicht genügend gewürdigt. Sonst wären Datierungen wie „Lehre der Apostel, Hermas, Johannes" nicht möglich. Jene Dokumente lehren Christentum, Johannes begründet Glauben an Jesus.

nie als eine Kraft betrachtet, die unabhängig von ihm bestehe oder wirke. Sie hat ihr Glauben beharrlich und ausschließlich als Verhältnis von Person zu Person gedacht. Daß Jesus bei ihnen sei und sie bei ihm, das ist ihr Begehren und ihre Gewißheit. Es bildet den Grundbegriff im messianischen Gedanken, daß der Christus die Gabe Gottes nicht bloß verheißt, sondern gibt, und dies durch seine eigene Tat, nicht von sich weg auf einen Höheren weist, sondern selbst der Errettende und Richtende ist; deswegen führt er den Königsnamen. Seine Gegenwart ist das, was die Seinen selig macht. Wie das Reich in seinem künftigen Anbruch Werk des Christus ist, so ist auch der gesamte gegenwärtige Bestand der Gemeinde von ihm hergestellt; er gab ihr die Verheißung, nahm ihre Sünde von ihr und vermittelte ihr den Geist, Apgsch. 2, 33. Er selbst ist bei ihr. Nie wird er als ein Abwesender dargestellt. Daß er »im Himmel« ist, setzt sich dazu nicht in Spannung, sondern begründet vielmehr die Gewißheit seiner Gegenwart. Denn »der Himmel regiert«; er umfaßt und gestaltet den Verlauf des Geschehens auf Erden. Weil Jesus im Himmel ist, hat er an Gottes Walten Teil und ist in derselben Weise gegenwärtig, wie Gott gegenwärtig ist. Das ist die einheitliche Überzeugung, die durch das ganze Neue Testament durchgeht. Das abschließende Wort, in das Matthäus die Messianität Jesu faßt, lautet: ich bin stets bei euch. Dasselbe ist bei Johannes Jesu Verheißung an die Seinigen und ergibt den tragenden Grundsatz für die ganze paulinische Predigt: ihr seid in Christus und der Christus in euch. Darum gehört das Glauben der Gemeinde ihm, ist *πίστις Ἰησοῦ*, nicht nur weil er dasselbe begründet, sondern auch weil es auf ihn gerichtet ist und sich auf seine Gegenwart und sein Handeln verläßt. »Zu ihm hin«, *εἰς αὐτόν*, hat man das Glauben.

Nur die bewußte, stetige Vergegenwärtigung der Einheit Jesu mit Gott ermöglichte es, daß das nach Gottes Gaben sich streckende Verlangen der Gemeinde an Jesus seinen Zielpunkt hat und trotz der Unsichtbarkeit Jesu eine persönliche Beziehung zu ihm bleibt, so daß der Glaube im Wirken Jesu seinen Inhalt hat. Weil Gottes vollkommene Lebendigkeit Jesu

Eigentum ist, darum bildet er für das Glauben der Apostel nicht nur einen Durchgangspunkt, der zwar sein Entstehen vermittelte, über den es aber hinausstrebte; vielmehr ruht es in ihm und schätzt das, was er selbst für sie ist und tut, als ihr höchstes Gut[1]).

Da wir im Verlauf der kirchlichen Geschichte starke Unterschiede im Glauben daraus entstehen sehen, daß uns Jesus als der das Glauben Ermöglichende und Begründende, nicht aber als dessen Empfänger gilt, hier dagegen das Glauben auf ihn geht und in ihm nicht nur seinen Begründer, sondern auch seinen Erfüller sieht, läge es nahe, einen analogen Unterschied auch schon in der ersten Gemeinde zu vermuten zwischen solchen, die Jesu wegen auf Gott, z. B. auf seine Vorsehung oder seinen Geist, vertrauten und solchen, deren ganze Religion in der Gemeinschaft mit Jesus bestand. Der Unterschied im Glaubensstand zwischen Matthäus und Johannes, etwa auch der analoge zwischen Jakobus und Paulus, böte zu einer solchen Beurteilung einige Veranlassung. Doch würde dieser Gedankengang zu einer Entstellung der in der ersten Gemeinde vorhandenen Formationen führen, weil an dieser Stelle ein tieferer Unterschied erst dann entstehen konnte, als der mit dem Christusnamen verbundene Gedankengang unverständlich und unwirksam geworden war. Dieser ließ Jesus nie nur als Spender einer Erkenntnis, einer gereinigten Theologie oder frommen Stimmung erscheinen, während die den Tatbestand unseres Lebens formenden Kräfte anderswo lägen als in ihm; vielmehr bezeichnet ihn der Christusname als den Wirker der göttlichen Werke bis zum ewigen Ziel hinaus. Darum suchten alle Gruppen der Gemeinde bei ihm nicht nur ihr Glauben, sondern ihr Leben, und damit das, was das Verlangen ihres Glaubens erfüllt und ihnen die von ihm erwartete Gabe schafft.

Wie sicher und geschlossen dieses auf Jesus gerichtet war, zeigt sich darin, daß die Gemeinde die Formel »Glaube« in

---

[1]) Es ist für die Höhe des Glaubens in der Gemeinde lehrreich, daß im Bereich der Briefe nirgends eine Angabe vorliegt, die auf Streit über Jesu Gemeinschaft mit dem Vater deuten würde. Der Leser sieht, daß die Darstellung hier wieder abbrechen muß, damit sie nicht zur neutestamentlichen Theologie werde.

keine Beziehung zu den Boten des Evangeliums gebracht hat[1]). In der Linie der Worte Jesu »dem Täufer glauben, Mose glauben«, und der Formeln »den Propheten glauben, dem Bibelwort glauben«, Apgsch. 26, 27. Joh. 2, 22, läge weiter der Gedanke »den Aposteln glauben«. Es wird aber nur Apgsch. 8, 12 gesagt: sie glaubten Philippus, der ihnen das Evangelium verkündigte, ἐπίστευσαν τῷ Φιλίππῳ εὐαγγελιζομένῳ, und auch dies hat seine besondere Veranlassung darin, daß dem Evangelisten der Zauberer gegenübersteht, an den die Erwartung und das Vertrauen der Samariter bisher gebunden waren. Verwandt ist noch die Warnung 1 Joh. 4, 11, nicht jedem Geist, der in die Gemeinde hineinredet und wirkt, zu glauben. Doch ist das Glauben hier nicht mehr auf den Menschen selbst, sondern auf den höheren, unsichtbaren Quell seiner Tätigkeit, auf das πνεῦμα, bezogen. In den Briefen werden die Apostel, so bestimmt ihre Autorität und Überordnung über die Gemeinde betont wird, zum Glauben nie in ein anderes Verhältnis gesetzt als in das seiner dienenden Vermittlung. »Diener, durch die ihr zum Glauben kamt«, sind alle Lehrenden, 1 Kor. 3, 5. Ebenso bestimmt Johannes die Beziehung des Täufers zum Glauben, dessen Aufgabe war, daß alle durch ihn zum Glauben kommen, Joh. 1, 7. Bestätigt wird diese an der Formel »Glaube« zu gewinnende Beobachtung dadurch, daß der das Glauben mit umfassende Begriff »Jüngerschaft« nie in Beziehung zu den Aposteln tritt. »Jünger des Petrus«, »des Johannes« usf. gab es in der Christenheit nie.

Diese Begrenzung erhielt der Sprachgebrauch direkt durch die Stärke des auf Jesus sehenden Glaubens, das keine Gleichstellung anderer mit ihm zuließ, vielmehr deren Bedeutung und Macht daran ermaß, daß sie unter Christus stehen und ihm als Werkzeug dienen. Nach der Meinung der Apostel kommt ihre Bedeutung nicht verkürzt, sondern vollständig dadurch zum Ausdruck, daß das Glauben, das sie erwecken, nicht auf sie, sondern durch sie auf den Christus gerichtet

[1]) Man blieb damit parallel mit der Hauptrichtung des synagogalen Sprachgebrauchs, der das Glauben, soweit es religiös bedeutsam ist, auf Gott hinlenkt. Doch hat man im palästinischen Kreise auch gesagt: „an einen treuen Hirten glauben", und dabei an die Leiter der Gemeinden gedacht, s. Erläuterung 7.

ist. Gerade deshalb sind sie die Wirker eines göttlichen Werks und die Geber der ewigen Gnade. Ihre Größe besteht darin, daß sie vom Christus berufen und begabt sind und in seinem Dienste arbeiten; das schließt jede Betrachtung, die sie Jesus gleichstellte und als seinen Ersatz behandelte, aus. Gegen ein Verhalten zu ihm, das sich dem Glauben näherte, hat Paulus gesagt: wurde Paulus für euch gekreuzigt oder wurdet ihr auf den Namen des Paulus getauft? 1 Kor. 1, 13; darum sind wir nicht Herr eures Glaubens, 2 Kor. 1, 24. Was die Gemeinde hat, verdankt sie einzig Jesus, seinem Tod und ihrer Taufe auf ihn; darum bleibt ihr Glauben nach seinem Inhalt und Ziel ausschließlich an ihn geheftet.

Es geschah darum direkt im Interesse des Glaubens, daß im Neuen Testament die Sündlichkeit der Apostel nachdrücklich hervorgehoben wird[1]). Im Bericht über Jesus wird zugleich absichtlich der Kontrast zwischen den Jüngern und Jesus erkennbar gemacht, wie schwer ihnen das Glauben wurde, wie sie an seinem Kreuzesweg fielen, wie unglaublich ihnen sein Auferstehen war, und dies wird vor allem am Hauptjünger, an Petrus, zur Darstellung gebracht, dessen Verleugnung für immer zum Kreuzesbild Jesu hinzugefügt ist. Wenn Matthäus die Verheißung Jesu für das Glauben mit einer Lage verbindet, in der sich die Apostel als ohnmächtig und glaubenslos erweisen, so soll das sicher nicht bloß ein Rückblick auf die Vergangenheit sein mit dem Nebengedanken, daß jetzt freilich alles anders sei, sondern trifft sehr ernst auch die Gegenwart. So ohnmächtig steht der Apostel noch jetzt da ohne den Glauben und hat nur in diesem den Grund seiner Macht[2]). Damit war jede bewunderungsvolle Verehrung der Apostel von der Wurzel aus

[1]) Wir haben hier an einem konkreten Punkt die kausale Verbundenheit des Glaubens mit der Buße vor Augen. Zugleich zeigt sich, wenn man an die Verherrlichung der alttestamentlichen Boten Gottes in der jüdischen Exegese denkt, wie siegreich die „Umkehr“ die alten Tendenzen ausgestoßen hat. Mit der Verdienstlehre fiel alle legendäre Verherrlichung der göttlichen Boten radikal.

[2]) Die phantastischen Antithesen zwischen der von den Evangelien und der von der Apostelgeschichte beschriebenen Lebenszeit der Apostel, dort nichts als Unglaube, hier nichts als lauter himmelhohe Gläubigkeit, waren für das Verständnis des neutestamentlichen Glaubens verderblich.

zerstört. Nicht weniger groß ist die Wahrhaftigkeit, mit der in Antiochia der unlautere Zug im Verhalten des Petrus, des Barnabas und der anderen jüdischen Christen erkannt und verurteilt wurde, obwohl Petrus die Würde eines Boten Jesu ohne jede Bezweiflung zuerkannt bleibt. Daraus ergab sich aber keine Bestechung des Urteils oder auch nur schonende Bedeckung seiner Versündigung für die Glaubenden; denn nur als dem Boten des Christus, nur als dem Empfänger seiner Gabe und als dem Werkzeug seiner Regierung gebührt ihm Ehre und Gehorsam, so daß das Glauben, das ihm erwiesen wird, beständig durch ihn auf Christus geht.

Die beugende und erhebende Doppelwirkung des Glaubens auf das Selbstbewußtsein tritt im Amtsbewußtsein der Apostel in erhabener Klarheit hervor. Die höchsten Erträge sind an ihr Handeln geknüpft: sie geben ewiges Leben und verwalten das göttliche Gericht und versetzen in die Gemeinschaft mit Gott, Mt. 16, 18. 19. 2 Kor. 2, 15. 16. 1 Joh. 1, 3. Darin ist eine Erhebung des Selbstbewußtseins gesetzt, die in der Forderung eines ganzen Gehorsams und in der ernsten Bedrohung jeder Widersetzlichkeit ihren Ausdruck hat. Aber die Erhebung ist mit der tiefsten Beugung geeint, die sich ohne Vorbehalt in die dienende Stellung setzt und sich zum Mittel Jesu macht.

Das Ergebnis hievon war, daß sich im Verhalten der Gemeinde Abhängigkeit und Freiheit, Untergebung und Selbständigkeit wunderbar einen und durchdringen. Sie hat in den Boten Jesu, sodann weiter in den mit den Ämtern der Gemeinde Betrauten die Organe des göttlichen Regierens geehrt, durch die sie Gottes Gnade, Berufung und Leitung erfährt. Ihr Verhältnis zu ihnen ist ein »religiöses« und bleibt von jeder Profanation frei. Allein nicht der Amtsträger wegen, nicht um deswillen, was ihrer Person eigen wäre, sind sie ihnen untergeben, sondern wegen des über ihnen stehenden Herrn, so daß ein Verlieren des eigenen Urteils oder der eigenen Entschließung an diese undenkbar bleibt. Vielmehr nützen sie eben deshalb, weil sie dem Christus gehören, alle seine Boten nach ihrem freien Ermessen zu dem, wozu ihre Gabe nach ihrem eigenen Lebensstand ihnen dienlich ist. »Alles ist euer.« Es ist darum nicht seltsam, daß es da, wo starke Religiosität mit jubelndem Freiheitsbewußtsein vorhanden war und ein sieghaftes Leben in der Macht des Geistes erstrebte, zur Ablehnung der Apostel kam. »Wir sind des Christus«, sagten die Freien in Korinth, 1 Kor. 1, 12; 2 Kor. 10, 7, und wiesen damit den Gedanken ab, daß ihr Verhältnis zu Christus an die Gemeinschaft mit einem Apostel gebunden sei. Dieses Streben nach Selbständigkeit gegenüber den Aposteln, nach Befreiung der Kirche von ihren Anfängen hat Paulus nicht dadurch bestritten, daß er sich zum Herrn über die Gemeinde machte, sondern dadurch, daß er die Entstellung der Freiheit in den selbstischen Machtwillen bestritt.

Der vom Geist zum Reden bewegte Prophet wird zur Gemeinde nicht in ein anderes Verhältnis gestellt als der Bote Jesu. Auch seine Überordnung über die Gemeinde entmündigt diese nicht. Sie prüft seine Weisung und behält das Gute.

Dadurch, daß der Glaube die ganze Gebundenheit an Jesus erzeugte, wurde er zum Spender der Freiheit. So hatte ihn schon Jesu Verheißung beschrieben, wenn er ihm die Macht zuerkannte, den Berg zu bewegen, und als solcher erwies er sich in der Organisation der Kirche. Das Glauben bleibt auch an dieser Stelle von blinder Ergebung völlig geschieden, entwickelt vielmehr aus der ihm eignenden Gewißheit eine erstaunliche kritische Kraft. Die Ausbildung der Begriffe »Pseudoapostel«, »Pseudoprophet«, innerhalb der Gemeinde der Glaubenden war eine große kritische Leistung, die mit dem kritischen Mut zusammenstimmt, der dem Hellenentum wie dem Judentum seine Torheit und Sünde zu zeigen unternahm und die Kraft hatte, die heilige Gemeinde Jerusalems fallen zu lassen. Man war nicht nur nach außen, sondern ebenso auch nach innen für die in der Kirche selbst sich abspielenden Vorgänge mit scharfen Maßstäben ausgestattet und in ihrer Anwendung wachsam. Der Grund zu dieser mutigen Freiheit lag darin, daß man an Jesus, auf den man mit ganzem Glauben sah, den sicheren, deutlichen Kanon für das besaß, was wahr, rein und göttlich sei.

Ebensowenig als es einen Offenbarungsträger gibt, an den die Gemeinde neben Jesus auch noch glaubte, wird das Glauben auf Sachliches bezogen als auf sein Objekt. »Wir haben die Liebe erkannt und geglaubt« — das Lieben ist nichts Sachliches, sondern Gottes Wollen und Tun. Der Gedanke ist ähnlich, wenn Paulus vom »Glauben an die Wirkung Gottes, der ihn aus den Toten auferweckt hat«, spricht, Kol. 2, 12. Dagegen bleiben Wendungen wie an die Erlösung, Vergebung der Sünden, Auferstehung glauben, der Sprache der Briefe fremd. Man erhält diese Gaben des Christus durch Glauben; aber das Glauben besteht nicht nur in der Erwartung der Gabe, sondern faßt den, der sie gibt. Auch die Objektssätze, die den Inhalt des Glaubens angeben, werden ausschließlich dem entnommen, was Gott und Christus sind. Die Schlüsse aus dem Werke Jesu, durch die wir uns den Inhalt desselben zum Bewußtsein bringen, daß wir z. B. ohne Werke des Gesetzes durch Glauben gerechtfertigt werden oder daß wir mit Jesus auferstehen oder daß uns alles zum Guten dient, heißt Paulus nicht glauben, sondern ein Wissen, *λογίζεσθαι*, Röm. 3, 28, *εἰδέναι*, Gal. 2, 16. Röm. 8, 28. 2 Kor. 4, 14. Daß Jesus auferstanden ist, das dagegen »glauben« wir; das ist jene Tat Gottes, der unser voller innerer Anschluß gilt, wie ihn die Formel »Glaube« benennt; denn dadurch wird sichtbar, was Christus ist[1]). Johannes hat in dieser Hinsicht genau wie Paulus gesprochen. Daß wir aus dem Tode ins Leben hinübergegangen sind, daß wir ihm ähnlich sein werden, daß wir ewiges Leben haben, daß Gott unser Bitten hört, das wissen wir; daß Jesus der Christus ist, das glauben wir, vgl. 1 Joh. 3, 14. 2. 5, 13. 15; 5, 1 ff[2].)

Diesen Sprachgebrauch schuf nicht ein Zufall; er verdeutlicht uns vielmehr ein wesentliches Merkmal des die Gemeinde

[1]) Auch Röm. 6, 8 *πιστεύομεν ὅτι καὶ συνζήσομεν αὐτῷ* hat die ganze Fülle des paulinischen Glaubensgedankens in sich. Das *πιστεύειν* ist ja die Folge aus dem „mit gestorben sein mit Christus". Dadurch, daß Jesu Tod auf den Menschen übergreift und auch ihn in ein Gestorbensein versetzt, weil das Urteil, das Jesus trug, ihm gilt, die sühnende Kraft seines Todes auf ihn bezogen ist und die Geschiedenheit vom Bösen, in der der verklärte Christus steht, ihm zu gute kommt, dadurch sind die Realbedingungen zu einer Gewißheit und Zuversicht gegeben, die auch die Lebendigkeit des Christus auf sich zu beziehen vermag. Beachte, daß Paulus den inneren Anschluß an den Tod Jesu nicht *πιστεύεν*, sondern *γινώσκειν*, dagegen die Aneignung seines Lebens *πιστεύειν* heißt.

[2]) Der Sprachgebrauch verändert sich in dieser Hinsicht rasch. Schon am Taufbekenntnis (Apostolikum) wird dies bemerkbar.

bewegenden Glaubens. Seine Unabhängigkeit von der Art und dem Maß der Erkenntnis wird hier sichtbar. Hätte die Gemeinde das als die wesentliche Wirkung des Glaubens empfunden, daß es ihr Denken in Bewegung brachte, dann hätte ihr Sprachgebrauch diese Grenze weggeschoben. Nun hat sie aber als den wesentlichen Vorgang im Glauben nicht die Ausdehnung ihres Sehfelds und die Bereicherung ihrer Erkenntnis geschätzt, sondern hat darin, daß der Mensch durch das, was ihm als Wahrheit sichtbar wurde, im Zentrum seines Lebens, in seinem Willen, erfaßt und zu Gott hingewendet werde, den Vorgang gesehen, durch den sie gläubig ist. Diese Wirkung, die das Ganze im Menschen erfaßt und zur Wurzel seines Lebens wird, verband sich aber nach ihrem Urteil nicht mit einzelnen Erkenntnissen, sondern bestand aus der Begegnung mit dem Christus, die den Blick auf seine die letzten Ziele erfassende Sendung richtete.

Neben dem Herrn selbst wird nur das von ihm gegebene und ihn darstellende Wort als Gegenstand des Glaubens bezeichnet. Der Glaube gehört wie Jesus, so dem Evangelium: *συναθλεῖν τῇ πίστει τοῦ εὐαγγελίου*, Phil. 1, 27. Der Glaube gehört der Botschaft als durch sie bewirkt und auf sie gewandt. Die Botschaft hat Gottes Sinn und Willen in sich und ist darum eine Macht, die das, was sie verspricht, auch schafft, vgl. Röm. 1, 16. So kräftig dieser Gedankengang in der apostolischen Predigt vorlag, so drückte sie doch die Beziehung des Glaubens auf das Evangelium nicht in einem ausgebreiteten Sprachgebrauch aus. Nah verwandt, aber doch wieder eigenartig ist »der Glaube an die Wahrheit«, *πίστις ἀληθείας*, 2 Thess. 2, 13. Die Wahrheit und das Evangelium sind für Paulus nicht zwei gesonderte Dinge; vielmehr »hat Gott euch zum Glauben an die Wahrheit berufen durch unser Evangelium«. Aber »Wahrheit« weist über das Wort hinaus auf dessen realen Grund und nennt darum das, was dem Wort die Macht gibt, Glauben zu erzeugen. Weil das Evangelium Wahrheit ist, ist es in seinem unbedingten Wert dem Bewußtsein des Menschen aufgedeckt, vgl. 2 Kor. 4, 2 ff. In der Regel bleibt es bei dem Gedanken, der auch 2 Thess. 2,13 vorliegt: »aus Hören durch das Wort des Christus kommt das Glauben«, Röm. 10, 17.

Es wird durch das Wort geweckt und gestaltet, geht aber auf den Christus als die lebendige Person.

Besondere Wichtigkeit hing für die innere Gestaltung der Gemeinde daran, daß nicht einmal die Formel »an den heiligen Geist glauben« im Neuen Testament auftritt, obwohl mit dem Geist der Blick ausdrücklich auf Gottes Gegenwart und Wirken in der Gemeinde und im Glaubenden gerichtet ist und es somit nahe läge, daß sich das Glauben bewußt und absichtlich an den Geist wendete, sein Geben erbäte, seine Hilfe suchte und in der Gewißheit seiner Macht die Ruhe fände. Daß das Glauben Gottes Güte bloß auf die Lenkung des äußeren Geschickes beziehe und nichts als Bejahung der »Vorsehung« sei, war dadurch ausgeschlossen, daß am Christus erkannt war, Gottes Gnade gelte dem Menschen selbst und suche, erlöse und begabe ihn selbst in seinem persönlichen Lebensstand. Die Folge der Verklärung des Christus war ja die Sendung des Geistes; daher konnte nicht mehr von einer göttlichen Güte die Rede sein, die bloß die Lage des Menschen bessere, wodurch der frühere, jüdische Glaubensstand mit seiner Neigung, das göttliche Geben nur auf den auswendigen Verlauf des Lebens zu beziehen, überschritten war. Es treten daher Geist und Glauben vielfach in nahe Beziehung zueinander. Obwohl man nicht jedem Geiste glauben darf, dem als heilig erkannten Geist, dessen göttliche Art offenkundig ist, soll man glauben. Der Geist ist »Geist des Glaubens« und schafft den an den Vater gerichteten Ruf der Christenheit.

Was hier der Sprach- und Gedankenbildung die Grenze setzte, ist nicht darin zu suchen, daß sich mit dem Geist eine überwiegend physische Vorstellungsreihe verbände, so daß er nur als »Kraft«, etwa als Luft vorgestellt würde. Dies trifft für die Apostel deshalb nicht zu, weil ihr Geistbegriff nicht vom Gottesbewußtsein abgeschnitten ist, sondern mit voller Energie den Geist als »heilig«, als Gottes seiend bejaht. Im Geist ist Gott gegenwärtig und wirksam, nicht irgend eine Kraft abseits und los von Gott.

Vielmehr stammt die Gestalt des apostolischen Denkens auch hier unmittelbar daraus, daß in Christus die ganze und vollendete Gnade Gottes bejaht ist, der der Geist zur Ausführung und Verwirklichung dient, die er aber nicht überschreitet, ersetzt oder ergänzt. Man kann bei diesem nicht mehr oder anderes suchen als beim Christus. Weil die Pneumatologie der Apostel ein Glied ihrer Christologie bleibt, darum war auch ihr Glauben nicht teils Glauben an Jesus, teils auch noch Glauben an den Geist, sondern bleibt auf Jesus allein gerichtet, weil nur von ihm, von ihm aber auch vollständig empfangen werden kann, was der Geist gewährt, und der Geist dazu gegenwärtig und wirksam ist, damit die Gemeinde im Christus sei.

Zugleich wirkt die Verschiedenheit in der Weise des Daseins und der Offenbarung, wie sie Jesus und wie sie der Geist hat, auf die Art des Glaubens ein. Während der Geist in der Innerlichkeit des Menschen seine Wirksamkeit vollzieht und deshalb etwas Verborgenes bleibt, ist Jesus seiner menschlichen Geschichte wegen der Gemeinde bekannt und der Inhalt einer mit Gewißheit ausgerichteten Bezeugung. Das Gekannte kann mit jener vollen Bejahung erfaßt werden, die Glauben heißt, nicht das Geheimnis.

In dem durch die neutestamentlichen Dokumente beleuchteten Bereich der Christenheit entstand aus denjenigen Erlebnissen, die vom Geistbegriff umfaßt werden, niemals eine Begrenzung oder Verkrümmung des Glaubens. Sie kennen keine durch den Geist gewirkte Erfahrung, Erkenntnis oder Liebe, die von der Glaubenspflicht entbänden oder auch nur vom Glauben abgelöst selbständigen Wert hätten. Die Glaubenspflicht wird durch jene Erlebnisse nur noch heiliger und dringender. Lukas hat an den pneumatischen Erlebnissen des Paulus plastisch dargestellt, wie sie ihn nicht nur nicht über das Glauben hinaufhoben, sondern zu verstärkter Glaubensübung nötigten. Er erhält Weisungen, die ihn innerlich binden, muß aber zunächst gehorchen, ohne daß er verstände, wohin sich der ihm befohlene Weg schließlich wendet. Im Geist gebunden wanderte er durch Kleinasien bis nach Troas und wieder nach Jerusalem, zu einem Vertrauen genötigt, das zu gehorchen vermag, ohne den Ausgang zu sehen. Daß Lukas hier als echter Pauliner redet, beweist das Verhältnis von Gal. 5 zu 3, das von Röm. 8 zu 4. Die Pneumatologie wird dort von Paulus nicht dazu entfaltet, um den Glaubensstand als überschritten hinter sich zu lassen und alles schließlich doch noch wegzuwerfen, wofür er zuerst als für den Hauptsatz des Evangeliums kämpft, sondern dazu, um der Frage die letzte Antwort zu geben, warum er an Jesus glaubt und mit welchem Gewinn er an ihn glaubt.

Als das höchste, was besondere Wirkungen des Geistes gewähren können, galt der Gemeinde der Anblick Jesu und der Empfang seines Befehls. Als Johannes »im Geiste war«, sah er den Herrn, und was wir über die besonderen Wirkungen des Geistes in Paulus deutliches wissen, hatte alles dazu enge Beziehung, daß ihm der Wille des Christus für seine Arbeit erkennbar wird. Damit endet aber der pneumatische Vorgang im Glaubensvorgang, den er nie ersetzt, sondern nur begründet und verstärkt.

Die Wirkungen einer angeblich »enthusiastischen« Überbietung des Glaubens müßten sich am Glaubensstand unvermeidlich in grellen Folgen zeigen[1]). Die Rückbeugung desselben auf die Stimmung und Erfahrung des Glaubenden hätte sich damit unvermeidlich eingestellt, so daß man in den pneumatischen Erlebnissen die Berechtigung zum Glauben gesucht und es ohne diese für unmöglich erklärt hätte. Was aber neben der Erweckung des auf Jesus gewandten Glaubens als Wirkung des Geistes ins Bewußtsein der Gemeinde trat, hat jenes zwar belebt und gestärkt wie jede Gabe, an der sie Gottes Güte sah, und dies in besonderem Maß, weil die Gegenwart des Geistes nicht eine unter vielen Gaben ist, sondern unvergleichlichen Wert hat, jedoch nie bewirkt, daß das Glauben in den Bewegungen, die im Inneren des Menschen verlaufen, seinen Grund und Inhalt suchte. Diesen hat es mit gültiger, voll zureichender Kraft im Christus allein, und hier wieder nicht so, daß Merkzeichen gesucht würden, an denen man konstatiert, nun sei man wirklich im Christus, sondern so, daß die Gewißheit, im Christus zu sein, unmittelbar mit dem Glauben identisch bleibt, d. h. unmittelbar aus der Bejahung seiner Einsetzung zum Herrn der Gemeinde durch Kreuz und Auferstehung folgt.

---

[1]) Dies träte ebenso sicher hervor, wie später in der Kirche mit jeder Annäherung an solche Ziele das Glauben immer zerbrach und wie es der heutigen Stimmungsreligion als unerreichbares Ziel entrinnt.

Nur auf dieser Höhe des Glaubensstandes war es möglich, den Geistgedanken lebendig in die Gemeinde hineinzupflanzen und ihre Praxis auf ihn zu gründen, ohne daß eine heillose Zerrüttung mit raschem Zerfall daraus entstand. Jedem wird Gott als gegenwärtig bezeugt und zwar so, daß er ihn inwendig gestaltet und bewegt und ihm seinen Gedanken und Willenslauf gibt. Je näher Gott dem Menschen kommt, um so ernster wird für diesen die Gefahr der Versündigung. Die Gemeinde blieb aber von fanatischen Erscheinungen, bei denen sich jeder selbst vergottet und seine Meinung für Gottes Wort und seine Laune für Gottes Gebot ausgibt, gänzlich frei. Denn sie hatte im Glauben an Christus die kritische Macht, die ihr im selben Moment, da sie des Geistes gewiß ist, die sorgsamste Scheidung an dem, was sich in ihr regt, möglich macht, so daß sie gleichzeitig mit aufrichtiger Entschlossenheit gegen das, was fleischlich in ihr ist, im Kampfe steht.

Nur auf dieser Höhe des Glaubens war es auch möglich, daß sich an die im besonderen Sinn als »geistlich« verstandenen Erscheinungen keine krankhafte Leidenschaftlichkeit und unaufrichtige Künstelei hängte. Nicht sie erst gaben der Heilsfrage die Antwort; diese war gelöst. Darum erzeugten diese Vorgänge keine Aufregung, obwohl sie mit großem Dank als Bekundung der Gemeinschaft mit Gott empfangen wurden; sie blieben aber unvermengt mit experimentierender Eigenmächtigkeit, die sie allen zuwenden und in ihren Empfängern möglichst zu steigern unternahm. Jede Methodik und Technik, durch die man die geistlichen Wirkungen erzeugen könnte, blieb ausgeschlossen; sie hätte die Preisgabe des Glaubens bedeutet. Daran, daß wir durch 1 Kor. 12—14 und Kol. 2 wissen, daß der Anteil am apostolischen Glaubensstand den Gemeinden in dieser Hinsicht nicht ohne Kampf und Schwankungen gelang, hängt freilich nichts Überraschendes.

Dieselbe Beobachtung erläutert auch die Stellung der Gemeinde zum Sakrament. Die Aussagen über dasselbe greifen ins Ganze des Evangeliums. Nicht eine besondere Gnade, sondern der ganze Inhalt des Evangeliums wird z. B. mit der Taufe verknüpft. Dennoch kommt nirgends ein auf die Sakramente gerichtetes Glauben zum Vorschein, sondern dieses geht auch hier durch die Taufe und durch das Abendmahl hindurch auf den Herrn, der in diesen Handlungen als der Wirkende und Gebende bejaht wird. Das ergab für sie die höchste Schätzung, während man gleichzeitig ihnen gegenüber frei geblieben ist.

Indem das Glauben am universalen Amt des Christus seinen Grund besitzt, wird es keineswegs zur Abstraktion, die den konkreten Verlauf des Lebens unbewegt ließe. Für die apostolischen Dokumente ist es notorisch falsch, das Glauben lediglich der Annahme des christologischen Lehrsatzes gleichzustellen, so daß nichts weiter damit bestimmt wäre als der Gedankenlauf. Vielmehr wird es, weil der Christus mit seinem gnädigen Walten den ganzen Lebenslauf der Seinen umfaßt, dadurch betätigt, daß der Glaubende seine besonderen Anliegen zur Regierung Jesu und dem gnädigen Willen Gottes in Beziehung bringt. Indem es die Bitte erzeugt und ihre Erhörung begründet, Jak. 1,5. 5,15, vermittelt es fortwährend ein göttliches Geben sowohl im geistigen, wie im leiblichen Bereich. Die Unbedingtheit desselben erscheint in der Gewißheit, mit der die apostolischen Männer auch das Wunder erbeten und empfangen haben. Es wird als göttliche Bestätigung des Glaubens, mit dem es der Täter desselben erwartet hat, verstanden. Auf Grund des Glaubens hat Jesu Name den Lahmen geheilt, 3,16; das Glauben der für den Kranken Bittenden bringt diesem Vergebung und Heilung, Jak. 5,14 ff. Als Folge des Glaubens wirkt Gott »die Kräfte«, Gal. 3,5, vgl. 1 Kor. 12,9. 13,2. Auch im Empfänger knüpft es an die Zuversicht an, mit der er Gottes Hilfe erwartet. Aber die Formel »Glaube« ist durch ihre umfassende Beziehung auf Jesus über die Benennung einer Erwartung hinausgewachsen, die sich auf eine einzelne Hilfeleistung beschränkt. Die an Jesus gerichtete Bitte um Heilung schloß, weil sie unmittelbar dem Anblick seines Handelns entsprang, auch den Anschluß des Vertrauens an ihn selbst in sich. Jetzt, als die apostolischen Männer das Wunder, der Universalität der göttlichen Gnade entsprechend, nicht nur Gliedern der Gemeinde, sondern auch Juden und Griechen vermitteln, wird das Glauben mehr zur Folge, als zum Grund und zur Bedingung des Wunders. Der Lahme in Lystra hat Glauben, der aber bedeutsam bestimmt wird: »daß ihm geholfen werde«, *πίστιν* ἔχει τοῦ σωθῆναι, Apgsch. 14, 9. Von den Samaritern wird dagegen gesagt: weil sie geheilt wurden, glaubten sie, Apgsch. 8, 6. 12.

Die Richtschnur, die die Abweisung der Zeichenforderung durch Jesus gab, ist dabei niemals verletzt worden. Das Wunder erscheint stets nur in straffer Verbindung mit dem besonderen Beruf, den die Boten Jesu haben, nie als alltägliches Ereignis, ohne das das Entstehen des Glaubensstandes überhaupt nicht denkbar sei[1]). Ein derartiges Postulat, das das Wunder als Bedingung des Glaubens verlangt, durchkreuzt den in den Briefen bezeugten Glaubensstand. Wie rein und rund die Unterordnung unter Gottes Leitung in aller Zuversicht zur Herrlichkeit seiner Allmacht festgehalten wird, zeigt sich daran, daß es nirgends zu einer verächtlichen Herabsetzung der natürlichen Vorgänge kommt. Sowohl in den Evangelien, die die willige Unterordnung Jesu unter die natürlichen Lebensbedingungen völlig deutlich machen, als in den Erinnerungen der Gefährten des Paulus an ihren Verkehr mit ihm — man erwäge z. B. den Bericht über den Kampf des Paulus für seine Freiheit in Jerusalem, Apost. 21, 27 — 26, 32 — als in den ethischen Anweisungen der Briefe über Ehe, Eigentum, Gesinde, Staat und Gemeinde wird auch der natürliche Gang der Dinge unter Gottes Regierung gestellt und die Gabe hört deshalb nicht auf göttlich zu sein, weil sie nicht durch das Wunder, sondern durch natürliche und menschliche Vermittlungen empfangen wird.

Diese Besonnenheit hätte das Glauben notwendig eingebüßt, wenn die Gemeinde gewagt hätte, in ihrem Gebet die Erhörungsgewißheit auf die konkreten, einzelnen Formationen des Begehrens auszudehnen, die eben jetzt den Bittenden bewegten. Wäre im Gebet die Unterordnung unter Gott nicht festgehalten worden, so hätten sich die Erschütterungen unvermeidlich auch auf das Verhältnis zur Natur und zum Wunder übertragen. Es steht darum mit der eben hervorgehobenen Beobachtung in genauem Zusammenhang, daß der Satz nie gewagt wird, jedes Gebet des Glaubenden werde erhört, sondern immer festgehalten wird, daß die göttliche Regierung den bestimmten Gedanken

[1]) Gerade deshalb werden die Zeichen Jesu in den Evangelien und die der Apostel von Lukas erzählt, weil die Gemeinde dergleichen nicht selbst erlebt.

und Wünschen des Glaubenden gegenüber ihre Überlegenheit stetig bestätige. Die Gemeinde hat ihr Glauben dadurch erwiesen, daß sie zu ihrem Wollen und Bitten immer den Vorbehalt fügte: wenn der Herr will, Jak. 4, 15 vgl. 2 Kor. 12, 9. Joh. 21, 22.

Auch wenn das Glauben für den inwendigen Lebensstand besondere Gaben von Gott erbittet und empfängt, bleibt es von naturwidrigen Bestrebungen und vom Postulat des Wunders gänzlich frei. Die Behauptung, die erste Christenheit habe einzig an der Unverständlichkeit und mirakulösen Art des Vorgangs das Merkmal der Geistwirkung gesehen, weil ihr das Begreifliche und Vermittelte als profan erschienen sei und das Göttliche erst da begonnen habe, wo der Verstand zu Ende war, steht im Widerspruch mit der Unbedingtheit und Vollständigkeit ihres Glaubensstandes und ist falsch.

Mag aber auch das Glauben noch so konkreten Inhalt gewinnen und sich mit allen Anliegen des Menschen vereinen, ob sie sich auf auswendige oder inwendige Bedürfnisse beziehen, alle einzelnen Glaubensmotive werden hinter den universalen Glaubensgrund zurückgestellt, den Jesu Gottessohnschaft und seine königliche Stellung im Reiche allen anbieten. Das merkwürdigte Beispiel hierfür ist die Weise, wie Paulus von der ihm gegebenen Versichtbarung Jesu redet.

Obgleich sie den Verlauf seines Lebens beherrscht und seinem Glauben bleibend seine individuelle Färbung gab, bildet sie doch keineswegs den Angelpunkt seines inneren Lebens. Daß er den Tod und die Auferstehung des Christus nach ihrer Kraft und Gabe erfasse, das ist das Verlangen seines Glaubens; hierin hat sein inneres Leben seinen Mittelpunkt. Sein besonderes Erlebnis versteht er nur als Mittel, das ihm Jesus als den auferstandenen Herrn zeigen und sein Glauben auf ihn lenken sollte, nun aber auf ihn mit seiner alle ergreifenden Wirksamkeit, auf ihn, der für alle gestorben und für alle auferstanden ist. Noch weniger hat er das Glauben anderer auf die ihm persönlich gewährte Offenbarung begründet. Er hat sie seinen Gemeinden erzählt, damit sie seinen selbständigen Apostelberuf neben den Zwölfen und seine Stellung zum Gesetz verstehen, Gal. 1, 15. 1 Kor. 9, 1. Sie dient auch dem Glauben aller zur Begründung, weil sie sich den übrigen Zeugnissen vom Leben des Auferstandenen beigesellt, 1 Kor. 15,8. Sie ist aber hierfür nur ein einzelnes beglaubigendes Zeugnis, während der Glaubensgrund für alle in der Reichsgabe des Christus liegt, die alle umfaßt und in seinem ewigen, allen ganz sich zuwendenden Wesen begründet ist[1]). Es bleibt in der ganzen Christenheit dabei, daß die Anleitung zum Glauben nicht darin bestehen könne, daß Mittel angegeben würden, wie der einzelne eine besondere Vergewisserung und Offenbarung von Gott erlangen könne, sondern überall nur darin, daß die alle umfassende Tat des Christus dem Verständnis erschlossen wird.

Darauf hat es beruht, daß für die von den Aposteln gesammelte Christenheit das Individuellste, Persönlichste, das Glauben, zum starken Bande der Gemeinschaft geworden ist, weil alles Glauben dieselbe Gabe desselben Herrn bejaht hat.

Dadurch, daß das Glauben gleichzeitig die Stärkung der einzelnen Persönlichkeit und die Stiftung der Gemeinschaft herbeigeführt hat, bekam die apostolische Gemeinde jene Merkmale, die sie mit keiner anderen menschlichen Gemeinschaft vergleichbar machen. Dadurch wurde erreicht, daß die vollständigste Gemeinschaft gleichzeitig der Ort der höchsten Freiheit gewesen ist und die Durchführung der Gleichheit aller die kräftigste Entfaltung der persönlichen Besonderheit in sich schloß. Der gemeinsame Herr aller wird von allen als jeden in seiner persönlichen Lebensgestalt begabend und führend bejaht.

Daran besaß man auch das wirksame Mittel zur Erhaltung des Glaubens, weil es für jeden am Glauben aller seine Bestätigung und Stärkung fand. Weil die Gemeinde glaubt, stößt sie ihre Glieder nicht in den Unglauben, sondern hilft jedem, seinen Glauben zu bewahren. Deshalb geht auch die Ausbreitung desselben sofort mit erfolgreicher Arbeit von der Gemeinde aus. In das Missionswerk der Apostel trat nicht ein Stand von Missionaren, sondern die Gemeinde ein, weil diese mit ihrem ganzen Dasein und allen ihren Tätigkeiten auf das Glauben gegründet ist und dieses offenbart.

[1]) Man erwäge 2 Korr. 12, 9: was Paulus aus seinem ekstatischen Verkehr mit Christus für sich gewinnt und der Gemeinde mitteilt, ist das ihn auf die Gnade des Christus verweisende Wort, d. h. die Bestätigung desjenigen Glaubensstands, der sich ihm aus der Kenntnis des Gekreuzigten und Auferstandenen ergeben hat.

Gegen die Fähigkeit des Glaubens, daß es wirklich Gemeinschaft zu erzeugen und aus der Kirche eine fest verbundene Genossenschaft zu machen vermöge, erhebt sich in diesem Zeitraum noch nirgends ein Zweifel, so daß man den Versuch gemacht hätte, die einigende Kraft des einen Glaubens durch andere Bindemittel zu verstärken oder zu ersetzen, z.B. so, daß an Stelle des Glaubens eine Lehre das Fundament der Kirche würde oder ein geheiligtes Gesetz ihre Einheit sicherte [1]). Vom Staate als kirchenbildender Macht war ohnehin damals nicht die Rede. Wie sollte auch irgend ein anderer Faktor dasselbe zu leisten vermögen, was die Einheit des Glaubens gab? Diese bestimmte die Persönlichkeit nicht von außen, sondern von innen, nicht ein Stück an ihr, sondern sie ganz, nicht durch Zwang, sondern durch ihr eigenes Wollen. Die Gemeinschaft, die aus Glauben entstand, war deshalb ungleich wahrer, vollständiger, wirksamer als irgendeine andere Form der Sozietät.

Auch die apostolische Gemeinde hat zwar erlebt, daß eine Gemeinschaft, die am Glauben ihr Einheitsband hat, sich nicht ohne Schwierigkeit erhalten läßt. Was Jakobus 2, 1ff. seinen Lesern einschärft, zeigt, daß in der jüdischen Christenheit über dem freundlichen Verkehr mit den Juden die im Glauben begründete Gemeinschaft in Gefahr stand, sich zu lockern, weil auch in ihrem Verkehr die äußerlichen Gesichtspunkte, die sonst den Umgang gestalten, die Rücksicht auf Reichtum und Armut, das überwogen, was innerlich einigte oder schied. Das bewegt Jakobus jedoch nicht dazu, auf eine äußere Separation der Gemeinde von ihrer Umgebung hinzuwirken, sondern nur das eine verlangt er, daß das Glauben nach seiner heiligen Größe und Wichtigkeit auch am Armen geehrt, der Widerstand gegen Christus auch am Reichen nicht übersehen werde. Er dringt nur darauf, daß die Gemeinschaft ihren Grund im Glauben behalte und gewährt oder versagt werde je nach dem Glaubensstand.

[1]) Nicht einmal das Bekenntnis, das doch als nächster Ausdruck des Glaubens zur Begründung der Gemeinde wesentlich mitwirkt, erhält im neutestamentlichen Bereich eine Weiterbildung, sondern bleibt mit demjenigen Bekenntnis identisch, das Jesu Jüngerkreis mit ihm verband, Mt. 16,16. Auch die Nennung des Geistes neben dem Sohn liegt schon im Bericht über die Ostertage vor, Mt. 28, 19.

Wie uns die Briefe anschaulich zeigen, bleibt der Gemeinde jede Bemühung um eine äußere Ausgleichung des Denkens durch eine Lehrformel oder des Handelns durch ein Gesetz unbekannt. Es sind keine Lehrformen in den Briefen nachweisbar, die nicht frisch vom Redenden für das konkrete Bedürfnis, dem er lehrend zu dienen hat, erzeugt würden. Daher bringt sich mit jedem Wort die Eigenart des Sprechenden zur Geltung und die Unterschiede spannen sich zu weiten Distanzen. Und dennoch, wie überwältigend tritt für jeden aufmerksamen Leser die Einheit des Denkens und Wollens in allen diesen Zeugnissen hervor, dies deshalb, weil von allen mit offener Aufrichtigkeit und entschlossenem Willen derselbe Jesus als Herr bejaht und sein Wort und Gebot aufgenommen und inwendig verarbeitet worden ist.

Sowie eine Gedankenreihe zum Glauben im neutestamentlichen Sinn Beziehungen hat, erhält sie eine persönliche Fassung, weil dann das ganze Streben des Redenden auf ihren Gegenstand geht und in ihm das ewige Heil und den Anteil am höchsten Gut sucht. Da aber der neutestamentliche Glaube auf dem universalen Willen und Werk Gottes steht, wird das Persönliche mit umfassendem Inhalt erfüllt und zu allgemeiner Gültigkeit erhöht. Die apostolischen Briefe erhielten dadurch ihre unvergleichliche Beschaffenheit. Sie sind jeweilen durch besondere persönliche Verhältnisse begründet und dienen mit jedem Wort ihrem individuellen Zweck und bringen doch an diesem konkreten Stoff in einheitlicher Durchdringung die universalen Gesichtspunkte des höchsten Wissens zur Darstellung. Aus einem so völlig individuellen Zweck, wie ihn die Ankündigung des Besuchs, den Paulus in Rom zu machen hofft, bildet, entsteht der Römerbrief! In jedem Wort beschäftigt er uns mit Paulus und macht ihn in der Eigenart seines inneren Lebens sichtbar, wird aber gleichzeitig zum größten Lehrbau, zur Darlegung der universalen Gnade, wie sie die göttliche Weltregierung bestimmt und jedem Lebenslauf die Regel gibt. Nicht weniger lehrreich sind in dieser Hinsicht die Evangelien. Das persönliche Interesse des Erzählers beseelt hier jedes Wort und bildet das den Stoff gestaltende Maß und bewirkt doch gleichzeitig, daß uns der Evangelist nie mit sich selbst beschäftigt, sondern seinem Gegenstand allein hingegeben bleibt und nur darnach trachtet, daß Jesus der Gemeinde bekannt und verständlich werde. Das ist die Folge des Glaubens, der in Jesus Gottes Gabe sieht und in ihm den Grund des eigenen Lebens hat, aber eben ihn sucht und darum nicht sich selbst beschaut und darstellt und deshalb dem Auge die Objektivität verleiht, die von der »reinen Wissenschaft«, wo nur der Intellekt arbeitet, zwar als Ideal begehrt wird, aber unerreichbar bleibt, weil sich der Denkakt nie vom Willen lösen kann und dieser, solange er selbstisch ist, den Denkakt verkrümmt[1]).

Die Tatsache läßt sich nicht erschüttern, sondern tritt in den ersten Evangelien, bei Paulus und bei Johannes[2]) gleichmäßig hervor, daß das Wort Jesu und das Wort der Apostel unterschieden geblieben sind, weshalb auch die kirchliche Verkündigung und der Kanon in der doppelten Form zustande kamen, als Evangelium und als Apostellehre. Sie erhält durch die eben hervorgehobene Art des Glaubens, freilich nur durch diese, Verständlichkeit. Bleibt sie unbeachtet, so ließe sich leicht »beweisen«, daß nur ein einziges Wort entstehen konnte, das in der Gemeinde gültig war, entweder so, daß Jesu Wort und die apostolische Lehre ineinanderflossen und der Fortgang der christlichen Predigt die Anfänge überdeckte und in sich aufhob, oder so, daß neben dem in seiner Autorität bejahten Wort Jesu überhaupt nichts anderes entstand und als normative Erkenntnis nur Jesu Wort galt, was die Reduktion der Verkündigung und des Kanons auf die Evangelien ergeben hätte. Tatsächlich wurden weder Jesu Worte in die Formeln der apostolischen Lehre umgewandelt, noch alle über Jesu eigene Lehrarbeit hinausgehende Erkenntnis unterbunden. Was der Herr gesagt hat, bleibt, wie er es gesagt hat; am geschehenen Bestand der Geschichte und der Erinnerung an sie behält die Gemeinde

[1]) Trotzdem uns Modernen die ausgebildete Technik des historischen Verfahrens zu Gebote steht, das ein bewußtes Zurücktreten in die Vergangenheit erstrebt und ermöglicht, ist die entstellende Einwirkung der modernen Darsteller auf das von ihnen gezeichnete Christusbild handgreiflich genug. Die unvermeidliche Assimilation des Christusbildes an den Evangelisten ist bei Johannes oder Matthäus ungleich geringer als bei unseren „Historikern".

[2]) Vgl. die Offenbarung neben dem Evangelium.

bleibend ihren Glaubensgrund und damit ihre höchste Autorität. Aber auch was der Apostel empfangen und erarbeitet hat, wird mit Dank und Gehorsam geschätzt und nicht als Beeinträchtigung der Arbeit Jesu, sondern als Erfolg und Offenbarung seines Wirkens beurteilt, so daß sich im Reichtum der apostolischen Erkenntnis die Wahrheit und Fruchtbarkeit des Wortes und Werkes Jesu bewährt.

Eine deutliche, für uns kontrollierbare Parallele zur Behandlung der Geschichte und Person Jesu gibt das Verhalten der Christenheit zur alttestamentlichen Schrift, an dem ebenfalls die Doppelwirkung des Glaubens sichtbar wird, daß er das eigene Denken weckt und dem Leser persönliche Ziele gibt, die sein eigenes Wollen mit dem Schriftwort in Verbindung bringen, gleichzeitig aber das Objekt in seinem gegebenen Bestand schützt und das Subjekt unter dasselbe beugt, so daß jenes unverletzt bleibt, weil es als von Gott gegeben heilig ist. Der Schriftgebrauch ist in den Briefen sehr individuell, weil das Schriftwort in das eigene Denken und Leben hineingestellt und darum mit dem besonderen geistigen Besitz des Redenden verschmolzen wird. Darin liegt vor allem, daß der Blick auf Christus das maßgebende hermeneutische Prinzip für die Gemeinde bildete. Sie legt die Schrift aus nach dem, was ihr am Christus als Wort und Werk Gottes erkennbar geworden ist. Aber das Glauben der Gemeinde hat sich auch an dieser Stelle als Gegensatz zur eigenmächtigen Produktion erwiesen. Die Ablagerungen der Tradition, die die Bibel in der Synagoge begruben, sind mit einer durchgreifenden Kritik beseitigt. Die Kasuistik der Mischna, die postulierende Hypothesenbildung des Midrasch und die allegorisierende Verwandlung der Geschichte in Ideen bei Philo sind vergangen[1]). Die Gemeinde

[1]) Lägen keine Gemeinsamkeiten im Gebrauch der Bibel zwischen der Synagoge und der Christenheit vor, so würde dies die totale Aufhebung des historischen Zusammenhangs besagen. Darum ist es keineswegs verwunderlich, daß sich Spuren, die zur Kasuistik, zum Midrasch und zur Allegorie hinüberleiten, in den Briefen finden. Höchst merkwürdig ist im Gegenteil die tiefe Verschiedenheit, die die apostolische Exegese von der zeitgenössischen trennt. Man vergleiche in dieser Beziehung Paulus und Akiba. Der Beitrag des Paulus zum alttestamentlichen Midrasch und der des Johannes zur jüdischen Apokalyptik ist auffallend klein.

hat durch ihr Glauben wieder das Auge erhalten für das, was das Bibelwort selber sagt. Wie sie vom Glauben Jesus gegenüber die Fähigkeit zu hören empfing, so auch gegenüber der Schrift. Altes und Neues wurden nicht vermengt, sondern das Alte blieb, was es war, und tötete doch das Neue nicht, sondern gab ihm den Raum frei, in dem sich das Neue zu seinem eigenen Bestand entfaltete.

Wie in der Denkleistung, so zeigen sich auch in der Praxis der Gemeinde die Ergebnisse desselben Glaubensstandes. Sie erzeugte kraftvoll neue Sitten und tat vieles, wovon sie bestimmt wußte, Jesus habe dies nicht getan. Sie trieb Heidenmission, Jesus nicht, beseitigte die mosaischen Ordnungen, während Jesus sie beobachtet hatte, ordinierte Bischöfe, während Jesus keine solchen eingesetzt hatte usf. Damit sank ihr Jesu Werk durchaus nicht auf eine Anfangsstufe herunter, die nun überschritten sei, vielmehr sah sie beharrlich auf sein Wirken zurück als auf die vollkommene Erscheinung der göttlichen Gnade. Sie braucht ihn beständig für ihr ganzes Verhalten als Vorbild und gewinnt an seiner Tat die Normen, nach denen sie handeln will. Ihr Verhältnis zu ihm erschöpft sich aber auch hier nicht in der bloßen Unterwürfigkeit, sondern begründet die Freiheit, weshalb von einer nachahmenden Kopie Jesu durch die Apostel keine Rede sein kann. Sie sind vielmehr durch Jesu Vorbild dazu berufen, an ihrem Ort in besonnener Erwägung ihrer Lage das zu tun, was jetzt zur Ausrichtung ihres Berufes dienlich ist.

Das, was wir als Einwirkung des Glaubens auf die vielgestaltigen Bewegungen des Empfindens in Lust und Schmerz vor uns haben, steht damit in voller Übereinstimmung. Wir haben in der ersten Kirche dieselbe Tatsache wieder vor uns, die uns schon in der Haltung der Gefährten Jesu begegnet ist. Mit dem Glauben entsteht in ihr ein äußerst reiches und starkes Empfinden; man vergleiche z. B. den Philipper- oder zweiten Korintherbrief; allein dieses verfällt nie in Maßlosigkeit oder Leidenschaftlichkeit. Das neue Testament ist kein sentimentales Buch, weder so, daß es den Schmerz der Reue, noch so, daß es die Empfindung der Gnade für sich selbst pflegte, darstellte und von den übrigen Vorgängen des inwendigen Lebens isolierte. Man könnte vermuten, in der Nähe des Paulus entständen höchst affektvolle Gestalten; in Wahrheit tritt uns an Lukas eine ruhige, gesammelte Beherrschung des Affekts entgegen, die den Eindruck der Kälte und Abgeschiedenheit von den Ereignissen machen konnte. Ein ähnliches Bild geben die Pastoralbriefe. So lebhaft das Ich bewegt wird, gleichzeitig ist mit dem Glauben die Abwendung vom eigenen Ich gegeben und diese ließ es nie zu, daß Leid und Freude des eigenen Herzens zum Hauptinhalt des Lebens ward.

Darum erhält auch nie ein einzelner Affekt die Macht, die ganze Seele zu erfüllen und zu beherrschen. Paulus wurde durch die Liebe, mit der er seine griechischen Christen umfaßt, gegen Israel nicht kalt und gleichgültig. Die Empfindung für die sittliche Not des Menschen absorbiert die Freude an dem, was er Gutes vermag, nicht. Das Glauben wirkt miteinander gesteigerte Leidensfähigkeit und ein gemehrtes Vermögen, sich zu freuen.

Wäre das Glauben nicht mit voller Wahrhaftigkeit auf Christus gerichtet gewesen, so wäre es gegen den Aberglauben wehrlos geworden, der durch die jüdische und die griechische Tradition sich breit an die Gemeinde herandrängte. Gegen diesen gibt es keinen Schutz mehr, sowie dem Glauben verstattet ist, sich seinen Inhalt aus unserem »Bedürfnis« und Wunsch zu holen. Der Sieg, den das neutestamentliche Glauben über den Aberglauben errungen hat, hat aber überraschende Größe und durchgreifende Vollständigkeit. Reliquien Jesu kennt es nicht; das Neue Testament spricht neben seinem Leib und Blut, das er der Gemeinde im Abendmahl hinterließ, nur noch von seiner Mutter, die er dem von ihm geliebten Jünger am Kreuze übergeben hat. Die Kleider Jesu kommen nur in Betracht als Zeichen dafür, wie vollständig sich die auf das Leiden weisende Weissagung erfüllt habe. Nicht anders verhält es sich mit der Hinterlassenschaft des Petrus oder Paulus. Der geheime Gottesname spielt im Neuen Testament gar keine Rolle. So stark die Überzeugung ist, daß die bösen Geister als unsichtbare Widersacher die Arbeit der Christenheit stören, so bleiben doch die Aussagen über den Satan und die Geister von jedem abergläubischen Zuge frei und behalten überall ihren tiefen sittlichen Ernst. Dämonennamen gibt es im Neuen Testament nicht, ebensowenig eine Formel, die den Exorzismus zur Kunst machte. Außer den durch die jüdische Tradition fixierten Engelnamen Michael und Gabriel hat das Neue Testament auch keinen Namen für die himmlischen Geister. Die Anweisung zum Gebet hält sich von jeder Hinneigung zum Zaubern frei. Die Art, wie der Traum, Mt. 1 u. 2, und das Los, Apgsch. 1, der Übermittlung des göttlichen Befehls dienen, zeigt, daß sich die Gemeinde dessen bewußt ist, daß hier die Grenzen des Glaubens mit aller Sorgfalt zu beachten sind. Bei Mt. wird nicht umsonst der Engel als Übermittler der Offenbarung genannt, nicht einzig der Traum, und in Apgsch. 1 setzt das Los erst ein, nachdem die Gemeinde nach ihrem besten Wissen die Wahl bis auf zwei Männer vollzogen hat[1]).

In die Tiefe gehende Probleme, die zu folgenreichen Entscheidungen drängten, ergaben sich dann, wenn das Verhältnis des Glaubens zu seinem höchsten, ewigen Ziel erwogen und darüber Klarheit gewonnen werden mußte, wie die in ihm enthaltene Erwartung ihre Erfüllung finde. Einerseits war schon in der Gemeinde Jerusalems von Anfang an das Glauben als Besitz des ewigen Lebens und Eintritt in die Gemeinde der Vollendungszeit geschätzt worden in unmittelbarem Anschluß an die Weise, wie Jesus seine Jünger gesammelt hatte. Sie waren deshalb zu ihm gegangen, weil er ihnen als der Christus galt, hatten sein Wort angenommen

[1]) Von den wenigen neutestamentlichen Stellen, bei denen man von einer Annäherung an abergläubische Vorstellungen reden kann, gilt das S. 287 über die Berührungen mit den geltenden exegetischen Methoden gesagte. Ein Riß, der die neutestamentliche Gemeinde schlechthin aus allen geschichtlichen Zusammenhängen löste, wird durch den sie gestaltenden Geschichtslauf nicht bewirkt. In Apstg. 5, 15 und 19, 12 löst sich die vom Apostel ausgehende Macht mehr oder weniger von seiner Persönlichkeit und der innerlichen Beteiligung am Evangelium, da schon die Nähe des Petrus, auch wenn nur sein Schatten auf den Kranken fällt, und die Wäsche des Paulus, was immer seinen Leib berührt hat, als Segen und Hilfe bringend verehrt wird. Aber auch hier stellt sich Lukas selbst unzweideutig über diese Gedankenreihe, da ihm diese Vorgänge nur als Beweis dafür dienen, wie mächtig die innerlich begründete Autorität der Apostel offenbar wurde. Gegen den Vorwurf, daß hier eine Ablenkung des Glaubens von Christus, der in Gottes Herrlichkeit durch Geist und Wort regiert, auf ein sinnliches Gnadenmittel beabsichtigt sei, ist Lukas durch die gesamte Darstellung dessen, was christliche Predigt und Mission sei, ausgiebig geschützt.

und seiner Berufung gehorcht; darum hatte er ihnen die Verheißung des Reichs gegeben. Sie konnten jetzt weder sich selbst, noch denen, die neu zur Gemeinde hinzutraten, einen anderen Heilsgrund zeigen als den Glauben, der sich zu Jesus als zum Christus bekennt. Die Verheißung Jesu gehörte auch jetzt nur den Glaubenden, ihnen aber in voller Wirklichkeit. Andererseits war schon damit, daß die Gemeinde das Wort Jesu bewahrte, ausgeschlossen, daß sie sich je bloß glaubend verhalten hätte, in der Meinung, nichts als das Glauben habe für sie die Bedeutung, Bedingung zum Eingang in das Reich zu sein. Es stand ihr von Anfang an beides fest, daß der Glaube des Reiches teilhaft mache und daß das Gebot Gottes von jedem, der in das Reich eingehen will, erfüllt werden müsse, und die Briefe vergegenwärtigen in großartiger Weise, wie die Geschlossenheit des Glaubens, der das Himmelreich als nah und dem Glaubenden gewiß bejaht hat, die Schärfe des Blicks und die Energie des Willens, womit das Böse gesehen, gehaßt und bestritten worden ist, nicht gehemmt, sondern hervorgerufen hat. Die Gemeinde wandte sich mit ungeteiltem Interesse ihrer sittlichen Aufgabe zu, darauf bedacht, Jesu Wort zu tun und Gott zu dienen durch das ihm wohlgefällige Werk.

Darauf, daß sie als ein Verein von Tätern des göttlichen Willens bestand, die zu jedem guten Werk bereit sind, beruhte nicht nur ihre wachstümliche Kraft nach außen, sondern auch ihr Vermögen, ihre Einheit vom Glauben aus zu gewinnen und diesen nicht durch ein Surrogat ersetzen zu müssen. Sie bildete deshalb ein vereinigtes Ganzes, weil sie im Glauben die Bereitschaft zu jedem Handeln besaß, das sich als Wohltat erwies; tatloses Glauben einigt nicht.

Sie stand somit vor zwei Pflichten, von denen sie ihre Errettung abhängig wußte, daß sie sich glaubend zu Christus bekenne und daß sie den guten Willen Gottes und Jesu tue. Reflexionen über das Verhältnis beider Aufgaben zueinander waren nicht das, was zuerst zu ihrer Lösung erforderlich war. Daß sie glaubte, was sie als wahr, und tat, was sie als gut vor Gott erkannte, darauf kam es an, nicht darauf, daß sie die Beziehungen zwischen ihrem Glauben und ihren

Werken in einer lehrhaften Formel ausdrückte. Der Begriff wurde erst dann unentbehrlich, als die Störungen zwischen beiden Funktionen eintraten, wenn der Glaube fehlte, weil sich am Werk ein Selbstvertrauen erzeugte, das Christus geringschätzte, oder wenn das Werk fehlte, weil der Glaube sich in die falsche Richtung verbog und auch das Böse mit seiner Zuversicht deckte. Welches das richtige Verhältnis zwischen dem Glauben und Wirken sei, wurde deshalb zu einer Frage, die die apostolische Lehrtätigkeit in verschiedener Weise beschäftigt hat.

Mit der Bewahrung des Gebotes Jesu war gegeben, daß die Gemeinde den Bußruf Jesu erneuert hat. Dieser hatte durch seine Kreuzigung eine gesteigerte Schärfe gewonnen. Die petrinischen Reden der Apostelgeschichte zeigen, wie die erste apostolische Predigt in der Forderung der Umkehr ihr praktisches Ziel besaß, wobei das Kreuz als das große Bußzeichen gepredigt wurde. Zusammen mit dieser Begründung nannte die »Umkehr« die Heilsbedingung nicht unvollständig, sondern schloß die Berufung zum Glauben ein, da das positive Ergebnis, zu dem die Sinnesänderung führen soll, damit bestimmt war, daß sich ihre Notwendigkeit aus der Kreuzigung Jesu ergab. War die Verwerfung des Christus die Schuld Israels, so bestand die Wendung, die ihm obliegt, im Anschluß an ihn. Nur dieser führte die Buße zu ihrem positiven Ziel und sicherte sie dagegen, ein nutzloses Bemühen zu sein. Aus einem Glied der verschuldeten Gemeinde wurde man ein Glied der zum ewigen Leben berufenen Gemeinde nur dadurch, daß man zum Christus trat. Die Furchtbarkeit, die am Ergebnis des Unglaubens haftete, daß er die erwählte Gemeinde zur Verwerfung und Tötung des Christus getrieben und ihr dadurch eine Schuld bereitet hatte, an der sie mit allen ihren Heiligtümern fallen muß, wurde ein dringendes Motiv, das zum Glauben an Christus trieb. Da dieses dem Juden nur durch einen Bruch mit seiner bisherigen Willens- und Lebensrichtung möglich wurde, so lag darin die Gewähr, daß die Umkehr nicht bloß in einer Umänderung der messianischen Vorstellungen und der Beurteilung Jesu bestand, sondern bleibend die Abwehr des Bösen in sich trug und den ernsten Gehorsam gegen das göttliche Gebot begründete. Dies tritt darin zutage, daß sich die Gemeinde keine Spaltung in ihrer Predigt erlaubte, so daß sie etwa den Bußruf nur nach außen gewandt, in ihrer eigenen Mitte dagegen lediglich die Freude und Ruhe des Glaubens gepflegt hätte; vielmehr zeigen Matthäus und Jakobus, daß der Bußruf an die Judenschaft in der Gemeinde selbst seine ernste, folgerichtige Fortsetzung fand. Das Gebot, das zum Werk beruft, durch das das göttliche Gesetz geschieht, und die Warnung vor verführerischem Selbstbetrug füllt im Lehrwort der palästinischen Gemeinde einen großen Raum.

Man hat die beiden Forderungen Jesu, die, die die Buße, und die, die das Glauben verlangte, nie auf zwei verschiedene Zeiträume verteilt, so daß auf eine in der Pönitenz verlebte Zeit eine solche folgen würde, die nur aus dem Glauben ihren Inhalt empfinge. Vorstellungen wie die, bis zum Ostererlebnis habe Jesu Bußpredigt gegolten, jetzt, seit der Geist da sei, sei man nur noch gläubig, oder im Anfang des Christenstands gelte das Bußwort, bis die Bekehrung eine gewisse Vollendung erreicht habe, von da an dürfe man glauben, sind dem Neuen Testament unbekannt und von seinen Voraussetzungen aus unmöglich. Die Berufung zum Glauben und zur Buße wird immer als gleichzeitig gültig bejaht, so daß es kein Glied der Gemeinde gibt, das nicht die Ermächtigung zum Glauben empfangen hätte, und ebensowenig ein solches, das nicht unter der Verpflichtung zu wachsamer Abwehr des Bösen stände. Ebenso wenig hat man die Einigung beider Forderungen dadurch bewirken wollen, daß die eine als weniger wichtig nur die Rolle des Mittels erhalten hätte, das nur der anderen diene, weder so, daß das Glauben bloß als ein Hilfsmittel für die sittlich richtige Lebensführung beurteilt würde, noch so, daß die Buße bloß als der unentbehrliche Durchgang zum Glauben erschiene, sondern man hat beide Forderungen und Verheißungen Jesu als völlig gültig bejaht. Die Gemeinde ist berufen, Gottes Gnade dadurch zu empfangen, daß sie dem Christus glaubt, und ist berufen, Gottes Willen dadurch zu tun, daß sie alles Böse läßt. An der Heiligkeit und unbedingten Notwendigkeit beider

Worte Jesu zweifelte die Christenheit nicht und brach ihnen von ihrer bedingungslosen Geschlossenheit nichts ab.

Auch der Heide war durch das Evangelium zu einer umfassenden Wendung berufen, zu einer ἐπιστροφή, Apgsch. 15, 3. Es konnte auch hier kein Glauben entstehen, das nicht aus der Buße hervorginge. Paulus hat im Römerbrief das Glauben dadurch begründet, daß er die Buße bewirkt. Auf die Selbstbeschuldigung, die die Verdammlichkeit des Bösen ohne Ausflucht zugesteht und vor Gottes Gericht verstummt, folgt durch die Botschaft vom Christus der Glaube. Als Helfer aus der Sünde wird er bejaht. Darum konnte Paulus seine Predigt vollständig zur Glaubenspredigt machen, ohne daß er dadurch die Reue in ihrer Wahrheit und Wichtigkeit verkürzt hätte. Für ihn hat das Glauben »die Umkehr« ebensowenig neben sich, wie diese für die Männer in Jerusalem vom gläubigen Bekenntnis zu Jesus gesondert war. Auch Paulus benennt gelegentlich die Wendung zu Gott als Änderung der Gesinnung, wenn er an die Absicht der göttlichen Güte noch abgesehen vom Werk des Christus denkt. Der Mensch erfährt auch in seiner natürlichen Beziehung zu Gott nicht bloß göttlichen Zorn, sondern auch göttliche Güte und Geduld, die den Zweck hat, ihn vom Bösen abzubringen und Sinnesänderung zu erzeugen, und sie wäre die Hilfe für den Menschen, wenn sie zustande käme, Röm. 2, 4. Wird aber Christus ins Auge gefaßt, so erhält die Frage: was sollen wir tun? ihre volle Antwort in dem einen Wort: glaube an ihn, Röm. 10, 9. Apgsch. 16, 30, weil nur dadurch die Befreiung des Menschen von der Schuld und damit auch von der Gebundenheit an das böse Begehren empfangen wird.

Auch Johannes geht nicht von der menschlichen Sünde und Strafbarkeit, sondern von der göttlichen Güte und Hilfe aus und kommt dadurch ausschließlich zum Glaubensimperativ, ohne daß dadurch der Gegensatz der Welt gegen Gott verdeckt würde; vielmehr gelangt dieser dadurch zur durchdringenden Offenbarung, daß der Mensch nur im Glauben an Jesus aus ihm herausgehoben wird.

Dennoch blieb der Begriff »Buße« der Kirche unentbehrlich. Das negative Urteil über das eigene Handeln und das positive Urteil über Jesu Werk, die Verneinung der verwerflichen Begehrungen und die Bejahung der Gnade Gottes, stellten sich, so fest die Einheit ist, die sie verbindet, doch als unterscheidbar dar, und ihre Unterscheidung hatte deswegen praktische Bedeutung, weil sie bei verkehrter Haltung des Menschen sich sondern und auseinanderbrechen. Der Magier Simon glaubte, Apgsch. 8, 13, und hatte doch ein Herz voll Bosheit, 8, 21. In Korinth waren alle Glaubende und doch leitet Paulus, sicher mit durchdringendem Tiefblick, die Verwirrungen in der Gemeinde darauf zurück, daß viele ihre alten heidnischen Sünden namentlich im geschlechtlichen Verhältnis nicht bereut hätten, *μὴ μετανοήσαντες*, 2 Kor. 12, 21. Darum heißt der Hebräerbrief die Umkehr von den toten Werken weg und den Glauben zu Gott hin miteinander die Basis der christlichen Frömmigkeit, Hebr. 6, 1 und Apgsch. 20, 21 wird die paulinische Predigt in die beiden Worte gefaßt: Umkehr zu Gott hin und Glaube zu unserem Herrn Jesus Christus hin. Werden Buße und Glaube nebeneinander gesetzt als vereinigt die Zuwendung zu Gott bildend, so stellt sich damit dasselbe Problem nochmals, das in der unbedingten Schätzung des Glaubens neben der nicht weniger unbedingten Schätzung des Werks enthalten ist.

In der Verwaltung der Gemeinde kam die Doppelheit der Bedingungen, an die der Heilsempfang gebunden war, dadurch zur Geltung, daß nicht nur am Bruch des Glaubens, sondern auch an der sittlichen Verfehlung, wenn in ihr ein bewußter und beharrlicher Wille lag, die kirchliche Gemeinschaft endete. Wird Mt. 18, 17 neben 1 Kor. 5, 11 gestellt, so läßt sich daran nicht zweifeln, daß man im ganzen Bereich der Gemeinde keine Glaubensgemeinschaft mehr als vorhanden zugestand und ehrte, wo sittliche Konflikte deutlich und unlöslich hervortraten.

Auch dies war für die klare, von Schwankung freie Richtung des Glaubens auf den Christus hin von großer Bedeutung, weil es dadurch für jedermann erkennbar blieb, es gebe keine das Heil garantierende Kirche. Man konnte aus ihr wieder herausfallen, auch nachdem man ihr angehört hatte. Die Zugehörigkeit zur Kirche trat nie als Surrogat für den

Glauben an Christus ein und das Glauben verschob sich nicht von Christus auf die Kirche hinüber. Es zeigt sich vielmehr z. B. bei Judas, ebenso in den Pastoralbriefen, das klare Bewußtsein, daß die enge Gemeinschaft, die die Kirche zwischen den Glaubenden herstellte, zwar einerseits eine unschätzbare sittliche Hilfe, andererseits aber auch eine Steigerung der sittlichen Gefahr bedeute, weil durch die Gemeinschaft auch den verunreinigenden, verführenden Einwirkungen vermehrte Macht gegeben wird. Es blieb deshalb unbezweifelt, daß auch ganze Gemeinden wieder fallen können und der Christus Leuchter, die ihm geheiligt waren, auch wieder von ihrer Stelle rücke, wenn die Gemeinde sündige. Solange die Glaubenden mit aufrichtigem Ernst Erlösung vom Bösen suchten und die Gemeinschaft mit Christus dazu begehrten, damit sie nicht sündigen, konnte ihnen die Kirche nie an die Stelle des Christus treten; denn die Kirche ist dem sittlichen Problem gegenüber ohnmächtig; hier gibt es nur einen Helfer, einzig den Spender des Geistes. Solange es darum deutlich blieb, daß durch Sünde das Heil verloren werde, konnte das Glauben nur auf den Christus gerichtet sein, von dem allein die Erlösung vom Bösen empfangen werden kann. Es läßt sich auch an diesem Tatbestand beobachten, wie die kräftige, reinliche Buße, die das Böse auch im Zusammenleben der Brüder miteinander abstieß, unmittelbar erweckend und fördernd auf das Glauben eingewirkt hat.

Daß vom Ernst und Schmerz der Buße Auflösung und Begrenzung des Glaubens ausgehe, wurde dadurch abgewehrt, daß die Gemeinde sich die in ihrer Berufung durch Christus enthaltene Vergebung der Sünden mit klarem Bewußtsein angeeignet hat. Der Erlaß der Sünden bildet für sie nicht bloß einen Gegenstand der Hoffnung, obwohl er erst in der Erscheinung des Christus zum vollendeten Tatbestand werden wird, da er nicht weniger als die Bestrafung eine gerichtliche Tat Gottes ist. Dann wenn Christus richtet, wird die an ihn glaubende Gemeinde von aller Sünde freigesprochen werden. Indem sie aber jetzt schon in die Gemeinschaft mit ihm versetzt ist, hat sie die Vergebung jetzt schon als ihr gegenwärtiges Gut. Darum geschieht der Eintritt in die Gemeinde durch die Taufe, die die Vergebung im Hinblick auf Christus zusagt. So wurde gleich mit dem Beginn der christlichen Unterweisung jedermann die ganze Höhe des christlichen Glaubensstandes gezeigt, weil dem bußfertigen Anschluß an Christus mit der Taufe die Verheißung gegeben wurde, daß durch sie nicht nur die ganze schuldbeladene Vergangenheit sowohl des Griechen als des Juden getilgt, sondern auch für die Zukunft die sittliche Not gehoben und die Befreiung vom Bösen gesichert sei. Daher hatte die Taufe für die Durchdringung der Buße mit dem Glauben große Wichtigkeit, weil durch sie die Reue und die Vergebung, das Geständnis der Schuld und das Bekenntnis zu Christus, der Abbruch der bisherigen Lebensführung und der Empfang der Gnade in einen und denselben Akt verflochten war.

Bei der Schärfe der Antithese, mit der sich das christliche Zeugnis gegen das Juden- und Heidentum wandte, wäre es nicht undenkbar gewesen, wenn die Gemeinde sich als Genossenschaft derer konstituiert hätte, die »die tägliche Buße« üben. Das trat nicht ein, weil die zu Christus sich Bekehrenden ernsthaft glaubten, die Vergebung sei ihnen gewährt, wodurch sie von der Angst wegen der Sünde, des Gerichts, des Todes, des Teufels frei wurden. Ihr Glauben war Gewißheit, daß die Sünde mit allen ihren Folgen überwunden sei und keine Begrenzung der Liebe und Gemeinschaft Gottes mit dem Glaubenden bewirke. So ist durch das Glauben das Resultat erreicht worden, daß bei der Gemeinde der Reuigen die »voll gewordene Freude« heimisch war, Joh. 15, 11. Jak. 1, 2. Pil. 4, 4. Apgsch. 2, 46. 47. Es widerfuhr ihr, was ihr Jesus versprochen hatte: dem Umkehrenden wurde das Festkleid und der Ring gereicht und das Mahl gerüstet und die, in deren Mitte er trat, standen nicht grollend auf der Seite, sondern taten das, wovon sie wußten, daß es auch die Engel im Himmel tun, und feierten mit.

Bei der Einigung von Glauben und Buße zu der beide befruchtenden Wechselwirkung half der Gemeinde vor allem Jesu Kreuz. Denn es machte an der offenbar werdenden Schuld zugleich seine Gnade, die diese trug und überwand, sichtbar. Sein Sterben, das die Notwendigkeit der Umkehr erwies, war von ihm zugleich zum kräftigen Glaubensmotiv gemacht. Schon in den petrinischen Reden der Apostelgeschichte wird es in dieser Weise verwendet, weil durch den ungeheuren Frevel Israels, den es mit der Kreuzigung des Christus begangen hat, nicht das Gericht, sondern die Umkehr begründet wird, deren positives Ergebnis der Glaube an ihn ist. Indem Israel zum Glauben an den berufen wird, den es kreuzigte, damit es von ihm nicht das Gericht, sondern das Reich empfange, wird das Kreuz zur Offenbarung der vollkommenen Gnade des Christus, die für alles Böse Vergebung hat. Glaube an den, den Israel gekreuzigt hat und der dennoch sein Erretter bleibt, war Gewißheit vollkommener Tilgung jeder Schuld. Nicht minder deutlich prägen die Evangelien diese Stellung der Gemeinde aus. Jesu Kreuz wird nicht als Schwierigkeit behandelt, die in der Erinnerung der Gemeinde zurückgestellt würde; vielmehr wird ihr Blick auf dasselbe gerichtet und auch die Tiefe seines Leidens durch das Gebet in Gethsemane und am Kreuz ausdrücklich hervorgehoben. Die Furchtbarkeit seines Sterbens und die Pein seines Leidens, die der Christenheit unvergeßlich bleiben, wurden nicht nur darum als Wurzel des Glaubens wirksam, weil Christus durch sie hindurch seine Gnade und Verheißung den Jüngern und der Welt bewahrte, sondern vollends darum, weil er sie mit dem Willen getragen hatte, vom Vater für die Seinen Versöhnung und Vergebung zu erwerben. Daß sich das Nachdenken der apostolischen Männer in den das Kreuz bejahenden Willen Jesu vertieft und die darin enthaltene Gnade zunehmend entfaltet hat, zeigt ebenfalls, wie kräftig und einträchtig sich ihr Glauben mit der Reue zusammenschloß.

Von den Störungen des Glaubens, die im späteren Verlauf der Geschichte mit der Kreuzeslehre in Verbindung stehen[1]), ist im Bereich der apostolischen Gemeinde noch nichts zu sehen. Sie kamen später daher, daß Jesus durch die Kreuzestat zum Vater hin wirksam ist. Während er durch sie, da sie ihm ja das Leiden und Sterben bringt, nicht unmittelbar die Lage des Menschen verändert, gibt er dagegen durch sie Gott sei-

[1]) Man erwäge die Geschichte der Begriffe meritum, satisfactio, sacrificium.

nen Gehorsam, übt seinen Gottesdienst und erwirbt durch diesen für die Welt die Versöhnung und Rechtfertigung. Daraus entstand dann ein Bruch im Glauben, wenn die Aktivität Jesu auf die Passivität Gottes, das Erbarmen Jesu auf die Unbarmherzigkeit Gottes, sein Versöhnen auf die Ungnade Gottes begründet wurde, da ja erst Jesus das göttliche Vergeben uns verschafft habe. Vor diesem Gedankengang war die ganze Gemeinde dadurch geschützt, daß ihr schon wegen der klaren Aneignung des messianischen Gedankens Jesu Sendung durch den Vater unerschütterlich feststand. Alles Handeln Jesu stammt daher aus demjenigen des Vaters und ist selbst eine Gottestat. Man pries zwar dankbar die schöpferische Macht seines Kreuzes, durch das er selbst für die Gemeinde zum Geber der Gnade wird; er vermag dies aber nur durch seine Sendung um derjenigen Gnade willen, die ihn den Kreuzesweg führt und ihm dessen Frucht, die Auferstehung, beschert. Die Einheit des auf Jesus und auf Gott gerichteten Glaubens blieb deshalb auch in der Betrachtung seines Todes unversehrt und es trat nie durch den Blick auf den Tod Jesu Unglaube gegen den Vater in das Glauben an Jesus hinein.

Aus der innigen Verbindung der Buße mit dem Glauben ergab sich, daß die Bußpredigt die Pflege der Gemeinschaft weder mit Israel noch mit der heidnischen Bevölkerung aufgehoben hat. Für die Schuld der Judenschaft hatten die apostolischen Männer keine Entschuldigung. Das Strafwort Jesu über die Verwerflichkeit ihrer Frömmigkeit wird als gültiges Urteil geehrt und das Kreuz macht vollends den Ruhm Israels zu nichte; Gottes Gericht naht ihm. Die Gestaltung unserer Evangelien bezeugt anschaulich, wie klar und tapfer der Kampf gegen die jüdische Frömmigkeit durch die Christen fortgesetzt worden ist. Dennoch fand keine Separation von Israel statt. Das beruhte nicht nur darauf, daß seine alten Heiligtümer, die Schrift und der Tempel, bleibend als heilige Gaben Gottes geehrt wurden, wodurch die Separation vom damaligen verschuldeten Israel nicht verhindert worden wäre, sondern darauf, daß die Sendung Jesu fortdauernd kräftig auf Israel trotz seiner Schuld und seines Unglaubens bezogen wurde, so daß es in die Versöhnung des Kreuzes eingefaßt und die Aufrichtung aus seinem Fall ihm offengehalten wird. Jener vollendete Glaubensakt, den Paulus im Blick auf Israel vollzieht: »wenn etliche nicht glauben, was liegt daran? Sollte ihr Unglaube Gottes Treue entkräften?« Röm. 3, 2, bestimmt nicht bloß das Verhältnis des Paulus, sondern nicht minder das der ganzen apostolischen Schar zu Israel[1]).

Nur durch ihren Glaubensstand war es der Gemeinde ermöglicht, trotz des totalen Bruchs mit ihrer Umgebung dennoch nicht zu einer Sekte zu entarten, die sich egoistisch in sich verschloß, und nur dadurch, daß sie diese Gefahr siegreich überwand und sich nicht darauf einließ, die Gemeinschaft mit Israel zu zerbrechen, war sie imstande, in jenem Glauben zu bleiben, der nicht das eigene Recht verficht und die eigene Größe bewundert, sondern auf Christus gerichtet ist.

Vor die griechischen Gemeinden stellte sich aber im Verkehr mit ihrer heidnischen Umgebung dieselbe Aufgabe. Die Verdammlichkeit des heidnischen Wesens stand jedem Glied der Gemeinde außer Frage und doch hat sich die Gemeinde nicht ängstlich von ihrer Umgebung zurückgezogen. Der christliche Gatte lebte in der gemischten Ehe fort; man sah auch die Christen am heidnischen Tisch als Gast und die mannigfachen Beziehungen des gewerblichen Lebens wurden nicht abgebrochen. Nur die Unbedingtheit des apostolischen Glaubens ermöglichte dies, in dessen Konsequenz es lag, daß Paulus dem Gast des Heiden sagen kann: die Erde ist des Herrn, und dem christlichen Gatten: nicht du wirst durch den Heiden befleckt, sondern der Heide ist durch dich geheiligt. Daß in der Unbedingtheit des Glaubens Erhebung nicht nur über die Schädlichkeiten des Naturlaufes, sondern auch über die Gefährdung durch die dämonischen Mächte enthalten ist, erwies sich hier als von großer praktischer Bedeutung. Nur die Gewißheit des Sieges auch über alle teuflischen Mächte ermöglichte der Gemeinde einen freien, unbefangenen Verkehr mit den Griechen trotz der unvermeidlichen Berührung mit ihrer Religion.

---

[1]) Von der Hoheit des Glaubens, die der Pflege der Gemeinschaft mit der Synagoge durch die Zwölf zugrunde liegt, wird da, wo man von „Judaismus" usw. zu reden pflegt, nichts gesehen.

In seiner zartesten innerlichsten Gestalt trat dasselbe Problem in der Gemeinschaft der Glaubenden miteinander hervor. In der Betätigung der Buße war eine lautere Wahrhaftigkeit gesetzt, die das Böse an sich selbst und an den anderen in seiner Häßlichkeit und Verderblichkeit wahrnimmt und verneint. Wenn daraus nicht Entfremdung und Isolierung entstand, so war dies nur durch die kräftige Entfaltung des Glaubens möglich, die das göttliche Vergeben und Geben mit demselben Ernst auf sich und jeden Bruder bezog, mit dem das Bußwort gehandhabt wurde. Das Vertrauen, das die Brüder unter einander verband, war unmittelbar das Ergebnis des auf den Herrn gesetzten Vertrauens. In ihm beruht die Zuverlässigkeit, die sie für einander haben; sie sind für einander *πιστοὶ ἐν κυρίῳ*. Daher kam die Freiheit, die jeder dem anderen gewährt, damit er nach seiner eigenen Einsicht handle, weil der Herr ihn leiten und vor dem Bösen bewahren wird, Röm. 14, 4. Weil das Glauben die Gemeinschaft trägt, wird sowohl das Bedürfnis der Brüder durch die Fürbitte in das Gebet aller aufgenommen, als auch ihr Gutes und ihr Erfolg allen zum Grund des Dankes.

Daher erhält auch das Vertrauen, das die Liebe dem anderen erweist, Unbegrenztheit: *πιστεύει πάντα*, 1 Kor. 13, 7, was nur dadurch möglich wird, daß das Vertrauen zu Gott ein unbegrenztes ist. Weil der Glaube Gottes Gabe und Hilfe auf alles, was im Leben des anderen liegt, beziehen darf, ist die Liebe niemals genötigt, zu verzagen, sondern darf ihr Vertrauen auf alles ausdehnen, was in das Bedürfnis des anderen fällt.

Die Briefe zeigen, daß der Verkehr in den apostolischen Gemeinden überaus offen und innig, aber gleichzeitig von allen Kleinlichkeiten und Zudringlichkeiten frei war, worin unmittelbar ein Zeichen für die Höhe ihres Glaubens liegt. Nirgends findet sich eine Spur von argwöhnischer Überwachung der Gemeindegenossen, nirgends eine selbstquälerische oder den anderen gegenüber inquisitorische Beichtregel oder eine ins Kleine herunterfallende Regelung des religiösen oder gesellschaftlichen Verhaltens. Wo bleiben die liturgischen Vorschriften, die Anweisung über die Prüfung der Taufbewerber, die Feststellungen über die Häufigkeit der Gottesdienste, über die

Höhe der Geldbeiträge, kurzum über all die tausend Kleinigkeiten, die im Verkehr zwischen uns Menschen sofort für die gegenseitige Beurteilung so bedeutsam sind? In all dem zeigen uns die Briefe lediglich eine erhabene Freiheit. Das war nicht bloß die Weise des Paulus. Es ist bei Petrus, bei Jakobus, bei Johannes, in den Briefen der Apokalypse an die kleinasiatischen Gemeinden, im Hebräerbrief genau ebenso. Auch da, wo kleine Einzelheiten besprochen werden, wie die Frage, wer auf dem Boden und wer auf dem Sessel sitzen solle, bei Jakobus, oder wie die Frauen es mit der Kopftracht halten sollen, 1 Kor. 11, wird das Kleine darum berührt, weil es mit den höchsten Zielen der Gemeinde in Verbindung tritt. Die Erscheinung ist um so auffallender, wenn man einerseits die Kleinigkeitskrämerei der Synagoge, aus der doch die leitenden Männer sämtlich herkommen, andererseits das schon stark mit Kleinlichkeiten belastete »Christentum« des zweiten Jahrhunderts daneben hält. Das war nicht möglich ohne das mächtige Glauben der apostolischen Männer mit seiner stillen Ruhe, die alles dem Herrn übergibt, und mit seinem energischen Willen, der in den echten Heiligtümern die reiche Füllung für das Leben der Einzelnen und der Gemeinde hat.

Wie tapfer man in der Gemeinde die sündlichen Reize abwehrte, wird an der asketischen Bewegung sichtbar, die von Anfang an in ihr hervortrat. In Jerusalem wurde das gesamte Grundeigentum von manchen zu gunsten der Gemeinde verkauft. Paulus verzichtete auf seine Besoldung und auf die Ehe und hat mit den Korinthern über die Frage gesprochen, wie weit die Ehelosigkeit im Interesse der christlichen Vollkommenheit liege. Die Worte Jesu an den Reichen, den er auffordert, alles zu verkaufen, mit ihren Parallelen und das zugunsten der Ehelosigkeit verbürgen, daß der entsagende Wille gegenüber den natürlichen Gütern weit in der Gemeinde verbreitet war.

Für ihr Glauben bildeten die Asketen leicht eine größere Schwierigkeit als die in besonderer Weise durch Kräfte des Geistes Ausgezeichneten, weil der Vorzug der Asketen aus ihrer sittlichen Leistung entstand und sich auf die Freiheit vom Bösen und auf die Fähigkeit zum rüstigen Dienst Jesu bezog. An ethische Ziele hängt sich aber sofort Notwendigkeit; wer hier zurückbleibt, auf dem liegt ein Makel, während verstärkte sittliche Energie höheren Wert und Ruhm vor Gott und den Brüdern bringt.

Allein diese Erscheinungen, die leicht am Vorhandensein einer asketischen Bewegung haften, wurden, soweit sie sich auch in der neutestamentlichen Gemeinde regten, vgl. Apgsch. 5, 1 ff., tapfer und siegreich unterdrückt. Von einem zur Askese drängenden Zwang kann keine Rede sein, auch nicht von einem Asketenstand, ebensowenig von einer Herabsetzung derer, die ihren Besitz behalten und in der Ehe leben. Das ist wieder eines der Ergebnisse des Glaubens. Man war in der Gegnerschaft gegen das Böse zu mutigen Taten bereit, ehrte sie und dankte denen, die durch ihre sittliche Kraft die ganze Gemeinde stärkten. Aber das Glauben zieht seine Kraft nicht aus der Buße und wird durch diese nicht verkrümmt. Wie immer die äußere Führung des Lebens gestaltet werde, nicht durch diese, sondern durch die Verbundenheit mit dem Christus ist die Heilsfrage gelöst, die Würde des Mannes vor Gott und in der Gemeinde begründet und die Gleichstellung aller erreicht. So wird das ganze Gebiet des Lebens, in dem die Askese sich betätigt, zum Bereich der Freiheit und nicht das Natürliche, sondern erst das Sündliche und nur dieses wird von der Gemeinde abgestoßen als unverträglich mit jedem Christenstand.

Nur durch das fruchtbare, reine Ineinandergreifen der Buße und des Glaubens war es der Gemeinde möglich, auf der Höhe ihres Glaubens die Grenze gegen den Fanatismus hin unverletzt zu erhalten. Mochte sich die Stärke der Überzeugung noch so steigern: jeder selbstsüchtige Wille, der das Recht des anderen mißachtet, blieb durch den Ernst, mit dem das Böse als verwerflich empfunden und verneint wird, ausgeschlossen. Wenn auch einzelne Worte und Taten, wenn sie isoliert werden, einen fanatischen Schein an sich haben, z. B. das Anathem des Paulus über die, die ein anderes Evangelium predigen, die Übergabe Einzelner in die Gewalt des Satans, das Urteil des Johannes über die jüdischen Gemeinden der Asia, sie seien Gemeinden des Satans usf., so verschwindet dieser Schein, wenn diese Urteile nicht isoliert, sondern zusammen mit der sie umgebenden

Gedanken- und Willensgestalt erwogen werden. Denn diese läßt nie einen Zweifel daran entstehen, daß der Redende frei von jeder egoistischen Sucht mit der vollen Bereitwilligkeit handelt, sofort mit dem anderen die Gemeinschaft in ungebrochener Liebe zu erneuern, sowie dies ohne Verletzung der Wahrheit und Gerechtigkeit geschehen kann. In dieser Hinsicht ist auch die Art lehrreich, wie die Polemik gegen das Heidentum geführt worden ist; es steht z. B. im Neuen Testament nicht ein einziges Wort, das auf das Judentum oder auf das griechische Heidentum Hohn und Verachtung würfe.

Das im Glauben und in der Buße begründete Wollen führte die Gemeinde, wie Jesu Wort und Tat es ihr gezeigt hatten, zur Liebe; sie hatte sie nicht bloß als Gebot über sich; sie war ihr gegeben, weil ihr die erlebte Gnade zum Quell der eigenen Liebe ward. Durch ihr Lieben gewann sie das gute Gewissen in ihrem Verhalten und damit stets neu die Glaubensfähigkeit.

Hätte die Christenheit den Glauben von der Liebe abgeschieden, so hätte sie aufgehört, eine Gemeinde der Glaubenden zu sein. Liebloser Glaube eint nicht.

Weil sich ihr Glauben in der Begründung des Liebens fruchtbar erwies, blieb sie gegen die zur Tugend antreibende Ethik trotz ihrer mächtigen Tradition, die nicht nur die gebildeten Griechen, sondern auch die griechische Judenschaft beherrschte, geschützt. Weil diese Ethik auf die Entwicklung der Kräfte und Steigerung der Leistungsfähigkeit als Selbstzweck hinwies, trat sie mit dem Glauben in Streit und ward von diesem überwunden. Mit der Abwendung vom eigenen Ich, wie sie im Glauben geschieht, vertrug sich nicht das Selbstgefühl der Tugend, wohl aber die Selbstlosigkeit der Liebe.

Durch ihr Glauben bewahrte sich die Gemeinde auch ihre Übereinstimmung mit dem Gesetz, das zunächst in ihr in derselben Weise in Geltung stand wie einst in Jesu Jüngerkreis.

Das Wort: wir haben den Christus gefunden, mit dem sich die Jünger an Jesus anschlossen, trug nicht die Frage in sich, ob wohl das Gesetz noch gültig sei. Analog war die Stellung derer, die hernach zur Gemeinde hinzutraten. Das Gesetz und der Christus standen nebeneinander und störten sich nicht. Das Gesetz war ein Gegebenes, längst Vorhandenes und bestand als von Gott gegeben fort; die Gegenwart des Christus war daneben die neue Tat und Gabe Gottes, die erkannt und bejaht werden muß. Nur durch den Anschluß an ihn, also nur durch Glauben an ihn, hat man das Reich, während die Erfüllung des Gesetzes, wenn sie mit der Verwerfung des Christus verbunden ist, nicht in dasselbe bringt. Der Rabbi, der im Rat derer saß, die den Christus kreuzigten, mochte ein vollendetes Muster der Gesetzeserfüllung sein und war dem Reiche doch fern und ging dem Gericht entgegen. Eine Unterordnung des Glaubens unter das Gesetz lag in dieser Zusammenfügung beider keineswegs. Das Glauben konnte in der Gemeinde nie bloß als »Ergänzung« des Gesetzes betrachtet werden, weil die Begriffe »Reich« und »Christus« für keinen Glaubenden bloß eine dienende Bedeutung hatten. Sowenig ihr das ewige Leben der Auferstehung bloß eine »Ergänzung« des gegenwärtigen Lebens war, sondern das wahrhafte Leben, um deswillen sie das gegenwärtige willig preis gab, sowenig ihr Jesus nur als Exeget des Gesetzes galt, sondern als der König, der Herr, der Weltrichter und Weltvollender, der Sohn Gottes, für den sie sich von den Exegeten des Gesetzes verfolgen ließ, sowenig ihr die Gemeinde des Christus als ein Anhang zur Synagoge galt, sondern als die Gemeinde Gottes, seine Heiligen und Auserwählten, das wahre Israel und erkorene Volk Gottes, während die Synagoge, die Christus verwirft, dem Fall entgegengeht, ebensowenig war ihr das Glauben ein ergänzender Zusatz zur Beobachtung der Satzung, sondern die neue große Gottesgabe, in der ihr geschenkt war, was das Gesetz nicht gab und nicht geben konnte und wollte, nämlich das Reich. Daher bildeten sich auf heidnischem Gebiet lediglich durch Übertragung der jerusalemitischen Predigt gesetzesfreie Gemeinden. Wie man in Jerusalem das Gesetz weder predigte noch bekämpfte, sondern den Christus als gekommen verkündigte und zum Glauben an ihn berief, so wurde in der Diaspora das Glauben an ihn dem Griechen vorgehalten als das, was ihn zum Reichsgenossen machte, und es war die unmittelbare Folge der Verhältnisse, daß der Grieche das Gesetz nicht hielt als Grieche und der glaubende Jude es hielt als Jude.

Der Beweis hiefür liegt in der für den ganzen Verlauf der

Geschichte bedeutsamen Tatsache, die offenkundig ist, daß es für die christlichen Dinge keine apostolischen oder urchristlichen Satzungen gibt[1]). Sollen wir uns denn vorstellen, die Gemeinde in Jerusalem habe in der Kasuistik des Sabbats und Zehntens usf. ein hochwichtiges Anliegen gesehen, dagegen ihren eigenen Sonderbesitz in einer Freiheit behandelt, die von Satzungen nichts wußte? Die Abwesenheit eines apostolischen Nomismus in den christlichen Dingen ist aber offenkundig. Das Unser Vater galt der Gemeinde als von Christus selber ihr gegeben; deswegen hielten es weder Markus noch Johannes für nötig, es in ihre Evangelien aufzunehmen, und der Text bei Matthäus und Lukas zeigt, daß es nicht gleichlautend in der Kirche gebetet wurde. Auf die Sakramente hat sich die ganze Höhe des apostolischen Glaubens gerichtet, das in ihnen den gegenwärtigen und gebenden Herrn vor Augen hat. Daher wird, wo von ihnen die Rede ist, das ganze Heilsgut in sie eingeschlossen. Aber wo sind auch nur Ansätze zu einem auf die Sakramente bezüglichen Nomismus aufzuzeigen? Wo ist die apostolische »Taufformel«? Wo die Satzungen für das Abendmahl? Die Erinnerungen an Jesus sind als heiliger Besitz in der Gemeinde gepflegt worden. Unsere Texte zeigen uns, wie frei von aller ängstlichen Buchstäbelei die Auswahl und Reproduktion derselben durch die Erzähler besorgt wird. Die Vorstellung vom judaistischen Urchristentum beherbergt einen grellen Selbstwiderspruch; denn sie muß denselben Männern gesetzliche Gebundenheit in den jüdischen und pneumatische Freiheit in den christlichen Dingen beimessen. Sie muß annehmen, ihr Glaube habe hingereicht, um beim Unser Vater das Gebet vom Formalismus frei zu halten, aber nicht hingereicht, um ihn beim jüdischen Ritual zu überwinden; ihr Glaube habe in der Taufe und im Abendmahl in der inwendigen Realität des Aktes sein Genüge gehabt, dagegen beim Sabbat und der Reinigkeit den sichtbaren, körperlichen Verrichtungen eine religiös entscheidende Bedeutung beigelegt. Wer hier mit

[1]) Da die Tatsache, die hier gegen den angeblichen Judaismus der ersten Jünger angeführt ist, mit allem, was bisher über Art und Maß des urchristlichen Glaubens zur Beobachtung kam, in Übereinstimmung steht, kann sie mit ihrem Gegenteil nur dann vertauscht werden, wenn die ganze im vorangehenden dargelegte Tatsachenreihe kassiert wird.

diesem starken Glauben handelte, der stand auch dort über dem Gesetz.

Die ernste Frage, die sich von Anfang an an das Gesetz heftete und den Willen der Gemeinde kräftig bewegt hat, ergab sich aus Jesu Gebot und bezog sich nicht auf das Verhältnis des Gesetzes zum Glauben, sondern auf das von Gott geforderte Werk. Gerade diejenigen Ordnungen des Gesetzes, die die fromme Betriebsamkeit des Juden am meisten beschäftigten, die Reinheit, der Sabbat usf., hatte Jesus nur als Zeichen behandelt, die für sich allein wertlos sind und innerer Füllung bedürfen. Es ergab sich jedoch aus dieser veränderten Schätzung der Gebote keine Bestreitung des Gesetzes, weil Jesus die Identität seines Gebots mit dem Ziel des Gesetzes nachdrücklich bezeugt hatte. Das Urteil über die einzelnen Teile der Gesetzgebung war völlig neu geworden; diese waren aber dadurch nicht abgeschafft. Gott begehrt nicht den Sabbat, sondern Barmherzigkeit; damit war der Sabbat nicht verboten. Nicht die Waschung der Hände, sondern die Reinigung des Herzens erfüllt das Gebot; daraus folgte nicht, daß die Waschung der Hände etwas Böses sei. Sie wurde es nach Jesu Wort bloß dann, wenn sich der Gehorsam an der Satzung erschöpfte und sie an die Stelle des göttlichen Gebots setzte. Dadurch war freilich ein absoluter Gegensatz gegen den Gesetzesdienst des Rabbinats begründet, der in allen Briefen deutlich zutage liegt. Auch zwischen Jakobus und der Mischna gibt es keine Vermittlung; da liegt eine »Sinnesänderung« dazwischen. Es standen aber nicht Gesetzesdienst und Gesetzesaufhebung gegeneinander, sondern die Gemeinde erfüllte auch ihrerseits das Gesetz, im Bewußtsein, nun erst »in das vollkommene Gesetz hineingeschaut« zu haben, wobei in ungebrochener Gemeinschaft mit der Judenschaft auch die äußere Satzung fortbesteht.

Als aber zwei Gruppen von Glaubenden nebeneinander bestanden, solche, die dem Gesetz untergeben, und solche, die von ihm frei waren, wurde die Frage rasch dringlich, wie sich der Glaube zum Gesetz verhalte. Darin, daß überhaupt das Zusammenbestehen beider Gruppen möglich war, erweist sich wieder die Kraft des apostolischen Glaubens. Da am Gesetz ein absoluter Imperativ haftet, so daß es der Willkür keinen

Spielraum läßt, wirkte jeder Unterschied in seiner Beobachtung trennend. Das war auch in der Judenschaft zutage getreten, da sich die Spaltungen im Volk und die Hierarchie des Rabbinats aus dem verschiedenen Maß der Gesetzestreue ergeben haben. Jene Unterschiede blieben jedoch klein neben dem totalen Unterschied innerhalb der Christenheit, daß hier der eine Teil der Gemeinde das Gesetz gar nicht hielt. Die Einheit zwischen beiden Teilen war nur deshalb möglich geworden, weil das neue Band der Einigung, der »eine Glaube«, in großer Lebendigkeit das ganze Verhalten bestimmte. Sowie er nur schwächlich vorhanden war, mußte der Streit entstehen und es wurde eine Hauptaufgabe des apostolischen Unterrichts, klar zu machen, was das Gesetz neben dem Glauben noch sei.

Übrigens brachte der Erfolg der Heidenmission dem Glauben nicht nur die Aufgabe, über den durch das Gesetz gestifteten Unterschied hinweg beide Hälften der Christenheit zu verbinden, sondern auch eine mächtige Stärkung. Daß die Feindschaft der Völker gegen Israel ein Ende habe und die große Gemeinde Gottes entstehe, bildete einen wesentlichen Zug der eschatologischen Erwartung. Man erlebte es nun, wie der Christus tat, was man nach der Verheißung von ihm hoffte, und die universale Kirche schuf.

Die Lebendigkeit des Glaubens hat sich auch darin bewährt, daß es unbeschadet seiner ungebrochenen Gewißheit doch nicht als die vollkommene Form der Gemeinschaft des Christus mit den Seinigen betrachtet wird. Das Bewußtsein eines Mangels, eines Nichthabens, begleitet die Gewißheit der dem Glauben gewährten Gabe. Dieses Bewußtsein drückt sich im Gegensatz zwischen dem Glauben und dem Sehen aus, womit die Grenze dessen, was der Glaube der Gegenwart einpflanzt, hervorgehoben ist. Die Gemeinden sehen Jesus jetzt nicht, haben ihn überhaupt nie gesehen und glauben doch an ihn, 1 Petr. 1, 8. Die Verheißung Jesu gilt dem Glauben, der, ohne zu sehen, glaubt, Joh. 20, 29, womit gegeben war, daß sich die Stellung der Gemeinde bleibend von der der Apostel unterscheidet. »Ihn gehört, mit den eigenen Augen gesehen und mit den Händen berührt zu haben«, das bildet den die Apostel auszeichnenden Besitz, 1 Joh. 1, 1. Der Hebräerbrief betont den Gegensatz zum

Sehen als ein wesentliches Merkmal des Glaubens und hat eine starke Empfindung für die darin liegende Schwierigkeit, die aus dem Glauben eine Aufgabe macht, die der Brief durch den Nachweis begründet, daß sie zu allen Zeiten denen, die Gottes Zeugnis für sich begehrten, gestellt war und auch von ihnen gelöst wurde, Hebr. 11. Aber auch für Paulus liegt im Glauben nicht nur der Reichtum, sondern auch die Schranke unserer Gegenwart, weil der Glaube auch ihm in einen Gegensatz zur Gestalt, εἶδος, tritt und darum ein Fernesein von Jesus bedeutet, das der Grund zu der dem Sterben freudig entgegenstrebenden Sehnsucht wird, 2 Kor. 5, 7.

Dieser Gegensatz war zunächst durch den Gang des Lebens Jesu begründet. Er haftet an seinem Kreuz und an seiner Erhebung in den Himmel. Dadurch ist aber auch das Geschick der Gemeinde bedingt. Ihr innerer Besitz und ihre äußere Lage ergeben einen scharfen Kontrast. Ihr Glaube bringt ihr einerseits den Besitz des Reichs, andererseits die Verfolgung und das gibt ihm den Charakter einer großen Leistung, die nur durch eine beharrliche Spannung des Willens zustande kommt.

Die Gemeinde hat den Druck, der auf ihr lag, als »Bewährung des Glaubens« verstanden, Jak. 1, 3. 1 Petr. 1, 7. Röm. 5, 3, da er eine verstärkte Betätigung desselben nötig macht. In dieser Gewißheit, daß dem Glauben der Sieg bleibt, wird wieder seine Unbedingtheit sichtbar und es ist für diese ein leuchtendes Zeichen, daß sogar die Versuchung deswegen als wertvoll beurteilt wird, weil sie zur Betätigung des Glaubens nötigt und ihn zum befestigten Besitz des Glaubenden macht.

Für die jüdische Christenheit waren die Konflikte deswegen besonders schwer, weil die Trennung von der Judenschaft auch die von ihren Heiligtümern bedeutete und den Vorblick auf ihren Untergang in sich schloß. Dagegen sträubte sich nicht nur die natürliche Regung, die das Leiden abstößt, auch nicht nur der Liebesverband, in dem sie mit ihrem Volk als Ganzem und zahlreichen Gliedern desselben stand, sondern die Entsagung, die von der Christenheit Palästinas mit starkem Glauben vollzogen wurde, erhielt ihre Schwere dadurch, daß ein religiöses Rätsel in sie eingeschlossen war und eine theologische Einrede von ihr abriet. Daß Israel stürzte, stellte sich leicht als ein Vorgang dar, der Apologetik erforderlich machte. Er erschütterte gleichzeitig das Glauben, während er nur mit dessen höchster Anspannung zu tragen war.

Die Christenheit hat die Reinheit ihres Glaubens dadurch bewährt, daß sie ihre gegen die Judenschaft gerichtete Kritik niemals auch auf die ihr gegebene Offenbarung ausgedehnt hat. Die gläubige Schätzung Moses und der Propheten, der Schrift und Gemeinde kommt nirgends ins Schwanken; nur ihre ins Abergläubische fallende Überschätzung wird abgewehrt, dies aber immer so, daß die von der Schrift selbst dargebotene Beurteilung für sie zur Geltung gebracht wird, vgl. die Rede des Stephanus. Ein Einfluß der rationalen Kritik des Judentums, die auf griechischem und jüdisch-griechischem Boden reichlich vorhanden war, tritt nirgends hervor. Auch bei Johannes, der sowohl in der Offenbarung als im Evangelium scharf die vollständige Geschiedenheit der Christenheit vom Judentum ausspricht, bleibt es völlig zweifelsfrei, daß Abraham, Mose, Jesaja und die Propheten, somit der ganze von der Bibel umspannte Geschichtslauf, sowohl der von ihr eingesetzte Kultus, als die von ihr ausgesprochene Verheißung, als von Gott gesandt und gegeben zu ehren sind. Die Gemeinde hat vermocht, alles, was an Israels Frömmigkeit Glaube war, zu bewahren und sich dennoch von ihm zu scheiden.

Es stehen im Neuen Testament zwei Dokumente, die uns die Größe dieser Leistung des Glaubens vorhalten, Röm. 9—11, wo Paulus die Erschütterung, die der Sturz der Judenschaft der Christenheit bereitet, dadurch überwindet, daß er sämtliche Glaubensmotive wirksam macht, von der Beugung unter die absolute Obmacht Gottes an bis hinaus zur unerschütterlichen Geltung der göttlichen Zusage und deren mit dem Ende kommenden Erfüllung; sodann das Evangelium des Matthäus mit der Einordnung der ganzen Arbeit Jesu in den Kampf mit Israel und dem Pharisäismus, so daß es ihm für das Evangelium zum Hauptzweck wird, verständlich zu machen, warum Jesus die Judenschaft nicht berufen durfte, sondern den Kreuzesweg gehen mußte, um als Auferstandener seine Jünger an alle Völker zu senden.

Das eine dieser Dokumente stammt vom einstigen Zöllner, das andere vom einstigen Pharisäer. Beide hatten vor ihrem Zutritt zu Christus die Heiligkeit und Göttlichkeit des Gesetzes an sich selbst erlebt, der Zöllner, indem seine Sünde vom Gesetz verworfen und gerichtet wurde und sein Gewissen sein Urteil heiligen mußte, der Pharisäer, indem das Gesetz ihm seinen Gottesdienst ermöglicht und seine Liebe zu Gott und zur Gemeinde erweckt und zur Tat geführt hatte. Ähnlich wie ihr Lebenslauf sah aber die inwendige Geschichte vieler in der Gemeinde aus; die einen hatten sich am Gesetz ein böses, die anderen ein gutes Gewissen erworben; jene hatten seine Macht dadurch erlebt, daß sie an ihm zu Sündern wurden, diese dadurch, daß sie mit ihm fromm gewesen sind. Beide konnten es nicht verleugnen, ohne eine Gewißheit zu bestreiten, die mit der vollen Deutlichkeit des Erlebnisses in ihnen stand. Für beide war darum die Frage unumgänglich, was aus der auf das Gesetz begründeten Gemeinde im Reich des Christus werden soll.

Das prophetische Element in der Antwort, die beide Apostel auf die Frage geben, fällt nicht mehr ganz in den Bereich unserer Untersuchung, wenn auch alle Prophetie »nach der Analogie des Glaubens« geschieht. Paulus hat den Fortbestand und die schließliche Erneuerung Israels mit zur Lösung des Problems verwendet, während der entsprechende Gedanke Mt. 24 und 25 fehlt und auch durch 19, 28 und 23, 39 nicht mit Deutlichkeit gegeben ist. Es wird hier aber nicht von einer größeren oder geringeren Kräftigkeit des Glaubens zu sprechen sein, etwa so: Matthäus habe nach den Worten Jesu Gottes Gericht, das den natürlichen Bestand Israels zerbrechen werde, vorbehaltlos bejaht, Paulus dagegen Gottes Gnade auch auf die volkstümliche Art der alten Gemeinde bezogen und dieser auch in der Endgestalt des göttlichen Reichs Raum gewährt. Falls wirklich ein Unterschied in ihrem Zukunftsbild bestanden hat, entsteht er durch ihre weissagenden Gedanken, nicht durch ihr Glauben, weil auch Paulus die Israel gegenüber freie, seiner nicht bedürftige Hoheit des göttlichen Richtens und Regierens mit voller Klarkeit zur Geltung bringt, Röm. 9, und auch Matthäus die »Heiligkeit der Wurzel«, die Gott pflanzte, und den Ernst der an Israel ergangenen göttlichen Berufung gegen jede Bezweiflung schützt.

Auch für die griechischen Gemeinden stellten sich rasch Glaube und Widerstandskraft gegen den äußeren Druck nah zusammen. »Fest durch Glauben« lautet die Mahnung des Petrus an die Kleinasiaten und auch bei Paulus bekommt die Erinnerung an den Glauben sofort diesen Inhalt, sowie er an Bedrängte denkt, z. B. an die Thessalonicher, I 3, 2 ff. II 1, 4, oder wenn er seine eigenen Erfahrungen erwägt, 2 Kor. 4, 13. Er muß ein Glaubender sein, weil er an sich das Sterben des Christus erfährt durch die stete Preisgabe seines Lebens in den Tod. Daher hat er einzig am Glauben das Vermögen, seinen Apostelberuf zu führen: »wir glauben, darum reden wir«. Dabei erhielt auch für die griechischen Gemeinden die aus dem Leiden entstehende Glaubenspflicht deshalb eine ganz besondere Schwere, weil der zu erleidende und zu überwindende Widerstand nicht nur von einzelnen Feinden oder kleinen, machtlosen Gruppen ausging, sondern rasch ans Licht trat, daß die »Welt« im Kampf gegen den Christus stehe und die Zugehörigkeit zur Gemeinde nichts Geringeres erfordere als den Mut, die Welt samt ihren Machthabern zu überwinden, und dies so, daß ihre einzige Waffe in diesem Kampf ihr Vermögen zu leiden und zu sterben war. Der Glaube ließ ihr kein anderes Kampf- und Schutzmittel zu und verbot ihr die Abwehr der Gewalt durch Gewalt. Daher sagt die Weissagung im Blick auf das antichristliche Regiment über die Erde: »hier ist Glaube der Heiligen«, Apok. 13, 10. 14, 12.

Glaube, nicht Optimismus, Idealismus und dgl., tritt uns hier entgegen. Man hat sich den Kampf sowohl mit Israel als mit der griechischen Welt nach seiner ganzen Schwere deutlich gemacht und übernahm ihn mit der entschlossenen Bereitwilligkeit, still zu leiden und freudig zu sterben. Es geht durch das ganze Neue Testament ein ruhiger, darum aber um so stärkerer Märtyrermut. Weil aber der Anschluß an Christus die größten Opfer bis hinaus zur Preisgabe des Lebens fordert, stellt sich der Glaube nicht nur als die Gabe Jesu, sondern auch als die Pflicht der Christenheit dar und wird zur unerläßlichen Bedingung für den Eingang in das Reich, weil man ohne ihn die Drangsal nicht trägt.

Dadurch, daß die Gemeinde das Leidenkönnen nicht minder als Erweis des Glaubens wertete wie das Gerettetwerden, hat sie den Ernst ihrer Subordination unter Gott im Glauben offenbar gemacht. Ob das Leben des Christus uns zum Leben oder sein Sterben uns zum Sterben an uns offenbar wird, wir haben, sagt Paulus, denselben Geist des Glaubens, 2 Kor. 4, 13, und der Hebräerbrief hat die, die auch das Schwerste zu leiden vermochten, als Zeugen für das Recht und die Kraft des Glaubens völlig neben die gestellt, denen Gott mit wunderbarer Hilfe auf ihr Glauben anwortete, 11, 36—38. Die Gemeinde »vermochte« im Glauben »alles«, zu sterben und zu leben; die Bejahung des Christus hat ihr die Ruhe gebracht.

Für diese Leistung des Glaubens war es wesentlich, daß neben ihr das starke Hoffen der Apostel stand. Dieses war für die absoluten Begriffe, die den Glaubensinhalt der Gemeinde bildeten, Reich, Christus, Rechtfertigung, ewiges Leben uff., schlechthin unentbehrlich, trat aber nach seiner Notwendigkeit dann ganz besonders hervor, wenn das Glauben im scheinbar aussichtslosen Kampf mit der Welt durch Leiden und Sterben zu betätigen war.

Der Sprachgebrauch der Briefe ist in der Verwendung der Formel »Hoffnung« schwankender als in den Aussagen über das Glauben. Während solche in keinem Briefe fehlen, erscheint das Hoffen bald als das für das ganze christliche Verhalten bezeichnende Wort, bald fehlt es ganz. Im ersten Petrusbrief steht die Hoffnung allein, 1, 3, oder zusammen mit dem Glauben, 1, 21, als die Gabe, die Gott der Gemeinde durch die Auferstehung Jesu verliehen hat. Die neue Lebendigkeit, die uns durch sie gegeben ist, besteht im Hoffen. Auch Paulus definiert die christliche Stellung mit dem Wort: in Christus Hoffnung haben, ἐν Χριστῷ ἠλπικότες εἶναι, 1 Kor. 15, 19. Daß ein auf Christus gegründetes Hoffen im Menschen entsteht, das ist die Wirkung des Evangeliums. Darum ist es das unterscheidende Merkmal des Glaubenden, daß er die Hoffnung der Gerechtigkeit abwartet, Gal. 5, 5, im Unterschied von dem, der sich unter das Gesetz begibt. Daher kann sie Paulus in derselben Weise wie das Glauben als das bezeichnen, wodurch wir gerettet sind, Röm. 8, 24. 5, 5. Der Hebräerbrief legt auf die Bewahrung der Hoffnung als auf die entscheidende Heilsbedingung den Nachdruck, 3, 6. 6, 11. 7, 19. 10, 23. Dagegen fehlt das Wort bei Jakobus und in der Apokalypse ganz, also gerade da, wo der Blick mit besonderer Kraft auf Jesu künftiges Werk und die künftige Erlösung der Gemeinde geht. Johannes hat auch im ersten Brief den Begriff nur an einer Stelle, 3, 3, während er sonst seine Begriffe stets wiederholt und neu beleuchtet, und zwar da, wo er die Erwartung ausdrücklich von der in ihr begründeten ethischen Folge unterscheidet und diese als das aus der Hoffnung sich ergebende zu ihr hinzufügt. Die Hoffnung ist noch etwas Unfertiges und kann in nichts zergehen, wenn der, der sie hat, sich nicht heiligt.

Die Verknüpfung des Denkens und Wollens mit der Zukunft ist im Werk des Christus gesetzt, weshalb das Hoffen nicht besonders genannt zu werden braucht, so mächtig der Gedanke und die Begehrung des Redenden in die Zukunft streben. Wo dagegen diese Beziehung zur Zukunft abzureißen droht, kann sie als der wesentliche Vorgang beschrieben werden, an dem die Seligkeit der Gemeinde hängt.

Mit dem Glauben ist sie doppelseitig verknüpft. Bei Gehofftem bestehen heißt glauben, Hebr. 11, 1; auf Hoffnung glaubt man, Röm. 4, 18; um der Hoffnung willen hat die Gemeinde Glauben und Liebe, Kol. 1, 4. 5. Wiederum steht sie im Lehrgang des Römerbriefs am Ende als das, was die Frucht des Glaubens bildet, Röm. 8, 24 ff. 5, 2. Aus Glauben warten wir auf die Hoffnung der Gerechtigkeit, Gal. 5, 5. Weil der Ausgang des Glaubens die Errettung ist, tritt zu dem auf Gott gestellten Glauben sofort das zu ihm gerichtete Hoffen hinzu, 1 Petr. 1, 21 vgl. 9.

Die Hoffnung steht unter dem Glauben, weil im Hoffen immer die Abwesenheit der göttlichen Gabe mitgedacht ist: der Hoffende hat sie noch nicht als gegenwärtig vor sich. Weil das Evangelium eine gegenwärtige Beziehung der göttlichen Gnade zum Menschen herstellt, wird für dasselbe das Glauben vor dem Hoffen Hauptbegriff. Es steht dagegen über dem Glauben als dessen Vollendung, weil die gläubige Gewißheit den gegenwärtigen Lebensstand überragt und sich nur dadurch als etwas Ganzes erhalten kann, daß sie die Bezeugung der göttlichen Gnade auch auf die Zukunft erstreckt. Die Gnade könnte nicht als gegenwärtig, Christus nicht als der Geber des Himmelreichs bejaht werden, wenn sie sich nicht auch künftig betätigen würden in einer Gabe, die dem Mangel unseres gegenwärtigen Lebensstandes die vollendende Hilfe bringt.

Die anregende Einwirkung des Hoffens auf das Glauben ist für unsere Periode wahrscheinlich als sehr groß zu schätzen. Das starke Verlangen, mit dem man zum Ende hinübersah, schärfte die Empfindung für den Wert dessen, was man schon jetzt durch den Anschluß an Christus besaß. Da die Lehre in mannigfacher Hinsicht ihre Eigenart dadurch erhalten hat, daß Gedankenreihen, die im Bereich der Eschatologie entstanden waren, auf den gegenwärtigen Lebensstand angewandt wurden, fiel, je lebhafter die eschatologische Seite derselben im Bewußtsein stand, um so mehr Gewicht auch auf ihre in die Gegenwart übergreifende Beziehung. Wer im Gerichtsgedanken nach seiner eschatologischen Seite lebte, war auch am Rechtfertigungsgedanken mit einem starken Willen beteiligt. Für den, dessen Denken und Wollen der Auferstehungsgedanke bewegte, war auch das jetzt der Gemeinde gegebene Walten des Geistes von großer Bedeutung, da die Auferweckung durch die belebende Macht des göttlichen Geistes geschieht. Wer auf den kommenden Christus mit eigenem Verlangen wartete, war notwendig auch darum bemüht, daß sein Verhältnis zu ihm jetzt schon gesichert und bereinigt sei.

So stellte sich in der Gemeinde jene Dreiheit des inwendigen Verhaltens her: Glauben, Hoffen, Lieben, die nicht aus dem logischen Bedürfnis nach einem Schema für das richtige Wollen, sondern unmittelbar aus den reellen Faktoren, die Gemeinden schufen, entspringt. Daher ist sie schon durch die Sprüche Jesu begründet und findet sich in den Briefen nicht bloß bei Paulus, sondern auch im Hebräerbrief, 10, 22—24. 6, 10—12; ebenso klingt sie bei Petrus an, I, 1, 21. 22. Der Christus ist gekommen und die Gemeinde ist sein Eigentum; also glaubt sie. Er wird kommen und ihr seine Herrlichkeit geben; also hofft sie. Sein Wille regiert ihren Willen und macht sie zur Dienerin seiner

Gnade, teils an denen, die ihn nicht kennen, teils an denen, die in ihm vereinigt sind; also liebt sie.

Überaus reich hat sich das apostolische Denken entfaltet, so daß jedes dieser Dokumente durch die Fülle des Stoffs und die Schärfe des Urteils überrascht. Sonst kennen wir aus der Geschichte des menschlichen Denkens den Zweifel als dessen stärksten Erreger. Dieser hat aber die nach Erkenntnis strebende Arbeit der Apostel nicht bestimmt. Sicherlich werden ihre Mitteilungen nicht selten durch die Rücksicht auf Fragen, die die Gemeinde bewegten, geleitet und es kommen einzelne Ausführungen vor, die man »apologetisch« heißen kann. Aber der Grundcharakter der neutestamentlichen Lehre wird nicht richtig definiert, wenn sie als ein Ringen mit geistigen Gegnern beschrieben wird, aus dem Zweifel geboren und zu seiner Überwindung bestimmt. Paulus hat 1 Kor. 15 oder Röm. 6—8 offenkundig Zweifel sich gegenüber, die gegen die Richtigkeit seiner Botschaft Einreden erheben; aber der Stoff, den er zu ihrer Überwindung verwendet, floß ihm nicht erst aus dem Gespräch mit dem Gegner, sondern aus der positiven Versenkung in das Werk des Christus zu und ist für ihn eine Erkenntnis, die unabhängig von aller Einrede in sich selbst ihren Grund und Wert besitzt. Hier hat der Glaube, nicht der Zweifel, das Denken belebt und befruchtet. An der Gewißheit entstand hier die Freudigkeit des Fragens und Forschens, am gekannten Christus das Verlangen, »die Länge, Breite, Tiefe und Höhe« dessen zu erfassen, was als Wille und Tat Gottes in ihm erschienen war[1]).

Es lag in der Botschaft vom Christus ein übermächtiger Antrieb zur Lehrarbeit, weil mit ihr das Beste, Höchste, Ewige in die Gegenwart hineingestellt und zum Erlebnis geworden war. Diese Erhebung des Geistes auf den höchsten Standort hat der messianische Gedanke jedoch nicht bewirkt, solange er nur Lehre oder Hoffnung war; sie kam erst dadurch zustande, daß der Christus in der Geschichte stand, gekannt und geglaubt ward. Dadurch war in die höchsten Begriffe, deren unser

[1]) Es sind gleichartige Fehler, wenn die neutestamentliche Kraft des Hoffens aus einem Riß im Glauben und die Kraft des Denkens aus dem Zweifel oder der Schwächlichkeit des Glaubens abgeleitet wird. Hier wie dort entsteht die Stärke der anderen Funktion nicht an der Schwächlichkeit des Glaubens, sondern an seiner Kraft.

Bewußtsein fähig ist, ein konkreter Inhalt gelegt, der eine Gedankenbildung ermöglichte, die Erkenntnis war.

Was davon dem Glauben und was dem Lieben zuzuteilen ist, das läßt sich natürlich nicht isolieren; sie erzeugen verbündet die einheitliche Wirkung. Die Liebe denkt an den, für den sie lebt. Daher wird nicht mit geringerer Tüchtigkeit des Denkens neben der Regierung Gottes und des Christus auch der Pflichtenkreis des Menschen überdacht, entsprechend der Einheitlichkeit, mit der die Liebe sich Gott und den Brüdern ergibt.

Der erregende Antrieb des Glaubens ist aber nicht einseitig zur Geltung gekommen, sondern es ist an der ganzen Denkarbeit deutlich zu beobachten, daß das Glauben analog wie in Jesu Wort selbst, indem es als Erwecker des Denkens wirkt, gleichzeitig es auch beruhigt, zurückhält und ihm Grenzen setzt. Wo ein logischer Antrieb selbständig wirkt, kommt immer ein systematischer Zug in die Denkarbeit, der den neutestamentlichen Dokumenten gänzlich fehlt, da ihre Lehrarbeit dann befriedigt ist, wenn sie der Lebensführung die Basis gab. Bei Paulus, der doch zu systematischer Arbeit ausnehmend begabt war, müssen wir z. B. nur aus gelegentlichen Andeutungen und unvollständig sammeln, wie er sich die Persönlichkeit des Christus gedacht hat, der Gottes Gestalt und die des Menschen hat, und sind nicht imstande, seine eschatologischen Aussagen lückenlos zusammenzuordnen. Auch an den geschichtlichen Überlieferungen zeigt sich die begrenzende Wirkung des Glaubens stark. Trotz der jede andere Liebe schlechthin überbietenden Energie, mit der die Jünger an Jesus hingen, sammeln sich die Erinnerungen an ihn nicht zu einem breiten Strom. Man geht nie über das Ziel hinaus, der Gemeinde ihn erkennbar zu machen und seinem Bild eine konkrete Füllung zu geben, damit sie wisse, wem sie glaubt, ohne daß der Bericht Anspruch auf Vollständigkeit und auf einen von Lücken freien Zusammenhang macht. Daß unter den Worten und Werken Jesu eine Auswahl getroffen wird, ergab sich nur aus der steten Beziehung, in der die Berichterstattung zum Glauben steht. Nicht zwischen wichtigen und unwichtigen Worten und Taten Jesu wird unterschieden — alles war am Christus wichtig —, wohl aber wird das hervorgehoben, wonach die Hörer jetzt für sich selbst greifen und darauf ihre Lebensführung gründen sollen.

Einzig nach derjenigen Richtung, die der Messianismus von Anfang an dem Gedankenlauf gab, sehen die von der neutestamentlichen Lehrarbeit kräftig herausgehobenen Begriffe hin, darauf nämlich, wie die durch die Verheißung genannten höchsten Gedanken auf das, was die Gemeinde von Jesus empfangen hat, anzuwenden sind. Von der Gegenwart hinaus zur letzten Zukunft, vom Ende zurück zur Gegenwart geht der Blick mit scharfer Aufmerksamkeit hin und her. Dagegen ist ein Bemühen, das jetzt Gewonnene mit der Vergangenheit zu verknüpfen, z. B. mit dem Schöpfungswerk oder dem am Anfang der Menschheitsgeschichte stehenden Fall, kaum zu bemerken [1]), während sich z. B. die Gnosis sofort mit denjenigen Fragen beschäftigt, die sich aus solchen Rückblicken ergaben. Solche Betrachtungen stammen aus dem intellektuellen Begehren, das sich an der Weite des Blicks erfreut und ein Ganzes von Erkenntnis begehrt, oder aus apologetischen Motiven, weil das Gegenwärtige durch seine Beziehung zur Vergangenheit Notwendigkeit erhält. Über das apostolische Lehren herrscht dagegen das andere Motiv, im Gegenwärtigen das Zukünftige begründet zu zeigen; dieses steht aber mit dem Glauben in unmittelbarer Beziehung, weil der Glaube das Erkannte mit dem Willen und der Pflicht der Gemeinde verknüpft.

Die Frage, wie das Verhältnis des Glaubens zur intellektuellen Arbeit der ersten Gemeinde zu bestimmen sei, ist freilich im Bereich unserer Untersuchung der am schärfsten umstrittene Punkt. Die Vorstellung ist weit verbreitet, das urchristliche Glauben habe die Vorgänge, die unserem Bewußtsein den Stoff zuleiten, vergewaltigt und sich selber produktiv seinen Inhalt geschaffen. Nach dieser Theorie hätten wir in allen lehrhaften Aussagen des Neuen Testaments nur Spiegelungen des Glaubens vor uns; dieses habe sich zuerst vom Druck, den der Widerspruch zwischen der Kreuzigung Jesu und der messianischen

[1]) Die Vergleichung Jesu mit Adam bei Paulus nähert sich diesen Problemen, dient aber hauptsächlich zur klaren Erfassung dessen, was das Werk des Christus für die Gegenwart sei. Beachte, daß z. B. eine Rückbeziehung des Werkes Jesu auf den Fall des Satans nirgends vorliegt.

Erwartung schuf, durch die zu Visionen verdichtete Hoffnung, er könnte auferstanden sein, befreit und hernach sich durch immer höher gesteigerte christologische Formeln anzuregen und mit Inhalt zu füllen versucht. Diese Theorie entstellt aber die Geschichte, wenn sie die von ihr angenommenen Vorgänge in das Bewußtsein der Apostel selbst verlegt und uns diese so beschreibt, daß sie aus ihrem »Christentum« heraus sich den Christus schaffen und ihn selbst wegen der Bedürfnisse ihres »Glaubens« mit Auferstehung, Gottheit, Ewigkeit, Weltregierung, Allgegenwart bei der Gemeinde und mit der die Vollendung bringenden Offenbarung ausstatten. Für die Boten Jesu waren das Wirklichkeiten, die unabhängig von ihrem Glauben bestehen, um deswillen, was Gott ist und Jesus ist und offenbart. Will die Theorie die Tatsachen nicht verfärben, so muß sie die von ihr angenommenen Vorgänge in den Bereich des Unbewußten schieben und den Illusionismus mit zu Hilfe nehmen; das sei eben die charakteristische Eigentümlichkeit des »Glaubens«, daß es die wirksamen Kräfte und Ziele, die es bilden, dem Bewußtsein verberge und durch ein wesentlich anderes Bild von seinem Ursprung verdecke. Es bleibt auch so den Dokumenten gegenüber ein harter Konflikt zurück. Diese besitzen ein klares Bewußtsein sowohl darüber, daß ihr Denken in einer entschlossenen, beharrlichen Beziehung zum Glauben steht, so daß sie sich auf keine Fragen einlassen, die nicht aus dem Glauben stammen, und ihnen keine Antwort geben, die nicht für dieses fruchtbar würde, als auch darüber, daß die Aussagen über Gott und Christus ohne Vorbehalt der Wahrheitsregel unterworfen sind und nicht im Glauben, sondern in der Wirklichkeit ihren Grund zu suchen haben. Ein Christentum, das den Christus hervorbringt, erschien ihrem Urteil als Torheit und Sünde, weil es für ihr Bewußtsein der Christus ist, der das Christentum schafft. Der stärkste Dogmatiker in ihrem Kreise hat dies sehr energisch, 1 Kor. 15, 15, formuliert.

Auch am historischen Stoff, den die Gemeinde überliefert, glauben viele dieselbe trübende Einwirkung des Glaubens auf den Gedankenlauf wahrzunehmen, weshalb von »der Produktion evangelischer Tatsachen« durch die Gemeinde geredet, der ganze Bericht über Jesu Wunder, Geburt und Auferstehen aus

Postulaten des »Glaubens« und apologetischen Tendenzen hergeleitet und den Presbytern Jerusalems das Vermögen zugeschrieben wird, in unbestimmter Zahl »Worte des Herrn« zu formulieren. Dieselbe Abart des Glaubens erschiene wieder in der Pseudonymität des »Johannes« und der geschichtlichen Wertlosigkeit seiner Angaben, ebenso in der tendenziösen Verunstaltung der apostolischen Geschichte durch einen pseudonymen Lukas. Solche Urteile setzen voraus, daß das Glauben der ersten Christenheit vom Wahrheitskanon kaum berührt gewesen sei und sich daher nach seinem subjektiven Bedürfnis selbständig seinen Inhalt bereitet habe. Als historische Parallele steht ihnen der jüdische Midrasch zur Seite mit seiner reichen Produktion biblischer »Tatsachen« ohne historische Basis auf Grund theologischer Postulate und Ähnliches tritt sehr bald nach dem Neuen Testament auch in der Kirche überreichlich hervor.

Diese Beurteilung des urchristlichen Glaubens kommt mit Paulus nicht zurecht, sondern muß sein Glauben als Anomalie von der sonst herrschenden Tendenz absondern. Denn die paulinischen Dokumente weisen nicht einen einzigen Fall auf, der den Verdacht begründen könnte, Paulus produziere hier ein »Herrenwort« oder eine »evangelische Tatsache«. An seiner Wahrhaftigkeit, durch die ihm klar bleibt, was überliefert und was seine eigene Aussage ist, darf man nicht zweifeln. Seine Unfähigkeit, Herrenworte zu erfinden, läßt sich aber nicht aus der Schwächlichkeit seines »Glaubens« ableiten, da er bekanntlich in der Reihe der Glaubenden an erster Stelle steht.

Ebenso widerspricht der wirklich beobachtbare Teil der Evangelienbildung diesem Urteil scharf. Im Verhältnis der älteren Texte zueinander läßt sich nicht beobachten, daß mit der Wiederholung und Umbildung der Texte tiefere Eingriffe in die Substanz des Bezeugten verbunden wären. Obgleich das dritte Evangelium mit voller Kenntnis der paulinischen Arbeit geschrieben ist (vgl. die Apostelg.), bleibt es dennoch für den Grundriß der Christologie gleichgültig, ob der Pauliner Lukas oder der Palästiner Matthäus der Untersuchung als Basis diene, da der Christus des Lukas kein anderer als der des Matthäus ist und nicht nach dem Bild des Paulus geformt wurde. Ebensowenig bleibt die Kongruenz des johanneischen Christusbilds mit Matthäus in den entscheidenden Hauptpunkten, die Jesu Verhältnis zu Gott, zu Israel und zur Jüngerschaft fixieren, bei willkürlicher Umformung des Stoffs noch verständlich[1]). Die angebliche Produktion von Worten und Taten Jesu muß vor die uns beobachtbare Verkündigung des Evangeliums hinaufgeschoben werden; innerhalb des durch die Dokumente beleuchteten Zeitraums hatte sie nicht statt.

Verschiebungen und Verdunklungen in der Überlieferung, Aussonderung der für die Praxis der Gemeinde wichtigen Gesichtspunkte und Zurückstellung anderer, für den wirklichen Geschichtslauf vielleicht nicht unwichtiger Vorgänge, gelegentliche Unfähigkeit, Legendäres vom Wirklichen zu sondern und den Eintritt dichterischer Neigungen und Leistungen in die Überlieferung abzuwehren, sind Vorgänge, die unserer menschlichen Denkarbeit und Wortspendung immer anhaften. Die erste Gemeinde als schlechthin frei von diesen Gebrechen zu denken, liegt kein Anlaß vor. Damit ist aber die Redlichkeit und Nüchternheit ihres Glaubens noch keineswegs berührt. Solche Störungen treten neben jene Schwankungen im Glauben, die wir auch in der Praxis beobachten, etwa wenn Jakobus Petrus die volle Vereinigung mit den griechischen Gläubigen verbot oder römische Christen kein Fleisch essen mochten, weil es vielleicht den Göttern geweiht worden sei. Weder diese noch jene Schwankungen machen zweifelhaft, daß das Glauben dieser Männer an Jesus eine ernstgemeinte Bejahung war, die ihn nie als ein Phantasiegebilde behandelt hat, mit dem man willkürlich umspringen darf.

Man tut Behauptungen, wie Pseudo-Johannes habe sich seinen Christus nach dem Diktat seines »Glaubens« konstruiert, oder die synoptische Weihnachtsgeschichte sei »die jüngste Schicht der Überlieferung«, d. h. die palästinische Gemeinde habe Jahrzehnte lang von einem Wunder in Jesu Geburt nichts gewußt und dann plötzlich entdeckt, er sei wunderbar erzeugt worden, kein Unrecht mit dem Vorwurf, daß sie nicht erwogen haben, was glauben heißt. Solche Konjekturen gehen viel zu leicht über die Schwierigkeit hinweg, die ihnen von

[1]) Dafür ist an einem wichtigen Punkt, am Glaubensbegriff, im Voranstehenden der Beweis erbracht.

Seite des neutestamentlichen Glaubens erwächst. Daß Bewunderung dichtet und Heroenverehrung Mythen erzeugt, ist ein völlig durchsichtiger Vorgang. Aber dichtendes Glauben, dichtende Gewißheit, eine Bejahung, die ungebrochen ist und doch gebrochen, weil sie weiß, sie setze selbst das, was sie doch wieder als real bejaht, das ist kein durchsichtiger Vorgang. Daß das Glauben schließt, ist zweifellos; es kann dies schon deshalb nicht lassen, weil es will und nie zu einem Zielgedanken ohne Schlußverfahren kommt. Es schließt kühn; denn seine Gewißheit hat Unbedingtheit in sich. Schließen ist aber keine willkürliche Operation, sondern arbeitet mit Gegebenem und Gekanntem. Man kann auch sagen, daß Glauben postuliere; denn es greift ins Ganze und übt eine Prolepsis, die das Ziel faßt, ehe es wirklich ist. Aber ebenso sicher ist, daß das Glauben gehorcht und daß sein Postulieren an seinem Gehorchen seinen Grund und seine Macht besitzt und aufhört, Glauben zu sein, wenn sein Postulieren das Gehorchen vergißt und anderes fordert, als was in der Wirklichkeit durch Gottes Tat begründet ist.

Fest steht und für die Beurteilung unserer Frage wichtig ist, daß die Unterordnung der Gemeinde unter Jesus als ihren Herrn mit ernstgemeinter Aufrichtigkeit erfolgte. Ihr Glaube war die Gewißheit, daß er lebe, alle durchschaue, jeden richte als der Feind aller Lüge und mit seiner wirksamen Macht sie vor dem Tod schütze und in das Leben führe, wenn sie ihm ernst und treu gehorsam sei.

Fest steht weiter, daß das Zeugnis der Gemeinde nicht mit der Flüssigkeit des Midrasch behaftet war, der bald so, bald anders auftritt je nach dem Wunsch des Poeten, sondern zu einer beharrenden Festigkeit gelangt. Während mit dem, was Erzeugnis der Phantasie und Konstruktion nach eigenen Postulaten ist, sich nie eine echte, das Ich siegreich ergreifende Bejahung verbindet, so lange wenigstens nicht krankhafte Zerstörungen des seelischen Lebens vorliegen, läßt sich bei den neutestamentlichen Männern nicht daran zweifeln, daß sie an ihre Botschaft nicht ihr Träumen, sondern ihr Wollen und Handeln gesetzt haben.

Ebenso deutlich ist, daß ihr Wahrheitsbegriff durchweg hoch

entwickelt ist, und die Klärung und Verschärfung desselben, die die Christenheit vor den nichtchristlichen Völkern auszeichnet und die »Wissenschaft« der ersteren hervorgebracht hat, nicht ohne das Neue Testament erreicht worden ist. Ihre Liebe zur Wahrheit bleibt auch nicht vom Glauben abgesondert, etwa so, daß diesem ein spezielles Revier überwiesen wäre, wohin sich das Regiment der Wahrheit nicht erstreckte, sondern Wahrheit und Glauben sind beständig in eine bewußte, unaufhebbare Verbindung gebracht. Die Sätze, daß nur Wahrheit das Glauben begründe und nur Wahrhaftigkeit es ermögliche, gehören nicht einem einzelnen neutestamentlichen Lehrer, sondern durchziehen das ganze neue Testament.

Was immer an der neutestamentlichen Lehrtradition irrig sein mag, solche Störungen sind trotz ihres Glaubens in sie eingetreten. Dagegen widerspricht der Satz, das Glauben habe sie notwendig und absichtlich hervorgebracht, dem klar bezeugten Bestand desselben und hat in einer, nicht durch Polemik gestörten, sondern ruhig beobachtenden Geschichtsforschung keinen Raum.

Neuntes Kapitel.

Der Glaube bei Paulus.

In der Gemeinde der Glaubenden war Paulus wieder vor allen anderen der, der »die gute Botschaft vom Glauben verkündigt hat«, Gal. 1, 23. Was ihn auszeichnet, ist zunächst die Schärfe, mit der er das negative Urteil im Glauben, den Verzicht des Menschen auf sich selbst, in sich vollzogen hat, sodann die Kraft, mit der er die Verneinung des eigenen Rechtes und Wertes mit der Bejahung der göttlichen Gabe zu einigen vermocht hat.

Als er sich vor Petrus über den Grund, die Absicht und den Wert ihres gemeinsamen Glaubens aussprach, Gal. 2, 16, hat er erklärt: »auch wir, die wir Juden und nicht Sünder aus den Heiden sind, sind an Christus gläubig geworden, weil wir wissen, daß ein Mensch aus Werken des Gesetzes nicht gerechtfertigt wird«. Genau denselben Gedankengang hat er der Gemeinde in Rom vorgelegt, so daß Gal. 2, 16 in seinen einzelnen Sätzen die zusammenfassenden Inhaltsangaben für die großen Gedankengruppen des Römerbriefes gibt, eine merkwürdige Veranschaulichung des Werts, den diese Überzeugungen und ihre deutliche Formulierung für ihn hatten. Sie tragen seine ganze Predigt von Antiochia bis nach Rom. Auch der Römerbrief beginnt mit dem negativen Glaubensmotiv, 1, 18—3, 20, mit demselben Fortschritt des Gedankens vom Heiden zum Juden. Zuerst wird dargestellt, was »ein Sünder aus den Heiden« ist, hernach der Jude dem Heiden im Mangel der Gerechtigkeit gleichgestellt mit lebhaftem Kampf gegen die auf das Gesetz sich stützende Zuversicht in der klar hervortretenden Überzeugung, daß kein Glauben zustande, wenigstens nicht zu seiner Fülle und Kraft kommen könne, bis erkannt sei, daß sich die Rechtfertigung aus den Werken des Gesetzes nicht ergibt.

Somit beginnt das Glauben für Paulus mit einem von jeder Beschränkung befreiten Verzicht auf das eigene Recht und das eigene Leben, der sich auch auf das höchste ewige Ziel des Menschen erstreckt. Der Rechtfertigung steht in der richterlichen Entscheidung Gottes die Verurteilung gegenüber. Aus der Verneinung des einen Urteils ergibt sich die Bejahung des anderen. Der Hoffnung auf Rechtfertigung bietet sich aber vor der Ankunft des Christus nichts als Basis an als das Gesetz. Da die Gesetzgebung derjenige Akt Gottes ist, auf dem der Bestand der vorchristlichen Gemeinde beruht, und das Gesetz, das den göttlichen Willen kundtut, die unbedingte Anerkennung verlangt und als Norm des göttlichen Urteils bejaht werden muß, ist dem Menschen, bis er Christus kennt, keine andere Erwartung möglich, als daß ihm sein Geschick von Gottes Gesetz zugemessen werde. Der Glaubende hat aber erkannt, daß er durch das Gesetz der Verurteilung unterstellt ist. Der Blick in die Gefahr, die am menschlichen Leben haftet, ist ihm mit erschreckender Kraft aufgegangen und er hat verstanden, daß er einer »Errettung« bedarf.

Das Verständnis dieses negativen Satzes, das uns durch die ausführlichen Erklärungen Röm. 1—3 und 7 von Paulus reichlich ermöglicht wird, ist zur richtigen Fassung der paulinischen Glaubensstellung unentbehrlich.

Es ist für die Höhe des paulinischen Lehrens bezeichnend, daß Paulus bei aller Energie des Kampfes mit der jüdischen Zuversicht jeden Konflikt mit dem guten Gewissen dessen, der dem Gesetz dient, sorgfältig vermieden hat. Weil er Glauben erzeugen will mit jenem Wahrheitsernst, der ihn wie das ganze Neue Testament erfüllt, bleiben alle Übertreibungen ausgeschlossen, die dem Bewußtsein eines frommen Juden irgendwelche Gewaltsamkeit zumuteten. Niemals hat er gesagt, daß der Mensch aus den Werken des Gesetzes verurteilt werde. Daß das, was er auf Geheiß des Gesetzes tut, ihm Verdammung brächte, war für Paulus ebensogut wie für jeden Juden eine Gotteslästerung. Aber all dies bringt ihm auch nicht Rechtfertigung, schützt und rettet ihn vor der Verdammung nicht. Die Hilfe ist damit noch nicht gefunden, mit der die Gefahr in unserem Leben überwunden ist.

Ebensowenig enthält diese Negation eine verächtliche Beurteilung des Werkes, als läge ihr Abwendung vom tätigen Leben zu Grund. Vielmehr hat Paulus die jüdische Zuversicht ausdrücklich deswegen verworfen, weil ihr diejenigen Werke fehlen, durch die Gottes Wille geschieht, Röm. 2. Der Satz, daß der Jude im Gesetz den Unterricht über das, was gerecht vor Gott ist, besitzt, wenn er das ihm Gebotene nur täte, bleibt von jedem Zweifel befreit. Paulus hat ihn sogar ohne Vorbehalt auch auf die Völker ausgedehnt: der Unbeschnittene wird als beschnitten gelten, sowie er hält, was das Gesetz als gerecht festsetzt, Röm. 2, 26. Denn die Norm des göttlichen Urteils lautet: jedem, der das Gute w i r k t, Lob, 2, 18. Die einfach und groß gedachte Basis der paulinischen Glaubenslehre besteht darin, daß Gottes Wille uns zum Tun des Guten beruft, daß es deshalb keine Surrogate für dasselbe gibt, kein Mittel, durch das der Mensch Gottes Gunst und Gabe sich verschaffen könnte, während er das Böse wirkt[1]).

[1]) Paulus mißt den falschen Glauben Israels mit demselben Maß, das die Bußpredigt Jesu und schon die des Täufers auf ihn angewandt hat. Übrigens ist Röm. 2 sicher mit Kenntnis der parallelen Worte Jesu geschrieben, da Paulus die Erklärung Jesu über die Ehescheidung kennt, 1 Kor. 7, 10; diese ist von der Polemik Jesu gegen den Pharisäismus nicht trennbar. Paulus hat es als wahr und richtig bejaht. „Der Herr befiehlt, daß ein Weib von seinem Manne nicht geschieden werde;“ d. h.

Diese Einsicht ist für Paulus, so elementar sie ist, das völlig durchschlagende Motiv, das jede andere Stellung als Glauben an Christus unmöglich macht. Damit ist dem Werk innerhalb des menschlichen Lebens ausdrücklich die entscheidende Bedeutung beigelegt[1]) und die paulinische Predigt ist solange nicht verstanden, als das göttliche Grundgesetz, das ihren Eckstein so gut wie den der übrigen Schrift bildet: »Gottes Lob jedem, der das Gute wirkt«, mit ihr unvereinbar scheint. Die Ausflucht, Röm. 2 sei »nur dialektisch« gemeint, war unwürdig. Paulus reißt nicht selbst im Fortgang des Briefes das Fundament, auf das er seine Schlüsse stellte, wieder ein.

Die Verdrehung der von Paulus dem Wirker des Guten gegebenen Verheißung bringt ihn nicht nur mit sich selbst, sondern auch mit Jesus in Streit und übersieht, daß Paulus mit dem Satz, auf den er den Römerbrief aufbaut, Jesu Wort bewahrt und forgesetzt hat. Wie soll Paulus irgendeine Kenntnis Jesu haben, ohne zu wissen, daß Jesu Verheißung und Lob dem galt, »der das Gute wirkt?« Wie er die dem Glauben gegebene Verheißung nicht nur an seinen eigenen Erlebnissen bestätigt fand, sondern im Worte Jesu vernahm, ebenso gewiß lag ihm die Verheißung: Lob jedem, der das Gute wirkt, im Wort Jesu vor.

Dieselbe Überzeugung, die in Röm. 2 formuliert ist, gestaltet auch die zweite Betrachtung des Gesetzes im Römerbrief Kap. 7, die den inneren Grund seiner Unfruchtbarkeit aufzeigt. Das Gesetz gibt Einsicht in das Gute, ja mehr als das, innere Zu-

der Herr hat die Weise, wie Israel das Gesetz zu erfüllen meint, verworfen. Auch darin setzt Paulus direkt Jesu eigene Urteilsweise fort, daß er weder den Protest gegen das Böse dahin überspannt, daß er im Menschen nur Böses sieht, noch die Anerkennung des Guten dahin übertreibt, daß er seinetwegen das Böse entschuldigt, sondern das sittliche Urteil dem in uns vorhandenen Gegensatz gemäß nach beiden Seiten in Geltung setzt. Derselbe Mensch, der Werke des Gesetzes wirkt, übertritt es dennoch, wodurch er sich schuldig macht.

[1]) Es wird diesem Satz vermutlich dasselbe, wie dem entsprechenden der ersten Auflage begegnen, nämlich daß er als eine offenkundige Torheit behandelt wird. Ich frage: weshalb hieß Paulus den Menschen elend? Was erwartete er von Christus vor seinem Richtstuhl? Hat Paulus Jesu Werk, demgemäß auch seine eigene Predigt, nicht der Sünde entgegengesetzt ? Diese ist aber nicht bloß ein Gebilde des Bewußtseins, sondern ein Handeln, das Werke schafft.

stimmung, Freude am Gesetz, das Begehren es zu tun; denn es bindet die Vernunft des Menschen an Gott, 7, 25. Was fehlt noch? Das Vollbringen des Guten. Wenn jene Einsicht zur Tat werden sollte, zeigt sich das Unvermögen, neben der Gebundenheit an Gott noch eine andere nicht weniger reale Gebundenheit an ein die Sünde in uns wirkendes Gesetz, so daß sich unser Wollen und unser Handeln zueinander in Gegensatz setzen. Jenes Wissen und jene Freude am Gesetz gilt aber Paulus nicht als tröstender Ersatz für den Mangel des guten Werks. Der ist ein geplagter Mensch, der das, was er als gut und von Gott geboten kennt, nicht zu tun vermag. Die Billigung des Gebots, die es ungetan läßt, wendet die Verurteilung nicht von uns ab.

Darum hat Paulus auch für die christliche Frömmigkeit 1 Kor. 13 das Verhältnis zwischen dem Ideen- und dem Tatgehalt des Lebens in derselben Weise bestimmt, wie es Röm. 2 und 7 im Blick auf das Gesetz geschieht. Alle unseren inwendigen Lebensstand bereichernde Wirkung des Geistes, alle Erkenntnis und alles Glauben erklärt er für nichts ohne die Liebe, die er nicht als beschauliche Versenkung in Gott, sondern sehr nüchtern als dienende, helfende Arbeit faßt. Sie handelt. Das Motiv zum Verzicht auf die Werke des Gesetzes ist somit nicht Unlust am Handeln; umgekehrt: eine ungebrochene Sehnsucht nach dem guten Werk, die es zu den Lebensbedingungen rechnet und seinen Mangel als unerträgliche Not empfindet, ist ihr Grund. Paulus hat zeitlebens im intensiven Sinne zu denen gehört, die »nach Gerechtigkeit hungerten und dürsteten«.

Das war schon damit gegeben, daß Paulus mit den Begriffen »Sünde« und »Übertretung« nicht gespielt hat. Er drückt mit diesen eine absolute Verwerfung aus, wobei er das, was die Verdammlichkeit des Menschen herbeiführt, nicht in der Verdunkelung seines Bewußtseins, im Gegenteil im Widerspruch seines Handelns gegen die ihm gegebene Wahrheit sieht, Röm. 1, 18 ff. 2, 1 ff. Dadurch, daß der Mensch Besitzer einer Wahrheit ist, der er sein Handeln und Wollen nicht unterwirft, erregt er den göttlichen Zorn. So gewiß Paulus von der Sünde wegstrebt, so gewiß strebt er nicht bloß einem Anschauen oder Genießen Gottes in seiner Empfindung, sondern einem

Handeln zu, durch das er der ihm gegebenen Wahrheit gehorsam ist.

Aber auch dies war ein Mißgriff, wenn man, um das negative Urteil über die Werke des Gesetzes verständlich zu machen, einen ethischen Mangel in sie hineinlegte, entweder so, daß man dem Werk den Nebenbegriff des Äußerlichen gab, als böte der nach dem Gesetz Wirkende Gott nur den auswendigen Erfolg seines Handelns dar, während er Gesinnung und Willen davon absondere, oder so, daß man im Werk etwas Selbstisches suchte, ein Hervordrängen des menschlichen Ichs zur Überhebung über Gott [1]). Paulus wußte freilich wohl, daß die jüdische Erfüllung des Gesetzes oft genug sinn- und willenlos nur in Anbequemung an seinen Buchstaben zustande kam oder von Eitelkeit und falschem Selbstruhm durchsäuert war. Aber von alledem enthält der Begriff »Werk« nichts. Er beschreibt lediglich den ernsten Gehorsam, der das Gesetz nicht bloß »hört«, sondern auch »tut«, Röm. 2, 13. »Das Gute vollbringen« nennt die Aufgabe, die das Gesetz stellt, nach ihrer ganzen Größe. Gedanken, Wünsche, Entschlüsse, alles was nur dem Innenleben angehört, sind noch nicht das, was das Gesetz will; es verlangt die vollbrachte Tat, das *κατεργάζεσθαι*. Auch darin zeigt sich die Größe und Wahrhaftigkeit des paulinischen Denkens, daß er von allem, was den Werken des Gesetzes entstellendes anhaften mag, absieht und ihnen nicht vorhält, daß sie doch nur Schein seien. Er selbst hat einst Gott am Gesetz gedient, nicht in gesinnungsloser Legalität, sondern so, daß

[1]) Darauf läuft auch die angebliche Bejahung der pharisäischen Auffassung des Gesetzes durch Paulus hinaus, wonach er es als die „Ordnung gegenseitiger Rechte der Menschen und Gottes gefaßt habe", als würde der, der nach dem Gesetz handelt, sich in eine falsche Koordination mit Gott begeben. Paulus hat das lohnsüchtige, das eigene Ich hervorkehrende und Gott demselben dienstbar machende Strebertum deutlich genug charakterisiert, wenn er *οἱ ἐξ ἐριθείας* als die bezeichnet, die dem Zorne Gottes verfallen sind, Röm. 2, 8. Das gilt ihm jedoch nicht als ein dem Gesetz entsprechendes Handeln, sondern als von ihm verdammt. *οἱ ἐξ ἐριθείας* sind nicht „die Täter des Gesetzes, von denen gilt: sie werden gerechtfertigt werden". Paulus las im Gesetz das Liebesgebot und fand darum im Gesetz die Verdammung derjenigen „Religion", die ichsüchtigen Zwecken dient. Dem Verlangen des Menschen „nach Herrlichkeit und Ehre und Unvergänglichkeit" zeigt das Gesetz im beharrlich getanen guten Werk das Mittel, wie es zur Erfüllung kommt, Rö. 2, 7.

sein ganzes Herz in seinem Gottesdienst lag, auch nicht in aufgeblähter Eitelkeit, sondern mit dem Wort des Gesetzes vor Augen, daß der Mensch Gott fürchte, und mit der Absicht, Gott die Ehre zu geben. Er faßt den Gesetzesdienst so rein, so aufrichtig, so ernst, als er nur gefaßt werden mag, und schließt ihn so, und nicht bloß seine entstellten, verdorbenen Formen, in jenen Verzicht ein, der nicht von ihm die Rechtfertigung erwartet. Erst dadurch entsteht der Gegensatz des Paulus zum Pharisäismus. Daß ein herz- und willenloses Handeln oder ein Werk, das nicht Gott zur Ehre dienen soll, keine Gerechtigkeit sei, stand auch dem Rabbinat fest; daher rührte gerade sein rastloser Eifer, der die frommen Leistungen beständig häufte. Nur dadurch, daß Paulus nicht bloß das verdorbene, sondern schlechthin jedes auf das Gesetz gegründete Werk als Grund der Rechtfertigung ablehnt, macht er dem glaubenden Verhalten die Bahn frei.

Ebensowenig bedeutet dieser Verzicht irgendwelche Abneigung oder Einrede gegen das Gesetz. Dasselbe ist für Paulus ohne Abzug Gottes Gesetz. Mit der Behauptung, Paulus wolle dem Gesetz widersprechen und unterwerfe es als mangelhaft seinem Tadel, hat man seinen Gedankengang schlimm verwirrt. Der Sinn und Zusammenhang desselben scheitert so unheilbar an der Absurdität, daß etwas getadelt und bestritten würde, was gleichzeitig nach Form und Inhalt als göttlich geehrt wird [1]). Auch die schärfsten Worte über das Gesetz, daß es ein Dienst der Verdammung, die Kraft der Sünde, eine tötende Schrift, der Übertretungen wegen gegeben sei, sind nicht als Vorwurf gegen das Gesetz gedacht; vielmehr ergeben sich diese Urteile gerade daraus, daß das Gesetz Gottes Gesetz ist; darum hat es die Kraft, Zorn zu begründen, zu verdammen und zu töten. Paulus hat im Gesetz keine helfende, errettende Macht gesucht, da durch dasselbe das richtende Wirken Gottes an der Sünderwelt geschieht. Unter dieses beugt er sich aber ohne Vorbehalt mit lauterer Aufrichtigkeit. Was das Gesetz wirkt, empfindet er als Unseligkeit und Tod; aber er hadert darüber nicht mit Gott. Das Gebot ist heilig, gerecht und gut und auch der

---

[1]) Die weitere Ausführung über die paulinische Lehre vom Gesetz gehört in die neutestamentliche Theologie.

Dienst Moses, obwohl er ein Dienst der Verdammung ist, hat Herrlichkeit, wenn sich auch nicht die ganze und bleibende Herrlichkeit Gottes in ihm offenbart, Röm. 7, 12. 2 Kor. 3, 7 ff. Darin besteht die negative Seite am Glaubensakt des Apostels, daß er das Gesetz nach seinem Inhalt und Recht und in seinen Wirkungen, so schmerzlich und lebenzerstörend sie für den Menschen sind, unbedingt bejaht. Er hat deshalb dem Gesetz gegenüber vom ersten Anfang seines Gedankengangs bis hinaus zu seinem letzten Abschluß ein völlig beruhigtes Gewissen. Seine Stellung ist dem Gesetz konform; er anerkennt und handhabt es nach dem ihm von Gott gegebenen Wesen, Zweck und Wert.

Er hat somit dadurch, daß er die Werke als »Werke des Gesetzes« bezeichnet, nicht einen Makel an denselben, sondern ihren Wert zum Ausdruck gebracht. Denn nur dies, daß sie vom Gesetz befohlen und seinetwegen vollbracht sind, macht, daß die Frage, ob sie Grund der Rechtfertigung seien, überhaupt entstehen kann. Paulus hat den Gedanken nicht der Erörterung für wert gehalten, ob auch ein anderes Werk, das Gott nicht als gut befohlen hat, vor ihm als Gerechtigkeit Wert haben könnte. Dieser Gedanke wäre bereits Aufruhr gegen das Gesetz und Empörung gegen Gott, die er wohl an anderen sah, aber nie in seine eigenen Erwägungen eingelassen hat[1]. Soll denn der Mensch der Erfinder des Guten sein, so daß er Gott ein neues Gutes zu zeigen vermöchte, was nicht in Gottes Sinn gekommen wäre? Die Stellung des Menschen Gott gegenüber ist Gehorsam. So weit blieben das Grundprinzip des Pharisäismus und das inhaltsvolle Resultat der alttestamentlichen Geschichte für Paulus ebenso unerschüttert wie für Jesus selbst. Kommt in Frage, was der Mensch soll, und ist das Ziel, das er erreichen will, Gerechtigkeit, so ist kein Raum mehr zu der Erwägung, ob er nach dem Gesetz handeln wolle oder nicht. Ist das, was er tut, kein Werk des Gesetzes, so tut er das Böse, ist Übertreter und wird durch das Gesetz gerichtet werden.

Daß aus der Übertretung des Gesetzes Verdammung, somit der Verlust des Lebens folgt, stand Paulus fest. Warum ist jedoch aus den Werken des Gesetzes nicht Rechtfertigung zu

[1]) Die Verwerflichkeit jeder *ἐθελοθρησκεία* stand ihm fest, Kol. 2, 23.

gewinnen? Eben deshalb, weil aus der Übertretung des Gesetzes Verdammung folgt. Daß wir aus den Werken des Gesetzes nicht gerechtfertigt werden, gilt Paulus nicht als eine Vermutung, die ins Ungewisse griffe, sondern ist die klare, bestimmte Aussage des Gesetzes selbst, deshalb, weil es das Verwerfliche verwirft und uns unser Sündigen zur Schuld macht. Im ganzen negativen Teil des Römerbriefs findet sich für die Begründung des Verzichts auf die Rechtfertigung aus dem Gesetz nur das eine Argument, daß wir unser Böses nicht ableugnen dürfen, daß wer Böses tat, sich schuldig geben muß. Paulus ringt mit den Entschuldigungen, durch die der Mensch sein Böses rechtfertigt, als dem bösartigen Glaubenshindernis. In der Rechtfertigung der Bosheit liegt ihre Vollendung, weshalb dieses Mittel, sich aus der Schuld zu helfen, das volle Gegenteil von dem erreicht, was es erstrebt. Damit ist uns aber die Hoffnung auf das Gesetz versagt, weil es eine lügnerische Profanation des Gesetzes ergibt, wenn sein negatives Urteil über das Böse nicht ebenso sehr bejaht wird als seine Billigung des guten Werks. Jeder Schuldige, der das Gesetz für sich anruft, verfällt dem Selbstwiderspruch, daß er gleichzeitig den einen Teil des Gesetzes für ungültig, den anderen für gültig erklärt. Er kann es nur dadurch zum Grund der Hoffnung machen, daß er sein Böses der Verurteilung durch das Gesetz entziehen zu können meint. Sowie das Problem sich so stellt, wie der Schuldige Rechtfertigung finde, sind Gesetz und Werk von der Rechtfertigung ausgeschlossen.

Der Verzicht, mit dem Paulus den Glauben begann, war somit lediglich der einfache Akt der Reue, diese aber ohne Verkürzung gedacht, mit dem absoluten Urteil, das sie gegen uns fällt. Paulus verlangt das Zugeständnis, daß jede Schuld den Menschen in eine totale Ratlosigkeit versetzt, weil sie alle seine Lebensbeziehungen zerstört, ihn zum Widersacher des Gesetzes und Gottes macht und deshalb tötende Macht hat, so daß der Mensch ihr gegenüber wehrlos ist. Dies anzuerkennen, dazu ist jeder schuldig Gewordene durch die Wahrheit gebunden und damit auch vorbereitet, es als unschätzbare göttliche Gnade zu verstehen, wenn ihm Gott auf anderem Wege als durch das Gesetz Rechtfertigung bereitet hat.

Durch diese Begründung des Glaubens sind sämtliche Elemente der jüdischen Frömmigkeit sorgfältig geschützt. Erkennt der Jude in dem ihm von Gott gezeigten Werk den Kern jeder rechtschaffenen Frömmigkeit, so stimmt Paulus bei und lehnt alle Surrogate für dasselbe ab. Bejaht der Jude das Gesetz als göttlich und gültig, so bejaht Paulus die Heiligkeit desselben ebenso ernst. Weiß er sich durch dasselbe zum Tun des göttlichen Willens berufen, so erklärt dies Paulus für die unzweifelhafte Absicht des Gesetzes. Erklärte er den, der es übertritt, für schuldig, so stimmt Paulus mit vollem Ernste bei. Die Überwindung des Judentums geschieht lediglich dadurch, daß alle diese Überzeugungen zu ihrer Konsequenz gebracht werden, während der Jude angesichts seiner unleugbaren Sündhaftigkeit sie notwendig verkrümmen muß. Er behandelt das Böse als verwerflich und als entschuldbar, das Gesetz als gültig und als ungültig, das Werk als notwendig und entbehrlich miteinander. Nur Paulus bringt es zu einer ungebrochenen Bejahung des Gesetzes, die den Satz wirklich anerkennt: verflucht ist jeder, der nicht bleibt in allem, was im Gesetz geschrieben ist, es zu tun, Gal. 3, 10. Das hat kein Rabbiner ernsthaft zu sagen gewagt; nur Paulus sagt das ohne Phrase mit dem vollen Ernst eines göttlichen Worts, dem er sich und alle unterwirft. Indem Paulus mit seiner Kritik des Juden keine Wahrheit, die dieser vertritt, verletzt, beweist er mit der Tat, daß sein Kampf mit ihm aus Glauben entspringt und zu dem Zweck geschieht, damit der Jude glauben lerne. Durch eine Verletzung der in seinem Gewissen geheiligten Wahrheit hätte er ihm das Glauben unmöglich gemacht [1]).

Für sich allein würde diese Überzeugung nicht Glauben, sondern Ratlosigkeit begründen; Glaubensmotiv wird sie nur dadurch, daß sie sich mit einer neuen Erkenntnis vereinigt. »Wir

[1]) Zu dieser Einsicht ist die Behauptung, Paulus stelle seine Thesen Röm. 2 nur des Gegners wegen auf, die Karikatur. Gewiß sagt er sie dem Gegner, aber als unerschütterliche Wahrheit, die dieser mit ihm bejaht, wodurch er ihn zum Glauben führt, und er sagt sie nicht bloß dem Gegner, sondern auch sich selbst und allen Glaubenden, weil er von jenem Glauben, der „das Böse tun wollte, damit das Gute komme“, urteilte, er stehe unter Gottes strafendem Recht, Röm. 3, 8, und habe die Gemeinschaft mit dem Tod des Christus nicht empfangen, Rö. 6, 1—3.

glauben deswegen an Christus, weil wir wissen, daß man nicht aus den Werken des Gesetzes gerechtfertigt wird, es sei denn durch Glauben an Christus«, Gal. 2, 16. Gott hat dem Menschen nicht nur das Gesetz, sondern auch den Christus gegeben. Darum stellt sich die Rechtfertigung nur solange als unerreichbar dar, als das Gesetz und das Werk ins Auge gefaßt werden; sie ist dagegen als erreichbar erkannt, sowie Christus wahrgenommen wird; denn nun wird sichtbar, daß der Glaube an ihn Rechtfertigung erlangt. Die Gemeinde weiß, daß in Gottes Gericht nicht das Gesetz, sondern Christus über sie die Entscheidung fällt; sie weiß weiter, daß das Verhältnis, in das sie zu Christus zu treten hat, Glaube ist, und daß sie durch das Glauben mit ihm verbunden ist, so daß sie folglich im Glauben an ihn aller Verdammnis und Verlorenheit entnommen ist. Aus dieser Erkenntnis, die das vom Gesetz vergeblich Gehoffte in Christus als gegeben schaut, erwächst das Glauben, mit dem die Gemeinde sich nun wirklich auf den verläßt, in dem sie ihre Rechtfertigung und Errettung besitzt [1]).

In derselben Weise folgt im Römerbrief auf die Begründung des Verzichts, der sich vor Gott schuldig gibt, das positive Glaubensmotiv: wir wissen, daß wir durch den Glauben an Christus gerechtfertigt sind, Röm. 3, 21—5, 21. Und wie Paulus im Galaterbrief die beiden Motive in ein einiges Wissen zusammenfaßt, so sind auch im Römerbrief beide Lehrgänge eng verbunden als die beiden Hälften eines antithetisch korrespondierenden Gedankengangs. Jenem »wenn nicht« Gal. 2, 16, das dem Auge des schuldigen Juden einen neuen, vom Gesetz noch nicht geschaffenen Weg zur Rechtfertigung aufdeckt, entspricht jenes »nun aber« Röm. 3, 21, das die bisherige Betrachtung, die den Menschen nur vor das Gesetz

[1]) Die neue Erkenntnis ist durch das hinzufügende ἐὰν μή vom Standpunkt des Juden aus formuliert, der die Werke des Gesetzes getan hat und sich doch ihretwegen nicht Rechtfertigung beilegen darf, der nun zu den Werken hinzu als ein Zweites und Neues, ohne das die Rechtfertigung unerreichbar bliebe, den Glauben an Christus und damit die Rechtfertigung erlangt. Eine Addition von Gesetzeswerken und Glauben als zusammen den Grund der Rechtfertigung ausmachend, liegt nicht vor; eine solche ist schlechthin antipaulinisch. Beide sind zwar im gläubigen Juden zusammen vorhanden; die Rechtfertigung aber wird nur durch den Glauben an Christus erlangt.

stellte, aufhebt und statt derselben erläutert, wie Jesu Sendung, Tod und Auferstehung die Lage des Menschen gestaltet hat.

Weil bei Paulus das Glauben die Reue in sich hat, beschreibt er die Wohltat Jesu, die der Glaubende empfängt, als die Darbietung der Rechtfertigung. Damit ist die göttliche Gnade auf das Schuldbewußtsein bezogen und dieses an ihr zur Ruhe gebracht. Es ist damit dem aus unserer Sündhaftigkeit entspringenden Problem die letzte, schärfste Fassung gegeben. Das böse Wollen und Tun wird vor das göttliche Urteil gestellt, und wenn sich nun der richtende Gott nicht gegen die Schuldigen kehrt, sondern ihnen seine Liebe und sein Lob gewährt, so ist die im Bösen liegende Gefahr vollständig überwunden und die vollendete Zuversicht gewonnen. Darum hat auch Paulus nicht nur die negativen Formeln »Erlaß der Sünden«, »Lösung von der Verhaftung an das Gericht« verwendet, sondern den positiven Gedanken »Zuerkennung der Gerechtigkeit«. Er drückt damit die Vollkommenheit der Gnade aus, die der Schuldfrage eine absolute Erledigung gibt und die Folgen der Sünde gänzlich aufhebt, so daß sich Gottes Verhältnis zum Menschen trotz der Sünde so gestaltet, wie er selbst es durch die Betätigung seiner göttlichen Gerechtigkeit für den Gerechten herstellt. Durch die Vollkommenheit der Gnade bekommt der Glaube die Unbedingtheit.

Daß Rechtfertigung zu den Gaben des Christus gehört, bedurfte weder für die jüdische, noch für die christliche Gemeinde der Erläuterung. Die Frage war nur die, wem und wie die Rechtfertigung durch ihn bereitet sei. Denn sie ist unmittelbar die Folge aus seinem messianischen Amt. Christus ist der Richter und schafft durch Verwaltung des göttlichen Gerichts das Reich, dies aber in voller Einheit mit seinem Beruf, der Bote der göttlichen Gnade zu sein. Da er dazu gesandt ist, um die vollendete Gemeinde zu schaffen, die in Gottes Liebe ewig lebt, sind alle, die er zu sich beruft, gerechtfertigt; sie sind durch Gottes Urteil nicht nur von jeder Schuld freigesprochen, sondern auch mit allem begabt, was Gott dem Gerechten zugesagt hat. An der Rechtfertigung verzweifeln hieße am Reiche Gottes, am ewigen Leben, am Christus verzweifeln. Die Gemeinde weiß, daß Christus für sie gekommen ist, weiß also, daß ihr Rechtfertigung gegeben ist. Es gilt nur darauf zu achten, wie sie ihr gegeben wird.

Paulus betrachtet es als eine offenkundige Tatsache, daß dies durch das Glauben geschieht. Der bisherige Gang unserer Untersuchung hat diese Voraussetzung völlig durchsichtig gemacht. Man konnte in »der Gemeinde der Glaubenden« nicht anders urteilen. Es ist das gemeinsame Evangelium aller Apostel gewesen, daß Christus für die an ihn Glaubenbenden gekommen sei[1]). Darum verbindet auch Paulus, wie das Gesetz und die Werke, so auch das Glauben und den Christus als zusammengehörende Kategorien: ἔργα νόμου, πίστις Χριστοῦ. Wie die Werke dem Gesetz gehören als von ihm befohlen und zu seiner Erfüllung getan, so gehört das Glauben mit Christus zusammen, weil es durch ihn entstanden und auf ihn gerichtet ist. Daß sich auch Gesetz und Glauben verbinden ließen, hat Paulus verneint, Gal. 3,12. Das Gesetz ist Forderung an den Menschen und enthält deswegen nichts, was dem Glauben Grund und Inhalt gäbe; die Verheißung, die es gibt, gilt erst für den Fall, daß das Befohlene getan worden ist, und hat mit derselben Gültigkeit die Drohung neben sich für den Fall, daß es nicht getan wird. Das Gesetz handelt nicht für den Menschen, verzeiht ihm auch nicht, wenn er Böses getan hat, beruft vielmehr den Menschen zum Handeln für Gott und verdammt ihn, wenn er dies unterläßt. Darum gibt es aus dem Gesetz nur eine einzige Konsequenz: Werk oder vielmehr, da es mit seinen Forderungen das Leben unablässig begleitet: Werke. Der Beruf, den Christus hat, macht ihn dagegen zum vergebenden und gebenden; er deckt die Sünde und ist selbst der Wirkende an unserer Statt. Sein Amt besteht darin, daß er Gottes Gnade wirksam macht, seine Verheißung erfüllt, das Reich, die Gerechtigkeit, das Leben gibt und nicht den Menschen dies selber wirken heißt. Darum ergibt sich aus der Gegenwart des Christus die eine Folge:

[1]) Wenn wir meinten, Paulus schreibe mit dem gemeinsamen „Wir", Gal. 2, 16, Petrus einen Gedanken zu, an den dieser nie gedacht habe, würden wir nicht nur die Aussage des Paulus entkräften, sondern zugleich behaupten, daß die Worte Jesu, z. B. Mt. 18, 6, wo der Christus für den Kleinen gegen seine Verderber eintritt, weil jener an ihn glaubt, für die Apostel Jerusalems in den Wind geredet waren.

glauben. Wie das Gesetz nur eine Folge hat, nicht Glaube und Werk, sondern Werk, so folgt aus dem Werk des Christus für den Menschen nur das, daß er höre, was Christus getan hat, anerkenne, was Christus ist, und sich verlasse auf das, was Christus gibt: Glaube allein[1]).

Das Glauben ist für Paulus eine geschlossene Bejahung. Mit derselben Unbedingtheit, mit der er das Gesetz in seiner Heiligkeit bejaht und die Verdammlichkeit alles Bösen bekennt, bejaht er auch den Willen des Christus, uns zu erretten, und setzt ihn als wirksam und gültig ohne Einschränkung. Darum richtet sich das im Glauben enthaltene Verlangen nur auf Christus und hat für kein anderes Ziel mehr Raum. Darauf hat Paulus vor Petrus den Nachdruck gelegt: »wir sind an Christus gläubig geworden, damit wir aus Glauben an Christus und nicht aus Werken des Gesetzes gerechtfertigt werden«, Gal. 2, 16. Die das Glauben begründenden Motive machen für die in ihm enthaltene Begehrung jedes andere Ziel unmöglich. Entspringt das Glauben aus der Einsicht, daß das dem Menschen mögliche Werk nicht Gerechtigkeit ist, so kann das in ihm enthaltene Streben nicht mehr darauf zielen, das Gesetz vor Gott geltend zu machen. Jede Stützung auf das Werk und das Gesetz würde den Grund des Glaubens wieder aufheben. Der Glaubende kann von sich selbst nichts erwarten, da er gerade darum sein Vertrauen auf Christus setzte, weil er sich selbst als unvermögend erkannte. Der Verzicht auf das eigene Können und Wirken, der im glaubenden Verhalten eingeschlossen ist, ist ein umfassender, bleibender. Der Glaubende ist für immer aus der wirkenden in die empfangende Stellung getreten, in der er alles Gute nicht bei sich, sondern bei Christus sucht. Ebenso mächtig wird das Streben des Glaubens durch das positive Glaubensmotiv bestimmt. Weil der Glaube aus der Erkenntnis, daß er die Rechtfertigung empfängt, also Gerechtigkeit ist, entsteht, kann

[1]) Für diesen Gedankengang kommt das Glauben als bleibendes in Betracht, das das Verhalten des Menschen zu Gott immer bestimmt. Es wird deshalb bei Paulus, so wenig als bei Jesus, zur Abstraktion. Mit der Beschreibung des Glaubens Abrahams, Röm. 4, gibt er ein plastisches Bild von jenem Glauben, das durch eine bewußte Entschließung geschieht.

er nicht in sich selbst unbefriedigt sein. Furcht und Bedenken haben in ihm keinen Raum, als bedürften wir noch eines anderen neben Christus und dem Glauben an ihn. Mit einem solchen über Christus hinausgreifenden Streben wäre der Glaube wieder in seiner Wurzel zerstört. Sein Verlangen kann auf nichts anderes gehen als eben darauf, zu glauben und die Rechtfertigung als die dem Glauben gegebene Gabe zu empfangen. Die Bejahung des Christus ist in demselben Sinn eine umfassende, bleibende wie unser Verzicht auf uns selbst. Der Glaube hat das Bewußtsein der Allgenugsamkeit in sich; er besteht entweder als unbegrenzte, ganze Zuversicht, daß er im Christus Reich und Rechtfertigung besitzt als die ihm gegebene Gabe, die ihm nicht verloren geht, oder er besteht nicht.

Auch im Römerbrief bildet es das Ziel der ganzen Darlegung, die Allgenugsamkeit des Glaubens deutlich zu machen, die für die Gegenwart und Zukunft die ganze Gabe Gottes zum Eigentum des Menschen macht, Röm. 6—8. Das Bestreben des Apostels geht dahin, jede über den Glauben hinausgreifende Begehrung abzuwehren, als wäre für die Befreiung vom Bösen in der christlichen Lebensführung etwas anderes erforderlich, als was im Glauben der Gemeinde gegeben ist. Sie kann nicht wieder auf das Gesetz zurückgreifen, sondern ihre Gerechtigkeit für immer nur im Glauben suchen, durch den sie dieselbe vollkommen hat.

Damit ist erläutert, warum Paulus Glauben und Wirken als einen sich ausschließenden Gegensatz empfinden mußte. Es genügt ihm nicht, beide voneinander zu unterscheiden, wie es in jeder Sprach- und Gedankenform sowohl in der Synagoge als in der Gemeinde geschah. Diese Unterscheidung bewirkte zunächst nur, daß beide nebeneinander gesetzt wurden und zusammen das rechte Verhalten des Menschen nennen. Bei Paulus stehen aber beide gegeneinander im Gegensatz. »Wenn Abraham aus Werken gerechtfertigt wurde, so hat er Ruhm.« Aber er hat bei Gott keinen solchen, weil ihm das Bibelwort: »er glaubte Gott und das wurde ihm zur Gerechtigkeit gerechnet«, denselben nicht zuerkennt, Röm. 4, 3—5. Beide Sätze dieses Spruchs verneinen, daß seine Rechtfertigung die Folge seiner Werke war. Glaubte er, so vollbrachte er keine Werke; rechnete Gott ihm die Gerechtigkeit an, so haftete sie nicht an seinem eigenen Handeln als das ihm zustehende Attribut. Aus Abrahams Glauben wird sofort geschlossen: er wirkte nicht, nicht bloß: er rühmte sich seiner Werke nicht, machte sie vor Gott nicht geltend und nicht zum Stützpunkt seiner Zuversicht, sondern: er tat und hatte keine solchen, so gewiß er glaubte. Der Glaubende ist ein nicht Wirkender, der Wirkende ein nicht Glaubender. *ὁ μὴ ἐργαζόμενος, πιστεύων δέ* nennt für Paulus die beiden nicht zu trennenden Seiten eines und desselben Verhaltens gegen Gott.

Der auf Habakuk 2, 4 im Galaterbrief, 3, 11, gestellte Schluß: »es ist offenkundig, daß im Gesetz keiner bei Gott gerechtfertigt wird; denn der »Gerechte wird aus Glauben leben!« das Gesetz ist aber nicht aus Glauben, sondern: wer dieses tut, wird darin leben«, ist für den Gegensatz zwischen dem Glauben und Wirken nicht weniger lehrreich. Es wäre nicht mehr wahr, daß der Gerechte aus Glauben leben wird, wenn irgend einer am Gesetz seine Rechtfertigung hätte. Wer das tut, was das Gesetz befiehlt, wird leben; er wäre gerecht, hätte Gottes Willen getan und das Reich wäre sein; aber glauben und aus dem Glauben das Leben empfangen läge völlig außer seinem Bereich. Damit ist nicht gesagt, daß nicht auch er ein Verhältnis zu Christus hätte, weil der, der Gottes Gesetz erfüllt, nicht Widersacher des Christus ist. Er wäre Bürger in seinem Reich, ihm als dem Haupte untergeben, etwa wie Paulus auch die himmlischen Geister dem Christus als ihrem Haupte verbunden weiß. Aber jenes eigenartige Verhältnis zu ihm, das Paulus »an ihn glauben« nennt, das hätte er nicht, so gewiß er sein Leben seinen eigenen Taten verdankt.

Fragt Paulus die Gemeinde, woher sie den Geist Gottes habe, so lautet die Frage sofort: aus Werken des Gesetzes oder aus dem Hören des Glaubens? Gal. 3, 2.[1]) Eine dritte Möglichkeit, aus der Kooperation von Glauben und Werken, gibt es für Paulus nicht. Er denkt hier ausdrücklich an die Tätigkeit, die das Glauben begleitet; dieses ist aber nicht ein Wirken, sondern ein Hören. Durch Hören wird man gläubig und durch Glauben willig und geschickt zum Hören. Wie

[1]) Über *ἀκοή πίστως* vgl. Erläuterung 10.

das Gesetz das Werk verlangt und in ihm seine Erfüllung hat, so hat das Glauben seinen Ursprung und Bestand im Hören. Das setzt sich aber zueinander in Gegensatz. Will der Mensch wirken, so hat er nicht auf eine neue Botschaft zu horchen; er weiß, was gut ist und hat Gottes Gesetz empfangen; was aussteht, ist bloß, daß er es tue. Hört er dagegen auf das, was Gottes neues Wort, sein Evangelium, ihm sagt, so tritt er von den Werken des Gesetzes ab.

Das Wirken setzt Kraft, das Glauben dagegen das Geständnis des eigenen Unvermögens voraus. Der Wirkende entspricht dem Willen Gottes; er ist der Habende, reich an göttlich wertvollem Leben; der Glaubende begehrt zu empfangen, ist in sich selber arm. Doch das ist nur die eine Seite des Gegensatzes. Da der Glaube den erschienenen Christus bejaht und sein vollbrachtes Werk für sich hat, ist der Glaubende der Habende, der im Besitz der Gabe Gottes steht; der Wirkende sucht sie erst und hat sie noch als Ziel vor sich, das er erst erstreben muß. Auf beiden Standorten fügt sich ein Haben und ein Nichthaben, ein Besitz und ein Mangel zusammen. Aber die Stelle, an der der Mangel und an der die Kraft gesucht werden, ist auf beiden Standpunkten in entgegengesetzter Weise bestimmt. Der Wirkende sucht die Kraft bei sich und den Mangel auf Gottes Seite, der Glaubende hat den Mangel in sich selbst und seinen Besitz in Gott. Darum reduziert sich der Gegensatz zwischen dem Glauben und den Werken darauf, daß dort Gott, hier der Mensch der das Gute Wirkende ist. Sie stehen gegeneinander wie eigener Erwerb und Gottes Gabe, wie eigenes Vermögen und Gottes Tat. Die Wahl zwischen beiden ist für den geschlossen, der seine Schuld kennt und die Gegenwart des Christus sieht. Wer die Unvereinbarkeit beider Stellungen leugnet, verwirft dagegen das Zeugnis des Gesetzes, da er sein Böses gut heißt, und widerspricht dem Beruf des Christus, da er seine Gnade nicht begehrt.

Die deutliche Antithese zwischen dem Glauben und dem Wirken wurde von den antipaulinischen Tendenzen nicht im mindesten geteilt, ist vielmehr die Waffe, die ihnen Paulus entgegenhält[1]). Oft genug mögen ihm Sätze entgegengestellt

[1]) Wer auf Akibas Stellung zurückblickt, dem das Glauben völlig in

worden sein wie der des falschen Esra: »entrinnen werden die, die Werke und Glauben an den Allmächtigen haben«. In der Synagoge stellte man die Zuversicht zum Gesetz auf die Erwählung Israels, die in der Beschneidung verbürgt ist, in der jüdischen Christenheit auf den Anschluß an Christus. Hier und dort wird eine Kombination von Glauben und Werken angestrebt. Dennoch legt Paulus jenes entweder — oder, wie er es selbst in seiner Seele trägt, unmittelbar auch in seine Gegner und Leser hinein. Er behandelt die These seiner Gegner als undenkbar und in ihrer Unmöglichkeit ihnen so durchsichtig wie ihm. Er entfaltet einerseits, wozu das Werk führt, und andererseits was der Glaube gibt; warum es zur Wahl zwischen beiden kommt, erläutert er nicht, weil diese sich unausweichlich jedem stellt. Der Wirkende weiß, daß seine Zuversicht nicht an Gott, sondern an ihm selber haftet; er kann die Gabe Gottes nicht bejahen, weil er sich ja im Wunsch, sie zu empfangen, und in der Furcht, sie möchte ihm verloren gehen, ans Wirken macht. Auf der anderen Seite weiß der Glaubende, daß er nicht so gehandelt hat, daß er gerecht wäre, daß er somit zum Wirken unfähig ist, weiß aber nicht minder, wie vollendet und reich Gottes Gnade sich ihm geschenkt hat. Dadurch ist er vom eigenen Wirken abgewandt. Deswegen leistet Paulus den Beweis dafür, daß beide Stellungen sich ausschließen, nicht anders als so, daß er den Menschen von seiner Schuld überführt und ihm, statt daß er sich selber rechtfertigt, die Gnade des Christus zeigt, durch die er gerechtfertigt ist.

Wir wissen nun, warum jene reine und starke Sehnsucht nach dem guten Werk, die sich ohne das Vollbringen des Guten verurteilt weiß, in keine Spannung zum Glauben trat, noch treten kann. Mit dem Glauben erkennen und empfangen wir Gottes Werk und dieses überragt alles, was wir tun. Nicht durch eine andere Leistung des Menschen wird das Werk überboten; wohl aber tritt es die über uns entscheidende Bedeutung an Gottes Werk ab.

---

seine Gottesliebe eingewickelt bleibt, ohne daß es ihm für sich nach seiner eigenen Bedeutsamkeit zum Bewußtsein käme, kann sich daran verdeutlichen, wie sehr in dieser Antithese der neue, eigene Erwerb des Paulus liegt.

Es hat sich bereits ergeben, daß die Gerechtigkeit, die der Glaubende bejaht, nur die Gottes sein kann, da jener mit dem Werk und Gesetz auch auf die Gerechtigkeit verzichtet hat, sofern sie seine eigene ist. Allein die Verneinung der menschlichen Gerechtigkeit hat, sowie sich der Mensch Christus gegenüber gläubig verhält, die Bejahung der göttlichen Gerechtigkeit über sich. Auch der nach dem Gesetz Wirkende wartet auf die Erweisung der göttlichen Gerechtigkeit; sie kommt aber erst künftig, nachdem er selbst gehandelt und seine Gerechtigkeit gewirkt hat. Dann erst gedenkt er sich an Gottes Gerechtigkeit zu wenden, damit sie ihn rechtfertige. Aber die Gerechtigkeit Gottes ist für den, der Christus kennt, nicht mehr bloß künftig; er hat keinen verborgenen Gott, weil er den vor Augen hat, der Gottes Willen tat, und noch weniger einen ungerechten Gott, weil er den sieht, der durch den Christus mit heiligem Gericht der Sünde den Tod bereitete und dadurch mit herrlicher Gnade die Schuldigen zu sich berufen hat. Darum ist in Christus Gottes Gerechtigkeit offenbar geworden und enthüllt sich im Evangelium, Röm. 3, 21. 1, 17. Dieses führt uns somit durch den Verzicht auf die Gerechtigkeit in die Gerechtigkeit, nämlich durch die Preisgabe der menschlichen in die Erkenntnis und Bejahung der göttlichen, womit wir uns selbst mit der Gerechtigkeit einigen und nunmehr vor Gott als die Gerechten stehen. Der Akt, der diese Wendung vollzieht und das Streben nach einer eigenen Gerechtigkeit still stellt und dafür erfaßt: »Gott ist gerecht und rechtfertigt uns durch seine Gerechtigkeit«, das ist das Glauben.

Damit ist Paulus in der Bahn Jesu geblieben, der darin die Gerechtigkeit Gottes erkannt hat, dem Glauben zu geben, was er glaubt, und dem Unglauben zu nehmen, was er nicht glaubt[1]).

Zur Erkenntnis, daß sich Gottes Gerechtigkeit in der Rechtfertigung des Glaubenden erweise, half Paulus vor allem Jesu Kreuz. Zwar wäre in jeder Form, wie die Gnade sich uns erweist, die Rechtfertigungsgewißheit mitgesetzt gewesen, weil

[1]) Die johanneische Parallele dazu ist, daß der Glaubende dem Gericht entnommen, der Nichtglaubende ihm verfallen ist. Durch Gottes Urteil dem Gericht des Glaubens wegen entzogen sein, heißt durch Glauben gerechtfertigt sein. Es erweist sich auch an Johannes, daß Paulus sehr wohl wußte, was er mit jenem „wir" sagte, Gal. 2, 16.

es der Grundriß des Gottesbewußtseins nicht zuläßt, daß wir Gerechtigkeit und Gnade auseinanderreißen. Ihre Scheidung ergäbe eine unsittliche Güte in Gott, eine Liebe zu uns, die die Verneinung des Bösen verloren hätte. Für das Gottesbewußtsein der Schrift und des Paulus war die Leugnung des richterlichen Waltens Gottes, das den Rechtsvollzug bewirkt, eine absolute Unmöglichkeit. Steht der Mensch vor der Gnade, so weiß er auch, daß Gott in seiner Gnade der Gerechte ist und Gerechtigkeit wirkt. Es wäre aber denkbar, daß ihm das göttliche Handeln unfaßlich geblieben wäre und er es nicht zu sehen und zu verstehen vermocht hätte, wie die Gnade mit der Gerechtigkeit sich eint. So wäre die Bejahung der Rechtfertigung ein »blindes« Glauben, ein Glauben, ohne zu sehen, etwa in der Weise, wie die Theologen Jerusalems das Recht und die Gnade nebeneinander setzten und hier ein Problem behielten, für das sie keine Lösung hatten. Das ist der auf Christus gestellte Glaube deshalb nicht, weil er für uns in den Tod gegeben ist und uns dadurch Gottes gnädige Gerechtigkeit und gerechte Gnade sichtbar macht. Indem wir durch den Gekreuzigten zu Gott berufen sind, betätigt sich die Gnade durch den Rechtsvollzug. Das Kreuz Jesu ist diejenige Tat Gottes, die die Schuld des Menschen so beseitigt und sein Schuldbewußtsein so stillt, daß eine richterliche Entscheidung Gottes ergeht, die auf Gerechtsprechung des Menschen lautet. Es liegen mehrere bestimmte Aussagen vor, die zeigen, daß uns Paulus das Urteil, wir seien von Gott gerechtfertigt, aus dem Kreuze Jesu schöpfen heißt. Der umfassende Satz: Christus sei unsere Gerechtigkeit, 1 Kor. 1, 30, und er diene uns zur Rechtfertigung, *δικαιωθῆναι ἐν Χριστῷ*, Gal. 2, 17, bestimmt sich näher dahin: sein Blut diene uns zur Rechtfertigung, Röm. 5, 9; sie sei darin enthalten, daß er wegen unseres Falles dahingegeben wurde, Röm. 4, 25, dadurch zustande gekommen, daß Gott ihn in seinem Blute als Gnadenthron hingestellt habe, Röm. 3, 25, und darauf begründet, daß Gott ihn zur Sünde gemacht habe, 2 Kor. 5, 21. Die Sicherheit dieser Beziehung wird dadurch verbürgt, daß die Befreiung vom Gesetz, die mit der Verwandlung der Verurteilung in Rechtfertigung sachlich eins ist, auf das Sterben des Christus zurückgeführt wird. Durch den Leib des Christus sind wir für das Gesetz tot geworden, Röm. 7, 4, und sind dem Gesetz gestorben, weil wir mit Christus an den Pfahl gehängt sind, Gal. 2, 19. 20. Der Loskauf vom Fluch des Gesetzes fand dadurch statt, daß er selbst als der ans Kreuz Gehängte ein Fluch geworden ist, Gal. 3, 13.

Der Tod ist Gericht, das Ende des verwerflichen Verhaltens. Dies gilt vom Tod des Christus im höchsten Sinn. Da der Glaubende vor dem gekreuzigten Christus steht, hat er eine richterliche Erweisung Gottes vor sich, die den totalen Gegensatz Gottes gegen das menschliche Wesen und Handeln betätigt, indem sie sogar den Christus dem Urteil des Gesetzes über das Böse unterstellt, sein Fleischesleben im Tode zerbricht und ihn dadurch der irdischen Menschheit entzieht. Und doch ist dieser Gerichtsakt vollkommen der Gnade dienstbar, kein Widerruf der gnadenvollen Sendung des Christus, sondern deren Erfüllung, keine Trennung des Christus von den Menschen sondern der Grund seiner Gemeinschaft mit denen, die an ihn glauben, kein Ausschluß derselben vom Reich, sondern ihre Einführung in dasselbe. So sieht sich der Glaubende hier, wo Gott gerichtet und der Sünde den Tod zugeordnet hat, zu Gott herzugerufen, von Christus mit sich vereint und zum Empfänger aller seiner Gaben gemacht. Somit wird das göttliche Urteil für ihn zur Rechtfertigung und das Gerechte an ihr, woran Paulus sein Schuldbewußtsein völlig zur Ruhe bringt, weil er das Recht als erfüllt vor Augen hat, liegt darin, daß unsere Schuld durch den Christus selbst getragen wird, weil er selbst das leidet, was sich aus der menschlichen Sünde als Folge ergibt.

Wer in seinem Werk seine Rechtfertigung finden will, streitet darum nicht nur mit dem Gesetz, das seine Bosheit richtet, während er sie entschuldigt, sondern streitet auch gegen Jesu Kreuz. Vor dem gestorbenen Christus gibt es für Paulus nur ein Urteil: daß, wenn einer für alle starb, folglich alle starben, 2 Kor. 5, 15. Das göttliche Urteil, das in Jesu Tod zum Vollzug gelangt ist, umfaßt mit ihm alle; nachdem der Christus starb, ist keiner mehr vor Gott lebendig. Der Wirkende beurteilt aber sich selbst nicht als tot vor Gott, sondern will selbst lebendig sein. Er verneint das Urteil Gottes, das im Kreuze Jesu vor ihm steht, und erklärt ein anderes Urteil für erreichbar und macht Jesu Kreuz dadurch grundlos und leer, 1 Kor. 1, 17. Gal. 2, 21. Und da er dasselbe nicht beseitigen kann, muß er sich an ihm ärgern und wird zum »Feind des Kreuzes des Christus«. Er kann sich, weil er sein eigenes Wesen verkennt, auch nicht in die Gestalt des Christus finden; denn diese beruht auf seiner Gleichstellung mit uns. Der illusorische Menschheitsbegriff und das illusorische Christusbild begleiten einander; die falschen Heiligen erzeugen auch den Pseudochrist. Die Leugnung des göttlichen Willens wird eine totale, da sie sich nicht bloß auf das Gesetz beschränkt, das gebrochen und entweiht wird, sondern sich auch gegen denjenigen Willen Gottes richtet, der den Christus in den Tod gegeben hat. So wird er für den Wirkenden zum »Stein des Anstoßes«, an dem er zu Fall kommt, Röm. 9, 31. Aus dem Kreuz läßt sich keine andere Folgerung ziehen als Glauben mit seinem Verzicht auf Werk, Gesetz und Gerechtigkeit und mit seiner Bejahung jener Gerechtigkeit Gottes, die, weil sie mit der Gnade eins ist, uns die Rechtfertigung gewährt.

Da der Glaube auf den Gekreuzigten geht, dehnt sich die in ihm enthaltene Verneinung auf das ganze Wesen des Menschen und den gesamten Weltbestand aus. Weil sich die Gnade nicht anders betätigt als durch das Sterben des Christus hindurch, tritt sie zum natürlichen Denken und Begehren des Menschen, ja zum ganzen Wesen der irdischen Welt in Gegensatz. Indem der Mensch auf den Auferstandenen gewiesen ist, ist sein Begehren vom gegenwärtigen Bestand des menschlichen Lebens abgelöst und auf ein Ziel gerichtet, das über unserer Erfahrung und Wirklichkeit liegt. Diese Seite am Glauben hat Paulus am Glauben Abrahams dargestellt, Röm. 4, 17—21, der die Bejahung der göttlichen Gabe dadurch vollzieht, daß er sich völlig von der natürlichen Ohnmacht, die ihn bindet, löst.

Gott sagt zu Abraham: ich habe dich zum Vater vieler Völker gesetzt, 4, 17, wodurch Abraham nicht nur die Verheißung empfängt, er werde einst Vater sein, sondern die Erklärung Gottes, er habe ihn zum Vater gemacht. Vor Gott ist er es, weil er die Toten leben macht und von Nichtseiendem als von Seiendem redet. Diese Benennung Gottes steht in konkreter Beziehung zu dem, was er Abraham tut; eben jetzt läßt er aus dem toten Abraham Völker erstehen und spricht in seiner Verheißung von Geschlechtern, die noch nicht sind, sondern erst durch seine Verheißung zur Existenz gebracht werden. In der freien Schöpfermacht Gottes hat die Vaterschaft Abrahams ihre Realität und Gegenwart; in ihr erhält der Glaube seinen Grund und seine Wahrheit.

Weil er aber vor dem Gott, der die Toten lebendig macht, Vater ist, ist er es nicht vor den Menschen, auch nicht vor sich selbst. Die göttliche Zusage macht ihn zu dem, was er weder in sich selbst ist, noch durch sich selbst werden kann. Der Gegensatz, der in seiner Situation liegt, daß er Vater ist, obgleich er es nicht ist, überträgt sich auch auf sein Inneres: er hofft und er hofft nicht, 18. Die Lösung für diese doppelte Bewegung seiner Seele, der sie einigende Akt, in dem dieses doppelte Motiv seine Folge erhält, ist ein Glauben und Trauen, das nichts von sich selbst erwartet, aber Gottes Zusage ganz bejaht.

»Ohne zu hoffen, glaubte er; denn er nahm seine Erstorbenheit wahr,« 19[1]). Auch hier stellt Paulus den Verzicht auf die Hoffnung, die aus der klaren Erfassung der eigenen Erstorbenheit entsteht, nicht in Gegensatz zum Glauben, gliedert ihn vielmehr dem Glauben an. Weil er bei sich keine Kraft sucht und nicht suchen kann, dadurch erst kommt Abraham zur unbeschränkten Anerkennung des göttlichen Gebens, das ihm den Sohn durch Gottes im Toten Leben schaffende Tat gewährt.

Für das Entstehen des Glaubens ist aber das Hoffen nicht weniger wesentlich. Abraham glaubt ebensowohl *ἐπ' ἐλπίδι*, wie *παρ' ἐλπίδα*. Weil er das Gut verlangend faßt, das ihm Gottes Güte vorhält und sich nach der Stellung streckt, die Gott ihm anweist, bejaht er die Vaterschaft als ihm gegeben, um Gottes willen. Dadurch ist einerseits der Verzicht auf die Hoffnung in seine Sphäre eingeschränkt, so daß er nicht auch Gott umfaßt, sondern nur so lange gilt, als Abraham sich selbst ins Auge faßt, andererseits der Hoffnung ihr wahrer Grund in Gott gegeben, wodurch sie über alle Eindrücke, die aus der Betrach-

---

[1]) Es ist wahrscheinlicher, daß Paulus 4, 19 schrieb: „und weil er am Glauben nicht matt wurde, nahm er seinen Leib als schon erstorben wahr," *κατενόησεν*, nicht *οὐ κατενόησεν*.

tung der eigenen Erstorbenheit entstehen, emporgehoben bleibt. Deshalb verbindet sich mit dem Glauben Kraft: ἐνεδυναμώθη τῇ πίστει, 20. Die aus dem Einblick in den eigenen Tod erwachsenden Strebungen der Seele zu beherrschen, den Verzicht auf sich selbst zu vollziehen, ohne daß auch Gott gegenüber daraus Zerrissenheit folgt, das ist Kraft. Diese Stärke schöpft der Glaube aus dem Blick auf die unbegrenzte Macht und Wahrheit Gottes; er gab Gott Ehre. Somit hat für das Entstehen des Glaubens die Weise, wie der Mensch sich selbst persönlich auf Gott bezieht, die entscheidende Bedeutung; es ist davon abhängig, ob der Mensch Gott in seiner Herrlichkeit erfaßt und ihn ehren will oder nicht. Damit ist das Glauben mit der innersten Bewegung des Willens verknüpft und seine Unerläßlichkeit ist nachgewiesen. So gewiß Abraham Gott ehren will, so gewiß bleibt ihm keine andere Wahl, als daß er ihm glaubt.

Mit dem Glauben ist alles gegeben, was die Erfüllung der Verheißung voraussetzt; Abraham wurde durch dasselbe Vater, 18. Daß Gottes Gabe umfassenden Inhalt hat, darum nicht momentan sich verwirklicht, sondern erwartet sein will, stellt freilich dem Glauben eine neue Aufgabe. Es ist aber für Paulus bezeichnend, daß er nicht die Antithese zwischen der Gegenwart und der Zukunft, sondern die in den gegenwärtigen Stand des Menschen fallende Spannung zwischen seinem Unvermögen und der ihm von Gott gewährten Berufung als das Problem hervorhebt, das durch das Glauben zur Lösung kommt.

Die Lage der Gemeinde ist mit derjenigen Abrahams analog und darum auch ihr Glauben mit demjenigen Abrahams parallel, weil sie vor dem auferweckten Christus steht und ihr Glauben ihm gehört. Die Gemeinschaft des Christus mit uns erscheint darin, daß sowohl sein Sterben wie sein Leben den Grund in dem hat, was der Mensch ist. Er stirbt um des Menschen willen und wird in das Leben der Auferstehung um des Menschen willen versetzt. In unserem Fall ist seine Dahingabe in den Tod begründet; in unserer Rechtfertigung, wie sie in seinem Tode göttlich vollzogen ist, liegt das Motiv zu seiner Auferweckung. Im Tod des Christus kommt der menschliche Fall zu seinem Endergebnis, so daß sich dessen Schwere in ihm offenbart; in der Auferweckung des Christus kommt die Rechtfertigung, die Jesu Tod dem Menschen gibt, zu ihrem Ziel, weil sich die Fülle und Wahrheit derselben in ihr offenbart. Denn das himmlische Leben des Christus bestimmt auch die Lebensstufe derer, die ihm gehören; er wird erweckt als Erstling der Schlafenden, damit alle in ihm leben. Darum steht die Gemeinde nicht weniger als Abraham vor einer göttlichen Zusage, die ihr die höchste Gabe gewährt: sie ist mit Rechtfertigung und Auferstehung beschenkt. Aber diese Zusage übersteigt das, was den gegenwärtigen Inhalt ihres Lebens bildet. Sie ist wie bei Abraham nur vor dem Gott, der die Toten lebendig macht und das Nichtseiende als seiend ruft, eine Wirklichkeit und hat auch jetzt wieder nur in der unbegrenzten Macht der göttlichen Gnade ihre Wahrheit, weil sie sich zum eigenen Zustand und Vermögen des Glaubenden in einen totalen Gegensatz stellt. Denn Gottes Zusage bezieht sich auf die Gemeinschaft mit dem Auferstandenen, die sich für den irdischen Menschen nicht anders herstellt als durch ein Glauben, dessen Begründung nicht in unserem gegenwärtigen Lebensstand liegt.

Die doppelte Verneinung, die der Glaube in sich trägt, daß er sich vom schuldigen und vom irdischen Menschen abwendet, ist bei Paulus fest verbunden. Auch hier zeigt sich wieder die Wichtigkeit des Kreuzes Jesu. Um seinetwillen kann unser Glauben nicht bloß darin bestehen, daß wir das himmlische Leben Jesu für uns begehren, sondern darin, daß wir angesichts seines Todes unseren Fall bejahen, das göttliche Urteil als wider uns stehend anerkennen und gleichzeitig angesichts des auferweckten Christus ohne innere Spaltung gewiß und froh die von Gott uns gegebene Gerechtsprechung bejahen. Aber unser Glauben kann auch nicht bloß darin bestehen, daß wir den Trost der Gnade mit unserem Schuldbewußtsein verbinden und uns trotz unserer Sündhaftigkeit von Gott geliebt wissen; vielmehr verhalten wir uns dem Christus gegenüber nur dadurch gläubig, daß wir die Lebensgestalt des Auferstandenen als uns gegeben bejahen, in der alle Folgen unserer Sündigkeit zur gänzlichen Tilgung gekommen sind.

Auch für die Gemeinde ist dies wie für Abraham eine kraftvolle Tat, weil sie mitten in der konstanten Erfahrung ihrer

Sündhaftigkeit und Sterblichkeit mit der Beugung unter Gottes Urteil die Gewißheit ihrer Rechtfertigung und ihres Lebens zu verbinden hat. Solches Glauben ist jedoch auch für sie wie für Abraham eine unerläßliche Notwendigkeit, weil sie nicht bestreiten darf, was die Auferweckung Jesu ihr verleiht. Sie ehrt die Macht und Wahrheit der göttlichen Gnade nur dann, wenn sie aus dem Sterben und Leben des Christus die Gewißheit der Gerechtigkeit und des Lebens schöpft [1]).

Darum hat Paulus den Glauben das Opfer genannt, mit dem die Gemeinde Gottes Herrlichkeit ehrt, Phil. 2, 17. Ihr ganzes priesterliches Wirken, daß sie imstande ist, aus allem, was Gott ihr gab, sowohl aus ihrem Leibe als aus ihrer geistlichen Begabung das Opfer zu machen, das Gott verherrlicht, weil sie das von ihm Gegebene auch für ihn verwendet, hat darin die notwendige Voraussetzung, daß sie Gott das inwendige Opfer, das heißt den Glauben, darbringt [2]).

Ungezählte Male ist ein »gleichsam« in den Gedanken des Apostels eingeschoben worden; der Glaubende sehe sich an, »wie wenn« er gerecht wäre. Daß dasselbe das Glauben zersetzt, liegt auf der Hand. Ein solches »gleichsam« überträgt die Ergebnisse der Selbstbeurteilung auf das Verhalten Gottes und

---

[1]) Wir stehen hier wieder an einer Stelle, an der die Begrenzung unserer Untersuchung gegenüber der neutestamentlichen Theologie von anderen anders gezogen wird. Wer in der Kreuzeslehre des Paulus eine Spekulation sieht, die er sich unter dem Antrieb des Glaubens zu dessen Befriedigung gebildet habe, mit tiefgreifender Verunstaltung des echten Vorgangs, so daß er aus dem Kreuze Jesu einen Sühnetod und damit etwas wesentlich anderes gemacht habe, als was es nach seinem geschichtlichen Verlauf gewesen sei, der muß die ganze Kreuzeslehre unter den Titel „Glauben des Paulus" stellen. Damit wäre seine eigene Meinung entstellt. Er spricht in der Überzeugung, daß er mit den Aussagen über Jesu Tod das ausspreche, was ohne und vor seinem eigenen Glauben als Tat des Christus und Gottes geschehen sei, und hatte an jenen den Grund seines Glaubens, nicht dessen Produkt. Aber auch von Jesus aus gesehen ist diese Beurteilung der paulinischen Kreuzeslehre falsch, weil sie die geschichtswidrige Entleerung der Kreuzestat Jesu und deren Absonderung von seinem messianischen Ziele zur Voraussetzung hat. Die kraftvollen Beziehungen zwischen der Kreuzeslehre und dem Glauben bei Paulus sind nicht anderer Art, als wie sie durchweg zwischen der neutestamentlichen Lehre und dem Glauben bestehen.

[2]) Der priesterliche Charakter, den Paulus sich zuschreibt, da er aus den Völkern das Gott dargebrachte Opfer mache, ist völlig damit eins, daß er „das Evangelium vom Glauben verkündigt", Röm. 15, 16. Gal. 1, 23.

ist darum der Ausdruck der inneren Zerspaltung, das Wort des *διακρινόμενος*. Handelt es sich um sein eigenes Sein und Wirken, so hält sich Paulus nicht für gleichsam gerecht, auch nicht bloß für gleichsam ungerecht, sondern für ungerecht in voller Wahrheit, für verurteilt von Gott, für tot. Darin findet er die Nötigung, Gott gegenüber ein Verhalten zu betätigen, das ein Trauen ist, zu dem ihm der Grund in Christus gegeben ist. Weil Christus für ihn starb und auferstand, erhält sein Wesen und Geschick den entgegengesetzten Inhalt von dem, was aus seinem eigenen Handeln entstanden ist. Deshalb tritt zu der Gewißheit: ich bin ungerecht, die andere hinzu: ich bin gerecht, zu dem Urteil: ich bin tot, das andere: ich bin gerettet und lebe. Das erste hat seine Wahrheit in dem, was der Glaubende selber ist, wird aber dann unwahr, wenn es ablehnt, was Gott ihm gab. Das zweite ist ganze Wahrheit, solange es als Ausdruck dessen verstanden wird, was Gott an uns tut. Das bestimmt aber unser Wesen und Geschick real, wobei es zunächst gleichgültig bleibt, in welchem Maß diese Wirkung sich schon jetzt in unserer Erfahrung sichtbar macht. Daß sich Paulus als gerecht weiß, nicht nur gleichsam, sondern in absoluter Realität, darum, weil er sich von **Gott** gerecht gesprochen weiß, das eben ist sein Glaubensakt. Gottes Urteile gelten ihm nicht nur gleichsam für Wirklichkeiten, sondern als das Allerrealste, so daß er, wenn sich ein Zwiespalt zwischen dem sichtbaren Bestand der Dinge und dem göttlichen Urteil über diese ergibt, den Schein und die Nichtigkeit in den Dingen sucht und nicht in Gott, weil ihm die Welt und die Menschen in Wahrheit das sind, was sie vor Gott sind.

Sein eigenes Glauben blieb mit dem, was er als das Glauben Abrahams beschrieb, auch darin parallel, daß er die Frage, wie das die Gegenwart überragende Heil zu unserem Besitz werde und an die Stelle des jetzigen nichtigen und vergänglichen Lebens die Herrlichkeit des kommenden Äon trete, von seinem Glauben fern gehalten hat. Sein Glauben war Wollen und sein Wollen erwuchs aus der ihm jetzt bereiteten Lage. Wie er, der schuldig Gewordene, gerecht, er, der Sterbende, lebendig werde, diese Frage gab ihm der gegenwärtige Zustand der Menschheit und ihr gab der Ausgang Jesu die Antwort, die Paulus glaubend erfaßt. Vor dem Kommenden wurde sein Glaube nicht zur

Lehrbildung, sondern zur Hoffnung, die in stiller Gewißheit auf Gottes Werk zu warten vermag, dessen gewiß, daß es sich vollenden wird.

Dagegen hatte die Vereinigung der Selbstbeurteilung mit der Betrachtung des Christus im Glauben zur Folge, daß Paulus seine anthropologische und seine christologische Gedankenreihe mit demselben Ernst und im genauen Parallelismus ausbildete. Dem negativen und dem positiven Glaubensmotiv entspricht der doppelte Ausgangspunkt seines Lehrgangs, im Menschen und im Christus; von beiden Punkten her treffen sich die Linien im selben Ziel. Am Christus wird der Mensch, am Menschen der Christus erkennbar. Die Begriffe Sünde, Gesetz, Fleisch, Zorn, Tod und Gerechtigkeit, Christus, Geist, Gnade, Leben bilden deswegen zwei einander genau entsprechende Reihen, die sich gegenseitig begründen. Was die Gerechtigkeit ist, wird an der Sünde, was die Sünde ist, an der Gerechtigkeit erkannt. Was das Gesetz soll, wird am Christus verstanden, und der Beruf des Christus durch das Gesetz bestimmt. Was Fleisch ist, sieht der Mensch an dem, der Geist ist und gibt; warum die Gabe des Christus Geist ist, zeigt der Einblick in unsere fleischliche Art. An der Gnade wird die Größe des göttlichen Zornes ermessen, der die Verachtung der Gnade straft, und an der Größe des Zornes die Gnade, die von demselben erlöst. Gibt jene Begriffsreihe der Reue ihren Grund und Stoff, so bilden diese den Inhalt der Zuversicht. Beide werden mit demselben Ernst entfaltet und vollkommen geeinigt, wie und weil auch Reue und Zuversicht sich gegenseitig begründen und tragen. Die Energie des Glaubens betätigt sich in Paulus nicht dadurch, daß das in ihm gesetzte Gottesbewußtsein das Selbstbewußtsein auslöschte, sondern dadurch, daß es ihm seine durchdringende Klarheit gibt. Wiederum dient die Schärfe, mit der die menschlische Art in ihrem Gegensatz zur göttlichen wahrgenommen wird, dem Gottesbewußtsein nicht zur Verdunkelung, sondern zur Erhellung, weil jener Gegensatz zum Maß der göttlichen Gnade wird.

Darum richtet sich der Blick des Apostels am Wirken des Christus gleichmäßig auf sein Sterben wie auf sein Leben, auf seine Gleichheit mit uns wie auf seine Einheit mit Gott, auf seine Beziehung zum göttlichen Gesetz und Gericht wie auf seine Beziehung zur Gnade und Errettung. Was Christus für uns zum Motiv der Buße macht, wird ebenso kraftvoll empfunden und erfaßt wie das, weshalb er der Grund des Glaubens für uns ist. Es gibt hier für Paulus keine Sonderung. Er hat im Glauben die Verneinung des Bösen und die Bejahung der Gerechtigkeit ungetrennt geeinigt, weil er auch im Christus das, was er der Sünde wegen, und das, was er der Gerechtigkeit wegen ist, beisammen sieht und das, was er unsertwegen ist, von dem, was er Gottes wegen ist, nicht trennt. Die Verkündigung des Christus war ihm deshalb gleichmäßig Lehre von seinem Kreuz und seinem Auferstehen. Paulus hat beides gesagt, er kenne nur den Gekreuzigten, und, nur der Glaube, daß er auferstanden ist, sei Christentum, ohne daß zwischen beiden Sätzen auch nur die geringste Spannung einträte. Der eine gilt nicht trotz, sondern wegen des anderen. Am Tode des Christus wird sichtbar, was sein Leben in sich schließt, am Leben des Christus, was sein Tod bedeutet. Darum wird auch die Gemeinschaft, in die sich Christus mit uns setzt, ebenso bestimmt auf seine Auferstehung wie auf sein Sterben bezogen. Er ist für uns im selben Sinne auferstanden, wie er für uns gestorben ist. Sein Leben ist unser Lebendigsein, wie sein Sterben unser Gestorbensein ist. Beides bildet verbunden die Wohltat des Christus und wird die unseren Lebenslauf gestaltende Macht. Ihr Resultat kann nichts anderes als die Glaubensstellung sein. Der Grund des Lebens findet sich nicht mehr bei uns selbst. Es ist ein aus dem Tod heraus uns geschenktes Leben, das uns deswegen gehört, weil Christus seine Lebendigkeit an uns erweist; so wird der Grund desselben der Glaubensstand, Gal. 2, 19.

Weil Paulus mit der ganzen Gemeinde darin eins war, daß ihm das Glauben Verbundenheit mit Christus von Person zu Person ist, so sind die Akte, durch die Jesus zu seiner Heilandsmacht als Christus gelangt, sein Kreuz und sein Auferstehen, auch die, durch die das Glauben seinen Grund erhält, und die Stärke desselben zeigt sich in der Kraft, mit der Paulus jene auf sich selbst bezieht und an ihnen die Basis seines eigenen Lebens hat.

Ob der von ihm gelehrte Anteil am Tod und Leben Jesu mystisch oder vom Glauben aus verstanden wird, hat freilich für die Auffassung des letzteren große Konsequenzen. Die mystische Deutung geht von der Annahme aus, daß ein geheimes Gefühl der Unbefriedigtheit in seinem »Glauben« wirksam blieb, das ihn über ihn hinaus zu Versuchen trieb, seine Verbundenheit mit Christus noch in anderer Weise zu erleben, nämlich durch die mystische Nachbildung des Gekreuzigt- und Auferwecktwerdens Jesu in seiner eigenen Seele. Die Entscheidung der Streitfrage, die freilich nicht einzig das, was Paulus unter Glauben verstand, sondern die Gesamtheit seiner Theologie berührt, ergibt sich daraus, daß die mystische Deutung zu partikularistischen Sätzen führt, während die des Paulus universal sind. »Alle« sind durch Jesu Tod tot, alle durch sein Leben lebendig. Dem entspricht die innere Vollendetheit der von ihm bezeugten Geeintheit mit Christus. Sie fällt nicht in einen allmählich errungenen Vollkommenheitszustand, sondern ist mit der Taufe, somit schon im Anfang des Glaubensstandes ganz gegeben. Dem entspricht weiter, daß jede asketische Methodik, wie der Eintritt in Jesu Tod und Leben allmählich von uns herbeigeführt werden könne, fehlt; was Paulus gibt, ist nur die Anleitung zum Gläubigsein. Was in der von ihm bejahten Geeintheit mit dem Christus über das Glauben hinausragt, fällt somit weder in unser Bewirken, noch in unser Erleben, sondern in das Handeln des Christus, durch das er uns gestaltet und begabt. Nach der subjektiven Seite hat sie im Glauben ihren Bestand.

In die Gemeinschaft mit dem Christus wird der Mensch dadurch versetzt, daß jener ihn beruft. Daher hat das Wort, durch das sein Ruf an uns ergeht, sowie es geglaubt ist, die Bedeutung des voll zureichenden Gnadenmittels; das Evangelium ist selbst die uns errettende Macht, Röm. 1, 16. Sein Inhalt ergibt sich aus seinem Zweck, die Verbundenheit mit ihm zu stiften. Daher bilden ihn diejenige Taten des Christus, die ihn in seiner Sohnschaft Gottes und in seinem Heilandswerk erkennbar machen, während alle geschichtlichen Einzelheiten, so wertvoll sie an sich sind, um dem Bilde Jesu die konkrete Füllung zu verschaffen, hinter denselben zurückstehen. Das Evangelium besteht bei Paulus nicht aus einer Summe von Worten Jesu, die die Gemeinde zu beachten hätte, oder aus einer Anzahl von Geschichten, die sie über ihn wissen müßte, sondern aus der Bezeugung seines Todes und seiner Herrlichkeit, durch die er mit allen in Beziehung tritt. Das Glauben erhält dadurch bewußt und geschlossen die Richtung nicht auf eine von ihm ausgehende Lehre oder einen von ihm trennbaren Erfolg, sondern auf ihn.

Dies wird auch durch die Sakramente nicht verändert, da Paulus auch durch sie nichts anderes als die Verbundenheit mit dem Christus als das durch sie gewährte Gut besitzt. Daß ihm diese als kraftvolle Wirklichkeit gilt, ist weder im Tun des Spenders noch des Empfängers des Sakraments, sondern im Christus begründet, der bei dem, den er zur Taufe und an seinen Tisch beruft, mit wirksamer Gnade gegenwärtig ist.

Wie einheitlich sich der Glaubensstand des Paulus auf Jesu Tod und Leben gründet, wie mächtig er die Abwendung von sich selbst und die Zuwendung zum Herrn der Gemeinde in sich einigt, wird an der Weise sichtbar wie er jede Betrachtung unserer Sünde und Schwachheit, unseres Todes oder des göttlichen Zorns sofort in einen Grund der Zuversicht verwandelt, weil in der Bedürftigkeit des Menschen das Motiv für Gottes Geben erscheint und die Größe des Mangels zum Maß für die göttliche Gabe wird. »Gottes Gerechtigkeit offenbart sich aus dem Glauben zum Glauben im Evangelium, weil Gottes Zorn sich über jede Gottlosigkeit und Ungerechtigkeit der Menschen offenbart, die die Wahrheit durch Unrecht hemmen«, Röm. 1. 17, 18. In der Notwendigkeit und Universalität des göttlichen Zorns, der jeder Entehrung Gottes und jedem Rechtsbruch im Verkehr mit den Menschen, jedem Widerstreben gegen die Wahrheit widersteht, ist es begründet, daß Gott dem Menschen hilft, durch Gerechtigkeit hilft, durch die er vor dem Zorn gerettet ist, so zur Gerechtigkeit hilft, wie der Schuldige allein sie finden kann, durch Glauben. Darum ist die Weise, wie Paulus den Grundakt der menschlichen Bosheit bestimmt, genau antithetisch auf das Glauben bezogen. Der Mensch kennt Gottes Wahrheit und Recht, ehrt aber Gott nicht als Gott und nimmt seine Gaben, ohne ihm zu danken.

Darum geht ihm die Wahrheit gegen leere Wahngebilde verloren, und er gibt Gottes Herrlichkeit gegen Irdisches preis. Darum gibt Gott auch ihn preis, macht ihn zum Gefangenen seines Lasters und zerrüttet die menschliche Gemeinschaft durch den Strom der Bosheiten, mit denen jeder den anderen verletzt. Deswegen empfängt er in seiner Verlorenheit das Evangelium und wird durch Jesu Tod und Auferstehung aufs neue vor die Frage gestellt, ob er Gott in seiner Wahrheit, Herrlichkeit und Güte anerkennen will. Der Glaubende bejaht Gottes Wahrheit, ehrt ihn als Gott, dankt ihm für seine Gabe und beendet dadurch jenen Grundakt der menschlichen Verdorbenheit durch eine vollständige Wendung. Und wie die Verwerfung des Menschen durch Gott in der Region der natürlichen Triebe das Laster nach sich zog als den gerechten Lohn für die Verachtung Gottes und seiner Güte, so wird ihm durch die Gegenwart des Christus der Geist und seine reine Furcht zuteil als die Gabe, die der glaubenden Anerkennung der göttlichen Gnade folgt, und wie aus der Sünde die Zerrüttung der menschlichen Gemeinschaft folgt, so führt nun der Christus den Glaubenden in die von ihm geschaffene Gemeinde hinein, die in der Liebe handelt. Das Gottesbild des Apostels ist völlig einheitlich. Gottes Handeln zerfällt nicht in zusammenhanglose Willkür, wenn es auf das menschliche Verhalten mit Zorn antwortet und demselben Menschen, wenn er an Christus glaubt, das Reich und die Seligkeit gibt. Es ist derselbe Wille Gottes, dieselbe Regel der Gerechtigkeit, die der Verachtung der göttlichen Güte die Preisgabe des Menschen, ihrer glaubenden Schätzung die Aufnahme des Menschen in Gottes Gnade und Leben zur Folge gibt.

In derselben Weise betrachtet Paulus die universale Macht der Sünde und des Todes in der Menschheit, die sie ohne den Willen des Einzelnen zum gemeinsamen Charakter aller macht. In dieser alle umfassenden Wirkung des Falls des ersten Menschen liegt der Grund und das Maß für die nicht weniger alle umfassende Wirkung der Gnade des Christus. Wie die Sünde und der Tod allen bereitet sind, so kommt auch die Gerechtigkeit und das Leben zu ihnen nicht durch ihr eigenes Werk. Sie sind in Christus nicht weniger für die vielen real und wirksam vorhanden als die Sünde und der Tod von Adam her. Das Ergebnis, zu dem der Verlauf der menschlichen Geschichte führt, ist darum lediglich das glaubende Verhalten. In diesem liegt der Einheitspunkt, in dem die von den beiden Häuptern der Menschheit ausgehenden Linien zusammenlaufen. Weil wir durch den Ungehorsam des einen in die Sündhaftigkeit und Sterblichkeit, durch den Gehorsam des anderen in die Gerechtigkeit und das Leben versetzt sind, können wir nur Glaubende sein.

Betont Paulus die naturhafte Begründung unseres verwerflichen Begehrens, seinen Zusammenhang mit der ganzen Organisation der Seele und des Leibs, seinen Ursprung aus dem »Fleisch«, aus dem Gesetz, das unsere Glieder regiert, aus der Zeitlichkeit unseres Leibes, der als ein Leib des Todes von Anfang an zum Vergehen bestimmt ist, so gibt ihm dies den Vordersatz zu dem Schluß: folglich besteht gegen den, der im Christus ist, keine Verurteilung, Röm. 8, 1. Dieser Schluß ist nur deshalb möglich, weil sich der Mangel des Menschen und die Wirkung des Christus genau entsprechen. Die Erkenntnis, daß wir Fleisch sind, begründet den frohen Dank, weil Christus uns Geist gibt. Die Einsicht, daß unsere Erlösung vom Bösen mit unserer Errettung vom Leibe dieses Todes zusammenfallen muß, begründet das Glauben, weil wir am Kreuze Jesu sehen, daß dort unser Fleischesleib in den Tod gegeben ist. Die Unmöglichkeit, in uns selbst Frieden, Einheit und Freiheit zu gewinnen, erzeugt das Glauben, durch das wir nicht bei uns selber bleiben, sondern im »Christus sind« und in ihm den haben, der uns hält und umfaßt.

Um die Sicherheit der Hoffnung zu begründen, heißt uns Paulus erwägen, daß sich die Klage bei allen, die geschaffen sind, findet, aber auch in denen, die Gottes Geist haben, wiederkehrt, ja vom Geist selbst bestätigt wird dadurch, daß er das Gebet durch die unaussprechbaren Seufzer erweitert, Röm. 8, 19–27. Das Ergebnis dieser Betrachtung ist für Paulus nicht bloß Ergebung, die sich des Schmerzes nicht weigert in der Erwägung, daß jedermann leidet, sondern Gewißheit der Herrlichkeit, die alles Leiden unvergleichlich überragt, Hoffnung, weil das Seufzen die Hilfe herbeizieht, der Mangel die Gabe hervorruft und die auf Gott gesetzte Hoffnung niemand beschämt. Auch hier ist der Mangel unmittelbar zum Glaubensmotiv gemacht; wir erhalten die Hilfe, weil sie uns fehlt.

Dient die helle Beleuchtung unseres sittlichen Unvermögens, wie sie durch die Urteile über das Fleisch, Adams Fall und die Fesselung der Geschaffenen in Nichtigkeit hergestellt wird, dem Glauben zur Begründung, da sie einzig diesen als den uns Hilfe bringenden Vorgang erkennen läßt, so sind auch diese ethischen Sätze wieder vom Glaubensstand des Paulus abhängig und nur von diesem aus erreicht. Nur sein Glaube gab seiner Selbstbeurteilung diese Deutlichkeit, die alle Illusionen zertrat und die Gebundenheit unseres Willens an die natürliche Art und an den Gesamtzustand der Menschheit nach ihrer Bedeutung für unseren Gottesdienst und unsere Lebensführung voll ermaß. Daß Paulus unsere Ohnmacht und Verwerflichkeit, ohne Entschuldigungen und Verhüllungen zu suchen, mit dieser Klarheit zu bezeugen vermochte, verdankte er dem, daß er wußte, an wem er den Retter vom Leibe dieses Todes hatte. Der Aufblick zum Christus verhalf seinem Einblick in den menschlichen Zustand zur abgeklärten Wahrhaftigkeit. Nicht nur seine Buße hat seinen Glauben, sondern auch sein Glaube die Buße zur Klarheit gebracht in einer festen Wechselwirkung, die die Kraft des einen Vorgangs auf den anderen übertrug[1]).

Von besonderer Wichtigkeit war diese kraftvolle Entfaltung des Glaubens für die Lehre vom Gesetz, weil sie jede dualistische Verletzung des Gottesbildes verhütete. Wenn das Gesetz ein negatives Ergebnis schafft, die Übertretung hervorbringt und den Fall vertieft und zu diesem Zweck von Gott gegeben ist, so ist es auch mit dieser Wirkung der Gnade dienstbar und hilft zur Begründung des Glaubens mit. Die Schrift hat alles unter die Sünde verschlossen, damit die Verheißung nicht aufgehoben, sondern gegeben werde in der

---

[1]) Wiefern die in den Formeln „Fleisch“ und „Fall Adams“ zusammengefaßten ethischen Urteile zur älteren Bußpredigt etwas Neues ergeben und wie Paulus sie genauer bestimmt hat, gehört in die neutestamentliche Theologie.

Weise, wie es der Gnade Gottes entspricht, aus Glauben an Jesus Christus den Glaubenden, Gal. 3, 22, vgl. Röm. 5, 20. Gesetz und Christus treten in fester Unterscheidung mit entgegengesetztem Auftrag und doch verbunden zusammen, demselben Rat Gottes dienend. Der Christus nimmt die Verurteilung der Sünde durch das Gesetz in sein eigenes Erleben auf und wird durch das Kreuz hindurch zum Herrn aller erhöht; der Glaubende nimmt den Fall, den das Gesetz in ihm bewirkt, in seine Reue auf und wird dadurch zum glaubenden Anschluß an Christus fähig und tritt so in die Freiheit vom Gesetz. Die im Glauben enthaltene Lösung vom Gesetz hat deshalb mit eigenmächtiger Auflehnung gegen dasselbe nichts gemein. Sie wird nicht aus der Einsicht, daß das Gesetz unerfüllbar und ein Dienst der Verdammung ist, abgeleitet. Als von Gott gegeben kann es auch nur von Gott beseitigt werden; es hat sein göttlich gewolltes Ende dadurch gefunden, daß der Christus kam und seinetwegen starb. Die Folge, die der Mensch hieraus zu ziehen hat, ist die, daß er das Ende des Gesetzes in Christus dankbar anerkennt. Aufgehoben ist es deshalb nur für den, der mit Christus verbunden ist. Die Trennung von Christus führt unter das Gesetz zurück, so daß der, der unter ihm sein will, es auch mit seiner ganzen Forderung und seiner Verurteilung gegen sich hat. Auch darin tritt das einheitliche Wirken des Christus und des Gesetzes hervor. Dieses faßt mit seinem Urteil den, der sich ungläubig von Christus scheidet und die ihm verschaffte Freiheit verscherzt[1]).

Die ganze Gedanken- und Willensbewegung, die in diesen Sätzen ihren Ausdruck hat, hat in der Bejahung der göttlichen Gnade ihren Eckstein. Nur unter dieser Voraussetzung werden die Schlüsse vom Mangel auf die Gabe, vom Fall auf die Rettung, von der Erniedrigung auf die Erhöhung, vom Leiden auf die Tröstung möglich. Sie setzen eine frei gebende Güte

[1]) Die antithetische Spannung zwischen dem Gesetz und dem Christus erinnert zunächst wieder an die Antithese zwischen dem Recht und der Gnade im Gottesbild der Jerusalemiten. Paulus bleibt aber nicht in der Zweiheit stecken, sondern hat über der Antithese die Synthese und erkennt in Gottes Wirken durch das Gesetz und durch den Christus den einigen Willen Gottes mit einem einheitlichen Ziel.

in Gott voraus, die aus ihrem eigenen Impuls heraus handelt, weil sie durch sich selbst zum Geben und Helfen bewogen ist und darum keine andere Begründung bedarf als die Bedürftigkeit ihres Empfängers. Der gütige Wille Gottes ist als anhebende, schöpferische Kausalität gedacht. Deswegen ist der Glaube die Weise, wie ihr Empfänger an ihr beteiligt wird: »deshalb aus Glauben, damit nach Gnade«, Röm. 4, 16, weil das Glauben keine Leistung bildet, die das göttliche Geben durch ihren eigenen Wert begründete. Nicht einmal die Bitte und Erwartung geht vom Menschen aus als der erste, das göttliche Geben veranlassende Vorgang, da ja das Glauben erst mit seinem Objekt entsteht. Der Glaubende erwartet die Gabe, weil sie ihm im Christus dargeboten ist; sie wird ihm nicht deswegen dargeboten, weil er sie erwartet hat. Damit ist das Gottesbild hoch über das emporgehoben, was in der Stellung des Wirkenden enthalten ist. Das Höchste, was dieser in seinem Blick auf Gott erreicht, ist, daß sich Gottes vergeltende Rechtlichkeit dadurch, daß sie die menschliche Schwäche freundlich bedenkt, zur Billigkeit erhöht. Darum sucht der Wirkende für Gott eine Verpflichtung herzustellen, die ihn zum Geben bewegt, ein ὀφείλημα, Röm. 4, 4. Mit Jesu Sendung, Kreuz und Auferstehung hält Paulus dieses Gottesbild für unvereinbar. Hier erscheint eine Liebe, die wahre Feindesliebe ist, Röm. 5, 10, ein Vergeben, das das gänzliche Gegenteil zum Vergelten ist, ein Geben, das nicht zuerst fordert, sondern anhebt. Indem sich hier die göttliche Güte als von allen Schranken frei in ihrer Unbedingtheit offenbart, bestimmt sich das Verhalten des Menschen zu Gott zum Glauben mit seiner unbedingten Art.

Weil der rechtfertigende Wille Gottes Gnade ist, darum besteht jenes bekannte Dilemma für Paulus nicht: entweder ist das Glauben Gerechtigkeit; dann gilt nicht mehr, daß Gott den Gottlosen gerecht spreche; oder das Glauben ist seinem eigenen Wert nach nicht Gerechtigkeit; dann ist Gottes Urteil, daß es Gerechtigkeit sei, eine Unwahrheit. Der Gottesgedanke, der diesem Schlusse zur Basis diente, war logisch und ethisch noch niedriger als der, den der Wirkende aus dem Gesetz zog: ist Gott nicht genötigt, so gibt er nichts. Denn jener

Schluß versetzt Gott noch mehr in die Passivität, weil er ihn lediglich zum Denker erniedrigt. Er wird darauf reduziert, das menschliche Verhalten zu beurteilen. Wenn Paulus sagt: obwohl das Glauben nicht meine Gerechtigkeit ist, da ich als Sünder keine Gerechtigkeit habe, die meine eigene wäre, so ist das Glauben dennoch wahrhaft und vollständig meine Gerechtigkeit um Gottes willen, so beruht dies darauf, daß er einen gebenden Gott hat. Wäre Gott nur der Beobachter des menschlichen Wirkens und somit der Mensch allein der Handelnde, dann könnte weder von der Gerechtigkeit des Glaubens, noch überhaupt vom Glauben die Rede sein; dann müßte freilich der Mensch sehen, wie er sich selber hilft, und dabei an seinem Werk hilflos sterben. Paulus hält es aber angesichts der Gegenwart des Christus für eine unzweifelhafte, offenkundige Tatsache, daß Gott sich nicht damit begnügt, das Verhalten des Menschen zu beobachten und zu kritisieren, sondern gebend und schaffend sein Leben aufrichtet, und dies gerade dadurch, daß er das Böse verurteilt hat. Daraus ergibt sich beides, daß der Gottlose gerecht gesprochen wird, so daß die Rechtfertigung nicht im Menschen, sondern nur in Gott ihr Motiv hat, und daß der Glaube so völlig und real Gerechtigkeit ist, daß er Gottes Urteil: du bist gerecht, für den Menschen begründet und besitzt. Die Einigung beider Sätze liegt einfach darin, daß Gott in Gnade handelt, in seiner eigenen, frei anhebenden, schaffenden Güte, die die Gottlosigkeit vergibt und dadurch annulliert und dem Glaubenden alles gewährt, was in seinem Wesen und Wollen allseitig gerechte Verhältnisse herstellen wird.

Um der Gnade willen war es Paulus auch von Bedeutung, daß im Spruch der Schrift über Abrahams Rechtfertigung von Zurechnung die Rede war. Er faßt nach der Weise, wie er die Bibel liest, den Begriff scharf und denkt in ihm den Gnadenakt. Er will damit die Rechtfertigung keineswegs bloß in Gottes Denken einschließen[1]), wohl aber damit ausdrücken,

[1]) Der Rechtfertigungsbegriff hat dadurch nicht gewonnen, daß sich in der traditionellen Exegese das rechtfertigende Handeln Gottes vom Tod Jesu abgelöst hat und in ein jenseitiges verborgenes Forum Gottes verlegt worden ist, wo es nun auf einen göttlichen Gedanken reduziert ist, der dem Menschen nicht wahrnehmbar wird. Weil für Paulus unsere

daß das Glauben nicht auf dem Wege einer natürlichen oder rechtlichen Notwendigkeit sein Ergebnis wirkt, daß es seinen Erfolg durch Gottes freien Willen hat, der gerne gibt, sogar dem Gottlosen, und sich darum auch ihm zum Grund des Vertrauens darbietet und auch in ihm Glauben begründen will und kann, weil er auch aus ihm ein neues Geschöpf, 2. Kor 5, 17, macht.

Damit ist freilich auch ausgesprochen, wie fern die Rechtfertigung des Glaubenden ein Wunder bleibt, das sich dem Begriff entzieht. Das anhebende, setzende Denken Gottes, die göttliche Imputation mit ihrer gestaltenden Macht ist ein Erstes, nicht wieder aus einem anderen ableitbar, etwas Positives, offenbar nur in dem, was es setzt. Das Wunder, das jeden kreatorischen Akt als solchen kennzeichnet, ist auch der Rechtfertigung eigen.

Diejenigen Theorien, die das Glauben als die höchste Tugend beschreiben, so daß es deswegen besser als die Werke geeignet sei, die Rechtfertigung zu begründen, weil sein innerer Wert höher als der der Werke sei, verleugneten die paulinische Bußpredigt in ihrem ernsten Resultat: schuldig und verloren damit auch das glaubende Verhalten, weil sich ihr Glauben auf sich selbst zurückbeugt und an den Wert und die Kraft unseres Glaubens glaubt. Paulus hat sich nicht auf sein Glauben, sondern auf Gott gestützt, nicht sich in seiner Gläubigkeit bewundert, sondern Gottes Gnade geschätzt und in Christus seine Rechtfertigung gefunden. Sein Glauben läßt alles, was der Mensch hat, heiße es Glaube oder Werk, hinter sich und greift nach Gottes Geben. Jene Theorien drängten Paulus auf den Standpunkt der Jerusalemiten zurück, die am Glauben seine verdienstliche Macht priesen. Gegen allen mit dem Glauben getriebenen Nomismus gilt der paulinische Satz, daß wenn der Mensch sich selbst rechtfertigen und verherrlichen will, seine Gerechtigkeit, Größe und Ehre nur im vollbrachten Werk bestehen kann.

Die entgegengesetzte Theorie, die die Glaubensmahnung als

Rechtfertigung durch den Tod des Christus geschieht, hat sein Glaube einen sichtbaren, faktischen Inhalt und zieht aus diesem helle, klare Gewißheit.

ein willkürliches Statut betrachten, das mit Rücksicht auf die menschliche Schwäche statt der vielen und schweren Werke den Glauben als die leichtere Heilsbedingung fordere, ohne Zusammenhang seiner seligmachenden Bedeutung mit seinem Inhalt und Wesen, hat ebenfalls die Beziehung verkannt, die Paulus zwischen der freien Güte Gottes und dem Glauben setzt. Auch sie führte in ihrer Weise den Nomismus in die Lehre vom Glauben ein. Ein Bewußtsein, dem das Glauben als etwas Willkürliches erscheint, was nur kraft einer gesetzlichen Anordnung notwendig und heilsam sei, darf nicht Glauben heißen. Alle diese Entstellungen des Paulinismus beweisen nur, wie schwierig für uns bei unserem verdunkelten Gottesbewußtsein und unserer Geringschätzung des Christus auch nur die historisch richtige Reproduktion des paulinischen Glaubens ist[1]).

Die Gebundenheit der Gnade an den Glauben ist für den Gedanken des Paulus von jeder Willkür frei, weil eine bloß naturhafte Umwandlung des Menschen, die nicht in, sondern nur an der Person bewußt und willenlos geschähe, für ihn völlig ausgeschlossen ist, da er Gottes Verhältnis zum Menschen streng personhaft denkt. Soll die Gabe Gottes Gut und Besitz des Menschen werden, so kann sie ihm nicht jenseitig und seinem Innenleben fremd bleiben, sondern muß in seinem geistigen Wesen, in seinem eigenen Wissen und Wollen ihre Wirkung finden. Wer Gottes Güte nicht wissend und wollend sucht, der verachtet sie. Die durch unsere Berufung zu Christus uns offenbar gewordene Gnade findet nur in der gläubigen Bejahung derselben ihre unerläßliche, gradlinige Fortsetzung und Fortwirkung. Ohne sie bricht das göttliche Geben fruchtlos ab. Darum gehört unser Glaube unabtrennbar zum Werk und Wort der Gnade, die für uns ohne jenen nicht vorhanden sind. Weil der Glaube die einzig richtige und zulässige Folge

[1]) Die Theorie von den beiden Wegen, dem leichteren und dem schwereren, bringt Paulus nicht nur mit sich selber, sondern auch mit Jesus, ebenso mit Jakobus und Matthäus in unheilbaren Konflikt, weil diese mit einer Fassung der göttlichen Gnade, die sie als Entbindung vom göttlichen Gebot schätzt, in entschlossenem Kampfe stehen. Die zwei Wege entstehen nicht dadurch, daß Gott zwei Willen hätte, sondern dadurch, daß der Mensch seinen Willen gegen Gottes Willen setzt.

aus derselben ist, erhält er die volle Bedeutung einer mitwirkenden Ursache für den Gerechtigkeits- und Lebensbesitz. Paulus beschreibt das Glauben nicht bloß als das Ziel des göttlichen Handelns, sondern ebenso bestimmt als die dasselbe vermittelnde Ursache in derselben Weise wie das, was Jesus ist und tut. Er sagt gleicherweise: wir wurden aus oder durch Glauben gerechtfertigt, Röm. 3, 28. 5, 1, wie er sagt: wir wurden im Christus, in seinem Blut, durch die in ihm vorhandene Erlösung gerechtfertigt, Gal. 2, 17. Röm. 5, 9. 3, 24. Er stellt beide ursächlichen Faktoren ausdrücklich nebeneinander: Gott hat Christus als Gnadenthron durch Glauben in seinem Blute hingestellt, Röm. 3, 25. Jesu Bedeutung als des Mittlers der Gnade ist dadurch zugleich von seinem Sterben und von unserem Glauben abhängig gemacht. Wie er der Mittler der Gnade wird durch die Dahingabe seines Bluts, so wird er es andererseits dadurch, daß unser Glaube sich an ihn wendet. Paulus hat das Handeln des Christus nicht in zwei Akte zerlegt, von denen der eine sich nur an Gott, der andere sich nur an den Menschen richtete. Als der für Gott Handelnde ist er der Bewirker und Empfänger unseres Glaubens und als der unseren Glauben Begründende und Begabende steht er vor Gott. Darum begründet sich das göttliche Versöhnen und Rechtfertigen zugleich in dem, was Jesus tut, und in dem, was als Folge seiner Tat in uns geschieht, nämlich dadurch, daß wir glauben. Diese Zusammenfassung des Todes Jesu mit dem Glauben als Vermittlung eines einigen, ungeteilten göttlichen Handelns zeigt anschaulich, wie fest Jesu Tod und das Glauben im Gedanken des Apostels zusammengefügt sind, wie das Objekt und sein Reflex im Subjekt, wie die Liebe und ihr Eindruck auf den, der sie erfährt. Dieses Ziel des Ausgangs Jesu ist von Gott gewollt, weshalb auch Paulus die Formel »Gesetz des Glaubens« prägt. Sie war mit dem anderen Gedanken »Gerechtigkeit des Glaubens« unmittelbar gegeben. Der gesetzgebende und der richtende Wille lassen sich in Gott nicht trennen. Wenn das göttliche Urteil das Glauben als Gerechtigkeit wertet, so liegt darin, daß ein göttliches Gesetz das Glauben als das festsetzt, was dem Menschen obliegt. Dieser ist durch Christus unter eine göttliche Ordnung gestellt, die sein Verhalten als Glauben normiert, und von dieser Ordnung, die von uns Glauben verlangt, wird Gott nicht weichen; sie hat die unerschütterliche Majestät des göttlichen Rechts.

Darum hatte Paulus lebendig das Bewußtsein, daß er im Glauben gehorsam sei. Er hat neben *ἀκοὴ πίστεως* auch *ὑπακοὴ πίστεως* geprägt, Röm. 1, 5. 16, 26, vgl. *ὑποταγῆναι* Röm. 10, 3. Der Glaubende untergibt sich dem gnädigen Willen Gottes und stellt sich unter Christus. Weil er bewußt und wollend in die Stellung eintritt, die Gott ihm bereitet hat, erhält das Glauben den Charakter der Gehorsamsbetätigung. Darum sah Paulus für das, was das Gesetz über die Stätte des göttlichen Gebots und seine Einwohnung im Menschen sagte, im Glauben die Erfüllung. Wenn das Gesetz Deut. 30, 11—14 von einem göttlichen Gebot sprach, das dem Menschen nahe sei und nicht erst vom Himmel oder von jenseits des Meeres her geholt werden müsse, sondern ein im Herzen und Mund des Menschen vorhandenes Wort sei, so hat die Glaubensgerechtigkeit alle diese Eigenschaften. Sie bedarf keiner Himmel- noch Hadesfahrt, da Christus gekommen und auferstanden ist, womit sie dem Menschen gegeben ist. Sie besteht in einem dem Menschen nahen Wort, im Wort des Glaubens, *ῥῆμα πίστεως*, das ausspricht, daß Jesus kam und auferstand und also der Herr ist. Dasselbe ist das Wort des Glaubens, weil es dazu verkündet wird, damit es Glauben wirke, und da, wo er entstanden ist, angeeignet und bekennend wiederholt wird. Dieses Glaubenswort ist im Herzen als Glaube und im Mund als Bekenntnis, wie das Gesetz es sagt, und mit ihm ist die Gerechtigkeit zu ihrem ganzen Bestand gelangt und erfüllt, was Gottes Gebot verlangt.

Den Unglauben, den er nicht nur *οὐ πιστεύειν*, sondern *ἀπιστεῖν*, *ἀπιστία* zu nennen pflegt, weil an die Stelle des fehlenden Glaubens eine mannigfaltige und energische Aktivität tritt, die sich gegen Gott und Christus wendet, vgl. 2 Thess. 2, 11, hat Paulus sehr ernst als Schuld beurteilt. Wenn der Mensch der Wahrheit die Herrschaft über sein Denken und Wollen versagt, so rührt dies nur von ihrem Zusammenhang mit dem Recht her, nur davon, daß sie das Unrecht des Menschen deutlich macht. Im Wohlgefallen an der Ungerechtigkeit glaubt man der Wahrheit nicht, 2 Thess. 2, 12 cf. 10. Röm. 2, 8. 1, 18. Die religiösen Motive, die den Unglauben erzeugen, wie in Israel, dessen Eifer für das Gesetz es ungläubig macht, Röm. 10, 2, oder in der Gemeinde bei denen, die das Evangelium verdeckt heißen und über dasselbe in ein höheres Licht emporstreben, 2 Kor. 4, 4, entschuldigen ihn nicht. Es wird hier und dort eine Frömmigkeit gepflegt, die die von Gott dem Menschen angewiesene Stellung ablehnt und nur durch einen Bruch mit der Wahrheit möglich wird. Der Eifer Israels ist ohne Erkenntnis und unterwirft sich der Gerechtigkeit Gottes nicht, Röm. 10, 3 vgl. 1 Tim. 1, 13. Jene Ungläubigen in der Gemeinde haben geblendete Gedanken, *νοήματα*, die unfähig sind, die Botschaft von der Herrlichkeit des Christus sich anzueignen. Ihr Bedürfnis nach einer fremdartigen, über das apostolische Wort hinausgreifenden Weisheit beruht auf der Mißachtung des Christus, der ihnen als arm und wertlos erscheint. In diesem phantastischen Menschheits-, Christus- und Gottesbild, das die glaubende Anerkennung des Christus und Gottes unmöglich macht, macht sich Gebundenheit an satanische Mächte offenbar. Wie es der wahrhaftige Gott ist, der spricht: es werde Licht! so ist es der Gott dieses Aeons, der die vernünftige Tätigkeit des Menschen zu finsteren Resultaten führt, durch die die Wahrnehmung der Herrlichkeit Gottes im Angesicht des Christus ihm unmöglich wird, 2 Kor. 4, 4 ff. vgl. 1 Tim. 4, 1. Darum weil der Unglaube das Ergebnis und die Befestigung der Bosheit im Menschen ist, tritt er auch in den Kreis der göttlichen Strafen. Der Mensch ist auch in seinem Widerstreben gegen Gott von der ihn beherrschenden Macht Gottes nicht geschieden. Auch die Kraft zu seinem Trotz hat er aus Gott, der sein Gericht dadurch an ihm vollzieht, daß er ihn durch seinen Unglauben in seiner Sünde festhält, Röm. 9, 17—22. Paulus hat seinem Gedanken volle Einheit gegeben. Wie Gott uns durch den Glauben rechtfertigt, so macht er auch den Ungläubigen durch seinen Unglauben zum Gefäß seines Zorns.

Die parallele Betrachtung für das Glauben wird dadurch vollständig, daß sein Verhältnis zum Geist ins Auge gefaßt wird. Christus ist für Paulus kein abwesender, sondern hat eine stetig gegenwärtige Gemeinschaft mit dem Glaubenden; er nimmt ihn bei sich auf und gibt ihm in sich seinen Ort. So hat sich auch Gottes Gnade nicht in der Sendung und Erhöhung Jesu erschöpft, sondern übt an der Gemeinde ein stetiges Geben. Die Vermittlung desselben, durch die die Gegenwart des Christus im Glaubenden entsteht, ist der Geist. Es liegt in der Konsequenz des paulinischen Gedankens, daß die Relation des Glaubens zum Geist doppelt bestimmt wird: der Geist wird durch das Glauben und das Glauben durch den Geist erlangt; d. h. es ist auch hier eine voll personhaft gedachte Gemeinschaft gesetzt, die sich in einem einträchtigen Zusammenwirken beider vollzieht. Damit bleibt das Verhältnis, das zwischen dem Geist und dem Glauben besteht, der Gebundenheit des Glaubens an Christus genau parallel. Denn auch zur Gnade des Christus hat das Glauben die doppelte Beziehung, daß es aus ihr folgt als ihr Geschenk und sie bedingt als ihr Grund. Gottes Gerechtigkeit offenbart sich aus Glauben, weil wir gläubig sind, zum Glauben, damit wir gläubig seien, Röm. 1, 17[1]. Analog gibt es auf die Frage, wie wir den Geist empfangen, nur die Antwort: aus dem Hören des Glaubens, Gal. 3, 2. Das Wort, das wir hören, ist aber Gottes Kraft, Röm. 1, 16. 1 Kor. 1, 18, weshalb unser Glaube in Gottes Kraft seinen Grund hat, 1 Kor. 2, 4. 5. Diese erleben wir im Geist. Er vermittelt jenes inwendige Rufen Gottes, das die Gemeinschaft mit Christus stiftet, 1 Kor. 1, 24 vgl. 21. Röm. 8, 30. Während der Heide, der ohne Bewußtsein und Willen zum stummen Götzen getrieben wird, von keiner Wirkung des Geistes weiß und auch der Jude, was immer sein Ruhm sein mag, sich von Gottes Geist dadurch geschieden erweist, daß er Jesus verflucht, ist das Bekenntnis, das Jesus den Herrn nennt, Kennzeichen und Beweis für das Dasein des Geistes, weil es nur in ihm zustande kommt, 1 Kor. 12, 3; eben dies ist aber das Glaubenswort, Röm. 10, 8. Ebenso ist der Ruf zu Gott als zum Vater die Gabe des Geistes, Röm. 8, 15. Gal. 4, 6. Die Selbigkeit des

---

[1]) Diese doppelte Relation hat schon Jesus dem Glauben zu seinen Hilfe bringenden Taten gegeben; sie setzen es voraus und erzeugen es, vgl. S. 111.

Glaubens zwischen Paulus und seiner Gemeinde beruht darauf, daß sie denselben Geist haben, und dieser ist Geist des Glaubens, weil er solches wirkt, 2 Kor. 4, 13. Weil auch das Glauben ein Geschenk Gottes ist, Phil. 1, 29, bleibt der Gegensatz zwischen der Stellung des Apostels und dem Nomismus absolut, weil die Vermittlung der Gerechtigkeit und des Lebens völlig in Gott beschlossen bleibt auch an der Stelle, wo sie sich in der Persönlichkeit des Menschen selbst vollzieht und durch sein eigenes Wissen und Wollen geschieht. Darum schließt das »Gesetz des Glaubens« jeden Selbstruhm gänzlich aus; denn der Glaubende rühmt sich nicht seines Glaubens wegen, sondern dankt für ihn.

Die Kraft, mit der Paulus die Unbedingtheit des Glaubens vertritt, hat für ihn die Notwendigkeit besonders dringlich gemacht, die Grenze gegen das ethisch falsche Glauben scharf hervorzuheben. Er hat darauf im Römer- wie im Galaterbrief besondere Sorgfalt verwandt, Röm. 6—8. vgl. 3, 1—8. Gal. 5, 13—25. Daß die gegen ihn gerichtete Polemik ihm das falsche Glauben zur Last legte, liegt in der Situation und wird durch Röm. 3, 8 ausdrücklich bezeugt. Das Axiom: laßt uns Böses tun, damit Gutes daraus komme, im Zusammenhang mit der Versicherung, daß die Vollkommenheit der göttlichen Wahrheit das menschliche Lügen frei gebe und ungefährlich mache, da sie ja durch dasselbe nicht ins Schwanken komme, beschreibt das gegen die ethischen Normen gleichgültig gewordene Glauben, das auch das Böse in sich aufnimmt. Für die ethische Höhe, auf der sich die Besprechung der Gesetzesfrage innerhalb der Christenheit vollzog, ist es sehr lehrreich, daß die Angst vor dem boshaften Glauben Paulus als die Schwierigkeit entgegentrat, über die er die jüdische Christenheit emportragen mußte. Nicht nur kranke Motive, die aus der jüdischen Eitelkeit oder aus unreiner Neigung zu einer bequemen Gerechtigkeit, die in einer äußerlichen Disziplinierung des Lebens bestehen soll, stammten, erzeugten den Argwohn gegen ihn; es wirkte dabei zugleich das Tiefste mit, was die Christenheit von Jesus empfangen hat, die Gewißheit, daß kein Glauben Erhörung bei Gott finde, das die Lust an der Sünde freigebe und fördere. Paulus durfte freilich mit vollem Recht sagen, nicht ihn fechte diese

Versuchung an, vielmehr hege gerade der Pharisäismus und Judaismus diese unreine Zuversicht in sich.

Er hat darum nach der Darlegung der mit dem Glauben empfangenen Rechtfertigung durch die Frage: wollen wir bei der Sünde bleiben, damit die Gnade wachse? Röm. 6, 1 scharf den Punkt beleuchtet, an dem sich das Glauben korrumpiert. Er läßt damit die Gnade selbst als Motiv zur Sünde erscheinen, so daß sich diese als Erweisung des Glaubens darstellt und der Gnade zur Verherrlichung geschieht in der Zuversicht, daß sie sich an der Größe des Falls nicht schwäche, sondern kräftige. Es sind jedoch nicht bloß polemische Gründe, die die Aufmerksamkeit des Paulus nach dieser Seite lenken; denn die Möglichkeit zu dieser Ausnützung des Glaubens liegt tatsächlich fortwährend in der Glaubensstellung. Sie gewinnt daher ihre Vollendung nur dadurch, daß sie diese Versuchung erkennt und tilgt. Der ganze Gedankengang des Paulus bliebe unvollendet, wenn er die Unbedingtheit des Glaubens nicht auch an dieser Stelle durchführen könnte, dadurch, daß sich das Glauben als Einverständnis mit Gottes gutem Willen erweist.

Die Unmöglichkeit, aus der Gnade ein Motiv zum Sündigen zu machen, ist für Paulus damit gesetzt, daß »wir der Sünde gestorben sind«. Es liegt also für Paulus in der Glaubensstellung eine absolute Scheidung vom Bösen; die Verflochtenheit mit demselben *ist* aufgehoben; Erlösung vom Bösen ist der dem Glaubenden zuteil gewordene Besitz. Daher ist ein Wille, der sündigen will, niemals im Glauben begründet, sondern dessen Gegenteil. Er hebt das durch die Gnade dem Menschen Gegebene auf und verneint das, was der Glaubende durch sie geworden ist.

In diesem unbedingten Nein, das Paulus allem Bösen entgegensetzt, bewährt sich die Unbedingtheit seines Glaubens an der für den Verlauf des menschlichen Lebens entscheidenden Stelle. Die Gnade des Christus ist auch zur Lösung der moralischen Aufgabe allgenugsam; sie errichtet eine totale Trennung zwischen dem Menschen und der Sünde, die ihm einen guten Willen gibt, dem mit gerader, runder Entschiedenheit das Böse nicht mehr möglich ist.

Diese Stellung zum Bösen ist dem Apostel durch das gegeben,

was Jesus tat. Sein eignes Totsein für das Böse ist die Folge des Todes Jesu und beruht darauf, daß Jesu Tod auch ihn umfaßt. Weil Christus der Sünde gestorben ist, ist auch der Glaubende ihr gestorben. Die Geschiedenheit des Glaubens von der Korruption liegt somit, wie alles was der Glaube hat, im Objekt des Glaubens, im Gegensatz Jesu gegen das Böse. Darum wird das die Sünde begehrende Glauben Röm. 3, 5. 6 einfach dadurch widerlegt, daß an das die Welt richtende Wirken Gottes erinnert wird. So wenig Gott von seinem Richteramt läßt, so wenig hegt und schützt der Christus Sünde. Sein Wille geht vielmehr darauf, uns von der Sünde zu befreien, und deshalb ist der Glaubende von ihr befreit. Die der Gnade selbst innewohnende Heiligkeit, die nichts Böses in ihr Wohlgefallen aufnimmt, gestaltet nicht bloß die Tat und das Schicksal Jesu, sondern auch ihre Wirkung im Glaubenden und schließt es aus, daß Gnade und Glaube Böses erzeugen können. Der falsche Glaube ist niemals Glaube an Christus, weil er nur dadurch entstehen kann, daß geleugnet wird, daß Christus für die Sünde gestorben ist, und ist niemals Glaube an Gott, weil er sich nur dadurch zu erhalten vermag, daß er den Richter der Welt vergißt.

Den Tod und die Auferstehung Jesu hat Paulus auch für die ethische Betrachtung nicht getrennt. Der Glaubende bejaht Christus nicht nur als für die Sünde tot, sondern auch als lebendig für Gott. Er schließt sich sowohl in die Auferstehung wie in das Sterben des Christus ein. Deswegen ist eine neue Lebensgestalt, *καινότης ζωῆς*, sein eigen geworden. Der Mensch, wie er durch die Geburt wird, ist für ihn veraltet, *παλαιός;* er hat sein ihm gebührendes Ende am Kreuzespfahl Jesu gefunden. Der Leib der Sünde ist abgetan und das Fleisch ist nicht mehr der Ort, in dem der Mensch ist, eben weil er im Christus ist und dieser nicht mehr Fleisch ist, sondern die von allem Bösen befreite Herrlichkeit des ewigen Lebens hat. Weil Christus der Regent seines Lebens ist und er die Impulse und Kräfte desselben aus ihm schöpft, ist er über das Fleisch und die Sünde emporgehoben.

Seinen Abschluß findet dieser Gedankengang wieder dadurch, daß die Gabe des Christus an den Glaubenden Geist ist. Dieser ist aber der Erzeuger eines richtigen, Gott gemäßen Wollens in derselben Weise, wie er die Wurzel eines wahren, göttlichen Erkennens ist. Wer durch den Geist geleitet ist, ist von der Sünde geschieden; dies ist aber der Besitz aller derer, die das Eigentum des Christus sind. Darum schließt Paulus den Galaterbrief mit der Regel: wandelt durch Geist, als mit der alles in sich schließenden Benennung der christlichen Pflicht. Sowie sich der Glaubende durch den Geist wirklich bewegen läßt, so daß er sich dem aus ihm stammenden Impuls untergibt, wird er richtig handeln in Einheit mit dem Gesetz in Übereinstimmung mit dem Willen Jesu.

Dies alles sind Aussagen über Gottes Gabe, nicht Aussagen über die menschliche Leistung. Sie sprechen nicht das Ergebnis der Selbstbeobachtung aus, sondern sind aus der Wahrnehmung des Christus geschöpft. Es sind Schlüsse aus dem, was Christus ist und seine Gemeinschaft mit uns bedeutet, nicht Schlüsse aus unserem eigenen Wollen und Können. Darum hat die ganze Begriffsreihe, die bei Paulus die Reue begründet, ungeschwächt daneben Raum; denn diese ist aus dem Einblick in unser eigenes Wesen geschöpft, während die triumphierenden Worte, die die reinliche Lösung des ethischen Problems als den Besitz des Glaubenden preisen, uns nur dadurch möglich werden, daß wir von uns selber absehen und auf das blicken, was Gott durch Christus aus uns macht.

Der Glaube erzeugt folglich ein doppeltes Selbstbewußtsein im Menschen; das eine hat seinen Inhalt in dem durch das Fleisch bestimmten Verlauf des Lebens, das andere in der Verbundenheit mit Christus, die uns der Gleichgestaltung mit ihm als des von Gott uns verliehenen Besitzes gewiß macht. Daß dieser Besitz nicht als etwas illusorisches, unkräftiges, abwesendes, sondern als Realität, als die uns gestaltende Macht beurteilt und behandelt wird, das eben ist fortwährend wieder die Glaubenstat.

Allen Auslegern, die das durch die Reue bestimmte und das im Glauben begründete Selbstbewußtsein in zeitlicher Sukzession einander folgen lassen, weil ihnen ihre Koexistenz für unmöglich gilt, blieb das paulinische Glauben unverständlich[1]). Paulus

[1]) Vollends gilt das von der Behauptung, Paulus schwanke hin und her zwischen einer idealen Betrachtungsweise, nach der er die Gemeinden

hat von dem im Fleisch lebenden und darum in seiner Begehrung verwerflichen Menschen gesagt, er sei mit Christus in Gemeinschaft gesetzt und dadurch zum Bösen unfähig und zum Diener der Gerechtigkeit geworden. Derselbe Mensch, der sich im Blick auf sich elend weiß, weil er das Gute nicht zu vollbringen vermag, weiß im Blick auf Christus, daß er in der Freiheit vom Gesetz der Sünde und des Todes steht und der Gerechtigkeit Knecht geworden ist zu unzerreißbarer Untertänigkeit[1]). Diese Gewißheit bleibt auch nicht nur ein Gedanke oder eine Hoffnung, die unseren gegenwärtigen Lebensstand unverändert ließe, da Paulus von einem Glauben, der kein Wollen erzeugte, und von einer Verbundenheit mit Christus, die keine Wirkung hätte, nichts weiß. Wir haben zwar mitten in der beständigen Erfahrung unserer Sündigkeit und Sterblichkeit die Gewißheit der Rechtfertigung, doch so, daß trotz der verdorbenen Begehrungen und Handlungen, die unserem fleischlichen Zustand entspringen, im Glaubenden durch seinen Anschluß an Christus der gute Wille entstanden ist, der die Oberhand behält und seinen inneren Lebensstand bestimmt, so gewiß sich seine Verbundenheit mit Christus erhält, da er nur zugleich mit der Trennung von Christus untergehen kann.

Indem Paulus Röm. 6, 3 der Gemeinde die Taufe als den Vorgang nennt, in dem sie am Tode des Christus mitbeteiligt und dadurch der Sünde gestorben sei, wird er nicht bloß an die anschauliche Vergegenwärtigung des Sterbens und der Auferstehung mit Christus denken, die der alte Taufritus darbot, sondern vor allem feststellen wollen, daß der gute Wille des Glaubenden nicht erst allmählich im Verlauf des Christenlebens entsteht, sondern sein Anfang ist, weil er der Gemeinschaft mit Christus wesentlich ist. In der Taufe denkt er sich den Herrn

---

für gerechtfertigt, geheiligt und vom Bösen geschieden erkläre, und einer nüchternen Beurteilung derselben, die ihre sittliche Schwäche und Sündlichkeit sich eingestehe. So läßt man ihn zwischen Fanatismus — ein Glaube, der der Wirklichkeit gegenüber verblendet und darum von Zeit zu Zeit aus seiner Träumerei erwachen muß, ist fanatisch — und glaubenslosem Moralismus hin und her schwanken.

[1]) Damit bleibt Paulus mit der gleichzeitigen Geltung des Bußworts und der Berufung zum Glauben in Jesu Wort und der gleichzeitigen Übung der Buße und des Glaubens in der Gemeinde Jerusalems in Übereinstimmung.

gegenwärtig und gebend; er selbst nimmt den Getauften bei sich auf und eignet ihm sein Sterben und Leben zu, worin mit der Berufung zum Glauben zugleich der Antrieb zu jenem Wollen enthalten ist, das alles Böse als durch den Tod Jesu beseitigt verneint und das Gott dienende Leben als durch die Auferstehung Jesu uns bereitet bejaht[1]).

Das im Glauben begründete Wollen ist Liebe. Mit der Abwendung des Vertrauens von der eigenen Person und seinem vorbehaltlosen Anschluß an Gott im Christus, womit der Grund und das Ziel des Lebens über das eigene Ich hinaufverlegt sind und dieses völlig dem göttlichen Lieben und Wirken untergeben wird, ist die selbstische Verkehrung des Willens durchbrochen und die Liebe geboren. Wer für Christus lebt, lebt nicht mehr für sich, weder in seinem Verhältnis zu Gott, noch in seinem Verkehr mit den Menschen. Mit jenem Urteil des Apostels, daß mit dem Einen alle starben, damit sie ihm leben — das ist der Moment, in dem das Glauben in ihm entstand, das *πιστεῦσαι* — wurde die Liebe des Christus für ihn die regierende Macht, die sein Wollen gestaltete; *ἡ ἀγάπη τοῦ Χριστοῦ συνέχει ἡμᾶς* 2 Kor. 5, 14. Das Lieben des Glaubenden ist in derselben Weise die Liebe des Christus und Gottes, *ἀγάπη τοῦ θεοῦ* Röm. 5, 5, *τοῦ Χριστοῦ* 2 Kor. 5, 14, wie seine Gerechtigkeit Gottes Gerechtigkeit ist, weil das dem Menschen zugewandte göttliche Lieben das eigene Wollen und Handeln des Glaubenden erfaßt und füllt. Deswegen ist die Liebe auch das, was der Geist im Glaubenden erzeugt, dem entsprechend, daß sich die Begründung in Gott, im Christus und im Geist stets zusammenfinden. Die Liebe ist vor allem anderen das Pneumatische, 1 Kor. 13, das, was durch Gottes Geist in das Herz des Glaubenden ausgegossen ist, Röm. 5, 5. Wird das Glauben für uns die Ursache des Lebens und der Gerechtigkeit, so wird es dies nicht anders als so, daß

[1]) Die Behauptung, die Erstorbenheit für das Böse und die Lebendigkeit für Gott träten bei Paulus einfach durch den Taufvollzug ein, zeigt bei den Modernen, wie im Mittelalter, daß ihnen das Glauben des Paulus unvorstellbar blieb. Man rechnet nur mit den sichtbaren Faktoren; entweder erzeuge das Taufwasser oder die moralische Leistung des Täuflings den Effekt; diese falle für Paulus weg; also hänge sie an jenem. Paulus sah in der Verbindung des Christus mit dem Glaubenden den über sein Verhältnis zu Gott und zur Sünde entscheidenden Tatbestand.

es zugleich den Moment in uns schafft, in dem mit dem Verzicht auf das eigene Recht, die eigene Kraft, das eigene Leben im Empfang der aufrichtenden Gnade die Liebe in uns geboren wird.

Paulus hat gegenüber der Neigung, Gottes Gaben bloß zur Erhöhung und Bereicherung der eigenen Persönlichkeit auszunützen, ausgesprochen, daß die Liebe größer als alles, auch als das Glauben sei. Zur Erläuterung dieser Unterscheidung reichen bloß formale Kategorien wie »äußerlich« und »innerlich« nicht aus. Der Glaube äußert sich, wenn er »Berge versetzt«, 1 Kor. 13, 2, und die Liebe ist etwas Inwendiges, da sie von der Hingabe des Eigentums, ja von der Selbstaufopferung ausdrücklich unterschieden wird, weil Paulus diese wertlos heißt, wenn nicht die Liebe sie von innen her erfüllt, 1 Kor. 13, 3. Das Lieben ist größer als das Glauben, weil es sich zu diesem verhält wie das Ganze zum Teil, wie die Vollendung zum Anfang, wie die Frucht zur Wurzel. Begründet das Glauben das Empfangen, so erzeugt die Liebe das Geben; ist jenes die Erweckung des Lebens in uns, so ist diese dessen Betätigung. Durch sie erreicht Gottes Liebe ihr Ziel in uns; mit ihr ist der gute Wille da, der nach dem göttlichen Willen gestaltet ist und uns ihm zum Werkzeug.macht. Durch sie ist das Glauben über die Gefahr emporgehoben, daß es die Wahrheit Gottes bloß wisse, aber nicht tue, die Liebe Gottes begehre und doch nutzlos mache. Sie ist die ungeteilte Aufnahme der göttlichen Gnade; denn so durchdringt sie unser ganzes Wollen.

Darum hat Paulus auch da, wo er die ganze Herrlichkeit der Glaubensstellung gegenüber dem glaubenslosen Gesetzesdienst aussprechen wollte, nicht bloß das Glauben genannt, sondern ausdrücklich hervorgehoben, daß dasselbe nicht untätig bleibe, vielmehr in der Liebe das Mittel habe, durch das es zur Tat gelange; »im Christus gilt das Glauben, das durch Lieben tätig wird,« Gal. 5, 6 [1]).

Darum ist das Glauben ohne sie nichts, weil es ohne sie nicht zu seiner Wirkung kommt. Wie das Werk des Christus für den

---

[1]) Wer sich wundert, warum hier plötzlich das Lieben neben dem Glauben zum Vorschein komme, hat nicht verstanden, was Paulus glaubend bei Christus gesucht hat.

Menschen unfruchtbar bleibt ohne das Glauben, so ist wiederum das Glauben unfruchtbar und nutzlos, wenn es nicht zur Wurzel der Liebe wird, wenn nicht jenes Wollen und Handeln aus ihm entsteht, das sich Gott und dem Bruder dienstbar macht. Wenn sich Paulus 1 Kor. 13, 2 das Glauben vollendet und doch den Menschen lieblos und das Glauben wertlos denkt, so streitet dies nicht gegen den festen Zusammenhang, in dem das Glauben und Lieben zueinander stehen. Denn dieser Zusammenhang entsteht nicht durch ein naturhaftes, von unserem Wollen unabhängiges Band, sondern kann durch bösen Willen gelöst werden. Das Verhalten der korinthischen Gemeinde, die einen Reichtum von charismatischen Kräften hatte, aber in ihrem Gebrauch die selbstische Sucht wirksam werden ließ, bewog ihn, kräftig zu sagen, daß keine Glaubenskraft Wert habe ohne die Liebe. Ganz analog denkt er sich das Erkennen vollendet und dennoch lieblos, obwohl auch hier die engsten Beziehungen zwischen beiden walten, vgl. 1 Kor. 8, 1 ff., da das menschliche Erkennen auf einem Erkanntsein durch Gott beruht, das die Persönlichkeit in ihrem Wollen nicht unberührt läßt, sondern dieses zur Liebe gestaltet. Wie ohne Liebe nicht erkannt wird, so wird auch ohne Liebe nicht geglaubt; sie ist es ja, die »alles glaubt«. Paulus stellt hier jedoch beides auseinander, weil der Übergang vom Glauben zur Liebe durch unser sündliches Wollen aufgehalten werden kann. Mit der glaubenden Bejahung der göttlichen Liebe ist die Frage nicht ein für allemal erledigt; vielmehr stellt sie sich im Verlauf unseres Lebens immer neu, ob wir selbst wollend Gottes Willen folgen und das, was wir im Glauben empfangen, im Dienst des Christus für die Brüder fruchtbar machen wollen. Wird dem Glauben sein Vermögen, die Liebe zu begründen, genommen, so entsteht jenes falsche Glauben, das Paulus ebenso bestimmt entwertet, wie Jesus es gerichtet hat.

Der Verzicht, der im Glauben liegt, hat sich somit nach seinem ganzen Umfang in Gewinn verwandelt. Jener umfaßte den ganzen Lebensinhalt der Person: das ihr gegebene Gesetz, das von ihr vollbrachte Werk, ihre Gerechtigkeit, ihr Leben. Als von Gott in den Tod gegeben stand sie da und erkannte die Ursache ihres Todes in sich selbst, im Gegensatz ihres eigenen

Wesens gegen Gott, in ihrer von der Natur ihr bereiteten Beschaffenheit. Es war eine Reduktion des Menschen auf nichts, die ihm nur noch das eine möglich macht: Glaube, Zuwendung zu dem, was Gott getan hat. Dadurch wird aber jener Verzicht in allen Beziehungen zum Gewinn. Im selben Akt, durch den wir uns mit allem, was wir nach dem Gesetz wirken, als verurteilt erkennen, sind wir gerechtfertigt; indem wir uns als tot beurteilen müssen, sind wir auferweckt und ins Leben versetzt; indem wir unseren Streit gegen Gott wahrnehmen, der darin begründet ist, daß wir des Geistes entbehren, sind wir in den Besitz des Geistes versetzt und finden nun das Gott wohlgefällige Werk und den wahrhaften Gottesdienst. Diese Fruchtbarkeit hat der Verzicht deshalb, weil mit ihm unsere Zuwendung zu Gott beginnt, der uns den ganzen Lebensinhalt seines Sohnes zu eigen gibt. So ist der Glaubende, wie Paulus sehr bezeichnend sagt, »der aus Glauben«, ὁ ἐκ πίστεως, weil er mit allem, was er hat, aus dem Glauben heraus entsteht. Dieser hat sich als das Prinzip und die Wurzel seiner ganzen Existenz bewährt.

Die Verhältnisse, in die uns der Glaube versetzt, sind nach allen Seiten hin gerecht. Gegenüber dem eigenen sündlichen Wesen ist er die Lösung von demselben, gegenüber Gott Bindung an ihn, gegenüber dem Christus, den Gott zum Haupt der Menschheit gemacht hat, Gehorsam, der sich ihm untergibt, gegenüber den Menschen Verbundenheit mit ihnen in dienender Liebe. Darin bewährt sich, daß die Rechtfertigung, die uns Gott durch den Tod Jesu gegeben hat, den Glaubenden nicht nur gerecht nennt, sondern ihn durch das Glauben in die Gerechtigkeit hineinstellt.

Weil das Leben für Gott in der Liebe ein neues Handeln ergibt, kehrt im Christenleben auch das Werk auf neuer höherer Stufe wieder als »das Werk des Glaubens« 1 Thess. 1, 3. 2 Thess. 1, 11. »Das Werk des Glaubens, die Bemühung der Liebe und die Standhaftigkeit der Hoffnung« bilden die Merkmale des Christenstands. Wie die Bemühung der Liebe darum genannt ist, weil sich die Liebe in ihr erprobt, und die zum Leiden bereite Standhaftigkeit der Hoffnung darum, weil sie sich in der Beharrung erhält und vollendet, so hebt Paulus analog nicht das Glauben allein, sondern das Werk des Glaubens als den Besitz der Gemeinde darum hervor, weil das Glauben in der Leistung, zu der es treibt und befähigt, sein Siegel und seine Wahrheit hat. Darum geht auch die Bitte da, wo sich der Blick auf die Vollendung der Gemeinde richtet, darauf, daß Gott das Werk des Glaubens in ihr voll machen möge, weil im Werk das Glauben sein Ziel erreicht, im vollen Werk sein ganzes Ziel. Das Verhältnis desselben zur Rechtfertigung hat sich jedoch umgekehrt; während früher der Mensch die Rechtfertigung auf Grund des Werkes suchte, empfängt er nun das Werk durch die Rechtfertigung [1]).

Mit dem Werk kommt auch das Gesetz zu seiner neuen Geltung im Menschen. Denn sein ganzer Wille ist im Liebesgebot zusammengefaßt, weshalb nun am Glaubenden, nachdem die Verurteilung des Gesetzes für ihn beseitigt ist, das, was das Gesetz als gerecht feststellt und dem Gerechten zuerkennt, zur Erfüllung kommt, Röm. 8, 4. Gal. 5, 18. 23. So verwandelt sich auch in Beziehung auf das Gesetz der im Glauben liegende Verzicht in Gewinn. Indem sich der Glaubende vom Gesetz abwendet zu Christus hin, weil er jenes nicht erfüllen kann, kehrt es als »das Gesetz des Geistes« in ihn ein, Röm. 8, 2.

In all dem liegt nicht die geringste Annäherung der Glaubensgerechtigkeit an die Gerechtigkeit der Werke. Nicht nur ist aller Geistes- und Liebesbesitz des Menschen ein Empfangenes, so daß alle Arbeit für Gott niemals dem Menschen Ruhm verleiht, sondern die empfangene Gabe wird auch nie in dem Sinn unser Eigentum, daß wir sie unabhängig von Christus und dem Geist besäßen. Wir können sie gar nicht unabhängig von Christus besitzen wollen, ohne daß wir die Glaubensstellung gänzlich verlassen. Was der Mensch in sich selbst ist, bleibt fleischlich und der Sünde untertan auch im Glaubenden. Es gilt auch von ihm: »Gutes ist in mir, d. h. in meinem Fleisch nicht heimisch«; gerade weil das von ihm gilt, ist er ja ein Glaubender. Es ist lediglich der Lebensverband mit Christus und in ihm mit Gott, der das Glauben zur Erfüllung des Gesetzes macht.

---

[1]) Damit, daß der Glaube bei Paulus nicht nur die Erhöhung des eigenen Lebensstands, sondern die Erfüllung der Dienstpflicht im gelingenden Werk sucht und empfängt, bewahrt er wieder Jesu Wort.

Für diese Stellung des Apostels ist lehrreich, wie er den Stand seiner Gemeinden für den Fall beurteilt, daß Christus nicht auferstanden wäre, 1 Kor. 15, 14 ff. Unter dieser Voraussetzung hat er ihnen jede rechtfertigende Wirkung des Glaubens verneint. Wird der Auferstandene weggedacht, so ist das Gläubigsein keine Lösung von den Sünden, sondern läßt sie in denselben, nicht Errettung, sondern Verlorenheit, trotz allem, was in ihnen vorgegangen sein mag. Ohne seinen göttlichen Inhalt ist das Glauben, wie es nun die Frömmigkeit der Gemeinde bildet, so wenig Gerechtigkeit als die vorchristliche Religiosität. Dieses Urteil ist das notwendige Ergebnis aus der Grundstellung des Apostels. Nichts, was der Mensch ist und tut, sondern das, was Gott im Christus tut und gibt, galt ihm als Gerechtigkeit und Leben. Darum ist die auf das Glauben gestellte Hoffnung, die es als verdienstliche Leistung vor Gott geltend macht, ebenso trüglich wie der Ruhm der Werke. Das Glauben hat nur so viel Wert, Besitz und Kraft, als das Geben des Christus in sich schließt. Fällt dieses weg, bleibt das Glauben nur noch als menschliches Verhalten und Erlebnis übrig, so ist es leer und kraftlos wie alles Menschliche. Ohne Christus ist das Glauben nichts.

Darum ist völlig durchsichtig, weshalb Paulus da, wo er von der ethischen Aufgabe der Christenheit redet, nicht den Glauben zur Erläuterung heranzieht. Während in Röm. 3—5, wo Paulus zeigt, wie der Verband mit Gott erlangt wird, dies der regierende Gedanke ist, daß das Evangelium den Glauben schaffe, spricht er in Röm. 6—8 (von 6, 8 abgesehen) nicht mehr von ihm. Das richtige Handeln wird dort auf die Gemeinschaft mit dem Tode und Leben Jesu und auf den Anteil am Geist begründet. Dasselbe zeigt der Galaterbrief. Nicht als Früchte des Glaubens, sondern als Früchte des Geistes sind Liebe, Friede, Freude usf. bezeichnet. Der Erinnerung an die heidnischen Laster der Korinther stellt Paulus nicht entgegen: aber ihr seid gläubig geworden, sondern: ihr habt euch gewaschen, seid gerechtfertigt und geheiligt worden im Namen Jesu und im Geiste unseres Gottes, 1 Kor. 6, 11. Die Sündlichkeit der Unzucht wird nicht damit dargetan, daß sie dem Glauben widerstreite, sondern dadurch, daß sie die gliedliche Gemeinschaft mit Christus aufhebe, 1 Kor. 6, 15 f. Zweifellos ist die ganze Gemeinschaft mit Christus und der Geistbesitz dem Glauben gegebene Gabe und alles, was sittlich aus jener folgt, ist in diesem begründet; allein unser Glauben hat diese Folge und Kraft nicht nach seinem seelischen Bestand, sondern durch den, auf den es zielt. Das ihm antwortende Geben Gottes, des Christus und des Geistes verleiht ihm seinen den Menschen erneuernden Erfolg. Auf diese reelle Seite am Glaubensverband greift deshalb die Ermahnung des Apostels stets zurück, weil es in ihr und nicht in seiner menschlich-seelischen Seite begründet ist, daß das Glauben nicht ohnmächtig läßt wie die Zustimmung zum Gesetz, sondern das Gesetz »des Geistes des Lebens« im Menschen wirksam macht. Eben dieses Wegsehen vom Glauben hin zu dem, auf den es zieht, gibt dem Gedankengang des Apostels die gläubige Art. Nur wer an seinen Glauben glaubte, könnte sich darüber beklagen, daß in einer so tief in den Christenstand hineinleuchtenden Ausführung wie Röm. 6—8 so wenig vom Glauben die Rede sei. Da Paulus sich nicht auf seine Gläubigkeit, sondern auf den Christus verließ, konnte er den Beweis für das Recht des Glaubens und die Darstellung seiner Wirkungen nur dadurch führen, daß er sagt, was Christus mit seinem Tod und Leben schuf.

Zwischen dem, was Christus für die Glaubenden tut, und ihrem Werk im Dienst Gottes stehen die Gebote, die ihnen den Willen Gottes vorhalten. Paulus hat sie bekanntlich in reicher Ausbildung und mit großem Ernst den Gemeinden vorgelegt, unzweifelhaft in der Meinung, ihnen durch sie ihre Pflicht darzustellen, an die ihr Handeln unbedingt gebunden sei, so daß ihre Ablehnung ihr Verhältnis zu Gott zerrisse, 1 Kor. 6, 9, während der Gehorsam gegen sie dieses erhalten und fruchtbar machen wird. Neben diesen Geboten, die die Grundzüge der christlichen Pflicht für alle feststellen, gibt es für jeden auch einen individuell auf ihn selbst gerichteten Willen Gottes, den er wahrnehmen und ausführen soll, Röm. 12, 1 ff. So durchdringt das göttliche Gebieten das ganze christliche Leben, doch ohne daß hierin für die Allgenugsamkeit des Glaubens und seine bedingungslose Zuversicht irgendwelche Störung und Schwierigkeit läge.

Träte jener Wille Gottes, der sich fordernd an den Glaubenden wendet, inhaltlich als etwas anderes und gegensätzliches zur Sendung Jesu hinzu, so würden wir allerdings zwei Heilsbedingungen erhalten, etwa Glaube und Heiligung, womit die Allgenugsamkeit des Glaubens verneint wäre. Da aber die Sendung, das Kreuz und die Erweckung Jesu selbst in der Sünde und der Gerechtigkeit ihr Ziel haben, als das Gericht über jene und die Herstellung dieser, so entfaltet das göttliche Gebot, unter dem der Glaubende steht, lediglich das, was in der Tat des Christus enthalten ist. Verboten ist ihm das, was Jesus abgetan hat, geboten das, was er gebracht hat. Die Gebote erklären ihm nur die Stellung, die ihm als dem an Christus Glaubenden zukommt und die er im Glauben bereits eingenommen hat. Seine Aufgabe bestimmt sich nun dahin, daß er das, was ihm durch den Glauben gegeben ist, bewahre und das, was er glaubend geworden ist, auch sei. Auf der Gemeinde liegt das Gebot, sich der Sünde für tot zu halten, Röm. 6, 11, weil sie ihr durch Jesu Tod abgestorben ist, 6, 2. Sie hat die Pflicht auf sich, sich und ihre Glieder Gott als Werkzeug der Gerechtigkeit darzugeben, weil sie aus dem Tode heraus in das für Gott fruchtbare Leben versetzt worden ist, Röm. 6, 13. Weil sie durch den Geist lebt, soll sie durch den Geist wandeln, Gal. 5, 25. Röm. 8, 25. Weil sie vom alten Sauerteig gesondert ist, soll sie ihn ausscheiden, 1 Kor. 5, 7. Weil unser Leib ein Glied des Christus ist, dürfen wir ihn nicht der Dirne geben, 1 Kor. 6, 15.

Jene Aussagen, die beschreiben, was Christus dem Menschen bereitet hat, haben freilich in diesen Pflichtformeln ihre unentbehrliche Ergänzung. Das Gestorbensein mit Christus hat seine notwendige Vollendung darin, daß nun auch »die Glieder, die auf Erden sind, tot gemacht werden«, Kol. 3, 5, und das Lebendigsein durch den Geist besteht nicht ohne die Bewegung, περιπατεῖν, die von ihm ihre Regel bekommt. Denn auf das personhafte Wesen des Menschen, auf sein eigenes Wollen und Handeln, zielt die göttliche Gnade hin, und da die selbstischen Begehrungen des Menschen aus seinem eigenen seelischen und leiblichen Wesen entstehen, ist er mit den wechselnden Situationen, in die er gestellt wird, immer neu zur Willensentscheidung genötigt, die fortgesetzt gegenüber seinem eigenen Widerstreben gegen den Geist das bejaht, was Christus ist und tat.

Daher hat Paulus, wie die übrige Gemeinde, an Jesus nicht nur den Erwecker des Glaubens, sondern auch das Vorbild gehabt, da er das Glauben zugleich als die Gewährung des guten Willens erlebt, der sich nicht mechanisch bewegt, sondern durch die Überlegung und Entschließung des Glaubenden entsteht, die dieser dann richtig findet, wenn er aus dem Handeln Jesu die Regel für sein eigenes Verhalten gewinnt, Phil. 2, 5. Röm. 15, 3.

Er hat sich dabei den inneren Kampf und die Nötigung zur Wahl nicht so gedacht, daß unser Leben aus einer zusammenhanglosen Vielheit von Entschließungen bestehe, die bald so, bald so ausfallen; vielmehr ist wie früher der Sünde, so jetzt durch den Glauben der Gerechtigkeit gegenüber ein Eigentumsverhältnis entstanden, das eine feste, fortwirkende Bindung der Person an sie ergibt, *δουλωθῆναι τῇ δικαιοσύνῃ*, Röm. 6, 10. Wohl aber sagt Paulus dies, daß sündliches Wollen diesen Zusammenhang zerreißen kann. Kein Empfang göttlicher Gaben ist an sich schon Schutz gegen solchen Fall, 1 Kor. 10, 1 ff., weshalb an der Unbedingtheit des Glaubens für Paulus die Furcht nicht untergeht; vielmehr entsteht sie am Glauben und tritt mit ihm in eine völlige Einigung. Dem, der durch den Glauben steht, sagt er: »sei nicht hoffärtig, sondern fürchte dich«, Röm. 11, 20, gerade weil er nur durch Glauben steht, das, was ihn hält, nicht in sich, sondern über sich hat und nur in der Zuwendung zu Gott dem Fall entnommen ist. Darum liegt im Blick auf das eigene Wesen und Können stets der Grund zur Furcht, vgl. 2 Kor. 5, 11. 7, 1. Phil. 2, 12. Ein solcher Fall bricht aber nicht bloß durch ein Gebot durch, sondern fällt aus der Gabe des Christus heraus[1]). Er zerstört nicht nur das Sollen, sondern auch das im

[1]) Am unheilvollen Ende des Unglaubens hat auch Paulus ein Glaubensmotiv, Röm. 9 und 10: durch seinen Unglauben fiel Israel; daran hat der Heide vertieften Ernst zu gewinnen, mit dem er seinen Glaubensstand bewahren soll.

Glauben begründete Sein der Gemeinde. Darum liegt im Glauben kein Trieb, sich vom Gebot abzuwenden, vielmehr das Begehren, den göttlichen Willen zu erkennen und zu tun. Die Selbsttätigkeit, zu der das Gebot beruft, und die Furcht, die es begleitet, werden selbst zur Stärkung der Zuversicht, weil sie zum Anschluß an den treiben, in dem der Gemeinde zu der ihr aufgegebenen Pflicht die Wirklichkeit, Geist und Kraft, gegeben sind. Diese Korrespondenz zwischen Sein und Sollen, die nicht durch eine Anpassung des Gebots an das schlechte Begehren zustande kommt, sondern dem Sollen seinen absoluten Inhalt läßt — tot für die Sünde! bestimmter läßt sich die Verneinung des Bösen nicht aussprechen — die aber das Sollen nicht nur als Postulat, sondern zuerst als Tatbestand im Sein der Gemeinde aufzeigen kann, darum, weil es im Christus Wirklichkeit und Gabe ist — das ist der Triumph der Ethik des Paulus und ihres Hauptbegriffs, seines Glaubens, der sein Urteil völlig durchsichtig macht, das, was ihm die palästinische Theologie gewährt und er sich durch seine pharisäische Anstrengung errungen habe, sei Verlust und Spreu gewesen, Phil. 3, 7. 8. Darin, daß der Glaube die verpflichtende Kraft des Gebots und Gottes Strafernst ohne Abzug bejaht und sich doch mit Zuversicht Gottes freuen und die Gerechtigkeit als seinen Besitz bejahen kann um deswillen, was Christus ist, liegt der Tatbeweis dafür, daß der Glaubende nicht mehr unter, sondern im Gesetz steht, ἔννομος Χριστοῦ, und das vom Gesetz als Recht Verordnete erfüllt in sich trägt, 1 Kor. 9, 21. Röm. 8, 4.

Es ist damit vollends verständlich, warum die Glaubenspredigt bei Paulus auf die alleinige Geltung des Werks gestellt ist und mit dem Satz beginnt: jedem, der das Gute wirkt, Herrlichkeit! Röm. 2, 1 ff. Die alleinige Heilsbedeutung des Glaubens hat darin ihre Festigkeit, daß es auf keinem anderen Wege zum Wirken des Guten kommt als allein durch das Glauben, allein dadurch, daß der Mensch auf sich selbst verzichtet und dem vertraut, der ihm von Gott als das Haupt gegeben ist, das ihn belebt und leitet. Der Satz: allein durch Werke, mit dem der Römerbrief beginnt: und der andere: allein durch Glauben, mit dem er fortfährt, sind für Paulus Korrelate. Weil der Mensch das Gute zu wirken hat und es in dem durch die Natur ihm bereiteten Zustand nicht vermag, dagegen im Glauben an Christus alle Bedingungen zum Wirken dessen besitzt, was vor Gott gerecht und gut ist, darum ist der Glaube allein das Errettende[1]. Beseitigt wird durch den Glauben nicht das Werk, sondern jede Vermengung und Zertrennung beider, die die Gerechtigkeit zum Teil in ein göttliches, zum Teil in ein menschliches Wirken zerlegt und die Herrlichkeit teils zu göttlichem, teils zu menschlichem Eigentum verteilt, so daß Gott nur anfängt und der Mensch vollendet oder der Mensch anfängt und Gott nur zu vollenden braucht, immer aber der Mensch in seiner Fleischlichkeit eine gesonderte Bedeutung und ein eigenes Vermögen Gott gegenüber behaupten will. Für Paulus ist es Gott allein, dem Gerechtigkeit und Liebe, Herrlichkeit und Geist eigen sind, der nicht nur anfängt, sondern auch vollendet und wie das Wollen auch das Vollbringen schafft. Weil das göttliche Geben ein Ganzes ist, darum wird dem Menschen im Glauben das Gute so zu eigen, daß es auch in seinem Werk erscheint.

Mit der richtigen Tat gewann Paulus ein gutes Gewissen, wie er auch den Lohnbegriff, der jener die vergeltende Gegengabe Gottes sichert, durchaus nicht gemieden hat, 1 Kor. 9, 17. So wenig er mit seinem Urteil über unseren Leib oder mit dem Rückblick auf Adams Fall bloß ein abstraktes Sündenbewußtsein gewann, ohne daß er an die bestimmten Unterlassungen des Guten und Bewirkungen des Bösen ein böses Gewissen heftete, ebensowenig hat er im Glauben an Jesus nur ein abstraktes Gerechtigkeitsbewußtsein, sondern gewann an jenem das Vermögen, an dem, was er im Gehorsam Gottes tat, sich zu freuen als an einem guten Werk. Er blieb sich aber dabei nicht bloß dessen bewußt, daß seine Selbstbeurtei-

[1]) Von dem Paulus bekannten Spruch Mt. 17, 20 zu seiner eigenen Stellung ist der Weg einfach und deutlich. Ohne Glauben kein Werk, wie es der Apostel tun muß, sagte Jesus; ohne Glauben kein Werk, wie es der Christ tun soll, sagt Paulus. Die Bedingungen für das Werk des Jüngers übertragen sich auf den Christenstand aller; die dem Glauben gegebene Verheißung und seine Beziehung zu dem für Gott auszurichtenden Werk gelten universal.

lung unzulänglich sei und einzig das Urteil des Christus über seine Stellung vor Gott entscheide, sondern auch dessen, daß sein Anteil an Gottes Gnade mit Einschluß seines Vermögens, das Gute zu tun und deshalb ein gutes Gewissen zu haben, auf dem Glauben stand, weil er nur deshalb, weil er »des Christus ist«, Gottes Haushalter ist, der nun freudig von sich sagen kann, er handle treu, 1 Kor. 3, 23. 4, 4. Sein Ruhm blieb stets ein Ruhm des Herrn[1]).

Deshalb hatte seine Predigt denselben Schluß, wie die Verkündigung der ganzen Gemeinde: er schaut auf das Richten des Christus hinaus, das jedem nach seinem Handeln vergelten wird, 2 Kor. 5, 10. Christus stellt nicht das unter sein Urteil, was er selber schuf, sondern das, was wir hervorbringen, nicht das, was er selbst durch seine Gabe aus uns machte, sondern das, was unsere Treue mit seiner Gabe leistete. Darum konnte Paulus das Urteil des Kommenden nicht auf den Glauben beziehen; denn der Glaube ist Jesu Werk in uns. Weil dagegen unser Werk aus unserem eigenen Wollen entsteht, wird sein Wert oder Unwert einst durch das Urteil des Christus festgestellt. Diese Gewißheit hat aber bei Paulus den gläubigen Schluß von der jetzt uns gegebenen Gabe auf die vollendende Gnade, von der Rechtfertigung im Blute Jesu auf die Errettung vor dem kommenden Zorne, Röm. 5, 8, deshalb nicht gedämpft, weil er aus dem Anschluß an Christus Lust, Begehrung und Vermögen zu demjenigen Handeln schöpft, das von Christus Lob empfängt, 1 Kor. 4, 5.

Nichts verdeutlicht anschaulicher die Festigkeit, mit der der Glaube in Paulus begründet ist, als daß er gleichzeitig den Blick auf die richtende Tat des Christus, die jedem sein Werk vergilt, als stetig gültiges Motiv in sich trägt und in den Gemeinden erweckt. Dieses lenkte das gesammelte Begehren zum Handeln hin und gab diesem Schritt für Schritt die volle Bedeutung der den Heilsstand vermittelnden Ursache. Aber eine Schwankung im Glaubensstand hat Paulus nicht befürchtet, weil ihm dieser

[1]) Ehe er Christus kannte, hatte er wie Akiba am guten Gewissen, das sein Wirken nach dem Gesetz billigte, seinen Stützpunkt vor Gott, der nichts über sich hatte, sondern seinen ganzen Anteil an Gottes Gnade tragen mußte. Jetzt war dieser nicht mehr auf sein gutes Gewissen gestellt, sondern über diesem im Glauben an den Christus begründet.

in der Gegenwart des Christus unerschütterlich begründet ist und die Einheit seiner Gnade mit seinem richtenden Wirken, darum auch das Zusammenbestehen des Glaubens mit der auf das Werk gerichteten Selbstbesinnung und Anstrengung für ihn helle, durchsichtige Notwendigkeit besitzt.

Die Gewißheit und Festigkeit, die dem Glauben eigen ist, wird dadurch nicht geschädigt, daß auch das Glauben an der Bewegung teil nimmt, deren unser geistiges Leben fähig ist. Es kann und soll wachsen, 2 Kor. 10, 15. 2 Thess. 1, 3, dies schon darum, weil es durch den Einblick in den Willen und das Wirken Jesu bedingt ist. Darum entsteht es auf Grund der ersten, anfangenden Kenntnis Jesu noch nicht sofort in seinem vollendeten Bestand; es fehlt ihm in seiner Erstlingsgestalt notwendig noch vieles; es gibt *ὑστερήματα τῆς πίστεως*, 1 Thess. 3, 10. Auch die »Unmündigen« in der Gemeinde sind Glaubende, jedoch noch nicht »Vollkommene«, 1 Kor. 2, 6. 3, 1 ff. Sodann hat auch das Glauben für jeden ein individuelles Maß, Röm. 12, 3. Es tritt darum auch in der Reihe der Charismen auf, die als besondere Gabe einzelnen durch den Geist gegeben sind, 1 Kor. 12, 9. Der eine hat die Zuversicht, die sich in einer bestimmten Lage — zunächst ist wohl an das Wunder gedacht — erwartend und bittend an Gott wenden kann, der andere hat sie nicht. Dem, der sich ermächtigt sieht, die Hilfe Gott zuzutrauen, ist dies ein ihm persönlich gegebenes Geschenk. Da aber nicht nur das Wunder, sondern jede fruchtbare Tätigkeit auf dem göttlichen Geben beruht, das mit unserem Glauben in Korrespondenz bleibt, ergibt sich für jeden aus dem individuellen Maß seines Glaubens die ihm obliegende Pflicht. Die Schranke des Trachtens, die es gegen die Überhebung abgrenzt und zur besonnenen Beurteilung unserer Lage, zum *σωφρονεῖν*, macht, liegt im Maß des Glaubens, das Gott jedem zugeteilt hat, Röm. 12, 3[1]). Keiner soll nach etwas streben, wozu er nicht gläubig Gottes Hilfe und Gabe erwarten kann, andererseits jeder das ihm verliehene Glauben für die Gemeinschaft voll wirksam machen.

Suchte Paulus die Kraft des Glaubens bei dem, was das Glauben in sich selber ist, so würde sich aus der Mannigfaltig-

---

1) Dies wird Röm. 12, 6 besonders für den Propheten hervorgehoben. Über „die Analogie des Glaubens" vgl. Erläuterung 11.

keit desselben eine verschiedene Berechnung seines Erfolgs ergeben. Allein für Paulus ergibt sich alles, was das Glauben schafft, aus dem, was Christus ist. Darum ist die göttliche Wertung des Glaubens nicht durch seine inhaltliche Vollständigkeit und willensstarke Kräftigkeit bedingt, als würde er erst auf einer gewissen Stufe Zugehörigkeit zu Christus, vielmehr, wo immer glaubende Zuwendung zu ihm vorliegt, wird der unteilbare Christus — *οὐ μεμέρισται*, 1 Kor. 1, 13 — mit seiner gesamten Liebe, Kraft und Gabe wirksam, so daß das Glauben von seinen ersten Anfängen an, wie immer es individuell bemessen sein mag, die Gewißheit der Rechtfertigung und Versöhnung ist[1]).

Hätte sich Paulus die Rechtfertigung und Versöhnung als eine sich nur im inneren Leben des Christen vollziehende Wirkung Gottes gedacht, so wäre es unvermeidlich gewesen, daß sich ihm das Glauben in deutliche Unterschiede zerlegt hätte. Ein suchendes und ein besitzendes Glauben hätten sich nebeneinander gestellt. Denn so würde die Rechtfertigung im inneren Verhalten des Menschen zur Epoche, die dasselbe in zwei Perioden zerlegte, in ein Glauben, das nach Gerechtigkeit und Versöhnung verlangt, und in ein solches, das sich auf Grund der empfangenen Rechtfertigung und Versöhnung vertrauend zu Gott hält. Eine solche Unterscheidung im Glauben ist Paulus fremd, weil er seine Rechtfertigung und Versöhnung in dem hat, was Christus ist. Sein Glauben bejaht eine vollendete Tat Gottes und wird deshalb nicht allmählich zur Gerechtigkeit, ist sie vielmehr von seinem ersten Anfang an. Allerdings ist das Glauben ebensosehr wie ein Haben auch ein Streben nach Gerechtigkeit, vgl. Röm. 5, 1 einerseits, Gal. 2, 16. 17 andererseits, da ja der Glaubende der neuen Offenbarung Gottes und seinem richtenden Wirken entgegengeht. Er hat nicht nur durch Jesu Sterben und Auferstehung Rechtfertigung erhalten, sondern will sie auch von dem kommenden Christus finden und in das Reich seiner Herrlichkeit eingehen. Diese doppelte Bewegung des Glaubens ergibt jedoch nicht eine Teilung des christlichen Verhaltens in zwei unterscheidbare Perioden, sondern umfaßt

[1]) Paulus bewahrt dadurch Jesu unbegrenzte Verheißung an dasjenige Glauben, das noch so klein wie ein Senfkorn ist.

gleichmäßig das ganze christliche Leben. Das Glauben bleibt, wie es von Anfang an Besitz der Rechtfertigung ist, stets, so sehr es sich entfalten mag, Streben nach ihr, das erst nach der vollendeten Offenbarung Jesu in die Ruhe treten kann.

Damit ist nicht gegeben, daß sich das Wachstum des Glaubens und die ihm entsprechende Mehrung der göttlichen Gabe nur auf nebensächliche Verzweigungen unseres Berufs erstrecken, dagegen den wesentlichen Hauptinhalt unseres Bewußtseins und Handelns nicht berühren. Es wäre schwerlich ganz im Sinn des Paulus, wenn wir z. B. den durch Röm. 8 neben Röm. 7 verdeutlichten Gegensatz in jedem als unverrückbar und in allen als gleichartig beschrieben. Wie die im Fleisch begründete Ohnmacht und die im Geist begründete Macht zum Guten erlebt wird, wie weit der Bereich unserer Ohnmacht reicht und wohin die Leitung des Geistes führt, das ist nicht durch eine unverrückbare Linie schlechthin fixiert, sondern diese bewegt sich mit dem Wachstum des Glaubens. Nur die beiden Grenzpunkte, innerhalb deren sich diese Bewegung mit ihrem Streben, Ringen, Straucheln und Siegen vollzieht, sind einerseits durch die Unaufhebbarkeit unserer natürlichen Art, andererseits durch die Vollendetheit der in unserer Berufung uns gegebenen Gnade bestimmt, so daß das Glauben darin mit sich selber immer übereinstimmend bleibt, daß es vom eigenen Lebensstand weg auf den des Christus schaut. Paulus hat nicht eine Verwandlung des Glaubens in etwas, was mehr als Glaube sei, wohl aber dessen Fähigkeit, sich zu entfalten und zuzunehmen, gelehrt.

Daß Paulus für das ganze Handeln in dem uns gewährten Maß des Glaubens die Regel gewann, hat wichtige Erträge seiner Arbeit wesentlich mitbedingt. Weil er im Kreise der Glaubenden in besonderem Sinn als Glaubender stand, war er auch unter den Freien in besonderem Sinn der Freie. Immer ist der Glaube der Geber der Freiheit, weil uns die Verbundenheit mit Gott von allen anderen uns bindenden Verhältnissen löst, und in dem Maße, als unser Lebenslauf auf den Reichtum seiner Gabe gegründet ist, wird die Freiheit aus einem bloßen Ideal und Ziel eine Wirklichkeit. Paulus gewann aus seinem Glaubensstand dem Gesetz gegenüber die Freiheit, mit gutem Gewissen es sowohl zu übertreten als zu halten, und ebenso der

Natur gegenüber die Freiheit, ihre Güter mit gutem Gewissen sowohl zu benützen, als auf sie zu verzichten.

Jede Zumutung, die ihm die gottesdienstlichen Ordnungen Israels aufnötigen wollte, scheiterte an der Geschlossenheit seines Glaubens, da er seinen Herrn nicht anklagen kann, als wäre er ein Förderer der Sünde, als bedürfte er neben ihm noch einer anderen Hilfe, als wäre die alleinige Gebundenheit an ihn, die die Freiheit vom Gesetz zur Kehrseite hat, nicht volle, göttlich gültige Gerechtigkeit und ganze Geschiedenheit vom Bösen. Ebensosehr besaß er in seinem Glauben an Christus die Befreiung von jeder Furcht vor dem Gesetz, als könnten die gesetzlichen Handlungen, Opfer, Sabbat, Beschneidung usw. ihn oder irgend jemand in der Gemeinde an seiner Verbundenheit mit Christus hindern, sofern sie nur nicht im Widerspruch mit dem Glauben vollzogen wurden. Er hat darum dieselbe gesetzliche Handlung, die er schlechthin abwies, wenn sie als Heilsvermittlung gelten sollte, ohne jedes Bedenken vollzogen, wenn sie ohne einen solchen Gegensatz gegen Christus geschehen konnte, vielmehr dem Evangelium den Weg bahnte und Verdächtigungen desselben zerstörte. Er hatte im gesetzlichen Gottesdienst im vollen Sinn das Gebiet seiner Freiheit; er konnte ihn unterlassen oder vollziehen, ohne daß sich diese Wahl zur Willkür entstellt hätte. Er mußte ihn lassen, wenn er das Glauben gefährdete, mußte ihn vollziehen, wenn er der Liebe diente. Dieselbe Handlung galt ihm als sündig, wenn sie die Gabe des Christus und die Gnade Gottes schmälern wollte, und als geboten, wenn sie den Bruder vor Ärgernis behütete.

Derselbe Gesichtspunkt hat seinen Gebrauch der natürlichen Dinge geleitet. Wer den Gedankengang des Paulus bloß nach formalen logischen Gesichtspunkten konstruiert, würde ihn, weil er eine absolute, mit der Schärfe des ethischen Urteils erfüllte Verneinung auf den unser Begehren hervorrufenden Naturvorgang legt, unvermeidlich zum Asketen machen, genau so, wie es durch analoge Schlüsse für unmöglich erklärt worden ist, daß er die Freiheit gehabt habe, am Altar Jerusalems noch das Opfer darzubringen oder eine Beschneidung zu vollziehen. In der Konsequenz seines Urteils über unser Fleisch scheint nur ein unerbittlicher Kampf gegen die natürliche Basis des menschlichen Lebens zu liegen. Diese Konstruktion würde aber das Vorhandensein des Glaubens in Paulus ignorieren. Ohne daß dieses seinem sittlichen Urteil irgend etwas von seiner Schärfe abbrach, befähigte es ihn, sich von allen leidenschaftlichen Gewaltsamkeiten frei zu halten, an sich selbst und den anderen die leiblichen Vorgänge zu ertragen, und alles, was natürlich ist, ohne Furcht, daß es ihn an seiner Gemeinschaft mit Christus hindern könnte, in seine Freiheit einzubeziehen; denn im Glauben war die Schuld- und Heilsfrage für ihn gelöst. Durch Röm. 14 wird deutlich, wie er seine Freiheit im natürlichen Bereich durch das Glauben begründet hat. Er anerkennt dort, daß in dieser Hinsicht in der Gemeinde Unterschiede nebeneinander bestehen müssen, weil das »Maß des Glaubens« nicht in allen dasselbe ist. Auch dem, der zur Erfüllung des apostolischen Gebots, von allem Geopferten sich zu enthalten, nur Gemüse ißt, gesteht es Paulus zu, daß er im Glauben handle, sagt aber, es fehle seinem Glauben an Kraft. Im Glauben handelt er, da er das Fleisch deshalb meidet, weil er einzig und vollständig dem Herrn angehören will. Für ihn übt er seine Entsagung und verbindet sie deshalb mit der Danksagung, die es als Gnade des Herrn wertet, daß er von jeder Berührung mit den heidnischen Dingen geschieden ist. Ebenso führt die Einführung eines religiösen Kalenders, mag es sich dabei um den Sabbat oder um den Sonntag handeln, nach dem Urteil des Paulus keinen Bruch des Glaubens herbei, obgleich sie die anfängliche Verfassung der Gemeinde wesentlich veränderte. Denn beide Weisen, das Leben zu ordnen, können unter der Regel stehen, daß alles, was getan wird, für den Herrn getan wird. Die skrupulöse Ängstlichkeit, die auch eine unerkennbare Berührung mit Heidnischem als verderblich fürchtete, nannte Paulus aber Schwäche, und zwar nicht nur Schwäche des Denkens oder Wollens, sondern des Glaubens, wobei er nicht an einen formalen Mangel in der Überzeugung dachte. Denn die Schwachen beweisen im Gegenteil die Stärke ihrer Überzeugung dadurch, daß sie alle, die sie nicht teilen, richten. Von allen, mögen sie handeln wie sie sie wollen, verlangt Paulus, daß sie auf Grund eines fest gewordenen Entschlusses handeln. Jedes Handeln, das in Widerspruch mit dem eigenen Bewußtsein steht, verwarf er als Verletzung der Wahrhaftigkeit und Mißachtung des Ernstes, mit dem jeder sein eigenes Gewissen zu ehren hat. Dem Glauben fehlt es bei denen, die kein Fleisch zu essen wagen, deshalb an Kraft, weil sie ihr Verhältnis zu Jesus durch das für gefährdet halten, was es in Wirklichkeit nicht gefährdet. Wer im Blick auf den Christus weiß, daß ihn nichts von der Liebe Gottes scheidet, sondern alles ihm zum Guten mitwirkt, der ist über die Furcht vor dem Fleisch und dem Wein und über das Bestreben, sich durch seine Entsagung in der Gemeinschaft mit Gott zu erhalten, hinausgehoben. Der Schwache setzt dagegen im Blick auf die Welt und die sie beherrschenden Mächte seinem Glauben vorzeitig Grenzen. Auch hier betätigt Paulus sein »sola«, da er die Grenze zwischen dem, was sündlich, und dem, was rein ist, nicht anderswo sucht als im Glauben, so daß er die Aufmerksamkeit der Gemeinde einzig darauf richtet, daß jeder sein eigenes Glauben betätige. Er wird das Glauben dabei in voller Aktualität auf die bestimmte Handlung bezogen haben, die in Frage steht, vgl. *πιστεύει φαγεῖν*, 14, 2, wodurch es zur Zuversicht wird, die sich durch Christus zu diesem Tun ermächtigt weiß. Fehlt diese, so ist die Handlung Sünde, mag ihr Inhalt noch so sehr in der Freiheit des Menschen stehen, weil sie gegen Gott und Christus gerichtet ist und die allgemeine Regel, daß der Glaubende nicht sich selber lebe, zerbricht.

Die bisherige Darlegung hat bloß das Wollen und Handeln des Menschen und noch nicht sein Erkennen ins Auge gefaßt. Paulus bewährt jedoch darin die Kraft seines Denkens und eben so sehr die seines Glaubens, daß er seine ethischen und erkenntnistheoretischen Aussagen entsprechend der stetigen Wechselwirkung zwischen dem Erkennen und Wollen in die genaueste Beziehung zueinander gesetzt hat. Er stellt das Glauben in dasselbe Verhältnis zur Weisheit wie zur Gerechtigkeit, weshalb die beiden ersten Kapitel des ersten Korintherbriefes, die den Begriff »Weisheit« erläutern, eine zwar gedrängte, aber genaue Parallele zu Röm. 1—8 bilden. Wie der Empfang der Gerechtigkeit, so geht auch der Gewinn der Weisheit durch eine Antithese hindurch. Dort stehen die eigene Gerechtigkeit des Menschen und die Gerechtigkeit Gottes, hier die Weisheit der Welt und die Gottes gegeneinander. Wie der Mensch vor Gott schuldig wird und verstummen muß, so wird er auch zum Toren. Allein durch die Preisgabe der Weisheit wird die Weisheit erlangt, wie durch den Verzicht auf die Gerechtigkeit die Gerechtigkeit, nach demselben Gesetz, daß der Mensch, um das Göttliche zu empfangen, auf sein eigenes Gebilde verzichten muß.

Der erste Besitz der Weisheit ist für Paulus die Erkenntnis Gottes, 1 Kor. 1, 21; denn er hält den Erkenntnisbesitz des Menschen für nichtig, wenn Gott unerkannt bleibt. Seine Gedanken sind nur dann Weisheit, wenn sie ihn zum richtigen Handeln befähigen; das können sie ihm aber unmöglich verschaffen, so lange sie ihm Gott verhüllen. Er kann auch die Welt und den Menschen erst dann verstehen, wenn ihm ihr Verhältnis zu Gott sichtbar ist. Darum ist die menschliche Weisheit darauf gewiesen, Aneignung der Weisheit Gottes zu sein, auf der sein Schaffen und Handeln ruht. Die Welt schreibt sich die Weisheit zu; der Grieche verlangt sie von denen, die sich ihm als Boten Gottes anbieten; der Jude rühmt sich ihrer als seines Besitzes, im stolzen Bewußtsein, ein Licht für die zu sein, die im Finstern sind, Röm. 2, 19. Jene Machthaber in Jerusalem, die den Herrn der Herrlichkeit kreuzigten, waren zugleich die Besitzer der Weisheit Israels und verdankten ihre Macht ihrer Wissenschaft, 1 Kor. 2, 8. Paulus behandelte diese Weisheit so wenig als die Gesetzesgerechtigkeit als leeren Schein. Auch er gehörte einst zu jenen »Weisen, Schriftgelehrten und Disputatoren dieses Zeitlaufs«, 1, 20, und hatte an der Gedankenwelt, die den Ruhm der Synagoge bildete, teil. Dieses Streben nach Weisheit hat Gott selbst hervorgerufen, weil er in seinen Werken seine eigene Weisheit vor uns entfaltet, damit auch der Mensch Weisheit gewinne. Das Streben der Welt nach ihr blieb aber erfolglos; sie erkannte Gott nicht, und seine Weisheit kam in keines Menschen Herz, 1, 21. 2, 7 ff. Der Tatbeweis für die Unkenntnis Gottes, in der die Welt, Israel eingeschlossen, steht, ist Jesu Kreuz. Dieselbe Tat Gottes, die die Gerechtigkeit des Menschen verneint, bringt auch seiner Weisheit die Offenbarung ihrer Nichtigkeit. Auch über das Denken des Menschen ergeht hier ein göttliches Gericht nicht nur als Deklaration, sondern als Tat von durchgreifender Wirkung, die die Weisheit der Welt beseitigt, 1, 19. Durch Jesu Kreuz wird die errettende Predigt Torheit. Was sich am Kreuze sichtbar macht, ist Schwäche, Schmach, das volle Gegenteil der Gottesherrlichkeit. Darum ist es Verhüllung der göttlichen Weisheit, die ihre Absicht zum Geheimnis macht. Da Gott der weisen Welt eine Torheit entgegenhält, wendet sie sich, falls sie nichts anderes als Weisheit sucht, von ihr ab. Meint sie, dieselbe zu besitzen und darum beurteilen zu können, was Gott sei und wie der Christus sich offenbaren werde, so ärgert sie sich an Jesu Kreuz und dies um so mehr, je weiser sie ist, je erhabener ihre Gedanken über Gottes Macht und Herrlichkeit sind. Gott hat seine errettende Tat so gestaltet, daß kein Denker in ihr Gottes Gabe erkennt. Weil aber die Weisheit der Welt sich selbst gegen Gottes Hilfe behauptet, deren sie doch, so gewiß sie Gott nicht erkennt, bedarf, schlägt sie in Torheit um, weil eine Weisheit, an der der Mensch verdirbt, als Torheit offenbar ist, 1, 20. Wie Israels Gerechtigkeit ihm zum Grund des Falls wird, so führt es auch seine Weisheit ins Verderben, weil diese wie jene es in seinen Kampf gegen Christus treibt.

Die Verhüllung der göttlichen Weisheit im Kreuze hat darin ihren Grund, daß Gott nicht die Weisen, sondern die Glaubenden erretten will, 1, 21. In diesem Zusammenhang tritt das Glauben zum Erkennen in starke Spannung. Es hat die Verneinung der Fähigkeit zum Verständnis und zur Beurteilung des göttlichen Handelns in sich und ist die Willigkeit, sich Gott, auch ohne ihn zu verstehen, zu unterwerfen, in der Gewißheit, daß auch das Törichte an Gott weiser ist als die Menschen. Darum hat auch Paulus, weil er Glauben hervorrufen will, und zwar ein Glauben, das in Gottes Kraft begründet ist, dem göttlichen Verhalten folgend in seiner Lehrtätigkeit auf Weisheit verzichtet, 2, 4. Er hätte durch die Umwandlung des Evangeliums in eine »Wortweisheit« das Kreuz entleert, 1, 17, ganz in derselben Weise, wie die Aufrichtung des Gesetzes zur Folge hätte, daß Christus vergeblich gestorben wäre. Nicht Gedanken, sondern rettende Gnade bietet Gott der Welt durch Jesu Sterben an, eine Liebe, die aus der Kraft in die Schwachheit, aus der Herrlichkeit in die Schmach, damit auch aus der Weisheit in die Torheit niedersteigt. Sie vermittelt dem Menschen nicht zunächst Lehre, sondern Kraft, 1, 18, und wird nicht durch Denken und Urteilen, sondern durch Trauen angeeignet; in ihm hat die am Kreuz sich offenbarende Gnade das ihr entsprechende Korrelat[1]).

Wie die Unerreichbarkeit der Gerechtigkeit im Wesen des Menschen begründet ist, weil er den Geist entbehrt, so gilt dasselbe auch von der Weisheit Gottes und ihrer Unfaßbarkeit für uns. Der Mensch ist nach seiner inneren Seite benannt ein »seelischer« Mensch und steht nicht in einem solchen Verhältnis zu Gott, das ihm an Gottes Geist Teil gäbe, 2, 4. 14. Das zeigt sich auch in den ethischen Wirkungen des menschlichen Erkennens: es bläht auf, 8, 1, vgl. Kol. 2, 18, und sucht den Selbstruhm des Fleisches, auch dann, wenn es religiöse Theorien hervorbringt und sich mit Göttlichem beschäftigt. Darum wird erst dann, wenn der Geist das Denken des Menschen hervorbringt, dessen größte Wirkung die Liebe ist, der Einblick in die Sendung Jesu erlangt. Daß Christus an die Stelle des Menschen tritt, nicht in der Gestalt Gottes erscheint, sondern als der, der zur Sünde gemacht worden ist, ist am Maß des selbstischen Denkens gemessen Torheit und kann nicht anders beurteilt werden, solange die Liebe unerkannt ist. Fordert der Jude eine Machtoffenbarung Gottes, durch die er sich selbst und seinen Christus gegen die Welt behauptet, erklärt er die Hingabe des Sohnes Gottes in den Tod für gotteslästerlich, so kennt er die Liebe nicht, weil er sie nicht hat. Deswegen gilt Paulus der Dünkel als Beweis dafür, daß nichts erkannt worden ist; wenn aber jemand Gott liebt, der hat ihn erkannt; denn er ist von ihm gekannt, 8, 2. 3.

Dadurch, daß der Verband mit Gott nicht auf Gottes Lehren und des Menschen Verstehen, sondern auf Gottes Liebe und des Menschen Vertrauen begründet ist, wird aber der

[1]) Paulus hat, so groß er als Lehrer ist, die Verschlossenheit Jesu gegen Theorie und Lehre und die Benützung des Bußworts als des einzigen Kampfmittels gegen diese vortrefflich verstanden und in seiner Arbeit festgehalten.

Glaubensakt für Paulus nicht blind, grund- oder vernunftlos. Das Kreuzwort wird dem Menschen nach seinem göttlichen Motiv und Ziel gedeutet und bewährt sich als »Offenbarung der Wahrheit an jedem Gewissen«, 2 Kor. 4, 2. Es erhält seinen Beweis durch Geist und Kraft, 1 Kor. 2, 4. Daraus entsteht ein Wissen um Gottes Tat, das die Basis des vertrauenden Verhaltens wird, und der Römer- wie der Galaterbrief sind der anschauliche Beweis dafür, wie fern es Paulus lag, dieses Wissen durch irgend ein Surrogat ersetzen zu wollen. Er kannte kein Mittel, das Glauben zu stärken als dies, daß sein Objekt uns verständlicher werde und zu reicherer Erkenntnis komme.

Welche Mittel Paulus dann für richtig hielt, wenn es galt, mit Zweifel ringendes Glauben zu befestigen, darüber gibt 1 Kor. 15 Auskunft. Das ethische Moment, der Zusammenhang des Zweifels mit falschen Bewegungen des Willens, wird durchaus nicht verkannt; allein ebensowenig wird ihm nur die Bußpredigt gegenübergestellt, sondern Paulus überwindet den Zweifel durch Erkenntnis und dies wieder in der lehrreichen Abstufung, daß das Geschehene in seiner Wirklichkeit vorantritt als für das Glauben entscheidend, und dann erst die großen Zusammenhänge entwickelt werden, durch die sich die Tatsache als Glied der gesamten göttlichen Regierung, somit auch als Glied einer in sich zusammenstimmenden Weisheit enthüllt.

Denn das Glauben hat, so gewiß es das Bekenntnis ist, der Mensch habe und finde die Weisheit nicht, zugleich die Gewißheit in sich, daß sie ihm durch Gott im Christus erschlossen sei. So unerläßlich es ist, daß neben der Botschaft, die der Welt den gestorbenen und auferstandenen Christus zeigt, jedes andere Wissen verschwinde, damit der Glaube entstehe und nicht irgendwelche Erkenntnis oder Theorie an seine Stelle trete, ebenso gewiß gewährt der Anschluß an Jesus dem Bedürfnis und Verlangen nach Erkenntnis dieselbe vollkommene Befriedigung wie dem Verlangen nach Gerechtigkeit. Auch hier ist der Verzicht nicht das endgültige Erlebnis des Glaubenden, sondern verwandelt sich für ihn in Gewinn. Wie der Verzicht auf die eigene Gerechtigkeit sich als Empfang der göttlichen erweist, so entsteht aus der Preisgabe der Weisheit ihr Besitz, 1 Kor. 3, 18. Dasselbe Kreuzwort, das Torheit ist, ist die Verkündigung der Weisheit, 2, 6 ff., weil es die Geschiedenheit des Menschen von Gott überwindet und ihm den Geistbesitz erschließt. Paulus hat zunächst von sich den Anteil an Gottes Weisheit mit hoher Zuversicht bezeugt, weil das göttliche Geben dem menschlichen Bewußtsein nicht jenseitig bleibt, da es sich ja durch den Geist vermittelt, dieser aber selbst der Wissende und Wissen Erzeugende ist: »wir wissen, was uns von Gott geschenkt worden ist«, 2, 12. Dadurch steht er in einem lebendigen Lehr- und Lernverband mit Gott: *διδακτοὶ πνεύματος λόγοι*, 2, 13. Dadurch aber, daß der Apostel als der, der die Weisheit Gottes kennt, unter der Gemeinde seht, erhält auch sie den Anteil an ihr und dieser beruht nicht bloß auf dem apostolischen Wort, weil auch sie, nicht bloß der Apostel, den Geist empfängt, so daß ihr durch das Glauben ein vom Geist geleitetes Forschen möglich wird. Paulus hat ihm eine unbegrenzte Verheißung gegeben. Der, der in der Leitung des Geistes steht, wird zwar allen anderen unverständlich; ihm selber aber wird alles zugänglich, 2, 15. Durch ihn wird Christus uns zur Weisheit, 1, 30, und da das ganze Wirken Gottes in ihm die Vermittlung hat von der Schöpfung der Welt bis zu ihrer Vollendung, wird die Erkenntnis des Christus in den Vollkommenen zu einer Totalität der Erkenntnisse, die wahrhaft Gottes Weisheit, Aufnahme des göttlichen Denkens ins eigene Erkennen ist, 2 Kor. 4, 6. Kol. 2, 3. Darum ist auch der Gemeinde die Beurteilung dessen möglich, was gut vor Gott ist, Röm. 12, 2. Kol. 3, 10. Darin, daß sich das Glauben nicht nur in ethischer, sondern auch in intellektueller Hinsicht als der fruchtbare, den Reichtum der göttlichen Güter erschließende Vorgang erweist, bewährt es sich wieder in seiner Allgenugsamkeit.

Auch in seiner intellektuellen Arbeit hat Paulus der Gemeinde eine erhabene Veranschaulichung dafür gegeben, was das Glauben ist und gewährt. Er legte die folgenreichsten Neuheiten in das Sehfeld der Gemeinde hinein, wie die Klarstellung des negativen Zwecks des Gesetzes oder die Beseitigung der Trennung zwischen Juden und Griechen in Christus, und erwies sich doch gleichzeitig als der treueste Bewahrer dessen, was von Anfang an aus Jesu Mund der Gemeinde übermittelt war. So brachte er ihr sowohl die bindende, als die befreiende Wirkung des Glaubens auf die Denkarbeit in voller Kraft und zugleich in ihrer Einheit zur Anschauung.[1])

Daß sich das göttliche Geben durch Glauben vermittelt, steht mit dem Universalismus der göttlichen Ziele in Übereinstimmung. Gott erweist sich darin als der, der nicht nur der Gott der Juden, sondern auch der der Völker ist, Röm 3, 23. Zwar wäre es ein blindes Urteil, wenn die paulinische Heidenmission lediglich als eine logische Folgerung aus dem Glaubensbegriff betrachtet würde. Wo ein wirksames Gottesbewußtsein vorliegt — und Paulus hatte ein solches — da wird der Umfang der göttlichen Tat und Gabe nicht durch unsere Logik, sondern durch göttliche Sendung und Rede abgegrenzt und dies vollends, wenn sie sich an den Glauben wendet, also sich als die Tat freier Gnade kund gibt. Paulus führt auch seine Arbeit unter den Völkern ausdrücklich auf bestimmte göttliche Weisung zurück, Röm. 1, 5. Gal. 2, 7 f. Eph. 3, 1 ff. Kol. 1, 25 ff. Nun schlossen sich allerdings der Universalismus und die Beschreibung des Christenstandes als Glaube zusammen zu einem einheitlichen Gedankengang. Zur Zustimmung zu Gottes Tat waren alle berufen und die besondere Art der einzelnen Persönlickkeiten und menschlichen Genossenschaften war für sie bedeutungslos. Weder die Höhe oder die Tiefe ihres moralischen Standes, noch die Tüchtigkeit oder die Schwäche ihres intellektuellen Vermögens kam für den Glauben in Betracht. Hier galt in der Tat, daß es bedeutungslos sei, ob der Mensch Mann oder Weib, Knecht oder Freier, Jude oder Grieche sei. So führten die Aussagen über das Glauben zum Universalismus; wiederum gab erst dieser dem Glauben seine volle Zuversicht. Nun, da gesagt werden konnte: »jedem Glaubenden, dem Juden zuerst und dem Griechen ebenso,« stand die Unbegrenztheit der Gnade und die Allgenugsamkeit des Glaubens hell im Licht. Durch

---

[1]) Der Nachweis, daß Paulus auch mit seinen neuen Sätzen konstant und erfolgreich den Willen verband, das gegebene Wort Jesu zu bewahren, gehört in die neutestamentliche Theologie.

seinen Zusammenhang mit der Glaubensstellung ist aber der paulinische Universalismus mit der eigenen Arbeit Jesu verbunden; denn er setzt diejenige Schätzung des Glaubens fort, die Jesus selbst mit Wort und Tat vollzogen hat.[1])

Der Erfolg der paulinischen Mission ist nicht denkbar ohne die spezifische Eigenart seiner Glaubensübung. Sie beruhte auf jenem totalen Verzicht auf sich selbst, der ihn befähigte, sich dem Heiden völlig gleichzustellen als in derselben Sündigkeit stehend. Aus seinem Glauben erwuchs Paulus die Reinigung von aller jüdischen Selbstüberhebung, die es nicht lassen konnte, auf die Sünder aus den Heiden hinabzusehen. Nicht minder erforderte sie jene unbeschränkte Zuversicht zu Christus, die den Heiden sagen konnte: »Ihr seid beschnitten in der Beschneidung des Christus« Kol. 2, 11 und die zugleich dem Juden zu sagen vermochte: »Wenn etliche nicht glaubten, was liegt daran? wird ihr Unglaube Gottes Treue aufheben?« Röm. 3,3. Daher kam jener Mut, der sich, so klar er sich das heidnische Verderben vergegenwärtigte, dennoch frei von aller Ängstlichkeit mit der Zuversicht des Siegs im Heidentum bewegte und gleichzeitig mit unermüdlicher Treue die Gemeinschaft mit Israel aufrecht hielt. Der Verlauf der paulinischen Arbeit war mehr als eine Konsequenz aus seinem Lehrbegriff; er war die Frucht seines glaubenden Verhaltens zu Gott.

Aus dem Glaubensstand des Paulus ergab sich, daß aus der hellenischen Kirche keine Sekte wurde, weder in ihrem Verhältnis zu ihrer griechischen Umgebung, noch in demjenigen zur älteren Gemeinde Jerusalems. Nach jener Seite war die Abstoßung des Heidentums radikal, nach dieser das Bewußtsein um den Unterschied deutlich entwickelt und dennoch eine egoistische Abschließung und satte Verherrlichung des eigenen Besitzes unmöglich, weil der Grund der Gemeinde das Glauben an den Christus, den Herrn aller, war, mit dem kein Bruch der Gemeinschaft zusammenbesteht.

Der Universalismus wäre unvollendet geblieben, hätte er nicht durch eine rückblickende Betrachtung auch den bisherigen Verlauf der Geschichte in sich aufgenommen. Da das Glauben alles, was es erlangt, durch Christus empfängt, da er Grund,

[1]) Dem universalen Glauben entspricht das Gebet für alle, 1 Tim. 2, 1 ff.

Inhalt, Kraft des Glaubens ist, ist deutlich, daß es den unterscheidenden Besitz der neuen Gemeinde bildet, den die vorchristliche Zeit nicht mit ihr teilt. Der Glaube »kam« und »ward offenbart«, als Christus kam und offenbart wurde, Gal. 3, 23 ff.[1]). Allein, so nachdrücklich Paulus den Unterschied zwischen der Zeit vor und nach der Sendung des Christus hervorhebt, wie er der verschiedenen Aufgabe des Gesetzes und des Christus entspricht, es muß sich doch in der göttlichen Regierung Einheit zeigen und Paulus freut sich, daß die Schrift ihm diese sichtbar macht, weil auch das Gesetz und die Propheten nicht nur die Pflicht des Menschen, auch nicht nur seine Schuld, sondern auch Gottes Gerechtigkeit, die dem Glaubenden hilft, bezeugen, Röm. 3, 21, so daß das Evangelium bereits in der Schrift zum voraus versprochen ist, Röm. 1, 2. Vor dem Gesetz ist Gottes Verheißung verkündet worden, als freie Zusage der göttlichen Güte, die nicht auf das Werk, sondern auf das Glauben des Menschen zielte, Gal. 3, 15 ff. Im Glauben Abrahams liegt der Anfang Israels, weil Abrahams Gerechtigkeit sein Glaube war. Deshalb ist er durch Glauben der Vater derer geworden, die Gottes Segen erben, und Abrahams Kinderschar umfaßt alle Glaubenden, Röm. 4. Gal. 3, 6 ff.[2]). So stellt sich für Paulus die Gemeinde der Glaubenden aus allen Völkern als die von Anfang an gewollte und durch die Geschichte Israels vorbereitete Frucht der göttlichen Regierung dar.

[1]) Dem Urteil Jesu über Israel, es sei ein ungläubiges Geschlecht, bei dem sich kein Glauben finde, auch nicht wie ein Senfkörnlein, hat Paulus völlig zugestimmt.

[2]) Dieser Gedankengang dient lehrreich zur Verdeutlichung des Unterschieds zwischen Paulus und seinen früheren Genossen im Lehrhaus Jerusalems. Diese sagten, Abrahams Glaube habe stellvertretende Macht für Israel und decke in den entscheidungsvollen Stunden dessen Unglauben; Paulus sagte, was von Abraham herstamme, die Gemeinschaft mit ihm ergebe und in das Kindesverhältnis ihm gegenüber stelle, sei das Glauben, und dies, wo immer es sei, im Juden wie im Griechen. Im rabbinischen Satz äußert sich das Bewußtsein eigener Glaubenslosigkeit; Abrahams Glaube dient dazu, um die Gewißheit der Erwählung festzuhalten trotz der eigenen Unfähigkeit, so zu glauben, wie Abraham glaubte. Im Satz des Paulus spricht reeller Glaube, das Bewußtsein, in ein analoges Verhältnis zu Gott gestellt zu sein, wie es Abraham hatte. Er ist Abraham nicht ferner, sondern näher gekommen als seine einstigen Genossen; diese wissen sich von ihm innerlich geschieden, er weiß sich mit ihm eins.

So kommt der große Hauptzweck des Christus, sein Gemeinschaft stiftender Wille, zur Verwirklichung. Der »eine Glaube«, Eph. 4, 5, der die selbstsüchtigen Lebensziele beseitigt und niemand mehr »in des Fleisches Weise kennt«, 2 Kor. 5, 16, sondern sich an Christus hält, damit er alles in allen sei, Kol. 3, 11. Gal. 3, 28, erzeugt eine geeinigte Gemeinde über alle Naturgrenzen hinüber, auch über die Scheidung Israels von den Völkern hinweg. Wie die Einheit des Glaubens die Einheit der Gemeinde schafft, so ist andererseits die Begrenzung und Mannigfaltigkeit desselben noch das Zeichen ihres unvollendeten, im Werden stehenden Zustands. »Einheit des Glaubens an den Sohn Gottes« bezeichnet darum mit der Einheit seiner Erkenntnis das Ziel, dem die Gemeinde entgegenzustreben hat, und dem die ihr gegebene Mannigfaltigkeit der Gaben und Ämter samt der ganzen Bauarbeit und gegenseitigen Dienstleistung aller ihrer Glieder dienen muß, Eph. 4, 13. Das volle reife Mannesalter der Gemeinde, wie es ihr durch die Fülle des Christus bereitet ist, ergibt nicht eine Mannigfaltigkeit des Glaubens, die ihn in allen irgendwie unfertig ließe oder doch nur in wenigen, etwa den Trägern des Amts, zu seinem vollen Bestand brächte, sondern Einheit des Glaubens aller, in dem die ganze Gabe, die im Sohne Gottes der Gemeinde geschenkt ist, von allen angeeignet wird, ist das ihr vorgehaltene Ziel.

Während das Glauben bis zur Offenbarung des Christus dem ganzen Leben der Christenheit die Richtung gibt, beginnt dagegen mit dieser eine neue Offenbarungsweise Gottes. Daher finden wir auch bei Paulus Sachparallelen zu jenen Worten Jesu, die den Kreis derer, die Gottes Reich empfangen, über die Gemeinde der Glaubenden hinaus erstrecken. Dann, wenn Jesus mit der königlichen Sendung als der Herrschaft Übende kommt, treten zuerst die, die ihm gehören, in die ihm gleichartige Lebendigkeit des Auferstehungsstandes. Christus kommt aber nicht nur ihretwegen als König, sondern entkräftet alle Feinde Gottes und macht Gott alles untertan, 1 Kor. 15, 23—28. Werden die Kinder Gottes offenbar, dann bricht auch für die, die am Geiste Gottes noch keinen Anteil haben, sondern der Eitelkeit unterworfen sind, obwohl auch sie Gottes Schöpfung sind, die Freiheit an, Röm. 8, 19 ff. Durch diesen Ausblick, der über die an

Christus Glaubenden hinüberschaut, erhält das göttliche Grundgesetz: Lob jedem, der das Gute wirkt! vollends die Bestätigung. Für Paulus entstand daraus keine Lockerung der im Glauben begründeten Gemeinschaft mit Christus, weil ihm diese niemals als eine erzwungene oder willkürliche erschien, sondern als die notwendige Stellung dessen, der Christus nach seiner Heilsmacht erkannt hat. Nur eine nomistische Auffassung des Glaubens empfindet diese Aussagen des Apostels als einen Widerspruch gegen die Heilsbedeutung des Glaubens, während für Paulus der Glaube niemals eine Begrenzung der Heilsmacht Jesu, wohl aber deren Zueignung an den Glaubenden bedeutete, der dadurch nicht verkürzt wird, daß Christus seine Heilsmacht in seiner neuen Offenbarung noch mehreren erweist. Vielmehr begründet jede Aussage, die ihre Größe erkennbar macht, in den Glaubenden Dank, Stärkung und erhöhte Vergewisserung.

Der Versuch zu einer Definition ist damit vorbereitet, die umgrenzt, was am Glauben des Paulus das Neue und Eigenartige ist[1]). Seine besondere Gabe bildet die entschlossene Klarheit, mit der er das Glauben von allen andern Tätigkeiten, vom Lieben, Wirken, Hoffen, von der Reue und vom Erkennen unterschieden hat, und gerade dadurch hat er es in seiner zentralen Bedeutung als denjenigen Vorgang, der alle anderen Tätigkeiten begründet, formt und kräftigt, erkennbar gemacht. Jene Unterscheidung ist durch die Stärke seines Schuldbewußtseins bedingt, das ihn selbst und damit alle seine Bestrebungen entwertet und zerbricht und einzig das Glauben übrig läßt, durch das er nun erst den Zusammenhang mit Gott gewinnt. Indem sich so bei ihm das Glauben von jeder Vermengung mit den übrigen inneren Vorgängen abschied und als die sie einigende Macht über sie emportrat, wurde es in neuer Klarheit deutlich, wie reich der mit Jesus verbindende Glaube den ganzen Lebensstand des Menschen befruchtete. Durch die Bestimmtheit und Selbständigkeit seines Glaubens wurde keine der anderen Äußerungen unseres Lebens in Verkümmerung gebunden; sie alle entstanden in schönster Energie aus seinem Glauben heraus und dienten ihm. Er war ein großer Lehrer, mehr als alle neben

[1]) Ich spreche nicht von dem, was an der Erkenntnis des Paulus neu ist, sondern vom neuen Charakter seines Glaubensstands.

ihm, aber so, daß alles, was er über den Christus zu sagen hatte, in deutlicher Beziehung zur Begründung des Glaubens blieb; er war nicht weniger ein großer Wirker, wiederum so, daß alle seine praktischen Bemühungen ihren Grund und ihr Ziel offenkundig im Glauben hatten. Er lebte in der Verbundenheit mit dem Christus »nicht im Fleisch«, sondern »droben«, doch so, daß er sich eben deshalb jederzeit mit klarem Auge und reinem Lieben in die irdischen Verhältnisse hineinbegab. Er war ein Bußprediger mit rücksichtsloser Schärfe des Urteils und beugendem Ernst, doch so, daß die freudige Gewißheit des Glaubens nie darüber ins Wanken kam und deshalb nie ein lähmender Schmerz oder zagender Schrecken an Stelle des Glaubens Raum bekam, vielmehr dessen freudige Gewißheit daraus entstand. Er griff nach den ethischen Normen, die uns füreinander zur Arbeit berufen, mit dem vollen Einsatz eines ganzen Willens, der sie unbedingt heiligte, und trat gerade dadurch nie aus seinem religiösen Verhältnis heraus, das ihm seine Verbundenheit mit Jesus im Glauben gewährte. So hat er aus dem Glauben heraus für seine Persönlichkeit und Lebensarbeit eine geschlossene Einheitlichkeit erreicht und an sich sichtbar gemacht, die das überragte, was vor und neben ihm in der Christenheit bestand.

Fragen wir nach dem Ursprung seines Glaubensstandes, so sind wir schon darum weit über die Erörterungen, die sich auf die Probleme der Heidenmission bezogen, hinausgewiesen, weil sein Glauben nicht bloß ein logisches Gebilde war, das er als Postulat aus irgendwelchen Prämissen ableitete, nach dessen Anleitung er sich nun ein gläubiges Verhalten phantasievoll vorstellte; vielmehr stammt seine ganze Lehre über das Glauben aus seiner eigenen glaubenden Zuwendung zu Gott und ist ihr unmittelbarer Reflex. Es handelt sich bei Paulus nicht bloß um die genetische Erklärung einer Lehrformel, sondern darum: wie kam sein Glaube zustande? Das heißt: wir sind auf seine Bekehrung verwiesen, auf die Paulus selbst seine besondere Stellung in der Gemeinde zurückgeleitet hat.

Mit durchdringender Gewalt zerbrach die Erscheinung Jesu sein ganzes frommes Streben, weil sie ihm deutlich machte, daß er doch gegen den Christus gekämpft hatte. Damit war jene alles ergreifende Verneinung in ihm geschaffen, die seinem Denken zugrunde liegt, die sich gegen den Menschen kehrt, den sie samt seiner ganzen Frömmigkeit und Gerechtigkeit als sündig verwirft. Nachdem seine religiöse Aktivität ihn nicht vor dem Ansturm gegen den bewahrt hatte, der sich ihm doch als Christus in der Herrlichkeit Gottes erwies, ja mehr noch, nachdem gerade sein Dienst am Gesetz und sein Eifer für Gott das Motiv gewesen war, das ihn in diesen Kampf hineingetrieben hatte, so war damit nicht nur das, was an seinem Streben unfromm war, nicht bloß die Mängel desselben, sein Zurückbleiben hinter dem Gesetz in Schwäche und Ohnmacht, nein, gerade seine Frömmigkeit und Gottesdienstlichkeit, die Kraft, mit der er die vom Gesetz befohlenen Werke vollbracht hatte, als Feindschaft gegen Gott aufgedeckt und gerichtet. Nicht nur seine Sünde, auch das, was ihm »Gewinn« gewesen war, war ihm nun als »Schaden« offenbar. Äußerungen, wie Gal. 1, 13 f., Phil. 3, 4 f., zeigen, daß Paulus an dem gesteigerten Selbstbewußtsein, das der Pharisäismus aus der hingebenden Beobachtung des Gesetzes zog, vollen Anteil hatte. Je kräftiger aber seine Anstrengung und je ungebrochener seine Zuversicht zu Gott auf Grund des Gesetzes gewesen war, um so vernichtender war dieses Gericht über seine ganze Frömmigkeit und um so schärfer der Bruch in seinem Inneren, als sein Gesetzesdienst als Sünde und seine Schriftgelehrtheit als Narrheit vor ihm standen. Darin lag die Nötigung zu jenem totalen Verzicht auf Gerechtigkeit, Werk, Gesetz, überhaupt auf sich selbst, der seinem Glaubensstand die Eigenart gibt. Allein dieselbe Erscheinung Jesu, die ihm seinen Streit mit Gott in heller Klarheit sichtbar machte, zeigte ihm denselben auch vollständig beigelegt und versöhnt, da er ja durch sie den Christus fand, nicht als den Rächer seiner Feindschaft, sondern als den, der ihm sein Reich öffnete und ihn in seinen Dienst berief, alles aber, ohne daß er irgendwie wirkend dabei beteiligt war, alles aus Gott, der ihm mitten in sein Widerstreben hinein durch einen Akt errettender Barmherzigkeit seinen Sohn geoffenbart hatte. Darum blieb ihm nichts übrig, als von sich selbst abzusehen und sein ganzes Vertrauen auf den zu setzen, der ihm als der Auferstandene zu seiner Rettung erschienen war, mit jener in sich gewissen und geschlossenen Bejahung der vollbrachten göttlichen Tat, wie sie nun für immer die Stärke des paulinischen Glaubens gebildet hat. So hat jene Wahrnehmung Jesu, die ihm alle am Gesetz erreichbare Gerechtigkeit und Weisheit und allen Ruhm auslöschte und doch zugleich den Christus und das Reich aufschloß, unmittelbar den Kern des Römerbriefs aus sich herausgesetzt.

Seine Lage war darin derjenigen der ersten Jünger in den Auferstehungstagen ähnlich, daß auch er nur die Überzeugung vom verherrlichten Lebensstand Jesu und von seiner auf ihn gerichteten Gnade erhielt, dagegen für seine eigene Person blieb, was er gewesen war. Auch ihm gab daher die Wahrnehmung Jesu nur das eine: Glauben, dieses jedoch so, daß damit sein gesamtes Denken und Wollen in eine neue Bahn umgewendet war[1]).

Aus seiner Bekehrungsgeschichte konnte nur die völlige Gebundenheit seines Glaubens an Jesus folgen, die ihn vom Gesetz gänzlich schied.

Wir werden annehmen dürfen, daß Paulus das Gesetz schon als Pharisäer als den großen Imperativ Gottes betrachtet hat, der den Menschen in seiner eigenen Kraft das Gute wirken heiße, so daß dieser, wenn er es erfülle, das Reich nicht als Gabe der Gnade, sondern aus der Hand der vergeltenden Gerechtigkeit empfangen werde. Zu einer solchen Stellung war die Lage, in die Paulus durch Jesu Erscheinung versetzt war, der vollständige Gegensatz. Ohne daß irgend eine Leistung von ihm gefordert wird, vielmehr in demselben Moment, in dem er sein ganzes Werk durch Gott vernichtet und gerichtet sieht, erlebt er einen Akt der Gnade, der das höchste Ziel seines Hoffens, den Christus und das Reich, zu seinem Eigentum machte, so daß er es nur zu bejahen hat. Das war für ihn ein Neues; so »geglaubt« hat er noch nie. Von hier aus gesehen war sein bisheriges Leben, überhaupt dasjenige Israels,

[1]) Die S. 238 stehende Bemerkung über die Wichtigkeit der Tatsache, daß der Anblick Jesu nicht als Produkt innerer Vorgänge, nicht als „Vision", sondern als objektives Sehen beurteilt wurde, trifft genau ebenso wie für die ersten Jünger auch bei Paulus zu. Weil er seine Bekehrung nicht auf eine in ihm selbst entstandene Vision zurückgeführt hat, konnte bei ihm ebensowenig eine mystische Vereinigungsmethode mit dem Christus an die Stelle des Glaubens treten als in Jerusalem.

glaubensleer. »Werke« füllten es an, aber Glaube, dieses Vermögen, die göttliche Gabe als eine gegebene hinzunehmen, das war erst seit dem Tage, da er Christus sah, sein innerer Besitz. Der Glaube »kam« ihm, als Christus zu ihm kam[1]).

Weil Paulus bei seinem Kampf gegen Jesus vom Pharisäismus ausging, bildete das Gesetz das Maß, an dem er Jesu Messianität prüfte. Da aber bei allen Erwägungen, ob Jesus der Christus sei, das Kreuz notwendig im Vordergrund stand, müssen sich schon im vorchristlichen Denken des Paulus das Gesetz und das Kreuz zu einer scharfen Antithese gegeneinangestellt haben, so gewiß er gegen den Gekreuzigten für das Gesetz eiferte. Zu diesem Gegensatz führte die anklagende Kraft des Kreuzes, die es zur Offenbarung der Sünde macht. Diese trat ihm auch im Wort der Urgemeinde zunächst entgegen, die »das Wort vom Kreuz« als Bußruf an Israel richtete, das den Heiligen und Gerechten sich zur Schuld verworfen und getötet habe. Wir haben anzunehmen, daß sich Paulus hell zum Bewußtsein gebracht hat, daß, wenn wirklich der Christus von Israel verworfen am Kreuz gestorben sei, hierin eine völlige Verurteilung Israels liege und der Tatbeweis für seine Ungerechtigkeit mitten in seinem Gesetzesdienst enthalten sei. Das »Ärgernis des Kreuzes« bestand nicht nur darin, daß es alle Reichsherrlichkeit des Christus vermissen ließ, sondern noch mehr darin, daß es dem heiligen Volke die Heiligkeit nahm und seine Erfüllung des Gesetzes als nichtig erwies, und so schließlich dem Gesetze selbst die Fähigkeit bestritt, Gerechtigkeit herbeizuführen. Wenn Paulus später die lebendige Empfindung in sich trug, daß jedes Hinausgreifen über Christus diesem den Vorwurf mache, daß er der Sünde diene, und daraus für sein Glauben die Zartheit und Völligkeit gewann, Gal. 2, 17, so legt er uns wohl auch mit diesem Satz eine tief reichende biographische Aussage vor. In das Dilemma: entweder dient Jesus der Sünde oder wir dienen ihr, konnte schon seine vorchristliche Stellung ge-

[1]) Hat der synagogale Werkbegriff zunächst das Glauben gebrochen und verdorben, so wird er durch die Bekehrung des Paulus selbst dazu mitwirksam, daß der Glaube in das Zentrum der christlichen Predigt trat, eine jener Wendungen der Geschichte, die billig an Röm. 11, 33 erinnern.

faßt sein. Dasselbe zog seine Kraft daraus, daß er nicht nur die Frömmigkeit anderer, z. B. seiner Lehrer, die bei der Verurteilung Jesu mitgewirkt hatten, sondern auch seine eigene Gesetzestreue dem Kreuz entgegenstellen konnte, für deren Lauterkeit und Ernst sein Gewissen ihm auch noch später, als er sich mit der selbstlosesten Klarheit beurteilte, Zeugnis gab. Auch sein eigener Gottesdienst war nichtig, wenn wirklich der Christus am Kreuze gestorben war, und wie konnte er wertlos sein, da er ja Dienst des göttlichen Gesetzes war? Doch alle solche Erwägungen, mögen wir sie uns noch so entfaltet denken, endigten nur in einer Frage, die er sich verneinte, so gewiß als er der Verfolger war, bis ihm Jesu Messianität als Wahrheit vor Augen stand und die Frage, wer der Diener der Sünde gewesen sei, beantwortet war. Nun war er aber auch zur Erkenntnis der vergebenden Kraft des Todes Jesu befähigt und in dasselbe Kreuz, gegen das sein Unglaube gestritten hatte, senkte sich nun sein ganzes Glauben hinein.

Durch den Erweis seiner Gnade hatte ihm Jesus zugleich seine Schuld enthüllt. Die Tat des Christus, die er selbst erlebt hatte, stand dadurch mit dessen irdischer Arbeit in völliger Übereinstimmung, weil auch in dieser der Bußruf und das Evangelium eine unlösliche Einheit gebildet haben. Paulus konnte darum sein Glauben nie so verstehen, daß er aus demselben die Ausrottung des Schuldbewußtseins, das Ende der Reue, die seiner Versündigung eingedenk blieb, und einzig die selige Ruhe im empfangenen Gnadenstand ableitete. Der Christus selbst hatte ihm gezeigt, wie schuldig er sei; er konnte das nicht vergessen, ohne die Gnadentat des Christus zu vergessen. Sein Glauben blieb darum immer mit der Buße geeint und er hat auch in seinen letzten Schreiben dem reuevollen Rückblick auf sein früheres Leben den stärksten Ausdruck verliehen, 1 Tim. 1, 13—15.

Daher konnte Paulus auch seine Berufung zum Glauben nie so verstehen, daß er dadurch vom Werk entbunden wäre. Nicht dazu hatte ihm der Christus sein bisheriges Werk vernichtet, damit er aufhöre ein Wirkender zu sein, sondern damit er nun beginne, statt des Bösen das Gute zu wirken, und dadurch im Glauben bleibe, daß er den ihm gegebenen Dienst treu ausrichte.

In dieser durchgreifenden Abhängigkeit seines Glaubens von der Wendung, die sein Lebenslauf durch die Erscheinung Jesu bekam, erweist sich dasselbe als Jesu eigenes Werk. Verglich Paulus das, was Jesus ihm getan hatte, mit Jesu Mahnung zum Glauben und seiner Verheißung an den Glaubenden und mit dem, was die übrigen Jünger von ihm empfangen hatten, so ergab sich ihm die Erkenntnis mit völliger Sicherheit, die nichts Hohles und Gemachtes an sich trug: er verkündige damit, daß er »die gute Botschaft vom Glauben« ausrichte, »die heilsame Botschaft Jesu«.

Gleichzeitig setzt die Kongruenz seines Gedankens mit der Lebensgeschichte des Apostels ins Licht, wie sehr derselbe sein persönliches Eigentum war, nicht Aneignung einer Formel, die ihn von außen her normierte, auch nicht ein Idealbild, das er nur durch Spekulation gewann, sondern die von innen heraus erwachsene Gestalt seines eigenen geistigen Lebens, die warhaftige Aussage über das, was in ihm Wirklichkeit gewesen ist.

Darum offenbart seine Glaubensübung zugleich mit der Größe der Barmherzigkeit Jesu die Lauterkeit seines eigenen Wollens. Weil er keine Entschuldigung für seinen Fall suchte, weder so, daß er das Gesetz anklagte als die Ursache seiner Sünde und aus einem Verfolger Jesu ein Hässer und Verfolger des Gesetzes wurde, noch so, daß er in der empfangenden Gnade irgendwelche Erlaubnis zum Sündigen sah, weil er vielmehr das Gesetz ohne Vorbehalt bejahte, sich selbst zur Verurteilung, und die Gnade ohne Vorbehalt ergriff, zur Einigung aller seiner Kräfte in den Dienst der Gerechtigkeit, offenbart sich an diesem geraden, von Winkelzügen freien Verlauf seines Glaubens die Reinheit seines Wollens sowohl in seiner jüdischen als christlichen Zeit. Das war der Ertrag und Lohn der Aufrichtigkeit, mit der er als Pharisäer dem Gesetz, als Christ Jesus diente. Er sprach auch dann, wenn er das göttliche Grundgesetz dahin definierte: »ewiges Leben jedem, der mit Beharrung im guten Werk Herrlichkeit sucht«, Röm. 2, 7, die seinen eigenen Lebenslauf gestaltende Regel aus, die sich eben dadurch an ihm erfüllte, daß er von allen seinen Werken weggezogen und völlig zum Glaubenden gemacht worden war.

Die letzten Äußerungen, die wir von Paulus haben, zeigen, daß er auf die Haltung der von ihm gesammelten Gemeinden mit Sorge sah, und dies deshalb, weil ihnen die Zusammenfassung seines ganzen religiösen Wollens in den auf Christus gerichtenden Glauben fremd blieb und zum Aufbau der Kirche unbrauchbar schien. Das zeigt zunächst die Weise, wie Paulus den Philippern, obwohl sie besonders innig mit ihm verbunden waren, nochmals die besondere Art seines Christentums gezeigt hat, Phil. 3. Sein erstes Merkmal ist, daß er nur ein einziges Ziel hat, die Wahrnehmung und Erfahrung dessen, was der Christus ist und schafft, und das bedeutet, daß sein Christentum Glaube ist und dies so, daß der Glaube die von Paulus allein begehrte Gerechtigkeit ist. Im Gegensatz zu dieser Haltung vollzog sich in der Kirche eine Angleichung an die Judenschaft, die sich mit dem, was auch die Synagoge ihren Gliedern bot, begnügte. Darum fehlte diesem Christentum die Unermüdlichkeit des voran dringenden Strebens. Es begehrte eine Vollkommenheit, die im erreichten religiösen Besitz zur Ruhe kommt. Für Paulus war dagegen die Befriedigung im Erreichten unmöglich, eben deshalb, weil er der Glaubende war und deshalb das suchte, was der Christus ist und wirkt, dessen Werk in den gegenwärtigen Zuständen der Kirche sein Ziel noch nicht erreicht hat. Doch nicht nur in seiner universalen Größe ist das Werk des Christus noch nicht vollendet, sondern auch, soweit es Paulus zur Ausführung übergeben ist, und bis er seine Arbeit vollständig getan hat, nimmt er die Haltung des Wettläufers an, den der Blick auf das Kleinod zur Anspannung aller seiner Kräfte treibt. Diesen vorwärtsstrebenden Willen hat die neben ihm stehende Christenheit nicht; denn das über allem Irdischen stehende Ziel, nach dem Paulus strebt, lockt sie nicht. Ihre befriedigte Haltung wird ihr nur dadurch möglich, daß sie sich auf das Irdische einstellt. Die Gemeinden richten sich so ein, daß sie den seelischen und leiblichen Bedürfnissen ihrer Glieder die Erfüllung gewähren. Daß die Gemeinde des Christus ihren Ort im Himmel hat und die Gabe des Christus für sie darin besteht, daß er sie zur Auferstehung führt, wird verhüllt. Darin wird aber sichtbar, daß diese Frömmigkeit von den Begierden, die im Leib entspringen, nicht frei geworden ist. Sie hat die Untertänigkeit unter den Bauch, den wir als unseren Herrn an Gottes Stelle setzen, nicht zerrissen und besitzt das, was Paulus das Mitgekreuzigtsein mit Christus und den Todeszustand gegenüber der Sünde genannt hat, nicht.

Diese Vereinsamung, in die Paulus die ihn völlig beherrschende Kraft seines Glaubens gebracht hat, wird auch in den Briefen an Timotheus und Titus sichtbar. Ihre zahlreichen und eigenartigen Aussagen über das Glauben verlangen, da sie von den älteren Dokumenten in einer gewissen Entfernung stehen und uns den Ausgang der paulinischen Wirksamkeit verdeutlichen, eine gesonderte Darstellung.

Das Glauben ist in diesen Briefen der den gesamten Christenstand und alle seine Ergebnisse tragende Vorgang. »Ich habe das Glauben bewahrt«; so formuliert Paulus den Ertrag seiner gesamten Apostelarbeit für ihn selbst; darin, daß er am Schluß seines Lebens zu glauben vermag, erweist sich, daß er den Kampf gekämpft, den Lauf vollendet hat. Damit ist ihm der »Kranz der Gerechtigkeit« gesichert, 2 Tim. 4, 7. Im Rückblick auf seinen Lebenslauf hebt er als das für die Kirche bleibend Wichtige hervor, daß ihn der Christus aus seiner Versündigung heraus ins Apostelamt berief und ihm dadurch das Glauben und Lieben verlieh, 1 Tim. 1, 12 ff. Nicht der wunderbare Hergang seiner Bekehrung, noch weniger die Größe seines Erfolges, weder in der lehrhaften noch in der praktischen Richtung, gelten ihm als das an seiner Lebensgeschichte bleibend Wichtige und für die Kirche Wertvolle, sondern die Offenbarung der die Schuld deckenden und Versöhnung gewährenden Gnade des Christus. Wie mit dieser ihm selbst das Glauben und Lieben gegeben war, so dient seine Lebensgeschichte auch dem Glaubensstand der Gemeinde für immer zur Begründung. Sie sieht an ihr die ganze Geduld Jesu, mit der er die Glaubenden zum ewigen Leben führt, 1 Tim. 1, 16. Sein Anteil am göttlichen Heilswerk beruht demgemäß darauf, daß er Lehrer der Völker durch Glauben und Wahrheit ist, 1 Tim. 2, 7. Als der selbst ins Glauben Versetzte hatte er die Pflicht und das Vermögen, dem auf die Errettung aller gerichteten Heilswillen Gottes als Werkzeug zu dienen, indem er auch in ihnen das Glauben zu erwecken vermocht hat. Sein Botenamt zielt darum »auf das Glauben der von Gott Auserwählten« hin, Tit. 1, 1. Um denen, denen sich Gottes erwählende Liebe geschenkt hat, zum Glauben zu helfen, dazu ist er als Bote des Christus ausgesandt. Ebenso besteht der Wert der alttestamentlichen Schrift darin, daß sie zu dem in Christus begründeten Glauben führt, durch dessen Vermittlung sie uns die zur Errettung dienende Weisheit gewährt, 2 Tim. 3, 15.

Darum ist auch die Fähigkeit der Genossen des Apostels zur Mitarbeit mit ihm weder auf ihre intellektuelle oder moralische Tüchtigkeit, noch auf einen rechtlichen Amtstitel, sondern auf ihr Glauben gegründet. Weil Timotheus und Titus »seine Söhne durch Glauben« sind, haben sie an seinem Apostelwerk teil, 1 Tim. 1, 2. Tit. 1, 4. Der Beruf des Timotheus läßt sich in das eine Wort zusammenfassen, daß er »den edlen Wettkampf des Glaubens zu kämpfen« habe, 1 Tim. 6, 12. Indem er der Gemeinde sichtbar macht, was Glaube ist und wie ein Glaubender handelt, hat er seinen Beruf in ihrer Mitte erfüllt und für sich selbst das ewige Leben gewonnen, genau ebenso, wie Paulus dadurch sein Leben zu seinem heilsamen Ziel gebracht hat, daß er »das Glauben bewahrte«.

Darum wird auch für die übrigen an der Leitung der Gemeinde beteiligten Männer einzig das Glauben als derjenige religiöse Besitz genannt, der sie zu ihrer Wirksamkeit befähigt. Nicht eine sonderliche Ausbildung der Erkenntnis oder eigenartige pneumatische Erlebnisse kommen für sie in Frage, nur das eine, daß sie das Geheimnis des Glaubens in reinem Gewissen besitzen, 1 Tim. 3, 9. Ein Geheimnis ist das Glauben, weil es im Christus begründet ist und mit ihm in Verbundenheit bringt, vgl. 3, 16. Denn alle christliche Arbeit, die in der Gemeinde zu geschehen hat, faßt sich in den Begriff »Haushalteramt für Gott« zusammen und hat die Verwertung der von Gott der Gemeinde gegebenen Güter zum Zweck. Der Besitz und der heilsame Gebrauch der der Gemeinde verliehenen Gaben ist aber nur dann möglich, wenn der Glaube vorhanden ist. In ihm hat deshalb aller Gemeindedienst seinen durch nichts ersetzbaren Grund, 1 Tim. 1, 4 vgl. Tit. 1, 7.

Diese Schätzung des Glaubens hat aber in der Kirche nicht die unangefochtene Geltung. Die Neigung tritt in ihr hervor, den Wert des Evangeliums darin zu finden, daß es zur religiösen Erkenntnis und theologischen Spekulation befähige. Dieser Neigung, gegen die die Gefährten des Paulus sich selbst und die Gemeinden schützen sollen, wird entgegengehalten, daß sie das Glauben zerstöre, 1 Tim. 1, 19. 6, 10. 21. 2 Tim. 2, 18. 3, 8. Tit. 1, 14. Die Abgrenzung der Christenheit gegen die neuen religiösen Bildungen wird nicht dadurch gewonnen, daß einzelne Theorien über Gott, Christus, Engel, Schöpfung und Erlösung besprochen und widerlegt würden, sondern dadurch, daß das ganze Unternehmen, das Ziel des Christenstands in solche Theorien und Heiligungsmethoden zu verlegen, als dem Glauben widersprechend abgelehnt wird. Die Verkehrtheit ihres Motivs, daß ihre Religiosität nicht aus dem Glauben stammt, und der ihr entsprechende Erfolg, daß sie das Glauben nicht zu gewinnen vermögen, sondern nur zerstören können, erweist ihre Verwerflichkeit. Mit dem, der Erkenntnis verspricht, darüber aber das Glauben verscherzt, heben Paulus und seine Genossen die Gemeinschaft auf, 1 Tim. 6, 20. Daß jene Gedankenreihen nur dadurch entstehen, daß Schiffbruch am Glauben erlitten wurde, macht der Christenheit ihre Wertlosigkeit offenbar, 1 Tim. 1, 19.

Daraus, daß hier das Glauben zu kranken Formen des Worts, die in der griechischen Christenheit sich ausbreiteten, in Gegensatz gestellt ist, folgt nicht, daß der »Glaube« hier zum Namen der Glaubenslehre geworden sei. Von der Wichtigkeit eines gesunden Unterrichts reden die Briefe nachdrücklich; sie geben ihm aber seinen deutlichen Namen, *διδασκαλία*, *διδαχή*. Ist vom »Glauben« die Rede, so ist nie nur an den Gedankenkreis gedacht, der seinen Grund und Inhalt bildet, sondern immer auch an das persönliche Verhalten, durch das jener angeeignet wird. Wenn den Gegnern vorgehalten wird, sie verfehlen den Glauben, so wird ihnen nicht nur gesagt, ihr Gottes- und Christusbild sei ein anderes als das des Paulus, sondern daß sie über ihren Disputationen, ζητήσεις, und in ihrer Eitelkeit, τύφος, das aufnehmende, zustimmende Verhalten der göttlichen Tat und Gabe gegenüber nicht finden. Es fehlt ihnen jene Ergriffenheit durch den Christus, die sie Gottes und seiner Gnade gewiß machte und sie in die Verbundenheit mit ihm versetzte. Nicht nur die »Wahrheit«, sondern die Glaubenswilligkeit und Glaubenskraft ist ihnen damit verneint. Dem Glauben wird darum die »Schauspielerei« entgegenstellt, die das aus dem Gewissen nicht austilgbare Brandmal, das Schuldbewußtsein, mit hochtönenden Theorien und imponierenden Heiligungsmethoden überdeckt, 1 Tim. 4, 2. Das Abtreten vom Glauben erweist sich darum in der Unfähigkeit, die dem natürlichen Bedürfnis dienenden Gaben Gottes mit Danksagung hinzunehmen und dadurch zu heiligen, 1 Tim. 4, 3. 4. Tit. 1, 15. Daher bleibt auch im Verbum πιστεύειν das Vertrauen ungeschwächt das stark betonte Hauptmoment, 2 Tim. 1, 12. Tit. 3, 8.

Wenn der »Forschung und Disputation«, der ζήτησις, das Glauben entgegengehalten wird, so ist es dadurch deutlich vom Erkennen unterschieden, jedoch ohne daß dieses dadurch entwertet würde. Paulus betont vielmehr ernst, daß das vom Glauben abgeschiedene Denken zum Unverstand entartet, ins leere Gerede zerfließt und der Phantasterei, der »Mythenbildung«, erliegt, 1 Tim. 1, 4. 7. 4, 7. 6, 4. 20. 2 Tim. 2, 16. 3, 7 ff. Tit. 3, 9. Dagegen ist das Glauben mit der Wahrheit untrennbar verbunden, mit derjenigen nämlich, die ihr Ziel in der Frömmigkeit hat, 1 Tim. 2, 7. Tit. 1, 1. Die Gemeinde ist die Säule und Basis der Wahrheit, 1 Tim. 3, 15. Die Glaubenden haben sie erkannt, 1 Tim. 4, 3, und ihre Erkenntnis ist Errettung, 1 Tim. 2, 4.

Trotz der Abwehr des träumenden Denkens im Namen des Glaubens kommt es nicht zu einer Scheidung des Glaubens vom Erkennen, weder so, daß das Glauben der Ersatz für das unerreichbare Erkennen sein soll, noch so, daß das Erkennen das Glauben als eine höhere Stufe überschritte und aufhöbe. Beide sind zu einträchtigem Verband nebeneinander gestellt, nicht sich bekämpfend, auch nicht füreinander vikarierend, sondern durch wechselseitige Unter- und Überordnung einander dienend. Es kann daher bei normalem Verhalten keine Spaltung des Trachtens in bezug auf sie eintreten, sondern dieses bleibt in gleicher, einheitlicher Spannung sowohl auf das Glauben, als auf das Erkennen, als auf das Wirken gewandt.

So wenig im Römerbrief aus der Abwehr des Gesetzes eine Verherrlichung der Anomie ward, so wenig entsteht hier aus der Abwehr der Gnosis eine Verherrlichung der Ignoranz. Diese Überlegenheit über die Erschütterungen, die an der Polemik leicht haften, während sie doch mit dem Einsatz eines furchtlosen Muts in wuchtigem, beharrlichem Kampf geführt werden muß, ist selbst eine Frucht des Glaubens und der von ihm in das ganze Leben ausströmenden ruhigen Festigkeit.

Nicht weniger als das Glauben bedarf der gute Wille, der zum löblichen, edeln Werk bereit ist, Schutz gegen das religiöse Geschwätz, das sich in den Gemeinden ausbreitet. Dieses zerstört mit dem Glauben auch die Fähigkeit und Willigkeit zum guten Werk und gibt das gute Gewissen preis, 1 Tim. 1, 6. 19. 4, 2. 6, 5. Tit. 3, 11. Die Unsittlichkeit dieser Bestrebungen wird durch ihre asketische Haltung nicht gebessert. Diese heilt das innere Brandmal nicht, offenbart es vielmehr, weil sie in diesem begründet ist. Im Gegensatz zu diesen leeren Träumereien, die über ein ungeheiligtes Wollen deckend ausgebreitet werden, sollen die Gemeinden dazu angehalten werden, ihre Kenntnis Gottes und des Christus in nüchterner, sittlicher Arbeit fruchtbar zu machen. Dieser werden nachdrücklich die natürlichen Lebensbeziehungen als das Gebiet angewiesen, in dem sie sich zu betätigen hat. Zum Gemeindeamt ist der zu berufen, der sich in den einfachen, fundamentalen sittlichen Aufgaben bewährt hat, 1 Tim. 3. Die christliche Frau erhält ihren Beruf im Bereich der Familie, 1 Tim. 5, 14. Auf die reine Behandlung der Geldfrage wird mit Ernst hingewiesen, 1 Tim. 6, 5 f. 17. Jede besondere Gruppe der Gemeinde erhält Anleitung zur sittlich tüchtigen Lebensführung im Anschluß an ihre besondere Lage, Tit. 2; ebenso wird der Gemeinde die richtige Gestaltung des Verkehrs mit ihrer nichtchristlichen Umgebung zur heiligen Pflicht gemacht, Tit. 3.

Diese Leistungen haben den Wert einer absolut gültigen Pflicht und sind daher die Bedingung und das Mittel zum Empfang des Heils. Besonders schön spricht dies 1 Tim. 2, 15 aus: nicht Lehrtätigkeit oder Herrschaft über den Mann, sondern die Erfüllung der mütterlichen Pflicht ist das, wodurch die Frau das Heil erlangen wird. Die Umdeutung des Heils auf irdisches Wohlbefinden übt an der Stelle Gewalt; sie sagt, daß die Ausübung des mütterlichen Berufs für die Frau der Weg zum Empfang der himmlischen Güter sei, natürlich nicht ohne die inwendigen Stücke des christlichen Lebens, nicht ohne das Bleiben im Glauben, im Lieben und in der Heiligung verbunden mit der besonnenen, verständigen Auffassung der ihr zukommenden Stellung. Daß diese hier erst an zweiter Stelle stehen, rührt daher, daß hier zunächst dasjenige erwogen wird, woran die Frau im Unterschied vom Mann ihre Aufgabe hat. Die reine Haltung des Herzens ist beiden gemeinsam; was im Rückblick auf Genes. 3 als besondere göttliche Ordnung für die Frau in Betracht kommt, ist, daß sie Mutter wird. Mit dem Ausschluß von jenen Arbeiten, die unmittelbar auf Christus und sein Reich zielen, ist sie in ihrem Anteil an den Gütern desselben nicht verkürzt; allerdings sind jene dem Herrn getaner Dienst und werden von ihm belohnt; aber in dasselbe Verhältnis, Mittel zum Reichsempfang zu sein, tritt für die Frau ihr mütterliches Werk, daß die Gnosis mit ihrer angeblichen Erhebung über die Natur beschmutzt.

Ein ähnlicher Gedanke ist ausgesprochen, wenn dem, der für seine Verwandten und sein Gesinde nicht sorgt, gesagt wird, er habe das Glauben abgeleugnet und sei schlimmer als ein Ungläubiger, 1 Tim. 5, 8. Was er im Verband der Gemeinde dem Christus zu Ehren tun mag, bildet keinen Ersatz für den Riß durch diejenigen Ordnungen Gottes, die die natürlichen Beziehungen regeln. Sein Glauben wird dadurch nicht nur wertlos, sondern ist von ihm preisgegeben und zerstört. Als er zur Taufe trat, sagte er von sich, er habe Glauben; jetzt, wenn er sich der Fürsorge für die Seinigen weigert, bestreitet er, daß er Glauben habe. Dadurch sinkt er unter die Ungläubigen hinab, weil der Mangel des Glaubens die geringere Schuld ergibt als die Weigerung, den erlangten

Glauben in redlichem Handeln zu betätigen. In einer Gemeinde, in der Worte wie Mat. 7, 21 f. 15, 3 f. Luk. 12, 47 f., als Gebot des Sohnes Gottes in Geltung standen, konnte man nicht anders urteilen.

Es wäre nicht richtig, wenn die Betonung der natürlichen Pflicht nur als Gegensatz gegen die asketische Unnatur der gnostischen Heiligkeitsregeln verstanden würde; der Gang der Gemeinde wies durch sich selbst auf dieses Ziel. Die Erstlingsarbeit, die sich den Ertrag der Sendung Jesu aneignete, war getan, da feste Begriffe über sie und gesicherte Lebensformen erreicht waren. Die Gemeinden waren über Jesus unterrichtet, wußten, daß sie an ihm ihren Herrn, ihren Versöhner und Vollender haben, wußten auch, wodurch sie ihm verbunden seien, durch Glauben, wodurch das Gesetz überschritten war. Was sollte nun weiter geschehen? Das Leben steht nicht still. Wo waren die Ziele, die dem Handeln der Christenheit den immer neuen Antrieb und Inhalt geben konnten? Die Antwort des Paulus lautet: der innere Besitz verlangt die ihm entsprechende Tat, und dies bestimmt sich näher dahin: die natürlichen Beziehungen sind der Ort, an dem die Liebe der Glaubenden ihre reine, wohltätige Arbeit tut. Es bedurfte der ausdrücklichen Erinnerung an diese Aufgaben, weil im Glauben zunächst eine Abwendung vom gesamten Naturleben enthalten war. Einer Jüdin oder Griechin brauchte man nicht zu sagen, sie habe daran für ihr Leben den reichen Inhalt, wenn sie Kinder bekomme. Für die Christin wurde es dagegen zur Frage, ob sie damit, daß sie für den Mann und die Kinder lebe, ihren Beruf erfüllt habe. Mit dem Anschluß an Christus waren die natürlichen Interessen zunächst zurückgedrängt und durch ein höheres Ziel überboten; nun sollen sie wiederkehren, nicht als der einzige Inhalt des Lebens, sondern als der Gemeinschaft mit Christus untergeordnet, eben darum aber in der vollen Würde und Wichtigkeit eines von Gott uns gegebenen Berufs. Diese Mahnung wurde freilich besonders dringlich, weil die Gnosis der Kirche ein anderes Ziel vorhielt, zu einer höheren Geistesfülle und neuem Erkenntnisbesitz sich erheben und die apostolische Predigt durch eine reichere Weisheit überbieten wollte, die

die natürlichen Aufgaben verachtete und damit die Gemeinden nicht weiterführte, sondern das, was sie besaßen, verdarb.

Zu den natürlichen Formen des menschlichen Verkehrs wird sodann die christliche Gemeinschaft mit den für sie nötigen dienstlichen Verrichtungen hinzugefügt als der Bereich, in dem das dem Herrn wohlgefällige und bei ihm Lohn findende Werk zu geschehen hat. Die Gemeinde muß von denen, denen sie ihre Ämter übergibt, eine tüchtige Lebensführung verlangen; sie verschafft ihnen ja durch die Erteilung des Amtes auch einen reichen Wert. Wer seinen Dienst in der Gemeinde wohl versieht, hat eine schöne Stufe erlangt, 1 Tim. 3, 13, wie der, der seinen Reichtum richtig braucht, sich einen schönen Grund für die Zukunft erwirbt, 1 Tim. 6, 19. Dieser Gedanke gibt den Briefen ihre alles Einzelne formende Grundgestalt, weil sie die Anweisung über die Amtsführung der Gefährten des Apostels nicht abgesondert neben die Heilsfrage stellen, sondern in diese mit einschließen, so daß die Fürsorge für ihre Arbeit mit derjenigen für ihren eigenen Heils- und Glaubensstand zusammenfällt und die eine Mahnung beständig mit der anderen sich verflicht. Durch ein und dasselbe Verhalten erreicht Timotheus beides, daß er sich selbst und daß er die, die ihn hören, errette, 1. Tim. 4, 16.

Diese Schätzung des Werkes bewirkt nicht, daß das Glauben aus seiner Richtung auf Gottes vollkommene Gnade irgendwie herausgezogen und auf das eigene Verhalten gegründet würde. Mit dem Nachweis, daß die Erfüllung der Berufspflicht in allen ihren Abstufungen ein unentbehrliches Glied des Christenstandes und durch den Grundriß des Evangeliums gefordert sei, verbindet sich vielmehr die nachdrückliche Erklärung, daß unsere Werke niemals den die göttliche Gnade bestimmenden Grund bilden, wohl aber das Ziel, zu dem sie führt, 2 Tim. 1, 9. Tit. 3, 5. Dies freilich liegt in diesem Gedankengang, daß hier das Glauben nicht als die Wurzel der ganzen christlichen Lebensbewegung gegen ihre anderen Glieder abgegrenzt und nach seiner Allgenugsamkeit dargestellt, sondern als das erste Glied in die mannigfaltige, reiche Kette der guten, von Gott uns verliehenen Tätigkeiten eingereiht wird. »Gerechtigkeit, Frömmigkeit, Glauben, Lieben, Standhaftigkeit, Sanftmut« werden nebeneinander gestellt, 1 Tim. 6, 11 vgl. 2 Tim. 2, 22. 3, 10. 1 Tim. 4, 12, und namentlich das Lieben nachdrücklich dem Glauben beigesellt, weil erst durch das Zusammenbestehen beider Bewegungen des Willens die göttliche Gabe und das Ziel des Evangeliums vollständig beschrieben ist, 1 Tim. 1, 14. 2 Tim. 1, 13. Es wird dabei nicht nur darauf geachtet, daß das Lieben im Glauben seine Wurzel und Entstehung hat, 1 Tim. 1, 5, sondern auch darauf, daß das sittliche Verhalten auch das Glauben bedingt und dieses an den guten Willen und die richtige Tat gebunden ist. Die Mahnung: »habe Glauben«, erweitert sich: »und ein gutes Gewissen«, weil nur so das Glauben in uns bleibt, 1 Tim. 1, 19. Es wird als Gottes Gabe in den sündigen Menschen hineingelegt, 1 Tim. 1, 14, und »ist im Christus«, ursächlich durch ihn bedingt und im Lebensverband mit ihm sich erhaltend; weil uns aber die göttliche Gnade vom Bösen befreit, ergibt die Befleckung des Gewissens auch den Verlust des Glaubens und die Unfähigkeit zu ihm. Darum muß sich mit dem Glauben das reine Herz und gute Gewissen verbinden, damit die Liebe in uns entstehen und das göttliche Gebot durch uns geschehen kann, 1 Tim. 1, 5. Diesen Gedanken hat Paulus auch auf sich und seine Mitarbeiter mit vollem Ernste angewandt; auch sie erhalten sich ihren Glaubensstand nur durch die reine, treue Ausführung ihres Werks. Ihr Glaube wird nicht als ein vorhandener Besitz betrachtet, der ihnen ein für allemal gegeben sei und durch den Verlauf ihrer Arbeit nicht berührt werde, sondern er bildet das Gut, um dessen Gewinn sie und Paulus mit ihnen ringen, das Ziel, auf das sie immer von neuem ihr gesammeltes Streben wenden[1]). Dadurch wird nicht Angst in ihre Arbeit gebracht, die das Glauben bräche, wohl aber Tiefe, weil sie so das ganze Herz für sich verlangt.

Wie wenig damit die innere Vollendetheit des Glaubens verletzt ist, zeigt sich lehrreich daran, daß für den, der den

[1]) Ich halte 1 Tim. 5, 12 für verwandt: der Rücktritt der Witwen aus der Versorgung durch die Gemeinde und dem mit ihr verbundenen Dienst einer Heirat wegen ist ein ἀθετεῖν τὴν πρώτην πίστιν. Sie haben einst im Glauben ihre Stellung übernommen; wenn sie zurücktreten, machen sie das damals dem Herrn erwiesene Glauben ungültig und widerrufen es. Solche Schwankungen hält Paulus für gefährlich für den Glaubensstand.

Gemeindedienst richtig verwaltet, neben die schöne Stufe, die er erlangt, »die große Freudigkeit im Glauben, das im Christus ist«, als das von ihm gewonnene Gut gesetzt ist, 1 Tim. 3, 13. Er erreicht durch seine tüchtige Arbeit, daß alle Hemmungen durch Furcht und Selbstanklage von seinem Glauben abfallen und er vor dem Herrn wie vor den Menschen mit freudigem Mut steht.

Diese Wirkung des Glaubens, daß er beständig wieder das ernste Streben nach dem vor uns stehenden Ziele erweckt und als Mittel zur Erreichung desselben die gesamte Lebensarbeit erfaßt, zeigen uns auch die älteren Briefe des Paulus in voller Deutlichkeit. Wie früher, hat er aber auch jetzt jede Reflexion auf die Größe der bereits getanen Arbeit abgestoßen, die den Grund des Glaubens in diese hinüber verlegte und damit auch die Energie des vorwärts drängenden Strebens lähmte. Während die Ermahnung an Männer gerichtet ist, die schon seit Jahren an seiner Seite arbeiteten und an den größten Erfolgen der Heidenmission mitbeteiligt waren, wird dennoch ohne Rücksicht auf »das, was dahinten liegt«, die neue Aufgabe mit dem tiefen Ernst einer Lebensfrage an sie herangebracht, deren Lösung ihnen mit der bewährten Treue gleichzeitig den Fortbestand ihres Glaubens bringen wird. Das wird dadurch nur noch bedeutsamer, daß in Timotheus die Erinnerung an seine Anfänge, sowohl an den Glaubensstand seiner Eltern, als an die Vorgänge, die seine Berufung zur Mitarbeit mit Paulus begleiteten, als ein bleibend wirksames Glaubensmotiv wachgehalten wird, 2 Tim. 1, 5. 1 Tim. 1, 18. 4, 14. 2 Tim, 1, 6. Daß er durch Weissagung mit der segnenden Handauflegung des Paulus und der Ältesten in die Arbeit trat, das soll ihn stärken, nicht der Rückblick auf die Größe dessen, was er schon geleistet hat und als seinen Erfolg bezeichnen darf.

Wenn man in den älteren Briefen des Paulus das Verlangen nach dem guten Werk überhört hat, Röm. 2 für einen Rest seines Pharisäismus, und 1 Kor. 13 oder Phil. 3, 12 für Rätsel erklärt, die sich mit seiner Glaubensstellung kaum vereinen lassen, dann muß man allerdings diese Darstellung des Glaubens als eine Verkümmerung der paulinischen Lehre beurteilen. Paulus hat aber stets in der hingebenden, aufopfernden Durchführung seiner Apostelarbeit die Bedingung gesehen, an der für ihn der Anteil am Evangelium und am Reich des Christus hing, 1 Kor. 9, 23 f. Wenn ihm im Blick auf die Unfreiwilligkeit seiner Berufung die Apostelarbeit allein nicht genügt hat, wenn er etwas haben will, was Ausdruck seiner freien Hingabe, Betätigung seiner eigenen Liebe zu Christus ist, und deshalb auf seine Besoldung verzichtet, weil er etwas begehrt, was ihm zum Ruhm dient, eine Leistung, die ihm Jesus lohnen kann, weil er sie ungezwungen für ihn getan hat, 1 Kor. 9, 16 ff., so hat er damit den Begriff »Lohn« in einer Sache, die die beständigen Motive seines eigenen Verhaltens berührt, nicht weniger energisch gehandhabt, als wenn er dem zum Gemeindeamt Berufenen sagt, darin habe er die Gelegenheit zum Erwerb einer schönen Stufe vor Gott. Auch die Aufmerksamkeit auf die richtige Ordnung der natürlichen Beziehungen wird nicht erst in diesen Briefen sichtbar. Die unordentlich Wandelnden, die nicht arbeiten mögen und deshalb angezeichnet werden sollen, 2 Thess. 3, 14, stehen denen, die ihre Angehörigen der Güte der Gemeinde anheimgeben und dadurch das Glauben verleugnen, sehr nahe. Der Gehorsam der Kinder ist Gott wohlgefällig im Herrn, Kol. 2, 20. Der Knecht erlangt dafür, daß er seinen Dienst im Gehorsam gegen Christus übt, von ihm die im Erbe bestehende Vergeltung, Kol. 3, 24. Durch Knechtsdienst das Erbe und durch die mütterliche Funktion die Errettung erlangen, das sind parallele Sätze und der letztere ist deshalb, weil er die Naturseite am weiblichen Beruf hervorhebt, nicht schwieriger als der erstere. Betont wird diese, weil gerade sie unter der Verlockung eines falschen Heiligkeitsideals verachtet war.

Eine Bestätigung findet dieses Urteil darin, daß die im paulinischen Glaubensstand wesentlich begründete Freiheit uns hier völlig unversehrt entgegentritt, nicht nur im Verhältnis zum Gesetz, sondern auch in der Weise, wie die Gemeinde sich ihre Ordnungen gibt und ihre Anliegen besorgt, und nicht weniger in der Weise, wie das Verhältnis des Apostels zu seinen Gehilfen dargestellt ist. Über das, was ein Rechtslehrer oder

Rechtshistoriker zu wissen wünscht, schweigen die Briefe bekanntlich ganz. Die kleinen Ausnahmen, wie die Äußerung über die jugendlichen Witwen, 1 Tim. 5, 9, machen nur noch deutlicher, wie vollständig in den großen Hauptfragen der Arbeit, über die die Briefe handeln, alle Kasuistik vermieden ist. So wird auch die Wirksamkeit des Timotheus durchaus auf seine eigene Entschließung und innerliche Gewißheit gestellt, für die keine äußerliche Abhängigkeit von der apostolischen Weisung als Ersatz eintreten kann. Der Wunsch des Paulus, ihn während der letzten Wochen bei sich zu haben, wird darum ebenso sorgfältig aus dem Grundriß des Evangeliums heraus motiviert, wie es Paulus bei der Beantwortung der von den Korinthern ihm vorgelegten Fragen oder bei der Widerlegung der Begeisterung der Galater für die Beschneidung tat. Ein die eigene Entschließung ersetzender Befehl hat nicht einmal im Verhältnis zu seinem Sohne, der ihm aufs engste verbunden war, Raum.

Nicht das zeigen uns diese Dokumente, daß Paulus oder seine Mitarbeiter schließlich doch die Höhe des anfänglichen Glaubensstandes herabgemindert und ernüchtert hätten und darauf verzichteten, sowohl ihre eigene Lebensführung, als die Einheit der Gemeinde auf den Glauben zu gründen; vielmehr beweisen sie, indem sie das Verhältnis neuer Theorien und Religiositäten zum Glauben als den über ihre Kirchlichkeit entscheidenden Maßstab benützen, nocheinmal, daß Paulus der Gemeinde ihr Fundament im Glauben gab. Wohl aber äußert sich sowohl in dieser Betonung des Glaubens, als in der ernsten Verweisung auf das Werk die Überzeugung, die Werdezeit der Gemeinde sei abgeschlossen, und zu dem, was sie damals empfangen habe, sei das, was die griechische Christenheit jetzt schätze und hervorbringe, nicht die richtige, geradlinige Fortführung. Die Aufgabe der Christenheit und der Gefährten des Apostels, die nun seine Arbeit aufnehmen, bestimmt sich deshalb dahin, das durch die Geschichte und Lehre der früheren Jahre Erworbene zu bewahren, und dieses Vermögen, den Wert des Empfangenen zu schätzen und durch festen Anschluß an dasselbe bei sich fruchtbar zu machen, wird nun zum Merkmal des Glaubens, nie aber so, daß sachliche Werte an Stelle des Christus träten, sondern so, daß das Glauben auf den Christus gestellt und in ihm begründet bleibt[1].

Zehntes Kapitel.

Die Apostel der Kirche von Jerusalem.

I. Jakobus.

Die machtvolle und eigenartige Persönlichkeit, mit der uns der Jakobusbrief bekannt macht, stellt in ihrer Weise unserem Verständnis keine kleinere Aufgabe als Paulus. Die Sentenzen des Briefes haben jenen gedrängten Reichtum, der sie als Ergebnis einer langen und angestrengten Lebensarbeit kennzeichnet; dazu kommt die jüdische Art der Gedankenbewegung, die für unsere Empfindung etwas Springendes und Unvermitteltes behält, da sie nur ein geringes Bedürfnis hat, die Mittelglieder, die die Gedankenreihen logisch einigen, hervorzustellen. Die Abwesenheit der dialektischen Leistung und der Begriffsbildung bedeutet jedoch keineswegs auch einen Mangel an Beobachtung und Urteilsbildung. Der Brief enthält im Gegenteil sehr viel Theologie, ein in die Tiefe dringendes Erkennen, nur in einer uns fremdartigen Form, da sein Denken, weil es einzig die Erweckung des richtigen Wollens begehrt, eine ungegliederte, zusammengefaltete Konzentration behält. Die exegetische Aufgabe ist deshalb auch hier mit der statistischen Arbeit, die das unmittelbar Ausgesprochene sammelt, bei weitem nicht erschöpft; die Aussagen des Jakobus müssen in ihre Glieder zerlegt und ihre logischen Bänder aufgesucht und hervorgestellt werden, durch die diese Fülle für den Blick

[1]) In dieser Hinsicht hat der Glaubensbegriff bei Judas eine gewisse Verwandtschaft mit dem der Timotheusbriefe, da er den Glauben das den Heiligen einmal und für immer übergebene Gut nennt, das als von Gott gegeben ein ἁγιώτατον ist, V. 3. 20. Hier ist der Glaube als der mit der Predigt von Christus der Gemeinde übergebene Besitz gedacht, den die gesamte Kirche in ihrer Einheit empfangen hat. Aber auch hier wird die innere Aneignung dessen, was der Kirche als Glaube gegeben ist, von der Formel „Glaube“ mit umfaßt. Deswegen geschieht der Kampf der Leser nicht nur für den Glauben, sondern auf Grund desselben, ἐπαγωνίζεσθαι τῇ πίστει V. 3, und der Aufbau der Gemeinde vollzieht sich auf ihm als auf seinem Grund. Darum hat auch das Verbum seine volle Prägnanz, V. 5.

des Jakobus zur Einheit wird. Natürlich hat auch eine Vergleichung mit Paulus, ehe Jakobus verstanden ist, keinen Sinn.

Der Brief ist nicht zu dem Zweck geschrieben, um im Leser das Glauben zu begründen. Wem er glaube, warum er glaube, was er durch sein Glauben empfange, nicht diese Fragen bilden jetzt das Anliegen, dem Jakobus bei diesem Anlaß und in diesem Brief mit seiner Lehrarbeit dient. Er richtet unseren Blick auf uns selbst, auf das, was wir anzustreben und zu vollbringen haben. Wenn wir die gesamte Abwehr des Bösen unter den Begriff »Buße« zusammenfassen, so läßt sich sagen: wir hören hier das Bußwort des Jakobus und dieses besitzt für ihn selbständigen Wert, eigene Unentbehrlichkeit und Heilsamkeit.

Wenn wir aber unseren Blick prüfend auf uns selbst zurückbeugen mit der Erwägung, womit und wie wir unseren Gottesdienst üben, so fällt auch unser Glauben notwendig unter diese Selbstprüfung, da unser Handeln von der Weise, wie wir das Glauben haben, abhängig ist. Auch in der Beurteilung ihres Glaubens kann die Gemeinde fehlgehen; es liegen ihr dabei Verirrungen in zwei einander entgegengesetzten Richtungen nah. Daher enthält der Brief zwei Reihen von Aussagen über das Glauben: die eine preist seinen Wert, die andere entwertet es, weil in der Gemeinde beides vorhanden ist, Geringschätzung des Glaubens, die seine Bedeutung nicht anerkennt, und ein falscher Ruhm desselben, der seine Heilsbedeutung überschätzt. Das gleichzeitige Vorhandensein beider Verirrungen ist keineswegs Zufall; das zu viel und das zu wenig haben vielmehr einen einheitlichen Grund. Ebenso wenig fehlt den beiden Betrachtungen des Jakobus, die er den irrenden Gedanken der Leser entgegensetzt, die feste Einheit, obwohl sie scheinbar auseinander streben.

Das erste Wort, das auf den Wert des Glaubens hinweist, ist durch den Kampf veranlaßt, in dem die Leser stehen. Der Brief beginnt mit einem Satz, der die Unbedingtheit der apostolischen Glaubensübung mächtig zum Ausdruck bringt: lauter Freude ist es, in mannigfache Versuchungen zu fallen, 1, 2. Das ist ein ungebrochenes Siegesbewußtsein, innerlich nicht weniger vollendet, als das Paulinische: »Ich bin gewiß, daß nichts mich von der Liebe Gottes scheiden wird«[1]). Der Kampf, an dem die Leser lediglich einen Grund zur ungetrübten Freude haben, ist dadurch nach seiner tiefsten Bedeutung gefaßt, daß er als das Bestehen in »Versuchungen« beschrieben ist, womit die ethische Gefahr ins Auge gefaßt ist, in der die Gemeinde steht. Sie hat nicht nur den Schmerz auszuhalten, sondern das sie mit Macht bestürmende Böse abzuwehren. Die »Versuchung« hat stets Beziehungen zum Willen, der durch sie aus seiner richtigen Haltung herausgerissen werden kann. Aber auch vor dieser ernstesten aller Gefahren steht Jakobus in der Gewißheit des Sieges; es gibt für die Gemeinde keine Notwendigkeit zu sündigen; sie ist der Gewalt des Bösen entnommen und erlebt daher auch in der Versuchung eine gute Gabe Gottes, da sie ihrem geistigen Besitz nicht die Zerstörung, sondern die Bestätigung und Vollendung bringt.

Diese Beurteilung der Versuchung wird zunächst dadurch begründet, daß sie dem Glauben zur Bewährung dient und dadurch den Menschen in den Besitz ausharrender Standhaftigkeit versetzt. Damit ist gesagt, daß der Sieg über die Versuchungen in der Bewahrung des Glaubens besteht. Der Fall käme dann zustande, wenn das Glauben unterbliebe. Sind die Leser dagegen wirklich Glaubende, dann dürfen sie jeden Angriff als Grund der Freude betrachten, weil sie im Glauben das haben, was sie zu Überwindern macht. Darin ist keineswegs enthalten, daß die Versuchung ausschließlich als Antrieb zur Verleugnung Gottes oder Jesu gedacht sei; vielmehr ist ausdrücklich die wechselnde Mannigfaltigkeit und stetige Folge der Versuchungen ins Auge gefaßt, und V. 14 setzt sie in deutliche Beziehung zur Begehrlichkeit. Aber auch dann, wenn es sich um moralische Entscheidungen handelt, würde die falsche Wahl das Glauben aufheben, während in der Bewahrung desselben die Abwehr der verwerflichen Zumutungen gegeben ist. Wenn aber die Versuchung deswegen, weil sie die Betätigung des Glaubens erfordert und ihn dadurch in seiner Echtheit und Kraft erprobt, als ein Gut beurteilt werden soll, so liegt offenkundig eine absolute

[1]) Vgl. auch die johanneische Darstellung der Gemeinde Apok. 7: sie geht in den Kampf mit der Welt mit Gottes Siegel hinein, das sie unverletzlich macht.

Wertschätzung des Glaubens vor. Er ist nach der Meinung des Briefes nicht nur jedes Opfers wert, sondern es wird auch jedes Opfer dadurch zum Gewinn, daß es das Glauben fest macht.

Doch nicht am Glauben allein zeigt sich der Gewinn der bestandenen Versuchung, sondern auch am Werk. Der Blick des Jakobus strebt sofort vorwärts zum »ganzen Werk«. Wir erhalten eine ursächlich verknüpfte Reihe von Vorgängen: Versuchung, bewährtes Glauben, Standhaftigkeit, ganzes Werk und ganzer Mensch. Daß Glauben und Standhaftigkeit voneinander unterschieden sind, läßt sich nicht anders erwarten, weil sie sich nach dem ganzen Sprachgebrauch der Gemeinde auf inhaltlich entgegengesetzte Verhältnisse beziehen. Das Glauben hat seinen Beziehungspunkt in Gottes Geben, die Standhaftigkeit im Übel, das als Reiz und Druck die Glaubensstellung erschwert und gefährdet. Sie sind jedoch, obgleich unterscheidbar, doch nur miteinander da; Bewährtheit des Glaubens und Standhaftigkeit sind zusammen das Mittel, mit dem die Versuchung bestanden wird. Nun ist aber bezeichnend, daß der mangellose, völlige Bestand der Person nicht schon an das Glauben angeschlossen wird, auch nicht an das bewährte Glauben, das die Standhaftigkeit bei sich hat, sondern echtes Glauben und ganzes Werk, das ist Vollkommenheit. Die Versuchung ist nicht nur deshalb als Freude zu schätzen, weil sie dem Glauben die Kräftigung gibt, sondern auch deshalb, weil sie zu einem fertig werdenden, seine Ganzheit gewinnenden Werk befähigt. Nach diesem hat die Gemeinde zu streben, wenn sie nach einem vollkommenen, reifen Wesen verlangt. Und zwar wird angedeutet, daß sich das Werk nicht durch einen naturhaften Vorgang ohne die Aufmerksamkeit und den Willen der Leser zum Glauben hinzugeselle. Die Standhaftigkeit »habe« das ganze Werk: ἐχέτω; es kann ihr auch fehlen. Es wird aber vom Glauben aus gewonnen und deshalb wird die Betrachtung nicht sofort vom bestandenen Kampf zum völligen Werk hinübergeleitet, so daß nur die Aktivität nach außen hin ins Auge gefaßt würde, sondern ausdrücklich an die innerliche Begründung des Werkes erinnert, daß es in der Bewährung des Glaubens seine Voraussetzung hat. Der siegreich bestandene Kampf hat darum auch auf das Werk Einfluß, weil er das innerliche Verhalten zu Gott und zur Welt in Glauben und Geduld neu bestimmt, weshalb die Entfaltung des Glaubens und des Wirkens einander parallel gehen. Schon diese Stelle läßt erwarten, daß wir bei Jakobus nicht eine äußerliche Addition von Glauben und Werk finden werden, daß er vielmehr beide durch innere Zusammenhänge miteinander verbindet, weshalb sie nur in ihrer Einigung den ganzen, vollendeten Christenstand ausmachen.

Für die Weise, wie Jakobus den Begriff »Werk« bestimmt, liegt in dieser Stelle insofern ein Wink, weil sie, obgleich sie uns von Anfang an mit dem Handeln der Gemeinde beschäftigt, da auch die Überwindung der Anfechtung Tat ist, dennoch erst in ihrem Fortgang das Werk zu jenem Handeln hinzufügt, durch das sich der Leser seinen eigenen Glaubensstand erhält. Er denkt beim »Werk« an den Dienst, den wir einander tun, nicht schon an jenes Tun, mit dem der Glaubende sich selbst durch den Kampf des Lebens durchringt. Darum treten Glauben und Werk ohne weiteres als etwas verschiedenes auseinander. Das Glauben entspringt aus der Beziehung zu Gott und hat sein Motiv im eigenen Bedürfnis des Glaubenden; das Werk entsteht aus der Gemeinschaft mit dem Menschen und hat sein Motiv im Bedürfnis des Bruders. Indem Jakobus auch dieses zur Vollendung des Christenstandes zählt, ist kräftig betont, daß die Gemeinde ihren Beruf nicht nur im Genuß der göttlichen Güter, sondern ebenso wesentlich in der einander dienenden Arbeit zu suchen hat. Der Bruder muß es genießen, daß der Glaubende an Gottes Gaben Anteil hat. Wille und Werk Gottes zielen auf Gemeinschaft zwischen den Menschen hin.

Die zweite Veranlassung, auf die Wichtigkeit des Glaubens hinzuweisen, gab Jakobus das Gebet, 1, 5—8 vgl. 5, 13—18. Es steht in festem Zusammenhang, daß er mit starkem Willen auf das Werk gerichtete Mann auch die großen Worte über das Bitten gibt. Der große Wirker ist notwendig, sofern er fromm ist und seine Gemeinschaft mit Gott bewahrt, auch ein starker Beter. Das Bitten erfordert aber ein aus dem Glauben entspringendes Wollen und erreicht nur durch dieses sein Ziel[1]). Darin tritt eine wichtige Verknüpfung des Glaubens

[1]) Die Grenze, die die Überhebung ausschließt, wird bei Jakobus nicht

mit dem Wirken hervor, zunächst deswegen, weil das Bitten derjenige Akt des Menschen ist, durch den er Weisheit empfängt. Ohne diese gibt es aber kein gelingendes, voll werdendes Werk. Jakobus hat den Weg zur Vollkommenheit in den Begriffen: Glaube, Standhaftigkeit, Werk beschrieben; und doch ist es ihm keineswegs verborgen, wie wertlos ein blindes Wohltun ist, wie vollständig unser Handeln durch unsere Urteilsbildung bedingt ist. Warum verwendet er, als er den Weg zur Vollkommenheit überschaut, keinen auf die intellektuelle Tüchtigkeit zielenden Begriff? Weil ihm die Weisheit als mit dem Glauben verbunden gilt, nicht als würde sie durch ihn entbehrlich. Der Glaube ist nicht ein Ersatz für die Weisheit, nicht Befreiung von jener, so wenig als vom Werk. Der Zusammenhang zwischen der Weisheit und dem Glauben beruht vielmehr darauf, daß jene eine göttliche Gabe ist, der Glaube aber bitten kann. Die Weisheit des Menschen entsteht aus der göttlichen Leitung, die er inwendig in seinem bewußten geistigen Leben erfährt, und diese Gemeinschaft Gottes mit ihm, die seinem Gedankenlauf das Licht einpflanzt, ist nicht vorhanden, wenn der Glaube fehlt. Wir erhalten hier wieder wie bei Paulus das: credo ut intelligam, aber auch hier nicht in jener verdorbenen Gestalt, die aus dem Glauben selbst ein verstümmeltes Wissen macht, das vom eigenen Erkennen abgelöst nur von außen her eingebildet wird, sondern im Sinn eines lebendigen Verkehrs mit Gott, der ein Lernen von ihm ermöglicht, wobei die Frage des Menschen die göttliche Antwort empfängt, weil er sie im Glauben stellt.

Aber nicht nur die Schranken unseres Blickes, sondern auch diejenigen unseres Könnens werden vom Glauben dadurch erweitert, daß es zur Wurzel des Bittens wird. Auch gegen solche Notlagen, denen der Mensch nicht abzuhelfen vermag, wie die Krankheit, ist die Gemeinde nicht ohnmächtig, auch dann nicht, wenn der Notstand durch Verschuldung herbeigeführt ist und als göttliche Strafe verstanden werden muß. Die Bitte des Glaubens empfängt Erlaß der Sünden und neues Leben auch für den Schuldigen und Leidenden, 5, 13.

---

schwankend; denn es bleibt völlig klar, daß das Glauben und Bitten die Unterordnung unter Gott zur Voraussetzung hat, 4, 15. 7. 10. 12.

Das Bitten stellt aber an das Glauben eigenartige Anforderungen, teils deshalb, weil es das Bewußtsein der Unwissenheit und der Ohnmacht in sich hat, teils deshalb, weil ihm das Schuldbewußtsein gegenübersteht. Die Fürbitte für die anderen hat oft in ihrem Geständnis die Bedingung und das Motiv und auch bei der Bitte um Weisheit erinnert Jakobus daran, daß das Geständnis unserer Unwissenheit zur Selbstanklage werden kann, wenn er uns auf den Gott blicken heißt, der »nicht schilt«. Der Glaubende bejaht durch seine Bitte in Gott eine Willigkeit zum Geben, die einmal ohne Nebenzwecke und Hintergedanken reine Freude am Geben ist, *παρὰ τοῦ διδόντος θεοῦ ἁπλῶς*, sodann trotz der Versündigung gebende Güte bleibt, *καὶ μὴ ὀνειδίζοντος*. Dadurch wird das Glauben der Gegensatz zum Zweifeln, *διακρίνεσθαι*. Dieses ist keineswegs nur als Depression gedacht; denn die Meinung[1]), er werde dennoch das von ihm Gewünschte empfangen, wird auch dem Zweifelnden zugeschrieben. Er kann anspruchsvoll vor Gott treten, ist aber inwendig zerrissen, hofft und hofft wieder nicht, fürchtet sich und fürchtet sich auch wieder nicht, will und will nicht, meint zu wissen und widerspricht sich selbst, bittet und klagt über Gott. Er hält nicht fest, daß jede gute Gabe von oben niedersteigt. Diese innere Zerspaltung wird aber für die ganze Haltung des Menschen folgenreich; sie schafft einen Zustand, der in der ewig unruhigen Brandung des Meeres sein Gleichnis hat. Jeder feste Wille, darum auch die beharrliche Vollendung irgend eines Weges ist unmöglich geworden. Dadurch ist klar, welche umfassende Bedeutung für das ganze menschliche Leben dem Glauben zukommt, da es die Aufhebung der doppelten Seele durch eine das Denken und Wollen bindende Gewißheit ist.

Die dritte Veranlassung, den Wert des Glaubens zu betonen, gibt dem Brief der Kampf gegen die Verderbnis der Liebe zur willkürlichen, von der Gerechtigkeit abgeschiedenen Gunst, 2, 1 ff. Zu dieser lassen sich die Leser dadurch verleiten, daß der Reichtum auch in ihren Augen dem Menschen eine Bedeutung verleiht, neben der sein inwendiges Verhalten als nebensächlich erscheint. Wenn aber die Gemeinde den Armen

[1]) *οἴεσθαι* in seinem Gegensatz zu *πίστις* ist mit Bedacht gesagt.

verächtlich behandelt, so bedenkt sie nicht, welchen Wert das Glauben besitzt; denn der für die Welt Arme ist durch Glauben reich, 2, 5. Was dem in die Versammlung tretenden Reichen Rücksicht erwirbt, sind seine goldenen Ringe und sein glänzender Rock; was der Arme in die Gemeinde bringt, das ist sein Glauben. Dürfen, fragt Jakobus, im Verhalten der Gemeinde jene als wertvoll, dieses als wertlos erscheinen? Das wäre ein falsches Gericht, zumal da der Reichtum den Widerstand der Reichen gegen Christus entschuldigen soll. Die Gemeinde handelt nur dann richtig, wenn sie das Glauben als etwas unbedingt Wertvolles schätzt, neben dem der äußere Besitz völlig verschwindet. Denn der Glaubende ist im Besitz des Reichs; er hat nicht bloß Hoffnung auf dasselbe, sondern ist reich, wie der Erbe reich ist im Reichtum seines Vaters, in dessen Besitz er künftig treten wird. Darum wandelt das Glauben das Urteil über unseren Besitz völlig um: der Arme ist durch dasselbe reich, der Reiche ohne dasselbe arm, vgl. 1, 9 f., 5, 1 ff. Anerkennt dies die Gemeinde nicht, so wird sie von »bösen Gedanken« regiert, weicht bestochen vom Geld wie ein feiler Richter von der Gerechtigkeit ab und wirkt Sünde, 2, 9; denn sie verkehrt ihre Liebe zur parteiischen Gunst, 2, 1.

Die Gabe Gottes, die dem Glauben seinen unvergleichlichen, alles in der Welt überragenden Wert verleiht, ist hier als Erwählung durch Gott bezeichnet. Weil Gott die Armen auserwählt hat, darum sind sie kraft des Glaubens reich, 2, 5. Das steht mit dem Wort über den bittenden Glauben, 1, 5, in bester Übereinstimmung. Wie dort der Glaube eine Gemeinschaft Gottes mit dem Menschen vermittelt, die seiner Ratlosigkeit von innen her als Licht gebende Güte abhilft, so erhält er hier dadurch seinen Wert, daß er die Frucht und Folge, darum auch die Bürgschaft und stete Vermittlung des dem Menschen zugewandten göttlichen Liebens ist.

Hier, wo vom Glauben aus der Wert des Menschen bestimmt und dasselbe als Anteil am göttlichen Reich beschrieben wird, wird es ausdrücklich auf Jesus gerichtet. Das Jesus erfassende Glauben kann nicht mit der feilen Verehrung des Gelds zusammenbestehen. Wer ihn als den Christus bejaht, für den ist es im Verkehr mit den Menschen zum entscheidenden Hauptpunkt geworden, wie sie sich zum Christus verhalten, ob sie ihn erkennen und sich ihm unterwerfen oder sich ihm widersetzen. Für ein im Glauben an Jesus begründetes Denken und Wollen ist die Verbundenheit mit dem Christus das größte Gut, nicht mehr das Geld, und die Feindschaft gegen ihn das große Übel, nicht mehr die Armut. Darum wird auch mit dem feierlichen Namen Jesu »Christus der Herrlichkeit« daran erinnert, daß der Christus Gottes ist und der ihm erwiesene Gehorsam Gott getan, die gegen ihn gerichtete Feindschaft gegen Gott gerichtet ist.

Zunächst geht die Mahnung dahin, das auf Jesus gerichtete Glauben nicht susammen mit solcher willkürlichen Ungerechtigkeit zu haben. Es würde durch eine solche Verbindung beschmutzt und nutzlos gemacht. Hernach tritt auch hier dem Glauben die innere Zerspaltung, *διακριθῆναι*, 2, 4, gegenüber, weil nicht nur die heilsame Frucht des Glaubens, sondern auch dieses selbst durch ein solches Verhalten verdorben wird. Wenn die Liebe zur unreinen Gunst entartet, bleibt der Glaube nicht mehr unversehrt, weil man ihn nicht am Bruder verachten kann, ohne den eigenen Glauben zu durchkreuzen. Das Urteil des Jakobus, daß die von ihm gerügte Verteilung der Plätze in der Versammlung eine Verleugnung des Christus in sich habe, wird für seine ersten Leser ebenso überraschend gewesen sein wie für uns. Ihre Anerkennung der Messianität Jesu mochte ihnen unerschüttert scheinen, auch wenn sie den Reichen anders empfingen als den Armen. Allein die Geringschätzung, die der Glaubende von ihnen erfährt, fällt auf Christus selbst zurück. Sie können das Verhältnis des Menschen zu Christus seiner äußeren Stellung nicht nachsetzen, ohne daß sie damit auch Christus verächtlich behandeln.

Die Stelle beleuchtet hell, wie fest Jakobus das Glauben und das Handeln miteinander verknüpft. Er hat in diesem Gedankengang beide unterschieden, zugleich aber auch geeint. Auf der einen Seite steht die Bejahung der Herrschaft Jesu, »Glaube«, auf der anderen Seite die Weise, wie die Gemeinde den Verkehr mit den Menschen einrichtet, »Werk«. Beides ist nicht untrennbar verbunden; vielmehr kann sich bei allem Preis der Herrschaft Jesu »das Ansehen der Person« in aller Häßlichkeit geltend machen. Und doch treibt das Glauben unmittelbar zu dem ihm entsprechenden Werk. Damit daß die Gemeinde Christus kennt, ist sie tatsächlich in eine neue Wertung aller Lebensverhältnisse hineingesetzt; sie ist in einer höheren Weise reich geworden, die es dem niedrigen Bruder ermöglicht, sich seiner Höhe zu rühmen, und dem Reichen, sich an seiner Erniedrigung zu freuen, 1, 9. Darum können ihr die goldenen Ringe nicht mehr als Herrlichkeit gelten und der arme Bruder ihr nicht mehr verächtlich scheinen; er steht in der vollen Würde der göttlichen Erwählung vor ihr. Darum bedarf das Glauben das ihm entsprechende Handeln zu seinem eigenen Bestehen; es ist nicht völlig, wenn das Werk unterbleibt. Eine Schätzung der Dinge und Menschen, die Christus und das Reich vergißt, heißt Jakobus *διακριθῆναι*, wodurch sie als das Gegenteil des glaubenden Verhaltens bezeichnet ist. Die Verbundenheit mit dem Christus erzeugt diejenige Gemeinschaft mit den Menschen, die ihr Einheitsband in der Gemeinsamkeit des Glaubens hat, und wird verloren, wenn diese zerrissen wird.

Die Ausführung des Jakobus hatte für die jüdische Christenheit ihre besondere Wichtigkeit, weil in der Judenschaft die Schätzung des Reichtums stark entwickelt war und weil sie vom jüdischen Volkstum umfaßt blieb und sich von diesem nicht äußerlich schied, sondern innerhalb desselben ihren auf die Gemeinsamkeit des Glaubens gegründeten eigenen Verkehr pflegte. Die Gefahr war ernst, daß sich die Normen, die sonst überall für den Verkehr galten, auch die christliche Gemeinschaft unterwarfen, womit gegeben war, daß sie sich im jüdischen Volkstum verlor.

Indem Jakobus einen an sich geringen Vorgang als Beispiel wählt, macht er gerade dadurch deutlich, wie vollständig er die ganze Lebensführung unter die Leitung des Glaubens stellt. An sich ist es ja gleichgültig, wer auf dem Sessel oder auf dem Boden »unten am Schemel« sitzt. Wenn aber sogar diese Kleinigkeit das Verhältnis zu Christus berührt und vom Glauben die Regelung empfängt, was kann denn sonst in oder außer den Versammlungen geschehen, was das Glauben nicht berührte? So ist es offenkundig als die den ganzen Verkehr mit den Menschen gestaltende Macht gedacht, und wir stehen dicht neben dem paulinischen Wort: was nicht aus Glauben ist, ist Sünde. Wenn Streit und Kampf in der Gemeinde ist, 4, 1, oder der Bruder sich sich nicht nur auf den Boden setzen muß, sondern verleumdet und gerichtet wird, 4, 11, oder das unbezähmbare Wort wie ein Feuer in der Gemeinde um sich frißt, 3, 1 ff., oder »die vergeßlichen Hörer« das Wort der Wahrheit mißachten, 1, 22, oder es nicht mit Sanftmut aufnehmen, sondern sich zornig gegen dasselbe auflehnen, 1, 19 ff., so geht das alles ebensowenig ohne Verletzung des Glaubens ab als die parteiische Verteilung der Plätze. Alle Mahnungen des Briefs sind in derselben Weise der Ableitung aus dem Wesen des Glaubens fähig wie die 2, 1 gegebene. Es fehlt ihnen auch nicht an parallelen Begründungen. Wer dem Bruder flucht, macht seine Lobpreisung Gottes nichtig. Das Wort über den Menschen und das Wort über Gott bestehen nicht unabhängig nebeneinander; der Lobpreis Gottes bestimmt auch die Weise, wie über den Menschen geredet wird, und die Verfluchung des Menschen zeigt, wie wenig Gott gewertet wird; denn der Mensch ist zu Gottes Ähnlichkeit gemacht, 3, 9. Der Verzicht auf das Gericht über den Bruder ist dadurch gegeben, daß der Eine als Gesetzgeber und Richter anerkannt wird, der verderben und erretten kann, 4, 11. 12. Wer sich gegen den Bruder zum Verleumder macht, verneint das Grundmoment in allem Glauben, daß Gott der eine über allen ist.

Es liegt auf der Hand, daß jede Fassung des Glaubens in unserem Brief, die es zu einer abstrakten, willenlosen Meinung macht, schlechthin falsch genannt werden muß. Ein Glauben, das den Armen nicht nur mit seiner Armut zufrieden macht, sondern ihm in derselben das Bewußtsein gibt, er sei reich, und dadurch sein Handeln bestimmt, so daß er sich vor dem Reichtum nicht mehr beugt, ein Glauben, das zu dem mit der Versuchung verbundenen Leiden willig macht, ja an demselben wegen der damit verbundenen inneren Förderung einen Grund zur Freude gewinnt, ein Glauben, das in Stunden der Ratlosigkeit die Weisheit Gottes als erleuchtende Kraft bei sich weiß und der Sünde und Krankheit in der Welt mit einem Siegesbewußtsein gegenübersteht, dessen Höhe durch das Wort sichtbar wird: »Elia war ein Mensch wie wir«, ein solches Glauben ist Kraft und nicht eine Abstraktion, sondern Bestimmtheit der ganzen Persönlichkeit, weil es ihr ganzes Denken und Wollen regiert.

Schon die Warnung vor jener Gläubigkeit, die den Verkehr mit den Menschen nicht berührt, sondern für diesen völlig andere Maßstäbe in Geltung setzt, hat erkennbar gemacht, daß Jakobus nicht jedes Glauben schätzt, sondern bereit ist, es gänzlich zu entwerten, wenn es vom Handeln der Gemeinde abgeschnitten bleibt. Er beginnt deshalb einen scharfen Kampf gegen die Beruhigung, die sich die Gemeinde dadurch verschafft, daß sie schon ihr Glauben als ihre Errettung und Gerechtigkeit rühmt. Die vom Täufer begonnene, von Jesus fortgesetzte Bestreitung eines falschen Glaubens wird von Jakobus gegen alle, die schon von ihrem Glauben die Errettung und Rechtfertigung erwarten, erneuert[1]). Er bezeugt ihnen, daß das Glauben den Menschen nicht erretten kann, weil es ohne Werke tot und für sich allein unwirksam ist, *νεκρά, ἀργή* 2, 14 ff.

Dieses Urteil gilt universal[2]). So wenig es für Jakobus zwei Arten von Leibern gab, solche die ohne Geist lebendig, und solche, die ohne Geist tot sind, so wenig er es nur als eine Abart oder Unart des Leibes betrachtet, daß er durch die Trennung vom Geist zum Leichnam wird, so wenig kennt Jakobus irgend ein Glauben, das isoliert vom Werk durch sich selbst etwas lebendiges wäre, sondern alles Glauben, was immer es an Erkenntnis, Empfindung und Willen in sich haben mag, ist, solange der Mensch nichts anderes als gläubig

[1]) Häufig sind Urteile über Jakobus abgegeben worden ohne jede Vorstellung vom Glaubensstand der Synagoge, die einfach als eine ungläubige Rotte gilt, darum auch ohne Ahnung vom Ernst der Auseinandersetzung, die sich von Jesus her in Jerusalem nicht bloß zwischen Unglauben und Glauben, sondern zwischen Glauben und Glauben vollzogen hat. Mit einem derartig verdunkelten Sehfeld ist das Verständnis von Jak. 2 von vornherein verscherzt.

[2]) Es war ein Mißgriff, wenn die ältere exegetische Tradition für unsere Stelle eine besondere Spezies des Glaubens schuf: fides mortua, und sie damit für erledigt hielt; den „lebendigen Glauben“ gehe sie nichts an. Sie geht das Glauben an.

ist, unfruchtbar und tot. Darin besteht der Ernst und die Brauchbarkeit seiner Sätze, daß sie ein ausnahmsloses, festes Gesetz aussprechen. Würde er sich nur gegen gewisse Stufen und Formen des Glaubens wenden, so hätte er allen Ausflüchten Raum gegeben und den ernsten Zweck seines Gedankengangs vereitelt.

Unwirksam, ἀργή, heißt das Glauben nicht deswegen, weil schlechthin keine Wirkungen von ihm ausgingen, sondern deswegen, weil es das eine große Ergebnis, auf das alles ankommt, die Errettung und Einführung in das Reich, nicht erlangt. Tot heißt es, nicht weil zwei entgegengesetzte Zustände am Glauben unterschieden würden, so daß es als aus der Lebendigkeit in den Todeszustand übergehend dargestellt wäre; νεκρός nennt vielmehr den Todeszustand als fertige, bleibende Eigenschaft und spricht aus, daß das Glauben für sich allein noch nichts wirkt, gibt und hilft und nicht zu dem zu rechnen ist, was lebt und leben macht[1]).

Diese Nutzlosigkeit des Glaubens gilt Jakobus als etwas Abnormes. Es liegt ein Tadel für die Gemeinde darin, wenn man sie fragen muß: was nützt euch euer Glauben? Nur durch die Verschuldung des Menschen kann dem Glauben das fehlen, was es fruchtbar macht und ihm Lebendigkeit gibt. Dies ist freilich etwas anderes als Glauben, nämlich das Werk. Das Vorhandensein der Werke hat für das Glauben dieselbe Bedeutung wie das Vorhandensein des Geistes für den Leib[2]), so daß das Glauben nur dann etwas totes ist, wenn es vom Werk getrennt ist. Daß mit der Vergleichung von Werk und Glauben mit Geist und Leib nicht das Verhältnis der beiden Betätigungen zur Wahrnehmung anderer beschrieben ist, liegt auf der Hand. Werk und Geist sind aus keinem anderen

[1]) Vgl. die „toten Werke“ Hebr. 6, 7. 9, 14, die ebenfalls nicht zuerst lebendig sind und hernach sterben, sondern nichts anderes als tot sind; und weiter auch die „tote Sünde“ Röm. 7, 9, die erst hernach zum Leben kommt.

[2]) Der Gedanke, mit 2, 26 sei nur der Begriff Tod dargestellt, ein vom Werk getrenntes Glauben sei so tot, wie ein Leichnam, hat die ausdrückliche Gegenüberstellung des χωρὶς πνεύματος und χωρὶς ἔργων gegen sich. Damit ist der Vergleichungspunkt nicht nur in den Todeszustand, sondern auch in die Todesursache verlegt, die hier und dort in der Abwesenheit dessen liegt, worin das Tote sein Leben hat.

Grunde zusammengestellt, als weil sie die belebenden Kräfte sind, ebenso Leib und Glaube als das für sich allein tote, was erst durch ein anderes, nämlich durch den Geist und das Werk, Leben empfängt. Auch das ist nicht in dieser Vergleichung enthalten, daß das Glauben durch das Werk zum Dasein komme. Die ganze Mahnung hat umgekehrt darin ihren Grund, daß das Glauben auch ohne Werk vorhanden sein kann, so gut als ein Leichnam da ist auch ohne Geist. Lebendig wird es durch das Werk deswegen, weil es erst dadurch Wert vor Gott, gerecht und selig machende Kraft erhält. Nur wenn es mit dem Werk verbunden ist, trägt es dem Menschen Errettung und Rechtfertigung ein, und nur dann ist es nichts Totes mehr.

Der Grund dieses Satzes ist von Jakobus mit großer Durchsichtigkeit entwickelt. Schon die Vergleichung des tatlosen Glaubens mit dem tatlosen Wohlwollen, das sich in freundlichen Worten erschöpft und dadurch nutzlos wird, zeigt das Verlangen, das in diesen Sätzen lebt, mit großer Klarheit. Die Bedeutung jener Vergleichung wird nicht genügend gefaßt, wenn man in ihr bloß die Nichtigkeit leeren Geschwätzes dargestellt findet. Der Vergleichspunkt liegt vielmehr darin, daß die freundlichen Worte des tatlosen Mitgefühls das, was dem Leidenden fehlt und was ihm helfen würde, klar und richtig benennen und doch seine Situation nicht ändern. Wie sich dieses Wohlwollen zum Bruder verhält, so verhält sich das bloße Glauben zu Gott. Es ist ein richtiger Blick auf das, was Gott ist und getan hat; es spricht zu Gott und von Gott der Wahrheit gemäß mit Worten, die das Verhältnis des Menschen zu ihm richtig benennen. Es sind aber nur Worte! Das ist die Schranke des Glaubens; er gehört in den Bereich des Bewußtseins und darum des Worts. Er bejaht, was Gott ist, anerkennt seine Größe und Gnade, bekennt sich zu ihm und zu dem, den er gesandt hat. Das sind noch immer bloße Worte und Worte sind nichts Lebendiges. Leben heißt wirken. Diese Worte der Anerkennung und des Bekenntnisses bedürfen eines lebendig machenden Geistes, sonst bleiben sie, so wahr sie sind, welkes Laub, und der Geist fährt in diesen Leichnam dann, wenn das Werk zustande kommt und der Mensch nicht bloß von seinem Gott spricht, sondern es für ihn zum Handeln bringt. Es wäre für die Kirche rühmlicher, wenn sie die starke Liebe mit ihrem tiefen Schmerz, aus der die Worte des Jakobus geboren sind, lebendiger in sich nacherlebt hätte. Zweifellos: das Glauben ist von unschätzbarem Wert, wenn es mit der Leere und Dunkelheit des Bewußtseins verglichen wird, dem es fehlt. »Ein einiger Gott«, Jakobus gäbe dieses Wort nicht preis auch nicht um eine Welt! vgl. 1, 2. Er weiß sehr wohl, wieviel die Bindung des Bewußtseins an Gott durch die Macht der Wahrheit bedeutet. Aber sollen es nur Worte sein, was der Mensch Gott gibt, und die Gemeinde des Christus sich damit zufrieden geben, daß sie sich zu Gott bekennt? Kann sie Gott ihr Handeln verweigern, will sie nichts tun für ihn? Jene Innerlichkeit, die nur Innenwelt ist, dagegen den reellen Verlauf des Lebens unberührt läßt, liegt auf Jakobus als eine schwere Last: nicht nur denken und reden, sondern für Gott handeln! das ist sein Verlangen. Wir stehen dicht neben Paulus mit seiner gesammelten Begehrung nach dem Vollbringen des Guten. Sagt Paulus: kannst du das Gute nicht vollbringen, so bist du ein geplagter Mensch! so sagt Jakobus: willst du das Gute nicht vollbringen, so bist du ein toter Mensch!

Der Hinweis auf die teuflischen Geister deckt den Grund noch weiter auf, warum das Glauben für sich allein etwas Totes bleibt, weil er auf das Zusammenbestehen der Bejahung Gottes mit dem bösen Willen in derselben Person aufmerksam macht. Das Glauben ist nach seiner einen Seite ein vom Willen der Person unabhängiges Erlebnis; denn das Geglaubte drängt sich in seiner Wahrheitsmacht dem Geiste auf, und wenn es auch sofort als Impuls den Willen bewegt, so besteht doch darin das Geheimnis der Bosheit, daß wir diesen Zusammenhang zerreißen und unseren Willen auch dem erkannten Gott verweigern können. Deshalb scheidet das Bekenntnis zu Gott und Christus die Gemeinde noch nicht von der inneren Gleichartigkeit mit den Teufeln ab und bewahrt sie deshalb auch nicht vor ihrem Geschick; vielmehr stiftet der Glaubende gerade dann, wenn er bloß glauben will und Gott somit das Werk versagt, denselben Riß in sich, der die Schuld und das Elend der Geister ist. Dann ergibt sich gerade aus dem Glauben die Höhe der Schuld; er wird zur Verurteilung, zur Last, zum Quellpunkt höllischer

Angst. »Sie glauben und beben.« Gerade die Wahrheit Gottes, die sie sich nicht verbergen können, der Blick auf seine unvergleichliche Majestät, die alles teuflische Wollen in Ohnmacht niederdrückt und richtend verfolgt, ist Grund und Quell ihrer Angst. In diesem höchsten Sinne gilt es, daß das bloße Glauben unfruchtbar und tot sei: es begründet die Unseligkeit. Wir stehen wieder dicht neben Paulus: was verhaftet den Menschen an Gottes Zorn? Nicht der Mangel der Wahrheit, sondern ihr Besitz, dann, wenn der Mensch die Wahrheit mit Unrecht zusammenbesitzt, Röm. 1, 18.

Darf man die Übertragung der Formel »Glauben« auf das teuflische Verhalten »katachrestisch« heißen? Ohne Frage will uns Jakobus ein abnormes Verhalten darstellen, ja die allerhöchste Abnormität, den Tod in seiner schrecklichsten Gestalt; der unheilvolle, widernatürliche Zustand entsteht aber durch das Handeln, nicht durch das Glauben. Dieser ist auch im Teufel das Göttliche, die Gabe, die er ohne seinen Willen empfangen hat und darum auch gegen seinen Willen behalten muß. Auch wenn es nicht Frieden und Seligkeit, sondern Angst schafft, so wirkt es lediglich, was es soll; es wird für den, der gegen Gott streitet, zum Gericht.

Die Bejahung der Gnade fehlt diesem Glauben, aber nicht schlechthin, nur so, daß der Glaubende sie nicht für sich selbst zu bejahen vermag. Jakobus mag an Ereignisse denken, wie sie uns die Evangelien erzählen, daran, daß die Geister Jesus als den Sohn Gottes anriefen, der gekommen sei, sie zu verderben. Damit war seine Gnade bejaht; denn diese macht ihn zum Retter der Gequälten und zum Verderber ihrer Verderber. Sie gilt aber nur anderen, nicht dem vor ihm Bebenden. Auch mit dieser Verneinung, die der Höllenangst wesentlich ist, wird Gottes Verhalten zum Glaubenden so benannt, wie es in Wahrheit ist.

Der, der sich seines Glaubens rühmt, zieht aus ihm jetzt freilich noch nicht Angst, sondern frohe Zuversicht, weil er auf Gottes Gabe und Hilfe zählt. Damit ist aber noch kein realer Unterschied zwischen unserem Glauben und dem der Geister begründet. Auch dasjenige Glauben ist tot, das uns erquickt und freut, solange wir bloß hoffen, daß Gott uns seine Gaben schenke und sein Werk an uns vollbringe, dagegen ihm nicht geben, was sein ist, und nicht tun, was er von uns verlangt.

Es ist lehrreich, daß Jakobus dem Glauben hier, wo er zeigt, was es für die Errettung des Menschen bedeute, die Einzigkeit Gottes zum Inhalt gibt: du glaubst, daß Gott der Eine ist. Die allgemeine Geltung seines Urteils wird nach seiner Meinung dadurch nicht geschmälert. Er erwartet die Einrede nicht, von dieser Fassung des Glaubens gelte es allerdings, daß es nichts nütze; aber das Glauben sei nicht genügend bestimmt; würde es z. B. auf Christus bezogen, so wäre jenes negative Urteil nicht mehr zutreffend. Jakobus fügt aber zu diesem Glauben nicht ein anderes Glauben hinzu, damit es lebendig werde, sondern das Werk. Wie sollte ihm auch ein so ein finsterer Gedanke wie der: man müsse nicht nur an Gott, sondern auch an Christus glauben, zugänglich gewesen sein! als handelte es sich im Glauben um eine willkürliche Wertung vieler einander gleichwertiger Wirker! »Nur« an Gott glauben — hier hat für Jakobus kein »nur« Platz, als gäbe es einen anderen Willen und anderen Wirker neben und über Gott, als wäre nicht Gott der Geber aller guten Gaben, als wäre der, der an Christus glaubt, nicht an Gott gläubig, und der an Gott gläubig, der nicht an seinen Christus glaubt! Er nennt in diesem Wort sowohl nach der objektiven als nach der subjektiven Seite das, was die Grundgestalt des Glaubens bildet. Alles Glauben bezieht sich auf die unvergleichliche Einzigkeit Gottes; was immer der Glaubende bekennt und erwartet, er anerkennt damit Gott als den Einigen und bejaht angesichts des göttlichen Wortes und Werkes Gott als Gott. So ist auch nach der subjektiven Seite Überzeugtheit, die Gottes gewiß ist, die Wurzel, aus der sich alles ergibt, was aus dem Glauben hervorgehen kann, sei es Zuversicht, Ruhe, Bitte, Tat oder Angst, Wut und Haß.

Veranlaßt ist diese Hervorhebung der fundamentalen Gestalt des Glaubens dadurch, daß die Erörterung entsprechend der beständigen Absicht des Briefes auf dem der Christenheit mit Israel gemeinsamen Boden bleibt. Die Verderbnis des Glaubens zur Unfruchtbarkeit war nicht erst eine neue, spezifisch christliche Sünde, ging vielmehr aus der alten in die neue Gemeinde hinüber. Der erste Ruhm, den der Jude sich zueignet, ist der, daß er die Einzigkeit Gottes bejaht. Das ist der Vorzug, der ihn von der ganzen Menge der Völker sondert, das heilige Erbe der Väter, das Siegel der Auswahl Israels. »Er rühmt sich Gottes«, Röm. 2, 17. Ist der Ruhm des Glaubens an dieser Stelle zertrümmert, so ist er überhaupt verneint.

In allen diesen Ausführungen ist das, was den Glauben und das Werk verbindet, scharf hervorgehoben. Die Betonung dieses Zusammenhangs war für den Zweck der Mahnung unentbehrlich, weil sie die Schuld dessen, der das Werk versäumt, deutlich macht. So bestimmt das Werk als etwas Neues zum Glauben hinzutritt und nicht naturhaft aus ihm hervorwächst, sondern ein neues Wollen erfordert, das, wie die Erfahrung lehrt, auch ausbleiben kann, ebenso deutlich ist schon durch die Vergleichung des bloßen Glaubens mit dem toten Leibe ausgedrückt, daß Werk und Glaube ein göttlich zusammengefügtes Ganzes bilden. Leib und Geist sind für einander geschaffen und die Erstorbenheit des Leibes kommt durch eine Trennung zustande, die der Bestimmung beider zuwiderläuft. Dieser Zusammenhang tritt auch durch die Vergleichung des Glaubens mit der unnützen Barmherzigkeit hervor. Wohlwollen und Wohltat sind zu einander nicht beziehungslos, so wenig sie identisch sind, da auch der barmherzig Empfindende zur Wohltat erst durch eine besondere Entschließung kommt, die oft genug ausbleibt. Das Wohlwollen ist aber als innere Regung nach seinem eigenen Wesen der Tat zugewandt und bleibt ohne diese unfertig. Aber auch die Verweisung auf die Teufel erläutert diesen Zusammenhang. Es bedarf, um Gott zu kennen und doch ein Teufel zu sein, ein teuflisches Wollen. Eben deswegen ist es ein Vorwurf, falls das Glauben nutzlos und tot ist, weil das Glauben nach seinem eigenen Wesen das Werk begründet und verlangt. Alles Reden und Tun Gottes wirbt nicht nur um des Menschen Bewußtsein und Wort, sondern um seinen Willen und sein Werk. Die Wahrheit Gottes wendet sich an unser Tun; das Wort Gottes verlangt nicht bloß Hörer. Wie der Leib Organ des Geistes ist, so ist das Glauben dem Menschen als Mittel und Befähigung zum Handeln gegeben; nur der boshafte Wille hält diese Bewegung auf. Das kommt auch durch den Satz zum Ausdruck, daß sich das Glauben nur in den Werken zeigen lasse. Da jenes in diesen seine Offenbarung hat, sind beide innerlich zu einander in Beziehung gesetzt. Das Glauben ist auf das Werk gewiesen als auf seine Äußerung, damit aber auch das Werk vom Glauben abhängig gemacht. Wenn es Erweis des Glaubens ist, kommt es ohne dieses nicht zustande. Es empfängt aus dem Glauben sein Motiv und Ziel. Weil das Handeln bei richtiger Bewegung des Menschen aus der Wahrheit erwächst, die er erfaßt, so bestimmt das Glauben, was und wie gehandelt wird. Das Werk und der Glaube sind somit in dieser Ausführung genau in dasselbe Verhältnis zueinander gesetzt, wie in den Worten über die Versuchung und die Armut, die den Wert des Glaubens preisen.

Das innere Verhältnis zwischen beiden hat Jakobus auch am Glauben Abrahams dargestellt, da er erwartet, daß sich die Leser auf Abraham berufen werden, der beweise, daß schon das bloße Glauben vor Gott als Gerechtigkeit gelte. Weniger sicher ist, ob auch die Berufung auf Rahab in den Gedanken der Leser zu verlegen ist. Jakobus mag sie zur Verstärkung des Schriftbeweises selbst zitieren. Jedenfalls sind beide Beispiele höchst treffend gewählt, dort »unser Vater« Abraham, der Gerechte, mit dem ausdrücklichen Zeugnis Gottes, daß sein Glauben vor Gott Gerechtigkeit gewesen ist; hier die Heidin, die Kananäerin, die Dirne, die doch wahrlich keine guten Werke hatte und dennoch errettet und mit Israel vereinigt wird, weil sie an die Macht des Gottes Israels glaubt. Diese selben Beispiele, die den Wert des Glaubens in seiner ganzen Höhe darstellen, sind für Jakobus zugleich der helle Beweis dafür, daß das Glauben ohne Werke nichtig ist. Die Gemeinde hat vollständig Recht, wenn sie in Abraham das Vorbild ihres Glaubens sieht; sie glaube nur wie Abraham, so bleibt ihr die Rechtfertigung nicht aus; sie gehe nur die Bahn Rahabs, so wird ihr Glauben ihr die Errettung ebenso gewiß bringen, als Rahab sie erlangt hat. Man glaubt aber nicht wie Abraham, wenn man bloß glaubt; denn Abraham brachte Gott den Sohn zum Opfer dar und dies war nicht bloß Glaube, sondern ein Werk. Wenn Abraham der Verheißung Gottes glaubte und dieses Glauben ihm zur Gerechtigkeit gerechnet wurde, Gen. 15, 6, wenn er in inniger Vertrautheit mit Gott stand und Gott ihm selbst den Namen gab: mein Freund, Jes. 41, 8. Gen. 18, 17. Targ. Jer. Philo 1, 401, so lag darin für Abraham kein Dispens vom Werk, so daß er an seinem Glauben und seiner Gottesfreundschaft befriedigt sein durfte und sich das Werk ersparen konnte. Umgekehrt, eben deswegen forderte Gott den Sohn von ihm, und wie, wenn Abraham ihm denselben verweigert hätte? wäre er auch dann noch der Gerechtfertigte, auch dann noch Gottes Freund? Wäre Rahab gerettet worden, wenn sie die Kundschafter verraten hätte? Darum beweisen beide, daß nicht die Trennung, sondern das einträchtige Zusammenwirken von Glauben und Werk Gottes vollkommene Gabe empfängt. Die Opferung Isaaks war eine Glaubenstat, die das Trauen auf Gottes Güte und Macht aufs höchste in Anspruch nahm, und bezeichnet darum der Gemeinde hell, wie großes sie vom Glauben erwarten darf, nicht daß schon das Glauben sie errette, wohl aber, daß es sie zum höchsten Opfer für Gott willig und fähig mache.

Nicht bloß Gottes Gabe, sondern auch das Glauben selbst, kommt erst durch das Werk zu seinem vollen Bestand, ἐκ τῶν ἔργων ἡ πίστις ἐτελειώθη, 2, 22, nicht bloß dadurch, daß sich seine Erwartung erfüllt, sondern auch dadurch, daß sich seine eigene innere Beschaffenheit neu gestaltet. Hätte Abraham Gott den Sohn verweigert, so hätte er »die doppelte Seele« in sich erzeugt, und mit seinem Handeln verneint, was er im Glauben bejaht hatte. Er hätte durch diesen Zwiespalt die völlige Zuversicht in sich zerstört. Ergibt sich aber der Mensch ganz, also auch mit seinem Wollen und Handeln Gott, so gelangt an der Einheit seines Verhaltens auch das Glauben zu seinem vollen Bestand. Nun liegt nicht mehr nur die Versicherung vor, man habe Glauben, zu der das vom Werk gesonderte Glauben verdorrt, 2, 14; nun erweist der Mensch, weil er handelt, wirklich Gott eine ungebrochene Zuversicht.

Damit ist auch deutlich, warum Jakobus mit der Formel »Glauben« so verschiedene Zustände wie das bebende und das Gott zuversichtlich um jede Gabe bittende Glauben umspannt. Was das Glauben in solche Gegensätze auseinander treibt, liegt nicht im Glaubensinhalt, da der einige Gott der Zielpunkt des Glaubens für alle ist, auch nicht im seelischen Verlauf des Glaubensakts, da derselbe durch die Weise, wie Gott sich kund tut, für alle analog gegeben ist, sondern zum Quellpunkt der Angst wird das Glauben durch teuflisches Wollen und Handeln, zur freudigen Zuversicht dann, wenn es Abrahams Werke neben sich hat. Das ist die Wahrheit in jener exegetischen Tradition, die aus Jakobus die Einteilung des Glaubens in »lebendigen« und »toten Glauben« entnahm. Es stehen sich bei ihm in der Tat zwei Gestaltungen des Glaubens gegenüber, ein unnützes und ein hilfreiches Glauben, ein Glauben, das zur Verdammung, und ein solches, das zur Rechtfertigung führt, ein Glauben, das Leben ist und bringt, und ein solches, das vom Leben getrennt ist und trennt. Falsch und dem Verständnis schädlich ist diese Einteilung des Glaubens nur dann, wenn übersehen wird, daß der Unterschied zwischen seinen beiden Arten nicht aus dem kommt, was das Glauben isoliert vom Handeln ist und vermag, sondern aus seinem Verhältnis zum Werk entsteht.

Mit der Erkenntnis, daß das Glauben den Menschen noch nicht rettet, tritt für Jakobus keinerlei Ungewißheit und Angst in sein Verhältnis zu Gott, als wäre die Rechtfertigung dem Menschen deswegen unerreichbar, weil er sie nicht schon durch das Glauben erlangt. Vielmehr hat er die gewisse Zuversicht, daß Gott jedem tun wird, was er Abraham und Rahab tat, sowie er das ihm aufgegebene Werk vollbringt. Jakobus begründet die Rechtfertigung nur durch das Werk[1]), weil er Glauben und Werk nicht gesondert haben will und nicht jedes für sich mit eigenem Wert vor Gott in Rechnung bringt. Damit hört aber die Rechtfertigung nicht auf, die Gabe der göttlichen Gnade zu sein. Jakobus macht den Menschen nicht in solcher Weise aktiv, daß Gott passiv würde und bloß noch die notwendige Konsequenz aus dem zu ziehen hätte, was der Mensch bewirkt hat. Wenn die kananäische Dirne darum

[1]) Auch 2, 24 steht dem positiven Glied „aus Werken" das negative: „nicht aus Glauben" zunächst absolut entgegen, und das beigefügte „nur" wird ausdrücken, daß mehr vorhanden sein muß als bloß Glauben, wenn man Rechtfertigung finden will. Eine äußerliche Addition des Glaubens und der Werke widerspricht dem ganzen Gedankengang.

gerechtfertigt wird, weil sie die Kundschafter schützt, so liegt nicht in ihrer Tat allein der zureichende Grund des Lohnes, den sie empfängt. Wenn diese eine Tat alle ihre sonstigen Werke, ihren Götzendienst und ihre Unzucht, überwiegt, so bleibt die Rechtfertigung, so sehr sie die Antwort Gottes auf ihr Werk ist, der souveräne Akt einer frei gebenden Gnade, die darum gerecht spricht, weil sie zugleich vergibt. Darum wird die Rechtfertigung nicht gleichmäßig auf alle Werke des Menschen bezogen, als ergäbe die Gesamtheit des Handelns die Gerechtigkeit; vielmehr sind es einzelne Taten, die in ihrem inneren Wert alles andere sündige Handeln vor Gott überwiegen: ἐξ ἔργων δικαιοῦται ἄνθρωπος, nicht ἐκ τῶν ἔργων[1]). Mit dieser Auswahl, die das eine Werk vergibt, das andere krönt, wird die Rechtfertigung zu einem »Ruhm der Barmherzigkeit wider das Gericht«. Daher bleibt die Gewißheit der Rechtfertigung auch bei Jakobus ein Glaubensakt, eine aus Gottes Güte geschöpfte Gewißheit, da nur aus dieser der Schluß gezogen werden kann, daß die Sünde des Menschen ihm nicht zur Verdammung, sein gerechtes Werk dagegen ihm zur Rechtfertigung dient. Das Grundverhältnis zwischen Gott und dem Menschen, kraft dessen der Mensch empfangend vor der göttlichen Güte steht, aus der jede gute und vollkommene Gabe kommt, wird dadurch nicht beschattet, daß die Rechtfertigung dem Wirkenden zugeteilt wird. »Weil er wollte,« hat er uns geboren, βουληθεὶς ἀπεκύησεν ἡμᾶς, 1, 18, und weil er will, rechtfertigt er. Die von ihm Geborenen beruft er zum Werk; aber er selbst ist es in seiner Güte, der ihrem Werk mit dem Kranz des Lebens den Wert der Gerechtigkeit zuspricht. Jakobus bewährt damit selbst praktisch, daß das Werk das Glauben nicht stört, sondern vollendet. Je weniger er das Glauben etwas für sich selbst bedeuten läßt, um so freudiger und gewisser wird seine Zuversicht, mit der er dem göttlichen Richten als dem Moment seiner Rechtfertigung entgegensieht, weil Gott der Gebende ist.

---

[1]) Vgl. 1, 25: ποιητὴς ἔργου. Nicht eine objektiv feststehende Summe von Werken macht Jakobus zum Maß der Gerechtigkeit, sondern legt nur darauf den Nachdruck, daß es zum Tun kommen muß. Nicht ἐν τοῖς ἔργοις, wohl aber ἐν τῇ ποιήσει αὐτοῦ wird der Mensch selig sein.

Während im Urteil der Leser über das Glauben ein widerspruchsvolles Schwanken liegt, findet sich ein solches in den Sätzen des Jakobus, die jenes Schwanken aufheben, nicht. Die Gemeinde schätzt das Glauben sehr verschieden in der Selbstbeschauung an der eigenen Person und in der Würdigung des Bruders, zumal des armen. Ihr Urteil ist nicht identisch, wenn es die Übernahme von Leiden oder wenn es den Empfang der göttlichen Gaben begründen soll. In der Selbstbespiegelung gilt es ihr als voll zureichender Grund des Reichsbesitzes, am Bruder weniger als der goldene Schmuck. Soll sie handeln, so rühmt sie das Glauben, so daß das Werk neben ihm verschwindet; soll sie leiden, so verschwindet ihr das Leiden um des Glaubens willen keineswegs, und der Preis des Glaubens verstummt. Das sind Widersprüche. Die Stellung des Briefs ist dagegen ethisch klar und rein und der Wille, der das doppelte Urteil über das Glauben erzeugt, von jeder Schwankung frei. Das Glauben da zu preisen, wo es andere nicht vor Verachtung schützt, und es da gering zu schätzen, wo es Grund des Selbstruhms wird, das ist ein einheitliches Verhalten; denn dies ist der Doppelakt der Liebe, die aller selbstischen Blähung entgegen den Wert dessen, was dem Bruder gegeben ist, zur Anerkennung bringt. Und wenn das Glauben da hoch gewertet wird, wo die Unwilligkeit zum Leiden es geringschätzt, und da gering, wo die Unwilligkeit zum Werk es hoch hält, so ist dies wieder ein einheitlicher Wille, wie auch das Zurückweichen vor der Versuchung und vor dem Werk derselben Willensstellung entspringt und sittlich gleichartig ist. Diese Urteile entspringen einer redlichen, an Gott hingegebenen Liebe, die die ganze Person an Gott anschließt. Soweit der Ruhm des Glaubens diese fördert, wird er bejaht; wo er sie hindert, wird er verneint.

Mit der ethischen Einstimmigkeit dieser Sätze ist auch schon gegeben, daß ihnen die intellektuelle Einheitlichkeit nicht fehlt. Wenn Jakobus mit der Schrift Abraham in jenem Moment, da er Gott bloß glaubte, ohne noch ein Werk zu vollbringen, wegen seines Glaubens gerecht heißt — für Jakobus ist dieses Urteil der Schrift ein Urteil Gottes, das er nicht aufzulösen gedenkt — wenn Gott ihn sodann als seinen Freund behandelt, dem er seinen Rat offenbart und das Recht der Bitte gewährt — und Gottes Freundschaft schließt die ganze Gabe Gottes in sich — wenn ihm nun Gott nicht nur seine Verheißung gibt, daß er ihr nicht widerspreche, und nicht nur seine Freundschaft gönnt, sondern ihm auch ein Gebot gibt und dadurch Abrahams Verhältnis zu sich über das bloße Glauben hinausführt, weil er ihn für ihn handeln heißt, und nun erst, nachdem ihm Abraham den Sohn gegeben hat, durch ein neues Verheißungswort ihm das Zeugnis erteilt, er sei gerecht vor ihm, so ist der Begriff, der diese ganze Geschichte als Gesetz gestaltet und zu einer festen Einheit zusammenschließt, der einer lebensvollen, in fortschreitender Bewegung stehenden Liebe auf Gottes wie auf Abrahams Seite. In Gott geht die Liebe von der Verheißung zur Erfüllung, in Abraham vom Glauben zum Werk, und weil die Liebe das Treibende in dieser Bewegung ist, gibt sie schon dem Anfang derselben absoluten Wert, rechnet schon das Glauben zur Gerechtigkeit und hat doch nicht schon im Anfang ihr Genüge, sondern geht über diesen hinaus bis dahin, wo der Mensch Gott alles gegeben und von ihm alles empfangen hat.

Jakobus denkt sich den Gang der Gemeinde mit Abrahams Weg übereinstimmend. Gott hat sie auserwählt und in seine Freundschaft gesetzt, weshalb ihr Besitz auf dem Glauben beruht, da Gott als der vor ihr steht, dem sie vertrauen darf und soll; aber auch sie beruft Gott zum Werk, zum Opfer, das ihn ehrt, zum Dienst, der seinen Willen tut. Folgt sie diesem Ruf, so ist der Lohn ihres Gehorsams der, daß sie im Gericht des gerechten Gottes sein Lob und Wohlgefallen empfängt. Auch hier ist Bewegung und Fortschritt, auf Gottes Seite von jener Auswahl, die die Gemeinde in die Freundschaft Gottes stellt und sie dadurch zum Werk für ihn beruft, zu jener Rechtfertigung, die ihr Werk lobt und lohnt und sie deshalb auch in der künftigen Gestalt des Reichs die Freundschaft Gottes neu erleben läßt, auf des Menschen Seite Bewegung vom Glauben, der die Größe Gottes und die Herrschaft Jesu erkennt und bejaht, zum Werk, das für Gott alles tun und alles leiden kann. Auch hier zerfällt die Bewegung nicht in ein unverbundenes Vielerlei von Vorgängen, sondern ein einiger Wille Gottes, dieselbe Güte, erzeugt und vollendet den Verband der Gemeinde mit Gott und ein einiges Verhalten des Menschen entspricht demselben, jene Liebe, die glaubt, wenn Gott handelt, und handelt, wenn er den Menschen handeln heißt.

Unzweifelhaft setzt Jakobus mit seinem kräftigen Verlangen nach dem tätigen Dienst Gottes seine jüdische Frömmigkeit fort und bringt die Wahrheit derselben zur Vollendung. Er hat aber gerade dadurch den Nomismus bestimmt ausgeschlossen, daß er von einer und derselben Person sagt, sie sei im Glauben erwählt und aus ihren Werken gerechtfertigt, und darum auch vom einen und selben Glauben, er errette und errette nicht. Jedem nomistischen Standpunkt ist es wesentlich, das Glauben und Wirken gegeneinander zu isolieren und dem Glauben einen eigenen selbständigen Wert zuzuschreiben, den es behalten muß, einerlei, wie sich das Werk dazu verhält. Weil aber für Jakobus das Werk nicht ein Ersatz für das Glauben ist, sowenig als das Glauben für das Werk, sondern beides die nicht zu scheidenden Erweisungen des Gott hingegebenen Liebens sind, weil er parallel damit keine Erwählung des Glaubenden kennt, die nicht den Willen in sich schlöße, den Glaubenden aus seinem Werk zu rechtfertigen, und keine Rechtfertigung, die nicht die Vollendung der zum Glauben berufenden Erwählung wäre, weil ihm Gottes Handeln als ein vollkommenes Geben vor der Seele steht, als die ungeteilte Totalität e i n e r Güte und ebenso die menschliche Frömmigkeit als die ungeteilte Totalität einer völligen Hingabe an Gott, darum konnte Jakobus beides miteinander sagen: durch Glauben reich und nur aus Werken gerecht, je nachdem er Grundlegung oder Vollendung, Mittel oder Ziel, Bedingung oder Resultat der ganzen Gottesfreundschaft ins Auge faßte. Der Glaube ist der Besitz des Reichs; denn er ist der durch Gottes Güte gesetzte Anfang und dieser ist, sofern er anhebt und gründet, das Ganze. Der Glaube ist noch nicht Besitz des Reichs; denn der Anfang ist wertlos, wenn er nur Anfang bleibt, und der Grund nichts, wenn er keine Folge hat. Ein solcher Grund ist tot.

Eine Probe für das Verständnis der Sätze des Briefs über

das Glauben und die Werke ermöglichen zunächst seine Aussagen über das böse Wollen. Die sündige Entwicklung des Menschen wird durch die drei Begriffe beschrieben: Begierde, Sünde, Tod, 1, 15, die der Dreiheit Glaube, Werk, Leben gegensätzlich entsprechen. Die Begierde ist für sich allein nicht imstande, aktiv zu werden, sondern bedarf eines befruchtenden Akts, *συλλαβοῦσα*, um zur Tat und dadurch zur Sünde zu werden. Diese Befruchtung wird ihr dadurch zu teil, daß sich die Person in ihrem eigenen bewußten Wollen ihrem »Zug« ergibt. Vermag sie für sich allein die Sünde nicht hervorzubringen, so gibt sie doch der sündigen Tat den Inhalt und Charakter: sie gebiert sie. Nicht die von der Tat isolierte Begierde ist schon tötend, sondern aus dem Werk des Menschen erwächst ihm der Tod. Die zur Vollendung gelangte Sünde zeitigt ihn in sich und die Begierde wirkt ihn nur insofern, als sie ihre Mutter wird. Diese Bestimmung über den Verlauf des verwerflichen Willens entsprechen dem Verhältnis zwischen dem Glauben und den Werken genau. Der Unfruchtbarkeit der Begierde in ihrer Isolierung entspricht die Nutzlosigkeit des isolierten Glaubens, der Zugkraft der Begierde die Triebkraft des Glaubens, durch die er uns den Antrieb zum Werk darreicht, der Kooperation des Willens mit der Begierde, durch die die Sünde entsteht, das Zusammenwirken des Willens mit dem Glauben, durch das das Werk zustande kommt, der Geburt des Todes aus der vollendeten Sünde das Vermögen des vollendeten Werks, uns Rechtfertigung zu bringen. Es ist aber nicht Zufall, daß der Kausalzusammenhang zwischen den einzelnen Stufen der sündigen Entwicklung bestimmter ausgesprochen ist als beim gerechten Verhalten gegen Gott. Es wird nicht gesagt, daß der Mensch das Glauben zum Werk, wohl aber, daß er die Begierde zur Sünde befruchte, nicht daß das Glauben das Werk, wohl aber, daß die Begierde die Sünde, nicht daß das Werk das Leben, wohl aber, daß die Sünde den Tod gebäre. In der sündigen Entwicklung liegt die kausale Kraft für die ganze Bewegung im Menschen allein. Hier verhält er sich produktiv; was er produziert, ist freilich der Tod. Für den Empfang des Lebens liegt die kausale Macht in Gott, weshalb weder das Glauben des Menschen für das Werk, noch das Werk für das Leben der zeugende Faktor ist, denn »jede gute Gabe steigt von oben herab«, und »Gott ist es, der uns durch das Wort der Wahrheit geboren hat.«

Weil die Unterlassung des Werks, die das Glauben tot macht, wie jede Sünde aus der Begierde stammt, ist die Begierde als das erkannt, was dem Glauben in unserem Inneren widersteht und es verderben will. In der Tat kommt dieser Gegensatz zwischen Glauben und Begierde mehrfach in den Aussagen des Briefs über das Glauben ans Licht.

Da die Versuchung durch die Begierde zustande kommt, der Glaube aber die Überwindung der Versuchung ist, so ist diese als Spannung zwischen dem Glauben und der Begierde definiert; der Sieg des einen ist die Niederlage des anderen, 1, 2. 14. Während der Glaube dem Gebet Erhörbarkeit gibt, macht die Begierde das Bitten nutzlos, weil sie das *κακῶς αἰτεῖσθαι* ergibt, 4, 3. Während der Glaube im Blick auf Christus die Lösung vom irdischen Gut gibt, erstrebt die Begierde dasselbe; sie stiftet die »Freundschaft mit der Welt«, die zur Freundschaft mit Gott, die der Glaubende hat, in unaufhebbarem Gegensatz steht. Damit wird wenigstens nach einer Seite hin der Weg zum Glauben sichtbar. Lösung von der Begierde, so daß sie der Person etwas äußeres bleibt, was sie nicht in ihr eigenes Wollen aufnimmt, ist Bedingung des Glaubens. Der Mann mit der »doppelten Seele« wird diese dadurch los, daß er seine Hände reinigt und sein Herz heiligt, 4, 8; die Freundschaft mit Gott wird dadurch erlangt, daß man die Freundschaft mit der Welt aufgibt, 4, 4. Gnade wird dem gewährt, der sich vor Gott demütigt; Lösung vom Teufel erlangt der, der sich ihm widersetzt und Gott sich unterwirft, 4, 7—10. Mit einem Wort, das Glauben hat seine Wurzel in der Umkehr, *μετάνοια*.

Auch die Begriffe »Wort« und »Wahrheit« müssen beachtet sein, da ihnen der Glaubensbegriff stets nahe steht. Es ist lehrreich, daß über das Wort dasselbe Doppelurteil vorliegt wie über das Glauben. Es hat die errettende Macht bei sich und ist das Mittel, durch das Gott uns ins Leben führt, 1, 18. 21. Es macht sich dem Menschen innerlich gegenwärtig, ist ihm

»eingepflanzt« und bietet sich dadurch seiner Aufnahme an. Doch wird es nicht schon durch seinen bloßen Besitz, sondern erst durch das Werk, durch das es geschieht, für uns heilsam. Erst sein Täter ist sein rechter Hörer. Ohne das Werk wird auch der Besitz des Worts ein leerer Schein, da der bloße Hörer doch nur ein vergeßlicher Hörer ist, der das Wort nicht bleibend in sich aufgenommen hat, 1, 22 ff.

Das Wort hat seine Fähigkeit, uns in ein Leben zu versetzen, das Gott uns gab, deshalb, weil es »Wahrheit« ist. Darum entsteht die Gefahr, die den Menschen mit dem Verderben bedroht, dann, wenn er von der »Wahrheit abirrt«, und die höchste Hilfe und Liebestat, die einer dem anderen erweisen kann, besteht darin, daß er ihn zur Wahrheit zurückwendet, 1, 18. 5, 19. Dadurch, daß die »Wahrheit« als die Basis des ganzen Anteils an Gott beurteilt wird, ist gesichert, daß bei Jakobus von keinem anderen Handeln gesprochen wird als von dem, das sich im Glauben begründet. Denn die Wahrheit gibt dem Wort die Eigenschaft, daß es glaubhaft ist.

Aus der Bedeutung, die das Werk für den Eingang in das Reich hat, folgt, daß auch das Gesetz ein unentbehrliches Gut ist, von dem die Gemeinde sich nicht lösen kann, so gewiß sie nicht auf das Werk verzichten will. Das Wort, auf dem sie steht, führt sie zum vollkommenen Gesetz, und durch dieses wird sie gerichtet werden, 1, 25. 2, 12. Seine wohltätige Macht wird dadurch kräftig bezeugt, daß seine Gabe als Freiheit beschrieben ist. Es steht in genauester Kongruenz, daß sich Jakobus um der Werke willen Rechtfertigung und durch das Gesetz Freiheit gegeben weiß. Er hat es nicht gegen sich als seinen Verfolger, der ihm Leben und Kraft nähme und ihn in Haft setzte und zum Tode leitete; vielmehr entsteht die ganze Entfaltung des Lebens zur Fülle und Kraft dadurch, daß sich der Mensch dem Gesetz mit ganzem Willen untergibt.

Diese dankbare, freudige Betrachtung des Gesetzes wird dadurch möglich, daß es im Liebesgebot seine königliche Vorschrift hat. Deswegen steht es mit Christus, der Freiheit und dem Glauben nicht im Gegensatz. Die Liebe ist nicht gegen den Christus, wird vielmehr an ihm und seinem Wort als der alle Gebote umfassende Wille des Gesetzes offenbar. Die Liebe ist auch nicht eine Beschränkung der Freiheit, da sie nicht Qual ist, sondern Lust, nicht Zwang, sondern eigenes Wollen. Indem das Gesetz die Liebe fordert, begründet es auch im Blick auf das kommende Gericht nicht Furcht; vielmehr »rühmt sich die Barmherzigkeit gegen das Gericht«, weil sie das Gesetz für sich hat. Das Lieben ist endlich auch nicht gegen das Glauben, das seinerseits die Frucht der Liebe ist, nämlich der göttlichen, in deren Gebenswilligkeit es seinen Inhalt hat.

Wir dürfen ähnlich wie bei Paulus, auch für Jakobus den Versuch wagen, sein Glauben durch den Verlauf seiner Lebensgeschichte zu erläutern. Es sind uns aus ihr einige bedeutsame Ereignisse berichtet: daß er Jesu Bruder war, daß er sich gegen seinen Gang zum Kreuz auflehnte, daß er den Auferstandenen gesehen hat, daß er in besonders wirksamer Weise am Aufbau der jerusalemitischen Gemeinde mitarbeitete, daß er darum zeitlebens in Jerusalem blieb, die Gemeinschaft mit Israel und dem Tempel bis zum Martyrium festhielt und dafür Sorge trug, daß auch in den griechischen Gemeinden die jüdischen Christen der jüdischen Satzung treu blieben. Diese Daten gehen mit seinem Brief zu einem Ganzen zusammen und machen uns die Wurzeln dieses Glaubensstandes einigermaßen wahrnehmbar.

Es muß freilich dabei deutlich bleiben, daß auch der stärkste Antrieb, der aus dem eigenen Erleben stammt und der Persönlichkeit Selbständigkeit verleiht, immer nur verbunden mit den von der Gemeinde ausgehenden Wirkungen sein Ergebnis erzeugt, zumal bei den apostolischen Männern, die sich mit entschlossener Liebe in die Gemeinde hineinstellten und nichts als deren Glieder sein wollten. Eine Unterscheidung zwischen dem, was ihre eigene Lebensgeschichte ihnen verschaffte, und dem, was den Besitz ihrer Generation bildete, ist darum nie durchführbar. Was uns als das Bild des Jakobus aus seinem Brief entgegentritt, veranschaulicht uns zugleich die Judenschaft und Christenheit Jerusalems. Wie aber dieser Gemeinbesitz angeeignet wird, darauf hat das persönliche Erlebnis einen großen Einfluß; sonst fänden wir nicht die kräftige Entwicklung der persönlichen Typen, die alle, Matthäus, Johannes, Paulus so gut wie Jakobus, in derselben und für dieselbe Generation leben und doch einen deutlich unterscheidbaren, originalen Glaubensstand haben.

Jakobus steht darin neben Paulus, daß auch sein Leben in zwei gegensätzliche Hälften zerfällt, da auch für ihn der Glaube erst auf eine Periode des Unglaubens folgte, wobei der Wendepunkt für beide im Anblick des Auferstandenen lag. Das ergab auch für ihn, daß sein Glaubensstand eine negative, abwehrende Bewegung begründete, die sich gegen seine einstige Versündigung wandte und das ausschloß, was früher den ungläubigen Gegensatz gegen Jesus in ihm hervorgerufen hat[1]). Dieser entstand aber bei Jakobus an einer anderen Stelle als bei Paulus. Während dieser für das Gesetz gegen Jesus stritt, verteidigte Jakobus seine christologischen Hoffnungen gegen ihn und dies bestimmt auch die Richtung, in welcher sein Glauben sich abschließt und ablehnend wirksam wird. Sein Anstoß an Jesus ergab sich aus der Verschiedenheit zwischen Jesu Weg und seinen eigenen christologischen Erwartungen, wodurch er sich zu einer unzufriedenen, zweifelnden Kritik treiben ließ, vgl. Joh. 7, 2 ff., die von Jesus Größeres, Macht, Herrlichkeit, Offenbarung forderte, bis die Auferstehung Jesu diese niederschlug. An ihr sah er, daß nicht Jesus, sondern er selbst in einer irregehenden Ekstase befangen war, vgl. Mr. 3, 21. Stand er zunächst als der Wissende Jesus gegenüber mit dem Anspruch, ihm zu raten und Weg und Ziel der Messianität zu weisen, so wird er nun der Nichtwissende, der still und gebeugt vor Gott und Christus als dem Bereich der Geheimnisse steht, die er

[1]) Man darf nicht einwenden, daß damit die Sünde zu einem konstitutiven Faktor der apostolischen Lehrbildung gemacht sei; nicht als fortbestehende, nur als vergebene und aufgehobene ist sie dies, wogegen sich nur ein phantastischer Begriff der göttlichen Vergebung sträuben kann, als bestände sie darin, das Verwerfliche schlechthin folgenlos zu machen. In diesem Sinn wird nichts Geschehenes ungeschehen gemacht, wohl aber besteht die Vergebung darin, daß ihre Folgen zum Guten gewandt werden und der Schaden in Gewinn umgesetzt wird. Nicht die individuelle Eigenart der apostolischen Lehrbildungen weist an sich schon auf die sündlichen Vorgänge im Leben der apostolischen Männer hin, da das Individuelle nicht an sich schon etwas Sündliches ist, wohl aber, daß die Individualität auch in ihnen noch kein Ganzes ist, sondern Lücken hat, die der Ergänzung durch einander bedürfen, weshalb Eph. 4, 13 auch für den apostolischen Kreis das Ziel nennt, das dieser erst zu suchen hatte.

nicht lehrend deutlich macht oder seinem Urteil unterwirft. Aus seiner nahen brüderlichen Gemeinschaft mit Jesus hatte er einst die Fähigkeit abgeleitet, ihn zu beurteilen, und den Anspruch, daß seine Meinung für ihn Gewicht haben müsse. Nun steht seine frühere Stellung als hoffärtige Überhebung vor ihm; der Bruder trat ihm in die Stellung des Herrn und er in die des Knechts, der nun darauf bedacht ist, das Gebot seines Herrn zu tun. Nachdem er sich an der Verborgenheit Jesu gestoßen und schließlich erlebt hatte, daß er gerade so der Erbe der Herrlichkeit wurde, bejaht er ihn nun als den verborgenen, und schweigt im Bewußtsein, daß er Jesus so nahe stand und ihn so wohl gekannt und doch nicht erkannt hatte, sondern die Unzulänglichkeit seiner Gedanken Jesus gegenüber handgreiflich erlebt und es mit Augen gesehen hatte, wie die Paradoxie des göttlichen Handelns sie beseitigte. Nicht als ob er auf Erkenntnis verzichtete; er wurde an der Wahrnehmung des Christus nicht blind und nicht in eine erkenntnislose Knechtschaft hinabgestoßen, sondern ist durch ihn zu dem Gott gebracht, von dem die Weisheit niedersteigt. So lebt er mit offenen Augen und wachsamer Aufmerksamkeit; aber er kehrt nun seine durchdringende Kritik gegen den Menschen, um diesen aus seinen Täuschungen herauszuleiten. Sein Lehrwort wird zum Spiegel, in dem der Mensch sein eigenes Angesicht betrachten soll und zwar so, daß er nicht mehr vergißt, wie er gestaltet ist, 1, 23. Hat er es doch erlebt, wie man sich selber täuscht und »wenn, man seine Zunge nicht zügelt, sein Herz betrügt«, 1, 26.

Sein eigenes Erlebnis war aber ein Teil der großen Wendung in der Geschichte der Judenschaft. Ihrer christologischen Theorien wegen stieß sie Jesus aus. Sein eigener Fall und der seines Volks entstanden aus einem gemeinsamen Grund. War nun Theologie das, was Israel half? Es mußte schweigen lernen, statt mit stolzer Zuversicht zu urteilen, den Blick einwärts wenden auf das, was es selber war und tat, statt seine Ansprüche gegen Gott zu kehren. Was Israel Hilfe brachte, war nicht Unterricht, sondern Buße. Nicht ein Befehl konnte sie wirken oder ein unfreier Zwang. Mit der Wahrheit allein war ihm zu helfen, mit dem Wort, das ihm den klaren Einblick in die Beschaffenheit seiner Frömmigkeit gab. Aber dieses Wort mußte sein Licht vor allem auf das legen, was der fromme Jude war und tat.

Der Brief des Jakobus ist tief demütig. Er steht fortwährend im Kampf gegen die hoffärtige Überhebung, die sich schon mit dem Hören des göttlichen Wortes ziert, den armen Bruder verachtet, mit dem bloßen Glauben prunkt, am Lehren und an der Weisheit hoffärtig wird, in böser Lust sich gegen Gott auflehnt, gegen den Bruder durch Lästerung und Gericht sich überhebt, sich selbstbewußt des Lebens sicher dünkt und am Reichtum sich zur Ungerechtigkeit verhärtet. Der Brief sucht die Beugung vor Gott; die Gebeugten aber richtet er auf zur Geduld, zum Bitten, zum Glauben, 1, 1—18. 5, 7—20.

Sich vor Gott demütigen, das beschreibt nicht nur das, woran Jakobus für sich selbst seine Frömmigkeit hat, sondern zeigt dem gesamten Israel, wie es den Weg Gottes geht.

Damit war gegeben, daß die Formel: allein aus Glauben, so wenig sie Jakobus unverständlich war, vgl. 2, 5, seinem inneren Leben nicht entsprach. Diese entstand aus derjenigen Bewegung des Lebens, die »mit aufgedecktem Angesicht die Herrlichkeit des Christus in sich spiegelt«, 2 Kor. 3, 18. Der Gewinn, den Paulus durch seinen Lebensgang empfangen hat, bestand darin, daß ihm Gottes Gabe, die Jesus in unsere Gegenwart hineinträgt, sichtbar, wertvoll, groß geworden ist, ohne daß er sich von der Zukunft löst, in der auch er lebt, doch auf Grund dessen, was Gott für ihn vollbracht hat und in ihm vollbringt. Damit, daß sein Blick beständig den gekommenen und gegenwärtigen Christus erfaßt, wird der Glaube sich selbst nach seinem Grund, seinem Inhalt und seiner Wirkung durchsichtig und seiner Kraft bewußt. Die Wahrheit der paulinischen Formel besteht darin, daß Paulus das Glauben und die Gabe zusammenschaut und jenes nie bloß als menschliches Verhalten betrachtet, sondern als über uns emporreichenden, in Gott hineinlangenden Vorgang, somit nie ohne Hinzunahme des Christus, seines Todes und Lebens und Geistes, nie ohne Hinzunahme Gottes und seiner Gnade, die dem Glauben gebend entspricht. Darum ist das Glauben etwas Ganzes, weil mit ihm das ganze Werk des Christus und damit der ganze Inhalt der göttlichen Gnade Eigentum des

Menschen wird, so daß auch seine sittliche Erneuerung in ihm enthalten ist, nicht als Wirkung des physischen Mechanismus oder unserer Willenskraft, sondern weil Gott und Christus nicht nur den vorgestellten Inhalt des Glaubens bilden, sondern für und im Glaubenden wirksam werden als die von der Sünde Erlösenden. Sowie jedoch am Glauben das erwogen wird, was Akt des Menschen ist, — und davon, was der Mensch sei und wie er sein Verhältnis zu Gott ordne, spricht Jakobus — ist die paulinische Formel eine Unmöglichkeit, weil der Verband mit Gott zerrissen ist, wenn ihm der Mensch das Werk versagt.

Der Zielgedanke, den Jakobus der Gemeinde vorhält, heißt: Vollendung, *τέλειον*, ein ganzes Wesen. Derselbe war im messianischen Begriff unmittelbar enthalten, da der Christus die vollendete Weltgestalt schafft. Er lenkt den Blick in die Zukunft und dort wurzelt der Brief mit seinem ganzen Trachten, während ihm die Gegenwart die Rüst- und Wartezeit ist. Das drängt das bloße Hören, Glauben, Reden, Wissen zurück, da ja nicht Erkenntnis, sondern Tat die Rüstung auf das Reich ist. Der Brief sieht nicht auf den Ursprung der Gemeinde zurück, weder auf die alttestamentliche Offenbarung, noch auf die neutestamentliche. Er redet nicht von Mose und nicht von Jesus, nicht von der Ausführung aus Ägypten und nicht von der Auferstehung Jesu[1]). Wäre dem Leser damit geholfen, wenn er den Weg übersähe, den die Gemeinde hinter sich hat? Jakobus spricht von dem, was ihr jetzt obliegt, und zeigt ihr von dem Punkt, auf dem sie steht, den Weg vorwärts zu ihrem Ziel. Wie ganz anders Paulus! Er verfolgt die Aufgaben der Gemeinde stets bis in den Ursprung ihrer Christenstellung zurück. Von Christus und dem Geist empfangen alle einzelnen Weisungen ihre Begründung und der Blick haftet unverwandt an der Geschichte, aus der der Glaubende mit seinem ganzen Besitz erwächst. Bei Jakobus bleiben nicht nur die vergangenen Ereignisse, die die Gemeinde begrün-

[1]) Wenn man bedenkt, daß Jakobus mitten im Streit der Religionen steht und dies an führender Stelle, so erhält dieses Schweigen Würde und Größe. Der Streit der Religionen erzeugt leicht Fanatismus; dieser wiederholt aber unblässig seine Formeln. Von christlichem Fanatismus ist jedenfalls im Jakobusbriefe nichts zu sehen.

deten, sondern auch die gegenwärtigen Beziehungen Gottes und Jesu zu ihr samt der Zukunft, überhaupt die ganze Sphäre des göttlichen Seins und Handelns, bedeckt. Jakobus kennt die Gegenwart göttlicher Kräfte und Gaben in der Gemeinde wohl, da ja Gott den Glaubenden erwählt und durch sein Wort zum Erstling seiner Schöpfungen geboren hat, da er ihm das Wort mit errettender Kraft einpflanzt und ihn durch Weisheit von oben, die nicht bloß »seelisch« ist, erleuchtet und führt, da Jesus als der Herr über denen waltet, die Gottes erwählende Gnade zum Glauben an ihn führt, und die Seinen kennt und weiß, ob sie in Geduld auf ihn warten oder wider einander seufzen, da Gott den Geist im Menschen wohnen läßt, der die Freundschaft mit Gott begründet und die mit der Welt aufhebt, weshalb die Weisheit von oben allen erreichbar ist, weil der Geist für alle kam, da Gott bereit ist, sich zu denen zu nahen, die sich zu ihm nahen Allein das alles läßt Jakobus ohne Beschreibung. Er schaut still zum einigen Gott und verherrlichten Jesus empor, nicht als müßte er sie erst suchen als die unbekannten, vielmehr weil er im gekannten Gott ruht, setzt er das Ziel seines Lehrworts nicht in die Mehrung des Wissens, als wäre sie die Hilfe, die den Juden rettet, sondern ins Werk, daß dem in der Gemeinde vorhandenen Wissen Wahrhaftigkeit und Fruchtbarkeit gewährt. Die Vollendung der Erkenntnis wird ihr kommen, wenn der Christus kommt, der jetzt noch verborgen ist. Mit der Bedeckung der göttlichen Dinge tritt auch das Glauben still ins innere Leben zurück und sein Wert stellt sich in diesem Gedankengang anders als bei Paulus dar. »Nur« Glaube! sagt Jakobus, 2, 24; wie wenig ist das noch? denn es ist nicht das Völlige, nicht das erreichte Ziel. Allein gerade durch diese Zurückhaltung, durch die Unterordnung des Wissens unter das Werk, geschieht ein kraftvoller Glaubensakt, der auf Beweisführung, auf begriffliche Erklärung und anschauliche Darstellung des Werkes Jesu und seiner Zukunft verzichten kann, weil er seiner gewiß ist und dies so, daß er sein ganzes Handeln auf jenes Ziel hinlenkt. Jedes Glauben hat eine abwehrende Seite, seinen ihm entsprechenden Unglauben neben sich wie umgekehrt jeder Unglaube sein

Glauben. Der Unglaube des Jakobus richtet sich gegen alles, was der Jude sein Wissen, Hören, Lehren, Glauben heißt; davon erwartet er seine Erretlung nicht. Nur dann ist ihm geholfen, wenn er sich mit klarem Unglauben gegen sein Meinen, Wissen, Lehren und Glauben Gott unterwirft.

Der Bruch, der in den Lebenslauf des Jakobus fällt, war weniger tief als der, den Paulus erlebte. Der Kampf um das Gesetz ergriff sofort alles, nicht nur die Lehre, sondern auch die Regeln der Lebensführung bis zum letzten sittlichen Begriff hinaus. Dagegen blieben bei Jakobus, bei dem der Kampf und damit auch der Bruch an den christologischen Hoffnungen entstand, beide Perioden seines Lebens durch einen großen gemeinsamen Besitz verbunden, der durch jenen Bruch nicht erschüttert worden ist. Zu dem, was er von Hause aus als jüdische Frömmigkeit besaß, trat Jesus in keinen Gegensatz; das sah er vielmehr durch ihn bestätigt und gepflegt. Was ihn zum Widerspruch gegen Jesus trieb, erwies sich auch am Maß seiner jüdischen Frömmigkeit als unfromm, als Selbstüberhebung, die trotz ihrer Blindheit urteilen wollte, als Unwilligkeit, das Wort Jesu nicht bloß zu hören, sondern auch zu tun, als Leidensscheu, die den Weg Abrahams nicht gehen mochte, der Gott seinen Sohn nicht vorenthielt. Das alles richtete auch das Gesetz. Der Glaube an Jesus brachte darum seiner jüdischen Frömmigkeit nicht Aufhebung, sondern Reinigung, damit aber auch Bekräftigung. Er befreite das Verlangen nach göttlicher Offenbarung, Kraft und Realität, aus dem heraus er Jesus zurief: laß deine Werke sehen! (Joh. 7, 3) von der gegen Gott sich auflehnenden Eigensucht, ertötete es aber nicht, sondern zeigte ihm das richtige Ziel. Nun ruft er dies sich selbst und Israel zu. Denn ihm, nicht Jesus, fehlt das Werk. Darum entsteht bei ihm keine Antithese zwischen dem Gesetz und dem Werk einerseits, dem Christus und dem Glauben andererseits. An dem, was bei Paulus die negative Seite am Glauben bildet, am Einblick in den eigenen Tod und in die Fleischlichkeit unseres Begehrens, haftet der Gedanke des Briefes nicht. Der Mensch wende sich der Güte Gottes zu, die ihm in guten und vollkommenen Gaben entgegenkommt. Darum einigt er sich auch sofort entschlossen mit dem Gesetz, das nicht nach seiner verurteilenden Kraft, sondern als Geber der Freiheit betrachtet wird. An die Verderblichkeit der Sünde, auch derjenigen, die die Gemeinde gering achtet, 2, 1 ff., wird sie nur darum erinnert, damit sie sich ihrer positiven Aufgabe, der Erfüllung des Gesetzes, ungeteilt zuwende. Dieselbe Absicht beseelt den Gedanken auch dann, wenn das Wohlgefallen an den vielen gehaltenen Geboten vernichtet wird, 2, 10. Weil ihre Erfüllung nicht als Ermächtigung zu irgend einer Übertretung dienen soll, wird der Jude daran erinnert, daß er mit dem einen Gebot das ganze Gesetz brach. Die Absicht geht auch hier nicht auf die Lösung vom Gesetz, sondern auf den völligen Gehorsam gegen dasselbe.

Diese Verschiedenheit im Gewissen der beiden Apostel bezieht sich nicht auf die Schärfe, mit der Gottes Recht von ihnen wahrgenommen wird. Auch Jakobus leitet den Juden an, sich vor Gott vorbehaltlos und ganz als schuldig zu bekennen, da er das ganze Gesetz vielfältig gebrochen hat. An dem Kanon, daß dem, der Gutes zu tun weiß und es nicht tut, dies Sünde ist, 4, 14, wird jeder schuldig. Allein neben dieser Verurteilung der Gemeinde steht unmittelbar die Gewißheit, daß sie in der Auswahl und Freundschaft Gottes steht und durch das Werk der Liebe die Menge der Sünden bedecken und mit dem Kranz des Lebens Rechtfertigung empfangen kann. Zwischen beiden Urteilen wird nicht ein Bindeglied aufgezeigt; beide stehen da als in sich selbst gewiß und fest. Die Willigkeit Gottes zu vergeben ist der göttlich gelegte Grund, auf den die Gemeinde gestellt ist und den sie glaubend festzuhalten hat. Weil dieser durch das, was in ihrem Verhalten der Verurteilung unterliegt, nicht erschüttert wird, darf ihre Aufmerksamkeit sofort und ausschließlich auf das Tun des Guten hingewandt sein. In Paulus traten durch die Weise seiner Bekehrung die beiden Glieder jenes Doppelurteils mit solcher Kraft gegeneinander, daß er sie durch die Verdeutlichung dessen, was ihm Jesu Kreuz gewährt, miteinander vermitteln muß. Er kommt nicht unmittelbar vom Sündigen zum guten Werk, vom Bruch des Gesetzes zu seiner Erfüllung; er gelangt auch zu diesem Ziel, aber nur durch einen Verzicht hindurch, der zunächst allem entsagt, um alles von Christus zu empfangen. Darum haftet er mit seinem ganzen Denken an Jesu Kreuz, durch das ihm die Verurteilung, der Fluch und Tod, die er in sich trägt, in Leben, Rechtfertigung und Segnung Gottes umgewandelt sind. Jakobus erwähnt dagegen in seinem Briefe Jesu Sterben nicht. Hier ist aber zugleich die Stelle, an der das Glauben seine unvergleichliche Wichtigkeit für Paulus gewinnt; denn dieses stellt die Einigung über jenen Gegensatz und schafft den Übergang aus der Verurteilung in die Versöhnung und die Geburt des Lebens im Toten. Deshalb ist sein Glauben sein alleiniger Besitz.

Mit diesem Unterschied hängt die Verschiedenheit in der Bewegung ihres Denkens eng zusammen. Jakobus blickt mit raschem Schluß vom Anfang hinaus zu seinem Ziel. Er sucht das Ganze und fügt darum zur Ursache die Wirkung, um das Vollendete zu fassen.

Paulus und Jakobus beseitigen den Ruhm am Gesetz. Jakobus hat es dadurch getan, daß er ihm die Einzigkeit Gottes entgegenhält, 2, 10. Zur einzigen Übertretung fügt er mit raschem Blick die ganze Summe der in ihr enthaltenen Wirkung hinzu und begleitet sie bis dahin, wo sie sich als Verleugnung des ganzen Gesetzes erweist, weil sie gegen den einigen Gott streitet. Paulus und Jakobus gehen der Frage nach, wie die Sünde wird. Jakobus zeigt sofort den Punkt, an dem sie beginnt, nicht in Gott, sondern in der eigenen Begierde, und nun, nachdem die Wurzel des ganzen Vorgangs aufgedeckt ist, verfolgt er ihn zu seinem endgültigen Erfolg. Beide haben sich mit der immer neuen Schwierigkeit im Gemeindeleben beschäftigt, die durch die Neigung entsteht, einander zu richten. Während jedoch Paulus bei einem solchen Anlaß aufs genaueste die besonderen Verhältnisse erwägt und die Motive auseinandersetzt, die unser Urteil leiten sollen, fragt Jakobus 4, 11: wie weit reicht euer Richten? trifft es nur den Bruder? vielmehr auch das Gesetz, dem er untergeben ist. Es erweist sich dadurch als Verleugnung des Gesetzes, das nicht beurteilt, sondern getan sein will, und fällt schließlich ebenfalls an der Einzigkeit Gottes, die nur ihn zum Gesetzgeber und Richter macht. Jakobus und Paulus unterscheiden übereinstimmend eine doppelte Weisheit, die der Welt und die Gottes. Paulus spricht über die Art und Quelle der Weisheit von oben, 1 Kor. 1 u. 2; Jakobus blickt auf ihre Wirkungen; denn diese ergeben die Grenze, die die obere von der irdischen Weisheit trennt, 3, 15 f.

Auch dieser Unterschied in der Bewegung des Denkens war für die Haltung ihres Glaubens nicht bedeutungslos. Geht der Blick hinab zu den Gründen und Anfängen der christlichen Überzeugung, dann verweilt er notwendig beim Glauben, weil dieses den Werdemoment bildet, aus dem der Einzelne wie die Gemeinde den Christenstand erlangt. Auf die Frage: wie kommt der Mensch zu Gott? war die Antwort: durch Glauben und nur durch ihn. Geht dagegen der Gedanke auf die Endergebnisse des christlichen Verhaltens, so hat er nicht mehr im Glauben den Mittelpunkt, sondern eine Durchgangsstufe, da die Beziehung zu Gott im Glauben nicht ihre Vollendung, sondern ihre Begründung hat. Auf die Frage: was sollen wir, die wir Gott kennen? ist die Antwort freilich: glauben, jedoch nicht bloß glauben; wir sollen handeln. Je kräftiger der Gedanke ins Ganze strebt, um so rascher wird er durch den Glauben hindurch auf das Werk hinsehen.

Im Sehfeld des Paulus stand die Frage, wie das Glauben entstehe; er zeigt uns, was uns zum Glauben bewegt. Jakobus berührt in seinem Brief nirgends ausdrücklich den Grund des Glaubens, sondern spricht über die andere Frage, nicht, wie wir den Glauben finden, sondern wozu wir ihn haben. Er möchte uns zeigen, wie der Glaube zum Ziel gelangt und uns Errettung bringt. Spricht Paulus vom Inhalt des Glaubens, so hält er uns die Taten Gottes vor, die gebend in unser Leben hineinwirken, und erläutert die in ihnen beschlossene Fülle. Er bestimmt deshalb den Glaubensinhalt so: glauben, daß Jesus auferstand, oder an den Gott, der den Gottlosen rechtfertigt. Jakobus gibt dem Glauben das zum Inhalt, was Gottes und Jesu bleibendes Wesen bildet: Gottes Einzigkeit, Jesu Messianität. Zwischen dem irdischen Leben Jesu und seiner Zukunft steht selbstverständlich auch für ihn die Auferstehung; er erwähnt sie jedoch nicht. Die Gemeinde halte in ihrem Glauben und Handeln fest:

der, dessen die Herrlichkeit ist, hat ihr Jesus gesandt und ihn zu ihrem Herrn gemacht.

Für Paulus ist die Beziehung des Glaubens zu Jesus der entscheidende Vorgang, weil er nur an Christus den Zugang zu Gott gewinnt. Jakobus faßt dagegen das Ergebnis der ganzen göttlichen Offenbarung in Gottes Einzigkeit zusammen. Daß Jesus kommt, lehrt, stirbt, aufersteht, wiederkommt, zu all dem ist Kraft und Grund der einige Gott und das Ziel und Ergebnis von all dem besteht darin, daß Gott nun unser Gott sei, uns offenbar in seiner Gottesmajestät als der einzige, so daß sich wie für die Judenschaft, so auch für die Christenheit der Glaube mit dem Wort aussprechen läßt: wir glauben an den einigen Gott, 2, 19.

In all dem setzt Jakobus die jüdische Frömmigkeit fort[1]) und diese Einheitlichkeit seines Lebens erscheint auch in seiner unermüdlich festgehaltenen Arbeit für Jerusalem. Auf dem griechischen Boden war die Lehrarbeit ein immer neues Anfangen, dessen Ziel sich nach 1 Kor. 3, 5 bestimmte: wir sind Diener, durch die ihr gläubig geworden seid. Auch macht sich hier der Unterschied zwischen der neuen und der alten Zeit beständig sichtbar. Das Gesetz und Christus, Werk und Glaube traten auseinander und Glaube allein wurde der Charakter derjenigen Gemeinde, die sich aus den Völkern bei Christus sammelte. Jakobus stand unter der Judenschaft, die »den Glauben hat«, dagegen dringend bedarf, daß man sie zum fruchtbaren Haben ihres Glaubens und zum völligen Werk anleite, weil sie geneigt ist, an ihrem Besitz die Hoffart zu nähren und dadurch sich gänzlich zu verderben. Das erste, wozu ihr verholfen werden muß, ist, daß diejenige Frömmigkeit, die sie hat, gereinigt wird. Darum stützt sich Jakobus auf das, was sie mit der Gemeinde Jesu gemeinsam besitzt. Der Gegensatz

---

[1]) Der Bericht des Josefus über den „Glauben" der Judenschaft ist mit dem, was Jakobus sagt, genau parallel. J. nennt die gesamte Judenschaft seit Mose gläubig; denn sie hat τὴν περὶ θεοῦ πίστιν; das monotheistische Gottesbewußtsein sitzt unwandelbar in ihr. Das begründet bei J. den Ruhm des Juden, hindert aber nicht, daß er eine Menge von Vorgängen in der Judenschaft mit den härtesten Worten als Gottlosigkeit und Unrecht schilt. Jakobus nannte diesen Glauben tot. (Siehe Erläuterungen 5.)

zwischen beiden wurde dadurch nicht verdeckt. So wenig der Brief polemische Darlegungen enthält, er zeigt doch, wie deutlich Jakobus sich dieser Kluft bewußt ist. Wer den Armen mißachtet, den Gott erwählt hat, macht sich am Gesetz schuldig; wieviel mehr ist der ein Übertreter desselben, der ihn verfolgt und dies nur darum, weil der herrliche Name des Christus über ihm genannt ist? Jene Geringschätzung des Armen ist das Gegenteil des Glaubens; aber was tut der, der ihn haßt und bedrückt, und nicht bloß ihn, sondern den Christus selber lästert? »Sie sagen, sie haben Glauben«; allein »die Teufel glauben auch«. Indem Jakobus die Identität des Gesetzes und des Glaubens für Israel und die Christenheit betont, stellt er sich in einen völligen Gegensatz zu demjenigen Israel, das Christus verwirft. Erst in der Gemeinde des Christus wird der Glaube und der Gehorsam gegen Gott Wahrheit. Würde Jakobus aussprechen, was er der Judenschaft wegen ihrer Feindschaft gegen Jesus zu sagen hat, so würden wir ohne Zweifel Worte von ihm hören, die mit dem Urteil Jesu übereinstimmen: ihr Heuchler! ὑποκριταί. Es sind ja diese jüdischen Männer gewesen, denen die richtenden Worte Jesu über den Pharisäismus unvergeßlich geblieben sind und die sie mit so bewunderungswürdiger Klarheit forterhalten haben.

Auch am Glauben des Briefs wird der von Jesus herstammende Besitz des Jakobus völlig deutlich, so daß nur Phantasterei ihn für vorchristlich ausgeben könnte. Daß das Glauben die Gemeinschaft bedinge und darum alle anderen Rücksichten, auch die Schätzung des Reichtums verdränge, ist kein vorchristlicher Satz; die alte Gemeinde hatte nicht im Glauben ihr Fundament. Daß das Glauben ein Bitten begründe, das uns Gottes Leitung so verschafft, daß wir durch sie weise werden, geht über den jüdischen Glaubensstand hinaus, weil das Verhältnis des Einzelnen zu Gottes Gnade hier von allen Vermittlungen frei gemacht ist. Daß das Glauben nicht nur über die Krankheit, sondern auch über die Schuld hinweg nach Gottes Hilfe greifen dürfe und nicht nur Heilung, sondern auch Vergebung empfange, ist keine dem vorchristlichen Glaubensstand angehörende Überzeugung. Akiba hat den Kranken angeleitet, die Züchtigung Gottes willig zu ertragen, nicht aber Gottes Verzeihen gläubig zu erbitten. Das freudige Siegesbewußtsein im Blick auf jede Versuchung, weil sie dem Glauben zur Bewährung dient, läßt die Angst der dem Gesetz unterworfenen Frommen hinter sich.

Damit, daß Jakobus die Wirkung Jesu nicht verdeckt und den Unterschied, der ihn von der Judenschaft trennt, nicht verhüllt, vereinigt sich aber der starke Wille, die Einheit zwischen Christus und dem Gesetz, der Gemeinde Jesu und der Judenschaft deutlich zu machen und den Beweis zu führen, daß durch Christus Israels Bekenntnis zur Wahrheit gemacht, Israels Gesetz zur Erfüllung gebracht sei. Daher besteht für Jakobus der Unterschied zwischen der alten und neuen Zeit nicht im Glauben, vielmehr darin, daß nun zu Israels Wissen, Sehnen, Hoffen, Glauben die Erfüllung, die Tat, die Realität gekommen ist und kommen wird, und auch aus solchen Motiven war für ihn das Grundwort der neuen Zeit nicht Glaube, sondern Werk.

Jakobus hatte durch seinen Lebenslauf einen Besitz empfangen, der Paulus nicht in derselben Weise angehört, Jesu Wort, zu dessen nächsten Hörern er gehört. Darauf beruhte nicht zum mindesten seine Autorität in der Christenheit, vgl. Hebr. 2, 3. 1 Joh. 1, 1. Sein Brief zeigt nicht nur beständig Anlehnung an einzelne Sentenzen Jesu, sondern bleibt auch in seiner ganzen Haltung nach Form und Inhalt der Lehrweise Jesu eng verbunden. Er nimmt aus ihr seinen Stoff, nicht durch Zitate, von denen er nicht ein einziges enthält, sondern in selbständiger Erneuerung der Worte Jesu für den gegenwärtigen Moment. Jesu Wort erklärt, wie Jakobus unmittelbar von der Verurteilung des Bösen zur Gewißheit der Rechtfertigung übergehen kann. Denn Jesus hat zugleich mit dem göttlichen Gesetz alles Böse gerichtet und eine Gnade betätigt, die den Glaubenden alles gab. Darum stellt Jakobus beides zugleich vor uns hin: daß wir durch das Gesetz gerichtet werden und daß wir im Glauben die von Gott erwählten Erben seines Reiches sind. Er hat für beide Sätze keine andere Begründung nötig, als daß Jesus so sprach und handelte. Daher rührt auch sein heißes Verlangen nach der Gott gehorsamen Tat. Man denke an jenes Wort Jesu: »wer sind meine Brüder? die, die den Willen meines Vaters tun«. Hätte es nicht in den Beteiligten nachhaltig fortgewirkt, so wüßten wir nichts von ihm und es stände nicht in den Evangelien. Es mag zunächst in Jakobus eine bittere Einrede erweckt haben; nun aber war diese überwunden und nun bejaht er es: ja die, die Gottes Willen tun. Die Unterordnung alles Wissens und Redens unter das Werk, das Geheimnis, das über den göttlichen Dingen bleibt, die Bedeckung des Christus in Verborgenheit, die Sammlung des Nachdenkens auf das, was uns obliegt, die Begründung unserer Lebensarbeit durch die Hoffnung, die Beziehung der Sendung des Christus auf die Erfüllung des Gesetzes, der Kampf gegen seine Zerstückelung, die Zusammenfassung desselben in der Liebe, die Gewährung der Reichsverheißung an jede Liebesübung, die schrankenlose Gebetsfreudigkeit: alle diese Stellungen sind unmittelbar aus Jesu Wort genommen. Das Glauben des Jakobus wird für ihn zum Antrieb, das, was Jesu Worte ihm sagten, in die Gemeinde hineinzupflanzen und sich und sie in die von ihnen vorgeschriebenen Maße hineinzustellen. Er sucht nicht vom Wort Jesu aus ein Neues erkennend zu gewinnen; das Wort der Wahrheit ist durch ihn gepflanzt. Was ihm selbst noch obliegt, ist der Ruf zur Tat.

Zu dem von Jesu Wort ihm gegebenen Besitz und Beruf gehörte aber ausdrücklich auch die Pflicht, jedes Glauben zu entwerten, das Jesus als den Herrn bekennt und gleichzeitig den Willen des Vaters zerbricht. Nichts in der Welt, kein Apostelamt des Paulus und keine Blüte der Heidengemeinde, war imstande, ihn von der Pflicht zu lösen, vor dem zu warnen, wovor der Herr gewarnt hatte, und zu richten, was der Herr gerichtet hatte. Gesetzt, der Römerbrief sei offen vor Jakobus gelegen, als er seine Worte schrieb: wie konnte ihn dieser daran hindern, der Gemeinde zu sagen, was der Herr selbst gesagt hatte? Die Ehre, die Paulus als dem Apostel Jesu gebührte, konnte nicht darin bestehen, daß seinetwegen Jesu Wort verleugnet werde. Er aber hatte an Israel und an den Jüngern jedes Glauben verworfen, das Gott nicht gehorsam wird, und die Unerschütterlichkeit und Heiligkeit seines Urteils dadurch bestätigt, daß er seinetwegen das Kreuz getragen hat.

Durch seine offenkundige Gründung auf Jesu Wort erweist sich auch das Glauben des Jakobus als Jesu Werk, nicht minder als es das des Paulus gewesen ist.

Die gleichzeitige Wahrheit beider Formeln, die das Verhältnis des Glaubens zur Rechtfertigung beschreiben, kann nur dann paradox erscheinen, wenn der Kreislauf des Lebens unbegriffen blieb, der sich beständig durch Rezeption und Aktion, Vertiefung und Erhöhung, Entäußerung und Verselbstigung hindurch bewegt und aus der einen Richtung in die andere stets zurückkehrt und, soll er normal bleiben, zurückkehren muß[1]). Keiner der beiden Vorgänge kann sich von dem anderen lösen, ohne daß er sich samt der ganzen Lebensbewegung verdirbt. Eine Beugung vor Gott, die nicht zugleich Aufrichtung der Person zu kräftigem Leben ist, ist ebenso schlecht als die Selbstüberhebung, die sich vor Gott nicht beugen mag, sondern auf sich selber stehen will. Eine Entäußerung an Gott, die sich nicht wieder gewinnt, ist abnorm, wie eine Verselbstigung, die sich nicht lassen und geben mag. Empfangen wollen, nur um zu empfangen, ist erfolglos wie jedes wirken wollen, das sich gegen die Gabe verschließt. Die eine und erste Bewegung des Lebens ist das Glauben als der Akt der Unterwerfung und Entäußerung, der den Grund und das Gesetz des Lebens aus uns selbst hinaus in Gott hinein verlegt, ein Unumgängliches, weil uns Gott den Lebensgrund und das Lebensgesetz in sich selbst gibt, auch nicht nur ein Anfängliches, sondern ebensosehr ein Abschließendes, in das sich alle Aktivität mit ihrem gesamten Ertrag immer wieder zu vollenden hat. Weil aber die Unter-

[1]) Die standhafte Behauptung der Kirche, daß sich Jakobus und Paulus nicht widersprechen, besteht ohne alle logische Taschenspielerei. Logische Parallelen treten überall auf, wo zwei Faktoren zu einem einheitlichen Prozeß aneinander gebunden sind. Aus dem Wissen entsteht das Handeln, aus dem Handeln das Wissen; der Wille setzt den Grund, der Grund den Willen, das Denken das Wort, das Wort das Denken usw. Auch Seite 365 trat eine solche Doppelformel hervor: der Geist gibt das Glauben, das Glauben den Geist. Die Schwierigkeit für die Benennung entsteht hier überall aus der Begrenztheit unseres Bewußtseins, das sich Gleichzeitiges als einander folgend vorstellen muß und von den echten Kausalvorgängen nur dürftige Ahnungen hat. Die moderne Betonung des „Widerspruchs" hatte als Reaktion gegen das unbefugte Postulat des älteren Protestantismus, der von Jakobus absolut Paulinisches forderte, obgleich er augenscheinlich anderes als Paulus sagt, wenn auch nicht sich wechselseitig zerstörendes, eine gewisse Berechtigung. Wir sollten aber von diesem polemischen Impuls frei werden und zur ruhigen Beobachtung und zum Verständnis der beiden apostolischen Zeugnisse kommen.

werfung unter Gott angesichts seiner Güte zum Vertrauen wird, ist uns schon durch sie angezeigt, daß ihr Ausgang nicht Knechtung und Verarmung ist. Wir werden vielmehr als die, die sich erniedrigen, erhöht und als die, die sich hingeben, befreit und als die, die nicht aus sich selbst und für sich selbst wirken, zum Wirken befähigt, damit aber auch zu demselben berufen, da uns Gott nicht darum sich unterwirft, damit wir nichts seien, sondern damit wir in ihm leben, also auch mit ihm wirken. Kommt die Lebensbewegung nicht zu diesem Ziel, so ist sie entstellt.

Auf Gott bezogen werden beide Bewegungen unseres Lebens etwas Absolutes, eine Totalität, weil der sie tragende Wille und Akt Gottes jederzeit ein Ganzes ist. Die vollkommene Güte Gottes macht aus dem Glauben etwas Absolutes, das keine Einmischung irgend eines anderen Faktors erträgt. Wir haben uns im Glauben nur glaubend zu verhalten, weil wir eine Güte vor uns haben, die völlige Güte ist. Aber dieselbe Güte setzt, wie unser Empfangen, so auch unser Wirken, weshalb dieses nicht weniger absolut gefordert und nicht weniger absolut heilsam ist als das Glauben. Deswegen vermittelt uns auch das Werk, wofern es nur in seinem Grund und Ziel auf Gott bezogen ist, Gerechtigkeit, Leben, Gottes ganze Gabe. Hier gilt: totum in toto et totum in qualibet parte.

Die Scheidung beider ist stets zugleich Vermischung, Konfusion beider, weil das vom anderen abgeschiedene Glied zugleich für das andere vikariieren und seine Stelle ausfüllen soll. Der Konfusion des Wirkens mit dem Glauben tritt die paulinische Formel entgegen und schafft Raum für das ganze Glauben. Der Konfusion des Glaubens mit dem Wirken, die jenes an die Stelle von diesem setzen möchte, widerspricht die Formel des Jakobus und räumt die Verhinderung des Werkes hinweg. Die Unterscheidung beider bringt zugleich ihre Eintracht hervor[1]).

Das Dritte, in dem beide einander berühren und sich einigen,

[1]) Das Verhältnis des Glaubens zum Erkennen ist demjenigen zum Wirken analog. Dieselbe Doppelformel gilt auch hier. Es ist ebenso wahr, daß das Glauben ohne Erkenntnis tot, leer und nichtig ist, wie daß ohne zu verstehen geglaubt werden muß. Das gangbare: entweder glauben oder wissen, ist, soll es definitive Bedeutung haben, nichts als

ist das Lieben. Wird das Glauben zum Lieben, so hat es den Übergang zur Tat gefunden, und wird das Wirken zum Lieben, so ist es von falscher Selbständigkeit befreit und die Rückwendung zum Glauben ist jederzeit offen[1]).

Wie Jesus seine beiden Verheißungen, die für unser Werk und die für unser Glauben, der Liebe wegen nötig hat, die vergibt und darum unser Vergeben fordert, liebt und darum unser Lieben schützt, gibt und darum unser Geben verlangt, aus demselben Grund sind die beiden einander äußerlich durchkreuzenden Rechtfertigungsformeln entstanden. Deshalb liegt auf der Energie und Präzision, mit der sie im apostolischen Kreise herausgearbeitet worden sind, eine große Erhabenheit. Das doppelte Ziel der Liebe, der Wettstreit, der in ihr enthalten ist, drückt sich in diesem Widerspruch mit normativer Vollkommenheit aus. Um die frei gebende Gnade Gottes zu preisen, ist Paulus kein Wort zu groß. Was ist das Glauben wert? Alles! Der ganze Christus und sein Reich sind sein. Schon das Glauben und nur dasselbe ist Gerechtigkeit. Damit ist aber die andere Frage nicht erledigt, was dem Glaubenden selbst in seinem Urteil das Glauben wert sein darf[2]). Nichts! antwortet Jakobus; tun, was Gott verlangt, das ist Liebe zu Gott, und nun ist auch ihm kein Wort zu scharf, das zu einer Hingabe an Gott antreiben kann, die Tat und Wahrheit ist. Ein solcher Preis des Werkes ist dem Glauben nur dann widerwärtig, wenn er einen Mangel im Vertrauen zu Gott verdecken soll. Nun macht Jakobus das Verhalten dessen, der bloß glaubt, der Stellung desjenigen

---

eine Absurdität, wie schon längst, z. B. schon von Paulus, gesagt worden ist, wenn man nur lesen wollte.

[1]) Zu aller übrigen Konfusion haben wir auch noch die Antithese zwischen der Liebe und dem Glauben erhalten. Wer Formeln brauchen kann wie die: nicht glauben, sondern lieben, beweist, daß er weder liebt, noch glaubt, übrigens auch nicht denkt. Die Liebe glaubt. Glaube an Gott und Liebe zur Welt — das freilich ist ein Gegensatz.

[2]) Der seit Melanchthon in der theologischen Literatur häufige Gedanke, die Sätze des Jakobus bezögen sich auf die Bewährung des Glaubens vor dem Urteil der Menschen, kommt dann der Wahrheit beträchtlich näher, wenn zuerst hervorgehoben wird, daß es sich bei der Tat auch um die Rechtfertigung des Glaubenden vor seinem eigenen Gewissen handelt. Wer Gott die Tat versagt, muß sich selbst verdammen.

ähnlich, der bei Paulus unter dem Gesetze steht. Dieser stimmt dem Gesetze zu und freut sich an ihm, doch nur in seiner Vernunft, nicht auch mit seinen Gliedern, ohne Werk. Ebenso stimmt der bloß Glaubende Gott zu und freut sich seiner Güte, doch ohne Werk. Allein das Resultat der Betrachtung ist hier und dort ein gänzlich anderes. Bei Paulus endigt der Blick auf das Gesetz mit der Klage: ich geplagter Mensch! Jakobus zieht aus der Forderung des Werkes nicht Klage, Zweifel und Angst, sondern eine ungebrochene Zuversicht. Er freut sich mit fester Gewißheit, an seinem Glauben das Werkzeug zu haben, mit dem er wirken kann, und zwar so, daß Gott sein Werk als Gerechtigkeit krönen wird. Der Drang der Liebe nach dem Werk hat seinen Glauben nicht zersetzt.

Einen Zweifel hegen die Worte des Jakobus freilich in sich, jedoch nicht an Gott und seiner Gnade, wohl aber am Menschen und an seiner Aufrichtigkeit. Er redet aus der Furcht heraus, der Glaubende verstecke hinter seinem Glauben den Schalk, der das Gute nicht tun mag. Diesen Zweifel kennt auch Paulus, und er hat ihm Röm. 6, 1 noch einen schärferen Ausdruck gegeben, wenn er nicht bloß fürchtet, der Glaubende könnte sich seines Glaubens wegen die Tat erlassen, sondern er könnte sich unmittelbar aus seinem Glauben ein Recht zur Sünde konstruieren und zur Mehrung der Gnade, also auch zur Betätigung seines Glaubens sündigen. Der Wunsch, den Paulus hier als die dem Glauben nahende Versuchung sichtbar macht, ist noch verwerflicher als die Trägheit des »leeren Menschen«, den Jakobus schilt. Beide begegnen dieser Gefahr in ihrer Weise, Paulus, indem er auf den Grund des Glaubens sieht und zeigt, wie in Jesu Tod und Auferstehung die Scheidung von der Sünde für die Glaubenden begründet ist, Jakobus, indem er hinaus auf das Endziel sieht, nach dem das Glauben strebt, und das verderbliche Ergebnis zeigt, das die Versäumnis des Werks hervorbringt. Der Umschlag des Glaubens in sein totes Gegenbild ist verhütet, sei es, daß sich der Glaubende mit Paulus in Jesu Tod und Leben einschließt als in sein eigenes Gestorben- und Lebendigsein, sei es, daß er mit Jakobus aus allem Glaubensruhm in die Tat hinübertritt.

Die Allgenugsamkeit des Glaubens wäre dann verneint, wenn ein Hinausstreben über die dem Glauben zugesagte Gabe vorläge. Der auf das Werk gerichtete Wille strebt aber nicht über diese hinaus, solange er im Werk das Glauben erweisen und vollenden will, damit dieses lebendig bleibe. So ist der auf das Werk gerichtete Wille zugleich auf das Glauben gerichtet und selbst ein Glaubensakt. Nicht die Willigkeit zum Werk, nein die Unwilligkeit zu demselben gibt die Allgenugsamkeit des Glaubens preis und zwar da, wo sie sich zumeist bewähren muß, in der Überwindung der inwendigen Hemmungen, die dem guten Wollen entgegenstehen.

Jene schmerzliche Empfindung, der im Verlangen nach der Tat das Glauben als gering erscheint, würde nur dann den Frieden und die Ruhe, die dem Glauben wesentlich sind, stören, wenn diese im Glaubensakt selbst zu suchen wären. Hier werden sie aber nur mit der Zerstörung des Glaubens gesucht. Jedenfalls hat sie Paulus nicht dort gefunden, sondern der Friede Gottes, daß Gott Frieden mit ihm hält, war seine Ruhe. Solange jene Geringschätzung des Glaubens nicht auch Geringschätzung der Gabe Gottes ist, vielmehr aus dem Blick auf das vollkommene Gut entspringt, zu dem der Glaubende berufen ist, ist solche Sehnsucht selbst eine Frucht des Glaubens und wird nicht bloß zur Übung des Werks, sondern auch zu neuer, gestärkter Betätigung des Glaubens wirksam.

Auch Paulus hat die Unfähigkeit zum Vollbringen des Guten als Elend getragen und Gott deshalb durch Christus gedankt, weil er durch ihn von jenem Jammer, das Gute nicht tun zu können, erlöst ist. Vollends die Unwilligkeit zum Werk, die der Gnade wegen bei der Sünde bleiben will, hat er als totale Vernichtung des Glaubens und als Verleugnung der Taufe behandelt. Deswegen hat er sein Urteil, daß er ohne die Liebe nichts sei, und sein Streben, durch das, was er mittelst des Leibes tat, Jesu Wohlgefallen zu erwerben, nicht als eine Abweichung vom Glauben beurteilt. Man bilde sich doch nicht ein, daß Paulus das Verlangen, aus dem Jak. 2 entsprungen ist, nicht zu würdigen gewußt habe nach seiner vollen Wahrheit und Herrlichkeit. Paulus, der sich deshalb vom Gesetz und seinem Volk getrennt hat, weil ihm dort die Erfüllung desselben im guten Werke fehlen würde, da man am Gesetz bloß die Sünde kennen lerne, war der letzte, der Jakobus nicht verstand. Jedem, der das Gute wirkt, Herrlichkeit! das ist bei Paulus Gottes Grundgesetz.

Ohne Frage war Paulus der reichere von beiden. Er hatte alles, was Jakobus hat, und besaß zu dem noch etwas, was Jakobus fehlt. Der ernste Imperativ des Jakobus, der uns beständig von unseren inneren Erlebnissen und Erwerbungen ablenkt, in der Furcht, sie könnten sich verderben, zeigt eine Begrenzung des Vertrauens, die Paulus nicht teilt. Er hat sich freudig dem Denken ergeben, bereit in jedem Moment zur Tat überzugehen, aber ebenso eifrig auf die Pflege der Erkenntnis des Christus bedacht, und hat dadurch sein Glauben mit jenem hellen Selbstbewußtsein durchleuchtet, das des Wertes und der Kraft des Glaubens inne wird und sich seiner freut, ohne Furcht, daß es damit aufhörte, Glauben, Abwendung vom eigenen Ich, Verzicht auf sich selbst zu sein, vielmehr in der Gewißheit, daß es, je mehr es seiner selbst bewußt wird, um so mehr Glauben wird und um so ausschließlicher an den gebunden ist, aus dem es seinen ganzen Besitz gewinnt. Die Schranken des Selbstvertrauens, das der Glaubende in seinem Gottvertrauen gewinnt, bezeichnen die Maße, in denen das letztere uns gegeben worden ist.

»Wir haben nicht alle über dieselben Hindernisse zu siegen; die Hindernisse sind aber jeweilen durch analoge Gaben und Kräfte kompensiert.« Paulus empfing durch den Bruch in seinem Leben einen besonderen Schmerz, in unmittelbarer Verbindung damit auch eine besondere Kraft. Jakobus hat in der Rüstigkeit, mit der er sich dem Werk zukehrt, auch seine eigenartige Stärke, aber auch sein besonderes Leiden. Alle diese Imperative sind aus dem quälenden Bewußtsein geboren, wie gebunden und befleckt unser inwendiger Lebensstand, darum aber auch unser Wirken ist. Indem er die Gemeinde und zuerst sich selbst aus aller frommen Hoffart herniederbeugt, vollzieht er stets wieder den Schmerz der Pönitenz. Es ist nicht Zufall, daß im Jakobusbrief das Wort steht: »jammert und trauert, weint! euer Lachen wandle sich in

Trauer und die Freude in Kummer!« 4, 9. Das andere Wort: »freuet euch im Herrn allezeit«, gehört Paulus an.

Es gilt hier, daß sich der Mensch nichts nehmen kann, es werde ihm denn gegeben von oben, und nicht minder, daß der Leib nicht bestände, wenn er nur Auge wäre. Für die Urgemeinde, die in der Gemeinschaft mit der Judenschaft lebte und den Einfluß des Rabbinats zu überwinden hatte, war dieses Lehrwort zweifellos von hohem Wert und auch seither hat es die Kirche reichlich erlebt, daß sie die Weisungen, die Jakobus gibt, nicht entbehren kann.

2. Petrus.

Im Anschluß an den Brief des Jakobus begann Petrus seinen Brief mit demselben Gedanken, mit dem Jakobus die Reihe seiner Mahnungen eröffnete, daß nämlich im Glauben eine Freude begründet sei, die alles Leiden um Jesu willen überwiege, 1, 8. 9. Die Art, wie die Aussprache und der Verkehr zwischen dem Schreiber und den Lesern erfolgt, zeigt aber sofort einen beachtenswerten Unterschied. Während Jakobus weder den Schmerz noch die Freude für sich darstellt, sondern an jenem nur die sittliche Gefahr, den *πειρασμός*, hervorhebt und auf diese nur durch die Forderung hinweist: haltet die Versuchung für volle Freude, weil sie die Bewährung des Glaubens ist, gibt Petrus dem Jubel, der aus dem Glauben seiner Leser entsteht, einen kräftigen Ausdruck und vergegenwärtigt sich die Herrlichkeit, die ihre Freude nicht nur als Gegenstand vor sich hat, sondern als Eigenschaft in sich trägt: *χαρὰ δεδοξασμένη*, weil sie schon ein Teilhaben an Gottes Herrlichkeit ist, 5, 10. 4, 14. Diese Freude fällt zwar mit ihrem vollen Genuß erst in die Zukunft, überträgt sich aber, da der Vorblick auf künftige Seligkeit selbst schon Freude ist, auch in die Gegenwart. Der Mangel, der in dieser noch nicht aufgehoben werden kann, liegt nicht nur im Verhältnis der Gemeinde zu ihrer feindlichen Umgebung, sondern auch in ihrer Beziehung zu Jesus: sie sahen und sehen ihn nicht; eben dies gibt ihrer Liebe zu ihm den Charakter des Trauens. Aber durch ihr Glauben sind sie ihm so verbunden, daß sie nur jetzt ihn nicht sehen. Er wird sich für sie offenbaren und ihnen dadurch die unbefleckte Lebensgestalt verleihen. Darum besitzen sie im Glauben mehr, als was den Propheten, ja selbst den Engeln gegeben ist, 1, 10 f., und darum ist er ihnen Grund einer Freude, die kein Wort zureichend zum Ausdruck bringt.

Wenn der Glaube als die Gewißheit des ewigen Erbes die unsagbare Freude erweckt, dann sieht er folgerichtig im Hoffen das wesentliche Merkmal des Christenstands. In der Auferstehung Jesu erkennt Petrus die schaffende Tat Gottes, die uns den neuen Anfang des Lebens gewährt, und dieses neue Leben ist Hoffen, lebendiges Hoffen, dessen belebende Wirkung das ganze Verhalten des Menschen erneuert, doch so, daß sich unser Verlangen vom Gegenwärtigen löst und das Zukünftige ergreift, 1, 3. Die Frucht der Ankunft Jesu und seiner Auferweckung ist nicht nur dies, daß unser Glauben, sondern auch daß unser Hoffen nun auf Gott gerichtet ist, 1, 21. Weil die Hoffnung die Gemeinde von ihrer Umgebung unterscheidet und diese fortwährend zum Erstaunen bringt, ist sie Gegenstand der christlichen Apologie, 3, 15. Doch nur dann, wenn sich der Blick auf das Ziel des Christenstands richtet, stellt sich das Hoffen als das ihn kennzeichnende Merkmal dar. Wendet sich dagegen der Blick zu den Vorgängen, die den gegenwärtigen Bestand der Gemeinde hervorbringen, dann tritt das Glauben als das wirksame Erlebnis hervor, das den ganzen Besitz der Gemeinde mit Einschluß ihrer Hoffnung begründet. Die Errettung vollendet, was im Glauben begonnen ist, 1, 9. Es ist das von Christus gewollte Resultat seiner Erscheinung; um der Glaubenden willen wurde er geoffenbart, 1, 21. Durch das Glauben ist die Gemeinde in die sie schützend bewachende Kraft Gottes eingeschlossen, die ihr den Empfang des Erbes verbürgt, 1, 5. Durch das Glauben ist ihr der Sieg über den Satan gegeben, der die Feindschaft der Menschen gegen sie erregt und hiezu deswegen die Macht hat, weil er ihr Widersacher und Verkläger, ihr ἀντίδικος, vor Gott ist, 5, 9. Schließlich ist auch ihr Glauben das, was ihr die Anerkennung des Christus bei seiner zukünftigen Offenbarung verschaffen wird. Durch die Leidenswilligkeit bewährt wird es dann als Lob, Herrlichkeit und Ehre erfunden, 1, 7. 2, 7, weil es das ist, was Christus, wenn er kommt, bei seiner Gemeinde sucht und an ihr mit der Lebensgabe krönt. Es zeigt sich hier wieder die Völligkeit des apostolischen Glaubens; denn damit ist auch der Blick auf das Gericht des Christus zum Glaubensmotiv gemacht.

Seine Reinheit bewahrt das Glauben dadurch, daß sehr bestimmt neben dem Hoffen auch die Furcht wachgehalten wird. Mit großer Klarheit werden im Gottesbewußtsein die die Furcht und die die Zuversicht begründende Erkenntnis gleichmäßig betont und geeinigt: »Ihr ruft den unparteiisch Richtenden als Vater an,« 1, 17. Ebenso wird auf den Wert des Blutes Jesu, durch das er die Gemeinde erlöst hat, dazu hingewiesen, damit sich an ihm die Furcht begründe, 1, 18. Für die Spannung zwischen der Hoffnung und der Furcht liegt die Ausgleichung eben im Glauben, in einem Trauen, das die göttliche Güte und Hilfe bejaht.

Mit froher Entschlossenheit beschreibt der Brief den Ertrag, den der Gemeinde ihr neues Verhältnis zu Gott für ihr Handeln gewährt. Glauben und Hoffen einerseits, Leiden und Gutes tun andererseits bilden ihre doppelte Aufgabe. Die Einheit des Christenlebens beruht darauf, daß alles Glauben, Hoffen, Leiden und Wirken der Gemeinde auf Jesus bezogen ist. Weil Jesus ihr durch die Preisgabe seines eigenen Lebens Erlösung schuf, ist sie verpflichtet, sich von der Sünde zu lösen, 1, 18 ff. 2, 21 ff. 3,18 ff., und dadurch wird sie die Vergebung erlangen, die ihr Jesu Tod nach Gottes Willen verschafft hat. Petrus stellt den Gehorsam des Christus und die Entsündigung durch sein Blut zusammen als das Ziel, zu dem uns die vom Geist aus gewährte Heiligung hinleitet und in dem die Vorbestimmung des Vaters zur Erfüllung kommt, 1, 2. Auch für das Handeln, nicht bloß für das Glauben der Gemeinde bildet es eine besondere Erschwerung, daß sie es unter boshaftem Widerstand üben muß. Sie hat die Pflicht, durch ihr löbliches und gütiges Handeln, *ἀγαθοποιΐα*, diesen zu überwinden, 2, 12 ff. Sie hat also denen Gutes zu tun, die sie mißhandeln und dies nur darum, weil sie an ihrer Verkehrtheit keinen Anteil nimmt. In dieser Verflochtenheit ihres christlichen Wirkens und Leidens, *ἀγαθοποιεῖν καὶ πάσχειν* 2, 20, liegt die Schwere ihrer Pflicht.

Jesu Leiden greift auch hier hilfreich ein. An seinem Vorbild stärkt sich ihre Willigkeit zum unschuldigen Leiden; denn es gibt ihr die Bürgschaft, daß auch sie leiden und sterben kann ohne Schädigung ihres Anteils an Gott und seinem Reich. Ihr Leiden schließt sich vielmehr als Fortsetzung an Jesu Leiden an und wird dadurch, weil es Teilnahme an seinem Leiden ist, selbst auch Grund der Hoffnung und Freudigkeit, 4, 13. Jesu Tod gibt aber nicht bloß Trost, sondern begründet vor allem, daß die Gemeinde sich seinetwegen vom Bösen geschieden halte und deshalb zu jedem Opfer willig sei. Während die Wirkung des Todes Jesu zunächst negativ und vorbereitend ist und die Tilgung der Schuld und des bösen Begehrens herbeiführt, 4, 1 ff., wird die positive Wirkung der Gnade durch Jesu Auferstehung und künftige Offenbarung vermittelt. Aus Jesu Kreuz schöpfe die Gemeinde den Entschluß, der sie von der Sünde trennt und zu jedem Leiden fähig macht, aus Jesu Auferstehen dagegen ihre Zuversicht zu Gott und ihre Freude am ewigen Gut.

Der Brief überblickt somit in durchsichtiger Einfachheit, die doch einen großen Reichtum in sich hat, die Mannigfaltigkeit der Erlebnisse, die die Vergangenheit, Gegenwart und Zukunft der Gemeinde füllen, ohne sie einem Zentralbegriff, sei es Glaube oder Werk, unterzuordnen. Er stellt den Besitz der Gemeinde und ihre Pflicht, ihr Glauben und ihr Handeln, den Imperativ in Jesu Kreuz und die Gabe in demselben, die Entsagung, zu der sie sein Tod beruft, und die Freude, die seine Auferstehung gibt, nebeneinander, ohne sie weiter miteinander zu vermitteln. Seine innere Einheit hat er darin, daß alle Gaben und Aufgaben der Gemeinde, alles, was für sie geschah, durch sie geschehen soll und an ihr geschehen wird, von Jesus ausgeht. Da die Verbindung mit ihm nicht in ein mystisches Erlebnis verlegt wird und nicht dadurch gesucht wird, daß im inwendigen Lebensstand eine Offenbarung des Christus erfolge, sondern dadurch, daß der Blick stets auf den von Gott Gesandten, ans Kreuz Gegebenen, Auferstandenen und Erhöhten gerichtet bleibt, ist diese allseitige Verknüpfung der ganzen Lebensführung mit Jesus nichts anderes als das beständig festgehaltene

Glauben, aus dem alle Verzweigungen des Handelns hervorwachsen.

Das Bild, das uns für den Glaubensstand der Gemeinde durch die anderen Briefe und die Apostelgeschichte vermittelt wird, und das, das uns der Brief des Petrus über das Ziel und die Art seiner Arbeit verschafft, stehen daher miteinander in einer vollen, sich gegenseitig bezeugenden Übereinstimmung. Nicht eine Theorie über das Glauben, wohl aber dieses selbst tritt uns hier und dort entgegen als die den ganzen Christenstand in der Mannigfaltigkeit seiner Tätigkeiten begründende Kraft.

3. Matthäus.

Bei der Erwägung der Aussagen Jesu über das Glauben entstand die Frage nach den besonderen Merkmalen desjenigen Glaubens, der Matthäus bei seiner Darstellung Jesu leitete. Diese entstehen ebenso, wie die Besonderheit am Glauben des Paulus und Jakobus, gleichzeitig aus der Eigenart der Gemeinde, für die er die Erinnerung an Jesus befestigt, und aus der besonderen Bedeutung, die Jesus im Zusammenhang mit seinem Lebenslauf für ihn selbst gewonnen hat.

Matthäus hat mit jedem Wort Beziehungen zu der aus der Judenschaft gesammelten Christenheit Palästinas. Dies bedingt schon die Form seiner Verkündigung, die Art, wie er die Denkarbeit tut und für die Gemeinde in mitteilbaren Ergebnissen fruchtbar macht. Wenn er uns auch keineswegs eine zufällige Anhäufung von Sentenzen und Geschichten gibt, sondern mit ernster Überlegung unter der Leitung von Grundgedanken schreibt, deren er sich bewußt ist, so bewegen ihn diese doch nicht dazu, den Sprüchen und Geschichten ihre konkrete Fassung zu nehmen, die ihren Zusammenhang mit der bestimmten Lage Jesu kundtut. Er generalisiert nicht, sondern hält der Gemeinde gerade diese Einzelheiten vor als vortrefflich geeignet, um ihr zu zeigen, was Jesus sei. Diese Form des Unterrichts über Jesus hat teils dazu Beziehungen, daß die Denkarbeit hier völlig im Dienst des Handelns stand, teils dazu, daß die nationale Frage hier für das glaubende Verhalten eine entscheidende Bedeutung besaß.

Für die palästinische Christenheit war es Tradition, die Religion sei Praxis und der Gottesdienst bestehe im richtigen Handeln. Aus diesem Grund stand sie bei Jesus, damit er ihr sage und helfe, wie sie nach Gottes Willen lebe, wozu ihr die Sprüche und Geschichten, die Matthäus sammelte, unmittelbar die Anweisung gaben. Das Leben wird hier ins Handeln gesetzt; zielt dasselbe nach oben, weil das Verhältnis zu Gott in Frage kommt, so wird dieses Handeln zum Glauben, das auch seinerseits mit konkreten Akten, die einzelne Momente füllen, in die Verkettung der Handlungen tritt, und diese Betätigungen des Glaubens stehen alle mit den ethischen Aufgaben im engsten Zusammenhang. Die Gemeinde versteht auch ihr Glauben als Ausrüstung zur gehorsamen Erfüllung des göttlichen Willens. Es wird nicht zunächst als Antrieb zur Gedankenbildung, wohl aber als Antrieb zum Gehorsam wirksam. Daher erhalten wir von Matthäus keine Anleitung zur Theorie über das Glauben, die es nach seinem Grund und Wert beschriebe; das Ziel seines Worts liegt nur darin, daß das Glauben wirklich in der Kirche vorhanden und in ihrer Lebensführung wirksam sei.

In der Art, wie Matthäus die Denkbarkeit mit Ernst und Erfolg ausübt und doch zurückhält und ihre Erträge nicht für sich mitteilt, demgemäß auch in der Art, wie das Handeln über das Erkennen emporgestellt ist, und wie die Beziehung des Glaubens zum Handeln und Erkennen bestimmt wird, haben wir einen Glaubensstand vor uns, der dem des Jakobus aufs nächste verwandt ist. Dagegen unterscheidet er sich von ihm durch die Art, wie er das nationale Problem zur Sprache bringt. Dieses bewegte die palästinische Christenheit nicht so, als ob sie politische Bestrebungen in ihrer Mitte gepflegt hätte, wohl aber deshalb, weil sie früher, ehe sie Jesus kannte, ihr Volk als Ganzes und einzig ihr Volk für die berufene und geheiligte Gemeinde gehalten hatte. Deshalb hat Matthäus an der nationalen Frage ein Hauptthema des Evangeliums. Die Frage, was Jesus sei, und die andere, was aus der Judenschaft geworden sei und schließlich werde, liegen hier völlig ineinander und erhalten nur gleichzeitig ihre Beantwortung. Hier war kein Glaube an Jesus möglich, wenn nicht sein Werk als das von Gott gewollte Ziel der Geschichte Israels erkannt war.

Warum die Judenschaft Jesus verworfen habe, weshalb dies der göttlichen Regierung gemäß sei, was sich demgemäß als das bleibende Werk Gottes in Israel herausstelle, das sind für Matthäus Anliegen, die unmittelbar den Anschluß an Jesus bedingen. Der Jude kann sich nur dann gläubig zu Jesus verhalten, wenn er über Rabbinat und Pharisäismus, Gesetz und Auswahl Israels, mit einem Wort über den Zustand und das Ziel des Judentums, so denkt, wie Matthäus es ihm zeigt. Auf die Form des Evangeliums wirkt dies deshalb ein, weil die nationale Frage sich nicht durch Begriffe, sondern nur durch Geschichte beantworten ließ. Es handelt sich für Matthäus um das, was Jesus seinen Zeitgenossen, die seine Berufung ausschlugen und ihn kreuzigten, gesagt und getan habe. Was einst geschah, bedingt hier unmittelbar den eigenen Glaubensstand. Nicht Generalisierung und Begriffsbildung, vielmehr Individualisierung und konkrete Beleuchtung des Kampfes, der zwischen Jesus und der Judenschaft entstanden war, war hier das, was das Evangelium wirksam machte und Glauben schuf.

Das Glauben an Jesus begründet Matthäus dadurch, daß er den ganzen göttlichen Besitz Israels vollständig bejaht, nicht nur die Schrift, 5, 17, sondern auch das Gesetz, 5, 18. 19, nicht nur die Sendung der einstigen Boten Gottes, sondern auch die Erwählung des zeitgenössischen Israels, 10, 5, bis hinaus zu der für die moderne Exegese vielfach unverständlichen Spitze, daß dem Pharisäismus das Prädikat der Gerechtigkeit, 9, 13, Weisheit, 11, 25, und Schriftmäßigkeit, 23, 3, zuerkannt bleibt, und das Reich Gottes über Jesu Wirken auf die Gründung Israels zurückerstreckt wird, 21, 33 ff. Das Glauben an Jesus hat für ihn seine Voraussetzung darin, daß er als Jude erkannt wird, der mit Israel in voller Gemeinschaft steht. Das bestimmt auch die Aufgabe der Jünger und verbindet sie mit Israel durch eine Treue, die wohl sterben, nicht aber weichen kann.

Die Scheidung von Israel erfolgt nur durch die Bußpredigt, durch die im Ernst der Wahrhaftigkeit geschehende Enthüllung seiner Sünde und deren runde Verneinung. Auch der Rabbine bricht das Gesetz und der Gerechte sündigt. Die Weingärtner haben sich gegen ihren Herrn empört; Gott ruft sie durch seinen Sohn zur Umkehr und nur der rettet sich, der seinem Rufe folgt. Für Matthäus ist deshalb die Bußpredigt zur Begründung des Glaubens schlechthin unentbehrlich; dieses kann einzig aus klarer Einsicht in die sündliche Art der jüdischen Frömmigkeit entstehen. Nur durch sie wird in der Berufung zu Jesus die Errettung vom Bösen, somit die Tat der vollkommenen Gnade erkannt. Die Verneinung, die der mit dem Glauben vollzogenen Bejahung stets anhaftet, kehrt sich hier gegen den Pharisäismus, der das vertritt, was damals am Judentum nicht nur natürliche Regsamkeit und menschliche Eigensucht, sondern Frömmigkeit war. Der Energie, mit der diese Verneinung vollzogen wird, entspricht die Kräftigkeit des Glaubensstands.

Zum Universalismus kommt Matthäus dadurch, daß die Sünde das Gericht über Israel herbeiführt, dessen Notwendigkeit und Tiefe er seinen Lesern deutlich genug bezeugt, weiter dadurch, daß das Gericht nicht das Endziel Gottes und seines Christus ist, der Weinberg vielmehr anderen übergeben und das Gastmahl mit neuen Gästen gefeiert wird. Der Christus schafft die neue, ewige Gemeinde. Das, was die Berufung aller in diese ermöglicht, ist die von Jesus dem Glauben gewährte Gnade, wie sie auch an den glaubenden Heiden aufgezeigt wird. Was damit, daß auch der Heide nicht vergeblich an Jesus glaubte, seinen Anfang fand, kommt dadurch zur Fortführung, daß der Auferstandene seine Boten an alle Völker sendet, und dadurch zur Erfüllung, daß die eschatologische Heilandstat Jesu universale Größe hat und die Erwählten Gottes aus der ganzen Menschheit bei ihm versammeln wird.

So legt Matthäus zur universalen Verfassung der Kirche als Gemeinschaft aller Glaubenden den unentbehrlichen Grund, weil diese erst möglich war, nachdem die nationale Frage so gelöst war, wie ihr Matthäus durch die mit starkem Glauben vollbrachte Erhebung über den nationalen Bestand Israels die Lösung gab.

Was hatte er noch nach dem Zusammenbruch Israels? Nichts blieb ihm als Jesus allein, nichts als der Auferstandene, damit auch der Erfüller der Schrift, der, dem Mose und Elia huldigen, der, der mehr als der Tempel ist und Israels Geschichte vollendet, doch nichts als Jesus allein. Der Tempel fällt, das heilige Land und das heilige Volk haben ihre religiöse Bedeutung verloren. Sein ganzes Glauben ist auf Jesus gestellt. Aus dem Fortgang seiner Arbeit, wie Matthäus sie uns darstellt, ergibt sich als das einzige Resultat der um ihn gesammelte Jüngerkreis, vgl. Mt. 25, und die neue, von ihm geschaffene Gemeinde besitzt nur das eine, freilich alles andere überragende Gut, daß der Christus sie berufen hat und regiert. Darin besteht die Einheit des Glaubens zwischen Matthäus, Paulus und Johannes.

Sowenig es jedoch diesem Glaubensstand an Kraft gebricht, für die, die sich um Jesus als um den König Israels gesammelt haben, der eben als König Israels der Herr aller ist, weil und wie Israel als solches die Gemeinde Gottes ist, bildeten notwendig die das Handeln ordnenden Normen den wesentlichen Inhalt der Botschaft Jesu. Was Israel tat, Jesus tat, die Jünger zu tun haben, ist hier die Hauptsache am Evangelium. Denn dieses zeigt, wieso Israel den Willen Gottes nicht tat, wieso ihn Jesus tat, wieso er aus seiner Gemeinde die Täter des göttlichen Willens macht. Sowenig dabei von einem glaubenslosen Tun die Rede ist, so bildet doch für diesen Gedankengang nicht die Entstehung des Glaubens für sich schon das entscheidende Ergebnis der Arbeit Jesu, sondern dieses liegt teils vor dem Glauben in dem, was durch Jesus zu seiner Begründung geschah, teils nach demselben in dem, was durch die Gemeinde auf Grund desselben geschieht. Ihr Recht ist nicht schon dadurch erwiesen, daß sie an Jesus glaubt, sondern dadurch, daß sie Israels Sünde von sich tut.

Daher behalten auch jene Worte, die zunächst für die Erstlingsgestalt des Jüngerkreises geprägt waren, »zum Jünger machen, nachfolgen«, für Matthäus ihre bleibende Wichtigkeit und werden durch die Formel »Glauben« nicht ganz ersetzt. Denn sie umfassen den Anschluß an Jesus nach allen Richtungen, wie er das Glauben und den Gehorsam einheitlich umspannt.

Da Israels Glauben zwar gereinigt, vor Verderbnis geschützt

und zur Fruchtbarkeit gebracht werden muß, nicht aber bestritten werden darf, weil dies die Leugnung der Offenbarung und Gegenwart Gottes bei Israel bedeutet hätte, besteht zwischen ihm und der Christenheit im Glauben eine Gemeinsamkeit. Soweit jenes sich dem Regierer seines Schicksals mit Vertrauen ergibt, ist sein Glauben auch das der Christenheit und Matthäus bleibt sich dieser Gemeinsamkeit bewußt. Zwar fällt auf Israel die Schuld des Unglaubens; aber auch die Christenheit erlebt es, daß auch sie nicht ohne Straucheln und Versündigung ihr Glauben übt. Die Zeichnung der Apostel, wie sie Matthäus gibt, verzichtet ein für allemal darauf, aus dem Glauben sich einen Ruhm zu bereiten. Der im Glauben lebende Wille erstrebt vor allem, daß sich das Glauben dadurch als richtig erweise, daß Jesu Gebot durch den Glaubenden geschieht. Die Formel »an ihn glauben« war daher nicht der einzige oder häufigste Ausdruck für diesen Glaubensstand.

Auch diese Merkmale desselben, die Abwesenheit jeder Neigung, für die Christenheit aus ihrem Glauben einen Ruhm zu machen, das helle Bewußtsein, daß das lebendige Glauben die Hingabe des ganzen Herzens an Gott erfordere und keine Spaltung desselben ertrage, die Sorge dafür, daß die Gemeinde ihr Glauben sich zum Gewinn in reiner, fruchtbarer Weise habe, der Nachdruck, der auf die Gemeinsamkeit des Glaubens mit Israel fällt, sind uns schon von Jakobus her bekannt[1]).

Daraus, daß Jesu Verhältnis zur Erwählung Israels deutlich werden muß, ergibt sich auch, was als seine Gabe für die Glaubenden hervorgehoben wird. Gottes Regierung und Jesu Arbeit stehen im Kampf mit einem doppelten Gegner, mit der Sünde und mit dem Tod; seine Gabe besteht daher in einem doppelten Gut, in der Gerechtigkeit und im Leben. Aus dem Blick auf Israels Fall folgt nun, daß Jesu Gegensatz gegen die Sünde im Evangelium die erste Stelle erhält; seine Hilfe besteht darin, daß er den Seinigen zu derjenigen Gerechtigkeit hilft, die sie ins Reich Gottes bringt. Nach dem ewigen Leben begehrte

---

[1]) Wie Jakobus die Größe des Glaubens dann rühmt, wenn der Arme trotz desselben verachtet wird, so legt Matthäus auf das Glauben an Jesus dann den Nachdruck, wenn der Kleine trotz desselben verdorben wird; vgl. S. 155.

schon der fromme Jude mit starker Hoffnung. Die Frage, die sich hier stellte, war die, wie der Eingang in das ewige Leben erlangt werde, nicht ob über der Vergänglichkeit des irdischen Daseins uns ein solches von Gott bereitet sei. Diese Überzeugung teilte der Rabbine mit dem Evangelisten; ihr Kampf begann an der Frage, was Sünde vor Gott sei und wie Israel von seiner Sünde befreit und ins Leben gebracht werde. Deshalb verkündigt uns Matthäus Jesus als den, der allein die Verirrten auf den Weg der Gerechtigkeit führt. Tritt dagegen die das Leben verkündende Verheißung in den Mittelpunkt des Evangeliums, so muß ein anderer Typus desselben entstehen.

Ob bei Jesu Arbeit auf Israel oder auf die Völkerwelt, auf die Überwindung der Sünde oder die des Todes geschaut wird, hat wieder inneren Zusammenhang mit der Art, wie der Evangelist sich den großen Gegensatz verdeutlicht, der innerhalb der Aussage Jesu über sich selbst und innerhalb seiner Wirksamkeit liegt. Jesus hat dadurch, daß er das königliche Amt in Gottes Reich als sich gegeben bejaht hat, sein Ziel über alle Schranken der menschlichen und irdischen Verhältnisse hinaufgehoben, und sich über die Welt gestellt in einer erhabenen Einzigkeit über allen. Dies war jedoch nur die eine Bewegung seines Willens und Lebens. Gleichzeitig behält er die Maße des menschlichen Lebens und der menschlichen Wirksamkeit, bleibt in der Gleichartigkeit mit allen, tritt an den durch den Zustand Israels ihm bereiteten Ort und nimmt alle Folgen desselben in seinen Lebenslauf willig auf. Die Einheit der beiden Bewegungen seines Willens, dort zur Erhabenheit und Herrschaft, zur universalen Wirkung, zur Offenbarung der Herrlichkeit Gottes, hier zur Niedrigkeit, zur Gleichstellung mit den anderen, zum Dienst an denen, mit denen er lebte, zum Verzicht auf Gottes Macht, auf Gericht und sichtbare Verherrlichung, bildet das Wunder in seinem Lebenslauf und bewirkt, daß der Anschluß an ihn mit einer gewissen Notwendigkeit eine doppelte Gestalt erhält, je nachdem seine Erniedrigung oder seine Herrlichkeit als sein wesentliches Merkmal hervorgehoben wird.

Indem Matthäus aus der nationalen, somit aus der ethischen Not heraus auf Jesus sieht, wird für ihn der die Erniedrigung und das Kreuz erfassende Wille Jesu zum Hauptstück an seinem

Werk. Wird dagegen Jesus als der beschrieben, der der in Finsternis und Tod gefangenen Welt die Botschaft vom erschienenen Leben bringt, dann wird die Herrlichkeit des Christus zum Hauptinhalt der Botschaft. Nur als der in der Herrlichkeit des Vaters Lebende ist er der Lebensspender für alle Glaubenden. Diese Gewißheit verlor ihren Grund, wenn nicht der Blick beharrlich auf die Herrlichkeit Jesu, auf seine Geeintheit mit dem Vater, auf seine Gottheit gerichtet war. Die Mahnung: »bleibt in ihm« ließ sich nicht ohne Beschränkung durch Zeit und Raum an die ganze Menschheit richten, wenn er nicht bei allen in der Vollkommenheit göttlichen Lebens und göttlicher Gnade gegenwärtig ist. Wo dagegen Israels Beruf und Geschick mit dem Gericht, das sich hier vollzogen hatte, im Vordergrund der Betrachtung stand, trat die demütige Erniedrigung des Christus zuerst in den Blick, und das Evangelium wurde zum Bericht über seine vergebliche Arbeit, über seine umsonst angebotene Liebe, über den Ernst seines Bußrufs, über die Schwere seines Leidens und die Größe seines Verzichts, und das positive Ziel seiner Sendung trat darin ans Licht, daß er durch sein Wort und Kreuz sich diejenige Gemeinde erworben hat, die die Vergebung der Sünden hat und in ernster Bekehrung die Bosheit von sich tut.

Für jeden Evangelisten war das Evangelium der Bericht über den Gang Jesu zum Kreuz. Matthäus macht bei der Darstellung des Endes Jesu aus der Entsagung, dem Schmerz und dem Gericht, die es in sich trug, seinen Hauptgegenstand, wobei alles, was den Passionstagen und ihrer Ankündigung in Galiläa vorangestellt ist, diese bereits vorbereitet. Es ist somit der Blick des Apostels mit geschlossener Energie auf den gehorchenden, dienenden, sterbenden Christus gewandt. Er gibt uns damit zweifellos das Evangelium, dieses aber in bestimmter Begrenzung und individueller Aneignung.

Indem er uns Jesu erste Unterweisung an die Jünger gibt, legt er uns lauter Worte vor, die sich mit der Gefahr, Versuchung und Sünde der Jünger beschäftigen und sie vor dem behüten wollen, was den Sturz Israels herbeigeführt hat. Jesus befreit sie von der falschen Verehrung des Gesetzes, die nichts Höheres begehrt als das alte Gesetz, vom falschen Betrieb der Frömmigkeit, von der falschen Schätzung des Reichtums und der Armut, weil dies alles wegen ihres Anteils am jüdischen Leben ihnen unmittelbar als Gefahr nahe lag, an der sie sich verderben würden. Die Bejahung seines königlichen Berufs steht in heller Klarheit darüber, wird aber nicht Gegenstand der Lehre. Er erläutert ihnen vielmehr die Größe des Verzichts, den er in seinen messanischen Beruf einrechnet, warum er sich nicht mit den geltenden Mächten verbindet, da er dadurch Gottes Gesetz auflöste, warum er keine laute Darstellung ihrer Frömmigkeit an ihnen duldet, da sie sich dadurch verdürbe, warum er sie arm bleiben heißt und es nicht zu ihrem Beruf zählt, Reichtümer zu erwerben, warum sie eine kleine Gemeinde bleiben, die nicht zur Herrschaft, sondern zum Dienen und Leiden berufen ist.

Die mit der Aussendung der Jünger verbundene Rede, die ihnen den Anteil an seinem Wirken gewährt, hat nur das eine Ziel, sie gegen die Versuchung stark zu machen, die an ihrer Arbeit haftet. Vom Besitz befreit, erlöst von der Furcht, zum Entsagen fähig, zum Sterben bereit, als eine mit ihren Kreuzen beladene Schar tun die Jünger ihren Dienst. Die neue an alle gerichtete Rede zeigt darauf die Gegenwart und den Fortgang des Himmelreichs. Sie ist jedoch dem Verständnis des Volks nicht bloß durch das Gleichnis entzogen, sondern auch ihr Inhalt stellt die Einhüllung der Regierung Gottes mit ihren ewigen Ergebnissen in die Kleinheit, Ohnmacht und Verborgenheit des menschlichen Lebens Jesu dar. Er gleicht dem Mann, der ein Senfkorn in den Garten legt, oder dem Säemann, dessen Aussaat die reiche Ernte trägt, trotzdem manches Korn verdirbt. In derselben Weise geben die letzten Worte Jesu an Jerusalem die Beschreibung des Himmelreichs nur in Parabeln, während die Strafworte über die gottlose Art der jüdischen Frömmigkeit hüllenlose Schärfe haben. Zudem offenbarte die Reichspredigt die Messianität Jesu, auch abgesehen vom Gleichnis, nur in einer Einhüllung, so daß sie zwar die Frage nach dem Christus weckte, sie aber noch nicht beantwortete. Wer das Reich als nah behandelte, bezeugte, daß der Christus nahe sei; wer es als gegenwärtig beschrieb, sagte, daß der Christus gegenwärtig sei. Aber die offene Bezeugung seiner Messianität gab Jesus nur dem Jüngerkreis, wenngleich alle seine Worte zu ihr hinleiten, damals, als er ihren Entschluß begründete, mit ihm nach Jerusalem zu gehen. Hernach wiederholte er sie angesichts des Kreuzes vor seinen Richtern. In der Antwort Jesu an den Jünger, der seine Messianität bekennt, kommen die umfassenden Ziele Jesu zur Darstellung, doch nicht so, daß er sein eigenes Wirken in Gottes Macht beschriebe, sondern so, daß er die Größe des apostolischen Werks bezeugt. Der Jünger trägt die Gemeinde, die dem Tode überlegen ist, und hat die Schlüssel des Himmelreichs und vollzieht bindend und lösend das Gericht, das im Himmel gültig ist. Erst im Werk des Jüngers offenbart sich Jesu Herrschaft. Die Regel der Bergpredigt, die die Jünger zum Salz der Erde und zum Licht der Welt macht, beherrscht die ganze Darstellung. Der Jünger ist freilich nur deshalb das Licht, weil Jesus es in ihm entzündet, und trägt die Gemeinde deshalb, weil sie Jesus auf ihn baut, und öffnet und verschließt das Himmelreich, weil Jesus ihm den Schlüssel gibt. Jesus vollführt aber sein Werk nicht unmittelbar, sondern durch die Vermittlung des Jüngers hindurch.

Im Geschick und Dienst des Jüngers setzt sich Jesu Entäußerung fort. Sein Dienst beugt ihn zu den Kleinen hinab, macht ihn zum Knecht aller und wird im Verzicht auf Macht, Gericht und Leben vollführt. Auch für ihn begründet erst die Beugung die Verklärung, weil er aus dem Dienst die Herrschaft, aus der Fürsorge für das Kleine das Große, aus dem Sterben das Leben empfangen wird. Die Erniedrigung und die Erhöhung legen sich als Gegenwart und Zukunft auseinander, die zwar fest zusammengefügt, jedoch ihrem Inhalt nach bis zum Gegensatz verschieden sind.

Das ist zweifellos der echte Christus, aber derjenige Christus, der einer Gemeinde, die in einer bestimmten Lage an ihn glaubt, und einem Evangelisten, der durch konkrete Erlebnisse zu ihm geführt ist, zum Heiland ward.

Daraus, daß der Blick auf die Demut oder auf die Herrschaft des Christus, auf seine Niedrigkeit oder seine Herrlichkeit gerichtet werden konnte, entstand zwar nie ein Bruch in der Gemeinschaft des Glaubens, weil der Blick auf die Entsagung, die Jesus übt, seine Einheit mit dem Vater nicht aus- sondern einschließt, und ebenso die Gewißheit über Jesu

Geeintheit mit Gott die Empfindung für seine Demut und Erniedrigung nicht schwächt, sondern schärft. Mochte Jesu Herrlichkeit noch so sehr zum Mittelpunkt des Evangeliums werden, so wurde dadurch niemals das Glauben entbehrlich und durch das Sehen und Erleben nie ersetzbar. Mochte die Schwere des Kreuzwegs noch so kraftvoll herausgehoben werden, durch die Gewißheit, Gottes Reich sei das Reich seines Sohnes, den sein Geist erzeugt, erfüllt und auferweckt habe, empfing Matthäus einen Glauben, durch den der sündige und sterbliche Mensch zur Macht und Freiheit über die Welt emporgehoben und jeder göttlichen Hilfe teilhaft wird. Aber der Glaube bekam doch eine besondere Haltung, wenn er überwiegend auf das Passionsbild Jesu begründet war und der Kontrast zwischen seiner Sendung und seinem Ausgang und weiter zwischen dem gegenwärtigen Christenstand und dem, was seine neue Offenbarung bringt, ihn beherrscht.

Von den beiden in Gottes Gnade begründeten Gewißheiten, die Jesu Verkehr mit den Menschen trugen, daß sie ihr Glauben erhöre und ihr Lieben lohne, tritt hier die erste zurück, die zweite voran. Es wird hier sichtbar, wie hoch Jesus die Menschen schätzt und wie viel ihm daran liegt, sie vom Bösen zu befreien. Er gibt sich für sie in die Schwachheit und den Tod dazu, damit sie von der Schuld errettet seien und Gottes Namen heiligten. Wo dagegen das Evangelium zur Bezeugung der Gemeinschaft Jesu mit dem Vater wird, tritt seine auf die Erweckung des Glaubens gerichtete Arbeit und die ihm gegebene Verheißung an die erste Stelle; denn damit wird Gottes und Jesu eigenes Geben und Wirken in ihrer Größe wahrnehmbar. Matthäus fragt mit Jakobus: was tun wir für ihn? Johannes mit Paulus: was ist er für uns?

Wo tief empfunden ist, daß wegen Israels Unglauben auf Jesus die Ohnmacht fiel und er unter Gottes Recht sich beugte, das über den Sündern waltet, da stellt sich das Bußwort vor das Glauben. Nur aus der Abwendung vom Bösen kann dieses entstehen und nur in der Beugung unter Gottes Gericht die Gnade finden. Darum hat im Evangelium wohl die Klage Raum, daß der Glaube Jesus verweigert werde, nicht aber Sätze, die alle zum Glauben einladen. Von ihm kann nur mit den Wenigen gesprochen werden, die seine Hilfe suchen oder sich als seine Jünger an ihn anschließen. Das Evangelium muß zeigen, wie Jesus zwar durch sein Reden und Handeln beständig den Weg zur Erkenntnis seiner Sendung öffnet, es aber zur Aufgabe des Hörers macht, an dem, was er ist, tut und leidet, wahrzunehmen, daß sich die Verheißung in ihm erfülle, und der Herr der ewigen Gemeinde mit ihm gekommen sei; wer dies sieht, der komme nun zu ihm und bejahe sein Christusamt dadurch, daß er ihm gehorsam wird. Wir haben uns nach dieser Darstellung der Arbeit Jesu auch unsere Vorstellung von der eigenen Missionspredigt des Matthäus zu bilden; er verkündet die Werke Jesu, zeigt ihre Übereinstimmung mit der Schrift und richtet das Bußwort mit tapferer Wahrhaftigkeit an Gerechte und Gefallene aus. Wer nun glaubt, der komme zur Taufe und Gemeinde. Aber die Glaubensmahnung ist in der Bußpredigt verborgen und hat auch in der Gemeinde vor allem dann ihre Stelle, wenn das Glauben mit Erschütterungen ringt.

Während durch das, was Jesu Herrlichkeit sichtbar macht, seiner Erkenntnis ein reicher Inhalt zuwächst, der dem Glauben als Grund dient und deshalb mit Eifer und Freude angeeignet wird, schafft der in Demut dienende und leidende Christus das Glaubensmotiv durch die Taten seines Erbarmens, deren größte die Berufung in seine Gemeinde ist, und das auf ihn gerichtete Glauben ist vor allem die Gewißheit, daß sein Helfen aller Not überlegen sei.

Weil neben dem von Israel verworfenen Christus nur seine kleine Herde steht, darum kann sich seine Verheißung nicht nur an die Glaubenden wenden, weil so sein richtendes Handeln den Hauptzweck seiner Sendung, die Offenbarung der vollendenden Gnade, überwöge. Darum begann Matthäus seine Sammlung der Worte Jesu mit seiner weiten, großen Verheißung für alle Armen im Geist und alle Barmherzigen.

Wie Jesus sein Erbarmen und Helfen zum täglichen Bedürfnis und zur irdischen Not herabsteigen läßt, so nimmt auch das Glauben bei Matthäus an den Schwierigkeiten der irdischen Zustände teil; es sucht und empfängt die Hilfe für das, was sich als Schmerz und Schranke auf uns legt, und wendet sich an jenes göttliche Geben, das uns das Brot und das Kleid gewährt, die Krankheit abnimmt und im Sturm erhält.

Indem die Schwachheit und das Leiden des Christus das Bewußtsein bestimmt, legt sich in das Glauben kräftig das Bewußtsein um die Schranke, die ihm noch unaufhebbar ist. Es wird ein Trauen, das die Kleinheit und Verborgenheit, die noch auf Jesu Werk liegt, erträgt. Dieses Glauben wird zum Erzeuger der Geduld und des Bittens und kann nur dadurch bestehen, daß es in voller Kräftigung das absolute Hoffen neben sich hat. Es bleibt dabei stets dessen eingedenk, wie leicht es den ihm widerstrebenden Eindrücken erliegt, und bedarf darum derjenigen Verheißung, die schon an das kleinste Glauben Gottes ganze Hilfe fügt.

Wir haben in dieser Gedankenreihe eine festgeschlossene, einheitliche Überzeugung vor uns: das Gericht über Israel, Jesu Verborgenheit und Kreuz, die Unerläßlichkeit der Umkehr, das Gerichtswort über die Härte, die Beschreibung der neuen Gemeinde als der Täter des göttlichen Willens, die Verheißung für die Liebe, die Richtung des Glaubens auf Jesu Hilfe und die Anspannung des Trauens, die auf diese wartet, bilden eine einheitliche Reihe, an der kein Glied fehlen kann. Soweit die Beziehungen des Glaubens zum Handeln in Frage kommen, stehen sie dicht neben Jakobus, nur daß Matthäus dem ethischen Ziel seine christologische Begründung gibt.

Ich halte die Vermutung für willkürlich, daß das erste Evangelium durch einen Zufall den Namen des Zöllners trage; er paßt vortrefflich zu dieser Darstellung Jesu, die ganz und gar in den mächtigen Ernst der Buße eingetaucht ist, so daß sie oft einen fast herben Ton bekommt. Typisch ist in dieser Hinsicht die Bekehrungsgeschichte des Matthäus, die nicht bei der Lieblichkeit und Größe der Gnade Jesu verweilt, sondern sofort auf sie eines der schärfsten Gerichtsworte stellt, das wir von Jesus haben, jenes, das den Gerechten die Berufung versagt. Ebenso typisch ist hiefür auch die dem Glauben gegebene Verheißung, die beidemal zugleich die Apostel als glaubenslos darstellt. Schroff hebt sich das

Gleichnis vom ungehorsamen und gehorsamen Sohn bei ihm von dem bei Lukas ab, wie sich auch das Hirtengleichnis, 18, 12, in ähnlicher Weise von dem des Lukas dadurch unterscheidet, daß die Beziehung auf die demütige, selbstlose Arbeit der Jünger das Ganze beherrscht. Fast herb stellt das drohende Gleichnis, 18, 23 ff., die Petrus gewährte Vergebung dar. Die erste Aussage über das große Werk der Jünger, 5, 13, hat gleich die Gerichtsdrohung bei sich und die Verheißung der Parusie ist sofort streng in den Dienst des Bußworts gestellt, 7, 21. Kräftig hält sogar Jesu Abschiedswort durch die Bilder vom untreuen Haushalter, den Törinnen und dem trägen Knecht diesen Gesichtspunkt fest. Das Bild vom Gastmahl, das den Blick auf die von keiner Schranke mehr beengte Größe der neuen Gemeinde richtete, hat seine Spitze in der Ausstoßung dessen, der kein Festkleid hat. Vom Gewinn des Lebens spricht Matthäus nur im Zusammenhang mit dem Verlust desselben, von der Fürsprache des Christus für die Seinen nur zusammen mit der Drohung, er werde sie verleugnen, wenn sie ihn verleugnen, vom Geist, der in den Jüngern redet, nur da, wo ans Licht treten soll, wie groß die Schuld ihrer Richter sei, die sie verurteilen.

Freudlos und glaubenslos ist diese Buße nicht. Sie stellt vielmehr hell ins Licht, wie groß die Gnade Jesu ist. Neben den nicht berufenen Gerechten stehen die berufenen Sünder, neben den verstoßenen Weisen die erleuchteten Unmündigen, neben dem gerichteten Knecht die belohnten Knechte, und der Kontrast beleuchtet, wie Großes diesen gegeben ist. Die Buße geschieht hier zu dem Zweck und mit der Gewißheit, daß durch sie die Zugehörigkeit zum Christus und die Mitgliedschaft in der vollendeten Gemeinde gewonnen wird. Der Höhe des Ziels entspricht die Kraft des Strebens, das auf seinen Gewinn gerichtet ist, in das sich nichts von bebender Unsicherheit und aufgeregter Leidenschaftlichkeit mischt. Es liegt eine abgeklärte Ruhe über Matthäus nicht minder als über Johannes. Auch ist sein Ernst nicht nur in seiner früheren Lebenszeit, sondern zugleich und noch mehr darin begründet, daß er beim Kreuz Jesu stand und die Erschütterung miterlebt hat, mit der dieses den ganzen Bestand der alten Gemeinde niederwarf. Weil Jesus des Leidens sich nicht weigert, schwankt der Täufer, und weil die Jünger ihn nicht bei sich haben, verzagen sie, und weil sie auf ihn warten müssen, machen die zum Fest Geladenen aus ihrer Hoffnung eine Torheit, die sie um den Anteil am Himmelreich betrügt. Daran schloß sich, daß Matthäus den Kampf mit Israel miterlebte und seinen Sturz vor Augen hatte. Allein auf die Art, wie er am welthistorischen Ereignis teilnimmt, wirkt auch sein persönlicher Lebensstand ein, und was uns in jener Hinsicht sichtbar wird, tritt mit der Wendung in seiner Lebensgeschichte, mit seiner Bekehrung aus dem der Welt zugewandten, nach Gewinn und Lust haschenden Zöllnertum zu Jesus, leicht und durchsichtig in Übereinstimmung.

Jede Buße hat ihren Schmerz bei sich, auch die des Paulus und Jakobus; die Zöllnerbuße hat aber ihren besonderen Ernst. Denn es sind die häßlichen, schändenden Formen des Bösen, Geldgier, Härte, Grausamkeit, frivole Gottlosigkeit, über die hier die Buße und das Glauben den Menschen hinauftrugen. Aus dem Zöllnerleben sammeln sich die schweren, düsteren Bilder, denen beharrlich eine totale Abwehr und und Verurteilung gebührt, damit sie den Willen nicht mehr Ablocken. Mit tapferer Entschlossenheit trägt Matthäus die Abstoßung des Bösen in sich, zeitlebens ein Kämpfer gegen Mamon und Härte und Lüsternheit. An der Bergpredigt wird das Zöllnertum des Matthäus in derselben Weise sichtbar, wie Röm. 7 im Pharisäismus des Paulus begründet ist. Ebensowenig als bei Paulus, hat bei Matthäus das Glauben auf die Einheit und Klarheit des Selbstbewußtseins zerstörend eingewirkt, so daß es nicht mehr den ganzen Lebenslauf einheitlich umspannte, sondern die Erinnerung an das Frühere einfach vernichtet würde. Indem das, was einst geschah, in seiner Fortentwicklung das Neue bestimmt, doch so, daß aus ihr nicht Schwachheit und Schmerz, sondern guter Wille und Freude an Gott entsteht, bewahrt das Glauben sowohl seine Nüchternheit, als seine Kraft.

Der Fall des Paulus, und ähnlich auch der des Jakobus, war in anderer Richtung erschütternder, weil sie nicht am sinnlichen Begehren, sondern an ihrer Frömmigkeit fielen.

Ihre Buße war die der Gerechten, denen ihre Gerechtigkeit zum Fall geworden war. Darum war es aber auch für sie leichter, Gottes Führung auch während ihrer Verirrung als über ihrem Leben waltend zu sehen. Paulus hielt trotz seines Irrweges fest, daß sein ganzer Lebenslauf vom Mutterschoß an durch Gottes Erwählung gestaltet sei; so war es auch für Jakobus immer ein Grund zu großer Dankbarkeit, daß er Jesu Bruder war, obgleich er ihn nicht verstanden hatte. Ins sinnliche Lustgetriebe führt nicht Gottes Führung; hier brauchte die Buße den Freiheitsbegriff; nur von der eigenen Gier verlockt wird ein Jude Zöllner.

Wir lesen nicht ohne Grund bei Matthäus das gewaltige: ihr habt nicht gewollt! Nun ist er durch den, der seine Seele zum Lösegeld für die Schuldigen gab, für Gott erkauft worden, damit er statt ein Täter böser Werke ein Täter des guten Werkes sei, durch das Gottes Wille geschieht. Das war die Gabe, für die Matthäus Jesu dankbar war, um deren willen er an ihn glaubte und als Apostel redete und schrieb.

In ein Zöllnerleben steigt Gottes Berufung nur deshalb herab, weil sie aus dem Erbarmen stammt. An den im Erbarmen getanen Taten Jesu hat deshalb das Glauben des Matthäus seinen Grund.

Dem Zöllner half nicht Beschneidung, Gesetz und Tempel, kein Verdienst der Väter, nicht die Heiligkeit Israels; ihm half Jesus allein. Er kann wohl ein gläubiger Jude werden, niemals aber ein Judaist. Er vertraut auf Jesus ganz, ohne durch die Empörung der Weingärtner und Israels Sturz erschüttert zu werden, ruft die Wenigen oder Vielen zur Buße, die hören wollen, und wartet auf den Herrn, der die Seinen retten wird.

Es ist falsch, wenn die Verschiedenheit der Evangelientypen immer nur als Schwierigkeit beklagt wird, während doch darin, daß wir diese verschiedenen Zeugnisse haben, zugleich eine außerordentliche Hilfe für uns liegt, sowohl für den Historiker, als auch zum Gewinn eines reinen, ganzen Glaubensstandes. Gerade in ihrer Verschiedenheit bekunden sie, daß es wirklich ein glaubendes Verhalten war, in das Jesus seine Gefährten hineingehoben hat.

Ein identisches Evangelium hätten wir erhalten, wenn es

bei den Jüngern Jesu ein Evangelium ohne Glauben gegeben hätte. Den Gesetzgeber für das Handeln oder Denken hätten sie uns durch eine identische Reihe von Sprüchen, Formeln und Geschichten dargestellt, die memoriert sein wollen. Das Glauben verflicht sich dagegen, weil es ein inwendiges Erlebnis ist, mit dem ganzen Lebenslauf. Was die Jünger an Jesus hatten, war deshalb, weil sie glaubten, personhaft, individuell durch ihre eigene Lage und Aufgabe begrenzt, aber auch belebt, ihr eigener geistiger Besitz. Ob es sich um seine Bezeugung für Israel oder für die Griechen handelt, ob Israels Sturz mit ihm getragen oder die Bekehrung der Welt mit ihm begonnen wird, ob sie in ihm den Erfüller der Schrift oder das Licht, das alle erleuchtet, suchen, ob sie vor ihm als dem Geheimnis stehen, das erst die Zukunft enthüllen wird, oder ihn als den erkennen, der im Licht wandelte und alle, die zu ihm traten, ins Licht versetzt, ob sie die Tilgung schwerer Schuld oder die Erweckung einer hellen Gewißheit Gottes als seine Gabe schätzen und in der Reue und im Werk oder in der Wahrheit und Liebe ihren inneren Reichtum sehen, ob sie sich mit gespannter Erwartung nach ihm sehnen oder in dankbarer Liebe ihn als gegenwärtig wissen: immer bleibt ihre Bejahung seiner Gnade und Gabe ungebrochen, ein echtes Glauben, das den Mann in allen Bewegungen seines Lebens trägt und dadurch aus ihm inwendig eine Einheit macht.

Elftes Kapitel.

Johannes[1]).

Daran, daß die Kirche bleibend im Glauben das wesentliche Merkmal des Christenstandes fand, ist Johannes nicht weniger wirksam beteiligt als Paulus, weil sein Evangelium mit kräftigem Denken und Wollen die Arbeit Jesu auf das eine Ziel bezieht, daß durch sie das Glauben an ihn entstehen soll. Was ist hieran das Johanneische? Nicht, daß gesagt wird, Jesus

[1]) Daß Johannes zu den Gefährten Jesu gehört und einen großen Teil seiner apostolischen Arbeit innerhalb der Gemeinde von Jerusalem getan hat, macht sich sowohl an der Formation seiner Sprache als an

habe auf sich gerichtetes Glauben verlangt und bewirkt, sondern daß dieses Ziel über alle anderen Anliegen gestellt ist und nichts mit übergeordneter oder gleichwertiger Bedeutung neben das auf Jesus gerichtete Glauben tritt als die Liebe zu ihm und zu denen, die ihm gehören, wodurch die Bedeutung des Glaubens nicht begrenzt, sondern erhöht und gesichert ist.

Sowohl in der subjektiven als in der objektiven Richtung hat Johannes sein Ziel »an ihn glauben« zur Alleinherrschaft gebracht. Nur das Glauben, nichts neben ihm, bildete das Ziel der Arbeit Jesu; nur das Glauben an *ihn*, kein anderswie bestimmtes Glauben, kommt in Frage.

Man konnte den Christus seiner Werke wegen verkündigen, sei es wegen derer, die durch ihn geschehen sind, sei es wegen derer, die durch ihn geschehen werden, weil er die Welt mit Gott versöhnt hat, weil er wiederkommt, weil er große Zeichen getan hat, weil er die Kirche gegründet hat usf. Dann geht das Bemühen darauf, daß der Hörer erfahre, was als sichtbarer Erfolg und Wandlung im Weltbestand durch den Christus hervorgebracht sei. Das bildet nicht den Inhalt des johanneischen Evangeliums, sondern dasjenige Werk des Christus, das dieses beschreibt, ist, daß er an sich Glauben schuf. Auf Jesu Werke kann es selbstverständlich nicht verzichten, weil kein Glauben ohne Bericht vom Werk Jesu entstehen kann; Johannes sieht aber dabei beständig auf den Glaubensverband hin, der durch das Werk entstehen soll, und gibt seinem Bericht von diesem Ziel aus sein Maß.

Die Parusie fehlt bei ihm nicht, wird aber im Evangelium nur soweit verkündigt, als sie in die Begründung des Glaubens eingreift; sie macht die Verbindung Jesu mit den Seinen ewig, da er kommt und sie holt. Es ist für Johannes bezeichnend, daß die über die Eschatologie reichste Stelle in der Streitrede gegen die Jerusalemiten steht, 5, 20—30, wo er auf den Anspruch Bezug nimmt, den die Juden an den Christus stellen; diesem hat Jesus völlig genügt, da die großen messianischen

der seiner Begriffe sehr deutlich. Ebenso unverkennbar ist aber, daß sein Unterschied von Matthäus wesentlich dadurch bedingt ist, daß seine Schriften für die Kleinasiaten geschrieben sind und in enger Beziehung zu den Bedürfnissen und Bestrebungen des griechischen Christentums stehen. Ich stelle ihn daher unter eine besondere Überschrift.

Werke, die Auferweckung der Toten und das Gericht, ihm vom Vater übergeben sind. Die Abschiedsworte führen uns dagegen nicht mehr zu den offenen Gräbern, aus denen die Toten hervorgehen werden, und wir hören nicht, wie Jesus das Gericht halten wird.

Der Auferstehungsbericht wird soweit gegeben, bis Thomas glaubt. Die Kreuzeslehre sucht nicht das objektive Ergebnis des Todes Jesu erkennbar zu machen, sondern zeigt, daß Jesus deshalb, weil er starb und zum Vater ging, der sei und bleibe, an den man glauben kann.

Die Aussagen über den Geist beziehen sich nur auf den Kampf für und wider Christus, in den die Jünger mit der Welt hineingestellt sind. Er ist Jesu Zeuge und der Anwalt der Jünger in ihrem Streit mit der Welt. Seine Bedeutung für ihren eigenen inwendigen Lebensstand, über die uns bei Paulus die reichen Aussagen vorliegen, tritt ganz zurück. Seine Sendung ermöglicht, daß man an Jesus glauben kann.

Die wenigen Zeichen, die Johannes erzählt, sind sämtlich unmittelbar zum Glauben in Beziehung gebracht, weshalb ihre Darstellung einen lehrhaften Zug in sich aufnimmt, durch den sie mit dem Leser in Beziehung gebracht werden und allgemeine Bedeutung erhalten. Er hat am Zeichen wahrzunehmen, was Jesus auch für ihn selber ist, Brot, Licht, Leben und Auferstehung. Auch die Ostergeschichte ist unter den Gesichtspunkt des Zeichens gestellt, weil sie nicht in sich selbst ihren letzten Zweck hat, sondern die beständige Gegenwart des Christus bei allen verbürgt.

Die messianische Sendung umfaßt auch das Gericht als wesentlich zum Amt des Christus gehörend. Es bildet diejenige Seite an seinem Werk, die nicht unmittelbar zum Glauben, wohl aber zur Furcht und zur Tat des Jüngers Beziehung hat. Von einem Anstoß am richterlichen Walten des Christus oder von einer Bestreitung desselben bei Johannes zu reden wäre Unverstand. Er hat feierlich bezeugt, daß dem Christus das Gericht übergeben sei und daß er darin das Merkmal seiner Sohnschaft ebenso habe wie in seinem belebenden Werk, und hat uns die Unerbittlichkeit der Rechtsbewirkung, die alles stürzen läßt, was sich Gott widersetzt, an Jesu Weg und Tat mit erhabener Deutlichkeit sichtbar gemacht. Gleichzeitig hebt er jedoch unseren Blick ausdrücklich und absichtlich über den Gerichtsvollzug hinauf und macht uns deutlich, daß der Christus nicht gekommen sei, zu richten, daß er nicht einmal gegen die, die ihn verwerfen, als Verkläger vor Gott stehe, daß er, wenn er komme, zu denen komme, die ihn lieben. Der Rechtsvollzug steht unter der Betätigung der Gnade als deren notwendiges Ergebnis, das aus jener folgt. Wer nicht glaubt, ist gerichtet. Das Licht verscheucht, weil es Licht ist, die, die für die Bosheit die Dunkelheit bedürfen. Israel hat darum Sünde, weil Jesus bei ihnen gewesen ist. Indem das Gericht Jesu auf den Unglauben fällt, wird der Blick auf dieses selbst zum Glaubensmotiv und das Glauben von der Furcht vor dem Gericht frei.

Die Verkündigung des Johannes zielt nicht auf die Erweckung der Furcht hin, sondern auf ihre Überwindung. Während durch die Zerlegung des Glaubens bei Matthäus in die einzelnen Glaubensakte, durch die in ungeteilter Zuwendung zum Christus die göttliche Hilfe empfangen wird, im Menschen auch für die Furcht Raum entsteht, die sich als eine besondere seelische Bewegung vom Glauben abhebt, hat Johannes am beharrenden Glaubensstand die Berufung und Befähigung zu einer vollendeten Liebe, mit der die Furcht überwunden und die Freude vollendet ist.

Die Bußpredigt bleibt vollständig der Begründung des Glaubens subordiniert, denn Johannes führt nicht von unten her aufwärts zu Jesus hin, nicht zuerst in die Erkenntnis der Sünde, dann zu ihrer Abstoßung und dadurch zur Gemeinschaft mit Christus, sondern er beginnt mit dem Glauben. Von oben tritt Gottes Gabe in die Welt und trägt in sich den Glaubensgrund; wer sie wahrnimmt, glaubt.

Schon die ersten Sätze geben dem Gedanken diese Bewegung. Vom Wort geht der Blick auf das Leben und das Licht, die jenes in sich trägt. Das Licht tritt in die Dunkelheit hinein und erhält sich als scheinendes Licht auch am finsteren Ort; dadurch entsteht nun die Wahl, die sittliche Entscheidung und der sittliche Kampf.

Die Geschichtserzählung verläuft mit derselben Bewegung.

Nicht die Bußpredigt des Täufers wird uns dargestellt, sondern wie er Glauben an Jesus pflanzt, nicht wie er die Reuigen tauft, sondern wie Jesus die ersten Jünger gegeben werden. Nicht mit dem Zeugnis gegen die Sünde beginnt Jesus, sondern mit der Spendung des Weines, die in die Festfeier keine Störung hineintreten läßt. So steht er auch vor Nikodemus und der Samariterin als der Bote des vollen Evangeliums. Darum geht es nun in den Kampf mit der Welt und in das Sterben hinab.

Das hätte dann eine Fälschung des Wortes Jesu ergeben, wenn der totale Abschluß gegen das Böse, in dem Jesus selber steht und in den er die Seinigen führt, undeutlich würde. Das Johannes nachzusagen wäre eine Verleumdung. Mit voller Klarheit öffnet er uns den Blick in die Geschiedenheit Jesu von der Welt, der Liebe vom Haß, der Wahrheit von der Lüge, des Lichts von der Finsternis, des Lebens vom Tod. Mit der Bejahung des einen Glieds dieser Antithese ist das andere verneint. Johannes gewinnt aber im Zutritt zu Jesus die Verneinung der Welt mit ihrer ungöttlichen Begehrung; denn durch den Anschluß nach oben ist der Abschluß nach unten gesetzt. Die Macht, mit der Johannes auf die Kirche eingewirkt hat, beruht wesentlich darauf, daß er die Energie der Abstoßung in Richtung auf die Welt ebenso stark zum Ausdruck brachte wie die des Anschlusses an Jesus, doch so, daß er beide unlöslich miteinander eint.

Darum wird auch in der Darstellung des Streits Jesu gegen die Juden nicht der Nachweis ihres ethischen Gebrechens, sondern die Enthüllung ihres Unglaubens zum Hauptgedanken. Daß dieser ethische Gründe hat, wird keineswegs verborgen; diese Zusammenhänge werden vielmehr nachdrücklich ins Licht gehalten. Lügen und Hassen ist das Geschäft derer, die sich Jesus widersetzen, und die Ehre Gottes gilt ihnen nichts. Die von der Mordlust Getriebenen und der Spender des Lebens, die Erfinder der Lügen und der, der die Wahrheit redet, die Söhne des Teufels und derjenige Gottes stehen gegeneinander. Die ethische Verderbnis kommt aber in Betracht als die Wurzel des Unglaubens und erzeugt dadurch, daß sie diesen bewirkt, den Fall. Indem enthüllt wird, wie aus dem Unglauben der

Tod wird, wird zugleich sichtbar, daß das Leben aus dem Glauben kommt.

Auf den »Fürsten dieser Welt« hat Johannes ernster und eingehender hingezeigt, als es sonst im Neuen Testament geschah, und doch wäre das Urteil, er habe vor ihm Angst und wolle Furcht vor ihm erwecken, gänzlich schief. Eine Erschütterung des Glaubens tritt durch den Blick hinab in die satanische Tiefe nicht ein; dieser zeigt vielmehr, wie unerläßlich und heilsam für uns der Glaube an Jesus ist.

Die Beugung vor Jesus, die Matthäus durch das Bußwort herbeiführt, bewirkt Johannes dadurch, daß er uns, die von Gott innerlich Geschiedenen, vor den Sohn in seiner ungehemmten Verbundenheit mit dem Vater stellt. Damit wäre Jesu Wort dann verdorben, wenn sich daraus nur ein physisches Ohnmachtsbewußtsein ergäbe, das im Anblick der übernatürlichen Wesenheit Jesu dessen inne wird, daß uns ein solcher Lebensstand verschlossen sei. Allein die Sohnschaft Jesu, die uns Johannes beschreibt, hat vollständig persönliche Art; er ist mit seinem Gehorsam und seiner Liebe im Vater. Es wird uns an ihm nicht eine andere Natur, sondern ein anderes Denken und Wollen gezeigt. Darum trifft das Urteil, das wir an der Kenntnis Jesu gewinnen, nicht nur unsere Substanz oder das von der Natur uns gegebene Kraftmaß, sondern unsere Person und wird zur Buße, wie auch das Urteil über die Welt bei Johannes die volle Bestimmtheit eines sittlichen Urteils besitzt.

Die Anleitung zum guten Werk, in der Jesu Bußpredigt bei Matthäus ihren Abschluß hat, fällt bei Johannes im Evangelium, im Brief und in der Offenbarung gleichmäßig aus. Nur der auf das Inwendige gerichtete ethische Begriff, der darum zum Glauben in unmittelbarer Beziehung steht, nur das Lieben, ist hell beleuchtet. Dieses ist auch dadurch mit dem Glauben aufs engste verbunden, weil es zuerst auf Gott und Christus gerichtet ist, und darum auch auf die Brüder, weil sie vom selben Vater geboren sind. Anweisungen zur richtigen Verwaltung des Besitzes, zur Führung der Ehe, zur Einrichtung der Gemeinde, zur Ausbreitung des Evangeliums fehlen dagegen ganz.

Eine Fälschung des Wortes Jesu hätte sich an dieser Stelle

dann ergeben, wenn uns Johannes eine nach innen gerichtete Religiosität beschriebe, die sich in sich selbst verschlösse und auf die Arbeit innerhalb der menschlichen Gemeinschaft verzichtete. Davon ist bei Johannes niemals die Rede. Die Liebe handelt und ist nur dann wahr, wenn sie zu handeln vermag. Nur wer Jesu Gebote tut, hat ihn lieb. Aber die Unterweisung des Apostels begnügt sich damit, uns die inwendigen Bedingungen zum Werk zu zeigen und zu geben; wie wir nun dieses ausrichten, gibt er unserer eigenen Weisheit und Treue anheim.

Daran, daß Johannes im Evangelium, wie im Brief und der Offenbarung, die Missionsaufgabe an der Welt in auffallender Weise zurückstellt, ist auch die in seinem Weltbegriff formulierte Verneinung des menschlichen Wesens, Willens und Wirkens stark beteiligt. Da der Glaubende durch Christus aus der Welt herausgehoben werden muß, weil diese finster und tot ist, und auch herausgehoben wird, weil Christus die Seinen im Glauben mit sich vereint, hört sie auf, der Gegenstand unserer Liebe und der Ort unseres Erfolgs zu sein. Johannes trägt das starke Bewußtsein in sich, daß hier ein Kampf walte, der freilich durch den Christus auch für uns den Sieg über die Welt bedeutet. So ergibt sich aus dem Glauben im Verhältnis zur Welt zunächst die Ruhe, die die Geschiedenheit von ihr unerschütterlich bewahrt. Man kann deshalb doch nicht von einer quietistischen Verarmung des johanneischen Glaubens reden, weil der Christenstand nie eremitenhaft als der Zustand einzelner »Seelen« gedacht wird, sondern nur dadurch Bestand hat, daß wir »einander lieben«. In derjenigen Gemeinschaft, die im Christus ihre Einigung hat, ist der Glaubende zu jedem Werk berufen und fähig, selbst wenn dieses die Preisgabe des eigenen Lebens erforderte. Die Arbeit für die Welt, die die Gemeinde zu tun hat, richtet sie eben dadurch aus, daß sie in ihrem Kreise die Liebe übt und eine Einheit ist. Dadurch bringt sie der Welt zur Erkenntnis, daß Gott Jesus gesendet hat.

Eine sektenhafte Abgeschlossenheit der Gemeinde, die denen gegenüber, die von ihr geschieden sind, keine Verpflichtung anerkennt, entsteht bei Johannes deshalb nicht, weil er das Hassen schlechthin, nicht nur im Verkehr mit den Angehörigen der Gemeinde, sondern im Verhältnis zu allen, verloren hat.

Die Versagung der Liebe trifft nur das, was »nicht aus Gott ist«, ist also kein Bruch ihrer Vollständigkeit, weil sich ihre Begrenzung nur daraus ergibt, daß Gott ernsthaft bejaht und gewollt ist. Kann auch die Berufung zu Jesus nicht das Werk des Menschen, auch nicht des Apostels sein, kann dieser nur vom Licht zeugen, nicht selbst es spenden, so ist er doch, sowie Christus den Menschen aus der Welt heraus zum Glauben an seinen Namen führt, mit ganzem Willen bereit, ihm die echte Liebe, die für ihn lebt und handelt, zu gewähren. Wer die Stimme des Christus hört, ist damit in den Kreis derer eingeführt, die füreinander leben, weil sie einander lieben. Die Grenze zwischen der Welt und der Gemeinde bestimmt nicht der Glaubende nach seinem eigenen Ermessen, sondern der Christus, der sein Hirtenamt an allen übt, die sein Eigentum sind. Durch diese Überzeugung war freilich in alles christliche Wirken, wie in alles Leiden, eine unbewegliche Ruhe gebracht, dadurch aber dieses selbst nicht gehemmt.

Nur dem Erkennen gegenüber kann die Frage mit einigem Recht gestellt werden, ob hier nicht das Glauben einem anderen höheren Ziel weichen müsse; aber auch hier bleibt es keineswegs undeutlich, wie sie beantwortet werden muß. Johannes gibt uns zwar nicht nur einzelne Erinnerungen an Jesus, sondern Begriffe, nicht als Ersatz für die Geschichte, sondern als ihre Deutung, damit uns ein durchgreifendes, umfassendes Urteil vermittelt sei, durch das unser Verhältnis zu Jesus und zur Welt eine beharrliche, gleichmäßige Regelung erhält. So lesen wir bei ihm nicht bloß einzelne Urteile Jesu über das Glauben bestimmter Leute, sondern erhalten einen Glaubensbegriff. Er gibt uns aber nicht statt des Glaubens eine Theologie oder ein Dogma, sondern der Begriff, den er uns verschafft, soll auf das Glauben als auf den zentralen Akt der christlichen Frömmigkeit ein helles Licht legen und in einfachen Formeln sagen, woran es seinen Grund besitzt und was seine Erträge für uns sind. Dadurch bringt er dem Glaubenden zum Bewußtsein, was er an seinem Glauben hat, und macht es als das große Erlebnis und Besitztum erkennbar, mit dem ihm die Gnade widerfahren ist.

Dagegen bricht die Darlegung auf allen Punkten ab, wo sie

einem rein intellektuellen Verlangen zur Befriedigung verhälfe. Wie entsteht in Gott das Gott seiende Wort? Wie entstand die Finsternis, in der das Licht scheint? Wie sind Fleisch und Wort in Jesus beisammen? Wie vollzieht sich in uns die Erzeugung desjenigen Lebens, das aus Gott ist? Wo ist der Mensch, der ewiges Leben hat, nach dem Tod? Auf solche Fragen gibt Johannes niemals Antwort. Gesagt wird stets nur das, was der Verbundenheit mit Jesus Stützung und Kraft gewährt; dagegen enthalten die johanneischen Schriften nicht eine einzige spekulative Ausführung. Alle derartigen Deutungen seiner Sätze haben immer mit Eintragungen gearbeitet.

Da das Glauben, das Johannes pflanzen will, Gewißheit ist, braucht es Kenntnis und Erkenntnis dessen, dem es glaubt. Es wird ihm Grund verschafft, weil das Glauben sich ernsthaft um seinen Grund kümmern muß. Weiter aber, als daß die Wirklichkeit dessen, was der Glaubende bejaht, ihm erkennbar werde, geht sein Bemühen nicht; es hat nicht die Begreiflichkeit der Tatsache nötig, nicht ihre genetische Deduktion oder den Nachweis ihrer Notwendigkeit und Möglichkeit. Nach dieser Richtung hin bewegen sich die johanneischen Worte nie.

Nur vom Glauben aus ist die Freiheit verständlich, mit der Johannes die Erinnerungen an Jesu Geschichte behandelt hat. Das Evangelium besteht für ihn nicht aus einer Reihe von Artikeln, die zum Heil notwendig sind, so daß es einen Katalog von Worten oder Geschichten gäbe, die man von Jesus wissen muß. Nicht dies und jenes, ihm glaubt man, und indem Johannes uns ihn erkennbar macht, gibt er dem Glauben seinen Grund.

Auch in der Richtung auf sein Objekt hat das Glauben bei Johannes strenge Geschlossenheit. Er sagt, Jesus habe es so erweckt, daß es auf ihn hingewendet war. Das Neue und Johanneische an seiner Aussage ist auch hier ihre ausschließliche Haltung, die nichts als Beziehungspunkt des Glaubens zuläßt als Jesus allein. Die Überzeugung formt sein ganzes Wort, daß niemand den Vater habe, der den Sohn nicht hat.

Es wird von keinem anderen Glauben geredet als von dem, das zu ihm hin betätigt wird, nicht von jenen Erweisungen desselben, die im natürlichen Bedürfnis ihren Grund haben und auf Gottes Vorsehung gerichtet sind, auch nicht vom Glauben Israels. Es lag nahe zu sagen: glaubt, wie Abraham glaubte; wir lesen aber nur: tut die Werke Abrahams. Es wird Israel nicht zugestanden, daß es an Mose gläubig sei, wenn sie auch »ihre Hoffnung auf ihn gesetzt haben«.

Damit der Glaube auf Jesus gerichtet sei, muß er in seiner Einheit mit dem Vater erkannt sein, da man einzig Gott glauben kann und soll mit jener Zuversicht, die den ganzen Menschen ganz bewegt. Darum wird in dieser Richtung das Wort des Johannes reich; deshalb beginnt er mit dem »Wort« und fügt zu Matthäus die reiche Darstellung des inwendigen Verkehrs Jesu mit dem Vater hinzu. Deshalb tritt über die Messianität Jesu, sofern diese ihm ein Wirken auf die Welt zuschreibt, seine Sohnschaft empor, durch die er zum Vater hingewandt ist. Darum werden auch seine Zeichen so dargestellt, daß sich Jesu Wesen in ihnen enthüllt, und sein ganzer Verkehr mit den Menschen dazu benützt, um uns seine Person nach dem, was sie inwendig füllt, erkennbar zu machen. Denn sowie das Glauben dasjenige ist, worin Jesu Gabe und Wirkung besteht, handelt es sich nicht mehr um die Wahrnehmung der Erträge, die Jesus außerhalb seines persönlichen Lebensstandes schafft, sondern um die Erkenntnis dessen, was er ist.

Damit hängt auch das zusammen, was man die »Monotonie« oder »Blässe« der johanneischen Darstellung heißen kann, die auf die konkrete, individuelle Zeichnung der Menschen und Ereignisse wenig Wert legt. Jesus ist derselbe gegen alle und das Glauben besteht darin, daß er erfaßt wird, wie er gegen alle ist. Da im Gottesbewußtsein der Ewigkeitsgedanke immer enthalten ist, hebt Johannes diesen auch für unser Verhältnis zu Jesus stark hervor und gewinnt damit kräftige Formeln für die ungebrochene, absolute Art des auf Jesus gerichteten Glaubens; es bejaht ihn als den unvergänglich Seienden.

Daß die ewige Gemeinde nicht auf die kleine Schar derer beschränkt bleibt, die Jesu irdische Arbeit oder die seiner Jünger mit ihm bekannt macht, fällt dadurch, daß das Glauben allein auf Jesus gerichtet ist, nicht dahin und die Weite der Verheißung Jesu, wie sie Matthäus gibt, bleibt unbezweifelt. Dies erreicht Johannes aber so, daß die Herrschaft des Christus über die hinaus erstreckt wird, die durch seine irdische Arbeit berührt werden. Er kennt seine Schafe, die sein sind, schon ehe sie seine Stimme hören. Er erleuchtet jeden Menschen, der in die Welt kommt.

Daher wendet sich das Glauben auch nicht auf die Apostel oder die Kirche hin. Das Bewußtsein des Apostels ist zwar hoch gehoben; »wir sahen seine Herrlichkeit« und »unsere Hände griffen ihn« und die Gemeinde tritt in »unsere Gemeinschaft mit dem Sohn und dem Vater« ein. Das Ziel bleibt aber einzig und streng: glauben an ihn. Die Stiftung des Apostolats und die Begründung der Gemeinde durch Jesus ist nicht zur Hauptsache in seinem Werk gemacht. Darin liegt ein Mittel zu seinem Zweck, nicht dieser selbst. Weder der Apostel, noch die Kirche hat die religiöse Macht, so daß man an sie zu glauben vermöchte, sondern einzig der Sohn ist der, durch den man in Gottes Liebe tritt. Nicht dazu ist der Apostel bestellt und die Kirche gegründet, daß man ihnen glaube, sondern dazu, daß man an Jesus glaube.

Daher ist auch das Sakrament nirgends als solches genannt; wir erhalten vielmehr die Anleitung, bei demselben auf nichts als auf Christus zu achten. Er gab sein Fleisch und Blut und über dem Wasser steht der Geist, der durch Jesu Erhöhung zu uns kam. Der sakramentale Akt wird aber nicht als solcher beschrieben, weil uns Johannes die Vorstellung in keiner Weise nahe legen will, als bilde dieser ein Heilmittel, das unabhängig von Jesus wirksam sei; der Heiland ist er.

Ebenso bleibt der Geistbegriff der Christologie streng subordiniert; denn der Geist zeugt für Jesus und führt nicht vom »Fleisch« des Christus ab, sondern zu ihm hin.

Ebensowenig wird das Glauben auf den eigenen Lebensstand zurückgebogen, damit es an den inneren Erfahrungen Halt gewinne. Die Gabe Jesu wird freilich in ihrer Vollendetheit beschrieben: Leben, Geburt aus Gott, Befreitsein vom Tod, doch nicht so, daß wir damit über das Glauben hinauskämen. Das »Leben« wird nicht in den Bewegungen des Bewußtseins und Wirkungen unserer Kraft aufgezeigt; es wird kein psychologisches Phänomen, das an der Erfahrung kontrolliert werden kann. Es haftet an unserer Verbundenheit mit Jesus, daran, daß er das Leben ist. Darum hat es der an ihn Glaubende, und was darin in unserem Bewußtsein erscheint und erlebt wird, ist das, daß wir glauben und lieben können. Man könnte als das Ergebnis der Predigt vom Leben und der Wiedergeburt erwarten, daß die Selbstbeobachtung eine übermächtige Wichtigkeit erhalte, da nun die Heilsfrage sich dadurch für jeden löse, ob er die neue Lebendigkeit an sich wahrnehme. Über die sittliche Aufgabe hinaus hat aber Johannes diesem Antrieb in keiner Weise nachgegeben. Nur die Frage bekommt Gewicht, ob der Christ lüge oder wahr sei, ob er sich der Gemeinschaft entziehe und sich in Dunkelheit verstecke oder ob er sich im Licht bewege, ob er hasse oder liebe. Darüber hinaus hat Johannes keinerlei Bedürfnis nach Merkzeichen der Wiedergeburt, nach irgend einer speziellen Vergewisserung über das Vorhandensein des Lebens in den Glaubenden. So gewiß wir im Glauben das aus Gott stammende Leben als das unsrige bejahen: es steht bei Johannes genau in derselben Weise über unserem Erfahrungsbereich, wie bei Paulus die uns geschenkte Gerechtigkeit über unserem Handeln steht. Wirkungslos ist weder diese noch jenes; wir lieben ja. Aber nicht auf diese Wirkungen, die sich an unserem Verhalten zeigen, gründet sich die Gewißheit des Lebens, so wenig wie Paulus die Rechtfertigung auf diese stellt, sondern sie bleibt für Johannes wie für Paulus im selben strengen Sinn Glaube. Der Glaubende hat das Leben um deswillen, weil er Christus gehört. Im Zusammensein der Formel »Wiedergeburt« mit der von aller Reflexion auf das Ich freien Stützung auf den Christus erhebt sich das johanneische Glauben zu einer Reinheit und Stärke, die mit der Hinwendung des Paulus von der in ihm vorhandenen Sünde zur Gerechtigkeit Gottes gleichartig ist.

Stellen wir Matthäus neben ihn, so ergibt das Vermögen des Johannes, nichts als Glauben, dieses aber mit dem umfassenden Ertrag der vollen Einsetzung in die Gemeinschaft Gottes als Jesu Ziel und Gabe darzustellen, von jenem zweifellos einen charakteristischen Unterschied. Man kann diesen als eine am ganzen Inhalt des Evangeliums durchgeführte Verinnerlichung desselben bezeichnen. Diese Einkehr nach innen ist notwendig zugleich Aufblick nach oben. Während die Fragen nach der richtigen religösen Praxis und nach Israels Bestand dahin fallen, beherrscht die im Gottesbewußtsein direkt entspringende Frage die ganze Darlegung und diese erhält ihre Beantwortung dadurch, daß hier der Blick auf Jesu inwendige Geeintheit mit dem Vater gerichtet ist, an der er seine Herrlichkeit hat. Nur darf eine solche Vergleichung zwischen Matthäus und Johannes nicht einzig sein Evangelium heranziehen, sondern wird nur dann zu einem richtigen Urteil führen, wenn der ganze Johannes neben Matthäus gestellt wird, sicherlich der, der das Evangelium um des Glaubens willen schreibt, zugleich aber auch der des Briefs mit seinem mächtigen Gebot und der der Offenbarung mit ihrer Hoffnung auf den Kommenden.

Daran, daß das johanneische Glauben durch die Gewißheit der vollendeten und ewigen Einheit Jesu mit dem Vater seine Fassung erhielt, ist wieder sowohl seine eigene Geschichte, als der Stand der griechischen Kirche, der er Jesu Bild übermittelt, mitbeteiligt. Dagegen ist es eine Verirrung, wenn zur Erklärung der Eigenart seines Glaubens sofort und ausschließlich fremde Einflüsse herangezogen werden, als könnten verschiedene Glaubenstypen bloß durch Mischungen entstehen, die Vorchristliches mit der Erinnerung an Jesus verschmolzen. Der Grund, der neben dem Glaubensstand des Matthäus auch den des Johannes schuf, lag in Jesus selbst. Er hatte die doppelte Gemeinschaft mit dem Vater und mit uns, war der Erniedrigte und Herrliche, der Verzicht und Macht übt, und nur durch diese doppelte Gemeinschaft wurde er zum Erwecker und Empfänger des Glaubens. Deshalb ist in diesem das Bewußtsein des Mangels und der Gabe stets nebeneinander vorhanden, und es ist im Verlauf unseres Lebens begründet, daß das Glauben weder nur das Bitten und Trauen, noch nur das Danken und Lieben, sondern beides schafft.

Indem uns Johannes die Herrlichkeit Jesu verdeutlicht, die er durch die Vollständigkeit seiner Sohnschaft hat, wird das Glauben seiner Kraft bewußt und an sich selbst der unschätzbare Besitz des Menschen. Daran hat Johannes vor Matthäus einen großen Vorsprung. So erzeugt das Glauben das Danken und die Liebe, die nichts über Jesu Gegenwart hinaus begehrt. Es stößt damit das Hoffen nicht aus, erhebt sich aber über die schmerzvolle Spannung, die dadurch entsteht, daß zwischen der Sendung Jesu und seinem Ausgang, zwischen dem Stand des Jüngers und seinem Endziel nur ein scharfer Kontrast erkennbar ist. Indem Jesus im Glauben die Seinen mit sich verband, hat er das Werk des Vaters vollendet und seine Liebe ihnen gebracht. Daher gleicht sich im Glauben der große Gegensatz zwischen dem Jetzt und Einst, zwischen dem Stand in der Welt und der Vollendung aus. Denn schon der Glaubensstand ist Verbundenheit mit Christus und darum Besitz des ewigen Lebens; die vollkommene Gabe ist erlangt.

Darum steht bei ihm das Glauben frei und still über den irdischen Anliegen und Nöten und fragt nicht nach Brot und Gesundheit und Lebenserhaltung, wie Christus in seiner Einheit mit dem Vater die Freiheit von der Welt besitzt. Es ringt auch nicht mehr mit jener Not, die durch die Schuld entsteht; denn diese ist dadurch, daß der Christus uns zu sich beruft, gedeckt.

Darum hat es auch in der Erkenntnis des Christus seinen zureichenden Grund, in den es sich mit dem hellen Blick einer vollen Liebe versenkt. Es hat zu seiner Entstehung und Vermittlung nur das eine nötig, daß ihm der Sohn Gottes gezeigt werde, und nun bringt es seinerseits durch die Verbundenheit mit ihm die Geschiedenheit von der Welt hervor, gibt im Kampf Jesu mit dieser dem Glaubenden die Stellung bei ihm und verschafft ihm damit die Befreiung von allem Satanischen, von Lüge und Haß.

Der an Jesus Glaubende steht dadurch in der großen Gemeinde Gottes, die nicht an zeitlichen und natürlichen Formationen ihre Grenze hat. Denn durch Jesu vollendete Gemeinschaft mit dem Vater ist gegeben, daß auch seine Beziehung zu den Menschen sich über die Grenzen seiner irdischen Arbeit hinaus erstreckt und in der verborgenen Weise des göttlichen Wirkens alle Zeiten und Gottes ganzes Eigentum umfaßt.

Bilden bei Matthäus die Berufung zur Buße, das Gericht über die Härte, die Verheißung für die Liebe und die Begründung des Glaubens auf die im Erbarmen getanen Werke

Jesu eine einheitliche Reihe, so stellt sich eine solche bei Johannes ebenso fest heraus, weil bei ihm die Berufung zum Glauben, das Gericht über die Lüge, die Verheißung für die, die aus der Wahrheit sind, und die Begründung des Glaubens auf die Gegenwart des Lichts in Jesus beisammen stehen.

Keiner der beiden Evangelisten ist eine gemischte Figur mit einem bunten, zusammengelesenen geistigen Besitz, sondern beide haben für ihr inneres Leben mit überraschender Vollendung Einheitlichkeit erreicht. Das gewannen sie nur als Glaubende, weil durch das Glauben der aufgenommene Gedanke die Persönlichkeit ganz durchdringt. Eklektiker, die ihren Besitz borgen, können nicht glauben, sondern schwanken.

Seine selbständige Persönlichkeit und innere Einheitlichkeit hat aber Johannes, so gut wie Matthäus, an Jesu Wort gewonnen. Das zeigt sich nicht nur an der Einheit zwischen beiden[1]), sondern auch an ihren Verschiedenheiten deshalb, weil eine deutliche kausale Relation vom Satz des Matthäus zu dem des Johannes führt.

Aus demjenigen Glauben, das von Israel frei geworden ist, nachdem es vergeblich zum Reiche Gottes berufen war, entsteht dasjenige des Johannes, das den Universalismus in sich trägt und von Christus sagt, er sei in die Welt gekommen. Daraus, daß das Glauben nicht mehr an die alte Volksordnung gebunden ist, entsteht nun der bewußte Individualismus, der zwar die Gemeinde nie verliert, vielmehr sein Ziel daran hat, daß sie »alle eins seien«, dieses aber dadurch gewinnt, daß das Wort jetzt den Einzelnen gebracht und jeder dadurch, daß er sich mit eigenem Glauben an Jesus anschließt, in die Gemeinschaft mit Gott versetzt wird.

Aus demjenigen Glauben, das so an Jesus gebunden war, daß dadurch jede andere Gemeinschaft gelöst war und jedes andere religiöse Gut versank, das alles verkaufte, um die eine Perle und den großen Schatz zu gewinnen, entstand dasjenige des Johannes, das nicht viele Hirten kennt, sondern nur den einen und daher den sogenannten Partikularismus in sich trägt, weil es sich von allen scheidet, die andere Meister haben als ihn allein.

[1]) Vgl. Seite 221—224.

Weil alle auswendigen Gnadenzeichen und Heilsmittel fielen und Jesus allein sich als den erwies, der im Vater lebt, gibt es keinen anderen Heilsweg als das Glauben an ihn.

Weil er den Kreuzesweg ging und sein Königsamt nicht durch äußeren Erfolg und den Gewinn der Welt ausübt, sondern dadurch, daß er sich gegen die Welt am Kreuz als Gottes Sohn erwies, gibt diese Erkenntnis dem Glauben seinen ganzen Inhalt.

Weil er seinen Erfolg und Beruf darin hat, daß er die neue Gemeinde schuf, darum stellt es sich als das große Ziel und Werk Jesu heraus, daß er jenes Glauben erweckt, durch das wir ihm und in ihm miteinander verbunden sind.

Aus derjenigen Buße, die auch in Israel keine Gerechten kennt, sondern alle in die Reue beugt, und von keiner Reinheit weiß, als von derjenigen, die durch Vergebung entsteht, erwächst das johanneische Urteil über die Welt. Aus der Verneinung des Pharisäismus ward diejenige Israels, aus dieser die Verneinung der Welt, weil in der Menschheit niemand als gerecht und fromm übrig bleibt, nachdem Israel gesündigt hat und Jesus gekreuzigt ist. Nun ist die Gebundenheit der Menschheit an die widergöttlichen Mächte offenbar geworden und jenes Glauben begründet, das uns dadurch, daß es uns zu Jesus führt, von der Welt trennt. Weil Matthäus bezeugt, Jesu Werk sei nicht erkannt, wenn er nicht als der Bringer des Bußworts an Israel verstanden sei, darum bezeugt Johannes, Jesu Werk sei nur dann erkannt, wenn wir verstehen, daß er die Tiefe des Gegensatzes zwischen der Welt und Gott offenbarte und deshalb starb.

Weil Matthäus Jesus als den bezeugt, der das begonnene Werk Gottes erhält, fortsetzt und vollendet, da er der Verheißene ist, und zugleich als den, der einen neuen Anfang setzt, da man nur durch die Umkehr, die das Alte zerbricht, zu ihm tritt, deshalb verkündigt Johannes Jesus als den, der seinen Bau auf Gottes ewigem Grund errichtet und die Kinder Gottes sammelt, die sein eigen sind, und zugleich als den, der einen neuen Anfang schuf, weil er nicht aus der Welt ist und die Seinen nicht in der Welt läßt.

In allen diesen für Johannes fundamentalen Überzeugungen steht er neben Matthäus nicht selbständig, etwa wie Jakobus neben Paulus, sondern der Satz des Matthäus ist die Voraussetzung zu demjenigen des Johannes, der ohne jenen zerfällt. Diese kausalen Beziehungen haften nicht am Buch des Matthäus, sondern reichen deutlich über dasselbe in die eigene Arbeit Jesu zurück.

Daher steht das johanneische Glauben auch zum jüdischen und jüdisch-christlichen Glaubensgedanken in festen Beziehungen. Von entscheidender Bedeutung ist in dieser Hinsicht, daß es Gottes Beziehung zu uns voll personhaft faßt. Das Glauben ist weder intellektualisiert, noch als Tugend gedeutet, weder auf Lehrsätze, noch auf sakramentale Weihen bezogen, auch nicht als Kraft- oder Substanzgemeinschaft gedacht, sondern kümmert sich um das persönliche Verhältnis des persönlichen Gottes zu uns als Person. Es hat sein Objekt nicht in einem Begriff oder einer Kraft oder einer Substanz, sondern in demjenigen Gott, der im Sohn, den er sandte, den Glaubenden bekannt und gegenwärtig ist. Ebensowenig legt sich auf des Menschen Seite das religiöse Gewicht auf irgend einen unpersönlichen, dinglichen Besitz. Ein »Christentum«, das etwas anderes wäre als das Bleiben bei Jesus, gibt es bei Johannes nicht, obwohl ein solches unter den Griechen schon zu seiner Zeit entstanden war. Er kennt keine heilige Satzung, kein erlösendes Dogma, keine seligmachende Kirche, sondern nur den Sohn, mit dem man durch den Glauben in Gemeinschaft steht. Nirgends haben wir so deutlich wie bei ihm vor Augen, daß und wie aus dem Jüngerverhältnis zu Jesus »Religion« geworden ist.

Ferner reicht in die palästinische Predigt der sittliche Ernst dieses Glaubens zurück, durch den es zur totalen Verneinung des Bösen wird, und im Zusammenhang damit die Energie, mit der es sich gegen alle Fragen, die eine Theorie über Gott, die Natur und die Menschheit begehren, verschlossen hält. Wenn Johannes für den Beruf, der sich aus dem Glauben ergibt, überwiegend negative Sätze verwendet, wenn sich unsere Liebe darin erweist, daß wir unsere Seele für die anderen lassen, und die Gemeinde das Zeugnis Jesu dadurch bewahrt, daß sie für ihn sterben kann, so ist auch am Glauben der Palästiner die Beobachtung deutlich zu machen, daß sie das Vermögen, im Glauben zu leiden, richtiger und kräftiger besaßen, als dasjenige, im Glauben zu handeln.

Aus der Lage der griechischen Kirche empfängt dieses Glauben darum seine Ziele, weil es mit der Darbietung der Predigt an alle Völker durch Wechselwirkung verbunden ist. Johannes nennt dem Griechen nur diejenige Bedingung, damit er Gottes Eigentum sei, die durch die Bezeugung des Christus auch ihm vermittelt wird: das Glauben. Für den Griechen hat er aus dem Evangelium alles abgeschieden, was zwar für die Zeitgenossen von größter Bedeutung war, aber den Griechen nicht mehr unmittelbar berührt, und für ihn nur durch Erklärung und Übertragung praktische Bedeutung gewinnen kann. Wir hören von Johannes nicht, was Jesus einst sagte, sondern was er allen sagt.

Dem Griechen wird verkündigt, daß er zum Leben berufen sei; denn er schöpft aus der Natur, die bisher sein Bewußtsein bestimmt hat, nur die Gewißheit seiner Sterblichkeit und verlangt nach Befreiung vom Todeslos.

Auf ihn nimmt auch die Fassung des Evangeliums in fest umgrenzte und reich gefüllte Begriffe Rücksicht. Er ist des Begriffs fähig und bedürftig und soll deshalb wissen, weshalb er an Jesus glaubt. Ihm wird die »Wahrheit« gezeigt als die Basis, auf die Jesu Werk gestellt ist; denn deren Wert kennt auch er, so daß Jesu Arbeit durch ihre Beziehung zur Wahrheit auch das, was der Grieche besitzt, erhält, und was er sucht, ihm gewährt. Die geschichtlichen Kategorien treten dagegen für ihn zurück; denn die griechische Gemeinde hatte noch keine Geschichte. Dagegen trug sie die großen Fragen in sich, die am menschlichen Wesen stetig haften, nach dem Weg zu Gott, nach der Wahrheit, nach dem Leben. Für diese findet sich nach der Überzeugung des Johannes die Lösung in dem, was Jesus in seinem inwendigen Lebensstand besitzt.

Auch an Paulus haben wir bei dieser Darstellung Jesu zu denken, weil der Gemeinde, unter der Johannes lebte, von Anfang an gesagt war, sie finde im Glauben an Jesus ihr Heil. Der Evangelist hat ihr das Glauben nicht neu zu geben, sondern will und kann ihr zeigen, daß sie durch ihr Glauben das empfangen hat, was Jesus schuf, das, wozu er seine ganze Gnade fügt.

Der Brief und die Offenbarung zeigen, daß Johannes die

gnostischen Strömungen neben sich hat, und die Abwehr derselben mag auch an der Haltung des Evangeliums kausal beteiligt sein. Sie konnte mit dazu führen, daß der Glaube der Zentralbegriff des Evangeliums wird und nichts neben ihn gestellt wird, was ihn überböte oder ersetzte, und weiter, daß das Glauben bestimmt auf das irdische Leben Jesu gerichtet ist, das alle gnostischen Bestrebungen als bloß vorübergehend und vergangen hinter sich ließen, um sich in das Himmlische zu versteigen. Johannes vereint das Wort und das Fleisch, die ewige Wirkung und die Geschichte, den irdischen Dienst und die stete Gegenwart Jesu zu einer unzerbrechlichen Einheit und verschließt dadurch den gnostischen Phantasien den Raum, die den Mangel, den sie am menschlichen Christus wahrzunehmen meinten, durch seine himmlischen Schicksale und Operationen ergänzten. Es ist möglich, daß Johannes mit dem Urteil schrieb, im Blick auf den demütigen, ans Kreuz gehenden Juden, den uns Matthäus als den Gesalbten vorstellt, liege ein ausreichender, durchschlagender Schutz gegen die gnostischen Phantasien noch nicht; dazu sei erforderlich, daß im irdischen Leben Jesu Gottes Gegenwart und Wirken deutlicher aufgezeigt werde. Doch darf diesem Motiv nicht die gestaltende Kraft für den ganzen johanneischen Glaubensstand beigelegt werden, weil das Evangelium diese polemischen Ziele nirgends unzweideutig sichtbar macht. Der Feind, gegen den das johanneische Glauben sein Nein deutlich genug ausspricht, ist nicht eine einzelne Sekte oder besondere Theologie, sondern der ganze Bereich des menschlichen Denkens, Handelns und Wesens, die Welt.

Auf die Gleichartigkeit und Verschiedenheit, die im Glaubensstand des Johannes neben demjenigen des Matthäus vorhanden sind, wirft der Brief des Johannes dadurch ein helles Licht, daß keiner unter den neutestamentlichen Briefen in seinem Ziel und Inhalt dem Jakobusbrief so nahe steht wie er. Gleichzeitig steht aber der Brief auch mit Paulus in großer Übereinstimmung.

Mit Jakobus verbindet ihn, daß auch hier die ganze Unterweisung dahin wirkt, daß sich die Gemeinschaft mit Gott in der Lebensführung bewähre. Der Brief spricht jedem den Anteil an Gott ab, der sich im Dunkeln bewegt, der hassen kann, der die Gerechtigkeit nicht tut, 1, 6. 2, 9. 3, 10. Nur wer im Licht wandelt, nur wer lieben gelernt hat, wer unfähig ist, Böses zu tun, hat Gott erkannt, 1, 7. 4, 7. 3, 6 ff. Der Begriff »Gebot« wird nachdrücklich auf Christus übertragen. Der Beruf der Gemeinde bestimmt sich dahin, daß sie seine Gebote bewahre; das ist sachlich eins mit der Bewahrung seines Worts, 2, 4. 5, 7. Die rückwirkende Bedeutung der Werke auf unser Innenleben wird betont. Aus den bösen Werken entsteht der Haß, der den, der das Gerechte tut, vernichten will, 3, 12. Die Liebe, in der der ganze Wille Gottes und Jesu sein Ziel hat, wird erst dadurch zur Wahrheit, daß sie Tat wird, 3, 18. 4, 20.

Daß die Gemeinschaft mit Gott im Handeln festgehalten werde, bekommt den vollen Ernst einer Bedingung für ihren Fortbestand. Es gibt keinen Verband mit Gott ohne den durch ihn bestimmten Willen und die ihm entsprechende Tat. Nur hieran haben wir das Kennzeichen, daß wir Gott kennen, im Christus sind und bleiben, aus Gott geboren sind und im völligen Besitz seiner Liebe stehen, 2, 5. 29. 3, 6 ff. 10. 4, 12. Wenn die Liebe zum Bruder entstanden ist, dann ist der Übergang vom Tod ins Leben vollzogen, 3, 14. Darum hängt auch die furchtlose Freudigkeit des Menschen vor Gott, die *παρρησία*, von der Liebe ab. Weil in *παρρησία* die Beziehung des Begriffs auf das Wort nicht verschwindet, hebt sie Johannes teils für jenen Moment hervor, in dem die Gemeinde vor dem wieder mit ihr vereinigten Christus steht und ihn nun fröhlich anreden darf, 2, 28. 4, 17, teils für die an Gott gerichtete Bitte, 3, 21. 5, 14. Sowohl im Gericht wie im Gebet ist solche Freiheit und Zuversicht unseres Wortes, wie durch das Glauben, 5, 14. 2, 28, so auch durch das Lieben bedingt, 3, 21. 4, 17. Denn die Furcht weicht nur der Liebe. Aus den Werken erlangt, um mit Jakobus zu reden, das Glauben seine Vollständigkeit.

Die religiöse Lage in Kleinasien hat Johannes zu einem ernsten Kampf gegen eine Zuversicht bewogen, die sich neben das Wollen und Handeln selbständig stellt und mit bösem Wollen den Anspruch an Gottes Gemeinschaft verbinden zu können meint. Mit der Verwarnung derer, die »sagen, sie hätten Gemeinschaft mit Gott, kennten ihn, seien im Licht, liebten Gott«, im Gegensatz zum wirklichen Stand ihres Willens und Lebens, wiederholt er das Strafwort des Jakobus gegen das verdorbene und verderbende Glauben[1]) und setzt zugleich den Kampf Jesu gegen dasselbe fort, den er auch im Evangelium mit großer Anschaulichkeit erkennbar macht. Es wird ihm deshalb zu einem Hauptanliegen, der Christenheit die Kennzeichen einzuprägen, an denen sie die Echtheit und Lebendigkeit ihrer Beziehung zu Gott und Jesus messen kann. Es sollen die Selbsttäuschungen ausgeschlossen bleiben. Der Brief erweckt in den Lesern die kritische Funktion und richtet diese gegen die Beruhigung in der bloß intellektuellen Aneignung der Gabe Jesu.

Die Unzerreißbarkeit des Zusammenhangs zwischen dem Glauben und Lieben, der Bewahrung des Wortes Jesu und derjenigen seines Gebots, ist darin begründet, daß das Gebot Gottes und Jesu unmittelbar aus ihrem eigenen Wollen, Handeln und Wesen folgt. Weil Gott Licht ist, kann, wer an ihm teilhat, nicht in Finsternis wandeln, 1, 5 ff. Weil in Jesus keine Sünde ist, darum können wir nicht sündigen, 3, 5 ff.; weil er gerecht ist, darum müssen wir die Gerechtigkeit tun, 3, 7. 2, 29. Er ist mit seinem eigenen Handeln für uns das Beispiel, die Norm, das Gesetz; wir sollen wandeln, wie er wandelte, 2, 6, in der Welt sein, wie er ist, 4, 17. Der Widerstand gegen Gottes Willen zerstört darum die Verbundenheit mit ihm ganz; die Trennung von Jesu Gebot verliert ihn völlig. Der Anspruch, in einer Gemeinschaft mit ihm zu stehen, die doch auf die Gestalt des persönlichen Lebens einflußlos bleibt, ist dadurch als Lüge erwiesen, weil er trennen zu können vorgibt, was nicht trennbar ist. Gott ist nie gegenwärtig ohne seine Licht gebende Kraft, Christus nie vorhanden ohne seine von der Sünde geschiedene und scheidende Gerechtigkeit.

Die normative Geltung, die Gottes und Jesu Wesen und Werk für uns haben, ergibt sich aber nicht bloß daraus, daß wir an ihnen einen Begriff von dem, was Gerechtigkeit und Liebe sei, gewinnen, sondern noch mehr daraus, daß sie aktiv unsere Lebensgestalt bestimmen und uns unsere Lebendigkeit gewähren. Der Glaubende ist aus Gott erzeugt, Kind Gottes in dem Sinn, daß Gott selbst die Ursache und der Bildner seiner Lebendigkeit ist. Weil er aus Gott ist, ist er auch in die Gleich-

[1]) Von einer Polemik gegen Paulus zu sprechen wäre hier vollends töricht.

artigkeit des Verhaltens mit ihm hineinversetzt, so daß eine Lösung von der Sünde in ihm begründet ist, deren reinliche Geschlossenheit Johannes mit dem erhabenen Wort fixiert hat: er kann nicht Böses tun; es ist für ihn eine Unmöglichkeit, 3, 6 ff.

Ebenso nah, wie dem Willen, ist Gott auch dem Denken der Glaubenden. Der Geist, mit dem Gott sie gesalbt hat, wird ihnen zum Lehrer und die Zuversicht, die sich auf dieses göttliche Geben richtet, ist ebenfalls unbegrenzt: ihr wisset die Wahrheit; der Geist lehrt alles, 2, 27.

Durch diese Sätze ist unsere gesammelte Aufmerksamkeit auf den Verlauf unserer Lebensarbeit gerichtet, jedoch ohne daß sich daraus eine Verletzung des Glaubens ergäbe. Sie zeigen vielmehr durch ihre ein Ganzes aussagende Geschlossenheit, daß sie aus dem Glauben entstehen, somit auch nur durch Glauben sich zu erhalten vermögen. Johannes gewinnt sie aus dem Blick auf das, was Gott und Christus sind und tun, nicht aus der Beobachtung der Christenheit, nicht aus der Erfahrung oder Berechnung ihrer eigenen Leistung. Daher machen uns diese Sätze durch ihre Sicherheit und Gewißheit wieder die ganze Herrlichkeit des apostolischen Glaubens sichtbar. Johannes weiß sich und alle Glaubenden nicht nur teilweise und kümmerlich, sondern ganz vom Bösen und vom Wahn geschieden. Das Hassen und Irren ist für sie vergangen, genau ebenso, wie er um Jesu willen den Tod für vergangen hält, da er aus demselben in das Leben hinübergeschritten ist.

Ebensowenig, wie sonst im N. T., schlägt auch hier die Vollendetheit des Glaubens in Fanatismus um, in eine Verblendung, die den tatsächlichen Verlauf des Lebens nicht mehr sähe, an der Herrlichkeit des Gottesbewußtseins die wahrhaftige, scharfblickende Selbstbeurteilung erstickte und die Beweglichkeit und Schwachheit unseres Wollens in die Macht Gottes versinken ließe. Eine solche Deutung der das Glauben aussprechenden Worte liegt bei Johannes scheinbar etwas näher, weil er sie mit sentenziöser Kürze als schlechthin gültige Aussprüche gibt. Dieser Schein haftet aber nur an ihrer Form und ist hier, ebenso wie im übrigen Neuen Testament, falsch. Vor der Sophistik, die sagt: wir haben nicht gesündigt, vor der Unfähigkeit, die wirkliche Beschaffenheit unseres Wollens und

Handelns zu sehen, warnt ja der Brief ausdrücklich als vor dem alles verderbenden Fall. Er sieht in solcher Verblendung nicht die Betätigung, sondern die Zerstörung des Glaubens. In der Verbundenheit Gottes mit uns ist der Ausschluß der Lüge, damit auch der Selbstrechtfertigung gegeben, 1, 7. Das ganze Schreiben mit seiner Anleitung zur Selbstprüfung, mit den kritischen Maßstäben, durch die es das Unterscheidungsvermögen der Gemeinde stärkt, wäre überflüssig, wenn jenes Unvermögen zum Bösen physisch oder mechanisch als ein den Willen tötendes Versinken in Gottes heiligende Allwirksamkeit gedacht wäre.

Die dem Glauben eignenden Gewißheiten hindern die klare Erfassung der Wirklichkeit nicht; sie werden aber auch nicht durch die in der Erfahrung liegenden Störungen und Widersprüche erschüttert. Dem Glaubenswort: wir können nicht, nicht nur: wir dürfen nicht sündigen, steht nicht die Verzweiflung zur Seite für den Fall, daß jemand sündigt, sondern das Glauben erhält sich auch dann, weil das göttliche Verzeihen in die Verbundenheit Gottes mit uns eingeschlossen ist. Eben deshalb verlangt Johannes den Verzicht auf alles Lügen und den redlichen Willen, der Jesu Gebote hält, weil wir damit auch das göttliche Vergeben empfangen, das ein in Selbsttäuschungen hinabsinkender Christenstand verliert. Daran, daß Jesus gleichzeitig als Vorbild für uns wie als der uns die Gemeinschaft mit Gott Gebende verkündigt und sein Tod ebensowohl als Vergebung wirkend wie als Beispiel für unser Dienen und Lieben dargestellt wird, zeigt sich die enge Verbundenheit, in der für Johannes das Glauben und Handeln stetig stehen. Mit der durch das Beispiel gegebenen Verpflichtung zum Handeln entsteht für ihn kein Glaubensbruch. Denn der Glaube bestimmt notwendig die Totalität unseres Lebens, also auch die von uns mit dem Einsatz unseres eigenen Willens auszuübende Pflicht.

Dadurch stellt sich das johanneische Glauben in die Mitte zwischen das des Jakobus und das des Paulus. Auch mit dem letzteren hat es große Gemeinsamkeiten, so wenig die Formeln, in die es gefaßt ist, aus Paulus entlehnt oder mit ihm übereinstimmend sind. Neben dem paulinischen Verzicht auf die eigene Rechtfertigung, neben dem Geständnis, er sei ohne »Entschuldigung«, *ἀναπολόγητος*, steht das johanneische Wort gegen den

»Lügner«, der da sagt, er habe die Sünde nicht auf sich als Schuld oder er habe sie nicht begangen. Neben der Zuteilung der Gerechtigkeit an den Glaubenden steht das Johanneische: Kindlein, die Sünden sind euch vergeben. Neben dem Wort: wir, die wir der Sünde gestorben sind, womit Paulus die sittliche Frage erledigt, steht das Johanneische: er kann nicht sündigen, und neben dem Paulinischen: der vom Geist Geleitete erforscht alles, das Johanneische: das Salböl lehrt alles. Diese Gewißheiten sind so inhaltsvoll und so geschlossen wie jene. Ebenso steht neben der Anwendung der sittlichen Normen auf das Christenleben bei Paulus mit dem Ergebnis, daß gewisse Vorgänge sehr ernst als sündlich gerichtet werden, das Johanneische: »wenn jemand sündigt« 2, 1, und: »wenn jemand zum Tode sündigt«, 5, 16.

Ebenso deutlich wie bei Paulus heftet sich bei Johannes an das Glauben das Bewußtsein, es sei das ethisch richtige Verhalten und sein Gegenteil Sünde. Wie Paulus glaubend Gott die Ehre gibt, so ehrt Johannes glaubend den Sohn und in diesem den Vater. Aber bei beiden bleibt der Gedankengang von der Wertung des Glaubens als einer verdienstlichen Tat gänzlich geschieden und die kausale Macht, die ihm eignet, wird nie aus der Gnade des Christus in das Glauben als menschliche Tat hinüber verlegt.

Diese Einheit mit Paulus entsteht daraus, daß bei Johannes wie bei Paulus das ganze religiöse Denken und Wollen mit bewußter Klarheit auf Christus hingewendet ist. Beide haben gleichartig am Glauben an Jesus die Wurzel und Basis ihrer ganzen Frömmigkeit und fassen dasselbe als die Versetzung in eine Gemeinschaft mit Christus, die alles, was dieser ist und hat, für uns wirksam und fruchtbar macht. Die Gewißheit, »in ihm zu sein«, ist hier ebenso energisch entwickelt wie dort.

Nur im einen und selben Begründer und Empfänger des Glaubens hat diese Übereinstimmung ihre Ursache, nicht in Nachahmung oder einer die Predigt des Paulus sich aneignenden Abhängigkeit. Diese Deutung der hier beobachtbaren Übereinstimmung ist dadurch ausgeschlossen, daß sie in wesentlichen Punkten mit einer eigenartigen Gestaltung des inneren Lebens verbunden ist, die die johanneischen Sätze beständig in eine gewisse Entfernung von Paulus rückt.

Wer freilich meint, das Evangelium Jesu habe sich erst allmählich jenseits des Kreises der ersten Jünger in das Evangelium vom gekommenen Christus verwandelt und demgemäß sei auch der von Jesus gelehrte Providenzglaube erst allmählich zum Glauben an Jesus entartet, muß Johannes zum Schüler und Nachahmer des Paulus machen, weil diese Umbildung der ursprünglichen Frömmigkeit nicht unabhängig voneinander an zwei Stellen in gleichartiger Weise sich zugetragen haben wird. Allein mögen wir die Macht, mit der Paulus die ganze Kirche bewegt hat, noch so hoch werten, die Vorstellung, erst Paulus habe den auf Christus bezogenen Glaubensstand geschaffen, ist mit den paulinischen Dokumenten völlig unvereinbar, da diese ihn nie in einer isolierten Stellung zeigen, als stände er mit seinem Glauben an Jesus allein, sondern beständig sichtbar machen, daß er sich in einer Gemeinschaft befindet, die im Glauben an Jesus ihren Existenzgrund hat. »Wir sind an den Christus Jesus gläubig«, das ist bei Paulus nicht nur sein eigenes Bekenntnis, sondern wird vom ihm ausdrücklich als das bezeichnet, was die Führer der Christenheit Jerusalems, darunter auch Johannes, mit ihm eint.

Die Selbständigkeit des Johannes zeigt sich schon daran, daß ihm das logisch-analytische Bedürfnis und Vermögen, das den Römerbrief hervorgebracht hat, ebenso fremd bleibt wie Jakobus. Er teilt mit diesem den eilenden Blick, der über alle Zwischenstufen und Mittelformen hinweg mit dem als Ursache wirksamen Vorgang die Totalität seiner Wirkungen zusammenschließt. Er hat kein Bedürfnis, etwas stückweise zu denken und zu sagen, zuerst die Verneinung zu entfalten, um dann erst die Bejahung folgen zu lassen, den Menschen für sich ins Auge zu fassen, um dann erst zu Gottes Tat emporzusteigen, zunächst das Fleisch in seiner eigenen Regung zu beobachten und hernach den Geist in seinem Werk. Er schaut und sagt stets das Ganze, darum auch stets dasselbe, indem er mit einer dem Kreislauf vergleichbaren Bewegung des Gedankens ein und dasselbe Objekt immer neu an sich zieht. Dieses ist aber nicht wie im Brief des Jakobus der Mensch, sondern wie bei Paulus Jesus, den er unverwandt als den Grund und Inhalt seines Lebens vor sich hat. Darum ist ihm die göttliche Sphäre nicht verhüllt; vielmehr, wenn er seinen ganzen Gedankengang in eine Aussage über Gott zusammenfaßt, so hebt diese nicht seine Erhabenheit über uns hervor, sondern sein für uns offenes, gebendes Wesen, wie es unseren Verband mit ihm begründet: »Licht ist er«, 1, 5, »Liebe ist er«, 4, 8, wie Johannes dies an Jesus gesehen hat, der von der Liebe gesendet als das Licht in die Welt gekommen ist.

Die Antithese, die sich durch das ganze johanneische Denken zieht und bewirkt, daß am Glauben mit seinem positiven Inhalt zugleich seine negative Seite und abwehrende Kraft kräftig empfunden und dargestellt ist, bekommt zwar auch bei Johannes ihre Schärfe dadurch, daß der ethische Gegensatz sie erzeugt. Gleichwohl ist sie mit derjenigen, die Paulus in sich trägt, nicht ganz identisch. Während für Paulus beide Glieder seines Gegensatzes, Fleisch und Geist, selbstisches Gelüsten und göttliches Lieben, menschliches Unrecht und göttliche Gerechtigkeit, in seine eigene Erfahrung fallen, so daß er beide durchlebt, zieht die johanneische Antithese die Scheidung durch die Menschheit durch und trennt innerhalb derselben die, die dem Christus gehören, und die, die das in sich haben, was die Menscheit hat und gibt. Daher ist die abwehrende Haltung des Glaubens zwar in beiden machtvoll entfaltet, hat aber bei Paulus eine besondere Energie, weil ihre volle Wucht sein eigenes Ich trifft.

Auf die verschiedene Fassung der Antithese wirkt ein, daß Johannes nur auf diejenigen Vorgänge achtet, die sich innerhalb des bewußten Lebens vollziehen. Paulus sieht dagegen, indem er vom Fleisch und vom Geist spricht, über das, was im Bewußtsein geschieht, hinaus auf das, was dieses erzeugt. Das menschliche Wollen hat entweder in der Regung des Fleisches oder in der Wirkung des Geistes die es bestimmende Macht. Johannes schaut auf die einheiliche Person, die erleuchtet oder dunkel ist und als Willen das Lieben oder Hassen in sich trägt. Freilich steht über ihr der, der sie erzeugt und lenkt; dies ist aber nicht eine Potenz an ihr, sondern dort Gott, der Geber des Lichts, hier der Böse mit seiner verblendenden Macht.

Weil Paulus das Glauben dadurch begründet, daß er sich

selbst richtet und auf jede Entschuldigung für sich verzichtet, hebt er an der Gabe Jesu die Aufhebung der Schuld als das erste hervor, dem jeder weitere Anteil an Gottes Gnade erst folgt. Wenn Johannes dagegen Jesu Gabe mit dem Lebensgedanken beschreibt, so bleibt er zwar nicht hinter den paulinischen Aussagen über sie zurück; denn es ist mit dem Gerechtfertigt-Versöhnt- mit Christo Auferstandensein gleichwertig, wenn Johannes die Gemeinschaft mit Jesus als ewiges Leben schätzt. In die göttliche Gabe ist er aber dadurch versetzt, daß Jesus ihn mit sich verbunden und darum von der Welt geschieden hat. Daher finden wir bei ihm keine Parallele zu jener Aneignung des Todes und der Auferweckung Jesu, die unseren eigenen Stand vor Gott bestimmen, wie Paulus sie hat, auch keine Parallele zum Gegensatz zwischen dem Gesetz und Christus, so daß das Glauben vom Gesetz hinweg hinauf zu Christus schaut. Daher hat Johannes auch den Gegensatz zwischen dem Glauben und dem Wirken nicht. Er hat zwar, wie Paulus, mit dem Glauben das Geständnis verbunden, womit wir alles Lügen und die Flucht in die Finsternis abstoßen, I 1, 8—10, und bewahrt dadurch an einer wichtigen Stelle die Einheit mit ihm. Er ordnet aber die Gaben Gottes nicht so, daß auf die Rechtfertigung der Friede Gottes mit uns folgte, sondern sagt dem, der in das Licht und die Liebe gestellt ist, die Vergebung zu, die ihm Jesus in der Kraft seines Todes gewährt. »Wenn wir Gemeinschaft miteinander haben, macht uns Jesu Blut rein«, I 1, 7. Damit stehen wir dicht neben Matthäus und dem Unser Vater: wenn ihr vergebt, wird euch vergeben, weil das Vergeben die Störung der Gemeinschaft aufhebt und die Vorbedingung zu dem ist, woran Johannes den Empfang der Vergebung knüpft.

Steht die Bedeutung der paulinischen Predigt darin, daß sie die Verkündigung Jesu mit dem ethischen Motiv, wie es sich im Schuldbewußtsein in uns regt, aufs festeste eint, so hat die johanneische Theologie ihre Bedeutung darin, daß sie diese ebenso fest mit dem religiösen Motiv, mit der in uns vorhandenen Erinnerung an Gott, vereint. Entbehrlich werden ihm jene zahlreichen und inhaltsvollen paulinischen Sätze deshalb, weil das im Glauben an Jesus entstandene religiöse Verhältnis seinen ganzen Lebensstand mit Einschluß aller sittlichen Verhältnisse bestimmt. Er hat deshalb in seinem Glauben alles, was Paulus durch jene Thesen sich und der Christenheit verdeutlicht hat.

Es ist nicht richtig, von den beiden Formeln, von denen die eine die Aufhebung der Schuld an den Anfang stellt und den tätigen Dienst Gottes auf sie begründet, die andere von diesem aus zu jener führt, bloß die eine oder die andere als die christliche und evangelische zu bezeichnen. Die negative und positive Seite an der erlösenden Tat Gottes, die Lösung von der Sünde und die Bildung einer gerechten Lebensgestalt sind ungeteilt eins; darum stellen sich diese Beziehungen wie bei jeder echten Einheit allseitig zwischen ihnen her. Die göttliche Gnade führt ebensowohl von der Gleichgestaltung mit dem göttlichen Willen in den Besitz der Vergebung wie vom göttlichen Vergeben zur Gerechtigkeit.

Demgemäß zerlegt sich auch das Glauben bei Johannes nicht in einen Doppelakt, so daß die Einkehr in uns selbst und die Zukehr zu Gott, die Bejahung des Mangels und die der Gabe voneinander unterschieden würden. Alles ist im Verständnis des Christus beschlossen. Darum hebt sich auch bei Paulus die Aufrichtung des Ichs zur neuen, nun durch Gottes Wahrheit und Liebe befruchteten Aktion deutlicher vom Glauben ab als bei Johannes. Die freudige Regsamkeit, mit der sich Paulus als Träger des versöhnenden Gottesworts an alle wendet, kommt im johanneischen Brief nicht nochmals zum Ausdruck. Nicht die Ausbreitung der Gemeinde, sondern ihre Erhaltung und innere Vollendung bildet seine Hauptarbeit. Ebensowenig ist es Zufall, daß er, so gewaltig sich seine Persönlichkeit geltend macht, niemals in derselben Weise selbständig zur Kirche geredet hat, wie Paulus auf Grund seiner Arbeit und Erfahrung die Gemeinden unterwies. Im Evangelium redet nicht Johannes, sondern Jesus; in der Apokalypse hat wiederum nicht Johannes das Wort, sondern er meldet, was er sah, und am Briefe sieht jedermann, in welch engem Zusammenhang seine Aussage mit dem steht, was ihm als Wort Jesu galt. Er bewahrt und teilt mit, was er vom Herrn empfangen hat; darüber hinaus geht das an seinem Glauben entspringende Verlangen nicht.

Daher hat auch die wichtige Bestimmung, daß das Glauben uns in einem bestimmten »Maß« gegeben werde, so daß unsere

Aufgabe darin besteht, mit dem, was wir tun und lassen, das Maß unseres Glaubens weder durch Hoffart, noch durch Verzagtheit zu überschreiten, bei Johannes keine Parallele. Das Glauben bleibt ein einheitliches in allen und seine individuellen Begrenzungen erscheinen nicht als wesentlich.

Wird die Formation des Glaubens in Betracht gezogen, so ergibt sich nicht nur keine Veranlassung, sondern die dringende Warnung, die Offenbarung von den Briefen und dem Evangelium zu trennen. Wer freilich zwischen dem Glauben und Hoffen einen inneren Streit voraussetzt, weil die Eschatologie den Mann nur dann ernsthaft bewege, wenn er eine leere Gegenwart habe, so daß Dürftigkeit des Glaubens und Stärke des Hoffens, Kräftigkeit des Glaubens und Beschränkung des Strebens auf die Gegenwart beisammenstehen, muß die johanneische Weissagung vom Evangelium abschneiden. Dieses religiöse Schema hat aber mit der Geschichte der apostolischen Gemeinde nichts zu tun. Ihr erwuchs die Hoffnung nicht als Parasit am Glauben, der ihm die lebendigen Kräfte aussog, sondern die dankbare Verehrung des Gekommenen und der sehnsüchtige Ausblick nach dem Kommenden entspringen einander. Was der Gekommene gab und schuf, macht die Bitte: komm! dringend und inhaltsvoll, und der Ausblick auf die Größe seines eschatologischen Werks gibt dem Rückblick auf seine irdische Arbeit die Tiefe und macht ihr ewiges Ergebnis erkennbar.

Daß die Darstellung Jesu, die uns das Evangelium gibt, nicht im Hoffen ihr zentrales Motiv hat, vielmehr ausschließlich der Begründung des Glaubens dient, legt eine Verteilung der Bücher auf zwei verschiedene Männer in keiner Weise nahe. Wir haben am Gegensatz zwischen den beiden johanneischen Büchern an einem besonders typischen Beispiel nur das vor Augen, was uns im Neuen Testament am Verhältnis zwischen dem Glauben und Hoffen stetig sichtbar wird, daß nämlich das Glauben sowohl eine stillende und beruhigende, als eine erweckende Einwirkung auf das Hoffen nicht durch Stoß und Spannung, sondern gleichzeitig und in derselben Persönlichkeit ausübt. Die Heilsfrage findet nicht erst in der Zukunft ihre Lösung, sondern hat diese im Glauben an den gekommenen und gegenwärtigen Christus gefunden; darüber können die auf die Zukunft gerichteten

Fragen gänzlich zurücktreten und das ganze Interesse sich darin sammeln, daß der Glaubensverband mit Jesus entstehe und erhalten bleibe. Dazu ist das Evangelium geschrieben. Damit ist aber auch seine künftige Offenbarung zum höchsten Ziel und Gut des Glaubenden gemacht und der Hoffnung auf ihn eine Energie gegeben, die sich der Kraft des Glaubensstandes parallel bewegt.

Wie es sich mit dem letzteren in der Apokalypse verhält, zeigt eine Vergleichung derselben mit den ihrer Form nach verwandten Dokumenten der jüdischen Hoffnung, z. B. mit der Esraprophetie. Der Gedankenkreis ist in beiden Weissagungen bis auf einen gewissen Punkt identisch; denn beide schauen das himmlische Jerusalem und vor demselben das Regiment des Tiers über die Erde. Allein dort ist die Klage und der bange Zweifel: wer wird entrinnen? hier ein immer neu anhebendes Lob- und Siegeslied.

Bei Johannes bringt der Kampf der Menschheit und des Satans mit Gott nicht nur in den Himmel keine Erschütterung, sondern auch keine Störung in Gottes Werk auf Erden hinein. In vollkommener Obmacht steht über dem dunkeln irdischen Ort der helle Himmel, erfüllt mit der Anbetung Gottes, mit dem Preise seiner Gerechtigkeit in Gericht und Gnade.

Der jüdische Apokalyptiker hält das prophetische Erlebnis deshalb für eine hochwichtige Sache, weil der Prophet dann fragen kann; Rätsel quälen ihn und drängen sich in Fragen ans Licht, zu denen das Gesicht die Antwort gibt. Johannes fragt bekanntlich während der Vision nicht, sondern er schaut; still und beruhigt nimmt er im Gesicht wahr, wie sich Gottes Regierung vollzieht.

Wie im Evangelium, so wird auch in der Apokalypse der Verlauf der Geschichte auf das Ringen persönlicher Mächte zurückgeführt. Im Zusammenhang damit ist auch das Naturbild durch zahlreiche Engelgestalten belebt. Daß aber dadurch eine Spaltung des Glaubens entstände, davon kann keine Rede sein. Nicht auf einen oder viele Engel, sondern auf Christus allein ist der Glaubensstand der Apokalypse gestellt.

Das Evangelium weiß nichts von anderen Mittlern, Pfändern oder Garantien des Heils neben dem Sohn; ebenso bestimmt gibt es für die johanneische Weissagung im ganzen Bereich der Menschheit nichts Heiliges als allein Jesus und seine Gemeinde. Vom heiligen Land, der heiligen Stadt, dem Tempel[1]), dem Gesetz und seinen Sakramenten ist die Hoffnung des Johannes schlechthin abgekehrt.

Wie das Evangelium allen Bewegungen der irdischen Geschichte in den in Gott oder im Teufel begründeten Beziehungen den Ursprung und die Festigkeit gibt, so geschieht auch in der Apokalypse im Bereich der Menschheit nichts, als was im Jenseits begründet ist. Daß der Ansturm der Menschheit gegen Jesus und seine Gemeinde nichts erreicht, steht Johannes deshalb fest, weil derselbe aus dem satanischen Antrieb stammt. Aber auch von oben her treten nicht neue Offenbarungen oder Gaben in die Geschichte ein, sondern es ist mit der Erhöhung des Christus alles zur Vollendung reif und ihr Anbruch bildet den einzigen Inhalt der Weissagung.

Auch die Lage der Gemeinde auf der Erde wird nicht als ein gefahrvolles Ringen und unsicheres Streben dargestellt; im Gegenteil, ihre Geschiedenheit von demjenigen Gebiet, an dem der göttliche Zorn sich betätigt, ist vollständig. Sie ist beim Lamm als die, die überwunden hat, in einer Reinheit, die gänzliche Geschiedenheit vom Bösen ist. Gottes Siegel macht sie unantastbar für alle feindlichen Gewalten. Das ist ins anschauliche Bild der Weissagung gefaßt nichts anderes, als was die mächtige Formel des Briefs: unser Glauben ist der Sieg, der die Welt überwunden hat, in lehrhafter Weise ausgesprochen hat. Die einzelnen Anliegen, die den täglichen Lebenslauf füllen, fallen dabei ebensosehr aus der Betrachtung heraus wie im Evangelium und Brief. Das Glauben hat es auch hier nicht mit Nahrung und Genesung oder den am Staat oder an der Kirche entspringenden Aufgaben zu tun, sondern einzig mit dem Kommen des göttlichen Reichs.

Auch in der Apokalypse tritt daher analog wie im Evangelium und im Briefe die produktive Arbeit der Gemeinde innerhalb des Geschichtslaufs ganz zurück. Ihr Beruf ist, ihr Eigentum zu bewahren und deshalb ihre Geschiedenheit von der Welt fest zu machen. Während der Anspruch an ihre

[1]) Apok. 11, 1 ist gegen Mißdeutung durch 21, 22 geschützt.

Leidensfähigkeit unbegrenzt ist bis zum Vermögen, sich von der Welt ächten zu lassen und zu sterben, gesellt sich ihm keine Anweisung zur Missionsarbeit mit ähnlicher Dringlichkeit bei. Denn die Überwindung der Welt ist die Tat des Christus in seiner neuen Offenbarung, nicht die der Gemeinde; sie ist lediglich die empfangende. Daher kann man auch die Apokalypse »monoton« heißen, ähnlich wie das Evangelium. Die Geschlossenheit des Glaubens sammelt das Denken in einen einzigen Gedanken, das Wollen in ein einziges Ziel.

Wie im Evangelium, so ist auch hier die dem Christus gehörende Gemeinde und die durch das Wort der Jünger gesammelte Schar nicht identisch. Nicht diese, sondern jene ist unzählbar und aus allen Geschlechtern erkauft. Aber diese unzählbare Gemeinde ist jetzt schon real mit Christus verbunden und steht jetzt schon vor Gottes Thron.

Auch die Häufung und Schärfung der Gerichtsbilder, die sich deutlich als bewußte Absicht der Weissagung darstellt, ergibt keine Begrenzung der Glaubensstellung. Die Gemeinde wird angehalten, sich den zunächst zu erwartenden Geschichtslauf nicht leicht und freundlich vorzustellen. Das Schwerste und Furchtbarste, was im Blick des Propheten liegt, wird in immer neuen Katastrophen aneinandergereiht. Es ist ein Zweck der Weissagung, die Tiefe des göttlichen Zorns und der menschlichen Verderbnis zu enthüllen.

Dieser Vorblick macht das Glauben groß und inhaltsvoll; denn es erzeugt in ihm ein starkes Verlangen und hohen Mut. Dagegen bringt er keine Erschwerung desselben hervor. Es verhält sich mit diesen Gerichtsbildern der Weissagung nicht anders, als wenn das Evangelium und der Brief in lehrhaften Worten die finstere Art der Welt aussprechen oder wenn uns ausführlich die Unversöhnlichkeit der Entzweiung vorgeführt wird, die Jesus von der Judenschaft trennt. Je bewußter die Abstoßung dessen, was gottlos und satanisch ist, erfolgt, um so begründeter wird die Zuwendung zu Jesus, die zugleich durch jene Verneinung ihre ethische Reinheit erhält. Indem auch die Weissagung mit ihren Ausdrucksmitteln die Scheidung der Gemeinde von der Welt einschärft und ihr deutlich macht, wie nötig und heilsam dieselbe sei, fördert sie unmittelbar die Kraft und die Lauterkeit des Glaubensstands.

Die Voraussetzung hierzu ist freilich, daß sich das positive Ziel Gottes durch die Katastrophen hindurch erhalte und vollführe. Das geschieht nach der vom Antichrist handelnden Weissagung genau in derselben Weise wie in der Darstellung des Kreuzes im Evangelium. Auch dort vermitteln die Katastrophen das Werk der Gnade. Sie begleiten die Lösung der Siegel an Gottes Buch und die Posaunen, die Jesu Kommen kund tun.

Auch im Blick auf den Christus kennt die Weissagung keine Antithese, so daß sich sein Sterben und sein Leben, seine Erniedrigung und seine Herrlichkeit gegeneinander in Spannung setzten. Vielmehr wird gerade sein Sterben als der Grund seiner Macht und seines Siegs erkannt. Eben als Lamm hat er und nur er die Vollmacht, Gottes Buch zu öffnen, und als der, dessen Kleid durch Blut gezeichnet ist, ist er der Wiederkehrende, der Herr aller Herren und der Richter alles Widergöttlichen. Wie das Blut des Christus im johanneischen Brief das Zeugnis ist, das ihn beglaubigt, so ist es in der Apokalypse der Grund, der den allmächtigen Sieg des Christus bewirkt. Sein Kreuz ist somit im umfassendsten Sinne Glaubensmotiv.

Wie in den anderen Worten des Johannes, so erzeugt auch in seiner Weissagung das Glauben eine die gesamte Lebensführung bestimmende Willensgestalt. Die Ruhe und Gewißheit, mit der das weltgeschichtliche Problem als gelöst behandelt wird, bleibt nicht eine leere Abstraktion, sondern schafft Leidenswilligkeit und Sterbensfreudigkeit. Die Sicherheit, die die Gemeinde in allen ihr gewidmeten Darstellungen genießt, besagt nicht, daß sie dem Leiden durch ein göttliches Wunder entzogen bliebe oder durch eigenwillige Flucht sich selbst entziehen dürfte. Es bildet im Gegenteil ein Hauptstück der Weissagung, daß die Gemeinde sterben müsse, aber auch getrost und tapfer zu sterben vermöge, weil sie nicht anders als durch Auferstehen in das Reich des Christus kommt. Um ihr diese Leidenswilligkeit zu vermitteln, dazu wird ihr die Weissagung dargereicht.

Der Blick der Prophetie richtet sich aber nicht nur auf den Verzicht, den die Gemeinde in der gegenwärtigen Gestalt des Weltlaufs tragen muß, sondern sehr bestimmt auch auf ihre positive Aufgabe, auf ihr »Werk«, das sie in der Erfüllung des Gebotes Jesu auszurichten hat. Es ist ein wichtiger Punkt in der Gestaltung der Weissagung, daß, ehe der Sieg Jesu im Weltlauf dargestellt wird, seine Gegenwart in der Gemeinde und das Gericht, das er an ihr übt, bezeugt wird. Während er in der Ausübung des Weltregiments als Lamm beschrieben wird, wird er der Gemeinde mit allen Attributen der richtenden Allmacht, mit dem flammenden Auge dem Schwert im Munde, dem ehernen Fuß, gegenübergestellt. Gerade für die Beziehung Jesu zu ihr soll die Gemeinde die Majestät seiner Gottheit festhalten. Was er an ihr sucht und lobt, ist nicht ein tatloser Glaube. »Ich weiß deine Werke«, und was die Gemeinde für ihn tut, wird ihr zum Grund seiner Gnade: ihre Werke werden ihr folgen. So wird der Anteil an der weltüberwindenden Macht Jesu und die Verbundenheit mit seinem ewigen Reich für die Gemeinde unmittelbar zum Quell der Geduld und der Tat gemacht.

Über die Entstehung dieses Glaubensstandes geben die biographischen Angaben, die die johanneischen Schriften enthalten und die ich nicht für erschüttert halte, die völlig zureichende Auskunft. Er hat uns Ev. 1, 37 ff. seine Bekehrungsgeschichte erzählt. Mit den Worten des Täufers in der Seele, die Jesus als das wunderbare Geheimnis beschrieben, dessen Ursprung in Gott liege, und als den, durch dessen Gegenwart die Menschheit von ihrer Schuld befreit sei, wagte er es, sich Jesus zu nähern, und ward von ihm in seine Freundschaft aufgenommen. Hier beginnt das Glauben nicht mit einem Riß, der zuerst die alten Verhältnisse gewaltsam sprengt, oder mit einem Bruch, durch den das bisherige Streben in den Tod gegeben wird; Jesu Herkunft von Gott und seine von der Schuld befreiende Gnade ist ihm bezeugt; er nimmt das Zeugnis an und dieses gibt der Freundlichkeit, die ihm Jesus erweist, die unvergleichliche Tiefe. Hernach sah er im vertrauten Verkehr mit Jesus, wie er als Sohn zum Vater stand, hat Israels Streit gegen ihn mit ihm erlebt und erfahren, was an

Lüge und Haß in der Welt ist, sah Jesus den Kreuzesweg gehen, hat aber auch jene Tage miterlebt, in denen der Auferstandene seinen Jüngern das ewige Leben sichtbar machte, hatte hernach vor Augen, wie Jerusalem stürzte und die römische Welt den Kampf gegen Jesu Gemeinde begann, wie aber auch die Predigt von ihm weithin Glauben schuf und im Glauben eine Gemeinde entstand, die im Namen Jesu liebte und litt, sah in der Christenheit, sowie ihr das Bild Jesu dunkel ward, Phantastereien und Bosheiten hervorbrechen und zog daraus aufs neue die Gewißheit, daß uns einzig die ganze und bleibende Wendung zu Jesus hin, die uns im Glauben zu ihm hinstellt, über die Welt erhebt und mit Gott verbunden macht. Diese Geschichte gab diesem Glaubensstand seine Formation.

Zwölftes Kapitel.

Der Hebräerbrief.

Der Hebräerbrief bespricht das glaubende Verhalten der Gemeinde unter einem neuen Gesichtspunkt. Alles Denken und Lehren über das Wesen und die Wirkung des Glaubens, das bisher zur Darstellung kam, erwuchs unmittelbar aus dem Glauben selbst und war bemüht, der Gemeinde den Wert des in ihr lebendigen Glaubens deutlich zu machen. Auch der Kampf für das Glauben gegen den Gesetzesdienst hatte nicht einen Gegner vor sich, der bestritten hätte, daß Christus Glauben verdiene; auch ihm mußte man nur zeigen, was echter Glaube sei und was er von Gott empfange. Der Kreis, zu dem der Hebräerbrief redet, hat diese frische, ungebrochene Glaubenskraft nicht mehr. Der Brief redet absichtlich vom Unglauben, nicht nur im Blick auf solche, die der Gemeinde fern stehen, sondern zur eigenen Warnung der Leser, die dem Fall in den Unglauben nahe sind, 3,7 ff. 4,1 ff. 6,4 ff. 10,26 ff. Er führt ferner einen ausführlichen Schriftbeweis für das Glauben, um zu zeigen, wie alles göttliche Wirken und Geben von der Schöpfung bis zur Verklärung Jesu Glauben forderte, aber auch segnete und lohnte, und im Zusammenhang mit diesem Beweis gibt er für dasselbe auch eine Definition, eine Formel, die nicht den Inhalt oder die Frucht des Glaubens, sondern das Glauben selbst nach seinen wesentlichen Merkmalen bestimmt, 11, 1. Hier ist die Reflexion zum Glauben hinzugetreten, nicht nur jenes Nachdenken, das vom Glauben selbst geweckt sich in das, was ihn trägt und aus ihm folgt, vertieft, sondern die zweifelnde Überlegung, die das Glauben nach seinem Recht und Wert untersucht und zur Rechenschaft zieht. Das Glauben will den Lesern des Briefes als schwere Pflicht erscheinen, der sie sich vielleicht entziehen werden. Der Brief kommt dieser Ermattung des Glaubens zu Hilfe; er versteht ihren Grund, weil er sich nicht nur in der persönlichen Unwilligkeit der Leser, sondern zum Teil in der Gestalt und Art des Christentums selber findet. Das Glauben hat in der Tat eine Seite an sich, die es zu einer schweren Aufgabe macht, zu einem Problem, das ein Gegenstand der Apologie und deshalb auch der Definition zu werden vermag.

Es sind jüdische Männer gewesen, deren Glauben erschüttert worden ist. Denn der Brief hilft ihnen dadurch, daß er die Stellung Israels mit derjenigen der Christenheit, den alten mit dem neuen Bund vergleicht. Er hebt das Höchste hervor, was Israels Anteil an Gott begründet hat: die Engel, die Gottes Wort zum Volke brachten, Mose, den die Schrift im ganzen Hause Gottes treu heißt, Aaron, den Gott zum Priester eingesetzt hat, damit er die Sünden des Volkes durch sein Opfern tilge, das Heiligtum, das als ein Abbild der himmlischen Dinge der alten Gemeinde gegeben war, die Sakramente des alten Altars, die den unrein Gewordenen wieder reinigten, 2, 2. 3, 2. 5, 1. 4. 8, 5. 9, 13. Er zeigt nicht auf die Schranke hin an dem, was Israel gegeben war, beschreibt vielmehr seinen Besitz nach seiner ganzen Größe und Göttlichkeit und stellt das daneben, was der Glaubende hat. Das ist Jesus, er allein, der in den Tod Gegebene und von der Welt Abgeschiedene. Daraus kam die Erschütterung des Glaubens her. Zwar steht Jesus hoch erhaben über allen Engeln als der Sohn, der Erbe, der Schöpfer und Herr der Welt, hoch erhaben über Mose, wie der, der das Haus herstellt, über dem, der im Hause dient, hoch erhaben über Aaron als der ewige Priester, der sich selbst Gott geopfert hat und ins himmlische Heiligtum eingetreten ist. Aber all dies ist unsichtbar, 2,8.9. Was die Gemeinde als wahrnehmbares Ergebnis seiner Geschichte vor sich hat, ist Jesu Menschheit, Sterben und Verborgenheit. War das die Erfüllung der Verheißung? Die versuchliche Kraft dieser Frage wurde durch den Leidensdruck verstärkt, der mit dem Bekenntnis zu Jesus verbunden war, 10,32f. Darum bezieht sich die ganze Erörterung des Briefes auf Jesu Tod und Erhöhung. Ihn, den Menschen, den Gestorbenen, den unsichtbar Gewordenen gilt es den Lesern erkennbar zu machen als Gut und Gabe, die alles, was Israel an sichtbaren und gegenwärtigen göttlichen Gütern besitzt, zum Schatten macht.

Der Brief zeigt dadurch überaus deutlich die ausschließliche und streng personhafte Beziehung des apostolischen Glaubens auf Jesus. Die Glaubensfrage ist für ihn mit der Erkenntnis des Christus gelöst. Er hält dem im Glauben Erschütterten nur das eine vor, was Jesus als der Sohn Gottes und als Priester für die Gemeinde ist. Ihr ganzer Besitz besteht einzig in ihrer Verbundenheit mit Jesus, und die Frage nach dem Wert desselben ist daher nur so zu beantworten, daß erwogen wird, was sie an Jesus hat.

Weil es sich um einen schwankenden Glaubensstand handelt, schließt sich an den Nachweis der göttlichen Gnade im Tode und in der Erhöhung Jesu nicht nur die Mahnung an: glaubt ihm nun! sondern auch das Glauben selbst wird noch der Gegenstand einer lehrhaften Erörterung, wie auch der Anstoß der Leser sich nicht nur auf seinen Inhalt, sondern auch auf die Schätzung des Glaubens als des Heilsgrundes bezieht. Der neue Bund sollte die Erfüllung der Verheißung bringen, also Erfahrung und Erlebnis vermitteln und nicht mehr auf das Glauben gegründet sein. Darum werden nicht nur die Mittler und Wirkungen der Testamente miteinander verglichen, sondern auch die inwendige Stellung der beiden Gemeinden zu Gott. Die Glaubenspflicht ist nicht erst der Christenheit auferlegt; sie hat nur das zu üben, wozu auch die Väter Israels stets berufen waren. Wer sich des Glaubens weigert, verläßt somit den Weg, auf den das fromme Israel zu jeder Zeit gestellt war und auf dem es alles erlangte, was es an göttlichen Gaben empfing. Zur Gleichartigkeit der Stellung beider Gemeinden vor Gott fügt sodann der Brief die Erinnerung, daß auch hier die Gemeinde Jesu hoch bevorzugt ist; denn wer ihn, »den Anfänger und Vollender des Glaubens«, kennt, dem ist das Glaubensmotiv in einer Weise gegeben, wie es den Alten noch nicht verliehen war.

War das Recht oder Unrecht des Glaubens zu erörtern, so war damit die Nötigung gegeben, sich zu besinnen, was uns denn eigentlich mit dem Glauben zur Pflicht gemacht sei [1]). Der Brief bestimmt das Glauben so: es ist Bestehen bei Gehofftem, Überführung von nicht gesehenen Dingen, 11, 1 [2]).

Das Glauben setzt zu Realitäten, *πράγματα*, in Beziehung, die über dem Menschen stehen, weil sie göttlich sind. Es ist deshalb von der Beschaffenheit seiner Objekte abhängig und hat seine Voraussetzung darin, daß sich dem Menschen göttliche Gaben darbieten, *ἐλπιζόμενα*. Sind sie Grund und Ziel des Hoffens, so sind sie Güter, die aber noch nicht jetzt, sondern erst künftig in unseren Besitz treten werden. Damit ist dem Glauben nach unten und oben die Grenze gesetzt, nach unten, weil das Glauben endet, wenn uns die Hoffnung erloschen ist, nach oben, weil es ebenfalls endet, wenn die Gabe Gottes nicht mehr etwas Gehofftes, sondern Empfangenes ist, da dann an die Stelle des Glaubens das Schauen und Haben tritt. Darum wird am Gegenstand des Glaubens noch etwas zweites hervorgehoben: daß es nicht gesehen wird; nicht als könnten die göttlichen Taten und Gaben, auf die sich das Glauben bezieht, nie gesehen werden, vielmehr sind

1) Die Einrede gegen den Namen „Definition“ für 11, 1 hat darin recht, daß die ganze Ausführung über das Glauben einen praktischen Zweck hat wie übrigens der ganze Brief, der keineswegs aus einer oder mehreren theoretischen Abhandlungen mit eingestreuten Ermahnungen besteht, vielmehr in der Mahnung sein Zentrum und seine Einheit hat, die alle lehrhaften Darlegungen gestaltet. Daß das Glauben gerade so und nicht anders beschrieben wird, ist durch das Bedürfnis der Leser bedingt. Es soll aber sichtlich damit ausgesprochen sein, was das Glauben seinem Wesen nach ist und darum immer war und stetig sein wird, so mannigfaltig auch die Glaubensübung im Fortgang der Geschichte werden mag.

2) Über *ὑπόστασις* vgl. Erläuterung 12.

sie dann, wenn sie geschehen, sehr oft wahrnehmbar; dann verlangen sie aber nicht mehr Glauben von uns. Es wird freilich mit Absicht gesagt, »nicht Sichtbares« fasse das Glauben, nicht »noch nicht Sichtbares«, weil es nicht bloß auf Künftiges beschränkt sein soll. Auch die Schöpfertat Gottes ist Inhalt des Glaubens, ebenso das bleibende Grundverhältnis Gottes zu uns, daß er sich nicht vergeblich suchen läßt, vielmehr für die, die ihn suchen, ein Vergelter ist, V. 3. 6. Das Glauben der Christenheit hat es ja in besonderer Weise mit dem zu tun, was geschehen ist, daß Jesus dem Tode mit seinem eigenen Sterben die Macht genommen hat und als Priester für uns in Gottes Heiligtum getreten ist, 10, 22. Alles das sind aber Dinge, die man »nicht sieht«, göttliche Gaben und Wirkungen, die nicht in die Wahrnehmung und Erfahrung fallen. Der zweite Begriff »nicht Gesehenes« umfaßt auch den ersten »Gehofftes«, erweitert aber das glaubende Verhalten auf alles, was von Gott her zu uns kommt, und beschreibt die eigentümliche Lage vollständiger, in der sich der Glaubende befindet. Weil Gehofftes vor ihm steht, kann er glauben; in der Hoffnung liegt die Ermöglichung des Glaubens. Weil er nicht Sichtbares vor sich hat, muß er glauben; darin liegt die Nötigung zu einem Trauen, das mit kräftiger Anspannung des Willens den Wert und die Kraft der vorgehaltenen Dinge, obgleich sie nicht sichtbar sind, dennoch bejaht.

Das Wesen des Glaubens ergibt sich weiter aus der Weise, wie wir uns zu den so bestimmten Realitäten verhalten. Dies drücken die Worte »Bestehen« und »Überführung« aus. Im Anschluß an das Wort Habakuks waren das Weichen und das Glauben einander entgegengesetzt; nun tritt dem Weichen das Bestehen gegenüber, der *ὑποστολή* die *ὑπόστασις*. Als Wirkung des Glaubens war die *ὑπομονή*, die Beharrung im Leiden genannt; als ihr Grund, der uns die Kraft zu ihr darreicht, wird jetzt das Beharren beim Gehofften hervorgehoben, die *ὑπόστασις* [1]), die fest, freudig, zuversichtlich bei Gottes Gaben steht, vgl. 3, 14.

[1]) *ὑπόστασις ἐλπιζομένων* könnte für sich allein leicht heißen: fester Bestand der gehofften Dinge, so daß damit gesagt wäre, daß uns das

Das zweite Wort »Überführung« hat aktiven Sinn und fordert ein Subjekt, das überführt, das der Genitiv darbieten wird. Die unsichtbaren Dinge überführen den Menschen von ihrem Dasein und ihrer heilsamen Macht und machen ihn über sie gewiß. Das Wort erinnert an überwundenen Widerstand, an einen niedergerungenen Gegensatz, da es sonst die Widerlegung des Irrenden und die Bestrafung des Fehlenden bezeichnet. Das nicht Sichtbare erscheint uns als das Irreale, Wesen- und Wertlose. Wir bedürfen einer Überführung, damit sich unser Denken und Begehren von dem löse, was vor Augen liegt. Wird diese Überführung von uns nicht zurückgedrängt, gelangt sie ans Ziel, so daß uns das Unsichtbare zur Gewißheit geworden ist, dann ist das Glauben da.

Diese Beschreibung des Glaubens hält den Blick kräftig darauf gerichtet, daß auch das Glauben eine göttliche Gabe ist. Nicht als menschlicher Akt, sondern als ein vom Glaubensobjekt selbst begründetes Verhalten, nicht als »sich Gewißheit verschaffen«, sondern als »Gewißheit empfangen und darum haben«, ist das Glauben definiert. Ebenso beschreibt es das erste Wort als eine von den göttlichen Realitäten ausgehende Wirkung, die in das persönliche Leben des Menschen eingeht und dasselbe in Bewegung versetzt, aber nicht im eigenen Wollen und Handeln des Menschen begonnen wird. Denn das, was uns als Grund der Hoffnung gegeben ist, wirkt die Zuversicht, wehrt dem Weichen und ermöglicht das feste Stehen.

Das zweite Wort geht zum ersten, einfachsten Vorgang im Glauben hinab. Daß wir von den Dingen Gottes, ob sie auch unsichtbar sind, Bezeugung erfahren, die uns mit ihrer Wahrheitsmacht bindet, das ist das erste wurzelhafte Erleb-

---

Glauben das Gehoffte sichert und bewirkt, daß es uns nicht entrinnt. Aber das zweite Glied „Überführung von unsichtbaren Dingen" läßt erkennen, daß das Verhältnis, in dem der Glaubende zum Glaubensobjekt steht, beleuchtet werden soll, und nicht nur der objektive Erfolg des Glaubens. Wer die subjektive Beziehung der Glaubensgüter zum Glaubenden dadurch gewinnen wollte, daß er erklärte, der Glaube sei das Bestehen der gehofften Dinge „in uns", fügte selber einen Hauptpunkt zum Satz des Briefes hinzu.

nis im Glauben, aus dem, weil jene Dinge zugleich zu Hoffendes, verheißene Güter sind, das feste, bleibende Stehen bei ihnen folgt. Die zweite Bestimmung sagt, wie fern das Glauben ein Wissen ist, wenngleich die Überführung nicht bloß unser Bewußtsein berührt, sondern verhindert wird, wenn sich der Wille ihr nicht fügt; in der ersten Aussage tritt dagegen hervor, wie fern das Glauben ein Wollen und Handeln ist. Die zweite hebt mehr die Passivität, die erste die Aktivität im Glauben hervor.

Diese Beschreibung des Glaubens, die alle seine Stufen umfaßt, hat gleichzeitig vor allem die besondere Aufgabe der Christenheit im Auge. Diese ist durch ihr Bekenntnis zum Christus in besonderer Weise mit »Gehofftem« in Verbindung gebracht, da sie sich ja dem Herrn »der zukünftigen Welt« und »Hohenpriester der zukünftigen Güter« angeschlossen hat, 2, 5. 9, 11. Allein alles, was er für sie erworben hat, entzieht sich der Wahrnehmung. Er trat wie der Hohepriester ins Allerheiligste, dem Auge des Volkes durch den Vorhang verborgen, und ist von seinem priesterlichen Gange noch nicht zu den Seinigen zurückgekehrt, 9, 28. Diese sind jedoch von dem, was sie nicht gesehen haben, »überführt«, sind dessen gewiß, daß er doch der Sohn Gottes, der Erbe aller Dinge und ihr Versöhner ist. Um der gehofften Güter willen haben sie sich vom alten Altar und Priestertum, vom Gesetz und Engelwort gelöst. So liegt ihnen auch die Pflicht ob, ihr Bekenntnis festzuhalten, 4, 14, ihre Zuversicht und den Ruhm der Hoffnung bis ans Ende fest zu bewahren, 3, 6, nicht hinzufallen, 6, 6, oder zu weichen, 10, 38, sondern da zu stehen, wo sie sich hingestellt haben, vielmehr durch ihn hingestellt worden sind, und von dem überzeugt zu bleiben, wovon sie überführt worden sind, wenngleich sie auch weiterhin auf den Genuß und die Betrachtung seiner Gaben noch verzichten müssen.

Der fundamentale Satz, der dem Überblick über die Schrift Hebr. 11 zugrunde liegt und durch diesen erwiesen wird, besteht aber nicht nur in der Definition des Glaubens V. 1, sondern V. 2 hat für die folgende Ausführung ebenso grundlegende Bedeutung wie V. 1. Diese tut dar, daß die Alten nicht umsonst glaubten, daß der Glaube sich in ihnen als Kraft und Wahrheit bewährt hat. Nicht nur die Glaubensaufgabe kehrt in der ganzen Geschichte Israels wieder, sondern es tritt auch der nicht trügende Wert des Glaubens ebenso universal in ihr zutage, da Israel durch ihn all das Große erlangt hat, was die Schrift von ihm erzählt: in diesem Glauben, der sich am Unsichtbaren hielt, wurde den Alten Zeugnis zuteil. Der Zeuge, der für sie eintrat, ist Gott. Daß und wie er als ihr Zeuge für sie redete, erfahren die Leser durch die Bibel, doch nicht so, als bestände Gottes Zeugnis nur in der lobenden Erwähnung der Alten in der Schrift; vielmehr ist der Blick des Briefes auf den tatsächlichen Lauf der Geschichte gerichtet, mit dem er den biblischen Bericht über diese unmittelbar zusammenfaßt. Darum wurde das Zeugnis Gottes von den Alten selbst erlebt und wurde ihnen nicht nur wegen ihres Glaubens, sondern durch ihr Glauben zuteil: *μαρτυρηθέντες διὰ τῆς πίστεως*, 39. Wie Paulus im Rechtfertigungsgedanken Gott als den Richter vor Augen hat, der den Glaubenden frei spricht, so ist hier Gott als der Zeuge gedacht, der für ihn einsteht und zwar durch ein Tatzeugnis, vgl. V. 4. Alles, was er ihnen an Anerkennung, Auszeichnung und Segnung verlieh, womit die Weise, wie die Bibel von ihnen redet, unmittelbar zusammenhängt, kam ihnen durch ihr Glauben zu. Um seinetwillen »schämte sich Gott nicht, ihr Gott zu heißen«, bekannte sich vielmehr zu ihnen mit Wort und Tat. Die Antwort Gottes auf ihr Glauben fiel teils in ihre Gegenwart, da sie durch mannigfache Hilfe Gottes erlebten, was ihnen versprochen war, teils gehört sie der Zukunft an, doch als ihr sicherer Besitz, darum weil Gottes Zeugnis schon über sie ergangen ist.

Schon durch den Ursprung der Welt aus dem Worte Gottes wird unsere Beziehung zu Gott zum Glauben, V. 3. Darin, daß das Sichtbare nicht aus wahrnehmbaren Ursachen geworden ist, sondern aus Gottes Wort, einem unsichtbar bleibenden Grund, kommt der alles gestaltende Wille Gottes ans Licht, daß wir nicht beim Sichtbaren bleiben können, sondern schon mit dem ersten Erkenntnisakt, der die Welt als geworden erkennt, ein Unsichtbares ergreifen. Wenn die Gemeinde sich glaubend auf das Unsichtbare gründet, das ihr nur durch das göttliche Wort kund geworden ist, so steht ihr Stand mit der fundamentalen Ordnung Gottes in Übereinstimmung. Es ist aber mit diesem Wort noch mehr gesagt. Schon jene erste Erkenntnis, die in der Welt Gottes Schöpfung sieht, wird uns allein durch das Glauben möglich, nur dadurch, daß sich uns das Unsichtbare innerlich bezeugt und uns von seiner Realität überführt und zugleich unser Verlangen ihm zukehrt, weil es uns als das allein zuverlässige Gut deutlich ist. Ohne diesen Realverband mit den göttlichen Dingen, den wir bewußt und persönlich in uns zu bewahren haben, bliebe unser Denken gefangen im Sichtbaren und würde niemals das göttliche Wort als den Grund der Dinge erfassen, so, daß uns dies zu einer hellen, gewissen Erkenntnis wird. Ist uns dies möglich, so haben wir darin die Kraft des Glaubens erlebt; nur er vermag den Menschen so hoch zu heben, daß er über der Welt ihren Schöpfer wahrnimmt. Dies ist aber die Wurzel aller Frömmigkeit, das erste Wort der Schrift, die von Israel hochgehaltene Wahrheit, durch die es vom Heidentum abgeschieden war. Wollten die Leser wirklich das Glauben lassen, gälte ihnen das Unsichtbare nichts, so würden sie nicht nur das wegwerfen, was die Christenheit besitzt, sondern auch das, was Israel gegeben war; sie wichen hinter das erste Blatt der Schrift zurück.

Zur naturhaften Abhängigkeit von Gott kommt für den Menschen die persönliche Verbindung mit ihm. Auch die einfachsten, ersten Schritte in dieser Richtung sind nur durch das Glauben möglich. Denn jedes Herzutreten zu ihm, wie es die Schrift z. B. im Opfer Abels beschreibt, erwächst nicht nur aus der Überzeugung, daß Gott ist, worin eine »Überführung von nicht Gesehenem« enthalten ist, sondern auch aus der Erwartung, daß er von dem, der ihn sucht, mit seiner Gabe und Hilfe sich finden lasse, womit ein »Stehen auf Gehofftem« vollzogen ist, V. 6. Die Schrift bezeugt schon durch die ersten Beispiele derer, die zu Gott herzutreten, daß die Frucht des Glaubens Gerechtigkeit ist. Durch ihn erhielt Abel das Zeugnis, er sei gerecht, V. 4, und Noah wurde »Erbe der dem Glauben zukommenden Gerechtigkeit«, τῆς κατὰ πίστιν δικαιοσύνης κληρονόμος, V. 8. Mit Paulus und der ganzen Gemeinde sucht auch unser Brief die Gerechtigkeit nicht anderswo als in Gottes Urteil. Tritt er als Zeuge für uns ein, so ist Gerechtigkeit unser Erbe geworden und dasjenige Verhalten, das Gott als Gerechtigkeit schätzt und durch sein Zeugnis als solche beglaubigt, ist das Glauben. Gleichwohl ist die Fassung des Begriffs hier eigenartig unterschieden von der Weise, wie Paulus die »Gerechtigkeit des Glaubens« darstellt. Der Unterschied wird falsch bestimmt, wenn gesagt wird, das Glauben sei hier selbst als Gerechtigkeit gedacht, bei Paulus dagegen nicht, weil für Paulus das Glauben ganz und wahrhaft Gerechtigkeit ist, dadurch, daß Gott uns seinetwegen rechtfertigt, und weil für unseren Brief das Glauben nicht ohne Gott, sondern durch Gottes Zeugnis unsere Gerechtigkeit wird. Aber unser Brief blickt nicht wie Paulus beim Glauben auf unsere Schuld, darum auch nicht auf die göttliche Gerechtigkeit, wie sie im Tode Jesu offenbar geworden ist, wodurch die »Gerechtigkeit des Glaubens« zur »Gerechtigkeit Gottes« wird, weil sie durch Gottes gerechtes Handeln entsteht. Hier ist das Glauben nicht in seiner Einigung mit Christus, sondern als die Bewegung unserer Seele zu Gott hin, als unser richtiges Verhalten ihm gegenüber betrachtet, genau wie dies schon die verschiedene Benenung Gottes anzeigt. Hier ist er der Zeuge, bei Paulus der Richter. Während der Spruch des Richters schaffend in die Verhältnisse des Gerichteten eingreift und sie aktiv neu bestimmt, spricht der Spruch des Zeugen den vorhandenen, gegebenen Tatbestand aus. Und dies steht wieder mit dem verschiedenen seelsorgerlichen Ziel der Gedankenreihen in genauer Übereinstimmung. Während uns Paulus an der Rechtfertigung die Tat der Gnade sichtbar machen will, an der unser Glaube entsteht, sorgt unser Brief für die Erhaltung des vorhandenen Glaubens, indem er ihn in Gottes Zeugnis die Bestätigung und Vergewisserung finden heißt. Darum besteht hier auch das göttliche Zeugnis nicht nur in der einen Gabe der Gerechtigkeit, sondern in der ganzen Mannigfaltigkeit der göttlichen Hilfe, die Israel erfahren hat. Schon bei Abel wird auch daran errinnert, daß sein Blut durch sein Glauben die Macht bekam zu sprechen und Gott als den Richter und Rächer seines Todes herbeizuzurufen[1]). Noch mehr erlangte durch sein Glauben Henoch, dem Gott nicht nur der Rächer nach dem Tod, sondern der Erretter vor dem Tode ward.

Aus demselben Grunde liegt auch der Stelle der Gegensatz zwischen dem Glauben und den Werken gänzlich fern; vielmehr ist das Glauben als Trieb und Kraft zur Tat gefaßt und der Brief will uns an der Geschichte Israels zeigen, wie reich die bewegende Kraft des Glaubens ist. Es erzeugt die Erkenntnis Gottes, das Opfer und jeden echten Gottesdienst, die Furcht vor Gottes Drohung, den Gehorsam gegen Gottes Befehl, den Verzicht auf die irdische Heimat und den irdischen Besitz, die Lösung vom sündlichen Genuß und der augenblicklichen Ehre, die Erhebung über die Furcht vor den Menschen, die Fähigkeit zu leiden und zu sterben um Gottes willen.

Auch hier liegt im Glauben wie bei Paulus eine abwehrende Bewegung; aber der Gegensatz ist hier nicht zunächst der zwischen der Sünde und der Gerechtigkeit, zwischen dem Fleisch und dem Geist, sondern der zwischen den irdischen und den himmlischen Dingen, zwischen dem sichtbaren und und dem unsichtbaren Gut. Die negative Seite am Glauben ist Verzicht auf den gegenwärtigen, wahrnehmbaren Besitz, Loslösung von dem, was nur Schatten und Parabel ist, Mißachtung der Schande, Teilnahme an der Schmach des Christus, Verurteilung der Welt; dem steht als das Positive im Glauben das Hinzugetretensein zu Gott und zu seiner himmlischen Stadt entgegen.

Darum wird schon bei Noah hervorgehoben, daß er, indem er Gott durch Glauben gehorsam ward und dadurch die Errettung erlangte, die Welt verurteilte. Es gehört zur Größe Noahs, daß er ans Licht brachte, daß die Welt an ihrer eigenen Schuld zugrunde ging; er stellte dadurch Gottes Ehre hervor. Damit wird die Größe der am Glauben haftenden Aufgabe deutlich. Es lag Noah die Pflicht ob, der Welt Unrecht und Gott Recht zu geben, wie es die Pflicht der Gemeinde ist, den Spott

[1]) Es ist leicht möglich, daß das Sprechen des Blutes Abels präsentisch gedacht ist; fort und fort ergeht von ihm der Apell an Gottes Gerechtigkeit, bis im vollendeten Reiche Gottes Abel den vollen Ersatz für seinen unschuldigen Tod erlangt haben wird.

der jüdischen Welt über den Christus zu tragen und Gott Recht zu geben gegen sie.

Darum wird auch an den Patriarchen gezeigt, daß sie der Verheißung wegen auf die sichtbare Welt verzichteten, und an Mose, daß er sowohl die Schätze, als den Zorn Pharaos für nichts achtete, und an den Späteren, daß sie der Auferstehung wegen Not und Tod ertrugen. Durch den Fortgang der biblischen Geschichte wird immer deutlicher, wie dieser Verzicht durch Gottes Gabe überwogen wird. Die Väter grüßten schon die für das Ende bereitete Stadt Gottes als ihr Vaterland und Mose erkannte den Reichtum, der in der Schmach des Christus verborgen ist. So ist das Glauben der Christenheit mit demjenigen Israels nicht nur seiner Form nach eins, sofern es ein festgehaltenes Hoffen auf Unsichtbares ist, sondern auch seinem Inhalt nach, weil das Glauben hier wie dort auf die eine und selbe Verheißung zielt. Was den Vätern zugesagt war, ist, wenn es nach seinem vollen Inhalt benannt wird, eben das, was die Gemeinde durch Christus empfangen wird.

Zur Reihe der Zeugen für das Wesen und den Wert des Glaubens tritt Jesus selbst hinzu, 12, 2. Der Gegensatz zwischen seiner Gemeinschaft mit Gott und seiner Gemeinschaft mit uns, die ihn zum Kreuze führt, macht sein Verhalten dem des Glaubenden ähnlich. Aus seiner Einheit mit dem Vater bietet sich ihm die Freude an; statt ihrer erwählt er die im Kreuz liegende Schmach. So hat er auch die Tragkraft, *ὑπομονή*, bewährt, die aus dem Glauben kommt, aber auch den Lohn derselben in besonderer Deutlichkeit gezeigt, weil er um des Kreuzes willen zur Rechten des göttlichen Thrones sitzt.

Er ist aber mehr als die Alten, nicht nur ein Beispiel des Glaubens, ein Zeuge für ihn, sondern sein »Anfänger und Vollender«, der, der ihm den Grund und die Vollständigkeit gegeben hat. Am Schluß dieser geschichtlichen Betrachtung, die die ganze alttestamentliche Glaubensbewährung überschaut, dürfen wir nicht nur an Jesu Wirken auf die Seele des einzelnen Glaubenden denken, daß er in ihr das Glauben erweckt und zu seinem Ziel und Ende bringt, sondern die beiden Begriffe »Anfänger und Vollender« bestimmen zunächst das Verhältnis Jesu zum Glauben im Verlauf der Weltgeschichte;

sie blicken sowohl nach rückwärts auf die alttestamentliche Zeit, als nach vorwärts auf die Stellung der Christenheit. Als Anfänger des Glaubens bringt er es in die Welt und dient ihm zum Grund. Wie dies von ihm gilt, obwohl die Glaubensbegründung bis auf Gottes Schöpfertat zurückreicht, das erläutert das zweite Wort: der Anfänger ist er deswegen, weil er der Vollender des Glaubens ist. Er gibt dem Glauben seinen vollen Bestand, den vollkommenen Grund und die vollkommene Frucht. Dadurch ist die neuanfangende Wirkung Jesu, die das Glauben neu möglich macht, mit der ihr vorangehenden Glaubensbetätigung in Einklang gebracht. Das zur Vollkommenheit gebrachte Glauben ist der früheren Geschichte gegenüber etwas Neues, erst von Jesus als von seinem Anfänger und Urheber Empfangenes, vgl. 6, 1. Eben als der Vollender des Glaubens ist er der Führer für eine neue Reihe von Glaubenden geworden, die nun auf dem von ihm ihnen bereiteten Hoffnungsgut stehen und deren Zuversicht durch ihn von allen Schranken befreit ist, weil sie durch ihn »an ihrem Gewissen vollendet« und geheiligt sind, 10, 14. 9, 9. 14.

Die Stelle zeigt deutlich, wie absolut frei von jeder Beschränkung und Beschattung das Glauben des Christen vor dem Auge unseres Briefes steht. Er kann sich kein höheres Glauben über das hinaus denken, das uns Christus bereitet hat. So kommt seine apologetische Betrachtung zu ihrem machtvollen Schluß. Jesu Messianität wird durch die Glaubensaufgabe, die seiner Gemeinde obliegt, nicht nur nicht in Frage gestellt; vielmehr ist sie deren notwendige Folge und ihr kostbares Ergebnis; er erst hat den Menschen ganz zum Glauben gebracht. Auch in dieser Hinsicht steht seine Gemeinde nicht nur neben der alten, sondern über ihr. Wie das Gesetz überhaupt nichts zu seinem vollen bleibenden Bestande brachte, *οὐδὲν ἐτελείωσεν*, 7, 19, so kam auch das Glauben unter ihm nicht über seine Anfangsgestalt hinaus, während Christus ihm in seiner Gemeinde die Vollendung gab.

Der Brief hatte, um dies darzustellen, keine längere Ausführung mehr nötig, weil die Besprechung der Glaubensaufgabe nicht den Anfang, sondern den Schluß seiner Unterweisung bildet. Zuerst legt er aus, was in Jesu Tod und Erhöhung enthalten ist, zeigt darin die Tat des Priesters und schützt dadurch gegen das Ärgernis an ihm. Jetzt, nachdem Jesus gerade in dem, was ihn für uns unsichtbar und sein Reich für uns zukünftig macht, als der Geber der vollkommenen Gaben erkannt ist, 10, 12, faßt der Brief die Glaubenspflicht ins Auge; denn nun ist klar, durch welche Gnadengabe Jesus der Anfänger und Vollender des Glaubens für uns geworden ist. Der Unterschied zwischen dem sterblichen und sündlichen Aaroniden und dem vollendeten und ewig lebendigen Priester, zwischen der irdischen Hütte und dem himmlischen Heiligtum, zwischen dem Tieropfer und dem Blute Jesu mit seiner die Sünde bedeckenden Macht überträgt sich sofort auf die Glaubensstellung; denn wo das gehoffte Gut sich als ein vollkommenes erweist, ist auch der Glaube zu seiner Völligkeit gelangt.

Ehe der Brief an die Erläuterung des Todes Jesu geht, hat er vom Unglauben gesprochen, 3, 7—4, 13, und auch in dieser Hinsicht die Parallele zwischen der alten und der neuen Gemeinde durchgeführt, da die Schuld und die Verderblichkeit des Unglaubens für sie nicht geringer als für jene ist. Dem Geschlecht, das Gott aus Ägypten errettet hatte, war die Verheißung gegeben, in Gottes Ruhe einzugehen; aber weder die Gnade, die sie erlebt, noch das göttliche Wort, das sie gehört hatten, sicherte ihnen den Empfang der Gabe, 3, 16. 4, 2; vielmehr wurden sie von ihr ausgeschlossen wegen ihres Sündigens, 3, 17, ihres Ungehorsams, 3, 18, ihres Unglaubens 3, 19. Dieser deckt sich als die innerste, letzte Ursache ihres Falles auf. Er machte das Wort Gottes, obwohl es die Kraft und die Gabe Gottes in sich hat, für sie nutzlos, weil es ihnen nur etwas Gehörtes blieb, geschieden von der Person, nicht vereinigt und verschmolzen mit ihnen selbst, 4, 2. Zug um Zug soll die Gemeinde diese Geschichte auf sich selber zur Warnung anwenden. Auch sie hat, weil Christus gekommen ist, bereits eine Errettung erlebt und das göttliche Wort für sich und kann doch das Heil verlieren, wenn sie nicht durch Glauben das göttliche Wort in sich bewahrt. Gegen den Anstoß am Christus, daß er nur ein Wort gebracht habe und nicht das Reich, setzt der Brief den Spruch über die

Majestät des Worts und seine energische, richterliche Macht, 4, 12 f.

Ein lehrreiches Maß für den Glaubensstand des Briefes bildet die Energie, mit der er die Furcht Gottes in den Lesern erweckt, vgl. 2, 1 ff. 6, 4 ff. 10, 28 f. Die Christenheit hat sich noch mehr zu fürchten als Israel, weil die ihr gegebenen Heiligtümer größer sind und ihr Mißbrauch unmittelbarer Antastung der Majestät Gottes ist. Er trägt aber damit keine Schwankung in ihr Glauben hinein; vielmehr ergibt sich die einträchtige Verbindung der Furcht, so tief sie ist, und des Glaubens daraus, daß auch jene auf Christus selbst bezogen ist und darum den Blick nicht von ihm abkehrt, vielmehr ihm zugewandt hält. Während in der Gottesmajestät Jesu das Motiv zur Furcht liegt, bildet seine Menschheit, in der er selbst litt und versucht ward und dadurch sich die Vollmacht zum Erbarmen erwarb, das Vertrauen weckende, zum Hintritt zu ihm ermunternde Motiv, 2, 17 f. 4, 15 ff. Auch deswegen gilt dem Brief Jesu Niedrigkeit und Sterben für unentbehrlich und heilsam. An dem, der selbst die Versuchung bestand, gewinnt die Gemeinde jenes Glauben, das sich an der Furcht vor dem Gott, der ein verzehrendes Feuer ist, nicht schwächt, sondern neu entzündet, weil auch die Furcht für sein Mittleramt dankbar macht.

Daß die Buße als selbständige Bewegung der Seele vom Glauben unterschieden wird, 6, 1, war mit der Beziehung des Glaubens auf die unsichtbaren Heilsgüter gegeben. Aber auch an dieser Stelle zerbricht der Brief die Einheit des inwendigen Lebens nicht. Das »böse Herz« ist dem Unglauben hingegeben, weshalb die Ablegung der Sünde die Bedingung für den erfolgreichen Lauf bildet, der in der Glaubensübung besteht, 12, 2. Denn eine und dieselbe Tat, Jesu Sterben, verleiht die Lösung vom Bösen und den Hinzutritt zu Gott. Dieses macht das Bewußtsein »von den toten Werken rein«, worin beides liegt, sowohl die Stillung der Selbstverurteilung und des Schuldgefühls, als die Tilgung der schlechten Begierde, 9, 14. Doch damit ist erst die Vorbedingung für das messianische Werk gegeben. Das vollständige Amt des Christus ist die Darbietung der positiven Lebensgüter in himmlischer Gabe und auf diese gründet sich der Glaubende.

So ist auch dieser Brief ein merkwürdiges Dokument für die Höhe, zu der sich in der ersten Gemeinde der Glaube entfaltet hat. Ihr Zeichen ist die harmonische Kräftigkeit aller Tätigkeiten, die das Christenleben bilden. Der Reichtum des Denkens und der Ernst des Wollens stehen einander parallel. Am Erkennen wird sowohl die stillende als die erregende Macht des Glaubens sichtbar, diese in der lichtvollen Durchbildung der Gedankenreihen, jene in der Bewahrung der Grenze gegen alles Gnostische. Die Abweisung der jüdischen Bestrebungen geschieht mit klarer Entschiedenheit und doch ohne jedes bittere Wort. Im Blick auf Gott steht neben dem tiefen Erbeben die unerschütterliche Freude. Auch in der Verbindung von Abhängigkeit und Selbständigkeit gegenüber den anderen Formen des apostolischen Evangeliums zeigt sich die Lebendigkeit des Glaubens, der das eine und selbe Evangelium, das allen gegeben ist, personhaft zu eigenem Besitz in sich aufgenommen hat. Die uns von Paulus und Johannes her bekannten Grundstriche der apostolischen Predigt gestalten auch hier die ganze Verkündigung und doch ist nichts Nachgemachtes, Entlehntes in dem Brief. Er hat in allem, was er sagt, seinen eigentümlichen, einheitlichen Ton.

Die besondere Art dieses Glaubens wird daran sichtbar, daß sich im Blick des Briefs auf Gott stark das Bewußtsein des Unterschieds äußert, das unsere Entfernung vom überweltlichen und heiligen Gott bedenkt. Darum sieht er bei Jesus auf seine Mittlerstellung, beim alten Bund auf seine Sakramente, durch die die Geschiedenheit des Menschen von Gott durchbrochen wird; darum faßt er den Dienst, den Jesus der Welt tut, in das eine Wort zusammen, daß er der Priester sei, und betont an ihm, stärker als es sonst im Neuen Testament geschieht, die Doppelheit der Naturen, wie sie in ihm aus seiner Gemeinschaft mit dem Vater und aus seiner Gemeinschaft mit uns entsteht; darum erinnert er an die uns inwendig erfassende Wirksamkeit Gottes im heiligen Geist nur da, wo er uns die Schuld dessen fühlbar machen will, der Gottes Gabe profaniert. Darum hat der Brief nicht jene unmittelbare Innigkeit der Gemeinschaft mit Christus, wie sie Paulus hat, jenes Hineinwirken der Tat des Christus in das eigene Leben des Glaubenden, durch das er an dem Teil bekommt, was Christus hat, jenes Bei-uns-sein des Christus und In-ihm-sein des Glaubenden, in dem das Glauben des Paulus seine besondere Tiefe hat. So gewiß das Bewußtsein der Geschiedenheit Gottes von uns für unseren Brief kein Gegensatz zum Glauben ist, ebensowenig wird es von diesem ausgelöscht, sondern es ist in ihm stets lebendig und macht, daß sich unser Brief stets wieder vorhält, daß Christus ihm zum Mittler mit dem sonst für ihn unerreichbaren Gott geworden ist, weshalb er nicht von ihm weichen und ihn nicht verleugnen kann.

Dreizehntes Kapitel.

Die Ergebnisse des apostolischen Glaubens.

Aus Glauben heraus ist die christliche Gemeinde mit ihrer Lehre, ihrer neuen Schrift, ihrer kirchlichen Ordnung und Sitte entstanden. Diese Tatsache kommt jedem, der nach Glauben, aber auch jedem, der über diese Dinge nach Wissenschaft sucht, Licht gebend zu Hilfe. Der Jüngerkreis hat von Jesus keine Lehrvorschrift, kein System von Begriffen, keine Heiligungsregel, kein kanonisches Buch, keine Kirchenordnung erhalten; was er bei ihm und durch ihn gewonnen hat, das war der glaubende Anschluß an ihn. Und dieses Verhalten Jesu, daß er seinen ganzen Erfolg in das Glauben gesetzt hat, erwies sich als fruchtbar zur Schöpfung einer neuen geistigen Welt. Das Gottes- und das Selbstbewußtsein, das Erkennen und das Wirken, der Dienst an den Menschen und die Behandlung der Natur, die Ausbreitung der Tätigkeit nach außen und ihre Sammlung nach innen, ihre Reinigung von verdorbenen Begehrungen und ihre positive Entfaltung zu richtigen Zielen hin, die Fähigkeit zum Hoffen und die Willigkeit zum Leiden, Furcht und Liebe, der ganze Reichtum der menschlichen Tätigkeiten ist durch das auf Jesus blickende Glauben zu neuer Wirkung und Fruchtbarkeit erregt worden. In keiner Richtung erwies es sich als Hemmung, in allen als den Kraft schöpfenden Akt.

Deshalb, weil Jesu Gemeinde aus dem Glauben hervorwuchs und wächst, wird sie zur fortdauernden, lebendigen Offenbarung des Christus und Gottes. Denn der Glaube hat seine Wirkungsmacht nicht in sich selbst, sondern erhält sie erst durch die Tat und Gabe dessen, an den er glaubt. Die durch den Glauben lebende Gemeinde tut dar, daß Gott durch Christus sie begabt, führt und belebt.

Das hat Jesus dadurch erreicht, daß er das Glauben, indem er es auf sich selbst richtete, von allem zu befreien vermochte, wodurch es vor ihm gebunden war. Die Theorie und Praxis der älteren Theologie waren an der Zertrennung dessen gescheitert, was doch nur geeinigt ein Lebendiges bleibt. Sie zerbrach das Gesetz in eine Vielheit von Geboten, deren jedes vom anderen unabhängig sei, so daß das eine gehalten, das andere gleichzeitig übertreten werden könne, weshalb sie die Gerechtigkeit dadurch gewinnen wollte, daß sie die gehaltenen Gebote addierte, gegenüber den nicht gehaltenen abwog und den Überschuß der erfüllten über die nicht erfüllten Gebote als Gerechtigkeit deklarierte, eine zerstückte Gerechtigkeit, die nie ein Ganzes wurde. Sie spaltete an der Erfüllung des Gesetzes weiter das Motiv und das Resultat, indem sie die göttliche Forderung wegen ihrer gesetzlichen Form zunächst auf das objektive Ergebnis des Handelns bezog und dieses möglichst zu sichern suchte, wobei das innere Geschehen in der Persönlichkeit selbst relativ frei geblieben ist. Sie schied die Leistung an Gott und die an die Menschen und schätzte den den Menschen geleisteten Dienst geringer als den Gottesdienst, so daß dieser seinen Wert behalten soll, auch wenn dem Menschen versagt wird, was ihm gebührt.. Sie riß weiter Glauben und Werk auseinander, verlangte einmal, daß man glaube, was das Gesetz lehre, sodann daß man auch tue, was es vorschreibe, wobei auch hier jedes seinen selbständigen Wert haben und der Glaube an die Lehre durch die Übertretung der Vorschrift nicht berührt werden soll, obgleich selbstverständlich die Verbindung der Kenntnis des Gesetzes mit seiner praktischen Anwendung die höhere Verdienstlichkeit ergibt. Sie schied die Glaubenspflicht selbst in eine Vielheit, da ja der Inhalt der Bibel ein mannigfaltiger ist und jede Aussage derselben Glauben fordert. Sie schuf eine Spannung zwischen der Gemeinde und dem persönlichen Lebensstand des Einzelnen, so daß der Glaube bald lediglich an die Gemeinde gehängt war und in ihrer Heiligkeit seine

Basis hatte, während der Einzelne für sich selbst kein Glaubensverhältnis zu Gott fand, sondern für sich auf seine eigene Leistung angewiesen blieb, und bald wieder die Gemeinde auf die Seite warf und sich nur nach innen wandte, um in der Tiefe des eigenen Seelenlebens Gott zu spüren. Das eine Mal herrschte die Gemeinde mit Zwang und Druck über ihre Glieder und half ihnen nicht zum Glauben; das andere Mal flüchteten sich diese in die asketische Einsamkeit oder die Härese. Im Aufblick zu Gott schied sie das Recht von der Gnade und nahm an, Gott handle entweder nach dem Recht oder nach der Gnade, wodurch aus jenem Härte, aus diesem willkürliche Gunst entstand. Man schuf sich dadurch eine Furcht, die mit dem Glauben stritt und zum Verzagen ward, und ein Glauben, das die Furcht ausstieß und zum Übermut entartete. Zwischen diesem Stückwerk eines zerrissenen Vielerlei war kein Raum mehr für ein glaubendes Verhalten, in dem eine ungebrochene Bejahung und Gewißheit Gottes, die als Zuversicht zu ihm einen geeinigten Willen schaffen könnte, lebendig wäre.

Man vergleiche damit denjenigen apostolischen Brief, der der Judenschaft am nächsten steht, den des Jakobus. Nicht nur tatsächlich, vielmehr mit klarem Bewußtsein ist die Einheit nicht nur als Ziel erfaßt, sondern dem Leben eingepflanzt. Jene Rechnung, die aus den vielen gehaltenen Geboten eine Gerechtigkeit zusammen addieren möchte, ist vergangen; das Gesetz ist eine Einheit, da es mit jedem Gebot ganz gebrochen wird. Daher haben nicht Erfüllung und Übertretung des Gesetzes zusammen im Leben Raum. Jakobus heißt sich vor dem Gesetz schuldig ohne Vorbehalt. Jener Rechtsbegriff, der ein äußerlich bestimmbares Maß für das fromme Handeln sucht, ist verschwunden. Das königliche Gebot im Gesetz, mit dem es erfüllt wird, ist das der Liebe; dadurch ist dasselbe mitten in den inwendigen Verlauf unseres Lebens hineingesetzt. Jakobus hat sein ganzes Wollen mit Gottes Willen geeint. Was der Jude Gottesdienst hieß, ist verschwunden; denn das Werk für den Bruder und das für Gott sind bei Jakobus identisch und alle Gottesdienstlichkeit, die nicht dem Bruder die gute Gabe gewährt, ist Selbstbetrug. Die Scheidung der Lehre von der Tat wird als verderbliche Verirrung abgewehrt. Wissen,

Glauben, Handeln sind ihm eine untrennbare Einheit, da jene nur dann Wert und Leben haben, wenn sie der Tat dienen. Ein Vielerlei von Lehrsätzen gibt es bei Jakobus nicht. Er schaut auf den »einigen Gott«; ihn zu erkennen in allem, was er tut, und ihm zu gehorchen in allem, was er gebietet, ist sein Verlangen. Von äußerlichen Heilsgarantien, die einen Glaubensstand ohne eigene innere Verbundenheit mit Gott bewirken sollen, ist keine Rede mehr, ebensowenig aber von einsiedlerischer Isolierung der »Seele«, die nur in der Abkehr von der Gemeinschaft durch die Einkehr in ihr Inneres fromm sein kann, sondern die durch die Liebe bestimmte Arbeit innerhalb des menschlichen Verkehrs besitzt den vollen Wert echten Gottesdienstes. Zu Gott schaut er in der Gewißheit auf, daß die Menge seiner Sünden vor ihm bedeckt ist, im selben Augenblick, in dem er sich gegenwärtig hält, daß er die Rechtfertigung nicht anders finden kann als durch die Tat und die Freiheit nicht anders als durch das Gesetz.

Hier ist die Einheit an allen Stellen, wo sie die jüdische Frömmigkeit nicht gefunden hatte, gewonnen und die Bejahung Gottes hat einen geeinigten Willen erzeugt, der ohne Schwankung und Spaltung auf Gott gerichtet ist.

Deckt sich die innere Stellung der apostolischen Männer noch vollständiger vor uns auf, wie es bei Paulus und Johannes geschieht, so tritt auch die geschlossene Einheitlichkeit ihres Willens noch deutlicher hervor. Mit derselben unbedingten Bejahung heiligt Paulus Gottes Gesetz, wie er die Gnade des Christus erfaßt, und beide stehen als die einträchtig zusammenwirkenden Organe Gottes vor seinem Blick. Derselbe Gott, dessen Gesetz ihn schuldig hieß, hat ihn durch Christus gerechtfertigt. Dieselbe Tat Gottes, die seine freie, volle Gnade zum Menschen bringt, ist auch die Offenbarung der göttlichen Gerechtigkeit. Aus demselben geschlossenen Willen, mit dem sich Paulus nach dem Vollbringen des Guten streckt, zieht er die Fähigkeit und das Verlangen, in der Gnade dessen still sein Genüge zu haben, dessen Tod sein Tod und dessen Leben sein Leben geworden ist. So reich das geistige Leben der Apostel ist, es hat unverkennbar ein Zentrum, aus dem es mit seiner ganzen Fülle ersteht und in das es stetig wieder zurückkehrt, und dieser sein zentraler Akt ist der den Christus erfassende Glaubensblick. Dieser einigt die Glaubenden nicht nur mit sich selbst, sondern auch miteinander. Herrschaft und Zwang verschwinden aus der Gemeinde. Sie sind in sich selbst Gottes gewiß und der Gemeinde gegenüber dadurch frei und ihr zugleich mit fester Eintracht einverleibt, weil sich Christus ihnen nicht nur in der Bewegung ihres Herzens, sondern nicht weniger in der Regierung der Gemeinde offenbart. Für sie stimmt daher die Weise, wie Gott die Geschichte der Menschheit führt und wie er ihre eigene Lebensgeschichte gestaltet, in einer großen Einheit zusammen.

Die Schwierigkeiten unseres Lebens entstehen daraus, daß das, was eine Einheit sein soll, auseinander fällt. Bewußtsein und Sein, demgemäß auch Wort und Werk, Geist und Natur, demgemäß auch das Hören und das Sehen, Zukunft und Gegenwart, Liebe und Recht, die Gemeinschaft und die Entfaltung des Eigenlebens, gelangen nicht zur Kongruenz. Das Wort hat reicheren Inhalt als das Werk; das Hören überragt das Sehen; erst die Zukunft füllt den Mangel der Gegenwart; das Recht tritt gegen uns vernichtend auf, und die Gemeinschaft und das Eigenleben liegen miteinander im Streit. Um dieser Spaltungen willen ist Glaube das für uns notwendige Verhalten. Ein Wort, das über das Werk, ein Hören, das über das Sehen, ein Eigenleben, das über die Gemeinschaft, eine Zukunft, die über die Gegenwart, eine Gnade, die über das Recht übergreift, postuliert als vorläufige Ausgleichung der Spannung den vertrauenden Willen. Wo der Gegensatz als unausgleichbar fixiert wird, wo das Wort als nicht zur Tat führend, das Hören als nicht ins Sehen leitend, der eigene Besitz als nicht der Gemeinschaft dienend, die Zukunft als nicht die Gegenwart vollendend, das Recht als nicht in der Gnade sich vollziehend behandelt wird, da ist das Glauben ausgeblieben. Wo das Wort bejaht wird als die Wurzel des Werks, das Hören als die Vermittlung des Schauens, die eigene Lebendigkeit als Ausrüstung für die Gemeinschaft, die Gegenwart als Pflanzung der vollendenden Zukunft, die Gnade als mit der Gerechtigkeit triumphierend, da ist Glaube da. Im Kreis der Apostel ist das Getrennte zusammengewachsen. Ihnen ist das Wort »lebendig und kräftig«, das Gehörte »Wahrheit«, die auch Sichtbarkeit gewinnen wird, die Gegenwart Besitz eines »Erbes«, das nicht vergeht; das Ich lebt nicht sich selbst und die Gnade offenbart und schafft die Gerechtigkeit. Nur in Gott finden diese Synthesen ihren Grund. Sie sind aber in die Bejahung Gottes eingeschlossen, sowie wir seine Güte auf uns zu beziehen vermögen, weil diese zertrennten Zweiheiten wohl unsere, nicht aber Gottes Lebensgestalt sind. Darin ist auch begründet, daß sich durch das Glauben die Einheit nicht nur als Formation des Bewußtseins herstellt, sondern wirksam wird. Sie wird nicht nur gedacht und gewollt, sondern erlebt. All dies gab Jesus seinen Gefährten dadurch, daß er in ihnen Glauben an seine Sendung durch den Vater schuf.

Die Spaltungen im älteren Glaubensstand hingen damit zusammen, daß ungläubige Bestrebungen in ihn hineinwirkten und ihn durchkreuzten. Die jüdische Frömmigkeit mischte in alle Darstellungen und Anpreisungen des Glaubens eine Reflexion auf sich selber ein. Es war stets ein Lob des Menschen, gläubig zu sein. Man denke an das Idealbild des Glaubens, das Philo mit Hilfe der Schrift entwirft, zu dem er bewundernd als zu einer entlegenen Höhe der Lebensentfaltung emporschaut, auf das er auch Gott mit Bewunderung herabschauen läßt. Und doch ist die Reflexion auf den Menschen für das glaubende Verhalten eine Störung, weil der Blick und das Verlangen des Glaubens auf den gerichtet sind, dem geglaubt wird. Auf sich selbst zurückgebogen, wendet es sich nicht mehr an Gott und hebt sich dadurch selber auf. Diese Reflexion des Glaubens auf sich selbst ist im apostolischen Glauben gänzlich getilgt. Paulus erklärt es für den großen Gewinn, den das Gesetz des Glaubens mit sich führt, daß »das Rühmen ausgeschlossen ist«, Röm. 3,27. Auch er beschreibt das Glauben Abrahams als Stärke und Größe; aber das Große an demselben besteht ihm darin, daß er »Gott Ehre gab«, dem Gott, »der den Gottlosen gerechtfertigt hat«, Röm 4. Der Hebräerbrief blickt auf Israels Geschichte, wie sie aus dem Glauben wurde, im Bewußtsein, daß diese Kette von Erlebnissen etwas Bewunderungswürdiges und Erhabenes sei, doch so, daß er jedem Glied der Gemeinde dieselbe Glaubensübung zumutet. Jakobus hat das starke Verlangen, mehr zu haben als nur das Glauben, und stellt seine höchsten Äußerungen im Gebet unter den Gesichtspunkt: Elia war ein Mensch wie wir, 5, 17. Überall erscheint der Glaube als das Gegebene, für die Gemeinde Unumgängliche, so daß in seinem Ausbleiben Sünde, Schuld und Fall läge und nur die Glaubensübung die gerade, richtige Führung des Lebens ergibt, und die tiefe Verwunderung, die sie allerdings begleitet, haftet nicht daran, daß die Christenheit glaubt, sondern an der göttlichen Gabe, die das Glauben begründet und ihm folgt.

Solange wir unser Glauben bewundern, steht es in der Gefahr, sich als Hinderung der Buße zu erweisen. Sowohl im Verhalten der Judenschaft gegenüber dem Täufer, gegenüber Jesus und gegenüber den Aposteln, wie in der Kirche hat sich überaus deutlich erwiesen, daß große Zuversicht große Unbußfertigkeit erzeugen kann. Dadurch, daß das apostolische Glauben nicht am Menschen haftet und nicht sich selber rühmt, sondern reiner Blick auf Gott ist, war es mit der Buße in einträchtige Harmonie gesetzt.

Was Philo durch die Schrift über den Glauben lernte, machte ihn nicht von der durch den Tugendbegriff ins Selbstische entstellten Ethik frei; dieser ergriff vielmehr auch das Glauben und gab ihm den Schein, die beste Tugend zu sein. In der Christenheilt galt nicht nur das Glauben selbst nicht als Tugend, sondern diese verschwand gänzlich aus der Zahl der Begriffe, die ihr Wollen und Handeln gestalteten, nicht mit dem Erfolg, daß die Energie desselben erlahmte, umgekehrt mit dem Erfolg, daß es sich gerade dadurch, daß es von der Verknechtung an das eigene Ich frei ward, zur höchsten Kraft entfaltete.

Nach Philos Idealbild vom Glauben war dieses unvermeidlich mit Schwankungen behaftet, weil unser Verstehen Gott gegenüber begrenzt ist. Die Grenzen der Erkenntnis sind ihm aber notwendig auch solche des Glaubens. Auch den apostolischen Männern steht klar vor Augen, daß ihr Erkennen nur »Stückwerk« ist; aber der Glaube »bleibt«. Er geht über alle Schranken der Erkenntnis hinaus und ersetzt dessen Mängel; denn er bejaht Gott nicht nur soweit, als er begreifbar ist, und seine Güte nicht nur in dem Maß, als sie uns durchsichtig ist, sondern den ganzen Gott in seinem ganzen Werk, scheine es Torheit oder Weisheit, Schwachheit oder Herrlichkeit. Der apostolische Glaubensakt ist eine Prolepsis, die alles, was Gottes ist in Zeit und Ewigkeit, umspannt.

Wie kann, argumentiert Philo weiter, der Glaube unbegrenzt sein, da der menschliche Wille nie nur göttlich bestimmt ist, sondern den natürlichen Motiven unterworfen bleibt, durch die er sich immer wieder von Gott abgezogen sieht? Auch den Aposteln war Sünde und Glaube unvereinbar; aber der Streit zwischen beiden endigt für sie nicht damit, daß der Glaube an der Sündigkeit dahinsänke, sondern damit, daß er an ihr sich neu entzündet, weil er in ihr die Notwendigkeit der göttlichen Hilfe neu erlebt. Dem Schluß Philos: solange wir sündigen, können wir nicht glauben, steht bei den Aposteln der andere Schluß gegenüber: weil wir Sünder sind, darum glauben wir. Jener ist ein Akt des Unglaubens, dieser ein Glaubensakt.

Weil das Sündliche und das Natürliche für Philo eng verbunden sind, führt bei ihm auch die Abhängigkeit unseres geistigen Lebens von seinen naturhaften Bedingungen eine Begrenzung des Glaubens herbei. Auch die Apostel haben auf diese Zusammenhänge aufmerksam geachtet; ihr glaubendes Verhalten bleibt aber auch dem Naturleben gegenüber unbegrenzt. Sie sagten sich nicht bloß, wie Philo, vom »scheinweisen Sophisten«, sondern auch vom scheinheiligen Asketen los. Weil Gottes Macht und Gabe in der Natur nicht ihre Grenze hat, hat auch das Glauben im natürlichen Bedürfnis keinen Gegensatz, umfaßt vielmehr auch dieses Lebensgebiet und ist die Gewißheit, daß wir nach Seele und Leib in Gott wohl versorgt sind.

Soweit Glauben vorhanden war, wandte er sich bei Philo wie bei den Palästinern vor allem der auswendigen Gestaltung des menschlichen Geschicks zu, für die man gern und eifrig auf Gottes Walten rechnete. Aber das, was den Menschen selbst macht, seine inwendige Gestalt, der Verlauf seines Erkennens und Wollens, blieb ihm selbst anheimgegeben. Dahin reichte kein Geben und Helfen von oben. Hier schuf der Mensch mit seiner Freiheit, was er nötig hat, mit dem Ergebnis, daß statt des Glaubens das Ohnmachtsbewußtsein durchbrach, wenn es nicht zum phantastischen Fanatismus kam. Die Apostel stellen sich mit ihrem inwendigen wie auswendigen Erleben in Gottes Gnade. Ihr Glauben bejaht Gottes Providenz, die den äußeren Lebenslauf ordnet, aber auch jene Gnade, die dem Denken zur Erkenntnis, dem Willen zur Liebe, dem bösen Gewissen zum Ruhm in Gott verhilft.

Am Konflikt ihres Glaubens mit dem Gang der Geschichte hat die Judenschaft ihre innerliche Kraft verzehrt. Die siegreiche Obmacht Roms lag als schwerer Druck auf ihr und zerbrach ihr das Glauben. In der Gemeinde Jesu hat die Hoffnung kräftiger als je in der Synagoge den ganzen gegenwärtigen Weltbestand hinter sich zurückgelassen und sich dennoch nicht an den Widerwärtigkeiten und Schwierigkeiten des Geschichtslaufes zerrieben. Sie trug die Obmacht Roms, wußte sich ihr gegenüber frei und siegreich, und diente deshalb willig dem Staat.

Machte sich in den inneren Verhältnissen der Judenschaft Sünde und Gottlosigkeit geltend, so lag darin für sie stets eine schwere Gefährdung des Glaubens, sei es, daß es in Verzagtheit verfiel, weil an der Sünde des Volks das Vertrauen zu seinem Gott erlosch, sei es, daß es sich zum Fanatismus überbot und die Sünde des Volks zu Ehren Gottes ableugnete oder billigte. Die Gemeinde Jesu versagte zwar dem Judentum jedes Glauben, bewahrte jedoch den Glauben an Israels Gott ungeschwächt und hat hernach mit derselben Wahrhaftigkeit an den eigenen Zuständen die ernsteste Zucht geübt, jedoch ohne daß sie dem Zweifel an der Vollkommenheit des Christus und seines Werks erlag. Denn sie hatte nicht mehr am Menschen, sondern an Gottes Wort und Tat ihren Glaubensgrund.

Kein Wahrheitsmoment des jüdischen Gedankens ging der Gemeinde verloren. So ernst als nur irgendein Rabbine bejaht das apostolische Glauben Gottes Recht und die in ihm enthaltene Verpflichtung für unseren Willen und sein Gericht über ihn. Paulus ist glaubend für die Sünde tot, wie Johannes glaubend nicht zu sündigen vermag. Jakobus schaut glaubend in das vollständige Gesetz hinein und wird sein Täter, und der Hebräerbrief will mit durchdringender Furcht auf die Weisung Jesu noch ernster und folgsamer hören als auf das Gesetz. Nirgends wird der Blick auf die göttliche Güte zur Auflösung oder auch nur zur Schwächung der reinlichen Verneinung alles Bösen, nirgends aber auch die unumwundene Beugung unter das göttliche Recht gegen den Sünder zur Schmälerung der Gewißheit, die Gottes vergebende und gebende Güte bejaht.

Sieht Philo das Glauben erst am Ende des frommen Strebens als den Lohn und Siegespreis der sittlichen Anstrengung erwachsen, so gilt es auch den Aposteln als das Ergebnis und die Frucht aller Frömmigkeit. Für Jakobus wird es aus den Werken vollendet; aus der Liebe zum Licht, die die Wahrheit tut und ihre Werke in Gott vollbringt, entsteht es nach Johannes, und bei Paulus liegt ihm das innige Verlangen nach dem Vollbringen des Guten zu grund, während die Willfährigkeit gegen die Ungerechtigkeit für die Wahrheit und das Glauben unfähig macht. Deswegen tritt ihnen jedoch der Glaube nicht in die Ferne als ein kaum erreichbares Ziel. Wir »haben ihn«, sagt Jakobus, als »das nahe, im Herzen und Mund lebendige Wort«, sagt Paulus. Das Glauben ist ihnen ebensosehr wie das Ende und die Frucht, so auch der erste Anfang und die Wurzel aller Frömmigkeit, da das, was Gott für uns getan hat, es in jedem, sei er wie er sei, mit allen seinen reichen Folgen erzeugen kann und soll.

Der Grund, aus dem alle diese Wandlungen stammen, liegt darin, daß der Mittler zwischen Gott und der Welt ein anderer geworden ist. Indem die alte Gemeinde die Vermittelung zwischen Gott und ihr im Gesetz zu suchen hatte, fand sie sich gerade in ihrem Mittelbegriff, der Gottes Beziehung zu ihr ausdrücken sollte, von Gott weg auf sich selbst gewiesen. Daher stammt jene beständige Reflexion auf das menschliche Verhalten und seinen Wert, jene Begrenzungen des Glaubens, die ihm innen und außen Schranken setzen, jener Verlust der Einheit, der vom Werk zum Glauben, vom Glauben zum Werk, vom einen Werk zum anderen, vom einen Glauben zum anderen flieht, um das eine am anderen zu ergänzen. Auf sich selbst verwiesen findet der Mensch in sich nie ein Absolutes, sondern stets nur Gebrochenes. Nur durch Gesetz entsteht kein Glaube; er erfordert einen wirksamen Grund, nicht nur einen Befehl; ja er erfordert die Befreiung vom Gesetz und die Stiftung einer Gemeinschaft, die sich über dem Gesetz vollzieht, was sie nur dadurch kann, daß sie den Willen des Gesetzes schlechthin heiligt und zur Erfüllung bringt und dadurch sich über dasselbe erhebt und einen Willensverband gewinnt, der nicht nur auf Gebot und Gehorsam sondern auf freier, voller Eintracht beruht. Die Befreiung vom Gesetz war da, als in der Mitte zwischen Gott und dem Menschen der Christus stand, der für ihn kommt, stirbt und lebt. Nun war über dem göttlichen Gebieten und Richten ein neuer, höherer Akt Gottes sichtbar gemacht, sein Geben Damit war die Passivität, in die das Gottesbild der Synagoge Gott versetzt hat, indem sie in ihm überwiegend den Gesetzgeber und Richter sah, verschwunden. Mit dem Christus trat an die Stelle des passiven der gebende, damit an die Stelle des verborgenen der sich offenbarende Gott und das, was er offenbarte, war die Gnade. Nun war der Glaube nicht mehr nur geboten, sondern ihm die Basis gegeben, die ihm das Entstehen gab und zur Einheit und Totalität verhalf.

Dies geschah allerdings nur dadurch, daß Jesus einen Anspruch an das Glauben seiner Jünger stellte, wie er der Gemeinde vorher nie entgegengetreten war, doch nicht so, daß dieser ein leeres Postulat geblieben wäre, sondern so, daß er ihn mit Kraft füllte, weil er ihnen seine Liebe nicht nur als Wollen, sondern auch als Vermögen sichtbar machte. Indem er dabei seiner Tätigkeit kein greifbares, äußerliches Resultat gab, war ihr Glauben vollständig personhaft auf ihn bezogen[1]). Es hatte kein sachliches Objekt mehr, sondern war an ihn und in ihm an Gott geheftet. Eben diese personhafte Gestaltung des Glaubens machte dieses vollkommen. Mit der Person ist auch die ganze Sphäre ihrer Wirksamkeit bejaht.

[1]) An die Stelle des quid credere trat das cui credere.

Sie ist im vollen Sinn Prinzip, Autor, und ihre Bejahung erstreckt sich darum auf alles, was ihr Beruf umfaßt. Deswegen tritt das Glauben, obgleich Jesus selber in die Unfertigkeit des zeitlichen und irdischen Lebensstandes eintrat, so daß sich auch für ihn Wort und Werk, Beruf und Vermögen, Gegenwart und Zukunft, das Mitleiden mit den Sündern und das Mitherrschen mit Gott auseinanderlegen, doch in die Vollständigkeit, weil es auf die Person blickt und mit dem Wirker seine ganze Wirkung in allen ihren Stufen, mit dem Gnädigen die ganze Gnadengabe, mit dem Christus das ganze Himmelreich faßt und hat.

Die auf die Begründung des Glaubens gerichtete Arbeit hat Jesus nicht vergebens an seinen Jüngern getan. Was er ihnen gab, haben sie bewahrt. Ihr Glauben bleibt so, wie er es in ihnen schuf; sie blieben sich für immer seiner Eigenart bewußt und lassen weder eine Leistung des Denkens, noch eine solche des Willens an seine Stelle treten. Sie machten keine Theorie daraus, ebensowenig eine ethische Vervollkommnung. Es blieb, wie es Jesus ihnen gegeben hatte, Gewißheit, durch alle Probleme unerschüttert, ein ungebrochenes, Gott gegebenes Ja, und es blieb ein reines Wollen, unlöslich mit der das Böse abwehrenden Buße geeint.

Weil es in Christus die Totalität der göttlichen Wirkungen erfaßt, erzeugt es eine Mannigfaltigkeit von Bewegungen. Weil die Seinen sein Wort haben, begründet ihr Glauben den Willen, zu diesem das ihm gehorchende Werk zu fügen. Diese Gestalt des Glaubens ist bei Jakobus kräftig ausgeprägt. Sie ist unmittelbar Jesu Werk. Er sprach jenes: gebt Gott, was Gottes ist, neben dem er jedes andere Anliegen versinken läßt, und gab jenem Geben seinen Inhalt im Liebesgebot. Weil die Seinen das Wort Jesu haben, sein Werk aber noch zukünftig ist, besteht ihr glaubendes Verhalten darin, daß sie auf dasselbe warten. Diese Gestalt des Glaubens führt uns der Hebräerbrief anschaulich vor. Sie geht nicht minder unmittelbar auf Jesu eigene Unterweisung zurück. Er wies die Jünger auf die Zukunft hin als auf das Ziel, auf das sie mit nicht ermattender Freudigkeit zu warten und sich zu rüsten haben. Weil Jesus Gottes Wort in sich hat als das, was sein

Inwendiges bildet und erfüllt, und das göttliche Wort eins ist mit der Licht und Leben schaffenden Macht, darum besteht das Glauben darin, die Gemeinschaft mit ihm als das vollkommene Gut zu schätzen, in dem Gott gefunden und die Welt überwunden ist. Diese Gestalt des Glaubens ist der johanneische Typus. Jesus hat ihn selbst gepflanzt. Er sprach jenes: »kommt her zu mir alle«, das allen in ihm die Kenntnis Gottes, die Ruhe, das Leben gewährt. Weil Jesus auch in seiner irdischen Gestalt nicht nur das Wort verwaltet, sondern sein Lieben uns handelnd erweist und sterbend und auferstehend der Gnade Gottes zum Werkzeug wird und die neue Gemeinde schafft, wenn er auch jetzt noch nicht das Vollkommene gewährt hat, darum besteht das Glauben der Seinen darin, daß sie bei ihm gegen Sünde, Not und Tod die Hilfe suchen und auf die vollkommene Erlösung warten. Das ist das Glauben, das Matthäus hat. Weil auch schon in Jesu Kreuz und Verherrlichung ein vollendetes göttliches Lieben sich offenbart, darum verhalten wir uns gegen ihn dadurch gläubig, daß wir das, was seine vollbrachte Tat in sich schließt, ermessen und dankbar in ihr ruhen. Das ist die besondere Form, in der Paulus das Glauben vollzieht. In ihm hat jenes Handeln Jesu seine machtvolle Fortwirkung gefunden, durch das er sich mit einer vorbehaltlosen Gnade zum Sünder herabgebeugt und ihn zum Glauben und durch Glauben zum Reichsbesitz erhoben hat. So lagern sich alle Glaubensformen der apostolischen Zeit um Jesus und sein Wort herum als die Entfaltung dessen, was er ihnen gegeben hat. Wir genießen im Reichtum und der Mannigfaltigkeit des apostolischen Glaubens Jesu Geschenk.

Der Glaube der Jünger ist die Rechtfertigung des Wegs, den Jesus ging, daß er seiner ganzen Arbeit das Ziel darin gab, dem glaubenden Verhalten in seiner Person die Begründung zu geben.

Sein Weg rechtfertigt sich auch vor dem begreifenden Denken. Nicht als Aprioriker, die der Tatsache zum Erkennen nicht bedürfen, können wir ein Dogma gewinnen, das die Notwendigkeit des Glaubens für uns begreift, wohl aber, nachdem die Tat Gottes geschehen und der durch sie uns bereitete Lebensstand uns gegeben ist.

1. Es ist ein sich selbst zerstörender Widerspruch, wenn der Mensch meint, Gott nur als Objekt behandeln zu können, das sich ihm im Denken und Empfinden erschließen soll zur Erkenntnis und zur Beseligung, ohne daß er ihn als Subjekt in seiner eigenen Weisheit und Vollkommenheit anerkennen will. Das heißt schließlich sich über Gott erhöhen wollen. Darum stellt Jesus vor die Aneignung des göttlichen Wissens uns zur Erkenntnis, vor den Empfang des göttlichen Lebens uns zur Verherrlichung das Glauben, das sich vor Gottes Wissen und Wollen beugt. Die Gründung der Gemeinde auf Glauben ist das Zeugnis Jesu für die Superiorität Gottes über den Menschen, wodurch er ihn als den Lebenden, Wirkenden, Gütigen behandelt hat. Indem er die Jünger so führte, gab er ihnen »Religion«, Frömmigkeit, ernste Bejahung Gottes, und zwar wurde, weil er sich selbst ihnen zum Glaubensgrund gemacht hatte, ihr Verhältnis zu ihm im strengen Sinn »religiös«, fromm. An ihm behandelten sie Gott als Gott.

2. Er bot ihnen nichts Sachliches dar, weil er das Herz des Menschen nicht mit Herzlosem füllen, die Person nicht an Unpersönliches binden, sondern seine eigene personhafte Beziehung zu uns zu unserem Gut und Glück machen will. Auf den an ihn gebundenen Glauben konnte der die Gemeinde gründen, der in der Gewißheit stand: ich bin bei euch alle Tage bis zur Vollendung der Welt, und dies mit einem Lebensreichtum, der ihn für alle zum wahrhaftigen Weinstock macht. Die Gründung der Gemeinde auf Glauben ist das umfassendste Selbstzeugnis Jesu für die Allgenugsamkeit seiner Liebe, für die Königsmacht seiner Gnade. Indem er die Jünger diesen Weg führte, gab er dem Christusgedanken konkreten Sinn und Gehalt. So machte er ihn zur Wahrheit und gab ihm Erfüllung; denn eben durch die Stiftung des Glaubens wurde und blieb er die eine große Gabe, in der aller Anteil an den göttlichen Gütern beruht.

3. Indem Jesus das richtige Wollen des Menschen mit Glauben beginnen läßt, stellt er ihm ein Nichtwissen und Nichtwollen voran, Lösung vom eigenen Lebensinhalt, Verzicht auf sich selbst. Die Erhöhung erhält damit ihre Begründung in der Erniedrigung, die Begabung in der Entäußerung. Für

den Sünder, der seine Produktion verdorben und die Fähigkeit zu ihr verloren hat, ist dies der einzig gangbare und gerechte Weg. Indem Jesus uns das göttliche Geben durch Glauben vermittelt, führt er es bis zu der Stelle hinab, wo es dem Sünder zugänglich wird. Darum hat er sich durch die Stiftung des Glaubens an den Seinen auch stets als den erwiesen, der sie vom Bösen erlöst.

4. Glauben gab er den Seinen, nicht sein Erkennen statt ihres eigenen, nicht sein Wirken an Stelle des ihrigen. Er gab ihnen keine Surrogate für ihre eigene Aktivität, die sie derselben enthoben und ihre eigene Lebensbewegung unterbunden hätten. Er zog ihr Verlangen an sich und machte es zum Kraft schöpfenden Akt und aus dieser neu verliehenen Lebenswurzel erhebt sich nun ihr Erkennen und Wirken, zweifellos als seine Gabe, aber nicht nur als eine geliehene, ihnen fremd bleibende, sondern als ihr wahrhaftes Eigentum, als ihr eigener Erwerb, der nicht von ihnen, aber in ihnen begründet, in der Betätigung ihrer Freiheit erlangt und behalten wird. Indem Jesus den Berührungspunkt zwischen sich und uns in das Glauben verlegt, leitet er uns das göttliche Geben so zu, daß in ihm Raum und Ausrüstung zum kräftigen Selbstwirken im Erkennen und Tun enthalten ist. Die Gründung der Gemeinde auf Glauben war ihre Berufung in die Freiheit und ihre Befähigung zu ihr, das Ende der Vormundschaft, die Gewährung der Sohnesstellung. Sie war in die Würde »des Dieners des Christus und Mitarbeiters Gottes« eingesetzt.

Nicht nur die dem Glauben gegebene Verheißung, sondern auch die Glaubensforderung ist Offenbarung einer absoluten Güte. Mit dieser Einsicht vollendet sich das Glaubensmotiv.

Erläuterungen.

1.

Das hebräische und aramäische האמין und seine Verwandten.

Unser „Glauben“ geht durch das neutestamentliche *πιστεύειν* auf הֶאֱמִין בַּיהוה zurück. In seinem primären Stamm besitzt das Wort, soweit wir die israelitische Rede kennen, als Aktivum eine ganz spezielle Bedeutung, diese aber mit festem, dauerndem Sprachgebrauch. אָמַן steht vom Tragen des Kindes in der Ausbiegung des Gewandes an der Brust, Klgl. 4, 5. cf. Num. 11, 12. Ruth 4, 16, oder an der Wölbung der Hüfte, Jes. 60, 4. אֹמֶנֶת ist das Weib, das das Kind mit sich herumzutragen pflegt, 2 Sam. 4, 4. Ruth 4, 16; vgl. den erweiterten Gebrauch von אֹמֵן 2 Kön. 10, 1. 5. Jes. 49, 23. Esth. 2, 7. Daß neben dem das Kind tragenden Weib auch die Pfosten der Türe אֹמְנוֹת sind, 2 Kön. 18, 16, hat nichts Auffallendes. Das deutet darauf, daß dem geistigen Begriff des Worts die sinnliche Anschauung „tragen, halten, gehalten sein, fest sein“, zur Seite steht. In der zuständlichen Form אָמֵן blieb das Wort impersonal und auf einen speziellen Gebrauch beschränkt. Es ist das Wort der Eidesleistung: „es hält, es gilt“, antwortet der Beschworene auf den über ihn gesprochenen Fluch. Ähnlich dient es auch zur Bekräftigung der Lobpreisung Gottes, sodann auch im Gespräch zur Bejahung der Aussage des anderen, 1 Kön. 1, 36. Jerem. 11, 5 vgl. 28, 6. Das aktive Halten zuständlich gewandt wird Festigkeit, Sicherheit, unantastbare Gültigkeit.

Zu größerer Beweglichkeit gelangte der Stamm in der Femininbildung אֱמֶת, neben der אֱמוּנָה wohl als jüngere Bildung steht, und im reflexiven Sekundärstamm נֶאֱמַן, der die Festigkeit als das Ergebnis der eigenen Tätigkeit des Menschen oder Dinges anschaut; es macht sich fest, hält sich. Die Worte umfassen eine große Mannigfaltigkeit von Erscheinungen in der Natur und besonders im menschlichen Leben. Nur selten benennen sie ein physisches Gehaltenwerden, wie wenn das an der Mutter festsitzende Kind נֶאֱמָן heißt, Jes. 60, 4, oder der festgehaltene

Arm אֱמוּנָה wird, Ex. 17, 12, oder die den eingeschlagenen Pflock sicher haltende Wand, Jes. 22, 23. 25, oder das festgefügte Haus נאמן ist, wobei letzteres auf die Sicherheit und den Bestand des ganzen Lebensglücks übertragen wird, 1 Sam. 2, 35. 25, 28. 2 Sam. 7, 16. 1 Kön. 11, 38. Es „hält sich" aber auch der Bach, der in der Sommerhitze nicht versiegt, Jer. 15, 18. Jes. 33, 16, die Edelrebe, die lohnenden Ertrag trägt, Jer. 2, 21, der Weg, der zum richtigen Ziele führt, Gen. 24, 48, das Volk, das ungeschädigt die Kriegszeit übersteht, Jes. 7, 9. 39, 8, Friede und Wohlfahrt, wenn sie dauern, Jer. 14, 13, der Sohn, der den Vater nach seinem Willen bestattet, Gen. 47, 29, der Verwandte, der dem Stammesgenossen die Tochter gibt, Gen. 24, 49, der Bote, der seinen Auftrag ausrichtet, Prov. 25, 13, der Zeuge, der gültiges Zeugnis ablegt, Jer. 42, 5. Ps. 89, 38 Jes. 8, 2. Prov. 14, 5. 25, der Kriegsmann, den der König zu jedem Auftrag verwenden kann, 1 Sam. 22, 14, das Weib, das nur ihrem Ehemann dient, Jes. 1, 21, der Richter, wenn er unbestechlich ist, Ez. 18, 8. Sach. 8, 16. 7, 9. Prov. 29, 14. Exod. 18, 21, der Priester, der Gott nach der Regel seines Priestertums dient, 1 Sam. 2, 35. Mal. 2, 6; sie alle machen sich für die, mit denen sie in Verbindung stehen, fest. Das Maß, an dem sich das Verhalten dieser mannigfaltigen Dinge und Personen als אֱמֶת darstellt, ist weder ein abstrakt logisches, etwa „Übereinstimmung der Erscheinung mit der Wirklichkeit", noch ein abstrakt ethisches, etwa der Begriff der „Pflichtmäßigkeit", sondern, wie überall in der Sprache, das konkrete Bedürfen und Begehren des lebendigen Menschen. Wenn die Dinge und Personen die auf sie gerichtete Erwartung erfüllen, sind sie נֶאֱמָן. Nur vereinzelt wird die „Festigkeit" statt an der Begehrung an der Furcht und dem Schmerz gemessen, so wenn Deut. 28, 59 die Plage, die den Menschen gründlich und lange quält, נֶאֱמָן heißt, und auch dort empfängt sie dieses Prädikat in der Rede dessen, der sie sendet, damit sie das Volk schwer treffe; der Leidende hätte sie schwerlich so genannt.

Weil erst die gegebenen Gemeinschaftsformen die Erwartungen und Ansprüche, denen gegenüber der andere seine Festigkeit zu beweisen hat, begründen, benennt אֱמֶת nicht sowohl den die Gemeinschaft stiftenden, als den die vorhandene Gemeinschaft anerkennenden und betätigenden Akt. Daher wird sie mit חֶסֶד zu einem festgefügten Wortpaar verbunden. Während חֶסֶד die anhebende, mit eigenem Trieb gebende Güte vor אֱמֶת voraus hat, fügt dieses zu חֶסֶד die Beharrlichkeit, und erhebt die Güte über das augenblickliche Erbarmen und die einzelne Hilfeleistung zu einem bleibenden Verband. Die Sprache läßt dabei in

אֱמֶת die geistige Innenseite und den äußeren Taterweis ungeschieden. Sie wird keineswegs bloß auf die Gesinnung bezogen; vielmehr ist die Leistung der Hilfe, die Gewährung des Versprochenen, die Ausrichtung des Auftrags usf. erst recht אֱמֶת, weshalb man sie tut, wie man חֶסֶד tut, Gen. 32, 11. Ez. 18, 9. Jes. 25, 1. Prov. 12, 22. Neh. 9, 33, sie gibt, Mich. 7, 20, sie schickt, Ps. 43, 3. 57, 4, vgl. בֶּאֱמֶת יִשְׁעֶךָ, Ps. 69, 14. Ebensowenig wird die Vielheit der Vorgänge, die zusammen die Zuverlässigkeit ergeben, in ihre einzelnen Bestandteile aufgelöst. Das Wohlwollen, das für Haß und Neid verschlossen ist, die Wahrhaftigkeit, die nichts verheimlicht und nicht betrügt, das Vertrauen, das gegen den Genossen keinen Verdacht hegt, die Beständigkeit, die im Glück und Unglück bei ihm ausharrt, der Mut und die Geschicklichkeit, die den Dienst auch zu verrichten und die Hilfe zu leisten versteht, nicht dies oder jenes, sondern all dies zusammen ist die אֱמֶת. Wenn sie am Zeugen besonders hervorgehoben wird, so genügt auch hier der Formalbegriff „Wahrheit" dem Worte nicht. Die Klarheit und Zähigkeit des Gedächtnisses, die das Gesehene unvergessen bewahrt, die Unbeugsamkeit, die keine Verheimlichung oder Entstellung der Sache zugibt, aber auch die sieghafte Macht des Zeugnisses, die sich gegen die Einreden behauptet und durch den Spruch des Richters Anerkennung findet, das zusammen macht, daß sie die Eigenschaft des Zeugen ist. Am Richter nennt sie jene Festigkeit, die auf nichts als auf das Recht schaut, darum auch das, was materiell Recht ist, findet und schafft und deshalb die auf den Richter gesetzte Hoffnung nicht betrügt. Sie wird besonders dann hervorgehoben, wenn es gilt, den Armen gegen den Reichen in seinem Recht zu schützen, Prov. 29, 14, weil sie besonders in der Unbestechlichkeit besteht, vgl. Ex. 18, 21.

Von solcher Verwendung aus wird אֱמֶת der Gegensatz zum Schein. Die Erwartung, der die Person oder Sache in אֱמֶת entsprechen soll, setzt Anhaltspunkte voraus, die sie wecken und berechtigt machen, da man vom dürren Sandboden kein Wasser und vom Feind keinen Dienst erwartet. Wird die Erwartung doch nicht erfüllt, so gab sich ihr Objekt einen täuschenden Schein. Daher verdünnt sich אֱמֶת zu einem ähnlichen Gedanken, wie er in unserem „Wirklichkeit" liegt, so wenn Jeremia sagt, Gott habe ihn בֶּאֱמֶת gesandt, Jer. 26, 15, oder auf der Sprachstufe der Chronik אֱלֹהֵי אֱמֶת, ein wirklicher Gott, 2 Chr. 15, 3, ebenso in den vom Stamm abgezweigten Adverbien אָמְנָם usf. Die Übergänge zeigen Stellen wie Jos. 2, 12: Rahab begehrt ein אוֹת אֱמֶת, ein Zeichen, das ohne Arglist gegeben und darum auch bei der Eroberung der Stadt beachtet wird und sich dadurch als ein „wirkliches Zeichen“ erweist, daß es wirksam schützt.

Der Begriff verdünnt sich nicht bloß, sondern er verinnerlicht sich auch. Die Formen der menschlichen Gemeinschaft behalten ihren objektiven Bestand, auch wenn die in ihnen begründete Hilfe verweigert wird, werden dann aber zu einer leeren Form und Unwahrheit. Der Kläger gibt sich den Schein des עֵד, auch wenn er lügt; auch der bestochene Richter gibt ein מִשְׁפָּט, obwohl sein Entscheid so das Gegenteil des מִשְׁפָּט ist. Darum wird אֱמֶת zum Gegenteil der Verstellung und bloß auswendig angenommenen Figur und erhält den Gedanken der Aufrichtigkeit, Redlichkeit. Es zielt so nachdrücklich ins Innenleben und hebt die dem Handeln entsprechende Richtung der Gesinnung und des Willens hervor, weil erst diese das Handeln fest macht. Daher wird אֱמֶת durch „die ganze Seele und das ganze Herz“ erläutert, Jer. 32, 41 vgl. 1 Sam. 12, 24. Sie erhält als Synonyme לֵב שָׁלֵם, לֵב תָּמִים, לֵבָב תֹּם, Jes. 38, 3. 2 Chr. 19, 9 Ri. 9, 16. Jos. 24, 14; oder der Begriff „gerade“ tritt in ihre Nähe, 1 Kön. 3, 6. Hab. 2, 4. Neh 9, 13. Wo keine Krümmungen und Drehungen sind, da ist die אֱמוּנָה, Deut. 32, 4. 20.

Da aller Verkehr im Wort sein Mittel hat, gewinnt אֱמֶת auch enge Beziehungen zur Rede, da der Mensch durch sie die Erwartungen erregt, die getäuscht oder erfüllt werden, und auch sie sich als unumstößlich fest erweist oder als leerer Schein zergeht, und Sicherheit bietet bald nur als Mittel zur Befeindung, bald in Wahrheit zu Wohltat und Hilfe. Deswegen hat auch das Wort אֱמֶת zur Eigenschaft: דָּבָר אֱמֶת, Jer. 9, 4. Sach. 8, 16 vgl. שְׂפַת אֱמֶת, Prov. 12, 19. Jer. 7, 28. Auch hier ist sie kein Formalbegriff, der sich etwa auf die Übereinstimmung mit dem objektiven Sachverhalt oder auf die Aufrichtigkeit, die die Gesinnung unverfälscht zum Ausdruck bringt, beschränkte, sondern das Wort erhält zuerst durch seine rechtliche und gütige Absicht אֱמֶת zur Eigenschaft. Der Fluch, sei er noch so sehr der wahre Ausdruck aufrichtigen Hasses, ist kein דְּבַר אֱמֶת. Deshalb spricht nur der Fromme, er aber nicht erst mit Worten, sondern schon in seinem Herzen אֱמֶת, Ps. 15, 2.

Für den Hörer wird das Wort durch den Beweis אֱמֶת. Bringen die Brüder Benjamin, das geforderte Wahrzeichen nach Ägypten, dann „halten sich ihre Worte“ יֵאָמְנוּ דִבְרֵיכֶם, Gen. 42, 20. Dieselbe Fassung des Gedankens, wonach die Rede durch das sie beweisende Ereignis אֱמֶת erlangt, liegt vor, wenn sie als Resultat der genauen Untersuchung dem Wort zuwächst, Deut. 17, 4. 13, 15. 22, 20, oder wenn der Richter und die Hörer den Zeugenbeweis dadurch für gültig erklären, daß sie sagen: אֱמֶת, parallel יִצְדָּק, „er hat Recht“, Jes. 43, 9, oder wenn ein Wort, an dem man zweifelte, dadurch אֱמֶת wird, daß man die Sache mit eigenen Augen sieht, 1 Kön. 10, 6, oder wenn נֶאֱמַן auf die Leistung des Versprochenen geht, durch die die Zusage fest wird, 1 Kön. 8, 26. 1 Chr. 17, 23 f. 2 Chr. 1, 9. 6, 17.

Von hier aus wird das Wort zur Parallele mit unserem „Wahrheit“, da der Wert, der der Rede durch Untersuchung, Beweis und eigene Wahrnehmung zuteil wird, mit ihrer ursprünglichen und bleibenden Beschaffenheit zusammenhängt. Das Wort hält sich dann aufrecht, wenn es Wirklichkeit hinter sich hat, die es darstellt. Die Übergänge im Gedanken zeigen Stellen, wie 1 Kön. 17, 24: Jetzt habe ich erkannt, sagt das Weib nach der Erweckung ihres Knaben zu Elia, daß du ein Mann Gottes bist und das Wort des Herrn in deinem Munde ist אֱמֶת. Auch hier ist noch deutlich an die das Wort wahrmachende Tat gedacht; doch ist, weil diese nicht ausbleiben wird, auch schon dem bloßen Wort אֱמֶת als die ihm bleibend inhärierende Eigenschaft beigelegt. Analog löst sie sich beim Richter vom Motiv der Urteilsfällung ab und geht auf den Inhalt seines Spruches über, der dadurch als unbestreitbar und mit dem Recht übereinstimmend beschrieben ist. Hat der Priester in seinem Munde תּוֹרַת אֱמֶת, Mal. 2, 6, so ist neben der Beziehung auf die Aufrichtigkeit und Treue, mit der er seinen Priesterdienst vor Gott verwaltet, auch diejenige auf die materielle Richtigkeit seiner priesterlichen Weisung, die den göttlichen Willen unverfälscht ausdrückt, im Begriff mit enthalten. Wenn aber Gottes Thora selbst אֱמֶת heißt, Ps. 119, 142. Neh. 9, 13, oder wenn sie als Summe des göttlichen Worts, Ps. 119, 160, oder als Prädikat des prophetischen Gesichts erscheint, Dan. 10, 1. 21. 8, 26. 11, 2, vgl. Koh. 12, 10, so ist das persönliche Moment aufrichtiger Sinnes- und redlicher Handlungsweise zurückgetreten; diese אֱמֶת eignet dem objektiven Bestand der Weisung, weil sie an sich selbst wahr und gerecht ist. Am ausgeprägtesten liegt diese Begrenzung des Gedankens bei Daniel vor: der König, der das Gesetz aufhebt und den Höchsten lästert, wirft die אֱמֶת zu Boden, 8, 12; die Frucht der Heimsuchung ist Umkehr von den Sünden und Achtsamkeit auf Gottes אֱמֶת, 9, 13. Sie ist die Israel gegebene Wahrheit und das ihm gestellte göttliche Recht in seiner heiligen Gültigkeit. In diese objektive Bahn lenkt nur אֱמֶת ein, während אֱמוּנָה dem menschlichen und göttlichen Verhalten in aufrichtiger Redlichkeit und zuverlässiger Treue eigen bleibt.

Mit großer Kraft verbindet sich der Gedanke der Festigkeit auch mit dem Gottesbewußtsein. Im lebensvollen Verband, in dem das Volk und innerhalb desselben alle seine Glieder mit Gott stehen, wird auch Gott Subjekt der Treue, indem er mit „ganzem Herzen" am Volke handelt mit einem vollständigen und fehllosen Werk, Jer. 32, 41. Deut. 32, 4. In ihr ist begründet, daß das Volk von seinem Gott nicht bloß einzelne Erweisungen der Gunst und Hilfe erfährt, sondern in ihm eine allzeit vorhandene und wirksame Hilfs- und Heilsmacht hat; sie gibt seiner Güte die Konstanz „auf tausend Generationen". Die Betonung, die der Begriff als Eigenschaft Gottes im Alten Testament erhält, hat zum Grundgedanken desselben enge Beziehungen. Wäre zwischen dem Volk und Gott eine naturhafte Verbundenheit gedacht, so würde an dieser, wie an allem Naturhaften, der Gedanke der Konstanz unmittelbar haften, und ein Bedürfnis, ihn zu betonen, läge nicht vor. Weil aber das Band, das Gott zu Israels Gott macht, nicht als Naturverhältnis, sondern personhaft gedacht ist und durch Berufung, Bundesleistung, erlösende Hilfe, also durch Geschichte, göttliche Taten, göttliches Wollen entsteht, darum wird der Begriff „Treue" für das Gottesbewußtsein wichtig, weil sie das Bindeglied zwischen jener der Vergangenheit angehörenden Geschichte und der Gegenwart des Volkes ist.

In der Treue Gottes beruht der Wert dessen, was die Väter erlebten, für die späteren Geschlechter; sie gibt dem alten Bundesschluß die fortwirkende Geltung und Segenskraft. Und als die Gemeinde durch die Prophetie, aus der sich ein zunehmender Schatz von Verheißungsworten sammelte, auch in die Zukunft hinaussehen lernte auf „ein Ende der Tage", stellte sich wieder die Treue Gottes als das Mittelglied dar zwischen ihr und der oft so ganz anders gearteten Gegenwart, vgl. Ps. 89. Dazu kommt die Schärfe des Schuldgedankens, wie ihn die Prophetie ausbildete. Weil das abtrünnige Volk sein Verhältnis zu Gott beständig zerreißt, hängt die Erhaltung desselben allein daran, daß Gott in seiner eigenen Güte nicht schwankt. Dem zuchtlosen Umherlaufen des Volks steht der Heilige gegenüber als der, der sich fest und treu beweist, Hos. 12, 1.

Die Treue benennt auch die Pflicht des Volkes gegen Gott, da für seinen Dienst das ganze Herz und die ganze Kraft gefordert ist, eben damit אֱמֶת im Vollsinn des Worts, wie es Aufrichtigkeit, Vertrauen, beharrende Beständigkeit, Gehorsam in sich schließt, vgl. 1 Sam. 12, 24, Jos. 24, 14. Jes. 48, 1. Ps. 78, 8. Noch häufiger nennt sie die Prophetie als das, was Gott vom Menschen für den Menschen fordert. Denn es bildet einen der großen, heiligen Grundzüge der Prophetie, daß sie als den ersten dringendsten Imperativ Gottes den Dienst nennt, den der Mensch dem Menschen zu erweisen hat. So erscheint sie als Kardinaltugend bald mit der Güte verbunden, Hos. 4, 1, bald mit dem Recht, Jer. 5, 1, aber auch allein alles nennend, was Gott vom Menschen will: Jer. 5, 3. vgl. Hab. 2, 4 Jes 26, 1 ff. Sie kann diese Stelle erhalten, weil sie das ganze Leben umspannt. Sie verzweigt sich in alle Lebensbeziehungen, verknüpft Inwendiges und Auswendiges, umfaßt das Herz, das Wort und die Tat, reicht hinein in die verborgene Innerlichkeit, weil sie ohne die Aufrichtigkeit und Lauterkeit des Sinnes nicht besteht, und erstreckt sich zugleich auf die tätige Gewährung von Güte und Recht; sie ist am Menschen zu betätigen, wie gegenüber Gott, nicht nur in flüchtiger Regung, sondern als ausharrende Beständigkeit. So ist sie in der Tat ein Ganzes, בְּכָל־לֵב וּבְכָל־נֶפֶשׁ, wie Jer. 32, 41 sagt.

Bei einem beschränkteren Kreis von Erscheinungen hat der Sprachgebrauch die Hifilbildung festgehalten. Unsicherheit und Schwankungen erlebt der Mensch auch in seinem eigenen Innenleben durch Furcht, Argwohn, Zweifel und Sorge. Den Gegensatz zu diesen unbefestigten Zuständen der Seele, die Betätigung der innerlichen Festigkeit durch Zuversicht und Vertrauen, in der die Erhaltung der Gemeinschaft ebenfalls eine wesentliche Bedingung hat, nennt הֶאֱמִין, 1 Sam. 27, 12. Ri. 11, 20. Prov. 26, 25. Mich. 7, 5. Hiob 15, 14. Sein Gegensatz ist das bebende Herz, Jes. 7, 9, und die angstvolle Hast, Jes. 28, 16. Sein Beziehungspunkt wird ihm mit בְּ gegeben, da die feste gewisse Sicherheit an ihrem Objekt haftet und in ihm ihren Grund hat. Dieses kann auch etwas Sachliches sein; so traut der seinem Leben nicht, der sich mit angstvoller Unruhe gefährdet weiß, Deut. 28, 66. Hiob 24, 22. Daher kann sich an das Wort auch ein Infinitiv anschließen, wodurch das Moment der Erwartung stärker hervorgehoben wird: „wäre ich nicht gewiß, die Güte des Herrn zu sehen," sagt der Psalmist 27, 13, vgl. Hiob 15, 22; auf diese ruhige Zuversicht stellt er nun den Imperativ: קַוֵּה, warte auf ihn! Da auch in die flüchtigeren Verhältnisse, die das Leben beständig, z. B. durch jedes Gespräch, zwischen den Menschen stiftet, stetig ein gewisses Maß von Vertrauen hineintritt, begrenzt sich der Begriff auf dasjenige Trauen, mit dem die Rede eines andern als zuverlässig und richtig bejaht wird: 1 Kön. 10, 7. Prov. 14, 15. Gen. 45, 26. Hab. 1, 5. Jer. 40, 14. Jer. 53, 1. Jes. 53, 1. Thren. 4, 12, cf. Ex. 4, 1 ff. [1]).

[1]) Hierher gehört auch die dichterische Verwendung des Wortes vom

Hifilische Nomina sind keine aus dem Verbum hervorgewachsen, so daß es in אֱמוּנָה und אֱמֶת die ihm entsprechenden Nominalbildungen behält. Allerdings bieten diese die besondere Weise, in der das Verbum die Betätigung der Gemeinschaft faßt, nicht für sich allein, sondern in ihren umfassenderen Begriff eingeschlossen. אֱמוּנָה besagt mehr als הֶאֱמִין, besagt aber dieses auch. Mit נֶאֱמָן teilt sich הֶאֱמִין in die beiden Seiten aller Gemeinschaft: Geben und Nehmen, Produktivität und Rezeptivität. Der Güte und Hilfe zu betätigen Bereite ist נֶאֱמָן, der auf sie Zählende מַאֲמִין.

Da die Prophetie den Menschen vor Gott in die empfangende Stellung setzt, sodaß seine Treue gegen Gott wesentlich darin besteht, daß er ihm vertraut, kann auch in אֱמוּנָה das Vertrauen zum Hauptbegriff werden. Der Prophet verlangt von Israel: es stütze sich auf seinen Gott, בֶּאֱמֶת, Jes. 10, 20. Das gerechte Volk, welches אֱמוּנִים bewahrt, verläßt sich auf den ewigen Fels, Jes. 26, 1 ff. Denn nach dem Gericht über Jerusalem im siegreichen Babylon bleibt der der Treue, der der Trauende ist und auch jetzt aus dem Blick auf den Herrn Zuversicht und Ruhe zieht. Auch in Hab. 2, 4 gibt der Gegensatz gegen den vermessenen Chaldäer der אֱמוּנָה der Gerechten stark rezeptiven Sinn; sie besteht in dieser Situation darin, daß sie sich nicht vor solchem Übermut beugen, sondern an der Verheißung, obgleich sie zögert, festhalten. Beide Stellen verbinden sie mit der Gerechtigkeit, vgl. Gen. 15, 6, zu der sie ebensowenig in Spannung steht als zur Güte. Wie in den menschlichen Verhältnissen der Mann der אֱמֶת der צַדִּיק ist, der Recht tut und Recht hat, so ergibt auch im Verhältnis zu Gott die אֱמוּנָה jenes gerade Herz und jene reine Hand, die man Gott als Gerechtigkeit zeigen darf. Wer sich mit Gerechtigkeit gürtet, gürtet sich darum auch mit אֱמוּנָה, und es ergibt eine festgebundene Begriffsfolge: der Gerechte in seiner אֱמוּנָה, Hab. 2, 4. Ez. 18, 9. So ist auch Gott bei allem Unglück, das über Israel kam, צַדִּיק; denn du hast אֱמֶת getan, Neh. 9, 33.

Die hebräischen Worte und Begriffe mußten ins Aramäische hinüber-

---

Schlachtroß, Hiob 39, 24, falls dort das Blasen des Horns den Abbruch des Kampfes bedeutet: es will es nicht glauben, daß das Horn schon jetzt zur Beendigung des Kampfes ruft. In diesem schwächern Gebrauch schließt sich die Person und Sache, der man glaubt, mit לְ an; nicht das Haften an, sondern die Zuwendung zu derselben kommt hier in Betracht. Es kann auch einen Ergänzungssatz mit כִּי erhalten, Ex. 4, 5. Hiob 9, 16; einen Akkusativ erhält es dagegen nirgends. Ri. 11, 20 dürfte את präpositionell kräftig gedacht sein.

geleitet werden. Wenngleich ihre Übertragung durch die Gleichartigkeit beider Dialekte erleichtert war, so bildeten doch gerade die religiösen Begriffe ein speziell hebräisches Sprachgut und wurden darum durch diese Wandlung wesentlich berührt. Nun ist die Tatsache merkwürdig, daß האמין unverändert aramäisch fortlebt, ohne daß auch nur seine hebräische Bildung vollständig aramaisiert würde [1]), während die übrigen Glieder der Familie, אֱמֶת, אֱמוּנָה, נֶאֱמַן, sich ebensowenig erhalten haben wie die anderen Verba der Zuversicht, קִוָּה, הוֹחִיל, בָּטַח [2]). Nicht nur der religiöse Begriff, sondern der ganze Kreis seiner Verwendung blieb הֵימִין erhalten. Die Konstruktion bleibt dieselbe; sofern das Vertrauen an seinem Objekt als an seinem Grund haftet, behält das Verbum sein בְּ; doch nimmt die Konstruktion mit לְ zu [3]). Der Verlust der Verwandten ist dadurch teilweise ersetzt worden, daß sich aus הימין Äquivalente für נֶאֱמַן und אֱמוּנָה hervorbilden. Bloß die objektive Verwendung der Worte geht gänzlich verloren. In das Erbe von אֱמֶת, sofern es Sicherheit und Wahrheit bedeutet, tritt קְשֹׁט mit dem Adjektiv קַשִּׁיט, und dem Abstraktum קַשִּׁיטוּ Wahrhaftigkeit. נֶאֱמַן = treu findet seinen Ersatz in מְהֵימַן, wenn gleich das Verhältnis beider Formen zu הֵימִין nicht völlig kongruent ist. Während נֶאֱמַן das Subjekt der אֱמוּנָה in ihrem Vollsinn bezeichnet, der auch das Trauen in sich schließt, benennt מְהֵימַן den Zuverlässigen und Treuen nur als den Empfänger des Vertrauens, als den *ἀξιόπιστος*. In den beiden Partizipalbildungen sind nun der Geber und der Empfänger des Vertrauens einander gegenübergesetzt.

Da das Aramäische zu abstrakten Bildungen gelenkig ist, erwuchs aus הֵימִין הֵימָנוּ, so daß nun ein Wort vorhanden war, mit dem das Glauben substantivisch als die bleibende Haltung und Eigenschaft des

---

[1]) Auch das Aramäische besaß den Stamm אמן, teils mit dem Begriff der Beständigkeit und Dauer, teils mit demjenigen des Beschwerlichen, Ermüdenden. הימין steht eigentümlich selbständig daneben; ist das הימין der Synagoge und der syrischen Kirche das fortlebende hebräische האמין, oder gab es ein altes aramäisches הימין? Ich wage keine Vermutung, da das jüdische Aramäisch noch sehr sprachgeschichtlicher Bearbeitung bedarf.

[2]) An ihrer Stelle entfaltet sich שְׂבַר, das von Haus aus mehr aramäisch als hebräisch gewesen sein wird, aber noch in das Hebräische hineinreicht, zu einer ausgebreiteten Wortfamilie, mit dem Begriff der Hoffnung, standhaften Erwartung und Zuversicht, und neben ihm רְחַץ.

[3]) Da für den Aramäer von לְ zum transitiven Gebrauch der Schritt klein war, treten gelegentlich auch Suffixe an; so auch im Hebräisch der Rabbinen: הוא אינו מאמינו על המעשרות, Dem. 4, 1. Auch ein Passiv wird gebildet: die Worte יִתְהֵימְנוּן, Onk. Gen. 42, 20.

Menschen bezeichnet werden konnte. Hierbei ist die Tatsache merkwürdig, daß הֵימָנוּ doch wieder den aktiven Begriff des treuen Sinnes und Handelns in sich aufnimmt, also אֱמוּנָה voll vertritt und mit קְשֹׁט in das Erbe von אֱמֶת sich teilt. Von Gottes הֵימָנוּ zu sprechen, wird ebenso gebräuchlich, wie hebräisch von Gottes אֱמֶת geredet worden ist; man tut הֵימָנוּתָא, und die Güte und Treue werden häufig zu טֵיבוּתָא וְהֵימָנוּתָא. Wenn auch die alte Fassung des Begriffs hierbei direkt mit wirksam war, da der Schrifttext auf den Gedanken und das Wort der aramäischen Judenschaft einen durchgreifenden Einfluß hat, so zeigt diese Wendung des Wortes doch, wie fest das in אֱמוּנָה Zusammengefaßte für das jüdische Denken verknüpft war. Aus dem Gesamtbegriff der festen Zuverlässigkeit wird das Trauen ausgesondert und für sich benannt, aber der verengerte Begriff zieht den ganzen übrigen Inhalt der אֱמוּנָה wieder an sich, und הֶאֱמִין biegt in הֵימָנוּ zu seinem Anfangspunkt zurück.

Bei der Teilung zwischen קשט und הימנו wird vor allem diejenige אֱמֶת, die der Richter zu beweisen hat, regelmäßig קוּשְׁטָא genannt: Exod. 18, 21: גוּבְרִין דְקֻשְׁט; Jes. 1, 21. Hab. 1, 12. Jer. 11, 20: דַיָּנֵי קוּשְׁטָא; Gen. 31, 37: יְדִינוּן קְשׁוֹט; Jes. 11, 4. Lev. 19, 15 u. a.: בְקוּשְׁטָא יְדִינוּן; Jes. 28, 6. Sach. 7, 9. Mich. 3, 8. 6, 8. Hos. 6, 4. Ps. 43, 1: דִין דִקְשׁוֹט. Als Ersatz für חלילה erscheint: קוּשְׁטָא אִנּוּן דִינָךְ, Onk. Gen. 18, 25. 1 Sam. 2, 30 cf. Jerusch. Num. 16, 34. Deut. 4, 8: קְיָמִין וְדִינִין קְשִׁיטִין. Der Sprachgebrauch hängt damit zusammen, daß דִין abstrakter geworden ist als das alte מִשְׁפָּט. Während dieses nicht nur den formalen Akt der Urteilsfällung bezeichnet, sondern zugleich das durch das richterliche Handeln hergestellte Recht, nimmt דִין gern ein Prädikat zu sich, um das Urteil als Recht zu bezeichnen, und erhält diese sichernde Bestimmung konstant in קְשֹׁט.

Dieser Sprachgebrauch hat sich weit verbreitet. Auch das Hebräisch der Schule nimmt ihn für sein אֱמֶת auf; die für schlimme Nachrichten vorgeschriebene Doxologie lautet: ברוך דיין האמת, berak. 9, 2. Die vermutlich aus der Zeit des Epiphanes und Menelaos stammende Liturgie, die als „Gesang der drei Männer“ mit dem griechischen Daniel verbunden ist, gibt: *πᾶσαι αἱ κρίσεις σου ἀλήθεια καὶ κρίματα ἀληθείας ἐποίησας κατὰ πάντα, ἃ ἐπήγαγες ἡμῖν καὶ ἐπὶ τὴν πόλιν τὴν ἁγίαν τὴν τῶν πατέρων ἡμῶν Ἰερουσαλήμ, ὅτι ἐν ἀληθείᾳ καὶ κρίσει ἐπήγαγες ταῦτα πάντα διὰ τὰς ἁμαρτίας ἡμῶν*, V. 3 u. 4. Ps. Esra sagt 11, 41: judicasti non cum veritate. Eine Parallele gibt Paulus: *τὸ κρίμα τοῦ θεοῦ ἐστι κατὰ ἀλήθειαν*, Röm. 2, 2.

Ein weiteres Gebiet, das an קושטא übergeht, ist die Beschreibung der Rede nach ihrer Wahrheit und Geltung: Onk. Gen. 42 16 אֱמַר קְשֹׁט, T. Jes. 45, 19. Sach. 8, 16. Jer. 9, 4. Ps. 15, 2. Jer. Exod. 10, 29: מַלֵּל קְשֹׁט. Jer. Num. 16, 34: קוּשְׁטָא הֲוֵון פִּתְגָמֵא משׁה. 1 Sam. 9, 6: אִתְנַבֵּא קְשֹׁט; Hos. 9, 7, נְבִיֵּי קוּשְׁטָא neben den נְבִיֵּי שִׁקְרָא, wovon das jüdische Griechisch nur ψευδοπροφήτης rezipiert hat; Jer. Deut. 6, 13 אוֹמֵי בִקְשׁוֹט. Zur Beteuerung dient als ständige Formel בְּקוּשְׁטָא auch מִן קְשֹׁט Dan. 2, 47, מִן קוּשְׁטִין Jer. Num. 22, 37. Sie ist auch der Gegenstand der Erkenntnis: Targ. Jes. 47, 7: יָדְעֵי קוּשְׁטָא mit dem Parallelglied: die Lehre meines Gesetzes ist in ihrem Herzen.

קוּשְׁטָא bleibt aber gleichzeitig kräftig mit dem Handeln verbunden. עֲבַד קוּשְׁטָא ist festgeprägt, T. Jes. 1, 21. 16, 5. 59, 14. 15. Hos. 4, 1. Jer. 2, 21 usw., vgl. Dan. 4, 34: alle Werke Gottes sind קְשֹׁט. Das Wort wird weiter gern zur Beschreibung des rechten Gottesdienstes gebraucht: Jer. Gen. 5, 24 von Henoch: פְּלַח קֳדָם יי בְקְשׁט, vgl. Jes. 38, 3. Jos. 24, 14; sodann Jes. 59, 4: צַלִּי בִקְשׁוֹט; Jer. Deut. 33, 19, קוּרְבָּנִין דִקְשׁוֹט; Jer. Deut. 6, 6, אֱלוּ בָתַר פּוּלְחָנָא קְשִׁיטָא דְאַבְהָתְכוֹן, vgl. Ps. Esr. 8, 26: servire deo cum veritate. הֲלַךְ בִקְשֹׁט ist festgeprägt, Mich. 2, 7. 1 Kön. 2, 4. 3, 6. Ps. 86, 11. Daneben steht בְּאוֹרְחָא דְקוּשְׁטָא הֲלַךְ, Hos. 10, 12, mit dem Parallelglied: die Lehre des Gesetzes erfüllen. Der Sprachgebrauch war verbreitet, denn schon Tob. 1, 3 gibt: ὁδοῖς ἀληθείας ἐπορευόμην καὶ δικαιοσύνης.

Daher wird auch קְשֹׁט eine Kardinaltugend. Es steht mit זָכוּ und חֲסִידוּ zusammen als Benennung der ganzen Frömmigkeit: die קְשֹׁט der Väter läßt Gott Israel genießen, vgl. T. Mich. 7, 20. Der Gerechte besteht wegen seiner קְשֹׁט, Hab. 2, 4. Jes. 32, 8.

2.

πίστις bei Polybius.

Für das, was aus πιστός und seiner Familie geworden war, als sie durch das Griechisch der Beamten, Soldaten und Händler zu den Asiaten kam, ist Polyb ein tüchtiger Zeuge.

πιστός.

διδόναι τὰ πιστὰ περὶ συμμαχίας 2, 22, 3. *λαβεῖν τὰ πιστὰ παρά τινος ὑπὲρ τῆς ἀσφαλείας* 2, 41, 15. Eid und Unterpfand *τὰ πιστὰ* zu heißen, ist uralter Sprachgebrauch.

ἀγωνιῶ σε μή ποτε οὐ πεισθῇς τοῖς ἐμοῖς λόγοις καίπερ οὖσι πιστοῖς 15, 7, 1; εὐθέως ἡγεῖσθαι πᾶν τὸ λεγόμενον πιστόν 3, 9, 4; εὐπαραδεκτοτέρας καὶ πιστοτέρας ποιεῖν τὰς ἰδίας ἐπινοίας 10, 2, 11; ἐκ τῆς τοιαύτης δημαγωγίας πᾶν τὸ λεγόμενον ὑπ' αὐτοῦ πιστὸν ἐγίγνετο 38, 3, 11; διὰ τῆς λοιδορίας ὑπέλαβε πιστότερος μὲν αὐτὸς φανήσεσθαι, παραδοχῆς δὲ μᾶλλον ἀξιωθήσεσθαι τὰς ἐγκωμιαστικὰς ἀποφάσεις αὐτοῦ 8, 13, 2. 12, 13, 3. Polyb kann somit auch das, was an sich selbst der reellen Zuverlässigkeit entbehrt, πιστόν heißen, wofern es nur den Eindruck der Wahrheit und Festigkeit macht und sich Glauben verschafft. Auch der unzuverlässige Mann und das irreleitende Wort werden durch künstliche Mittel πιστός[1]).

οἱ πιστοὶ τῶν φίλων 8, 25, 3. 9, 11, 3; τῶν χιλιάρχων οἱ ἐπιτηδειότατοι καὶ πιστότατοι 14, 3, 5. 31, 22, 8. 10, 18, 15.

ἄκακος ὢν καὶ πρᾷος τῇ φύσει, πιστῶς δὲ τὰ πρὸς αὐτὸν διακείμενος 3, 98, 5. Nur in dieser Wendung wird das Vertrauen zum Hauptbegriff des Worts; πιστῶς διακεῖσθαι ist arglos und sorglos sein.

ἄπιστος.

οἷς ἐὰν μὲν συγγνώμην τινὰ προσάγῃς καὶ φιλανθρωπίαν, ἐπιβουλὴν καὶ παραλογισμὸν ἡγούμενοι τὸ συμβαῖνον ἀπιστότεροι καὶ δυσμενέστεροι γίγνονται πρὸς τοὺς φιλανθρωποῦντας 1, 81, 8. Zwischen der vergebenden und hilfreichen Güte und der πίστις ist eine unmittelbar sich geltend machende Relation gedacht. Diese wäre das naturgemäße Ergebnis der ersteren. Wo die entgegengesetzte Folge eintritt, liegt die denkbar größte Verwilderung des Menschen vor. πάντων ἀπιστότατος καὶ παρανομώτατος 26, 5, 9. ἄπιστος umspannt somit die gesamte Verweigerung eines friedlichen und freundlichen Verhältnisses, wobei entweder das argwöhnische Mißtrauen oder das tätige Moment, der frevelnde Bruch bestehender Verpflichtungen, besonders hervortreten kann.

ὥστε τοῖς ἀπρονοήτως θεωμένοις ἄπιστον φαίνεσθαι τὸ γιγνόμενον 10, 14, 8; ἀπίστῳ τὸ λεγόμενον ἐοικέναι δοκεῖ τισι 18, 35, 7. 32, 13. 32, 8, 8. 9, 21, 2. 34, 5, 7. ἄπιστον ἦν τὸ τῶν ἀποθνησκόντων πλῆθος 39, 2, 12; ἄπιστοι ἀμφισβητουμένων βεβαιωταί 4, 40, 3.

ἀπίστως ἀντέχειν 1, 58, 3; οἱ ἀπίστως διακείμενοι εἰ δή . . . 4, 42, 6. Hier ist das Wort auf die seelische Seite des Begriffs beschränkt. Vgl. oben

[1]) An dieser Veräußerlichung von πιστός zur Bezeichnung des bloßen Scheins scheint mir die Gerichtssprache beteiligt zu sein. Die aristotelischen Rhetoriken heißen den redlichen Zeugen ἀληθινός, noch nicht πιστός; dies wird er erst, wenn sein Zeugnis Eindruck macht und durch die Gegner nicht beseitigt werden kann, also in die Reihe der πίστεις tritt. Es ist Sache der Parteien, ihre Zeugen πιστούς, die der Gegner ἀπίστους zu machen.

πιστῶς διακεῖσθαι, zu dem ἀπίστως διακεῖσθαι den genauen Gegensatz bildet, kritisch gestimmt sein.

πίστις.

A. Die gegen jemand in Wort und Tat betätigte Zuverlässigkeit.

τηρεῖν, διατηρεῖν τὴν πρός τινα π. 1, 7, 7. 3, 90, 13. 5, 54, 1. 77, 6. 78, 6. 6, 56, 13; vgl. δι' αὐτῆς τῆς κατὰ τὸν ὅρκον π. τηρεῖν τὸ καθῆκον 6, 56, 14; τηρεῖν τὴν π. κατὰ τὸν ὅρκον 10, 16, 6. τετηρηκέναι τὴν π. καὶ λελυκέναι τὸν ὅρκον 6, 58, 4; ähnlich auch sonst noch.

διαφυλάττειν τὴν πρός τινα π. 1, 78, 8. 7, 14, 2. 16, 40, 6. 18, 15, 10. 18, 41, 9. 20, 13, 3. 22, 24, 2. δύνανται τὴν π. ἐν τούτῳ τῷ μέρει διαφυλάττειν, im Gegensatz zur Bestechlichkeit 18, 35, 2. πράξας μὲν ἁπλῶς οὐδέν, διαφυλάξας δὲ μόνον τὴν π. 22, 4, 3. Beachte die Parallele zwischen τηρεῖν und διαφυλάττειν τὴν π. einerseits, שמר אמונה andererseits. Die π. gilt im menschlichen Zusammenleben als das Normale und Natürliche; sie folgt aus den gegebenen oder durch das eigene Handeln gestifteten Verbänden, so daß die Aufgabe nur darin besteht, sie gegen die verlockenden Motive festzuhalten.

Bei Polyb ist diese Betrachtungsweise dadurch verstärkt, daß in seinem Gebrauch von π. ein stark naturalistischer Zug unverkennbar ist. Wo sie vorhanden ist, ist sie zweifellos ein Glück und Gut; wer sie hat und bewahrt, verdient Lob. Aber ein kräftiger Imperativ, der sie fordert und als Ziel hinstellt, liegt ihm fern. Er erörtert 1, 81 die Ursachen, warum alle π. im Menschen untergehen kann, und nennt: korrupte Sitte und schlechte Erziehung, und unter den mitwirkenden Faktoren vor allem Gewalttätigkeit und Eigennutz der Regierenden. So sinkt der Mensch unter das Tier herunter. Aber der ethische Gesichtspunkt, daß doch solche Vertierung nicht ein naturhaftes Leiden sei, das der Mensch willen- und hilflos über sich ergehen lassen muß, bricht nicht klar und kräftig durch. Er stellt die ehrenhafte Zuverlässigkeit der Römer und ihre Heiligung des Eides und die meineidige Schurkerei der Griechen nebeneinander 6, 56, 13—14, in der lebhaften Empfindung, wie verderblich dieses Verschwinden von Treu und Glauben für sein Volk gewesen ist. Er beobachtet auch im römischen Leben scharf das rasche Sinken der Ehrlichkeit 18, 35, 2. Aber wie ein Naturverhängnis vollziehen sich diese Zersetzungsprozesse vor ihm; das Übel, das er schmerzlich in ihnen empfindet, stellt sich ihm als unabwendbar dar und bildet nur einen Beleg zu der allgemein gültigen Wahrheit, daß alles der Verderbnis unterliegt.

Mit den zitierten Formeln verwandt ist weiter: ἐμμένειν τῇ πρός τινα π. 1, 43, 3; τὴν τῶν Κελτῶν ἀθεσίαν οὐκ ἐμμένειν ἐν τῇ π. 3, 70, 4; τὴν μεγίστην οἰκειότητα καὶ π. τινὶ ἐναποδείξασθαι 1, 82, 9; π. ἣν ἐτύγχανον ἐκείνοις παρεσχημένοι 10, 37, 7; ἀντέχεσθαι ἀληθινῶς τῆς π. 4, 33, 11; ἀπερείδεσθαι πᾶσαν τὴν ἐξ αὐτῶν χάριν καὶ π. εἴς τινα 24, 7, 1.

προσενέγκασθαι π. ἅμα καὶ χρείαν 3, 98, 4; μεγίστην π. 27, 14, 2; παρακατατίθεσθαί τι εἰς τήν τινος π. 15, 26, 3; διδόναι (παραδ.) ἑαυτὸν εἰς τήν τινος π. 2, 11, 5 und oft; ἐγχειρίζειν ἑαυτὸν εἰς τὴν π. 10, 40, 2 und mehrfach; παραλαβεῖν, προσδέχεσθαι εἰς τὴν π. 2, 11, 10. 12. 3, 29, 8. 15, 4, 2; παρακαλεῖν εἰς τήν τινος π. 18, 38, 5; κεῖσθαι ἐν τῇ τινος π. 3, 15, 5: ἐνδήσασθαί τινα εἰς τήν τινος π. 10, 34, 1; ἐνδεδεμένοι εἰς τὴν τῆς συγκλήτου π. 6, 17, 8; ἐκδεσμεύειν τὴν ἑκατέρων π. εἰς ἀλλήλους 3, 33, 8; ἀθετεῖν τὴν π. 8, 2, 5; τοὺς ὅρκους καὶ τὴν π. 11, 29, 3; προδοῦναι τὴν πρός τινα π. 2, 61, 10; πάντας τοὺς τῆς π. ὅρους ὑπερβαίνειν 25, 4, 3; εὐλαβῶς διακεῖσθαι πρὸς τὴν τοιαύτην π. 3, 52, 4.

θαρρεῖν ἐπὶ τῇ προγεγενεμένῃ π. πρός τινα 9, 11, 4; βεβαιοτέρα αὐτῷ ἡ ἐκ τούτων π. ὑπάρχει 24, 8, 5; προυπάρχει τινὶ ἰσχυρὰ συνήθεια καὶ π. πρός τινα 31, 20, 8; ἡ τῶν καθηγουμένων π. δεῖ κεῖσθαι ἐν τοῖς ἑπομένοις 9, 14, 3; μέγιστον δεῖγμα περὶ τοῦ τί δύναται προαίρεσις καλοκαγαθικὴ καὶ π. 7, 12, 9.

καλὸν ἡ π. 22, 18, 15; περὶ πλείστου ποιεῖσθαι τὴν περὶ τοὺς πρεσβευτὰς π. 15, 4, 10; περὶ πλείονος ποεῖσθαι τὴν πατρίδα καὶ τὴν ταύτης π. τῆς περιβλέπτου καὶ μακαριστῆς δυναστείας von Scipio 10, 40, 9; τὸν κατὰ μέρος χειρισμὸν τῶν πραγμάτων ποιεῖσθαι διὰ τῆς τῶν φίλων π. 2, 4, 7; ὡς αὐτῷ δοκεῖ συμφέρειν ἐκ τῆς ἰδίας π. 28, 1, 9; ὑπισχνοῦνται βεβαιώσειν τὸ δίκαιον δημοσίᾳ π. 3, 23, 4; ὀφείλεσθαι, ὀμνύναι δημοσίᾳ π. 3, 22, 9. 25, 7; ἀναλαβεῖν τὴν τῶν κοινῶν πρόνοιαν καὶ π. εἰς σφᾶς αὐτούς 6, 9, 3.

εὔνοια καὶ π. 3, 98, 2. 4, 33, 11. 11, 12, 2. cf. 7, 14, 5. Das ist das griechische Gegenbild zu חסד ואמת. πατρὸς ἔχειν διάθεσιν κατὰ τὴν εὔνοιαν καὶ π. πρός τινα 8, 17, 9; ἡ πρὸς τοὺς γονεῖς εὔνοια καὶ π. 7, 8, 9; π. καὶ χάριτος ἀπόδοσις 2, 49, 9; φιλία καὶ π. 10, 34, 1; ἡ ἐξ αὐτῶν χάρις καὶ π. 24, 7, 1; συνήθεια καὶ π. 31, 20, 8; π. ἅμα καὶ χρεία 3, 98, 4. 10, 37, 7; φυλακὴ π. καὶ πραγμάτων κοινωνία 2, 61, 11. 5, 35, 1; ἡ π. καὶ ἡ ὅλη καλοκαγαθία 2, 39, 10. cf. 7, 12, 9. ἡ τῶν κοινῶν πρόνοια καὶ π. 6, 9, 3.

Je nach dem Charakter der menschlichen Beziehungen verändert auch π. seinen Inhalt. Eine gewisse „Zuverlässigkeit" bildet die Voraussetzung jedes menschlichen Verkehrs und gebührt auch noch dem Feind, allerdings vorwiegend mit negativem Inhalt, als Sicherung vor grundlosem Angriff. Wo sie ganz fehlt, ist der Mensch vertiert. Reicheren Inhalt erhält sie im freundlichen Zusammenleben der Menschen. Jedes Versprechen und jeder Auftrag legt der π. dessen, der jenes gibt und diesen übernimmt, eine besondere Bewährung auf. Alle Rechtsverhältnisse des privaten und namentlich die des politischen Lebens nehmen sie in Anspruch, da letztere nicht schon von Natur gegeben sind, sondern nur durch den bewußten und konsequent festgehaltenen Willen der

Beteiligten Bestand und Kraft erhalten. Beiden Teilen liegt dabei π. ob; für den Schwächeren ist sie Ergebenheit und Unterwürfigkeit, für den Stärkeren Leistung des Schutzes und der Vorteile, die er dem anderen zugesagt hat. Das Wort sinkt bis zu einer rein passiven Ergebung hinab, die vorbehaltlos auf Gnade und Ungnade geschieht. Ja selbst der, der vom anderen mit der bestimmten Absicht Ergebung fordert, ihn nicht zu schonen, ruft ihn zu seiner π. Dieser Sprachgebrauch ist doch mehr römisch als griechisch. Das Wort kann aber auch die zartesten sittlichen Verhältnisse nennen, die Polyb überhaupt kennt, und nimmt die volle Hingabe alles gebender Liebe in sich auf; auch für die διάθεσις des Vaters ist εὔνοια καὶ π. das sie beschreibende Wort.

B. Zuverlässigkeit des Wortes.

ὁ λόγος ἔχει π. διὰ τῶν πάλαι γεγονότων 4, 33, 1; καὶ μὴν τὸ παρ' Εὐριπίδῃ πάλαι καλῶς εἰρῆσθαι δοκοῦν τότε δι' αὐτῶν τῶν ἔργων ἔλαβε τὴν π. 1, 35, 4; τὸ ἡμῖν ἐν ἐπαγγελίᾳ καὶ φάσει μόνον εἰρημένον νῦν δι' αὐτῶν τῶν πραγμάτων τὴν π. εἴληφε 7, 13, 2. 8, 4, 1; αἱ μὲν οὖν ἀληθεῖς αἰτίαι τοῦ ῥεῖν ἔξω τὸν Πόντον αἵδ' εἰσίν, οὐκ ἐξ ἐμπορικῶν ἔχουσαι διηγημάτων τὴν π. ἀλλ' ἐκ τῆς κατὰ φύσιν θεωρίας 4, 39, 11. 6, 54, 4. 18, 37, 3; τὰ τελευταῖα γεγονότα ἱκανὴν ἂν παράσχοι π. τοῖς ὑφ' ἡμῶν εἰρημένοις 4, 33, 7; βουλόμενος π. παρασκευάζειν τοῖς μέλλουσι λέγεσθαι 32, 16, 2; ἵνα καὶ τὰ τῆς προαιρέσεως μὴ μόνον διὰ τῆς ἡμετέρας ἀποφάσεως, ἀλλὰ καὶ δι' αὐτῶν τῶν πραγμάτων πίστεως τυγχάνῃ 2, 42, 2; ἀνάγκη λαμβάνειν τὴν πρώτην π. τὴν παραίνεσιν 11, 10, 2. Vergleiche οὐκ ἐν μικρῷ προσλαμβάνεσθαι τὴν τοῦ συγγραφέως π., τὸ δὲ πλεῖον ἐξ αὐτῶν τῶν πραγμάτων ποιεῖσθαι τὰς δοκιμασίας 3, 9, 5; πρὸς τὴν 'Εχεκράτους π. ἀπερεισάμενος 12, 10, 7.

Es ist überall die Tatsache, die dem Gedanken und Wort die π. gibt. Auch das treffliche Wort hat sie noch nicht an sich selbst, sondern empfängt sie, wenn die Ereignisse es bestätigen, wie der Entschluß sie durch die Ausführung, die Ermahnung durch die eigene Lebensführung des Mahnenden, der aufgestellte Grund durch die Betrachtung der Natur erhält.

C. Pfand, Garantie, Beweis.

εἰσὶν ἐνδεχόμεναι πίστεις ὅρκοι τέκνα γυναῖκες, τὸ μέγιστον ὁ προγεγονὼς βίος 8, 2, 3. 29, 2, 2; εὐδοκούμεναι ἀμφοτέροις πίστεις 2, 49, 9. 51, 7; ἐπὶ τῶν σφαγίων τοὺς ὅρκους καὶ τὰς π. διδόναι ἀλλήλοις 4, 17, 11; π. διδόναι ὑπὲρ ἀσφαλείας 9, 27, 11. 8, 20, 10; τῶν ἐπαγγελιῶν 3, 100, 3; λαβεῖν τὰς π. ἐφ' ᾧ μηδένα μηθενὶ μνησικακήσειν 11, 30, 3. 29, 12; λαβεῖν π. τὰς εἰθισμένας 21, 9, 10. 4, 17, 9. 24, 6, 6. 8, 2, 2. 17, 9. 27, 8. 9, 31, 4; ποιεῖσθαι τὰς π. πρός τινα 5, 35, 1; τίθεσθαι πίστεις πρός τινα ὑπὲρ τῆς φιλίας καὶ συμμαχίας 3,

67, 7. 5, 60, 10; ἀθετεῖν τὰς πρός τινα π. 24, 6, 7; παρ' οὐδὲν ποιεῖσθαι τὰς π. 16, 13, 3; ὅσιόν ἐστι τὸ τὰς ἐγγράπτους π. βεβαιοῦν 9, 36, 12; ἀνασκευάζειν τὰς μεγίστας π. παρ' ἀνθρώποις 9, 31, 6.

ὁμήρους δοῦναι πίστεως χάριν, πίστιν τούτων 15, 18, 8. 21, 14, 8. 31, 12, 2; ἱκανήν τινι παρέχεσθαι πίστιν πρός τι 2, 58, 7. 52, 4. frg. 44; ῥᾴδιον ὑπὲρ τούτου λαβεῖν π. 18, 35, 7; αὐτόθεν ἔχειν τὴν π. 12, 21, 9; χρήσασθαι μαρτυρίῳ πρὸς πίστιν τῶν εἰρημένων 23, 1, 9. 21, 9, 4. 2, 38, 11; ἱκανὸν ὑπάρχει πρὸς π. 12, 20, 3.

παραδείγματα πρὸς π. 10, 47, 6; ὑποδείγματος καὶ π. ἕνεκεν 6, 54, 6; ὑπερτίθεσθαι τὴν π. τῆς προρρηθείσης ἀποφάσεως 7, 13, 5.

Für diesen Gebrauch von π. ist seine forensische Verwendung wichtig; es diente als technische Bezeichnung für alle Beweismittel, die vor Gericht zur Verwendung kamen.

D. Kredit, Vertrauen, das man bei andern genießt.

μεγίστην παρά τινι π. ἔχειν 30, 2, 1. 32, 22, 5; πίστεως τυγχάνειν παρά τινι, ὑπό τινος 6, 2, 13. 12, 14, 7; περιποιήσασθαι π. παρά τινι 13, 4, 8. 24, 9, 6; πίστεως ἀντιποιεῖσθαι 2, 47, 5; διορθοῦσθαι τὴν αὐτῶν π. παρὰ τοῖς συμμάχοις 1, 7, 12; χρήσασθαι Ἀχαιοῖς καὶ τῇ τούτων π. 2, 39, 4; τοὺς λόγους τῶν ἀντιπολιτευομένων τῇ π. ἐκβαλεῖν 11, 10, 6; ἡ προγεγενημένη π. 5, 2, 10. 7, 11, 6. 7. 5, 78, 4; ἡ τοῦ λέγοντος π. καὶ ἡ τῶν λεγομένων ἀλήθεια 3, 64, 11; σκοπεῖν ὑπὲρ τῆς τῶν ἐγχειρισάντων τὴν πρᾶξιν πίστεως 8, 18, 6; πίστιν τινὶ παρασκευάζειν πρὸς τοὺς πολίτας 8, 26, 7. 9; οὐδενὸς δευτερεύειν οὔτε κατὰ τὴν π. οὔτε κατὰ τὰς πράξεις 18, 55, 5; ἀποβαλεῖν τὴν παρά τινι π. 7, 14, 5. ἡ παρ' ἐκείνοις ἀποδοχὴ αὐτοῦ καὶ π. 1, 43, 4 cf. 6, 2, 13; π. καὶ δύναμις 32, 22, 5. 13, 4, 8; ἡ προστασία καὶ ἡ π. 1, 9, 2; συγγνώμη καὶ π. 12, 14, 7; ἡ π. καὶ αἱ ἔννοιαι τῶν πραγμάτων 11, 10, 6.

Objektiv gewandt: τὴν πρὸς τοὺς ἐκτὸς ἀπάντησιν ἀξίαν ποιεῖσθαι τῆς ἐγκεχειρισμένης αὐτῷ π., αὕτη δ' ἦν ἡ σφραγὶς καὶ τὸ τοῦ βασιλέως σῶμα 16, 22, 2; ἡ τῆς ἐφοδείας π. εἰς τοὺς ἱππεῖς ἀνατίθεται 6, 35, 8; ἐγχειρίζειν τινὶ ταύτην τὴν π. 5, 41, 2; παραλαβεῖν τὴν π. ταύτην 8, 27, 8 cf. παραλαβεῖν ἐν πίστει τὴν πόλιν παρά τινος 22, 22, 3. Wie das Pfand der Treue, so heißt auch das Zeichen des Vertrauens, z. B. das anvertraute Amt, selbst πίστις.

E. Vertrauen, das man selbst erweist.

ἀμεταμέλητον αὐτοῖς ἔσεσθαι τὴν π. 24, 12, 11; πᾶσαν εἴς τινα ἀνακρεμάσαι τὴν π. 8, 21, 3; μεγάλην εὔνοιαν καὶ π. ἐνεργάζεσθαι τοῖς πολιτικοῖς καὶ πρὸς αὐτὸν καὶ πρὸς τὰ κοινὰ πράγματα 10, 17, 15; vgl. die Stellen unter D. Polyb hat somit π. weit häufiger für dasjenige Vertrauen, das man bei andern genießt, gebraucht, als für dasjenige, das man ihnen erweist. Neben dem kräftig entwickelten πιστεύειν bedarf auch Polyb keines Nomens, das nur den in πιστεύειν liegenden Gedanken ausdrückte. Das ist eine merkwürdige Parallele zu der Gestalt der hebräischen Worte.

F. Überzeugung, Gewißheit.

ὅτι μὲν οὖν πᾶσι τοῖς οὖσιν ὑπόκειται φθορὰ καὶ μεταβολή, σχεδὸν οὐ προσδεῖ λόγων. ἱκανὴ γὰρ ἡ τῆς φύσεως ἀνάγκη παραστῆσαι τὴν τοιαύτην π. 6, 57, 1; πειρατέον δι' αὐτῆς τῆς ἱστορίας ἱκανὴν παριστάναι π. τοῖς ἀκούουσιν 4, 40, 3; τῆς ἀρχῆς ἀγνοουμένης ἢ καὶ νὴ Δί' ἀμφισβητουμένης οὐδὲ τῶν ἑξῆς οὐδὲν οἷόντε παραδοχῆς ἀξιωθῆναι καὶ πίστεως, ὅταν δ' ἡ περὶ ταύτης ὁμολογουμένη παρασκευασθῇ δόξα, τότ' ἤδη καὶ ὁ συνεχὴς λόγος ἀποδοχῆς τυγχάνει παρὰ τοῖς ἀκούουσιν 1, 5, 5; παντελῶς βραχύ τι νομιστέον συμβάλλεσθαι τὴν κατὰ μέρος ἱστορίαν πρὸς τὴν τῶν ὅλων ἐμπειρίαν καὶ π. 1, 4, 10; περί γε μὴν τοῦ παρ' ὅλον τὸν βίον ἀληθεύειν μεγίστην ἐποιήσατο σπουδήν. τοιγάρτοι βραχέα καὶ τὰ τυχόντα ἀποφαινόμενος μεγάλην ἐγκατέλειπε π. τοῖς ἀκούουσιν 11, 10, 4; vgl. die Stellen unter B und C. An eine lockere, unsichere Annahme, an einen geringeren Grad des Wissens ist nirgends gedacht; π. hat ungeschwächt den Begriff Gewißheit, Überzeugung. Die logischen und psychologischen Formeln der Philosophen über den Unterschied der πίστις von der γνῶσις seit Plato sind für den von Polyb sichtbar gemachten Sprachgebrauch schwerlich ganz bedeutungslos gewesen.

Da sich die verschiedenen Beziehungen des Begriffes gegeneinander nicht isolieren lassen, sind die Stellen häufig, wo mehrfache Bedeutungen des Wortes anklingen, z. B. die tätig erwiesene Zuverlässigkeit, das aus ihr entstehende Vertrauen und der mit demselben dem Treuen erwachsende Kredit, oder die Bedeutung Beweis mit der durch ihn gegebenen Sicherheit des Wortes und der ihr entsprechenden Sicherheit der Überzeugung in den Lesern.

ἀπιστία.

ἦν ἀσαφίας ἀπιστίας ἀμιξίας ἅπαντα πλήρη 1, 67, 11; ἐξεργάζεσθαι ἀπιστίας καὶ μῖσος καθ' ἑαυτοῦ 5, 98, 7; οὐδεὶς ἂν ἑκὼν εἰς πρόδηλον ἀπιστίαν καὶ καταφρόνησιν ἔδωκεν ἑαυτόν 32, 8, 10; τιθεὶς ὑπὸ τὴν ὄψιν τὴν τῶν Ῥωμαίων πραότητα καὶ μεγαλοψυχίαν παρὰ τὴν τῶν Καρχηδονίων ἀπιστίαν καὶ βαρύτητα, weil die Karthager Geißeln gefordert, die Römer sie freigegeben hatten 3, 99, 7.

βουλομένων τῶν ἀνθρώπων μὴ μόνον ἀκούειν ἀλλὰ καὶ βλέπειν τὸν λέγοντα διὰ τὴν ἀπιστίαν τῶν ἀναγορευομένων 18, 46, 8.

πιστεύειν.

A. Aktiv.

πιστεύειν τῇ ὀχυρότητι τῶν τόπων 3, 67, 9 und oft; τῷ ταχυναυτεῖν 1, 23, 9. 2, 10, 6; ταῖς ἐκ τῶν τόπων ἀσφαλείαις 1, 74, 6; ταῖς χερσί 3, 10, 6.

14, 7, 5; τῇ τινος συμμαχίᾳ 3, 15, 8 cf. 10, 6, 2; τῇ τινος ἐφεδρείᾳ 24, 12, 2; τῇ παρουσίᾳ τινός 3, 40, 7; τῷ πλήθει τῶν σφενδονητῶν 5, 52, 5 cf. 11, 32, 7. 33, 3. 15, 13, 2; ταῖς ἐμπειρίαις τῶν ἡγεμόνων καὶ ταῖς ἀρεταῖς 11, 29, 6. 5, 20, 7; τῇ τῶν πολιτῶν εὐνοίᾳ 3, 34, 7 cf. 5, 20, 5; ταῖς συνθήκαις 5, 37, 4; τίσι πιστεύσας ἀνδράσι καὶ τόποις Ἀννίβας ἐπεβάλετο καταλύειν τὴν Ῥωμαίων δυναστείαν 2, 14, 2. 15, 1, 9; πιστεύσαντες Ἀχαιῷ ἀνεδέξαντο τὸν πόλεμον 4, 48, 13. 11, 29, 4. 5, 60, 2; αὐτῷ πιστεύειν καὶ τοῖς χρήμασιν 6, 2, 10 cf. 16, 30, 4.

Polybs πιστεῦσαι ist somit keineswegs auf das Denken beschränkt, sondern ist die Basis der Entschlüsse, des Handelns und der Wagnisse. Das, worauf man sich verläßt, tritt stets im Dativ an. Die Zuversicht kann sich ebensowohl auf Sachliches, Besitz, Fertigkeiten, Vorteile aller Art stützen, als auf Personen und deren Hilfe.

τῇ τύχῃ πιστεύειν (Gegensatz: νοῦν ἔχειν) 10, 3, 7; οὐ τῇ τύχῃ πιστεύειν ἀλλὰ τοῖς συλλογισμοῖς 10, 7, 3. In der Richtung dieser Formeln läge auch: τοῖς θεοῖς πιστεύειν; allein Polyb hat nichts ähnliches, weil er keine Götter mehr hat τύχη ist die Macht, die über dem Beschließen und Handeln der Menschen steht, und diese bietet sich einer vernünftigen Zuversicht nicht als Stützpunkt dar; da sie vielmehr das menschliche Handeln unberechenbar durchkreuzt, gilt es: τῇ τύχῃ ἀπιστεῖν 1, 35, 2. 15, 15, 5[1]).

Der Dativ bezeichnet auch bloß den Anlaß, nicht den Grund der Zuversicht: τῇ τοῦ Ῥοδίου τόλμῃ πιστεύσαντες καὶ πλείους ἀπεθάρρησαν τὸ παραπλήσιον ποιεῖν 1, 47, 3.

Ohne Dativ: Mit dem Kopf des Machanidas eilen sie der Phalanx nach. χάριν τοῦ πιστεύσαντας ἔτι μᾶλλον ἀνυπόπτως καὶ τεθαρρηκότως ποιήσεσθαι τὸν ἐπιδιωγμόν 11, 18, 7; Ἀχαιὸς καὶ διὰ τῶν ἀνακρίσεων τῶν τοῦ Ἀριανοῦ καὶ μάλιστα διὰ τῶν παρὰ τοῦ Νικομάχου συνθημάτων πιστεύσας 8, 19, 8; διαπιστῶν ἐξήταζε τὰς κατὰ μέρος ἐπινοίας αὐτῶν. μετὰ δὲ ταῦτα πιστεύσας καὶ νομίζων ὡσανεὶ σὺν θεῷ γίγνεσθαι τὴν ἐπιβουλὴν 8, 19, 3; ἐπὶ τόσον πιστεύειν ὥστε 3, 52, 7; θαρρεῖν καὶ πιστεύειν αὐτὸν συνεργὸν ἕξειν νομίζοντα ἀληθινώτατον 3, 11, 8. 4, 17, 11.

Die Zuversicht wird in einer bestimmten Richtung auf die Person oder Sache bezogen, jemand trauen, τοῖς δὲ πιστεύοντες ὡς ὑπηκόοις καὶ φίλοις ἀληθινοῖς πᾶν τὸ παραπῖπτον ἐξ ἑτοίμου παραγγέλλειν 3, 12, 6; διὰ τὸ μάλιστα τούτῳ πιστεύειν καὶ χρῆσθαι πρὸς τὰς ἐπιφανεστάτας πράξεις 18, 17, 1. 1, 79, 12. 80, 3. 8, 19, 5; μὴ π. τοῖς τυχοῦσιν 9, 14, 3; μηδενὶ π.

---

[1]) Auch im Munde der Griechen war πιστεύειν nicht immer so völlig von den Göttern abgelöst. πιστεύσας τοῖς θεοῖς εὔχου sagt z. B. die Epinomis 980 c. So konnte jeder sprechen, dem die Götter als hilfreiche Mächte galten, auf deren Eingreifen er vertraut.

ῥᾳδίως 8, 23, 11; τὸ μηδενὶ π. εἰς τέλος ἄπρακτον 8, 2, 2; εἰκῇ καὶ ἀκρίτως πιστεύσας οἷς ἥκιστ' ἐχρῆν 8, 1, 8; π. τῇ παρούσῃ καταστάσει 4, 7, 7; μὴ π. τῇ ὑπὸ τοῦ στρατηγοῦ γεγενημένῃ φιλανθρωπίᾳ πρὸς τοὺς αἰχμαλώτους 1, 79, 11.

ἐγχειρίζειν σφᾶς αὐτῷ καὶ π. 21, 2, 10; πάντας εὔνους αὐτῷ καὶ πεπιστευκότας ἔχειν 5, 57, 8.

τούτῳ ἐπεπιστεύκει καὶ διετέτακτο περὶ τῆς ὅλης ἐπιβουλῆς 16, 37, 3; ἕνα καθιστάνειν στρατηγὸν καὶ τούτῳ πιστεύειν ὑπὲρ τῶν ὅλων 2, 43, 2. 22, 22, 3; σφάλλειν τὰς τῶν πιστευσάντων ἐλπίδας 11, 2, 11. 10, 25, 9. 3, 81, 8.

π. hat seinen Beziehungspunkt im Wort und in der Wahrnehmung: π. τοῖς εἰδόσιν τὴν ἀλήθειαν 15, 26, 6. 34, 5, 9. 8. 31, 14, 5. 34, 13, 2. 7, 3, 4; πιστεῦσαι τοῖς γραφομένοις 5, 42, 9. 3, 26, 5. 75, 2; οἱ πεπιστευκότες τοῖς εἰρημένοις 9, 33, 1. 10, 38, 1. 16, 11, 6; μηδενὶ τῶν λεγομένων ὀξέως καὶ ἀκρίτως π. 4, 85, 4; ὁρῶντας τὸ γεγονὸς μὴ πιστεύειν τοῖς συμβαίνουσι 5, 18, 10. Ohne Dativ: οἱ δὲ τῆς ἐπαγγελίας μὲν ἀσμένως ἤκουσαν, οὐ μὴν ἐπίστευόν γε 1, 46, 5. 15, 28, 6. 23, 4. 38, 5, 5; τὰ παρὰ φύσιν γιγνόμενα καὶ παρὰ τὴν κοινὴν ἔννοιαν τῶν ἀνθρώπων εἰς ἅπαξ μὲν καὶ πρῶτον σπουδάζομεν ἃ μὲν ἰδεῖν ἃ δὲ ἀκοῦσαι χάριν τοῦ γνῶναι τὸ μὴ δοκοῦν δυνατὸν εἶναι διότι δυνατόν ἐστιν, ὅταν δὲ πιστεύωμεν, οὐδεὶς τοῖς παρὰ φύσιν ἐγχρονίζων εὐδοκεῖ 15, 36, 6.

Mit διότι und ὅτι: περὶ πάντων Δημητρίῳ πιστεύει διότι τὰ μὲν γέγονε τὰ δὲ ἔσται καθάπερ δίκαιόν ἐστι γίγνεσθαι 24, 2, 9; πιστεύσας εὐήθως ὅτι ποιήσονται τὴν ἐπάνοδον 4, 10, 1; μὴ π. ὅτι νενικήκασιν von den Thebanern auf dem Schlachtfeld von Leuktra 2, 39, 8; οὐκ ἂν εὐχερῶς δύναιτο π. διότι 10, 47, 9. 8. 18, 34, 7. 40, 4, 7.

ὡς, mit abs. Gen. für die illusorische Zuversicht: προχείρως πιστεύσαντες ὡς ἀπεγνωκότος βοηθεῖν Γαρσυήριδος 5, 72, 7.

Acc. c. Inf.: πιστεύοντες ἀπὸ τοῦ κρατίστου γίγνεσθαι τὴν ἐπιβολήν 8, 19, 4. 12, 11, 3. 25, 8. Vgl.: ὅπερ οὐδὲ πιστεῦσαι ῥᾴδιον 1, 38, 6. Das ist die einzige Stelle, die sich einem transitiven Gebrauch nähert. Die Formel: „etwas glauben“ findet sich bei Polyb nicht.

Das Wort bezeichnet nirgends eine defekte, innerlich gebrochene Gewißheit; es ist dabei im Gegenteil an eine den Mann bewegende Überzeugung gedacht.

B. Passiv.

Mit persönlichem Subjekt: ἄνδρες πρεσβύτεροι καὶ μάλιστα πιστευόμενοι 16, 31, 4; ἐπιστεύοντο παρὰ τοῖς Ταραντίνοις 8, 26, 10; ὑπὸ τῆς τῶν πιστευθέντων ἀθεσίας ἡττηθείς 8, 23, 10. 2, 5. 2, 7, 9.

πιστεύεσθαι περὶ τῶν ὅλων 13, 2, 3; ὁ πεπιστευμένος παρὰ Ῥωμαίων 3, 69, 1. 8, 20, 6.

πεπιστεῦσθαί τι τῶν φυλακτηρίων 8, 17, 5; *πιστευθῆναι τὴν ἐπιμέλειαν τῶν ὅλων ὑπὸ τοῦ βασιλέως* 31, 26, 7; *ταλάντου μόνον πιστευθῆναι* 6, 56, 13; *τῆς Κύπρου καὶ τῶν ἐν ταύτῃ προσόδων* 18, 55, 6.

πρὸς τὸ πιστεύεσθαι διότι πράττει κατά τινα λόγον 32, 21, 9; 18, 45, 9.

Mit sachlichem Subjekt: *διαβολὴ πιστευομένη παρ' ἐνίοις* 18, 45, 8. 27, 13, 14. 11, 25, 9; *οὐχ ἕνεκα τῆς πιθανότητος τῶν εἰρημένων ἀγωνιῶν μὴ πιστευθῇ παρά τισι* 3, 9, 2; *μὴ γὰρ γενομένου τούτου* (die Niederlage des Perseus) *καὶ πιστευθέντος οὐκ ἄν μοι δοκεῖ πειθαρχῆσαι τοῖς ἐπιταττομένοις Ἀντίοχον* 29, 11, 13; *καταπεφήμισται καὶ πεπίστευται παρὰ τοῖς Βαργυλιήταις διότι τὸ τῆς Ἀρτέμιδος ἄγαλμα οὔτε νίφεται τὸ παράπαν οὔτε βρέχεται* 16, 12, 3. Auch hier liegt der Gedanke: man glaubt es nur! nicht in der Wahl des Worts, vielmehr wird damit gesagt, daß dies der dortigen Bevölkerung als unbestreitbare Wahrheit gilt.

Mit Acc. c. Inf.: *Πτολεμαῖος ὁ Σωσιβίου παρῆν ταῦτα πάντα ἐζηλωκὼς καὶ πεπιστευμένος αὐτὸν μὲν ἄνδρα γεγονέναι διὰ τὴν ἐκδημίαν καὶ διὰ τὸ Μακεδόσιν ὡμιληκέναι, τοὺς δὲ κατὰ τὴν Ἀλεξάνδρειαν ἀνδράποδα καὶ βλάκας διαμένειν* 16, 22, 5. Das passive *πεπιστευμένος* wird hier nichts anderes bedeuten als überzeugt sein; vielleicht ist aber *πεπεισμένος* echt.

ἀπιστεῖν.

τοῖς Ἀχαιοῖς ἀπιστεῖν wegen mangelnder Übung in den Waffen 4, 7, 6. 22, 7; *φοβεῖσθαι οὐδένα πλὴν τοὺς θεούς, ἀπιστεῖν δὲ τοῖς πλείστοις τῶν παρόντων* 18, 1, 7; *ἀπιστεῖν αὐτῷ καὶ φυλάττεσθαι* 9, 18, 9. 5, 87, 2. 5, 10. 3, 35, 4. 60, 8. 98, 1. 10, 35, 6; *ἀπιστεῖν τῇ τύχῃ* 15, 15, 5. Ohne Dativ aus Epicharmos: *νᾶφε καὶ μέμνασ' ἀπιστεῖν* 18, 40, 4 und 31, 21, 14. 3, 11, 9; *ὧν τοὺς μὲν ἐκπληττομένους τὴν ἀσέβειαν τοὺς δ' ἀπιστοῦντας τοὺς δ' ἀγανακτοῦντας ἐπὶ τοῖς γιγνομένοις προστρέχειν* 2, 59, 2. 3, 41, 8. 11, 3, 4. 15, 28, 6.

Mit Dat. und Inf.: *ἐστρέβλωσαν πολλούς, οἷς ἠπίστησαν ἔχειν κεκρυμμένον διάφορον* 4, 18, 8.

θαυμάζοντες τὸ γεγονὸς ἠπίστουν τοῖς ὁρωμένοις 8, 23, 1; *τῷ δὲ μεγέθει τῆς ταινίας οὐδαμῶς ἀπιστητέον. εὔηθες γάρ* 4, 41, 8. 3, 61, 1.

ἔτι μᾶλλον ἠπίστει τὰ λεγόμενα περὶ τοῦ Προυσίου 32, 26, 4; *τίς γὰρ οὐκ ἂν ἀπιστήσαι πῶς Ῥωμαῖοι πολλαῖς ἡττημένοι μάχαις ὅμως οὐκ εἴκειν οἷοί τ' ἦσαν* 9, 3, 6.

ἐλπὶς ἀπιστουμένη ἀλλήλοις 10, 16, 9.

ἀπιστεῖν folgt somit allen Verwendungen von *πιστεύειν*, und dies nicht nur mit dem negativen Begriff, daß Zuversicht, Vertrauen, Glaube nicht da seien, sondern als deren volles Gegenteil. Es nennt die Besorgnis und Mutlosigkeit, den Argwohn und Verdacht, den Zweifel und die Ungewißheit.

Komposita.

διαπιστεύειν τὴν ἐπὶ τάδε τοῦ Ταύρου δυναστείαν Ἀχαιῷ 5, 40, 7.

καταπιστεύειν ταῖς ἰδίαις δυνάμεσι 2, 3, 3; *τοῖς σφετέροις πράγμασι* 3, 80, 3. 70, 7; *τοῖς παροῦσι καιροῖς* 5, 34, 3.

πρὸς τοὺς μὲν ὑλώδεις τόπους ὑπόπτως εἶχον, τοῖς δὲ ἐπιπέδοις καὶ ψιλοῖς ἀπεπίστευον 3, 71, 2.

κατα- und *ἀποπιστεύειν* scheinen eine tadelnde Färbung zu haben: so trauen, daß nichts als Zuversicht übrig blieb und alle Vorsicht und Klugheit verschwunden ist.

διαπιστεῖν ἀλλήλοις 4, 71, 6. 8, 23, 9; *τὸν τόπον ὑποπτεύειν καὶ παντὶ τῷ φαινομένῳ διαπιστεῖν* 15, 21, 6; *τῇ τύχῃ* 1, 35, 2; *τοῖς σφετέροις πράγμασι* 25, 5, 8. 16, 24, 2. 1, 67, 13. 5, 40, 2. 61, 5. 47, 5. 52, 4. 13, 5, 1. 31, 6, 5. 20, 4. 35, 3, 6.

Ohne Dativ: 2, 21, 5. 36, 6. 8, 19, 2.

διαπορεῖν καὶ διαπιστεῖν 1, 78, 5. 32, 13, 9. 15, 21, 5; *εὐλαβεῖσθαι καὶ διαπιστεῖν τοῖς λεγομένοις* 3, 52, 6. 4, 8, 12. 12, 14, 5.

Medial: *τὸ πολὺ μέρος τῶν ἀνθρώπων διαπιστούμενον καὶ δοκοῦν ὡσανεὶ καθ' ὕπνον ἀκούειν τῶν λεγομένων διὰ τὸ παράδοξον τοῦ συμβαίνοντος* 18, 46, 7.

πιστώσασθαι.

Reziprok: *πιστωσάμενοι περὶ τῶν ὅλων πρὸς ἀλλήλους ἐφ' ᾧ* 18, 39, 6.

Mit sachlichem oder persönlichem Objekt, die Sache gewiß, die Person zuverlässig machen: *τοῦτον διὰ πλειόνων λόγων πιστωσάμενος καὶ παρασκευάσας εὔνουν αὐτῷ καὶ πρόθυμον* 8, 17, 2; *πιστώσασθαι τὰς προτεινομένας δωρεάς* 1, 43, 5.

ἀξιόπιστος.

ἀνὴρ ἀ. 11, 10, 1; *τὸ τῆς ἐπαγγελίας ἀ.* 3, 44, 7; *πάντως ἐνομίσαμεν αὐτὴν* (die Tafel Hannibals) *περί γε τῶν τοιούτων ἀξιόπιστον εἶναι* 3, 33, 18.

οἱ ἀξιοπίστως ψευδόμενοι τῶν συγγραφέων 3, 33, 17; *ταῦτα λέγειν αὐτὸν οὕτως ἀξιοπίστως ὥστε* 12, 8, 3; *ἀξιοπίστως ἐνιεὶς τὰς κατ' αὐτῶν διαβολάς* 28, 4, 10. *ἀ.* hat sich noch mehr als *πιστός* auf den bloßen Schein beschränkt, weil es das Urteil über die Zuverlässigkeit des andern ausdrückt. *πιστῶς ψεύδεσθαι* hätte Polyp schwerlich gesagt.

καταξιοπιστεῖσθαι τῶν τηλικούτων ἀνδρῶν 12, 17, 1: ihren Kredit untergraben, ihre Glaubwürdigkeit bestreiten.

Die mit dem Begriff verbundenen **Präpositionen** sind somit folgende: der, dem die Zuverlässigkeit erwiesen wird, wird mit *πρός* eingeführt: *ἡ πρός τινα π.*; *διατηρεῖν τὴν π. πρός τινα; αἱ πρός τινα πίστεις; τίθεσθαι πίστεις πρός τινα.*

εἰς steht in folgenden Wendungen: ἀνακρεμάσαι τὴν π. εἴς τινα 8, 21, 3; ἀνατιθέναι τὴν π. εἴς τινα 6, 35, 8; ἐκδεσμεύειν τὴν τινος π. εἴς τινα 3, 33, 8; ἀναλαβεῖν τὴν π. εἰς αὐτόν 6, 9, 3.

Für den, bei dem man Vertrauen findet, steht παρά: πίστιν ἔχειν παρά τινι, πιστεύεσθαι παρά τινι, ὁ πεπιστευμένος παρὰ Ῥωμαίων 3, 69, 1; seltener ὑπό: πίστεως τυγχάνειν ὑπό τινος 12, 14, 7; πιστευθῆναι τὴν ἐπιμέλειαν τῶν ὅλων ὑπὸ τοῦ βασιλέως 31, 26, 7.

Für den die Treue Leistenden kann ἐκ stehen: ἡ ἔκ τινων πίστις 24, 8, 5. 7, 1; vgl. ἔχειν τὴν π. ἔκ τινος 4, 39, 11; πιστεύοντες ἐκ τῶν διαπεμπομένων τῇ παρουσίᾳ τῶν Καρχηδονίων 3, 40, 7; ἀπιστεῖν τινι ἔκ τινος 5, 5, 10; πιστὸν γίγνεσθαι ἔκ τινος 38, 3, 11.

Für den Gegenstand, an dem π. erwiesen wird, steht περί: ἡ περὶ τοὺς πρεσβευτὰς π. 15, 4, 10; περὶ τῆς Βρεττανικῆς πεπιστευκέναι 34, 5, 8. 16, 37, 3; πιστώσασθαι περὶ τῶν ὅλων 18, 39, 6.

An πίστεις tritt der Gegenstand, der durch dieselben gesichert wird, häufig mit ὑπέρ an: τίθεσθαι πίστεις ὑπὲρ τῆς φιλίας 3, 67, 7. 9, 27, 11 cf. 18, 35, 7; πιστεύειν τούτῳ ὑπὲρ τῶν ὅλων 2, 43, 2; oder mit ἐπί: πίστεις λαβεῖν ἐπὶ τούτοις 8, 27, 1; ἐφ᾽ ᾧ mit Inf. 11, 29, 12; πιστώσασθαι ἐφ᾽ ᾧ 18, 39, 6.

Διά steht bei dem, was Zutrauen weckt: διὰ τῶν ἀνακρίσεων πιστεῦσαι 8, 19, 8; häufig bei ἀπιστεῖν zur Angabe des Motivs.

Beachte auch: ἡ πίστις κεῖται ἐν τοῖς ἑπομένοις 9, 14, 3.

Der **Genitiv** tritt an πίστεις, πίστις im Sinn von Unterpfand, Garantie, Beweis: πίστεις τῶν ἐπαγγελιῶν 3, 100, 3; πίστις τῆς πρὸς τὰ μέλλοντα κοινωνίας 2, 52, 4; τούτων πίστιν ἔφερε 38, 5, 4; vgl. 23, 1, 9. 21, 14, 8. frg. 44. Auch der objektiv gewandte Vertrauensbegriff erhält ihn: ἡ τῆς ἐφοδείας πίστις 6, 35, 8. Anderer Art sind die Fälle, wo vor πίστις ein eine Tätigkeit benennendes Nomen steht, zu dem brachylogisch ein auf beide bezogener Genitiv antritt: ἡ τῶν κοινῶν πρόνοια καὶ π. 6, 9, 3; ἡ τῶν ὅλων ἐμπειρία καὶ π. 1, 4, 10.

Nur an zwei Stellen könnte an einen sog. objektiven Genetiv gedacht werden. Der Senat, sagt Polyb, entscheidet über mannigfaltige Interessen; denn er vergibt die Steuern, bestellt die Richter usf. διὸ πάντες εἰς τὴν ταύτης πίστιν ἐνδεδεμένοι καὶ δεδιότες τὸ τῆς χρείας ἄδηλον εὐλαβῶς ἔχουσι πρὸς τὰς ἐνστάσεις καὶ τὰς ἀντιπράξεις τῶν τῆς συγκλήτου βουλημάτων 6, 17, 8. Auch hier wird jedoch nicht an die π., welche dem Senat erwiesen wird, sondern an die, die er selbst gewährt oder versagt, gedacht sein, die hier in seiner Autorität, kraft deren er Vorteile zuzuwenden vermag, besteht, so daß Wendungen, wie κεῖσθαι ἐν τῇ τινος π., παραλαβεῖν εἰς τὴν π. und ähnliches zu vergleichen sind. Auch wenn von Scipio gesagt wird, er habe nie nach dem Königtum gestrebt, sondern περὶ πλείονος ἐποιήσατο τὴν πατρίδα καὶ τὴν ταύτης πίστιν τῆς περιβλέπτου καὶ μακαριστῆς δυναστείας 10, 40, 9, wird die Übersetzung fides erga ipsam ungenau sein; die π. wird auch hier nicht Scipios Leistung, sondern das von der πατρίς ihm gewährte Gut, in dem der Lohn seines Lebens liegt, bezeichnen; sie meint die Achtung und Anhänglichkeit der Vaterstadt an ihn. Weil π. dasjenige nennt, worauf Scipios Macht beruhte, bildet sie den wohlerwogenen Gegensatz zu δυναστεία. Ein sicheres Beispiel, wo sich an π. im Sinn von Treue oder Vertrauen ein objektiver Genitiv anschlösse, liegt nicht vor.

3.

πίστις in der griechischen Bibel.

Während die andern Worte der Zuversicht in πεποιθέναι, ἐλπίζειν, ὑπομένειν ihr griechisches Gewand erhalten, ist נֶאֱמָן πιστός und הֶאֱמִין πιστεύειν bis zu den νόσοι πισταί, Deut. 28, 59, dem ὕδωρ πιστόν, Jes. 33, 16 und dem Rosse, das οὐ μὴ πιστεύσει, Hiob 39, 24. Lag in נֶאֱמַן der Gedanke zuverlässig und sicher werden, so bot sich dafür πιστωθῆναι dar: Ps. 78, 8. 37. 2 Sam. 7, 16. 1 Kön. 8, 26. 1 Chr. 17, 13. 2 Chr. 6, 17; vgl. Sir. 27, 17. 29, 3.

אֱמֶת und אֱמוּנָה sind analog wie im Aramäischen und sicher auch unter seinem Einfluß gespalten worden. Wo an die Gesinnung und an das Verhalten des Menschen gedacht wird, tritt πίστις ein, Deut. 32, 20. 1 Sam. 26, 23. Jer. 5, 1. 3. 2 Kön. 12, 15. Hab. 2, 4, ohne daß der Übersetzer zu einer Scheidung zwischen der aktiven und rezeptiven Form der אֱמוּנָה genötigt war, da auch πίστις die beiden Seiten der menschlichen Gemeinschaft umfaßt. Wenn dagegen אֱמֶת die Aufrichtigkeit und Wahrhaftigkeit bezeichnet, oder diejenige Eigenschaft des Wortes, die ihm durch den Beweis, die Untersuchung und die eigene Erfahrung zuwächst, oder wenn es den Gegensatz zum täuschenden, vergänglichen Schein ausdrückte, so bot sich für sie ἀλήθεια dar, auf das griechisches Denken und Reden überhaupt schwer verzichten konnte. So wird חֶסֶד וֶאֱמֶת überwiegend ἔλεος καὶ ἀλήθεια, der אִישׁ אֱמֶת ein ἀνὴρ ἀληθής, Neh. 7, 2, der אֵל אֱמֶת ὁ θεὸς τῆς ἀληθείας, Ps. 31, 6. Von Gottes πίστις ist in der Sept. nur vereinzelt die Rede, Kll. 3, 23. Jer. 32, 41, weit weniger häufig als in den Targumen von Gottes הֵימָנוּ. Dagegen hat auch die Sept. θεὸς πιστός, Deut. 32, 4. 7, 9. Jes. 49, 7.

Schon auf griechischem Boden war *ἀληθινός*: „was Art und Wesen der Wahrheit an sich hat“, zu reichem Gebrauch gelangt für das, was mit kräftiger Energie der Erwartung, die es erregt, und dem Namen, den es hat, entspricht. So sagt Polyb *φόβος ἀληθινός* 3, 75, 8; *μάχη ἀληθινὴ καὶ βαρβαρική* 3, 115, 2; *βίος ἀληθινός* 1, 35, 9; *κριτὴς ἀληθινὸς τοῦ βελτίονος* 1, 35, 10. Daher konnte das Wort zur Beschreibung derjenigen Dinge verwendet werden, denen אֱמֶת als ihr Wesen beigelegt war: *κρίσις ἀληθινή*, Jes. 59, 4; *πόλις ἀληθινή*, Sach. 8, 3; *ἀλήθινὸς ὁ λόγος* Dan. Theodot. 10, 1; *βουλὴ ἀληθινή*, Jes. 25, 1; *ἄμπελος ἀληθινή*, Jer. 2, 21; und für רַב אֱמֶת im Gottesnamen *ἀληθινός*, Ex. 34, 6, vgl. Jes. 65, 16.

Auch in den jüngeren Übersetzungen teilen sich *πίστις* und *ἀλήθεια* in das Erbe von אֱמֶת und אֱמוּנָה. Vgl. 1 Mk. 7, 18 *ἀλήθεια καὶ κρίσις* mit 14, 35 *ἡ δικαιοσύνη καὶ ἡ πίστις*; Sir. 7, 20 *ἐν ἀληθείᾳ ἐργάζεσθαι* mit 41, 16 *πίστει εὐδοκιμεῖσθαι*; Ps. Sal. 17, 15 *ἔλεος καὶ ἀλήθεια* mit 17, 40 *πίστις καὶ δικαιοσύνη*; 14, 1 *πιστος Κύριος τοῖς ἀγαπῶσιν αὐτόν ἐν ἀληθείᾳ*.

In der Sept. teilt sich auch noch *δικαιοσύνη* mit den beiden anderen Worten in das Gebiet von אֱמֶת, da, wo sie auf die Tat und das Gericht bezogen ist als ihre Ehrlichkeit, vgl. Ex. 18, 21. Ez. 18, 8. Sach. 7, 9. Gen. 24, 49.

Es ist nicht bedeutungslos, daß *ἀλήθεια* ein Hauptbegriff in der Sprache der griechischen Judenschaft geworden ist; es verhielt sich zur jüdischen Sprache doppelseitig, gebend und empfangend. *ἀληθής* zielte von Anfang an auf die Beschaffenheit der Rede, damit auch des Denkens, und wenn es auch auf Sachliches übertragen wird, sofern auch den Dingen und Verhältnissen „Wahrheit“ zukommt, wenn sie ihren wirklichen Bestand offen zutage geben, so behält *ἀλήθεια* doch eine engere Beziehung zum Gedankenlauf, als sie אֱמֶת auch in seiner abstrakten Gestalt besaß. Nun erst hatte der Jude ein Wort, das ausdrücklich die Helligkeit und Richtigkeit des Erkennens und Redens bezeichnete. Andererseits wurde der Wahrheitsbegriff dadurch vertieft, daß er in das Gedankengefüge von אֱמֶת eintrat. Er war dadurch nicht mehr bloß als Eigenschaft am Vorstellungslauf der logischen Sphäre zugeteilt; denn jene „Wahrheit“, die die Erbin von אֱמֶת ist, wird nicht nur gedacht und gesprochen, sondern getan. Sie ist zum Willen in enge Beziehung gesetzt, so daß in ihr ein Ganzes gedacht ist, das sowohl das Erkennen des Menschen als sein Wollen erfüllt und somit sein gesamtes Wesen durchleuchtet und regiert. So reflektiert sich in diesen sprachgeschichtlichen Vorgängen der große welthistorische Prozeß oder richtiger gesprochen, aus dergleichen kleinen Momenten setzt sich der welthistorische Effekt zusammen, der den geistigen Erwerb des Griechentums mit dem, was auf dem Boden Israels gewachsen war, zusammenschmolz.

4.

Philos πίστις[1]).

πιστός.

σοφὸν καὶ πιστὸν μὲν εὑρεῖν ἕνα μόνον ἔργον, φαύλων δὲ τὸ πλῆθος ἀναρίθμητον 1, 64, 22 cf. 2, 272, 18; πιστοὶ κριθέντες 1, 289, 36; νόμων ἄριστοι φύλακες καὶ ἐθῶν πιστοὶ ταμίαι 1, 369, 3; μνήμη φύλαξ πιστή 1, 204, 17; πιστὸς τούτου μάρτυς ὁ νομοθέτης 1, 166, 36; πιστότερος οὐδεὶς ὑφηγητὴς γνωρίμου μαρτυρεῖν von Aristoteles in bezug auf sein Zeugnis über Platon 2, 490, 28; πιστὸν καὶ τοῦτο ἀνεφαίνετο vom dritten am Dornbusch Mose gegebenen Zeichen, das erst später vollziehbar ist, 2, 93, 38; πιστοτέρα ὄψις ὤτων 1, 369, 13. 2, 124, 1.

ὁ δίκαιος Νῶε, Ἀβραὰμ ὁ πιστός 1, 259, 23; θεὸς ὁ καὶ πρὸς ἀλήθειαν μόνος πιστός 1, 486, 3; π. μόνος ὁ θεὸς καὶ εἴ τις θεῷ φίλος καθάπερ Μωσῆς 1, 128, 1; ψευδωνύμοις πιστὸν ἀληθῆ θεὸν συγκρίνειν 1, 364, 8; ὁ θεὸς καὶ λέγων π. ἐστι 1, 181, 35; οὐ δι' ὅρκον π. ὁ θεὸς ἀλλὰ δι' αὐτὸν καὶ ὁ ὅρκος βέβαιος 1, 181, 39; ὁ πιστὸς τοῦ θεοῦ βωμός 1, 190, 23.

Num. 12, 7, das Lob Moses, zitiert: 1, 132, 44. 108, 10. 78, 22. 128, 1.

Deut. 32, 4 θεὸς πιστός zitiert 1, 606, 12.

Δαβὶδ περιόντος οὐδ' οἱ πρόπαπποι τούτων ἦσαν πιστῶς γεγενημένοι 1, 427, 23.

ἄπιστος.

ἀσεβείας καὶ ἀθεότητος ἑταῖροι πρὸς δὲ τοὺς ὁμοίους ἄπιστοι 1, 368, 38; ψευδορκότατος ἀπιστότατος 1, 412, 14; ἀσύμφωνος ἄπιστος ἀπειθής 2, 268, 42. Γάϊος πρὸς τἄλλα πάντα τὴν φύσιν ἄπιστος ὡς εἰ καί τι χρηστὸν ἐργάσαιτο μετανοεῖν εὐθύς 2, 595, 31; οἱ ἄπιστοι οὗτοι die Korachiten 2, 178, 16.

ἄπιστος εἰ μὴ πεπίστευκε καὶ νῦν καὶ ἀεὶ τὰς τοῦ θεοῦ χάριτας ἀφθόνως τοῖς ἀξίοις προσνέμεσθαι 1, 119, 31; κἂν εἰ ἄπιστοι γεγόνασίν τινες 2, 546, 7.

γένεσις ἡ πάντα ἐξ ἑαυτῆς ἄπιστος 1, 486, 2; ἀκοὴ ἡ ἄπιστος καὶ ἀβέβαιος 2, 10, 24. 358, 13; πίστις ἄπιστος 1, 665, 2.

Daß der Mensch das Meer befährt, ist τὸ πάντων ἀπιστότατον πραγμάτων 2, 362, 7; πρᾶγμα ἄπιστον καὶ μεῖζον ἢ κατὰ γνώμην ἀνθρωπίνην 1, 28, 10; τὰ ἄπιστα λαμβάνει πίστιν durch den Eid 1, 622, 19; das Manna ἄπιστος ὄψις 2, 112, 49; die Traube der Kundschafter ἄπιστος θέα 2, 117, 44;

[1]) Die Zahlen beziehen sich auf Mangey.

die Ereignisse am Roten Meere *μύθων ἀπιστότερα* 2, 174, 4; *τὸ περὶ τὸ πρᾶγμα ἄπιστον* von der Geburt Isaaks 2, 17, 25; *ἄπιστα καὶ μείζονα ἐλπίδων* von der Erhöhung Josephs 2, 76, 37; *ἐπιδείξασθαι ἄπιστα καὶ μεγάλα* von Bileams Zauberei 2, 122, 39; *ἄπιστοι πράξεις* vom goldnen Kalbe 2, 160, 14; *ἄπιστον ἴσως τοῖς μὴ πεπονθόσιν ἀρετὴν τὸ λεγόμενον*, daß nämlich der Tugendhafte jedem Schmerze überlegen sei 2, 449, 39; *σφόδρα ἄπιστον ἐνόμιζον εἰ Γάϊος τοσαύτην ἐνδέδεκται μεταβολὴν πρὸς τἀναντία* 2, 556, 27.

ἀχαρίστως καὶ ἀπίστως φύσει τῇ δούσῃ προσενεχθῆναι 1, 516, 47.

πίστις.

A. Gewähr, Garantie, Beweis.

πίστις τῶν μελλόντων ἡ τῶν προγεγονότων τελείωσις 2, 179, 15; *πίστις τῶν ἀδήλων τὰ ἐμφανῆ* 2, 125, 12; *λόγου π. ἔργον* 2, 678; *σαφεστάτης ἐγγὺς παρακειμένης π,* 2, 190, 19; *ἡ ἐνάργεια τρανῆν παρέχουσα π.* 2, 253, 39; *ἐναργῆ π. δύνασθε λαβεῖν ἐξ ὧν ὁρᾶτε* 2, 75, 13; *ἐμφανεστάτην π. ἔχει τι τὴν λεχθεῖσαν ἤδη* 1, 12, 46; *ἀμάρτυρος π. ὀφθαλμοῖς βεβαιουμένη* 1, 168, 5; *τὴν ἀναδίπλωσιν ἔχων οὐ περιττὴν ἀλλὰ πρὸς ἔλεγχον βεβαιοτέρας π.* vom Traum Pharaos 2, 56, 50; *πρᾶγμα οὕτως ἐμφανές, ὃ τὰς ἀποδείξεις εἶχεν ἐξ ἑαυτοῦ καὶ μὴ δεόμενον τῆς ἐκ λόγων ἀληθεστέρας π.* 2, 123, 49. Gott wirkt am Sinai im Geiste der Anwesenden die Vorstellung seiner Gegenwart *εἰς βεβαιοτάνην π. τῶν μελλόντων νομοθετεῖσθαι* 2, 679, und auch sonst sehr häufig.

Plural: *τὸ μὲν κεφάλαιον εἴρηται, τὰς δὲ πίστεις ὑφηγήσεται* 1, 594, 31. 2, 59, 34. 1, 566, 1; *πίστεων τοῖς οὕτως ἐμφανέσιν πρὸς μαρτυρίαν ὡς ἀδηλουμένοις οὐδεμία χρεία* 2, 507, 13. 506, 6; *ἀληθείας βάσανος αἱ σὺν λόγῳ π.* 2, 362, 16. 564, 45; *ἐὰν πᾶσαι αἱ ψευδεῖς πιθανότητες διελεγχθῶσιν ὑπὸ τῶν ἀληθῶν πίστεων* 1, 517, 17; *ὁμολογοῦσιν τἀληθές, ἅμα καὶ τὰς διὰ τῶν ἔργων π. ἐφαρμόζοντες* 2, 537, 38; *τὰς τούτων π. οἱ ἀναγραφέντες δηλοῦσι χρησμοί* 1, 573, 1. 351, 46. 384, 10.

B. Zuverlässigkeit in der Ausübung einer Pflicht.

τοσαύτῃ πίστεως ἐχρήσατο ὑπερβολῇ von Joseph, der sich beim Getreideverkauf nicht bereichert 2, 77, 34; *μετὰ χαρᾶς καὶ ἀδόλου π. αὐξῆσαι τὰς ἀγέλας* 2, 91, 1; *πάντα πράττειν καθαρᾷ καὶ ἀδολωτάτῃ π.* vom Politikus 2, 62, 31; *τὴν πίστιν ἱερὰν καὶ ἄσυλον ὄντως διαφυλάττειν* 1, 487, 44. 287, 41; *ἡ περὶ αὐτὴν π.* von Abrahams Verhalten zu Sara mit Übertragung auf die unwandelbare Hingabe an die Philosophie in den vorbereitenden enzyklischen Studien 1, 530, 29; *δεῖγμα τῆς πρὸς ἅπαν τὸ ὁμόφυλον αὐτοῦ φιλανθρωπίας καὶ πίστεως ἔργον* von Mose, der nicht seinen Söhnen, sondern Josua die Nachfolge überträgt 2, 386, 16; *ἱκέται* καταπεφευγότες ὡς ἐπ' ἄσυλον ἱερὸν τήν τε βασιλέως π. καὶ τὸν ἀπὸ τῶν οἰκητόρων ἔλεον von den in Ägypten einwandernden Israeliten 2, 86, 19; Mose διὰ τοσούτων ἐλέγχων τὴν ἑαυτοῦ π. ἐπιδειξάμενος 2, 161, 48; μὴ τὴν ἐν ὀλίγοις π. φύλαττε θήρᾳ τῆς ἐν πλείοσι πίστεως 1, 344, 24; ὅρκος πίστεως βεβαιότατον σύμβολον 1, 341, 48; οὐ πίστεως ἡ πολυορκία τεκμήριον 2, 271, 45. — Von Gott: ἡ τοῦ ὑποσχομένου βεβαιοτάτη π. 1, 442, 47; ἡ περὶ τὸ ὂν πίστις ἡ ἄρτιος καὶ περὶ πάντα πλήρης mit Bezug auf die gesamte Unwandelbarkeit und Beharrung Gottes in Wesen und Willen, 1, 606, 10.

Im Übergang zu A: μὴ ποιεῖσθαι προκάλυμμα πίστιν ἀπιστίας 2, 208, 17; ὅρκος πίστεως ἕνεκα παραλαμβάνεται 1, 127, 49; τὰ ἐνδοιαζόμενα τῶν πραγμάτων ὅρκῳ διακρίνεται καὶ τὰ ἀβέβαια βεβαιοῦται καὶ τὰ ἄπιστα λαμβάνει πίστιν 1, 622, 20; τῆς πρὸς αὐτὸν πίστεως ἀγάμενος τὸν ἄνδρα πίστιν ἀντιδίδωσιν αὐτῷ ὁ θεὸς τὴν δι' ὅρκου βεβαίωσιν ὧν ὑπέσχετο δωρεῶν 2, 39, 37; θεὸς ἑαυτοῦ π. καὶ μαρτυρία βεβαιοτάτη 1, 128, 49; ὁ δακτύλιος βεβαιότης καὶ π. 1, 568, 16. 30. 569, 9. 598, 42. 665, 2; π. ἀκοαῖς οὐκ ἔνεστιν 2, 358, 13; φιλίαν καὶ πρὸς τοὺς τέως ἀγνοουμένους συντιθέμενοι καὶ κρᾶσιν ἠθῶν ἐπὶ θυσιῶν καὶ σπονδῶν εἰς βεβαιοτάτην π. ὁμονοίας ποιούμενοι vom Besuch Jerusalems 2, 223, 28.

C. Vertrauen.

εὐσέβεια καὶ π. 1, 456, 39; π. ἡ πρὸς τὸν θεόν 2, 39, 1; ἡ προς τὸ ὂν π. 2, 39, 18; μόνῳ ἐπερείδεσθαι καὶ στηρίζεσθαι θεῷ μετ' ἰσχυρογνώμονος λογισμοῦ καὶ ἀκλινοῦς καὶ βεβαιοτάτης π. 2, 413, 17; ἐρασθῆναι τῆς πρὸς θεὸν π. 2, 39, 29; ἡ τελειοτάτη ἀρετῶν π. 1, 485, 43; τὴν πρὸς θεὸν π. παθεῖν 1, 609, 8; ἡ π. ἣν ἐπίστευσε ἡ ψυχὴ θεῷ 1, 442, 41; ἆθλον αἱρεῖσθαι τὴν πρὸς τὸν θεὸν π. 2, 412, 34; ἀκράτῳ καὶ ἀμιγεῖ τῇ πρὸς θεὸν μόνον π. κεχρῆσθαι 1, 486, 8; οὐκ ἐπαμφοτερίζοντες ἀλλὰ βεβαίᾳ π. κατεσχημένοι 1, 340, 13; ἐνδοιασμὸν καὶ ἐπαμφοτερισμὸν ἀβεβαίου ψυχῆς διαθέσεις ἀποδυσάμενος τὴν ὀχυρωτάτην καὶ βεβαιοτάτην διάθεσιν πίστιν ἐνδύσασθαι 1, 409, 39; ἤδη καὶ καταβοᾶν ἐξ ἀληθοῦς π. καὶ ἀπὸ γνησίου τοῦ πάθους θαρρεῖ 1, 475, 39; ἡ π. ἧς ἔλαχεν ἄνθρωπος mit starker Zusammenfassung des Vertrauens mit der unwandelbaren Treue 1, 606, 8 vgl. 1, 154, 25; ἐκτετμημένος πίστιν καὶ παρακαταθήκην βιωφελεστάτων δογμάτων φυλάξαι μὴ δυνάμενος 1, 389, 39; ἱερουργίαι καὶ ἡ περὶ τὰς θυσίας π. 1, 345, 14. — Mehr intellektuell: ἐκ τῆς ἐπεχούσης ἀπιστίας εἰς π. τῶν λεγομένων μεταβαλεῖν 2, 95, 5; μηδέποτε τῆς πρὸς θεὸν π. καὶ ἀφανοῦς ὑπολήψεως ἀφιστάμενος 1, 631, 10; ἤδη ποτὲ ἀψευδοῦς δόξης μεταλαβὼν ἀβεβαίου ἐνδοιασμοῦ βεβαιοτάτην π. ἀλλάξασθαι 1, 228, 31.

In menschlichen Verhältnissen: ἐγγυῶμαι, ἀξιοχρεώς εἰμι πρὸς πίστιν 2, 551, 28; δακτύλιος ἐναργέστατον δεῖγμα πίστεώς ἐστιν ἣν πεπίστευκεν ὅ τε βασιλεὺς δῆμος τῷ πολιτικῷ καὶ ὁ πολιτικὸς τῷ βασιλεύοντι δήμῳ 2, 62, 38;

δοῦλοι φίλων καὶ συγγενῶν προκριθέντες εἰς πίστιν 2, 450, 49. — Mit Übergang zu dem, was vertrauend der Treue übergeben wird: *ἔνεδρα τῆς περὶ μείζονα πίστιν ἀρνήσεως* 1, 141, 20; *θήρα τῆς ἐν πλείοσι πίστεως* 1, 344, 25 vgl. die Stellen unter B.

D. Überzeugung.

ἔδει πίστιν ἐγγενέσθαι ταῖς διανοίαις περὶ τοῦ μὴ εὑρήματα ἀνθρώπου τοὺς νόμους εἶναι 2, 182, 34; *οἱ σοφισταὶ ᾠήθησαν σοφίαν πιθανῶν εἶναι λόγων εὕρησιν ἀλλ' οὐ πραγμάτων ἀληθεστάτην π.* 1, 463, 10; *τὴν ἀληθεύουσιν ἀνδράσι φίλην π. οὐκ ἔμαθεν* 1, 363, 35; *τὸ μὴ ἑαυτῷ μαρτυρεῖν ἱκανόν, τῆς δὲ ἀφ' ἑτέρου χρῇζον συνηγορίας ἀβέβαιον εἰς π.* 1, 386, 2; *ταῦτα ἱκανὴν π. ἐργάσασθαι δυνάμενα τοῖς μὴ φιλονείκως ἔχουσι* 2, 647; *εἰ τῷ ὄντι μὴ κατασκεψόμενοι τὴν γῆν ἀφῖχθε, πρὸς π. τὴν ἐμὴν ὑμεῖς ἐνταυθοῖ διατρίψατε* 2, 65, 28.

ἀπιστία.

Von den Brüdern Josephs: *ἀπιστίας καὶ μισανθρωπίας ἀθεραπεύτους διαβολὰς ἀπολείπειν* 2, 44, 26; *ἡ πλεονεξία καὶ ἡ πρὸς ἀλλήλους ἀ.* 2, 46, 27; *τὴν ἔμφυτον ἀ. βιάσασθαι* 1, 287, 42; *ὁ ὀμνὺς εἰς ἀπιστίαν ὑπονοεῖται* 2, 195, 4; *πολυορκία τεκμήριον ἀπιστίας* 2, 271, 45; *μὴ ποιεῖσθαι προκάλυμμα πίστιν ἀπιστίας* 2, 208, 17.

τὴν ἐν τοῖς ἄλλοις ὅσα γεννητὰ καὶ φθαρτὰ κατείληφεν ἀπιστίαν 2, 412, 47. *ἀπιστία ὁμοῦ καὶ ἀχαριστία πρὸς τὸν τοῦ κόσμου παντὸς εὐεργέτην* 2, 562, 35; *κακίζουσι ἑαυτοὺς τῆς ἀπιστίας* von den am Sabbat Manna Suchenden 2, 176, 31; *ἡ πρὸς τὸ γεννητὸν ἀ.* 1, 609, 9; *ἴχνος ἢ σκιὰν ἢ αὔραν ἀπιστίας δέχεσθαι* 1, 606, 3. 486, 11. 568, 32.

ἐπέχουσα ἀ. 2, 95, 5; *ἡ συγγενὴς ψευδοδοξοῦσα ἀ.* 1, 363, 34; *γέμει τὸ θνητὸν ἀπιστίας ἐκ μόνου τοῦ δοκεῖν ἠρτημένον* 1, 413, 38; *διὰ τὸ φιλόνεικον ἐπιτηδεύειν ἀπιστίαν* 2, 253, 40.

πιστεύειν.

κακοὶ δοῦλοι δεσπόταις τοῖς ἑαυτῶν ἐπιτίθενται στάσει πιστεύσαντες ἢ ῥώμῃ 2, 33, 23; *τίνι πιστευτέον; φέρε ἡγεμονίαις ἢ δόξαις καὶ τιμαῖς ἢ περιουσίᾳ πλούτου ἢ ὑγείᾳ καὶ εὐαισθησίᾳ ἢ ῥώμῃ καὶ κάλλει σώματος* 2, 38, 15. 1, 485, 51; *μόνῳ θεῷ χωρὶς ἑτέρου προσπαραλήψεως οὐ ῥᾴδιον πιστεῦσαι* 1, 485, 47. 486, 2; *πιστεύειν τοῖς φαινομένοις μᾶλλον ἢ θεῷ* 1, 10, 4. 133, 4. 9. 343, 10. 475, 3. 606, 33. 611, 42. 2, 39, 16; *μὴ πεπιστευκότες παγίως τῷ σωτῆρι θεῷ* 1, 176, 23; *πιστεῦσαι μηδενὶ τῶν ἐν γενέσει πρὸ τοῦ ἀγενήτου καὶ πάντων πατρός* 2, 443, 8; *ἄριστον οὖν τῷ θεῷ πεπιστευκέναι καὶ μὴ τοῖς ἀσαφέσι λογισμοῖς καὶ ταῖς ἀβεβαίοις εἰκασίαις* 1, 132, 40; *οἰωνῶν ἀλογοῦσι ἑνὶ τῷ τοῦ κόσμου ἡγεμόνι πιστεύοντες* 2, 125, 41; *τοὺς χαλδαΐζοντας οὐρανῷ πεπιστευκέναι* 1, 486, 39; *πίστις ἣν ἐπίστευσε ἡ ψυχὴ θεῷ* 1, 442, 41; *ὁ ἀψευ-*

δῶς πιστεύσας θεῷ 2, 412, 46; ἔοικεν Ἀβραὰμ περὶ τῆς Ἰσαὰκ ἐνδοιάζειν γενέσεως, ἐφ' ᾗ πρότερον ἐλέγετο πιστεῦσαι 1, 605, 21; ἀκόλουθον οὐκ ἦν ἐνδοιάσαι τῷ πεπιστευκότι 1, 605, 26. 600, 2; τὸ μὲν ἀπορεῖν ἐνδοιάζοντος, τὸ δὲ μηκέτι ζητεῖν πεπιστευκότος ἔργον 1, 487, 4; ἡ περὶ τὸ ὂν ἀνενδοίαστος βεβαιότης ᾗ λέγεται πεπιστευκέναι 1, 273, 24; οὐδὲν τῶν δυναμένων πιστεύειν δύναται παγίως περὶ θεοῦ πιστεῦσαι 1, 128, 25; Μωυσῆς πιστεύων ὅμως παρῃτεῖτο τὴν χειροτονίαν 2, 93, 42; τοσαύτῃ τοῦ θεοφιλοῦς περιουσίᾳ χρῆται Μωυσῆς ὥστε αὐτῷ πεπιστευκὼς θερμοτέροις καὶ μείζοσιν ἢ κατὰ τὰς ἑτέρων ἡμῶν ἀκοὰς λόγοις τε καὶ δόγμασιν εἴωθε χρῆσθαι 1, 339, 7; ἡ δύναμις ἐν μόνῳ τῷ πιστεύειν θεῷ κεῖται 2, 116, 49. 175, 9; ὁ ὑποσχόμενος κύριός μου καὶ πρεσβύτερος πάσης γενέσεώς ἐστιν ᾧ πιστεύειν ἀναγκαῖον 1, 603, 41. 130, 51.

Gen. 15, 6 zitiert 1, 132, 42. 443, 2. 485, 35. 605, 23. 2, 38, 13; darauf angespielt 1, 273, 24. 456, 41. 2, 442, 25.

Exod. 4, 3 zitiert 1, 82, 29; Num. 14, 11: 1, 446, 39.

Μωυσεῖ πεπιστευκέναι vom Volke in der Wüste 2, 112, 20; Μωυσεῖ λέγοντι πιστεύειν ὅτι μόνου τοῦ θεοῦ ἡ κρίσις ἐστί 1, 662, 20; προφήτῃ καλὸν πιστεύειν 1, 308, 16; Ἀβραὰμ θεοπροπίοις καί τισι θεσφάτοις πεπιστευκώς 1, 514, 40; περὶ ὧν ὁ θεὸς ὁμολογεῖ τί προσῆκεν ἀνθρώπους ἢ βεβαιότατα πιστεύειν 2, 40, 8.

Im menschlichen Verkehr: τὸν μανθάνοντα πιστεῦσαι δεῖ τῷ διδάσκοντι περὶ ὧν ὑφηγεῖται 2, 416. 12 vgl. Arist. de soph. el. II, 165, b, 3; ἡ γυνὴ ἣ πρὸ τῶν ἄλλων ὤφειλε πιστεύειν 2, 639; ἑκατοντάρχης ᾧ μάλιστα ἐπίστευεν 2, 529, 42; φίλοις ἅτε ἀψευδοῦσι πιστευτέον 1, 198, 42. 196, 16. 457, 32. 2, 264, 1.

Gen. 45, 26 zitiert 1, 509, 16.

τοῖς ἅπαξ φανεῖσι π. 1, 383, 22; τοῖς ἅπαξ παραδοθεῖσι 1, 387, 26; ὡς ἀληθέσι τοῖς κατεψευσμένοις πεπιστευκέναι 1, 325, 35. 388, 25; πιστεύειν ἀπίστοις πράξεσι von Mose, der auf die Mitteilung Gottes hin die Errichtung des goldnen Kalbes glauben muß 2, 160, 14.

Mit ὅτι: μὴ πιστεύοντες ὅτι θεοῦ κεκλήρωμαι φύσιν von Caligula 2, 599, 35; πιστεῦσαι ὅτι ἐπισκέψεται ὁ θεὸς τὸ ὁρατικὸν γένος 1, 439, 2. 487, 8; ἵνα βεβαιότερον πιστεύσωσιν ὅτι οἷς ἁμαρτημάτων εἰσέρχεται μεταμέλεια ἵλεω τὸν θεὸν ἔχουσι 2, 248, 27. 1, 455, 13.

Mit Acc. c. Inf.: 1, 119, 31 cf. unter ἄπιστος; 2, 67, 2.

Mit Acc.: τὰ δ' ἐκτὸς περὶ σῶμα λεγόμενα ἀγαθὰ πλεονεκτήματα μόνον, οὐ πρὸς ἀλήθειαν ὄντα ἀγαθὰ πεπιστευκότες 1, 193, 14.

Mit Acc. und Dat.: τὰς ἡνίας τινὶ πιστεῦσαι 1, 143, 13; πίστις ἣν πεπίστευκεν ὁ δῆμος τῷ πολιτικῷ 2, 62, 39; vgl. τὴν ἱερὰν παρακαταθήκην μόνῳ τῷ πεπιστευκότι (Gott) φυλάξαι 1, 491, 17.

Passiv mit persönlichem Subjekt: ἀρετὴ ᾗ πεπίστευται τὸ κοινὸν πολίτευμα πρυτανεύειν 2, 279, 21.

τοῦ πιστευθῆναι χάριν καταφεύγουσιν εἰς ὅρκον ἄνθρωποι 1, 181, 33. Mit sachlichem Subjekt: τὸ τὸν καρπὸν φάσκειν περικαθαίρεσθαι οὐ πάνυ τῷ ἐναργεῖ πεπίστευται 1, 346, 10; τὸ μὲν ἀληθὲς ὄψει πιστευόμενον (πιστούμενον?) τὸ δὲ ψεῦδος ἀκοῇ frg. zu Ex. 23, 1, 678.

ἀπιστεῖν.

ὁ μὲν ἐκείνοις (den natürlichen Gütern) πεπιστευκὼς ἀπιστεῖ θεῷ ὁ δὲ ἀπιστῶν ἐκείνοις πεπίστευκε θεῷ 2, 39, 16; ἀπιστῆσαι γενέσει 1, 486, 1; οὐκ ἐνδοιάζουσι μόνον, ἀλλὰ καὶ ἀπιστοῦσι von denen, die das Manna aufbewahrten 2, 175, 25; ἐκθύμως ἀπιστεῖν τοῖς χρησμοῖς 2, 118, 33; Μωυσῆς οὐκ ἀγνοῶν ἐπὶ τοῖς λεγομένοις ἀπιστήσοντας τοὺς ὁμοφύλους 2, 92, 40. 93, 6. 1, 606, 46; ὁ νοῦς ἀγαλματοφορεῖ τὸ ἀγαθόν, κἂν ἀπιστῶσί τινες τῶν μὴ γευσαμένων σοφίας 2, 437, 14; εἰ δέ τις τούτοις (den Wundern des Wüstenzugs) ἀπιστεῖ, θεὸν οὔτ' οἶδεν οὔτ' ἐζήτησε πώποτε 2, 214, 36.

ἀδύνατον ἀπιστοῦντα παιδευθῆναι 2, 416, 13; μὴ τοῖς πολεμίοις εἰσάπαν ἀπιστεῖν ὡς οὐ δυνησομένοις ποτὲ μεθαρμόσασθαι πρὸς τὸ ἔνσπονδον 2, 401, 26. 1, 509, 14. 2, 446, 7. 146, 9. 555, 25.

Mit Acc. ἀπιστήσουσι οἱ θεασάμενοι τὰς αὐτοῖς θεμελίοις ἀναιρεθείσας πόλεις εἴ ποτε ᾠκίσθησαν 2, 433, 16.

Passiv: von den Korachiten Μωυσῆς ἀπιστεῖται ἐπ' ἔργοις ἅπερ ἀναφέρεται πρὸς θεοῦ τιμήν 2, 161, 48; ἐν ὑποψίαις εἶναι ὡς ἀπιστεῖσθαι 2, 44, 15. 1, 181, 33.

πιστοῦσθαι.

ἔπαινον καὶ ψόγον οὐχ οὕτως ἡ τῶν λεγόντων πιστοῦται δύναμις ὡς ἡ τῶν γινομένων ἀλήθεια 1, 453, 28. 554, 26. 2, 591, 41. 273, 10; ὡς καὶ διὰ πολλῶν καὶ εἰκότων καὶ ἀληθινῶν ἐπιστωσάμεθα 2, 445, 4; λόγος ἐξ ἑαυτοῦ τὸ σαφὲς πιστούμενος 1, 346, 38; πιστοῦσθαι καὶ μαρτυρεῖσθαι λόγῳ θείῳ 1, 128, 48; πιστοῦσθαι ἑαυτόν vom schwörenden Gott 1, 128, 36.

συμβέβηκε τὴν μὲν ἡμετέραν γνώμην ὅρκῳ τὸν δὲ ὅρκον αὐτὸν θεῷ πεπιστῶσθαι 1, 181, 38; τὸ πρῶτον κεφάλαιον ἀληθείᾳ βεβαιοτάτῃ πεπίστωται 1, 280, 44. 300, 23.

Komposita.

ἐμπεπίστευκε ταῖς αἰσθήσεσιν ὡς ἱκαναῖς θηρεῦσαι τὸ ἐκτὸς αἰσθητόν 1, 151, 8.

ἀποπιστεύειν τοῖς ἰδίοις λογισμοῖς 1, 132, 45.

ἀκουσθῆναι τοὺς δύο οἷς ἐστιν ἡ ἀντιλογία καὶ μὴ τῷ ἑτέρῳ προπιστεύειν. καὶ μὴν ὁρᾷς ὅτι τῷ Ἀδὰμ οὐ προπεπίστευκε κατὰ τῆς γυναικός, ἀλλὰ δίδωσιν αὐτῇ ἀντιλογίας ἀφορμήν 1, 100, 20; μὴ λίαν τοῖς ἀφανέσι πρ. 1, 386, 36. 2, 106, 34; ἑαυτῷ πρ. 2, 384, 45; ἵνα μηδεὶς ἀνθρώπων οἷς οὐ πάρεστιν ἀβεβαίῳ χρώμενος εἰκασίᾳ μακρὰν ἀφεστὼς προπιστεύῃ, ἀλλ' ἄχρι τῶν πραγμάτων ἐλθὼν καὶ διακύψας εἰς ἕκαστα καὶ ἐπιμελῶς αὐτὰ αὐγασάμενος

1, 425, 42 vgl. 2, 401, 24. — Passiv: τηλικαῦται διαβολαὶ προπιστεύονται 2, 530, 13.

διαπιστεῖν: die Engel hören dem Liede Moses zu θεασόμενοι μήτι τῆς ᾠδῆς ἐκμελὲς καὶ ἅμα διαπιστοῦντες εἴ τις ἄνθρωπος ὢν δύναται τὸν αὐτὸν τρόπον ἡλίῳ καὶ σελήνῃ καὶ τῷ τῶν ἄλλων ἀστέρων πανιερῷ χορῷ μεμουσῶσθαι 2, 387, 24.

ἀξιόπιστος: 1, 181, 29. 617, 39. 2, 76, 39.

Für die präpositionalen Formeln ergibt sich, daß die für πίστις im Sinn der treuen Ergebenheit längst übliche Formel auch auf π. im Sinn des Vertrauens übertragen wird: ἡ πρὸς τὸν θεὸν πίστις.

Ist die Treue oder das Vertrauen nicht so auf den Gegenstand bezogen, daß er der eigentliche Empfänger desselben ist, so tritt wie bei Polyb περί an: ἡ περὶ αὐτὴν π. 1, 530, 29; ἡ περὶ τὰς θυσίας π. 1, 345, 14. In ἡ περὶ τὸ ὂν π. 1, 606, 10 umschreibt περί ihren Besitzer.

Eigentümlich: ἡ ἐν ὀλίγοις π. 1, 344, 24.

Das Verbum hat beständig den Dativ, vereinzelt auch in instrumentaler Bedeutung 1, 339, 6. περί steht ähnlich wie beim Nomen 2, 416, 12. 1, 128, 25. 487, 7. πιστεύειν περὶ θεοῦ ist mehr auf das Denken eingeschränkt als πιστεύειν θεῷ.

Mit ἐπί wird Anlaß und Motiv des Unglaubens eingeführt: ἀπιστεῖν ἐπὶ τοῖς λεγομένοις 2, 92, 40; ἀπιστεῖσθαι ἐπ' ἔργοις 2, 161, 48; ἐπὶ τῇ γενέσει (Isaaks) πιστεῦσαι 1, 605, 20.

Der Genitiv tritt in der üblichen Weise an πίστις im Sinne von Pfand, Beweis an: πίστις τῶν μελλόντων 2, 179, 15; πίστις ἑαυτοῦ 1, 128, 49 usf. Außerdem haben zwei Stellen den objektiven Genitiv für den Begriff: Überzeugung, Gewißheit zur Angabe ihres Inhalts, wie auch πιστεύειν in solcher Bedeutung gelegentlich transitiv gebraucht wird, nämlich 2, 95, 5: ἐκ τῆς ἐπεχούσης ἀπιστίας εἰς πίστιν τῶν λεγομένων μεταβαλεῖν, und in der Definition der Weisheit 1, 463, 10 ἀληθεστάτη πίστις πραγμάτων im Gegensatz zu ihrer sophistischen Definition πιθανῶν λόγων εὕρησις. Sämtliche Begriffe derselben stehen zueinander im Gegensatz, da bei Philo ἀληθές und πιθανόν häufig gegeneinander stehen. Den λόγοι stehen die πράγματα und der εὕρησις die πίστις entgegen, da letztere nicht ein auf Entdeckung ausgehendes Suchen, sondern den festen, zur Überzeugung gewordenen Schluß des Erkennens benennt. Mit persönlichem Objekt und als vertrauendes Verhalten gedacht erhält π. meines Wissens bei Philo nie den objektiven Genitiv.

5.

Die Parallelen zu den neutestamentlichen Worten bei Josefus[1]).

Bei Josefus umfaßt die Wortgruppe ähnlich wie bei Polyb die ganze Mannigfaltigkeit des menschlichen Verkehrs, doch so, daß sie spürbar matter, leerer geworden ist. Polybs kräftiges *πιστεύειν τινί* = sich auf etwas verlassen findet sich nur spärlich. Über Polyb hinaus gehen dagegen die Einwirkungen des biblischen und synagogalen *πιστεύειν*. Die Parallelen zum neutestamentlichen Wort, die dadurch entstehen, ebenso aber der große Abstand, der die Sätze des Josefus vom Neuen Testament trennt, legen beide auf die ganze apostolische Arbeit Licht, sowohl auf die, die in Jerusalem, als auf die, die auf dem griechischen Boden geschah.

πιστεύειν.

πιστεύετε ὅτι δύναμαι Mt. 9, 28. *πεπιστεύκαμεν ἐξ αὐτῶν* (den Büchern Daniels) *ὅτι Δανίηλος ὡμίλει τῷ θεῷ* a 10, 267. *αὐτὸς ἕκαστος αὑτῷ τὸ συνειδὸς ἔχων μαρτυροῦν πεπίστευκεν, τοῦ μὲν νομοθέτου προφητεύσαντος, τοῦ δὲ θεοῦ τὴν πίστιν ἰσχυρὰν παρεσχηκότος, ὅτι τοῖς τοὺς νόμους διαφυλάξασι — ἔδωκεν ὁ θεὸς γενέσθαι τε πάλιν καὶ βίον ἀμείνω λαβεῖν ἐκ περιτροπῆς* Ap. 2, 218. Zur Stützung des Glaubens auf die Kraft des Angerufenen vgl. Israel am Roten Meer *τοιούτῳ βοηθῷ πεπιστευκότες ᾧ δύναμις καὶ τὰ μικρὰ ποιῆσαι μεγάλα* a 2, 333. Statt des mit *ὅτι* begonnenen Satzes gibt J. auch den Akkusativ mit dem Infinitiv; Israel in der Wüste *πεπιστευκότες ἤδη μηδὲν γίνεσθαι δίχα τῆς τοῦ θεοῦ προνοίας* a 4, 60. *οἱ πιστεύσαντες ἐπισκοπεῖν θεὸν τοὺς ἑαυτῶν βίους οὐδὲν ἀνέχονται ἐξαμαρτεῖν* Ap. 2, 160. *ἄνθρωποι μόνον εἶναι κακὸν αὐτοῖς πεπιστευκότες, εἰ πρᾶξαί τι παρὰ τοὺς ἑαυτῶν νόμους ἢ λόγον εἰπεῖν παρ' ἐκείνους παραβιασθεῖεν* Ap. 2, 233. *οὐκ ἐπιστεύσατε αὐτῷ* Mt. 21, 25. *τῶν μόνοις τοῖς Ἕλλησιν πιστεύειν ἀξιούντων* Ap. 1, 161.

πιστεύεις τοῖς προφήταις Apgsch. 26, 27. *τοῖς ὑπ' ἐκείνου προφητευθεῖσι περὶ τοῦ θεοῦ πεπιστευκότες* Ap. 2, 286. *ψευδοπροφήταις ἀπατῶσιν αὐτὸν πεπιστευκέναι ὡς* a 10, 104.

οὐκ ἐπίστευσας τοῖς λόγοις μου Lk. 1, 20. *δεῖ πιστεύειν τοῖς ὑπὸ τοῦ προφήτου εἰρημένοις* a 9, 12. *τοῖς ὑπ' αὐτοῦ* (Elisa) *λεγομένοις οὐκ ἐπίστευσεν* a 9, 86. *οἱ δὲ τοῖς μὲν λόγοις οὐκ ἐπίστευσαν — τοῖς δ' ἔργοις ἔμαθον ἀληθῆ τὰ παρὰ τῶν προφητῶν* a 10, 39.

---

[1]) Zitiert wird die Archäologie a, der jüdische Krieg b, die Selbstbiographie vi, die Apologie Ap, jeweils mit den Paragraphen der Ausgabe von Niese und Destinon.

πιστεύοντες τῷ Κυρίῳ Apgsch. 5, 14. πιστεύων κηδεμόνι θεῷ τὴν σωτηρίαν παραβάλλεται, Josefus in Jotapata 63, 387. τοῖς εἰς αὐτὸν ἀποβλέπουσιν καὶ μόνῳ πεπιστευκόσιν ὁ καρπὸς οὐκ ἀπόλλυται τῆς εὐσεβείας a 20, 48; Glaube, der allein auf Gott vertraut, ist die richtige Weise der Verehrung Gottes. Jakob soll πιστεῦσαι περὶ αὐτοῦ (Benjamin) τῷ θεῷ a 2, 117. Israel soll trotz des Berichts der Kundschafter nach Kanaan ziehen ἡγεμόνι τῷ θεῷ πεπιστευκότες a 3, 309. Vor dem Kampf mit Amalek fordert Mose Israel auf θαρρεῖν τῇ τοῦ θεοῦ ψήφῳ πεπιστευκότας a 3, 44.

ἵνα ἴδωμεν καὶ πιστεύσωμεν Mrk. 15, 32. περὶ μηδενὸς ἀπογινώσκειν ὧν ὑπέσχηται πρὸς εὐδαιμονίαν ὡς οὐκ ἐσομένου πιστεύοντας ἐκ τῶν ἤδη βλεπόμενων a 8, 110.

μὴ πιστεύσητε Mt. 24, 3. πολλάκις κατηγορηθέντος (Josefus) οὐκ ἐπίστευσεν (Titus) vi. 428.

αὐτὸς δὲ Ἰησοῦς οὐκ ἐπίστευσεν αὐτὸν αὐτοῖς Joh. 2, 24. Die Frommen ἐπίστευσαν αὐτοὺς ἐκείνοις (Bakchides und Alkimus) a 12, 396.

ἐπιστεύθησαν τὰ λόγια Rö. 3, 2. διὰ τὸ καὶ τὴν ἐξουσίαν τῶν ἐκεῖ πραγμάτων αὐτὸς παρὰ τοῦ κοινοῦ τῶν Ἱεροσολυμιτῶν πεπιστεῦσθαι vi. 72. τοῖς τῆς Τιβεριάδος τὴν διοίκησιν ὑπ' ἐμοῦ πεπιστευμένοις vi. 86.

ἐπιστεύθη 1 Tim. 3, 16. πιστευθεὶς οὖν Παῖτος b 7, 224. ὑπὸ μὲν τῶν πλειόνων ἐπιστεύετο a 10, 114. ὅρκους καὶ ἀρὰς δι' ὧν ᾤετο πιστευθήσεσθαι περὶ ὧν ἐπέστειλε vi. 101. 22 biblische Bücher τὰ δικαίως πεπιστευμένα Ap. 1, 38.

πιστοῦν.

ἐπιστώθης 2 Tim. 3, 14. τὰ παράλογα καὶ μείζω τῆς ἐλπίδος τοῖς ὁμοίοις πιστοῦται πράγμασιν a 10, 28. ὅρκοις καὶ δεξιαῖς πιστωσάμενοι τὰς ὁμολογίας a 14, 7. 15, 265.

πίστις

μεγάλη σου ἡ πίστις Mt. 15, 28. Der Wächter der Mariame οὐκ ἂν ἐξειπεῖν ἃ κατ' ἰδίαν ἤκουσεν μὴ μεγάλης αὐτοῖς πίστεως ἐγγενομένης a 15, 87.

παρ' οὐδενὶ τοσαύτην πίστιν — εὗρον Mt. 8, 10. τοῦ δικαίως ἀνταίρειν ὅπλα πίστιν εὑρεῖν vi. 22.

τὸ ἔλεος καὶ τὴν πίστιν Mt. 23, 23. ἡ πρὸς ἐκείνους εὔνοια καὶ πίστις b 7, 365. Vgl. Polyb.

ἵνα μὴ ἐκλίπῃ ἡ πίστις σου Lk. 22, 32. ἄδικον ἡγεῖτο τὴν ἐκλειπίαν τῆς πρὸς τοὺς συνωμότας πίστεως a 19, 273.

ἐμμένειν τῇ πίστει Apgsch. 14, 22. ἐμμένειν συνεβούλευον τῇ πρὸς τοὺς Ῥωμαίους πίστει vi. 34. κεκρικότες τῇ πρὸς Ῥωμαίους ἐμμεῖναι πίστει vi. 104.

Gott πίστιν παρασχὼν πᾶσιν Apgsch. 17, 31. τοῦ θεοῦ τὴν πίστιν ἰσχυρὰν παρεσχηκότος, siehe bei πιστεύειν Ap. 2, 218. τοῖς προκατηγγελμένοις ὑπὸ τοῦ θεοῦ πίστιν ὁ τοκετὸς τῆς γυναικὸς παρεῖχε a 2, 218.

βεβαιούμενοι τῇ πίστει Kol. 2, 7. δύο τῶν περὶ ἐμὲ σωματοφυλάκων τοὺς κατ' ἀνδρείαν δοκιμωτάτους καὶ κατὰ πίστιν βεβαίους vi. 293.

ἀποστήσονταί τινες τῆς πίστεως 1. Tim. 4, 1. ἀποστάντας τῆς πρός με πίστεως προστίθεσθαι αὐτῷ vi. 37.

τῆς ἐν σοί πίστεως 2 Tim. 1, 5. τὸ βέβαιον τῆς ἐν σφίσι πίστεως a 13, 411.

τὴν πίστιν τετήρηκα 2 Tim. 4, 7. ἥ γε πίστις ἔχουσα καὶ πρὸς τοὺς πολεμιωτάτους τόπον τοῖς γε φίλοις ἀναγκαιοτάτη τετηρῆσθαι a 15, 134. τὴν μὲν εἰς τὸ παρὸν οὐκ ἐφύλαττε πίστιν mit dem Gegensatz εἰς ἔτος a 1, 321. ὡς μηδὲ τὴν πρὸς ἐκεῖνον πίστιν φυλαξάντων vi. 93.

ἡ πίστις ὑμῶν ἡ πρὸς τὸν θεόν 1 Thess. 1, 8. Für die zwischen den Menschen bestehende Gemeinschaft verwendet Josefus regelmäßig πρός.

ἔχετε πίστιν θεοῦ Mrk. 11, 22. Josefus hat den Genetiv bei πίστις vermieden. Mose τοῖς ἀεὶ γενησομένοις τὴν περὶ θεοῦ πίστιν ἐνέφυσεν ἀμετακίνητον Ap. 2, 169. Mose ὁ τῆς δικαιοτάτης περὶ θεοῦ πίστεως ἐπιτυχών Ap. 2. 168. τὸ τῆς ὑπὲρ τῶν νόμων πίστεως ἀκατάπληκτον a 15, 291. Einen Genitiv des Objekts bei πίστις gibt die Formel εἰς πίστιν ὑπαχθῆναι τῶν λεγομένων b 1, 485; vgl. πίστιν εὑρεῖν vi. 22.

πιστός.

ὁ πιστὸς δοῦλος Mt. 24. πιστὸν ἐν τοῖς μάλιστα δοῦλον a 6, 256. τῶν περὶ αὐτὸν ὁπλιτῶν τοὺς πιστοτάτους vi. 95.

ἐπὶ ὀλίγα ἦς πιστός Mt. 25, 21. ἐφ' οἷς εἴπειεν πιστότατος a 17, 32. ἐπὶ πάσης αὐτῷ τύχης ἐγεγόνει πιστός a 19, 317. πιστοὶ οὐκ ἐγένεσθε Lk. 16, 11. εἰ μέλλοι πιστὸς ἐμοὶ γενήσεσθαι vi. 110.

πιστὸς διάκονος Eph. 6, 21. εὐσεβεῖς ἅμα καὶ πιστοὶ γίνονται διάκονοι a 7, 224. πιστοὺς ἔσχε πρὸς πάντα διακόνους Ἀχίμαν καὶ Ἰωνάθην a 7, 201.

ἄπιστος.

γενεὰ ἄπιστος Mt. 17, 17. φύσει ἀπίστους εἶναι τοὺς βαρβάρους, treulos, unzuverlässig b 1, 255, oft so.

τί ἄπιστον κρίνεται παρ' ὑμῖν εἰ Apgsch. 26, 8. Paulina erzählt ihren Verkehr mit Anubis. ἐν θαύματι καθίσταντο οὐκ ἔχοντες ὡς χρὴ ἄπιστα αὐτὰ κρίνειν a 18, 76. Während des Tempelbaus regnete es nur bei Nacht, οὐδ' ἐστὶν ἄπιστον εἰ καὶ πρὸς τὰς ἄλλας ἀπίδοι τις ἐμφανείας τοῦ θεοῦ a 15, 425.

ἀπιστεῖν.

ἔτι δὲ ἀπιστούντων αὐτῶν Lk. 24, 41. οὐκ ἤθελον ἀπιστεῖν a 5, 101. μηκέτ' ἀπιστεῖν ἔχων a 7, 4. ὅρκους δι' οὓς ἀπιστεῖν οὐ θεμιτὸν ἡγούμην vi. 275.

ἠπίστουν αὐταῖς Lk. 24, 11. ἀπιστεῖν αὐτοῖς ὡμολόγει a 10, 166. μήτε δακρυούσῃ τῇ γυναικὶ μηθ' οἷς ἔλεγε καὶ εἶδε ἀπιστεῖν ἔχων a 2, 58. Mose am Dornbusch δυνάμει μὲν ἀπιστεῖν τῇ σῇ δέσποτα μανιωδέστερον a 2, 270.

ἀπιστία.

διὰ τὴν ἀπιστίαν αὐτῶν Mt. 13, 58. ὡς καὶ τὸν προφήτην ὑπὸ ἀπιστίας λίθοις ἐθελῆσαι βαλεῖν a 2, 327. τοῖς πρώτοις ὑπὸ ἀπιστίας ἀντέκρουσε λογισμοῖς a 2, 47. Treulosigkeit, Unzuverlässigkeit, ὡς ἐπύθοντο τὴν τῶν Τιβεριέων ἀπιστίαν vi. 97, so oft.

6.

Der Sprachgebrauch der älteren Evangelien[1]).

Die Wortgruppe bleibt in den Grenzen, die ihr das aramäische הֵמִין zog.

πιστός steht vom Knecht und Verwalter zusammen mit ἀγαθός oder φρόνιμος Mt. 25, 21. 23. 24, 45, in Antithese zu ἄδικος Lu. 16, 10. Vgl.: eine Waise wuchs auf bei einem Epitropos und er war ein guter und treuer Mensch, והיה אדם טוב ונאמן, und er zog sie auf und hütete sie nach Gebühr, r. Exod. 46, 6.

Die verbale Wendung lautet: πιστὸν εἶναι ἐπί τι Mt. 25, 21. 23, oder π. εἶναι (γίνεσθαι) ἔν τινι Lu. 16, 10. 11. 19, 17. Vgl. ἡ ἐν ὀλίγοις πίστις Philo 1, 344, 24. Nicht gibt Gott einem Menschen Größe, bis er ihn prüft in kleiner Sache, und hernach erhebt er ihn zur Größe. Siehe, zwei Große der Welt, die Gott prüfte in kleiner Sache. Sie wurden treu erfunden, נמצאו נאמנים, und er erhob sie zur Größe. Er prüfte David bei den Schafen . . . es sagte ihm Gott: du bist treu erfunden worden an den Schafen; komm und weide meine Schafe, נמצא אתה נאמן בצאן, r. Exod. 2, 3.

Auch πιστικός Mr. 14, 3. Joh. 12, 3 wird hieher gehören.

πίστις nennt Mt. 23, 23 wahrscheinlich die den Menschen erwiesene Treue. Da Jesus die Pharisäer nicht entschuldigen will, darf zunächst τὰ βαρύτερα nicht als das „Schwierigere" gefaßt werden. Nicht daß sie Leichtes statt des Schweren wählen, sondern daß sie sich statt auf die Hauptsache auf Geringfügiges verlegen, ist „Narrheit, Blindheit und Heuchelei". Diese Verwendung des Begriffs „Schwere" kann in einer so semitisch gefärbten Rede nicht auffallen, vgl. auch 2 Kor. 4, 17. κρίσις ist nicht bloß die richtige Urteilsbildung, sondern die Rechtsvollstreckung, wobei wir sowohl an ihre negative Seite, an die Unterdrückung und Bestrafung des Unrechts, als an ihre positive Aufgabe, an den Schutz, den Lohn und die Ehre für den recht Tuenden, zu denken haben. Neben die Rechtsübung tritt sodann die frei gebende und helfende Güte, ἔλεος, der Vertreter von חֶסֶד. Dafür, daß das dritte, ἡ πίστις, als Glaube zu fassen sei, läßt sich sagen, daß so der sonst in den Evangelien geltende Sprachgebrauch festgehalten wird. Für πίστις als Treue gibt es

[1]) Die Zitate aus Tanchuma geben die Parasche, den Paragraphen und die Seite in der Ausgabe von Buber.

in den Evangelien kein weiteres Beispiel. Sodann erhalten wir dadurch eine deutlich unterscheidbare Dreiheit, da wie das Recht, so auch der Glaube neben der Güte etwas Neues ist, während die Grenze zwischen der Güte und der Treue eine fließende ist. Das dritte Glied würde angeben, was das Gesetz für Gott fordert, wodurch der religiöse Zweck des Gesetzes sichtbar würde. Der Spruch stellte sich neben die Micha 6, 8 gegebene Dreiheit, und die Polemik gegen den Pharisäismus bliebe durchsichtig und kräftig. Nicht daß der Mensch Gott etwas bezahle, sondern daß er ihm, dem Gebenden und Helfenden, glaube, wäre als das genannt, was das Gesetz für Gott fordert.

Aber diesen Erwägungen steht entgegen, daß *ἔλεος καὶ πίστις* durch das Alte Testament so fest verknüpft sind, daß wir sie hier, wo der Inhalt des Gesetzes angegeben wird, schwerlich voneinander trennen dürfen. Auch brächte das Folgende: tut dies! auf den Glauben bezogen eine beispiellose Wendung hervor, die in Joh. 6, 29 keine entsprechende Parallele hätte, weil dort der Ausdruck durch die Frage der Juden motiviert und dadurch erläutert ist. Hier weist *ποιεῖν τὴν πίστιν* auf עֲבַד הֵימָנוּתָא hin. Daß Jesus so nur solche Gebote nennt, die auf den Verkehr mit den Menschen gehen, hat seine Parallele in Mt. 19, 15—19 und noch mehr in Mt. 7, 12, und besitzt ebenfalls tiefe Bedeutsamkeit und eine scharfe polemische Spitze gegen den Pharisäismus. Das Gesetz will, daß wir den Menschen dienen, nicht aber, daß wir Gott unsere eingebildeten Dienste anbieten. Eines eigenen Inhalts entbehrt *πίστις* neben *ἔλεος* nicht, weil dadurch ausgesprochen ist, daß das Gesetz nicht nur einzelne Regungen des Erbarmens, sondern eine solche Güte fordert, die Aufrichtigkeit und Zuverlässigkeit ist. Lukas hat 11, 42 statt der drei Begriffe zwei: Richten und Liebe zu Gott; er hat dadurch, daß die Liebe auf Gott bezogen wird, an die religiöse Seite des Gesetzes erinnert, selbstverständlich ohne daß damit die Liebe dem Menschen versagt wäre; auch hier ist sie das, was die *κρίσις* ergänzt.

An sämtlichen anderen Stellen drückt *πίστις* substantivisch aus, was *πιστεύειν* verbal benennt. Für die griechische Rede ungewöhnlich ist die Verbindung mit dem objektiven Genitiv: *πίστις θεοῦ*, Mrk. 11, 22. Das auf Gott gerichtete Vertrauen gehört ihm; es ist sein. Die aramäische Gemeindesprache scheint die griechische beeinflußt zu haben. Für das aramäische Sprachgefühl hatte, soweit ich sehe, die Komposition der Nomina nichts Auffallendes, vgl.: Mattathia und seine Söhne standen im Glauben an Gott, עמדו באמונתו של הקב״ה, r. Exod. 15, 7.

Dieselbe Sprechweise kehrt wieder in *πίστις Ἰησοῦ Χριστοῦ*, das im Römer-, Galater-, Philipper- und Epheserbrief (Röm. 3, 22. 26. Gal. 2, 16. 20. 3, 22. Phil. 3, 9. Eph. 3, 12 cf. 4, 13), bei Jakobus (2, 1) und in der

Apocal. (2, 13. 14, 12) vorliegt, womit auch Apgsch. 3, 16 in Analogie tritt.

Daß der Genitiv, trotzdem er der vorchristlichen Sprechweise nicht entspricht, doch den nennen will, dem das Vertrauen gilt, wird auch dadurch gesichert, daß derselbe Sprachgebrauch sich in den auf das Neue Testament folgenden Dokumenten aus der Kirche wiederfindet. Er hat sich fest in ihr eingebürgert.

Übrigens ist die Benennung „objektiver Genitiv" einer Erläuterung bedürftig. Über die Art der Beziehung des Glaubens auf Jesus sagt der Genitiv für sich allein nichts aus; er bringt nur zum Ausdruck, daß der eine Begriff mit dem anderen verbunden und als ihm eignend betrachtet wird; welcher Art diese Verbindung sei, ergibt sich nur aus der besonderen Beschaffenheit des Verhältnisses, von dem die Rede ist. Die Apostel haben aber Jesus zum Glauben nie nur in die passive Relation des Objekts gestellt, so daß er bloß als das gedacht wäre, was geglaubt wird, sondern ihr Glauben wird nach seinem Ursprung, Inhalt und Ergebnis durch Jesus geschaffen und die gesamte Fülle dieser Beziehungen erzeugt den Genitiv.

Zu *μεγάλη σου ἡ πίστις* Mt. 15, 28 vgl.: Groß ist der Glaube, den Israel an den glaubte, der sprach und die Welt war (üblicher Gottesname), גדולה האמונה שהאמינו ישראל במי שאמר והיה העולם, denn zum Lohne dafür, daß Israel an Gott glaubte, wohnte der heilige Geist auf ihnen und sie sagten das Lied, weil gesagt ist Exod. 14, 31. Und so findest du, daß Abraham unser Vater diese und die kommende Welt nur ererbte in der Gerechtigkeit des Glaubens, den er an Gott glaubte, weil gesagt ist Genes. 15, 6, לא ירש אברהם אבינו העולם הזה והעולם הבא אלא בזכות אמנה שהאמין בה״. Siehe, groß ist der Glaube vor Gott, weil als Lohn für den Glauben der heilige Geist auf ihnen ruhte, הא גדולה אמונה לפני הק״בה, Mechiltha zu Exod. 14, 31. 33b. Der Unterschied zwischen den beiden Formeln zeigt den Gegensatz zwischen der jüdischen Frömmigkeit und dem Ziel Jesu deutlich. Bei Mt. bezieht sich die Formel auf die Energie des glaubenden Verhaltens, in der Mech. auf den von Gott dem Glauben beigelegten Wert, der sich in der Größe der ihm gewährten Gabe offenbart. Bei Mt. entsteht die Größe des Glaubens durch die Größe des Hindernisses, das er überwindet, in der Mech. durch die Größe des Lohns, den er empfängt. Der jüdische Theologe achtet einzig auf den Wert dessen, was der Glaube dem Menschen verleiht.

Zum Unglauben Moses am Haderwasser wird gesagt: Als Mose Num. 11, 23 sprach, auch dort war kein Glaube, und jenes ist größer als dieses; warum hat er nicht dort das Urteil über ihn gefällt? אף שם אינה אמנה והיא גדולה מזו, Tanch. Num. Chukkoth 31. 121 = r. Num.

19, 5. Der größere Unglaube steht neben dem großen Glauben als antithetische Parallele.

Zu *κατὰ τὴν πίστιν ὑμῶν* Mt. 9, 29: Israel sagte nicht zu Mose: wohin sollen wir in die Wüste ziehen; vielleicht ist nichts in ihr, sondern sie standen auf und zogen fort dem Glauben gemäß, על פי אמנה, Tanch. Beschallach 16. 63.

πιστεύειν steht, wie dies gleichmäßig semitisch und griechisch üblich war, oft ohne Ergänzung als in sich geschlossener Begriff: Mr. 9, 24. 5, 36. Lu. 8, 13. 22, 67. Sie sagten nicht zu Mose: wie können wir in die Wüste ziehen, während wir keine Lebensmittel haben für den Weg? sondern sie glaubten und folgten Mose nach, לא אמרו למשה היאך נצא למדבר ואין לנו צידה לדרך אלא האמינו והלכו אחרי משה Mech. zu Exod. 18, 39.

Mt. 24, 23. 26 *τότε ἐάν τις ὑμῖν εἴπῃ· ἰδοὺ ὧδε ὁ Χριστὸς ἢ ὧδε, μὴ πιστεύσητε. ἐὰν οὖν εἴπωσιν ὑμῖν· ἰδοὺ ἐν τῇ ἐρήμῳ ἐστίν, μὴ ἐξέλθητε· ἰδοὺ ἐν τοῖς ταμείοις, μὴ πιστεύσητε*, vgl. Mrk. 13, 21. Der Satz beruht nach seiner Verwendung von *πιστεύειν*, wie nach seiner ganzen Formation auf einem ausgebreiteten Sprachgebrauch. Wenn dir ein Mensch sagt: es ist Weisheit bei den Heiden, so glaube; es ist das Gesetz bei den Heiden, glaube nicht, אם יאמר לך אדם יש חכמה בגוים תאמן יש תורה בגוים אל תאמן, zu Klgl. 2, 9. Wenn dir ein Mensch sagt, daß die ganze Diaspora versammelt, Jerusalem aber nicht gebaut sei, glaube nicht, אם יאמר לך אדם ש... אל תאמן, Tanch. Noah 17. 44. Wenn dir ein Mensch sagt: ich bemühte mich und fand nicht, glaube nicht; ich bemühte mich nicht und fand, glaube nicht; ich bemühte mich und fand, glaube, B. Megilla 6b. Cäsarea und Jerusalem: wenn dir ein Mensch sagt: beide sind zerstört, glaube nicht; beide sind bewohnt, glaube nicht; Cäsarea ist zerstört und Jerusalem bewohnt, Jerusalem ist zerstört und Cäsarea bewohnt, glaube, B. Megilla 6a. Aus Tiberias aus dem dritten Jahrhundert ist der Satz überliefert: Wenn dir der böse Trieb sagt: sündige und Gott vergibt, glaube nicht; denn es ist gesagt: glaube nicht dem Genossen, Micha 7, 5, und nichts ist so sehr Genosse wie der böse Trieb, denn es ist gesagt Genes. 8, 21 (Wortspiel zwischen רֵעַ und רַע) B. Chagiga 16a.

Auch Mrk. 15, 32: *ἵνα ἴδωμεν καὶ πιστεύσωμεν* beruht auf einem verbreiteten Gedankengang. Mose glaubte nicht, daß Israel gesündigt hatte (beim goldenen Kalb). Er sagte: wenn ich nicht sehe, glaube ich nicht. Er zerbrach die Tafeln nicht, bis er mit seinen Augen sah. אמר אם איני רואה איני מאמין לא היה מאמין שחטאו ישראל, r. Exod. 46, 1. Gibt es einen Menschen, der sieht und nicht glaubt? אית בר נש דחמי ולא מהימן zu H. L. 4, 8. Jochanan lehrt in Tiberias, das Osttor des Tempels werde aus einer einzigen Perle verfertigt. Einer seiner Zuhörer heißt es unmöglich. Sein Schiff geht unter, und auf dem Meeresgrund sieht er die Engel damit beschäftigt, aus einer Perle das Tempeltor herzurichten, worauf er gerettet wird. Er hört hernach Jochanan denselben Lehrsatz vortragen und sagt: Hätten es nicht meine Augen gesehen, so hätte ich nicht geglaubt, אילולי דחמי עינוי לא הוינא מהימן. Er sagte ihm: hätten deine Augen nicht gesehen, hättest du nicht geglaubt den Worten, von denen ich sagte, daß sie geschrieben sind im Gesetz? Er richtete seine Augen auf ihn und sah ihn an und er wurde ein Knochenhaufen, Pes. Kah. 18, 137a = Pes. Friedm. 32, 149a.

Weiter erhält πιστεύειν in gewohnter Weise den Dativ: dem Täufer glauben, Mt. 21, 25 u. prl., vgl. Lu. 1, 20: οὐκ ἐπίστευσας τοῖς λόγοις μου. Sarah sagt zu Gott: Als Abraham mir sagte, daß du ihm gesagt hast: ziehe aus, glaubte ich deinen Worten, האמנתי לדבריך, Tanch. Lek leka 8. 66. Mose ging von Pharao hinaus, Exod. 10, 6; warum? Weil er sah, daß sie sich zueinander wandten und seinen Worten glaubten, והיו מאמינים לדבריו, und er ging hinaus, damit sie sich beraten könnten, umzukehren, r. Exod. 13, 5. Die Drohungen und Verheißungen der einzelnen Propheten sind gegeneinander in Kontrast gesetzt: wem sollen wir glauben, dem ersten oder dem letzten? לאיזה נאמין לראשונה או לאחרונה, Pes. Kah. 16, 127b = Pes. Friedm. 30, 138b. Mit Jechonja zogen aus die, die den Worten Jeremias glaubten, אלו שהאמינו לדבריו של ירמיה, Tanch. Tazri 13. 41. Gott spricht zur abgeschiedenen Seele: so tatest du an dem und dem Tag; glaubst du etwa diesen Worten nicht? und er sagt: Ja, ja! ואי אתה מאמין בדברים הללו, Sifre Deut. 307.

Sodann kann zu πιστεύειν der Objektssatz mit ὅτι treten: Mt. 9, 28. Mr. 11, 23. Vgl. oben zu Mr. 15, 32: er glaubte nicht, daß sie gesündigt hatten.

Mit Dat. und Akk.: einem etwas anvertrauen, steht es Lu. 16, 11. Nicht einmal diese Wendung ist den Palästinern ganz fremd. Ich vertraue mein Haus und meine Heiligung ihnen (den Leviten): ואני מאמין להם ביתי וקדושתי Tanch. Bammidbar 33. 25. Drei Schlüssel hat Gott keiner Kreatur anvertraut, nicht einem Engel, nicht einem Seraph, nicht der Heerschar, sondern sie liegen in seiner Hand; שלשה מפתחות לא האמין הק"בה לברייה, Pes. Friedm. 42, 177a. Mit doppeltem Akkusativ: Ein Knecht, dem der König alles, was er hatte, anvertraute, עבד שהאמינו המלך כל מה שבידו, Tanch. Wajjechi 9. 216.

Bloß transitiv steht πιστεύειν bei den Synoptikern nie, ebenso nie passiv.

Vom griechischen Sprachgefühl aus eigentümlich ist die Beziehung des πιστεύειν auf den, dem es gilt, durch Präpositionen, eine Nachwirkung des semitischen Gebrauchs und zugleich die Folge der eigenen inneren Fülle des Begriffs, die einen deutlichen, anschaulichen Ausdruck für das Verhältnis begehrte, in das das Glauben zu seinem Empfänger tritt. Verwandt werden εἰς, ἐπί und ἐν. Die Sept. hat noch vorwiegend die griechische Konstruktion: ἐπίστευσεν τῷ θεῷ, womit keine Abschwächung des האמין ב gegeben war, denn der Dativ drückte griechisch bei πιστεύειν nicht nur eine flüchtige, geschwächte Relation aus, sondern auch die volle, auf den andern sich stützende Zuversicht. Immerhin verwischte sich dadurch der Unterschied in der doppelten Konstruktion des hebräischen und aramäischen Verbums. Akte, die nach ihrer Intensität und Bedeutung weit auseinander liegen, waren damit in dieselbe Sprachform gefaßt. Die Übersetzer bemühen sich darum, πιστεύειν τινί zu verstärken, damit es das feste Halten und Haften an dem, dem man traut, deutlicher benenne. So wird öfter ἐμπιστεύειν gebraucht, das das „an" am Verbum hat, Deut. 1, 32. Ri. 11, 20. 2 Chr. 20, 20, vgl. den Übersetzer des Sirach 1, 13. 2, 10. 4, 17 und öfter, und den von 1 Mk. 1,30. 7, 16. 12, 46. Der Übersetzer des Hiob hat κατά gebraucht, doch nur bei οὐ πιστεύειν, also wo von Mißtrauen und Argwohn die Rede ist: 24, 22. 4, 18. 15, 15. Die jüngeren Texte nehmen gelegentlich ב einfach hinüber: ἐπίστευσεν ἐν τῷ θεῷ, Dan. 6, 23 Theodot. Jer. 12, 6. Ps. 78, 22, auch ἐμπιστεύειν ἐν, 2 Chr. 20, 20, καταπιστεύειν ἐν, Mich. 7, 5, eine Konstruktion, die außerhalb des griechischen Sprachgefühls lag.

Sie scheint nirgends als im Bereich der Bibelübersetzung vorzuliegen. Der Übersetzer Sirachs hat sein Griechisch oft gewaltsam genug hebräisch geformt, aber πιστεύειν ἐν hat er nicht gesagt. Sir. 35, 21: μὴ πιστεύσῃς ἐν ὁδῷ ἀπροσκόπῳ καὶ ἀπὸ τῶν τέκνων σου φύλαξαι, ist ἐν nicht anders als im antithetischen Gliede gedacht: ἐν παντὶ ἔργῳ πίστευε τῇ ψυχῇ σου. Im ersten Satz steht πιστεύειν absolut und ἐν beschreibt die Situation, in der, so sehr sie zu furchtloser Sicherheit einlädt, das πιστεύειν nicht statthaben soll.

In der Zusammenfassung der Predigt Jesu sagt Mr. 1, 15: tut Buße und glaubt „im" Evangelium. Obgleich Targ. Jes. 53, 1 מַן הֵימִין לִבְסֹרְתָנָא דָא dem Satz nahe steht, so läge doch, wenn Markus sagen wollte: verlaßt euch auf das Evangelium, glaubt, was dieses sagt, ein Aramaismus vor, der im Neuen Testament sonst keine Parallele hat. Mit ἐν wird vielmehr das Evangelium in ein ursachliches Verhältnis zum Glauben gestellt sein, ähnlich wie Johannes sagt: ἐν τούτῳ πιστεύομεν ὅτι, Joh. 16, 30, vgl. ἐν Mr. 9, 38. 29. 3, 22. Das Glauben erwächst aus dem Evangelium und haftet an ihm. Mr. stellt im Unterschied von der Form des Täuferspruchs bei Mt. den Inhalt des Evangeliums voran: die Zeit ist erfüllt und Gottes Herrschaft nahe; denn darin besteht die Hauptsache an Jesu

Wort. Er verkündigt aber nicht bloß Gottes Tat und Gabe, sondern schreibt auch dem Menschen das richtige Verhalten vor: Kehrt um und glaubt. Diese Forderung entsteht aus der Nähe des Reichs mit notwendiger Konsequenz. Indem diese durch die Botschaft dem Menschen gezeigt wird, wird Glaube in ihm geweckt; dieser hat in der Reichsbotschaft das, was ihn hält und trägt. Da auch die Umkehr wegen der Nähe des Reichs geschehen soll und darum in der Reichsbotschaft ihr Motiv hat, kann sich ἐν τῷ εὐαγγελίῳ im Gedanken des Evangelisten auch auf μετανοεῖτε beziehen; jedoch ist der Zusammenhang des Evangeliums mit dem Glauben der engere.

Das πίστις ἐν Χριστῷ der Gefangenschafts- und Pastoralbriefe ist insofern verwandt, weil auch dieses ἐν weit mehr als die bloße Objektsbeziehung aussagt, vielmehr die ganze Prägnanz der Gemeinschaft mit Christus in sich hat und den Glauben als in ihm begründet und in ihm bestehend beschreibt.

An ein ἐν, das das Objekt des Glaubens bezeichne, hat man oft auch bei Röm. 3, 25 gedacht: ἱλαστήριον διὰ πίστεως ἐν τῷ αἵματι αὐτοῦ. Ich halte es für wahrscheinlicher, daß Paulus die subjektive und objektive Vermittelung der von Jesus dem Glaubenden gewährten Vergebung nebeneinander gesetzt hat. Einerseits dadurch, daß Glauben an ihn entsteht, andererseits dadurch, daß er sein Blut vergossen hat, tilgt er die Schuld. In Joh. 3, 15 mit seinem schwankenden Text würde das von B. gegebene ἵνα πᾶς ὁ πιστεύων ἐν αὐτῷ ἔχῃ ζωὴν αἰώνιον von aller Analogie der johanneischen Rede abweichen, wenn nicht ἐν αὐτῷ überwiegend das „Haben des ewigen Lebens“ erläutern sollte.

Der griechische Sprachgebrauch legte die Verwendung von ἐπί näher, das griechisch mit dem Dativ das Motiv oder den Grund der Zuversicht einzuführen pflegt. Vom Glaubensmotiv zum Empfänger des Glaubens ist der Schritt klein. πιστεύειν ἐπ' αὐτῷ scheint sich nach Röm. 9, 33. 10, 11. 1 Petri 2, 6 in dem in der ersten Gemeinde gebräuchlichen Text Jesajas, 28, 16, gefunden zu haben, vgl. 3 Mk. 2, 7 ἐμπιστεῦσαι ἐπὶ θεῷ. Ebenso nennt es Mt. 27, 42, allerdings bei stark schwankendem Text (αὐτῷ, ἐπ' αὐτόν, ἐπ' αὐτῷ), den Empfänger des Glaubens. Zur Satzform καταβάτω . . . καὶ πιστεύσομεν ἐπ' αὐτόν vgl. Jakob glaubt seinen Söhnen ihre Botschaft über Joseph nicht und verlangt von ihnen: sagt, bei welchem Bibelabschnitt er sich von mir trennte, und ich werde euch glauben, אמרו .. ואאמין לכם Tanch. Wajjiggasch 12. 211 = r. Genes. 95, 2.

In Lu. 24, 25: „unverständig und am Herzen langsam, zu glauben auf allem, was die Propheten geredet haben,“ wird ἐπί mehr das Motiv als den direkten Beziehungspunkt des Glaubens einführen. Als der eigentliche letzte Zielpunkt des Glaubens werden Gott und Christus gedacht sein; zu einer festen, in Jesus den Christus erfassenden Zuversicht hätte sich ihnen als kräftiger Grund das Wort der Propheten dargeboten, falls sie es in seiner Gesamtheit, zu der die Leidensweissagung ebensowohl gehört wie die Herrlichkeitsverheißung, erfaßt hätten.

Mit πιστεύειν ἐπὶ θεῷ war das Glauben als bestehend, auf Gott sich stützend vorgestellt. Soll es in seiner Richtung auf Gott hin beschrieben werden, so treten die Präpositionen mit dem Akkus. an. Die Züchtigung des Sünders, sagt die Sapienz 12, 2, hat den Zweck, ἵνα πιστεύσωσιν ἐπὶ σέ. Zu festem Sprachgebrauch kommt im Neuen Testament πιστεύειν εἰς. In den Synopt. steht πιστεύειν εἰς vom Christus Mt. 18, 6. Bei den Palästinern bleibt האמין ב für Gott gebräuchlich. Juda und Benjamin glaubten an mich und heiligten meinen Namen am Meer mit Mose, הם האמינו בי וקידשו את שמי בים, Tanch. Wajiggasch 8. 209. Die Kundschafter, die Mose gegen Jaeser schickte, waren tüchtig. Sie sagten: wir verlassen uns auf Moses Gebet; er sandte früher Kundschafter aus und sie brachten Anstoß; wir jedoch tun nicht so, sondern wir glauben an Gott und werden kämpfen, בטוחין אנו בתפלתו של משה.. אבל אנו לא נעשה כן אלא בהקב"ה נאמין, r. Num. 19, 18; vgl. Tanch. Chukkoth 54. 130. Von Interesse ist die Unterscheidung von בטוח und האמין, weil sie zum neutestamentlichen πεποιθέναι neben πιστεύειν eine Parallele ist. Gott sagt mit Bezug auf die Feier des Festtags: meine Söhne, borgt auf meine Rechnung und heiligt den Tag und glaubt an mich; ich werde bezahlen, והאמינו בי, B. Beza 15b. Es kommt aber auch von Gott האמין mit ל neben ב vor, und ebenso wird für das auf Menschen gerichtete Trauen ב und ל gebraucht.

Drei Befehle sandte Josua an die Kaananiter; der Gergesiter räumte das Land und glaubte an Gott und zog fort nach Afrika, האמין לו להקב"ה, J. Schebiith 36c.

Israel sagte: wir wollen Männer vor uns her senden, und sie sollen uns das Land erforschen, weil sie nicht glaubten, שלא האמינו. Dazu wird ein Gleichnis gebildet. Der König verspricht seinem Sohne eine vortreffliche Braut. Der Sohn sagte ihm: ich will gehen und sie besehen, weil er seinem Vater nicht glaubte, לא היה מאמין באביו. Der Vater sagte ihm: sieh sie an und du wirst erkennen, daß ich dich nicht belog, und weil du mir nicht trautest, בשביל שלא האמנת בי, wirst du sie nicht in deinem Hause sehen, sondern ich gebe sie deinem Sohne, Tanch. Schallach 7. 65. Traue dem Proselyten nicht bis auf 22 Geschlechter, אל תאמן בגר, Pes. Friedm. 22, 111b. Die Ammoniter sagen: אל תאמן בדוד, Tanch. Wajjera 25. 100. Schwerlich machte sich noch ein deutlicher Unterschied zwischen ב und ל bemerklich.

Die negativen Bildungen: ἄπιστος, Mr. 9, 19. Mt. 17, 17. Lu. 9, 41, vgl.

12, 46, und ἀπιστία, Mr. 9, 24 (Mt. 17, 20?) vgl. Mr. 6, 6. Mt. 13, 58, nennen den vollendeten Gegensatz zu πιστεύειν. Da ἄπιστος den aktiven Sinn des lügnerischen Treubruchs nicht verloren hat, hat es seine alte Parallele „verdreht" bei sich γενεὰ ἄπιστος καὶ διεστραμμένη in Anlehnung an Deut. 32, 20. Bei den Palästinern hat מחוסרי אמנה einen deutlichen Sprachgebrauch. Als Mose das Volk vom Roten Meer rückwärts führte, fingen die, denen es an Glauben gebrach, an, ihr Haar auszureißen, התחילו מחוסרי אמנה תולשין שעריהן, Mech. zu Exod. 14, 2. 16a. Niemand soll vom Manna übrig lassen bis zum Morgen, und sie hörten nicht auf Mose; das waren die in Israel, denen es an Glauben gebrach, אלו מחוסרי אמנה שבישראל, Mech. zu Exod. 16, 19. 49b; vgl. r. Exod. 25, 14. Sie gingen am Sabbat aus, es zu sammeln; dies waren die in Israel, denen es an Glauben gebrach, Mech. zu Exod. 16, 21. 50b. Warum schwört Gott? Die, denen der Glaube fehlt, bewirkten, daß er schwur, מחוסרי אמנה הם גרמו לו לישבע, Sifre Deut. 330. Noah gebrach es an Glauben, נח מחוסר אמנה היה. Hätte ihm das Wasser nicht an die Knöchel gereicht, so wäre er nicht in die Arche gegangen, (Spruch Jochanans) r. Genes. 32, 9. Hagar füllte aus der ihr gezeigten Quelle ihren Schlauch. Das sagt: es fehlte ihr an Glauben, היתה מחוסרת אמנה, r. Genes. 53, 19. Siehe auch den Satz Eleasars, des Modiithen, S. 21, und die Antithese zwischen מחוסר אמנה und בעל אמנה beim johanneischen πιστός.

Für die Zustände der inneren Entzweiung und Schwankung steht neben dem Mt. eigentümlichen διστάζειν διακριθῆναι, Mt. 21, 21. Mr. 11, 23. Griechisch bezeichnet das Wort nicht den Kampf oder Streit, vielmehr die Scheidung der Streitenden, auf dem Kampfplatz dadurch, daß sie auseinandergehen, im Rechtshandel dadurch, daß durch den richterlichen Spruch die strittigen Verhältnisse geordnet werden. Wie es zum neutestamentlichen Gebrauch gekommen ist, dessen Eigentümlichkeit darin besteht, daß das διακριθῆναι sich nicht im Verhältnis zu anderen, sondern in der eigenen Persönlichkeit vollzieht, ist mir nicht völlig durchsichtig. Entweder ist διακρίνεσθαι dem medialen κρίνεσθαι angelehnt, in der Bedeutung rechten, streiten, und hierauf auch zur Benennung eines gegen sich gekehrten Streitens und Zweifelns geworden. Oder es wirkt der semitische Gedanke des „Zerfallenseins", פְּלִיגִי, auf das Wort ein, so daß der Gedanke der Teilung und Scheidung in gegeneinanderstehende Stimmen und Kräfte auf das Innenleben des Einzelnen angewandt ist. ἀπιστεῖν steht in den Gnomen Jesu nicht; neben Mr. 16, 11. 16 hat es auch Lukas mit griechischer Färbung ἀπιστεῖν τινι 24, 11; ἀ. ἀπὸ τῆς χαρᾶς καὶ θαυμάζειν 24, 41.

Auch ὀλιγόπιστος, der „am Glauben Kurze", drückt einen Gegensatz zum Glauben aus, in direkter Übertragung eines aramäischen Wortgefüges, ebenso *ὀλιγοπιστία*, Mt. 17, 20. Es bezeichnet den, dessen Glaube vor neuen, größeren Aufgaben sich nicht erhält, sondern zergeht. Die S. 21 zitierte Gnome erscheint in der babylonischen Überlieferung in folgender Form: Jeder, der ein Stück Brot in seinem Korbe hat, und sagt: was soll ich morgen essen? gehört zu den Kleingläubigen, כל מי שיש לו פת בסלו ואומר מה אוכל למחר אינו אלא מקטני אמנה, B. Sota 48b. Wer seine Stimme hören läßt bei seinem Gebet, sieh, dieser gehört zu den Kleingläubigen, המשמיע קולו בתפלתו הרי זה מקטני אמנה, B. Berak. 24b.

Kein Synonym steht neben *πιστεύειν*. Der spärliche Gebrauch von *πεποιθέναι*, Lu. 11, 22 *ἡ πανοπλία ἐφ' ᾗ ἐπεποίθει*, Lu. 18, 9 *πεποιθότες ἐφ' ἑαυτοῖς ὅτι εἰσὶν δίκαιοι*, vgl. auch die Variante zu Mr. 10, 24 *τοὺς πεποιθότας ἐπὶ τοῖς χρήμασι*, stellt immerhin ins Licht, wie fest *πιστεύειν* auf Gott und Christus bezogen und darum im Gegensatz zum griechischen Gebrauch nicht mehr für sachliche Objekte verwendbar ist. *ἐλπίζειν* und *ἐλπίς* fehlen; nur Lu. 6, 34. 35 gibt *ἐλπίζειν* und *ἀπελπίζειν*, mit Beziehung auf die Stellung des Menschen zum Menschen. *ὑπομένειν* steht in den Sprüchen Jesu einmal mit großer Prägnanz, Mt. 10, 22. 24, 13. Mr. 13, 13, vgl. *ὑπομονή*, Lu. 21, 19. Auch *ἀλήθεια* deutet sich nur an, *τὸ ἀληθινόν* Lu. 16, 11.

Noch ein Wort aus demjenigen Kreise, aus dem der Glaubensbegriff erwachsen ist, tritt in Jesu Rede eigenartig hervor, so sehr, daß die Evangelisten darauf verzichtet haben, es griechisch wiederzugeben, *ἀμήν*. Nicht die überraschende Unglaublichkeit der Aussage veranlaßt es; denn manches scharfe Paradoxon Jesu ist ohne dasselbe überliefert, vgl. z. B. Mt. 9, 13. 12, 8. Amen steht vielmehr bei Verheißung, bei Lob und Tadel, da, wo das Wort zum richterlichen Urteil wird und die ewigen Güter nimmt oder gibt, also da, wo das Wort den Willen kundtut, eine Entscheidung gebend, der nun bleibende Geltung zusteht, auf die der Hörer darum auch mit besonderem Ernst zu achten hat, weil sie über sein Geschick entscheidet. Ein Paradoxon enthalten solche Worte allerdings, da die Bedeutung dieser Worte an der Person Jesu haftet, er aber als Mensch wie sie vor den Hörern steht, während sein Wort als Urteil und Macht auftritt mit ewigem Effekt. Darum wird es durch Amen als ein festes und gültiges bestätigt, trotz des gegenteiligen Scheins. Der Grundbegriff der Wurzel lebt im Amen Jesu wieder auf, der nicht nur oder zuerst die intellektuelle Richtigkeit der Aussage im Auge hat, sondern den festen Willen, der sie trägt und realisiert. Darin lag die Unübersetzbarkeit des Worts für die griechischen Evangelien. *ἀληθῶς*, mit dem es Lukas einigemal ersetzt, 9, 27. 12, 44. 21, 3, vgl. *ἐπ' ἀληθείας* 4, 25, ist, wie Luthers „wahrlich“, zu ausschließlich auf den Intellekt bezogen.

7.

Der Sprachgebrauch des johanneischen Evangeliums

πίστις Treue, πιστός treu, ἀπιστεῖν, ἀπιστία, ὀλιγόπιστος, ὀλιγοπιστία, ja selbst πίστις Glaube fehlen. Der Gegensatz zu πιστεύειν ist οὐ πιστεύειν. Nur im Wort an Thomas 20, 27 tritt noch ἄπιστος und πιστός = gläubig zu πιστεύειν hinzu. πιστεύειν und οὐ πιστεύειν reichen ihm hier nicht mehr aus. Er will ausdrücken, was sich daraus als der bleibende Stand und Charakter der Person ergibt. Im Entstehen oder Fehlen des Glaubens vollzieht sich ein „Werden“, γίνεσθαι πιστόν, ἄπιστον, das die bleibende Eigenschaft des Menschen wird. Für dieses auf das beständige Verhalten und den bleibenden Besitz des Menschen gerichtete πιστός ist בעלי אמנה bei den Palästinern die Parallele. Es ist geschrieben: dies ist das Tor für den Herrn; Gerechte gehen durch dasselbe ein, Ps. 118, 20. Was sagt er von denen, die Glauben haben? בבעלי אמנה מהו אומר. Öffnet die Tore, und es komme ein gerechtes Volk, das Glauben bewahrt, Jes. 26, 2. Dieses Tor, alle, die Glauben haben, gehen durch dasselbe ein, שער זה כל בעלי אמונה נכנסין בו, Mech. zu Exod. 14, 31. 33b. Isaak segnet Jakob, nicht dagegen Esau, im Namen Elohim, der nach der fixierten Exegese der Palästiner auf die richterliche Wirksamkeit Gottes geht. Nur bei Jakob, nicht bei Esau, wird somit das göttliche Recht vorbehalten, weil sich nur Jakob ohne Vorbehalt der Regierung Gottes unterwirft. Denn Esau entbehrte des Glaubens; für Jakob dagegen, der Glauben hatte und gerecht war, sagte er: es gebe dir Elohim, nach dem Recht. לפני שהוא (עשו) מחוסר אמנה. אבל ליעקב שהוא בעל אמונה וצדיק Tanch. Tholdot 14. 134. Zwei babylonische Rabbinen stellen über den Untergang Jerusalems antithetische Sätze auf: sogar in der Stunde, wo Jerusalem strauchelte, fehlten ihm nicht die, die Glauben haben, לא פסקו מהם בעלי אמנה. Nicht ging Jerusalem unter, bis aufhörten aus ihm die, die Glauben haben, עד שפסקו ממנה בעלי אמנה. Dies wird so ausgeglichen: das eine gilt von den Worten des Gesetzes, das andere vom Geschäftsverkehr. Bei den Worten des Gesetzes gab es solche, im Geschäftsverkehr nicht, B. Chagiga 14 a.

Das Perfekt πεπιστευκέναι ist nachdrücklich gebraucht; es soll die fortwirkende, definitive Stellung hervorgehoben werden, in die der Mensch durch ein rechtschaffenes Glauben eingetreten ist.

Stets wird Jesus durch εἰς als der bezeichnet, an den sich das Glauben wendet. Sonst tritt der Dativ an: Mose, den Worten oder Werken Jesu, der Schrift glauben; vgl. „glaube mir“, 4, 21. „An das Licht glauben“, 12, 36, bildet keine Abweichung von der festen Regel des Sprachgebrauchs, weil Jesus selbst das Licht ist. Neben der Wendung

„an Jesus glauben“ steht nur die Formel „an Gott glauben“, *πιστεύειν εἰς τὸν θεόν* 14, 1, vgl. 12, 44, weil Jesu Leiden es mit sich bringt, daß das Vertrauen als nicht in Gott ruhend, sondern als zu ihm hinstrebend, ihn suchend und fassend gedacht ist. Häufig ist ferner der Objektssatz mit *ὅτι*; einmal wird mit *τοῦτο* die vorangehende Aussage, die dem Glauben seinen bestimmten Inhalt gibt, wiederholt: *πιστεύεις τοῦτο*, 11, 26. Der Sprachgebrauch bleibt somit vollständig auf der Stufe des Aramäischen; ich wüßte nicht, was an demselben „Gräcismus“ heißen könnte, in dem Sinn, daß es nur aus griechischem Sprachgefühl erwachsen wäre. Die formalen Berührungen mit den palästinischen Sätzen sind mehrfach sehr eng. Vergleiche:

6, 64: *ἀλλ' εἰσὶν ἐξ ὑμῶν τινες οἳ οὐ πιστεύουσιν.* In der Stunde, da unser Vater Abraham in den Feuerofen hinabstieg und gerettet wurde, gab es unter den Völkern der Welt solche, die glaubten, und solche, die nicht glaubten, יש מאומות העולם שהיו מאמינים ויש שלא היו מאמינים. Und als der König von Sodom in den Asphalt hinabstieg und gerettet wurde, fingen sie an, an Abraham zu glauben von früher her, r. Genes. 42, 11.

3, 16: *πᾶς ὁ πιστεύων εἰς αὐτόν.* Nachdem der Christus geoffenbart ist, führt er Israel in die Wüste und wird wieder vor ihm verborgen. Jeder, der an ihn glaubt und ihm nachfolgt und wartet, wird leben. Und jeder, der nicht an ihn glaubt und zu den Völkern der Welt geht, den töten sie zuletzt, וכל שהוא מאמין לו והולך אחריו וממתין הוא חיה וכל שאין מאמין לו והולך לאומות העולם, r. zu H. L. 2, 9. Über die Parallelen siehe meine Abhandlung über die Sprache und Heimat des vierten Evangelisten, Beiträge VI, 4. 1902.

Für wen ist das Manna bereitet? Für die Gerechten in der kommenden Zeit. Wer glaubt, ist würdig und ißt von ihm; der aber, der nicht glaubt . . . מי שהוא מאמין זוכה ואוכל ממנו ומי שאינו מאמין, Tanch. Beschallach 21. 66.

12, 44: *ὁ πιστεύων εἰς ἐμὲ οὐ πιστεύει εἰς ἐμέ.* Wer an einen treuen Hirten glaubt, so ist es, wie wenn er an das Wort dessen glaubte, der sprach und die Welt war. כל מי שמאמין ברועה נאמן כא׳ו מאמין במאמר מי שאמר והיה העולם, Mech. zu Exod. 14, 31. 33 b.

10, 38: *κἂν ἐμοὶ μὴ πιστεύητε, τοῖς ἔργοις πιστεύετε.* Dies sind Früchte aus Sefforis; wenn du mir nicht glaubst, geh und hole dir selbst, אם אין אתה מאמינני צא והבא לך אף אתה, J. Pesach 42 d. Bar Kamsa: Und wenn du mir nicht glaubst, sende mit mir einen Eparchos und Opfer, und du wirst sogleich erkennen, daß ich nicht ein Lügner bin, ואם לא תאמין לי, R zu Klgl, 4, 2. Verleumdung bringt Aussatz, und wenn du nicht glaubst, siehe, Mirjam, die Gerechte, ist ein Zeichen für alle, die eine böse Zunge haben, ואם אין את מאמין, r. Deut. 6, 4. 5. Wenn ihr nicht glaubt an das Künftige, glaubt an das Vergangene, אם אין אתם מאמינים להבא האמינו לשעבר, Sifre Deut. 25.

10, 37: εἰ οὐ . . . μὴ πιστεύετε μοι. Ein Weib harrte auf ihren Gemahl, der in die Länder am Meer gezogen war. Er sagte ihr: es sei dieses Zeichen in deiner Hand. Wenn du dieses Zeichen sehen wirst, wisse, daß ich komme und nahe bin zu kommen. So harrt Israel, seit Edom aufstand. Es sagte Gott: Dieses Zeichen wird in eurer Hand sein. An demselben Tage, an dem ich euch Erlösung schuf, und in derselben Nacht sollt ihr wissen, daß ich euch erlöse, und wenn nicht, glaubt nicht, weil die Zeit nicht genaht ist, ואם לאו אל תאמינו שלא קרבה העת, r. Exod. 18, 9.

4, 48: ἐὰν μὴ σημεῖα καὶ τέρατα ἴδητε, οὐ μὴ πιστεύσητε. Glaubten sie etwa nicht, bis sie die Zeichen sahen? Nein, sondern „da hörten sie, daß Gott heimgesucht hatte", Exod. 4, 31. Wegen des Hörens glaubten sie, und nicht, weil sie die Zeichen gesehen hatten. Und weswegen glaubten sie? Wegen des Zeichens der Heimsuchung, das er ihnen sagte. Denn so hatten sie eine Überlieferung von Jakob her: jeder Erlöser, der kommt und meinen Söhnen sagt, heimgesucht habe ich euch, er ist ein wahrhaftiger Erlöser. Als Mose kam und sagte: „heimgesucht habe ich euch", da „glaubte das Volk" sofort. Weshalb glaubten sie? Denn sie hörten die Heimsuchung. יכול לא האמינו עד שראו האותות לא . . על השמועה האמינו ולא על ראיית האותות ובמה האמינו על סימן הפקידה שאמר להם . . במה האמינו כי שמעו הפקידה r. Exod. 5, 16. Zu במה האמינו vgl. ἐν τούτῳ πιστεύομεν 16, 30.

2, 22: ἐπίστευσαν τῇ γραφῇ. Die Frevler in Israel sagen, daß die Propheten und die Ketubim nicht Thora seien, und sie glauben nicht an sie, ואינם מאמינים בהם, Tanch. Ree 1. 19.

6, 29: ἵνα πιστεύσητε εἰς ὃν ἀπέστειλεν ἐκεῖνος. Als Mose während des Kampfes mit Amalek für Israel betete, betrachtete ihn Israel und glaubte an den, der Mose geboten hatte, so zu tun; היו ישראל מסתכלין בו ומאמינים במי שפקד משה לעשות כן, Mech. zu Exod. 17, 11. 54 a. Vgl. auch: האמונה שהאמינו במי שאמר והיה העולם zu Mt. 15, 28.

11, 40: ἐὰν πιστεύσῃς ὄψῃ τὴν δόξαν τοῦ θεοῦ. Die Theophanie auf dem Sinai findet statt, „damit sie nicht sagen, wenn er uns seine Herrlichkeit und seine Größe gezeigt hätte, hätten wir ihm geglaubt; jetzt aber, weil er uns seine Herrlichkeit und seine Größe nicht zeigte, glauben wir ihm nicht," אילו הראנו את כבודו ואת גדלו היינו מאמינים לו ועכשיו שלא הראנו את כבודו ואת גדלו אין אנו מאמינים לו, R zu H. L. 1, 2.

4, 21: πίστευσόν μοι ὅτι. Als Mose beim Anblick des Kalbes die Tafeln zerbrach, sagte ihm Gott: du hast mir nicht geglaubt, daß sie sich das Kalb machten, לא היית מאמין לי ש . ., r. Deut. 3, 12.

Zu 20, 8 εἶδε καὶ ἐπίστευσε und den Parallelen vgl. das zu Mrk. 15, 32 Angeführte.

Es ist deshalb auch nicht auffallend, daß Johannes auch הֵמִין בְּשׁוּם ins Griechische hinübernahm: πιστεύειν εἰς τὸ ὄνομα, als Wort Jesu 3, 18, sonst noch 1, 12. 2, 23. Der Blick und Wille, der im Glauben liegt, wird damit auf das hingelenkt, was Jesus heißt, weil sein Name seine Stellung vor Gott und der Welt offenbart. So wird das Glauben vom persönlichen Umgang mit Jesus unabhängig und allen möglich, denen er verkündigt wird. Vgl.: Gott sprach: siehe, ich vergelte den Ältesten, daß sie Israel an meinen Namen glauben machten, על שעשו את ישראל להאמין בשמי. In der Stunde, als Mose ihnen sagte: der Gott eurer Väter hat mich zu euch gesandt, wenn die Ältesten Moses 'Worte nicht angenommen hätten, hätte sie auch ganz Israel nicht angenommen; aber die Ältesten nahmen sie zuerst an und zogen ganz Israel nach sich, und machten, daß sie an den Namen Gottes glaubten, אלא הזקנים קבלו (את דבריו של משה) תחלה ומשכו כל ישראל אחריהם ועשו אותן להאמין לשמו של הקב"ה r. Exod. 16, 1. Beachte, wie auch hier πιστεύειν und λαμβάνειν τὰ ῥήματα nebeneinander stehen. Offenbar und bekannt ist vor dir meine Mühe und Plage, mit der ich mich plagte, bis sie an deinen Namen glaubten, עד שיהיו מאמינים לשמך, r. Deut. 11, 6. Konkreter ist die Formel gedacht, wenn der, der einem anderen deshalb sein Geld anvertraut, weil er die Thefillin trägt, sagt: nicht dir traute ich, sondern dem heiligen Namen, der auf deinem Haupte war, לא לך הימנית אלא להדא שמא קדישא דהוא על רישך, Pes. Friedm. 22, 111 b. Etwas kürzer J. Berak. 4 c לא לך הימנית אלא לאילין דברישך. Aus den Bäumen, die Abraham neben den Altären pflanzte, wird bei den Rabbinen ein Garten, in dem er den Vorüberziehenden Speise und Trank anbot. „Und er verkündigte ihnen daselbst: bekennt und glaubt an den Namen des Herrn, des ewigen Gottes, אודו והמינו בשם ממרא דיי" אלהא דעלמא, Jer. I Genes. 21, 23. Vgl. Trg. Jer. I Exod. 11, 31. Genes. 21, 33. Ps. 106, 12.

Die lockeren Beziehungen des Begriffs treten in durchsichtiger Weise an. ἐν nennt den Grund, in dem das πιστεύειν beruht, 16, 30, διά τι das veranlassende Motiv, 4, 39. 41, διά τινος die das Glauben vermittelnde Person 1, 7.

Interessant ist πιστεύειν περὶ τοῦ τυφλοῦ ὅτι 9, 18, weil es zeigt, wie deutlich sich der Evangelist auszudrücken weiß, wenn er von einer Überzeugung reden will, die nicht die Person mit der Person zu bleibender Verbundenheit einigt. Vgl. der König versöhnt sich wieder mit seiner verstoßenen Gemahlin. Und ihre Nachbarinnen glaubten nicht, daß er sich mit ihr versöhnt hatte, ולא היו שכינותיה מאמינות שנתרצה לה, Tanch. Pikkude 2. 127 = r. Exod. 51, 3. Als Aaron starb, versammelten sich alle bei Mose und sagten zu ihm: wo ist dein Bruder Aaron? Er sagte zu ihnen: Gott hat ihn zum ewigen Leben verborgen, und sie glaubten ihm nicht, ולא היו מאמינים בו, Sifre Deut. 304. Zu περί: er traut ihm nicht in betreff der Zehnten, הוא אינו מאמינו על המעשרות Mi. Demai 4, 1.

Von Jesus wird das Wort nur einmal für sein Verhalten zu den Menschen und mit doppeltem Objekt gebraucht, *πιστεύειν αὑτὸν αὐτοῖς* 2, 24. Dazu vergleiche das zu Lu. 16, 11 Bemerkte.

Auch bei Johannes gibt es neben *πιστεύειν* kein Synonymon. *πεποιθέναι, πείθεσθαι* fehlen ganz; *ἀπειθεῖν* steht dagegen 3, 36. *ὑπομονή, ὑπομένειν, ἐλπίς,* die doch in der apostolischen Sprache so kräftig entfaltet waren, fehlen. *ἐλπίζειν* steht ein einziges Mal deutlich von *πιστεύειν* unterschieden, zur Charakteristik des Judentums 5, 45.

Dagegen tritt das alte Begriffspaar der Schrift חֶסֶד וֶאֱמֶת gewichtig in die Sprache des Evangelisten ein, nicht in seinem synoptischen Gewand als *τὸ ἔλεος καὶ ἡ πίστις* und nicht im Blick auf das, was der Mensch zu üben hat, sondern als *ἡ χάρις καὶ ἡ ἀλήθεια* von der von Gott ausgehenden חֶסֶד וֶאֱמֶת. Beschrieb die Schrift Gott als den „an Güte und Treue großen", eben dies war Jesu Besitz und seine Gabe an die Welt 1, 14. 17. In den Worten Jesu kehrt nur *ἀλήθεια* für sich allein wieder, teils bezogen auf einen einzelnen Ausspruch, 4, 37. 16, 7. 10, 41, vorwiegend aber in umfassendem Sinn, der sie in ihrer über dem Menschen stehenden Realität anschaut. Diese Wendung von *ἀλήθεια* veranlaßte den Gebrauch von *ἀληθινός* neben *ἀληθής*. Während dies als Relationsbegriff ein anderes Subjekt fordert, gegen das die Person oder Sache wahr ist, betrachtet *ἀληθινός* die Sache nach ihrem eigenen Wesen und schreibt ihr an sich selbst *ἀλήθεια* zu als ihre Art. Gott heißt *ἀληθής* im Blick auf sein an die Menschen gerichtetes Wort, 3, 33, *ἀληθινός* im Blick auf sein Wesen, in dem seine Gottheit steht, 17, 3. Ob das Zeugnis *ἀληθινόν* sei, wird vom *ἀληθῆ λέγειν* noch unterschieden, 19, 35, da ihm jenes Attribut deswegen zusteht, weil es von „dem, der gesehen hat", stammt, im Gegensatz zu einem Bericht, der, ob er wahr oder falsch sei, nicht auf Autopsie beruht, also kein Zeugnis ist. Das Zeugnis dessen, der für sich selbst zeugt, heißt deshalb *οὐκ ἀληθής*, nicht *οὐκ ἀληθινή*, weil er allerdings Zeuge ist, aber wegen seiner selbstsüchtigen Tendenz täuscht und lügt. Gottes Zeugnis kann dagegen nichts anderes sein als *ἀληθής*, 5, 31. 32; vgl. 8, 13 ff., wo nicht davon gesprochen wird, ob Jesus Zeuge sei oder nicht, da sein Zeugnis seinen Hörern vorliegt, wohl aber davon, ob er ihnen ohne Täuschung zeige, was er wirklich ist. Das durch die Ereignisse realisierte Wort ist *ἀληθινόν* geworden, 4, 37; *ἀληθής* ist es seinem Inhalt nach durch den reinen Willen des Redenden, der kein Unrecht in sich trägt, 7, 18, vgl. 10, 41. 19, 35. Auch in 7, 28 neben 8, 26 ist der Wechsel der Worte nicht unbegründet. In 8, 26 wird an das gedacht, was Jesus den Hörern sagt; das ist aber, weil er nur das von Gott Gehörte redet, das, was Gott ihnen sagt. Darum wird hervorgehoben: der, der mich sandte, ist ἀληθής, weil er sichere Leitung und helles Licht gibt. In 7, 28 wird erörtert, woher Jesus komme, ob er gesandt sei oder nicht; daher wird gesagt: der, der mich sandte, ist ἀληθινός, auch im Akt seines Sendens hat er ἀλήθεια als seine Art an sich. Das Licht wird ἀληθινόν genannt, 1, 9, weil ihm nicht ein trügendes Licht, sondern die Finsternis entgegengesetzt wird, ebenso der Anbeter, in dem es wirklich zur Anbetung kommt, im Unterschied von denen, die nicht wissen, was sie anbeten, 4, 23. Weil Jesus nicht allein ist, sondern „ich und der mich Sendende", 8, 16, darum ist seine κρίσις ἀληθινή. Denn aus der Gegenwart Gottes bei ihm zieht sein Urteil Geltung und Festigkeit. Auch 6, 32 und 55 wird der Wechsel der Worte nicht zufällig sein. Das wahrhaftige Himmelsbrot steht dem entgegen, was nicht Himmelsbrot ist. ἀληθὴς βρῶσις wird dagegen an den abschreckenden Schein denken, der an seinem Fleisch und Blut haftet, als wäre es unfähig, Nahrung zu sein und Leben zu geben; diese Speisung trügt aber nicht. Die Beziehung von ἀληθινός auf den Gedanken „Ideal" trägt einen dem Evangelium fremden Begriff in das Wort hinein. Der Gegensatz zu ἀλήθεια ist bei Johannes nicht das Abbild, sondern ψεῦδος. Es stehen die kraft- und wertvolle Realität und der leere, trügende Schein gegeneinander. Darum ist das ἀληθινόν für seinen Beobachter, Hörer und Empfänger ebenfalls ἀληθές; aber der Gesichtspunkt, unter dem die beiden Adjektive ihr Objekt betrachten, ist verschieden. ἀληθές faßt es in seiner Kundgebung und Äußerung, ἀληθινόν in seinem eigenen Wesensbestand.

Das verdoppelte Amen in Jesu Worten steht bei Johannes sehr analog wie das Amen der älteren Evangelien. Nur an wenigen Stellen geht es über zur Bekräftigung eines gegebenen Tatbestands, in den die Hörer sich nicht finden: 8, 58. 12, 24. 10, 7. 16, 20.

8.

Der Sprachgebrauch der Gemeinde.

πίστις bleibt neben seiner vorwiegenden Verwendung für den Glauben auch im tätigen Sinn der Treue von Gott und Menschen im Gebrauch, ohne daß für den Gedanken der Briefe das, was wir als Treue und Glauben scheiden, auseinander bricht. In Röm. 3, 2 ff. beschreibt Paulus

Israel zunächst als Subjekt eines göttlichen πιστευθῆναι. Er hebt die Schätzung, die Gott Israel gewährt hat, und die in ihr begründete Würde des Juden durch diese Formel hervor. Weil der Jude der Empfänger eines göttlichen Vertrauens geworden ist, das ihm ein Gut von so umfassender und bleibender Bedeutung, wie es die Worte Gottes sind, übergeben hat, ist er über den Heiden emporgestellt. In diesem πιστευθῆναι hat Israel Gottes πίστις erfahren. In diesen Begriff legt sich die ganze Aktivität Gottes hinein, die seine Worte zur Verwirklichung bringt. Auch auf Seite Israels erfordert das πιστευθῆναι πίστις; auf seiner Seite hätte sie im πιστεύειν bestanden. Deshalb tritt jenem πιστευθῆναι ἀπιστεῖν und der πίστις Gottes die ἀπιστία der Juden mit dem Begriff „Unglauben“ gegenüber. Dieser ist freilich nicht nur als seelische Regung gedacht, sondern als Aktivität, als Verwerfung des Christus. Aus diesem Wechsel der Beziehungen ergibt sich sichtlich für das Empfinden des Paulus keine Unebenheit. Die πίστις empfängt ihren Inhalt aus der Stellung dessen, der sie übt; auf Gottes Seite ist sie die Tat der Hilfe zur Erfüllung seiner Verheißung, auf Seite des Menschen das Glauben, das sein Wort bejaht und seinen Sohn erkennt. In derselben Weise ist der Gegensatz zwischen dem menschlichen ἀπιστεῖν und dem göttlichen πιστὸν μένειν, 2 Tim. 2, 13, gedacht, dem das ἑαυτὸν ἀρνήσασθαι als Antithese zur Seite steht.

Für πίστις = Glauben schafft der Sprachgebrauch der Gemeinde originaler neue Bahnen als für πιστός und πίστις im Sinn der Treue. Das festgeprägte πιστὸς ὁ θεὸς ὅτι oder mit dem Participium πιστὸς ὁ καλῶν, hat seine Analogien in synagogalen Formeln. Zu πιστὸς εὑρεθῆναι, das vom Haushalter gefordert wird, 1 Kor. 4, 2, vgl. Erläuterung 5. Das paulinische ἠλεημένος πιστὸς εἶναι, 1 Kor. 7, 25, hat im rabbinischen המקבל עליו להיות נאמן eine interessante Parallele, weil hier wie dort die Treue gegen Gott als inneres Verhalten eng mit der Glaubwürdigkeit und Autorität, die sich im Verhältnis des Treuen zu seiner Umgebung aus jener ergibt, zusammengefaßt ist. Der Unterschied besteht darin, daß in der rabbinischen Formel die Treue als menschliche Leistung, von Paulus als Ergebnis der göttlichen Gnade gedacht ist. Mit den πιστοὶ ἄνθρωποι 2 Tim. 2, 2 vgl. Mose bittet: zeige mir einen treuen Menschen, daß er Israel verstehe, הראיני אדם נאמן שיעמד על ישראל, Sifre Deut. 305. Anderes ist mehr griechisch. Das Wort ist πιστός, 2 Tim. 2, 11. Tit. 3, 8. 1 Tim. 3, 1, auch mit dem Parallelglied: jeder Aufnahme wert, 1 Tim. 1, 15. 4, 9. Das erinnert an Polybs εὐπαράδεκτος καὶ πιστός 10, 2, 11 vgl. 8, 13, 2, und παραδοχῆς ἀξιωθῆναι καὶ πίστεως 1, 5, 5. Neben Tit. 2, 10: μὴ νοσφιζόμενοι ἀλλὰ πᾶσαν πίστιν ἐνδεικνύμενοι ἀγαθήν steht ἐναποδείξασθαι π. Polyb 1, 82, 9; ἐπιδείκνυσθαι π. Philo 2, 161, 48; τὸ βέβαιον *τῆς ἐν σφίσι π. πρός τινα ἐπιδείξασθαι* a. 13, 411, auch schon Prov. 12, 17: *ἐπιδεικνυμένη π.* = erwiesene Treue.

Der Sprachgebrauch für *πίστις* Glauben bildet sich teilweise dadurch, daß sich Wendungen, die außerhalb der Gemeinde für die menschlichen Treuverhältnisse ausgebildet sind, mit dem Glaubensbegriff füllen:

τηρεῖν την π. Ἰησοῦ Ap. 14, 12. 2 Tim. 4, 7; vgl. das häufige *τηρεῖν τὴν π.* Vgl. aber auch: Joseph sagt zu den Brüdern: wenn ich euch töte, so sagen sie: mit diesem kann man nicht Treue halten; mit seinen Brüdern hat er sie nicht gehalten; mit wem wird er sie halten? אין לשמור אמנה עם זה. עם אחיו לא שמר אמנה. עם מי הוא משמר אמנה, r. Genes. 100, 10. Pes. Kah. 16, 126 b.

ἐμμένειν τῇ π. Apgsch. 14, 22; *ἐπιμένειν τῇ ἀπιστίᾳ* Röm. 11, 23; *μένειν ἐν πίστει* 1 Tim. 2, 15; *ἐπιμένειν τῇ π. τεθελιωμένοι καὶ ἑδραῖοι* Kol. 1, 23. Vgl. *ἐμμένειν τῇ π.* bei Pol. und Jos.

ἀποστῆναι τῆς π. 1 Tim. 4, 1, ähnlich Hebr. 3, 12. Vgl. *ἀφίστασθαι τῆς π.* bei Philo und Josefus.

ἀτεθεῖν τὴν π. 1 Tim. 5, 12; vgl. Pol. 8, 2, 5. 11, 29, 3.

ἀρνεῖσθαι τὴν π. Ap. 2, 13. 1 Tim. 5, 8; vgl. *ἡ περὶ τὴν π. ἄρνησις* Philo 1, 141, 20.

λαχεῖν πίστιν 2 Petr. 1, 1 vgl. *πίστεως λαχεῖν* Philo 1, 606, 8.

βεβαιοῦσθαι τῇ π. Kol. 2, 7; *στερεοῦσθαι τῇ π.* Apgsch. 16, 5; *στερεοὶ τῇ π.* 1 Petr. 5, 9. Vgl. *βεβαία π.* Philo 1, 228, 31. 340, 13; *ἀκλινὴς καὶ βεβαιοτάτη π.* 2, 413, 17; *κατὰ π. βέβαιοι* Jos. vi. 293.

πλήρης πίστεως Apgsch. 6, 5. 11, 24. Vgl. *γέμειν ἀπιστίας* Philo 1, 413, 38.

ἐνδύσασθαι θώρακα πίστεως 1 Thess. 5, 8; vgl. *πίστιν ἐνδύσασθαι* Philo 1, 409, 40.

πίστιν παρέχειν Apgsch. 17, 31 ist in der Bedeutung Garantie bieten, Beweis leisten, griechisch häufig, und hat bei Jos. Parallelen.

Von der griechischen Mannigfaltigkeit in der Verwendung des Worts geht nur ein kleiner Bruchteil in die Sprache der Briefe ein. Die objektive Wendung Garantie, Beweis fehlt ganz, weshalb der Plural *πίστεις* verschwindet. Ebenso fehlt die Einschränkung der *π.* auf die bloße Erscheinung der Personen und Dinge, zum Teil ausdrücklich mit dem Gedanken an einen Gegensatz zwischen ihrem reellen Verhalten und der Geltung, die ihnen zugestanden wird. Die Kompositionen des Verbums sind verschwunden; von „an-, ab-, durch-, vorglauben“ wird nicht gesprochen.

Synagogales Sprachgut wirkt auf die neutestamentlichen Worte ein in: *τῇ πίστει ἕστηκας* Röm. 11, 20 *στήκετε ἐν τῇ πίστει* 1 Kor. 16, 13. 2 Kor. 1, 24: עמדו באמונתו של הקב"ה, r. Exod. 15, 7. צפה ה׳ שאין עומדין באמונתם אלא שבטו של לוי am Sinai Pesikta Kah. 11. 107 b.

δικαιοσύνη πίστεως, "וכות אמנה שהאמינו ביי. Siehe Erläuterung 9.

ἀκοὴ πίστεως. Von Israel in Ägypten: על השמועה האמינו ולא על ראיית האותות, r. Exod. 5, 16. ישראל שבמצרים הקדימו אמנה לשמועה, r. zu H. L. 2, 3. Das ist das Außerordentliche; die gewöhnliche Folge ist erst שמועה, dann אמנה, erst *ἀκοή*, dann *πίστις*.

τῇ πίστει καθαρίσας τὰς καρδίας Apgsch. 15, 9. Wie sie (Israel am Roten Meer) ihr Herz reinigten und das Lied sagten; denn so ist geschrieben: und das Volk fürchtete den Herrn und glaubte, Exod. 14, 31, und hernach: dann sang Mose, so muß ein Mensch sein Herz reinigen, bevor er betet, כשם שהם טיהרו ליבם ואמרו שירה . . כך צריך אדם לטהר לבו קודם שיתפלל, r. Exod. 22, 4. Der Unterschied zwischen dem jüdischen und dem christlichen Gedanken ist wieder sichtbar; bei Petrus bewirkt Gott die Reinigung des Herzens durch den Glauben; beim Rabbinen reinigt Israel sein Herz dadurch, daß es glaubt.

Den allmählichen Übergang von *πιστός* in den Begriff „gläubig" veranschaulichen die Briefe deutlich. Ehe die Gemeindeglieder *οἱ πιστοί* genannt wurden, war für die der Gemeinde Fernbleibenden *ἄπιστοι* in Gebrauch. Der erste Korintherbrief hat *ἄπιστος* in fester Prägung 6, 6. 7, 12. 13. 14. 10, 27. 14, 22. 23, stellt aber den *ἀπίστοις* noch nicht *τοὺς πιστούς*, sondern *τοὺς πιστεύοντας*, daneben *ἀδελφός* und *ἀδελφή* entgegen. Bei *ἄπιστος* dachte auch der Grieche an Zweifel, Verdacht, vertrauenslose Abwendung. Dagegen steht 2 Kor. 6, 15 dem *ἄπιστος* der *πιστός* gegenüber. Die sprachliche Korrespondenz der beiden Worte führt auch zu ihrer begrifflichen Gleichstellung, die für diese Stelle dadurch erleichtert war, daß sie an die feste, beharrliche Christenstellung denkt, die sich in keine Vermischung mit der entgegengesetzten Lebensrichtung einläßt. Doch ist deutlich das Glauben als das gedacht, was mit treuer Beharrung festzuhalten ist. Der im Glauben Bleibende ist *πιστός*, ganz ähnlich wie Joh. 20, 27.

Paulus nennt Gal. 3, 9 mit der Synagoge Abraham *πιστόν*, vgl. Philo 1, 259, 23: *Ἀβραὰμ ὁ πιστός*. Dieses *πιστός* steht aber in enger Beziehung zu jenem *ἐπίστευσεν* 3, 6, das die Schrift von ihm aussagt. Als *ὁ πιστεύσας* ist er *πιστός*; dieses vergegenwärtigt aber sein Glauben in seinem bleibenden Resultat.

In der Überschrift Kol. 1, 2: *οἱ ἐν Κολοσσαῖς ἅγιοι καὶ πιστοὶ ἀδελφοὶ ἐν Χριστῷ*, kann *ἅγιος* für sich gedacht sein als Beschreibung ihrer Beziehung zu Gott, worauf *πιστοὶ ἀδελφοί* als Bezeichnung ihrer Verbindung untereinander und mit dem Schreibenden hinzugefügt ist; oder *ἀδελφός* ist der dominierende Begriff, dem auch *ἅγιος*, ähnlich wie Hebr. 3, 1, angeschlossen ist. Jedenfalls steht *πιστοὶ ἀδελφοί* dem *πιστὸς ἀδελφός* Kol. 4, 9. 1 Petr. 5, 12 noch nah; doch ist, auch wenn Paulus den Onesimus der Gemeinde als *πιστὸς ἀδελφός* vorstellt, das Glauben die Hauptsache. In seinem πιστεῦσαι gegenüber dem Herrn beruht alle πίστις, die er der Gemeinde erweist und für sie besitzt.

Wäre Eph. 1, 1 τοῖς ἁγίοις τοῖς οὖσιν καὶ πιστοῖς ἐν Χριστῷ Ἰησοῦ zu lesen, so bedeutete πιστός die ausharrende Treue. „Ungläubige Heilige" ergäbe eine kaum denkbare Vorstellung; leichter ist „untreue Heilige". Das Glauben ist das, was Heiligkeit gibt, und kann nicht von ἅγιος abgelöst werden; dagegen kommt die beharrende Treue zur Heiligkeit, die durch Gottes Berufung empfangen worden ist, als etwas Folgendes hinzu und kann mit einem steigernden καί an jene angeschlossen werden. Auch dann, wenn hinter τοῖς οὖσιν eine Lücke angesetzt oder ἐν Ἐφέσῳ gelesen wird, erhält das dem ἅγιος nachfolgende πιστός steigernde Kraft. Es fügt zur Gabe Gottes die subjektive Seite des Christenstands und zwar, da sie schon als Heilige beschrieben sind, nicht sowohl dasjenige Verhalten, das die Gabe Gottes empfängt, sondern dasjenige, das sie bewahrt. πιστός ist der Heilige, der sich durch bleibenden Glauben und beharrlichen Gehorsam die Heiligkeit bewahrt. Solche Treue geschieht ebensowohl, wie der Anfang und Ursprung des Christenlebens, ἐν Χριστῷ.

In der Weissagung braucht Johannes πιστός, ebenso auch ἄπιστος stark aktiv. Wenn 21, 8 die Verzagten voranstehen: οἱ δειλοὶ καὶ ἄπιστοι καὶ ἐβδελυγμένοι, so ist an den Druck gedacht, unter dem die Gemeinde ihr Bekenntnis festzuhalten hat. Da wird die Versagung des Glaubens sofort zum Abfall, der die Treue bricht. In der Folge κλητοὶ καὶ ἐκλεκτοὶ καὶ πιστοί 17, 14 wird eine fortschreitende Befestigung im Anteil am Christus enthalten sein. Die Berufung macht sich in der Auswahl, diese in der Treue fest. Es gilt „treu zu werden bis zum Tode" 2, 10. Aber diese handelnde Treue ist zugleich Glaube; denn ihre Aufgabe besteht darin, den Namen Jesu festzuhalten und die an ihn geknüpfte πίστις nicht zu verleugnen 2, 13.

Deutlich rezeptiven Sinn hat πιστός 1 Petr. 1, 21, und mit gesichertem Sprachgebrauch in den Pastoralbriefen 1. Tim. 4, 3. 10. 12. 5, 16. 6, 2. Tit. 1, 6, und in der Apostelgeschichte 10, 45. 16, 1. Lehrreich ist 16, 15: κεκρίκατέ με πιστὴν τῷ κυρίῳ εἶναι, wo die Übersetzung: „ihr habt mich für gläubig an den Herrn gehalten" die Meinung von πιστός ungenügend wiedergäbe. πιστὴ τῷ κυρίῳ geht nicht zunächst auf das fromme Verhalten der Lydia, sondern auf die Stellung, die ihr der Herr gegeben hat. κεκρίκατε weist auf einen vollzogenen, offenkundigen Akt, d. h. auf die Taufe. Dadurch, daß ihr Paulus die Taufe gewährt hat, hat er sie für πιστή dem Herrn erklärt. In derselben lag aber nicht nur ein πιστεύειν ihrerseits, sondern auch ein πιστευθῆναι von seiten des Herrn; er hat ihr seine Gnade zugesagt. Deshalb wagt sie die Bitte, die vom Apostel einen Vertrauenserweis begehrt. Ist sie nach seinem Urteil dem

Herrn πιστή, so daß er ihr seine Gaben verleiht, vgl. 1 Tim. 1, 12, so ist sie es auch dem Apostel und sie darf von ihm erbitten, daß er in ihr Haus einziehe. So bleibt die Formel auch an dieser Stelle nahe beim τέκνον πιστόν 1 Kor. 4, 17, oder bei ἠλεημένος ὑπὸ κυρίου πιστὸς εἶναι 1 Kor. 7, 25, so gewiß ihr Glauben sie πιστή für den Herrn gemacht hat.

Ob es für diesen Anschluß von πιστός an πιστεύειν von Einfluß war, daß πιστός in der griechischen Literatur vereinzelt im rezeptiven Sinn des Trauens gebraucht ist, steht dahin. Die wirksamste sprachliche Vorbildung ist auch hier auf dem jüdischen Boden zu suchen. γυνὴ Ἰουδαία πιστή Acta 16, 1 — genau so bezeichnete der Pharisäer diejenige fromme Stellung, die seinen Forderungen entsprach. Er maß die seinige am Gesetz, die Gemeinde die ihrige an dem, was Christus ist. Darum besteht dort die Treue in der Leistung des gesetzlich vorgeschriebenen Werks, hier in der Bejahung des Christus in seinem Werk.

Bezeichnend ist, daß der Glaube neben dem reichen Gebrauch des Worts für die auf Gott und Christus gerichtete Überzeugung nur sehr spärlich im menschlichen Verkehr gebraucht wird. Paulus drückt einmal die volle Gewißheit damit aus, die eine Nachricht für ihn hat: μέρος τι πιστεύω 1 Kor. 11, 18; auch dieses Glauben wird durch eine von Gott herstammende Notwendigkeit begründet: es muß so sein. Damit wird auch seine Beschränkung auf μέρος τι zusammenhängen. Schwerlich will er dadurch einen Teil seiner Nachrichten als unzuverlässig darstellen, sondern das μέρος τι kommt daher, daß sein πιστεύειν auf der Einsicht in die göttliche Notwendigkeit der αἱρέσεις beruht. Diese will er aber nicht auf all das erstrecken, was in Korinth geschehen ist, als wären sämtliche Vorgänge in der Gemeinde durch die göttliche Leitung derselben notwendig gemacht. Die Schranke jenes δεῖ ist aber auch das Ende seines πιστεύειν. Was darüber hinausgeht, ist ihm auffällig und versetzt ihn in Verwunderung, nicht aber in jene unbedingte Gewißheit, mit der er das als von Gott geordnet Erkannte bejaht. Gerade μέρος τι scheint mir zu zeigen, daß πιστεύειν auch hier eine starke, geschlossene Gewißheit in sich schließt.

Dem religiösen Gebrauch steht noch näher, wenn die Zurückhaltung der Gemeinde von Jerusalem Paulus gegenüber so beschrieben wird: μὴ πιστεύοντες ὅτι ἐστὶν μαθητής Apgsch. 9, 26; denn diese Gewißheit bezieht sich auf das Verhältnis, in dem Paulus zu Jesus steht. Macht es Paulus zum Merkmal der Liebe: πιστεύει πάντα, 1 Kor. 13, 7, so kann das πιστεύειν nicht bloß auf den Menschen gerichtet sein, weil sich in diesem nie der Grund findet, der das Vertrauen unbegrenzt macht. Nur in Gott gewinnt die Liebe die Unbegrenztheit des Vertrauens auch gegenüber denjenigen Faktoren im menschlichen Leben, die das Vertrauen zu begrenzen und aufzuheben geeignet sind. Die Stelle belegt lehrreich, wie unbedingt das aus Gott geschöpfte Glauben des Paulus war; denn es hält sich im Blick auf Gottes Gabe und Hilfe auch gegenüber den Menschen von jeder Einschränkung frei.

Festgeprägt ist die Formel: zu Christus hin glauben, πιστεύειν εἰς Χριστόν, während πιστεύειν εἰς θεόν vereinzelt bleibt. πιστεύειν εἰς Χριστόν ist paulinisch, im Römer- (10, 14), Galater- (2, 16), Philipper- (1, 29) und Kolosserbrief (2, 5 ἡ εἰς Χριστὸν πίστις). Von Gott sagt er, wenn er eine Präposition der Zuwendung braucht, ἐπί, Röm. 4, 5. 24; vgl. ἡ πίστις ὑμῶν ἡ πρὸς τὸν θεόν 1 Thess. 1, 8. Petrus hat πιστεύειν εἰς Χριστόν 1, 8 und ebenso εἰς θεόν 1, 21. Johannes hat neben seinem häufigen εἰς Χριστόν 14, 1 auch εἰς θεόν. Die Apostelgeschichte hat εἰς θεόν nicht, häufig dagegen εἰς Χριστόν, doch daneben auch ἐπὶ Χριστόν 9, 42. 11, 17. 16, 31. 22, 19. Nur ihr gehört die Formel πιστεύειν Χριστῷ 5, 14. 18, 8 cf. 16, 15. Sonst ist nur noch πιστεύειν τῷ ὀνόματι τοῦ υἱοῦ αὐτοῦ 1 Joh. 3, 23 zu vergleichen. Der Hebräerbrief hat nur ἐπί, allerdings auch nur eine Stelle, 6, 2, die dem Glauben den beifügt, zu dem er sich kehrt. Es wird sich in dieser Abstufung des Sprachgebrauchs der aramaisierende Charakter der Formel πιστεύειν εἰς sichtbar machen.

Daß πιστεύειν Χριστῷ nur in der Apostelgeschichte erscheint, während πιστεύειν θεῷ festgeprägt ist, kann nicht daraus erläutert werden, daß die Gemeinde das Glauben weniger direkt und persönlich auf den Christus bezogen hätte, als auf Gott. Auch Johannes wechselt den Ausdruck, so daß εἰς für Christus, der Dativ für Gott steht, vgl. I, 5, 10, und doch ist ihm Jesus zweifellos der nächste, ja in gewissem Sinn einzige Empfänger des Glaubens. Ebenso ist für Paulus Christus offenkundig nicht nur eine Darstellung und Versichtbarung des göttlichen Willens, sondern in vollem Sinn Person, weshalb er mit eigenem Handeln und Leiden, Lieben und Geben den Besitz der Gemeinde schafft und erhält. Daher ist auch das Glauben an ihn eine voll persönlich bestimmte Relation, die in πιστεύειν εἰς einen ebenso deutlichen Ausdruck hat, wie das auf Gott gerichtete Glauben in πιστεύειν ἐπὶ θεόν oder θεῷ. Daß πιστεύειν εἰς für Christus ausgesondert wird, wird dadurch zu erläutern sein, daß die Gemeinde zumeist für das auf ihn bezogene Glauben eine feste Formel brauchte, so daß sich der aramaisierende Ausdruck hier besonders einbürgerte.

ἐπ' αὐτῷ steht 1 Tim. 1, 16 vom Christus, auf dem das Glauben beruht, zugleich mit dem durch εἰς angefügten Ziele, zu dem das Glauben bringt: εἰς ζωὴν αἰώνιον. ἐν Χριστῷ sagt aus, daß das Glauben im Lebensverband mit Christus entsteht und betätigt wird: ἡ πίστις ὑμῶν ἐν Χριστῷ Kol. 1, 4. Eph. 1. 15; πίστις ἡ ἐν Χριστῷ 2 Tim. 3, 15. 1, 13. 1 Tim. 1, 14.

Der apostolische Sprachgebrauch scheidet sich dadurch eigentümlich in zwei Gruppen, daß das Glauben bald überwiegend verbal als *πιστεύειν*, bald überwiegend substantivisch als *πίστις* benannt wird. Auf jener Seite stehen das Evangelium und die Briefe des Johannes (*πίστις* nur I, 5, 4) und die Apostelgeschichte; auf der anderen Seite die Apokalypse (*πιστεύειν* fehlt), Jakobus (vgl. *πίστιν ἔχειν* 2, 1. 14), der Hebräerbrief, die Gefangenschaftsbriefe (der Kolosserbrief hat kein *πιστεύειν*), die Pastoralbriefe, doch auch die älteren Briefe des Paulus. Der Galaterbrief hat z. B. neben seinem häufigen *πίστις*, außer im Zitat 3, 6, *πιστεύειν* nur noch 2, 16 und 3, 22, dort im Rückblick auf den Werdemoment des Glaubens, wo sie, die Juden, in der Erkenntnis ihrer Ungerechtigkeit und der Heilsbedeutung des Glaubens wirklich ihr Vertrauen auf Christus gesetzt haben, hier neben *πίστις* zur deutlichen Bezeichnung dafür, daß die mit Jesus gekommene *πίστις* das Verhalten des Menschen bestimmt und in seine persönliche Lebensrichtung eingeht. Diese Zusammenstellung von *πίστις* und *πιστεύειν* hat in Röm. 3, 22 eine Parallele, wo die Gerechtigkeit, die von Gott ausgeht, in ihrer Bewegung zum Menschen hin dadurch vollständig beschrieben wird, daß gesagt wird, sie vermittle sich ihm durch das an Jesus haftende Glauben, weil und sofern er in seinem eigenen Verhalten ein Glaubender geworden sei.

Nur im passiven *πιστευθῆναί τι* wird ein *πιστεύειν* als Gottes Akt gedacht, sonst reicht es für die Aktivität und Wirksamkeit des göttlichen Verhaltens zum Menschen nicht aus und bleibt deshalb für die Beziehung des Menschen zu Gott reserviert. Aber auch das passive *πιστευθῆναι* hat nur einen beschränkten Gebrauch. Die fundamentalen Gaben, die Errettung, das Reich, der Geist, werden nie unter den Gesichtspunkt göttlicher Vertrauenserweisung gestellt. Paulus braucht es von Israel, dem die verheißenden Worte übergeben sind, Röm. 3, 2, und von seinem eigenen Apostelamt: Gal. 2, 7. 1 Kor. 9, 17. 1 Thess. 2, 4. 1 Tim. 1, 11. Tit. 1, 3.

Auch in der Synagoge war האמין von Gott zwar nicht üblich, jedoch auch nicht unmöglich. Warum legte Mose ihnen Rechnung ab, während Gott ihm doch traute? Weil gesagt ist Num. 12, 7. והקב"ה מאמינו, Tanch. Pikkude 4, 129. Gott ist אל אמונה, weil er der Welt traute und sie schuf, שהאמין בעולם ובראו, Sifre Deut. 307.

Das im Griechischen gebräuchliche Passiv zu *πιστεύειν τινί* liegt nur 1 Tim. 3, 16 vor. Die Aufmerksamkeit richtet sich hier nicht auf das Verhalten der Menschen zu Christus, sondern auf das, was er selbst als das Resultat seines Erscheinens erlangt hat. Über der Welt hat er *δόξα* in der Welt *πίστις* gefunden als das Ziel, in dem sein Kommen endigte. Für diesen Gedanken bot sich das übliche Passiv dar. In *ἐπιστεύθη ἐν* κόσμῳ liegt eine analoge Antithese wie in ἐφανερώθη ἐν σαρκί und ἐκηρύχθη ἐν ἔθνεσιν. Daß er in der Gott widerstrebenden Welt Glauben fand, bildet mit das „Geheimnis der Frömmigkeit", ganz ähnlich, wie daß er im Fleisch das Mittel seiner Offenbarung und unter den Heiden den Ort seiner Verkündigung hat. Zugleich stellt sich ἐπιστεύθη zum vorangehenden Glied in eine gewisse Spannung, wie dieses zu seinem Vorgänger. Obwohl nur im Himmel sichtbar und den Heiden nur in der Verkündigung nahe gebracht, hat er doch Glauben erlangt.

Dagegen ist 2 Th. 1, 10: ἐπιστεύθη τὸ μαρτύριον ἡμῶν ἐφ' ὑμᾶς nicht unmittelbar mit 1 Tim. 3, 16 zusammenzustellen. Paulus hätte nicht ἐφ' ὑμᾶς gesagt, wollte er lediglich ausdrücken „es wurde von euch geglaubt". Nicht die Gemeinde ist als dem Zeugnis sich zuwendend gedacht, sondern das Zeugnis ist der Gemeinde zugewandt. πιστευθῆναι geht in den Gedanken über, sich glaubhaft machen und als glaubwürdig erweisen. Die Zusage, daß der Herr mit seinem Kommen an den Glaubenden sich verherrlichen werde, hat darin ihren Grund, daß das Zeugnis sich ihnen glaubhaft machte, Glauben wirkte. Als πιστόν und πιστευθέν bringt es zu dem, von dem es zeugt, und gibt es das, was es verheißt. Eben deshalb kann sich auch der Gedanke „an jenem Tage" daran anschließen, weil das Zeugnis erst dann, wenn Jesus wirklich gekommen ist und sich an seinen Glaubenden verherrlicht hat, die volle Bewährung erlangt. Das, was jetzt im Glauben der Gemeinde an Bewährung des Zeugnisses vorliegt, und das, was ihm der Tag Jesu von solcher geben wird, hat Paulus fest in seinem Gedanken verbunden, weshalb er unmittelbar vom Aorist auf jenen Tag übergehen kann.

Sprachlich ist das ἐμπιστευθῆναι des Siraciden von der sich bewährenden Weisheit und Prophetie 36, 21. 1, 15 daneben zu stellen, wobei zu beachten ist, daß er, übrigens mit griechischem Sprachgebrauch, auch ein aktives ἐμπιστεύειν τι hat: die Sache πιστόν machen, ihr πίστις geben 50, 24, vgl. auch 1 Sam. 27, 12.

Es könnte in 2 Thess. 1, 10 mit geringer Sinnverschiedenheit auch ἐπιστώθη stehen, nur daß dann die Beziehung des Zeugnisses zum Glauben der Gemeinde weniger ausdrücklich hervorgehoben wäre. ἐπιστώθη findet sich dagegen 2 Tim. 3, 14, und zielt im Anschluß an das „Lernen" gewiß nicht auf die „Treue", sondern auf das geschlossene Resultat des Lernens, auf die feste Überzeugung dessen, der erkannt hat. Das πιστωθῆναι hat sich dadurch vollzogen, daß er seiner Sache gewiß geworden ist. Der Sprachgebrauch bleibt der Verwendung des Worts für Dinge, die gegen Zweifel geschützt und mit Gewißheit ausgestattet werden, parallel, nur daß es hier auf den eigenen Gedankenlauf der Person bezogen ist. Von πιστεύειν bleibt es dadurch unterschieden, daß es die Gewißheit nicht als eigenen Akt der Zustimmung, sondern als Erlebnis beschreibt, das man empfängt.

Nicht ohne Interesse ist, daß das *ὀλιγόπιστος* der Worte Jesu in den Briefen nicht nachgeahmt ist.

9.

Der Schriftbeweis für den Glauben bei den palästinischen Lehrern.

In Exod. 14, 31 fand der palästinische Exeget die wirksame Macht des Glaubens bezeugt und war dadurch veranlaßt, die Schriftstellen, die dieselbe belegen, zu sammeln. Zur Vergleichung mit der neutestamentlichen Sammlung der vom Glauben handelnden Sprüche ist dieses Dokument, Mechiltha 33b, interessant.

Dafür, daß Israel als Lohn für den Glauben im heiligen Geiste das Lied singen kann, wird als nächste, wichtigste Parallele Genes. 15, 6 angeführt: Abraham erbte diese und die künftige Welt einzig in der Gerechtigkeit des Glaubens, den er an den Herrn glaubte. Weiter ist parallel, daß Israel die Errettung aus Ägypten als Lohn für sein Glauben empfing, Exod. 4, 31. Nun folgen als Belege für die Macht des Glaubens Jes. 31, 24 אֱמוּנִים נוֹצֵר יי״; Exod. 17, 12 Moses Hände wurden אֱמוּנָה. Darin liegt, daß Mose in seinem Gebet die אֱמוּנוֹת der Väter vor Gott in Erinnerung brachte. Es wurde also um des Glaubens der Väter willen Israel der Sieg gegeben. Dann wird Jesaja 26, 2 öffnet die Tore und es komme ein gerechtes Volk שֹׁמֵר אֱמוּנִים, mit Ps. 118, 20 kombiniert; die, die Glauben haben, בעלי אמנה, sind die Gerechten, die durch das Tor eingehen. Parallel damit ist Ps. 92, 2—5. In die hier beschriebene Freude geht man ein als Lohn für den Glauben, den unsere Väter glaubten in dieser Zeit, die ganz Nacht ist. Der Beweis dafür liegt in V. 3: zu verkünden am Morgen — das ist die Endzeit — deine Gnade und deine Emuna in den Nächten. Das wird weiter belegt durch 2 Chron. 20, 20. Jerem. 5, 3: gehen deine Augen nicht auf אֱמוּנָה, Habb. 2, 4. Klgl. 3, 23: neu ist die Gnade am Morgen, groß deine אֱמוּנָה.

Endlich wird auch in H. L. 4, 8 gefunden, daß die Diaspora einzig zum Lohn für den Glauben gesammelt wird: Mit mir vom Libanon her, Braut, mit mir vom Libanon her wirst du kommen, singen wirst du vom Haupt des Glaubens her, תשורי מראש אמנה. Damit ist Hosea 2, 22: ich verlobe dich mit mir in אֱמוּנָה parallel.

Wer nur den Römerbrief kennt, wird geneigt sein, die Verbindung von Hab. 2, 4 mit Genes. 15, 6 als den persönlichen, eigenen Erwerb des

Paulus zu bezeichnen; ihm zuerst sei Hab. 2, 4 in dieser Beleuchtung entgegengetreten. Der Schluß wäre falsch; man hat auch in Jerusalem beide Stellen zusammengestellt.

Die in der Mechiltha teils enthaltenen, teils vorausgesetzten Traditionen strahlen weithin in die Literatur aus. „Sie hatten alle jene Zeichen gesehen, die für sie geschehen waren, und konnten nicht glauben," ולא היה להם להאמין; sondern es hat R. Simeon Bar Abba gesagt: wegen des Glaubens, den Abraham an Gott geglaubt hat, weil gesagt ist Genes. 15,6, von ihm her war Israel würdig, am Meer das Lied zu sagen, בשביל האמנה שהאמין אברהם להק"בה, r. Exod. 21, 6. Zitiert wird H. L. 4, 8: Israel wird in der Endzeit ein Lied sagen, weil gesagt ist Ps. 98, 1. Durch welches Verdienst sagt Israel das Lied? Durch das Verdienst Abrahams, der an Gott glaubte, Genes. 15, 6. Dies ist der Glaube, durch den Israel das Erbe empfängt, היא האמונה שישראל נוחלין בה, und von ihm sagt die Schrift: und der Gerechte wird durch seinen Glauben leben, Hab. 2, 4. Das bedeutet H. L. 4, 8, ibid.

Abbahu sagte: trotzdem schon vorher geschrieben ist, daß sie glaubten, während sie noch in Ägypten waren, Exod. 4, 31, glaubten sie wiederum nicht, חזרו ולא האמינו, weil gesagt ist Ps. 106, 7. Als sie ans Meer kamen und die Macht Gottes sahen, wie er Gericht an den Gottlosen tat, sofort glaubten sie an den Herrn, und wegen der Gerechtigkeit des Glaubens, בזכות האמנה, wohnte auf ihnen der heilige Geist und sie sagten das Lied; das ist, was gesagt ist: dann, אז, sang Mose und die Söhne Israels, und אז ist nichts anderes als ein Ausdruck des Glaubens, ואין אז אלא לשון אמנה, weil gesagt ist: und von da an, מאז, bestellte er ihn über sein Haus, Genes. 39, 5. Letzteres ist ein Beispiel der in der Schule verbreiteten Exegese. Potiphar traut Joseph, Mose und Israel glauben Gott. In beiden vom Glauben handelnden Versen steht ein אז, was dem Rabbi als bedeutsam erscheint, r. Exod. 23, 2. Vgl. Tanch. Beschallach 11. 59.

Wie alt diese Gedankenreihe ist, dafür liegt ein Fingerzeig in Sept. H. L. 4, 8: *καὶ διελεύσῃ ἀπὸ ἀρχῆς πίστεως*. Daß die Sept. den Bergnamen bloß aus Unkenntnis durch *πίστις* ersetze, ist im Blick auf die palästinische Auslegung unwahrscheinlich. Das griechische Hohe Lied ist schwerlich jünger als das Neue Testament (vgl. die *νύμφη* der Apok.).

Ein weiterer Beleg für das Alter dieser Deutungen ergibt sich daraus, daß die Erörterung über den Grund, um deswillen Gott für Israel das Rote Meer zerrissen habe, Sätze von Lehrern des ersten Jahrhunderts a. Chr. gibt, und zwar sind es gerade sie, die den Glauben, sei es der Väter, sei es Israels, als das bezeichnen, weshalb Gott für Israel das Wunder der Errettung schuf. „Schemaja sagt: Es genügt der Glaube, den Abraham ihr Vater an mich glaubte, daß ich ihnen das Meer zerreiße, weil gesagt ist Genes. 15, 6. Abtalion sagt: es genügt der Glaube, den sie an mich glaubten, daß ich ihnen das Meer zerreiße, weil gesagt ist Exod. 4, 31," Mech. zu Exod. 14, 15. 29b. Die beiden zeitgenössischen Lehrer, die vor Hillel und Schammai stehen, haben also über die Beziehung des Durchgangs durch das Rote Meer zum Glauben gesprochen, und hiebei einander ergänzende Sätze aufgestellt. Zum Verdacht, die Namen seien willkürlich eingelegt, liegt gar kein Grund vor; sie erscheinen höchst selten. Diese Meditationen über die Macht des Glaubens haben sonach zum befestigten Besitz der Schule Jerusalems gehört und wurden durch Hillel und seine Schule aus dem ersten Jahrhundert auf die Späteren vererbt.

10.

ἀκοή und ὑπακοὴ πίστεως.

Der Gedankengang von Gal. 3, 2 ff. scheint mir für ἀκοή keinen anderen Begriff zuzulassen als den des Hörens. Der Empfang des Geistes ἐξ ἀκοῆς πίστεως wird mit dem, was Gott an Abraham getan hat, in Parallele gesetzt. Ihn hat Gott jedoch nicht „aus Predigt über das Glauben", auch nicht „aus einer Glauben wirkenden Predigt", sondern „aus Glauben" gerechtfertigt, damit wir die Verheißung des Geistes empfangen, nicht „durch Predigt vom Glauben", sondern „durch Glauben", 14. Dieser Schlußsatz der Erörterung bezieht sich deutlich auf V. 5 zurück und bringt die Übereinstimmung zwischen dem, was Gott an Abraham tat, und dem, was die Gemeinde empfangen hat, zur Darstellung. Somit ist in V. 2 und 5 der Glaube der Hauptbegriff, weshalb in ἀκοή nicht ein gegen die πίστις selbständiger Begriff, sondern ein Vorgang, der unmittelbar zur πίστις gehört und in ihr sich vollzieht, genannt sein wird. Das ist das Hören. Dadurch wird einmal der Gegensatz zu ἔργα νόμου scharf, weiter der Gebrauch von ἐκ durchsichtig. ἐκ braucht Paulus nicht für entferntere kausale Relationen, sondern für die direkte Ursache, die ihre Wirkung aus sich hervorgehen läßt. Den Geist empfängt man „durch" die Predigt, nicht „aus" ihr; hier hätte nur διά seine Stelle. Wohl aber ist das im Glauben enthaltene Hören derjenige Akt, der unmittelbar zum Empfang des Geistes wirksam wird.

Dies wird durch Röm. 10, 14 bestätigt, weil Paulus dort ἀκοή und ῥῆμα Χριστοῦ unterschieden hat. Die ἀκοή ist nicht selber das Wort, sondern entsteht „durch" dasselbe; beachte διά, nicht ἐκ. Die genetische

Folge der Vorgänge, die substantivisch als *πίστις*, *ἀκοή*, *ῥῆμα Χριστοῦ* benannt wird, wird zuerst verbal bestimmt: *πιστεῦσαι*, *ἀκοῦσαι*, *κηρύσσειν*, *ἀποσταλῆναι*. Das *κήρυγμα* der *ἀποσταλέντες* wird durch *ῥῆμα Χριστοῦ*, das *ἀκοῦσαι* durch *ἀκοή*, das *πιστεῦσαι* durch *πίστις* wiederholt. Zweifellos schwebt Paulus Jes. 53, 1 vor; aber er findet auch dort nicht eine Predigt, sondern ein Hören geweissagt, und er wird damit der Meinung des Übersetzers entsprechen, denn die Wahl von *ἀκοή* wird, abgesehen von der Tendenz, שְׁמוּעָה etymologisch genau wiederzugeben, dadurch bedingt sein, daß der Übersetzer auch durch שְׁמוּעָה ein Hören bezeichnet fand.

Diese Fassung von *ἀκοὴ πίστεως* wird dadurch gestützt, daß Paulus auch *ὑπακοὴ πίστεως* gebildet hat. Beides voneinander zu trennen, ist hart. Wenn Paulus Röm. 1, 5. 16, 26 das durch seine Sendung und durch Gottes Offenbarung zu erzielende Resultat *ὑπακοὴ πίστεως* heißt, so ist auch hier der Glaube der Hauptbegriff. Auf ihn und auf nichts anderes als ihn zielt nach dem ganzen Brief der göttliche Wille hin. *ὑπακοή* wird somit in derselben Weise wie *ἀκοή* das Glauben selbst charakterisieren. Dasselbe wird als ein Gehorchen beschrieben, weil seine Unerläßlichkeit und Würde hervortreten soll. Ein Gehorchen liegt ebenso unmittelbar im Glauben selbst, wie ein Hören. Auch hierfür ist Röm. 10, 16 lehrreich. Von den Bedingungen jener Anrufung Gottes, die der Errettung teilhaft macht: Sendung, Verkündigung, Hören, Glauben, sind auch für Israel die ersteren gegeben. Die Boten sind zu ihm gesandt; gehört haben sie, V. 18, aber nicht gehorcht, V. 16. Und nun wird das *οὐχ ὑπακοῦσαι* durch das *οὐ πιστεῦσαι τῇ ἀκοῇ* belegt, von dem das Schriftwort spricht. Beides ist für Paulus eins: der *πιστεύσας* ist *ὑπακούσας*. Von *ὑπακούειν τῇ πίστει* Apgsch. 6, 7 scheint mir das paulinische *ὑπακοὴ πίστεως* insofern unterschieden, als jenes das Werden des Glaubens in zwei Momente zerlegt, in die dem Menschen sich aufdrängende Überzeugung einerseits und sein Eingehen in dieselbe andererseits. Paulus läßt dagegen das Glauben ungeteilt; dasselbe Verhalten, das vertrauende Bejahung des Christus ist, ist eben dadurch auch fügsame Unterordnung unter Gottes Willen und Tat.

11.

ἡ ἀναλογία τῆς πίστεως, Röm. 12, 6.

Da Paulus vorschreibt, daß die der Gemeinde als Weissagung übergebenen Worte in der Übereinstimmung mit dem Glauben bleiben müssen, galt es lange als unbestreitbar, daß auch Paulus gelegentlich beim

„Glauben" nicht an das gläubige Verhalten, sondern an die in der Kirche gültige Lehre gedacht habe; die Vorschrift des Paulus bedeute, daß für jedes Wort, das sich mit Berufung auf den Geist als durch Inspiration empfangen an die Gemeinde wende, die in ihr gültige Lehre der Maßstab sei, an dem es beurteilt werden müsse; es dürfe die in der Kirche befestigte Erkenntnis nicht verändern und verletzen. Diese Deutung löste das den Propheten Gesagte völlig von dem ab, was die vorangehende Beschreibung der göttlichen Gerechtigkeit zum Merkmal der christlichen Frömmigkeit gemacht hatte, schied sich ebenso durch einen schroffen Riß von dem, was Paulus der jüdischen Frömmigkeit als ihren Mangel, an dem sie gescheitert sei, gezeigt hat, und verlor auch jeden Zusammenhang mit der Regel, durch die Paulus in der folgenden Ausführung der Gemeinde über die in ihr vorhandenen religiösen Unterschiede hinweg die Einheit gibt. Alle diese Ausführungen zerfallen, wenn ein irgendwie bemessener, mit Autorität versehener Erkenntnisbesitz als „der Glaube" an die Stelle des glaubenden Verhaltens tritt. Aber auch mit dem Obersatz, unter den Paulus jede in der Kirche zu leistende Arbeit gestellt hat, verliert diese Deutung der den Propheten gegebenen Vorschrift den Zusammenhang. Denn Paulus hat jedem, der an der von der Kirche zu leistenden Arbeit teil hat, im Maß des ihm gegebenen Glaubens die Grenze gezeigt, an der sich für ihn Überhebung und Besonnenheit scheiden, und hat dabei nicht an den verschieden bemessenen Anteil an der theologischen Bildung gedacht, da kein Erkenntnisbesitz, sei er noch so groß oder noch so klein, an sich schon vor Überhebung schützt.

Zu dieser Umdeutung des „Glaubens", die für das gesamte Verständnis des Paulus gefährlich war, fällt aber jeder Anlaß weg, sowie wir uns verdeutlichen, wie eine als Prophetie gekennzeichnete Weisung in das Verhalten der Christenheit eingreifen mußte. Die Gewißheit, auf die sie das Handeln gründete, unterschied sich, weil sie als die Verkündigung des göttlichen Willens, durch die der Geist rede, auftrat, deutlich von derjenigen Gewißheit, die uns mit dem Glauben gegeben wird. Diese schließt immer ein Nichtwissen ein und bleibt Ergebung in den über uns stehenden göttlichen Willen. Dieses Nichtwissen hob der Prophet für die von ihm befohlene Entschließung auf, da sein Spruch dem göttlichen Willen die volle Deutlichkeit der Erkenntnis gab. Eben deshalb wurde die Weissagung von der Gemeinde als große Gabe und wirksame Hilfe geschätzt und zum Ziel ihres Strebens, zu dem auch Paulus sie ermuntert hat, 1 Kor. 14, 1, weshalb er auch hier bei der Aufzählung der mannigfachen Leistungen, zu denen die Gemeinde ihren Gliedern verhilft, der Weissagung die erste Stelle gab. Nun durfte es aber nie ihr Ziel werden, der Gemeinde eine Gewißheit zu geben, die sie über das Glauben erhob und dieses ersetzte. Der verbale Gedanke, der die ganze Satzreihe trägt, ist zuerst der des Habens; die Gemeinde besitzt die mannigfachen Gaben, die ihr ihre mannigfachen Tätigkeiten ermöglichen. Sie besitzt auch die Weissagung, besitzt sie aber „in Analogie mit dem Glauben“, in Übereinstimmung mit dem Grundverhältnis, das ihren ganzen Anteil an Gott und seinen gnädigen Gaben trägt. Aus diesem ihrem Besitz entsteht nun auch ihre Pflicht; sie soll das Empfangene so haben, daß sie es gebraucht und fruchtbar macht. Nur darum kann der Prophet den Spruch Gottes hören und die Leitung des Geistes empfangen, weil er als der Glaubende vor Gottes Gnade gestellt ist. Nun soll er auch nach der Weissagung streben, auf den Spruch des Geistes hören und ihn ohne Zagen der Gemeinde vorhalten, nie aber so, daß das prophetische Wissen das Glauben ersetzen wollte. Dieses ist freilich etwas anderes und Größeres, als was der Blick des Glaubens erreicht, wird aber der Gemeinde dazu gegeben, damit ihr das Glauben ermöglicht und erleichtert sei.

Indem Paulus nicht die Prophetie zum Maß des Glaubens, sondern das Glauben zum Maß der Prophetie gemacht hat, hält er die Unersetzbarkeit und Unüberbietbarkeit des Glaubens auch gegenüber demjenigen Wissen fest, durch das der Gemeinde die Regierung des Christus sichtbar wird.

12.

ὑπόστασις.

Die traditionelle Erklärung des Worts nimmt an, daß die Vorstellung „Stehen“ in demselben für den neutestamentlichen Gebrauch verloren gegangen sei. Ich kann mich nicht von der Richtigkeit dieses Satzes überzeugen; soviel ich sehe, bleibt der Zusammenhang zwischen *ὑπόστασις* und *ὑποστῆναι* im Sprachgebrauch durchaus lebendig, so daß es substantivisch nichts anderes ausdrückt, als was *ὑποστῆναι* verbal besagt. Das Verhältnis scheint mir analog, wie zwischen *ἀπόστασις* und *ἀποστῆναι*, *ἔκστασις* und *ἐκστῆναι* usw.

Auch seine abstraktere Wendung, die als „substantia“ übertragen worden ist, geht vom Stehen aus, im Gegensatz zum zerrinnenden Schein oder zu jenen Wirkungen der Dinge, die an ihnen haften und nicht selbständig werden. So sagt Philo: *αὐγὴ καθ᾽ ἑαυτὴν ὑπόστασιν οὐκ ἔχει, ῥεῖ δ᾽ ἀπὸ τῶν προτέρων ἄνθρακος καὶ φλογός* 2, 504, 38; *ἰδίαν ὑπόστασιν ἔχειν* 2, 505, 35 usw. entsprechend dem verbalen Gebrauch *τὰ τοῦ σώματος πλεονεκτήματα πρὶν ὑποστῖναι φθείρεται τῆς σωματικῖς οὐσίας ἀεὶ* ῥεούσης 1, 257, 22. Dahin gehört auch Hebr. 1, 3: χαρακτὴρ τῆς ὑποστάσεως αὐτοῦ. Ob die übliche Fassung „Wesen" ganz korrekt ist, ist fraglich. Allerdings ist der Übergang vom Bestehen zu dem, was besteht, von der Existenz zum Wesen ein leichter. Aber es ist doch immerhin ein Übergang, und der dem Worte zunächst liegende Gedanke ist der, daß der Sohn das Merk- und Wahrzeichen der Existenz und Realität des Vaters sei. Ich stelle Formeln wie ὁ νοητῆς ὑποστάσεως κόσμος Philo 1, 649, 14 daneben; die „Welt gedachten Bestehens" ist die, die im Denken existiert, ein „gedachtes Dasein" hat.

Sagt Polyb, er wolle seine Darstellung bei der Zeit beginnen, wo Antigonus, Seleukus und Ptolemäus starben, καλλίστην ὑπόστασιν ὑπολαμβάνοντες εἶναι ταύτην 4, 50, 10, so ist hier der Begriff „Stehen" so wenig erloschen, als wenn er das, was beim Schwemmen des Erzes im Sieb zurückbleibt, αἱ ὑποστάσεις oder ἡ ὑπόστασις nennt, 34, 9, 10. Die Rückstände bleiben „unten stehen" im Sieb, und der Historiker bleibt bei der Epoche, bei der er einsetzt, stehen; er geht nicht weiter zurück, sondern macht dort Halt, faßt dort Fuß.

Auf das Seelenleben angewandt, hat ὑποστῆναι den Begriff des zähen, gegen Furcht und Schmerz nicht nachgiebigen Standhaltens, unserem „Ausstehen" analog, oder mehr aktiv den des wagenden, unternehmenden Mutes, mit unserem „sich unterstehen" parallel. Es wird in dieser Fassung transitiv, vgl. ὑποστῆναι καρτερῶς πάντα κάματον Philo 1, 185, 26; ἄθλους 2, 557, 39; γενναίως τὸν πόλεμον τοῦτον Pol. 1, 6, 7; τοὺς ὑπεναντίους Pol. 1, 17, 12; πόνους J. a 3, 49; τὴν χρείαν ταύτην Pol. 15, 31, 6; τὰ παραινεθέντα ὑπὸ τοῦ βασιλέως ποιήσειν ὑπέστησαν, sie erboten sich dazu, unternahmen es J. a 10, 64. Daher heißt ἀνυπόστατος nicht nur, „was nicht steht, halt- und grundlos ist", vgl. Pol. 1, 5, 3, sondern auch mit passivem Begriff „was man nicht ausstehen, aushalten kann, was unerträglich ist", vgl. Pol. 4, 8, 10. J. b 1, 135.

Mit diesem verbalen Gebrauch gehört ὑπόστασις in denjenigen Stellen zusammen, die in den Kommentaren traditionell für den Begriff „Zuversicht" zitiert werden, Pol. 6, 55, 2. 4, 50, 10. J. a 18, 24. Wenn die ὑπόστασις καὶ τόλμα des Horatius Cocles seine Angreifer verblüfft, so ist nicht das Polybs Meinung, daß sie vor seiner „Zuversicht", einem bloß seelischen Geschehen, erschrocken seien; sondern seine ὑπόστασις ist das, daß er sich untersteht, da stehen zu bleiben und den Kampf aufzunehmen, wo die anderen wegliefen. Weil die Byzantiner nicht nachgeben, sehen die Rhodier τὴν ὑπόστασιν αὐτῶν. Schreibt Josefus den Zeloten τὸ ἀμετάλλακτον αὐτῶν τῆς ἐπὶ τοιούτοις ὑποστάσεως bei, so sind die τοιαῦτα nach dem Kontext die Marter, mit denen sie sich und die Ihrigen foltern lassen, weil sie keinen Menschen Herrn heißen wollen.

Weil sie das alles „auszustehen“ willig und fähig sind, sieht man an ihnen *ὑπόστασις*.

Im Gebrauch der Septuaginta ist zunächst dies deutlich, daß auch ihr der Begriff „Stehen“ im Wort das Hauptmoment ist. Denn sie ersetzt dadurch מעמד Ps. 68, 3; קים Hiob 22, 20; יקום Deut. 11, 6; מצב 1 Sam. 13, 23. 14, 4. Ez. 26, 11; הצב Nah. 2, 7 vgl. 1 Sam. 13, 21. Da hat sie überall den Begriff „Stellung, Bestehen“ ausdrücken wollen, vgl. auch *ὑπόστασις* neben סוד Jer. 23, 22. Bestehen, Existenz wird sie auch dann im Sinne haben, wenn sie es für חלד setzt, Ps. 138, 15[1]).

Wegen seiner Verwendung für das mutige Unternehmen und Ertragen bot sich das Wort auch als Ersatz für תקוה Ez. 19, 5. Ruth 1, 12 und תוחלת Ps. 38, 8 in Parallele mit *ὑπομονή* dar; vgl. *ὑποστῆναι* für יחל Mich. 5, 7. Diese Verwendung des Worts ist vom griechischen Sprachgebrauch etwas abweichend, weil hier der feste Stand nicht auf Anstrengung und Schmerzen, sondern auf Güter und Hilfe bezogen ist. Die Umbiegung des Worts ist aber nicht größer, als wie sie gleichzeitig für *ὑπομονή* vorliegt, nur daß für letzteres ein fester Sprachgebrauch entsteht, für *ὑπόστασις* nicht[2]).

Die Weise, wie es der salomonische Psalter braucht, hat mit „Zuversicht“ nichts zu tun. Der Sohn Davids wird die Sünder aus dem Erbe verstoßen, ihren Übermut wie Tongeschirr zerschlagen, mit eiserner Rute ihre ganze *ὑπόστασις* zerschmettern, 17, 26. Da ist *ὑπόστασις* nicht nur ein innerlicher Zustand; die eiserne Rute trifft die Person, ihre Existenz, mit dem Nebengedanken des festen, gesicherten, trotzigen Standes. Ebenso ist der Gedanke gefaßt, wenn Feuerflammen und Zorn vom Angesicht des Herrn ausgehen, *ὀλοθρεῦσαι πᾶσαν ὑπόστασιν αὐτῶν*, 15, 7.

Für die nächstverwandte Parallele mit Hebr. 11, 1 halte ich Ps. Esr. 8, 36 n hoc enim annuntiabitur justitia tua et bonitas tua, domine, cum misertus fueris eis, qui non habent substantiam bonorum operum, *τοὺς μὴ ἔχοντας ὑπόστασιν ἀγαθῶν ἔργων*. Hier haben wir auch einen sachlichen Genitiv. Warum soll hier der Begriff „stehen“ erloschen sein? *τίς ὑποστήσεται;* Ps. 129, 3 ist die verbal ausgedrückte Parallelformel. Gute Werke geben dem Menschen vor Gott einen festen, gesicherten, unverlierbaren Stand,

[1]) Undeutlich ist Deut. 1, 12: *φέρειν τὸν κόπον ὑμῶν καὶ τὴν ὑπόστασιν ὑμῶν καὶ τὰς ἀντιλογίας ὑμῶν* neben משאכם. Ich dachte früher an einen objektiven Genitiv, angeschlossen an *ὑποστῆναι τοὺς πολεμίους* und ähnliches. Es kann auch eine hebräische Verschreibung im Spiele sein, מצבבם.

[2]) Auch Ri. 9, 15 ist nicht ohne Interesse חֲסוּ בְצִלִּי *ὑπόστητε ἐν τῇ σκιᾷ μου*. Die Vorstellung ist völlig konkret: man „untersteht“ im Schatten des Baumes.

damit freilich auch Zuversicht; ὑπόστασις geht aber auf das reale Verhältnis, in das der Mensch durch seine guten Werke vor Gott gelangt.

Auch 2 Kor. 11, 17 ist ὑπόστασις mit einem Genitiv verbunden: αὕτη ἡ ὑπόστασις τῆς καυχήσεως. Was soll hier „Zuversicht" noch neben καύχησις? So wäre das Wort lediglich ein schwächendes Anhängsel. Und was soll αὕτη? Es bezeichnet die ὑπόστασις als etwas Offenkundiges, als das, was sie sonst überall ist, nämlich als eine Tat, nicht als eine Stimmung. ὑπόστασις τῆς καυχήσεως drückt nominal aus, was ὑποστῆναι καύχησιν oder ὑποστῆναι καυχήσασθαι verbal besagt. Sein Rühmen ist ein Unterfangen, ein Wagnis; er „untersteht sich", sich zu rühmen, und handelt, indem er sich das herausnimmt, als ein Tor. Darum setzt er auch αὕτη. Daß er sich das herausnimmt, sehen die Korinther. Auch 2 Kor. 9, 4 ist ὑπόστασις αὕτη eine Tat. Er hat den Makedonen gesagt, die Christen Achajas seien bereit. Das ist seine ὑπόστασις, sein Unterfangen, und darin hofft er nicht beschämt zu werden, wenn nun die Makedonen mit ihm nach Korinth kommen.

Daß auch Hebr. 3, 14. 11, 1, an den geltenden Sprachgebrauch anzuschließen ist, der die ὑπόστασις dem beischreibt, was nicht „fließt", nicht wegläuft, zeigt sich daran, daß es einerseits zu ὑποστολή 10, 39, andererseits zu ἀποστῆναι 3, 12 die Antithese ist. Gewiß ist ἀποστῆναι auch Verzagtheit, ὑπόστασις demgemäß auch Zuversicht; aber kongruent sind deswegen die beiden Begriffe nicht. Zum Genitiv, der das einführt, worauf das feste Stehen bezogen ist, scheint mir neben der Stelle aus Ps. Esr. Röm. 2, 7 eine gute Parallele: ὑπομονὴ ἔργου ἀγαθοῦ.

Die ὑπόστασις hat ἡ ἀρχή in sich, 3, 14, nicht weil sie als unvollkommen beschrieben werden soll, da der Vers keinen Tadel enthält, auch nicht weil auf eine frühere Zeit zurückgewiesen würde, wo sie noch standen, als wären sie jetzt gefallen und gewichen; vielmehr erhält der „Anfang" seine Deutung durch das Ende, auf das μέχρι τέλους hinzeigt. Ihr Zutritt zu den gehofften Gütern ist noch nicht das Ende, weil er noch nicht der Genuß derselben ist; sie sind ja noch ἐλπιζόμενα. Deshalb muß der Stand, in den sie sich gestellt haben, festgehalten werden; ohne das würde er wert- und fruchtlos, ja zum tiefen Fall. Insofern hat die Wahl des Worts noch deutlich Beziehungen zum griechischen Sprachgebrauch, der bei ὑπόστασις an den ernsten, wagenden, zu Kampf und Entbehrung bereiten Entschluß gedacht hat.

Schriftstellen,

die eingehender erörtert sind.

Sachregister.

Inhaltsübersicht.

Erläuterungen.